唐诗三百首讲疏

TANGSHI SANBAISHOU JIANGSHU

上卷

雷恩海 著

新语文

甘肃教育出版社

图书在版编目（CIP）数据

唐诗三百首讲疏：上、下 / 雷恩海著. --兰州：甘肃教育出版社，2023.8

ISBN 978-7-5423-5591-1

Ⅰ. ①唐… Ⅱ. ①雷… Ⅲ. ①唐诗-诗歌研究 Ⅳ. ①I207.227.42

中国国家版本馆 CIP 数据核字(2023)第 075111 号

唐诗三百首讲疏：上、下

雷恩海 著

策　　划　马永强

责任编辑　孙宝岩

助理编辑　张福英　李冰紫

封面设计　马吉庆

出　版　甘肃教育出版社

社　址　兰州市读者大道 568 号　730030

电　话　0931-8436489(编辑部)　0931-8773056(发行部)

传　真　0931-8435009

淘宝官方旗舰店　http://shop111038270.taobao.com

发　行　甘肃教育出版社　印　刷　山东新华印务有限公司

开　本　787 毫米×1092 毫米　1/16　印　张　63.75　插　页　2　字　数　948 千

版　次　2023 年 8 月第 1 版

印　次　2023 年 8 月第 1 次印刷

书　号　ISBN 978-7-5423-5591-1　定　价　188.00 元

序

蒋　凡

雷恩海教授《唐诗三百首讲疏》（以下简称《讲疏》）的出版，可喜可贺。雷君是唐诗研究专家，名家讲唐诗，必然更出彩，鼓动人心，植入心坎而生根发芽。

中国是诗的国度，唐诗是我国诗歌发展的黄金时期。唐诗的兴象风神、韵趣气度，早已深入人心，传之千秋万代。唐诗艺术之美，令人如饮醇酒甘泉，永葆其青春生命。以此，古往今来的唐诗选本，数以千百而难以枚举，如雨后春笋，生生不息。其中，清中叶蘅塘退士孙洙（字临西，江苏无锡人）编选《唐诗三百首》，脱颖而出，历久弥新，再三刊印，直至现在，仍具活力，影响很大。在诸多唐诗选本中，雷君慧眼识珠，独取《唐诗三百首》作讲疏教材，正可见他那深厚的传统文化底蕴和精到的审美艺术眼光。

《唐诗三百首》（以下简称《三百首》）是重要的唐诗选本，今天广大学生和民众，对唐诗能有所了解与热爱，相信有不少人是读了该书的缘故。蘅塘退士在《自序》中称引民间谚语云："熟读唐诗三百首，不会作诗也会吟。"信然。

蘅塘退士《三百首》，是规模并不大的唐诗选本，选此舍彼，要有眼光，本身就是一种批评。选本批评，是我国古代文论中一种重要且特殊的形式，编选者通过编目的抉择舍汰，安排梳理，标其宗旨、文学意趣及思想导向，并以之指导创作和欣赏，企望引领一时的诗风潮流。现存唐诗选本，自初盛唐许敬宗《翰林学士集》、崔融《珠英集》、殷璠《河岳英灵集》等，唐人自选唐诗，风气一开，大批涌现，诸多选家各有自己的诗学主张。如殷璠《河岳英灵集叙》称，所选“既闲新声，复晓古体，文质半取，《风》《骚》两挟”，高自风标而绝不滥取，实在令人歆羡。当然，古今选家，千百成群，并非个个高明如殷璠，而是美丑妍媸，各具面貌，不可混一而谈。但若论其编选意向，则标宗旨以煽动潮流，心思大致相似。蘅塘退士《三百首》之选，则不同一般而另树风标。

在众多唐诗选本中，《三百首》并非一代精粹，而以学术质量取胜。其所以广泛流传而争先不让，还在于它另辟蹊径，以教育启蒙为目标，所选诗作，大多畅达自然，朗朗上口，便于口吻讽诵吟唱，因而很快风行于世。据其《自序》所说，眼光下注，目的是为“世俗儿童就学”“取其易于成诵，故流传不废”。“因专就唐诗中脍炙人口之作，择其尤要者……录为一编，为家塾读本，俾童而习之，白首亦莫能废。”启蒙学童，普及唐诗，自然而然地散入千家万户。当时士大夫眼光上注，以村学塾本为低俗而不屑为；蘅塘退士反之，乐此而不疲。这就为世俗民众及童蒙学子，争取了加强文化素养和艺术修炼的机会。通过普及唐诗来提升学生的诗歌审美情趣，是其编选要旨所在。这是一种更合乎基层群童学习实际的诗歌启蒙教育。与蘅塘退士几乎同时的沈德潜，高官显宦，曾编选《唐诗别裁》，历四十余年后重订出版。书中提倡温柔敦厚“诗教”，以“抉掖雅正”为宗旨，眼光向上，高自标持，此非居庙堂之高而主持坛坫者不能言，不敢言。《唐诗别裁》，规庑甚大，其影响所及，多仕宦学人，而非童蒙村塾。沈氏《唐诗别裁》，用功甚勤而学有专精。但若论其影响传播反不及启蒙教材《三百首》。究其故，事非偶然。蘅塘退士曾任职州县教授，是当时社会基层的教育实践者，其所编选，眼光向下，关注基层，甚或是村塾童蒙教育，都是他关心之所在。这更符合基层民众的审美教育需要。需要就是力量，就是《三百首》合理存在并广泛流传的理由和根据。从这方面看，雷教授独取蘅塘退士《三百首》作讲疏，以教书育人的心愿，面向广大的莘莘学子，传道授业解惑，具慧眼卓识，用心良苦。相信大家读了《讲疏》，自有体会。《讲疏》的部分诗章疏讲，曾通过喜马拉雅平台等，以音视频的形式播送，反响热烈，愈增效果。现在又以纸版文字刊行，当更添其魅力影响，传之久远而不负其初心。

《三百首》原有蘅塘退士自注，但因原刻本亡佚而早已失传。后继注家，如陈婉俊补注、章燮注疏之类，自有价值，但又因时风所染，受科举试帖诗的需要影响，多有时文八股习气，如一解二解、前解后解、起承转合等套路，注解有固定模式而乏生趣。这与今天学生需求，明显有时代隔阂。有鉴于此，雷教授《讲疏》，踵武前贤而加突破，无庙堂高头讲章严肃训诲的刻板，而有合乎当前学生需求而娓娓道来的亲切生动情景，别开生面，引人入胜而情趣盎然。

雷君《讲疏》，高屋建瓴，着眼于唐诗生命美学的流动之美，重在复活唐诗生命，目的是讲活唐人，深入诗人的内在精神世界，恢复唐人唐诗的青春活力。雷君笔下，唐人唐诗不仅有鲜活个性，同时又见唐人的气象与气魄，这就复活了读者心中的大写唐人。李白“黄河之水天上来，奔流到海不复回”“天生我材必有用，千金散尽还复来”（《将进酒》），狂放中见其理想辉光；杜甫“吴楚东南坼，乾坤日夜浮”（《登岳阳楼》），“五更鼓角声悲壮，三峡星河影动摇”（《阁夜》），沉郁中见英雄悲壮；李贺“我有迷魂招不得，雄鸡一声天下白”（《致酒行》），“遥望齐州九点烟，一泓海水杯中泻”（《梦天》），悲怆中见光明；李商隐“春蚕到死丝方尽，蜡炬成灰泪始干”（《无题》），哀婉中自有真挚追求。这是何等的心胸与气概！唐人高歌，响彻九霄，声遏行云，无论是艺术追求，还是精神风貌，鲜活如画，动人心魄！这就是不可复制而活在人们心中的唐人唐诗，岂是他人可以机械模仿！

《讲疏》重在古今生动对话，讲活唐人唐诗，厥功甚伟而任重道远。雷君疏讲，不仅涉及唐诗内容、情志与思想，同时重视唐诗艺术的逻辑意脉。作者将唐人唐诗的具体生活、文化精神，以及时代风貌，加以生动揭示。唐诗是唐代生活的晴雨表，由之可以观世事、明风俗、知时代，更可进一步知人论世，汲取经验教训，具有一定的现代借鉴意义。作者还就诗人之所及，介绍了唐朝的礼仪政制及风土民俗，无论是时间流动的历史画面，还是具体的生存空间，都能加以形象描述而历历在目。其严谨的学术性，寄寓于生动风趣的叙写之中。其所疏讲，有时往往就具体典实，融入一个历史小故事，言之有据，生动形象，引人入胜，不仅具有知识性、感知性，同时又见趣味性、形象性。这就为《讲疏》增添了魅力和可读性，更有利于学术的普及与推广。

总之，雷教授《讲疏》，印在纸上的文字版唐诗，因作者的辛勤耕耘，终被激活，鲜明如画，可读可信，可亲可爱，传之千校万户，滋润人们心田。莘莘学子，必然受益匪浅。是否如此，取《讲疏》一读，自然明白。

二〇二一年九月二十六日，时仍在“新冠病毒”肆虐期间，于海上半方斋闭门造车，聊以塞责。祈谅。

目　录

卷一　五言古诗

张九龄 …… (3)
感遇二首 …… (3)
李　白 …… (10)
下终南山过斛斯山人宿置酒 …… (10)
月下独酌 …… (13)
春思 …… (15)
杜　甫 …… (18)
望岳 …… (18)
赠卫八处士 …… (20)
佳人 …… (23)
梦李白二首 …… (26)
王　维 …… (31)
送綦毋潜落第还乡 …… (31)
送别 …… (35)
青溪 …… (37)
渭川田家 …… (39)
西施咏 …… (41)
孟浩然 …… (46)
秋登万山寄张五 …… (46)
夏日南亭怀辛大 …… (50)
宿业师山房待丁大不至 …… (53)
王昌龄 …… (55)

同从弟南斋玩月忆山阴崔少府 …………………………………… (55)
丘　为 …………………………………………………………………… (59)
寻西山隐者不遇 ………………………………………………………… (59)
綦毋潜 …………………………………………………………………… (63)
春泛若耶溪 ……………………………………………………………… (63)
常　建 …………………………………………………………………… (66)
宿王昌龄隐居 …………………………………………………………… (66)
岑　参 …………………………………………………………………… (68)
与高适薛据登慈恩寺浮图 ……………………………………………… (68)
元　结 …………………………………………………………………… (75)
贼退示官吏并序 ………………………………………………………… (75)
韦应物 …………………………………………………………………… (80)
郡斋雨中与诸文士燕集 ………………………………………………… (80)
初发扬子寄元大校书 …………………………………………………… (83)
寄全椒山中道士 ………………………………………………………… (85)
长安遇冯著 ……………………………………………………………… (87)
夕次盱眙县 ……………………………………………………………… (90)
东郊 ……………………………………………………………………… (91)
送杨氏女 ………………………………………………………………… (94)
柳宗元 …………………………………………………………………… (97)
晨诣超师院读禅经 ……………………………………………………… (97)
溪居 ……………………………………………………………………… (101)
乐府七首
王昌龄 …………………………………………………………………… (105)
塞上曲 …………………………………………………………………… (105)
塞下曲 …………………………………………………………………… (107)
李　白 …………………………………………………………………… (112)
关山月 …………………………………………………………………… (112)
子夜吴歌 ………………………………………………………………… (115)

长干行 …………………………………………………………… (117)
孟　郊 ……………………………………………………………… (123)
列女操 …………………………………………………………… (123)
游子吟 …………………………………………………………… (126)

卷二　七言古诗

陈子昂 …………………………………………………………… (131)
登幽州台歌 ……………………………………………………… (131)
李　颀 ……………………………………………………………… (136)
古意 ……………………………………………………………… (136)
送陈章甫 ………………………………………………………… (138)
琴歌 ……………………………………………………………… (142)
听董大弹胡笳声兼语弄寄房给事 ……………………………… (145)
听安万善吹觱篥歌 ……………………………………………… (150)
孟浩然 …………………………………………………………… (154)
夜归鹿门歌 ……………………………………………………… (154)
李　白 ……………………………………………………………… (158)
庐山谣寄卢侍御虚舟 …………………………………………… (158)
梦游天姥吟留别 ………………………………………………… (163)
金陵酒肆留别 …………………………………………………… (169)
宣州谢朓楼饯别校书叔云 ……………………………………… (171)
岑　参 ……………………………………………………………… (175)
走马川行奉送封大夫出师西征 ………………………………… (175)
轮台歌奉送封大夫出师西征 …………………………………… (179)
白雪歌送武判官归京 …………………………………………… (182)
杜　甫 ……………………………………………………………… (187)
韦讽录事宅观曹将军画马图 …………………………………… (187)
丹青引赠曹将军霸 ……………………………………………… (191)
寄韩谏议注 ……………………………………………………… (194)

古柏行 …………………………………………………………（197）
观公孙大娘弟子舞剑器行并序 ……………………………（201）
元　结 ……………………………………………………………（205）
石鱼湖上醉歌并序 ……………………………………………（205）
韩　愈 ……………………………………………………………（207）
山石 ………………………………………………………………（207）
八月十五夜赠张功曹 …………………………………………（210）
谒衡岳庙遂宿岳寺题门楼 ……………………………………（217）
石鼓歌 ……………………………………………………………（221）
柳宗元 ……………………………………………………………（232）
渔翁 ………………………………………………………………（232）
白居易 ……………………………………………………………（235）
长恨歌 ……………………………………………………………（235）
琵琶行并序 ………………………………………………………（253）
李商隐 ……………………………………………………………（264）
韩碑 ………………………………………………………………（264）
乐府十四首
高　适 ……………………………………………………………（274）
燕歌行并序 ………………………………………………………（274）
李　颀 ……………………………………………………………（284）
古从军行 …………………………………………………………（284）
王　维 ……………………………………………………………（288）
洛阳女儿行 ………………………………………………………（288）
老将行 ……………………………………………………………（293）
桃源行 ……………………………………………………………（301）
李　白 ……………………………………………………………（307）
蜀道难 ……………………………………………………………（307）
长相思二首 ………………………………………………………（313）
行路难 ……………………………………………………………（318）

将进酒 …………………………………………………………（321）
杜　甫 …………………………………………………………（326）
兵车行 …………………………………………………………（326）
丽人行 …………………………………………………………（330）
哀江头 …………………………………………………………（334）
哀王孙 …………………………………………………………（337）

卷三　五言律诗

唐玄宗 …………………………………………………………（343）
经鲁祭孔子而叹之 ………………………………………………（343）
张九龄 …………………………………………………………（347）
望月怀远 ………………………………………………………（347）
王　勃 …………………………………………………………（350）
送杜少府之任蜀州 ………………………………………………（350）
骆宾王 …………………………………………………………（354）
在狱咏蝉并序 …………………………………………………（354）
杜审言 …………………………………………………………（359）
和晋陵陆丞早春游望 ……………………………………………（359）
沈佺期 …………………………………………………………（362）
杂诗 ……………………………………………………………（362）
宋之问 …………………………………………………………（365）
题大庾岭北驿 …………………………………………………（365）
王　湾 …………………………………………………………（368）
次北固山下 ……………………………………………………（368）
常　建 …………………………………………………………（372）
破山寺后禅院 …………………………………………………（372）
岑　参 …………………………………………………………（375）
寄左省杜拾遗 …………………………………………………（375）
李　白 …………………………………………………………（379）

赠孟浩然 …………………………………………………………… (379)
渡荆门送别 ………………………………………………………… (382)
送友人 ……………………………………………………………… (385)
听蜀僧濬弹琴 ……………………………………………………… (388)
夜泊牛渚怀古 ……………………………………………………… (391)
杜　甫 ……………………………………………………………… (395)
春望 ………………………………………………………………… (395)
月夜 ………………………………………………………………… (397)
春宿左省 …………………………………………………………… (399)
至德二载，甫自京金光门出，间道归凤翔。乾元初，从左拾遗移华州掾，与亲故别，因出此门，有悲往事 ………… (401)
月夜忆舍弟 ………………………………………………………… (403)
天末怀李白 ………………………………………………………… (405)
奉济驿重送严公四韵 ……………………………………………… (406)
别房太尉墓 ………………………………………………………… (408)
旅夜书怀 …………………………………………………………… (410)
登岳阳楼 …………………………………………………………… (412)
王　维 ……………………………………………………………… (415)
辋川闲居赠裴秀才迪 ……………………………………………… (415)
山居秋暝 …………………………………………………………… (419)
归嵩山作 …………………………………………………………… (422)
终南山 ……………………………………………………………… (425)
酬张少府 …………………………………………………………… (429)
过香积寺 …………………………………………………………… (432)
送梓州李使君 ……………………………………………………… (435)
汉江临眺 …………………………………………………………… (437)
终南别业 …………………………………………………………… (440)
孟浩然 ……………………………………………………………… (443)
临洞庭上张丞相 …………………………………………………… (443)

与诸子登岘山 …………………………………………… (448)
宴梅道士山房 …………………………………………… (453)
岁暮归南山 ……………………………………………… (456)
过故人庄 ………………………………………………… (460)
秦中寄远上人 …………………………………………… (464)
宿桐庐江寄广陵旧游 …………………………………… (468)
留别王维 ………………………………………………… (471)
早寒有怀 ………………………………………………… (474)
刘长卿 ……………………………………………………… (479)
秋日登吴公台上寺远眺 ………………………………… (479)
送李中丞归汉阳别业 …………………………………… (481)
饯别王十一南游 ………………………………………… (483)
寻南溪常道士 …………………………………………… (485)
新年作 …………………………………………………… (487)
钱 起 ……………………………………………………… (491)
送僧归日本 ……………………………………………… (491)
谷口书斋寄杨补阙 ……………………………………… (494)
韦应物 ……………………………………………………… (496)
淮上喜会梁州故人 ……………………………………… (496)
赋得暮雨送李胄 ………………………………………… (498)
韩 翃 ……………………………………………………… (501)
酬程近秋夜即事见赠 …………………………………… (501)
刘眘虚 ……………………………………………………… (504)
阙题 ……………………………………………………… (504)
戴叔伦 ……………………………………………………… (506)
江乡故人偶集客舍 ……………………………………… (506)
卢 纶 ……………………………………………………… (508)
送李端 …………………………………………………… (508)
李 益 ……………………………………………………… (511)

喜见外弟又言别 …………………………………………………… (511)
司空曙 …………………………………………………………… (515)
云阳馆与韩绅宿别 ………………………………………………… (515)
喜外弟卢纶见宿 …………………………………………………… (518)
贼平后送人北归 …………………………………………………… (521)
刘禹锡 …………………………………………………………… (524)
蜀先主庙 …………………………………………………………… (524)
张　籍 …………………………………………………………… (527)
没蕃故人 …………………………………………………………… (527)
白居易 …………………………………………………………… (530)
草 ………………………………………………………………… (530)
杜　牧 …………………………………………………………… (533)
旅宿 ……………………………………………………………… (533)
许　浑 …………………………………………………………… (535)
秋日赴阙题潼关驿楼 ……………………………………………… (535)
早秋 ……………………………………………………………… (537)
李商隐 …………………………………………………………… (539)
蝉 ………………………………………………………………… (539)
风雨 ……………………………………………………………… (541)
落花 ……………………………………………………………… (544)
凉思 ……………………………………………………………… (546)
北青萝 …………………………………………………………… (548)
温庭筠 …………………………………………………………… (551)
送人东游 …………………………………………………………… (551)
马　戴 …………………………………………………………… (553)
灞上秋居 …………………………………………………………… (553)
楚江怀古 …………………………………………………………… (555)
张　乔 …………………………………………………………… (559)
书边事 …………………………………………………………… (559)

崔 涂 …………………………………………………………………… (562)
除夜有怀 …………………………………………………………… (562)
孤雁 ………………………………………………………………… (563)
杜荀鹤 …………………………………………………………………… (567)
春宫怨 ……………………………………………………………… (567)
韦 庄 …………………………………………………………………… (570)
章台夜思 …………………………………………………………… (570)
皎 然 …………………………………………………………………… (573)
寻陆鸿渐不遇 ……………………………………………………… (573)

卷四 七言律诗

崔 颢 …………………………………………………………………… (579)
黄鹤楼 ……………………………………………………………… (579)
行经华阴 …………………………………………………………… (582)
祖 咏 …………………………………………………………………… (585)
望蓟门 ……………………………………………………………… (585)
崔 曙 …………………………………………………………………… (588)
九日登望仙台呈刘明府 …………………………………………… (588)
李 颀 …………………………………………………………………… (591)
送魏万之京 ………………………………………………………… (591)
李 白 …………………………………………………………………… (594)
登金陵凤凰台 ……………………………………………………… (594)
高 适 …………………………………………………………………… (597)
送李少府贬峡中王少府贬长沙 …………………………………… (597)
岑 参 …………………………………………………………………… (600)
奉和中书舍人贾至早朝大明宫 …………………………………… (600)
王 维 …………………………………………………………………… (604)
和贾至舍人早朝大明宫之作 ……………………………………… (604)
奉和圣制从蓬莱向兴庆阁道中留春雨中春望之作应制 ……… (608)

积雨辋川庄作 …………………………………………………… (612)
赠郭给事 ………………………………………………………… (617)
杜　甫 ……………………………………………………………… (620)
蜀相 ……………………………………………………………… (620)
客至 ……………………………………………………………… (622)
野望 ……………………………………………………………… (625)
闻官军收河南河北 ……………………………………………… (627)
登高 ……………………………………………………………… (630)
登楼 ……………………………………………………………… (634)
宿府 ……………………………………………………………… (637)
阁夜 ……………………………………………………………… (639)
咏怀古迹五首 …………………………………………………… (642)
刘长卿 ……………………………………………………………… (659)
江州重别薛六柳八二员外 ……………………………………… (659)
长沙过贾谊宅 …………………………………………………… (661)
自夏口至鹦鹉洲夕望岳阳寄源中丞 …………………………… (664)
钱　起 ……………………………………………………………… (667)
赠阙下裴舍人 …………………………………………………… (667)
韦应物 ……………………………………………………………… (671)
寄李儋元锡 ……………………………………………………… (671)
韩　翃 ……………………………………………………………… (675)
同题仙游观 ……………………………………………………… (675)
皇甫冉 ……………………………………………………………… (678)
春思 ……………………………………………………………… (678)
卢　纶 ……………………………………………………………… (681)
晚次鄂州 ………………………………………………………… (681)
柳宗元 ……………………………………………………………… (684)
登柳州城楼寄漳汀封连四州刺史 ……………………………… (684)
刘禹锡 ……………………………………………………………… (689)

西塞山怀古 …… (689)
元　稹 …… (693)
遣悲怀三首 …… (693)
白居易 …… (701)
自河南经乱，关内阻饥，兄弟离散，各在一处。因望月有感，聊书所怀，寄上浮梁大兄、於潜七兄、乌江十五兄，兼示符离及下邽弟妹 …… (701)
李商隐 …… (704)
锦瑟 …… (704)
无题 …… (709)
隋宫 …… (712)
无题二首 …… (718)
筹笔驿 …… (723)
无题 …… (726)
春雨 …… (729)
无题二首 …… (731)
温庭筠 …… (736)
利州南渡 …… (736)
苏武庙 …… (738)
薛　逢 …… (742)
宫词 …… (742)
秦韬玉 …… (745)
贫女 …… (745)
乐府一首
沈佺期 …… (748)
独不见 …… (748)

卷五　五言绝句

王　维 …… (753)

鹿柴 …………………………………………………………（753）
竹里馆 ………………………………………………………（755）
送别 …………………………………………………………（758）
相思 …………………………………………………………（759）
杂诗 …………………………………………………………（762）
裴　迪 ………………………………………………………（765）
送崔九 ………………………………………………………（765）
祖　咏 ………………………………………………………（767）
终南望余雪 …………………………………………………（767）
孟浩然 ………………………………………………………（769）
宿建德江 ……………………………………………………（769）
春晓 …………………………………………………………（771）
李　白 ………………………………………………………（774）
静夜思 ………………………………………………………（774）
怨情 …………………………………………………………（776）
杜　甫 ………………………………………………………（779）
八阵图 ………………………………………………………（779）
王之涣 ………………………………………………………（782）
登鹳雀楼 ……………………………………………………（782）
刘长卿 ………………………………………………………（784）
送灵澈 ………………………………………………………（784）
弹琴 …………………………………………………………（785）
送上人 ………………………………………………………（787）
韦应物 ………………………………………………………（790）
秋夜寄丘员外 ………………………………………………（790）
李　端 ………………………………………………………（793）
听筝 …………………………………………………………（793）
王　建 ………………………………………………………（796）
新嫁娘 ………………………………………………………（796）

权德舆 …………………………………………………………（798）
　玉台体 ………………………………………………………（798）
柳宗元 …………………………………………………………（801）
　江雪 …………………………………………………………（801）
元　稹 …………………………………………………………（804）
　行宫 …………………………………………………………（804）
白居易 …………………………………………………………（808）
　问刘十九 ……………………………………………………（808）
张　祜 …………………………………………………………（810）
　何满子 ………………………………………………………（810）
李商隐 …………………………………………………………（813）
　登乐游原 ……………………………………………………（813）
贾　岛 …………………………………………………………（815）
　寻隐者不遇 …………………………………………………（815）
宋之问 …………………………………………………………（818）
　渡汉江 ………………………………………………………（818）
金昌绪 …………………………………………………………（821）
　春怨 …………………………………………………………（821）
西鄙人 …………………………………………………………（823）
　哥舒歌 ………………………………………………………（823）
乐府八首
崔　颢 …………………………………………………………（825）
　长干行二首 …………………………………………………（825）
李　白 …………………………………………………………（828）
　玉阶怨 ………………………………………………………（828）
卢　纶 …………………………………………………………（830）
　塞下曲四首 …………………………………………………（830）
李　益 …………………………………………………………（839）
　江南曲 ………………………………………………………（839）

卷六 七言绝句

贺知章 …………………………………………………………… (845)
回乡偶书 ………………………………………………………… (845)
张 旭 …………………………………………………………… (847)
桃花溪 …………………………………………………………… (847)
王 维 …………………………………………………………… (850)
九月九日忆山东兄弟 …………………………………………… (850)
王昌龄 …………………………………………………………… (853)
芙蓉楼送辛渐 …………………………………………………… (853)
闺怨 ……………………………………………………………… (855)
春宫怨 …………………………………………………………… (859)
王 翰 …………………………………………………………… (862)
凉州曲 …………………………………………………………… (862)
李 白 …………………………………………………………… (865)
送孟浩然之广陵 ………………………………………………… (865)
下江陵 …………………………………………………………… (867)
岑 参 …………………………………………………………… (870)
逢入京使 ………………………………………………………… (870)
杜 甫 …………………………………………………………… (873)
江南逢李龟年 …………………………………………………… (873)
韦应物 …………………………………………………………… (875)
滁州西涧 ………………………………………………………… (875)
张 继 …………………………………………………………… (878)
枫桥夜泊 ………………………………………………………… (878)
韩 翃 …………………………………………………………… (880)
寒食 ……………………………………………………………… (880)
刘方平 …………………………………………………………… (883)
月夜 ……………………………………………………………… (883)

春怨 …… (884)
柳中庸 …… (887)
征人怨 …… (887)
顾　况 …… (889)
宫词 …… (889)
李　益 …… (892)
夜上受降城闻笛 …… (892)
刘禹锡 …… (895)
乌衣巷 …… (895)
春词 …… (896)
白居易 …… (899)
宫词 …… (899)
张　祜 …… (901)
赠内人 …… (901)
集灵台二首 …… (902)
题金陵渡 …… (906)
朱庆馀 …… (908)
宫中词 …… (908)
近试上张水部 …… (910)
杜　牧 …… (913)
将赴吴兴登乐游原 …… (913)
赤壁 …… (916)
泊秦淮 …… (919)
寄扬州韩绰判官 …… (921)
遣怀 …… (923)
秋夕 …… (926)
赠别二首 …… (928)
金谷园 …… (931)
李商隐 …… (934)

夜雨寄北 …………………………………………………………（934）
寄令狐郎中 ………………………………………………………（935）
为有 ……………………………………………………………（937）
隋宫 ……………………………………………………………（939）
瑶池 ……………………………………………………………（941）
嫦娥 ……………………………………………………………（943）
贾生 ……………………………………………………………（945）
温庭筠 …………………………………………………………（948）
瑶瑟怨 …………………………………………………………（948）
郑 畋 …………………………………………………………（950）
马嵬坡 …………………………………………………………（950）
韩 偓 …………………………………………………………（953）
已凉 ……………………………………………………………（953）
韦 庄 …………………………………………………………（956）
金陵图 …………………………………………………………（956）
陈 陶 …………………………………………………………（958）
陇西行 …………………………………………………………（958）
张 泌 …………………………………………………………（962）
寄人 ……………………………………………………………（962）
无名氏 …………………………………………………………（964）
杂诗 ……………………………………………………………（964）
乐府九首
王 维 …………………………………………………………（966）
渭城曲 …………………………………………………………（966）
秋夜曲 …………………………………………………………（970）
王昌龄 …………………………………………………………（972）
长信怨 …………………………………………………………（972）
出塞 ……………………………………………………………（975）
李 白 …………………………………………………………（980）

清平调三首 ………………………………………………………… (980)
王之涣 ………………………………………………………………… (985)
出塞 ………………………………………………………………… (985)
杜秋娘 ………………………………………………………………… (991)
金缕衣 ……………………………………………………………… (991)

跋 ……………………………………………………………………… (993)

卷一　五言古诗

张九龄

感遇二首

其一

兰叶春葳蕤，桂华秋皎洁。欣欣此生意，自尔为佳节。谁知林栖者，闻风坐相悦。草木有本心，何求美人折。

张九龄（678—740），字子寿，韶州曲江（今广东韶关）人。长安二年（702）进士，唐玄宗时参加皇帝特别举行的制举考试，得中高第，官至同中书门下平章事，迁中书令。开元二十四年（736），张九龄被李林甫所排斥，次年被贬为荆州长史，卒于荆州（今湖北江陵）。

张九龄为人正直敢言，秉公守法，人品与文品堪称一流，为开元名相，很得玄宗皇帝的赏识。《唐诗纪事》卷一五记载："（张九龄）辅明皇为贤宰相，既卒，明皇每用人，必曰：'风度能若九龄乎？'张说论其文曰：'如轻缣素练，实济时用，而窘边幅。'"

张九龄被罢免宰相，与权臣李林甫有关。李林甫是一个非常狡猾、奸邪的人，当时人说他"口有蜜，腹有剑"，"口蜜腹剑"这个成语就是这么来的。

开元末年，唐玄宗已经失去了早年励精图治的雄心，以为天下太平，就应该过享乐奢靡的生活，李林甫则曲意奉承，投玄宗皇帝之所好，很快得到了玄宗的信任。《资治通鉴》卷二一四"开元二十四年"：

> 初，上欲以李林甫为相，问于中书令张九龄。九龄对曰："宰相系国安危，陛下相林甫，臣恐异日为庙社之忧。"上不从。时九

龄方以文学为上所重，林甫虽恨，犹曲意事之。侍中裴耀卿与九龄善，林甫并疾之。是时，上在位岁久，渐肆奢欲，怠于政事，而九龄遇事无细大，皆力争。林甫巧伺上意，日思所以中伤之。

李林甫欲蔽塞人主视听，自专大权，明召诸谏官谓曰："今明主在上，群臣将顺之不暇，乌用多言。诸君不见立仗马乎？食三品料，一鸣辄斥去，悔之何及。"

张九龄秉公守正的态度和立场，显然不会讨得玄宗皇帝的喜欢，被罢去宰相；而李林甫却如鱼得水，拥用权力而为所欲为了。

《感遇》十二首，作于开元二十五年（737），张九龄被贬荆州之时。感遇，感于所遇，因所遭遇而感慨。初唐陈子昂有《感遇》三十八首，魏晋之际的阮籍有《咏怀》七十二首，多用比兴，抒写不平，因而形成了五言古诗的一种体式。后人常常将张九龄的《感遇》与陈子昂的《感遇》相提并论，评价很高。

《感遇》是五言古诗，简称"五古"。古诗，是汉魏时期形成的诗歌体裁，相对于唐代所形成的今体诗——律诗而言，时代较古，所以称为古诗。不限句数，不讲对仗，重视诗歌的声韵和自然声律（也就是语言的抑扬顿挫），平仄和用韵相对比较自由。因为古诗较少受声韵和对仗的限制，可以比较自由地表达情感和思想，所以在唐代律诗兴盛之际，诗人仍然大量写作古诗，留下了数量可观的作品。

兰叶春葳蕤，桂华秋皎洁。

葳蕤，花叶繁盛下垂的样子。桂华，即桂花。秋天桂花颜色黄白，因而称其皎洁明亮。兰草在春天盛开，花叶繁盛。诗人观察物象非常细致，春兰绿叶纷披，繁盛茂密，秋桂色泽明亮皎洁，将形与色表现得很独特。诗人借春兰、秋桂之芬芳美丽，抒写其情怀。

欣欣此生意，自尔为佳节。

欣欣，欣欣向荣，勃勃生机，表达一种喜悦、向上之情。春兰秋桂，生机勃勃，因为有春兰秋桂的存在，春天和秋天，自然而然地成为美好的时节。自尔，自然而然。尔，语尾助词。

谁知林栖者，闻风坐相悦。

林栖者，隐士。闻风，嗅闻到风中兰桂的芳香。坐，因为。悦，喜欢，欣赏。又有谁知道林下栖息的隐士，嗅闻到风中兰桂的芳香，对春兰秋桂的风节油然生出钦佩之情。隐士能够欣赏兰桂之高洁，就是因为他们与兰桂一样具有共同的品性。

草木有本心，何求美人折。

屈原《离骚》："恐美人之迟暮。"美人，比喻君王或权贵势要之人。兰桂因其内在的美质，自然而然地散发芳香，自开自落，不取悦于人，不强求别人赏识，那么，又何必美人来攀折呢。意思是说，君子自有其高洁的品性和坚贞的操守，又何必祈求他人来举荐呢。君子品行高洁，进德修业，独立自强，自我完善，不一定要求他人来举荐、援引，更不会屈节以事人。

诗以春兰秋桂的芳香高洁，隐喻君子的内质修美、高风亮节。"欣欣此生意，自尔为佳节"，花开花落，天性自然淳真，不为阿世媚俗，此句是全诗的关键。那种出自内质秀美的自生自荣，不为外物所尘染的生命力，是诗中物与人的相通处。因其相通，遂有"林栖者"风中嗅闻到兰桂之芳香，遂将咏物与抒情绾合起来，由物及人，自然而然地引出了"草木有本心，何求美人折"的诗旨。如此，不求攀折的本心，是指人还是指物，就浑然不可分了。而这正是此诗的佳妙之处。诗歌突出强调人格美本身所具有的生命力和道德、审美的价值。认为，即使不能得到君王的赏识重用，也无损其品格的光辉和影响力。这是一种对自身人格的高度自信，也是独立人格的觉醒与表现。

诗的思想内蕴深厚，却表现得相当温厚平和。张九龄继承了《楚辞》以芳草美人比喻情志的传统，以清丽的笔调，平淡和缓地表达出来，虽有哀怨却表现得从容不迫，语尽情长，余音绕梁。杜甫称赞张九龄的诗歌，“诗罢地有余，篇终语清省……乃知君子心，用才文章境”（《八哀诗》）。谓其诗风清雅澹荡，很有感染力。这个评价很是精到。

其二

江南有丹橘，经冬犹绿林。岂伊地气暖，自有岁寒心。可以荐嘉客，奈何阻重深。运命唯所遇，循环不可寻。徒言树桃李，此木岂无阴。

张九龄品性高洁，直言敢谏，为国事而不避利害，正如林则徐所说：“苟利国家生死以，岂因祸福避趋之。”对于不正确之事，往往指出，以期能对国家民生之事有所裨益、帮助。身为宰相，担当着选拔人才的重任，而开元后期，唐玄宗已经失去了早年励精图治的雄心，贪图享受，生活奢靡，容易偏听偏信。古语曰：“兼听则明，偏听则暗。”玄宗偏听偏信，左右亲信任用之人，往往阿谀奉承，致使朝政举措失宜，导致社稷民生的衰敝。

五代王仁裕《开元天宝遗事》上：

> 明皇以李林甫为相，后因召张九龄问可否。九龄曰：“宰相之职，四海具瞻，若任人不当，则国受其殃。只如林甫为相，然宠擢出宸衷，臣恐他日之后，祸延宗社。”帝意不悦。忽一日，帝曲宴近臣于禁苑中，帝指示于九龄、林甫曰：“槛前盆池中所养鱼数头，鲜活可爱。”林甫曰：“赖陛下恩波所养。”九龄曰：“盆池之鱼，犹陛下任人。他但能装景致，助儿女之戏尔。”帝甚不悦。时人皆美九龄之忠直。

江南有丹橘，经冬犹绿林。

江南，长江之南。唐代有江南东道、江南西道，包括现在的江浙、湖南、湖北、江西、安徽的大部分地区。丹橘，即红橘。橘树经历寒冬而不凋谢，又有鲜美的果实，为人所赏爱。屈原有《橘颂》，称赞橘树“受命不迁，生南国兮”。橘，“生淮南而为橘，生淮北而为枳”。经历严冬而不凋零其绿叶，“青黄杂糅，文章烂兮”，不仅有常绿枝叶，又有鲜美的果实，志向专一，绝不夸耀。

岂伊地气暖，自有岁寒心。

岂伊，岂唯，难道仅仅是。岁寒，《论语·子罕》：“岁寒，然后知松柏之后凋也。”后人往往作为砥砺节操的比喻。岁寒心，也就是上一首诗的“草木有本心”的意思。

可以荐嘉客，奈何阻重深。

可以，可以用来。荐，进献。据《尚书·禹贡》，江南丹橘本是进贡之物。古诗《橘柚垂华实》：“委身玉盘中，历年冀见食。”

运命唯所遇，循环不可寻。

哪种物品被作为进贡之物，都是存在着偶然性，或者说是命运的偶然吧。那么，只能依着命运，随遇而安。命运如同周而复始的自然之理一样，其中本无道理可以追寻。

徒言树桃李，此木岂无阴。

徒言，徒然。树桃李，种植桃李。《韩诗外传》说：“春树桃李，夏得阴其下，秋得食其实。春树蒺藜，夏不可采其叶，秋得其刺焉。由此观之，在所树也。”又曰：“夫树橘柚者，食之则甘，嗅之则香；树枳棘者，成而刺人。故君子慎所树。”这也就是民间俗语所说的：“种瓜得瓜，种豆得豆。”选择什么，最后所得的结果就是当初的决定所直接导致的。此木，指橘树。阴，即树荫。

张九龄贬官荆州，州治在江陵，正是楚之郢都，伟大诗人屈原的故国。在楚国故地，自然而然就寻访、追忆屈原的事迹，诵读其诗，岂能不生感慨！屈原《橘颂》咏歌丹橘“独立不迁”的忠贞品格以自抒志向，张九龄对丹橘的认识和感情，无疑更进一层，何况他本身就是南国之人。此诗开篇娓娓道来，江南有着独特的植物丹橘，经历隆冬严寒之侵袭、摧折，却依然一树浓绿，并不稍稍改变其颜色。难道只是因为南方地气比较暖而导致的吗？不是的，而是丹橘自有抵御风霜严寒的本性。“岁寒心”是诗本旨所在。五六两句宕开一笔，鲜美的果实丹橘可以用来进献给尊贵的客人，可是阻隔重重，无由到达。张九龄本来位至宰相，也得到玄宗的信任，很想在政治上发挥抱负，有所作为，做出一番有功于社稷民生的事业，可惜因李林甫谗言陷害而被斥逐、贬官。以丹橘自比，虽有内美修能，却被重重阻隔，而不得一展长才。这个“嘉客”显然是指唐玄宗，“阻重深”显然是隐指李林甫之流的奸佞小人所做所为。这样，就引出后四句，丹橘美质修能，却又遭受“阻重深”，两相对照，感叹命运多舛，天意高难问，如周而复始的自然之理一样，无法追究了，唯有随遇而安。人们只是徒然地说要多种桃李，夏可以得其荫凉，秋可以得其果实，难道橘树就没有荫凉和果实了？桃李春天盛开，争奇斗艳，热闹一时，不甘寂寞；而丹橘傲霜凌雪，自有岁寒之心，显然，桃李与丹橘的品格、邪正，自有高下之别。

《资治通鉴》卷二四一宪宗“元和十五年”：

> 乙巳，上（宪宗）问宰相玄宗之政，先理而后乱，何也？崔群对曰：“玄宗用姚崇、宋璟、卢怀慎、苏颋、韩休、张九龄则理，用宇文融、李林甫、杨国忠则乱，故用人得失，所系非轻。人皆以天宝十四年安禄山反为乱之始，臣独以为开元二十四年罢张九龄相，专任李林甫，此理乱之所分也。愿陛下以开元初为法，以天宝末为戒，乃社稷无疆之福。”

张九龄是开元年间的最后一位贤相，是智者，正直敢言，选贤任能，公忠谋国。可惜，玄宗已经失去了早年的励精图治之心，好大喜功，在身边亲信群小的包围之中，做着太平天子的美梦。唐玄宗尤其是把官职当作赏赐之物，不管有无才能，事实上破坏了人才选拔制度，造成了用人机制的混乱，邪正不分，国家哪有不衰败的道理。官与爵不同，官是职能，是一个部门，一个地方的主要负责者，无才无德者居之，将会祸害一个部门、一个地方、一种事业，因此要特别慎重地选拔人才，让合适的人到合适的岗位上，发挥他最大的能力。爵，乃禄，历来爵禄并称，就是指钱粮、物品。君王喜欢、偏爱某些人，可以赏赐钱物，让其过上富足的生活。滥赏爵禄钱物，最大的害处，只不过是浪费了民脂民膏，不会直接对一个部门、一个地方、一大批人产生祸害。能够选拔人才，是吏治清明的表现。唐玄宗要重用不识字的牛仙客，要以宰相之职赏赐武将张守珪，都是滥赏官职之事；而以李林甫为宰相，任人唯亲，所用之人大都不称职，结果导致了兴盛的大唐帝国的衰败。究其根本，乃由于唐玄宗用人不当，偏听偏信，破坏了人才选拔制度。张九龄的《感遇》诗，既是诗人自己的经历和心境，也是大唐由盛而衰的真实记录，其意味颇为深长。

李白

下终南山过斛斯山人宿置酒

暮从碧山下，山月随人归。却顾所来径，苍苍横翠微。相携及田家，童稚开荆扉。绿竹入幽径，青萝拂行衣。欢言得所憩，美酒聊共挥。长歌吟松风，曲尽河星稀。我醉君复乐，陶然共忘机。

李白“一生好入名山游”，少年时就在蜀中游历名山大川，在大匡山读书，也曾隐居岷山，游历峨嵋山，《新唐书》本传说李白“喜纵横术、击剑，为任侠，轻财重施”，当时号称文章“大手笔”的许国公苏颋为益州长史，称赞李白：“子天才奇特，少益以学，可比相如。”盛唐社会安定，“行千里者不持刀尺”，物产丰富，生活富足，交通便利，每个驿站都有驿驴，可以雇用骑行，山林寺庙富有图书，可以食宿读书。因此，唐人有漫游和读书山林的爱好。漫游，即外出旅游，开阔视野，增长见闻，加深社会体验，“读万卷书，行万里路”。

李白少年时即在蜀中读书、漫游，二十五岁离开四川，壮游各地，到过襄阳、庐山、宣城、建康（今南京）、江浙一带，还游历过齐鲁、幽燕、梁宋、太原、洛阳等地，足迹几遍天下。

这首诗，大概作于开元十九年（731）李白入长安之时，曾游历终南山。这个时候，李白刚刚三十岁，已经是一个名满天下的大诗人了。终南山，在长安城（今陕西西安）的南面，是秦岭山峰之一，又称太乙山、南山，是唐代声名很盛的名山。唐人求出仕，往往隐居于终南山，制造声誉，引起朝廷的重视，以求征召。这与唐代的人才选拔制度有关。科举考试是常规考试，为了不埋没人才，朝廷还征召特殊人才、声名卓著的人才，因此就有不少士人隐居以求高名，达到出来做官的目的。

初唐时，卢藏用没有考中进士，想入朝做官，就隐居终南山，制造声誉，声名远播，终于引起朝廷的注意，请其入朝做官。白云道士司马承祯要去天台山隐居。天台山，在现今的浙江。卢藏用说：终南山就很好，何必去那么远的地方呢。司马承祯说：隐居修道，要去安静的地方，终南山在帝都长安边上，隐居只是为求官，看来终南山真是通往官场的一条捷径啊。这就是成语“终南捷径”的出处。李白来到长安求官，也就游访了京城近郊的这一名胜。大诗人李白和终南山相遇，会发生怎样的故事呢？

过，拜访。斛斯，复姓。山人，即山居的隐士。杜甫有《过斛斯校书二首》，乃斛斯融。大概斛斯融未做官时隐居于终南山。诗题很有意思，是一句话：从终南山下来，拜访斛斯山人，住宿，主人设酒招待。诗歌的重点不是游山，而是游山之后相遇的美好友情。全诗也就从这个诗题展开，逐层叙写。

暮从碧山下，山月随人归。却顾所来径，苍苍横翠微。

这四句即“下终南山”：傍晚时分，从苍翠的终南山下来，一轮明月在天空朗照，月光下泻，似乎一路照耀、护送着诗人，特别有情意，很是温馨。下山之后，不经意间回头一望，却见下山时所走过的青翠的山峦和路径，都被苍茫暮色所笼罩了。却顾，回头看。苍苍，指苍茫的暮色。横，横亘，笼罩。

相携及田家，童稚开荆扉。绿竹入幽径，青萝拂行衣。

这四句，与“过斛斯山人”相应。大概斛斯山人得知大诗人李白来游山，遂殷勤地早早沿路迎候，相遇于途中，亲切地手拉着手，一起到家，童仆赶紧推开柴门来迎接。柴门，树枝编的、类似于篱笆状的院门。山人家院落很幽静，绿竹环绕，小路幽深，而青萝低垂，时时牵拂诗人的衣襟。青萝，即女萝，又名松萝，呈丝状，常自树间悬垂，故曰“拂行衣”。这一段，诗歌的节奏很是明快、紧凑，彰显了诗人游山之尽情尽性、过访斛斯山人之欢快情绪。

欢言得所憩，美酒聊共挥。长歌吟松风，曲尽河星稀。

这四句，与诗题“宿置酒”相应。主人款待，诗人很高兴，既得到了休息之所，又有美酒尽情尽兴。言，语助词。憩，休息。得所憩，即“宿置酒”。挥，举杯。《礼记·曲礼》注说：挥，振去杯中的余酒。频频举杯，潇洒自然。美酒尽情尽兴，主客相欢，高兴处唱起歌来，与松风相应和，歌声将歇，欢宴之情已尽，天上银河暗淡，星辰稀疏，天色将明。

我醉君复乐，陶然共忘机。

天将亮了，欢聚也很尽兴，我醉了你也醉了，我很快乐你也很快乐，心心相印，忘记了人世间的种种算计、功名利禄之心。陶然，和乐的样子。机，机心，世俗伪诈之心，算计之心。《庄子·天地》：“功利机巧，必忘夫人之心。”

李白天性真率，诗写游历终南山而访友的过程，按时间顺序写来，着重写薄暮时分，从终南山下来，一轮明月一路相伴，游山而能够尽情尽兴；下山之时，轻松愉快，明月有情，始终相伴相送，更是惬意。“却顾来时径，苍苍横翠微”，山下回望，既是对游终南山之惬意的再次回味，也是写法上的一次横转，使行云流水般的抒写有了一个必要的顿挫，避免平铺直叙的一览无余，好像摄影一样，有了一个景深，也就有了更为深广的表达。而后，写斛斯山人之热情，出门远迎，“相携”而归，童仆热情相迎，斛斯山人家中景致“绿竹入幽径，青萝拂行衣”，既是入门之所见，绿竹丛丛，青萝拂衣，家园简朴又不失高雅，体现出好客的深情，也在写法上顿挫有致，景与情相谐。宾主相得，留宿家中，美酒欢宴，尽情高歌，与松竹之声相应和，其乐融融，不知不觉之间，天将破晓。诗的最后两句，自然而然得出由衷的感叹：我们的相聚太愉快、惬意，真诚的友谊总是让人陶醉。诗人将一次平平常常的游历、访友，写得那样超然、亲切，在一个绿色的世界中，将自己的真情实感全部融入，潇洒闲淡，英气逼人，因而感人至深。此诗质朴自然，冲淡清新，与陶渊明诗歌很接近，不过，李白诗歌中多了一些平和中的清峻飘逸之气，如清风扑面，而又英气沁人心脾，令人神往。

李白的诗虽号称天马行空，不受拘束，但事实上，还是很注意诗歌章法与意脉，只不过诗人是以真情性泯灭了写作的痕迹罢了，是无技巧的技巧。

月下独酌

花间一壶酒，独酌无相亲。举杯邀明月，对影成三人。月既不解饮，影徒随我身。暂伴月将影，行乐须及春。我歌月徘徊，我舞影零乱。醒时同交欢，醉后各分散。永结无情游，相期邈云汉。

李白天性真率，多朋友，爱热闹，所到之处总有诚挚的朋友相邀相伴；然而，人总是有离群索居、面对孤寂之时。那么李白是如何面对孤独寂寞，而又摆脱孤寂、超然物外的呢？《月下独酌》共四首，这是第一首。根据第三首“三月咸阳城”来看，此诗应该作于天宝三载（744），是李白辞任供奉翰林离开朝廷前夕所作，正是唐玄宗“赐金放还”之际。

为求仕进，有着远大抱负的李白多年漫游，隐居学道，而且与学道的玉真公主有交往，声名远播。天宝初年，受玄宗妹妹玉真公主和诗人贺知章的推荐，朝廷下诏，征辟李白入朝为官。四十二岁的诗人，接到这一消息，欣喜若狂：“仰天大笑出门去，我辈岂是蓬蒿人。”李白以为，多年的抱负、人生理想，终于有实现的机会了。哪知道，入长安之后，玄宗皇帝只是把他作为一个侍奉宫廷的“翰林供奉”，创作诗歌，粉饰太平而已。而且，进入上流社会，李白发现，达官贵人生活奢靡，只谋私利，不顾国家与民生；曾经励精图治、雄才大略的玄宗皇帝，已经失去了进取之心，沉迷于奢靡生活的享受，政治昏暗，正直不容于世。这一切，很让李白失望，因而他的孤寂与痛苦也就很深。

李白喜爱月亮，对明月情有独钟，“小时不识月，呼作白玉盘”，天真无邪。而酒是李白的朋友，诗人爱喝酒，写酒的诗也很多，《月下独酌》的第二首说：“天若不爱酒，酒星不在天。地若不爱酒，地应无酒泉。天地既爱酒，爱酒不愧天。”可以说，酒是李白借以表达自我情绪的重要媒介，可以使诗人傲视王侯，平揖万乘，保持精神的独立与自由。

李白爱酒、爱月，而且爱得极深沉。花好月圆之夜，面对美酒，却无知己共饮美酒、赏明月，只好自斟自酌，那种孤独寂寞无聊，将诗人紧紧地包裹着。而诗人却突发奇想，举杯邀请明月共饮美酒，明月、诗人、身影，三人成众，应该并不孤寂。可惜，明月并不举杯相邀，身影仅仅徒然地随着诗人而晃动，不能主动举杯相邀，同声应和，却还是那样地寂寞无聊。“暂伴月将影，行乐须及春”，虽然仍旧孤寂，还是和明月、身影相伴吧，良辰美景、青春年华，转瞬即逝，人生为乐须及时，不可辜负了这青春年华、良辰美景。诗人旷达中有悲愤之情，一心想为国家民生做一些事情，却不被理解，不被接受，诗人无奈与愤激中，只有借酒浇愁。此时，诗人兴致高涨起来，执拗地举杯邀请明月、身影共同畅饮美酒，明月、身影一下子有情有义，热闹起来，载歌载舞，“月徘徊”“影零乱”，清醒时一同欢乐、歌舞，酒醉后则各自分散。诗人已经进入了酒醉的迷离状态，婉转高歌，翩翩起舞，自得而自适，欣然的欢乐中，却又清醒过来：明月、身影在清醒时一起欢乐、歌舞，而醉后却又各自分散，还是要沉入孤寂无聊，因而悲从中来。于是遂有“永结无情游，相期邈云汉”的美好愿望。无情，忘情，忘却世俗的是非得失、功名利禄，超然于一切之上的精神状态。云汉，天河、银河。相约在那遥远的天上仙境相聚，永不分离。

诗以花好月圆之夜为背景，以孤寂独饮美酒为线索，月的神秘，使诗仙奇思迸发；酒的刺激催化，使其诗情喷薄，层层展开“我”与“月”“影”三者的关系。“月徘徊”“影零乱”“随我身”，将身、月、影三者的动态与复杂描写得很真切，抒发了诗人那种孤独无知音的感慨。“我”是“月”与“影”的中心，高悬天际的明月邈远，虚幻的身影也不真实，孤独的“我”依然是孤独的，紧扣题目“月下独酌”。孙洙评曰：“题本独酌，诗偏幻出三人，月、影伴说，反复推勘，愈形其独。”（《唐诗三百首》卷一）那种震撼人心的巨大孤独感，完全呈现于读者的面前，有极强的感染力。

大诗人杜甫《饮中八仙歌》说：“李白一斗诗百篇，长安市上酒家眠，天子呼来不上船，自称臣是酒中仙。”五代王定保《唐摭言》卷一三：“开元中，李翰林应诏草《白莲花开序》及《宫词》十首。时方大醉，中贵人以冷水沃之，稍醒，白于御前索笔一挥，文不加点。”酒是李白诗才的催化剂，也是其独立精神的表现，欢乐时以酒助兴，忧愁时以酒消愁。进入长安政治中心，争取一席之地，施展远大的政治抱负，“申管晏之谈，谋帝王之术，奋其智能，愿为辅弼。使寰区大定，海县清一。事君之道成，荣亲之义毕，然后与陶朱、留侯，浮五湖，戏沧洲，不足为难矣”（《代寿山答孟少府移文书》），是李白的人生理想。可惜，供奉翰林，被视为文学侍从之人，为玄宗与杨贵妃写歌词，粉饰太平，李白的失望可想而知。傲岸不屈的诗人，被赐金放还的前夕，写下这首《月下独酌》，李白的巨大的失望与孤独感，无知音赏识的悲愤，都融入其中，因而要把“月”与“影”视为知己，“永结无情游”，而超越尘世的卑鄙污浊，在理想的天上仙境相会了。

春　思

燕草如碧丝，秦桑低绿枝。当君怀归日，是妾断肠时。春风不相识，何事入罗帏。

李白祖籍陇西成纪（今甘肃秦安），出生于西域碎叶，五岁左右，移家于蜀中，居于绵州昌隆（今四川江油）。李白出生时就很有传奇色彩，母亲梦见长庚星入怀，因而命名为李白，字太白。长庚星，古代指傍晚出现在西方天空的金星，也叫太白星、明星。这颗星，早晨在东方，叫启明星，傍晚在西方，叫长庚星。《诗经·小雅·大东》说：“东有启明，西有长庚。”《毛诗传笺》说：“日旦出，谓明星为启明，日既入，谓明星为长庚。”

相传，李白幼年时读书不专心，贪玩，遇见一老妇人在溪水边，用力地磨一根铁杵，遂好奇地问：这是干什么呢？老人说：要磨成一根针。李白大为感动：只要有恒心，有毅力，做任何事情都能成功。后来，在四川眉州象耳山下，就有一个地方叫磨针溪。李白少年时代在家乡刻苦攻读，熟研经史旁及百家杂书，兼习剑术。二十岁游历成都及峨眉山等处名胜，以诗文见赏于世。二十五岁经三峡出蜀远游，南穷苍梧，东涉溟海，还憩云梦。留居安陆（今属湖北）时，娶故相许圉师孙女为妻。数年后北游龙门，至洛阳、上太原，复往东鲁，南下会稽。这样的游历，唐人称之为漫游，是访学、从师，增长见识，开阔视野和心胸的重要方法，所谓“读万卷书，行万里路”也。

然而，长期的漫游，也与家人长久离别，饱尝相思离别之苦，因而也对人世间的亲情、爱情、友情有更深入的体味。《春思》这首诗，大概就写于李白在长安之时。诗人以女性的视角，抒写思妇在春天怀念远戍的丈夫，表达她坚贞的爱情。

燕草如碧丝，秦桑低绿枝。当君怀归日，是妾断肠时。

燕，即现在河北北部、辽宁西南一带，乃诗中女子的丈夫远戍之地。秦，指现在陕西境内，为女子所居之地。燕、秦两地相隔很远，物候差异很大，当燕地绿草如丝，才破土而出之时，秦地桑树已经是绿叶繁盛低垂。虽然两地相隔遥远，但征夫、思妇心意相通。当远戍的丈夫萌生思乡之意时，居家之女子也正因思念丈夫而伤怀已极，肝肠寸断。显然，诗人用燕草秦桑物候之差异，意在比拟征人与思妇的相思情感之厚薄。萧士赟说：“燕北地寒生草迟，当秦地柔桑低绿之时，燕草方生，兴其夫方萌怀归之志，犹燕草之方生，妾则思君之久，犹秦桑之已低绿也。”（《分类补注李太白集》卷六）东晋干宝《搜神记》卷二十曰：“临川东兴有人入山，得猿子，便将归，猿母自后逐至家。此人缚猿子于庭中树上以示之，其母便搏颊向人，欲乞哀状，直谓口不能言耳。此人既不能放，竟击杀之。猿母悲唤，自掷而死。此人破肠视之，寸寸断裂。”

春风不相识，何事入罗帏。

女子说，多情的春风啊，我们并不相识，你因何而吹入我的罗帏帐呢？这一句，实乃娇嗔语，表达些微的恼怒之意，传达出对爱情的坚贞。古乐府《伤歌行》：“昭昭素月明，晖光烛我床。忧人不能寐，耿耿夜何长。微风吹闺闼，罗帷自飘扬。”晋时《子夜四时歌·春歌》：“春风复多情，吹我罗裳开。”诗人此处反用其意。开元诗人薛维翰《春女怨》：“儿家门户重重闭，春色因何入得来？”正与此句相通。

此诗写相思、春情，妙在用描摹刻画思妇心理，惟妙惟肖。“春”既指自然的春天，也喻指男女诚挚炽热的爱情。“丝”谐音“思”，“枝”谐音“知”。两地相距遥远，春色相思，全从思妇之眼中看到，由心中揣想，眼见到秦地绿桑繁盛，枝条低垂，而悬想燕地苦寒春迟，碧草才生；眼见为实，悬想为虚，虚实相生，遂使感情波澜起伏。思妇之感情诚挚浓烈，相思已久，伤怀不已，而悬想、揣想远戍之征人见春草而起思家之念。然而，虽然有刻骨铭心的相思、备受折磨的怨艾，思妇却转而埋怨多情的春风，彼此并不相识，春风啊，你因何事而闯入我的罗帏帐中呢？怨艾中亦有忠于爱情的洁身自好，有非外物所能触动的心意在。

李白细致入微，把握思妇的微妙心理，在短短的诗章中，展示出思妇的相思之深、之苦，在怨艾中又能洁身自好、忠于爱情的复杂隐秘心态，堪称佳作。因为诗人舍弃了个人性因素，从普泛性上来描写远行在外的征人和独居空闺的思妇的离别相思之情，因而使诗歌本身具有了巨大的涵盖力，很容易切中读者的心理，引起广泛的共鸣。

李白的诗，五言多于七言，古诗和歌行多于律诗。尤其是他的古诗，在形式上并没有多少创造，表现手法比较浅显、直露，然而能够继承陶渊明，一脉相传，以古淡取胜，往往是语浅情深，似浅显而实隐微曲折，需要用心体会，才能悟得其高妙。

杜　甫

望　岳

岱宗夫如何，齐鲁青未了。造化钟神秀，阴阳割昏晓。荡胸生层云，决眦入归鸟。会当凌绝顶，一览众山小。

登高望远，见天地之广大，宇宙之浩瀚，可以开阔视野，恢弘心胸。天下有五岳，而泰山为首。古往今来，有多少仁人志士，或曾登临泰山之巅，或过泰山脚下而仰望，激荡心胸，而生无限感慨。孔子登上鲁国之东山，也曾登临巍巍泰山，而有“登东山而小鲁，登泰山而小天下”之感喟。

开元二十三年（735），二十四岁的杜甫洛阳应试，虽然没有考中，但杜甫并不气馁、伤怀，仍然自信开朗。第二年，他又开始了第二次漫游，地点在齐赵（今河南、山东、河北一带），《壮游》诗说：“放荡齐赵间，裘马颇清狂。春歌丛台上，冬猎青丘旁。呼鹰皂枥林，逐兽云雪冈。射飞曾纵鞚，引臂落鹙鸧。”与朋友聚会歌咏，呼鹰纵马，驰骋原野之上打猎，诗人是那样地自由浪漫、豪放不羁，展现出盛唐人开朗而自信的精神。

就在这一时期，杜甫赴兖州（今属山东）探望任司马的父亲杜闲，途经泰山，行色匆匆，未能登临山巅，诗人不无遗憾地仰望泰山，而作《望岳》一诗。

岱宗夫如何，齐鲁青未了。造化钟神秀，阴阳割昏晓。

泰山为五岳之首，别称岱宗。岱，始也；宗，长也。夫，语气词。泰山在今山东省中部，主峰玉皇顶在泰安市北。齐鲁，周朝时的两大诸侯国，齐在泰山之北，鲁在泰山之南。造化，指大自然。钟，集聚。昏晓，山北为阴，故日色昏暗；山南为阳，故天色晓明。五岳之首的泰山究竟如何呢？巍巍泰山，横亘于齐鲁大地，高耸入云，连绵不绝，无论从何地何处，皆可遥遥望见它那苍青色的身影。大自然将天地的秀美和灵气都集聚在此，山峰高耸，山南山北明晦不同，有如晨昏。

荡胸生层云，决眦入归鸟。

这一句写在山下眺望巍峨的泰山。眺望巍峨的泰山，诗人心潮激荡，心胸开阔，如泰山之巅的云涛一样起伏涌动；诗人瞪大眼睛，追逐着飞入泰山的鸟儿，想看得更清楚一些，也希望像鸟儿一样飞上泰山。决，裂开。眦，眼角。

会当凌绝顶，一览众山小。

很自然，诗的最后，诗人很自信也很有感触：最终有一天，我会登上登山之巅，那时就能体会到孔子“登泰山而小天下”的感喟了。

秦始皇二十八年（公元前219），始皇东巡登泰山，丞相李斯等颂秦德而立石碑于泰山之巅，世称“封泰山碑”。此后，历代帝王多有封泰山之举，告成功于天下。泰山乃一种象征。此诗之关键在一个“望”字，句句紧扣“望”字。首先是远望所见：泰山巍峨高大、连绵不绝；其次具体写其秀美，是大自然神秀灵异之所聚集，山峰高耸，连绵广大，山之南北竟然昏晓不同，有一种凌空俯视其雄伟之感受。再写远望所感，眼光追逐着飞入泰山的鸟儿，将豪情与飞鸟相映衬，泰山磅礴之气鼓荡着诗人的心胸，使他的生命之气与之相激越，激发了诗人豪迈之情、建功立业的志向，很自信终会有一天，登上泰山之巅而俯视众山。诗人豪迈自信的情感，始终充实于字里行间。正如清人仇兆鳌说：“诗用四层写意：首联远望之色，次联近望之势，三联细望之景，末联极望之情。”（《杜诗详注》卷一）诗人由远及近，层次分明，境界高远，寓意深刻，抒写泰山的雄姿和壮丽景象，更突出了诗人广阔的胸怀和远大的抱负。杜甫青少年时，天真活泼，充满生命的张力，“忆年十五心尚孩，健如黄犊走复来。庭八月前梨枣熟，一日上树能千回”（《百忧集行》）。眺望泰山，在雄伟壮丽的泰山磅礴之气的感召下，年轻的杜甫自信、乐观，科举不第不但没有给诗人留下任何不愉快的印迹，反而激发诗人以“天行健，君子以自强不息”的气魄，将人生挫折升华为奋发向上的豪情，并由此达到与天地之精神相与为一的境界。

赠卫八处士

人生不相见，动如参与商。今夕复何夕，共此灯烛光。少壮能几时，鬓发各已苍。访旧半为鬼，惊呼热中肠。焉知二十载，重上君子堂。昔别君未婚，儿女忽成行。怡然敬父执，问我来何方。问答未及已，儿女罗酒浆。夜雨剪春韭，新炊间黄粱。主称会面难，一举累十觞。十觞亦不醉，感子故意长。明日隔山岳，世事两茫茫。

唐肃宗乾元二年（759）春天，安史叛乱已三年半了，虽然已经收复了西京长安和东都洛阳，但战争远没有结束。就在这年的三月，郭子仪等九节度使率军围攻相州（今河南安阳）的安史叛军。《资治通鉴》卷二二一记载：“自冬涉春，安庆绪坚守以待史思明，食尽，一鼠直钱四千，淘墙麹及马矢以食马，人皆以为克在朝夕。而诸军既无统帅，进退无所禀，城中人欲降者，碍水深不得出。”鉴于安禄山拥兵自重，最终反叛，唐肃宗担心武将专权，于是不任命统帅，派自己的亲信大宦官鱼朝恩以“观军容使”的身份，进行牵制，时时向皇帝汇报。因此，九节度使的大军没有统帅，号令不一，不能互相协调，甚至缺少粮草供应。而此时，叛军主将史思明率领五万精兵前来救援被围困的相州，官军步兵和骑兵六十万之众与之对垒，当决战之时，“未及布阵，大风忽起，吹沙拔木，天地昼晦，咫尺不相辨。两军大惊，官军溃而南，贼溃而北。弃甲仗辎重，委积于路。子仪以朔方军断河阳桥保东京，战马万匹，唯存三千，甲仗十万，遗弃殆尽。东京士民惊骇，散奔山谷……士卒所过剽掠，吏不能止，旬日方定”（《资治通鉴》卷二二一）。

此时，杜甫正由洛阳往华州（今陕西华阴），遭遇相州（今河南安阳）大溃败，到处是溃败的官兵和流离失所的百姓。在艰难困苦、流离失所的逃难路途中，杜甫偶然遇见了年轻时的友人卫八士，真是情何以堪！欣喜、惊疑、悲伤、感慨，复杂的情绪涌上心头，令人百感交集！卫八，姓卫，排行老八。以排行称某人，是唐时朋友之间的习惯。处士，隐居不仕之人。

因此，诗开篇就很是感慨，把那种复杂的、难以明言的情绪全盘托出：

人生不相见，动如参与商。今夕复何夕，共此灯烛光。

人生多离别，南北东西，飘零各处，动辄就像那天空中西边的参星、东边的商星，此出彼没，永不相见啊。真是想不到，竟然能够有这样的一个夜晚，共同面对着此灯烛之光，何幸如之！参星在西方，商星在东方，当商星从东方升起时，参星则在西方落下，此出彼没，永不相见，后来遂用以比喻亲友隔绝，不能相见。曹植《与吴季重书》：“别有参商之阔。”《诗经·唐风·绸缪》：“今夕何夕，见此良人！”表示极大的惊喜，杜甫“今夕复何夕”援引这个典故，以表示遇见卫八处士的惊喜之情。

少壮能几时，鬓发各已苍。访旧半为鬼，惊呼热中肠。焉知二十载，重上君子堂。昔别君未婚，儿女忽成行。怡然敬父执，问我来何方。问答未及已，儿女罗酒浆。夜雨剪春韭，新炊间黄粱。

这是惊喜之余，对久别重逢之后的观感所作的细细叙述。此处分三个层次：一是记忆中的那个年轻俊俏的人儿，竟然已经是白发苍颜了，时光荏苒，真是一瞬之间。询问年轻时的朋友、伙伴，经历战乱，许多人都已经死去了，连连惊呼，为朋友故旧的死亡而深感悲痛，肝肠热辣辣地疼痛。二是世事难料，谁能想到二十年后，还有机会重访卫八。想当初，分别之时，卫八尚未结婚，此次见面，竟然儿女成行，孩子们很和悦地上前来给父亲的好友致敬，询问从那里而来。三是问答尚未结束，孩子们已经把酒水摆好了。乘着夜色，割剪春雨润泽的鲜嫩韭菜，刚刚煮熟的掺和着黄小米的饭，已经端上桌了。父执，父亲的好友。罗，张罗、布置。间黄粱，在白粱米中掺和着黄小米。黄小米产量低而味美，表示卫八处士虽然家贫，然而尽心尽意地招待客人，体现出情谊之深厚。

主称会面难，一举累十觞。十觞亦不醉，感子故意长。明日隔山岳，世事两茫茫。

主人感慨地说：分别二十年才得以见面，诚然难得，因此连连举杯，喝十大杯酒。诗人说，有感于主人诚挚念旧之情意，十大杯酒也不会醉的。明天又得离别，世事难料，天南地北，各自一方，飘零转徙，而战乱不已，更不知何时能够过上太平生活。故意，即故人感旧之情意。世事，指时局发展和个人命运。

此诗写安史之乱时，杜甫流离失所、艰难辗转之时，偶遇友人卫八处士。娓娓而谈，亲切叙事，平易真切，质朴无华，却又很是生动自然。一别二十年的朋友，在战乱流离中偶然相逢，乍惊乍喜，如梦如幻，“人生不相见，动如参与商。今夕复何夕，共此灯烛光”，真有九死一生的感慨、惊疑和欣喜。灯烛之下，两相对视，白发苍颜而相貌依稀，还能看出年轻时的印象；而“访旧半为鬼”的惊惧，则加深了对人生的艰难和战乱的巨大影响的刻画。卫八处士一家热情的招待、孩子们的和悦与温情，更让诗人感受到了难得的友情和温暖。久别重逢，悲欣交集，而明天却又要离别的伤感、世事难料的无奈，又使此次的偶然相聚更显难得，同时也加重了感伤气氛。

清人黄生评述此诗曰：“写故交久别之情，若从肺腑中流出，手未动笔，笔未蘸墨，只是一真。然非沉酣于汉魏而笔墨与之俱化者，即不能道只字。因知他人未尝不遇此真境，却不能有此真诗，总由性情为笔墨所格耳。”（《杜诗说》卷一）好诗是真性情的自然流露，而不是纯粹的文字技巧所能达到的。杜甫的这首诗，没有直接写安史之乱的残酷，给人民生活所带来的深重灾难，然而，却在"今夕复何夕""访旧半为鬼""世事两茫茫"的感慨中，在和卫八偶然相逢的悲欣交集中，将这个大的时代背景完全呈现出来，事实上也成为这首诗的宏大背景，因而他们的相聚才显得那样动人。

佳　人

绝代有佳人，幽居在空谷。自云良家子，零落依草木。关中昔丧乱，兄弟遭杀戮。官高何足论，不得收骨肉。世情恶衰歇，万事随转烛。夫婿轻薄儿，新人美如玉。合婚尚知时，鸳鸯不独宿。但见新人笑，那闻旧人哭。在山泉水清，出山泉水浊。侍婢卖珠回，牵萝补茅屋。摘花不插发，采柏动盈掬。天寒翠袖薄，日暮倚修竹。

安史之乱爆发，百姓生活陷入了极端的艰难困苦，人命危浅，朝不保夕，流离失所，极其困顿。即使达官贵人之家，也往往逃亡在外，甚至惨遭杀戮。在这个大动乱之际，有些人加入了叛军，助纣为虐；而许多人还心念朝廷，虽逃亡在外，却不失赤子之心，一心希望朝廷能够很快消灭叛乱，收复失地，恢复大唐盛世的太平与光荣。

乾元二年（759）秋天，杜甫一家逃避战乱，离开了关中，到达秦州（今甘肃天水）。秦州远离战乱，相对安定，逃难至此的百姓很多。在秦州，杜甫遇到了一位高门大族的美人，其兄弟死亡，而丈夫又另寻新欢，抛弃了她。然而，即使在这样的困境中，这个女子也没有改变自己的操守，在艰难困境中洁身自好，满怀信心，坚强地生活。杜甫被深深地感动了，同时也滋生出"同是天涯沦落人"的感触，虽然遭受世事变化的摧折，却能够不改初心、坚贞自持、内美修能，于是写了这首《佳人》诗。

诗歌开篇"绝代有佳人，幽居在空谷"，是第一个层次。用汉代李延年《北方有佳人》诗"北方有佳人，绝世而独立。一顾倾人城，再顾倾人国"，描摹这个女子无与伦比的美丽。唐代避太宗李世民的名讳，改“世”为“代”。幽居，即隐居。《诗经·小雅·白驹》曰：“皎皎白驹，在彼空谷。生刍一束，其人如玉。”那个洁白如玉的绝世美丽女子，孤寂地居住于这个空旷幽绝的山谷，开篇营造出一种幽独孤寂的氛围，便于以下的叙述。

第二个层次，诗人则以女子的自述娓娓道来，在广阔的社会背景下，展开了一个流离失所的悲惨故事。女子是官宦清白人家，遭逢战乱，飘零失所，只得隐居于空谷之中。自己的兄弟被叛军所杀害，虽然出身于官宦之家，但是又有什么用呢，连兄弟的尸骨都不能收葬。想来，厌恶、嫌弃门庭衰败失势是世态人情，人间万事、富贵贫贱如同风中之灯烛，随风转灭，不可测度啊！自己的丈夫是一个浪荡子，看到女子的家门衰落，喜新厌旧，又娶了一个如花似玉的新妇。合昏花儿（即合欢花）都知道朝开夜合，水中鸳鸯也会不离不弃，可叹花鸟都能够有情有义，而夫婿却喜新厌旧，何其轻薄呢！你只见到新妇欢笑，哪里听得到曾经的妻子伤心哭泣呢！“合婚尚知时，鸳鸯不独宿”，是传统的比兴手法，托物言情，引起下文的“但见新人笑，那闻旧人哭”，这样物与人相绾合，增强了表现力，充实了情感的表达。

第三个层次，则以“在山泉水清，出山泉水浊”起兴，泉水在山谷中是清澈的，流出山谷之后就会变得浑浊。意思是说，佳人隐居于幽谷之中，即使孤寂困顿，也坚守其清高之节操，而不会如出山之泉水，日渐浑浊了。侍婢去集市典卖珍珠而回，主仆二人又割剪女萝草，补缀破败的茅屋。“侍婢卖珠回，牵萝补茅屋”，描写佳人生活极为艰苦凄凉：珍珠是佳人的贴身妆饰，生活困顿，不得不典卖以艰难度日；茅屋破败，不得不亲力亲为，辛苦地割剪女萝补缀以避风雨。女为悦己者容，士为知己者死。佳人被抛弃，守节自持，摘鲜花而不插于鬓发；松柏坚贞，岁寒而不凋，清苦自知，却痴心不改。《诗经·卫风·伯兮》：“自伯之东，首如飞蓬。岂无膏沐，谁适为容？”《论语·子罕》曰：“岁寒，然后知松柏之后凋也。”掬，两手捧取。杜甫在此处，很自然地融会了这两个典故，非常贴切地表达佳人坚贞自守的高洁品性。

第四个层次，“天寒翠袖薄，日暮倚修竹”收束全诗。杜甫刻画佳人，形象极为生动，品性高洁，如在目前。深秋的浓浓寒气，佳人浅绿色的衣衫单薄，在夕阳绯红的霞光照耀下，身倚青翠修长的竹子，楚楚动人。同时，也与开篇“绝代有佳人，幽居在空谷”相映衬，凸显佳人形象之美好和品性之高洁。竹有节而挺立，人有节而自高，比喻佳人的坚贞操守。《杜诗言志》卷五说：“其坚苍孤冷之节，足以傲雪凌霜，而与天寒日暮之修竹，同其劲直也。”

这首《佳人》诗，在安史之乱的广阔背景下，以幽居空谷、被遗弃的佳人为抒写对象，从一个侧面反映了社会的大动乱，以及人的社会关系的巨大变化。诗中的佳人形象，可怜而又可敬。一方面叙说，国难当头，家庭破败，兄弟惨死；另一方面叙说，佳人被抛弃，生活艰难困顿，遭遇极其悲惨。然而这个女子却又极其自强、自尊，在难以忍受的打击之下，没有可怜求乞之态，也没有沉沦颓靡之想，而是坚贞自守、自强不息，“侍婢卖珠回，牵萝补茅屋。摘花不插发，采柏动盈掬”，处处体现出女子高洁的品性。

这首诗有杜甫的影子。安史之乱爆发后，杜甫逃离沦陷的长安，经历千难万险，奔赴唐肃宗所在的灵武，“麻鞋见天子，衣袖露两肘”，一片丹心赤诚，想为朝廷平定叛乱多尽一份心力，因而屡屡进谏，履行自己身为谏官（左拾遗）的职责，岂料得罪权贵，被逐出朝廷。带领全家逃难至秦州，很可能遇见了这样一位美貌佳人幽居于空谷，诗人遂将自己的一腔爱国热忱、忠愤之情，倾注于佳人悲惨遭遇和孤苦生活的叙写，又用比兴手法，赞美其高洁情操和坚贞品性。这样，就将客观描写与主观寄托、抒情有机地结合起来了，着意塑造绝代佳人“天寒翠袖薄，日暮倚修竹”的形象时，自然而然地寄寓了诗人自己的感慨和理想，遂成为传世名篇，感人至深。

梦李白二首

其一

死别已吞声，生别常恻恻。江南瘴疠地，逐客无消息。故人入我梦，明我长相忆。恐非平生魂，路远不可测。魂来枫林青，魂返关塞黑。君今在罗网，何以有羽翼。落月满屋梁，犹疑照颜色。水深波浪阔，无使蛟龙得。

乾元二年（759）秋天，杜甫避难秦州。经历大动乱，九死一生，得以到达一个相对太平的地方，杜甫非常怀念被流放夜郎（今贵州正安西北）的大诗人李白，为李白的安危担心。

李白和杜甫是唐代两位伟大诗人，一生互相敬重，情同手足。天宝三载（744）四月，李杜二人初识于洛阳，便成知己。李白比杜甫大十一岁，早已是名满天下的大诗人，二人同游梁宋、齐鲁，“醉眠秋共被，携手日同行”（杜甫《与李十二白同寻范十隐居》）。第二年秋天，两人在鲁郡东石门一别之后，更是朝思暮想，在诗中再三表达思慕之情。安史之乱爆发，逃到蜀中的玄宗命永王李璘东巡江淮，保护东南地区不受叛军侵扰；而已经在灵武即位的唐肃宗李亨，害怕弟弟李璘与他争夺皇位，就以谋反的罪名杀了李璘。而一腔热忱的李白，受永王李璘之邀为其幕僚，为平定安史叛军而出力。李亨是皇帝，永王李璘被指斥为“谋反”，李白是从犯，自然罪责难逃，系于浔阳（今江西九江）狱中。实际上，李白是无辜的，他是肃宗李亨和永王李璘之间权力斗争的牺牲品。乾元元年（758），李白被流放夜郎，第二年行至长江三峡的白帝城，遇到朝廷大赦，放还。此时，杜甫在秦州，还不知道李白遇赦放还的消息，生死未卜，日夜思念，遂作此诗。

死别已吞声，生别常恻恻。江南瘴疠地，逐客无消息。故人入我梦，明我长相忆。

开篇就写得一往情深。如果知道大诗人李白已经死去的消息，就只有咽泪吞声的极度悲痛了；而生别却使人内心悲凄，时时担忧他的安危，而且长时间无法摆脱那种忧念之情。江南多瘴疠，流放的李白至今没有消息啊。这几天，他频频来我梦中，表明我对他思念之深。俗话说，日有所思，夜有所梦。诗人频频梦见李白，乃是关怀、思念所导致的。江南，唐代的江南西道包括现在的江西、湖南等地。瘴疠，南方山林湿热地区流行的瘟疫。隋代孙万寿《远戍江南寄京邑亲友》诗："江南瘴疠地，从来多逐臣。"把犯罪者流放到南方环境恶劣的瘴疠之地，带有惩罚的意味。杜甫化用此句，以表达对李白的思念之情。《楚辞·招魂》："湛湛江水兮上有枫，目极千里兮伤春心，魂兮归来哀江南。"杜甫疑心李白已经遭遇不测，因而频频来梦中，又因不得确切消息，更加重了诗人内心的极度悲苦。这是第一个层次。

恐非平生魂，路远不可测。魂来枫林青，魂返关塞黑。君今在罗网，何以有羽翼。

杜甫说，连日来频频梦见李白，而江南与秦州关山万里，道路险阻；如果不是李白已经死去，怎么可能倏忽之间就能飞渡这遥遥征途呢？李白精魂自江南而来，楚江枫树青青一片，离去时则秦塞乌云墨黑。如此艰难的环境，如果不是鬼魂又如何能逃脱罗网，来去倏忽呢？如若你还活着，仍然被系于牢狱，又凭什么能够往来自由呢？进一步申述对李白"恐非平生魂"的担忧。这是第二个层次。

落月满屋梁，犹疑照颜色。水深波浪阔，无使蛟龙得。

写杜甫从梦中惊醒，惝恍迷离，不知是醒是梦。李白"魂来枫林青，魂返关塞黑"，而今却是一轮明月照耀，屋内青光满满，李白的形象恍惚犹在。颜色，指李白的容貌。宋玉《神女赋》曰："其始来也，耀乎如白日初出照屋梁；其少进也，皎若明月舒其光。"因而，杜甫如同面对李白恍惚的形象，再三叮咛：你要多加小心，江湖多风浪，不要被蛟龙捕获了。波浪阔，指路途艰险，比喻政治环境险恶。蛟龙，此处比喻陷害忠良的恶人。再三叮咛，谆谆告诫，又与开篇的"生别常恻恻”相呼应，使得诗歌的意脉文理相贯注。这是第三个层次。

此诗在吞吐悲咽之中，表达了杜甫对知己李白的怀念与担忧。生离死别，积想成梦。而“恐非平生魂”以下六句，写梦境颇为真切，似乎未曾入梦；梦醒之后，却又醒而似梦，魂牵梦绕，总是为李白的安危担忧，这一复杂的思虑和丰富的感情，使诗人进入了物我两忘的境界，梦境与清醒无法分割。尤其可贵的是，在李白身陷牢狱之时，背负“从逆”的罪名，身处逆境的杜甫，极力赞扬李白，深表同情，“世人皆欲杀，吾意独怜才”（杜甫《不见》）。

其二

浮云终日行，游子久不至。三夜频梦君，情亲见君意。告归常局促，苦道来不易。江湖多风波，舟楫恐失坠。出门搔白首，若负平生志。冠盖满京华，斯人独憔悴。孰云网恢恢，将老身反累。千秋万岁名，寂寞身后事。

李白长流夜郎，于乾元二年（759）在夔州三峡接到皇帝大赦的消息，得以放还。兴奋的李白写了《早发白帝城》：“朝辞白帝彩云间，千里江陵一日还。两岸猿声啼不住，轻舟已过万重山。”而此时杜甫在秦州，还不知道李白遇赦之事，日思夜想，对李白的命运非常担心，就写下了《梦李白二首》。

浮云终日行，游子久不至。三夜频梦君，情亲见君意。

《古诗十九首》曰：“浮云蔽白日，游子不顾返。”李白《送友人》诗也说：“浮云游子意。”以浮云比兴，游子如天空的浮云一样，飘零各地，而长久地未能归返。李白、杜甫自天宝四载（745）在兖州（今山东兖州）分手之后，十四年来一直未能再见面，所以说“久不至”。因为“久不至”，又因为李白被流放，“江南瘴疠地，逐客无消息”而担忧，于是接连几夜都梦见李白，足见李白把诗人杜甫视为知己，情亲意厚。上一首“故人入我梦，明我长相忆”，彰显杜甫对李白的思念；这句“情亲见君意”，则突出李白对杜甫的深情眷顾，是从彼此两个方面来写，说明李杜二人互相思念。这是第一个层次。

告归常局促，苦道来不易。江湖多风波，舟楫恐失坠。出门搔白首，若负平生志。

接着上一首诗“魂来枫林青，魂返关塞黑”而说：李白在梦中匆促告别，再三诉说道路漫长而艰险，来往很是不容易；江湖之上多风波，小船飘荡，常常倾覆。楫，船桨，指代小船。贾谊《陈政事疏》：“若夫经制不定，是犹度江河亡维楫，中流而遇风波，船必覆矣。”李白告别出门之后，以手挠着满头白发，怅然若失，好像辜负了平生的壮志似的。这两句，是写告别时李白的神态，彷徨不已，若有所思。李白《代寿山答孟少府移文书》说过其人生理想：“申管晏之谈，谋帝王之术，奋其智能，愿为辅弼，使寰区大定，海县清一。事君之道成，荣亲之义毕，然后与陶朱、留侯，浮五湖，戏沧洲，不足为难矣。”乾元二年（759），李白已经五十九岁，到了人生的暮年，青年时安边定国、经世济民的伟大理想，已经没有什么实现的机会了。因而，杜甫如此抒写，表现了一生傲岸不屈的伟大诗人李白所面临的无奈和感慨！这是第二个层次。

冠盖满京华，斯人独憔悴。孰云网恢恢，将老身反累。千秋万岁名，寂寞身后事。

冠盖，冠冕和车盖，指达官贵人。看看京城长安之中，没有才能和壮志的人，却成为达官贵人，伟大诗人李白才高而壮志凌云，可惜一事无成，生命流逝，茕茕独立，形影相吊，憔悴不堪。谁说天网恢恢、疏而不漏？像李白这样的人才，年岁将老，反而获致重罪呢！世道实在是不公啊！然而诗人最终相信：李白最终会名垂千古、为后人所仰慕的，然而他生前如此沉沦不公，实在是太可惜了呀！憔悴，困顿失意。《楚辞·渔父》曰：“屈原既放，游于江潭，行吟泽畔，颜色憔悴，形容枯槁。”恢恢，广大的样子。《老子》第七十三章：“天网恢恢，疏而不漏。”是说，天道如广大无边、孔眼稀疏的网，宽容而公正。杜甫以为，人生在世，应该是活着时多有奋斗，有大的成就，而不能仅仅满足于留名于历史，未免太可惜了。所以杜甫《醉时歌》说：“德尊一代常坎坷，名垂万古知何用！”就是这种愤激情绪的流露。这是第三个层次。

此诗前四句抒写积思所致而三夜连梦李白，中间六句则写梦中情境，最后六句写由梦境而生感慨，抒情议论。结构大体上同前一首诗，而含义进一步深化，体现了组诗的艺术成就。

这首诗与上一首诗内容相关，抒写对李白的思念与牵挂、担忧，同时也展现李白对诗人的情深意厚，频频入梦而告慰之，主要突出李白所遭遇的不白之冤，彰显其远大的抱负。梦中的李白形象，在恍惚中还有一种急促的焦灼感：“出门搔白首，若负平生志”，在一个能有所作为的时代却不能有所作为，“冠盖满京华，斯人独憔悴”——贤能困顿，庸碌者却为达官贵人，真是“黄钟毁弃，瓦釜雷鸣”，形象地将李白个人遭遇升华为社会现象，既是对李白所蒙受不公正的不平，也是对社会人生问题的思考，是对社会良知的拷问。因而，诗人才指出“孰云网恢恢，将老身反累。千秋万岁名，寂寞身后事”——我们常常说天地公正，留英名于后世，可是，为什么不能在贤能者人生的盛年，让其积极有为，作出对社会、民生的贡献，却让其留下一个历史的虚名呢！这正是杜甫所关注的，也是此诗的关键所在。

王　维

送綦毋潜落第还乡

圣代无隐者，英灵尽来归。遂令东山客，不得顾采薇。既至金门远，孰云吾道非？江淮度寒食，京洛缝春衣。置酒长安道，同心与我违。行当浮桂棹，未几拂荆扉。远树带行客，孤城当落晖。吾谋适不用，勿谓知音稀。

开元九年（721），王维二十一岁，考中进士。年少才高，仕途顺遂，开启了人生新的征途。綦毋，姓。綦毋潜，字孝通，虔州（今江西赣县）人，盛唐诗人，也参加了开元九年的进士考试，未能考中，落第还乡。从诗意来看，王维作此诗以送之，应该在开元九年二三月放榜之后。綦毋潜于开元十四年（726）考中进士。同时参加进士考试，王维考中，而綦毋潜落第。由考中进士者给一位同考的落第举子送别，很难措辞。我们看看大诗人王维在青年时，是如何写这样题材的诗歌的。

圣代无隐者，英灵尽来归。遂令东山客，不得顾采薇。

圣代，圣明的时代。《论语·公冶长》：“邦有道，则知；邦无道，则愚。”英灵，英明灵知，指杰出的人才。东山客，东晋谢安隐居会稽上虞（今属江浙）东山，出仕后为宰相。因而，东山客事实上指有才能的隐士。采薇，《史记·伯夷列传》记载：周武王灭商之后，“伯夷、叔齐耻之，义不食周粟，隐于首阳山，采薇而食之”。后因以“采薇”指归隐或隐遁生活。薇，也称野豌豆。嵇康《幽愤诗》：“采薇山阿，散发岩岫，永啸长吟，颐性养寿。”诗人说：隐居而采薇于山脚下，自食其力，披散头发，不受束缚，自由自在，放声长啸高吟，这样顺遂天性，颐养天年，是多么快乐。《晋书·谢安传》："尝往临安山中，坐石室，临浚谷，悠然叹曰：'此去伯夷何远！'"

此四句是说，生长在一个圣明伟大的时代，才杰之士不愿隐居而终，都想做一番有益于朝廷和人民的事情，因而皆归赴朝廷，以供朝廷选拔任用。于是，綦毋潜这样一位有才能之士，就是不能够像伯夷、叔齐那样去隐居了。可见，綦毋潜考进士、谋求出仕，不是为了个人利禄，而是为圣明时代所感召，希望能够有机会为朝廷和人民多做一些有益之事。

既至金门远，孰云吾道非？江淮度寒食，京洛缝春衣。

金门，金马门，汉代宫门名。汉代征召之士，皆待诏于金马门，因此以入金马门代指及第。《史记·滑稽列传》："金马门者，宦（者）署门也。门傍有铜马，故谓之曰'金马门'。"扬雄《解嘲》说："与群贤同行，历金门上玉堂有日矣。"吾道非，意为所持守的道义不正确，此处指学问欠佳。《史记·孔子世家》：孔子困于陈、蔡之间，慨然对弟子说："《诗》云：'匪兕匪虎，率彼旷野。'吾道非耶？吾何为于此子？"子贡曰："夫子之道至大也，故天下莫能容夫子，夫子盖少贬焉。"孔子之道至大，天下难容，因而孔子稍微要受点挫折。寒食，即寒食节，在清明前一日或二日，届时前后三天不得举火。相传春秋时晋文公有负于功臣介之推，介之推羞于表彰自己的功绩，带着老母亲，愤而隐于绵山。晋文公悔悟，要介之推出来做官，介之推坚决不响应。无奈之下，晋文公下令烧山，逼迫其出山，介之推抱树被焚死。世人同情介之推的遭遇，相约于其忌日禁火冷食，以为悼念。以后相沿成俗，谓之寒食。按，《周礼·秋官·司烜氏》"中春，以木铎修火禁于国中"，则禁火为周朝的旧制。南朝梁宗懔《荆楚岁时记》："去冬节一百五日，即有疾风甚雨，谓之寒食。禁火三日，造饧大麦粥。"京洛，指洛阳。洛阳乃周、汉之旧京，也是唐东都，因称京洛。唐代进士考试，举子常常往来于长安与洛阳，有时考试也在洛阳举行。江淮、京洛，都是綦毋潜自长安归乡所经之地。

此四句说，綦毋潜到达长安应举，却无缘及第，并不是綦毋潜的学问不好，正如孔子被困一样，并非“吾道非耶”。想及綦毋潜当初来长安参加进士考试，寒食节时正在江淮，而今落第后要回归虔州家乡，正是长安洛阳天气转暖之时，要缝制春衣了——粗略算来，綦毋潜在京城已经虚度一年时光了。

置酒长安道，同心与我违。行当浮桂棹，未几拂荆扉。

置酒，陈设酒宴。《战国策·赵策三》：“平原君乃置酒。酒酣，起前，以千金为鲁连寿。”左思《蜀都赋》：“吉日良辰，置酒高堂。”长安道，长安大路边。在长安城门之外，大道边上，一般都有送别的驿亭。同心，犹知己，志同道合。《古诗十九首·涉江采芙蓉》：“同心而离居。”又《凛凛岁云暮》：“同袍与我违。”违，违离。浮桂棹，乘船。桂棹，桂木制的划船工具，乃美称，指船。梁简文帝萧绎《与刘孝绰书》：“晓河未落，拂桂棹而先征；夕鸟归林，悬孤帆而未息。”拂，打开。荆扉，柴门。

这四句是写送别之景象，在长安大道边，陈设酒宴为好友綦毋潜送行，同心一意的知己啊，于此刻即将离别，依依难舍。想想你将乘着一叶小舟归去，不久就要推开那紧闭的柴扉，回到家中了。

远树带行客，孤城当落晖。吾谋适不用，勿谓知音稀。

行客，指綦毋潜。孤城，指送别之地长安。吾谋，《左传》文公十三年，晋人担心秦国任用士会，设计使秦送还士会，秦大夫绕朝察知其情，谓士会说：“子无谓秦无人，吾谋适不用也。”意思是说，你不要以为秦国没有人才，我已然识破了你的谋略，只不过我的计谋恰巧未被采纳罢了。此处化用，意谓王维推荐过綦毋潜，不过没有人采纳他的意见罢了。知音，《列子·汤问》：伯牙善鼓琴，钟子期善于听。伯牙鼓琴，志在登高山流水，钟子期皆能欣赏：峨峨兮若泰山，洋洋兮若江河。称为知音。后来，“伯牙游于泰山之阴，卒逢暴雨，止于岩下，心悲，乃援琴而鼓之。初为霖雨之操，更造崩山之音，曲每奏，钟子期辄穷其趣，伯牙乃舍琴而叹曰：‘善哉善哉！子之听夫志，想象犹吾心也，吾于何逃声哉！’”

这四句是写离别之后，诗人对友人行程的想象、自己当时的心绪和对友人的关念。友人远行，驿路边的树木，掩映其行迹，而诗人留居长安，夕阳的余晖照耀着长安孤城，略显悲壮。可叹我的举荐并不合有司的意愿，恰巧不被采纳，请你莫灰心，不要以为自己的学问不好，最终还是会有赏识你卓绝才能的知己啊。

送别诗，往往不太好着笔，尤其是送落第之人回归乡里，更是难以措辞。王维高中进士，而好友綦毋潜落第，失意而归乡里。然而，此诗却写得颇有情致，反复曲折，使落第之人绝无怨尤。前四句，写朝廷招贤纳士，綦毋潜远道赴京城长安应试，是背景性的铺叙。一个伟大的圣明时代，选拔人才，稍有一技之长者皆不愿被遗落，綦毋潜是像谢安那样的人才，隐居于东山，也积极响应朝廷的号召而准备出仕了。其后四句，乃是写“落第”，但写得很委婉，不直接说没有考上，而是说“吾道非”——难道是我的学说不合时宜？仍然委婉含蓄地肯定了綦毋潜，仍写其从虔州至京城所经历的辛苦，去年寒食从江淮出发，今年春光明媚之时，却又要返回江淮之故乡，一年时光，就这样徒然流逝了。第三层次的四句，就写“送别”，“同心与我违”写知己离别之深情，用“浮”字辅助“行当”，“拂”字突出“未几”，展示归乡之顺利、迅捷。最后四句，想象綦毋潜一路行进，驿道边树木森森，蜿蜒向天际，一路相伴相送，并不孤独；而夕阳下的长安孤城悲壮卓绝，染带上了诗人离别之后浓浓的伤离意绪。用“带”字写驿路远树对行人的陪伴，“当”字描摹夕阳余晖下孤城的肃穆壮阔，很精当，且有画工之妙。最后还表达出诗人自己的推荐之力和知己情怀、劝勉之意，勉励綦毋潜莫要灰心。

这首诗，先写应试，继写落第，再写送别，最后写劝勉，层次分明，变化无穷，能够将朋友深情与对落第之人的安慰相绾合，水乳交融，娓娓道来，从容不迫，于温柔敦厚中见出深意。“圣代无隐者”，而应试的綦毋潜虽未考中，却有知己，落第归乡而毫无颓唐之色，偶然未中，“孰云吾道非”，充满着自信，未来的前途仍然不可限量。这就是年轻的诗人王维所体现出的盛唐气象吧。

送 别

下马饮君酒，问君何所之。君言不得意，归卧南山陲。但去莫复闻，白云无尽时。

人生多离别，总是有许多的缘由和无奈，然而，伤离念远，满怀情思无处诉说，更让人感受到离别的痛苦。王维感情细腻，体贴入微，很擅长抒写送别，多有名作佳篇。如《河上送赵仙舟》：“相逢方一笑，相送还成泣。祖帐已伤离，荒城复愁入。天寒远山净，日暮长河急。解缆君已遥，望君犹伫立。”相聚时多么欢乐，载笑载言；离别时情怀凄然，泪下沾襟。送别之时，已然伤感，一想到离别之后，独自一人返归城中，不禁愁绪满怀了。深秋寒意渐浓，天高气爽，黄昏时分，大河流水急促。乘船顺流而东，瞬息而至遥远，只有那个送别之人依然在伫立眺望。《送刘司直赴安西》：“绝域阳关道，胡烟与塞尘。三春时有雁，万里少行人。苜蓿随天马，蒲桃逐汉臣。当令外国惧，不敢觅和亲。”刘司直远赴安西，从军报国，诗人想象其一路西行，穿越戈壁、沙漠，风沙吹面，天空只有北飞的大雁，地上绝少行人。自汉代凿空西域，带来了西域的苜蓿、蒲桃，而今刘司直赴边从军，应该能够建立大唐国威，创建和平安宁的局面。《送丘为落第归江东》：“怜君不得意，况复柳条春。为客黄金尽，还家白发新。五湖三亩宅，万里一归人。知尔不能荐，羞为献纳臣。”丘为科举考试落第，王维送别，可惜他不能科举高中，一年时光匆匆流逝，又到第二年春天。久客长安，钱财用尽，又遭受落第的打击，新添白发，独自一人跋山涉水，经历艰险，回归万里之外的江东家乡。诗人了解丘为的才能，却不能举荐，身为谏臣，深感惭愧。所举这几首送别诗，送别的对象和地点比较明确，因而诗人在抒写之时，都有比较强的针对性，很贴合被送者的身份，抒情颇恰切。

而这首《送别》，比较特殊，所送何人，前往何地，作于何时，皆不可考知；然而诗却写得深情绵邈，将那种送别之情意、友人归隐之自由自在、无所拘束的状态全然写出，令人神往。由此可以体悟王维细腻的感情、高超的语言艺术。

诗开篇说“下马饮君酒”，乃是送别友人。饮，使……饮，即请君喝酒之意。朋友即将远行，诗人说自己乘马匆匆而来——可能是偶然得知友人即将远行的消息，匆匆赶来，请朋友喝一杯离别之酒，为其送行；而所有深情重意，即在此一杯别离之酒中。喝下这杯离别酒后，诗人才询问友人，“问君何所之”——你要到哪里去啊？之，往。“君言不得意，归卧南山陲”，友人直言相告，在京城长安很不得意啊，想归隐于终南山下，不想在这滚滚红尘浊世厮混了，想要洁身自好，保持心境之澄澈宁静，追求精神上的自由啊。孰料，友人直白的告慰，引发了诗人的无限感慨——“但去莫复问，白云无尽时”。但，只管。尽管归隐吧，不必再问起了，你看那天上的白云，飘飞无尽、无拘无束、自由自在，是何等的闲适自由呢！显然，诗意乃写隐者精神上的自由、无拘无束，如白云一样。

此诗写得极好，以问答形式，构成特殊的表意结构。首四句写送友人归隐，平平铺叙，友人未告知，而诗人偶然得知友人要离去，匆匆赶来，奉上一杯送行酒，酒喝下之后，才询问友人将要到何处去，见出送别之情思深挚。友人直告，人生在世，不得心意，不能顺遂襟怀，徒然地虚抛心力，浪费生命，因而要隐居终南山下了。末二句则以率然归隐，“白云无尽时”，寄托无限感慨，含蓄蕴藉，言有尽而意无穷。仔细体味诗意，友人所说“不得意”，隐约揭示出官场的混浊、社会的不公正，身处其中不能有所作为，俯仰随人，徒耗生命，因而退居林泉，乐天行道，如天空无拘无束的白云，要去追求精神的自由和生命的自适。沈德潜《唐诗别裁集》卷一说：“白云无尽，足以自乐，勿言不得意也。”其实，此诗学习陶弘景《诏问山中何所有赋诗以答》：“山中何所有？岭上多白云。只可自怡悦，不堪持寄君。”白云无尽，自由自在，而富贵有尽，仕途艰险，足见归隐南山是人生最好的选择了。此诗浸润着王维的隐士思想。

诗以对话体的形式，将送别友人之故事场景呈现出来，形象而亲切，俊爽有奇气，如在目前，有画工之妙。

青　溪

言入黄花川，每逐青溪水。随山将万转，趣途无百里。声喧乱石中，色静深松里。漾漾泛菱荇，澄澄映葭苇。我心素已闲，清川澹如此。请留盘石上，垂钓将已矣。

王维喜欢大自然，徜徉山水丘壑、田园阡陌，得其乐趣，更能体味人与自然合而为一的自适与自乐。无论在什么样的自然山水中，王维几乎都能深刻体悟山水田园所蕴含的哲理。更难能可贵的是，王维将其所体味的哲理，自然而然地融入诗的景、情、境之中，如水中着盐，空明澄澈，有其味，而无丝毫的痕迹。此诗之诗题，《文苑英华》作《过青溪水作》。青溪，在今陕西凤县境内。诗大概作于开元二十年（732）秋冬之际，王维入蜀途中。

言入黄花川，每逐青溪水。随山将万转，趣途无百里。

言，发语词，无实义。黄花川，水名，在今陕西凤县东北黄花镇附近。黄花川与青溪，两条小河相通。逐，追随。趣途，走过的路。趣，通“趋”。

开篇四句，诗人说乘一叶小船进入黄花川之后，就顺着青溪水漂流，山势回旋，河水蜿蜒，曲折回环，虽然拐过了万道山湾，实际上行进的路程还不足百里远呢。可见，黄花川是一条曲折蜿蜒的小河，水行似到尽头，然而顺水流而行，转过一山弯，却又是一段开阔的水面。王维《自大散以往深林密竹蹬高盘曲四五十里至黄牛岭见黄花川》说：“危径几万转，数里将三休。”说的正是“随山将万转”之意，也正是陆游《游山西村》所说“山重水复疑无路，柳暗花明又一村”之意。

声喧乱石中，色静深松里。漾漾泛菱荇，澄澄映葭苇。

漾漾，飘荡的样子。菱荇，水生草本植物。菱角可食，荇，嫩时可食，亦可入药。澄澄，水清澈的样子。葭苇，即芦苇，初生为葭，长大为芦，成则为苇。

中间四句，深入叙写青溪水曲折蜿蜒的景象：青溪水流淌于乱石间，淙淙叮咚，一派喧闹声；而水流舒缓处，两岸青松静穆，倒映水中，映照出一派澄绿空静。水面上轻波荡漾着菱叶、荇菜，清澈的水面映照着水中的芦苇。诗人描摹青溪水中及两岸所见景象，栩栩如生，有绘画之美。

我心素已闲，清川澹如此。请留盘石上，垂钓将已矣。

素，本来。闲，恬淡。澹，澄静。盘石，即磐石、大石，比喻稳定坚固。《荀子·富国》："国安于盘石，寿于旗翼。"杨倞注："盘石，盘薄大石也。"垂钓，垂竿钓鱼，指隐居。此处暗用东汉严子陵隐居不仕，垂钓富春江边的典故。《后汉书·逸民传·严光》："桐庐县南有严子陵渔钓处，今山边有石，上平，可坐十人，临水，名为严陵钓坛。"李白《独酌青溪江石上》："永愿坐此石，长垂严陵钓。"将已矣，将以此终身。已，停止。

后四句，我本来就心境恬淡，见到如此澄静的清澈河水，岂能不喜爱？这清澈的河水，正如诗人素淡闲静的心境一样，两相映照，浑然一体。诗人说，真想留在这坚固的磐石之上，像东汉隐士严子陵那样，过那种淡然垂钓的隐居生活，以终了余生。

此诗乃王维乘一叶小舟，沿青溪水行之所见、所感而作。诗写得极其自然流畅，很是惬意。舟行进入黄花川，就与青溪水相通，沿青溪水而行，虽蜿蜒曲折，却又极其流畅自然，随着山势曲折回环，小舟顺着流水，转过了一个又一个的山湾，虽然时间颇久，但是行走竟不足百里之遥。可见，舟行青溪之曲折，然而，曲径通幽，风景又是那样美丽：水流急促处，淙淙作响，一派喧腾；舒缓处，则苍松倒影，一派肃穆；

水波荡漾着菱荇，又映照着摇曳多姿的芦苇。诗人说，看到这幽美宁静之境象，我那本来就恬淡的心灵滋生如此的爱赏，想留在这磐石上，像严子陵一样，做一个垂钓的隐逸高士了。景物描写，动与静相结合，以动衬静。溪水喧腾，反衬四野之宁静幽美，水中倒影，可见两岸风景如画，正是隐居之佳处。最后四句，触景生情，情景交融，自然而然地滋生出归隐于此的心念。诗流畅自然，舟行之随顺水流，不为人力所左右，青溪湾湾，然而沿岸所见，无非幽美之景，物我一体，遂有隐居以终老之意，更见出风景之宁静佳美。此诗平淡而又深致，如同从诗人心田上流淌出来，淡雅之极，毫无烟火气，当于语言之外求其含蓄蕴致。

渭川田家

斜光照墟落，穷巷牛羊归。野老念牧童，倚杖候荆扉。雉雊麦苗秀，蚕眠桑叶稀。田夫荷锄立，相见语依依。即此羡闲逸，怅然吟式微。

开元二十四年（736），正直清廉且有能吏之名的张九龄被罢免宰相，唐玄宗任命李林甫为相。李林甫专权，又妒忌贤能，任人唯亲，使得许多有志之士，怀抱利器而仕进无门，不得不沉沦埋没。心志高洁的王维极度失望，遂滋生了退隐的心念。开元二十九年（741），王维于终南山购得辋川别墅，开始亦官亦隐的生活，努力保持一点最后的精神自由与独立。此诗大概作于开元二十九年（741）与天宝三载（744）之间，隐居终南山之辋川别墅。渭川，即渭河，泛指渭水流域。孟浩然《登总持寺浮图》诗："竹绕渭川遍，山连上苑斜。"

斜光照墟落，穷巷牛羊归。野老念牧童，倚杖候荆扉。

墟落，村落。穷巷，冷僻简陋的小巷。《史记·陈丞相世家》："家乃负郭穷巷，以敝席为门。"牛羊归，《诗经·王风·君子于役》："日之夕兮，牛羊下来。"太阳要落山了，放牧的牛羊成群结队、挤挤挨挨地回家。野老，村野老人。丘迟《旦发渔浦潭》诗："村童忽相聚，野老时一望。”荆扉，用荆条编制的门，柴门。

前四句，夕阳斜照着村庄，放牧归来的牛羊，成群结队、挨挨挤挤地走在回家的小巷子里。天色已晚，村野老人挂念还未归家的牧童，早早地手扶拐杖，等候在柴门口，时时眺望。

雉雊麦苗秀，蚕眠桑叶稀。田夫荷锄立，相见语依依。

稚雊，野鸡啼叫。秀，禾类植物开花抽穗叫秀。蚕眠，蚕在生长过程中要蜕数次皮，每次蜕皮前有一段时间不动不食，如睡眠的状态，故称。唐代包何《和程员外春日东郊即事》：“几处折花惊蝶梦，数家留叶待蚕眠。”荷锄，扛着锄头。陶渊明《归园田居五首》：“晨兴理荒秽，带月荷锄归。”依依，依恋不舍的样子。《孔雀东南飞》：“举手长劳劳，二情同依依。”

中间四句，田野里野鸡啼叫得正欢，正是小麦开花抽穗的时节啊；树上桑叶稀疏，正是蚕儿吃饱后安眠生长之时。农夫相遇，扛着锄头，站着说话，有问有答，皆是桑蚕农事，闲适亲切，情味绵绵，久久不愿离去。

即此羡闲逸，怅然吟式微。

即此，看到这样的情景。怅然，惆怅失意的样子。式微，衰微、衰败。《诗经·邶风·式微》：“式微式微，胡不归?”《毛诗序》说，黎侯流亡于卫，随行的臣子劝他归国。后来赋《式微》表示思归之意。《左传·襄公二十九年》：“荣城伯赋《式微》乃归。”说的就是这件事儿。

后二句是感慨：看到田家这样的情景，身为旁观者的诗人，很羡慕其闲适安逸，遂惆怅失意地吟唱着《式微》诗，是多么地想归隐田园啊。

此诗乃亦官亦隐于终南山麓的王维所描绘的一幅农家晚归图。面对这样的宁静祥和、闲适安逸，兴起无限向往，而欲归隐田园了。此诗前八句，如同徐徐展开的一幅画卷：昏黄温厚的夕阳斜照着小小的宁静村庄，将落日的霞光撒满了整个大地，简陋幽僻的小巷，牛羊挤挤挨挨，鸣叫着，争相回家去；简陋的柴门边，白发村野老人，手扶拐杖，向远处眺望，等待着牧童归来。这是村落的近景，捕捉并表达出光与色、声的动态之美。再向远处看，田野上野鸡啼叫正欢，小麦开花抽穗正当时；村庄边的桑树，桑叶稀疏，原来是蚕儿吃饱了，正在安眠生长；农夫相遇下田归来，荷锄而立，有问有答，喜悦地谈说着麦秀蚕眠的件件农事，总有说不完的话，亲切而闲适。这是远景的描摹，表现的是万物生长的欣欣向荣、生之乐趣。于是，看到这样的近景、远景的情景、图画，诗人兴发无限感慨：太羡慕农家这样闲适安逸的生活了，怅然地吟唱着《式微》诗，也想归隐田园了。

诗人对农家、田园的无限赞美，极力描摹其闲适安逸、宁静祥和，主要是反衬官场的权力倾轧之污浊。牛羊有家可归，牧童有家可归，且有村野老人倚门而候的深情，田夫有家可归，相见之亲切闲逸，两无嫌猜，反衬出诗人之孤独，彰显官场势力倾轧，让人劳神焦虑，因而就想归隐田园，与这村落、农家、大自然融为一体。诗的前八句，是农家晚归图，虽然竭力描摹，却是陪衬，是宾；后二句虽短，却是主体。宾为主设，情因景生，宾详主略，相得益彰，引人深思。王夫之说：“通篇用‘即此’二字括收前八句，皆情语，非景语。”（《唐诗评选》卷二）王维自己说：“宿世谬词客，前身应画师。”（《偶然作六首》）王维以诗的语言，捕捉并表达色泽、景象，甚至声音，颇为生动传神，着力表现田园农家的欣欣向荣、生之乐趣，勾勒出立体的、动态的景象，引人入胜，美不胜收。这是大诗人卓绝才能的体现，令人叹为观止。

西施咏

艳色天下重，西施宁久微。朝为越溪女，暮作吴宫妃。贱日岂殊众，贵来方悟稀。邀人傅脂粉，不自著罗衣。君宠益娇态，君怜无是非。当时浣纱伴，莫得同车归。持谢邻家子，效颦安可希！

西施，春秋越国苎萝山下卖柴人家女儿，美姿容。据《吴越春秋》

记载，越王勾践为吴王夫差所败，退守会稽，为报仇雪耻，一方面卧薪尝胆，艰苦卓绝，积极图谋复兴；另一方面投吴王夫差之所好，以财物贿赂吴国重臣。知夫差喜欢美色，欲献美女以淆乱其政，“乃使相者国中，得苎萝山鬻薪之女曰西施、郑旦，饰以罗縠，教以容步，习于土城，临于都巷，三年学服而献于吴”。搜罗出美女西施和郑旦，精心训练、培养，乃使相国范蠡进献于吴王夫差，曰：“越王勾践窃有二遗女，越国洿下困迫，不敢稽留，谨使臣蠡献之。大王不以鄙陋寝容，愿纳以供箕帚之用。”勾践有两个美女，而越国贫穷困迫，勾践不敢把她们留给自己，进献给大王，请大王收下，留在身边，以供大王驱使。吴王大悦曰：“越贡二女，乃勾践之尽忠于吴之证也。”吴王宠幸西施，荒废国政，遂被勾践灭国，夫差身死，而西施与范蠡乘小舟隐居五湖而终。历来歌咏西施的诗篇很多，大多写西施的美丽，或者谴责女色误国，而王维此诗歌咏西施而别有兴寄焉。咏，诗体名称，曼声长吟曰咏。

艳色天下重，西施宁久微。

艳色，艳丽的姿色。艳，艳丽。特指人的容色美好动人。《左传·桓公元年》：“宋华父督见孔父之妻于路，目逆而送之，曰：‘美而艳。’”杜预注：“色美曰艳。”孔父嘉之妻颇美丽，华父督在街道上遇见，“目逆而送之”——迎面遇见，目不转睛地盯着，美人从身边走过，又一路眼睛追随，一直目送，直至看不见，还由衷赞叹：“美而艳。”宁，难道。微，微贱。

首二句说，美色从来就为天下所看重，像西施那样的绝色美人，岂能长久地处于微贱吗？言下之意，西施是绝色美人，虽然出身微贱，但很快会被权贵势要收罗去的。

朝为越溪女，暮作吴宫妃。贱日岂殊众，贵来方悟稀。

越溪，即若耶溪，传说是西施微贱时浣纱之处。殊众，与众不同。殊，不同。

此二句说，早晨西施还是若耶溪畔微贱的浣纱女子，傍晚就已经是吴王夫差宫中身份高贵的妃子了。西施微贱之时，并没有觉得她和众人有什么不同，然而身份高贵之后，她自己才真正体悟到她的那种艳丽绝色真乃世间少有啊。“朝”“暮”对举，见出变化之迅捷；“贱”“贵”对举，突出身份差异之巨大，也是补充、具体叙写前两句“艳色天下重，西施宁久微”。

邀人傅脂粉，不自著罗衣。君宠益娇态，君怜无是非。当时浣纱伴，莫得同车归。

邀人，招人，使唤人。傅，涂抹。脂粉，胭脂和香粉。《淮南子·修务训》：“曼颊皓齿，形夸骨佳，不待脂粉芳泽而性可说者，西施、阳文也。”是说西施形貌、体态、骨相都好，天生丽质，并不需要脂粉芳泽等化妆品来装扮。浣纱，相传西施贫贱时常在江边浣纱。浣，漂洗。浙江诸暨南有苎萝山，下有浣江。《太平寰宇记》卷九六：“苎萝山下有石迹，云是西施浣纱之所，今浣纱石犹在。巫里，勾践得西施之所，今有西施家、东施家。”这是宋代人所记载的西施传说之地。

此六句谓，西施贵盛之后，使唤人为其涂脂抹粉地妆饰，也不再亲自穿衣裳，而有专人侍奉了。因为君王的宠爱，而更加娇媚纵恣；因为君王的爱怜，而更加任性，无是无非。她卑贱时一起在江边浣纱的女伴，已然遭受西施的嫉妒，没有人能够和她同乘一辆车子而归。唐汝询说：“唯恐同列之侔己，畴肯载浣纱之伴与同归乎？”（《唐诗解》卷七）因为，西施担心一同浣纱的女伴，也许会被吴王赏识，那样就会被分去宠幸，被夺爱了。

持谢邻家子，效颦安可希！

持谢，持此以告诫、奉告。邻家子，指西施之邻居东施。《庄子·天运》：“西施病心而颦其里，其里之丑人见而美之，归亦捧心而颦其里。其里之富人见之，坚闭门而不出；贫人见之，挈妻子而去之走。彼知美颦，而不知颦之所以美。”东施效颦，更显丑陋，富人见之，紧闭大门不出，穷人见之，牵着妻子儿女赶紧离开。东施仅仅知道捧心微皱眉头很美丽，不知道西施颦眉之美，乃美在自身之天生丽质。希，希慕，效法。

后二句，以此来奉告西施邻家之女，千万不要学西施的那种皱眉捧心的样子。此句的真实意思是说，以此奉告世人，千万不要学西施那样由贫贱而骤至富贵，身份地位变化所引起的“君宠益娇态，君怜无是非”状态了。

此诗别具一格，虽是写西施，却也含蕴深广，说尽世态炎凉、人情冷暖。西施是美人，天生丽质，而天下重“艳色”，自然，西施不会长期被埋没。美艳为人所喜爱，本无错处。关键在于，西施从山野乡村的浣纱女子的卑贱，骤然进入吴王宫中妃子之贵盛，身份和地位的变化，使其认识并肯定自己之不同凡响、不平凡——“贱日岂殊众，贵来方悟稀”。贫贱之时，也极为普通；贵盛之后，地位身份的变化，引起了巨大的心态变化，认为自己确实非同凡响。因而，娇蛮，不讲理，颐指气使，自高身价：“邀人傅脂粉，不自著罗衣。”日常生活都要有专人侍奉，更甚者乃恃宠而骄，任性而为，无是无非：“君宠益娇态，君怜无是非。”仰承君王一人之恩泽，而蔑弃世间一切，可谓丧德已极。于是，嫉妒之心横生于胸，对当时浣纱女伴一概排斥，唯恐有姿色者为君王所赏识。世间常态，得居其位者，往往妒贤嫉能，唯恐才学之士居于其上，不惜打击压制，致使万马齐喑，一派灰暗。于是，诗之末尾遂劝告“邻家子”，不要效法西施了，她那种身份、地位不同所引起的巨大变化，真是丑恶到极点了。劝诫“邻家子”不要仿效西施之颦眉，其实是说世人不要效法西施那种因身份、地位变化而导致的不良心态，应当引以为戒。

沈德潜说：“写尽炎凉人眼界，不为题缚，乃臻斯诣。”（《唐诗别裁集》卷一）诚然，这首诗虽是写西施，王维发掘这一题材所蕴含的丰富意旨，由贫贱而贵盛的身份地位变化，导致了当事人的心态产生了巨大的变化，其实就是写人世间所见之常态：“贱日岂殊众，贵来方悟稀”“君宠益娇态，君怜无是非”，忘其根本，倚势恃宠，无是无非，嫉妒、打压贤能之士，甚至祸国殃民，贻害天下。清人赵殿成说："四言之义，俱为慨词，然出之于冲和，遂不觉沨沨乎为入耳之音，诚有合于讽人之旨也哉！"（《王右丞集笺注》卷五）此类人之行径，极为丑陋。因而王维劝告"持谢东邻子，效颦安可希"，东施虽不美，然而自然本质，无恶德恶行，西施之环境、身份变了，心态行径也变了，何其丑陋，实不足效法矣。

孟浩然

秋登万山寄张五

北山白云里，隐者自怡悦。相望试登高，心随雁飞灭。愁因薄暮起，兴是清秋发。时见归村人，沙行渡头歇。天边树若荠，江畔洲如月。何当载酒来，共醉重阳节。

孟浩然乃襄州襄阳人，是盛唐的著名诗人，名闻天下。早年多隐居于家乡襄阳的鹿门山，醉心于读书和作诗，世称“孟襄阳”。王维倾慕孟浩然之风神潇洒，为孟浩然画像。王维题于画绢之上曰：“维尝见孟公吟曰：‘日暮马行疾，城荒人住稀。’又吟云：‘挂席数千里，名山都未逢。泊舟浔阳郭，始见香炉峰。’余因美其风调，至所舍图于素轴。”此画，宋人曾亲见之，曰：“襄阳之状，颀而长，峭而瘦，衣白袍，靴帽重戴，乘款段马，一童总角，提书笈负琴而从，风仪落落，凛然如生。”（葛立方《韵语阳秋》卷一四）潇洒出尘之风神景象，如睹目前。

此诗乃孟浩然早期隐居之作。万山，一作“兰山”。《嘉庆重修一统志》卷二七〇“襄阳府”：“万山，在襄阳县西北十里，一名方山，一名蔓山，一名汉高山。”山下有解佩渚，相传郑交甫即将南游楚，在汉皋台下，见二女子，佩两珠，大如荆鸡之卵。郑交甫很是惊异，二女遂解佩将两珠赠送。据《晋书·杜预传》记载，杜预带兵平东吴，使天下归晋，封为当阳侯。好为后世名，刻石为二碑，纪平吴之功勋，一立岘山之上，一沉万山之下。万山之下水潭，遂称沉碑潭。张五，当是张諲（yīn）。张諲，永嘉（今浙江绍兴）人，初隐居少室山，后官至刑部员外郎，擅长书法、绘画，诗歌亦有特色。与李颀、王维、孟浩然等交好。

北山白云里，隐者自怡悦。

北山，即万山，在襄阳北，与南山、岘山相对望。隐者，孟浩然自称。怡悦，也作“怡说”，即取悦，喜悦。《史记·周本纪》：“今殷王纣乃用其妇人之言……乃为淫声，用变乱正声，怡说妇人。”此处化用南朝陶弘景《诏问山中何所有赋诗以答》：“山中何所有？岭上多白云。只可自怡悦，不堪持赠君。”

此句意谓，襄阳城北的万山，高峻耸峙，白云缭绕，隐居于此山，白云飘落，自由自在，是那样地令人赏心悦目，只可惜不能摘取一片白云，赠与远方的朋友啊。

相望试登高，心随雁飞灭。愁因薄暮起，兴是清秋发。

登高，登升高处，此处指登临万山。《荀子·劝学》：“吾尝跂而望矣，不如登高之博见也。”阮籍《咏怀》之十五：“开轩临四野，登高望所思。”兴，兴致，诗兴。发，激发。

此四句意谓，非常思念友人张五，因而登临万山，尝试远眺，以慰相思，心绪却随着南飞的大雁而渐行渐远，隐没于云霭。黄昏，淡淡的暮色，牵动思友的愁绪；清秋，江天美景，引发了无尽的诗兴。

时见归村人，沙行渡头歇。天边树若荠，江畔洲如月。

沙行，行走于沙滩。荠，荠菜，草本植物。根基处叶丛生，羽状分裂，叶被毛茸，柄有窄翅。春天抽花苔，花小，白色。嫩叶可供食用。《诗经·邶风·谷风》：“谁谓荼苦？其甘如荠。”戴暠《度关山篇》：“昔听陇头吟，平居已流涕。今上关山望，长安树如荠。”薛道衡《敬酬杨仆射山斋独坐》：“遥原树若荠，远水舟如叶。”

此四句意谓，时时可以看见三三两两回村的人，走过沙滩，到渡口而歇息。向远处看，天尽头树木细小如荠菜，江岸边的白色沙洲，恰似一弯新月，斜亘在江岸。

何当载酒来，共醉重阳节。

何当，犹何日，何时。《玉台新咏·古绝句》：“何当大刀头，破镜飞上天。”晋干宝《搜神记》卷十六：“故见鄙姿，逢君辉光。身远心近，何当暂忘。”载酒，携酒。《汉书·扬雄传》：“家素贫，耆（即‘嗜’）酒，人希至其门，时有好事者载酒肴从游学。”《宋书·陶潜传》：“尝九月九日无酒，出宅边菊丛中坐久，值（王）弘送酒至，即便就酌，醉而后归。”重阳节，古以九为阳数之极，九月九日故称“重九”或“重阳”。魏晋后，习俗于此日登高游宴，唐代以重阳节为民间重大节日。曹丕《九日与钟繇书》：“岁往月来，忽复九月九日。九为阳数，而日月并应，俗嘉其名，以为宜于长久，故以享宴高会。”杜甫《九日》诗之一：“重阳独酌杯中酒，抱病起登江上台。”

此句谓，老友张五何时才能载酒而来，那时我们将登高畅饮，同庆重阳佳节。

此诗写秋日登高，眺望四野而思念友人。开篇直抒胸怀，隐居于北山万山，白云缭绕，无拘无束，遂忆及南朝隐士、诗人陶弘景的诗“山中何所有？岭上多白云。只可自怡悦，不堪持赠君”，因而非常思念好友张五，也想摘取一片白云，持赠给远方的朋友。这是第一层次。第二层次，“相望试登高，心随雁飞灭。愁因薄暮起，兴是清秋发”，抒写思念之深情。思念好友，试登高而眺望，眼中所见，唯有北雁南飞，逗引思友之心绪随大雁而飞，渐渐隐没于云霭。雁，乃逗引诗思之物。于是诗人进一步说，渐起之暮霭，引起思友之愁绪，而清秋高天，风物壮美，也激发了无尽诗思。于是，第三层次，乃诗人眼中所见壮美之景：“时见归村人，沙行渡头歇。天边树若荠，江畔洲如月。”此乃登高所见，俯瞰近处——时时可见三三两两归村之人，走过沙滩，歇息于渡头；眺望远处——天边极远，树木细小如荠菜，淡淡的暮霭之下，银白的沙洲恰似一弯新月，斜亘于江畔。俯瞰、远眺，正照应了上文“相望试登高”，诗人刻画景物，形象传神。如此美景，岂能无友朋同赏共欢，遂有第四层次，诗人说：“何当载酒来，共醉重阳节。”想念好友，渴望好友能够前来万山相聚，一起登高畅饮，共度重阳佳节。

此诗结构颇佳，闲居北山“自怡悦”的隐者，看白云变灭，无拘无束，遂如陶弘景那样生出“持赠”友人之念。思友之情既生，不可遏抑，于是试登高而眺望，一片思绪随南飞的大雁而起伏，“愁因薄暮起，兴是清秋发”——清秋黄昏的淡淡暮霭、暮色中的飞雁，引发了诗人蕴有薄愁的诗兴。而且，这种诗兴由大雁、暮霭，引入了广阔的秋景，俯瞰远眺，一派真率情思全然融入，与清秋美景浑然一体，最终升华为“何当载酒来，共醉重阳节”的深情呼唤与向往。此诗展示了诗歌发兴的整个过程，诗人的情思与景物时时相融会，凝成浑然的境界。而且，诗人很注意情感与文辞的相称，“时见”——时时可见，若断若续；“归村人”——三三两两，自由自在，从容不迫，因而才有下文的“渡头歇”的自然与欢欣，构成了一种静谧美好的境界。远眺，树木细小如荠菜，彰显距离遥远而视物微茫；银白沙洲，在渐渐黯淡下来的暮色中，如一弯新月，斜亘于江畔，与天上升起的月牙遥相对映，天地似在一派清光中融合了，非常形象传神。“何当”——期望、渴望之辞，诗人希望“共醉重阳节”，显然，重阳节尚未到来。诗人写怀友之诗，乃是约请友人来共度佳节的，因而前文之“登高”并非指重阳登高，而是登临高处之意。王维《渭川田家》：“斜光照墟落，穷巷牛羊归。野老念牧童，倚杖候荆扉。雉雊麦苗秀，蚕眠桑叶稀。田夫荷锄立，相见语依依。”写田家暮归之美景和恬淡生活，诗人独立于这闲淡美好之外，遂有“即此羡闲逸，怅然歌式微”，欲归隐田家的心愿。而孟浩然此诗“时见归村人，沙行渡头歇。天边树若荠，江畔洲如月”，诗人全然融入其中，充溢着一派天真意趣，无拘无束，自得其乐，令人神往。

此诗情景交融，浑然一体，平淡中见真醇，高情远韵与清幽之美兼备，极富艺术的感染力。近人王文濡说：“前四句言登山以望张五，中六句叙秋暮登山所望之景，末二句欲约同登之期，即所以寄诗之意。错综写来，是情是景，一片迷离。‘天边’‘江畔’两句，摹写物象，超然入神。”（《唐诗评注读本》卷一）亦颇能切中肯綮。

夏日南亭怀辛大

山光忽西落，池月渐东上。散发乘夕凉，开轩卧闲敞。荷风送香气，竹露滴清响。欲取鸣琴弹，恨无知音赏。感此怀故人，中宵劳梦想。

孟浩然隐居终其一生，其实诗人并不甘心隐居以终老，虚度人生，总是渴望有机会出仕，为社稷苍生做一些有益的事情。因而，在隐居之时，诗人常常有一种孤寂感，一种被投闲置散的疏离感，其热切用世的心灵，总是不甘沉寂。这样的心绪，总是不自觉地融入诗歌，自然而然地流淌于字里行间。辛大，即辛谔，隐士，与孟浩然交好。大，排行老大。孟浩然《西山寻辛谔》："漾舟寻水便，因访故人居。"南亭，乃孟浩然隐居处之小亭。此诗当系孟浩然隐居襄阳时所作，作年不详。开元二十八年（740），王维到襄阳任知南选，而孟浩然刚刚去世不久，未能再见一面。感怀老友，王维遂于刺史亭画孟浩然像，世人遂称此亭为"浩然亭"。可见，世人对孟浩然的尊崇。

山光忽西落，池月渐东上。

山光，傍山的日影，此处指山边的太阳。池月，从池塘那边升起的月亮。

此句意谓，黄昏，夕阳带着余晖匆匆西落，而一轮新月，从池塘的东边冉冉升起。

散发乘夕凉，开轩卧闲敞。荷风送香气，竹露滴清响。

散发，披散头发。古人束发于顶，插簪加冠。暇时抽簪脱冠，长发散开，是不拘礼仪、闲适的意态。《后汉书·袁闳传》："延熹末，党事将作，闳遂散发绝世，欲投迹深林。"轩，窗户。阮籍《咏怀》之十九："开轩临四野，登高望所思。"杜甫《夏夜叹》："仲夏苦夜短，开轩纳微凉。"闲敞，清静宽敞。《文选·张衡〈南都赋〉》："体爽垲以闲敞，纷郁郁其难详。”张铣注：“闲敞，清虚貌。”清响，竹露滴下时清脆的声响。

此四句，太阳落下，天气渐凉，披散头发，享受着黄昏的凉爽，推开长窗，卧对着空旷而寂静的庭院；从水面吹过的清风带着荷花的幽香，竹叶上滴下的露水，传来清脆的声响。

欲取鸣琴弹，恨无知音赏。

鸣琴，琴。《韩非子·说林下》：“文子曰：‘吾尝好音，此人遗我鸣琴；吾好佩，此人遗我玉环。’”陆机《拟东城一何高》：“闲夜抚鸣琴，惠音清且悲。”恨，遗憾。知音，知心朋友。用伯牙、钟子期故事。《淮南子·修务训》：“钟子期亡，而伯牙绝弦破琴，知世莫赏也。”《古诗十九首》：“不惜歌者苦，但伤知音稀。”

此句，本想拿过琴来弹琴，遗憾无人能够赏识，弹给谁听呢？

感此怀故人，中宵劳梦想。

故人，老朋友，指辛大。中宵，中夜，半夜。陆机《赠尚书郎顾彦先》诗之二：“迅雷中宵激，惊电光夜舒。”陶渊明《辛丑岁七月赴假还江陵夜行途口》：“怀役不遑寐，中宵尚孤征。”劳，忧愁，愁苦。《诗经·邶风·燕燕》：“瞻望弗及，实劳我心。”《礼记·孔子闲居》：“微谏不倦，劳而不怨。”王引之《经义述闻·礼记下》：“劳而不怨，即承上‘微谏不倦’而言，言谏而不入，恐其得罪于乡党州闾，孝子但心忧之而不怨其亲也。”

此句谓，想到这些，就特别思念老友辛大，以至于愁思难眠，半夜还在梦中与老友相对共欣赏呢。

此诗题目《夏日南亭怀辛大》，时间乃夏日，地点为南亭，主题是怀想老友辛大。因而，诗就此而展开。首句“山光忽西落，池月渐东上”，既是写时间——夏日黄昏，夕阳落下，月亮升起；也是写南亭之方位，诗人于南亭之上，东西而望，所见之景，夕阳西下，有山峰隐隐，新月渐升，而池塘一片清凉。由此，则着力抒写南亭的风景与闲适舒爽：披散长发，享受着夏日黄昏难得的清凉，闲卧于亭上，窗外开阔而清静，从池塘吹来的清风带着荷花的幽香，竹叶上晶莹的露水，滴沥而下，传来清脆的声响。虽然宁静，显然不无寂寞、清冷之感。而“散发”“开轩”“荷风”“竹露”，皆昭示出夏日的季节特点。这四句，将夏夜南亭纳凉情景、闲适恬静之心境相融合，景与情相生，摹写极为形象传神，宛如一幅画卷。于是，诗人在这宁静、寂寞的环境氛围中，显然想努力打破寂寞：想取琴来弹，可是仅有自己一人，无知音可欣赏，又弹给谁听呢？更增添了寂寞与清冷。至此，诗人特别想念好友辛大：“感此怀故人，中宵劳梦想”——思念之情是那样地殷切，以至于愁思辗转，难以入眠，形之于梦，且在梦中相对共欣赏了。后四句，将怀人之旨，抒写得诚挚而深切，情由景生，中夜辗转难眠，形诸梦寐，可见思念之深与相知之切，与前文之“恨无知音赏”相契合。

诗人在夏夜纳凉中，既享受“夕凉”“闲敞”，以及“荷风”之幽香、“竹露”之清响所营造的静谧美好，又隐然有种淡淡的惆怅与伤感，以及寂寞与冷落，因而“欲取鸣琴弹，恨无知音赏”，于平淡之中寓有不平之气，所谓“冲淡中有壮逸之气”，信然。全诗看似平实顺畅，毫无藻饰，然而情景相生的结构，使之平实中有滋味，于不经意处，见用心结撰之功力，清秀之中，寓萧散疏野之趣。此诗写景状物，极为传神，如“荷风”二句，全然诉之于嗅觉与听觉，抒写夏夜之宁静与心境之闲适。而且，由“荷风”，可以想见朦胧月夜下亭亭荷花、如盖之荷叶；由“竹露”，可以想见月夜清风吹拂的成片竹林，寒露凝结，摇曳生姿。沈德潜说：“‘荷风’‘竹露’，佳景，亦佳句也。外又有‘微云淡河汉，疏雨滴梧桐’句，一时叹为清绝。”（《重订唐诗别裁》卷一）信然。

宿业师山房待丁大不至

夕阳度西岭，群壑倏已暝。松月生夜凉，风泉满清听。樵人归欲尽，烟鸟栖初定。之子期宿来，孤琴候萝径。

此诗乃孟浩然隐居襄阳时所作，具体时间不详。业师，法名叫业的僧人，师是对出家人的尊称。山房，山寺，庙宇。丁大，即丁凤，排行老大。孟浩然有《送丁大凤进士赴举呈张九龄》一诗，丁凤当系孟浩然家乡友人。

此诗题乃指夜晚借宿于业师寺庙，等待朋友丁大，而丁大没有到来，怀人之作。因而，诗歌描写一个清幽环境的同时，抒发对友人的怀想与期待。诗歌开篇“夕阳度西岭，群壑倏已暝”，写日落时分，太阳越过西面的山峰，群山万壑忽然就昏暗下来了。这是从视觉体验，描摹夕阳越过西面山峰，沉下山去，瞬息之间所带来的群山万壑忽然昏暗的感受，突出夕阳落山的迅速。度，越过。倏，忽然。暝，昏暗。《夏日南亭怀辛大》开篇也是写夕阳落下，“山光忽西落，池月渐东上”，所要表现的是一个从容、舒缓的日落与月升，既有夏日夕阳落下的特征，也有助于表达诗人那种“乘夕凉”的闲适心境；而此诗所要展示、凸现的则是秋天夕阳落山的时间迅捷感，以及山寺特有的环境。

“松月生夜凉，风泉满清听”，从触觉与听觉两个维度，抒写山寺所居的特别感受。“松月”，明月从松树间照耀下来，树及树影的幽暗、月光照耀落在地上的斑驳，皆给人一种清冷的感受，因而说“生夜凉”；“风泉”，山风从流动的泉水上吹过，带来叮叮咚咚悦耳的声响，映衬出山寺环境的清幽宁静，因而说“满清听”。清听，悦耳的声响。此二句，从触觉与听觉，写诗人深切地体认“松月”之凉和“风泉”之幽，既写山寺环境之清幽宁静，也表现出诗人对入夜后的山寺美妙景物与清凉境界的潜心欣赏。

诗人笔下已然营造出清、凉、幽、静的环境，又进一步摹写山间入夜之时的幽静，“樵人归欲尽，烟鸟栖初定”。事实上，诗人对山间清幽的整体感受，由“松月”“风泉”而及于“樵人”与“烟鸟”：打柴的樵夫陆陆续续在月色中归来，已经走得差不多，几乎没有什么人了；在暮色雾霭中归巢的鸟儿，唧唧吱吱欢快的鸣叫声已然停息，栖息安眠了。“归欲尽”“栖初定”，用“欲”字、“初”字，表现一种行人将尽未尽、鸟鸣将停未停的状态，体现时间的推移，彰显诗人独立山间等待友人的过程。

而山间幽静清凉的氛围，自然引起对友人的强烈期待，因而诗的结尾自然而然，明确抒写诗题中的“待”字：“之子期宿来，孤琴候萝径。”之子，这个人，指丁大。《诗经·周南·桃夭》：“之子于归，宜其室家。”朱熹注：“之子，是子也。此指嫁者而言也。”期宿，约定住宿。《诗经·鄘风·桑中》：“期我乎桑中，要我乎上宫。”和好友丁大相约定，今夜来山寺留居，然而天色已晚，丁大尚未到来，诗人怀抱鸣琴，伫立于山间长满女萝的小路上，默默地等待着……“孤琴候萝径”，非常形象传神，山寺清幽清凉，也有一些淡淡的寂寞，约好丁大前来留宿，天色已晚，而丁大尚未到来，诗人有些许的着急与担心，怀抱鸣琴，伫立于女萝掩映的小径，默默等待知音的到来。形象卓绝，画意诗情盎然，言已尽而意有余，令人回味无穷。琴是知音的象征，而女萝则为高洁品性之象征。《楚辞·山鬼》：“若有人兮山之阿，披薜荔兮带女萝。”诗人又用“孤”字，凸显、映衬出丁大之于自己是知音难得，强化了诗人对知音期待之殷切。此外，如“松月生夜凉”之“生”字，强调视觉所激发的触觉感受“夜凉”之深切；“风泉满清听”之“满”字，彰显泉声之悦耳清脆、四野宁静之美，皆能表现出由淡到浓的过程，可见诗人遣词造句之精到。

此诗描摹极为形象传神，景物满眼，山水清音，悠然自远，清淡之趣洋溢于字里行间，有强烈的艺术感染力，令人爱赏不已。

王昌龄

同从弟南斋玩月忆山阴崔少府

高卧南斋时，开帷月初吐。清辉澹水木，演漾在窗户。荏苒几盈虚，澄澄变今古。美人清江畔，是夜越吟苦。千里其如何，微风吹兰杜。

此诗乃王昌龄的一首五言古诗。从弟，堂弟。《全唐诗》诗题作《同从弟销南斋玩月忆山阴崔少府》，则从弟乃王销。南斋，住室南面的书房。玩月，赏月。玩，观赏、欣赏。《楚辞·远游》："谁可与玩斯遗芳兮？晨向风而舒情。"葛洪《抱朴子·塞难》："是玩华藻于木末，而不识所生之有本也。"山阴，今浙江绍兴。少府，县尉的别称。崔国辅于唐玄宗开元十七年（729）前后，出任山阴少府。孟浩然开元十七年至二十年漫游吴越时，曾作有《江上寄山阴崔国辅少府》《宿永嘉江寄山阴崔国辅少府》等诗。王昌龄开元十五年（727）考中进士，授秘书监校书郎。校书郎执掌书写、校勘，是一个比较清闲的职位。此时期，年辈较高的王昌龄，结识了当时聚集于长安的许多著名诗人，如大诗人李白，后来以边塞诗闻名的岑参、高适、李颀、王之涣等，以山水田园诗擅名的王维、孟浩然、崔国辅、储光羲、常建等，过从甚密，唱酬不断。崔国辅出任山阴县尉，王昌龄时在长安，因唱和从弟《南斋玩月》诗，而作《同从弟南斋玩月忆山阴崔少府》。

高卧南斋时，开帷月初吐。

高卧，即安卧，悠闲地躺着。《晋书·隐逸传·陶潜》："尝言夏月虚闲，高卧北窗之下，清风飒至，自谓羲皇上人。"帷，窗帘。

此句意谓，悠闲地在南面书房，拉开窗帘，看到一轮明月刚刚从天际升起。

清辉澹水木，演漾在窗户。

清辉，皎洁的月光。澹，明暗变化，摇曳生姿。水木，即水木清华，指园林景色清朗秀丽。晋人谢混《游西池》诗："景昃鸣禽集，水木湛清华。"演漾，水波荡漾。阮籍《咏怀》诗之七五："泛泛乘轻舟，演漾靡所望。"也指飘摇的样子。张籍《登楼寄胡家兄弟》诗："独上西楼尽日闲，林烟演漾鸟蛮蛮。"

此句意谓，皎洁的月光照临，园林景色清朗秀丽，明暗变化而摇曳生姿；照映于窗户，竟也飘摇动荡，如同仙境。

荏苒几盈虚，澄澄变今古。

荏苒，指时间渐渐过去，形容时光易逝。陶潜《杂诗》之五："荏苒岁月颓，此心稍已去。"盈虚，盈指月圆，虚指月缺。澄澄，清澈明洁的样子。晋人阮修《上巳会诗》："澄澄绿水，澹澹其波。"

此句意谓，时光易逝，多少次月圆月缺，就在这清澈明洁的月亮变化间，构成了古往今来的历史。

美人清江畔，是夜越吟苦。

美人，容貌美丽的人，多指女子。《六韬·文伐》："厚赂珠玉，娱以美人。"亦指品德美好的人。《诗经·邶风·简兮》："云谁之思，西方美人。"郑玄笺："思周室之贤者。"《孟子·尽心下》"充实之谓美"汉代赵岐注："充实善信，使之不虚，是为美人。"此处指崔国辅。清江，指山阴。曹娥江流经山阴，江水清澈见底，故称。越吟，以越地音声吟诵。战国时越人庄舄在楚国做官，富贵不忘故国，病中吟越歌以寄乡思。王粲《登楼赋》："钟仪幽而楚奏兮，庄舄显而越吟。"后因以喻思乡忆国之情。苦，忧伤、愁苦。蔡琰《胡笳十八拍》："无日无夜兮不思我乡土，禀气含生兮莫过我最苦。"韩愈《论淮西事宜状》："士卒有征行之艰，闾里怀离别之苦。”

此句意谓，想来今夜崔少府当于曹娥江畔，对月吟诗，而深切地思念长安城里的友朋诗侣吧。

千里其如何，微风吹兰杜。

兰杜，兰花、杜若，皆为香草。

此句意谓，山阴、长安两地相隔千里之遥，无法飞越，然而“隔千里兮共明月”，不必悲伤，来自山阴的微风，会将曹娥江畔的兰花、杜若之芬芳，远送至千里之遥的长安，足以慰藉友朋相思之情了。

此诗乃王昌龄酬和从弟王销《南斋玩月》而怀念远在山阴做县尉的崔国辅，诗的核心是“玩月”和“忆”字，实际上也是传统的对月怀人的题材。南朝谢庄《月赋》有“美人迈兮音尘绝，隔千里兮共明月”，诗人以此为构思的基础，敷衍而成全篇。开篇“高卧南斋时，开帷月初吐”，点明诗题“南斋玩月”：居处南斋，消闲无事，拉开帘帷，见一轮明月刚刚升起。第二联“清辉澹水木，演漾在窗户”，具体而深入抒写“玩月”：窗外，皎洁清澈的月光照临，园林流水荡漾，波光粼粼，树木扶疏，花影婆娑，清朗秀丽，明暗变化之际，摇曳生姿；清辉下泻，水木清华，映照于窗户，竟也飘摇动荡，如同仙境。诗人的诗思从窗户飞向庭院园林的水木清华，也飞向夜空。

于是，第三联“荏苒几盈虚，澄澄变今古”，时光匆匆，就在月亮的圆缺变化中，悄然流逝；然而就在这清澈皎洁的明月盈虚变化中，悠久的历史得以构成啊。沈德潜说：“高人对月时，每有盈虚今古之感。”（《唐诗别裁集》卷一）信然。诗人深感时光易逝，青春难再，流露出淡淡的感伤。辽夐天宇之下，同此明月——“美人清江畔，是夜越吟苦”，好友崔国辅远在山阴，想来他也正在越地佳山胜水之滨，薄雾清寒，水天一色，怅望明月，高声越吟，苦苦思念千里之遥的长安友人吧。

越吟苦，用战国越人庄舄的典故。《史记·张仪列传》附《陈轸传》：“越人庄舄仕楚执珪，有顷而病。楚王曰：‘舄，故越之鄙细人也。今仕楚执珪，贵富矣，亦思越不？’中谢（宫中侍者）对曰：‘凡人之思故，在其病也。彼思越则越声，不思越则楚声。’使人往听之，犹尚越声也。”庄舄用故乡越地声韵吟唱，正是苦苦思念，不忘根本啊。王粲流落荆州，困顿艰难，而作《登楼赋》，遂有“钟仪幽而楚奏兮，庄舄显而越吟。人情同于怀土兮，岂穷达而异心”之感慨。诗人以“越吟苦”，深切地表达崔国辅思友之情。诗人虽有淡淡的感伤，然而却不悲哀，遂有“千里共如何，微风吹兰杜”之唱叹：长安、山阴两地相隔千里，无法飞渡，然而“隔千里兮共明月”，澄澈天宇，共赏此明月良夜，明月可以传情达意，来自曹娥江畔的微风，千里长渡，将越中芳兰、杜若之芬芳，缓缓送至长安，足以慰藉友朋相思之情了。兰若是香草，也是友谊的象征。《周易 · 系辞上》：“二人同心，其利断金；同心之言，其臭如兰。”《楚辞 · 湘君》：“采芒洲之杜若兮，将以遗兮下女。”芳兰、杜若，正是诗人与山阴崔少府友谊的象征——君子之交，芳洁而长久。此诗虽着墨不多，然而自觉深远，意余言外。

此诗的逻辑演进甚为明晰，先写南斋见月、赏月，风光旖旎，遂有超时空的感悟，因月而思念远在山阴的友人；转而写友人如何在山阴思念长安之好友，微风送来山阴兰杜之芳香。紧扣诗题，而又能不为诗题所拘束，有所拓展与超越，因而获得了颇大的艺术张力，启人情思。

丘　为

寻西山隐者不遇

绝顶一茅茨，直上三十里。扣关无僮仆，窥室唯案几。若非巾柴车，应是钓秋水。差池不相见，黾勉空仰止。草色新雨中，松声晚窗里。及兹契幽绝，自足荡心耳。虽无宾主意，颇得清净理。兴尽方下山，何必待之子。

丘为，苏州嘉兴（今浙江嘉兴）人，天宝二年（743）进士及第，与王维、刘长卿友善。事继母至孝，名闻于世。丘为高寿，卒年九十六，现存诗歌十多首，多写田园风物，格调清幽淡逸。此诗题一作《山行寻隐者不遇》。

在通信不发达的古代，出外访友，往往不得相见，徒增怅惘。李白远赴襄阳，拜访闻名已久的孟浩然，时值孟浩然外出远游，不得相见，颇为惆怅，更增添了思慕之情，遂写下了著名的《赠孟浩然》，有曰："吾爱孟夫子，风流天下无。红颜弃轩冕，白首卧松云。"诗人在其居处，流连徘徊，寻觅高士孟浩然之踪迹，极尽追慕怀想之情，"高山安可仰，徒此揖清芬"。贾岛入山中寻访隐居之友，不得相见，遂有《寻隐者不遇》一诗："松下问童子，言师采药去。只在此山中，云深不知处。"低回流连，情溢于山峦云涛之间。丘为的这首诗，就很好地体现了这种寻访而不遇景况下，诗人流连忘返、追慕怀想之情。

绝顶一茅茨，直上三十里。

绝顶，山峰的最高处，即山顶。茅茨，茅草盖的屋顶，茅屋。《韩非子·五蠹》："尧之王天下也，茅茨不翦，采椽不斫。"钱起《早渡伊川见旧邻作》："村落通白云，茅茨隐红叶。"此句意谓，西山隐者的茅屋在山峰的最高处，从山下到山上，蜿蜒而上，有三十里之遥！这是写从山下远望，以及沿山路而上的过程。

扣关无僮仆，窥室唯案几。若非巾柴车，应是钓秋水。

诗人沿山路迤逦而上，到达山顶的茅屋，扣敲门扉，没有僮仆前来应答；从屋外窥望，屋内仅有几案陈设，静悄悄的，没有一丝声响。诗人由此推想，西山隐者大概乘车出行，游赏于山林之间了吧，或者如庄子一般，垂钓于碧潭秋水了。扣关，敲门。关，即门闩，此处指代门。窥室，谓从门缝里看室内。巾柴车，巾指车蓬，此处用作动词，谓整饬车驾，乘车出行。柴车，简陋粗劣的车子，隐士所乘。《韩诗外传》卷一〇："疏食恶肉，可得而食也；驽马柴车，可得而乘也。"《后汉书·文苑传下·赵壹》："时诸计吏多盛饰车马帷幕，而（赵）壹独柴车草屏，露宿其傍。"李贤注："柴车，弊恶之车也。"《梁书·何点传》："点虽不入城府，而遨游人世，不簪不带，或驾柴车，蹑草屩，恣心所适，致醉而归，士大夫多慕从之，时人号为'通隐'。"钓秋水，指隐居不仕，保存其天性之真率。《庄子·刻意》："就薮泽，处闲旷，钓鱼闲处，无为而已矣，此江海之士，避世之人，闲暇者之所好也。"同书《秋水》篇："庄子钓于濮水。楚王使大夫二人往先焉，曰：'愿以竟内累矣。'庄子持竿不顾，曰：'吾闻楚有神龟，死已三千岁矣，王巾笥而藏之庙堂之上。此龟者宁其死为留骨而贵乎？宁其生而曳尾于涂中乎？'二大夫曰：'宁生而曳尾涂中。'庄子曰：'往矣，吾将曳尾于涂中。'"

差池不相见，黾勉空仰止。

差（cī）池，参差不齐。《诗经·邶风·燕燕》："燕燕于飞，差池其羽。"此处指彼此错过，不能相见。黾勉，即勉励，尽力。《诗经·邶风·谷风》："黾勉同心，不宜有怒。"毛氏传："言黾勉者，思与君子同心也。"此处指殷勤。仰止，仰慕，向往；止，语助词。《诗经·

小雅·车辖》："高山仰止，景行行止。"此二句意谓，很可惜呀，和西山隐者彼此错过了，未能见面，诗人自己殷勤地在其茅屋前后低回流连，内心充满了无限的仰慕之情，久久不忍离去。

草色新雨中，松声晚窗里。及兹契幽绝，自足荡心耳。

山野之中，新雨初停，天气晴朗，青翠草色，连绵无际，是那样地赏心悦目；夕阳斜照，山风吹拂，窗外传来起伏的松涛声。这样清新幽美的环境，深深地契合了诗人追慕幽绝的心绪，真是令人心旷神怡、心境开畅啊。

虽无宾主意，颇得清净理。

此句紧承上文，虽然未能与西山隐者相见，谈玄说道，互致心意，然而这清新幽绝的环境，已然让人领悟了那高妙的清净无为之道了。《太上老君说常清静妙经》："常能遣其欲而心自静，澄其心而神自清。"道家认为，清静乃领悟自然妙道之一大助益。庄子讲心斋、坐忘，也就是这个意思。

兴尽方下山，何必待之子。

承上文之意，绾结全诗：寻访西山隐者不遇，流连其茅屋草庐，追慕怀想，情不能自已，于雨后初晴之际，欣赏草木清新，聆听山间松涛，看斜阳晚照，领悟了自然高妙之道，也尽了访友谈玄之趣；乘兴而来，兴尽而返，也就不必等待西山隐者归来了，诗人已经独自下山去了。兴尽，暗用王子猷雪夜访戴安道之事。《世说新语·任诞》："王子猷（王徽之）居山阴，夜大雪，眠觉，开室，命酌酒。四望皎然，因起彷徨，咏左思《招隐》诗。忽忆戴安道，时戴在剡，即便夜乘小船就之。经宿方至，造门不前而返。人问其故，王曰：'吾本乘兴而行，兴尽而返，何必见戴？'"之子，即那个人，指西山隐者。

此诗以诗人寻访西山隐者不遇这一具体事件，抒写寻访而不遇，感悟隐逸之趣与清静之理，领悟自然高超妙道，写得颇有新意。诗人远程来寻访西山隐者，沿山路蜿蜒而上三十里，至于绝顶，然而西山隐者不在，确实有一些惆怅。诗人将那种无限钦慕之情和急切求道之意，抒写得溢于言表。“差池不相见，黾勉空仰止”，惆怅与叹惋之情，宛然若见。于此，诗人宕开一笔，抒写西山隐者所居之处的“草色新雨”“松声晚窗”的幽情雅趣，清幽绝美的景色，令人胸怀开畅、心旷神怡，已然涤荡去世俗的尘垢，领悟了清静之趣与自然高妙之道，事实上已经达到了寻访隐者、化解心中迷茫之目的。目的已经达到，兴尽而返，也就不必再等待西山隐者了。用王子猷雪夜访戴之典故，表达其任情自然的旷达胸怀，“兴尽方下山，何必待之子”，颇有得意忘言之境界。意尽而结，诚为佳作。

綦毋潜

春泛若耶溪

幽意无断绝，此去随所偶。晚风吹行舟，花路入溪口。际夜转西壑，隔山望南斗。潭烟飞溶溶，林月低向后。生事且弥漫，愿为持竿叟。

綦毋潜，复姓綦毋，名潜，字孝通，虔州（今江西赣县）人，开元十四年（726）进士，入集贤院。天宝初，弃官归隐江东，王维有《送綦毋校书弃官还江东》诗，曰：“明时久不达，弃置与君同。天命无怨色，人生有素风。念君拂衣去，四海将安穷？秋天万里净，日暮澄江空。清夜何悠悠，扣舷明月中。和光鱼鸟际，澹尔蒹葭丛。”与王维、李颀、储光羲、韦应物等相友善，诗名甚著。若耶溪，在今浙江绍兴东南若耶山下。水出若耶山，北流入运河，溪旁旧有浣纱石古迹，相传西施曾浣纱于此，名又称浣纱溪，风景优美。此诗当作于綦毋潜归隐江东之后。

幽意无断绝，此去随所偶。

诗题为《春泛若耶溪》，诗遂抒写舟行水上，沿溪所见之景、所感之情。此句谓，若耶溪太美了，诗人寻奇探幽、放任自适的兴致很高，没有消歇，乘一叶小舟沿溪流而行，随舟之行止，行于所当行，止于不可不止，处处皆为美景，令人目不暇接，美不胜收。幽意，犹幽兴，指寻奇探幽、放任自适的兴致。随所偶，即随其所遇；偶，相遇。

晚风吹行舟，花路入溪口。际夜转西壑，隔山望南斗。潭烟飞溶溶，林月低向后。

中间六句，极写傍晚泛舟若耶溪上所见之景。黄昏，晚风吹拂，一叶小舟漂漂荡荡，沿溪流而行，两岸杂花生树，绿树浓荫，穿花叶，过树荫，遂驶入若耶溪口。夜色渐深，峰回路转，小舟顺流而行，转入西面之大壑，山峰耸峙，仰望天空，南斗星辰璀璨，照临吴越之地。夜气渐浓，烟岚雾霭浮动，渐渐笼罩四野，一派迷蒙，遥不可见矣，而一轮明月已然西垂，似乎轻轻地压于山野林梢之上——皓月西沉，天将放晓矣。际夜，入夜。际，当。南斗，即斗宿，有星六颗，在北斗星以南，形似斗，故称。在天文分野上，南斗与吴越之地相应。《文选·左思〈吴都赋〉》："仰南斗以斟酌，兼二仪之优偓。"刘逵注引《天官星占》："南斗之爵禄，其宿六星。"潭烟，水潭之上如烟似雾的水汽。溶溶，宽广无际的样子。

生事且弥漫，愿为持竿叟。

生事，即人事。弥漫，渺茫无际。持竿叟，即渔翁。竿，钓竿。若耶溪近处有严子陵钓台，诗人连类而及。今浙江桐庐县南富春山腰间，有东西两台，各高百余米，东边称严子陵钓台。顾野王《舆地志》："桐庐县南，有严子陵渔钓处。今山边有石，上平，可坐十人，临水，名为严陵钓坛也。"此句意谓，人生世事难料，不可捉摸，希望能够及早归隐，如东汉严子陵一样，垂钓江边，悠悠卒岁，保持己身之高洁。

此诗抒写春日泛舟若耶溪之所见与所感，关键"泛"字，而诗则围绕"随所偶"三字依次展开，描绘了一幅引人入胜的若耶溪春夜泛舟图，极尽诗情画意之美。开篇二句"幽意无断绝，此去随所偶"，晚风吹拂，夹岸花树绿荫，诗人乘一叶小舟，沿溪而行。中间六句，以时间顺序，从黄昏到入夜，再到拂晓，极写乘舟而行，沿途之所见：入溪口，转西壑，望南斗，烟岚雾霭浓重，笼罩四野，茫茫苍苍，一派迷蒙，而天际一轮明月已然西沉，黎明前之暗夜，东方即将破晓。于此景此情，最后二句"生事且弥漫，愿为持竿叟"，世事渺茫难料，东汉之严光及早归隐，垂钓于富春江畔，高洁自持，何等自在，诗人不禁也发出归隐江湖的心愿。全诗摹写景象，如仙如幻，情与之融会，浑然一体。殷璠称其诗“举体清秀，萧萧跨俗”“借使若人加气质，减雕饰，则高视三百年外也”（《河岳英灵集》卷中），评价颇高。

常　建

宿王昌龄隐居

清溪深不测，隐处唯孤云。松际露微月，清光犹为君。茅亭宿花影，药院滋苔纹。余亦谢时去，西山鸾鹤群。

常建与王昌龄同登开元十五年（727）进士第，交情颇深。王昌龄曾隐居于石门山（今安徽含山县内）。常建经过其地，而王昌龄不在，夜宿其隐居处，遂作此诗，借以寄托与之共同隐居之意。

清溪深不测，隐处唯孤云。

清溪，流经石门山的小溪。深，并非指溪水之深，而是指溪水流入石门深处。孤云，陶渊明《咏贫士》："万族各有托，孤云独无依。"陶弘景《诏问山中何所有赋诗以答》："山中何所有，岭上多白云。只可自怡悦，不堪持赠君。"梁武帝问隐士陶弘景"山中何所有"，而陶弘景以"白云"作答，"白云"遂为隐士之象征。此处说王昌龄不在，唯有白云，益觉其孤，因而说"孤云"。此句谓，一条清浅的小溪流经王昌龄隐居处，流向石门山之深处，杳不可见；王昌龄不在此地，唯有孤云一片，更见其高洁。摹写王昌龄隐居处，用一"唯"字，可见除自由而高洁的"孤云"外，不见任何俗物。

松际露微月，清光犹为君。

夜晚，青松树隙间，露出一弯微月，洒下一缕清朗之月光，似乎特别有情，专为王昌龄而照临其隐居处。露微月，即微露月，稍稍露出月光。君，指王昌龄。主人不在，一缕清朗月光犹且照临，既写王昌龄之高洁，也增添了诗人之特别怀想。青松朗月，乃隐居处特别之景致，也暗喻隐居者之高洁。此句用松间一缕清朗月光，点出诗题之“宿”字及隐居之人。

茅亭宿花影，药院滋苔纹。

茅亭，茅草盖顶的亭子。宿，停贮。药院，长满芍药的庭院。滋，生长。滋苔纹，青苔肆意地生长，无所不在。此句摹写夜景的清幽，谓月光下茅亭静静地停贮在花影里，种植芍药的庭院长满了无处不在的青苔，可见主人出离之长久。

余亦谢时去，西山鸾鹤群。

《太平御览》卷三九引《列仙传》：“王子乔，周灵王太子晋也。好吹笙作凤鸣，游伊洛之间，浮丘公接以上嵩高山。三十余年后，于山上见桓良曰：‘告我家，七月七日待我缑氏山头。’至日，果乘白鹤驻山巅，望之不得到，举手谢时人，数日而去。”谢时，辞别当时之人，后来遂指避世，不问世事。李白《下途归石门旧居》：“何当脱屣谢时去，壶中别有日月天。”西山，即鄂渚西山，常建天宝中后期隐居于此。鸾鹤，鸾与鹤。相传为仙人所乘，也借指神仙。江淹《登庐山香炉峰》：“此山具鸾鹤，往来尽仙灵。”汤惠休《楚明妃曲》：“骖驾鸾鹤，往来仙灵。”此句谓，宿居王昌龄隐居处，心有同感，诗人也愿意避世隐居，与西山鸾鹤同群，无拘无束，自由自在。语气含有向对方询问的意思，极其深婉。

王昌龄诗名甚著，有“诗家夫子”之誉。常建宿居其隐居旧地，抒写其隐逸怀人之情。诗的特色是“清”，“清溪”“孤云”“微月”“清光”，茅亭、花影、芍药、青苔，处处彰显其清幽，增添了“清”之意趣，也透露出隐居者孤傲高洁之情性。景中寓情，情与景相融，隐居之地，处处透露隐居者的逸情雅怀，因而深深叩击着借宿者（诗人）的心扉，欲离尘世而归隐西山，希望与王昌龄一同隐居了。此种孤清之幽趣，与山中景色融为一体，“松际露微月，清光犹为君”，旨远兴僻，如梦似幻，令人怀想追忆，颇富情韵，有一唱三叹之妙。

岑　参

与高适薛据登慈恩寺浮图

塔势如涌出，孤高耸天宫。登临出世界，磴道盘虚空。突兀压神州，峥嵘如鬼工。四角碍白日，七层摩苍穹。下窥指高鸟，俯听闻惊风。连山若波涛，奔凑如朝东。青槐夹驰道，宫观何玲珑！秋色从西来，苍然满关中。五陵北原上，万古青濛濛。净理了可悟，胜因夙所宗。誓将挂冠去，觉道资无穷。

天宝十一载（752）秋天的长安，是一个值得被历史记忆的特殊日子。

天宝三载（744），二十八岁的岑参以第二名的成绩考中进士，五载（746）春天，被授予右内率府兵曹参军一职，正九品下，最低的官阶，总算是进入仕途的起步。这个微末职位，实在与诗人的理想差距太远，《初授官题高冠草堂》说："三十始一命，宦情都欲阑。自怜无旧业，不敢耻微官。"岑参并不满意，可是，为了谋生，不得不忍耐。八载（749），安西四镇节度使高仙芝入朝，礼聘岑参入其幕府，为掌书记，岑参很兴奋，以为迎来了人生事业发展的巨大机遇。这年冬，岑参远赴西域，寻求新的生活与发展机遇。天宝十载（751）秋天，岑参从遥远的西域归来，十一载（752）秋天，与杜甫、高适、薛据、储光羲交游，并一同登临慈恩寺塔。登上长安城的最高处，这五位大诗人皆兴奋不已，真是应了那句名言："人事有代谢，往来成古今。江山留胜迹，我辈复登临。"（孟浩然《与诸子登岘山》）高适、薛据赋诗，杜甫、岑参、储光羲唱和。五人皆诗坛名家，甫一写就，即流传开来，广为世人所传诵。这一盛事，让后人歆羡不已，今仅薛据诗不传，其余四首皆存世。

慈恩寺，本隋朝无漏寺旧址，唐太宗贞观二十二年（648），太子李治为追荐死去的母亲文德皇后长孙氏而兴建，故名慈恩寺。寺西有大雁塔，乃高宗永徽三年（652）三藏法师玄奘所建。塔本五层，武则天时重修，增高至十层，后经兵火，只存七层。唐人称大雁塔为慈恩寺浮屠。浮屠，梵语音译，指佛塔。

塔势如涌出，孤高耸天宫。登临出世界，磴道盘虚空。突兀压神州，峥嵘如鬼工。

塔，“佛塔”的简称。佛塔起源于印度，梵语为“窣堵坡”。“塔”字初见于汉译佛经，见于晋葛洪《字苑》、梁顾野王《玉篇》等书。用以收藏舍利，后亦用于收藏经卷、佛像、法器，用以庄严佛寺。谢灵运《山居赋》：“谢丽塔于郊郭，殊世间于城傍。”《魏书·释老志》：“弟子收奉，置之宝瓶，竭香花，致敬慕，建宫宇，谓为‘塔’。塔亦胡言，犹宗庙也。”涌出，《妙法莲花经·见宝塔品第十一》：“尔时佛前有七宝塔，高五百由旬，纵广二百五十由旬，从地涌出。”由旬，古印度计程单位。一由旬的长度，我国古有八十里、六十里、四十里等诸说。《法苑珠林》卷三：“八拘卢舍为一由旬，合有四十里。”世界，佛教语，犹言宇宙。世指时间，界指空间。《楞严经》卷四：“何名为众生世界？世为迁流，界为方位。汝今当知，东、西、南、北、东南、西南、东北、西北、上、下为界，过去、未来、现在为世。”沈约《齐禅林寺尼净秀行状》：“忽自见大光明遍于世界，山河树木，浩然无碍。”磴道，登山的石径。此处指塔内攀登的阶梯。颜延之《七绎》：“岩屋桥构，磴道相临。”突兀，突起高耸。压，超越，居于其他事物之上。柳宗元《与萧翰林俛书》：“才不能踰同列，声不能压当世。”神州，指京都。《文选·左思〈咏史诗〉》：“皓天舒白日，灵景耀神州。”吕向注：“神州，京都也。”峥嵘，即卓越，不平凡。唐代张说《唐故夏州都督太原王公神道碑》：“卓荦文艺，峥嵘武节。”

此段意谓，慈恩寺塔拔地而起，似从地底涌出，巍峨高耸于天际。

登临雄壮奇伟的高塔，仿佛超出尘俗之世，超越时间与空间的限制；那层层的楼梯，好似在空中盘旋一样。高塔挺拔高耸，超越京师长安的一切建筑，其卓越不凡，如同鬼斧神工之所造。

四角碍白日，七层摩苍穹。下窥指高鸟，俯听闻惊风。

碍，限制，阻挡。《列子·力命》："独往独来，独出独入，孰能碍之。"摩，迫近，接近。《淮南子·人间训》："背负青天，膺摩赤霄，翱翔乎忽荒之上，析惕乎虹霓之间。"杜甫《寄题江外草堂》诗："蛟龙无定窟，黄鹄摩苍天。"苍穹，苍天。穹，穹隆，物体中间隆起四周下垂。古人以为，天圆地方。苍言天之色，穹言天之形。

此四句谓，慈恩寺塔高耸入云，塔之四角似乎阻挡了太阳的运行，七层高耸，迫近天穹。向下看，高飞的鸟儿竟然也在登临者的脚下，俯视、指点着飞翔的鸟儿，俯身倾听疾风劲吹。

连山若波涛，奔凑如朝东。青槐夹驰道，宫观何玲珑！

驰道，古代供君王行驶车马的道路，后泛指供车马驰行的大道。《礼记·曲礼下》："岁凶，年谷不登……驰道不除，祭事不县。"孔颖达疏："驰道，正道。如今之御路也。是君驰走车马之处，故曰驰道也。"宫观，指宫阙。玲珑，精巧。

此四句谓，向远处眺望，南面连绵不绝的终南山重重叠叠，似奔腾的波涛向东奔流。长安大道纵横交错，两行青槐夹辅于道路两旁，苍翠如烟；那壮丽巍峨的宫殿，竟然是那样地精巧玲珑，可堪把玩。

秋色从西来，苍然满关中。五陵北原上，万古青濛濛。

关中，所指范围不一。或泛指函谷关以西战国末秦之故地；或指居于众关之中的地域。东有函谷关，南有武关，西有散关，北有萧关，居四关之中，故曰关中。五陵，汉高祖长陵、惠帝安陵、景帝阳陵、武帝茂陵、昭帝平陵，都在渭河北岸（今咸阳、兴平一带），合称五陵，皆在长安城北，故称"五陵北原上"。又，指唐代高祖、太宗、高宗、中宗、睿宗的陵园，均在长安附近。李白《永王东巡歌》之五："二帝巡游俱未回，五陵松柏使人哀。"王琦注："五陵，高祖、太宗、高宗、中宗、睿宗之陵也。"

此四句谓，秋风渐起，从西面吹拂而来，秋色一路向东铺衍开来，那一派苍茫的秋色，瞬间洒满关中。长安城北原五陵之地，千百年来，树木苍翠，一派青濛，遥不可及。

净理了可悟，胜因夙所宗。誓将挂冠去，觉道资无穷。

净理，佛教之义理。佛教以远离一切恶行、心不受尘俗垢染为清净。了可悟，指全然彻悟。胜因，佛教语，善因。佛教以为，物生有因，善因得善果，恶因得恶果，胜因是一种殊妙的善因。挂冠，指弃官归隐。《后汉书·逸民传》："逢萌，字子康……遂去之长安，学通《春秋》经，时王莽杀其子宇，萌谓友人曰：'三纲绝矣！不去，祸将及人。'即解冠挂东都城门，归，将家属浮海，客于辽东。"觉道，佛教指成佛正觉之路。《维摩经·佛国品》："始在佛树力降魔，得甘露灭觉道成。"僧肇注："大觉之道，寂灭无相，至味和神，喻若甘露。"

此四句谓，登临此迥绝之处，超越时间与空间的限制，清净的佛教义理，全然可悟，那殊妙的善因，乃自己早就宗奉了的，因而我终将辞官归隐，成佛的正觉之道，将会给我无穷无尽的享用。

此诗作于天宝十一载（752），岑参、杜甫、高适、储光羲、薛据五位大诗人同登长安的慈恩寺塔。不同的遭遇和心境，登塔则有不同的感受。此时，杜甫已经旅居长安多年，求仕无路，奔走权贵之门，备遭艰辛，所谓"朝扣富儿门，暮随肥马尘。残羹与冷炙，到处潜悲辛"（杜甫《奉赠韦左丞丈二十二韵》），因而当登临长安城最高处之慈恩寺塔，颇多感慨："登高跨苍穹，烈风无时休。自非旷士怀，登兹翻百忧。"在欣赏壮丽河山之同时，也滋生出无限的忧虑，"秦山忽破碎，泾渭不可求。俯视但一气，焉能辨皇州"，批评朝廷清浊不分，预感到一场大动乱即将爆发，而深深地感喟于"黄鹄去不息，哀鸣何所求。君看随阳雁，各有稻粱谋”（《同诸公登慈恩寺塔》），志士远遁，庸人营求，但谋一时之衣食与苟安，诗人真是长歌当哭，哀婉动人矣。

然而，此时岑参的遭遇与心境与杜甫有极大的不同。天宝八载（749），岑参受安西四镇节度使高仙芝的礼聘，为掌书记，从军西域。大唐帝国强大的声威，西域的飞沙走石、狂风暴雪，军营的战斗与歌哭，开拓了诗人的胸襟，磨砺了诗人的意志，给予诗人以高昂的斗志。天宝十载（751），岑参从遥远的西域归来，诗人正逢人生得意之时，处于建功立业的心胸开阔、视野宏大之时。因而，登上慈恩寺塔，他的感受是不同的，心境是开朗的。可以说，杜甫、岑参、高适、薛据、储光羲虽然都登上慈恩寺塔——这个长安城最高之处，然而他们并非站在同一高度——他们的经历、思想、心境皆不相同，因而诗歌表达了不一样的认知，呈现出不同的艺术风貌。

岑参此诗，开篇二句，乃是立于平地之上，惊异于塔之巍峨高耸——“塔势如涌出，孤高耸天空”。说“塔势”而不说“塔身”，乃是惊异于塔之拔地而起，坚挺有力，如同从地底奔涌而出，势不可挡，是仰望，以惊奇的眼光注视，高高耸立云霄。紧接着“登临出世界，蹬道盘虚空”，按照逻辑，应该是“蹬道盘虚空，登临出世界”——写登塔，沿着盘旋于塔内的楼梯，拾级而上，似乎是行于虚空——从塔外看不见楼梯，故而称“盘虚空”；登临塔顶，放眼四望，似乎已然脱离尘俗，超越了时间和空间的限制。此乃整体性的抒写，登临高塔，浑然一体的观感。随后两句是面对此情此景的感慨——“突兀压神州，峥嵘如鬼工”，此塔高耸入云，是长安城的最高点，卓越不凡，似鬼斧神工之杰作。此二句，乃一顿挫，使诗之描摹略呈收束之势。这是第一层次。

第二层次，乃立于塔巅之眺望与观感。“四角碍白日，七层摩苍穹”，接前“孤高”“突兀”，塔高耸入云，塔之四角竟然阻挡太阳之运行，七层之高，直插云霄，迫近天穹。这是立于塔巅，从平视来极力突现塔之高。“下窥指高鸟，俯听闻惊风”，从俯视的角度，写塔之高耸：高飞的鸟儿竟然就在登临者的脚下，俯身倾听，疾风劲吹，猎猎作响。这也是烘托的写法，以“高鸟”“惊风”来烘托此塔之高耸。向远处眺望："连山若波涛，奔凑似朝东。青槐夹驰道，宫观何玲珑"——南面，连绵不绝的雄伟终南山，重重叠叠，似奔涌的波涛，奔流向东；雄伟壮丽的长安城，驰道纵横，似棋盘一般，而路旁青槐夹辅，一派青翠，那巍峨壮丽的宫殿，此时看来是那样地精巧玲珑，可堪把玩。"秋色从西来，苍然满关中。五陵北原上，万古青濛濛"——秋风渐起，从西面吹拂而来，秋色一路向东铺衍开来，那一派苍茫的秋色，瞬间洒满关中；北面，五陵原上树木苍翠，一派青绿，如烟如雾。这八句，乃立于慈恩寺塔巅眺望所见，写得极有气势，充满动态感：南面终南山连绵不绝，如波涛向东奔涌；北面五陵原上，帝王陵墓松柏苍翠，一派青濛；秋色由西向东，铺衍而来、涨溢关中的动态感，气魄极大，非常形象，而在这极大的气魄中，诗人亦见其小，青槐夹辅的驰道，纵横似棋盘，雄伟宫观精巧玲珑，可堪把玩，令人爱不释手。这样，大与小的结合，点与面的铺衍，建构出一个立体的关中、长安图景，而这个视点乃是从长安城最高处的慈恩寺塔而审视、关照的。而且，"秋色从西来，苍然满关中"，整体感受很强烈，亦极富想象力。古人以四方西四时，西与秋对应，而秋天的西风吹拂，自西向东而来，秋色依次铺衍而来，顷刻间，苍然的秋色就涨溢于整个关中，极具动态。"五陵北原上，万古青濛濛"，诗人不仅仅是写景，多少也寄寓了一点时间流逝、生命不可久视的感慨——即使帝王业绩，亦将消殆于历史的尘埃，唯有那一派青翠万古长存，并因此奠定了下文哲理性的思索与抒怀。

第三层次，紧接上文，乃在慈恩寺塔巅的哲理性感悟与抒怀。"净理了可悟，胜因夙所宗。誓欲挂冠去，觉道资无穷"，诗人说，佛教的清净义理，自己是全然了悟的，何况自己早就宗奉佛教的善因，将来有一天，终将会辞官归隐，来享用这正觉之道（佛教）的无穷无尽的助益了。慈恩寺及佛塔，乃太子李治为母亲长孙皇后祈福所建，阐扬佛教义理之善因、度化。因而，岑参此诗，于登临此塔之后，自然而然地要抒写登临之感受，也就会落实到对佛教义理之领悟了。杜甫不是说过"方知象教力，足可追冥搜"（《同诸公登慈恩寺塔》）——佛教是有些让人不可思议的神奇，才能造成如此巍峨壮丽的佛塔啊。岑参此诗末尾的感受，也正是这一意思的发挥，是诗人关照诗题的应有之义，并非意谓岑参信奉佛教，真要辞官归隐了。也就是说，这是诗人在写诗，是紧扣诗题而应该表达的基本意思，并不关乎诗人的心境与思想。

天宝十一载（752）的岑参，一直被自信与豪情所鼓荡，充溢着强烈的建功立业精神和报国豪情。因而，登临长安的最高点慈恩寺塔，诗人以雄浑的气魄、开阔的胸襟、爽朗的心境，登临高塔，极目四望，仰观俯察，从视觉与听觉两个方面来表现登高远眺所见之壮美雄浑，真有孔子“登泰山而小天下”的气魄，诗人表现出长安及四郊景象的雄奇壮丽，是盛唐气象的自然流露。而“五陵北原上，万古青濛濛”，是对时空长存、生命易衰的淡淡哀惋，是一个强大王朝、盛明时代所具有的淡淡的青春迷茫，是积极进取的精神状态之下的对美好生命的热切与留恋。于是，诗人因此而滋生了对佛教超越时空义理的歆羡，既是诗人思想感情的自然流露，也与诗歌题旨、诗题密切相关，浑融一体而不可分割。这就是此诗的诗旨与诗之理趣所在，不可肆意贬低了。

元　结

贼退示官吏并序

癸卯岁，西原贼入道州，焚烧杀掠，几尽而去。明年，贼又攻永破邵，不犯此州边鄙而退。岂力能制敌欤？盖蒙其伤怜而已。诸使何为忍苦征敛，故作诗一篇，以示官吏。

昔年逢太平，山林二十年。泉源在庭户，洞壑当门前。井税有常期，日晏犹得眠。忽然遭世变，数岁亲戎旃。今来典斯郡，山夷又纷然。城小贼不屠，人贫伤可怜。是以陷邻境，此州独见全。使臣将王命，岂不如贼焉？今彼征敛者，迫之如火煎。谁能绝人命，以作时世贤？思欲委符节，引竿自刺船。将家就鱼麦，归老江湖边。

唐诗之所以可贵，除了风神婉然，声律风骨兼备，描摹物象无所不至而外，还在于关心生民疾苦，深切地反映社会现实。而元结的诗歌在盛唐和中唐之交，关心民生疾苦，反映社会生活的深广度方面，颇具代表性。元结（719—772），字次山，自号元子、漫叟。世居太原，后移居鲁山（今属河南）。元结少时不羁，十七岁折节读书，师事同族元德秀，登天宝十二载（753）进士。安史之乱起，其父告诫："尔曹逢世多故，不得自安山林，勉树名节，无近羞辱。"（《新唐书·元结传》）勉励元结于时事艰难之际，报效国家，救民疾苦，而不可独善其身。代宗广德二年（764），元结任道州（治所在今湖南道县）刺史。道州辖地不广，百姓稀少。广德元年（763）十二月，西原蛮（居今广西扶南县西南）攻陷道州，据守五十余日，劫掠焚毁，百姓死亡惨重，十不存一。次年五月，元结出任道州刺史；七月，西原蛮又攻掠永州（今湖南永州）和邵阳（今湖南邵阳）。道州与二州相邻，西原蛮却弃之而去，原因是道州州小民贫，无可劫掠。然而官府却对道州百姓征求无厌，限期催缴赋税，横征暴敛，有增无减。元结有感于此，而作此诗。杜甫读到元结的这首《贼退示官吏》和《春陵行》颇为激赏，曰：“览道州元使君《春陵行》兼《贼退后示官吏作》二首，志之曰：当天子分忧之地，效汉官良吏之目。今盗贼未息，知民疾苦，得结辈十数公，落落然参错天下为邦伯，万物吐气，天下少安可待矣。”许之为“比兴体制，微婉顿挫之词”，写诗赞颂：“粲粲元道州，前圣畏后生。观乎春陵作，欻见俊哲情。复览贼退篇，结也实国桢……两章对秋月，一字偕华星。”（《同元使君春陵行并序》）

昔年逢太平，山林二十年。泉源在庭户，洞壑当门前。井税有常期，日晏犹得眠。

昔年，谓安史之乱以前开元、天宝的太平盛世。山林，谓隐居。元结隐居之地，有山有谷，泉水流经谷口。其《述居》曰：“天宝庚寅（九载，750），元子得商余之山，山东有谷曰余中，谷东有山曰少余山，山谷中有田可耕艺者三数夫，有泉停浸可畦稻者数十亩。泉东南合肥溪，溪源在少余山下，溪流出谷，与潨水合汇于滍。将成所居，故人李才闻而来会。”井税，即指田赋，赋税。古代井田制，以方九百亩为一里，划为九区，形如“井”字，故名。其中为公田，外八区为私田，八家均私百亩，同养公田。公事毕，然后治私事。后世遂称田赋为井税。日晏，指太阳下山、天黑之时。此六句谓，太平盛世之时，诗人自己隐居山林二十年之久。泉水的源头，就在自家庭院之中，而洞穴山壑，也正对着自家门户。那时候，朝廷的赋税是有规定的，按时交纳即可，因而劳作一天，太阳下山，也就可以高枕安眠了，不会有什么担心的事情。

忽然遭世变，数岁亲戎旃。今来典斯郡，山夷又纷然。城小贼不屠，人贫伤可怜。是以陷邻境，此州独见全。

世变，指天宝十四载（755）的安史之乱。戎旃，军旗。亲戎旃，即亲身参加军旅。元结于乾元二年（759）任山南东道节度参谋，受命“募义士于唐、邓、汝、蔡，降剧贼五千，瘗战死露胔于泌南，名曰‘哀丘’……挫贼南锋，（元）结屯泌阳守险，全十五城”（《新唐书·元结传》），后又任荆南节度判官，坐镇九江，直至宝应元年（762）辞官归养。这段时间，正是元结“数岁亲戎旃”时期。典，主管。斯郡，指道州。元结乃代宗广德二年（764）五月出任道州刺史。山夷，指西原蛮。纷然，骚扰。此八句谓，孰料突然遭逢安史之乱，太平生活被打破了，诗人数年来亲身戎旅，率领军队平叛。而今又出任道州刺史，主管地方军政，不幸西原蛮又来骚扰。所幸骚乱者西原蛮嫌弃道州城小民贫，没有前来屠城，因而去寇掠邻近州县，而道州意外地得到保全了。

使臣将王命，岂不如贼焉？今彼征敛者，迫之如火煎。

使臣，指朝廷派来催征赋税的官吏。据《新唐书·元结传》记载，西原蛮劫掠道州，掳掠数万人而去，道州仅余四千余户，然而诸使调发差役、征求赋税之文书频繁敕发，元结以百姓困苦、屋庐焚毁、牛马殆尽、无法生存为由上书朝廷，曰：“请免百姓所负租税及租庸使和市杂物十三万缗。”次年，租庸使发派十万缗上供，元结又上书，请求予以免除，元结“为民营舍给田，免徭役，流亡归者万余”。此四句谓，朝廷使臣只知道派发徭役、追索赋税，而不顾百姓死活，还不如西原蛮那样的盗贼劫匪——他们都嫌弃道州贫困，而不劫掠。而今，使臣追索赋税，无度摊派，追索之急如同烈火煎熬，百姓困苦已极，濒临死亡的边缘矣。

谁能绝人命，以作时世贤？思欲委符节，引竿自刺船。将家就鱼麦，归老江湖边。

绝人命，即弃绝人命，不管百姓死活。时世贤，世俗所谓有才能之人。臣子的职能乃守土安民，丰衣足食，而那些奉迎上级之人，对待百姓如同虎狼，只知欺压凌辱、搜刮民财，却往往能博得上级的好感，而有“贤臣”之誉。此处乃讽刺“使臣”之不良。委，抛弃。符节，古代符信之一种，以金玉竹木等制成，上刻文字，分为两半，使用时以两半相合为验。后来指官员所持的凭证。唐代刺史持节，元结《春陵行》：“安人天子命，符节我所持。”竿，竹篙。刺船，划船。刺，撑。鱼麦，指隐居而垂钓、躬耕。此六句谓，稍有良心者，谁又能够不顾百姓死活，如虎狼一样欺压百姓、搜刮民财、取媚上官，以做所谓的“时世贤人”呢？每每想到这些，就想弃官不作，驾一叶小舟，带领全家，归隐山林，垂钓躬耕，老于江湖罢了。

此诗乃讽喻诗，叙事抒情，深婉动人。诗题《贼退示官吏》，西原蛮劫掠道州之后，焚杀劫掠，几尽而去，次年又攻掠紧邻道州之永州和邵州，过道州而不劫掠，原因是州小民贫。可见，道州百姓困苦已极，濒于死亡的边缘，然而官吏、“诸使”连一点怜悯之心都没有，狠贪如虎狼，仍然不停地加派徭役，追索赋税，置百姓死活于不顾，可谓“苛政猛于虎”“赋敛猛于虎”。元结作此诗，以质朴平直的语言、怜民如子的仁爱之心，通过“昔”与“今”对比，“贼”与“官”对照，抒发其忧世愤时的仁者情怀。

前六句为第一层次，从“昔年逢太平，山林二十年”的太平盛世的隐居生活说起，是那样地自在而惬意：作为太平盛世的子民，生活安定，隐居环境优美，每天辛勤劳作、交完赋税之后，“日晏犹得眠”——悠然自得，心无牵挂，夜晚沉沉入睡，进入黑甜乡——真是“日出而作，日入而息，凿井而饮，耕田而食，帝力于我何有哉”！第二层次，“忽然遭世变”以下八句，叙写遭逢安史之乱，社会离乱，诗人自己也不再隐居，出仕而为国分忧，拯民于水火涂炭之中。出任道州刺史，可怜百姓受劫掠，焚杀无数，剥夺几尽，困苦已极，不堪命矣。州小民贫，盗贼劫匪弃之不顾，而劫掠其近邻州郡，“城小贼不屠，人贫伤可怜。是以陷邻境，迫之如火煎”，真是惨痛已极，令人伤感不已。第三层次，“使臣将王命，岂不如贼焉。今彼征敛者，迫之如火煎”四句，官吏之职责，乃在于守土安民，使百姓安居乐业，然而今之官吏，竟然连盗贼都不如，没有一点怜悯之心、仁善之意，加派徭役，追索赋税，毫不顾惜民命，一味奉迎上官，博取功名爵禄，成为所谓的“时世贤”。杜甫说：“圣人筐篚恩，实欲邦国活。臣如忽至理，君岂弃此物?”(《自京赴奉先县咏怀五百字》)强调的正是官吏守土安民、救民于贫苦的职责。第四层次，“谁能绝人命”以下六句，诗人不愿与那些不如盗贼的官吏同流合污、欺压百姓，因而欲弃官而去，隐居以终老江湖。全诗以述志为主线，以“贼退”为枢纽，以“昔年逢太平”与“今”之祸患相对比，以“贼”与“官”相对照，突出所谓“时世贤”的官吏之凶残、毫无仁善之心；叙事抒情，见志托讽，似直而曲，婉而多讽，而且语言质朴明练，一韵到底，颇得汉魏古诗之风味。清人施补华说：“诗忌拙直，然如元次山《春陵行》《贼退示官吏》诸诗，愈拙直愈可爱，盖以仁心结为真气，发为愤词，字字悲痛，《小雅》之哀音也。”(《岘佣说诗》)

韦应物

郡斋雨中与诸文士燕集

兵卫森画戟，燕寝凝清香。海上风雨至，逍遥池阁凉。烦疴近消散，嘉宾复满堂。自惭居处崇，未睹斯民康。理会是非遣，性达形迹忘。鲜肥属时禁，蔬果幸见尝。俯饮一杯酒，仰聆金玉章。神欢体自轻，意欲凌风翔。吴中盛文史，群彦今汪洋。方知大藩地，岂曰财赋强。

唐敬宗宝历元年（825），白居易到苏州任刺史，对三十七年前的苏州刺史韦应物颇为尊敬和歆慕，写了一篇热情洋溢的《吴郡诗石记》，曰：“贞元初，韦应物为苏州牧，房孺复为杭州牧，皆豪人也。韦嗜诗，房嗜酒，每与宾友一醉一咏，其风流雅韵多播于吴中，或目韦、房为诗酒仙。”白居易其时年龄幼小，才十四五岁，游苏州、杭州，“以幼贱不得与游宴，尤觉其才调高而郡守尊，以当时心言，异日苏杭苟获一郡足矣”。没有想到，竟然有机会做二州刺史，去年离开杭州刺史任，今年又到苏州任刺史，“既醉于彼，又吟于此，酣歌狂什，亦往往在人口中，则苏、杭之风景，韦、房之诗酒，兼有之矣，岂始愿及此哉？然二郡之物状人情与曩时不异，前后相去三十七年，江山是而齿发非，又可嗟矣。”韦应物在苏州写了大量的诗歌，白居易特别喜爱《郡斋雨中与诸文士燕集》一诗，并命人刻石，“传贻将来”。这段文坛佳话，诗酒风流，令后人无限歆慕。

此诗乃贞元五年（789）五月，韦应物为苏州刺史时宴请吴中文士所作。贞元五年，顾况自京贬饶州司士，途经苏州，参加了这次宴集，顾况作《奉同郎中使君郡斋雨中宴集之什》，署名为“州民朝议郎行饶州司士参军员外置同正员顾况”。顾况乃苏州人，因而对苏州刺史自称“州民”。信州刺史刘太真亦作诗，题为《顾十二左迁过韦苏州、房杭州、韦睦州，三使君皆有郡中燕集诗，辞章高丽，鄙夫之所仰慕，顾生即至，留连笑语，因亦成篇，以继三君子之风焉》。郡斋，郡守及州刺史府第中的厅舍。燕集，宴饮聚会。燕，通“宴”。刘义庆《世说新语·汰侈》：“石崇每要（邀）客燕集，常令美人行酒。”

燕集诗乃一种应酬诗，此诗却颇为得体，彰显出韦应物作为东南诗坛领袖的气度，以及淡远中见闲雅雍容之致的创作个性。

诗开篇总写郡斋燕集，点题且渲染气氛：“兵卫森画戟，燕寝凝清香。海上风雨至，逍遥池阁凉。烦疴近消散，嘉宾复满堂。”郡斋之中，卫士肃穆，画戟罗列，气象森严；宴会之所，薰香袅袅，似乎也在凝神静息。风雨从海上飘来，普降甘霖，洗涤暑热，池台亭阁，安闲自在，一派清凉。恼人的酷热烦溽，已然消散，高朋嘉宾，坐满厅堂，令人欣喜。画戟，有装饰的戟，常列于官府门前，以为仪仗。戟，合戈、矛为一体，略似戈，兼有戈之横击、矛之直刺两种作用，杀伤力比戈、矛强。《诗经·秦风·无衣》：“王于兴师，修我矛戟。”燕寝，公余休息之所，此处指郡斋。清香，唐李肇《国史补》卷下：“韦应物立性高洁，鲜食寡欲，所至焚香扫地而坐。”烦疴，此处指因酷热溽湿而产生的困顿烦躁，烦热似病。此为第一层次。燕集于郡斋，卫士守护，画戟罗列，用“森”字、“凝”字，给人以庄严肃穆之感。天公作美，一阵清凉风雨，除去暑热烦闷，令人神清气爽，舒适自得。这样，营造了一个天时地利皆佳的燕集环境，庄严肃穆是对来宾的尊重，逍遥轻松则彰显主客之间的融洽，是为人和。如此，则为全诗奠定了一个良好的基调，刺史礼贤下士，气度高雅，嘉宾满座，融洽自然。

第二层次，乃述怀与摹写燕集。“自惭居处崇，未睹斯民康。理会是非遣，性达形迹忘。”为一州之最高长官，自惭职位尊崇责任重大，却未能将州郡治理得很好，使百姓过上小康生活、安居乐业。这也是“烦疴”滋生的主要缘由。然而，今日清风甘霖驱散酷暑烦热，嘉宾高朋满座，诗人深切地体悟：懂得事物消长生灭之理，就会忘却是非之分；达观任情，自然会遗忘物我之别。言下之意，忘记是非与物我之区别，就不会在意事功之成与否，恬然自安。这是诗人身居高位的想法。唐制，凡户满四万以上为上州，刺史一人，从三品。苏州为上州，刺史从三品，因而说“居处崇”。“理会”二句，互文见义，会理则性达，性达则物我是非皆忘。

既已遣是非而忘形迹，于是诗人遂关注眼前的燕集：“鲜肥属时禁，蔬果幸见尝。俯饮一杯酒，仰聆金玉章。神欢体自轻，意欲凌风翔。”因时世艰难，朝廷禁止食用鲜肥，故而今日燕集，也只能品尝蔬菜和鲜果，不拘形迹；低头饮一杯清酒，举头聆听诸位的美妙诗章。精神欢畅，身体也就清爽，颇有凌风飞翔的快意啊。时禁，一定时节的禁令。《唐会要》卷四一：建中元年（780）五月敕：“自今已后，每年五月，宜令天下州县禁断采捕弋猎，仍令所司断屠宰，永为例程。并委州府长吏严加搦捉，其应合供陵庙，并依常式。”金玉，比喻珍贵和美好。《孟子·万章下》：“集大成者，金声而玉振之也。”葛洪《抱朴子·钧世》：“是以古书虽质朴，而俗儒谓之堕于天也。今文虽金玉，而常人同之于瓦砾也。”郡斋燕集，高朋满座，遵从朝廷禁令，食用时蔬鲜果，宾主融洽，饮酒吟诗，欢情畅达，简直要凌风飞举了。这是摹写燕集的佳况和诗人的感受。

于是，进入第三层次：“吴中盛文史，群彦今汪洋。方知大藩地，岂曰财赋强。”诗人说，吴中地区，自古以来文史隆盛，今日群英聚集，人才济济，所写诗文气势磅礴；才知道苏州称为东南重镇，不是仅仅因为财赋充足，更由于东南形胜、人杰地灵啊。吴中，指苏州一带。苏州是春秋时吴国都城，后来也泛指吴地。群彦，即众多才俊。彦，贤士，俊才。汪洋，谓文章义理深广，气势浑厚雄健。刘勰《文心雕龙·颂赞》：“揄扬以发藻，汪洋以树义。”此处谓燕集诸文士所作诗文，气势磅礴，汪洋恣肆。安史之乱后，天下财赋，仰给于东南，苏州是财赋的重要资源地，因而说“财赋强”。结尾上承文意，而又暗述情志，作为一州长官，除交纳赋税之外，更当以文教而兴盛乡邦，始终不忘诗人之身份，典雅含蓄，余韵不绝。

其时，信州刺史刘太真《与韦苏州书》曰："顾著作（顾况）来，以足下《郡斋燕集》相示，云何情致畅茂遒逸之如此！宋齐间沈（约）、谢（灵运）、吴（均）、何（逊），始精于理意，然缘情体物，备诗人之旨，后之传者甚失其源。唯足下制其横流，'师挚之始，《关雎》之乱'，于足下之文见之矣。"推崇备至。此诗风神淡远，雍容典雅，首四句"兵卫森画戟，燕寝凝清香。海上风雨至，逍遥池阁凉"，颇能体现这一特点。赋写燕集情状，而又适时抒情，形成交替的结构，雅丽整饬，而又情致畅茂，故能传诵一时。

初发扬子寄元大校书

凄凄去亲爱，泛泛入烟雾。归棹洛阳人，残钟广陵树。今朝此为别，何处还相遇。世事波上舟，沿洄安得住。

兴元元年（784）冬，韦应物卸任滁州刺史，次年夏，归赴洛阳。韦应物乘船，由滁水入长江，至扬子口，辞别友人元大，遂作此诗。扬子，即扬子津，长江北岸渡口，在今江苏扬州市南。元大，姓元，排行老大，名不详，或以为是宰相元载长子元伯和，时贬官扬州兵曹参军。校书，唐弘文馆、秘书省皆设有校书郎，掌校理典籍、刊正文字，正九品上。诗题为《初发扬子寄元大校书》，乃诗人离开扬子津赴洛阳，而辞别前来送行的好友元大。

诗开篇就营造了秾郁的离别氛围："凄凄去亲爱，泛泛入烟雾。"清晨，诗人满怀凄然深情，离别亲爱的好友元大，乘一叶小舟，孤独地行进在茫茫的长江雾霭之中。迷漫大江之上的雾霭，似乎也因这凄然离别而凝聚不化，强化了离别的氛围，加重了离别的感伤情绪，既是写景，同时也是抒情。凄凄，即悲伤，凄惨。古乐府《皑如山上雪》："凄凄复凄凄，嫁娶不须啼。"

"归棹洛阳人，残钟广陵树。"紧接上一句来写，这个乘一叶小舟行进于雾霭重重的茫茫大江上的远行人（指诗人自己），是要前往洛阳去啊；离别扬州，辞别好友元大，行进在雾霭之中的茫茫大江上，不辨风物，只遥遥听闻扬州城残余的悠扬报晓钟声，从那朦胧烟树中隐隐传来。此二句非常贴合早发的情景，也含有无限惜别之情意，可以说悲情满怀。然而，这隐隐钟声也提醒诗人，此一分别何日又能再会呢？于是，诗人直抒胸臆："今朝此为别，何处还相遇？"每次相会，都是难得的机遇，因而更应该珍惜，更应该重视友情啊！一叶小舟，穿行于雾霭之中，行进于茫茫大江之上，诗人由此也深切地感知，人生前程不易把握的困惑，世事难料、命运多舛的无奈："世事波上舟，沿洄安得住？"顺流而下曰沿，逆流而上为洄。人生在世，如同江上行舟，顺流而行，抑或逆流而进，怎样才能把握得住呢？诗人的无奈感极为强烈。

此诗首四句叙事抒情，紧扣诗题"初发扬子"。"凄凄""泛泛"，摹写出一种迷茫的心境。"归棹洛阳人，残钟广陵树"，是对"凄凄去亲爱"的进一步抒写，具体而详明，乘一叶扁舟，行进于大江之上，前赴洛阳，于扬州渐行渐远，遥遥听闻扬州城报晓钟声，依稀可见扬州城隐隐树色，那种眷恋难舍之情，溢于言表。后四句是感慨和体认，隐隐钟声，提醒诗人此次离别再难会面；一叶小舟行进于茫茫大江，顺流而下抑或逆流而上，无法自主，且前途茫茫，正如世事波谲云诡，变化莫测，命运多舛，前途难料，因而有强烈的无奈感。诗意浅近，颇合大道，耐人寻味。沈德潜说："写离情不可过于凄婉，含蓄不尽，愈见情深，此种可以为法。"（《重订唐诗别裁》卷三）

于送别而有如此深情与世事感触，韦应物应当别有会心之处。韦应物乃京兆万年（今陕西西安）人。韦氏自西汉丞相韦玄成起，世居长安杜陵（汉京兆杜陵县，即唐京兆万年县），自北魏以来，即为关中望族。俚语曰"城南韦杜，去天尺五"，可见韦氏家族声势之大。《新唐书·宰相世系表》记载，韦家在唐朝三百年间，共出了十四个宰相。韦应物生于唐玄宗开元二十五年（737），十五岁时，以门荫被选为玄宗皇帝的侍卫官，身份显赫，而又骄横腐化。韦应物《逢杨开府》诗说："少事武皇帝，无赖恃恩私。身作里中横，家藏亡命儿。朝持樗蒲局（赌具），暮窃东邻姬。司隶不敢捕，立在白玉墀。骊山风雪夜，长杨羽猎时。一字都不识，饮酒肆顽痴。"这些以门荫而选为皇帝侍卫的人物，既有很大的荣耀，也往往为非作歹，成为长安恶少，横行不法，百姓唯恐避之不及。中唐王建《羽林行》就是写此类长安恶少的："长安恶少出名字，楼下劫商楼上醉。天明下直明光宫，散入五陵松柏中。百回杀人身合死，赦书尚有收城功。九衢一日消息定，乡吏籍中重改姓。出来依旧属羽林，立在殿前射飞禽。"

可惜好景不长，五年后，安史之乱暴发，韦应物结束了这种娇宠荒唐的岁月，失职流落。后来折节读书，痛改前非。代宗广德二年（764），韦应物在太学卒业，授职为洛阳丞，后又任京兆功曹参军等职。建中四年（783）初夏，出任滁州刺史，次年冬天，罢去滁州刺史，经扬州而赴洛阳述职，辞别好友元大，而作此《初发扬子寄元大校书》。正因为有这样特殊的经历，才会在此送别诗中，抒发"世事波上舟，沿洄安得住"的强烈感触。可见，诗是生命情态的记录与抒写，有真情，方有好诗，信然。

寄全椒山中道士

今朝郡斋冷，忽念山中客。涧底束荆薪，归来煮白石。欲持一瓢酒，远慰风雨夕。落叶满空山，何处寻行迹。

建中四年（783）初夏，韦应物自尚书郎出任滁州刺史，兴元元年（784）冬或贞元元年春（785）罢滁州刺史。此诗所写为秋天景象，因此，此诗应作于建中四年秋或兴元元年秋。全椒，唐淮南道滁州属县，即今安徽滁州市。王象之《舆地纪胜·淮南东路·滁州》："神山，在全椒县西三十里，有洞极深。唐韦应物《寄全椒山中道士》诗，此即道士所居也。"

开篇"今朝郡斋冷，忽念山中客"，极为自然淡远，娓娓道来，如叙家常。深秋时节，秋意渐浓，寒气袭人，这是自然给人的感觉；另一方面，郡斋冷冷清清，空空荡荡，无可晤谈之人，诗人深感寂寞。"冷"字，写出了一种复合性的感受。自然而然，就想到了远在山中的隐士、好友——诗题之"全椒山中道士"。"山中客"乃不受世俗约束、不为世俗尘垢所沾染之高士，当然也就昭示出作为一州最高长官的诗人之高洁清雅、不同流俗。韦应物在地方官任上，多与道士、隐者、僧侣来往，与其高洁恬淡的个性密切相关。“忽念”，不经意之间就想起，自然而然，显示诗人与山中客亲密无间的关系，以及精神之相通。

“忽念山中客”，渴望与精神相通之高士，对面晤谈，于是诗人欲前往山中寻访，以慰相思。“涧底束荆薪，归来煮白石”，乃诗人想象道士的生活情景：从山涧深谷采拾荆条、捆扎成束，挑回居处，烧煮白石，修炼成道。煮白石，又称煮石。旧传神仙、方士烧煮白石为粮，后因借为道家修炼的典实。葛洪《神仙传 · 白石先生》：“初患家贫身贱，不能得药，乃养猪牧羊十数年，约衣节用，致货万金，乃买药服之。常煮白石为粮，因就白石山居，时人号曰白石生。”庾肩吾《东宫玉帐山铭》：“煮石初烂，烧丹欲成。”山中道士亲自劳作，采拾材薪，挑回居处，煮白石，很切合其身份，同时也彰显其绝世离尘、清寂淡泊的生活品性和精神追求。这样的境界，对诗人有着颇强的吸引力，欣羡之情，溢于言表。

于是，“欲持一瓢酒，远慰风雨夕”。郡斋寒气袭人，清冷空寂；而那个独在山中煮白石的道士，也处在深秋寒气之中，经受着清冷空寂，诗人遂萌生了远持一瓢酒，前往慰问那个处于风雨寒秋、夕阳西下之时的山中老友的念头。山中客“涧底束荆薪，归来煮白石”，高洁绝尘，不食人间烟火，不受世俗尘垢之沾染。而此二句又以丰富的意蕴，表达对山中客的无限关怀、深切惦念，充溢着秾郁的情意，和煦而温馨。两相映衬、融会，展现出高洁的精神和温暖如春的人情美，是诗人美好心灵的自然展露。

后二句“落叶满空山，何处寻行迹”，诗人远持一瓢美酒相慰问的美好愿望落空了。想来那个神奇的山中，秋雨寒夕，萧萧落叶，布满山林，遮盖了山中客飘忽不定的行迹，将去何处寻访呢？全椒山神奇，山中客高洁出尘，如神龙见首不见尾，茫茫山峦幽谷，落叶四散，诗人所要彰显的是那种空灵缥缈、杳远难寻的境界，令人神往。

此诗颇能代表韦应物诗歌的主要风格，空灵淡远，纯任天然，不做任何雕饰，创造出清寂悠远、又充满人情味的高洁意境。此诗勾勒出一幅萧疏淡远的景象，融入了诗人对山中客平淡而深挚的感情，也透露出诗人对宦情的冷淡、对隐逸生活的向往、对隐士高洁品性的追慕。苏轼所称赏的“发纤秾于简古，寄至味于淡泊”，所指的正是此诗之境界。

长安遇冯著

客从东方来，衣上灞陵雨。问客何为来，采山因买斧。冥冥花正开，飏飏燕新乳。昨别今已春，鬓丝生几缕。

大历五年（770）冬天，伟大的诗人杜甫病死在由潭州（今湖南长沙）往岳阳（今湖南岳阳）的一条小船上，意味着盛唐诗歌辉煌成就的结束。生长于盛唐，深受盛唐文化滋养，青年时期又经历安史之乱而折节读书的韦应物，诗风古淡闲雅，名高一时，遂成为大历、贞元时代诗坛之翘楚，为世人所宗仰。其时，有僧人皎然，字清昼，俗姓谢，乃谢灵运十世孙，能诗，雅慕韦公之高名，欲拜谒而求其指教。于是，模仿韦诗古淡风格，创作十数篇古体诗歌，以投其所好。韦应物读之，而少所许可，皎然为之气沮。数日之后，皎然又录其旧作——素所擅长之律诗，再次拜谒，遂大被称赏。韦应物曰：“人各有长，盖自天分。子而为我，失故步矣。但以所谐，自名可也。”（辛文房《唐才子传·皎然》）受此鼓舞，皎然愈肆力于律诗，卓然成名家。因其高洁的品性和卓异的诗学识鉴，韦应物的诗歌脱离尘俗，不同凡响，并因此引领一时诗坛风尚。

冯著，河间（今河北河间）人，排行十七，乃韦应物好友。韦应物有《寄冯著》《赠冯著》《送冯著受李广州署为录事》《长安遇冯著》《张彭州前与缑氏冯少府各惠寄一篇多故未答张已云没因追哀叙事兼远简冯生》等。冯著大历三年至七年（768—772）为广州刺史李勉幕府录事，后为著作郎；建中年间，又为洛阳尉；兴元元年（784）任缑氏尉。冯著一生辗转求仕，颇不得意。《长安遇冯著》一诗，大概作于大历末年韦应物在长安时。

《长安遇冯著》一诗，所记述事件很简单，诗人在长安街市，遇见了久未见面的一位老友，因而抒发感慨，仅此而已。然而，虽然是简单事件，诗人却以高情雅义，赋予了丰厚的内涵。

“客从东方来，衣上灞陵雨。”开篇直陈其事，长安街市偶遇老友从东方归来，风尘仆仆，衣上还沾染着灞陵风雨。灞陵，本作霸陵，故址在今陕西省西安市东。汉文帝葬于此，故称。《史记·李将军列传》记载，李广因罪被免职，居蓝田南山中射猎，“尝夜从一骑出，从人田间饮，还至霸陵亭。霸陵尉醉，呵止广。广骑曰：‘故李将军。’尉曰：‘今将军尚不得夜行，何乃故也?’止广宿亭下。”庾信《哀江南赋》：“岂知灞陵夜猎，犹是故时将军。”灞陵在长安城东，乃东行出入长安的必经之地，也是送别之所。李白《忆秦娥》词：“秦楼月，年年柳色，灞陵伤别。”可知，灞陵并不仅仅指方位，从李广的故事可知，多少带有一些人生不如意的况味。那么，老友冯著从东方经灞陵而来，风尘仆仆，犹带征程风雨，人生遭际并不如意，诗人忽然与其相逢于长安街市，感慨万端，真乃不知从何说起啊！

“问客何为来，采山因买斧。”紧承上句，用问答方式，揭示出冯著此次来长安的目的：前来长安，是为了买一把砍伐山林的斧子。这实在是艺术化的回答，砍伐山林的斧子，州县乡村街市上皆可以买到，大可不必长途跋涉，前来京师长安而买斧子。“采山因买斧”，乃冯著对自己隐居山林之事形象而又颇含情趣的说法。“采山因买斧”——隐居的背后，实乃仕途坎坷、不得遂其志向的艰辛与无奈；京师长安，乃红尘滚滚，争权逐利之漩涡中心，冯著于此求仕无门，正如杜甫所说“朝叩富儿门，暮随肥马尘。残杯与冷炙，到处潜悲辛”（《奉赠韦左丞丈二十二韵》），不随波逐流，不昏昏以混世，遂不得不隐居山林，以求保有品性之高洁和精神之自由。冯著是怎样的一个人呢?韦应物称其为才俊，有真性，“善蕴岂轻售，怀才希国工”，然而浮沉世间，转徙如飘蓬，敝衣微褐，“谁当念素士，零落岁华空”（韦应物《赠冯著》），两人心意相通，不苟且于世，“亲友各驰骛，谁当访敝庐?思君在何夕，明月照广除”（韦应物《寄冯著》）。“发鬓已云白，交友日凋疏。冯生远同恨，憔悴在田庐。”（《张彭州前与缑氏冯少府各惠寄一篇多故未答张已云没因追哀叙事兼远简冯生》）因而，此二句看似轻松平和，实则满含酸楚苦涩。

在这种似轻松实沉重的苦涩情绪下，诗人笔锋一转，顾左右而言他：“冥冥花正开，飏飏燕新乳。”冥冥，迷漫的样子，此处谓鲜花繁盛，重重叠叠。飏飏，鸟儿轻松飞翔的样子。长安城鲜花正盛开，一派浓密繁艳，新出巢的乳燕，欢快地上下翻飞，格外兴奋。正在盛开之鲜花，夺目耀眼，静态呈现；振翅翻飞之乳燕，轻松愉快，动态展示。一地下，一天空，概括地彰显春天万物欣欣向荣的无限生机和强劲的生命力。而三春景象生意盎然的这一情景，正与酸楚苦涩、仆仆风尘中奔波的冯著的生存状态形成强烈的对照，物是人非，个体生命的易衰与脆弱何其明显，因而诗歌蕴含着对冯著坎坷人生的深切同情。

于是，“昨别今已春，鬓丝生几缕”直接点破题旨，令人惊悚。三春景象如故，恰似当年分别时之情景，可是，你的两鬓怎么会有这样多的白发啊？冯著的形象与长安春景格格不入，那缕缕白发，正是岁月艰辛、仕路坎坷所致，是“采山因买斧”之不堪言说的背景所致。时光易逝，青春易老，何况仕路坎坷，处处艰辛，不甘沦落却又无奈的冯著，也只好“采山”——隐居以终老了。这是诗人对冯著的同情，也是自身人生阅历的感同身受。诗人《赠冯著》有曰：“契阔仕两京，念子亦飘蓬。方来属追往，十载事不同。岁晏乃云至，微褐还未充。惨凄游子情，风雪自关东。华觞发欢颜，嘉藻播清风。始此盈抱恨，旷然一夕中。”这是两个高洁灵魂的晤谈，精神之相通。

此诗情感深挚，语言浅近质朴，表现了对失意朋友的亲切关怀，以及感同身受的深切同情与体谅。“冥冥”之鲜花、“飏飏”之乳燕，极其明丽，反衬上一句之“采山因买斧”以及下一句之“鬓丝生几缕”，欲抑故扬，顿挫有致。宋末刘辰翁评此诗曰：“不能诗者，亦知是好。”全诗从极平易处，蕴含着极深挚的感情，而民歌体的对答，更增添了醇厚的韵味，令人叹赏不已。

夕次盱眙县

落帆逗淮镇，停舫临孤驿。浩浩风起波，冥冥日沉夕。人归山郭暗，雁下芦洲白。独夜忆秦关，听钟未眠客。

德宗建中四年（783），韦应物由比部员外郎外放滁州刺史，离京赴任，沿途写了一系列诗歌。过符离，傍晚泊舟盱眙，见四野景象，感触兴怀，遂作此诗。盱眙县，唐属淮南道楚州，今江苏盱眙。汴河流经临淮城，于盱眙县注入淮河。

诗题为《夕次盱眙县》，开篇紧扣诗题："落帆逗淮镇，停舫临孤驿"，航行的船落下了风帆，驶近紧临淮水的盱眙县城，停泊在那孤零零的驿站。淮镇，临近淮水的城镇，点明"盱眙县"。逗，逗留，止泊。临，来到，到达。《楚辞·远游》："朝发轫于大仪兮，夕始临乎于微间。"王逸注："暮至东方之玉山也。"曹操《步出夏门行》："东临碣石，以观沧海。"此处"逗""临"，皆点明诗题之"次"。次，留宿，停留。"浩浩风起波，冥冥日沉夕。"叙写四野之景象，风声浩浩，掀动水面，波澜荡漾；天色昏暗，夕阳缓缓落下。以"浩浩"之声，状摹风，因风而写河水波澜；以"冥冥"之色，描绘天光，因天色而写夕阳。点明诗题之"夕"字。

前四句为一整体，叙写乘舟行旅、日暮停泊的景象，描摹如画。诗人离京，辞别亲友，远赴滁州任职，心情多少有些黯然。离京辞别好友、兄弟，恋恋不舍，有诗曰："少年不远仕，秉笏东西京。中岁守淮郡，奉命乃征行……徘徊亲交恋，怆恨昆友情。日暮风雪起，我去子还城。"（《自尚书郎出为滁州刺史留别朋友兼示诸弟》）舟行过淮水，停泊盱眙县，路途遥遥，南北阻隔，思乡念亲之意更为强烈。行舟落帆，驶近盱眙城，浩浩风起，河水波澜起伏，也掀动了诗人之愁思，而且冥冥暮色四合，夕阳缓缓落下，一片黯然，更加重其孤旅行役的愁思。

于是，诗人在这渐趋浓重的愁思中，眼中所见，无非乡思离愁："人归山郭暗，雁下芦洲白。"奔忙了一天的人们渐次归去，路上已无行人，似乎整个山野城郭都黯淡下来，静默下来了，就连那高飞天际的大雁，也成群结队地落在淮水边的芦苇丛栖宿；在黯淡的夜色中，那丛密的芦苇，更显示出灰苍苍的白色，似乎在警醒着孤单远行的旅人。这两句写景，人归去，雁栖宿，皆引动了孤旅远行的诗人对家之温馨的梦。诗人在写景中，融入了孤旅行役者的感情：天地辽阔苍茫，山野沉静，夜色中城郭退隐，而群雁栖宿，水中沙洲芦苇，在寒风吹拂下摇曳，一派灰白，皆给人以孤寂凄寒的感受。受此情此景感染、煎熬的诗人无法入眠："独夜忆秦关，听钟未眠客。"孤零零的一个人，独自宿于河边孤舟，不禁想念起远在千里之外的家乡，无法入眠，从夜晚到天明，聆听着盱眙城报时的钟声，次第传来。秦关，指长安。韦应物为长安人，长安在关中，因而以秦关指代家乡长安。

韦应物此诗，于淡雅的风味中描摹景象，极为生动。"人归山郭暗，雁下芦洲白"，以"暗""白"相互衬托，写辽阔苍茫天地间之景象，极为生动。那个孤旅未眠之人，深切地注视着眼前景象，引起无限愁绪。大凡写景，往往融入几分感情，因而景象格外动人。清人余成教《石园诗话》梳理韦应物写景名句，仔细体味，当别有会心，曰："韦诗如'微雨夜来过，不知春草生''人归山郭暗，雁下芦洲白''乔木生夏凉，流云吐华月''寒雨夜深更，流萤度高阁''落叶满空山，何处寻行迹''微风时动牖，残灯尚留壁''浮云一别后，流水十年间''寒山独过雁，暮雨远来舟''寒树依微远天外，夕阳明灭乱流中''近来诗思清入骨，门对寒流雪满山'，有合于刘须溪所谓'诵一二语，高处有山泉极品之味'也。"

东　郊

吏舍跼终年，出郊旷清曙。杨柳散和风，青山澹吾虑。依丛适自憩，缘涧还复去。微雨霭芳原，春鸠鸣何处？乐幽心屡止，遵事迹犹遽。终罢斯结庐，慕陶真可庶。

此诗作年不详，可能为大历十四年（779）韦应物任鄠县（今陕西户县北）令时所作。东郊，指鄠县城东之郊野。

韦应物乃王维、孟浩然之后的杰出山水田园诗人，与稍后之柳宗元并称“韦柳”。韦应物学习陶渊明，颇有陶诗之清淡风雅。明人何良俊说：“左司（韦应物）性情闲淡，最近风雅，其恬淡之趣不减陶靖节（陶渊明）。唐人中五言古诗有陶、谢遗韵者，独左司一人。”（《四友斋丛说》卷二五）清人施补华说：“后人学陶，以韦公为最深；盖其襟怀澄淡，有以契之也。”（《岘佣说诗》）

此诗叙写诗人于公务余暇，至东郊游赏。首二句“吏舍跼终年，出郊旷清曙”，终年公务牵缠，官署局促，令人神烦气闷；一旦有机会远足郊外，即刻感受到清晨之天朗气清，视野开阔，涤烦除闷，心境大好。吏舍，即官署衙门。旷，开阔、广大。清曙，清晨。此句化用杜甫《雨》诗之二“回风起清曙，万象萋已碧”，以及王维《新晴野望》之“新晴原野旷，极目无氛垢”，自然贴切，不留形迹。上一句“吏舍跼终年”的逼仄、劳碌、烦闷，与下一句“出郊旷清曙”之开阔、悠闲、喜悦，形成强烈的对照。

于是，诗人进而深入抒写这个强烈对照之下的“旷清曙”的具体情景。“杨柳散和风，青山澹吾虑。”杨柳依依，枝条摇曳，似乎播散着阵阵和煦清风；青山隐隐，一派翠微，似乎净化了诗人的心灵，心思一片澄淡。“散”字、“淡”字，此处用作动词，以杨柳、青山之形色，播散和风，净化心灵，传神地表达杨柳之摇曳、青山之翠微，令人叹赏。“依丛适自憩，缘涧还复去。”随意自适，漫步四野，依傍着青绿的树丛，正适宜随意地休憩；沿着蜿蜒的山涧清澈溪流，随意走来走去，流连忘返，不忍须臾离开啊。颇有王维“行到水穷处，坐看云起时”（《终南别业》）之意趣。“微雨霭芳原，春鸠鸣何处。”微雨蒙蒙，使原野上空如云烟般迷离；布谷鸟儿轻脆的啼鸣，声声弄春，究竟在哪一片绿荫下藏身呢？陶渊明《停云》诗：“霭霭停云，蒙蒙时雨。”《读山海经》：“微雨从东来，好风与之俱。”霭，原指云气，此处指微雨迷蒙。春鸠，即布谷鸟。《诗经·卫风·氓》：“于嗟鸠兮，无食桑葚。”《吕氏春秋·仲春纪》：“苍庚鸣，鹰化为鸠。”高诱注：“鸠，盖布谷鸟也。”王维《春中田园作》：“屋上春鸠鸣，村边杏花白。”诗人大概融会此诗语、意境而成。

此六句，具体而详明地叙写“出郊旷清曙”的情境：和风、杨柳、青山、绿树、溪流、山涧、微雨、芳原、春鸠，自由自在，随处漫步，天真烂漫，处处彰显春天之清新可人，令人流连忘返，不忍离去。

正是对这一情景之深挚喜爱，不忍须臾离去，而“吏舍跼终年”的逼仄、牵缠、烦闷，则更为突出、更为沉重，然而“公门百事皆有期”（高适《封丘作》），不得不离开自由自在、赏心悦情的东郊，返归“吏舍”。“乐幽心屡止，遵事迹犹遽。”喜爱这东郊原野的美景、幽静与自由自在，然而又不得不将这种心思阻止住；公务繁杂，诸事皆有期限，游春踏青，不得不匆忙结束。事，王事。遽，匆促。此二句意谓，东郊游春，快意自在，但因官身不自由，俗务缠身，因而游春遂行迹匆匆，不得不匆促结束，要返归“吏舍”了。因而，诗人感慨：“终罢斯结庐，慕陶直可庶。”什么时候能摆脱一切俗务牵绊，在此地建一所茅屋，那时就可以真正地追慕陶渊明的遗风，悠然隐居，得以偿还夙愿了。斯结庐，即结庐于斯。结庐，指构筑房舍。陶渊明《饮酒》诗之五：“结庐在人境，而无车马喧。”杜甫《杜鹃》诗之二：“我昔游锦城，结庐锦水边。”直可庶，真正可以希冀。庶，庶几，企望。

此诗的结构颇清晰，首二句点题，交待东郊春游。中间六句，叙写春游之赏心乐事，描摹景象，栩栩如生。而“依丛适自憩，缘涧还复去”，将景物分作两层，于移步换形中，诗人之心境由烦闷而趋于开朗喜悦。后四句，通过东郊春游之乐中的“止”“遽”，强化了吏事有期、俗务缠身的无奈，使得春游不得尽情尽兴，自然而然地引出结庐于斯的心愿——辞官隐居，以求得心境之快意与自适。诗人虽然学陶，然而与陶渊明之“结庐在人境，而无车马喧。问君何能尔，心远地自偏”（《饮酒诗二十首》其五）的纯真自如，尚隔一间。

送杨氏女

永日方戚戚，出行复悠悠。女子今有行，大江溯轻舟。尔辈苦无恃，抚念益慈柔。幼为长所育，两别泣不休。对此结中肠，义往难复留！自小阙内训，事姑贻我忧。赖兹托令门，仁恤庶无尤。贫俭诚所尚，资从岂待周？孝恭遵妇道，容止顺其猷。别离在今晨，见尔当何秋。居闲始自遣，临感忽难收。归来视幼女，零泪缘缨流。

此诗乃建中四年（783），韦应物在滁州时所作。杨氏女，韦应物长女，嫁于杨氏，故称。据新出土的丘丹撰《韦应物墓志铭》，其长女嫁于大理评事杨凌。韦应物《送元锡杨凌》称："端居意自违，况别亲与爱。"杨凌，字恭履，少以篇什著声，官终侍御史。诗一卷，有《奉酬韦滁州寄示》一诗。韦应物自大历十二年（777）丧偶，迄于建中四年（783），已然六年，今长女出嫁，遂作此诗送别。

"永日方戚戚，出行复悠悠。女子今有行，大江溯轻舟。"开篇则叙写女儿远嫁浓重的离情别绪，依依不舍。整日都沉浸在悲伤的情绪之中，而今天，大女儿要出嫁了，将乘一叶扁舟，溯长江江流而上，到那遥远的地方去。戚戚，悲愁的样子。出行，指女子出嫁。《诗经·邶风·泉水》："女子有行，远父母兄弟。问我诸姑，遂及伯姊。"悠悠，忧愁不绝。《诗经·邶风·泉水》："思须与漕，我心悠悠。"似乎，那溯大江而上的一叶小舟，也载不动沉重的别情和路途遥遥的担忧。韦应物《送杨协律》诗有云："远念长江别，俯觉座隅空。"所摹写的，正是此诗"女子今有行，大江溯轻舟"之情景。

于是，诗人详述女儿的不幸遭际："尔辈苦无恃，抚念益慈柔。"你们姐妹俩从小就失去了母亲，无所依靠，诗人身为父亲，遂承担起母亲的职责，抚养你们长大，更加地慈爱温柔。无恃，即无母，失去依靠。《诗经·小雅·小旻》："无父何怙，无母何恃。"韦应物大历十二年丧偶，两个女儿尚小，孤苦伶仃，艰难备尝。诗人写了一系列的悼亡诗，怀念亡妻，如"独留不得还，欲去结中肠。童稚知所失，啼号捉我裳。即事犹仓卒，岁月始难忘”（《送终》），“今者掩筠扉，但闻童稚悲。丈夫须出入，顾尔内无依。衔恨已酸骨，何况苦寒时”（《往富平伤怀》），“幼女复何知，时来庭下戏”（《出还》），正是这样的孤苦与伤悲，诗人才说“苦无恃”。

“幼为长所育，两别泣不休。对此结中肠，义往难复留！”在家的小女儿，一直由姐姐照看、抚育，此刻分别，姐妹俩伤心不已，涕泪横流啊。看着两个女儿泣不成声、不忍分别的情景，诗人肝肠寸结；可是，女儿最终是要出嫁的，要有自己的家庭与生活，从道义人伦来说，是不能阻止而留在家中的。即，女大当嫁，义难再留。

然而诗人转念一想，又不无担忧：“自小阙内训，事姑贻我忧。”母亲去世很早，女儿尚小，很少接受过有关妇德的训导，如何侍奉公婆，真令人担忧啊。内训，闺中妇德之训。《礼记》有《内则》篇，讲女子闺门之礼节与品德。姑，此处指姑嫜，丈夫的母亲与父亲。陈琳《饮马长城窟行》：“善事新姑嫜，时时念我故夫子。”杜甫《新婚别》：“妾身未分明，何以拜姑嫜。”所欣喜的是，女儿嫁了个礼仪之家，应该得到相应的关爱和宽恕：“赖兹托令门，仁恤庶无尤。”令门，美好人家，谓礼仪道德之家。“仁恤庶无尤”，仁爱体贴，应该不会招致怨尤的。

于是，诗人谆谆告诫女儿：“贫俭诚所尚，资从岂待周？孝恭遵妇道，容止顺其猷。”应该知道，守贫持俭历来被称道，陪嫁的妆奁又何必样样都周全呢？孝顺恭谨，好好地遵从妇道；仪容举止，也应当有法度而莫要轻佻。资从，指陪嫁的钱财，嫁妆。刘餗《隋唐嘉话》卷上：“（杨）素览之欣然，以妾与之，并资从数十万。”妇道，为妇之道。旧时多就贞节、孝敬、卑顺、勤谨而言。《谷梁传·襄公三十年》：“遂逮乎火而死，妇人以贞为行者也，伯姬之妇道尽矣。”《后汉书·列女传·鲍宣妻》：“修行妇道，乡邦称之。”猷，法则，规矩。诗人一一告诫女儿应恪守的规矩，却想到马上就要分别了，相见无期：“别离在今晨，见尔当何秋。”伤情难抑，情感极为深挚。

诗之末尾：“居闲始自遣，临感忽难收。归来视幼女，零泪缘缨流。”多日以前，闲暇时诗人已然自我安慰、排遣，谁知临别之际，还是大为伤感，涕泪涟涟，流个不停。送别之后，回家看着小女儿，想想数年后长大，也要远嫁，不禁泪下如雨，沿着帽缨不住地流淌……

韦应物与妻子的感情很深，相亲相爱，共历艰难，悼亡诗《伤逝》有曰：“结发二十载，宾敬如始来。提携属时屯，契阔忧患灾。”妻子总是以其柔婉的品性与礼仪而相夫教子，度过艰难，“柔素亮为表，礼章夙所该。仕公不及私，百事委令才”，妻子去世之后，韦应物面对两个弱女儿极其悲伤，“斯人既已矣，触物但伤摧。单居移时节，泣涕抚婴孩”，承担着父亲与母亲的双重责任，抚育孤幼。当长女出嫁之时，这个残破的家，又要少一人，不忍割舍分离，然而女大当嫁，义不能留，诗人的情感极为矛盾。于是，诗人在临别之际，对女儿千叮咛万嘱咐，谆谆告诫，唯恐到婆家后有过失、受委屈。这本来是母亲的责任，而皆由父亲独自承当，“居闲始自遣，临感忽难收”，其内心的悲伤，可以想见。长女出嫁之后，“归来视幼女”，自小相依为命的两个女儿，如今茕茕孑立，形单影只，想到最终小女也会出嫁，不禁“零泪缘缨流”了，难言的隐痛，萦结心底……

从诗的结构来说，可以划分为三个层次。第一层首四句，总写含悲送女远行。第二层，中间十六句，也是全诗的中心。又可分为三小节，“尔辈”六句，叙写女儿自幼丧母，自己抚育孤幼，两姐妹感情很深，临别之际，百感交集。“自小阙内训”以下八句，叙写承担着父母双重责任的诗人，对远嫁女儿的谆谆告诫，温厚絮语，令人伤悲。“别离在今晨”二句，自叙感伤之情，相见无期，并总括上文。第三层，“居闲”以下四句，叙写嫁女及归来后之感触：未送女之时，闲居在家，聊可自遣。忽逢送别，极为感伤，泪水涟涟，殊难收束；直待归来，凄恻之情，或可缓解。然而，见膝下幼女，触动离情，不禁涕泪长流，以为他日长成，亦如杨氏女，亦将远嫁，更为伤情。全诗质朴无华，平实语辞中有无限情趣，语重心长，情真意切，感人至深。

柳宗元

晨诣超师院读禅经

汲井漱寒齿，清心拂尘服。闲持贝叶书，步出东斋读。真源了无取，妄迹世所逐。遗言冀可冥，缮性何由熟？道人庭宇静，苔色连深竹。日出雾露余，青松如膏沐。澹然离言说，悟悦心自足。

在唐代历史上，贞元二十一年（805）是一个特殊的年份，有三个年号：德宗贞元、顺宗永贞、宪宗元和。德宗贞元二十一年正月二十六日，做了二十多年太子的李诵即皇帝位，是为顺宗，二月即着手革除德宗朝的弊政。顺宗革新，所依仗的人才为王伾、王叔文、韦执宜、柳宗元、刘禹锡、韩泰、陆质、吕温等，其中“二王刘柳”为核心。李诵在即位前一年就中风得了病，体弱多病，不能亲理朝政，因此朝中大政，实际由王叔文、柳宗元等掌管。革新触动了保守势力的利益，于是在这年五月，宦官俱文珍等，设法削弱革新人物的权力，七月又联合豪族大官僚，请太子李纯“监国”。八月，做了六个多月皇帝的顺宗李诵就被迫让位，太子李纯即皇帝位，是为宪宗。宪宗八月五日即位，六日就贬王叔文为渝州（今四川巴县）司户，贬王伾为开州（今四川开县）司马，第二年王叔文被杀，王伾病死。九月，柳宗元被贬为邵州（今湖南邵阳）刺史，路上又被贬为永州（今湖南零陵）司马。参加革新的刘禹锡、韩泰等，皆被贬官，而这场夭折的革新，史称“永贞革新”或“二王八司马事件”。永贞革新是柳宗元一生的分水岭，此前中进士、登第博学宏词科，仕途顺遂，积极参与革新；此后被贬官远地，是其创作的高峰期。

在永州，“日与囚徒为朋，行则若带纆索，处则若关桎梏”（《答周君巢饵药久寿书》)，似乎时时带着枷锁，精神上承受着巨大的压力。柳宗元被贬逐永州，“既窜逐，地又荒疠，因自放山泽间。其堙厄感郁，一寓诸文”（《新唐书·柳宗元传》)，借创作以发抒其内心之不平。此诗就作于贬官永州之时，居于寺庙阅读佛教经典，欲以进行精神上的疗救，以期化解无辜而遭受的沉重打击。诗题《晨诣超师院读禅经》，诣，到。超师，永州僧人，师乃是对僧人的尊称。禅经，佛经。意即早晨到超师寺庙研读佛经。

汲井漱寒齿，清心拂尘服。闲持贝叶书，步出东斋读。

汲井，从井中打水。清晨刚从井中打上来的水称为井华（花)，道教修炼法以为汲井华漱饮，有健齿益身之功效。后来，亦被佛教所吸纳。尘服，沾染尘土之衣服。尘，宗教称俗世，隐者称仕途皆曰尘。如佛教称人间为尘，道家称一世为“一尘”。《魏书·释老志》：“净居无尘，道家所先。”佛教有“六尘”之说，指色、声、香、味、触、法，与“六根”相接，便能染污净心，导致烦恼。又有“六尘不染”之说，意谓排除物欲，保持洁净。唐武三思《孝明皇后碑》：“六尘不染，孤标水上之花。”贝叶书，指佛经。贝叶，古印度人用以写经的树叶，亦借指佛经。唐玄奘《谢敕赍经序启》：“遂使给园精舍，并入提封；贝叶灵文，咸归册府。”

此四句意谓，清晨，汲取井水之华，而井华寒冽，漱口饮用，颇觉神清气爽。闲来无事，手持佛经，走出东斋，朗声诵读。

真源了无取，妄迹世所逐。遗言冀可冥，缮性何由熟？

真源，即真如，谓本源，本性，永恒存在的实体、实性，亦即宇宙万有的本体。梁刘潜《和昭明太子钟山解讲》诗：“回舆下重阁，降道访真源。”《成唯识论》卷九：“真谓真实，显非虚妄；如谓如常，表无变易。谓此真实，于一切位，常如其性，故曰真如。”妄迹，虚幻的现象、踪迹，指世俗的欲望和认识，如声色、名利等。遗言，指佛经，即诗题所说“禅经”。柳宗元《送琛上人南游序》：“佛之迹去乎世久矣，其留而存者，佛之言也。言之著者为经，翼而成之者为论，其流而来者，百不能一焉，然而其道则备矣。”冥，暗中契合。缮性，涵养本性。《庄子·缮性》：“缮性于俗。”成玄英疏：“缮，治也；性，生也。”谢灵运《登永嘉绿璋山》诗：“恬如既已交，缮性自此出。”

此四句意谓，世人对真如本性，不知追求，一无所取，而追逐于那些虚妄不实的声色、名利，何其愚妄啊！佛经的真谛，希望在诵读研修时，能够暗中契合；涵养本性，却不知通过什么样的路径可以达到完美的境界啊？

道人庭宇静，苔色连深竹。日出雾露余，青松如膏沐。

道人，指超师。叶梦得《避暑录话》卷下：“晋宋间佛学初行，其徒犹未有僧称，通曰道人。”膏沐，古代妇女润发的油脂。《诗经·卫风·伯兮》：“自伯之东，首如飞蓬，岂无膏沐，谁适为容？”朱熹集传：“膏，所以泽发；沐，涤首去垢也。”此处指洗沐，润泽。

此四句意谓，超师禅院颇为幽静洁净，青苔一片翠绿，似乎已然与幽深翠绿的竹林融为一体。朝日初升，雾霭渐渐散去，仍余温润，青松如同经过洗沐一样，极为苍翠润泽。

澹然离言说，悟悦心自足。

此二句意谓，身处超师禅院，心境恬淡澄澈，非言语所能形容。那种悟道之乐，使人心灵恬然自足，即上文之得悟“真源”。

此诗分三个层次，前四句写晨起，漱饮甘冽井水，整顿衣服，拂去尘垢，前往寺院读经。从内到外，皆漱洗、拂除干净。“清心拂尘服”，既指拂去衣服之尘垢，也指除去心灵、精神上的污垢，同时为下文之抒写，做了很好的铺垫。身心洁净，前往寺院诵读佛经，修持悟道，以祓除精神之尘垢和俗弊。捧诵佛经，何其郑重，何其诚敬。次四句乃读经心有所得，有所感慨。“真源了无取，妄迹世所逐”，按正常的逻辑，应该是“世所逐妄迹，了无取真源”，将“真源”“妄迹”前置，予以强调：世人皆沉醉于追逐声色、名利等虚妄不实之物，而于真如本性，却不知追求，毫无所取，实在是愚昧无知啊。这是诗人的体认和感慨。而“遗言冀可冥，缮性何由熟”，佛教经典乃佛祖思想的留存，诵读研修，希望能够契合其义旨，诗人颇感困惑，涵养本性，却不知道由何种路径而达到完美的境界啊？佛教经典有丰厚的义蕴，诗人却感慨“缮性何由熟”，其实乃遭受永贞革新失败的沉重打击，诗人希望以诵读研修佛经，以化解心头的郁闷与愤怒，然而却始终无法化解，才发出这样的感慨。

贬官永州，为州司马这样的闲职，柳宗元的心情极为沉重，精神上承受着巨大的压力。在永州，柳宗元写给好友翰林学士李建的信，是其时心境的真实流露：“永州于楚为最南，状与越相类。仆闷即出游，游复多恐。涉野则有蝮虺（毒蛇）、大蜂，仰空视地，寸步劳倦。近水即畏射工、沙虱，含怒窃发，中人形影，动成疮痏。”有时候，到野外行走，发现风景绝佳的幽树好石，短暂游玩，一笑而过，并不快乐。“何者？譬如囚拘圜土，一遇和景，负墙搔摩，伸展支体。当此之时，亦以为适。然顾地窥天，不过寻丈，终不得出，岂复能久为舒畅哉！”在永州，如同处于土牢中的囚犯，有幸看到温暖的太阳从狭小的窗户照进来，靠着墙壁挠痒痒，伸展四肢，很舒服。然而环顾四周，仅仅是一丈见方的土牢而已，终究无法出去，岂能长久地感受到所谓舒畅呢！把自己视为“愚夫愚妇，又不可得”，如果侥幸不死，不再追求什么功名利禄，只想减轻罪责，“唯欲为量移官，差轻罪累，使便耕田艺麻，娶老农女为妻，生男育孙，以供力役，时时作文以咏太平”。因此，依靠读书来化解心头的郁积与不快，“仆近求得经史诸子数百卷，常候战悸稍定，时即伏读，颇见圣人用心、贤士君子立志之分。著书亦数十篇，心病，言少次第，不足远寄，但用自释。贫者，士之常。今仆虽羸馁，亦甘如饴矣。”（《与李翰林建书》）有这样的心境，柳宗元虽然认识到“遗言冀可冥”——希望能够契合佛教义理，看破功名利禄、是非得失、生死存亡，然而“缮性何由熟”——要达到涵养本性、修心养性的完美境界，通过什么样的路径、方法才能达到呢？事实上，柳宗元认为永贞革新是利国利民的正义行动，自己尽力王事，并没有错误，因而对遭受打击，始终不能接受，诵读佛经也无法化解其心头的郁积与不快。

下文“道人庭院静”四句，写诗人由观赏超师禅院宁静恬淡之景：青苔与翠竹相映而成的一派苍翠，朝阳初出，雾霭渐散，青松被雾霭洗涤、滋润，呈现出勃勃生机。于是感慨“淡然离言说，悟悦心自足”，这样宁静恬美的景象，使人心境澄澈——眼前苔色草木、青松润泽，生机勃勃，无不与悟道之人的心灵相通，万物静观，皆为道之体现。禅院诵经，涵养心性，而禅悟之理，难以言说，正如陶渊明所说“此中有真意，欲辨已忘言”（《饮酒诗二十首》其五）。宋人范温《潜溪诗眼》说：“‘日出雾露余，青松如膏沐’，予家旧有大松，偶见露洗而雾披，真如洗沐未干，染以翠色，然后知此语能传造化之妙。‘淡然离言说，悟悦心自足’，盖言因指而见月，遗经而得道，于是终焉。其本末立意遣词，可谓曲尽其妙，毫发无遗恨者也。”（《苕溪渔隐丛话·前集》卷一九）

溪　居

久为簪组累，幸此南夷谪。闲依农圃邻，偶似山林客。晓耕翻露草，夜榜响溪石。来往不逢人，长歌楚天碧。

柳宗元在永州，时出郊游，发现一条小溪，景色绝美。小溪在蛮荒僻远之地，未曾被人发现、赏识，不知其美，因而声名不彰。柳宗元名之曰“愚溪”。柳宗元作《愚溪对》，甚清且美的小溪对“愚溪”一名提出抗议，作者解释说：“夫明王之时，智者用，愚者伏。用者宜迩，伏者宜远。今汝之托也，远王都三千余里，侧僻回隐，蒸郁之与曹，螺蚌之与居，唯触罪摈辱、愚陋黜伏者，日侵侵以游汝，闯闯以守汝。汝欲为智乎？胡不呼今之聪明皎厉、握天子有司之柄以生育天下者，使一经于汝，而唯我独处？汝既不能得彼，而见获于我，是则汝之实也。当汝为愚，而犹以为诬，宁有说耶？”小溪僻处南荒，不能自名于世，潮湿低洼，只能有螺蚌等小物种聚集，又被贬谪之人柳宗元所发现，也只能命名为“愚溪”了。

愚溪，在今湖南永州市西南。柳宗元《愚溪诗序》：“灌水之阳有溪焉，东流入于潇水。或曰冉氏尝居也，故姓是溪为冉溪。或曰可以染也，名之以其能，故谓之染溪。予以愚触罪，谪潇水上。爱是溪，入二三里，得其尤绝者，家焉。”遂将附近之地皆以“愚”命名，有愚公谷、愚丘、愚泉、愚池，所修亭堂称愚亭、愚堂，池之中为愚岛。“嘉木异石错置，皆山水之奇者，以予故，咸以愚辱焉。”元和五年（810）十一月，作《与杨诲之书》，曰：“方筑愚溪东南为室，耕野田，圃堂下，以咏至理，吾有足乐也。”以“愚”而命名山水、亭堂，显然是柳宗元的愤激之词。此诗作于迁居愚溪之初。

久为簪组累，幸此南夷谪。

簪组，冠簪和冠带，乃官服，后来也借指官宦。王勃《秋日宴洛阳序》：“簪组盛而车马喧。”王维《留别丘为》：“亲劳簪组送，欲趁莺花还。”《旧五代史·唐书·庄宗纪四》：“伪宰相郑珏等一十一人，皆本朝簪组，儒苑品流。”累，拖累，束缚。南夷，旧指南方的少数民族，又指南方边远地区，此处指永州。《诗经·鲁颂·閟宫》：“至于海邦，淮夷蛮貊。及彼南夷，莫不率从。”屈原《楚辞·九章·涉江》：“哀南夷之莫吾知兮，旦余济乎江湘。”韩愈《进学解》：“暂为御史，遂窜南夷。”

此句意谓，长久以来，为簪缨冠带、为官作宦所拖累、束缚，很荣幸此次被远贬至永州荒蛮之地，终将摆脱这种束缚。

闲依农圃邻，偶似山林客。

农圃，农田园圃。《北史·甄深传》：“专事产业，躬亲农圃。”山林客，指隐士。《韩诗外传》卷五：“朝廷之士为禄，故入而不出。山林之士为名，故往而不返。”郭璞《游仙诗》：“长揖当涂人，去来山林客。”

此句意谓，因贬官永州，投闲置散，无事可做，常常以农田园圃为邻，看起来像个避世之隐士一样。

晓耕翻露草，夜榜响溪石。

榜（bàng），船桨，亦代指船。《楚辞·九章·涉江》：“乘舲船余上沅兮，齐吴榜以击汰。”王逸注：“吴榜，船棹也……士卒齐举大棹而击水波。”也指划船。范摅《云溪友议》卷四：“时张祜榜舟而至，甚若疏诞。”

此句意谓，早晨起来耕耘田地，深翻泥土，将带露水之青草深埋地下；夜晚划船，船桨激起溪水，声音响亮。

来往不逢人，长歌楚天碧。

长歌，放声高歌。古诗：“长歌正激烈。”傅玄《艳歌行》：“咄来长歌续短歌。”柳宗元《对贺者》曰：“嘻笑之怒，甚乎裂眦；长歌之哀，过乎恸哭。庸讵知吾之浩浩，非戚戚之尤者乎？”

此句意谓，永州荒僻，往来很难遇见人，唯有仰对青天，放声高歌以抒发心中郁闷愤激，然而天地广阔，寂无回响。

贬官永州，柳宗元于永州城郊发现一条景色幽美的小溪，命名“愚溪”，于溪岸修建屋舍，有愚堂、愚亭之名。此诗乃为其迁居愚溪所作。诗分两个层次，前四句为一层次。“久为簪组累，幸此南夷谪”，长久以来，诗人深感“不善”为官，为簪缨冠带所拖累、束缚，庆幸被贬官至永州，始得消闲。事实上，乃正话反说，是愤激之语。章燮《唐诗三百首注疏》曰：“谪而曰幸，不怨之怨，怨深哉！”以下六句，皆从此二句生发，皆从“幸”字上做足文章。“闲依农圃邻，偶似山林客”，因贬谪南荒之地永州，才得闲而依农田园圃为邻，满足诗人归隐田园的心愿，看起来好像是一个隐士了。偶似，因贬官而似，不真正是。官场被贬，远离京师而至永州，以农夫为邻，与山林相对，似乎是一位隐士了。

后四句为另一层次。“晓耕翻露草，夜榜响溪石”，退归田园，与农夫为邻，日常劳作，也与农夫渔父相同。早晨深耕土地，将带露珠儿的青草深埋地下，与上一句“农圃”相应；夜晚划船，船桨拨动水流，水击石声，哗哗作响，与上一句“山林”相应。既然被投闲置散，弃置不用，诗人干脆做农夫渔父，以其艰辛的劳作来化解心头的郁积与不快，忘却世事的险恶与艰难。然而，谈何容易，“来往不逢人，长歌楚天碧”——身处荒江野岭，与野兽为伍，根本遇不见人，时时提醒着诗人遭受政治打击报复而被远贬的身份，无奈之下，也只有仰对青天，在这个荒榛野莽的山林长歌当哭了。贬官永州，有人从京师来，过访柳宗元，见柳宗元似乎很达观，没有多少悲戚，于是予以祝贺。柳宗元以为，无辜遭贬，不能为朝廷效力，又不能守护祖先陵园，徒然苟活，于世无补，表面上的平和，并不能掩盖内心的郁积忧愤，不能以貌取人，所谓：“嘻笑之怒，甚乎裂眦；长歌之哀，过乎恸哭。庸讵知吾之浩浩，非戚戚之尤者乎？”（《对贺者》）

此诗写贬谪之后，移居愚溪的闲散生活，然而诗人所要表现的却是看似闲散平静之下的深广忧愤。愚溪之所以被命名，乃是此溪不合时用：“盖其流甚下，不可以溉灌，又峻急多坻石，大舟不可入也。幽邃浅狭，蛟龙不屑，不能兴云雨，无以利世，而适类于予。”而柳宗元以为：“今予遭有道，而违于理，悖于事，故凡为愚者，莫我若也。”溪与人，皆无益于世，也只能互相慰藉了：“溪虽莫利于世，而善鉴万类，清莹秀澈，锵鸣金石，能使愚者喜笑眷慕，乐而不能去也。予虽不合于俗，亦颇以文墨自慰，漱涤万物，牢笼百态，而无所避之。”（《愚溪诗序》）因而，此诗虽貌似恬淡，实则愤激忧郁之情颇沉挚。读此诗，要善于体悟其思想意脉。

乐府七首

王昌龄

塞上曲

蝉鸣空桑林，八月萧关道。出塞入塞寒，处处黄芦草。从来幽并客，皆共尘沙老。莫学游侠儿，矜夸紫骝好。

此诗乃乐府诗。汉武帝时，设立主管音乐的机构——乐府，负责采集民间歌谣、乐曲，配乐演唱，后世遂以乐府称这一诗体。唐代新乐府不一定配乐，往往是仿其声调，演其题意而已。《塞上曲》，一作《塞下曲》，唐新乐府辞，属《横吹曲辞》。郭茂倩《乐府诗集》卷二一："《晋书·乐志》曰：'《出塞》《入塞》曲，李延年造。'……唐又有《塞上》《塞下》曲，盖出于此。"同书卷九〇曰："新乐府者，皆唐世之新歌也。以其辞实乐府，而未尝被于声，故曰新乐府也。"曹嘉之《晋书》曰："刘畴尝避乱坞堡，贾胡（经商胡人）百数欲害之，畴无惧色，援笳而吹之，为《出塞》《入塞》之声，以动其游客之思，于是群胡皆垂泣而去。"王昌龄开元十一年（723）游并州（今山西太原），继而又游历河陇。此诗当作于开元十五年（727）及第前漫游西北之时。

蝉鸣空桑林，八月萧关道。出塞入塞寒，处处黄芦草。

空桑林，树叶已然凋落的桑林。萧关，故址在今宁夏固原东南，乃关中通向塞北的交通要冲。卢照邻《上之回》诗："回中道路险，萧关烽候多。"

此句意谓，深秋八月，秋蝉长鸣，桑林叶落，萧关古道，秋色苍茫，萧索之气，弥漫四野。萧关内外，出塞入塞，广袤的边塞，天气已然寒冷，处处是枯黄的芦草。

从来幽并客，皆共尘沙老。

从来，自古以来。幽并，幽州和并州，今河北和山西一带，此地之人尚武勇敢。《隋书 · 地理志》："自古言勇侠者，皆推幽并""人性劲悍，习于戎马"。

此句意谓，自古以来，幽州并州一带之人，豪侠英勇，皆并力征战沙场，建立不朽功业。

莫学游侠儿，矜夸紫骝好。

游侠儿，指任侠放荡不羁之少年。古称豪爽好结交，轻生重义，勇于排难解纷的人为游侠。唐代任侠风气很盛，游侠既有除暴安良、重生重义、仗义复仇、排难解纷、维持道义公正的一面，也有恃勇骄纵、快意恩仇、不守礼法的一面，是社会秩序的公然破坏者。《韩非子 · 五蠹》："废敬上畏法之民，而养游侠私剑之属。""儒以文乱法，侠以武犯禁……犯禁者诛，而群侠以私剑养。"矜夸，骄傲夸耀。紫骝，古骏马名，也用来泛指良马。骝，红身黑鬃尾的马。杨炯《紫骝马》："侠客重周游，金鞭控紫骝。"王维《少年行》："新丰美酒斗十千，咸阳游侠多少年。"

此句意谓，不要去效仿那些任侠不羁的游侠儿，只是炫耀他的坐骑是名马、善于驰骋罢了。

读万卷书，行万里路。王昌龄具有边塞生活的经历，观察体认都颇为深切。此诗写边塞景象，颇为形象。前四句，极写边地景象，苦寒萧条。八月时节，在中原，依然烈日照临，热气袭人，绿树成荫，鸟啼蝉鸣，一派热闹；而萧关道上，已然天气寒冷萧瑟，树叶凋零，桑林显得极为空旷，而鸣蝉的啼叫声也是残声将尽，萧关内外，处处是枯黄的芦草，一派萧索凄寒景象。诗人以中原人初到边塞，新奇的眼光审视边地景象，事实上用反衬手法，以两幅不同的图景，形成强烈的对比，突出边塞荒寒的特殊景象。后四句写人，自古以来，驰骋边塞的豪侠勇武忠贞、不爱其躯、以死报国，而反观京都游侠儿恃勇骄纵、夸耀名马，实乃微不足道。两相对照，彰显“幽并客”之英武忠勇，与上四句八月萧关道的萧索景象为背景，更衬托出其豪迈粗犷，英气逼人，非游侠儿所可比拟了。前四句以未曾出现的、诗人惯常所熟悉的内地八月景象，来描摹萧关八月的奇特、荒寒，渲染环境的艰苦，正是为了突出幽并豪侠以身许国的忠勇。“从来幽并客，皆共尘沙老”，慷慨豪雄，意气飞扬，正是盛唐人悲壮情怀之展露。王翰《凉州词》之“醉卧沙场君莫笑，古来征战几人回”，正与此诗同一情调。后四句，特别以慷慨豪雄、舍身赴难之“幽并客”，与骄纵不法、矜夸紫骝之京都“游侠”相对照，肯定赞扬“幽并客”，讥刺批评“游侠儿”，诗人的用意昭然。

此诗构思上颇见匠心。首句的逻辑顺序应该是“八月萧关道，蝉鸣空桑林”，平淡板滞，诗人将其颠倒为“蝉鸣空桑林，八月萧关道”，首先呈现一奇崛景象，既是初入边塞的深刻印象，也是以奇崛荒寒景象而展现特定的场景，然后再折入地点、时间，诗歌就显得奇警动荡，感动激发人意。“出塞入塞寒，处处黄芦草”，是对上一句的深入抒写，也是景象之拓展，视野开阔。而“从来幽并客，皆共尘沙老”，由景而写人，幽并豪侠之出现，与下文之恃勇骄纵、夸耀紫骝名马之京都“游侠儿”形成鲜明对照。“幽并客”既得到前文荒寒壮阔景象之衬托，也与后文骄纵之京都“游侠儿”形成反衬，成为全诗中峰，文势颇足，如建瓴之水，顺势而下，情感意脉充沛，流畅自然，意到笔随，以一种动荡摇曳之态，鼓荡胸襟，激发人意。

塞下曲

饮马渡秋水，水寒风似刀。平沙日未没，黯黯见临洮。昔日长城战，咸言意气高。黄尘足今古，白骨乱蓬蒿。

由于文献缺失，没有王昌龄到过边塞的记载，然而考察王昌龄的诗歌，王昌龄确实漫游过边塞，有着较长时间的边地生活的实际经历。《塞下曲》“饮马渡秋水”一诗，盛唐诗论家殷璠《河岳英灵集》卷中予以选录，芮挺章《国秀集》卷下也予以选录，诗题皆作《望临洮》。《河岳英灵集》所收的诗，下限截至玄宗天宝十二载（753）；《国秀集》则收录开元以来至天宝三载（744）的诗歌。二书都选录了这首诗，可见，王昌龄的西北之行，应该在天宝十二载（753）以前。王昌龄到过临洮，也到过玉门关一带：“玉门山嶂几千重，山北山南总是烽”（《从军行七首》其七）；也可能漫游过李白的出生地碎叶（故址在今吉尔吉斯斯坦托克马克城，为唐安西四镇之碎叶镇）：“胡瓶落膊紫薄汗，碎叶城西秋月团”（《从军行七首》其六）。王昌龄漫游西北边塞，经行陇右，大概是在开元十五年（727）中进士以前。亲临西北边塞，观览黄沙飞雪、大漠戈壁、崇山峻岭，增强其豪侠意气，开拓其豪迈胸襟，洋溢着浪漫精神与爱国激情，为大唐国力强盛、战功卓著而振奋。

饮马渡秋水，水寒风似刀。

饮马，陈琳《饮马长城窟行》：“饮马长城窟，水寒伤马骨。”秋水，指洮河水。洮河发源于青海西倾山，曲折东流，至岷县转向西北，出九甸峡与海奠峡后，穿临洮盆地，向北流，注入黄河。

此句意谓，饮过战马，渡过秋天的洮河水，洮水寒冽，秋风似刀，砭人肌骨。

平沙日未没，黯黯见临洮。

平沙，开阔无际的荒漠。黯黯，日色昏暗的样子。临洮，唐洮州治所，在今甘肃临潭。唐杜佑《通典》卷一七四：“洮州，秦汉以来为诸戎之地，后为吐谷浑所据。至后周武帝逐吐谷浑，得其地，置洮阳郡，寻立为洮州。隋初郡废，而洮州如故。炀帝初废，置临洮郡。大唐为洮州，或为临洮郡。今理临潭县，郡城本名洮阳，城临洮水，甚牢险。”

此句意谓，边地广阔无际，夕阳将落未落，暮色昏黄中，隐隐望见临洮城的巍峨身影。

昔日长城战，咸言意气高。

长城，战国秦长城西起临洮。又，唐于临洮县置长城堡。据《旧唐书·吐蕃传》：金城公主入嫁吐蕃，因请河西九曲之地，以为金城公主汤沐之所。吐蕃既得九曲，其地肥良，堪屯兵畜牧，又与唐境接近，自是复叛，始率兵入寇，开始了连年的西北边患。“开元二年（714）秋，吐蕃大将坌达焉、乞力徐等率众十余万，寇临洮军，又进寇兰、渭等州，掠监牧羊马而去。……玄宗令摄左羽林将军薛讷及太仆少卿王晙，率兵邀击之，仍下诏将大举亲征，召募将士，克期进发。”又《旧唐书·薛讷传》：开元二年“十月，（薛）讷领众至渭源，遇贼，战于武阶驿，与王晙掎角夹攻之，大破贼众。追奔至洮水，又战于长城堡，丰安军使王海宾先锋力战死之，将士乘势进击，又败之。”唐军大破吐蕃之众，杀数万人，尽收得所掠羊马，余党奔北，相枕藉而死，洮水为之不流。玄宗遂罢亲征。

此句意谓，自古以来，此地战争不息，而长城堡之战，人人皆称奋勇杀敌，将士意气豪雄高涨。

黄尘足今古，白骨乱蓬蒿。

足，充塞，弥漫。白骨，《旧唐书·吐蕃传》记载，开元二年大战之后，玄宗命紫微舍人倪若水，至临洮吊祭战死将士。乱，混杂。《韩非子·喻老》：“宋人有为其君以象为楮叶者……乱之楮叶之中而不可别也。”临洮，自古以来为兵家必争之地。唐与吐蕃修好，金城公主入嫁吐蕃和亲，吐蕃索取黄河九曲之地，以为公主陪嫁之汤沐邑。吐蕃占领九曲之地后，遂以之为进攻之桥头堡，屡屡挑起战端。开元二年的大战，战斗惨烈，唐军获胜。王昌龄于开元十五年（727）之前，有西北边塞之行，那个名闻遐迩的争战地——临洮就在眼前，而大战后的肃杀之气，弥漫天地，荒草蓬蒿间，白骨累累，无不给人以惊心动魄的感触。

此句意谓，战争的尘埃充塞于古今，那累累白骨无人收埋，横七竖八地掩没于蓬蒿野草之中。

此诗开篇就展示出一幅苍茫壮阔的景象。诗人一路征行向西，秋风吹拂，凛冽如刀，饮马洮河，水寒刺骨。放眼眺望，四野平阔无际，夕阳将落，暮色深邃苍茫，远处隐隐屹立着巍峨的临洮城。

前四句是景语，然而颇含蕴，诗人亲临昔日的临洮战地，秋风如刀，河水凛冽，暮色四合，裹挟着浓烈的肃杀凄厉之气……这样的氛围，是千百年来连绵不断的战争所造成的。

后四句则在前面所营造的景象中叙事抒情。临洮地处胡汉杂居之边，历来为兵家必争。中原王朝固守临洮，可以由此而西进，保境守土。胡人占领此地，则为进入关陇之要冲，既可向北出击，攻占渭州、兰州，截断河西走廊之交通；又可南下，深入陇南及巴蜀；亦可东进而兵临长安。因而，秦在统一六国之前，即已占领临洮，修筑长城，又以临洮为西面之起点，加强军事防御，稳定关陇，遂奠定了东进而统一六国的基础。秦汉之后，临洮始终是防御之重镇，大小战事，连绵不断。因而，诗人说“昔日长城战，咸言意气高”，将千百年来的连绵战事、惨烈争斗一笔总括，极大地肯定了高涨的豪侠意气和保境安边的积极意义。“黄尘足今古，白骨乱蓬蒿”，战争的阴霾自古至今从未消散，而那些纵横于荒草中的累累白骨，令人感伤凄然。“足”，即充塞，彰显自古至今未曾断绝的战争阴霾；“足古今”，将历史的连续性所充塞的战争阴霾非常形象地呈现，自古至今始终充塞，未曾有间歇和空隙；“乱”，即混杂，纵横，“乱蓬蒿”，形象地展现大战后荒野上累累白骨的凄凉景象。

王昌龄西行至临洮，正是唐与吐蕃大战之后不久。吐蕃以做金城公主汤沐邑的名义，诈取黄河九曲，作为入侵陇右的桥头堡。唐军意气高涨，奋勇抗击，在武阶驿、长城堡大破吐蕃，唐军将士战死者亦复不少，玄宗命紫微舍人倪若水赴临洮祭吊。因而“昔日长城战”四句，是有强烈的现实针对性的，并非简单的对历史的拟想。诗人看到临洮边地肃杀凄然之景象，既感佩将士“咸言意气高”的奋勇作战、无畏牺牲，为他们的赤心报国精神所感动；也感伤于战争残酷，致使蓬蒿掩白骨的凄然。诗的情调是慷慨悲壮的。全诗读来，气格高古，悲壮苍凉，但不衰飒，更不消极悲观，洋溢着盛唐的豪迈激情，也带有深沉的理性。

李　白

关山月

明月出天山，苍茫云海间。长风几万里，吹度玉门关。汉下白登道，胡窥青海湾。由来征战地，不见有人还。戍客望边邑，思归多苦颜。高楼当此夜，叹息未应闲。

关山，关隘山岭。《关山月》是乐府旧题，属《鼓角横吹曲》，多写征戍离别之情。《木兰诗》："万里赴戎机，关山度若飞。朔气传金柝，寒光照铁衣。"此处"关山"就是关隘山岭。王昌龄《从军行》："更吹羌笛《关山月》，无那金闺万里愁。"此处"关山月"，即《鼓角横吹曲》的曲调。李白擅长乐府诗，明代诗论家胡震亨《唐音癸签》卷六说："白性倜傥，善赋诗，尤工古歌。才调逸迈，往往兴会属辞，古人之善诗者亦不逮。"

关山，历来是兵家必争之地，战事连绵，士卒长期戍守，因而多抒发相思离别之情。《汉书·匈奴传》记载，匈奴引兵攻太原，汉高祖刘邦亲率大军往击之，正值隆冬大寒雨雪，天气奇冷，大概十分之二三的士卒的手指被冻掉了，而冒顿单于诈败，以老弱残兵诱敌深入，汉军追击，高祖刘邦先到，步兵未到，冒顿单于率三十余万精锐骑兵，将白登（今山西大同东）团团包围七天之久，汉兵内外不得相救。后用陈平之计，才得以解围。青海，即青海湖，在今青海西宁附近，原为吐谷浑所居之地，后为唐朝所有。唐高宗时，为吐蕃吞并，玄宗开元年间，先后与吐蕃进行了大规模的攻战。李白此诗就在这样的背景之下展开，因而写得极为动人。

明月出天山，苍茫云海间。长风几万里，吹度玉门关。

诗开篇极为广远阔大：明月从天山升起，广袤无垠的星空，云海苍茫，一轮明月高高照耀；而从故乡来的长风，经行几万里，吹过玉门关，吹遍天山，吹到天山以西更遥远之地。天山，唐代李吉甫《元和郡县图志·陇右道·伊州》："天山，一名白山，一名折罗漫山，在州北一百二十里。春夏有雪……匈奴谓之天山，过之皆下马拜。"在今新疆哈密、吐鲁番以北。清代王琦说："月出于东，而天山在西，今曰'明月出天山'，盖自征夫而言已过天山之西，而回首东望，则俨然见明月出于天山之外也。"（《李太白全集》卷四）云海，指广阔无垠的云。玉门关，汉武帝时设置。因西域输入玉石时取道于此而得名，汉时为通往西域各地的门户。故址在今甘肃敦煌西北小方盘城。玉门关，是汉与西域的疆界，因而玉门关就是家乡的代名词。《汉书·西域传》："（西域）东则接汉，扼以玉门、阳关。"李白《子夜吴歌》："秋风吹不尽，总是玉关情。"

汉下白登道，胡窥青海湾。由来征战地，不见有人还。

汉高祖刘邦亲率大军攻占平城，被匈奴大军围困于白登；而吐蕃又时时侵扰大唐青海河湟之地。自古以来，关山重地总是争战之处，千百年来只见出征的将士，从不见有人能够活着回来啊！平城，即唐之云州云中县，白登山在县东北三十里，即今山西大同市东北。下，出兵、攻战。窥，窥伺、侵扰。诗人以白登之围和青海之战，将汉与唐联结起来，突出千百年来征戍战争的连绵不断，突出时间之久远和战争之惨烈，因而才有"由来征战地，不见有人还"的无限感慨。汉、胡二词，并非指哪个民族政权，事实上已经演化成"敌我双方"的代名词。

戍客望边邑，思归多苦颜。高楼当此夜，叹息未应闲。

戍守边关的将士，此时正在明月的照耀、万里长风的吹拂之下，深情地眺望故园，而闺中思妇伤离念远之情尤为深切，愁容满面。想来家乡的明月也正照耀着闺楼吧。只是明月清风，人未团圆，思妇一声声的叹息，未曾停歇。苦颜，愁闷之容颜。闲，停歇。

此诗为李白用乐府旧题抒写战士戍边思乡之情，立意是传统的，并无新异之处。之所以成为名篇，乃在于诗人以宏阔的视野，描写关山、明月、云海、长风，且以动态而呈现，写出了空间上的纵深广远之感，不仅情思遥深，而且开阔苍茫。天山连绵，云海苍茫，明月皎洁，升于天山之东，冉冉向西；而寥寥长风，从家乡吹来，吹过玉门关，吹遍天山，吹过天山以西——明月、云海、长风，无所不在，总是能够照临远戍的征人，带来故乡的情义与问候。而且，明月、云海、玉门关，这些给人以“白”或“清”的质感的语词融为一体，给人一种半迷蒙半透明的感触，进而展现为“苍茫”的视觉与感受。这样，就从空间上极度地写其阔大雄浑，提供了叙事抒情的背景，这是第一个层次。第二个层次，则用汉代白登之围的典故、唐代青海争战的现实，从时间上展现，千百年来的关山争战何其久长，又何其惨烈，遂自然而然地有“由来征战地，不见有人还”的议论、感慨。空间、时间上的叙写，纵横交错，跨度极大，彰显戍边战争的艰苦卓绝。在这样广阔的时间和空间的背景下，遂进入第三个层次，即对伤离念远之情的抒写。“戍客”在天山，在明月、云海、长风无所不在的边邑，深情眺望，思念家乡；家中思妇“当此夜”，也在深情地遥想边地境况。天山、明月、云海、长风则是虚写，与第一层次的纵深广远之景相呼应，而“叹息未应闲”，是远戍边地士卒的悬想之辞。如此，则将两地相思之情，表达到极致，格外深沉而感人。而且，此诗所抒发的思乡念远之情、久戍离别之思，哀怨而不绝望，扣人心弦，启人情思，却也有一种雄浑之气、为国戍边的壮志情怀，缓缓流淌于心田，浸润心灵。哀怨之中，不失雄浑，这就是盛唐气象。

子夜吴歌

长安一片月，万户捣衣声。秋风吹不尽，总是玉关情。何日平胡虏，良人罢远征。

李白的这首诗很有名，其出名的一个重要因素，就在于后世对此诗有一些争议。有人以为，前四句极好，内容、声韵、境界都很完整了，“前四句是天壤间生成好句，被太白拾得”（王夫之《唐诗评选》），后面两句“何日平胡虏，良人罢远征”是狗尾续貂，干脆将其删去，这样，前四句就成为天生成的一首佳绝的五言绝句。如清人田同之就说：“余窃谓删去末二句作绝句，更觉浑含无尽。”（《西圃诗说》）另一种意见以为，正是有了后两句“何日平胡虏，良人罢远征”，这首诗才觉得神完意足，一气浑成，可以表达更为深广的社会内容；如果少了后两句，则前四句仅仅是写征人思妇的离情别绪，虽然好，但太普通了，许多诗人都说过相似的话语和意思，不足为奇。这一派意见的杰出代表有两个：一个是明后期的唐汝询。唐汝询五岁目盲，其兄在私塾读书，而唐汝询仅仅凭着听觉，就“识”得了文字，发奋图强，不懈努力，成为一个很有学问的人。他口述，让别人记录，唐汝询“写成”了不少的著作，《唐诗解》五十卷就是他评论唐诗的一部重要著作。正因为唐氏目盲，不能“看”书，让别人读，他自己“听”，因而唐汝询对诗歌文章的理解，更能切入情感意脉，把握住更深切的内涵。关于这首诗，唐汝询认为，后二句“何日平胡虏，良人罢远征”，不批评朝廷穷兵黩武，只说胡虏未平息，良人不能回家，还得继续戍守征战，“万户捣衣声”，秋风吹不尽的“玉关情”，还得一年又一年地继续，所以说“深得风人之旨”。另一个是清代的乾隆皇帝弘历。乾隆主持修撰一部唐宋诗歌选集《唐宋诗醇》，唐代选李白、杜甫、白居易、韩愈四家，宋代选苏轼、陆游二家。乾隆以为，李白的这首诗，六句一气浑成，“不见此女贞心亮节，何以风世历俗”？

音乐的流传，总是伴随着许多有趣、甚至神秘的故事。《子夜吴歌》是南朝乐府，属《清商曲辞》。相传，东晋时，有一女子名子夜，创制此曲，声音过于哀苦。据沈约《宋书·乐志》记载，晋孝武帝太元（376—396）年间，琅琊王轲之家，有鬼唱《子夜》歌，声音哀婉，情调凄苦，催人泪下。于是，后人创为春、夏、秋、冬四时行乐之词，称为《子夜四时歌》。吴歌杂曲出于江南，东晋以来，稍有增广，起初是不配乐的徒歌，以后遂以管弦乐相配。自永嘉南渡之后，宋齐梁陈皆建都建业（今江苏南京），因而吴声歌曲都发源于此。因为是吴声歌曲，所以称为《子夜吴歌》。原作四首，所选为第三首。

长安一片月，万户捣衣声。秋风吹不尽，总是玉关情。

诗开篇展示出一个特别优美的境界：一轮明月高悬，将洁白的月光泻下，长安城全然笼罩在如银的月光之下；而皎洁的月光下，千家万户的女子在河岸边砧石上捶打衣服，声音此起彼伏，相互应和。虽然远隔千山万水，而萧萧秋风，总是吹不尽、吹不散远戍的将士和家人的相思相念之情。捣衣，古时在水边洗衣，置衣在石砧上，用木杵捶打，使之脱去污垢；另一种是说，捣衣即捣练，练就是丝帛，捣洗未经缝纫的帛料，上浆，使之平整服帖，便于裁制衣服。缝制衣服，多于秋风初起之时，为寄远方亲人御寒之用。玉关，即玉门关，汉代通西域的前线关隘，后世作为边关的典故。

何日平胡虏，良人罢远征。

什么时候才能平息胡虏，自己的亲人才能不再远征呢？何日，期盼之词，什么时候。胡虏，对敌方的蔑称。良人，女子对丈夫的称呼。《诗经·唐风·绸缪》：“今夕何夕，见此良人。”《孟子·离娄上》：“齐人有一妻一妾而处室者，其良人出，则必厌酒肉而后反。其妻问所与饮食者，则尽富贵也……其妻归，告其妾曰：‘良人者，所仰望而终身也，今若此。’与其妾讪其良人，而相泣于中庭，而良人未之知也。”

《子夜歌》原本四句，李白依其体制而加以创造，改为六句。《子夜歌》原写男女相恋的爱情，尤以恋歌为多，而李白增加了相应的社会内容，使其社会意义更为深广。此诗前四句创造了一个澄澈而优美的境界，营造出清空旷远的氛围：明月皎洁，万户捣衣声此起彼伏，相互应和，何其壮哉，打破了长安城的宁静，也超越空间的束缚；在静谧的月光下，一声声飞过河岸、树林，飞过宫观、城廓，飞向遥远的边关；萧萧秋风，也无法吹去那捣衣声，更无法掩盖，因为这是“玉关情”——戍边将士与闺中思妇的缠绵心声相通，情义相关。至此写相思离别之情，神完意足；然而李白毕竟是诗仙，他又加上两句“何日平胡虏，良人罢远征”，于闺情之中增添了“平胡虏”“罢远征”的期盼和寄托，言在此而意在彼，使得诗之内蕴丰厚、主旨深远，不屑于儿女私情，而将这一儿女私情推向广阔的社会生活，揭示出造成“万户捣衣声”“总是玉关情”的核心乃不能“罢远征”。可见，“罢远征”有画龙点睛之妙。唐汝询说：“此为戍妇之辞以讥当时战伐之苦也。言于月夜捣衣以寄边疆，而此风吹不尽者，皆我思念玉关之情也，安得平胡而使征夫稍息乎？不恨朝廷之黩武，但言胡虏之未平，深得风人之旨。”（《唐诗解》卷三）诚然，唐汝询深得此诗之解矣。

长干行

妾发初覆额，折花门前剧。郎骑竹马来，绕床弄青梅。同居长干里，两小无嫌猜。十四为君妇，羞颜未尝开。低头向暗壁，千唤不一回。十五始展眉，愿同尘与灰。常存抱柱信，岂上望夫台！十六君远行，瞿塘滟滪堆。五月不可触，猿鸣天上哀。门前迟行迹，一一生绿苔。苔深不能扫，落叶秋风早。八月蝴蝶黄，双飞西园草。感此伤妾心，坐愁红颜老。早晚下三巴，预将书报家。相迎不道远，直至长风沙。

通常，人们形容男女儿童之两小无猜，就说“青梅竹马”。那么，青梅竹马究竟是怎样的一种状态呢？李白的《长干行》可以告诉我们。自小相识，渐渐长大，相识而相知，最终结为夫妻，诚乃人间的一种最美好的感情。

美好的爱情故事，实在是太多了。《庄子·盗跖》记载一个故事：青年男子尾生与一女子相约，在桥下相会。尾生先到，等待女子的到来，一会儿河水渐涨，尾生还守在原地，不愿意挪动地方，怕与那女子失信。后来，河水大涨，都要将人冲走，尾生双手紧紧地抱住桥下的柱子，不肯挪动，最后河水淹过了，尾生被淹死了。尾生，就成为坚守信约之人。《汉书·东方朔传》说："勇若孟贲，捷若庆忌，廉若鲍叔，信若尾生。"

男子尾生守信，而女子亦多情，坚守信约。唐初《初学记》卷五引南朝刘义庆《幽明录》说：从前有一贞节女子，丈夫出征，抗敌保国，长久未归。当日，女子怀抱小儿子饯送于北山之上，此后常常立于山巅眺望，期盼丈夫归来，最后化为一块人形状的石头，仍然眺望远方。武昌北山有望夫石，其状若站立之人。这是民间传说，各地多有望夫石。辽宁兴城南之望夫山之望夫石，传说为孟姜女望夫所化。因而，望夫石后来比喻女子怀念丈夫的坚贞，或者用以抒发女子思念丈夫的真挚之情。

六朝乐府西曲歌有《长干曲》，仅仅四句，而李白铺衍为长篇，名为《长干行》。长干，建康里巷名，故址在今江苏南京秦淮河之南，为一狭长山冈，吏民杂居，号为长干里。江东谓山间之地，平而狭长为"干"。《文选·左思〈吴都赋〉》刘逵注："江东谓山冈间为'干'。建业之南有山，其间平地，吏民居之，故号为'干'。中有大长干、小长干，皆相属。"长干靠近长江，《长干曲》写长干里一带江边妇女的生活感情。李白《长干行》延续了这一主题，而写得清丽婉转，摇曳生姿。

妾发初覆额，折花门前剧。郎骑竹马来，绕床弄青梅。同居长干里，两小无嫌猜。

诗以女子的自白来述写，以回忆为主。乃婚后女子与丈夫分别、思念而抒怀。此段说，女子幼小时，头发刚刚覆盖住额头，折朵花儿，独自在门前戏耍。小男孩儿骑着竹马而来，绕着井床，追赶着抛掷青梅。自小同居于长干里，两情相融，没有一丝嫌猜。覆额，古时女子十五岁始挽发加簪，表示长大成人。幼时不束发。初覆发，指头发刚刚盖住前额。剧，即戏耍，玩耍。竹马，指儿童游戏时跨着竹竿当马骑。《后汉书·郭伋传》："始至行部，到西河美稷，有童儿数百，各骑竹马，道次迎拜。"床，井床，即井的围栏。无嫌猜，指情感融洽，天真无邪。

十四为君妇，羞颜未尝开。低头向暗壁，千唤不一回。十五始展眉，愿同尘与灰。常存抱柱信，岂上望夫台！

第二段回忆成婚之后的生活，由初时的娇羞到相知而期盼白头偕老。十四岁时，嫁为郎君之妇，娇羞而不敢轻易说话笑语，默默无语，低头向着暗壁，千呼万唤，始终不回应一声。十五岁时，已经结婚一年了，彼此融洽，才笑展眉颜，信誓旦旦，祈盼此生能够相知相爱，愿意与郎君同生共死，永不分离，最终化作尘与灰。常常祈盼郎君如坚守信约的尾生一样，始终不改初衷；哪承想分离在即，自己将会登上山巅的望夫台，眺望远行未归的郎君。羞颜，娇媚羞涩的容颜。向暗壁，即面向墙角暗处坐着。展眉，因喜悦而舒展眉头，形容心情舒畅。白居易《与元九书》："展眉时笑谑。"元稹《遣悲怀》："唯将终夜长开眼，报答平生未展眉。"尘与灰，指人死化为尘埃，此处指同生共死，永不分离。

十六君远行，瞿塘滟滪堆。五月不可触，猿鸣天上哀。门前迟行迹，一一生绿苔。苔深不能扫，落叶秋风早。八月蝴蝶黄，双飞西园草。感此伤妾心，坐愁红颜老。

第三段，写丈夫远行，女子独守空闺的寂寞。十六岁时，郎君远行，溯江而上，三峡口上的滟滪堆无比巨大，致使航船难行，万分艰险。五月时节，大水涨满，处处暗礁，不可触碰，而猿猴在山巅哀鸣，声振林越，凄厉伤感。女子说，郎君在家时徘徊、逗留于门前的足迹，竟然一一生满了绿苔；绿苔繁盛，不能洒扫，而秋天又来得那样地早，很快秋风吹拂，落叶满院，令人惆怅。八月里，蝴蝶儿感受萧条之秋气，双翅已然变黄；双飞双落，翩翩起舞于西园，看到此情此景，让人伤感，相思离情哪能不让人红颜渐老啊！

瞿塘，瞿塘峡，长江三峡之首，也称夔峡。西起重庆奉节县白帝城，东至巫山大溪。两岸悬崖壁立，江流湍急，山势险峻，号称西蜀门户。滟滪堆，即屹立于瞿塘峡口长江水流最为湍急处的巨石，在重庆奉节县东，因妨碍长江通航，1949 年之后被炸毁。宋人乐史《太平寰宇记》卷一四八："滟滪堆，周围二十丈，在州西南二百步蜀江中心瞿唐峡口，冬水浅，屹然露百余尺，夏水涨没数十丈，其状如马，舟人不敢进……谚曰：'滟滪大如襆，瞿唐不可触。滟滪大如马，瞿唐不可下。滟滪如大鳖，瞿唐行舟绝。滟滪大如龟，瞿唐不可窥。'"杜甫《秋兴八首》："瞿唐峡口曲江头，万里风烟接素秋。"猿鸣，三峡多猿，每天秋冬寒霜之时，于山间长啸，峡中听闻，如同声自天上而来。《水经注·江水》："自三峡七百里中，两岸连山，略无阙处，重岩叠嶂，隐天蔽日，自非停午夜分，不见曦月……春冬之时，则素湍绿潭，回清倒影，绝巘多生怪柏，悬泉瀑布，飞漱其间。清荣峻茂，良多趣味。每至晴初霜旦，林寒涧肃，常有高猿长啸，属引凄异，空谷传响，哀转久绝。故渔者歌曰：'巴东三峡巫峡长，猿鸣三声泪沾裳。'"这一段记录文字，正是"猿声天上哀"的真实写照。事实上，李白正是化用了这一段写实文字，而创作出"猿声天上哀"的形象描绘。迟，迟留，逗留。迟行迹，女子谓丈夫在家之日逗留、徘徊于门前的足迹，可见其离家之久。李白《自代内赠》："别来门前草，秋巷春转碧。扫尽更还生，萋萋满行迹。"意思与这相近。蝴蝶黄，旧说，蝴蝶至八月感秋天萧杀之气，而双翅变黄。坐，因为，由于。《史记·白起王翦列传》："今空秦国甲士而专委于我，我不多请田宅为子孙业以自坚，顾令秦王坐而疑我邪?"唐杜牧《山行》诗："停车坐爱枫林晚，霜叶红于二月花。"

早晚下三巴，预将书报家。相迎不道远，直至长风沙。

第四段，写女子渴望丈夫归来团聚：何时回家，请提早把书信寄回家中，迎接郎君不怕路途遥远，一直赶到七百里外的长风沙相迎。早晚，犹何时。陶渊明《问来使》："尔从山中来，早晚发天目。"三巴，指巴郡、巴东、巴西的合称，相当今重庆嘉陵江和綦江流域以东的大部地区，乃古巴国之地。不道，犹言不顾、不管。长风沙，又名长风峡，在今安徽安庆东五十里江边。从长干里至长风沙约七百里，而长风沙多险滩急流。此处说迎接郎君归来不辞路途遥远艰险。陆游《入蜀记》卷三："太白《长干行》云：'早晚下三巴，予将书报家。相迎不道远，直至长风沙。'盖自金陵至长风沙七百里，而室家来迎其夫，甚言其远也。"

此诗以女主人公第一人称的口吻叙事抒情，以年龄顺序和季节转换娓娓道来，层次井然；通过描绘鲜明具体的生活场景，抒写人物心绪的变化，塑造了一位性格热烈而深沉的少女形象；风格宛转缠绵，语言和谐流畅，极为动人。诗分四个层次，主要用白描手法，依将展开这个美好而温馨的爱情故事。第一层次，叙写这对青梅竹马、两小无嫌猜的青年男女，相识相熟以及感情之萌芽、发展。第二层次，叙写初嫁时的羞涩情状，由羞涩而祈盼婚姻美满、感情深挚，最终能够白头偕老的情绪。"低头向暗壁，千唤不一回"，是对新妇的形态描写，也是对其娇羞心理的细腻刻画。第三层次，则写两年之后的离别，丈夫远行经商，远走风涛急湍的三峡，舟行极为艰险，引起女子极大的不安、担忧、思念。独居本已寂寞、凄凉，而西园中一双黄蝴蝶翩翩起舞的反衬，更引发了女主人公青春易逝的深痛和悲凉，加强了对远行丈夫的刻骨铭心的思念之情。用三峡之险峻、猿声长啸之凄厉，表现其夫旅途之安危；用绿苔、秋风、黄蝴蝶来映写女子望夫之缠绵情感；而"苔深不能扫，落叶秋风早"，以景色来指示由夏入秋的季节变化，展示离别相思之悠长。第四层次，水到渠成，渴盼丈夫早早归来，将不辞长途跋涉的辛劳与艰险，直至长风沙而亲迎其归来。由借景抒情，转而为直接抒情、叙述，同时也展现了其爱情发展的全过程。诗人用细腻的笔触，精心刻画了一位天真活泼、善良而又情感热烈的少妇形象，写得健康而明朗，是此前的诗中没有出现过的，在一定意义上说，是盛唐开放文明时代的一个侧影的表现。

此诗音调浏亮而旖旎，每隔几句一换韵，而韵脚变化与心理变化极其切合，《唐宋诗醇》说："儿女之情事，直从胸臆中流出，萦回曲折，一往情深。"李白将古乐府的叙事性，创变为以抒情带叙事，风格清丽而情韵悠扬，沁人心脾，感人至深。

孟郊

列女操

梧桐相待老，鸳鸯会双死。贞妇贵殉夫，舍生亦如此。波澜誓不起，妾心古井水。

《列女操》，属乐府《琴曲歌辞》。操，是古琴曲的一种。《史记·宋微子世家》："纣为淫泆，箕子谏，不听……乃被发详狂而为奴，遂隐而鼓琴以自悲，故传之曰《箕子操》。"裴骃集解引应劭《风俗通》："其道闭塞忧愁而作者，命其曲曰操。操者，言遇灾遭害，困厄穷迫，虽怨恨失意，犹守礼义，不惧不慑，乐道而不改其操也。"郦道元《水经注·汶水》："昔夫子伤政道之陵迟，望山而怀操，故琴操有《龟山操》焉。"列女，犹烈女，谓重义轻生、有节操的女子。《战国策·韩策二》："非独（聂）政之能，乃其姊者，亦列女也。"《后汉书·皇后纪下·顺烈梁皇后》："常以列女图画置于左右，以自监戒。"李白《东海有勇妇》："志在列女籍，竹帛已光荣。"

孟郊（751—814），字东野，湖州武康（今浙江德清）人。早年隐居嵩山，称处士，屡试不第，贞元十二年（796）进士及第，时年四十六岁。四年之后，任溧阳尉，又四年辞官家居。元和元年（806）冬，河南尹郑余庆举荐为水陆运从事、试协律郎。郑余庆任山南东道节度使，又荐为节度参谋，试大理评事，孟郊携妻赴任，病卒于阌乡（今河南灵宝），友人私谥"贞曜先生"。孟郊笃信古道，韩愈与其友善，称曰"孟生江海士，古貌又古心"（《赠孟生》），时称"韩孟"。孟郊苦吟为诗，奇涩苦思，是中唐苦吟派的代表。韩愈《荐士》曰："有穷者孟郊，受材实雄骜。冥观洞古今，象外逐幽好。横空盘硬语，妥帖力排奡。敷柔肆纡余，奋猛卷海潦。荣华肖天秀，捷疾逾响报。行身践规矩，甘辱耻媚灶。”《贞曜先生墓志铭》称赏其诗歌：“及其为诗，刿目鉥心，刃迎缕解，钩章棘句，掏擢胃肾，神施鬼设，间见层出。唯其大玩于词，而与世抹杀。人皆劫劫，我独有余。”张籍称赏其“苦节居贫贱”，曰：“君生衰俗间，立身如礼经。纯诚发新文，独有金石声。”（《赠别孟郊》）苏轼以为孟郊诗歌乃从肝肺中流出，并将之与贾岛并称，曰“郊寒岛瘦”（《祭柳子玉文》）。孟郊的诗歌，对唐代及其后世有深远的影响。

仕途不畅、生活贫苦，加之性格过于孤僻耿介，孟郊诗歌大多显得苦涩。然而，《织妇词》《征妇》一样的诗歌，关注民生疾苦，流露出对贫苦百姓困苦生活、悲惨境遇的理解和同情。身处藩镇割据的社会现实中，孟郊也有《感怀》《伤春》一类诗歌，抒写战争带给社会及人民带来的深重灾难。不过，孟郊诗篇更多的是对自己身世的感叹和怀才不遇的悲愤，如：“太行耸巍峨，是天产不平。黄河奔浊浪，是天生不清。”（《自叹》）“食荠肠亦苦，强歌声无欢。出门即有碍，谁谓天地宽？”（《赠别崔纯亮》）

孟郊诗歌瘦硬奇僻，用平常的语言，抒写精神的苦闷。韩愈有《答孟郊》：“规模背时利，文字觑天巧。人皆余酒肉，子独不得饱。才春思已乱，始秋悲又搅。朝餐动及午，夜讽恒至卯。名声暂膻腥，肠肚镇煎熇。古心虽自鞭，世路终难拗。弱拒喜张臂，猛拿闲缩爪。见倒谁肯扶，从嗔我须咬。”不仅道出了孟郊生活境遇的凄苦，更是中肯地对孟郊诗歌风格予以评价。

这首《列女操》，孟郊借女子之守节，抒写其坚贞之志节。

梧桐相待老，鸳鸯会双死。

传说，梧桐树为雌雄异株，雄树称梧，雌树称桐，同生共死。因此，古代诗文中常以梧桐表示男女之间至死不渝的爱情。鸳鸯，水鸟，形比鸭小，鸳指雄鸟，鸯指雌鸟，喜欢栖息于池沼之上，雌雄常在一起。鸳鸯，喻指夫妻。卢照邻《长安古意》“得成比目何辞死，愿作鸳鸯不羡仙”，歌颂美好的爱情。“梧桐相待老，鸳鸯会双死”，首二句起兴，以梧桐和鸳鸯之同生共死，喻指贤贞的操守。汉乐府民歌《孔雀东南飞》，讲述了焦仲卿与刘兰芝夫妇坚贞不渝的爱情故事，焦仲卿、刘兰芝双双殉情而死，合葬一起，有曰：“东西植松柏，左右种梧桐。枝枝相覆盖，叶叶相交通。中有双飞鸟，自名为鸳鸯。仰头相向鸣，夜夜达五更。”孟郊借用其意象，欲表明夫妻一体，从一而终的决心。

贞妇贵殉夫，舍生亦如此。

贞妇，贞节之妇。《吴越春秋·勾践入臣外传》：“贞妇不嫁破亡之家，仁贤不官绝灭之国。”殉，以死相从，守节不移，为某种目的或理想而舍弃自己的生命。《庄子·让王》：“今世俗之君子，多危身弃生以殉物。”曹植《求自试表》：“观古忠臣义士，出一朝之命，以殉国家之难。”舍生，舍弃生命。《孟子·告子上》：“生，亦我所欲也；义，亦我所欲也。二者不可得兼，舍生而取义者也。”这两句承前二句而来，贞节的妇人以殉身于丈夫为贵，舍身相从，正如同生共死的梧桐和鸳鸯。

波澜誓不起，妾心古井水。

波澜，比喻世事或人心的起伏变化。李白《古风》：“人心若波澜，世路有屈曲。”誓不起，指自此之后内心不会再有情感的变化。妾，妇女自称。古井水，比喻寂然不为外物所动之心。白居易《赠元稹》：“无波古井水，有节秋竹竿。”此二句意谓，列女矢志守节，心如古井之水，永远不起波澜。

《列女操》就字面意义看，是一首弘扬贞妇烈女之守节不嫁、从一而终的诗歌。梧桐树至老相依，鸳鸯鸟同生共死。贞节烈女，夫死不嫁，更有甚者以身相殉。从一之志、坚贞之心在诗中不断深化。诗歌以“波澜誓不起，妾心古井水”作结，将贞妇誓守节操的坚贞不渝之情推向了极致。

自《诗经》开始，诗歌便有“比兴”之法，而夫妇乃人伦之本，传统诗歌往往以夫妻关系，比拟君臣关系。孟郊一生坎坷，却守志不移，从不降节辱身，此诗孟郊或有寄托，借列女之吟咏，抒发其志洁行廉、孤高耿介之气。诗歌三四句之“贞妇贵殉夫，舍生亦如此”，应该是曲折地表达了这一层意思。孟郊借贞妇舍身殉夫之意，表达其舍生取义、从不降志辱身之志节。跋扈不法的藩镇李师道胁迫孟郊好友张籍，欲将其罗致幕下，张籍作《节妇吟》委婉抗拒，诗曰：“君知妾有夫，赠妾双明珠。感君缠绵意，系在红罗襦。妾家高楼连苑起，良人执戟明光里。知君用心如日月，事夫誓拟同生死。还君明珠双泪垂，何不相逢未嫁时。”孟郊出身寒微，一生贫困窘迫，却又不肯向权贵低头，耿介不阿，其处境当有与张籍相似处，故而创作这首《列女操》，借贞妇烈女之守节不移，表达其不降志辱身、坚守节操，不肯依傍奸佞的耿介之情。如此理解，应该是与孟郊的初衷相去不远。

游子吟

慈母手中线，游子身上衣。临行密密缝，意恐迟迟归。谁言寸草心，报得三春晖？

《游子吟》，属乐府《杂曲歌辞》，《乐府诗集》卷六七曰：“汉苏武诗曰：‘幸有弦歌曲，可以喻中怀。请为游子吟，泠泠一何悲。’又有《游子移》，亦类此也。”唐代在孟郊之前，顾况有《游子吟》五古长篇，李益也有同题之作。明人胡震亨《唐音统签》在《游子吟》诗题下有自注：“迎母溧上作。”孟郊贞元十六年（800）为溧阳（今江苏溧阳）尉，四年后去官。韩愈《贞曜先生墓志铭》曰：“为溧阳尉，迎侍溧上。”可知，此诗当作于为官溧阳期间。

慈母手中线，游子身上衣。

慈母，古人谓父严母慈，故称母为慈母、父为严父。《战国策·秦策二》：“夫以曾参之贤与母之信也，而三人疑之，则慈母不能信也。”

游子，离家远游他乡作客的人。苏武《烛烛晨明月》：“征夫怀远路，游子恋故乡。”《古诗十九首·行行重行行》：“浮云蔽白日，游子不顾反。”前二句，开篇即写儿子即将远游，母亲一针一线地为之缝制衣服；这一针一线，皆是慈母对于儿子炽热的关爱。

临行密密缝，意恐迟迟归。

迟迟，谓时间长久。司空图《僧舍贻友人》诗：“旧山归有阻，不是故迟迟。”三、四两句紧接前二句，由“线”“衣”等物，写到人的动作和心态。游子临行前，慈母一针一线、细密地缝制衣服；那细密的针线，正是慈母对于即将离开自己远行的儿子的挚爱，她唯恐离别之后儿子迟迟难归、无人照料，唯有把衣衫用细密的针线缝制得结结实实，让儿子不受饥寒。慈母于此，简洁地表达了对儿子远行的关切和早日归来的期盼。这一针一线，正是母亲的深情，是儿行千里母担忧的挂念。

谁言寸草心，报得三春晖？

寸草，小草，此处比喻游子。寸草心，喻指游子的心意。诗人将母亲无私与深厚的爱意，比喻为春天和煦温暖的春阳；将子女的心意，比作寸草一般菲薄、微小。古人将每一个季节分为“孟”“仲”“季”三月，三春便是指孟春、仲春、季春，即春季的三个月。晖，阳光。三、四两句，抒写母亲一针一线、细密地缝制衣服，而这承载着母亲无私爱意的行为，使离别之际的儿子深为感动，于是五六两句，自然而然地抒发真挚的感喟：儿子的点滴心意，恰似那小草一般微末，不足以报答慈母那如同春天温暖和煦的阳光般的恩情啊！这是游子真挚情感的自然流露。这发自肺腑的扪心自问，正是无数游子对母亲的无比深沉的情感，意味尤为深长。

这首诗歌是歌颂伟大母爱的千古佳作，脍炙人口，历久弥新。开篇则以儿子离家前，母亲为之亲手缝制衣服的细节，写出母子相依为命的骨肉深情。中间二句，又以“临行密密缝”的特写镜头，集中展示慈母对即将远行的儿子的怜爱难舍、关爱备至的复杂心情。“密密”谓缝制衣服的针线，“迟迟”乃对未来分别时日的忧念，连用两个叠字，使得这种伟大的母爱全然展现，令人回味无穷。后二句，运用比兴手法，将伟大而无私的母爱比作春天和煦温暖的阳光，将儿子的心意比作小草——小草受春阳的普照，得以茁壮成长，儿女受母亲的伟大关爱，得以长大成人，何其相似啊！诗人将自然而普通的母爱，升华为宇宙天地间养育万物之无私、知恩厚报的真挚情感。孟郊四十六岁时中进士，四年后任职溧阳尉，时年已五十岁。而这首诗正是孟郊在做溧阳尉时，迎接母亲时所写。儿童对于母亲更多的是依赖，孟郊已是知天命的年龄，在经历了科考、宦海的浮沉之后，对于人生、对于亲情会有更为深刻的体悟，对伟大而无私的母爱有了更深刻感知。刘辰翁说：“全是托兴，终之悠然。不言之感，复非睆睆（huǎn）寒泉之比。千古之下，犹不忘谈，诗之尤不朽者。”（《唐诗品汇》卷二〇）

孟郊苦吟寒涩，“夜吟晓不休，苦吟鬼神愁”，用语奇特，然而此诗纯用白描，不事雕琢，以最为通俗和简洁的语言，撷取慈母缝制衣物这一典型场景，写出了全天下所有母亲对儿女真挚的爱，浅近平淡，感情真挚深厚，是孟郊诗歌的另一种风格。诗歌乃天性与真情的自然流露，前人以为：“孟东野《游子吟》，是非有得于天地万物之理，古圣贤人之心，乌能至此？可知学问理解，非徒无碍于诗，作诗者无学问理解，终是俗人之谈。”（方南堂《辍锻录》）

卷二　七言古诗

陈子昂

登幽州台歌

前不见古人，后不见来者。念天地之悠悠，独怆然而涕下！

陈子昂乃豪杰之士，初游京师，以文干谒求仕，不遇。一日，于集市遇售卖胡琴者，其价百万，豪贵传观，无有买者。陈子昂从围观人群中上前，曰：“余善此乐。”遂买之。有好事者说：能否听你演奏一曲呢？陈子昂与诸人约定：“并具有酒，明日专候。不唯众君子荣顾，且各宜邀召闻名者齐赴，乃幸遇也。”明日，来者约有百余人，皆当时声名显赫之士。陈子昂捧起胡琴，慷慨陈辞：“蜀人陈子昂有文百轴，驰走京毂，碌碌尘土，不为人所知。此乐贱工之役，岂愚留心哉！”遂摔毁胡琴，将文章百篇遍赠众人。既散之后，一日之内，陈子昂声名传遍京师。

文明元年（684），陈子昂入东京洛阳，及进士第。时高宗病死，灵驾将西迁长安，陈子昂以“草莽臣”的身份，上《谏灵驾入京书》《谏政理书》，以皇后身份摄政的武则天，正在收罗人才，“览其书而壮之”，召见并拜为麟台正字，陈子昂进入仕途，开始其坎坷的政治生涯。万岁通天元年（696），契丹攻陷营州（治所在今辽宁朝阳），朝廷派建安郡王武攸宜率军征讨，陈子昂为参谋。武攸宜轻率无将略，贸然出战，使前军战败，不敢前去救援。陈子昂进谏，自告奋勇，“乞分麾下万人以为前驱”，但被武攸宜拒绝，以为“素是书生，谢而不纳”，“子昂体弱多疾，感激忠义，尝欲奋身以答国士，自以官在近侍，又参预军谋，不可见危而惜身苟容”，再次进谏，被降职为军曹，“子昂知不合，因箝默下列，但兼掌书记而已。因登蓟北楼，感昔乐生、燕昭之事，赋诗数首，乃泫然流涕而歌曰：‘前不见古人，后不见来者。念天地之悠悠，独怆然而涕下。’时人莫知之也。”（卢藏用《陈氏别传》）此诗乃作于万岁通天二年（697），陈子昂在幽州。幽州台，即蓟北楼，又称蓟丘、燕台。唐时幽州治所为蓟，故城在今北京西南。

燕赵自古多慷慨悲歌之士。《战国策·燕策》记载，燕国弱小，燕昭王即位后，谋复兴燕国，广求贤才，郭隗说要尊重人才，对待人才的态度就决定了能够得到什么样的人才，曰：“帝者与师处，王者与友处，霸者与臣处，亡国与役处。”——欲成就帝王之业者，与先生师长相处；欲成就诸侯之业者，与友人相处；欲成就霸业者，与臣庶相处；而亡国之主，则与仆役相处。“诎指而事之，北面而受学，则百己者至；先趋而后息，先问而后嘿，则什己者至；人趋己趋，则若己者至；冯几据杖，眄视指使，则厮役之人至。若恣睢奋击，呴籍叱咄，则徒隶之人至矣。”——以恭敬之心、谦虚态度对待人才，那样超过自己百倍的人才就会到来；起初比较恭敬稍后则比较怠惰，起初认真询问稍后则沉默不语，那么超过自己十倍的人才就会到来；亦步亦趋地仿效他人，那么和自己能力一样的人才就会到来；颐指气使，很傲慢地使唤，那么奴隶仆役就会到来。郭隗还讲了一个黄金买马骨的故事：有一国君求千里马，三年而不得。有一人请去买千里马，三月而得千里马，可惜马已死，遂以五百金买其骨，以报之。国君大怒，其回答说：死马尚且值五百金，何况活的千里马。天下一定会认为国君真心喜欢千里马，千里马很快就会到来的。果然，不到一年，送来了三匹千里马。为此，燕昭王筑高台，上置黄金，招揽贤士，称黄金台。于是，乐毅、邹衍、剧辛等皆奔赴燕国，兴利除弊，国以富足，兵强马壮，以乐毅为上将军，复燕之故土，打败强齐，威震六国。陈子昂游历燕之旧地，访问前代遗迹，千百年前燕昭王礼贤下士、士得知己以尽其才的事迹，深深地激励着诗人，作《蓟丘览古赠卢居士藏用》七首，以抒怀言志。感慨于燕昭王之礼贤下士，有曰：“南登碣石阪，遥望黄金台。丘陵尽乔木，昭王安在哉！”（《燕昭王》）郭隗能得燕昭王之信任，展其长才，招徕贤士，君臣同心同德，兴复燕国：“逢时独为贵，历代非无才。隗君亦何幸，遂起黄金台。”（《郭隗》）真是信仰天地之间，神交古人，愤慨于自己之忠而被谤，不得见用，其郁勃之气，将喷薄而出矣。

有此情绪、思想之郁勃，当诗人登上幽州台（即蓟北楼），眺望四野，遂有天地苍茫、人间何世之感慨。因而，开篇两句“前不见古人，后不见来者”，凌空而来，兴慨无穷。登高望远，天地空阔，回望过去，历史上的多少英雄豪杰，皆化为云烟，消失殆尽，不得相见；放眼未来，未来绵绵不绝，可是个体的生命又极其短促，后世之哲人贤士，自己无由得见。在历史的长河之中，诗人深深地感受到，自己所处之时间点正是一段巨大的空白，前后两不相接，因而滋生出巨大的孤独感！千百年前的燕昭王、乐毅、郭隗、邹衍、剧辛等哲人贤士，相遇相知，兴复燕国，成就彪炳千古的功业，而诗人自己正逢大有作为之时，却遭受压制打击，不得为国而尽力，乃是缺少伯乐之赏识，遂使庸碌无为、苟容于世而已，岂不痛哉！《楚辞·远游》：“往者余弗及兮，来者吾不闻。”宋武帝刘裕称赏谢庄《月赋》：“可谓前不见古人，后不见作者。”（阮阅《诗话总龟前集》卷六）

“念天地之悠悠，独怆然而涕下！”悠悠，旷远无穷的样子。《诗经·唐风·鸨羽》：“悠悠苍天，曷其有极？”《楚辞·远游》：“惟天地之无穷兮，哀人生之长勤。”怆然，悲痛的样子。此二句意谓，放眼四望，茫茫原野，广阔无垠，在这个极其广远的空间，诗人深感无有知音，是那样地痛切、感伤，因而禁不住热泪长流。

前二句乃是从时间维度上来抒写，“前不见古人，后不见来者”，两个“不见”，所彰显的是在历史与未来的长河中，前后皆不能见到哲人贤士，不能与他们一样成就一番事业，因而备感孤独！后二句，乃是从空间维度上来抒写，“念天地之悠悠”，辽阔广远的大地上，山川起伏，河流纵横，然而诗人深切地感受到现实中没有知音，没有哲人贤士与自己一起戮力国事，成就一番伟业，何其孤独啊！不禁热泪长流，悲不自胜了。从时间的维度来说，无论过去还是将来，一代代的生命构成了历史，然而诗人不遇知音，只能艳羡历史上的哲人贤士之相遇而成就伟业，个体生命何其短暂而渺小！从空间的维度来说，无论幽州台上还是长安城里，纵横八荒，今生今世的现实中，诗人深感世无知音，个体生命又是那样地渺小，何其悲苦呀！诗人伫立于幽州台上，难以遏止的孤独感充溢于胸怀，用一个“念”字，强化了这种古往今来、纵横八荒的广袤时空及其所蕴含的孤独感，又用一个“独”字，彰显了这一孤独感的独特和强烈，流露出生不逢时、怀才不遇的深沉感慨；在这广袤的时空，诗人于此彰显了对人生、对宇宙的思索与认识，郁积于胸，横亘心头，得不到理解和同情，因而这是一种得风气之先的伟大孤独感。那种悲怆、孤独的郁勃情绪充溢其间，天地悠悠而人生有限，何其悲苦，从而又回荡着一种目空一切的孤傲之气，形成反差强烈的情感跌宕。从时间无限、空间辽阔的悠悠天地而言，英雄伟业与天地同其长久；然而人生有限、生命短暂，一旦抱负落空、错失时机，只能空留憾恨而已，于是诗人不禁怆然而涕下，产生了巨大的悲哀。当然，这种一己之悲哀里，蕴含着得风气之先的伟大孤独感，透露出英雄无用武之地、抚剑四顾茫茫而慷慨悲歌和豪侠气概。此诗，有壮志难酬的忧愤，有知音难遇的孤独，也有时不我待的焦灼，悲怆中蕴含着奋发有为的豪情，浸透着对于人生和宇宙的思考，因而读来荡气回肠，震撼心灵。黄周星说：“胸中自有万古，眼底更无一人，古今诗人多矣，从未有道及此者。此二十二字，真可以泣鬼神。”（《唐诗快》卷二）

人生天地间，谁都有感慨，然而陈子昂的感慨高人一层。究其原因，陈子昂的感慨乃是由个人出发而联想到时空无限而人生有限，故而有一种强烈的把握现实的急切和热切期望。考察其一生行事及作品，可知陈子昂有思想、有理想，颇具才干。明末大思想家王夫之说：“陈子昂以诗名于唐，非但文士之选也，使得明君以尽其才，驾马周而颉颃姚崇，以为大臣可矣。”（《读通鉴论》）

陈子昂论诗，要求复归风雅，继承“汉魏风骨”，强调“兴寄”，寄托济世的功业理想和人生意气；提出“骨气端翔，音情顿挫，光英朗练”的诗美理想，将壮大的情思和声律、辞采的美结合起来，创造健康而瑰丽的文学；批评“齐梁间诗，彩丽竞繁，而兴寄都绝”，缺乏现实生活内容和刚健明朗的风骨，以致“风雅不作”（《与东方左史虬修竹篇序》）的不良习气。而这一主张，正是针对着齐梁以至初唐的弊病而发的，陈子昂以其创作实践和理论主张，为唐代诗歌的健康发展指明了方向。金代大诗人元好问说“论功若准平吴例，合著黄金铸子昂”，以灭吴兴越的范蠡来比拟陈子昂在诗歌史上摧陷廓清的功绩。

李颀

古意

男儿事长征，少小幽燕客。赌胜马蹄下，由来轻七尺。杀人莫敢前，须如猬毛磔。黄云陇底白云飞，未得报恩不得归。辽东小妇年十五，惯弹琵琶解歌舞。今为羌笛出塞声，使我三军泪如雨。

古意，犹“拟古”，学习模仿前代诗歌，师其意而不师其辞。李颀，祖籍赵郡（今河北赵县），家于嵩阳（今河南登封），有东川别业。开元二十三年（735）进士及第，乃开元、天宝时著名诗人。开元二十六年（738）至二十八年（740）间，李颀北游燕赵，《古意》当作于此时。

男儿事长征，少小幽燕客。

开篇即抒写男儿豪勇气概：男子汉从军远征，从小就是幽燕游侠儿，不惧艰难，勇往无前。事长征，即从军远征。唐时戍边战士称为长征健儿。幽指古幽州，燕指古燕国，其地即今河北、辽宁一带。燕赵自古民风慓悍，多慷慨悲歌之士，任侠尚勇，轻死善战。王昌龄《塞上曲》：“从来幽并客，皆共尘沙老。”

赌胜马蹄下，由来轻七尺。杀人莫敢前，须如猬毛磔。

此四句紧承上句，进一步抒写“少小幽燕客”的豪勇：纵马驰骋，争强好胜，从来不把七尺之躯放在心上；他们形貌豪勇犷悍，胡须如尖利的刺猬毛一样张开，杀人如麻，所向披靡，无人敢挡其面前。赌胜，争强好胜，一决胜负。由来，从来。皇甫冉《出塞》：“由来征戍客，各负轻生义。”轻七尺，即不畏死亡，视死如归。七尺，指身躯。人身长约当古尺七尺，故称。沈约《齐太尉王俭碑铭》：“倾方寸以奉国，忘七尺以事君。”猬毛磔，如刺猬毛一样张开。《晋书·桓温传》：“温眼如紫石棱，须作猬毛磔，孙仲谋、晋宣王之流亚也。”

黄云陇底白云飞，未得报恩不得归。

黄云，形容战场上惨淡的云色。陇，指长阪，山坡。白云飞，喻指故乡。《旧唐书·狄仁杰传》：狄仁杰授职并州（今山西太原）府法曹，“其亲在河阳别业，仁杰赴并州，登太行山，南望见白云孤飞，谓左右曰：‘吾亲所居，在此云下。’瞻望伫立久之，云移乃行。”报恩，化用汉代李陵语。《汉书·苏武传》：李陵送别苏武，乃“起舞歌曰：‘径万里兮度沙幕，为君将兮奋匈奴。路穷绝兮矢刃摧，士众灭兮名已隤。老母已死，虽报恩将安归？’”此二句谓，幽燕长征健儿登上高处，黄云笼罩山岗，而远处白云孤飞处正是故乡所在，虽思念家乡，然而君恩未报，不能回归啊！

辽东小妇年十五，惯弹琵琶解歌舞。今为羌笛出塞声，使我三军泪如雨。

此四句紧承上句之思乡，自然而然引入辽东少妇。年少貌美的少妇，惯于弹奏琵琶，能歌善舞。她伴随着羌笛《出塞》曲而弹奏琵琶，那哀婉之声，竟然使得三军将士思乡心切，泪如雨下。解，擅长，懂得。羌笛，原出古羌族。虞羲《咏霍将军北伐诗》：“凉秋八九月，虏骑入幽并……胡笳关下思，羌笛陇头鸣。”《乐府诗集》卷二一引曹嘉之《晋书》曰：“刘畴尝避乱坞壁，贾胡百数欲害之，畴无惧色，援笳而吹之，为《出塞》《入塞》之声，以动其游客之思。于是群胡皆垂泪而去。”三军，周制，诸侯大国可统领三军。中军最尊，上军次之，下军又次之。后泛指军队。《论语·子罕》：“三军可夺帅也，匹夫不可夺志也。”

此诗颇具特点，前六句全用五言，写幽燕健儿豪勇犷悍，视死如归的精神，刻画其行事与形貌，“睹胜马蹄下，由来轻七尺。杀人莫敢前，须如猬毛磔”，直是一幅人物特写，形象鲜明，栩栩如生。而“黄云陇底白云飞，未得报恩不得归”，实为诗篇之转折，进而抒写幽燕健儿的轻身报国和思乡难归的矛盾心情，以辽东小妇之“羌笛出塞声”来映衬，鲜明地表达了七尺幽燕健儿浓烈的思乡之情。嫉恶如仇、忠勇报国的刚肠与思乡念亲的柔情，交融一体，深切地反映了幽燕健儿的情怀。李颀善于运用反差强烈的意象比较，包蕴极丰，以突出诗的主旨。以五言描摹形象与行事，生动传神，节奏明快，写豪侠处神情如绘；以七言抒情，感伤处亦入木三分，情韵悠扬，两相融会，使诗的刻画摹写与抒情达意浑然一体，意蕴丰厚。李颀深切地表现了戍边将士丰富的情感和矛盾的心态：一方面是忠勇报国、视死如归的豪情；一方面是久戍不归、思乡念亲的柔情蜜意。虽历经艰辛，却毫无衰飒之气，洋溢着雄浑悲壮的格调，这正是盛唐诗直面现实，而又不乏理想主义光辉的特色所在。

送陈章甫

四月南风大麦黄，枣花未落桐叶长。青山朝别暮还见，嘶马出门思故乡。陈侯立身何坦荡，虬须虎眉仍大颡。腹中贮书一万卷，不肯低头在草莽。东门酤酒饮我曹，心轻万事如鸿毛。醉卧不知白日暮，有时空望孤云高。长河浪头连天黑，津吏停舟渡不得。郑国游人未及家，洛阳行子空叹息。闻道故林相识多，罢官昨日今如何？

陈章甫，江陵（今湖北荆州）人，排行十六。开元年间制科及第，曾官太常博士，隐居嵩山二十多年，有《史兴碑》传世，“远自周末，迨乎隋季，善恶不隐，盖国风之流”（高适《同观陈十六史兴碑并序》）。李颀在嵩山有东川别业，两人过从甚多，情谊交好。李颀另有《宴陈十六楼》诗，高适有《同群公宿开善寺赠陈十六所居》《同观陈十六史兴碑并序》。此诗当为陈章甫罢官之后所作，具体时间不详。

四月南风大麦黄，枣花未落桐叶长。

开篇起兴无端：四月里南风吹拂，大麦一派金黄，麦香飘散四野；雪白的枣花正在盛开，淡香悠远，青翠的梧桐叶生长茂盛，渐成绿荫。大麦，《礼记·月令》："孟夏之月……农乃登麦。"

青山朝别暮还见，嘶马出门思故乡。

此二句谓，在这个美好时节离别远行，一路朝朝暮暮青山相伴、骏马嘶鸣，遂增添旅人之浓浓乡思。

陈侯立身何坦荡，虬须虎眉仍大颡。腹中贮书一万卷，不肯低头在草莽。

陈侯，指陈章甫。侯，古时对士大夫的尊称。刘义庆《世说新语·言语》："尊侯明德君子，何以病疟？"杜甫《与李十二白同寻范十隐居》："李侯有佳句，往往似阴铿。"坦荡，光明磊落。《论语·述而》："君子坦荡荡。"颡，额头。《周易·说卦》："其于人也，为寡发，为广颡，为多白眼。"孔颖达疏："为广颡，额阔为广颡。"此四句谓，陈章甫立身处世是那样地光明磊落，形貌杰特——胡须卷曲，浓眉如虎，额头宽阔；胸藏万卷书，知识渊博，因而不肯低头沦落于草莽。

东门酤酒饮我曹，心轻万事如鸿毛。醉卧不知白日暮，有时空望孤云高。

东门，此处指洛阳东门，因下文有"洛阳游子"之说。据《唐六典·尚书工部》，洛阳东门有三："中曰建春，南曰永通，北曰上东。"酤酒，买酒。鸿毛，鸿雁之毛。常用以比喻轻微或不足道的事物。《战国策·楚策四》："是以国权轻于鸿毛，而积祸重于丘山。"司马迁《报任少卿书》："人固有一死，死有重于泰山，或轻于鸿毛，用之所趋异也。"此四句谓，陈章甫在洛阳东门宴请好友，形神潇洒，视世间万事轻如鸿毛，而独重朋友之义；酣饮醉酒，长卧不起，不知白日西沉，放眼眺望，凝视天际孤云高悬，飘飘荡荡。

长河浪头连天黑，津吏停舟渡不得。郑国游人未及家，洛阳行子空叹息。

长河，此处当指黄河。洛阳、郑州距黄河甚近。郑国游人，指陈章甫。陈章甫隐居于嵩山，嵩山春秋时属郑国辖地。洛阳行子，指李颀。李颀游宦于洛阳，故称。事实上，李颀、陈章甫俱游宦洛阳，李颀乃客中送客。此四句谓，黄昏时，黄河浊浪滔滔，远连天际，一派昏黑，渡口官吏停舟不渡，陈章甫送别却不得远行；可叹陈章甫远游嵩山，郑地游子，送别而未曾到家，诗人自己游宦洛阳，仕宦无成，怎能不空自叹息呢！

闻道故林相识多，罢官昨日今如何？

故林，犹故乡，指江陵。《魏书·阳尼传》：阳尼被罢官，“每自伤曰：‘吾昔未仕，不曾羡人，今日失官，与本何异？然非吾宿志，命也如何？’既而还乡，遂卒于冀州。”此二句谓，听说那么多相识的故乡旧友，得以仕宦各地，可谓实现了人生的理想，可是而今罢官之后，回归故乡山林，又能如何呢？

李颀的送别诗颇有特色，擅长刻画人物形貌风神，栩栩如生。如《赠张旭》刻画张旭形象：“露顶据胡床，长叫三五声……左手持蟹螯，右手执丹经。瞪目视霄汉，不知醉与醒。”《送綦毋三谒房给事》刻画綦毋潜形象：“手执莲花经，目送飞鸟余。”这首《送陈章甫》以送别而摹写人物形貌风神，情景相生，极大地增强了诗歌的抒情性，深切地彰显陈章甫豪纵不羁、坦荡大度的个性。以诗开篇“四月南风大麦黄，枣花未落桐叶长”，暮春温暖，南风吹拂，麦田金黄，枣花飘香，梧桐绿荫浓浓，营造了一个境界高远、壮阔的送别场景。三、四句点题送别，“青山朝别暮还见，嘶马出门思旧乡”，写尽远行之人的旅况：山长水阔，路途遥遥，清朝辞别青山，薄暮还见青山，骏马长嘶，行行重行行，引动浓烈思乡之情。“陈侯”四句陡然一转，引入送别之主人公陈章甫，摹写其处世立身之坦荡、形貌之豪俊飘逸，胸有万卷诗书，博学多能，不甘沉沦草野，故而游宦求仕，然而却无有所成。写尽其胸怀大志，却又沉沦下僚的不遇之感以及傲兀不平之气，令人为之感慨！“东门”四句，则紧承上文，抒写宴饮洛阳东门，辞别友人之情境。“心轻万事如鸿毛”，磊落不羁，豪纵任情，世间万事皆轻如鸿毛，唯有朋友之义为重，诗人之品性于此可见，也由此而想见酣饮送别之热闹场景。陈章甫醉后之情态——“醉卧不知白日暮，有时空望孤云高”，风神潇洒，傲兀不平，豪纵不羁，有时凝望天际孤云高悬，飘飘荡荡，却也带有一点不遇于世的落寞和无奈。“长河”四句，则写洛阳城东门酣饮之久，天色已晚，黄河浊浪排空，远连天际，一派昏黑，津渡官吏不予渡船，徒唤奈何！是写实，也是喻指陈章甫游宦无成，群小当道，不得尽其才志之无可奈何，是有着具体的现实指陈的。因而，诗人才感慨，陈章甫与诗人自己皆游宦无成，求仕不得，皆因世路阻塞，群小当道，遂有“未及家”“空叹息”之辞。末二句虽为达观之语，实乃愤然之辞：看看那些旧相识，出仕为官，“罢官昨日今如何”——陈章甫求官而未得，似乎令人感伤；然而再看看那些为官者，最终还是要罢官，何必多此一举呢？

李颀此诗乃有感而发。玄宗继位，大兴科举，选拔人才，一度为中下层才俊之士打开了仕进门路，然而开元二十四年（736）张九龄罢相，预示着贫寒士子进入权力中枢的最终希望更加渺茫，此后宰辅大都为士族所占据。求仕两京者，满怀希望，往往铩羽而归，科举考中，往往也是沉沦下僚，升迁困难，前途暗淡。此种情状，形成一种时代的迷惘与苦闷，李颀、陈章甫等深切地感受到了这一风潮，因而诗中“醉卧不知白日事，有时空望孤云高。长河浪头连天黑，津吏停舟渡不得”，乃迷惘苦闷现实之写照，“未及家”“空叹息”是他们沉沦下僚的深切感受，“罢官昨日今如何”，是愤激情绪之下的无可奈何。

琴　歌

主人有酒欢今夕，请奏鸣琴广陵客。月照城头乌半飞，霜凄万木风入衣。铜炉华烛烛增辉，初弹《渌水》后《楚妃》。一声已动物皆静，四座无言星欲稀。清淮奉使千余里，敢告云山从此始。

琴歌，乐府旧题。郭茂倩《乐府诗集》卷六〇“琴曲歌辞”收录百里奚妻《琴歌三首》，曰：“《风俗通》曰：百里奚为秦相，堂上乐作，所赁浣妇自言知音，因援琴抚弦而歌。问之，乃其故妻，还为夫妇也。亦谓之扊（yǎn）扅（yí）。《字说》曰：门关谓之扊扅，或作剡移。”其一曰：“百里奚，五羊皮。忆别时，烹伏雌，炊扊扅，今日富贵忘我为?”其二曰：“百里奚，初娶我时五羊皮。临当别时烹乳鸡，今适富贵忘我为?”同卷《琴歌》叙写司马相如与卓文君故事：“凤兮凤兮归故乡，遨游四海求其凰。时未遇兮无所将，何悟今夕升斯堂。有艳淑女在闺房，室迩人遐毒我肠。何缘交颈为鸳鸯，胡颉颃兮共翱翔?”琴歌大都为借琴曲而叙事抒情，李颀此诗则别创新意，摹写动人之琴声。天宝四载（745）前后，李颀奉使江淮，途经广陵（今江苏扬州）而作。诗题一作《琴歌送别》。

主人有酒欢今夕，请奏鸣琴广陵客。

今夕，《诗经·唐风·绸缪》：“今夕何夕，见此良人。”广陵客，指弹琴之人，喻指其琴艺高超。古琴曲有《广陵散》，《晋书·嵇康传》：“初，（嵇）康尝游乎洛西，暮宿华阳亭，引琴而弹。夜分，忽有客诣之，称是古人，与康共谈音律，辞致清辩，因索琴弹之，而为《广陵散》，声调绝伦，遂以授康，仍誓不传人，亦不言其姓字。康善谈理，又能属文，其高情远趣，率然玄远。”此句的逻辑顺序应为“主人有酒欢今夕，请广陵客奏鸣琴”，意谓东道主今夜设酒宴，朋友欢聚一堂，邀请技艺高超的琴客演奏名曲，为宴会助兴。

月照城头乌半飞，霜凄万木风入衣。铜炉华烛烛增辉，初弹《渌水》后《楚妃》。

乌，乌鸦，化用曹操《短歌行》“月明星稀，乌鹊南飞”，琴曲有《乌夜啼》。霜凄，秦嘉《赠妇诗》：“严霜凄怆，飞雪覆庭。”渌水，琴曲名，相传为蔡邕所作《蔡氏五弄》之一。《乐府诗集》卷五九“蔡氏五弄”：“《琴书》曰：（蔡）邕性沈厚，雅好琴道。嘉平初，入青溪访鬼谷先生。所居山有五曲，一曲制一弄。山之东曲，常有仙人游，故作《游春》。南曲有涧，冬夏常渌，故作《渌水》。中曲，即鬼谷先生旧所居也，深邃岑寂，故作《幽居》。北曲高岩，猿鸟所集，感物愁坐，故作《坐愁》。西曲灌水吟秋，故作《秋思》。三年曲成，出示马融，甚异之。”马融《长笛赋》：“中取度于《白雪》《渌水》。”嵇康《琴赋》：“于是器冷弦调，心闲手敏，触批如志，唯意所拟。初涉《渌水》，中奏《清徵》。”楚妃，即《楚妃叹》，琴曲名。刘向《列女传·楚庄樊姬》记载：“樊姬，楚庄王之夫人也。庄王即位，好狩猎，樊姬谏不止，乃不食禽兽之肉，王改过，勤于政事。”楚庄王以为虞丘子乃贤人，樊姬掩口而笑，曰：“今虞丘子相楚十余年，所荐非子弟则族昆弟，未闻进贤退不肖，是蔽君而塞贤路。知贤不进，是不忠；不知其贤，是不智也。妾之所笑，不亦可乎?”庄王遂以孙叔敖为令尹，楚国称霸诸侯。史书曰“庄王之霸，樊姬之力也”。西晋石崇作《楚妃叹》，歌咏其事。此四句乃摹写琴声：琴客先弹《渌水》后奏《楚妃》，琴声悠扬，如明月照亮城头，栖乌大半惊飞，绕枝飞翔；又如夜霜凄寒，树木萧瑟，长风吹拂，衣袂飘飘，砭人肌骨；又如铜炉袅袅上升之香烟，似有若无，不绝如缕；又如华烛齐燃，烛光摇曳，光照四壁，厅堂生辉……

一声已动物皆静，四座无言星欲稀。

此句谓，琴声响起，万物皆归于寂静，满座之人屏息静听，在美妙的琴声中，不知不觉星辰退隐，天将拂晓矣。赞美琴音之强烈感染力，使万物屏息。四座，四周座位上的人，即满座。陆机《吴趋行》：“四坐并清听，听我歌吴趋。”

清淮奉使千余里，敢告云山从此始。

清淮，即淮河。奉使，奉命出使。敢，谦辞，犹冒昧。《仪礼·士虞礼》：“敢用洁牲刚鬣。”郑玄注：“敢，昧冒之辞。”贾公彦疏：“敢，昧冒之辞者，凡言敢者，皆是以卑触尊不自明之意。”此句谓，诗人奉命出使千余里之外的江淮，闻听此动人心魄之琴曲，告知这佳山胜水，准备从此归隐山林，与万化同归矣。

诗人奉命出使江淮，得机缘聆听酒宴之上高超美妙之琴曲，为琴音所感染，而起归隐之愿。“奉使”乃为王命奔走，“云山”为归隐之志，两相对照，映衬出琴音之感人至深。诗开篇二句叙事：江淮东道主设宴待客，而邀请“广陵客”——技艺高超之琴师演奏，为诗歌的摹写展现了特定的场景。中间四句，“初弹《渌水》后《楚妃》”——叙写美妙琴曲，一曲接一曲地演奏，其他三句，皆以视觉所见来摹写听觉上的高超美妙琴音：如明月高照城头，栖乌夜半惊飞；又如霜冷风寒，树木萧瑟，寒风吹拂，衣袂飘举；又如铜炉香烟袅袅，不绝如缕；又如华烛齐燃，烛光摇曳，华堂明亮，温暖如春……诗人利用通感，将不可视的琴音化为可视的图景来呈现，显示出诗人高妙的艺术感悟和卓尔不群的艺术才力。“一声已动物皆静，四座无言星欲稀”，以万物皆归于沉寂而反衬琴声之美妙，以“四座无言”、星辰隐退、天将拂晓，沉浸于琴曲，彰显琴音巨大的感染力。妙处可以意会，不可以言传，此等诗句，当与日星河岳同垂不朽。末二句乃自然而然之感慨：奉王命出使，有幸聆听如此美妙之琴曲；然而仕宦奔走，风尘仆仆，身不由己，不由得兴起归隐云山之志，既是对美妙高超琴曲之赞颂，也是对诗人沉浮宦海、不能有所作为的失落感之抒写。另外，此诗之章法井然，逻辑脉络颇为清晰，便于初学。钟惺说：“一字不说琴，却字字与琴相关。又妙在结处，一字不沾着琴，此之谓远。”（《唐诗归》卷一四）贺贻孙说：“只第二句点出‘琴’字，其余满篇霜月风星，乌飞树响，铜炉华烛，清

淮云山，无端点缀，无一字及琴，却无非琴声，移在筝、笛、琵琶、觱篥不得也。”（《诗筏》）

听董大弹胡笳声兼语弄寄房给事

蔡女昔造胡笳声，一弹一十有八拍。胡人落泪沾边草，汉使断肠对归客。古戍苍苍烽火寒，大荒沉沉飞雪白。先拂商弦后角羽，四郊秋叶惊摵摵。董夫子，通神明，深松窃听来妖精。言迟更速皆应手，将往复旋如有情。空山百鸟散还合，万里浮云阴且晴。嘶酸雏雁失群夜，断绝胡儿恋母声。川为静其波，鸟亦罢其鸣。乌孙部落家乡远，逻娑沙尘哀怨生。幽音变调忽飘洒，长风吹林雨堕瓦。迸泉飒飒飞木末，野鹿呦呦走堂下。长安城连东掖垣，凤凰池对青琐门。高才脱略名与利，日夕望君抱琴至。

董大，董庭兰，排行老大，当时著名琴师。弹胡笳，弹奏《胡笳十八拍》。胡笳，古代北方游牧部族的管乐器，相传由张骞从西域传入，汉魏鼓吹乐中常用之。蔡琰《悲愤诗》之二：“胡笳动兮边马鸣，孤雁归兮声嘤嘤。”岑参《胡笳歌送颜真卿使赴河陇》：“君不闻胡笳声最悲，紫髯绿眼胡人吹。”房给事，指房琯。天宝五载（746）正月，房琯为给事中，次年正月罢官。据此，此诗应作于天宝五载。宋人朱长文《琴史》：“庭兰不事王侯，散发林壑者六十载，貌古心远，意闲体和，抚弦韵声，可以感鬼神矣。天宝中，给事中房琯，好古君子也，庭兰闻义而来，不远千里。”此诗题，多有讹乱，施蛰存《唐诗百话》以为应断句为“听董大弹胡笳，声兼语弄，寄房给事”。声兼语弄，“语”指出于胡地之琵琶声，“弄”指出于汉地的琴曲声，谓董庭兰善琴，以琴声而模仿胡笳。

蔡女昔造胡笳声，一弹一十有八拍。

首二句，叙说《胡笳十八拍》乃汉末蔡文姬所作。《乐府诗集》卷五九“琴曲歌辞·胡笳十八拍”曰：“《后汉书》曰：蔡琰，字文姬，邕之女也。博学有才辩，又妙于音律。适河东卫仲道，夫亡无子，归宁于家。兴平中，天下丧乱，文姬没于南匈奴，在胡中十二年，生二子。曹操痛邕无嗣，乃遣使者以金璧赎之，而重嫁陈留董祀。后感伤乱离，追怀悲愤，作诗二章。《蔡琰别传》曰：汉末大乱，琰为胡骑所获，在右贤王部伍中。春月登胡殿，感笳之音作诗言志，曰：'胡笳动兮边马鸣，孤雁归兮声嘤嘤。'"胡笳十八拍，相传为蔡文姬所作，由十八首诗组成的组诗，抒写悲苦的命运和去留两难的矛盾悲苦之情。拍，乐曲的篇章单位，犹首、曲。李肇《唐国史补》卷上："王维画品妙绝……人有画《奏乐图》，维孰视而笑。或问其故。维曰：'此是《霓裳羽衣曲》第三叠第一拍。'"

胡人落泪沾边草，汉使断肠对归客。古戍苍苍烽火寒，大荒沉沉飞雪白。

此四句摹写蔡文姬《胡笳十八拍》之感人至深：胡人听之，不禁泪流洒衣襟，沾于荒原野草之上；迎归的汉朝使者闻之，肝肠寸断，难以面对蔡文姬。古老的烽火台上的烽火也透出阵阵寒意，广袤的荒凉原野上，大雪纷飞，白茫茫一片，无边无际。归客，指蔡文姬。

先拂商弦后角羽，四郊秋叶惊摵摵。

商弦，古代音乐宫商角徵羽五音之一，音调悲惨凄凉。角羽，角音亢长激昂，羽音低回肃杀。成公绥《啸赋》："发徵则隆冬熙蒸，骋羽则严霜夏凋，动商则秋霖春降，奏角则谷风鸣条。音均不恒，曲无定制，行而不流，止而不滞。随口吻而发扬，假芳气而远逝，音要妙而流响，声激嚁（dí）而清厉，信自然之极丽，羌殊尤而绝世。"摵摵（shè），象声词，落叶声。此二句摹写董大弹琴：先轻拂悲惨凄凉的商弦，而后弹奏亢长激昂的角声和低回肃杀之羽声，如泣如诉、激昂悲切之琴声，竟然使得四郊树木之秋叶为之而纷纷飘落。

董夫子，通神明，深松窃听来妖精。言迟更速皆应手，将往复旋如有情。

董夫子，技艺精湛，深通神明，琴声响起，致使深松林里的山精妖魅前来偷听。董夫子弹奏手法高超，无论舒缓还是急促，瞬息变化，心手相应，无不和谐；琴音远扬，声渐消逝，忽又回旋，音声陡起，回环往复，婉婉曲曲，情意绵绵。言，发语词，无实义。更，变换。迟、速、往、旋，皆指弹奏手法而言。

空山百鸟散还合，万里浮云阴且晴。嘶酸雏雁失群夜，断绝胡儿恋母声。

此四句，进一步深入摹写董夫子琴音及其强烈的艺术感染力：恍如空山百鸟惊飞，四散飞翔，忽又飞鸣聚合；又如长空万里，白云飘荡，忽然阴云蔽空，随之又云开雾散，朗日晴空；又如雏雁失群，深夜啼鸣，嘶酸悲凄；恰似胡儿恋母，牵衣啼哭，依依不舍。嘶酸，发声凄楚、悲惨。蔡文姬在匈奴十二年，生有二子，归汉时与二子离别。蔡琰《胡笳十八拍》描摹与二子分离之悲惨，曰："喜得生还兮逢圣君，嗟别稚子兮会无因。十有二拍兮哀乐均，去住两情兮谁具陈？不谓残生兮却得旋归，抚抱胡儿兮泣下沾衣。汉使迎我兮四牡骓骓，胡儿号兮谁得知？与我生死兮逢此时，愁为子兮日无光辉。焉得羽翼兮将汝归，一步一远兮足难移，魂消影绝兮恩爱遗。十有三拍兮弦急调悲，肝肠搅刺兮人莫我知。身归国兮儿莫之随，心悬悬兮长如饥。四时万物兮有盛衰，唯有愁苦兮不暂移。山高地阔兮见汝无期，更深夜阑兮梦汝来斯。梦中执手兮一喜一悲，觉后痛吾心兮无休歇时。十有四拍兮涕泪交垂，河水东流兮心是思。"蔡琰《悲愤诗》："已得自解免，当复弃儿子。天属缀人心，念别无会期。存亡永乖隔，不忍与之辞。儿前抱我颈，问母欲何之？人言母当去，岂复有还时？阿母常仁恻，今何更不慈？我尚未成人，奈何不顾思？见此崩五内，恍惚生狂痴。号泣手抚摩，当发复回疑。"

川为静其波，鸟亦罢其鸣。

在这强烈的琴声感召下，长河悲咽，为之而不起波澜，群鸟静声，为之哀伤。

乌孙部落家乡远，逻娑沙尘哀怨生。幽音变调忽飘洒，长风吹林雨堕瓦。迸泉飒飒飞木末，野鹿呦呦走堂下。

乌孙，汉代西域国名。汉武帝时，乌孙国王昆莫请求和亲，武帝遣江都王刘建之女细君为公主，号乌孙公主。昆莫年老，语言不通，公主悲愁，自作歌曰："吾家嫁我兮天一方，远托异国兮乌孙王。穹庐为室兮旃为墙，以肉为食兮酪为浆。居常土思兮内心伤，愿为黄鹄兮归故乡。"（《汉书·西域传下·乌孙国》）乌孙，一作"乌珠"。逻娑，即逻些，唐时吐蕃的都城，今西藏自治区拉萨市。唐太宗时，以文成公主嫁吐蕃赞普松赞干布，特为筑城以居。中宗又以金城公主嫁吐蕃赞普，"帝幸始平县以送公主，设帐殿于百顷泊侧，引王公宰相及吐蕃使入宴。中坐酒阑，命吐蕃使进前，谕以公主孩幼，割慈远嫁之旨，上悲泣歔欷久之。"（《旧唐书·吐蕃传》）《旧唐书·薛仁贵传》："咸亨元年，吐蕃入寇，又以仁贵为逻娑道行军大总管。"变调，变换为另一种声调。司马相如《长门赋》："援雅琴以变调兮，奏愁思之不可长。"长风吹林，《列子·汤问》：秦青"抚节悲歌，声振林木，响遏行云。"雨堕瓦，形容琴声之迅急快速，悲壮沉重。《韩非子·十过》：晋平公好音，强师旷演奏清角之音，"师旷不得已而鼓之。一奏而有玄云从西北方起，再奏之，大风至，大雨随之，裂帷幕，破俎豆，隳廊瓦，坐者散走，平公恐惧，伏于廊室之间，晋国大旱，赤地三年。"呦呦，鹿鸣声。《诗经·小雅·鹿鸣》："呦呦鹿鸣，食野之苹。"此六句，进一步摹写董夫子之琴声：在短暂的沉寂之后，琴音又起，悲凄哀怨，好似乌孙公主远嫁万里之外，又如唐公主远嫁吐蕃荒寒僻远之地，凄凉悲伤，言之不尽……这幽咽深沉之音，忽然变换音调，如急风骤雨袭来，又如长风怒号，暴雨倾泻，击打屋瓦，悲壮沉重；又如山泉之水，迸泻而出，飒飒有声，飞溅林梢；又如群鹿呦呦而鸣，呼朋引伴，闲散自在……

长安城连东掖垣，凤凰池对青琐门。高才脱略名与利，日夕望君抱琴至。

掖垣，皇宫的宫墙。唐大明宫正殿太极殿，门下、中书两省分别在左右掖。门下省在东，称东省、东掖；中书省在西，称西省、西掖。宫门上有青琐花纹，中书省之池沼称凤凰池。房琯为门下省给事中，与中书省之凤凰池左右相对，门上青琐相对。此处切合诗题“寄房给事”。脱略，不受拘束。此四句谓，巍峨的长安城与宫城的城垣相连，门下省与中书省左右相对，与青琐门正相对。房给事才性高迈，豁达大度，不受名利之羁绊，日夜渴望董夫子抱琴而至，演奏一曲惊天地泣鬼神的琴曲。

此诗乃李颀摹写音乐的名篇，对其后的音乐描写，颇有影响。全诗分三段，前六句为第一段，开篇两句交待胡笳与琴曲的渊源关系，进而想象蔡文姬胡笳曲之感人艺术：胡人落泪，汉使断肠，古戍苍苍，烽火令人生出阵阵寒意；大荒阴沉，皑皑白雪，无边无际，营造出先声夺人之气势，吸引读者。第二段从“先拂商弦后角羽”到“野鹿呦呦走堂下”，乃全诗的主体，全力摹写董夫子琴声之高妙和感人至深的艺术魅力。首先赞扬董夫子之琴艺能通神明，感动鬼神，既从自然景物之变换来抒写——空山百鸟、万里浮云，也从人事情理来表现——雏雁失群、胡儿恋母，动人心魄。“川为静其波，鸟亦罢其鸣”，短暂的空白、停顿，彰显艺术感染力之强烈，也为下文的进一步抒写，作了良好的提顿，张弛有道，缓急得当，也正是后世白居易《琵琶行》所说“此时无声胜有声，唯见江心秋月白”之境界。其次，笔调转换，从乌孙公主远嫁万里、唐公主远嫁逻娑，沙尘滚滚，遮天蔽日，幽怨悲泣，写到暴风骤雨，吹林瘵瓦，山泉迸泻，飞溅林梢，形容其以琴声对情感的表达；而“野鹿呦呦走堂下”，虽为写音乐，其实也是抒写求其友声之意，是过渡，自然而然就转入第三段。这种种的描写，都是从诗题“听”字着眼。此诗摹写音乐，诗人并不从正面着笔，而是采用多种艺术手法，多角度、多层次地表现其丰富的内涵，以鲜明的形象、生动的故事、幽微深切的情感抒发，将无形的音乐刻画得纤毫毕现，彰显音乐所给予人的强烈冲击，酣畅淋漓，变幻莫测，浑然一体，可谓惊天地泣鬼神。第三段乃最后四句，点诗题“寄房给事”，琴师遇知音，绾合董大与房琯，赞美房琯之高才虚襟，脱略名利，多少也寄寓了对房琯的期许之意，令人回味无穷。

听安万善吹觱篥歌

南山截竹为觱篥，此乐本自龟兹出。流传汉地曲转奇，凉州胡人为我吹。傍邻闻者多叹息，远客思乡皆泪垂。世人解听不解赏，长飙风中自来往。枯桑老柏寒飕飗，九雏鸣凤乱啾啾。龙吟虎啸一时发，万籁百泉相与秋。忽然更作《渔阳掺》，黄云萧条白日暗。变调如闻《杨柳》春，上林繁花照眼新。岁夜高堂列明烛，美酒一杯声一曲。

安万善，凉州（今甘肃武威）胡人。觱篥，又作“筚篥”，古代管乐器之一种，截竹成管，用芦制为哨子，插入管口，九孔，角音，其声多悲，多用于军中。《北史·高丽传》：“乐有五弦、琴、筝、筚篥、横吹、箫、鼓之属，吹芦以和曲。”《太平御览》卷五八四引《乐部》：“觱篥者，笳管也。卷芦为头，截竹为管，出于胡地。制法角音，九孔漏声，五音咸备。唐以编入卤部，名为笳管，用之雅乐，以为雅管。六窍之制，则为凤管，旋宫转气，以应六管者也。”又引《乐府杂录》曰：“筚篥者，本龟兹国乐也，亦名悲篥，有类于笳也。”白居易《小童薛阳陶吹觱篥歌》：“剪削干芦插寒竹，九孔漏声五音足……润州城高霜月明，吟霜思月欲发声。山头江底何悄悄，猿声不喘鱼龙听。翕然声作疑管裂，诎然声尽疑刀截。有时婉软无筋骨，有时顿挫生棱节。急声圆转促不断，轹轹辚辚似珠贯。缓声展引长有条，有条直直如笔描。下声乍坠石沉重，高声忽举云飘萧。”宋人庄季裕《鸡肋编》卷下：“筚篥本名悲篥，出于边地，其声悲亦然，边人吹之，以惊中国马云。”

南山截竹为觱篥，此乐本自龟兹出。流传汉地曲转奇，凉州胡人为我吹。

南山，终南山，在长安城南，此山自古产竹。马融《长笛赋》：

“惟籦笼之奇生兮，于终南之阴崖。托九成之孤岑兮，临万仞之石溪。”龟（qiū）兹（cí），汉西域诸国之一，位于天山南麓，在今新疆库车一带。又作鸠兹、屈茨、归兹、屈支、丘兹等。古龟兹国王治延城，居民主要务农，兼营畜牧，冶铸、酿酒等也较发达。有文字，擅长音乐。《汉书·西域传下·龟兹国》：“龟兹国，王治延城，去长安七千四百八十里。”《隋书·音乐志下》：“《龟兹》者，起自吕光灭龟兹，因得其声。吕氏亡，其乐分散，后魏平中原，复获之。其声后多变易。至隋有《西国龟兹》《齐朝龟兹》《土龟兹》等，凡三部。开皇中，其器大盛于闾闬。时有曹妙达、王长通、李士衡、郭金乐、安进贵等，皆妙绝弦管，新声奇变，朝改暮易，持其音技，估衒王公之间，举时争相慕尚。”可见，龟兹乐在京师长安洛阳的流行情况。凉州胡人，此处指安万善。此四句谓，从终南山截取一段青竹，插上芦管，制成九孔的觱篥，那美妙的音乐本就来自遥远的西域龟兹，在中原流传之后，变得更为奇妙了，凉州胡人安万善为我吹奏一曲，声情动人。

傍邻闻者多叹息，远客思乡皆泪垂。世人解听不解赏，长飙风中自来往。

远客，远行游子。《古诗十九首》：“人生天地间，忽如远行客。”解，知道，懂得。听其音而知其意谓之赏音。此四句摹写安万善吹奏觱篥之动人效果：四旁友邻听闻觱篥声，大都叹息连连，感慨不已，而远游他乡者皆黯然流泪，兴起无限思乡之情。可惜，世人只会听觱篥声，而不能真正懂得其意；那觱篥声好似长风吹拂，回环往复，忽落忽起，忽悲忽喜，令人意醉神迷。

枯桑老柏寒飕飗，九雏鸣凤乱啾啾。龙吟虎啸一时发，万籁百泉相与秋。忽然更作《渔阳掺》，黄云萧条白日暗。变调如闻《杨柳》春，上林繁花照眼新。

飕飗，象声词，风声，也指寒风凛冽。九雏鸣凤，即一群小凤凰齐鸣。《古乐府六首·陇西行》：“凤凰鸣啾啾，一母将九雏。”龙吟虎啸，比喻声音洪大。《文选·张衡〈归田赋〉》："尔乃龙吟方泽，虎啸山丘。"李善注："龙吟而景云至，虎啸而谷风臻。"渔阳掺，鼓曲名，亦作《渔阳掺挝》。掺挝（zhuā），乃击鼓的方法。《世说新语·言语》："祢衡被魏武谪为鼓吏，正月半试鼓，衡扬枹为《渔阳掺挝》，渊渊有金石声，四坐为之改容。"刘孝标注引《文士传》曰："衡不知先所出，逸才飘举，少与孔融作尔汝之交……融数与武帝笺，称其才，帝倾心欲见，衡称疾不肯往，而数有言论。帝甚忿之，以其才名不杀，图欲辱之，乃令录为鼓吏。后至八月朝会，大阅试鼓节，作三重阁，列坐宾客……衡击鼓为《渔阳掺挝》……鼓声甚悲，音节殊妙，坐客莫不忼慨……至今有《渔阳掺挝》，自衡造也。"杨柳，指乐府《折杨柳》曲。上林，汉代皇家园林。《三辅黄图》卷四："《汉旧仪》云：'上林苑方三百里，苑中养百兽，天子秋冬射猎取之。'帝初修上林苑，群臣远方，各献名果异卉三千余种植其中，亦有制为美名，以标奇异。"此六句从听觉来摹写觱篥歌：觱篥吹奏，恰似寒风吹拂枯桑苍柏，发出飕飗之声响；又如一群小凤凰上下翻飞，啾啾相鸣，悦耳动听；又如龙吟虎啸，山鸣谷应；秋高气爽，天地万籁，一时齐鸣，如钧天广乐。忽然又变作祢衡之《渔阳掺》，鼓声阵阵，催人奋勇，调促声悲，直奏得天际黄云笼罩、白日黯淡；忽而声调舒缓欢快，如同听闻《折杨柳》曲，上林苑中百花齐放，杨柳摇曳，群莺相和，春光烂漫，风和日丽，无限春光，乍现眼前。

岁夜高堂列明烛，美酒一杯声一曲。

岁夜，除夕之夜。此二句谓，除夕之夜，宽大的厅堂，蜡烛成行，烛光明亮，听着这出神入化的动人觱篥歌，不由得一曲妙歌，而畅饮一杯美酒。

李颀乃写音乐之高手，以比较宏大的七言古诗的形式描摹音乐，开一时风气，对后世的影响较大。此诗专写觱篥，重在赏音。安万善乃凉州胡人，诗人客游长安，于除夕之夜，万家团圆之时，羁滞旅邸，吹奏觱篥，触动乡思以及仕途偃蹇之绪，其傲兀不平之气往往贯注于诗歌之中。第一段“南山截竹为觱篥”至“长飙风中自来往”，赞赏安万善演奏觱篥之动人艺术。觱篥原本来自龟兹，又以终南山得天地灵气之竹制成，觱篥歌流行中原，更为高妙神奇。“傍邻”“远客”赞赏安万善之觱篥歌，“多叹息”“皆泪垂”，乃虚写其感人之深切。而“世人解听不解赏，长飙风中自来往”乃诗之关键，文势顿挫，为之一转。音乐人安万善游走各地，乏知音赏识，而诗人自己才高志大，沉沦下僚，不遇于世，可为浩叹，大有“同是天涯沦落人，相逢何必曾相识”的感慨！因而，第二段“枯桑老柏寒飕飗”至“上林繁花照眼新”，极力摹写觱篥歌之感人：如枯桑苍柏，划破浩浩长风；又如雏凤群鸣，关关喈喈，音声和畅；又如龙吟虎啸，山鸣谷应，云腾风起；又如秋高气爽，天地万籁，上下和鸣；忽而变作祢衡之《渔阳掺》，鼓声悲促，天地为之变色；又如《折杨柳》之风和景明，上林苑中，杂花生树……这多种的比喻，旨在通过视觉与听觉的感受，彰显觱篥之高妙神奇的艺术效果。诗人采取两个相对的旋律：一是凄厉，一是欢快，交互抒写，使之交战、交替、交融，形成了美妙的华章。第三段为最后两句，点明诗人和安万善除夕之夜相遇于旅邸，诗人为其高妙神奇的觱篥歌所感动，不禁举杯畅饮，放浪形骸之外矣。

孟浩然

夜归鹿门歌

山寺钟鸣昼已昏，渔梁渡头争渡喧。人随沙岸向江村，余亦乘舟归鹿门。鹿门月照开烟树，忽到庞公栖隐处。岩扉松径长寂寥，唯有幽人自来去。

鹿门，鹿门山，在今湖北襄阳市东南，北接汉水，南接霸王山，峰峦耸峙，深谷幽泉，景色佳丽。《嘉庆重修一统志·湖北·襄阳府》："鹿门山，在襄阳县东南三十里。《襄阳记》曰：'鹿门山，旧名苏岭山，建武中，襄阳侯习郁立神祠于山，刻二石鹿夹神道口，俗因谓之鹿门庙，遂以庙名山也。'"

鹿门山历史上就是隐居之名山。东汉末年，庞公隐居于此。《后汉书·逸民·庞公传》记载：庞公是南郡襄阳人，居于岘山之南的郊野，未曾进入城市、官府，夫妻二人志同道合，相敬如宾。当时的荆州刺史刘表屡次礼聘，庞公并不应命出山，刘表遂亲自前往鹿门山迎请。庞公正在耕田，刘表说："夫保全一身，孰若保全天下乎？"庞公笑着回答："鸿鹄巢于高林之上，暮而得所栖；鼋鼍穴于深渊之下，夕而得所宿。夫趣舍行止，亦人之巢穴也。且各得其栖宿而已，天下非所保也。"于是，把耕田的农具放到田垄之上，而他的妻子又去田里劳作。看到这种情况，刘表就说："先生如此辛苦地在田里劳作，仅仅得以温饱，而不肯出来做官，吃朝廷俸禄，那么以后您如何给子孙留下一点财产呢？"庞公说："世人皆遗之以危，今独遗之以安。虽所遗不同，未为无所遗也。"——意思是说：世人大都给子孙留有遗产，过多的财产遂使他们容易丧失谋生的能力，陷于危亡之境地；而今我留给子孙的是自食其力，他们可以安心地生活了。虽然所遗留的不同，不能说我没有留赠给子孙什么吧。刘表叹息连连，遂不甘心地离去了。庞公后来携其妻子儿女一同登上鹿门山隐居，采药种田，不再来襄阳了。庞公的隐居高蹈、不事王侯，以保全人格独立的故事，对孟浩然有深远的影响。此诗当作于景龙二年（708）至先天元年（712），孟浩然隐居鹿门山之时。

诗题为《夜归鹿门歌》，时间乃由黄昏到夜色渐深，“归”是中心，目的地为鹿门山。歌，即歌行体，乃古代乐府诗的一体，后来从乐府发展为古诗的一体，音节、格律一般比较自由；采用五言、七言、杂言，形式也多变化。明人徐师曾《文体明辨序说·乐府》：“放情长言，杂而无方者曰歌；步骤驰骋，疏而不滞者曰行；兼之曰歌行。”此诗为七言古诗。

诗开篇“山寺钟鸣昼已昏，渔梁渡头争渡喧”，紧扣“归”字，点明黄昏时节，乃是由黄昏而入夜的过程——“夜归”。鹿门山寺传来悠扬的钟声，已然是黄昏时分了，正是行人晚归时节。“昼已昏”紧接“山寺鸣钟”之后，显然诗人意在突出听闻悠扬钟声之后，不知不觉天色渐暗，由明亮至朦胧至月上中天，苍茫暮色已然笼罩江边及山上景物，彰显这个由听觉至视觉的渐变过程。山野广阔，四方归来之人皆汇聚于归家之要径——渔梁渡头，人声喧哗，竞相争渡，一派热闹景象。渔梁，即渔梁洲，在汉水中。郦道元《水经注·沔水》说：“沔水中有鱼梁洲，庞德公所居。”渔梁渡，在岘山东之汉江边上，因渔梁洲而得名。在苍茫暮色笼罩的四野山色、江流水岸不甚分明的景象下，诗人从听觉着笔，叙写山寺钟声、渡头喧哗，彰显热闹与静谧的浑然一体，既有僻居鹿门山的静谧，又充满无限生机。

三四句“人随沙岸向江村，余亦乘舟归鹿门”，则由渔梁渡头竞相争渡的喧哗、热闹，转而写渡江之后，人们各自沿着沙岸的小径，缓缓走向散落在江岸边的三三两两的村落，归于沉寂，诗人自己则乘一叶小舟，归向鹿门山。无论是从渡口出来、归往江村的人们，还是独自乘一叶小舟归鹿门的诗人自己，都显得极为安闲，意气萧散，语调舒缓，在暮色渐合的四野景象中，有着一种特有的安闲与从容的情致。而这一情致，正体现出诗人对家乡的热爱、隐居鹿门的情惬意适。

前四句为一个层次，而渔梁争渡乃一关节点。鹿门寺的悠扬钟声，舒缓而清亮，提醒四野劳作的人们，天色已晚，该归家了；散处四野的人们走向渔梁渡头，渔梁渡一派喧哗热闹，摆渡后，以渔梁渡为出发点，人们沿着沙岸小径，又各自走向散处江岸边三三两两的村落。而诗人自己乘一叶小舟由水路而行，归向鹿门山。诗人既是这渡头热闹的亲见亲闻者、欣赏者，与众人有着密切的关系，充满鲜活的生活气息和勃勃的生命活力；然而又与之保持了一定的距离，彰显其不同流俗、隐逸高士的隐者身份。可以说，这四句勾勒出一幅暮色笼罩下的汉江古渡晚归图，颇具画意与诗情。

后四句，主要抒写诗人夜归鹿门的所见与所感。“鹿门月照开烟树”，与上一句“余亦乘舟归鹿门”为顶针格，上一节说鹿门，这一节接着说鹿门，彰显其间的密切关系，加强前后诗意的联系。此时，一轮明月冉冉升起，清光下泻，照亮鹿门山，由暮色渐合时的朦胧，呈现为明月照耀下的清晰景象，似乎人的心境也随之开朗了许多。诗人在欣赏月夜的鹿门美景，沉醉其中，不知不觉间，“忽到庞公栖隐处”——徜徉于佳山胜水之间、游迹于淳朴敦厚的乡人之中，不期然而与高士隐者相遇，其乐何如也！数百年前，庞公隐居鹿门，乃一代高士，其遗迹尚存，仍然得到人们的崇敬；诗人隐居鹿门，不是有意追随、模仿庞公，而是遂顺情性，品性高洁，归隐于此，自然而然，与庞公之志趣、心灵相契合。就像这月夜下的行旅一样，欣赏江天月色、鹿门景象，于不知不觉之中与庞公相遇，是那样地自然与和谐，这正是诗人心灵与思想感情的自然流露。

因而，七八两句“岩扉松径长寂寥，唯有幽人自来去”，写得那样地超然不俗，令人神往。山岩间门户依旧，松树掩映下的小径，隐没其下，这大概就是庞公昔日所居之处吧，数百年来，杳无人迹，长久寂寥。也只有诗人孟浩然自己和庞公的志趣情怀相契合，常常往来于其居处，瞻仰其遗迹，想象其风神，徘徊徙倚，久久不忍离去……颇有“萧条异代不同时”的深沉感慨。在这儿，诗人并没有直抒情怀，说自己是如何仰慕庞公，而是以庞公遗迹之荒凉、寂寥，自己却流连徘徊、不忍离去，来表达自己的深挚情感。虽然不着议论，却将那种追慕前贤高士的高洁情怀，以及当世无人追继高风的感慨、世少知音的寂寥感，全然表现出来了。

此诗情感深挚，写得却颇为舒缓从容，于淡淡的叙写中，刻画风物情境，宛如一幅极为生动、童趣盎然的图画，且又融注情感意趣，风神潇散闲淡，清幽绝妙，沁人心脾。诗题乃“夜归鹿门”，从听到山寺宏厚悠扬的钟声，点出时间已届黄昏，外出之人、田野劳作的人们都该回归乡里，因而听闻到渔梁渡头上争渡的喧哗与热闹。这一句写得极好，喧哗热闹中浸透着世俗生活的安然、从容，孟浩然抱着一种超然的欣赏态度，而深情注目。后来岑参《巴南舟中夜事》“渡口欲黄昏，归人争渡喧”，就脱胎于此。诗人将视角拉长，不再聚焦于渔梁渡头，而是从渡头散开去，追随着离开渡头之后走向绿树掩映着的村居的归人。好似从紧束的缺口奔涌而出的流水，面临平原之时，呈放射状散开，显得舒缓从容。于此，诗人则说“余亦乘舟归鹿门”，这是另一条线。与那奔涌的人潮散开之后的路径不同，这是既融于世俗，又超然于外的高士隐者的路径，也点出夜归鹿门的诗题。诗的下半段，则集中抒写鹿门之美好，诗人频频往来于庞公归隐之处，那种与高士千古同调的高逸也就彰显出来了。

李　白

庐山谣寄卢侍御虚舟

我本楚狂人，凤歌笑孔丘。手持绿玉杖，朝别黄鹤楼。五岳寻仙不辞远，一生好入名山游。庐山秀出南斗傍，屏风九叠云锦张，影落明湖青黛光。金阙前开二峰长，银河倒挂三石梁，香炉瀑布遥相望。回崖沓嶂凌苍苍，翠影红霞映朝日，鸟飞不到吴天长。登高壮观天地间，大江茫茫去不还。黄云万里动风色，白波九道流雪山。好为庐山谣，兴因庐山发。闲窥石镜清我心，谢公行处苍苔没。早服还丹无世情，琴心三叠道初成。遥见仙人彩云里，手把芙蓉朝玉京。先期汗漫九垓上，愿接卢敖游太清。

唐人喜欢漫游，李白尤其喜爱名山佳水。开元十三年（725）秋天，二十五岁的诗人李白“仗剑去国，辞亲远游”（《上安州裴长史书》），乘船出三峡，走向更广阔的世界。先到江陵，而后又东行，登上庐山。庐山，耸立于鄱阳湖、长江之滨，又名匡山、匡庐。有汉阳、香炉、五老峰等耸峙。三面临水，江湖水气郁结。山多巉岩、峭壁、清泉、飞瀑之胜。遥望庐山瀑布，兴奋的诗人写下《望庐山瀑布》一诗：“日照香炉生紫烟，遥看瀑布挂前川。飞流直下三千尺，疑是银河落九天。”精切而形象的描写，喷薄的气势，悚动人心，很快就不胫而走，传闻天下了。

而这首《庐山谣寄卢侍御虚舟》则作于唐肃宗上元元年（760），李白重上庐山，写寄他的好友卢虚舟。安史之乱爆发，叛军攻破长安的门户潼关，唐玄宗仓皇逃往蜀中。天宝十五载（756）七月十二日，太子李亨于灵武（今宁夏灵武）即皇帝位，但其使者迟至八月十二日才到达成都，玄宗才知道太子李亨当了皇帝。实际上，七月十五日，在逃往蜀中的途中，玄宗下诏任命太子李亨为天下兵马元帅，谋划收复长安和洛阳；任命永王李璘率军守卫江淮，保障江南财赋之地不受叛军的侵扰。十二月，永王李璘礼聘隐居庐山的李白入其幕府，为平叛效力。而肃宗李亨认为，李璘握有重兵，又占据江南财赋之地，已经拥有了与其争夺皇位的能力，因而下令消灭李璘。李璘兵败身死，李白以“从逆”的罪名被囚禁于浔阳狱中，此时距李白入李璘幕府不过数十天的时间。大约于肃宗至德二载（757）李白被流放夜郎（今贵州桐梓），乾元二年（759）到达三峡时，遇朝廷大赦，李白得以放还。上元元年（760），李白重上庐山，就写了这首《庐山谣寄卢侍御虚舟》。

谣，不用乐器伴奏的歌唱。与歌行体中的“歌”“吟”相同。卢虚舟，字幼真，范阳（今北京大兴）人，是一个有清廉声誉、能力很强的官员，乃李白的好友。御史，主要职责是纠弹不法，肃清内外。

我本楚狂人，凤歌笑孔丘。手持绿玉杖，朝别黄鹤楼。五岳寻仙不辞远，一生好入名山游。

诗开篇自述情志与爱好：我本来就是楚国接舆那样的狂人，高唱着“凤鸟不如归去”，敢于嘲笑孔子忙忙碌碌地奔走于俗世，为其所谓的“理想”而转辗流离、受尽苦楚。手中拿着仙家的绿玉杖，辞别了仙人王子安驾鹤飞升之地黄鹤楼。为求仙问道，五岳山川不嫌其僻远，一生喜好周游名山大川之胜景。

楚狂，即楚狂接舆，姓陆名通，字接舆。孔子周游列国，遇之于楚国。《论语·微子》：“楚狂接舆歌而过孔子曰：‘凤兮凤兮，何德之衰。往者不可谏，来者犹可追。已而，已而，今之从政者殆而！’”楚狂接舆嘲笑孔子努力地寻找机会，推行自己的仁政主张，认为仅仅是理想罢了，还不如去隐居呢！另，晋代皇甫谧《高士传》有比较详细的叙述。绿玉杖，绿玉所做、饰有玉鸠的拐杖，乃仙人所用之杖。黄鹤楼，故址在今湖北省武汉市蛇山的黄鹤矶头。《元和郡县图志·江南道三·鄂州》：“城西临大江，西南角因矶为楼，名黄鹤楼。”相传，有仙人飞升于此，后又驾鹤来归。五岳，指东岳泰山、西岳华山、中岳嵩山、北岳恒山、南岳衡山，此处泛指名山大川。

庐山秀出南斗傍，屏风九叠云锦张，影落明湖青黛光。金阙前开二峰长，银河倒挂三石梁，香炉瀑布遥相望。回崖沓嶂凌苍苍，翠影红霞映朝日，鸟飞不到吴天长。登高壮观天地间，大江茫茫去不还。黄云万里动风色，白波九道流雪山。

秀出，挺秀而出，拔地而起。南斗，二十八宿的斗宿，庐山在春秋时属吴国，为斗宿的分野。古代星占家以为，地上州郡与天上地域相对应，称为分野。屏风九叠，庐山五老峰以下，山峰九叠如屏风，故名。明湖，指鄱阳湖，古称彭泽、彭蠡，在今江西北部，庐山东南侧。金阙，金阙岩，又名石门。慧远《庐山记》称："西南有石门山，其形似双阙，壁立千仞，而瀑布流焉。"三石梁，即屏风叠左有三叠泉，水势三折而下，如银河倒泻。香炉，香炉峰，在庐山北部，奇峰突起，状似香炉，峰顶水气郁结，云雾弥漫，如香烟缭绕，故名。附近多瀑布，为庐山胜景之一。李白《望庐山瀑布》诗之一："西登香炉峰，南见瀑布水。"苍苍，深青色，指天。《庄子·逍遥游》："天之苍苍，其正色邪。"吴天，庐山在三国时属吴，故称。壮观，增添雄伟宏壮的气象，使景象宏伟可观。白波九道，指长江在今江西九江一带分成许多支流。

第二层次，诗人赞美庐山壮丽的风光：庐山屹立于南斗星边上，最为奇秀；九叠屏秀丽，如张开的锦绣云霞，朝阳照射，山势倒映在清澈的鄱阳湖，闪耀着青黑色的光彩，金阙岩前两座山峰高峻，而瀑布从山峰间倾泻而下，水势三折形成三叠泉，如银河倒泻于石梁之上，而与南面香炉峰上"飞流直下三千尺"的瀑布遥遥相对。曲折的悬崖、重叠的山峰，皆高耸入云，青翠的山色、火红的霞光，与朝日相映辉，庐山广大绵延，屹立于吴楚大地，鸟儿也飞不过啊。登上巍峨的庐山，感受天地浩然之气，饱览雄伟宏壮的景象：长江浩浩荡荡东流，一去不返，万里之外起自大漠的昏黄的云，风头迅捷，而长江九道水流波涛翻滚，如雪山奔流。

好为庐山谣，兴因庐山发。闲窥石镜清我心，谢公行处苍苔没。早服还丹无世情，琴心三叠道初成。遥见仙人彩云里，手把芙蓉朝玉京。先期汗漫九垓上，愿接卢敖游太清。

石镜，庐山东山悬崖之上，有一石镜，近照可见形影。《水经注·庐江水》："（庐）山东有石镜，照水之所出。有一圆石，悬崖明净，照见人形。晨光初散，则延曜入石，豪（毫）细必察，故名石镜焉。"谢公，谢灵运，南朝著名诗人。谢氏曾游庐山，有《登庐山绝顶望诸峤》诗。还丹，道家合九转丹与朱砂再次提炼而成的仙丹，自称服后可以即刻成仙。此处是说，自己愿意早点成仙，不再有世俗之情。琴心三叠，道家修炼术语，意思是说修炼内丹，做到心和神悦是修道初成的境界。玉京，道教称其最高天神元始天尊居于天中心之上，名曰玉京山。先期，即预告约定。汗漫，指漫无边际，不可知之。九垓，九天之外。卢敖，燕人，相传秦始皇时召以为博士，使求神仙。此处借指卢虚舟。《淮南子·道应训》：卢敖游于北海，见一状貌古怪之士，讥笑卢敖所见不广。卢敖就邀请他同游北阴之地，士人笑曰："吾与汗漫期于九垓之上，吾不可以久驻。"随即跳入云中。太清，道教所尊天神道德天尊所居之地，在玉清、上清之上，为最高仙境。

第三层次是说，因为庐山激发了诗人的诗兴，因而喜欢歌唱《庐山谣》。闲暇时到石镜峰前，照石镜使我心更为清净，去踏访当年谢灵运游览之地，可是绿草苍苔早已掩没其踪迹。人生易失，世事艰难，还是早点吃了还丹仙药成仙吧，何况自己早已修炼到心神和悦的境界了。遥遥望见仙人在彩云里，手持芙蓉花去朝拜玉京山。我早已和仙人相约于九天之外，而今我愿意接引卢虚舟一起去太清天上遨游。

李白受永王李璘事件的牵累，所受打击很大，差点被杀，幸而有许多人营救，才免去一死而长流夜郎，虽然在白帝城遇赦放还，但是那巨大的政治阴影还是如影随形，压得诗人喘不过气来，心境极其悲凉。诗人重上庐山，被雄伟壮丽的山水所激励，所谓"好为庐山谣，兴因庐山发"，李白进行了反思，也想借以摆脱这个巨大的阴影。

诗的第一段，乃李白的自我写照。以楚狂接舆自比，以孔子周游列国、汲汲于推行政治主张，反衬诗人看透了朝廷政治而只想隐居避世。“五岳寻仙不辞远，一生好入名山游”，既是避世求仙，更是写伟大壮丽的自然山水，借以彰显其独与天地精神相往来的遗世独立精神。

第二段，正面描绘庐山之景。选取了几个特殊的景象：第一个景象：“庐山秀出南斗傍，屏风九叠云锦张，影落明湖青黛光。”这是远观，是从鄱阳湖遥望庐山之景，乃斗宿的分野，屏风九叠异常秀丽，而在鄱阳湖中的倒影朦胧秀美。第二个景象：“金阙前开二峰长，银河倒挂三石梁，香炉瀑布遥相望。”这是近观与特写，金阙岩、并峙的双峰、三叠泉，而香炉峰的瀑布又与三叠泉遥遥相对，这是最有特色的庐山景象，优美而神奇，诗人作了细致的刻画。第三个景象：“回崖沓嶂凌苍苍，翠影红霞映朝日，鸟飞不到吴天长。”从俯视的角度，写浓墨重彩庐山的整体印象——曲折的峰崖重重叠叠，而又高耸入云霄；青山绿树与朝霞红日相映成辉，连绵广大的庐山，鸟儿也飞不到尽头。最后四句：“登高壮观天地间，大江茫茫去不还。黄云万里动风色，白波九道流雪山。”虽然是立足于庐山，视野上却是跳出庐山，写登高远眺所见之景象：受天地浩然之气的涵养，饱览雄伟山川的壮美，长江滔滔东流，白波九道，浪涛滚滚，如雪山奔腾而来，而眼前风色亦是裹挟着万里之外大漠昏黄的风尘……诗人在此，事实上将庐山凝聚为天地之中心，庐山之雄伟挺拔、奇丽壮采，乃是与天地精神相通的深沉力量所致。

第三段，乃是由游庐山而兴发的感慨和体悟。诗歌先用两个五言句子“好为庐山谣，兴因庐山发”直接过渡，点明由写景而抒情。照石镜而心神闲旷，访谢灵运游踪，却为青草绿苔所掩没，遂有人生短暂、世情烦嚣之感慨，于是想摆脱世俗而成仙。诗人说，自己早已有还丹仙药，也有修炼好的心神和悦境界，因而仙人导引，也愿意邀请卢虚舟一同成仙而遨游于天地之外。这样，既与第一段的“五岳寻仙不辞远”的表达相呼应，也表达出对污浊官场的鄙视、对自由的向往和追求。诗的结构完整，逻辑井然，诗情意脉极为清晰，体现出诗人高超的艺术构思；而感情之豪迈丰富、气势之充沛、想象之神奇和色彩之明艳，使得全诗有很强的艺术感染力。这首诗，是李白晚年七言歌行体的代表作之一。

梦游天姥吟留别

海客谈瀛洲，烟涛微茫信难求；越人语天姥，云霞明灭或可睹。天姥连天向天横，势拔五岳掩赤城。天台四万八千丈，对此欲倒东南倾。我欲因之梦吴越，一夜飞渡镜湖月。湖月照我影，送我至剡溪。谢公宿处今尚在，渌水荡漾清猿啼。脚著谢公屐，身登青云梯。半壁见海日，空中闻天鸡。千岩万转路不定，迷花倚石忽已暝。熊咆龙吟殷岩泉，慄深林兮惊层巅。云青青兮欲雨，水澹澹兮生烟。列缺霹雳，丘峦崩摧。洞天石扉，訇然中开。青冥浩荡不见底，日月照耀金银台。霓为衣兮风为马，云之君兮纷纷而来下。虎鼓瑟兮鸾回车，仙之人兮列如麻。忽魂悸以魄动，恍惊起而长嗟。惟觉时之枕席，失向来之烟霞。世间行乐亦如此，古来万事东流水。别君去兮何时还？且放白鹿青崖间，须行即骑访名山。安能摧眉折腰事权贵，使我不得开心颜！

天宝元年（742），唐玄宗征诏李白入长安。多年的漫游隐居、干谒求仕所造就的巨大声名，终于引起了朝廷的重视，四十二岁的大诗人李白非常兴奋，“仰天大笑出门去，我辈岂是蓬蒿人”（《南陵别儿童入京》）。诗人以为像他这样有才能的人，哪能长久地被弃置不用呢，此去长安必定会做出一番大事业，实现自己多年的经世济民的宏伟抱负。岂料，李白入长安，玄宗皇帝虽然在金銮殿召见，让李白供奉翰林，事实上仅仅把他作为一个文学侍从之臣，让李白写诗粉饰太平罢了。不久，李白又遭权贵的嫉妒、排斥，天宝三载（744），被玄宗赐金放还。孰料，诗人多年的追求竟然是如此结局，所遭受的精神上的打击是何其严重。天宝五载（746），李白由东鲁准备再次南游越中，去饱览吴越之地的奇秀山川，临行之前，作《梦游天姥吟留别》，向东鲁友朋作别。因而此诗的题目又作《梦游天姥山别东鲁诸公》，一作《别东鲁诸公》。天姥山，唐代属剡县，在今浙江新昌县南部，孤峰突起，仰望如在天表。相传，有神仙在山上，登山者或闻天姥歌谣之声。吟，古代诗歌体裁的一种。宋人姜夔《白石诗话》："悲如蛩螿（寒蝉）曰吟，通乎俚俗曰谣，委曲尽情曰曲。"留别，别而留念。诗题由"梦游天姥吟"与"留别"两个部分组成。"梦游天姥吟"乃赋写梦游天姥山的景象，"吟"乃诗之体裁，"留别"则说明为何而作。这首诗的诗题就是：为留别东鲁诸君，而作梦游天姥吟。这是唐诗题目常见的格式。

海客谈瀛洲，烟涛微茫信难求；越人语天姥，云霞明灭或可睹。天姥连天向天横，势拔五岳掩赤城。天台四万八千丈，对此欲倒东南倾。

瀛洲，传说中的海上仙山。《史记·秦始皇本纪》："海中有三神山，名曰蓬莱、方丈、瀛洲，仙人居之。"事实上，三神山乃海市蜃楼，有时出现于海上，可望而不可即。微茫，似有若无，隐隐约约，景象模糊。信，诚然，确实。五岳，指泰山、华山、嵩山、恒山、衡山。赤城，赤城山为仙霞岭支脉，在今浙江天台县，因土色皆赤，长达百里，状如云霞，望之似城墙之雉堞。《太平寰宇记》卷九八引孔灵符《会稽记》云："赤城山土色皆赤，状似霞云，悬溜千仞，谓之瀑布。"此山下有洞，是道教的三十六小洞天。天台，天台山在浙江天台县。《太平寰宇记》卷九八引《临海记》云："天台山超然秀出，有八重，视之如一帆，高一万八千丈，周回二百里，又有飞泉，悬流千仞似布。"又引《启蒙记》注云："天台山，去天不远，路经油溪水，深险清冷，前有石桥，路径不盈尺，长数十丈，下临绝涧，唯忘其身然后能济。济者梯岩壁，援葛萝之茎，度得平路，见天台山蔚然绮秀，列双岭于青霄，上有琼楼、玉阙、天堂、碧林、醴泉，仙物毕具也。"

第一段乃是说，航海之人谈起传说中的蓬莱、方丈、瀛洲三神山，往往笼罩在烟雾波涛之中，隐约渺茫，确实难以访求。而越地之人说起天姥山，在云霞缭绕下时隐时现、忽明忽暗，有时还可以一睹其真容。何况，天姥山高峻耸立，山势连绵阔大，横塞于天地之间，其雄伟的气势超过名闻天下的五岳，也掩盖了壮丽的赤城山。即使是四万八千丈险峻高耸的天台山，也倾倒在天姥山的东南。此处，乃诗人以初游越中、领略其名山胜景的直觉印象，加以铺陈夸张而抒写。

从“我欲因之梦吴越”至“失向来之烟霞”乃第二段，主要抒写梦游天姥山的壮丽、奇幻。

我欲因之梦吴越，一夜飞渡镜湖月。湖月照我影，送我至剡溪。谢公宿处今尚在，渌水荡漾清猿啼。脚著谢公屐，身登青云梯。半壁见海日，空中闻天鸡。

因之，据此，根据越人所谈。镜湖，一名鉴湖，在今浙江绍兴南面。王羲之有“山阴路上行，如在镜中游”，因而得名。老诗人贺知章还乡，唐玄宗以镜湖剡川一带赏赐。剡溪，即曹娥江上游，在今浙江嵊州南面。谢公，南朝大诗人谢灵运。谢灵运为会稽太守，好游历名山胜景，曾宿剡中，登天姥山，作《登临海峤初发疆中作与从弟惠连见羊何共和之》诗：“暝投剡中宿，明登天姥岑。高高入云霓，还期那可寻。”渌水，清澈的水。谢公屐，谢灵运所穿木底有齿的鞋子。《南史·谢灵运传》：“寻山陟岭，必造幽峻，岩嶂数十重，莫不备尽登蹑，常着木屐，上山则去其前齿，下山去其后齿。”青云梯，谓山岭石阶高耸入云，如登上天之梯。天鸡，《述异记》卷下：“东南有桃都山，上有大树名曰桃都，枝相去三千里，上有天鸡，日初出照此木，天鸡则鸣，天下鸡皆随之鸣。”

第一层次，诗人被越人的传说和夸张所吸引而神往，因此而梦游吴越，一夜之间竟然飞往千里之外的镜湖。飞过镜湖，镜湖映照着诗人凌空飞渡的身影，一路伴送诗人到剡溪。数百年前，谢灵运游历剡中的住宿之处，遗迹尚在，清澈的溪水荡漾，猿猴清亮的啼叫声此起彼伏，相互呼应。脚穿着谢灵运登山专用的木屐，沿着石梯攀援而上，半山腰就看见了一轮红日冉冉从海上升起，听到天鸡报晓的啼鸣。“半壁见海日，空中闻天鸡”，是夸张山峰之高峻、神秀。

千岩万转路不定，迷花倚石忽已暝。熊咆龙吟殷岩泉，慄深林兮惊层巅。云青青兮欲雨，水澹澹兮生烟。

暝，昏暗，日暮。殷，震动。慄，恐惧，战栗。层巅，重重叠叠的山峰。澹澹，水波荡漾。宋玉《高塘赋》：“水澹澹而盘纡兮。”

第二层次，写登临天姥山的进程。千峰回转，万壑起伏，登山的道路时有时无，因欣赏、迷恋盛开的奇花异草而倚身崖石，忽然天地就昏暗了。只听见熊的咆哮声、龙的低啸长吟，震动岩崖、深渊，使得茂密的森林、重叠的山峦为之战栗。云雾青青，似乎就要下起雨来，水波荡漾，烟岚水雾迷蒙。

列缺霹雳，丘峦崩摧。洞天石扉，訇然中开。青冥浩荡不见底，日月照耀金银台。霓为衣兮风为马，云之君兮纷纷而来下。虎鼓瑟兮鸾回车，仙之人兮列如麻。

列缺，指闪电。在彤云密布的天空划出一个裂隙，模拟闪电之形。霹雳，指打雷，模拟雷声。洞天，道教称神仙所居洞府为洞天，谓洞中别有天地。《太平寰宇记》卷九六引《登真隐诀》云：“（赤城山）此山下有洞，在三十六小洞天，其山是赤城丹洞，周回三百里，上有玉清平山洞天也。”孙绰《天台赋》：“赤城霞起以建标，瀑布飞流而界道。”又《述异记》云：“赤城山一峰特高，可三百丈，丹壁烁日。”石扉，石门。訇然，大声，拟声词。青冥，青色的天空。浩荡，广阔浩大。金银台，神仙所居的黄金白银宫阙。晋人郭璞《游仙诗》：“神仙排云出，但见金银台。”霓为衣，即以云霞为衣裳。屈原《九歌·东君》：“青云衣兮白霓裳。”傅玄《吴楚歌》：“云为车兮风为马。”云之君，屈原《九歌》有《云中君》，云神，此处泛指神仙。虎鼓瑟，张衡《西京赋》：“白虎鼓瑟，苍龙吹篪（chí）。”鸾，传说中凤凰一类的神鸟。

第三层次，抒写梦中登山而进入神仙世界。一道闪电，一声惊雷巨响，山峦崩裂，洞天福地的石门忽然打开，苍天青青，浩浩荡荡望不见底，太阳和月亮一起照耀着黄金白银所造就的神仙宫阙。仙子以云霓为衣裳，以风为马，凌空而下，各种神仙纷纷降临。白虎鼓瑟，青鸾驾车而回，仙人密密匝匝，数不胜数。诗人幻想神仙世界之奇妙，在神仙的世界，凶猛的老虎都是那样温顺，以梦的形式展现出来，惊人视听，不能不令人佩服李白神奇的想象力。

忽魂悸以魄动，怳惊起而长嗟。惟觉时之枕席，失向来之烟霞。

怳，怳然，猛然。惊起，惊醒而起。长嗟，长叹。烟霞，指梦中所呈现的奇异景象。

第四层次，当诗人还沉浸在神仙世界的美妙神奇之中时，忽然心神惊动，猛然从睡梦中惊醒，起身长叹。仔细看一看，只有梦醒之后的枕头和席子，完全失去了刚刚缭绕于眼前的奇异景象。

世间行乐亦如此，古来万事东流水。别君去兮何时还？且放白鹿青崖间，须行即骑访名山。安能摧眉折腰事权贵，使我不得开心颜！

行乐，追求快乐。《汉书·杨恽传》："人生行乐耳，须富贵何时！"白鹿，古代隐士多骑白鹿，表示清高。屈原《九章·哀时命》："浮云雾而入冥兮，骑白鹿而容与。"摧眉折腰，低头弯腰，是一种臣服，甚至奴颜婢膝的样子。沈约《宋书·陶潜传》："吾不能为五斗米折腰向乡里小儿。"

第三段，乃是在梦醒之后的感慨和体悟。人生在世，追求快乐，纵心适意而已，自古以来，人间万事都像东流水一样，一去不返。此次向东鲁诸君告别之后，何时还再来东鲁呢？我暂且将白鹿纵放在青山里，需要骑行时就可以骑着白鹿，寻访名山大川，寻访同道好友。岂能奴颜婢膝地侍奉权贵，丧失自我的尊严，使我不能够心神欢畅呢！

此诗乃李白名篇之一，盛唐的诗论家殷璠在《河岳英灵集》中评论李白诗，说："奇之又奇，自骚人以还，鲜有此体。"《梦游天姥吟留别》《蜀道难》很好地体现出李白诗歌的飘逸风神，即使是诗圣杜甫也无法达到。此诗分三段。

第一段乃写梦游的原因。开篇以整齐的对句，"海客谈瀛洲，烟涛微茫信难求；越人语天姥，云霞明灭或可睹”，写出虚实相映的现象，以仙山的虚无缥缈，反衬现实天姥山的真实存在，因而就有了亲自游历天姥山的强烈愿望，表现出李白对名山胜境的热切向往。紧接着又是四个对偶整齐的七字句，极度夸张，描摹天姥山拔地参天、横空出世的雄伟景象。以“横”“拔”“掩”三个颇有力度的字，彰显天姥山的外形，赋予其强烈的气势和动态感。

第二段，乃对梦游天姥山各种奇遇的抒写，是全诗的主体。各种奇景、仙景，迷离恍惚，变化莫测，惊心动魄，令人神往。又以四个层次依次展开，是诗人游历的踪迹，也是诗歌内在逻辑的彰显。“一夜飞渡镜湖月”，乃梦境之神奇与迅捷，游历天姥山心情之急切。插入谢灵运游山，彰显天姥山奇丽壮美景象之声名早播，同时表现诗人游历之兴的浓厚，也增加了诗歌内涵的丰富性。如果读者了解谢灵运游历越中山水的浓厚兴趣，此诗的兴味就更为突出了。于是，诗人展现出夜登天姥山的神奇与美妙，“半壁见海日，空中闻天鸡”，以天姥山为聚焦点——冉冉红日升腾于大海之上、霞光万道，身处半山腰听闻天鸡啼鸣，统摄天地为一体，突现天姥山的高峻与神奇。而此时，诗人的心境是极为愉悦的。至此，铺垫已极，诗的高潮才真正出现：一道闪电，一声惊雷，出现了神奇的神仙世界——金银宫阙、霓裳仙子、白虎鼓瑟、青鸾回车……纷纷扬扬，数也数不清，呈现出强烈的动态和神秘。诗人梦境于高潮之际戛然而止，梦境与梦醒之后的叹息连连、惋惜不已，只有枕席清冷相伴，形成极其强烈的对比，自然而然，就会引起诗人的感喟与体悟。当然，诗人颇注意于逻辑的关照，游山的进程，只用了“千岩万转路不定，迷花倚石忽已暝”二句来概括，事实上起到了引领作用，其神奇美妙乃是用神仙世界的“洞天石扉，訇然中开”以下的种种神异来扩展、充实，达到了前后互补的艺术效果。

第三段，写梦后的感悟，乃此前描写内容的必然结果，点出诗的主旨。李白所写的名山胜境，乃其精神的自由与历险，是独与天地精神相往来、不受约束与压抑的超然。雄伟壮丽的自然山水，成为李白傲岸不屈精神的写照。多年的理想与追求，一度踏入宫廷，接近权力中枢，不幸遭权贵势要之嫉妒与排斥，无端被赐金放还，诗人的愤懑是可以想见的。李白借梦游天姥山，纵情自然山水，宣示了诗人不向权贵势要摧眉折腰、保持傲岸精神与人格自尊的独立与自由，彰显出一个大写的“人”字。结尾“安能摧眉折腰事权贵，使我不得开心颜”，卒章显志，真有画龙点睛之妙。

清代诗论家沈德潜说：“托言梦游，穷形尽相，以极洞天之奇幻，至醒后顿失烟霞矣。知世间行乐，亦同一梦，安能梦中屈身权贵乎？吾当别去，遍游名山，以终天年也。诗境虽奇，脉理极细。”（《唐诗别裁》卷六）此诗极为弘肆，变化多端，实际上谋篇布局，经营步骤，体现出诗人的匠心独运。各段落之间，脉理相贯，而又层次井然，四言、五言、六言、七言乃至九言的句法，错综变化，富有节奏感；语词瑰丽，塑造出神奇的境界；而用韵灵活多变，或隔句押韵，或句句押韵，平仄交错，抑扬顿挫，气势雄伟。全诗雄迈悲愤，而又自然流畅，一气贯注，洵为绝唱。

金陵酒肆留别

风吹柳花满店香，吴姬压酒唤客尝。金陵子弟来相送，欲行不行各尽觞。请君试问东流水，别意与之谁短长？

亲朋好友相聚固然好，但人生总得有离别。每当离别之际，三五好友设宴送行，酒酣耳热，载歌载舞，吟诗诵赋，平添了些许兴味，也让人深感友情的可贵，人生之快意！开元十三年（725），李白辞亲远游，东出三峡，漫游江南，于开元十四年（726）春天，由金陵而赴广陵。临行前，初识的金陵三五好友齐聚酒肆为李白送行，且歌且舞，推杯换盏，逸兴不减，表达不完深深的情谊。李白为这深挚而热烈的感情所激荡，遂乘兴作了这一首《金陵酒肆留别》的诗，以作酬答。金陵，即今之南京。战国楚威王七年（公元前333）灭越国后，在清凉山（石城山）设金陵邑。金陵遂成为南方都邑，且日益发达。南齐谢朓《鼓吹曲·入朝曲》：“江南佳丽地，金陵帝王州。”

此诗开篇就展示出一种既热烈又温馨的氛围：春风吹拂，带着柳花（即柳絮）的淡雅香味，充溢于整个酒店，酒店清香四溢，令人陶醉；美丽而热情的吴女榨出新酿的美酒，热情地劝勉客人们细细品尝。风吹柳花，一作“白门柳花”。白门，是金陵正西门。李白《杨叛儿》曰：“何许最关人？乌啼白门柳。”金陵白门的柳树，是那样摇曳生姿、满溢送别的意绪，让人心动。吴姬，吴地美女。春秋时，金陵属吴地，因而称金陵美女为吴姬。此处指酒店的侍女。压酒，古时米酒酿成熟，取酒酿置于糟床上，压榨取饮。

此后，诗歌才补充：大家相聚于酒肆，乃是因为诗人要远行，金陵新朋旧友皆来相送，远行之人和送行之人皆逸兴满怀，一次次将离别之酒喝得干干净净。欲行，将要远行之人，指李白自己。不行，指金陵送行之友人。尽觞，倾杯而饮。一切情意，皆在酒中，不必明言。李白《江夏别宋之悌》：“人分千里外，兴在一杯中。”即是此意。

酒兴浓烈，情义深长，满饮一杯杯美酒，皆不足以表达这种情义。因而，诗人触景生情，看到酒肆之外滔滔东流的长江水，即兴而曰：我们的情义是这样地深长，请君试问滔滔东流的长江水，是东流的长江水绵长呢，还是我们送别的情义更绵长一些呢？这一句，实乃神来之笔，即物起兴，形象而贴切。

此诗乃李白的送别名篇，虽然仅短短的六句，却如同天籁，将送别之情表现得既形象，又意趣盎然。诗开篇交待送别的时间和地点——春天、酒肆，描写江南风情和民俗，如在目前。“风吹柳花满店香”，将春光、东风、柳絮的优美景色生动而自然地展现出来，又引起下文之酒香、人美、情义浓烈，自然美与人物美两相辉映，真是“满店香”了。第二联，则于白描式的叙事中点明诗题“金陵”，新朋旧友的情意绵绵、依依不舍，各尽杯中酒的逸兴，尽情地表达了友情之沉挚与热烈。第三联，遂水到渠成地抒情，触兴感物，被东流的长江水所激荡，诗人发出了天真而真挚的叩问：送别之情义与东流的长江水，谁更加绵长一些呢？问水而不问人，设想奇妙，以实代虚，却又表现得淋漓尽致，颇耐人寻味。后代诗人以流水比喻情感之深长，然而却多为愁情；李白此诗却栩栩如生、恰到好处地表现了激动欢快之情感意绪，沁人心脾。李白作此诗时仅仅二十六岁，我们不能不佩服诗人才情之富赡、体物之深致了。

宣州谢朓楼饯别校书叔云

弃我去者，昨日之日不可留。乱我心者，今日之日多烦忧！长风万里送秋雁，对此可以酣高楼。蓬莱文章建安骨，中间小谢又清发。俱怀逸兴壮思飞，欲上青天览明月。抽刀断水水更流，举杯销愁愁更愁。人生在世不称意，明朝散发弄扁舟。

此诗题当作《陪侍御叔华登楼歌》。李华，字遐叔，是李白的族叔，乃著名散文家，有名篇《吊古战场文》，与萧颖士齐名，并称“萧李”。天宝十一载（752），李华任监察御史，转侍御史，为奸党所嫉，改任右补阙。此诗当是天宝十二载（753），李白陪李华登宣城谢朓楼感怀而作。宣城，今属安徽。谢朓楼，南齐著名诗人谢朓（字玄晖）任宣城太守时所建，也称谢公楼。谢朓《晚登三山还望京邑》有“余霞散成绮，澄江静如练”，李白很是敬佩，遂有“解道澄江静如练，令人长忆谢玄晖”的诗句。清代著名学者、诗人王士祯说，李白“一生低首谢宣城”（《戏仿元遗山论诗绝句》）。

天宝年间以后，是唐王朝的多事之秋。天宝八载（749），哥舒翰以牺牲数万人的代价，夺取了吐蕃之石堡城，李白愤慨地讽刺：“君不能学哥舒，横行青海夜带刀，西屠石堡取紫袍。”（《答王十二寒夜独酌有怀》）天宝十载（751），范阳节度使安禄山以六万人的兵力征讨契丹，大败，唐军死伤殆尽。天宝十一载（752），又发兵二十万征讨契丹。李白北上幽燕，探听虚实，发现安禄山早蓄反叛之志，诗人忧惧不已：“君王弃北海，扫地借长鲸。”（《经乱离后天恩流夜郎忆旧游书怀赠江夏韦太守良宰》）其时，朝廷又与西南之南诏发生大战，数十万大军兵败，死伤无数。时事如此惨烈动荡，让无数有良知的诗人为之忧虑。

就个人而言，李华任职监察御史，执法严正，为奸佞所嫉妒，不能容于御史府，改任右补阙。李白被赐金放还之后，一直被弃置不用；而他所敬仰的前代诗人谢朓，亦因诬陷，下狱而死。三人遭时不偶，同病相怜，何其相似！正如杜甫所说“怅望千秋一洒泪，萧条异代不同时”，因而，当李白陪侍李华登临宣城的谢朓楼凭高远眺之时，岂能无感慨！

弃我去者，昨日之日不可留。乱我心者，今日之日多烦忧！长风万里送秋雁，对此可以酣高楼。

诗开篇破空而来，表达愤激的情绪：以往的岁月已经弃我而去，不可挽留，只能徒唤奈何；如今的时光，时事不可为，黄钟毁弃，瓦釜雷鸣，奸佞当道，贤良蛰伏，让人心境烦忧，意绪难平啊！登临谢朓楼而放眼远眺，大雁深秋南飞，长风万里相送，面对如此壮美之景象，我们可以在这高楼之上纵酒酣饮，尽情地借酒浇愁吧！诗人感慨去日苦多，一事无成，时间无情地“弃”人而去，何其无奈与悲伤激愤！更让人心绪烦乱者，乃是家国、时事、个人的境况纠缠一体，突出一个“乱”字。“弃”与“乱”，将诗人对时间的敏感以及对人生事业的期许与关注，全然彰显出来，将诗人的巨大悲愤显露出来。

蓬莱文章建安骨，中间小谢又清发。俱怀逸兴壮思飞，欲上青天览明月。

蓬莱，东汉洛阳皇家藏书与著书处之东观。《后汉书·窦章传》：“是时学者称东观为老氏藏室、道家蓬莱山。”章怀太子李贤注：“言东观经籍多也。蓬莱，海中仙山，为仙府，幽经秘录并皆在焉。”建安，即建安年间，曹操、曹丕、曹植与王粲、陈琳、阮瑀等七子，诗文风格刚健明朗，志深而笔长，梗概而多气，后世称为“建安风骨”。此处指李华文章可以媲美建安风骨。小谢，即谢朓。《南齐书·谢朓传》：“少好学，有美名，文章清丽。”谢灵运称大谢。此处指李白自己。逸兴，超逸豪放的兴致。壮思，豪壮的情思。汉末刘桢《赠五官中郎将》诗：

"君侯多壮思，文雅纵横飞。"唐王勃《游冀州韩家园序》："高情壮思，有抑扬天地之心；雄笔奇才，有鼓怒风云之气。"览，通"揽"，摘取。

上文点明了是登楼远眺，自然有逸兴壮思，又在谢朓楼上，主旨自然而然就落在对李华和诗人自己文章才情的肯定与颂扬上。李华的文章有建安风骨，可以传颂千秋；而诗人自己堪比谢朓，诗歌最为清新秀发。李华与李白叔侄二人，都满怀豪情逸兴、高情壮思，有飞升青天摘取明月的心胸与才思。

抽刀断水水更流，举杯销愁愁更愁。人生在世不称意，明朝散发弄扁舟。

散发，指脱去簪缨，不受束缚。即鄙弃冠冕，不再努力求仕，行将隐居。《论语·公冶长》："孔子曰：道不行，乘桴浮于海。"

诗人虽然肯定李华与自己的诗文皆可传世，然而现实还是那样地不堪、残酷，刚刚兴起的豪情壮思，又被无情的现实打破。诗人用奇特的比喻，快刀斩乱麻，快刀能够斩断一切无头绪之事，却无法斩断水流，欲断水而水更流；借酒浇愁，想排遣忧愁苦闷，反而进入更大的愁苦之中。在这无奈的意绪之下，诗人说，既然人生如此不合心意，明天干脆就抛弃冠冕、披散头发，乘一叶扁舟，如孔子那样的想法——"道不行，乘桴浮于海上"，再也不问世事了。

此诗写李白与李华两大才人共同登临谢朓楼，凭高远眺，触目感怀，与另一前辈才人谢朓遭际略同、精神相通，遂借高楼酣饮，抒发其忧愤难平之意绪。诗开篇起势不凡，直抒胸臆，如暴风骤雨，破空而来，豪放不羁，将一腔忧愤倾泻而下。既是写一己之遭遇，也是写国家表面升平之下的深重灾难，因而才见"乱我心者"烦忧之深重。又以"长风万里送秋雁"的宏阔雄肆，展现登临谢朓楼上的深远与广阔，将具体的"点"（谢朓楼）之抒写与深广的"面"（长风万里）之展示相联结，勾勒出一幅立体的图画，启人情思。中间，则肯定李华与诗人自己的文章诗歌成就，足可以传世而不朽，有飞升青天揽明月之胸襟与才思。然而，这又有何用呢！既自负，又自伤。诗人借谈诗文以寄托别样的胸襟怀抱，其言外之意自可想见。于是，悲愤激昂的诗人，发出了“抽刀断水水更流，举杯销愁愁更愁”的悲怆呐喊，令千古志士仁人，无不为之动容，无不为之一洒同情之泪！至此，悲愤的诗人转而宣称，既然人生如此，既然道不行于世，又何必悲伤呢？“明朝散发弄扁舟”——归隐江湖，做一个潇洒送日月的隐士罢了。这不是李白的消极，而是污浊现实的无情。李白是顶天立地的大丈夫。孟子说：“居天下之广居，立天下之正位，行天下之大道。得志与民由之，不得志独行其道。富贵不能淫，贫贱不能移，威武不能屈，此之谓大丈夫。”（《孟子·滕文公下》）达则兼济天下，穷则独善其身，绝不悲悲切切、摧眉折腰，绝不祈求怜悯。而这，正是李白的伟大人格。清人方东树说：李白“发想超旷，落笔天纵，章法承接，变化无端，不可以寻常胸臆摸测。”“太白诗与庄子文同妙，意接而词不接，发想无端，如天上白云，卷舒灭现，无有定形。”（《昭昧詹言》卷二十）确实说出了李白诗歌的妙境。

岑　参

走马川行奉送封大夫出师西征

君不见走马川行雪海边，平沙莽莽黄入天。轮台九月风夜吼，一川碎石大如斗，随风满地石乱走。匈奴草黄马正肥，金山西见烟尘飞，汉家大将西出师。将军金甲夜不脱，半夜军行戈相拨，风头如刀面如割。马毛带雪汗气蒸，五花连钱旋作冰，幕中草檄砚水凝。虏骑闻之应胆慑，料知短兵不敢接，车师西门伫献捷。

封常清本为高仙芝帐下一随从，有才学，明敏果决，多谋略，擅长文章，以功擢升为节度判官，曾与岑参为同僚。天宝十三载（754），封常清升任北庭都护、伊西节度、瀚海军使，遂奏调岑参为安西北庭节度判官。岑参受知遇之恩，而封常清的成长经历，也给岑参以莫大的激励，鼓舞其奋发有为的信心和意志。天宝十三载，封常清率军讨伐叛军，岑参作此诗以壮行，预祝大军凯旋。

走马川，在北庭（故址在今新疆吉木萨尔县）、轮台（在今新疆昌志境内）附近，亦称北庭川。有学者考证，以为即唐代轮台以西之著名水道至玛纳斯河（唐时又称白杨河），清代徐松《西域水道记》说此河"冬则尽涸"，因而诗中有"一川碎石大如斗"的描写。行，古诗体裁的一种。大夫，御史大夫。唐制，节度使常摄御史大夫，虽然是虚职，但名位尊崇，唐人通例以最高职衔称对方。封常清天宝十三载被朝廷命为御史大夫。

杜甫说"岑参兄弟皆好奇"（《渼陂行》），盛唐的诗论家殷璠说"岑诗语奇体峻，意亦造奇"（《河岳英灵集》）。岑参善于摄取新奇壮丽的景象入诗，悚动视听，新人耳目。

此诗开篇突兀而来“君不见走马川行雪海边，平沙莽莽黄入天”，以“君不见”这样的提示性语言引人注意，从广袤的走马川到雪海边，广阔无垠的地域忽然之间黄尘遮天蔽日、无边无际，天地为之黯淡失色。这正是沙尘暴来临之时的状态，浑然阔大的气势先声夺人。雪海，《新唐书 · 地理志》：“雪海，又三十里至碎卜戍，傍碎卜戍五十里至热海。”热海，即今吉尔吉斯斯坦东部之伊塞克湖。雪海至伊塞克湖约八十里。此处指从走马川至雪海边的广袤无垠的区域。平沙万里，浩瀚无涯际，沙尘暴从天际滚滚而来，弥漫天地，使得天宇为之发黄，用一“入”字，描摹沙尘暴来临时直入天际的动态。上一句写弥漫天地间的沙尘暴来临时的状态，而下句“轮台九月风夜吼，一川碎石大如斗，随风满地石乱走”，则抒写夜间行军时风之狂暴。从声音来写，“风夜吼”，时间乃九月，地点为轮台；从视觉来写，满川大如斗的石头，竟然被狂风劲吹，扫掠之下，随风满地乱走，从而彰显风之狂暴，势不可挡。走，即小步跑，描摹乱石在狂风劲吹之下到处滚动的无序状态。

正是在这样的狂风扫掠、沙尘遮天蔽日的紧张状态下，诗人及时地交代：“匈奴草黄马正肥，金山西见烟尘飞，汉家大将西出师。”深秋时节，草黄马肥，正是匈奴铁马金戈、纵横驰骋、入侵掠夺之时，军情紧急，事态严重，而大唐将军严阵以待，率大军出击抗敌。匈奴，指代入侵的游牧部族。游牧部族常常在秋天草黄马肥之时，发动对中原王朝的侵袭，抢劫掠夺物资、人口。金山，即阿尔泰山。汉家大将，此处指称唐军主帅封常清。敌人即将入侵，“烟尘飞”摹写其来势汹汹，而“汉家大将西出师”却写得堂堂正正，义正词严，镇定而从容。

大唐军队训练有素，严阵以待，镇定从容，不畏严寒，冲风冒雪，毅然出师抗击：“将军金甲夜不脱，半夜军行戈相拨，风头如刀面如割。”将军肩负保家卫国的使命，金甲在身，率领大军前行，而大军纪律严明，夜间急行军不闻人语，唯闻偶尔发出的轻微的兵器碰撞声。那凛冽的寒风，吹在脸上如刀割一样疼痛，这是严寒中行军的切肤感受。这一句，是对上文严寒酷烈的进一步抒写，也是对大唐军队昂扬斗志、纪律严明的补充。“金甲夜不脱”，写将军以身作则，勇往直前的勇气与责任；“戈相拔”，是细节描写，因夜间行军视觉不可见，故从听觉来暗示大军行进时的整肃无哗，彰显军纪严明，斗志昂扬，战无不胜。“马毛带雪汗气蒸，五花连钱旋作冰，幕中草檄砚水凝”，乃侧面烘托。大军行进神速，而天气酷寒，雪落于马身上，马毛带雪，战马奔驰，汗气蒸腾，旋即又化为冰。细节的刻画，将风雪之猛烈、战马奔驰之快疾、天气之严寒酷烈，都摹写出来，极为形象贴切。五花连钱，唐人喜欢将骏马之鬃毛修剪成花瓣状或铜钱状以为装饰，五瓣者称五花，花纹、形状似相连的铜钱者称连钱。“幕中”一句，诗人说留守后方，在幕帐中草拟文书，天气如此寒冷，连砚台上的墨汁也冻成了冰，更何况在茫茫雪原上顶风冒雪的急行军，那将遭受怎样酷烈的严寒呢？是补充，也是衬托，而且顺势带出结尾之诗句。

正是有这样一支纪律严明、威武神勇、不畏艰苦的军队，一切入侵之敌皆闻风丧胆，不敢与大唐军短兵相接，“虏骑闻之应胆慑，料知短兵不敢接，车师西门伫献捷”，后方留守幕僚前往车师，给凯旋之师献捷吧！车师，汉西域国名，此处指唐之庭州，北庭都护府治所，在今新疆吉木萨尔。伫，等待。这是出师时的预祝之辞，果然一个月之后，大军果然不战而胜，迫使敌人投降。岑参《北庭西郊候封大夫受降回军献上》曰：“胡地苜蓿美，轮台征马肥。大夫讨匈奴，前月西出师。甲兵未得战，降虏来如归。”正是对这场不战而胜的战斗的如实纪录。

封常清率军抗击敌人入侵，岑参于大军出征之时预祝胜利，其实是学习了封常清的故事。据《旧唐书·封常清》记载，开元末，达奚部落叛唐，自黑山北趋向碎叶，高仙芝受命出师征讨，“遇贼击之，达奚行远，人马皆疲，斩杀略尽。常清于幕中潜作捷书，具言次舍、井泉、遇贼形势、克获谋略，事颇精审。仙芝所欲言，无不周悉，仙芝大骇异之”。由此，封常清得到了高仙芝的赏识，也得到幕府同僚的敬仰。

岑参此诗，用艰难酷烈的自然环境，烘托大唐军队出征的豪壮场面、昂扬士气。诗歌开篇即勾勒出一个动态感极强的沙尘遮天蔽日的情境，用“入”字、“吼”字、“走”字，描摹狂风飞沙肆虐的暴烈画面，而且传达出那种带有原始的狂野、桀骜不驯的精神，具有极强的破坏力。如此艰难酷烈的自然环境，显示出这次军事行动的艰苦，也彰显出唐军将士高昂的士气和保家卫国勇往无前的大无畏精神、强大的战斗意志。随即，诗人交待出师之缘由，以及出师之经过，重点在行军出师的艰难历程的摹写。从“将军金甲夜不脱”以下六句，从两个层面展开描摹，“戈相拔”的细节性刻画，暴烈的风雪，疾驰的战马、蒸腾的汗气与冰雪，既写气候之严寒酷烈，也彰显大唐军威之强盛、将士抗敌之大无畏精神，以及镇定从容的军容和心理状态。以动来反衬静，以喧腾咆哮的环境来反衬唐军之整肃严明，以战马之汗气蒸腾来反衬严寒之酷烈——“旋作冰”，多方面的衬托，显示唐军战无不胜的声威与实力。而后，则是预祝伟大胜利的献捷、庆功，戛然而止，水到渠成，颇为自然而恰切。

此诗所写，夸张渲染，雄奇恣肆，奇才奇气，风发泉涌，事实上也为写实，是西北沙尘蔽日、彻骨奇寒的真实写照，也是高度的艺术描摹与现实生活真切感受的浑融一体，因而具有感人的艺术力量。岑参以亲身的西北从军经历，以饱满的热情、赤诚的情志，抒写了一首爱国主义的颂歌。

宋宗元说：“奇景以奇语状出……险绝怕绝，中夜读之，毛发竖起。逐句用韵，每三句一转，促节危弦。”（《网师园唐诗笺》）此诗的体式特色，乃三句为一整体，句句押韵，每三句一转韵。以韵律之繁密，造成节奏的紧凑，又以频频换韵，构成跌宕之势。诗人有意打破偶句为一意义、音节单元的传统格式，以每三句为一单元的格式，显得节短而势险，别具一种奇峭突兀的风格。这种格式，颇适合狂风暴雪、暗夜强行军、出师抗敌、军情紧张的内容，体现了内容与形式的高度统一。而且，结尾用入声韵，显示出明快斩截的意味，表达信心百倍、所向披靡的气概。阅读这首诗，恰似听闻“咚咚”的战鼓声，催人奋进，有着强烈的艺术感染力。

轮台歌奉送封大夫出师西征

轮台城头夜吹角，轮台城北旄头落。羽书昨夜过渠黎，单于已在金山西。戍楼西望烟尘黑，汉军屯在轮台北。上将拥旄西出征，平明吹笛大军行。四边伐鼓雪海涌，三军大呼阴山动。虏塞兵气连云屯，战场白骨缠草根。剑河风急雪片阔，沙口石冻马蹄脱。亚相勤王甘苦辛，誓将报主静边尘。古来青史谁不见，今见功名胜古人。

岑参识度深远，议论雅正，为当时流辈杜甫、高适等所推仰。辛文房《唐才子传》说岑参："累佐戎幕，往来鞍马烽尘间十余载，极征行离别之情，城障塞堡，无不经行。博览史籍，尤工缀文，属词清尚，用心良苦，诗调尤高，唐兴罕见此作。放情山水，故常怀逸念，奇造幽致，所得往往超拔孤秀，度越常情，与高适风骨颇同，读之令人慷慨怀感。每篇绝笔，人辄传咏。"确实能够抓住岑参品性及诗歌的特点。诗人的奇情壮采、深远识度和雅正之议论，往往融注于诗歌中，极具艺术的感染力、思想的启迪性。

这首《轮台歌奉送封大夫出师西征》与《走马川行奉送封大夫出师西征》乃是天宝十三载（754）同时所作。两诗皆为封常清出征祝捷，不同之处在于，《走马川行》以走马川为赋写对象，《轮台歌》则以轮台要塞为赋写对象。诗歌抒写的对象不同，写法也就有了区别。轮台，即今新疆之吉木萨尔。轮台乃瀚海军驻节之地、边关重镇，不同于《走马川行》中的边荒雪原，诗人侧重于对荒凉险恶环境之描摹，这里则着重于对唐军雄壮声威的正面抒写。

开篇"轮台城头夜吹角，轮台城北旄头落"，以"轮台城头""轮台城北"复沓式的句式，强调军情之紧急。夜吹角，军中连夜急吹号角，集合军队，即将出征；旄头落，敌人势运衰微，行将死亡。旄头，即二十八宿之一的昴宿，主兵。《史记·天官书》："昴七星为髦头……六星明与大星等，大水且至，其兵大起，摇动若跳跃者，胡兵大起，一星不见，皆兵忧也。"髦头，即旄头。敌人入侵，军情紧急，号令大军集结，准备出征；这正是胡运衰微，敌人即将败亡的征兆啊。后二句“羽书昨夜过渠黎，单于已在金山西”，才补叙胡骑入侵，紧急军书传来，告知敌人已经行进至金山西了。金山，即阿尔泰山，在轮台北面，这也正照应了上句“轮台城北”。羽书，军书，插羽毛以示紧急、迅捷。渠黎，汉西域国名，在今新疆轮台东南，以汉代唐，乃是运用典故，仅仅代表地名，而不关地理方位。

前二句，写唐军镇守西域，及时掌握军情、信息，掌握主动权，敌之一举一动皆在掌握之中，主动出击那么敌人必然败亡；后二句，补写交待敌人之入侵声势颇大，紧急军书传来，随时呈报敌人的举措与行军进程。于是，“戍楼西望烟尘黑，汉兵屯在轮台北。上将拥旄西出征，平明吹笛大军行”，抒写唐军之应对镇定自若，严阵以待，也是对上文“轮台城北旄头落”的补充与照应。登临戍楼向西眺望，战尘四起，狼烟滚滚，遮天蔽日，唐军出师抗击，就驻屯于轮台之北，严阵以待。唐军上将封常清拥有节制一方的旄节，指挥大军向西进发，给敌人以迎头痛击，天刚黎明，大军即在笛声中启行了。拥旄，即持节。唐代皇帝授予节度使的旄节，作为专制军事的凭证。其时，封常清为北庭都护、伊西节度、瀚海军使，为专制一方之军政长官。吹笛，唐代军乐中有笛，用以鼓舞士气。此为第一层次。

第二层次，抒写大军出征之声威。“四边伐鼓雪海涌，三军大呼阴山动”，大军出征，三军互为呼应，战鼓咚咚，声震天地，竟然使得雪原之积雪也随之而涌动；三军士气高昂，齐声呐喊，雄伟的天山也不禁为之撼动。三军，左中右三军，指全军。阴山，此处指天山。这样雄壮勇武的声威，想来敌人也为之胆寒。“虏塞兵气连云屯，战场白骨缠草根”，敌人也很强大，占据要塞，一派肃杀之气，昔日战场上仍然有无数的累累白骨，埋没于荒草野蔓。虏塞，敌人的要塞。连云屯，杀气上薄云霄，凝固不开。正是由于敌人之强大，而唐军将士不畏艰难，冲风冒雪，奋勇当先，“剑河风急雪片阔，沙口石冻马蹄脱”——剑河狂风劲吹，暴雪飞降，冰冻的大地，异常寒冷，顽石坚硬湿滑，战马的铁蹄也不禁脱落。剑河，水名，在今新疆境内。《新唐书·回鹘传下》：

“青山之东，有水曰剑河。偶艇以度，水悉东北流，经其国（黠戛斯），合而北入于海。”其地在北庭之北，当在西伯利亚叶尼塞河上游一带。沙口，当系地名，不详其所在。

第三层次，则抒写在此艰难困苦之环境下，面对强敌，唐军将士勇往无前的大无畏精神，“亚相勤王甘苦辛，誓将报主静边尘。古来青史谁不见，今见功名胜古人”。亚相，秦汉官制，以御史大夫为丞相副职，后来遂称御史大夫为亚相，此处指封常清。勤王，即尽力于王事。《左传·僖公二十五年》：“狐偃言于晋侯曰：‘求诸侯莫如勤王。’”青史，古代以竹简记事，故称史籍为“青史”。江淹《诣建平王上书》：“俱启丹册，并图青史。”此段意谓，封常清镇守西域，忠勤而尽力王事，甘愿承受一切艰难困苦，报答明主的知遇之恩，誓将消弭边患，获致长久的太平。从古以来，那些名垂青史、彪炳后世、为人所敬仰者，都建立了伟大的功业，而今亚相封常清即将建立不世之功业，一定会超越古人，而名垂青史，为后人所歆羡、仰慕。

此诗为出师时的祝捷之作，先以边境告警、大军出征、交战的紧张气氛，写出必胜的巨大声威和气势，“轮台城头夜吹角，轮台城北旄头落”；而后再补叙，分别从胡（敌）汉（唐）两个层面写起，用“羽书”二句写胡骑之进展迅速，声势强大；以“戍楼”四句，写唐军之及时知晓军情，占得先机，镇定从容，指挥若定，从而申述上文之意，神完意足。自然而然，逼出第二层次之“四边伐鼓雪海涌”四句，既写唐军之奋勇与神威，也写胡骑如云、杀气腾腾，两相对照，凸显唐军之勇敢无畏；而“战场白骨缠草根”，昔日战场的累累白骨，淹没于荒草野蔓，不回避战争的残酷，正是诗人理性哲思与高昂的时代精神的映射——知晓艰难困苦、巨大牺牲，而又不惧艰险、不怕牺牲，这正是盛唐时代精神的传扬。“四边伐鼓雪海涌，三军大呼阴山动”，将浩瀚的雪海、雄伟壮丽的天山调动起来，整肃的军队，欢腾的呐喊，气壮山河，惊心动魄。此乃对唐军斗士不辞艰苦、忠勇报国精神的赞扬。而诗的最后，归结到颂扬功德，于奔腾跳跃、一气呵成的气势中，自然收束，令人心情旷怡。清人翁方纲《石洲诗话》称：“嘉州之奇峭，入唐以来所未有。又加以边塞之作，奇气益出。风会所感，豪杰挺生，遂不得不变出杜公（杜甫）矣。”称赏岑参诗歌的奇峭豪杰，颇为恰切。

此诗前面句句用韵，且二句一换韵，韵位密致，音调急促，一气呵成，极具气势，造成军情紧张、刻不容缓的态势，也与热烈紧张的战争气氛相一致。而篇末四句为一韵，于紧急节奏中，显得舒缓从容，正体现出亚相出师的堂堂正正、镇定从容，诗韵的音乐性与诗情互为表里、相得益彰，达到了和谐的极致。

白雪歌送武判官归京

北风卷地白草折，胡天八月即飞雪。忽如一夜春风来，千树万树梨花开。散入珠帘湿罗幕，狐裘不暖锦衾薄。将军角弓不得控，都护铁衣冷难着。瀚海阑干百丈冰，愁云惨淡万里凝。中军置酒饮归客，胡琴琵琶与羌笛。纷纷暮雪下辕门，风掣红旗冻不翻。轮台东门送君去，去时雪满天山路。山回路转不见君，雪上空留马行处。

天宝十三载（754），岑参赴安西北庭节度封常清幕府，任节度判官。唐制，节度使、判官各一人。判官，唐代节度使、观察使、防御使均置判官，为地方长官的僚属，辅理军政事务。武判官，名不详，乃岑参前任。此诗当作于天宝十四载（755）八月，武判官在安西离任回京，岑参继任，因而岑参作此诗，为武判官送行。

岑参长于写景抒情，以奇情壮采之笔、大气磅礴之势，融情于景，情景交融，纵横跌宕，大气盘旋，刚健中含婀娜，皆一唱三叹，慷慨有余音焉，读之令人自生感慨。岑参的七言歌行体《白雪歌送武判官归京》《热海行送崔侍御还京》《天山雪歌送萧治归京》《火山云歌送别》等，描摹西北边塞的奇丽壮美风光，笔意纵肆，豪情充溢，往往于篇末略抒送别之意，成为盛唐边塞诗中最具时代特色和地域特色，最富奇情壮采和艺术魅力的诗篇。

《白雪歌送武判官归京》咏雪赠别，表达诗人对西北壮丽奇美景色的由衷喜爱、送别友人的依依惜别之情。诗歌开篇，即展现出一幅神奇壮丽的景象："北风卷地白草折，胡天八月即飞雪。忽如一夜春风来，千树万树梨花开。"一夜北风劲吹，紧贴地面，刮起地皮，那坚韧的白草也被吹断，随风旋转，上下翻飞，似乎能将大地吹裂，奇寒难耐！中秋八月，中原依然酷热，处处花团锦簇，人们挥汗如雨，孰料遥远的安西，竟然纷纷扬扬下起了鹅毛大雪，令这个自小居住江陵、成长于中原的诗人瞪大了惊异的双眼。诗人竟然不相信自己的眼睛：这难道是一夜春风吹过，绽放千万树的雪白梨花吧！如此奇美，如此壮丽！白草，西域所产的一种牧草，干时呈现白色，坚韧不易折断。《汉书·西域传上》：鄯善国"地沙卤，少田，寄田仰谷旁国。国出玉，多葭苇、柽柳、胡桐、白草"。颜师古注："白草，草之白者……白草似莠而细，无芒，其干熟时正白色，牛马所嗜也。"

北风卷地，八月飞雪。未及白雪，先写风声，由风而及雪。白草折，而显出风势之猛烈。诗人用"卷地"来形容北风劲吹的狂暴，浩大声势，吹断白草，吹裂大地，突兀而来，横空出世，有横扫一切之势。而次句"胡天八月即飞雪"明白斩截，突现胡天八月飞雪的奇景，惟妙惟肖地写出了由南入北之人少见多怪的惊奇口吻，其实蕴含着多少惊异、多少赞叹……三四句顺接，针对"风""雪"，声调舒缓悠扬，以温暖、热烈的春风、梨花，比拟北风、飞雪，化奇寒为温暖、强劲为和煦，神清气爽，无限赏爱。"忽如"，不仅写出"胡天"之变幻无常，大雪来得急骤，而且再次传出了诗人惊喜好奇的神情。"千树万树梨花开"的壮美意境，颇富有浪漫色彩。诗人将春景比冬景，尤其将南方春景比北国冬景，几使人忘记奇寒而内心感到喜悦与温暖，造景极为奇特。萧子显说："洛阳梨花落如雪。"（《燕歌行》）诗人并非简单借用前人诗句，而是融入其深入西域的亲身体验，浸融其从军西域、驰骋边塞的豪情与自信，饱含着诗人对生活的热爱，不畏艰险困苦的豪迈、乐观精神，是盛唐时代精神的感召所致。这四句，为下文的抒写奠定了弘阔坚实的基础、豪迈乐观的基调。

以下六句，由远景而及近景，从帐外而写帐内，具体而深入地抒写风雪奇寒。"散入珠帘湿罗幕，狐裘不暖锦衾薄。将军角弓不得控，都护铁衣冷难着。”乃是风雪奇寒，人的深切感受。纷纷扬扬的大雪，飘落于帐幕，罗帷湿重，寒气袭人；狐裘大氅没有一丝的暖意，厚重绵软的锦被也显得单薄；将军的角弓被冻住了，无法拉开；都护的铁甲奇寒冰冷，难以穿在身上。通过人的感受写严寒，手法具体而真切，不流于抽象概念。诗人对奇寒津津乐道，使人不觉其苦，反觉冷得新鲜，寒得有趣。罗幕，锦罗制的帐幕。罗，质地比较厚的丝绸。角弓，以兽角为弓背装饰的弓。都护，镇守边疆的军府长官。唐大都护府，设大都护一人，副大都护一人，副都护二人；上都护府，设都护一人，副都护二人。《唐六典》卷三六说：“都护、副都护之职，掌抚慰诸蕃，辑宁外寇，觇候奸谲，征讨携离。”此处与上句的将军，都是泛指。“散入珠帘湿罗幕”一句，点明营帐；后面三句皆是写营帐内的景象与感受，从不同的角度极力渲染。珠帘、罗幕、狐裘、锦衾、角弓、铁衣等，呈现出大唐军营物资的丰富多彩。尽管严寒，然而军营生活却依然是鲜丽多彩，士气昂扬，没有丝毫的冷淡和灰暗的情调，也多少带有一些炫耀、夸张的意味，是诗人对火热军旅生活的热爱之情的自然流露。

宋代大诗人陆游抒写其从军南郑的火热生活，充溢着自信与热情：“忆从嶓冢涉南沮，笳鼓声酣醉胆粗。投笔书生古来有，从军乐事世间无。”（《独酌有怀南郑》）“打球筑场一千步，阅马列厩三万匹。华灯纵博声满楼，宝钗艳舞光照席。琵琶弦急冰雹乱，羯鼓手匀风雨疾。”（《九月一日夜读诗稿有感走笔作歌》）“铁衣卧枕戈，睡觉身满霜……拥马涉沮水，飞鹰上中梁。劲酒举数斗，壮士不能当。马鞍挂狐兔，燔炙百步香。拔剑切大肉，哆（chǐ）然如饿狼。时时登高望，指顾无咸阳。”（《鹅湖夜坐书怀》）那种军旅生活的快意与自信、为国戍边的豪情壮志，洋溢于诗中，令人神往。

岑参在铺写营帐之景象与感受之后，将视野转向营帐之外，又由近景而及远景：“瀚海阑干百丈冰，愁云惨淡万里凝。”军营之外，乃彻天彻地之奇寒。一望无际的沙漠，此刻竟然结满冰雪，冰凌起伏，如大海中之波涛，浩浩万里天宇布满彤云，这风雪下得正紧！阑干，纵横散乱、交错杂乱的样子。赵晔《吴越春秋·勾践入臣外传》：“王与夫人叹曰：‘吾已绝望，永辞万民，岂料再还，重复乡国。’言竟掩面，涕泣阑干。”曹植《妾薄命》诗之二：“腾觚飞爵阑干，同量等色齐颜。”惨淡，暗淡。“百丈冰”“万里凝”，乃极度的夸张渲染，境界壮阔，无比奇寒，却并不令人畏惧，反而有一种奇异的壮美，以及不惧奇寒的风骨与自信。气势磅礴地写出瑰奇壮丽的塞外沙漠雪景，又为武判官归京安排了一个典型的送别环境，“愁”字隐约对离别分手作了暗示。以上为此诗的第一个层次。

第二层次，紧扣诗题“送武判官归京”。营帐内设宴送行：“中军置酒饮归客，胡琴琵琶与羌笛。”中军，指主帅营帐。左、中、右三军，中军由主帅亲领。在主帅大帐，设宴饯别，为归京的武判官送行，可见主帅之青睐与重视，而繁管急弦，一曲又一曲，胡琴、琵琶、羌笛轮番演奏，总是表达不尽依依惜别之情。虽然未作过多的铺衍，然而这一重叠的意象，带着秾郁的异域情调，触动乡思，于送别之时也别有一番滋味，传达出不忍惜别的深情厚谊。“纷纷暮雪下辕门，风掣红旗冻不翻”，视野转向营帐之外，大雪依然在纷纷扬扬地下着，万里无垠的天地银装素裹，只有那树立于辕门的火红大旗，被雨雪打湿、奇寒冰冻，在风雪中已然不能随风飞舞，擎立于天地之间。万里银装素裹的世界，一面红旗，形成了色彩上的对比：冷色的基调画面上衬以一点暖色，反衬得整个境界更洁白、更寒冷；而雪花乱飞的空中不动的红旗又衬托得整个画面更加生动，创造出一个奇丽的境界，使雪景中的送别蕴含了惜别的情意。

自然而然，诗歌遂抒写送别之情景：“轮台东门送君去，去时雪满天山路。山回路转不见君，雪上空留马行处。”酒宴已足，歌吹乐舞，已然消歇，相携着送行东门之外，纷纷扬扬的大雪依然在下，天山路上处处是皑皑白雪。送别之人深情目送，武判官一路向东而行，峰回路转，蜿蜒前行，消失在那遥远的天际，只有那一道长长的马行的踪迹，留在皑皑白雪上……这四句，情景交融，极富情韵，有悠悠不尽之情，恰似电影的长镜头，推向远方……神完意足，蕴含深永的情味。汉代古诗“步出城东门，遥望江南路。前日风雪中，故人从此去”，意境与此仿佛，而全篇就在这含蓄不尽的意境中自然收束。

此诗融合着强烈的主观感受，在歌咏自然风光的同时，还表现了雪中送人的真挚情谊。雪是奇观，是壮丽豪雄军旅生活的展现，也是送别的宏大背景。雪是壮丽奇美的物象，通过塞外的严寒风雪，诗人借以抒写不以军旅生活为艰苦、不以友朋离别为悲的豪情壮志。送别友人，有温情，有依恋，然而绝无感伤、无悲慨，此诗始终洋溢着一种乐观向上的精神，充溢着豪情壮志与强大的自信，是盛唐时代精神的映射。

诗的语言明朗优美，又利用换韵与场景画面交替的配合，形成跌宕生姿的节奏旋律。诗中或二句一转韵，或四句一转韵，转韵时场景必新：开篇入声起，音节陡促，与风雪狂暴的画面配合；继而音韵轻柔舒缓，随即出现“春暖花开”的美景；以下又转沉滞紧涩，出现军中苦寒的情事，而“瀚海阑干百丈冰，愁云惨淡万里凝”，音韵舒缓轻柔，展现极为开阔的视野与境象，“中军”四句，又转入急促，表达急管繁弦的音乐与饯别，末四句渐入徐缓，画面上出现渐行渐远的马蹄印迹，使人低回不已。此诗声韵与情感配合极佳。

杜　甫

韦讽录事宅观曹将军画马图

国初已来画鞍马，神妙独数江都王。将军得名三十载，人间又见真乘黄。曾貌先帝照夜白，龙池十日飞霹雳。内府殷红玛瑙盘，婕妤传诏才人索。盘赐将军拜舞归，轻纨细绮相追飞。贵戚权门得笔迹，始觉屏障生光辉。昔日太宗拳毛騧，近时郭家狮子花。今之新图有二马，复令识者久叹嗟。此皆骑战一敌万，缟素漠漠开风沙。其余七匹亦殊绝，迥若寒空动烟雪。霜蹄蹴踏长楸间，马官厮养森成列。可怜九马争神骏，顾视清高气深稳。借问苦心爱者谁，后有韦讽前支遁。忆昔巡幸新丰宫，翠华拂天来向东。腾骧磊落三万匹，皆与此图筋骨同。自从献宝朝河宗，无复射蛟江水中。君不见金粟堆前松柏里，龙媒去尽鸟呼风。

现在我们常常去博物馆参观，如果看到一幅名画，为其精美神妙所吸引，驻足画前，流连忘返，心中会有所观感，甚至想写一篇读画记，表达自己对画的认识和感想。假如我们可以作诗，就可以写一首诗，描摹这幅图画，抒写我们读画时飞扬的思绪和情志。这样的诗歌就称为题画诗。

唐代宗广德二年（764），在成都，大诗人杜甫于好友韦讽的家中见到著名画家曹霸的一幅名画。韦讽当时官拜录事参军，喜欢绘画，爱好收藏。曹霸是三国时期著名人物曹操的后代，著名画家，擅长画马，常常奉玄宗皇帝诏旨画御马和功臣，官至左武卫将军，所以世人称为曹将军。天宝年间，流落蜀中。唐人张彦远《历代名画记》就有曹霸的传记，著录了他的事迹和绘画名作。

面对这样一幅名画，杜甫激赏而情志颇高，思绪飞扬。诗歌开篇曰：

国初已来画鞍马，神妙独数江都王。将军得名三十载，人间又见真乘黄。曾貌先帝照夜白，龙池十日飞霹雳。内府殷红玛瑙盘，婕妤传诏才人索。盘赐将军拜舞归，轻纨细绮相追飞。贵戚权门得笔迹，始觉屏障生光辉。

曹霸是画马名家，声名显赫，可以与唐初的画马名家、江都王李绪相媲美。李绪是太宗李世民的侄子，画马以神妙著名，声名盛传三十年。而今，曹霸又擅长画马，又使人们得以见到神骏非凡的马儿了。乘黄，传说中的神马名，龙翼而马身，黄帝乘之以登仙，此处比喻曹霸画马之神妙逼真。曹霸曾经画过玄宗皇帝的御马照夜白，精心描绘十日之久，画成之后，好似飞龙伴随雷电霹雳，从龙池飞翔而出。貌，描摹。龙池，在兴庆宫。玄宗登基之前住于兴庆宫，相传常有云气，黄龙出没其中。此处双关，既说玄宗发祥之地，也指画的马神骏似真龙。古人说，凡马八尺以上为龙，神骏异常。曹霸画马很神妙，因而皇宫内府赏赐殷红的玛瑙盘等珍宝，而宫中逐级传旨来取画作。婕妤、才人，都是宫中女官名称。唐代婕妤正三品、才人正五品，官人站位，品级高者在内，低者在外，渐外渐低，因此说“婕妤传诏”而“才人索”。收到殷红的玛瑙盘，曹霸兴奋得拜舞而归，而朝廷所赏赐的绫罗绸缎，又络绎不绝地到了曹霸家中。纨，白色细绢。绮，有花纹的绫缎类丝织品。拜舞，古代的朝拜礼仪，既拜且舞，舞乃依据一定的定式手舞足蹈。这两句意思是说，给曹霸的赏赐无数。因为皇帝的称赏，权贵人家遂很重视曹霸的画，一旦得到，就觉得家中屏障熠熠生辉了。这是第一层次。

昔日太宗拳毛䯄，近时郭家狮子花。今之新图有二马，复令识者久叹嗟。此皆骑战一敌万，缟素漠漠开风沙。其余七匹亦殊绝，迥若寒空动烟雪。霜蹄蹴踏长楸间，马官厮养森成列。可怜九马争神骏，顾视清高气深稳。借问苦心爱者谁，后有韦讽前支遁。

只有当年太宗的拳毛䯄、而今汾阳王郭子仪的狮子花可称神异骏马。李世民前后有六匹骏马，伴之出生入死征战，后刻于其陵墓之上，称昭陵六骏，拳毛騧（guā）是其一。郭子仪平定安史之乱，战功卓著，封汾阳郡王，代宗赏赐良马狮子花。而曹霸所画的马，有两匹就很像拳毛騧和狮子花，极其神骏，让了解战马的人长久地感叹——既感叹于六骏与狮子花的神骏，也感慨曹霸所画的马逼真呀。这种骏马，都是以一敌万的千里马，即使在画绢上，也可以感受到它们驰骋于广阔边疆大漠的猎猎风尘。另外七匹马也非同凡响，昂首挺拔，好似在寒空飘雪中奔腾而来。马蹄奔腾在大道上，马官成群侍养。《庄子·马蹄》："马，蹄可以践霜雪，毛可以御风寒。"长楸间，即大道间。古时种楸树于大道两旁。可爱的九匹骏马，神奇骏异，昂首向天，气宇轩举，却又沉着稳健、不浮躁。古往今来，真心赏爱马之神骏的只有东晋的支遁和当今的韦讽了。支遁，东晋高僧，隐居于庐山，爱养马。有人问他，不骑马却为什么养马，支遁说："就是喜欢马之神骏。"这是第二层次。

忆昔巡幸新丰宫，翠华拂天来向东。腾骧磊落三万匹，皆与此图筋骨同。自从献宝朝河宗，无复射蛟江水中。君不见金粟堆前松柏里，龙媒去尽鸟呼风。

想当初，玄宗皇帝每每巡幸临潼骊山华清宫，车驾仪仗盛大非凡，浩浩荡荡地向东驰去。随驾的三万匹骏马，筋骨奇秀，奔腾跳跃，都与曹霸所画的马相同。临潼，即汉代新丰。磊落，此处指马匹众多，累累如山石。据史料记载，唐玄宗常常于每年的十月、十一月前后驾幸骊山，至来年春天再返回长安。自玄宗死后，再也没有当年的盛事了。唐肃宗上元二年（761）四月，楚州刺史崔侁向玄宗献宝，次日，玄宗去世。《穆天子传》卷一记载，周穆王西巡，河宗伯夭在燕然山迎接，又一起参观宝物图书，归来后穆天子死去。杜甫用这个典故，指代玄宗去世。射蛟，《汉书·武帝纪》：元封五年，汉武帝自浔阳游于长江，亲自射蛟龙于江中，获之。玄宗葬于金粟山，号泰陵。在今陕西蒲城县东北，有碎石如金粟。龙媒，指骏马。《汉书·礼乐志》载《天马歌》：

“天马来，龙之媒。”最后两句说，君不见，自玄宗死去之后，骏马也没有了，只有鸟儿在泰陵前的松柏林中悲鸣了，直是一幅衰败景象。这是第三层次。

在古代，马是国家重要的战略物资，也是一个国家强盛与否的标志。汉武帝为了打通西域，打败匈奴，在西域征求良马，加强汉帝国的武装力量。当良马来归时，创作了《天马歌》。唐代国力兴盛，马匹众多，《资治通鉴》记载，开元十三年（725）厩马由唐初的二十四万匹，增加到四十三万匹。玄宗东封泰山，以数万匹骏马组织庞大的队伍，以马的毛色分为不同的队群，望之如云锦。代宗广德元年（763），杜甫送友人离开了成都，而成都发生叛乱，第二年叛乱平定，杜甫重到成都，在韦讽家中看到了曹霸的骏马名画，代表国家强盛的骏马，激起了他内心的无限感慨。

诗分为三大段。第一段，称赏曹霸乃画马名家，曾经画过皇帝的骏马照夜白，声名显赫。第二段，由名马而想到了为打下江山、平定叛乱立下赫赫战功的唐太宗的六骏和中兴名将郭子仪的狮子花，来比照图画中的二匹神骏奇伟的千里马。既是对图画中二马的绘画逼真之肯定，也是将图画与社会现实相关联，治乱兴衰，深寓感慨；又赞美另外七匹马“殊绝”，肯定骏马之意气昂扬而又沉稳劲健。第三段，又写玄宗时马匹之众多、神骏，自玄宗去世之后，再也没有那样神骏之马，照应第一段的内容，同时也就是说，大唐盛世已然衰落，真是令人感慨。此是题画诗，借歌咏画马而感慨时事，详写二匹骏马，再略写另七匹，着重写马的气势、风神，将图画与现实中的骏马相对照来写，两相交融，“神骏”“清高气深稳”也是大唐士人的自我期许，是盛唐精神的一种写照。清人浦起龙《诗杜心解》卷二之二说：“身历兴衰，感时抚事，唯其胸中有泪，是以言中有物。”杜甫的诗歌，号称“诗史”，不仅在于它表现了社会现实的各个方面，更在于它体现了一种时代精神和独立的思考。诗人在对一幅画的题咏中，将观赏感受、亲身经历、时代风云的变幻，以及理性思考和淳厚的情感，都熔于一炉，展现出画意诗情的丰厚意蕴。

丹青引赠曹将军霸

将军魏武之子孙，于今为庶为清门。英雄割据虽已矣，文采风流今尚存。学书初学卫夫人，但恨无过王右军。丹青不知老将至，富贵于我如浮云。开元之中常引见，承恩数上南薰殿。凌烟功臣少颜色，将军下笔开生面。良相头上进贤冠，猛将腰间大羽箭。褒公鄂公毛发动，英姿飒爽来酣战。先帝御马五花骢，画工如山貌不同。是日牵来赤墀下，迥立阊阖生长风。诏谓将军拂绢素，意匠惨澹经营中。斯须九重真龙出，一洗万古凡马空。玉花却在御榻上，榻上庭前屹相向。至尊含笑催赐金，圉人太仆皆惆怅。弟子韩幹早入室，亦能画马穷殊相。幹惟画肉不画骨，忍使骅骝气凋丧。将军画善盖有神，必逢佳士亦写真。即今漂泊干戈际，屡貌寻常行路人。途穷反遭俗眼白，世上未有如公贫。但看古来盛名下，终日坎壈缠其身。

代宗广德二年（764），杜甫在成都，见到了流落困顿的大画家曹霸。曹霸是三国时曹操的后人，善绘画，在开元年间已经很有声名。天宝末年，玄宗皇帝常常诏命他画御马和功臣，官到左武卫将军，后被贬官为庶人。安史之乱爆发，曹霸流落至成都，颠沛流离，生活困顿。曾经那样一个有显赫家世的高官和著名画家，年岁老大，竟然陷入如此困顿的境地，却又不失其精神气质，曹霸的身上有着诸多的故事和丰富的意蕴，引起了杜甫深长的感慨。

此诗开篇就感慨淋漓，特别点出诗题“曹将军霸”四个字：

将军魏武之子孙，于今为庶为清门。英雄割据虽已矣，文采风流今尚存。学书初学卫夫人，但恨无过王右军。丹青不知老将至，富贵于我如浮云。

曹霸出身高贵显赫，乃魏武帝曹操之后裔，而今被贬官为庶人，又流落至成都，成为一个清贫之人。曹操当年英雄一世，平定中原，雄视华夏，有一统天下的雄心，最终奠定曹魏立国之基业，虽然已成过去，但是，曹操横槊赋诗的文采风流仍然留存下来。曹霸擅长绘画，就是继承了这一文采风流。曹霸书法学习东晋大书法家卫夫人，成就颇高，仅仅比卫夫人的弟子王羲之成就稍逊一点。曹霸醉心于绘画，不知老之将至，视富贵如同过眼浮云，毫不系于心间。卫夫人，东晋时著名书法家，右军将军王羲之曾向她学习书法。丹青，丹砂、青靛是古代绘画的主要颜料，因而借以指代绘画。《论语·述而》："发愤忘食，乐以忘忧，不知老之将至云尔。""饭疏食，饮水，曲肱而枕之，乐亦在其中矣。不义而富且贵，于我如浮云。"这是第一个层次，讲述曹霸显赫高贵的身世，卓绝的绘画艺术水平，以及坦荡豁达的心态。

第二个层次，具体叙述曹霸的绘画成就：

开元之中常引见，承恩数上南薰殿。凌烟功臣少颜色，将军下笔开生面。良相头上进贤冠，猛将腰间大羽箭。褒公鄂公毛发动，英姿飒爽来酣战。

开元是唐玄宗年号，共二十九年。开元时期，曹霸常常由内官引领而拜见皇帝，多次在兴庆宫南熏殿被玄宗皇帝接见、褒奖。太宗贞观十七年（643），在凌烟阁上所绘画的大唐开国二十四功臣形象，因时间久远，颜色驳落，开元中又让曹霸重新补画，栩栩如生，生气勃勃。贤良宰相头上的进贤冠、威猛大将腰间的大羽箭，都很鲜艳夺目。褒国公段志玄、鄂国公尉迟恭这些威猛的将军，毛发飞动，英姿飒爽，活灵活现，似乎要与敌人大战。进贤冠，文臣所戴的朝冠。大羽箭，一种四支羽毛的大竿长箭，唐太宗亲自创制。

在描绘曹霸画人的特色之后，进入第三个层次，突出曹霸的画马技艺：

先帝御马五花骢，画工如山貌不同。是日牵来赤墀下，迥立阊阖生长风。诏谓将军拂绢素，意匠惨澹经营中。斯须九重真龙出，一洗万古凡马空。玉花却在御榻上，榻上庭前屹相向。至尊含笑催赐金，圉人太

仆皆惆怅。弟子韩幹早入室，亦能画马穷殊相。幹惟画肉不画骨，忍使骅骝气凋丧。

唐玄宗的御马五花骢，画工众多却始终不能描摹逼真。这一天，把五花骢牵到殿前台阶之下，昂首挺立，异常神骏，顿时觉得宫门生风。俗语说："龙从云，虎从风。"这匹五花骢一出场，犹如龙虎出现，风云相随，很有气势。曹霸受诏命绘画五花骢，巧妙构思，苦心规划，就如同真龙降临在重重皇宫之内，一下子就将古今凡庸之马扫荡干净。将画图悬挂在皇帝的坐榻之上，画上的马与台阶下的马，昂首挺立相向。皇帝很满意，含笑催赐金银，养马官皆赞赏出神、惊叹不已。曹霸弟子韩幹很早就学到了画马的本领，也能穷形尽相，惟妙惟肖。只是韩幹画马，喜欢画马的丰硕之肉，而不见骨相，肥大而不神骏，竟然忍心使千里马精神衰颓，没有神气。韩幹是曹霸的弟子，学习绘画，成就很高，有《牧马图》传世。入室，指亲自传授的学生，比喻学问技艺的成就达到精深阶段。骅骝，周穆王八骏之一。杜甫推崇描摹马的精神气质，崇尚瘦劲。宋人张耒《萧朝散惠石本韩幹马图马亡后足》诗："韩生丹青写天厩，磊落万龙无一瘦。"看来，韩幹喜欢画肥硕的马。杜甫的诗歌表现出对历史真实的写实。

将军画善盖有神，必逢佳士亦写真。即今漂泊干戈际，屡貌寻常行路人。途穷反遭俗眼白，世上未有如公贫。但看古来盛名下，终日坎壈缠其身。

第四个层次，则是在称赏绘画技艺的基础上，抒发诗人对曹霸沦落困顿不幸的同情与感慨。绘画如有神的曹霸，遇见卓越非凡之人，也愿意给他画像。而今在战乱中流落于西南一隅，也常常给普通的行路人绘画，借以换得一口饭食。人生落泊，走投无路，反而遭遇世俗之人的白眼，可叹世人之上，恐怕没有像曹霸如此贫困的了。只见到古往今来，许多有盛名的人，不知为何，却终日是坎坷缠身、困顿不已呢！眼白，即白眼。晋代的阮籍善为青白眼，见到喜欢的人，就露出青眼；见到不喜欢的人，就露出白眼。坎壈，穷困潦倒。《楚辞·九辩》："坎壈兮贫士失职而志不平。”

杜甫流落西南，内心也常常有一种报国无门的无奈和压抑。在成都与曹霸相遇，这样一个有显赫高贵身份，而又才能卓越的人才，经历战乱，走投无路，靠给人绘画以勉强度日。因此，引起了杜甫无尽的感慨。诗题《丹青引》，引是文体的一种，在叙事的基础上，抒发感慨与情绪。此诗以曹霸画马为中心，纵的方面，既写曹霸显赫高贵的身份，也彰显卓越的绘画才能，重画过凌烟阁二十四功臣，又画过玄宗皇帝的御马，多次蒙受皇帝赏赐，后来沦落困顿，遭受世人白眼。横的方面，讲曹霸书法绘画，既与王羲之比较，也与韩幹比较，同时也突出曹霸画马重视马之神骏骨相，事实上也是人的精神之写照。纵横交错，极力渲染昔日之强盛，突出今日之衰颓，在时代盛衰的强烈对比中，抒发那种飘零之感慨和人生的沧桑变化。全诗四十句，每八句一换韵，意随韵转，情韵谐畅。清人乔亿说：“此七古之长江大河也，于浑浩流转中，位置详审，无一笔造次，所谓‘惨淡经营’者，画不可见，诗独当之矣。”（《杜诗义法》卷下）

寄韩谏议注

今我不乐思岳阳，身欲奋飞病在床。美人娟娟隔秋水，濯足洞庭望八荒。鸿飞冥冥日月白，青枫叶赤天雨霜。玉京群帝集北斗，或骑麒麟翳凤凰。芙蓉旌旗烟雾落，影动倒景摇潇湘。星宫之君醉琼浆，羽人稀少不在旁。似闻昨者赤松子，恐是汉代韩张良。昔随刘氏定长安，帷幄未改神惨伤。国家成败吾岂敢，色难腥腐餐枫香。周南留滞古所惜，南极老人应寿昌。美人胡为隔秋水，焉得置之贡玉堂。

旅居在外，如果时间比较长，很容易想念情谊相投的朋友，给他写写信，打个电话，互报平安，谈一谈彼此关心的话题，实在是人生乐事。

大历元年（766）秋天，杜甫在夔州（今重庆奉节），想起了辞官隐居于岳阳（今湖南岳阳）的老朋友韩注。唐肃宗时期，杜甫任右拾遗，而韩注为谏议大夫，皆为皇帝近臣，担负着规谏讽喻的职责。没有想到，十年之后，两人皆到了西南，杜甫在长江三峡起点的夔州，韩注在洞庭湖边的岳阳，虽然都是居住在长江边上，然而路途遥遥，没有见面的机会，杜甫作此诗以表达思念之情，也同时寄寓了对世事的感慨和家国多难的无奈。

诗歌开篇就写对韩注深厚的思念之情：

今我不乐思岳阳，身欲奋飞病在床。美人娟娟隔秋水，濯足洞庭望八荒。

听到安史之乱平定的消息，杜甫“漫卷诗书喜欲狂”，立即带家人离开成都，准备从三峡出蜀，“即从巴峡穿巫峡，便下襄阳向洛阳”，由南向北，经过襄阳，回到洛阳去。岂料，世事艰难，到达夔州，遭逢乱离，只好暂时居于夔州，回归家乡的心思，便也只能埋藏于心头了。因为困居于夔州，不能回归家乡，听到老朋友韩注在岳阳的消息，就想立刻生出双翅，飞到岳阳和好友相会，可惜病卧在床，徒唤奈何了。好朋友就在长江那头，盈盈一水之隔，在洞庭湖的清波中濯足，也在深情地放眼四望，想念着我这个朋友吧。美人，指所思慕之人，男女都可以用，用于男性，即指其才德之美。《诗经·秦风·蒹葭》：“所谓伊人，在水一方；溯洄从之，道阻且长。”濯足，以水洗脚，比喻超凡脱俗。《孟子·离娄上》：“沧浪之水浊兮，可以濯吾足。”诗中说，用广袤清澈的洞庭湖水来濯足，衬托韩注的高洁脱俗。八荒，八方极远之地。

鸿飞冥冥日月白，青枫叶赤天雨霜。玉京群帝集北斗，或骑麒麟翳凤凰。芙蓉旌旗烟雾落，影动倒景摇潇湘。星宫之君醉琼浆，羽人稀少不在旁。似闻昨者赤松子，恐是汉代韩张良。昔随刘氏定长安，帷幄未改神惨伤。国家成败吾岂敢，色难腥腐餐枫香。

洞庭湖广袤无垠，鸿雁高飞于苍天之上，日月清朗，大地之上秋霜初降，青枫叶已经变成了红叶，真是仙境啊！天上玉京山群仙会集于北斗，朝拜天帝，有的骑着麒麟，有的骑着凤凰。像芙蓉花一样美艳的旌旗，在云雾中飘动，隐约闪烁；玉京山的倒影，在洞庭湖的清波中飘荡。喝了许多玉液琼浆的天帝醉了，那些身披羽衣的仙子却稀稀落落，不再侍奉在身旁了。《集仙录》说："群仙毕集，位高者乘鸾（即凤凰），次乘麒麟，次乘龙。"潇水、湘水在湖南永州汇合，流入洞庭湖。北斗，北斗星。星宫之君，指天帝。群仙朝拜，天帝醉酒，仙人不在身边，暗指人间皇帝沉迷，劝勉、提建议的谏官都被疏远了，不在皇帝身边。因而，才有下面所说的，谏议大夫韩注辞官了，想去学习神仙术，他可是有才能的呀，恐怕就是为汉代立过大功的张良吧。曾经追随刘邦平定天下，建都长安，建功立业的军帐还在，可是张良却不在了，哪能不叫人神色惨伤呢！张良，韩国贵公子，秦灭韩，张良曾于博浪沙，用大铁锥袭击秦始皇车队，击中副车。后来，跟随刘邦平定天下，封留侯，刘邦赞赏他："运筹帷幄，决胜于千里之外，子房功也。"后来，不愿意做官，说想跟随传说中的仙人赤松子学神仙之术。这儿，是以韩国贵公子张良来代指韩注，希望韩注不要隐居，要出来为国家做一些事情。然而，又退一步说，韩注哪敢随意议论朝廷大事的成败呢，只不过是品性高洁，看不惯有些人的作为就隐居了。色难，面有难色。《神仙传》卷五记载，费长房想成仙，壶公让他吃一种恶臭的东西，费长房面露难色。《庄子·秋水》说，猫头鹰得到一只腐鼠（死老鼠），正准备吃，天上飞过一只凤凰。凤凰高洁，喝甘甜的水，吃洁净的食物，而猫头鹰以为凤凰要来抢这只腥腐的死鼠，便向凤凰示威，想吓退。枫香，枫树有脂而香，道教用之来炼药，服之以求长生。这两句是说，韩注虽然不忘忧国忧民，只是看不惯腐浊之辈，洁身自好而隐居罢了。

周南留滞古所惜，南极老人应寿昌。美人胡为隔秋水，焉得置之贡玉堂。

汉武帝东封泰山时，司马迁的父亲司马谈，因为有病不能参加这一旷古大典，而滞留于周南（古洛阳之地）。周南留滞，即指韩注隐居于岳阳。南极星，又称老人星，出现于天空则天下太平，人人长寿。自古以来，贤能之人不能发挥才干，不得不隐居，真是太可惜了，而南极老人星出现于天空，天下会太平的，人会长寿的。韩注为什么还要隐居呢？怎样才能使韩注出来做官，在朝堂之上发挥更大的作用，为天下苍生谋福祉呢！

杜甫虽然困居于夔州，老病艰难，却一心不忘朝廷和天下。得知韩注隐居于岳阳的消息，渴望友朋相会，但也为韩注不能施展才能而惋惜，为朝廷而惜才。但这类感慨不能明说，写得太直白就会缺乏诗味，也会引起一些人的反感。杜甫作此诗很巧妙，将传统的游仙和现实相结合。开篇说思念韩注，因为韩注隐居于洞庭湖边的岳阳，就用“鸿飞冥冥日月白，青枫叶赤天雨霜”。初秋时节，洞庭湖浩渺广大，鸿雁高飞，枫叶由绿转红，既是对自然景物的写实，渲染气氛，又是引向广漠的天地，自然地转入了神奇的神仙世界。天帝醉酒，骑麟跨凤之群仙纷纷而来，暗喻安史之乱后，攀龙附凤之辈纷纷得占高位，遂使身有才能的羽人不得不远退。又由张良学仙，与游仙题材相关联，同时也暗指韩注辞官隐居，回到了前面的“羽人稀少不在旁”。能建立功业的韩注是忠君爱国的，只是看不惯腐朽而隐居，所谓“国家成败吾岂敢，色难腥腐餐枫香”。诗歌的最后，又以南极老人星的出现，表明国运未衰，应该有信心，努力于国事，希望韩注能够出来为社稷苍生而操劳。这是杜甫一贯的忠君爱国之心，知其不可为而为之的巨大努力，也是他“葵藿倾太阳，物性固莫夺”（《自京赴奉先县咏怀五百字》）本性的自然流露，可敬亦可悲。

古柏行

孔明庙前有老柏，柯如青铜根如石。霜皮溜雨四十围，黛色参天二千尺。君臣已与时际会，树木犹为人爱惜。云来气接巫峡长，月出寒通

雪山白。忆昨路绕锦亭东，先主武侯同閟宫。崔嵬枝干郊原古，窈窕丹青户牖空。落落盘踞虽得地，冥冥孤高多烈风。扶持自是神明力，正直原因造化工。大厦如倾要梁栋，万牛回首丘山重。不露文章世已惊，未辞翦伐谁能送？苦心岂免容蝼蚁，香叶终经宿鸾凤。志士仁人莫怨嗟：古来材大难为用。

诸葛亮，字孔明，前期受到刘备三顾茅庐的诚挚邀请，以为得到孔明的辅佐，如鱼得水，可以成就王霸之业。而诸葛亮帮助刘备建立蜀汉政权，形成魏、蜀、吴三国鼎立的局面；后期辅佐后主刘禅，为国事鞠躬尽瘁，死而后已，死后被封为武乡侯。诸葛亮在当时及后世，长久地为世人所景仰。西蜀（今四川、重庆）一带，因为是三国时蜀汉旧疆域，有丞相诸葛亮的许多遗迹。成都有武侯祠，夔州也有武侯庙。在成都，杜甫经常去拜谒武侯祠。大历元年（766）春夏之交，杜甫到达夔州（今重庆奉节），又去瞻仰夔州武侯庙，庙中那棵高耸入云的大柏树很是令人震撼，给人深刻的印象，“武侯祠堂不可忘，中有松柏参天长”（《夔州歌十绝句》），杜甫也自然而然地想到成都武侯祠中的大树。在杜甫看来，古柏树简直就是诸葛亮的化身了。夔州时期，杜甫已经到了人生的暮年，本想在安史之乱平定之后，出三峡而回归北方故园，可是，天下并未太平，蜀中军阀混战，道路不宁，而夔州刺史柏茂琳善待诗人，生活相对安定，杜甫遂留居夔州达两年之久。在这样的生存状态之下，杜甫游玩夔州武侯庙，看到高大的古柏，简直就是诸葛亮的化身，因而就特别期望有这样的栋梁之才，救民于水火，挽狂澜于既倒，使得国家安泰，百姓安居乐业。

诗歌开篇，歌咏孔明庙前古柏之高大：

孔明庙前有老柏，柯如青铜根如石。霜皮溜雨四十围，黛色参天二千尺。君臣已与时际会，树木犹为人爱惜。云来气接巫峡长，月出寒通雪山白。

孔明庙前的老柏树，饱经风霜，树干如青铜，树根如石头，是那么地坚硬而苍老。巨大的树干经历风霜雨雪的侵袭，呈现出灰白色，枝叶繁茂，郁郁葱葱，高耸入云。围，一人合抱。四十围，极言其粗。二千尺，极言其高。沈括《梦溪笔谈》卷二三曰："四十围乃是径七尺，无乃太细长乎?"此实乃科学家沈括计算实际长度与直径之比，而不懂得这是艺术夸张。这棵巨树为何能生长得这样高大呢？是因为刘备得到诸葛亮辅佐，君臣遇合，以为乃如鱼得水，功德在民，百姓思其人犹爱其树，不加剪伐，故古柏树长得高大。这一句，则由写树而转入写人了，既是写树，也是写对明君贤臣遇合的歌颂。柏树从东面接受巫峡云气的滋养，从西边接受岷山雪岭的精华，既是凸现古柏树之高耸入云，也是写古柏树与天地之气相融通，同时也将夔州武侯庙的柏树与成都武侯祠的古树自然而然地相绾合。两地之古树，皆为诸葛亮精神之化身。巫峡，长江三峡之一，在夔州东面。雪山，指岷山，在夔州西面。

忆昨路绕锦亭东，先主武侯同閟宫。崔嵬枝干郊原古，窈窕丹青户牖空。落落盘踞虽得地，冥冥孤高多烈风。扶持自是神明力，正直原因造化工。

由上文的树为人所爱惜，古柏高耸参天，接通巫峡云气和岷山精华，自然而然地想到了成都武侯祠和庙宇中的古柏。"丞相祠堂何处寻，锦官城外柏森森"(《蜀相》)。回忆此前在成都拜谒武侯祠时，蜀汉先主刘备的祠庙和诸葛亮武侯祠在同一庙宇。杜甫在成都所居草堂，紧靠锦江，中有台亭，因而称"锦亭"，而且武侯祠在锦亭的东面。閟宫，庙宇。武侯祠附在刘备庙中，因而称"同閟宫"。高大的古柏树立于原野之上，而庙内壁画深幽，门窗败坏，一派萧条。窈窕，深幽的样子，此处指壁画灰暗驳落。诗人由此而感慨：武侯祠的古柏虽然能够挺立于成都平原之上，占据一席之地，但是，古柏高耸入云却往往遭受了大风的摧折。古柏坚劲挺拔，之所以挺立不倒，乃是神灵扶持之力，是天地所化育造就的。这四句诗，既是写树，同时也是写人。意谓诸葛亮辅佐蜀汉，虽然得到信任，然而树大招风，地位尊崇而易招致攻击，总是会遭受许多的摧折；可是，孔明的正直、忠贞却是上天、神灵所扶持、养护的。

大厦如倾要梁栋，万牛回首丘山重。不露文章世已惊，未辞翦伐谁能送？苦心岂免容蝼蚁，香叶终经宿鸾凤。志士仁人莫怨嗟：古来材大难为用。

古柏挺拔坚贞，大厦将倾需要栋梁之材来支撑，可是万头牛也拉不动像山一样沉重的大树啊，徒然回首而望。王通《中说·事君篇》："大厦将倾，非一木所支也。"古柏没有文采炫世，以其质朴坚贞而为世人所重；古柏不怕砍伐，愿做栋梁之才，可是谁又能够将它送到应该去的地方呢？柏树之树心苦涩，却无法避免蝼蚁的啃啮，虽然如此，它芳香的枝叶还是能够招引凤凰来栖宿的。这几句，既是写树，也是写人。诸葛亮那样苦心竭力、为国事操劳，还要受到奸小之人的陷害，但是他始终如一，坚贞正直，赢得了人们的爱慕和尊重。文章，古人以青和赤相配为文，以赤与白相配为章，此处指文采。香叶，汉武帝以柏木筑台，称柏梁台，香闻数十里。鸾凤，比喻人才。志士仁人不要怨愤感慨了：自古以来，材大总是难被任用的。志士仁人，《论语·卫灵公》："志士仁人，无求生以害仁，有杀身以成仁。"仁人，也作"幽人"，指没有出仕之人。

这首诗虽然是歌咏古柏，实际上是借以自况，抒发其怀才不遇的感慨。古柏是吟咏的主体，也是诗人情思的载体，而情思中既有对孔明的悼念和礼赞，又有诗人的自伤自怜。复杂的情思汇集于古柏，既写夔州孔明庙的古柏，也由此而写成都武侯祠的古柏，由古柏而写孔明，也是写诗人自己。全诗共二十四句，每八句一韵，共三个层次。前八句，歌咏夔州古柏树的高大，引出君臣遇合的感慨。中间八句，则写成都古柏，突出"扶持自是神明力，正直原因造化功"。这样，写夔州古柏则着重其壮伟的气势，"霜皮溜雨四十围，黛色参天二千尺"，极尽夸张，也表现了诸葛亮的伟岸精神；写成都古柏，则在古原空庙的背景下，写"落落盘踞虽得地，冥冥孤高多烈风"的孤高和悲壮，以象征诸葛亮正直不阿、扶持巅危的品格。最后八句，表明主旨，面临大厦将倾、急需栋梁的现实，发出"古来材大难为用"的感慨，不要怨叹感伤，时代缺少像刘备那样爱惜人才、征用人才之人，突出圣君贤臣相遇合的主旨。

李之仪《跋〈古柏行〉后》："或谓子美作此诗，备诗家众体，非独形容一时君臣相遇之盛，亦所以自况，而又以悯其所值之时不如古也。第深考之，信然。作者苟能周旋于其命意造语之际，于诗于履践，皆可追配昔人，不当止谓之诗而易之。"（《姑溪居士文集》卷四一）

观公孙大娘弟子舞剑器行并序

大历二年十月十九日，夔府别驾元持宅，见临颍李十二娘舞剑器，壮其蔚跂。问其所师，曰："余，公孙大娘弟子也。"开元三载，余尚童稚，记于郾城观公孙氏舞《剑器浑脱》，浏漓顿挫，独出冠时。自高头宜春、梨园二伎坊内人，洎外供奉，晓是舞者，圣文神武皇帝初，公孙一人而已。玉貌锦衣，况余白首！今兹弟子，亦非盛颜。既辨其由来，知波澜莫二，抚事慷慨，聊为《剑器行》。昔者吴人张旭，善草书帖，数常于邺县见公孙大娘舞《西河剑器》，自此草书长进，豪荡感激，即公孙可知矣。

昔有佳人公孙氏，一舞剑器动四方。观者如山色沮丧，天地为之久低昂。㸌如羿射九日落，矫如群帝骖龙翔。来如雷霆收震怒，罢如江海凝清光。绛唇珠袖两寂寞，晚有弟子传芬芳。临颍美人在白帝，妙舞此曲神扬扬。与余问答既有以，感时抚事增惋伤。先帝侍女八千人，公孙剑器初第一。五十年间似反掌，风尘澒洞昏王室。梨园弟子散如烟，女乐余姿映寒日。金粟堆前木已拱，瞿塘石城草萧瑟。玳筵急管曲复终，乐极哀来月东出。老夫不知其所往，足茧荒山转愁疾。

大历二年（767）十月十九日，杜甫在夔府别驾元持的宅第中，观赏了李十二娘《剑器》舞，为其光彩照人、姿态矫健所感奋。别驾，州刺史的佐吏（副手），因随刺史出巡时另乘专车，故称别驾。剑器舞，也写作《剑气》，是古乐舞的一种，跳舞者为女子，身着男子戎装，持剑而舞，柔美之中，迸发出孔武健劲的精神。相传，著名书法家张旭就从公孙大娘的《剑器》舞，体味到了草书的写作技巧，从此书法艺术进步神速，成就很高。这美妙的舞蹈，让诗人非常兴奋，当得知李十二娘就是开元年间著名《剑器》舞蹈家公孙大娘的弟子时，杜甫非常感慨。

开元五年（717），杜甫年仅六岁，在郾城（今河南郾城）观看过公孙大娘舞《剑器》和《浑脱》，舞姿妙曼活泼而劲健有力，有很强的节奏感，为当时第一，给了年少的杜甫以极大的震撼。当时从内廷专供给玄宗皇帝乐舞演奏的宜春、梨园两教坊，到宫外京都左右教坊随时应诏的内外歌舞伎，懂得这种舞蹈的，只有公孙大娘一人而已。而今，五十年时间匆匆而逝，不仅公孙大娘的玉貌锦衣已经逝去，而且诗人自己也已经是白发老人了；连公孙大娘的弟子李十二娘也已经不再是青春年少了。当知道她们的师承关系，就发现李十二娘的舞蹈与公孙大娘一脉相承，意态节奏如出一辙，惟妙惟肖。公孙大娘代表了开元盛世的强盛繁荣和无限风采，而李十二娘却在时局动荡的夔府，跳这种代表开元天宝盛世的舞蹈，真是不胜兴衰之感。杜甫无限感慨，遂写了这首诗。

行，古诗的一种体裁。宋代王灼《碧鸡漫志》卷一：“古诗或名曰乐府，谓诗之可歌也。故乐府中有歌有谣，有吟有引，有行有曲。”宋赵德操《北窗炙輠》卷上：“凡歌始发声，谓之引……既引矣，其声稍放焉，故谓之行。行者，其声行也。”

既然临颍李十二娘的《剑器》舞深得公孙大娘的真传，惟妙惟肖，杜甫开篇就写五十年前曾经留下极大震撼和深刻印象的公孙大娘：

昔有佳人公孙氏，一舞剑器动四方。观者如山色沮丧，天地为之久低昂。㸌如羿射九日落，矫如群帝骖龙翔。来如雷霆收震怒，罢如江海凝清光。绛唇珠袖两寂寞，晚有弟子传芬芳。

当年公孙大娘年轻美貌，跳《剑器》舞而轰动四方。舞姿美妙，观众人山人海，眼花缭乱，惊心动魄，面为之改色，惘然若失，好像天地也为之感染而随之起舞。公孙大娘的舞蹈多姿多态：落下时，有如后羿射落九个太阳那样迅捷；跃起时，又似群仙乘龙而飞翔。她出场时，在激烈如雷霆的鼓声戛然结束时出现；收场时，恰似江海平静时水天一色的景象。剑气舞，主要以鼓伴奏，舞前鼓声激荡，鼓声落，舞者登场，如“雷霆收震怒”；跳舞时，流光溢彩，波澜起伏；舞罢，舞者宁神静气，一派澄澈，立于场中，如同“江海凝清光”。公孙大娘圆融美妙的歌声和妙曼的舞姿都不在了，晚年只有这个李十二娘继承了她高超的技艺。

临颍美人在白帝，妙舞此曲神扬扬。与余问答既有以，感时抚事增惋伤。

临颍美人李十二娘在夔府白帝城跳《剑器》舞，出神入化，意气洋洋。临颍，在今河南临颍。白帝城，在夔州，本名鱼复。东汉公孙述到此，见白气如龙从井中涌出，以为祥瑞，因改鱼复为白帝。诗人和李十二娘问答，了解到和公孙大娘的师承关系，因而感慨时世多变，世道艰难，增强了许多的叹惋感伤。有以，“有所以”的省略，即有原委。

因而下文着力写今昔盛衰之间的巨大变化和感伤：

先帝侍女八千人，公孙剑器初第一。五十年间似反掌，风尘澒洞昏王室。梨园弟子散如烟，女乐余姿映寒日。金粟堆前木已拱，瞿塘石城草萧瑟。玳筵急管曲复终，乐极哀来月东出。老夫不知其所往，足茧荒山转愁疾。

玄宗皇帝爱好音乐舞蹈，曾有八千音乐人，而公孙大娘的剑器舞为第一。岂料五十年间，盛衰变化易如反掌。从开元五年（717）杜甫观看公孙大娘舞蹈，至大历二年（767），正好五十年。安史之乱的风尘浩浩荡荡，使得王朝昏暗、社会衰败。当年玄宗所喜爱的梨园弟子都如同云烟一样，四散飘尽，只有李十二娘还保留着开元盛世时女乐的余风，在这个寒冷的冬季出现在夔府。映寒日，双关语，既写李十二娘舞罢冬季日暮，也暗示时局动荡不安，衰败下去。

开创了天元盛世的玄宗皇帝已去世许久，金粟山陵墓前的树也应该有两手合抱粗了，瞿塘峡石城边的草已经黄枯，萧条冷落。拱，两手合抱。围，两臂合抱。舞场上，急促的丝竹管弦，一曲又一曲，李十二娘也舞罢了，月亮从东山上冉冉升起。五十年前观公孙大娘舞，正是盛世太平，五十年后，再看公孙弟子李十二娘舞，已是大乱之后，国家衰败，生灵涂炭，真是“五十年间易反掌”啊！乐极哀来，世事难料。感伤的诗人情绪激动，恍恍惚惚，不知走向何方，急促的脚步绕着荒山行走，致使足生厚茧矣。

此诗题是公孙大娘弟子舞《剑器》，小序却重点叙述公孙大娘《剑器》舞，旨在借乐舞展示今昔盛衰之变，以揭示安史之乱前后五十年间治乱兴衰的历史变化。这样，为诗歌的抒写提供了一个具体而生动的历史语境。

诗歌从李十二娘的师承关系上，生发感情波澜，勾起对开元盛世的追忆。因而，诗歌开篇则用一连串生动形象的比喻，酣畅淋漓地描绘儿时所见公孙大娘舞姿的出神入化。遂后，则转入李十二娘的抒写，引入玄宗皇帝，抒发今昔盛衰之感，展现五十年间的沧桑巨变。此时乐极而哀的感伤，与五十年前的极大欢乐的渲染，遥相呼应，形成对比，增强了诗歌的抒情效果。欣赏李十二娘《剑器》舞的诗人杜甫，却因今昔盛衰之强烈震荡，“老夫不知其所往，足茧荒山转愁疾”，情绪激动而恍恍惚惚地奔走于荒山之中，一方面见出李十二娘剑器舞技艺之超群，感染力强；另一方面也体现出杜甫对五十年间盛衰世变的感受之强烈。此诗，小序与诗歌互为补充，相得益彰，取得了良好的艺术效果。

元　结

石鱼湖上醉歌并序

漫叟以公田米酿酒，因休暇，则载酒于湖上，时取一醉。欢醉中，据湖岸，引臂向鱼取酒，使舫载之，遍饮坐者。意疑倚巴丘，酌于君山之上，诸子环洞庭而坐，酒舫泛泛然，触波涛而往来者，乃作歌以长之。

石鱼湖，似洞庭，夏水欲满君山青。山为樽，水为沼，酒徒历历坐洲岛。长风连日作大浪，不能废人运酒舫。我持长瓢坐巴丘，酌饮四座以散愁。

此诗作于元结任道州刺史时。石鱼湖，在道州东，乃元结命名。元结在道州游玩，发现一湖，景色优美，有石状似游鱼，因而命名为“石鱼湖”。其《石鱼湖上作》曰：“漶泉南上有独石在水中，状如游鱼，鱼凹处，修之可以贮酒。水涯四匝，多欹石相连，石上堪人坐。水能浮小舫载酒，又能绕石鱼洄流，乃命湖曰石鱼湖。镌铭于湖上，显示来者，又作诗以歌之：吾爱石鱼湖，石鱼在湖里。鱼背有酒樽，绕鱼是湖水。儿童作小舫，载酒胜一杯。座中令酒舫，空去复满来。湖岸多欹石，石下流寒泉。醉中一盥漱，快意无比焉。金玉吾不须，轩冕吾不爱。且欲坐湖畔，石鱼长相对。”元结还有《夜宴石鱼湖作》。

诗序交待此诗写作之背景。元结自号漫叟。公田，唐代州县有公廨田，收获以给本衙杂项及不时之需。萧统《陶渊明传》：“以为彭泽令……公田悉令吏种秫，曰：‘吾常得醉于酒足矣。’妻子固请种粳，乃使二顷五十亩种秫，五十亩种粳。”秫，乃一种粘性较好之稻米，适宜酿酒；粳，为一种黏性较差的稻米，适宜做饭。元结效法陶渊明而种秫以便于酿酒。休暇，即休假。唐代官员每十天休假一天，分为上旬、中旬、下旬，当时叫作上浣、中浣、下浣。“浣”也是洗头洗身的意思。王勃《滕王阁序》说：“十旬休暇，胜友如云。”巴丘，即巴陵，在今湖南岳阳洞庭湖边。君山，在洞庭湖中。元结于诗序中描摹休假时，与诸友人泛舟石湖饮酒作乐之事——诗人用公田之秫米酿酒，每逢休假日，就载酒到石鱼湖，时时博取一醉。欢乐醉意中，靠着湖岸伸长臂膊，向石鱼凹陷之处舀酒，使小船载酒，让四座之友人皆能够喝到酒。那种意态就仿佛是靠着巴山，向君山之上取酒一样，而诸友人也似乎是环坐于洞庭湖边上，酒船则漂漂荡荡，顶风冲浪而来往。

“石鱼湖，似洞庭，夏水欲满君山青。”诗人将石鱼湖想象为八百里广袤的洞庭湖，将石鱼看作洞庭湖中之君山：夏天湖水涨溢，波涛汹涌，而君山草木青翠，屹立于万顷波涛之中。“山为樽，水为沼，酒徒历历坐洲岛。”君山（即石鱼）好似酒樽，万顷波涛的湖水好似水沼，三三五五的酒徒，列坐于洞庭湖岸边。“长风连日作大浪，不能废人运酒舫。”连日以来，大风吹拂，波涛汹涌，即使这样也不能够阻挡运酒之船，影响酒徒们酣畅淋漓的饮酒豪兴。“我持长瓢坐巴丘，酌饮四座以散愁。”诗人说自己坐在洞庭湖边的巴陵山巅，手持长把葫芦瓢，从君山上舀酒，给列坐四周的诸位好友添满酒浆，开放畅饮以消解万古忧愁。

大凡诗题为“歌”，往往字句长短没有一定限制，乘兴而发，毫无拘束。此诗就用三字句和七字句，自由奔放地抒写诗人游览石鱼湖，饮酒作乐之事。在想象中，把石鱼湖当作广袤无垠、波涛汹涌的洞庭湖，把石鱼当作君山。把石鱼湖边的饮酒方法，想象为诗人坐在洞庭湖边的巴陵之巅，手执长瓢，伸向洞庭湖中的君山，从君山之凹处舀酒，遍给列坐湖边的好友、酒徒斟酒，即使是长风大浪，也不能阻止这饮酒的豪兴。因为，如此豪饮，是为了驱散压抑于心头的忧愁。是什么忧愁，诗人并没有说明。《石鱼湖上作》诗人说，不爱金玉，不爱高官，只愿坐在湖边，与石鱼长相对。可见，诗人之忧愁，是可以体会把握的。此诗通俗易懂，颇具民歌风调，然而却写得豪放奇肆，充满奇思妙想，似《庄子》之汪洋无端涯之辞，颇能感动激发人意。

韩　愈

山　石

山石荦确行径微，黄昏到寺蝙蝠飞。升堂坐阶新雨足，芭蕉叶大支子肥。僧言古壁佛画好，以火来照所见稀。铺床拂席置羹饭，疏粝亦足饱我饥。夜深静卧百虫绝，清月出岭光入扉。天明独去无道路，出入高下穷烟霏。山红涧碧纷烂漫，时见松枥皆十围。当流赤足踏涧石，水声激激风吹衣。人生如此自可乐，岂必局束为人鞿！嗟哉吾党二三子，安得至老不更归！

贞元十一年（795）五月，韩愈由长安东归，出潼关时，遇见地方大吏给朝廷进贡两只“异鸟”——两只白色羽毛的鸟儿。车笼装饰华丽，护卫森严，意气洋洋，簇拥着向长安进发，一路上喝斥行人避让。韩愈正出潼关东归，也被斥于道路旁以避让。韩愈非常感慨，做《感二鸟赋》，以为自己有幸生于太平之世，进德修业，以求报效朝廷，可惜仕进无门，“今是鸟也，唯以羽毛之异，非有道德智谋、承顾问、赞教化者，乃反得蒙采擢荐进，光耀如此，可以人而不如鸟乎？故为赋以自悼，且明夫遭时者，虽小善必达；不遭时者，累善无所容焉”。感慨万端，“感二鸟之无知，方蒙恩而入幸。唯进退之殊异，增余怀之耿耿。彼中心之何嘉，徒外饰焉是逞。舍生命之湮厄，曾二鸟之不如”。鸟儿之毛羽稍有奇异，遂被视为“祥瑞”，进贡于朝廷，而人则怀才负德，却无人拔擢荐用，深感人不如鸟儿，为不公平的现实而大发感慨。

韩愈仕途一直不太顺利，四次参加科举考试，才于贞元八年（792）中进士；又连续三次参加吏部博学宏词考试，均不中选。韩愈求仕心切，于贞元十一年正月至三月，三次上书宰相，未被理睬。不得已，遂离开长安，入地方幕府，谋求出身。至贞元十七年（801），才有机会入京师参加调选。《山石》即作于贞元十七年七月，游洛阳北惠林寺之时。

诗题《山石》，乃是取诗之首二字为题，并不是咏山石。这类题目的诗歌，虽有题目，实则无题目，因而称之为“准无题”诗。此诗以游记常用的顺叙方式，依时间推移，依次写来，逻辑清晰，层次井然。首四句“山石荦确行径微，黄昏到寺蝙蝠飞。升堂坐阶新雨足，芭蕉叶大支子肥”，写前往游览山寺。荦确，高低不平。芭蕉，又称甘蕉，多年生草本植物。《南方草木状》：“甘蕉望之如树，株大者一围余，叶长一丈或七八尺，广尺余二尺许。”支子，即栀子，常绿灌木，夏初开白花，香味秾郁。肥，指鲜花饱沾雨水盛开的样子。杜甫《陪郑广文游何将军山林十首》其五：“绿垂风折笋，红绽雨肥梅。”沿着逼仄的山路而行，走在上面高低不平，深一脚浅一脚很是艰辛；黄昏时分，终于走到了惠林寺，其时蝙蝠成群结队，飞舞追逐，见出寺庙之古旧。登上殿堂，坐于台阶，一场阵雨过后，芭蕉饱饮雨水，枝叶舒展，很是宽大，栀子花亦沾足雨露，花朵肥大绽放。“行径微”，乃时近黄昏，日光暗淡，山路之狭窄，若隐若现，是从视觉来写；而走在山路上，高低不平，则从感觉来写。“黄昏到寺”，交待目的地，“蝙蝠飞”，突出黄昏时分荒山古寺所特有的景象和氛围，略带神秘，极为传神。树木丛茂，浓荫掩映，野花芳香，雨水滋润后的鲜亮、舒展，令人欣喜。蝙蝠、芭蕉、栀子，一般游寺很少写到的物象，诗人以颇浓的兴致予以摹写，新颖而富有情趣，体现出诗人不同寻常的视野与审美兴趣。

紧接着，抒写到寺之后的具体情事：“僧言古壁佛画好，以火来照所见稀。铺床拂席置羹饭，疏粝亦足饱我饥。”寺僧夸耀寺庙虽然破旧，然而历史悠久，古代壁画非常有特色，遂邀请诗人一行前去观看。燃火把观画，火光摇曳，壁画斑驳，光怪陆离，所见不多，另一方面也证明寺僧所言佛寺之悠久。寺僧殷勤招待，引导观画，又供饭食。粗茶淡饭一方面切合古寺之情景，另一方面也彰显出诗人随缘自适、淡定从容的心态，安于粗茶淡饭的满足感。诗人以轻松、随意的笔调写来，充满诗情与意趣，令人欣喜。“夜深静卧百虫绝，清月出岭光入扉。”摹写夜宿山岭古寺的情境，依然展示出时间推移的过程：夜色已深，四周全然昏暗下来，静静地卧在床榻，听闻不时传来的各种虫鸣声，真是天籁之音。夜深之后，虫鸣声停歇，万籁俱寂，雨后天地澄澈如洗，月上中天，清冷的月光照入窗户，更显出古寺的幽静清绝。

以上为游寺，从荦确山路、逼仄小径登山访寺。黄昏到寺，观寺景，看壁画，用餐夜卧，叙写琐事，娓娓道来。“疏粝亦足饱我饥”表明诗人泰然自适、随缘自足的心态。心地澄澈，才能有昂然的兴趣，欣赏虫鸣天籁、清光入户之美。

以下叙写离寺情境，乃白天之见闻：“天明独去无道路，出入高下穷烟霏。山红涧碧纷烂漫，时见松枥皆十围。当流赤足踏涧石，水声激激风吹衣。”天明之后，独自离去，未曾与寺僧告别，依然是那种随缘任运的心境。昨夜“新雨足”，山路被雨水洗刷，已无行人之踪迹，诗人下山，随山势而行，攀上山巅，深入谷底，穿行在朝霞与雾霭之中。看到山花盛开，姹紫嫣红，涧水碧绿，浓荫蔽天，万物斑斓，目不暇给，时时能够遇见十围的粗壮松柏、参天大树。有时，要越过那湍急的小溪，不得不脱去鞋子，赤脚踩在山涧石头上涉水而过。水流激激，山风嗖嗖，将诗人的衣袖吹得鼓起，衣袂随风飘扬，似有飘飘飞举之状。这种临风飘然欲仙的快意感，乃游山之乐趣和高潮。诗人所展现出的是游山之乐，层次多重，色彩美丽，“出入高下”“山红涧碧”“穷烟霏”“纷烂漫”“当流赤足”“水声激激”“蹋涧石”“风吹衣”，一系列的动态描摹，展示出大自然的神奇美好，诗人返归自然的天真、游山之兴会淋漓。

最后四句，乃诗人返归自然，游山之感触：“人生如此自可乐，岂必局束为人鞿！嗟哉吾党二三子，安得至老不更归！”相对于复杂的社会尘世，常常受束缚，甚至遭受打击，诗人更愿意融入自然，不受束缚。游山访古寺，率性而往，寺僧引导看画，欣然而往，粗茶淡饭，随缘而安；天明离寺，也未曾向寺僧告辞，摆脱了一切繁文缛节，纯任自然，当流赤足，一派天真，诗人所要彰显的正是这种自然天趣，率直纯真的天性。韩愈是一个功名事业心很重的人，责任感极强烈，却在此呼唤二三同道好友，共同隐居，返归自然，一方面是对长期仕途不顺遂引起的反拨，另一方面则为游山的自然美景、率性而行的美感，所强烈吸引。

此诗以所见所闻来写，颇似一篇游记散文，于荒山古寺之中，自黄昏入夜至天明的情景，在诗里逐一描叙。一句一景一情节，节奏进行迅速，转折似不经意，其实却是将一幅用心结构的丰富多彩的画卷从头展开在读者的面前。韩愈用古文的章法来写诗，却又不乏诗的意趣，而且意境雄浑，语言平易，风格清新。韩愈在李白、杜甫之后，另辟蹊径，进行“以文为诗”的大胆尝试，他的诗歌想象丰富，境界壮阔，笔力雄健，开了后世宋诗道路的先声。

韩愈以文为诗的方式，可以概括为：1. 句式散文化，不用对偶句，大量使用虚字；2. 以文章气脉入诗，布局构思有文章脉络；3. 以古文章法、句法为诗；4. 以议论入诗；5. 诗多赋体，直陈；6. 诗兼散文体裁。韩愈诗歌的优点与缺点，对后人的影响都很大。以文为诗，以诗歌说理，以议论入诗，是一个诗歌艺术难题，难就难在必须把经由冷静思考获得的观点、见解与理论，变化成热烈的或深挚的感情，然后以诗的语言抒发出来。这样，就要求诗人的眼光是深刻的，感觉是相当敏锐的，才思要极为富赡。而韩愈则具备了这些条件，所以他以议论入诗，往往会取得很大的成功。这首诗，就是韩愈以文为诗的典型，虽是散文的意脉，而诗意与诗味颇足。韩愈的诗歌，开启了唐诗的大变革，叶燮《原诗》说：“韩愈为唐诗之一大变，其力大，其思雄，崛起特为鼻祖。宋之苏（舜钦）、梅（尧臣）、欧（阳修）、苏（轼）、王（安石）、黄（庭坚），皆愈为之发其端，可谓极盛。”

八月十五夜赠张功曹

纤云四卷天无河，清风吹空月舒波。沙平水息声影绝，一杯相属君当歌。君歌声酸辞且苦，不能听终泪如雨。洞庭连天九疑高，蛟龙出没

狸鼯号。十生九死到官所，幽居默默如藏逃。下床畏蛇食畏药，海气湿蛰熏腥臊。昨者州前槌大鼓，嗣皇继圣登夔皋。赦书一日行万里，罪从大辟皆除死。迁者追回流者还，涤瑕荡垢清朝班。州家申名使家抑，坎轲只得移荆蛮。判司卑官不堪说，未免捶楚尘埃间。同时辈流多上道，天路幽险难追攀。君歌且休听我歌，我歌今与君殊科。一年明月今宵多，人生由命非由他，有酒不饮奈明何！

韩愈性格刚强，勇于任事，敢作敢为，为民请命，有强烈责任心和事业心。贞元十九年（803），韩愈任监察御史。这一年，关中旱情严重，饿殍遍野，京兆尹李实恃宠强横，刚愎自用，为政猛暴，聚敛进奉以固恩宠，百姓所诉毫不在意。朝廷虽有减免租税的明文，然而官吏仍聚敛征求。德宗问民间疾苦，李实奏曰："今年虽旱，谷田甚好。"因此，租税皆不免，百姓穷困无所诉，乃至拆屋卖瓦木、卖麦苗以供赋敛。优人成辅端戏作歌谣，描摹百姓穷苦之状曰："秦地城池二百年，何期如此贱田园。一顷麦苗五石米，三间堂屋二千钱。"李实闻之大怒，以诽谤国政之罪上奏，德宗下令处死。当时论者曰："瞽诵箴谏，取其诙谐以托讽谏，优伶旧事也。设谤木采刍荛，本欲达下情，存讽议，辅端不可加罪。"京师之人，对李实无不切齿以怒。而李实恃宠骄横，陵轹公卿，随其喜怒以诬奏，被贬谪者相继，朝士畏而恶之。

身为监察御史的韩愈亲闻亲见百姓之惨状："传闻闾里间，赤子弃渠沟。持男易斗粟，掉臂莫肯酬。我时出衢路，饿者何其稠。亲逢道死者，伫立久咿嚘。归舍不能食，有如鱼挂钩。"（《赴江陵途中寄赠王二十补阙李十一拾遗李二十六员外三学士》）与张署直言上书，指出朝廷减税明文，无法惠及百姓，徒具形式，《御史台上论天旱人饥状》曰："上恩虽弘，下困犹（尤）甚，至闻有弃子逐妻，以求口食，拆屋代树，以纳税钱。寒馁道涂，毙踣沟壑。有者皆已输纳，无者徒被追征。"请求朝廷停征赋税。熟料，得罪当局而被贬为连州阳山（今广东阳山）县令，张署贬为郴州临武（今湖南临武）县令。

贞元二十年（804）春天，韩愈到达阳山。贞元二十一年正月，德宗死去，顺宗即位，韩愈、张署遇大赦离开贬谪之地至郴州（今湖南郴州）待命。湖南观察使杨凭阻挠，二人遂未得回京。八月，宪宗即位，又大赦，二人量移（官吏因罪远谪，遇赦酌情调迁近处任职）江陵府（今湖北江陵），韩愈为法曹参军，张署为功曹参军。此诗作于郴州，已接到任命，尚未赴江陵时。

诗题《八月十五夜赠张功曹》，主人公乃韩愈、张署二人，同为监察御史，同被贬谪为南荒县令，遇大赦得北归，却遭受阻挠，再遇大赦，得以量移江陵。韩愈张署经历、身份相似，命运相同，交谊颇深，“同是天涯沦落人”，于中秋夜赏月，其不平之心绪、愤激之情感，借此以抒发。

诗开篇“纤云四卷天无河，清风吹空月舒波。沙平水息声影绝，一杯相属君当歌”，紧扣诗题“八月十五夜”。飘浮的纤云已然收卷，天空晴朗，银河退隐，明月当空朗照苍穹大地，清风吹拂。沙滩平静，水声消歇，万物都在月色中屏息绝迹，诗人举酒相劝，请好友张署对中秋明月而歌唱一曲，欢度中秋佳节。诗的逻辑性很强，依时间而自然展开：清风吹拂，因而纤云四卷，明月朗照，于是银河退隐，一切都沉浸于中秋明月的审美之中，似乎享受着清朗宁静之美，因而诗人举酒劝慰，希望好友高歌一曲。月舒波，将四射之月光比拟为流水，突出月之明朗与光之流动感。

“君歌声酸辞且苦，不能听终泪如雨”，乃诗人对好友之歌的概括性评价，也是诗人听闻之后的强烈感受：你的歌声酸楚，文辞苦涩，令人无法听下去，且泪如雨下。而这“声酸辞且苦”的歌声，与上文之朗月照临、空明宁静之景象全然不符，强烈的对照令人疑惑，且激发出好奇心，颇想探究因何而“声酸辞且苦”，转折极为自然。于是，下文遂进一步深入而详实地叙写造成“声酸辞且苦，不能听终泪如雨”的种种缘由。以上为第一段。

以下乃第二段，主要叙写“君歌”，历述种种艰难困苦。“洞庭连天九疑高，蛟龙出没猩鼯号。十生九死到官所，幽居默默如藏逃。下床畏蛇食畏药，海气湿蛰熏腥臊。”叙写贞元十九年冬、二十年春，贬谪途中所经历艰难险阻及抵达贬所之后的艰辛生活情状。洞庭湖广阔无边，远连天际，惊涛骇浪奔涌，蛟龙出没，兴风作雨；九疑山高耸云霄，云遮雾绕，猩猩哀鸣，鼯鼠悲号。经历十生九死的艰难险阻，终于抵达南荒贬所，独处幽居，噤口不言，如同逃犯潜藏一样。那种恶劣艰难的生存环境令人无法忍受：下床害怕毒蛇横行，吃饭担忧蛊毒中伤，南方炎炎，南海湿热，蛰虫四处爬行，腥臊之气熏蒸，实在令人难熬。此处摹写得极为幽森恐怖，还有强烈的象征色彩。九疑山，即苍梧山，在郴州西南（今湖南宁远县南）。《山海经·海内经》："南方苍梧之丘，苍梧之渊，其中有九疑山，舜之所葬，在长沙零陵界中。"郭璞注："其山九溪皆相似，故云'九疑'。"相传，舜南巡至此而没，娥皇、女英二妃追寻至此，沉水而死，以身相殉。鼯鼠，乃一种大飞鼠。《文选·左思〈吴都赋〉》："狖（yòu）鼯猓（guǒ）然，腾趠飞超。"刘逵注："（鼯）肉翼若蝙蝠。其飞善从高集下。食火烟，声如人号。一名飞生。"食畏药，药即蛊毒。《文选·鲍照〈苦热行〉》注引顾野王《舆地志》："江南数郡有畜蛊者，主人行之以杀人，行食饮中，人不觉也。其家绝灭者，则飞游妄走，中之则毙。"因而，吃饭则担忧中蛊毒。韩愈诗曰："有蛇类两首，有蛊群飞游"，"猜嫌动置毒，对案辄怀愁"。（《赴江陵途中寄赠王二十补阙李十一拾遗李二十六员外三学士》）

韩愈贬阳山，张署贬临武，皆荒蛮之地。韩愈《祭河南张员外文》追述其时南贬途中的艰难险阻——押送的差役严加看守，至洞庭湖，"洞庭漫汗，黏天无壁，风涛相豗，中作霹雳。追程盲进，帆船箭激。南上湘水，屈氏所沈。二妃行迷，泪踪染林。山哀浦思，鸟兽叫音"。张署到达临武，韩愈还要南行，临别的晚上，猛虎入马厩，把韩愈所乘骑的驴子吃了，令人惊悚。韩愈有诗记述贬窜阳山的艰辛："中使临门遣，顷刻不得留。病妹卧床褥，分知隔明幽。悲啼乞就别，百请不颔头。弱妻抱稚子，出拜忘惭羞。僶俛不回顾，行行诣连州。"路途艰险，严冬越过冰雪封路的商山，春天洞庭湖水涨，波涛汹涌，"出没惊孤舟"；到达阳山，环境恶劣，语言不通，"酸寒何足道，随事生疮疣。远地触途异，吏民似猿猴"（《赴江陵途中寄赠王二十补阙李十一拾遗李二十六员外三学士》），飓风大起，雷霆霹雳，震动山岳，极为恐怖，痨疫流行，十家九死。

贬谪的痛苦和愤懑，使诗人心境很压抑，而南贬之行的艰难困苦，加重了这种深切的感受；到达贬所之后，形如囚犯，没有自由，而恶劣恐怖的生存环境，使得诗人身心俱疲。因此，及早结束贬谪生活，北归故土，遂成为生活中最大的渴望。

第二层次，主要叙述宪宗即位，朝廷政治出现令人欢欣鼓舞的新气象："昨者州前槌大鼓，嗣皇继圣登夔皋。赦书一日行万里，罪从大辟皆除死。迁者追回流者还，涤瑕荡垢清朝班。"昨日，州府之前捶响大鼓，鼓声阵阵，欢欣鼓舞，宣布新皇帝即位、朝廷拔擢进用贤明大臣的特大喜讯。大赦诏书，日行万里，犯斩首之罪的免除死刑，贬谪、流放的官吏都可以召回任用；那些有瑕疵、有污点的官吏被扫荡、清理，朝堂之上班列清肃。嗣皇，指宪宗。宪宗于永贞元年（805）八月五日即位，六日即贬斥主持革新的王伾、王叔文以及刘禹锡、柳宗元等人，即"二王八司马"事件，诏书有曰："改贞元二十一年为永贞元年。自贞元二十一年八月五日已前，天下死罪降从流，流以下递减一等。"夔与皋陶是舜时的贤臣，夔是乐官，皋陶是司法官，后世以"夔皋"为贤臣的代称。因而，"登夔皋"乃指宪宗任用杜黄裳、袁滋为宰相；"涤瑕荡垢"则指王伾、王叔文、刘禹锡、柳宗元等永贞革新的主要人物。大赦诏书颁布于八月五日，八月十五日也就是中秋节时赦书已经到达郴州。据《旧唐书·地理志》，郴州在长安东南三千三百里。《唐大诏令集》卷四苏颋《改元开元元年大赦天下制》："赦书日行五百里，布告遐迩，咸使知闻。"同书卷七五《大历七年大赦》："赦书日行五百里，宣示中外，咸使闻知。"因此，韩愈于中秋节前，已然闻知赦书，对朝局的变化兴奋不已，"赦书一日行万里"极度夸张，表达其欣喜之情、急切之意，渴望能够迅速改变自身处境而回归朝堂。此六句，洋溢着极大的热情，以明快的笔调叙写，与上文六句的酸苦悲凉形成强烈对照，抑扬有致，文势跌宕。

第三层次，在强烈的渴望之时，却又遭受挫折，致使情绪低沉、愤激："州家申名使家抑，坎轲只得移荆蛮。判司卑官不堪说，未免捶楚尘埃间。同时辈流多上道，天路幽险难追攀。”郴州府已然上报了韩、张二人回京的名单，然而湖南观察使却将名单扣下来了，遭遇如此挫折，遂不得不接受湖南观察使的安排，前往江陵任职。身为功曹参军，官职卑微，其中辛酸无法言说，往往被上司所喝斥、鞭打，毫无尊严。同时贬谪的官员大都兴高采烈地踏上了回京的路途，然而对韩、张二人来说，天路遥遥，幽微艰险，难以攀登而上啊。这一层次的叙写，悲愤苍凉、抑郁难平的情绪充溢于字里行间，与上一层次之欢欣鼓舞形成对比，情感的落差极大使文情意脉多起伏变化，极尽张弛之能事。

使家，指湖南观察使杨凭。杨凭乃柳宗元妻父。韩愈一直怀疑自己被贬官与柳宗元、刘禹锡泄露他们的私下谈话有关。作于同时期的《赴江陵途中寄赠王二十补阙李十一拾遗李二十六员外三学士》有曰：“同官尽才俊，偏善柳与刘。或虑语言泄，传之落冤仇。二子不宜尔，将疑断还不。”韩愈虽然说，不太相信好友刘禹锡、柳宗元会泄露私下的谈论，但始终没有排除这个嫌疑。因而，他认为柳宗元妻父杨凭是有意打击报复。另外，韩愈不赞成革新，对刘禹锡、柳宗元参加永贞革新不以为然，以为乃小人乱天道，因而在诗中将永贞革新失败斥之为“涤瑕荡垢清朝班”。荆蛮，楚地开发较迟，多蛮荒之地，此处指江陵。判司，唐代节度使、州郡长官的僚属，分别掌管批判各部门的文牍等事务。张署为功曹参军，韩愈为法曹参军，地位较低，有过错常常受笞罚。杜甫《送高书记》：“脱身簿尉中，始与捶楚辞。”宋人蔡梦弼注：“唐制，参军簿尉，有守即受笞杖之刑。犹今之胥吏也。故杜牧诗有云‘参军与簿尉，尘土惊劻勷。一语不中治，鞭笞身满疮’是也。”

就实际而论，韩愈自阳山赦还，乃是贞元二十一年（805）乙巳顺宗即位，二月甲子大赦，至郴州待命，为湖南观察使杨凭抑阻，出任江陵法曹参军。韩愈有诗曰：“前日遇恩赦，私心喜还忧。果然又羁絷，不得归锄耰。此府雄且大，腾凌尽戈矛。栖栖法曹掾，何处事卑陬。生平企仁义，所学皆孔周。”韩愈说自己所学乃周孔儒学，而今要去审理案件，管理监狱，实在不能忍受，然而处于身不由己之境地，不得不勉力为之。宪宗即位，大赦诏书传来，他极为欣喜：“昨者京使至，嗣皇传冕旒。赫然下明诏，首罪诛共兜。复闻颠夭辈，峨冠进鸿畴。班行再肃穆，璜佩鸣琅璆。”（《赴江陵途中寄赠王二十补阙李十一拾遗李二十六员外三学士》）视永贞革新之二王为历史上的大恶人共公、驩兜，视宪宗所任用的杜黄裳、郑余庆、袁滋等人为辅佐周文王之贤良，因而说朝廷“班行再肃穆”，一派祥和。由此可知，“昨者州前搥大鼓”六句和“州家申名使家抑”六句，将顺宗大赦得以量移，待命郴州为江陵法曹参军，与宪宗即位大赦混合而言，有意识地淡化顺宗大赦，主要突出宪宗即位后肃清朝政，重振朝纲，揭斥湖南观察使之抑阻，量移为判司卑官，“未免捶楚未埃间”，不得回归京师，而发其愤懑不平之气。

张署的歌辞悲苦、歌声酸楚，诗人借此具体而深入地抒写贬谪南荒，大赦得以量移而又遭抑阻的悲愤苍凉、抑郁难平，既照应了第一段“君歌声酸辞且苦，不能听终泪如雨”，也开启了下文。

因而，第三段“君歌且休听我歌，我歌今与君殊科。一年明月今宵多，人生由命非由他，有酒不饮奈明何！”张署与韩愈一同被贬，一起量移，同为判司卑官，因而张署之歌的酸楚悲苦，韩愈感同身受。韩愈虽未叙写自身的经历与感受，却借张署之歌——他人之杯酒，浇自家之块垒，真是一笔两到，极为简洁明畅，显得更为客观真实、情感更为真挚。“君歌且休听我歌，我歌今与君殊科”，既是过渡性的语句，也在表明诗人的态度，“我歌”全然不同于张署之歌，仅仅三句“一年明月今宵多，人生由命非由他，有酒不饮奈明何”——中秋佳节，乃一年最好的赏月时光，人生在世，一切由命，无法自己主宰，无奈中也只有对明月而痛饮美酒，不要辜负了难得的朗月清光。旷达的心怀，满含悲凉与无奈，是经历痛苦挫折之后的超然，骨子里透露出不妥协的倔强性格，以及对未来的热切希望。

作于此时期的《荆潭唱和诗序》提出诗“穷而后工”的理论，曰：“夫和平之音淡薄，而愁思之音要妙；欢愉之辞难工，而穷苦之言易好也。”诗文要发抒其不平之鸣，有真切的感受，才能有感染力。《八月十五夜赠张功曹》逻辑清晰，内容充实，感情饱满，以接近散文的笔法、古朴的语言直陈其事，不用譬喻，不用寄托，主客互相吟诵诗句，一唱一和，虚实结合，共诉衷情，而洒脱疏放，别具一格。诗歌主要以张署之口来淋漓尽致地抒发了诗人内心的不平。全诗皆用古调，音节起伏，很好地表现了感情的发展变化，诗歌既雄肆而又婉转流畅。从结构上说，诗以明月开篇——“清风吹空月舒波”，结尾又以明月终结——“一年明月今宵多”，既相互照应，使结构完整，又光风霁月，一派朗畅，境界高远，使得诗歌的意境始终有一种浓浓的悲凉意韵，然而基调并不低沉。

谒衡岳庙遂宿岳寺题门楼

五岳祭秩皆三公，四方环镇嵩当中。火维地荒足妖怪，天假神柄专其雄。喷云泄雾藏半腹，虽有绝顶谁能穷？我来正逢秋雨节，阴气晦昧无清风。潜心默祷若有应，岂非正直能感通！须臾静扫众峰出，仰见突兀撑青空。紫盖连延接天柱，石廪腾掷堆祝融。森然魄动下马拜，松柏一径趋灵宫。纷墙丹柱动光彩，鬼物图画填青红。升阶伛偻荐脯酒，欲以菲薄明其衷。庙令老人识神意，睢盱侦伺能鞠躬。手持杯珓导我掷，云此最吉余难同。窜逐蛮荒幸不死，衣食才足甘长终。侯王将相望久绝，神纵欲福难为功！夜投佛寺上高阁，星月掩映云曈昽。猿鸣钟动不知曙，杲杲寒日生于东。

永贞元年（805）秋，在郴州待命的韩愈得以量移江陵，任法曹参军。韩愈由郴州赴江陵，途经南岳衡山，且宿于衡岳庙，题此诗于南岳庙门楼。衡山，古称南岳，为五岳之一。位于今湖南中部，有七十二峰，其中以祝融、天柱、芙蓉、紫盖、石廪五峰最为著名。祝融峰海拔1290米，可俯瞰群山，观赏日出。相传，舜南巡和大禹治水都到过这里。历代帝王南岳祀典，除汉武帝迁祀安徽潜山外，均在此山。南岳乃道教名山，道教称第三小洞天，名其岳神为司天王。有黄庭观，传为晋天师道女祭酒魏华存修道处。上清宫，乃晋道士徐灵期修行处。降真观，乃唐司马承祯修道处。衡岳庙，在今湖南衡山县西三十里南岳镇。

此诗乃韩愈七言古诗的代表作，既有崇高庄严的一面，也有诙谐戏谑之笔，借抒写游山之所见所闻所感，而发抒其郁勃愤激之情。

诗开篇则讲南岳之崇高与神奇："五岳祭秩皆三公，四方环镇嵩当中。火维地荒足妖怪，天假神柄专其雄。喷云泄雾藏半腹，虽有绝顶谁能穷？"写南岳，却不说南岳，从五岳说起。五岳祭祀等级，皆视同三公，而且五岳雄踞天下，东岳泰山、西岳华山、北岳恒山，南岳衡山围绕着分镇四方，中岳嵩山居中而镇守。祭秩，祭祀等级。周以太师、太傅、太保为三公，此处泛指朝廷中最高的官位。《礼记·王制》："天子祭天下名山，五岳视三公。"《通典·礼典·吉礼六》："大唐武德、贞观之制，五岳、四镇、四海、四渎，年别一祭……南岳衡山于衡州南镇。开元十三年，封南岳神为司天王。"

衡山地处南方荒蛮之地，多有妖怪，上天命祝融专管其地，为一方之雄。喷云吐雾，缭绕山腰，遮蔽掩藏，其上则神秘莫测，不可得见，虽然有绝顶高峰，然而谁又能够攀援而上至山巅呢？古人以金木水火土与西东北南中相配，南方属火，因而称南方为火维。祝融为火神。《元和郡县图志》卷三〇"衡山"："《南岳记》曰：南宫四面皆绝，人兽莫至，周回天险，无得履者。"衡山极险峻，云雾缭绕，树木丛茂，多野兽，很少有人能够攀登绝顶。

五岳镇守天下，极为尊崇，四岳皆在中原及北方，而衡山地处南方，为一方之雄长，拱卫天下，突出南岳之威势与神峻。上天授予其权柄，镇守南方，威权赫赫；火神祝融喷云吐雾，南岳险峻神秘，而"足妖怪"，又使之带有不少的邪横之气，光怪陆离，令人生畏。此为第一段。

第二段八句，正面叙写登山而观览峰峦之壮丽神奇。"我来正逢秋雨节，阴气晦昧无清风。潜心默祷若有应，岂非正直能感通！"诗人说，前来游览登山，正值秋天霖雨之时，天气阴沉，昏暗不明，没有一丝清风，阴湿沉闷难奈。于是，默默在心中祈祷，似乎有神灵回应，如果不是神灵正直，哪里能够感动神灵而人神沟通呢！深秋霖雨，"阴气晦昧无清风"是写实，乃诗人登山之感受，同时也是诗人遭抑阻而量移江陵之郁勃愤激心绪的自然流露。难得登临南岳，不满于此种"阴气晦昧”，遂向南岳神灵“潜心默祷”，亦庄亦谐，似假似真，而神灵正直耿介，也暗示诗人正直，故而能够感应交通。

于是，阴霾消散，显露出南岳神秘的面容：“须臾静扫众峰出，仰见突兀撑青空。紫盖连延接天柱，石廪腾掷堆祝融。”须臾之间，云开雾散，神秘的南岳露出其奇险壮丽的姿态；仰面而望，那拔地而起、高耸的山峰直插云霄。神奇的紫盖峰绵延不绝，与险峻的天柱峰相连接，石廪峰山势起伏腾踊，祝融峰最为高峻险要，似乎堆压着群山峰峦。“静扫”，描摹云雾消散之不知不觉的状态，且带有神秘感。“仰见”，彰显山峰之高峻，需仰视而见，亦透露出初见神秘山峰的欣喜。“撑青空”“接天柱”“堆祝融”以及“连延”“腾掷”，一系列动态感极强的词语，极具张力，将南岳诸峰的态势和力量，全然彰显出来，栩栩如生，充溢着强劲的生命活力。登览游山，事随心愿，雾散云开，奇峰险嶂，形神各异，诗人初登临时的“阴气晦昧”也荡然无存，而为之神清气爽，胸襟开阔。其明快跃动的美感，以及奇峰险嶂之壮丽，使诗人心境舒畅，豁然开朗。衡山七十二峰，以祝融、紫盖、天柱、石廪、芙蓉五峰为最。《艺文类聚》卷七盛弘之《荆州记》曰：“衡山有三峰极秀，一峰名芙蓉峰，最为竦杰，自非清霁素朝，不可望见。峰上有泉飞派，如一幅绢，分映青林，直注山下。”

第三段十四句，则叙写游衡岳庙。“森然魄动下马拜，松柏一径趋灵宫。”紧接上文，云扫雾开，展现出南岳的险峻、壮丽、神秘，令人神魂悸动，似乎真有威赫神灵，不由得下马膜拜；青松翠柏掩映着一条小路，直通灵宫，因而诗人由此小径前趋拜谒。由此遂叙写庙内情状：“纷墙丹柱动光彩，鬼物图画填青红”，雪白的庙墙，红色的殿柱，阳光照耀下，熠熠生辉，光焰浮动；壁画上各种神怪，填满青红色彩，光怪陆离。“升阶伛偻荐脯酒，欲以菲薄明其衷”，走上台阶，低首曲背进献上肉脯清酒，想以不太丰厚的祭礼，向神灵表明自己的心意衷曲。伛偻，弯腰弓背，表现恭敬。《后汉书·张酺传》：“公其伛偻，勿露所敕。”李贤注：“伛偻，言恭敬从命也。”

“庙令老人识神意，睢盱侦伺能鞠躬。手持杯珓导我掷，云此最吉余难同。”掌庙老人能够识知神灵之意，眼睛似开还闭，一边窥伺，一边连连鞠躬，手持占卜用的杯珓，引导我抛掷占卜吉凶，说此为上上大吉，没有比这个占卜卦象更好的了。庙令，唐代于五岳四渎各设庙令一人，正九品上。睢盱，张眼为睢，闭眼为盱。此处描摹庙令老人眼睛半开半闭，故弄神秘，且察言观色，窥伺意旨。杯珓，占卜用具。用玉、蚌壳或竹木制成，共两片，可以分合。占卜时，合起抛掷于地，以半俯半仰为最吉。宋人程大昌《演繁露·卜教》：“后世问卜于神有器名杯珓者，以两蚌壳投空掷地，观其俯仰，以断休咎……或以竹，或以木，略斫削使如蛤形，而中分为二，有仰有俯，故亦名杯珓。”

“窜逐蛮荒幸不死，衣食才足甘长终。侯王将相望久绝，神纵欲福难为功!”紧承上文，庙令老人说占卜最吉，而此四句则以事实说话：“幸不死”三字，一肚皮牢骚与怨愤。诗人戮力国事，为民请命，结果被贬南方荒蛮之地，幸而不死，勉强能够食果腹、衣蔽体，这样简朴的生活，甘愿以终老。封侯拜相的远大理想，早已不再奢望，南岳神灵即使愿意为其降福，恐怕也难以成功了。在此，诗人用贬逐南荒、九死一生的艰辛残酷的现实，击碎了神灵有知、默祷有应、神欲降福的“神话”，可以说是釜底抽薪，使得此前的神奇叙写显得颇为荒诞。衣食才足，《后汉书·马援传》：“人生在世，但取衣食才足。”

事实上，第二段游山，“潜心默祷若有应”，慨叹于“正直能感通”，而清风扫雾，天开日朗，南岳险峻神奇毕现；第三段写紫盖、天柱、石廪、祝融诸峰之神奇，皆有种种神秘莫测之处，令人神魂悚动；而拜庙“鬼物图画填青红”，映入眼帘的不是鬼怪之形神，而是青红交错的色彩，徒有其形，虽是摹写壁画之光怪陆离，却也带有些许的调侃，唤不起丝毫的庄严肃穆之感。摹写庙令老人之装腔作势、察言观色、窥伺人意、以示吉凶，入木三分，近乎漫画手法，颇有调侃讽刺之意，揭示其虚伪，因而就使占卜神灵显得有些滑稽。于是诗人将贬谪南荒、量移江陵之个人身世之悲慨融入其中，以严酷的现实揭示神欲降福的虚妄，“难为功”三字，表达出诗人的自信与决绝，宣泄其不平与怨愤。

第四段，叙写游山而夜宿南岳寺、晨起见日出之情状：“夜投佛寺上高阁，星月掩映云曈昽。猿鸣钟动不知曙，杲杲寒日生于东。”夜晚，借宿于南岳寺，宿于高阁之上，点明诗题“宿岳寺”，星光月辉，时隐时现，云霞迷蒙隐约。一夜酣睡，天光大亮，山猿哀鸣，寺钟敲响，一轮红日在清寒的天际冉冉升起。这样的摹写，透露出诗人坦荡的心境，所感受到的森寒之气，正是对环境的深切体悟。

此诗叙写游览南岳衡山，拜谒衡岳庙并夜宿庙中，本是一篇游记，事实上乃借题发挥，发泄其心中不平与怨愤。开篇先写五岳，突出衡岳气势雄伟，神秘莫测，而后再具体详明地摹写，云开雾散，由阴转晴，笼罩于雾霭的众峰显露出真面目，突兀耸立，各具姿态，其神奇险峻，震撼心灵，遂有折服于南岳之神的冲动。于是，诗歌进而叙写拜祭岳庙，庙令导引，占卜吉凶。庄严叙写中，时时透露诙谐调侃讥讽之意，对南岳神灵之赫赫威灵时加嘲弄，徒有其表，虚有其名。末尾则写佛寺投宿，照应题目，脉络清晰，章法井然。诗人寄寓了个人身世之感，南岳诸峰的峻险奇姿与个人之傲兀不平错综交织，夹叙夹议，亦庄亦谐，挥洒自如。读此诗，需要联系并深入理解贞元十九年作者因《御史台上论天旱人饥状》被南贬阳山、量移江陵的不平与怨愤，此乃诗人不平之意、郁勃怨愤之情的自然流露。韩愈性格倔强，刚强自信，遭受挫折而不气馁，又有化解心头郁勃不平之气的能力，往往以轻蔑、嘲弄的态度，对抗不幸的现实与坎坷的遭际，并最终战胜之。此诗，韩愈就以半真半假、亦庄亦谐的方式，对威严赫赫的南岳神灵表示不敬、不信任，彰显出颇为强大的精神力量，是其人格精神的体现。

此诗用韵也颇具特色，全诗用平声东韵一韵到底，十七个韵句，除三个对句末三字用平仄平外，其余皆用三平调，音节铿锵有力，大气磅礴，刚硬奇崛。

石鼓歌

张生手持石鼓文，劝我试作石鼓歌。少陵无人谪仙死，才薄将奈石鼓何！周纲陵迟四海沸，宣王愤起挥天戈。大开明堂受朝贺，诸侯剑佩

鸣相磨。蒐于岐阳骋雄俊，万里禽兽皆遮罗。镌功勒成告万世，凿石作鼓隳嵯峨。从臣才艺咸第一，拣选撰刻留山阿。雨淋日炙野火燎，鬼物守护烦㧑呵。公从何处得纸本，毫发尽备无差讹。辞严义密读难晓，字体不类隶与蝌。年深岂免有缺画，快剑斫断生蛟鼍。鸾翔凤翥众仙下，珊瑚碧树交枝柯。金绳铁索锁钮壮，古鼎跃水龙腾梭。陋儒编诗不收入，二雅褊迫无委蛇。孔子西行不到秦，掎摭星宿遗羲娥。嗟予好古生苦晚，对此涕泪双滂沱。忆昔初蒙博士征，其年始改称元和。故人从军在右辅，为我度量掘臼科。濯冠沐浴告祭酒，如此至宝存岂多！毡包席裹可立致，十鼓只载数骆驼。荐诸太庙比郜鼎，光价岂止百倍过！圣恩若许留太学，诸生讲解得切磋。观经鸿都尚填咽，坐见举国来奔波。剜苔剔藓露节角，安置妥帖平不颇。大厦深檐与盖覆，经历久远期无佗。中朝大官老于事，讵肯感激徒媕婀。牧童敲火牛砺角，谁复著手为摩挲？日销月铄就埋没，六年西顾空吟哦。羲之俗书趁姿媚，数纸尚可博白鹅。继周八代争战罢，无人收拾理则那。方今太平日无事，柄任儒术崇丘轲。安能以此上论列，愿借辩口如悬河。石鼓之歌止于此，呜呼吾意其蹉跎！

石鼓文，为我国现存最早的刻石文字，分别刻在十个鼓形的碣石上，故名石鼓文。石鼓圆顶平底，高约九十厘米，直径约六十厘米。十件石鼓各刻四言诗一篇，原文七百字以上，现仅存二百七十二字。据近人考证，一般认为石鼓乃东周时的秦国刻石，记载秦国国君游猎情况，故又称猎碣文。石鼓，唐初在天兴（今陕西宝鸡）三畤原出土，杜甫、韦应物等皆有诗题咏。原石由于屡经搬迁，再加上自然风化和人为损伤，不少文字已经剥落，其中一鼓已一字无存。石鼓文的字体为大篆，比甲骨文、金文笔画较简化，但与小篆相比较，在笔画、结体上却要繁复些，属于由大篆向小篆过渡时期的字体。石鼓文结体严谨，对它的书法艺术历来评价很高，不少人甚至将其誉为篆法之祖。石鼓文流传最著名的拓本，有明代安国藏的《先锋》《中权》《后劲》等北宋拓本，现在日本。原石现藏北京故宫博物院。

此诗作于元和六年（811）秋，韩愈由国子博士升任河南令。

此诗乃韩愈七言古诗名篇，全诗长达六十六句，可分为四大段。

第一段，叙写创作《石鼓歌》的缘由以及石鼓的来历。“张生手持石鼓文，劝我试作石鼓歌。少陵无人谪仙死，才薄将奈石鼓何！”开篇直陈其事，交待写作《石鼓歌》的缘由。友人张彻手持石鼓文拓本，劝勉鼓励诗人，尝试创作石鼓歌。“劝”“试作”，说得何其郑重严肃。大诗人李白、杜甫是写作石鼓歌的当然人选，可惜他们已经死了很久，而诗人说自己才能浅薄，又能拿石鼓怎么办呢——即难当创作石鼓歌的重任。虽是自谦，实则将自己与李白杜甫并列，暗含李白杜甫之后，自己是创作石鼓歌的当然人选。而以自谦的口吻说出，见出创作石鼓歌乃极为重大事件，必须郑重对待，勉力为之。张彻，贞元十二年（796）与韩愈结交，从韩愈学习。元和四年（809）登进士第，为泽潞节度使从事，后改幽州节度判官，幽州军乱，被杀害。韩愈有《故幽州节度判官赠给事中清河张君墓》记述其生平事迹。

“周纲陵迟四海沸，宣王愤起挥天戈。”周朝衰落，天下动荡，民怨沸腾，周宣王奋发图强，北征獫狁，南讨淮夷，使得周朝中兴。周纲，周朝之纲纪。周宣王，乃厉王之子，名静，公元前827至前782年在位，平定四境，史称宣王中兴。周厉王暴虐，被流放于彘，召公周公二相行政，号曰共和。《史记·周本纪》：“共和十四年，厉王死于彘。太子静长于召公家，二相乃共立之为王，是为宣王。宣王即位，二相辅之修政，法文武成康之遗风，诸侯复宗周。”挥天戈，指宣王南征北讨之事，《诗经》之《六月》《采芑》记其事。韩愈以为，石鼓文乃记载周宣王中兴之事。

宣王中兴，诸侯皆朝周，天下大定，故而曰：“大开明堂受朝贺，诸侯剑佩鸣相磨。蒐于岐阳骋雄俊，万里禽兽皆遮罗。”宣王大开明堂，接受万邦来朝贺，诸侯相率而来，腰悬宝剑、佩玉，叮咚鸣和，威仪盛大；宣王在岐山之南春猎，校练士卒，诸侯之师竞相驰骋，以争雄俊，万里山林，飞禽走兽，皆被拦截捕捉。这是石鼓文描写打猎校练军队的主要内容。明堂，古代帝王宣明政教之所，凡朝会、祭祀、庆赏、选士、养老、教学等大典，均在此举行。宣王中兴，大开明堂，接受诸侯朝贺。蒐，春猎。周天子阅兵都通过畋猎进行。打猎，春天叫蒐，夏天叫苗，秋天称狝，冬天曰狩。岐阳，岐山之南。岐山为周之发源地，在今陕西。山之南、水之北为阳；山之北、水之南为阴。《左传·昭公四年》记载周成王校猎于岐山之阳，韩愈论断宣王事，当据《诗经·车攻》首句“我车既攻，我马既同”，与石鼓文首句相同，而《车攻》实为宣王校猎而作。然而，《车攻》序称宣王朝会诸侯、校猎在洛阳，而不在岐山。此四句叙写宣王中兴，大开明堂，朝会诸侯，校猎而征选士卒，威仪赫赫，正是石鼓文所记载的内容。

宣王中兴、朝会万邦、校猎征士，如此盛大的事件，当然应该有如椽巨笔记载，以传永久，万世不朽，因而曰：“镌功勒成告万世，凿石作鼓隳嵯峨。从臣才艺咸第一，拣选撰刻留山阿。雨淋日炙野火燎，鬼物守护烦㧑呵。”从那高峻的山岭开凿石材，制成石鼓，将宣王中兴伟业、岐阳校猎之盛举，镌刻于石鼓之上，以便垂告后世，千秋万代，永不磨灭。宣王侍从臣子才艺皆推第一流，遂拣选其中最为杰出者撰写韵语，刻在石鼓之上，长留山坳，即使沧海桑田也永存世间。长久以来，虽历经雨淋日烤、野火焚烧，却始终长存世间，似乎有鬼神呵护，不许来侵袭。镌、勒，皆是刻石为文。隳嵯峨，从高峻的山岭上开采石料，制作石鼓。㧑呵，挥斥，引申为卫护。诗人以如椽巨笔，极其庄重地摹写宣王中兴、朝会万邦、校猎征士之盛事，从臣颂扬刻石而期望流传千古，而“雨淋日炙野火燎，鬼物守护烦㧑呵”，乃承上启下之句，石鼓为鬼神所护佑，千百年而不毁，永存世间。

第二段，摹写石鼓文，赞誉其文辞古奥和书法之拙朴精美。“公从何处得纸本，毫发尽备无差讹。”总括写来，赞美石鼓文：张彻从何处得到这样的拓本，与石鼓之真迹竟然毫发无爽，令人为之倾倒。“辞严义密读难晓，字体不类隶与蝌”，文辞严正，文义细密，然而古奥难懂，一句概括轻轻带过，主要赞美石鼓文字体之拙朴精美：石鼓文极早，字体不像隶书，也不像蝌蚪文。隶书，汉字字体名，也叫佐书、史书，由篆书简化演变而成。把篆书圆转的笔画变成方折，以便书写。始于秦代，普遍使用于汉魏。秦人程邈将这种书写体加以搜集整理，后世遂有程邈创隶书之说。《魏书·术艺传·江式》："隶书者，始皇使下杜人程邈附于小篆所作也，以邈徒隶，即谓之隶书。"蝌蚪文，古代书体，以头粗尾细、状如蝌蚪而得名。《水经注》："古文出于黄帝之世，仓颉本鸟迹为字。秦用篆书，焚烧先典，古文绝矣。鲁共王得孔子宅书，不知有古文，谓之蝌蚪书。"

于是，诗人遂将重点放在对字体的描摹与形容上："年深岂免有缺画，快剑斫断生蛟鼍。鸾翔凤翥众仙下，珊瑚碧树交枝柯。金绳铁索锁钮壮，古鼎跃水龙腾梭。"石鼓文年代久远，难免有缺笔少画之处，恰似用锋利宝剑砍断生蛟龙，拙朴奇古，生猛刚健。字体布局结构活泼生动，如同鸾凤飞翔，仙灵降临，又如珊瑚碧树，枝干相交，奇秀灵动，此处形容石鼓文笔势飞动而纵横交错。石鼓文气势遒劲飞动，如潜龙欲挣脱金锁飞腾而去，又如古鼎跃水、织梭化龙，气势腾跃。鼍，鼍龙，又名猪婆龙，即扬子鳄，此处突出石鼓文字体之奇古。珊瑚碧树，班固《西都赋》："珊瑚碧树，周阿而生。"锁钮壮，捆绑纽结的绳索非常粗壮。古鼎跃水，《水经注·泗水》："周显王四十二年，九鼎沦没泗渊。秦始皇时而鼎见于斯水，始皇自以德合三代，大喜，使数千人没水求之。"蛟龙咬断牵鼎的系绳，鼎遂不得出。龙腾梭，《晋书·陶侃传》："侃少时渔于雷泽，网得一织梭，以挂于壁，有顷雷雨，自化为龙而去。"刘敬叔《异苑》："陶侃尝捕鱼，得一铁梭，还挂著壁。有顷雷雨，梭变成赤龙，从屋而跃。"韩愈化用此二典，造句奇崛。此处诗人着力渲染石鼓文字之笔力劲挺，笔势生动，形象纷呈，令人惊心骇目。

这样拙朴刚健精美的石鼓文，可惜，"陋儒编诗不收入，二雅褊迫无委蛇。孔子西行不到秦，掎摭星宿遗羲娥"。鄙陋的儒者编选《诗经》之时，未能将叙写宣王中兴伟业的石鼓文收录，致使《诗经》之大雅、小雅，因为缺少了石鼓文而显得褊狭局促，而无从容自得之气象。孔子离开鲁国而周游列国，可惜未曾到过秦国，错过了收录石鼓文的机遇，编定《诗经》真是选录了熠熠的小星星而遗漏了太阳和月亮啊。《史记·孔子世家》说："古诗三千余篇，及至孔子，去其重，取可施于礼仪者三百五篇。"无委蛇，无从容自得之气象。《诗经·鄘风·君子偕老》:“委委佗佗,如山如河。”朱熹注:“雍容自得之貌。”《诗经·召南·羔羊》:“退食自公,委蛇委蛇。”郑玄笺:“委蛇,委曲自得之貌。”那些陋儒,不认识石鼓文的价值,没有收录;而孔子最后编定《诗经》,周游列国,却未曾游历秦国,也错过了石鼓文。羲娥,羲和与嫦娥,指太阳与月亮。对石鼓文没有及时收录,致使埋没、漶漫,诗人表达了深深的遗憾与惋惜。

第三段,叙写石鼓文非凡的价值以及诗人呼吁保护的经历。紧承上文“遗羲娥”之巨大遗憾,诗人说“嗟予好古生苦晚,对此涕泪双滂沱”——自己虽然好古,然而苦于生得太晚,不能将石鼓文及早收录,因而今日面对石鼓文之残损,也只能涕泪横流了。此一句总括提顿,表达石鼓文未能被收入《诗经》而成为经典的痛心与怅恨,下文遂提出了具体的补救措施。

“忆昔初蒙博士征,其年始改称元和。故人从军在右辅,为我度量掘臼科。”当初,被征召为国子博士,正是元和元年(806),故友从军凤翔,主掌军务,为我想方设法筹划发掘石鼓。元和元年六月,韩愈由江陵法曹参军,征召为国子博士。《新唐书·百官志》:“国子学,博士五人,正五品上。”右辅,即凤翔府。汉时京畿之地分为京兆、左冯翊、右扶风,称三辅。右扶风,即唐之凤翔府。度量,测度计量,即谋划、筹划之意。臼科,即坑。石鼓埋于地下,要发掘而出。

诗人深知石鼓的巨大价值:“濯冠沐浴告祭酒,如此至宝存岂多!毡包席裹可立致,十鼓只载数骆驼。荐诸太庙比郜鼎,光价岂止百倍过!”诗人沐浴斋戒,郑重地禀告国子祭酒:石鼓这样的至宝世间存留不多啊,用毡席包裹,很快可以送到京城;运送十只石鼓仅仅需要数匹骆驼,将石鼓进献于太庙,可堪与鲁桓公取得郜鼎相媲美,其光辉声价超过百倍啊。祭酒,国子监之长官。《新唐书·百官志》:“国子监,祭酒一人,从三品;司业二人,从四品下。掌儒学训导之政。”据《旧唐书·宪宗纪》及同书《郑余庆传》:元和元年五月,左丞相郑余庆罢相,为太子宾客,九月,改为国子祭酒。“太庙,天子宗庙。郜鼎,春秋郜国造的宗庙祭器,以为国宝。后来被宋国取去。宋又将此鼎贿赂鲁桓公，桓公献于太庙。《左传·桓公二年》：“（宋）以郜大鼎赂公……夏四月，取郜大鼎于宋。戊申，纳于大庙，非礼也。”《左传·桓公二年》：“郜鼎在庙，章孰甚焉？”

石鼓文的价值还体现在诸多方面：“圣恩若许留太学，诸生讲解得切磋。观经鸿都尚填咽，坐见举国来奔波。”皇帝圣恩如果许可将石鼓留在太学，那太学诸生便可得以讲解学习、切磋琢磨。汉灵帝时刻石经，至京师观赏之人，络绎不绝；可以想见，石鼓安置于太学，我大唐前来观赏学习之人，如波涛奔涌。太学，古代设于京城的最高学府。西周已有太学之名。汉武帝元朔五年（前124）立五经博士，弟子五十人，为西汉置太学之始。东汉太学大为发展，顺帝时有二百四十房，一千八百五十室。质帝时，太学生达三万人。魏晋到明清，或设太学，或设国子学（国子监），或两者同时设立，名称不一，制度亦有变化，但均为传授儒家经典的最高学府。唐国子监下设国子学、太学等七学，此处太学兼指国子学。鸿都，东汉都城洛阳门名。灵帝光和元年（178）二月，置鸿都门学士上。汉代立五经博士于学官，置十四博士，各家经文皆凭所见，并无供传习的官定经本，常因文字异同引起争端。汉灵帝熹平四年（175），议郎蔡邕等奏求正定六经文字，得到灵帝许可。于是，参校诸体文字的经书，由蔡邕等书石，用隶书写《周易》《尚书》《鲁诗》《仪礼》《春秋》《公羊传》《论语》七经，请名手刊刻，镌刻四十六碑，光和六年（183）完成，立于洛阳城南的开阳门外太学讲堂前。碑高一丈许，广四尺。这对纠正俗儒的穿凿附会和臆造别字，维护文字的统一，起了积极作用。《后汉书·蔡邕传》：“熹平四年……求正定六经文字，灵帝许之。邕乃自书丹于碑，使工镌刻，立于太学门外。于是后儒晚学，咸取正焉。及碑始立，其观视及摹写者，车乘日千余两，填塞街陌。”填咽，堵塞，拥挤。坐见，眼看着，马上见到。

正因为石鼓如此重要，因而要格外谨慎：“剜苔剔藓露节角，安置妥帖平不颇。大厦深檐与盖覆，经历久远期无佗。”石鼓年代久远，又有残损，因此要格外小心：小心翼翼地剔除石鼓上的苔藓，露出文字方正笔画之棱角与曲折，安放石鼓也要平正妥当。太学大厦高大深广，将石鼓严密覆盖，遮风挡雨，期望石鼓永久保存而无意外。节角，指石鼓文字笔画之棱角与曲折。无佗，即无他，犹无恙，无害。《后汉书·隗嚣传》："若束手自诣，父子相见，保无佗也。"

第四段，紧承上文，石鼓文有巨大的价值，诗人虽然提出很好的建议，然而世人并不重视，遂予以严厉的批评。"中朝大官老于事，讵肯感激徒媕婀。牧童敲火牛砺角，谁复著手为摩挲？日销月铄就埋没，六年西顾空吟哦。"朝中的大官僚老于世故、圆滑处世，哪肯感奋激发，仅仅咿咿啊啊、敷衍塞责罢了。石鼓被弃置荒野，牧童在石鼓上敲击取火，牛儿用之磨砺尖角，还有谁来观赏石鼓宝物、抚摸爱护呢？石鼓天天遭磨损，月月受消耗，长久埋没，诗人提出迁移石鼓于太学的建议已经六年了，也只能西望石鼓，空自念叨、惋惜。老于事，熟练于处理事务之道。此处乃贬义，指圆滑世故，敷衍塞责，不负责任。媕（ān）婀，依违阿曲，无主见。敲火，敲击石头以取火。六年西顾，韩愈元和元年（806）自江陵召为国子博士，至写此诗时已经六年。时韩愈在东都洛阳，石鼓出土地在天兴（今陕西宝鸡）三畤原，故曰"西顾"。

诗人于此，以漫画式的笔法勾勒"中朝大官"老于世故、圆滑依违的丑态，惜官保位，敷衍塞责，事不关己，高高挂起，对国之重宝石鼓毫无感情，绝不重视，任凭其弃置荒野，遭受风雨侵袭、牧童敲火、黄牛砺角的消损；诗人迁移太学、妥善保护的建议落空，也只能"六年西顾空吟哦"了。

于是，诗人进一步揭示石鼓的巨大价值和意义："羲之俗书趁姿媚，数纸尚可博白鹅。继周八代争战罢，无人收拾理则那。"号称书圣的王羲之书法与石鼓文相比较，只不过是为世俗所喜欢的"趁姿媚"之"俗书"罢了，王羲之几页《道德经》的俗书尚且能够换来一群白鹅。自周以来，八代争战，文物损毁，而石鼓得以流传后世，却无人宝重，天理何在啊！

王羲之有书圣之称，《晋书·王羲之传》曰："尤善隶书，为古今之冠。论者称其笔势，以为飘若浮云，矫若惊龙。"唐太宗李世民喜爱王羲之书法，遂为世所重，流行极广。王羲之"性爱鹅，会稽有孤居姥养一鹅善鸣，求市未得，遂携亲友命驾就观。姥闻羲之将至，烹以待之，羲之叹惜弥日。又山阴有一道士养好鹅，羲之往观焉，意甚悦，固求市之。道士云：‘为写《道德经》，当举群相赠耳。’羲之欣然写毕，笼鹅而归，甚以为乐。”

韩愈好古，诗歌追求“冥观洞古今，象外逐幽好。横空盘硬语，妥帖力排奡”（《荐士》）拙朴劲健之美，与石鼓文相比较，王羲之的书法就不免显得媚俗了。贬抑王羲之书法，旨在标举石鼓文书法之拙朴刚健，古色斑斓，正是上文所说：“年深岂免有缺画，快剑斫断生蛟鼍。鸾翔凤翥众仙下，珊瑚碧树交枝柯。金绳铁索锁钮壮，古鼎跃水龙腾梭。”继周八代，指自周以下之秦、汉、魏、晋、元魏、齐、周、隋。理则那，其理则为何。那，“奈何”的合音。《左传·宣公二年》：“牛则有皮，犀兕尚多，弃甲则那？”杜预注：“那，犹何也。”杨伯峻注：“那，奈何之合音。顾炎武《日知录》三十二云：‘直言之曰“那”，长言之曰“奈何”，一也。’”李白《长干行》之二：“那作商人妇，愁水复愁风。”

自周以后，八代战乱，至大唐则天下太平，崇重儒学，尊崇孔孟之道，以儒学选拔人才，治国理政，理应重视这记载宣王中兴的石鼓啊：“方今太平日无事，柄任儒术崇丘轲。”柄任儒术，即重用儒学之士，委之以权柄。崇丘轲，尊崇孔丘孟轲。因而，诗人呼吁：“安能以此上论列，愿借辩口如悬河。石鼓之歌止于此，呜呼吾意其蹉跎！”怎样才能把自己的这些意见，提到朝堂之上来讨论，愿意借着张生善辩如悬河之口，广为流布。石鼓歌也就要结束了，可叹我的一番深切用意，恐怕也要流于空言了。辩口如悬河，《晋书·郭象传》：“太尉王衍每云：听（郭）象语，如悬河泻水，注而不竭。”蹉跎，失意，虚度光阴。谢朓《和王长史卧病》：“日与岁眇邈，归恨积蹉跎。”李颀《放歌行答从弟墨卿》：“由是蹉跎一老夫，养鸡牧豕东城隅。”

韩愈于诗的末尾，再三申述，在这个崇重儒学的时代，要重视记载宣王中兴、朝会校猎事件的石鼓文，希望自己的宣传、呼吁不要落空了，拳拳心意，谆谆告诫，意犹未已。

韩愈写作此诗，既是记述描摹作为文物的石鼓文，又是叙写记载宣王中兴、朝会校猎事迹的石鼓文，极尽渲染之能事，而别有寄托。

唐宪宗乃中唐比较能干的一位皇帝，即位以来，励精图治，向慕贞观开元盛世，信任宰相，讲论政事，对强藩叛镇执行比较强硬的政策，以恢复全国统一的局面。“军国枢机，尽归之于宰相。由是中外咸理，纪律再张，果能剪削乱阶，诛除群盗，睿谋英断，近古罕俦。”（《旧唐书·宪宗纪》）从元和元年至五年（806—810），先后平定蜀中刘辟之乱、夏绥杨惠琳之乱、浙西李锜之乱，擒获图谋不轨的昭义节度使卢从史。韩愈作此诗的元和六年（811），朝廷正在酝酿着更大规模的平叛统一战争，最终讨平叛乱不臣的淮西吴元济，因而史臣称颂宪宗为“唐室中兴之主”，所谓：“贞元失驭，群盗箕踞。章武（宪宗）赫斯，削平啸聚。我有宰衡，耀德观兵。元和之政，闻于颂声。”（《旧唐书·宪宗纪》）

正是在这样的大背景下，韩愈创作《石鼓歌》，歌颂记载周宣王中兴的石鼓，感慨于“周纲陵迟四海沸，宣王愤起挥天戈。大开明堂受朝贺，诸侯剑佩鸣相磨”，渲染周宣王中兴，大开明堂、校猎征士，而石鼓文刻石记功，陈述国家之盛，乃一代史诗。韩愈在此，有意无意之间，都传达了对唐宪宗励精图治、中兴大唐的颂扬，渗透着诗人对现实政治的巨大热情，以及对太平盛世的强烈期盼。

因而，诗人在摹写石鼓文时，融入了巨大的政治热情和强烈的情感，激动人心。对石鼓文拙朴刚健书法之赞美：“年深岂免有缺画，快剑斫断生蛟鼍。鸾翔凤翥众仙下，珊瑚碧树交枝柯。金绳铁索锁钮壮，古鼎跃水龙腾梭。”表面上是颂美书法，突出石鼓文的文物价值，实际上主要彰显石鼓文的政治意义，因而才有“陋儒编诗不收入，二雅褊迫无委蛇”，未能收入《诗经》，致使《大雅》《小雅》无雍容不迫之致；孔子删《诗》，也无从辑录整理，造成了巨大的缺憾。显然，是从思想内容上突出作为载体的石鼓文的价值——记录了宣王中兴的伟业。

于是，诗人向当局建议，希望能够将石鼓安置于太学，供天下人学习、摹写，其价值超过郜鼎，也会超过汉代熹平石经，产生巨大的轰动效应，而其核心则在于石鼓文是中兴王室的象征，具有极大的示范意义。

可惜，诗人的建议未被庸陋圆滑的“中朝大官”所采纳，石鼓仍然被弃置荒野，遭受种种的损毁。面对其不平遭遇，诗人极为愤激，“六年西顾空吟哦”。自周以降，秦、汉、魏、晋、元魏、齐、周、隋八代，战乱不已，至大唐而至天下太平，颂赞石鼓文的落脚点乃在大唐中兴：“方今太平日无事，柄任儒术崇丘轲。”大唐中兴，崇重儒术，任用人才，而作为中兴象征的石鼓文，正适应了营造社会氛围的现实需要，正应上文“坐见举国来奔波”。诗人以石鼓为载体，一方面欣赏石鼓文之拙朴刚健的艺术之美，另一方面特别重视周宣王中兴，大开明堂、校猎征士的丰厚内容，而且融入了诗人对现实的深切感受，将唐室中兴的现实需要与周宣王中兴暗中相联系，若断若续，若即若离，对石鼓的歌颂融入了现实的内容与强烈的个性情感，因而感人至深。诗的末尾，愿借张生之辩若悬河的利口，向当朝游说：既充满期盼，又深怀忧虑，表现出矛盾的心理，感慨于石鼓之“日销月铄就埋没”的不幸，又融入了自身不遇的遭际。继《石鼓歌》之后创作的《进学解》，以学生的口吻陈述韩愈一生遭际，有曰：“公不见信于人，私不见助于友，跋前踬后，动辄得咎。暂为御史，遂窜南夷。三年博士，冗不见治。命与仇谋，取败几时？冬暖而儿号寒，年丰而妻啼饥。头童齿豁，竟死何裨。”有助于对《石鼓歌》的深入理解。

韩愈此诗，才情纵横，内容丰富，而逻辑结构颇为明晰，彰显其以文为诗、以议论为诗的本色。句奇语重，古奥富赡，体势宏敞，典重瑰丽，且一韵到底，文气浑灏，给人以独特的审美享受。

柳宗元

渔　翁

渔翁夜傍西岩宿，晓汲清湘燃楚竹。烟销日出不见人，欸乃一声山水绿。回看天际下中流，岩上无心云相逐。

对于柳宗元的诗歌，苏轼评价颇高。不过，其中一首诗仅仅六句，苏轼以为前四句极佳，有奇趣，境界全出，后二句乃狗尾续貂，如将其删去，堪称完璧。苏轼所说的，正是这首《渔翁》。

元和四年（809）九月，柳宗元游永州法华寺，坐于西亭，看四野景象，才发现远处西山秀美奇丽。《始得西山宴游记》曰："遂命仆人过湘江，缘染溪（即愚溪），斫榛莽，焚茅茷，穷山之高而止。攀援而登，箕踞而遨，则凡数州之土壤，皆在衽席之下。其高下之势，岈然洼然，若垤若穴，尺寸千里，攒蹙累积，莫得遁隐。萦青缭白，外与天际，四望如一。然后知山之特出，不与培塿为类。悠悠乎与颢气俱，而莫得其涯；洋洋乎与造物者游，而不知其所穷。"此西山，在湖南永州西郊。《渔翁》创作于元和四年（809）之后，贬官永州期间，具体时间不详。

这是一首只有六句、一韵到底的七言古诗，是柳宗元流传颇广的一首诗。诗题"渔翁"，摹写渔翁生活，然而诗人所着意渲染的乃是一种徜徉于青山绿水、悠然自得、闲适自然的生活情趣，带有强烈的理想化、主观化的色彩。

首二句"渔翁夜傍西岩宿，晓汲清湘燃楚竹"，点明渔翁生活之情景：渔翁泊舟西山脚下之江岸，夜宿水滨；清晨汲取清澈的江水，燃烧青青的竹子做饭，一缕青烟冉冉升起。西岩，即西山。汲，取水。清湘，清澈的湘水。湘水在西山东。《湘中记》曰："湘水至清，虽深五六丈，见底。"楚竹，指湘妃竹，也称斑竹。宋之问《游陆浑南山自歇马岭到枫香林以诗代书答李舍人適》诗："楚竹幽且深，半杂枫香林。"诗人将夜宿与早炊，写得极富情趣，颇有神韵。渔翁独来独往，自由自在，不受约束，行止无定。驾一叶小舟，行至西山之江岸，暮色四合，遂泊舟夜宿；清晨汲取清澈的江水，燃烧青青的竹子做饭，青烟袅袅。随遇而安，顺应天时，夜宿晨起，汲水燃竹做饭，一缕青烟与雾霭相合。

次二句"烟销日出不见人，欸乃一声山水绿"，紧承上文"燃楚竹"。欸乃，摇橹声，也指划船时的歌唱声。代宗大历初年，元结为道州（今湖南道县）刺史，途经湘中作《欸乃曲》五首，曰："谁能听欸乃，欸乃感人情……昔闻扣断舟，引钓歌此声。始歌悲风起，歌竟愁云生。遗曲今何在，逸在渔夫行。"清晨，一切皆笼罩在浓重的雾霭之中，唯有那潮湿的青竹燃烧，冒出缕缕青烟，诗人推想：这缕缕青烟应该是渔翁在汲水燃竹做饭吧。一会儿，雾霭散去，青烟消散，太阳升起，还是看不见渔翁的踪影；忽然听闻一声嘹亮而悠扬的歌声，似乎那山水都为之而亮丽，更加碧绿了。诗人跟随时间的推移，摹写从"晓"至"日出"的情景。"烟销日出"，既是对上一句的补充，暗示烟未销、日未出时之景象，也是摹写烟销日出之当下景象，雾霭渐散，朝日升起，而"不见人"。以拟声词"欸乃"，摹写渔翁放声高歌、声韵悠扬，雾散天晴之景象。这两句极富神韵，在空寂无人之境，忽然而起渔翁嘹亮而悠扬的歌声，刹那间，呈现出一片令人心旷神怡的青山绿水，天地广阔，精神愉悦，令人悠然神往。似乎渔翁的"欸乃"歌声，唤醒了天地，染绿了青山碧水，全然展现出一个远离尘俗、神情爽朗、精神超然的渔翁形象。

后二句"回看天际下中流，岩上无心云相逐"，渔翁行舟直下中流，回看天际，泊舟夜宿、清晨汲水燃竹之西山，朵朵白云无忧无虑相追逐。无心，无机心。机心，乃巧诈之心，机巧功利之心。《庄子·天地》："吾闻之吾师，有机械者必有机事，有机事者必有机心。机心存于胸中，则纯白不备。”成玄英疏：“有机动之务者，必有机变之心。”白云缭绕，依傍西山，纯任自然，一派天真意趣，令诗人颇为感慨、歆羡。

苏轼以为，此诗删去后二句，摹写渔翁闲适自放的生活，“欸乃一声山水绿”，境界全出，极富神韵。其实，这是就诗论诗的理解，不能知人论世，忽视了柳宗元永贞革新失败、贬谪永州的困境及精神上的极度苦闷和愤激。

元结《欸乃曲》曰：“零陵郡北湘水东，浯溪形胜满湘中。溪口石颠堪自逸，谁能相伴作渔翁。”柳宗元很可能受其启发而创作《渔翁》。此诗是从旁观者的角度写渔翁，只闻其声，不见其人，渔翁始终没有正面出现，全以揣想、烘托来摹写：诗人由清晨雾霭中的缕缕炊烟，揣想渔翁泊舟西山夜宿，清晨汲水燃竹做饭，烟销日出，一声嘹亮而悠扬的歌声，青山绿水，更为鲜亮，天地为之开阔。于开阔天地之间，呈现出一个绝世而独立的渔翁形象。而渔翁行舟中流，回看天际，白云出岫，依傍西岩，缭绕追逐，纯任自然，一派天真意趣；同时也在广阔天际突现西山之白云缭绕，既映衬天地之广阔，也于动态中彰显其勃勃生机、天真意趣。渔翁行舟中流，回看天际，见西山白云依傍缭绕，自由自在，正是为了突出渲染那种“无心”的境界，陶醉于摆脱功名利禄、是非得失的自然状态。

诗人遭受沉重的政治打击，忠而得谤，信而见疑，其愤激与苦闷无法言说。诗人所要表现的，并非一般意义上渔翁的闲情逸趣，而是有意无意地寄托着激烈的政治斗争、无情打击报复之下的自我救赎，企求心境之超脱。渔翁乃诗人形象的外化，是诗人摆脱束缚、超越苦闷之理想心境的抒写，而那自由自在的白云，是诗人心灵解放的象征。这二句是此诗的点睛之笔，彰显柳宗元的思想与心境，赋此诗以柳宗元的独特生命体验和精神状态，使之有了独特的规定性。可见，如果删去后二句，事实上就消解了柳宗元独特的生命体验，仅仅成为一首写景状物之诗，渔翁就不是柳宗元精神解放、摆脱束缚的理想化身了。

白居易

长恨歌

第一段

汉皇重色思倾国，御宇多年求不得。杨家有女初长成，养在深闺人未识。天生丽质难自弃，一朝选在君王侧。回眸一笑百媚生，六宫粉黛无颜色。春寒赐浴华清池，温泉水滑洗凝脂。侍儿扶起娇无力，始是新承恩泽时。云鬓花颜金步摇，芙蓉帐暖度春宵。春宵苦短日高起，从此君王不早朝。承欢侍宴无闲暇，春从春游夜专夜。后宫佳丽三千人，三千宠爱在一身。金屋妆成娇侍夜，玉楼宴罢醉和春。姊妹弟兄皆列土，可怜光彩生门户。遂令天下父母心，不重生男重生女。骊宫高处入青云，仙乐风飘处处闻。缓歌慢舞凝丝竹，尽日君王看不足。

元和元年（806）十二月，白居易由校书郎出任盩厔（今陕西周至）尉。白居易之好友陈鸿、王质夫家在盩厔，闲暇之时，三人相约，同游仙游寺，天色已晚，遂夜宿寺中。三人拥火夜话，遂谈及玄宗李隆基与杨玉环之事，相与感叹。王质夫举酒于白居易之前，曰："夫希代之事，非遇出世之才润色之，则与时消沉，不闻于世。乐天深于诗、多于情者也，试为歌之，如何?"白居易应邀而创作《长恨歌》，而身为史家的陈鸿遂创作《长恨歌传》，旨在借李隆基与杨玉环的爱情故事，抒写大唐的盛衰兴废之意，即"意者不但感其事，亦欲惩尤物，窒乱阶，垂于将来者也"——为李杨故事所感发，批评杨玉环祸乱朝廷，后人要引以为鉴，吸取教训。应该说，白居易、陈鸿、王质夫三人仙游寺夜话，既为李杨之爱情所感动，也在探讨大唐由盛世而衰败的缘由，比较一致地认为杨玉环乃造成唐玄宗后期贪图享乐、荒淫误国的主要责任人，对杨玉环持批评的态度，斥为“尤物”；认为亲近女色，是要败国亡身的。

因而，此诗开篇“汉皇重色思倾国，御宇多年求不得”，直接指斥唐玄宗爱重美色，做皇帝很多年了，还一直在寻找倾城倾国之美女，却一直未能如愿。汉皇，汉武帝，此处借指唐玄宗。陈鸿《长恨歌传》直接就说玄宗：“开元中，泰阶平，四海无事。玄宗在位岁久，倦于旰食宵衣，政无大小，始委于右丞相，稍深居游宴，以声色自娱。先是元献皇后、武淑妃皆有宠，相次即世。宫中虽良家子千数，无可悦目者。上心忽忽不乐。”倾国，指绝世美人。《汉书·外戚传》歌者李延年向汉武帝荐举自己的妹妹，歌曰：“北方有佳人，绝世而独立。一顾倾人城，再顾倾人国。宁不知倾城与倾国，佳人难再得。”《长恨歌传》说杨玉环美艳“如汉武帝李夫人”，就是以著名美人李夫人来比拟杨玉环之倾城倾国的美艳。御宇，指统治天下。

御宇多年，广求美女，久而不得之时，忽然插入“杨家有女初长成，养在深闺人未识”一句，杨玉环的出场就显得自然而不突兀，也彰显美人杨玉环之适逢其会。杨贵妃，小名玉环，杨玄琰小女。始为玄宗子寿王李瑁妃，玄宗爱之，度为女道士，号太真，遂从道观迎娶，甚得玄宗宠幸。杨玉环，“善歌舞，邃晓音律，且智算警颖，迎意辄悟，遂专房宴，宫女号‘娘子’”（《新唐书·后妃传上·杨贵妃》），天宝四载，册为贵妃，礼秩与皇后相同。《长恨歌传》说：玄宗驾幸华清宫时，“上心油然，若有所遇，顾左右前后，粉色如土。诏高力士潜搜外宫，得弘农杨玄琰女于寿邸。”玄宗于其子寿王李瑁的府邸，接杨玉环入宫。此处说“杨家有女初长成，养在深闺人未识”，是淡化杨玉环出自寿王府邸的事实，为玄宗隐讳而已。

之所以迎娶杨玉环，是因为杨玉环实在太美丽了：“天生丽质难自弃，一朝选在君王侧。回眸一笑百媚生，六宫粉黛无颜色。”《长恨歌传》说：“鬓发腻理，纤秾中度，举止闲冶，如汉武帝李夫人。”在华清池温泉洗浴之后，“既出水，体弱力微，若不任罗绮。光彩焕发，转动照人。”此四句说，杨玉环天生丽质，不愿意随便嫁人，待价而沽，终于有机会被选到皇帝身边，成为嫔妃。杨玉环回眸一笑，千娇百媚，那些美艳的后宫嫔妃，因之而黯然失色。六宫，古代皇后的寝宫，正寝一，燕寝五，合为六宫。《礼记·昏（婚）义》：“古者，天子后立六宫，三夫人，九嫔，二十七世妇，八十一御妻，以听天下之内治，以明章妇顺，故天下内和而家理。”后亦泛指后妃或其居住之地。六宫粉黛，即后宫佳丽。粉黛，敷面的白粉和画眉的黛墨，均为化妆用品，亦代指美人。

那个“重色思倾国”的玄宗，遍求美艳之绝色女子而不得，一旦得到“天生丽质”之佳人，则万般宠幸，所谓“回眸一笑百媚生，六宫粉黛无颜色”——这是整体上的抒写，以下则比较具体地抒写杨玉环之美艳、玄宗之万般宠幸。“春寒赐浴华清池，温泉水滑洗凝脂。”华清池，乃华清宫内的温泉池。其地在今陕西西安临潼南骊山西北麓。唐太宗贞观初建，名汤泉宫，后改为温泉宫。天宝六载（747）扩建，改名华清宫。玄宗每年冬季携嫔妃来此游宴，次年春暖方归长安。凝脂，白嫩润滑的皮肤。《诗经·卫风·硕人》：“手如柔荑，肤如凝脂。”温泉水富含钾、钠、钙、硫等多种化学元素，有保健治疗之作用。华清池赐浴，杨玉环皮肤洁白细腻，体态婀娜，无限娇媚，似乎连轻薄的罗衣也承受不起，深得玄宗之宠爱。

“云鬓花颜金步摇，芙蓉帐暖度春宵”，是说杨玉环乌黑的头发，绾成蓬松的高髻如乌云，映衬着如花般艳美的面容，头上插戴着金质的步摇，随着步态而摇摆、颤动；温暖的芙蓉帐，良宵一刻值千金。金步摇，一种华美的头饰，用金丝制作的花枝，缀以垂珠，插在发髻上，行走时随步摇动，增加女性的娇美。《新唐书·五行志》：“天宝初……妇人则簪步摇钗，衿袖窄小。”《释名·释首饰》：“步摇，上有垂珠，步则摇也。”杨玉环善歌舞，陈鸿《长恨歌传》说：“进见之日，奏《霓裳羽衣曲》以导之；定情之夕，授金钗钿合以固之。又命戴步摇，垂金珰。”芙蓉帐，绣着荷花的帷帐。两情恩爱，玄宗贪恋女色，从此就不再上早朝了——“春宵苦短日高起，从此君王不早朝。”早朝，早上朝会或朝参。玄宗“重色”，思慕倾城倾国之美人，而且“御宇多年求不得”，而今一旦得到，遂贪图享受，全然荒殆了励精图治之心。享受爱情，贪恋温柔，是没错的，然而一旦超出了限度，皆可称之为“荒淫无度”，何况帝王贪恋私情，偏听偏信，致使外戚专权，群小当道，祸国乱政，莫不有败国亡身之虞。

唐玄宗宠爱杨玉环：“承欢侍宴无闲暇，春从春游夜专夜。后宫佳丽三千人，三千宠爱在一身。金屋妆成娇侍夜，玉楼宴罢醉和春。”唐玄宗将所有的爱意，全部付于杨玉环一人，承欢侍宴、春游夜游，皆形影不离，致使后宫三千嫔妃皆遭冷落，可见宠幸杨玉环之深切笃厚。金屋，即汉武帝金屋藏娇故事。《汉武故事》记载，幼年之汉武帝刘彻曾对长主公说，“若得阿娇作妇，当作金屋贮之也”。此处金屋，指杨玉环所居之华美宫殿。玉楼，指宫中雕栏玉砌之华美楼阁。陈鸿《长恨歌传》记载：杨玉环被册封为贵妃，“由是冶其容，敏其词，婉娈万态，以中上意。上益嬖焉。时省风九州，泥金五岳，骊山雪夜，上阳春朝，与上行同辇，止同室，宴专席，寝专房。虽有三夫人，九嫔，二十七世妇，八十一御妻，既后宫才人，乐府妓女，使天子无顾盼意。自是六宫无复进幸者。非徒殊艳尤态致是，盖才智明慧，善巧便佞，先意希旨，有不可形容者。”杨玉环专宠，且聪明、善解人意，遂深得玄宗之宠幸。

而且，玄宗爱屋及乌，专制集权所造成的裙带关系，得到不受限制的发展：“姊妹弟兄皆列土，可怜光彩生门户。遂令天下父母心，不重生男重生女。”列土，分封土地，加官晋爵。《汉书·谷永传》：“方制海内非为天子，列土封疆非为诸侯，皆以为民也。”此处指因为杨玉环，杨氏一门皆被封赏，加官晋爵。可怜，可羡。陈鸿《长恨歌传》曰：“叔父昆弟皆列位清贵，爵为通侯。姊妹封国夫人，富埒王宫，车服邸第，与大长公主（玄宗的姐姐）侔矣。而恩泽势力，则又过之，出入禁门不问，京师长吏为之侧目。故当时谣咏有云：‘生女勿悲酸，生男勿喜欢。’又曰：‘男不封侯女作妃，看女却为门上楣。’其为人心羡慕如此。”又，《新唐书·后妃传上·杨贵妃》：“天宝初，进册贵妃，追赠父玄琰太尉、齐国公，擢叔玄珪光禄卿，宗兄铦（xiān）鸿胪卿，锜侍御史，尚太华公主。主惠妃所生，最见宠遇。而钊亦寖显。钊，国忠也。三娣皆美劭（美好），帝呼为姨，封韩、虢、秦三国，为夫人。出入宫掖，恩宠声焰震天下。每命妇入班，持盈公主等让，皆不敢就位。台省州县奉请托，奔走期会过诏敕，四方献饷结纳，门若市然。”其兄杨国忠自御史至宰相，凡领四十余使，封卫国公。“诸姨钱岁百万为脂粉费，铦以上柱国，门列戟，与锜、国忠、诸姨五家第舍联亘，拟宪宫禁。率一堂费缗千万，见它第有胜者，辄坏复造，务以环侈相夸诩，土木工食不息。帝所得奇珍及贡献，分赐之，使者相衔于道，五家如一。妃每从游幸，乘马则力士授辔策，凡充锦绣官及治瑑金玉者，大抵千人，奉须索奇服秘玩，变化若神。四方争为怪珍入贡，动骇耳目。”杨氏一门之豪奢无度，真是到了骇人听闻的地步，由此亦可见玄宗之荒淫昏庸。玄宗宠幸杨玉环，杨氏一门因裙带姻亲关系皆受封赏，皆至清贵高显之位，使得天下之人，不重生男重生女，影响一时社会风气。女子一旦所嫁如愿，可以顷刻间改变一姓一门之社会地位。可见，玄宗之宠幸杨玉环，所带来的社会问题多么严重，严重地破坏了朝廷的吏治清明和用人制度，因此世人称玄宗“荒淫无度”，绝非苛刻。

在吏治严重不清明、社会问题突出之时，玄宗依然沉醉于享受“爱情”：“骊宫高处入青云，仙乐风飘处处闻。缓歌慢舞凝丝竹，尽日君王看不足。”骊宫，华清宫在骊山之上，故称。仙乐，指《霓裳羽衣》等舞曲。凝丝竹，歌舞与管弦乐曲之节奏配合得非常之好，紧密和谐。丝竹，弦乐器和管乐器。玄宗日夜沉浸在享乐、私欲的满足之中，高居于骊山华清宫，歌舞升平，醉生梦死，注视着杨贵妃，尽日看不厌。此时的玄宗，哪里还能想到江山社稷之稳固、黎民百姓之甘苦。此处正与开篇之“汉皇重色思倾国”之批判意识，一脉相承。杜甫《自京赴奉先县咏怀五百字》记述天宝十四载（755）十二月凌晨骊山脚下的所见所闻与所感，玄宗君臣醉生梦死，欢饮达旦：“中堂有神仙，烟雾蒙玉质。暖客貂鼠裘，悲管逐清瑟，劝客驼蹄羹，霜橙压香橘。”他们从根本上就忘记了黎民百姓：“赐浴皆长缨，与宴非短褐。彤庭所分帛，本自寒女出。鞭挞其夫家，聚敛贡城阙。圣人筐篚恩，实欲邦国活。臣如忽至理，君岂弃此物。多士盈朝廷，仁者宜战栗。”他们所享受的那些丰盛物品、赏赐之物，皆是贫寒百姓辛勤劳动所得，被官方搜刮来，供其挥霍；而今他们毫不念及贫寒百姓，稍有人心者每每想到这一点，就会为之良心不安，为之战栗不已。杜甫的深刻揭示，可以作为此四句的注解。可见，白居易《长恨歌》第一部分，还是深入批判玄宗好色误国之错误的。

第二段

渔阳鼙鼓动地来，惊破霓裳羽衣曲。九重城阙烟尘生，千乘万骑西南行。翠华摇摇行复止，西出都门百余里。六军不发无奈何，宛转蛾眉马前死。花钿委地无人收，翠翘金雀玉搔头。君王掩面救不得，回看血泪相和流。黄埃散漫风萧索，云栈萦纡登剑阁。峨眉山下少人行，旌旗无光日色薄。蜀江水碧蜀山青，圣主朝朝暮暮情。行宫见月伤心色，夜雨闻铃肠断声。天旋地转回龙驭，到此踌躇不能去。马嵬坡下泥土中，不见玉颜空死处。君臣相顾尽沾衣，东望都门信马归。归来池苑皆依旧，太液芙蓉未央柳。芙蓉如面柳如眉，对此如何不泪垂！春风桃李花开日，秋雨梧桐叶落时。西宫南内多秋草，落叶满阶红不扫。梨园子弟白发新，椒房阿监青娥老。夕殿萤飞思悄然，孤灯挑尽未成眠。迟迟钟鼓初长夜，耿耿星河欲曙天。鸳鸯瓦冷霜华重，翡翠衾寒谁与共？悠悠生死别经年，魂魄不曾来入梦。

这一段，紧承上文之“缓歌慢舞凝丝竹，尽日君王看不足”。当玄宗沉浸于荒淫享乐、醉生梦死之时，“渔阳鼙鼓动地来，惊破霓裳羽衣曲”，真是石破天惊，暴烈的反叛战火打破了温柔乡的美梦。渔阳，唐范阳节度使所辖八郡之一。此处泛指安禄山所管辖的范阳地区。安禄山兼任范阳、平卢、河东三镇节度使。鼙鼓，小鼓和大鼓，古代军所用，犹战鼓。天宝十四载（755）十一月，安禄山在范阳起兵叛唐，率诸蕃马步军十五万，杀向长安。天下承平日久，人不知战，朝廷震惊。渔阳鼙鼓，用汉代彭宠据渔阳反叛为贼，暗示安禄山的反叛性质。霓裳羽衣曲，唐代著名大型舞乐套曲，相传唐玄宗先作此曲前段，再加上西凉节度使杨敬述所献《婆罗门曲》组合润饰而成。音乐情调幽雅清丽，着力渲染虚无缥缈的天外世界，反映了当时一种求仙访道的思想。据白居易《霓裳羽衣舞歌》自注，全曲共分三大部分：①散序，节奏自由，曲情舒缓优美；②中序，入拍起舞，舞蹈刻画仙女形象，舞姿轻盈飘逸，服饰典雅、华丽，头戴步摇冠，上穿羽衣，披霞帔，下着霓虹般彩裙，饰珠翠。③入破，音乐节奏加快，舞蹈也更为热烈急促，音乐舞蹈在激烈的节奏中突然收住。曲末渐慢放散，长引一声结束。唐代，《霓裳羽衣舞》有独舞、双人舞和群舞，独舞以玄宗宠妃杨玉环的表演最为著名。玄宗生日千秋节时，宫女曾表演大型群舞。敬宗宝历元年(825)，白居易观看《霓裳羽衣舞》而作《霓裳羽衣歌》，描述颇为详细。陈寅恪说："句有特取一'破'字。盖破字不仅含有破散或破坏之意，且又为乐舞术语，用之更觉浑成耳。又，《霓裳羽衣》'入破时'，本奏以缓歌柔声之丝竹，今以惊天动地急迫之鼙鼓，与之对举，相映成趣，乃愈见造语之妙矣。"（《元白诗笺证稿》）

战尘滚滚，鼙鼓阵阵，"九重城阙烟尘生，千乘万骑西南行"，长安不守，玄宗率少数嫔妃宫人逃往西南。此诗之逻辑颇清晰严密。九重城阙，指京师长安。天宝十五载（756）六月，安禄山攻陷潼关，杨国忠建议玄宗逃往成都。《资治通鉴》卷二一八："士民惊扰，奔走不知所之。市里萧条，国忠使韩、虢（杨贵妃二位姐姐）入宫劝上（玄宗）入蜀。甲午，百官朝者什无一二。上御勤政楼，下制云欲亲征，闻者皆莫之信……既夕，命龙武大将军陈玄礼整比六军，厚赐钱帛，选闲厩马九百余匹，外人皆莫之知。乙未，黎明，上独与贵妃姊妹、皇子妃主皇孙、杨国忠、韦见素、魏方进、陈玄礼，及亲近宦官宫人出延秋门。妃主皇孙之在外者，皆委之而去……是日，百官犹有入朝者，至宫门，犹闻漏声，三卫立仗俨然……门既启，则宫人乱出，中外扰攘，不知上所之。于是王公士民四出逃窜山谷，细民争入宫禁及王公第舍，盗取金宝，或乘驴上殿。又焚左藏大盈库。"玄宗仓皇逃出长安，弃社稷宗庙、达官贵人、黎民百姓于不顾。所谓"千乘万骑"乃是诗人夸张之语，描摹其逃亡路上乱昏昏的样子。这样庞大的嫔妃宫女队伍，行进缓慢——“翠华摇摇行复止，西出都门百余里”。翠华，天子仪仗中以翠羽为饰的旗帜或车盖，亦为御车或帝王的代称。摇摇，慢腾腾的样子。百余里，指马嵬坡距离长安城一百一十里，在今陕西兴平县北。

于此，军士哗变，要求杀死误国的宰相杨国忠和杨氏家族的核心人物杨贵妃：“六军不发无奈何，宛转蛾眉马前死。”六军，指天子禁军。玄宗时实际上是四军，即左右龙武军、左右羽林军。肃宗至德二载（757），又置左右神武军，始成六军。宛转，缠绵悱恻的样子。蛾眉，指杨玉环。陈鸿《长恨歌传》：“潼关不守，翠华南幸，出咸阳，道次马嵬亭。六军徘徊，持戟不进。”要求杀杨国忠以谢天下，杨国忠死后，“左右之意未快。上（玄宗）问之。当时敢言者，请以贵妃塞天下怨。上知不免，而不忍见其死，反袂掩面，使牵之而去。仓皇展转，竟就死于尺组之下。”《旧唐书·后妃传上·杨贵妃》：“及潼关失守，从幸至马嵬，禁军大将陈玄礼密启太子（李亨，即后来的肃宗），诛国忠父子。既而四军不散，玄宗遣（高）力士宣问，对曰‘贼本尚在’，盖指贵妃也。力士复奏，帝不获已，与妃决，遂缢死于佛堂。”杨贵妃死时年仅三十八岁。“宛转蛾眉马前死”，描摹美人杨贵妃临死之际，缠绵悱恻、愁容哀怨之无可奈何，栩栩如生。因而，下句则抒写玄宗亲见心爱的美人被迫而死，那种无奈又伤心欲绝的情境：“花钿委地无人收，翠翘金雀玉搔头。君王掩面救不得，回看血泪相和流。”花钿，用金翠珠宝制成的花形首饰。翠翘，古代妇女首饰的一种。状似翠鸟尾上的长羽，故名。韦应物《长安道》：“丽人绮阁情飘飖，头上鸳钗双翠翘。”金雀，金制的凤雀。搔头，簪的别称。汉代繁钦《定情诗》：“何以结相于？金薄画搔头。”杨玉环身死，她头上华美的花钿、翠翘、金凤雀、玉搔头，皆掉落地上，无人收拾。极写杨贵妃死时凄惨之状，而那个多情的君王李隆基无奈而伤情，以袖掩面，不忍直视；杨妃已死，再回头看最后一眼时，玄宗竟然眼中血泪和流，伤情已极。至此，诗人对杨贵妃之死和玄宗之深情与无奈，赋予了深切的同情和感伤。应该说，诗的情味至此而发生了巨大的变化，由前期的旨在批判玄宗的荒淫误国，转而成为对李隆基、杨玉环美好爱情不得善始善终的无限同情。

于是，从此以下，开始抒写玄宗对已然身死的杨玉环的深情思念："黄埃散漫风萧索，云栈萦纡登剑阁。峨眉山下少人行，旌旗无光日色薄。"黄尘蔽天，西风萧索，玄宗一行人黯然地攀登上高高的、萦回曲折的栈道，登上剑阁，进入蜀中。蜀中崇山峻岭人烟稀少，行进的队伍旗帜黯淡，日色惨淡无光。创造出一派黯然、萧索的景象，象征杨玉环死后，玄宗感受到一切皆黯然无光，没有了热情和意义。散漫，弥漫四散，遍布。谢惠连《雪赋》："其为状也，散漫交错，氛氲萧索。"云栈，高入云霄的栈道。萦纡，曲折盘旋。剑阁，剑门关，在今四川剑阁县北，为川陕间重要通道。峨眉山，在今四川峨眉市西南。玄宗由长安至成都，并不经过峨眉山。此处以峨眉山代指蜀中的崇山峻岭。此四句抒写自马嵬兵变之后，杨玉环身死，玄宗入蜀路途上的孤独与感伤。

"蜀江水碧蜀山青，圣主朝朝暮暮情。行宫见月伤心色，夜雨闻铃肠断声。"抒写玄宗困守成都，思念杨玉环的凄然情境。蜀江水碧，蜀山青翠，美不胜收，可是对伤感的玄宗来说，实在没有心思欣赏，只是朝朝暮暮、一刻不停地思念着杨贵妃。在行宫见一轮明月高照，花好月圆，然而杨妃已死，深感形单影只；夜雨难眠，听闻檐间九子铃声，阵阵作响，孤枕凄凉，思念之苦，为之肝肠寸断。唐人郑处诲《明皇杂录·补遗》："明皇既幸蜀，西南行。初入斜谷，霖雨涉旬，于栈道雨中闻铃音，与山相应。上既悼念贵妃，采其声为《雨霖铃》曲以寄恨焉。"此四句进一步抒写，困居成都行宫时，玄宗对杨贵妃深切的思念之情，创设凄清孤独的氛围，展现了玄宗之凄凉与一往深情。

"天旋地转回龙驭，到此踌躇不能去。马嵬坡下泥土中，不见玉颜空死处。君臣相顾尽沾衣，东望都门信马归。"太子李亨在灵武（今宁夏灵武）即位，是为肃宗，尊玄宗为太上皇。至德二载（757）十月，收复长安，迎请太上皇，十二月玄宗返回长安。天旋地转，指局势扭转，两京收复。当车驾东归，重新经过马嵬坡——杨玉环被缢杀之地，玄宗徘徊不前，心念贵妃，久久不忍离去。马嵬坡下泥土中，埋葬着天生丽质、明眸皓齿、能歌善舞的杨贵妃，可是那个倾城倾国、玉颜鲜洁的杨贵妃再也无法见到了，只能空见死处的一抔黄土而已。君臣相视，潸然泪下，伤情已极，遥望长安，信马由缰，迟迟东归。诗歌于此，摹写玄宗伤怀已极，心绪茫然失落之状，真是形神兼备。

重回长安故地，一切似乎都是那样美好，“归来池苑皆依旧，太液芙蓉未央柳”——池苑依旧，太液池依旧，芙蓉花正盛开，未央宫柳树依然摇曳多姿。太液，汉代建章宫北有太液池，唐人大明宫麟德殿西北，亦有太液池。未央，汉代未央宫，此处泛指唐皇城宫苑。“芙蓉如面柳如眉，对此如何不泪垂！”看到鲜艳娇美的荷花，则想起杨贵妃如花之玉颜；见到柳叶青翠，则忆起杨玉环翠眉如黛，禁不住涕泪长流。这样的感伤触目皆是，而且无论春夏秋冬，时时皆有——“春风桃李花开日，秋雨梧桐叶落时”，触景伤情，无可回避，思念贵妃不已。

为了将这一感伤与思念摹写极致，宕开一笔，从环境氛围写起，烘托反衬，突出玄宗无尽的感伤与思念：“西宫南内多秋草，落叶满阶红不扫。梨园子弟白发新，椒房阿监青娥老。夕殿萤飞思悄然，孤灯挑尽未成眠。迟迟钟鼓初长夜，耿耿星河欲曙天。”陈鸿《长恨歌传》曰：“尊玄宗为太上皇，就养南宫。自南宫迁于西内。时移事去，乐尽悲来。每至春之日，冬之夜，池莲夏开，宫槐秋落。梨园弟子，玉琯发音，闻《霓裳羽衣》一声，则天颜不怡，左右歔欷。”西宫，指西内太极宫。南内，即兴庆宫。唐以大明宫为东内，太极宫为西内，兴庆宫为南内。玄宗回京后，初居南内，后被胁迫移居西内，不准过问国事。《资治通鉴》卷二二〇：“上皇（玄宗）自开远门入大明宫，御含元殿，慰抚百官。乃诣长乐殿，谢九庙主，恸哭久之。即日幸兴庆宫，遂居之。”同书卷二二一：“上皇爱兴庆宫，自蜀归即居之……上皇多御长庆楼，父老过者往往瞻拜，呼万岁。上皇常于楼下置酒食赐之。”肃宗的亲信、大宦官李辅国密告肃宗：“上皇居兴庆宫，日与外人交通。陈玄礼、高力士谋不利于陛下。今六军将士尽灵武勋臣，皆反仄不安，臣晓谕不能解。不敢不以闻……上皇固无此意，其如群小何？陛下为天下主，当为社稷大计，消乱于未萌，岂得徇匹夫之孝？且兴庆宫与阎闾相参，垣墉浅露，非至尊所宜居。大内深严，奉迎居之，与彼何殊？又得杜绝小人荧惑圣听。如此上皇享万岁之安，陛下有三朝之乐，庸何伤乎？”遂胁迫玄宗迁居于西内，“所留侍卫兵才尪（wāng）老数十人，陈玄礼、高力士及旧宫人，皆不得留左右。”梨园弟子，《新唐书·音乐志十二》：“玄宗既知音律，又酷爱法曲，选坐部伎子弟三百教于梨园，声有误者，帝必觉而正之，号皇帝梨园弟子。宫女数百，亦为梨园弟子，居宜春北苑。”此八句意谓，玄宗被迫迁居于西内太极宫，宫内颇为荒凉，长满萋萋秋草，一派萧条，落叶铺满殿庭台阶，竟也无人打扫。陪侍的梨园弟子亦被遣散，只有几个年老衰弱之人在服侍、陪伴，后宫的女官也是几个容颜渐老之人。夜晚，萤火虫飞舞，长夜难眠，独对孤灯，玄宗深情地思念杨贵妃。楼上的景阳钟，偶尔传来报时声，时间过得那样地缓慢。长夜漫漫，仰望天上的银河，牛郎织女尚能隔河对视，孤独凄然的玄宗，也只能深情地仰望，倾吐对爱妃杨玉环的无尽思念。

长夜难眠，清冷、凄然、孤独袭来，玄宗深感殿庭清冷，寒气袭人，杨妃已死，锦被无暖——“鸳鸯瓦冷霜华重，翡翠衾寒谁与共？”真是伤心欲绝。鸳鸯瓦，嵌合成对的琉璃瓦，一仰一俯，成双成对。翡翠衾，绣有翡翠鸟图案的锦被。更让玄宗绝望的是，生者独生，死者已矣，在这漫长的三年时间，那个曾经深爱着的杨贵妃，死后竟然不曾托梦，不曾在梦中相会，“悠悠生死别经年，魂魄不曾来入梦”，真是极其绝望。至此，摹写玄宗自马嵬兵变之后，经过生离死别，回想在蜀中与南内，一往情深的无尽思念，达到了高潮。

第三段

临邛道士鸿都客，能以精诚致魂魄。为感君王辗转思，遂教方士殷勤觅。排空驭气奔如电，升天入地求之遍。上穷碧落下黄泉，两处茫茫皆不见。忽闻海上有仙山，山在虚无缥缈间。楼阁玲珑五云起，其中绰约多仙子。中有一人字太真，雪肤花貌参差是。金阙西厢叩玉扃，转教小玉报双成。闻道汉家天子使，九华帐里梦魂惊。揽衣推枕起徘徊，珠箔银屏迤逦开。云鬓半偏新睡觉，花冠不整下堂来。风吹仙袂飘飖举，

犹似霓裳羽衣舞。玉容寂寞泪阑干，梨花一枝春带雨。含情凝睇谢君王，一别音容两渺茫。昭阳殿里恩爱绝，蓬莱宫中日月长。回头下望人寰处，不见长安见尘雾。唯将旧物表深情，钿合金钗寄将去。钗留一股合一扇，钗擘黄金合分钿。但教心似金钿坚，天上人间会相见。临别殷勤重寄词，词中有誓两心知。七月七日长生殿，夜半无人私语时。在天愿作比翼鸟，在地愿为连理枝。天长地久有时尽，此恨绵绵无绝期！

上一段，抒写玄宗对死别的杨玉环无尽的思念、沉挚的感伤，“悠悠生死别经年，魂魄不曾来入梦”，达到极致，进入高潮。陈鸿《长恨歌传》曰：“三载一意，其念不衰。求之梦魂，杳不能得。”于是，就出现一个转折，“临邛道士鸿都客，能以精诚致魂魄”。临邛，剑南道临邛县，属邛州，治所在今四川邛崃市。此地乃道教盛行之所。鸿都，东汉都城洛阳宫门。《后汉书·灵帝纪》：“光和元年二月，始置鸿都门学士。”此处借指京师长安。有感于玄宗对死别之杨贵妃的苦苦思念、一往深情，那个名闻天下的临邛道士，正巧在长安作客，据说能够以其精诚而使杨贵妃的魂魄再现人间。致，获致，使出现。陈鸿《长恨歌传》：“适有道士自蜀来，知上（玄宗）心念杨妃如是，自言有李少君之术。玄宗大喜，命致其神。”这个相传法力无边的临邛道士，“为感君王辗转思，遂教方士殷勤觅。排空驭气奔如电，升天入地求之遍”。辗转思，《诗经·周南·关雎》：“窈窕淑女，寤寐求之。求之不得，寤寐思服。悠哉悠哉，辗转反侧。”谓食寝不安，思念杨贵妃。方士，方术之士。古代自称能访仙炼丹以求长生不老的人。《史记·封禅书》：“驺衍以阴阳主运显于诸侯，而燕齐海上之方士传其术不能通。”此处方士，乃指临邛道士。为玄宗辗转相思的一往深情所感动，临邛道士遂殷勤寻觅杨贵妃之魂魄，腾云驾雾，快如闪电，上天入地，尽力搜求，无所不至。然而，搜求的结果，“上穷碧落下黄泉，两处茫茫皆不见”，上至苍天，下入黄泉，皆一派茫茫，没有杨贵妃的任何踪影。碧落，道教语，天空，青天。杨炯《和辅先入昊天观星瞻》：“碧落三干外，黄图四海中。”杜光庭《皇太子为皇帝修金箓斋词》：“所贵者达诚碧落，荐寿皇躬。”《灵宝无量度人上品妙经》：“昔于始青天中碧落高歌。”

注："始青天乃东方第一天，有碧霞遍满，是云碧落。"陈鸿《长恨歌传》："方士乃竭其术以索之，不至。又能游神驭气，出天界，没地府以求之，不见。"

正当上穷碧落、下穷黄泉，殷勤搜求，一无所得之际，忽然峰回路转，出现新转机："忽闻海上有仙山，山在虚无缥缈间。楼阁玲珑五云起，其中绰约多仙子。"海上仙山，指蓬莱、方丈、瀛洲三神山。《史记·封禅书》："自威、宣、燕昭使人入海求蓬莱、方丈、瀛州。此三神山者，其传在渤海中，去人不远；患且至，则船风引而去。盖尝有至者，诸仙人及不死之药皆在焉。其物禽兽尽白，而黄金银为宫阙。未至，望之如云，及到三神山，反居水下。临之，风辄引去，终莫能至云。"绰约，柔婉美好。《庄子·逍遥游》："肌肤若冰雪，绰约若处子。"忽然听闻，海上有蓬莱、方丈、瀛洲三神山，皆在虚空、可见而又不可见之际，那里楼台亭阁精致华美，五色祥云冉冉升起，其中有许多风姿柔婉美丽的仙子啊。

于是，诗歌进而描述在海上仙山寻觅杨贵妃的经过："中有一人字太真，雪肤花貌参差是。金阙西厢叩玉扃，转教小玉报双成。"太真，杨玉环乃寿王李瑁妃，玄宗见之，大悦，度为女道士，号太真。《新唐书·后妃传上·杨贵妃》："开元二十四年，武惠妃薨，后庭无当帝（玄宗）意者。或言妃资质天挺，宜充掖廷，遂召内禁中，异之。即为自出妃意者，丐籍女官，号太真，更为寿王聘韦昭训女，而太真得幸。善歌舞，邃晓音律，且智算警颖，迎意辄悟。帝大悦，遂专房宴，宫女号'娘子'，仪礼与皇后等。天宝初，进册贵妃。"小玉，相传为吴王夫差之女。双成，传说为西王母侍好。唐诗中往往指仙人的侍女，或人间的侍女。那些众多的仙人中，有一人字太真，皮肤白嫩如雪，容貌娇好如花，非常美丽，差不多就是传说中的杨贵妃吧。于是，登上金碧辉煌的仙宫西厢房，叩响玉石的门户，请托小玉仙子转报双成仙子，层层通报。可见，杨贵妃住所之隐秘，不曾与玄宗梦中相见，亦无怪乎临邛道士上穷碧落、下穷黄泉也无法寻觅得见。陈鸿《长恨歌传》："又旁求四虚上下，东极天海，跨蓬壶。见最高仙山，上多楼阙，西厢下有洞户，东向，阖其门，署曰‘玉妃太真院’。方士抽簪扣扉，有双鬟童女，出应其门。方士造次未及言，而双鬟复入。俄有碧衣侍女又至，诘其所从。”

“闻道汉家天子使，九华帐里梦魂惊。揽衣推枕起徘徊，珠箔银屏迤逦开。云鬓半偏新睡觉，花冠不整下堂来。”金阙玉扃，层层通报，而杨妃听闻玄宗使者到来，颇为惊异，似乎从梦中惊醒，难以相信，稍稍稳定情绪，遂披衣推枕而起，急切想去相见，却又徘徊犹豫不决，很快又下定决心，前往相见，珠帘屏风依次打开。杨贵妃刚刚睡醒，乌黑的云鬓半偏，花冠也不曾带好，就匆匆下堂来。将杨玉环闻听玄宗使者到来时的心理活动——既急切，又犹豫，匆匆而来，迫切相见，通过“梦魂惊”“揽衣”“推枕”“徘徊”“迤逦开”“半偏”“新睡觉”“花冠不整”“下堂来”等动作，曲折而委婉地展示出来。以动作而写心理，极尽其深微隐秘之变化。九华帐，《博物志》卷三：“汉武帝好仙道，祭祀名山大泽，以求神仙之道。时西王母遣使乘白鹿告帝当来，乃供帐九华殿以待之。”后遂泛指宫廷中华丽的床帐。珠箔，珠帘。《西京杂记》卷二：“昭阳殿织珠为帘，风至则鸣，如珩珮之声。”银屏，有银丝花纹的屏风。迤逦，连续不断。陈鸿《长恨歌传》：“方士因称唐天子使者，且致其命。碧衣云：‘玉妃方寝，请少待之。’于是云海沉沉，洞天日晓，琼户重阖，悄然无声。方士屏息敛足，拱手门下。久之，而碧衣延入，且曰：‘玉妃出。’见一人冠金莲，披紫绡，佩红玉，曳凤舄（鞋子），左右侍者七八人，揖方士，问‘皇帝安否’，次问天宝十四载已还事。”

“花冠不整下堂来”的杨玉环，依然是那样美艳，“风吹仙袂飘飘举，犹似霓裳羽衣舞”，衣袂飘飘，举止娴雅，好似当年跳霓裳羽衣舞的样子。一方面，摹写杨玉环之美艳；另一方面，也以霓裳羽衣舞验证那个“中有人一字太真，雪肤花貌参差是”的人，就是杨贵妃。“玉容寂寞泪阑干，梨花一枝春带雨”，是对杨玉环死别之后，再次出场的描摹：玉环颜容静默凄清，泪水纵横，好似一枝洁白的梨花沾满了春雨。同时，也是刻画杨玉环对玄宗的无限思念。因而，下文“含情凝睇谢君王，一别音容两渺茫”，杨玉环托方士深情地向玄宗表白，马嵬死别之后，一刻也未曾忘记，只是天地茫茫，不知何处，无法通消息，致使音容渺茫。但是，当年的爱恋深情，依然铭刻心中，“昭阳殿里恩爱绝，蓬莱宫中日月长。回头下望人寰处，不见长安见尘雾”。昭阳殿，汉代宫殿，汉成帝皇后赵飞燕曾居于此。此处指唐宫中杨贵妃所居之地。杨玉环向玄宗诉说：当年在人间，为恩爱夫妻，马嵬身死，不得在人间终其天年和爱情，从此独居蓬莱仙山，岁月漫长，却也一刻未曾忘记当年的恩爱。也曾从蓬莱仙山下望人间，可是长安遥遥，无法望见，只看见滚滚尘雾啊。

为证明其深情爱意，遂托方士代致玄宗金钗旧物：“唯将旧物表深情，钿合金钗寄将去。钗留一股合一扇，钗擘黄金合分钿。但教心似金钿坚，天上人间会相见。”金钗是爱情的见证，是信物，将镶嵌金花的首饰盒和金钗一同寄去，自己留下一支金钗一个盒盖，作为信物和永久的纪念，期望玄宗爱恋之心如同黄金一样坚牢，天上人间最终会有相见的那一天！陈鸿《长恨歌传》说：当初玄宗与杨玉环，“定情之夕，授金钗钿合以固之。又命戴步摇，垂金珰。”当方士至蓬莱宫见杨贵妃，贵妃“指碧衣取金钗钿合，各析其半，授使者曰：‘为我谢太上皇，谨献是物，寻旧好也。’”而且，杨玉环在方士临别之时，“临别殷勤重寄词，词中有誓两心知”，托方士转告玄宗，这更是杨玉环对爱情的珍视，对玄宗的一往深情。这样，李隆基、杨玉环的爱情，就是双向的、对等的爱情，惺惺相惜，一心一意。那个珍重的爱情密誓：“七月七日长生殿，夜半无人私语时。在天愿作比翼鸟，在地愿为连理枝。”长生殿，华清宫中殿名，又名集灵台，用以祭祀神灵。又，唐代后妃的寝殿也称长生殿。比翼鸟，《尔雅·释地》：“南方有比翼鸟焉，不比不飞，其名谓之鹣鹣。”连理枝，两树之枝连生在一起。《孔雀东南飞》：“东西植松柏，左右种梧桐。枝枝相覆盖，叶叶相交通。”比翼鸟、连理枝，比喻夫妻和好，恩爱不离。陈鸿《长恨歌传》：“玉妃茫然退立，若有所思，徐而言曰：‘昔天宝十载，侍辇避暑于骊山宫。秋七月，牵牛织女相见之夕，秦人风俗，是夜张锦绣，陈饮食，树瓜华，焚香于庭，号为乞巧。宫掖间尤尚之。时夜殆半，休侍卫于东西厢，独侍上。上凭肩而立，因仰天感牛女事，密相誓心，愿世世为夫妇。言毕，执手各呜咽。此独君王知之耳。’”七月七日长生殿，夜半无人，李杨面对天上的牵牛织女而盟誓：如比翼鸟而比翼齐飞，如连理枝枝枝相交、根系相连，世世代代为夫妇，永不分开。陈鸿《长恨歌传》曰：“使者还奏太上皇，皇心震悼，日日不豫。其年夏五月，南宫宴驾。”玄宗得到回复的消息，震悼不已，很快也就去世了。

誓愿坚定而美好，但是，马嵬兵变，杨妃身死，玄宗流落西南，又回返长安，桃李春风，秋雨梧桐，孤灯挑尽未成眠，忍受孤独与凄凉；杨妃“蓬莱宫中日月长”，亦是独守寂寞，美好的爱情不得善终，因而卒章揭示诗旨：“天长地久有时尽，此恨绵绵无绝期！”点明长恨主题。天地有时而尽，而此美好爱情不得善终的遗恨，永远没有终期啊！

《长恨歌》是一首以李隆基、杨玉环爱情故事为题材的长篇叙事诗。元和元年（806）十二月，白居易、陈鸿、王质夫三人游览仙游寺，且宿寺夜话，论及玄宗、杨玉环以及马嵬兵变，对玄宗纵情误国、杨贵妃恃宠致乱，以及开元盛世衰微，感慨万端。白居易作《长恨歌》，陈鸿作《长恨歌传》，以歌与传相配合的形式，叙写其事，其情可感，其事亦可恨，传之后世，“不但感其事，亦欲尤物，窒乱阶，垂于将来者也”。

“一篇《长恨》有风情”，白居易根据历史事实和民间传说，融合古诗、乐府以及说唱艺术的表现手法，以优美的旋律、绚丽的辞藻，平易流丽的语言，婉转曲折地抒写了一个完整的哀婉凄绝而又富有神话色彩的爱情故事。《长恨歌》具有高度的叙事艺术，融叙事与抒情为一体，浑然天成。此诗分三个部分，叙事逻辑严密，情感贯注，流畅自然，音律和谐，感人至深。

第一部分，开篇则直言“汉皇重色思倾国”，批评唐玄宗之纵情声色，而叙写杨玉环之出身和姿色，暗寓长恨之根源。汉皇重色，而杨玉环美艳，“天生丽质难自弃”，李杨之遇合，实乃必然，遂使“六宫粉黛无颜色”。此为第一层次。第二层次，自“春寒赐浴华清池”以下，叙写玄宗给予杨玉环的万般宠幸，玄宗纵情荒殆，“从此君王不早朝”，堕于荒淫无度，贻误国事，误尽苍生；而杨氏一门，因杨玉环之被宠幸，皆加官晋爵，“姊妹弟兄皆裂土，可怜光彩生门户”，权倾朝野，势炎熏天，社稷皆为杨氏一门所左右，竟然使社会风气为之而改变，“遂令天下父母心，不重生男重生女”——既是社会风气转变之事实，也带着诗人强烈的批判意识。在如此严重形势下，玄宗毫无觉察，依然沉浸于享乐，“骊宫高处入青云，仙乐风飘处处闻。缓歌漫舞凝丝竹，尽日君王看不足”，这样的补叙，既是诗情与叙事的自然延续，也是对玄宗昏聩、纵情欲望、毫无节制的辛辣讽刺，诗歌的批判主旨极为鲜明、强烈。

第二部分，正是在玄宗醉生梦死、荒淫无度之际，“渔阳鼙鼓动地来，惊破《霓裳羽衣曲》”，石破天惊，安禄山由范阳而叛唐。渔阳鼙鼓，惊破了《霓裳羽衣》曲舞，也打破了大唐盛世之繁荣。这也是全诗意脉的过渡。长恨，亦由此而开端。“九重城阙烟尘生”，玄宗与杨玉环仓皇逃离长安，前往成都。马嵬兵变，杨玉环身死，而“花钿委地无人收，翠翘金雀玉搔头”一句，写得极其形象而哀感顽艳，令人为之动容。“君王掩面救不得，回看血泪相和流”，既写玄宗无奈而又感伤的情境，也流露出诗人自己深切的同情与伤感，同时，诗的意脉到此发生了重大的变化。此为第一层次。

第二层次，从“黄埃散漫风萧索”开始，抒写马嵬杨妃身死之后，玄宗流落西南的深切思念，“行宫见月伤心色，夜雨闻铃肠断声”，朝朝暮暮，无法忘怀，风情摇曳，黯然伤魂。第三层次，自“天旋地转回龙驭”起，抒写回返长安、途经马嵬，于杨妃身死处，玄宗唯见一抔黄土，伤情已极，“君臣相顾尽沾衣，东望都门信马归”。第四层次，抒写玄宗归来长安，池苑依旧，然而物是人非，极力描摹那种凄清、孤独、寂寞、凄苦的心境以及无尽的感伤与思念，“悠悠生死别经年，魂魄不曾来入梦”，将这种情愫推向极致。

第三部分，集中抒写生离死别、人天隔绝之后，李杨爱情的忠贞与悲苦。第一层次，因为“魂魄不曾来入梦”，才有临邛道士为之奔走、寻觅，然而“上穷碧落下黄泉，两处茫茫皆不见”。于是进入第二层次，在海上仙山寻觅，“中有一人字太真，雪肤花貌参差是”，从临邛道士的眼中，描摹那个美丽的太真妃，“风吹仙袂飘飘举，犹似《霓裳羽衣》舞”，既是写贵妃之美丽，也以此而证实太真妃就是杨贵妃；其形象“玉容寂寞泪阑干，梨花一枝春带雨”，彰显杨贵妃独守空闺、对爱情之忠贞，以及其美丽绝俗。第三层次，“含情凝睇谢君王”以下，杨妃托临邛道士致意玄宗，表达其对玄宗的深挚爱意和对爱情的忠贞，“昭阳殿里恩爱绝，蓬莱宫中日月长。回头下望人寰处，不见长安见尘雾”，情致缠绵悱恻，言外有无穷隐恨，长生殿盟誓，是其爱情的见证，也是心灵相通的信物。于是，第四层次“天长地久有时尽，此恨绵绵无绝期”，点出题目，又有悠悠不尽之意。

应该说，白居易创作此诗之初衷，旨在批判玄宗纵情误国、杨妃恃宠乱政，因此，诗的第一部分旨在讽刺与批判，直言玄宗重色、杨妃恃宠以及杨氏一门之危害。然而，在马嵬杨妃身死之后，“君王掩面救不得，回看血泪相和流”，遂发生一大转折，诗的主旨由讽刺转为歌咏、赞美，以唱叹出之。诗人以深切的同情融入了自己对爱情的体认，将李杨帝妃之爱情，遂化为文人士大夫对爱情的理解、对忠贞不渝爱情的赞美——李杨爱情遂成为理想爱情的化身。既写人间的玄宗，流落西南、返归长安的深切思念与忠贞，也以大量篇幅抒写海上仙山的杨妃对爱情的生死不渝，怜悯、感叹之情跃然纸上。因而，就形成了《长恨歌》的多重主题。长恨之所恨，究竟是什么？概括来讲，对大唐盛世衰微之恨；盛世难再的深深惋惜；玄宗早期励精图治，讥刺其晚期荒淫误国，以垂戒后世；美好爱情不得善终之恨；借李杨悲剧性爱情之抒写，抒发天下有情人难成眷属的千古遗恨……其丰富的内涵，随读者理解之不同，自有多重的丰富意蕴。

《长恨歌》高度的叙事艺术与深刻的抒情性相契合，塑造出摇曳生姿的艺术形象，富有很强的艺术感染力。具体表现为：第一，在情节性的叙述中带有浓郁的抒情色彩，如杨玉环入宫、承宠，皆用咏叹笔调，洋溢着一种融洽欢乐热烈的氛围。第二，用情景交融的手法，刻画人物心理。如玄宗流落西南，“蜀江水碧蜀山青，圣主朝朝暮暮情……行宫见月伤心色，夜雨闻铃肠断声”，回返长安，“春风桃李花开日，秋雨梧桐叶落时。西宫南内多秋草，落叶满阶红不扫……夕殿萤飞思悄然，孤灯挑尽未成眠。迟迟钟鼓初长夜，耿耿星河欲曙天”，借景抒情，寓情于景，抒写玄宗的刻骨思念、悲伤凄凉。第三，在描摹人物情态、记叙人物对话时，融注强烈的抒情。如杨玉环听闻方士到来，“闻道汉家天子使，九华帐里梦魂惊。揽衣推枕起徘徊，珠箔银屏迤逦开。云鬓半偏新睡觉，花冠不整下堂来”，以一系列的动作摹写，刻画人物的心理变化：初闻消息之惊喜交集，激动、疑虑、真幻难测、茫然失措、迫不及待，皆裹挟着强烈的感情。而杨玉环“含情凝睇谢君王”之借方士致辞于玄宗，更是充满柔情蜜意，以及生死不渝的忠贞，使得杨妃脱去了宠妃的形象束缚，而化身为坚贞爱情的象征，升华了诗的主旨。

这首长篇叙事诗，情韵富赡，写法独特，人物形象鲜明生动，思想性与艺术性的复杂高超，达到了很高的境界。清代诗论家赵翼说：“香山诗名最著，及身已风行海内，李谪仙（李白）以后一人而已……古来诗人，及身得名，未有如是之速且广者。盖其得名，在《长恨歌》一篇。其事本易传，以易传之事，为绝妙之词，有声有情，可歌可泣，文人学士既叹为不可及，妇人女子亦喜闻而乐诵之，是以不胫而走，传遍天下。”（《瓯北诗话》卷四）洵为千古绝唱。此诗对后世戏剧、小说影响深远，如关汉卿《唐明皇哭香囊》、白朴《唐明皇秋夜梧桐雨》、屠隆《彩毫记》、洪昇《长生殿》等，均由《长恨歌》演变而来，可见其在中国文学史上的不朽价值。

琵琶行并序

元和十年，予左迁九江郡司马。明年秋，送客湓浦口，闻舟中夜弹琵琶者，听其音，铮铮然有京都声；问其人，本长安倡女，尝学琵琶于穆、曹二善才。年长色衰，委身为贾人妇。遂命酒，使快弹数曲，曲罢悯然。自叙少小时欢乐事，今漂沦憔悴，转徙于江湖间。予出官二年，恬然自安，感斯人言，是夕始觉有迁谪意，因为长句，歌以赠之，凡六百一十六言，命曰《琵琶行》。

第一段

浔阳江头夜送客，枫叶荻花秋瑟瑟。主人下马客在船，举酒欲饮无管弦。醉不成欢惨将别，别时茫茫江浸月。忽闻水上琵琶声，主人忘归客不发。寻声暗问弹者谁，琵琶声停欲语迟。移船相近邀相见，添酒回灯重开宴。千呼万唤始出来，犹抱琵琶半遮面。转轴拨弦三两声，未成曲调先有情。弦弦掩抑声声思，似诉平生不得志。低眉信手续续弹，说尽心中无限事。轻拢慢捻抹复挑，初为霓裳后六幺。大弦嘈嘈如急雨，小弦切切如私语。嘈嘈切切错杂弹，大珠小珠落玉盘。间关莺语花底滑，幽咽泉流冰下难。冰泉冷涩弦凝绝，凝绝不通声渐歇。别有幽愁暗恨生，此时无声胜有声。银瓶乍破水浆迸，铁骑突出刀枪鸣。曲终收拨当心画，四弦一声如裂帛。东船西舫悄无言，唯见江心秋月白。

宪宗元和十年（815）六月，京师长安发生了一件大事。平卢节度使李师道派刺客杀死力主平叛的宰相武元衡，取其胪骨而去，又重伤力主平叛的刑部侍郎裴度。贼人气焰颇盛，威胁金吾卫及府县，不得急切搜捕，不然必将报复。朝野汹汹，无人敢言。白居易时为太子左赞善大夫——这是一个不得过问朝政、专门陪伴太子读书的闲官，有感于宰相横尸街头而盗贼不能捕获，乃朝廷之耻辱。于是，首先上书论其事，为武元衡鸣冤，急请捕贼以雪国耻。而宰相以为白居易乃太子属官，不应当先于谏官言事，欲将其论罪。其实，早在元和三年（808）为左拾遗时，白居易屡次上疏请革除弊政，反对宦官吐突承璀做掌兵权的招讨宣慰使，甚至当面指陈宪宗的错误，引起了宪宗的愤怒。宪宗对宰相李绛曰：“白居易小子，是朕拔擢致名位，而无礼于朕。朕实难奈（难容忍）。”李绛对曰：“居易所以不避死亡之诛，事无巨细必言者，盖酬陛下特力拔擢耳，非轻言也。陛下欲开谏诤之路，不宜阻居易言。”（《旧唐书·白居易传》）宪宗这才勉强予以容忍。然而两年后，即元和五年

(810)，将白居易赶出朝廷，授京兆府户曹参军。这次越职言事，宰相又构陷其他罪名，将白居易赶出朝廷，远贬为江州司马。史称：“居易儒学之外，尤通释典，常以忘怀处顺为事，都不以迁谪介意。”（《旧唐书·白居易传》）受此沉重打击，白居易尽量以佛学超然世外的思想来化解，又寄情于庐山秀美壮丽的风景，平复其心境。第二年（元和十一年，816）秋天，在湓浦口送客，闻江边船舫传来动听的琵琶声，乃长安歌伎所演奏。感慨于琵琶女的漂沦憔悴，转徙于江湖间，白居易“感斯人言，是夕始觉有迁谪意”，遂作此诗。

小序，交待写作此诗的背景和缘由。元和十年（815），白居易被贬九江郡司马。第二年秋天，送客于湓浦口。听闻船舫传来曾经熟悉的京师流行的琵琶声，问其人，方知为长安旧歌伎，曾学艺于技艺精湛的琵琶名手穆、曹二善才，因年长色衰，遂嫁作商人妇。唐人段安节《琵琶录》说，元和中，曹保有子名善才，精通琵琶，因以“善才”称琵琶师。琵琶女青春年少时，曾红极一时，而今漂沦憔悴，转徙于江湖间，独守空船。为琵琶女的身世所感发，白居易遂有身世飘零、迁谪之悲，滋生出“同是天涯沦落人”的巨大悲痛与哀感。九江郡，隋郡名，天宝元年（742）改为浔阳郡，乾元元年（758）改为江州，治所在今江西九江。司马，州刺史副职，佐刺史掌管一州军事，在唐代已为闲职。白居易《江州司马厅记》：“州民康，非司马功；郡政坏，非司马罪。无言责，无事忧。”“唯司马，绰绰可以从容于山水诗酒间。”可见司马有职无权的闲散状态。白居易被远贬为江州司马，事实上被投闲置散，弃置不用。

诗开篇“浔阳江头夜送客，枫叶荻花秋瑟瑟”，点明事件、时间、地点，展示出一种特殊的送别环境：在一个秋风萧瑟的夜晚，于浔阳江头送别友人。长江流经九江北一段，别称浔阳江。荻，多年生草本植物，与芦同类，生长在水边。根茎都有节，似竹，秋天生紫色或白色、草黄色花穗，茎可以编席。瑟瑟，寒凉的样子。郦道元《水经注·沔水上》：“气萧萧以瑟瑟，风飕飕而飉飉。”

因而下句进一步抒写送别：“主人下马客在船，举酒欲饮无管弦。

醉不成欢惨将别，别时茫茫江浸月。”诗人前来送行，下马登上客船送别，在这凄然离别之际，有酒而无送别之乐曲，唯有凄然酒醉，茫茫江水，明月照临，一派迷蒙，正如那离愁别绪弥漫江天。这样的环境氛围之勾勒，正为琵琶女的出场营造了一个极其自然、相称的场景。于是，琵琶女的出场就自然而然了：“忽闻水上琵琶声，主人忘归客不发。寻声暗问弹者谁，琵琶声停欲语迟。”送行的离愁别绪弥漫江天，既打破这愁闷宁静又非常切合这离别情境的，正是这忽然出现的铮铮然琵琶声。寻声暗问，迟疑徘徊，欲说还休，暗示出场的乃是一位女性。“移船相近邀相见，添酒回灯重开宴。千呼万唤始出来，犹抱琵琶半遮面。”再三邀请，迟疑徘徊，千呼万唤，迟迟出现，其形象乃“犹抱琵琶半遮面”。抒写琵琶女的出场，曲折而颇有情致，始则殷勤相邀，继之声停语迟，犹豫不决，再则千呼万唤，最终出场则抱琵琶而半遮面。既引人入胜，又非常切合琵琶女“漂沦憔悴”的不幸身世，曲折有致，而又自如畅达，极富抒情意味。移船，指诗人将客之船移动，靠近琵琶女之船，邀请琵琶女登客船而相见。陈寅恪先生说：“‘移船相近邀相见’之‘船’，乃‘主人下马客在船’之‘船’，非‘去来江口守空船’之‘船’。盖江州司马移其客之船，以就浮梁茶商外妇之船，而邀此长安故倡从其所乘之船出来，进入江州司马所送客之船中，故能添酒重宴。否则，江口茶商女之空船中，恐无如此预设之盛筵也。”（《元白诗笺证稿》第二章）

琵琶女出场之后，集中描写琵琶女高超的技艺，借以表达“漂沦憔悴”的身世之悲。“转轴拨弦三两声，未成曲调先有情”是序曲，调音之初，轻轻拨动弦索，就颇不同凡响，暗示琵琶女乃一时名家。转轴，转动琵琶上端系弦的木轴，以调节音的高低。琵琶女的演奏饱含深情，有着丰富的情蕴，乃其艰难身世之抒写：“弦弦掩抑声声思，似诉平生不得志。低眉信手续续弹，说尽心中无限事。”掩抑，形容声音低沉。南齐王融《咏琵琶》：“掩抑有奇态，凄怆多好声。”每一弹奏，似乎都在诉说内心的思绪、情感与无限心事。

正是有着“平生不得志”“心中无限事”，因而其琵琶弹奏，声声入耳，震撼心灵，那深悲积怨、沉挚的情感，皆体现在高超的技艺中，音乐乃其心声的自然流淌："轻拢慢捻抹复挑，初为霓裳后六幺。"拢，左手指叩弦。捻，左手指揉弦。抹，右手顺弦下拨。挑，右手反手回拨。拢、捻是指法；抹、挑是弹法。霓裳，指《霓裳羽衣曲》。六幺，又称《绿腰》《录要》，唐大曲名。白居易《杨柳枝词》："六幺水调家家唱。"元稹《琵琶歌》："绿腰散序多拢捻。"此二句谓，琵琶女技法之精湛，曲调之高雅。

"大弦嘈嘈如急雨，小弦切切如私语。嘈嘈切切错杂弹，大珠小珠落玉盘。"嘈嘈，形容声音沉重舒长。切切，形容声音细促轻幽。以急雨萧萧，比喻琵琶声之沉重舒长；以私语切切，比喻琵琶声之细促轻幽；以大珠小珠落于玉盘之清脆悦耳，比喻琵琶声之沉重与轻细之错落有致、起伏变化。白居易《秦中吟·五弦》："大声粗而繁，飒飒风和雨。小声细欲绝，切切鬼神语。"《新乐府·五弦弹》："第一第二弦索索，秋风拂松疏韵落。第三第四弦泠泠，认鹤忆子笼中鸣。"正是对琵琶声乐之真切描摹。

"间关莺语花底滑，幽咽泉流冰下难。冰泉冷涩弦凝绝，凝绝不通声渐歇。"间关，黄莺的婉转叫声。幽咽，形容声音之低微与抑塞不通。此四句描摹琵琶声乐之时而婉转，如黄莺在鲜花叶底之啼鸣，自然流畅；时而低微抑塞，如水流冰下，艰难流淌；有时弦声断续，如冰泉渐渐冻结，流水渐流渐歇。"别有幽愁暗恨生，此时无声胜有声"，那无声之时，却郁积了无尽的幽愁暗恨，虽然无声，然而其情感之深挚凝重，远远胜过有声之乐。

"银瓶乍破水浆迸，铁骑突出刀枪鸣。曲终收拨当心画，四弦一声如裂帛。"在无声的境界，忽然如银瓶乍破，水流迸溅，又如战马奔腾嘶鸣、刀枪撞击，震撼人心。乐曲演奏结束时，用拨子于弦索当中骤然一划，四弦齐鸣，如撕裂布帛之声，戛然而止。用拨子对着琵琶槽的中心，用力划过四根弦，这是曲终收拨时的弹奏之法。

整个琵琶声乐之描写，以形象描摹、多重比喻，摹写琵琶女的精湛技艺，音乐的舒缓、急促、低沉、高昂、悠扬、激越、停顿、突起，弦弦有情，声声敲击，强烈地撞击着听者的心灵，产生巨大的共鸣。而后二句“东船西舫悄无言，唯见江心秋月白”，以无声而写有声，一轮明月照临浩浩江水，江天月色似乎都沉浸在无处不在的音乐氛围之中，令人为之感动。

第二段

沉吟放拨插弦中，整顿衣裳起敛容。自言本是京城女，家在虾蟆陵下住。十三学得琵琶成，名属教坊第一部。曲罢曾教善才服，妆成每被秋娘妒。五陵年少争缠头，一曲红绡不知数。钿头银篦击节碎，血色罗裙翻酒污。今年欢笑复明年，秋月春风等闲度。弟走从军阿姨死，暮去朝来颜色故。门前冷落车马稀，老大嫁作商人妇。商人重利轻别离，前月浮梁买茶去。去来江口守空船，绕船月明江水寒。夜深忽梦少年事，梦啼妆泪红阑干。

上一段讲诗人浔阳江头送客，琵琶女出场，以精湛的演奏倾诉其“心中无限事”和“平生不得志”；演奏之后，以“东船西舫悄无言，唯见江心秋月白”巨大的空白，彰显其音乐艺术感人至深。第二段则以琵琶女的自述，以显性的语言，作为对音乐演奏内涵的补充与说明，事实上进一步解释了琵琶女的坎坷命运与不平心事。这两段互为补充，共同完成了诗歌内容与艺术的升华。

“沉吟放拨插弦中，整顿衣裳起敛容”，首先抒写演奏结束之后，琵琶女从容不迫，从沉浸于音乐世界之中而回到现实，整顿衣裳，收拾情绪，容貌娴静。这样，就为下文的进一步抒写奠定了良好的基础。琵琶女自述身世，分为两个层次：一是少小时之欢乐事；二是年长色衰，嫁作商人妇。“自言本是京城女，家在虾蟆陵下住”，乃京师长安人，见识过帝都繁花热闹。虾蟆陵，即下马陵，关中方言，读为虾蟆陵。在长安城东南曲江附近，旧说本董仲舒墓，门人过此皆下马，故谓之下马陵。为唐时歌伎舞女聚居之地和游乐区。“十三学得琵琶成，名属教坊第一部。曲罢曾教善才服，妆成每被秋娘妒。”从名师穆、曹二善才学琵琶，技艺精湛超群，让著名琵琶手也为之折服，而且美艳出众。教坊，乃唐代官方设立的管理、教练歌舞的机构，有内教坊，在京城长安蓬莱宫侧；有外教坊，分左右二坊。左坊善歌，右坊善舞。第一部，即坐部。白居易《新乐府·立部伎》："太常部伎有等级，堂上坐者堂下立……立部贱，坐部贵。坐部退为立部伎，击鼓吹笙和杂戏。"原注："太常选坐部伎无性识者，退入立部伎。"第一部，即第一等，坐部伎高于立部伎，故称。秋娘，唐代负盛名之歌妓。唐时金陵女子，姓杜，名秋娘。本为李锜妾，后李锜叛变被诛，入宫有宠于宪宗，后来秋娘赐归故乡，穷老而终。亦用以泛指年老色衰的妇女。

琵琶女色艺双全，遂颇得长安贵游子弟、狭邪少年之追捧、倾倒，过着一种奢靡放浪的生活："五陵年少争缠头，一曲红绡不知数。钿头银篦击节碎，血色罗裙翻酒污。"五陵，即西汉长安西有五个皇帝的陵墓。汉元帝前，每立陵墓，遂挑选四方豪家与外戚居处于此。五陵年少，即指京都富豪子弟。缠头，古代歌舞艺人表演完毕，客人以罗锦为赠，称"缠头"。后来又作为赠送妓女财物的通称。杜甫《即事》："笑时花近眼，舞罢锦缠头。"《太平御览》卷八一五引《唐书》："旧俗，赏歌舞人，以锦彩置之头上，谓之'缠头'。"琵琶女颇得豪富子弟眷顾，获赠财物不可胜数，每演奏一曲，所得缠头不知有多少呢！追欢逐笑，放浪恣肆，金钿银篦，和歌而击打节拍，碎折几多；猩红罗裙，欢笑倾杯，为酒所污，皆不知爱惜。青春烂漫，豪奢侈靡，"今年欢笑复明年，秋月春风等闲度"，虚度了美好年华。将"少小时欢乐事"叙述、渲染得红火热烈，为下文之年长色衰、转徙于江湖间的悲苦做了极好的铺垫，两相对比，大有身世之悲苦和不胜今昔之感。

年长色衰，青春不再，琵琶女到了人生的衰颓时期，"弟走从军阿姨死，暮去朝来颜色故"。弟，指女弟，教坊中的年轻歌舞伎。从军，指入军幕为营伎。阿姨，指年长的歌舞伎。随着时间的流逝，乐籍人大都离散，年轻的被选入军幕作营伎，年老的已然死去，而琵琶女年长色衰，不再有豪客、狭邪少年眷顾——"门前冷落车马稀，老大嫁作商人妇。"以前欢乐热闹，如今寂寞凄苦。"商人重利轻别离，前月浮梁买茶去。”浮梁，唐属饶州鄱阳郡，在今江西景德镇北，当时为著名产茶地。被遗弃的琵琶女，独守江边空船，深陷寂寞与凄苦：“去来江口守空船，绕船月明江水寒。夜深忽梦少年事，梦啼妆泪红阑干。”独守江口空船的凄苦与寂寞，以明月寒江相映衬，形象而鲜明；而且以夜梦少年欢乐、豪奢烂漫、放浪恣肆，更见出今日身世之悲苦与无助。琵琶女自述之辞，极尽情致，由青春而老大，如泣如诉，亦如琵琶声之激越幽抑，正是对上文音乐描写的补充与阐释。

第三段

我闻琵琶已叹息，又闻此语重唧唧。同是天涯沦落人，相逢何必曾相识！我从去年辞帝京，谪居卧病浔阳城。浔阳地僻无音乐，终岁不闻丝竹声。住近湓江地低湿，黄芦苦竹绕宅生。其间旦暮闻何物？杜鹃啼血猿哀鸣。春江花朝秋月夜，往往取酒还独倾。岂无山歌与村笛，呕哑嘲哳难为听！今夜闻君琵琶语，如听仙乐耳暂明。莫辞更坐弹一曲，为君翻作琵琶行。感我此言良久立，却坐促弦弦转急。凄凄不似向前声，满座重闻皆掩泣。座中泣下谁最多，江州司马青衫湿！

第三段乃诗人听闻琵琶女之演奏与自述之后，自述迁谪之感慨。“我闻琵琶已叹息，又闻此语重唧唧”，绾合第一段之听闻琵琶演奏，第二段琵琶女之“少小时欢乐事，今漂沦憔悴，转徙于江湖间”，为其音乐之精妙而“叹息”，亦为其身世之漂沦而“唧唧”。为琵琶女之高妙音乐所感动，为之“已叹息”，又为其身世浮沉而“复唧唧”，诗人感同身受，产生心灵的共鸣，遂滋生“同是天涯沦落人，相逢何必曾相识”的巨大感喟。

这一句，既是对上文琵琶女的回应，也是对下文进一步抒写的铺垫。以下，则抒写诗人自己“天涯沦落人”的经历与感触。“我从去年辞帝京，谪居卧病浔阳城”，元和十年被贬出京，身心俱疲，寄居于浔阳边之九江。远离繁华热闹的京师长安，僻居于荒江野岭之九江，那种强烈的对比，让诗人深感九江城之寂寞凄苦、精神上的巨大苦闷：“浔阳地僻无音乐，终岁不闻丝竹声。住近湓江地低湿，黄芦苦竹绕宅生。其间旦暮闻何物？杜鹃啼血猿哀鸣。春江花朝秋月夜，往往取酒还独倾。岂无山歌与村笛，呕哑嘲哳难为听！”浔阳僻远，终年很难听闻高雅之音乐，而居住于九江边上，地势低洼潮湿，枯黄的芦苇、丛生的苦竹围绕着屋宅肆意生长，早晚听闻杜鹃凄苦鸣叫和猿猴悲啼，触动乡思离愁。春日和暖、秋月高洁，也只能酌酒自饮，借酒浇愁。那些鄙野的山歌、村笛，很难让人听得下去啊。苦竹，又名伞柄竹。箨鞘细长三角形，箨叶披针形，笋有苦味，不能食用。李白《劳劳亭》：“苦竹寒声动秋月，独宿空帘归梦长。”相传，杜鹃春末夏初之时，夜啼达旦，血渍草木，故曰“啼血”。呕哑朝哳，形容声音嘈杂不悦耳。贬谪九江，远离朝廷，处于荒江野岭，诗人有着投闲置散、被抛弃的感受。

而今夜，琵琶女的动人音乐，唤醒了诗人已然麻木的心灵，触动了灵魂的悸动，使诗人与琵琶女精神相通，产生了巨大的共鸣：“今夜闻君琵琶语，如听仙乐耳暂明。莫辞更坐弹一曲，为君翻作琵琶行。”诗人听闻仙乐般的音乐，耳聪目明，精神为之一振，恳请琵琶女不要推辞，再弹一曲，将为其创作一首《琵琶行》诗歌。为诗人的真情所感动，心灵相通，精神共鸣，琵琶女“感我此言良久立，却坐促弦弦转急”，以琵琶而寄寓心声，凄然、悲苦、激越、抑郁，全然不像此前所演奏，满座听众皆为之感动，掩面而啜泣——“凄凄不似向前声，满座重闻皆掩泣。座中泣下谁最多，江州司马青衫湿！”而诗人自己因与琵琶女“同是天下沦落人”，不仅为琵琶女，也是为自己而伤悲，一洒同情之泪水。翻作，谓按曲谱填写歌词。却坐，退回原处坐下。青衫，唐制，服色不视职事官，而视阶官品级而定。白居易当时职官为江州司马，江州为上州，从五品下；但其阶官为将仕郎，从九品下，服青衫。

元和十年，白居易贬江州司马，南行途经鄂州，作《夜闻歌者》一诗：“夜泊鹦鹉洲，江月秋澄澈。邻船有歌者，发词堪愁绝。歌罢继以泣，泣声通复咽。寻声见其人，有妇颜如雪。独倚帆樯立，娉婷十七八。夜泪如珍珠，双双堕明月。借问谁家妇，歌泣何凄切。一问一沾襟，低眉终不说。”次年，于九江湓浦口送客，又作《琵琶行》。白居易擅长描写音乐，写实与写虚，皆当行本色，令人有身临其境之感受。

此诗叙事且抒情，逻辑意脉清晰，繁简相宜，自然流畅。“浔阳江头夜送客”，首句七字极为精要地将人物、地点、时间、事件交代清楚。送客有酒，而无音乐，凄然相别，正当惆怅之时，“忽闻水上琵琶声”，引出琵琶女的出场：诗人“寻声暗问”“移船相近”“添酒回灯”“千呼万唤”，而琵琶女则“琵琶声停欲语迟”“犹抱琵琶半遮面”，将一个阅历多矣、涉世已深的女子的心态写活了，形象跃然纸上，已闻其声，始见其人，先声夺人，声中含情，造成巨大的悬念，也为全诗奠定了基调，渲染浓郁的氛围。

诗人摹写琵琶女精湛的技艺、高超的音乐，化抽象为具体，化无形为有形，可以触摸感知，揭示琵琶女内心的悲苦与伤痛，以千变万化的音乐，展示其复杂而隐秘的内心世界；而诗人强烈的感同身受，也暗示彼此多舛命运的相似。“东船西舫悄无言，唯见江心秋月白”，以寒江秋月之澄澈、巨大的无声空白，彰显琵琶乐曲之感人至深，既是对上文音乐描写的总结，也为下文琵琶女自述身世做了很好的铺垫。烂漫青春，放浪恣肆，风月魁首，身价百倍；年长色衰，嫁作商人妇，寒江孤月，独守空船，漂沦憔悴。前后之身世浮沉，形成强烈对照，遂触发了诗人相同命运的感慨。诗人忠而被谤，信而见疑，戮力国事，忠于朝廷，却被罗织诬陷，远贬江州，被弃置的巨大困惑与伤痛，遂有“同是天涯沦落人，相逢何必曾相识”之感喟。元和十年（815）被贬江州，成为白居易一生前后期思想的分水岭：前期积极有为，创作《秦中吟》十首、《新乐府》五十首等讽喻诗，关注民生，努力于政治改良，是其“达则兼济天下”思想的实践；后期则隐忍退让，知足保和，乐天知命，乃其“穷则独善其身”之自适，是其隐于吏之“中隐”。诗人说大隐隐于市，小隐隐于山。做官为吏，乃中隐，进退自如——条件许可时，就多做一点有益于人民的事情；条件不许可时，则独善其身，又无衣食短缺之弊病。

正是由于这样的思想基础，诗人自述身世浮沉，感慨被弃置荒江野岭，如琵琶女之年长色衰而为人所弃，独守荒江空船。琵琶女的动人仙乐，引发诗人之茫茫心绪，诗人自述身世，感慨万端，遂有“同是天涯沦落人”的深切认同，将琵琶女的不幸身世，与其被贬谪的生涯有机绾合在一起，从而使诗的主题升华，而带有普遍社会意义的高度。清人说：“满腔迁谪之感，借商妇以发之，有同病相怜之意焉。比兴相纬，寄托遥深，其意微以显，其音哀以思，其辞丽以则……及杜甫《观公孙大娘弟子舞剑器行》，与此篇同为千秋绝调，不必以古近前后分也。”（《唐宋诗醇》卷二二）陈寅恪说：“既专为此长安故倡女感今伤昔而作，又连绾己身迁谪失路之怀。直将混合作此诗之人与此诗所咏之人，二者为一体，真可谓能所双亡，主宾俱化，专一而更专一，感慨复加感慨。”（《元白诗笺证稿》第二章）

此诗摹写人物，极为形象生动。如琵琶女之出场，“千呼万唤始出来，犹抱琵琶半遮面”；演奏之后，“沉吟放拨插弦中，整顿衣裳起敛容”；听闻诗人自述身世之后，琵琶女“感我此言良久立，却坐促弦弦转急”，写形且写心，将一个涉世颇深、经历艰难、饱尝人世辛酸的低层弱女子的形象，刻画得栩栩如生，跃然纸上，彰显诗人高超的艺术水平。

白居易当时就获得巨大的声誉，去世之后，唐宣宗作《吊白居易》一诗，深表仰慕与哀悼之情：“缀玉连珠六十年，谁教冥路作诗仙。浮云不系名居易，造化无为字乐天。童子解吟长恨曲，胡儿能唱琵琶篇。文章已满行人耳，一度思卿一怆然。”感叹白居易长达六十年的诗文创作脍炙人口，特别是《长恨歌》《琵琶行》两诗，无论胡汉，南北东西，万口传诵，必将不朽。元代马致远杂剧《青衫泪》、明顾大典传奇《青衫记》、清蒋士铨杂剧《四弦秋》，都是敷衍《琵琶行》故事而进行再创作的艺术名篇。

李商隐

韩　碑

元和天子神武姿，彼何人哉轩与羲。誓将上雪列圣耻，坐法宫中朝四夷。淮西有贼五十载，封狼生貙貙生罴。不据山河据平地，长戈利矛日可麾。帝得圣相相曰度，贼斫不死神扶持。腰悬相印作都统，阴风惨澹天王旗。愬武古通作牙爪，仪曹外郎载笔随。行军司马智且勇，十四万众犹虎貔。入蔡缚贼献太庙，功无与让恩不訾。帝曰汝度功第一，汝从事愈宜为辞。愈拜稽首蹈且舞，金石刻画臣能为。古者世称大手笔，此事不系于职司。当仁自古有不让，言讫屡颔天子颐。公退斋戒坐小阁，濡染大笔何淋漓！点窜尧典舜典字，涂改清庙生民诗。文成破体书在纸，清晨再拜铺丹墀。表曰臣愈昧死上，咏神圣功书之碑。碑高三丈字如斗，负以灵鳌蟠以螭。句奇语重喻者少，谗之天子言其私。长绳百尺拽碑倒，粗沙大石相磨治。公之斯文若元气，先时已入人肝脾。汤盘孔鼎有述作，今无其器存其辞。呜呼圣皇及圣相，相与烜赫流淳熙。公之斯文不示后，曷与三五相攀追。愿书万本诵万遍，口角流沫右手胝。传之七十有二代，以为封禅玉检明堂基。

此诗所叙写乃唐宪宗时平定淮西叛乱，韩愈受诏命撰写《平淮西碑》，立碑后又被推倒磨去韩文，命翰林学士段文昌重撰勒石之事。

淮西地处今河南东南与安徽、湖北交界处，治蔡州（今河南汝南），领申（今河南信阳）、光（今河南潢川）、蔡三州。西北可逼迫洛阳，东北可攻伐汴州（今河南开封），扼汉水及运河交通，截断长江中下游通往中原的主要孔道，有非常重要的战略意义。淮西自李希烈为节度使之后，遂成为割据性较强的藩镇之一，藩镇之乱，淮西均列于其中。李希烈及其继任者吴少诚、吴少阳，长期割据，袭扰四邻，对抗朝廷，经常威胁和骚扰江淮漕运线，甚至截取江南上交朝廷的财赋，成为朝廷的心腹大患。

唐宪宗元和九年（814）闰八月，淮西节度使吴少阳卒，其子吴元济匿丧不报，自领军务，自称留后，为迫使朝廷承认其世袭淮西节度使，遂纵兵焚掠，威胁东都洛阳。与淮西有密切关系的藩镇河北成德王承宗、淄青李师道派刺客暗杀主持征讨淮西军政事务的宰相武元衡，刺伤裴度，制造东都暴乱，不惜以一切手段阻扰和破坏平淮战役。宪宗不为威胁所动，以裴度为宰相，宣称：我用裴度一人，足破三贼。任命宰相裴度节制淮西军政，韩愈为行军司马，征讨淮西吴元济。裴度亲临前线督战，元和十二年十月初十，彰义节度使李愬（洮州临潭人，今属甘肃）亲率九千士卒，雪夜入蔡州，“时大风雪，旌旗裂，人马冻死者相望，天阴黑，自张柴村以东道路，皆官军所未尝行，人人自以为必死，然畏（李）愬，莫敢违，夜半，雪愈甚，行七十里至州城，近城有鹅鸭池，愬令击之以混军声。自吴少诚拒命，官军不至蔡州城下三十余年，故蔡人不为备”，生擒吴元济，“且告于裴度。是日，申、光二州及诸镇兵二万余人相继来降。自元济就擒，愬不戮一人”，剿平淮西。“先是，吴氏父子阻兵，禁人偶语于涂，夜不然烛，有以酒食相过从者罪死。（裴）度既视事，下令唯禁盗贼，余皆不问，往来者不限昼夜，蔡人始知有生民之乐。”（《资治通鉴》卷二四〇）《旧唐书·韩愈传》曰：“淮蔡平，十二月随（裴）度还朝，以功授刑部侍郎，仍诏（韩）愈撰《平淮西碑》。”韩愈多叙写宰相裴度的指挥节制之功。立碑之后，李愬不平，李愬妻为宪宗姑母唐安公主女，出入宫禁，诉告碑文不实。宪宗遂诏令推倒石碑，磨去韩文，命翰林学士段文昌重撰，勒石立碑。

李商隐《韩碑》大约作于宣宗大中元年（847），有感于现实，遂就韩愈《平淮西碑》之公案，叙写事实而抒发感慨。此诗分四段。第一段首先极力赞美唐宪宗李纯的神武：“元和天子神武姿，彼何人哉轩与羲。誓将上雪列圣耻，坐法宫中朝四夷。”宪宗皇帝神武英明，乃是轩辕黄帝、伏羲那样的神圣英明之君王。他誓将列朝之耻辱洗刷干净，端坐正殿，使那些四方夷族都来朝觐。唐宪宗李纯，顺宗长子，永贞元年（805）八月即位，年号元和。《孟子 · 滕文公上》：“颜渊曰：‘舜何人也，予何人也，有为者亦若是。’”此处“彼何人哉”——他是什么样的人啊！李商隐袭用《孟子》之语，显得极为庄重，称许宪宗堪比古圣明王黄帝、伏羲。法宫，宫室的正殿，古代帝王处理政事之处。朝四夷，使四夷来朝。韩愈《平淮西碑》：宪宗即位，“既受群臣朝，乃考图数贡曰：‘呜呼！天既全付予有家，今传次在予，予不能事事，其何以见于郊庙？’群臣震慑，奔走率职。明年，平夏；又明年，平蜀；又明年，平江东；又明年，平泽潞；遂定易定，致魏博贝卫澶相，无不从志。”“既定淮蔡，四夷毕来。遂开明堂，坐以治之。”

其次，则着意叙写淮西之强悍不法：“淮西有贼五十载，封狼生貙（chū）貙生罴。不据山河据平地，长戈利矛日可麾。”淮西藩镇似盗贼一般，盘踞五十年之久，三姓相传，就如大狼生貙虎，貙虎生熊罴。他们有恃无恐，不守山野僻远之地，却来占据着平原广陆；手持长戈利矛，如鲁阳挥戈止日一样，气焰熏天。貙，也称貙虎。《尔雅 · 释兽》：“貙，似狸。”郭璞注：“今貙虎也，大如狗，文如狸。”韩愈《平淮西碑》：“蔡帅之不廷授，于今五十年。”代宗宝应元年（762），以李忠臣为淮西十一州节度使。大历十四年（779），李希烈驱逐李忠臣，自为节度使。贞元二年（786）夏，陈仙奇毒杀李希烈，以淮西降，朝廷遂以陈仙奇为节度使。同年七月，吴少诚杀陈仙奇，遂以吴少诚为留后。元和四年（809），吴少诚死，吴少阳自为留后，不久授为节度使；少阳死，其子吴元济自为留后。自广德元年至元和十二年（763—817）讨平淮西，凡五十四年之久。淮西节度使驻节蔡州（今栉风沐雨汝南、上蔡、新蔡等县境），故而称蔡帅。唐中叶以后，藩镇坐大，节度使遇有事故，往往以其子侄或亲信将吏代行职务，称节度留后或观察留后。也有叛将推翻统帅，自称留后，而后由朝廷补行正式任命。《新唐书 · 兵志》：“兵骄则逐帅，帅强则叛上。或父死子握其兵而不肯代，或取舍由于士卒，往往自择将吏，号为‘留后’，以邀命于朝。”淮西兵马强悍，《旧唐书 · 吴元济传》：“自少诚阻兵已来，王师加讨，未尝及其城下……且恃城池重固，陂浸阻回，故天下兵环攻三年，所得者一县而已……地少马，广畜骡，乘之教战，谓‘骡子军’，尤勇悍。而甲仗皆画为雷公星文，以为厌胜，而少诚能以奸谋固众心……是以蔡人有老死不闻天子恩宥者，故坚为贼用。地虽中州，人心过于夷貊，乃至搜阅天下豪锐，三年而后屈者。彼非将才而力备，盖势驱性习，不知教义之所致也。”以鲁阳挥戈的典故，描摹淮西叛军的凶悍之气焰。

第一段八句，交待平淮背景，赞美宪宗英明神武，决心讨平淮西以雪前耻，描摹淮西贼人凶悍不法、气焰嚣张，显示出一种剑拔弩张的紧张气氛。

第二段叙述讨平淮西的始末。“帝得圣相相曰度，贼斫不死神扶持。腰悬相印作都统，阴风惨澹天王旗。”宪宗有贤明宰相裴度，虽遭贼人刺杀而不死，似乎有神明相扶持。裴度腰悬宰相之印而都统诸军征讨淮西，禁军护卫森严，秋风肃杀，大旗飘扬；描摹宰相裴度受命出征的凛凛威风、王师的堂堂正正之势。圣相，《晏子春秋·外篇下》：“孔子，圣相也。”《史记·殷本纪》：“武相夜梦得圣人，名曰说（傅说）。”元和十年（815）正月，吴元济反。《新唐书·裴度传》：“王承宗、李师道谋缓蔡兵，乃伏盗京师，刺用事大臣。已害宰相（武）元衡，又击（裴）度，刃三进，断靴，刜背，裂中单（里衣），又伤首。（裴）度冒毡（戴毡帽），得不死。哄导（仪仗）骇伏，独驺王义持贼大呼，贼断义手，度坠沟，贼意已死，因亡去。议者欲罢（裴）度，安二镇反侧，帝怒曰：‘（裴）度得全，天也。若罢之，是贼计适行。吾倚度足破三贼矣。’”宪宗遂任命裴度为宰相、蔡州刺史，彰义军节度使、淮西宣慰招讨处置使，主持征讨淮西吴元济军政。韩愈《平淮西碑》说：吴元济自称留后，要朝廷任其为节度使，不许，遂四出劫掠，侵扰东都洛阳，“皇帝历问于朝，一二臣外皆曰：‘蔡帅之不廷授，于今五十年，传三姓四将，其树本坚，兵利卒顽，不与他等。因抚而有，顺且无事。’大官臆决唱声，万口和附，并为一谈，牢不可破。皇帝曰：‘惟天惟祖宗所以付任予者，庶其在此，予何敢不力！况一二臣同，不为无助。’”遂任裴度为宰相，节制诸军，征讨吴元济。

“愬武古通作牙爪，仪曹外郎载笔随。行军司马智且勇，十四万众犹虎貔。”朝廷命将出师，李愬、韩公武、李道古、李文通乃裴度麾下四大将，礼部员外郎李宗闵为判官书记，韩愈为行军司马，大智大勇，十四万大军浩浩荡荡，威猛如虎貔。仪曹，即礼部，外郎即员外郎。《旧唐书·宪宗纪》：“以太子右庶子韩愈兼御史中丞，充彰义军行军司马；以司勋员外郎李正封、都官员外郎冯宿、礼部员外郎李宗闵，皆兼侍御史，为判官书记，从度出征。”韩愈为行军司马，出谋划策，先请命至汴州游说韩弘协力相助，又请裴度亲自率领三千兵马，从小道入蔡州。未及行，李愬已趁大雪之夜深入蔡州，生擒吴元济。一如韩愈所献之策，因而称赞韩愈“智且勇”。

“入蔡缚贼献太庙，功无与让恩不訾。”大军直入蔡州，俘获首恶元凶吴元济，押送朝廷，献于太庙。裴度的功劳显赫，不可辞让，宪宗皇帝降恩赏极为丰厚。元和十二年（817）十月十五日，李愬雪夜袭蔡州。十七日擒吴元济，缚送长安，献于太庙，斩于京师独柳树下。不訾，不可比量，不可计数。《管子·七臣七主》：“百姓之不田，贫富之不訾，皆用此作。”《史记·货殖列传》：“其先得丹穴，而擅其利数世，家亦不訾。”司马贞索隐：“谓其多，不可訾量。”据《旧唐书·裴度传》，当时诸道兵马皆有宦官监军，进退不由主将，裴度上奏，取消宦官监军，军法严明，号令统一，因而出战皆捷。归朝后，裴度加金紫光禄大夫、弘文馆大学士，赐勋上柱国，封晋国公。

此段先以“圣相”，“贼斫不死神扶持”统领下文，重点叙写出师声威与主要属官，将帅同心协力，然而于战争过程一概略去，突出君臣一体、将帅同心协力乃取胜之根本。而“行军司马”一句，点明韩愈从军谋划之功，也顺势落到撰碑文的人上。擒吴元济，献捷于太庙；裴度“功无与让恩不訾”，突出主帅指挥方略，剪裁极为精当。与第一段命将出师之先声夺人相呼应，造成必胜之势。

第三段，叙述韩愈《平淮西碑》被推倒磨去文字一事之始末，是全诗的中心。“帝曰汝度功第一，汝从事愈宜为辞”，承前启后，由叙写宪宗皇帝、宰相裴度，进入叙写韩愈：宪宗称许征讨淮西之役，宰相裴度功劳第一，其麾下之行军司马韩愈撰写记功碑铭最为合宜。韩愈《平淮西碑》曰："度，唯汝与予同，汝遂相予。"而韩愈当仁不让，"愈拜稽首蹈且舞，金石刻画臣能为。古者世称大手笔，此事不系于职司。当仁自古有不让，言讫屡颔天子颐。"——韩愈伏身叩拜，兴奋得舞蹈而出，说撰写碑文刻勒于石、永传后世，这种文体乃其所擅长。自古以来，朝堂之上的此类文字，被称为大手笔，因而撰写《平淮西碑》不会委托给僚属的职员，而是要当仁不让，亲自撰写。韩愈的话语得到了宪宗的高度肯定，频频颔首称许。韩愈《进撰平淮西碑文表》："向使撰次不得其人，文字暧昧，虽有美实，其谁观之？辞迹俱亡，善恶唯一。然则兹事至大，不可轻以属人。伏以唐至陛下，再登太平，划刮群奸，扫洒疆土。天之所覆，莫不宾顺。然而淮西之功，尤为俊伟，碑石所刻，动流亿年，必得作者，然后可尽能事。"大手笔，指朝廷诏令文书等重要文章。《晋书·王珣传》："珣梦人以大笔如椽与之，既觉，语人云：'此当有大手笔事。'俄而帝崩，哀册谥议，皆珣所草。"玄宗前期，张说、苏颋擅长文章，皆称为大手笔。此处叙写韩愈受命而撰《平淮西碑》，以记载征讨淮西之峻伟功绩。

"公退斋戒坐小阁，濡染大笔何淋漓！点窜尧典舜典字，涂改清庙生民诗。文成破体书在纸，清晨再拜铺丹墀。表曰臣愈昧死上，咏神圣功书之碑。"这一层次叙写韩愈撰述《平淮西碑》的过程：韩愈退朝之后，沐浴斋戒，静心坐于小阁，如椽巨笔饱沾墨汁，挥洒自如，气势充沛，痛快淋漓。文体仿照《尚书》《诗经》典诰之体，写得庄重典雅；碑文效法前代，却并不因袭古人。写在纸上，熠熠生辉，清晨上朝，韩愈再拜，将碑文铺在殿堂台阶之上。上表说：臣韩愈冒昧献上，歌咏君王神圣不世之功，请刻勒于石碑之上。《尚书》有《尧典》《舜典》；《诗经》有《清庙》《生民》，乃是记述尧舜之语和周之先祖丰功伟绩的史诗。碑文前为散体，后面乃押韵的铭文，此处以《尧典》《舜典》指散体的碑文，《清庙》《生民》指押韵的铭文。韩愈《进撰平淮西碑文表》："窃惟自古神圣之君，既立殊功异德、卓绝之迹，必有奇能博辩之士，为时而生，持简操笔，从而写之。各有品章条贯，然后帝王之美，巍巍煌煌，充满天地。其载于《书》，则《尧》《舜》二典，夏之《禹贡》，殷之《盘庚》，周之五诰；于《诗》则《玄鸟》《长发》，归美殷宗；《清庙》《臣工》小大《二雅》，周王是歌。辞事相称，善并美具，号以为经，列之学官，置师弟子读而讲之。从始至今，莫敢指斥。”

“碑高三丈字如斗，负以灵鳌蟠以螭。句奇语重喻者少，谗之天子言其私。长绳百尺拽碑倒，粗沙大石相磨治。”此一层次则叙写刻碑及因谗而仆一事：石碑高大壮观，三丈之高，字大如斗，石鳌负碑（碑座为石鳌），碑首蛟螭盘踞。文字古朴真淳，句法奇警雄劲，然而能够读懂的人很少，有人向天子进谗言，说偏向宰相裴度乃是有私心。结果百尺长绳将石碑拽倒，用粗沙大石磨去了韩碑文字。鳌，海中大龟。龟为四灵之一，故曰灵鳌。《旧唐书·韩愈传》：“诏愈撰平淮西碑，其辞多叙裴度事。时先入蔡州擒吴元济，李愬功第一，愬不平之。愬妻出入禁中，因诉碑辞不实，诏令磨愈文。宪宗命翰林学士段文昌重撰文勒石。”事实上，韩碑并未掩没李愬之功，有曰：“十月壬申，愬用所得贼将，自文城因天大雪疾驰百二十里，用夜半到蔡，破其门，取元济以献，尽得其属人卒。”也并非专写裴度之功，宪宗任命裴度节制诸军，有曰：“度！汝其往，衣服饮食予士，无寒无饥。以既厥事，遂生蔡人，赐汝节斧，通天御带，卫卒三百。凡兹廷臣，汝择自从，唯其贤能，无惮大吏。庚申，予其临门送汝！”而裴度战胜之际，“丞相（裴）度入蔡，以皇帝命赦其人。淮西平……凡蔡卒三万五千，其不乐为兵，愿归为农者十九，悉纵之”。完全突出宪宗皇帝之英武神明，且能辨贤识才，选将命师，能得其宜。韩碑并没有“多叙裴度事”和“归功于度”。

此段极力摹写韩愈受诏命而撰《平淮西碑》，当仁不让，碑文古朴真淳，句法奇警雄劲，既效法《尚书》等经典，也不因袭前人，能有独创，堪称大手笔，歌咏圣君贤相，颇得其宜。石碑高大壮观，字大如斗，然而天子信谗，仆碑而磨灭字迹，实在令人扼腕叹息。

第四段，由韩愈《平淮西碑》一事而发议论，是其主旨所在，引证上古圣王贤相之事，赞颂韩碑将永垂不朽。“公之斯文若元气，先时已入人肝脾。汤盘孔鼎有述作，今无其器存其辞。呜呼圣皇及圣相，相与炟赫流淳熙。”韩愈此文如同天地元气一样，早已深入人心。商汤之盘、孔父之鼎，器物虽然佚失，然而铭文却存世；商汤为圣王、孔父为圣相，德光显示，流布广泛，最为丰厚。《礼记·大学》：“汤之盘铭曰：苟日新，日日新，又日新。”孔鼎，孔子祖先正考父之鼎。《左传·昭公七年》：“及正考父佐戴、武、宣（宋国三君），三命兹益共（恭），故其鼎铭云：‘一命而偻，再命而伛，三命而俯，循墙而走，亦莫敢余侮……’”正考父庙之鼎，乃其子孔父嘉所铸。孔父嘉为孔子六世祖，故称“孔鼎”。流淳熙，即淳厚熙洽的德化流播于世。《孟子·公孙丑上》：“德之流行，速于置邮而传命。”此一层次，赞美韩碑之正大如元气，德光流布，早已深入人心，可与汤盘孔鼎之铭文相媲美。

“公之斯文不示后，曷与三五相攀追。愿书万本诵万遍，口角流沫右手胝（zhī）。传之七十有二代，以为封禅玉检明堂基。”韩碑之文，如不能流传后世，怎能使大唐的丰功伟绩与三皇五帝之功业比攀呢？诗人愿意抄写万篇，吟诵万遍，即使吟诵得口角流沫、抄写得右手生茧胝，也绝不在乎。希望这篇雄奇壮美的碑文能够流传七十二代，作为封禅泰山的玉牒、朝廷明堂的奠基吧。曷，怎么，何能。三五，三皇五帝。《史记·封禅书》：“管仲曰：古者封泰山禅梁父者七十二家。”又曰：“封禅七十二王，唯黄帝得上泰山封。”封泰山有玉牒书，《后汉书·祭祀志》：“牒厚五寸……有玉检……检用金镂五周，以水银和金以为泥。”检，乃书函之盖。明堂，古代帝王宣明政教的地方。凡朝会、祭祀、庆赏、选士、养老、教学等大典，都在此举行。《孟子·梁惠王下》：“夫明堂者，王者之堂也。”《三辅黄图》卷五：“明堂所以正四时，出教化，天子布政之宫也。”韩碑被推倒磨去碑文，诗人却愿意抄写万篇，诵读万遍，广布人间而垂之不朽。诗人用笔非常典重，与开篇相呼应，首尾一贯，神完气足。

李商隐借韩愈《平淮西碑》事件，咏史抒怀，有其强烈的现实针对性。在诗中，诗人再三致慨于“圣王及圣相”，歌咏数十年前宪宗朝平淮西的宰相裴度，实则意指武宗朝的宰相李德裕。李德裕之父李吉甫，元和初为宰相，在平定刘辟、李锜、吴元济、李师道等叛镇时，有谋划之功。李德裕相武宗与裴度相宪宗，君臣同心，颇为相似。会昌三年（843）四月，昭义节度使刘从谏卒，其侄刘稹秘不发丧，自称留后，李德裕得到武宗的信任，主持征讨，取得了平叛的胜利。李商隐《上李太尉状》说："武宗皇帝英断无疑，睿姿不测……太尉（李德裕）妙简宸襟，式光洪祚，有大手笔，居第一功。"其在代府主郑亚所撰《太尉卫公会昌一品集序》中说："（武宗）曰：我将俾尔以大手笔，居第一功……光映前修，允兼具美。我意属此，尔无让焉。"称许李德裕为万古良相。李德裕平定泽潞叛镇刘稹，和裴度平定淮西吴元济，何其相似。圣君贤相，君臣遇合，才能够成就一番事业。《旧唐书·裴度传》史臣论曰："晋公（裴度）以书生素业，致位台衡，逢时遘屯，扼腕凶丑，誓以身徇，不亦壮乎。夫人臣事君，唯忠与义。大则以吁谟排祸难，小则以谠正匡过失。内不虑身计，外不恤人言，古之所难也。晋公能之，诚社稷之良臣，股肱之贤相。元和中兴之力，公胡让焉。""晋公伐叛，以身犯难。用之则治，舍之则乱。"称许极高。而论李德裕，则曰："是时天子神武，明于听断。公亦以身犯难，酬特达之遇，言行计从，功成事遂，君臣之分，千载一时。"（《旧唐书·李德裕传》）然而，李德裕因党争被诬，远贬为崖州（今海南琼山）司户，死于贬所。

李商隐此诗旨在彰显圣君贤相、君臣遇合，根除藩镇割据，加强中央集权，完成统一之伟业。《新唐书·裴度传》曰："唯天子赫然排群议，任（裴）度政事，倚以讨贼。身督战，遂平淮西，非度破贼之难，任度之为难也。韩愈颂其功曰：'凡此蔡功，唯断乃成。'其知言哉!"因而，给予韩碑极高的评价。此诗之纲领，乃"呜呼圣王及圣相，相与烜赫流淳熙"，因而诗人围绕着元和天子"誓将上雪列圣耻"，而雪耻之关键乃得辅佐之贤相，"帝得圣相相曰度"，得"神扶持"，君臣同心同德，群臣同心协力，"长戈利矛日可麾"的淮西悍将强兵，必被剿灭。宪宗称许裴度功劳第一，韩愈受命撰碑，当然也要突出圣君圣相的同心同德，强藩必然被剿灭，"濡染大笔何淋漓""咏神圣功书之碑"，堪比汤盘孔鼎，元气充沛，熠熠生辉，就是极意发挥这一思想，而且希望韩碑之文传之后世，永垂不朽。诗人所肯定的是坚决伐叛，并为中兴大业做出贡献的圣君圣相，其历史功绩，任何人也无法磨灭。

此诗叙议结合，以叙事为主体，以议论来表达主旨。笔力气势雄健，给人以强烈的震撼。结构森严，四段之间不仅极其分明，而且脉络贯通，主次得宜。文辞简洁典重，“句奇语重”，如“点窜《尧典》《舜典》字，涂改《清庙》《生民》诗”，极为雅正，传达韩碑以典诰为体的特点。《唐诗三百首》选录七言古诗，晚唐只选李商隐此诗，一方面李商隐乃学韩愈而得其正传者；另一方面意在学习韩愈七言古诗之雄奇正大，而去其艰涩。

乐府十四首

高　适

燕歌行并序

开元二十六年，客有从御史大夫张公出塞而还者，作《燕歌行》以示适。感征戍之事，因而和焉。

汉家烟尘在东北，汉将辞家破残贼。男儿本自重横行，天子非常赐颜色。摐金伐鼓下榆关，旌旆逶迤碣石间。校尉羽书飞瀚海，单于猎火照狼山。山川萧条极边土，胡骑凭陵杂风雨。战士军前半死生，美人帐下犹歌舞。大漠穷秋塞草衰，孤城落日斗兵稀。身当恩遇常轻敌，力尽关山未解围。铁衣远戍辛勤久，玉箸应啼别离后。少妇城南欲断肠，征人蓟北空回首。边庭飘飖那可度，绝域苍茫更何有！杀气三时作阵云，寒声一夜传刁斗。相看白刃血纷纷，死节从来岂顾勋？君不见沙场征战苦，至今犹忆李将军！

《燕歌行》，乐府旧题，属相和歌平调曲。郭茂倩《乐府诗集》卷三二曰："《乐府解题》曰：'晋乐奏魏文帝《秋风》《白日》二曲，言时序迁换，行役不归，妇人怨旷，无可诉也。'《广题》曰：'燕，地名也，言良人从役于燕，而为此曲。'"现存最早的《燕歌行》为曹丕所作，其后魏明帝曹睿、陆机、谢灵运、谢惠连等有续作，内容皆为游子思妇。从梁元帝萧绎开始，则加入了征人戍边内容，萧子显、王褒、庾信之诗，皆此类也，如庾信《燕歌行》有曰："代北云气昼昏昏，千里飞蓬无复根。寒雁丁丁渡辽水，桑叶纷纷落蓟门……妾惊甘泉足烽火，君阵渔阳少阵云。自从将军出细柳，荡子空床难独守。"就是将思妇、征戍合为一体。高适此诗，虽然仍写思妇别离之情，但内容已然转到以征戍之事为主体了。

据诗序，此诗作于开元二十六年（738）。御史大夫张公，指张守珪。据《旧唐书·张守珪传》：守珪，陕州河北（今山西省平陆县）人，“仪形瑰壮，善骑射，性慷慨，有节义”。开元二十一年（733），任幽州刺史，兼御史中丞、营州都督、河北持节副大使，俄又加河北采访处置使。

汉家烟尘在东北，汉将辞家破残贼。男儿本自重横行，天子非常赐颜色。

汉家，指唐朝。唐人多以汉喻唐。烟尘，烽烟和战场上扬起的尘土，指战乱。萧统《七契》：“当朝有仁义之师，边境无烟尘之惊。”残贼，凶残暴虐之人。董仲舒《春秋繁露·暖燠熟多》：“桀，天下之残贼也；汤，天下之盛德也。”横行，征战中纵横驰骋，无所畏惧。《史记·季布列传》：“上将军樊哙曰：臣愿得十万众，横行匈奴中。”非常，不同寻常，特别。赐颜色，给予特别的礼遇。《旧唐书·张守珪传》：“（开元）二十三年春，守珪诣东都献捷，会籍田礼毕酺宴，便为守珪饮至之礼，上赋诗以褒美之。”

此四句意谓，东北燃起了战争的烽烟，边疆危急，大唐将士辞家赴边，征灭残暴之敌。男儿本来就非常看重在疆场上纵横驰骋，奋勇杀敌，无所畏惧；更何况天子给予了出征将士特别的礼遇，将士们感到无比的荣耀，会更加忠勇报国。

摐金伐鼓下榆关，旌旆逶迤碣石间。校尉羽书飞瀚海，单于猎火照狼山。

摐，撞击。金，指军中作信号用的乐器钲、铎等。钲，又称铙，形似铜铃，中无舌。《汉书·东方朔传》：“战阵之具，钲鼓之教。”杨广《饮马长城窟》：“摐金止行阵，鸣鼓兴士卒。”《唐六典》卷一六：“武库令掌藏天下之兵仗器械，辨其名数，以备国用……金之制有四：一曰錞，二曰镯，三曰铙，四曰铎。”军中敲击钲鼓以为指挥士卒止退和前进的信号，金示止退，鼓以前进。榆关，即山海关，古称渝关、临榆关。其地古有渝水，以水得名。在今河北省秦皇岛市。唐人于志宁《中书令昭公崔敦礼碑》：“奉敕往幽州……建节榆关。”旌旆，泛指军中旗帜。旌，杆头饰以五色羽毛的旗。旆，大旗。逶迤，也作“逶蛇”，曲折行进的样子。《史记·蒙恬列传》：“于是渡河，据阳山，逶蛇而北。”碣石，山名，在今河北昌黎县北，碣石山余脉的柱状石亦称碣石，该石自汉末起已逐渐沉没海中。《尚书·禹贡》：“导岍及岐……太行、恒山，至于碣石，入于海。”《汉书·武帝纪》：“行自泰山，复东巡海上，至碣石。”校尉，军职名。据《史记》，秦末起义军中已有此职。汉代始建为常职，其地位略次于将军，并各随其职务冠以各种名号。掌管少数民族地区事务的长官，亦有称校尉者。羽书，即羽檄。古代以木简为书，长一尺二寸，用为征召，遇有争事，插上羽毛，以求紧迫。唐时已然废木简，此处指紧急军事文书。瀚海，此处指唐代东北边境沙漠一带。也有意见以为，瀚海乃杭爱山之音译。《史记·卫将军骠骑列传》：“（霍去病）封狼居胥山，禅于姑衍，登临瀚海。”单于，汉时匈奴君长的称号。《史记·匈奴列传》：“匈奴单于曰头曼。”裴骃集解：“单于者，广大之貌，言其象天单于然。”猎火，打猎时焚山驱兽之火。此处指战争的烽火。李白《大猎赋》：“羽毛扬兮九天绛，猎火燃兮千山红。”古代游牧部族出战前，往往举行大规模的校猎，实际上是军事演习，也有耀武扬威的意思。狼山，狼居胥山，在今蒙古乌兰巴托东。

此四句意谓，大唐军队出征，一路敲击着战鼓，直指榆关；大军行列整齐，战旗猎猎，曲折绵延，向碣石山进发。校尉军书紧急，飞抵瀚海，敌人耀兵狼山，猎火熊熊。

山川萧条极边土，胡骑凭陵杂风雨。战士军前半死生，美人帐下犹歌舞。

极，至，到达。《诗经·小雅·绵蛮》：“岂敢惮行，畏不能极。”

郑玄笺："极，至也。"凭陵，恃势侵凌，侵犯，欺侮。《左传·襄公二十五年》："今陈忘周之大德，蔑我大惠，弃我姻亲，介恃楚众，以凭陵我敝邑。"杜甫《病橘》："寇盗尚凭陵，当君减膳时。"杂风雨，裹挟着风雨，如同风雨一样狂暴，形容敌军来势凶猛。刘向《新序·善谋》记载韩安国语："且匈奴者，轻疾悍亟之兵也……来若风雨，解若收电。"

此四句意谓，大唐军队开赴极北的荒凉边地，胡骑裹挟着风雨，声势凌厉，大肆入侵。战士奋勇杀敌，毫无畏惧，大半战死疆场，然而将军们却在后方享乐，醉生梦死，大帐中美人轻歌曼舞。

大漠穷秋塞草衰，孤城落日斗兵稀。身当恩遇常轻敌，力尽关山未解围。

穷秋，深秋。衰，一作"腓"，草木衰萎变黄。虞世基《陇头吟》："穷秋塞草腓，塞外胡尘飞。"当，承受。恩遇，特殊礼遇，即上文之"天子非常赐颜色"。轻敌，藐视敌人。

此四句意谓，大漠深秋时节，天气寒冷，草木枯黄，夕阳西下，大战即将结束，死伤无数，只有不多的伤残战士仍然在奋力搏击。身受天子之特别礼遇，因而从来不把敌人放在眼里，只是战斗惨烈，拼尽全力也未能解去边塞关城的重重围困。

铁衣远戍辛勤久，玉箸应啼别离后。少妇城南欲断肠，征人蓟北空回首。

铁衣，铠甲，代指征人。《木兰辞》："寒光照铁衣。"玉箸，玉作的筷子，比喻女子的两行清泪。梁简文帝萧纲《楚妃叹》："金簪鬓下垂，玉箸衣前滴。"刘孝威《独不见》："谁怜双玉筋，流面复流襟。"李白《闺情》："玉筋日夜流，双双落朱颜。"城南，长安城北为宫苑、衙署，城南为居民区。此处指思妇居处。沈佺期《独不见》："白狼河北音书断，丹凤城南秋夜长。"蓟北，泛指幽燕一带，此为征战远戍之地。

此四句意谓，征人远戍边关，辛苦勤劳，久历时日，家中思妇自离别之后，思念不已，两行清泪几乎从未擦干过。思妇在家中，苦苦思念，担忧不已，肝肠欲断；而远戍蓟北之征人，战争结束，还遥遥无期，只能徒然地回望家乡。

边庭飘飖那可度，绝域苍茫更何有！杀气三时作阵云，寒声一夜传刁斗。

飘飖，遥远。梁庾肩吾《经陈思王墓诗》："飘飖河朔远，飕飙飓风鸣。"绝域，极远偏僻之地。《管子·七法》："不远道里，故能威绝域之民；不险山河，故能服恃固之国。"葛洪《抱朴子·诘鲍》："夫绝域不可以力服，蛮貊不可以威摄。"苍茫，广阔无边的样子。潘岳《哀永逝文》："视天日兮苍茫，面邑里兮萧散。"杀气，杀伐之气，借指战事或战斗。杜甫《北风》："十年杀气盛，六合人烟稀。"三时，一天的早、中、晚，指全天。阵云，浓重厚积形似战阵的云。古人以之为战争之兆。《史记·天官书》："阵云如立垣。"梁何逊《学古》："阵云横塞起，赤日下城圆。"刁斗，古代行军用具。斗形有柄，铜质；白天用作炊具，晚上击以巡更。《史记·李将军列传》："及出击胡，而（李）广行无部伍行陈，就善水草屯，舍止，人人自便，不击刁斗以自卫。"裴骃集解引孟康曰："以铜作鐎器，受一斗，昼炊饭食，夜击持行，名曰刁斗。"梁人虞羲《咏霍将军北伐》："羽书时断绝，刁斗昼夜惊。"

此四句意谓，边庭遥远，哪能横越啊！绝域之地广阔无边，一派萧条，更无所有。杀伐之气从早至晚，竟然凝结成强大的战阵云团，寒夜传来敲击刁斗的阵阵声响。

相看白刃血纷纷，死节从来岂顾勋？君不见沙场征战苦，至今犹忆李将军！

纷纷，众多的样子。死节，为保全节操而死，为国事而死。节，节义。《楚辞·九章·惜往日》："或忠信而死节兮，或訑谩而不疑。"诸葛亮《出师表》："侍中、尚书、长史、参军，此悉贞亮死节之臣。"李将军，指飞将军李广。《史记·李将军列传》记载，李广英勇善战，与匈奴大小七十余战，匈奴畏服，为右北平太守，“匈奴闻之，号曰汉之飞将军，避之，数岁不敢入右北平”。李广爱护士卒，情同兄弟：“广廉，得赏赐辄分其麾下，饮食与士共之。”“广之将兵，乏绝之处，见水，士卒不尽饮，广不近水；士卒不尽食，广不尝食。宽缓不苛，士以此爱乐为用。”

此四句意谓，将士奋勇杀敌，手中刀剑血迹纷纷，为国事而战死，从来都不是为了建立所谓的个人功业啊。征战疆场，性命相搏，最为艰苦，因而将士们至今都怀念那英勇善战、爱兵如子的李将军啊！

开元十八年（730），内附唐朝的契丹首领可突干屠杀唐之官吏百姓，率领族人并胁迫奚族叛唐，投降突厥，时时侵扰，东北边境从此战事不断。开元二十年（732），朔方节度副大使、信安王李祎受命征讨，三十二岁的高适由宋中（今河南商丘）奔赴幽蓟，打算从军边疆，为国效力。诗人慷慨激昂，作《塞上》诗，“总戎扫大漠，一战擒单于。常怀感激心，愿效纵横谟”，希望得到李祎的任用，然而却未能如愿。在幽州三年之久，高适深入观察，认真思索，对幽蓟形势有着清醒的认识，创作了一系列的边塞诗歌。《蓟门五首》就很好地体现了高适的思想认识：“戍卒厌糠核，降胡饱衣食。关河试一望，吾欲涕沾臆”，大唐士卒吃不饱穿不暖，朝廷却一直优待降胡，颇失公义；“羌胡无尽日，征战几时归”，士卒久戍难归，思乡念亲；“胡骑虽凭陵，汉兵不顾身”，胡骑残暴，大唐士卒奋勇作战，为国献身。

事实上，幽蓟形势复杂，将帅不明，战事不利。幽州节度使赵含章战于白山，为敌所诱，大败。不久，赵含章贪赃事发，被贬官。开元二十一年（733），幽州长史薛楚玉等率精骑一万，与可突干战于榆关，大败，六千士卒战死。郭英杰与契丹战于都山，奚族降兵投敌，唐军力战，伤亡甚众，郭英杰战死，全军覆灭。随后，朝廷任张守珪为幽州刺史，兼御史中丞、营州都督、河北持节副大使，又加河北采访处置使。开元二十二年（734），张守珪大破契丹，斩契丹首领屈烈可突干，传首京师。次年，朝廷下诏，为张守珪于幽州立碑纪功。开元二十四年(736)，张守珪派安禄山讨击叛军，安禄山恃勇轻进，失败惨重。开元二十六年（738），守珪裨将赵堪、白真陀罗于潢水之北，邀击叛奚余众，大败，“守珪隐其败状，而妄奏克获之功”（《旧唐书·张守珪传》），又买通朝廷按察使者，二十七年事发，张守珪以旧功减罪，左迁括州刺史，到官不久，疽发背而卒。

开元二十三年（735）正月，朝廷下诏：“其才有霸王之略，学究天人之际，及堪将帅牧宰者，令五品已上清官及刺史各举一人。”高适大概为张守珪所举荐，离开幽州赴长安应举。此次，高适未能考中。开元二十六年，高适由长安回到宋中（今河南商丘），遇友人从幽州张守珪处来，出示所作《燕歌行》诗。高适读后，不禁回想起幽州之行的种种情事，感慨万端，遂作了这首《燕歌行》。高适在亲历东北边塞生活的基础上，结合自己观察和思考所得，以高度的艺术概括力，广泛而深刻地反映了当时重大的社会矛盾，真实地表达了其所思所想，具有广泛的代表性。因而，诗歌一经写成就流传广远，成为高适边塞诗歌的代表作。

此诗可分为三段。第一段前八句，从“汉家烟尘在东北”至“单于猎火照狼山”，抒写东北边境告急，大将奉命出师。“汉家烟尘在东北”，点明地点、事件，外族入侵，战事兴起，而“汉将辞家”，受命出师征战，以两个“汉”字复沓而起，以急促的节奏，渲染东北军情的紧张情势。“男儿”二句，简洁抒写了将士们本就为国纵横驰骋、奋勇疆场的壮志，更何况又受到天子的特别礼遇，强化了高昂的斗志。诗句虽为对偶，意思却是递进的。“摐金”二句，写行军途中情景：大军鼓角峥嵘，战旗猎猎，彰显豪迈的气概、昂扬的斗志，“下榆关”——兵锋直指榆关；“旌旆逶迤”，写出从容镇定的浩荡态势，突出王者之师行进于崇山峻岭间的威武与从容，给人以必胜的坚定信念。而后二句“校尉”飞驰，送来紧急军书，“单于猎火”，大战一触即发。此段渲染战争的紧迫性，外敌入侵，唐军出击堂堂正正，既彰显两军对垒的紧张局势，也显示大唐军威雄壮、无坚不摧。

第二段中间八句，从“山川萧条极边土”至“力尽关山未解围”，叙写交战之惨烈，以及军中苦乐不均的现实。“山川萧条”在阔远雄壮的景象上，交代大战的场景——胡骑侵凌，如狂风暴雨席卷而来，正与上文之“残贼”相呼应，突出战斗的惨烈。之所以如此，乃是唐军主帅不明，昏庸荒淫，对敌人的力量估计不足。因而，才有“战士军前半死生，美人帐下犹歌舞”的现实。一方面是战士奋勇杀敌、毫不畏惧、不怕牺牲，一方面是主帅昏庸荒淫、沉湎于歌舞享受；一方面是鲜血淋漓、骨肉纵横的惨烈，一方面是轻歌曼舞、红粉妖冶的醉生梦死。这一极为强烈的对比，深刻地揭露了军中苦乐悬殊、将帅昏庸荒淫的现实，感情激愤，深刻切直。诗人以直面现实的勇气，揭穿了古代军中士卒与将帅对立的无情现实，有惊悚人心的力量。而且，“美人帐下犹歌舞”，是在山川萧条、边境荒凉的背景，以及“胡骑凭凌杂风雨”的紧迫形势下，而存在，而展开的。那小小的帐下歌舞与“极边土”之山川、阵云，极不对称，极不协调。然而，正是这不对称与不协调，才深刻地表现了将帅之昏庸无能、不恤兵士、不系念社稷的滔天罪恶。深秋的大漠阴风阵阵，塞草枯黄，军队困守边关孤城，死伤惨重，仅有几个残兵奋勇搏击……诗人勾勒出一幅萧瑟衰败、日暮途穷的困守危城的画面。本自重“横行”、驰骋疆场、奋勇杀敌的战士，因为将帅的昏庸荒淫，而殒命疆场。由此使下文“身当恩遇常轻敌，力尽关山未解围”，就有了无限的深痛和无奈。重“横行”、受“恩遇”——即“天子非常赐颜色”的将士，蔑视敌人，赤心报国，不惧牺牲，然而由于将帅昏庸荒淫，致使他们白白地流血牺牲，也未能结束边患，真是不甘心啊。郭英杰与契丹大战于都山，郭英杰战死，士卒被围，犹力战不已，直至全部牺牲。诗人将此类素材融化于诗中，抒写出将士们忠心耿耿、奋勇杀敌、不惧牺牲的精神，以及那种不能战胜、结束边患的无可奈何之情。其意蕴是颇为丰厚、复杂的。

第三段最后十二句，抒写久戍不归的战士复杂的思想感情。上一段讲“力尽关山未解围”，战事未了，边患依旧，战士不得不长久戍守，遂滋生思乡之情。前四句集中抒写这种离别相思之情，“铁衣”“玉箸”

"少妇""征人"，表面上是两两对写，实际上是写久戍的征人深切地思念亲人并想象着"玉箸应啼别离后"和"少妇南城欲断肠"的那种场景，表达了戍人思乡念亲的沉挚的切肤之痛。"应""欲"二字透露出征人的揣想之意，"欲断肠""空回首"，饱着多少辛酸与无奈。然而"边庭"四句，又转而写边患之严重。"边庭飘飖那可度，绝域苍茫何所有"，荒凉的边庭，广袤无际、一无所有，正对应上文"山川萧条极边土"；"杀气三时作阵云，寒声一夜传刁斗"，战场形势严峻，正对应上文"孤城落日斗兵稀"。工整的对仗，彰显出边地的荒寒遥远和森严的战地氛围，同时也是对上面征人思妇深切思想的回应。最后四句，久戍之征人虽然思乡念亲，但是赤心报国之志不改。他们为国献身，不计个人功赏，只是希望朝廷能够任用智勇兼备、爱护士卒的统帅，不要做无谓的牺牲。"相看白刃血纷纷"，彰显战事的惨烈，更衬托"死节从来岂顾勋"的崇高，因而水到渠成，揭示全诗主旨——"君不见沙场征战苦，至今犹忆李将军"，卒章显志，简洁有力，这也是解决矛盾的重要方法。

此诗之逻辑思路非常清晰，以"烟尘"兴起，从"汉将"受命出师、志在报国写起——边塞荒寒、对敌作战、久戍不归、思乡念亲，却又不得不坚守边关，最后仍以为国献身的精神结束。于此，诗人展开一系列的矛盾：胡汉矛盾，人与自然的矛盾，将帅与士卒的矛盾，苦乐不均的矛盾，思乡念亲与久戍不归的矛盾，建立功勋与为国献身的矛盾，等等。这一系列的矛盾，既相互对立，又相互影响，交织成一个庞大的极有张力的立体网络，全景式地反映了其时边塞战争的复杂以及战事的惨烈。此诗内容深广，思想深刻，是高适亲历幽燕边塞的生活体验与思想认识的反映、显现，既同情广大士卒，又高扬着爱国精神、英雄主义情怀，浑厚深沉，因而颇能感动激发人意。

从艺术上来说，全诗叙事与抒情相结合，深秋大漠的环境描写，惊心魂魄的战斗场面之渲染，士卒复杂的心理刻画，诗人强烈的爱憎情感抒发，构成一个巨大的矛盾统一体。而且，诗人在整齐的对偶中，善于运用对比，特别是"战士军前半死生，美人帐下犹歌舞"的强烈对比，生动传神，鲜明地表现其爱憎情感，发人深省。在韵律上，每四句一转韵，平仄相间，散偶交错，婉转自然，恰似一首壮丽的音乐史诗，深入心灵，摇荡性情，感人至深，达到了艺术的化境。

李颀

古从军行

白日登山望烽火，黄昏饮马傍交河。行人刁斗风沙暗，公主琵琶幽怨多。野云万里无城郭，雨雪纷纷连大漠。胡雁哀鸣夜夜飞，胡儿眼泪双双落。闻道玉门犹被遮，应将性命逐轻车。年年战骨埋荒外，空见葡萄入汉家。

从军行，郭茂倩《乐府诗集》收入《相和歌·平调曲》，引《乐府解题》曰："《从军行》，皆军旅辛苦之辞。"《广题》曰："左延年辞云：苦哉边地人，一岁三从军。三子到燉（敦）煌，二子诣陇西。五子远斗去，五妇皆怀身。"题前加"古"字，有拟古之意，兼寓以古讽今之旨。此诗约作于玄宗天宝年间。

"白日登山望烽火，黄昏饮马傍交河。行人刁斗风沙暗，公主琵琶幽怨多。"烽火，古代边防报警的烟火，白天放狼烟，夜晚点火。交河，故址在今新疆吐鲁番境内，因河水为小岛分开后又合流环绕，故称。交河古城，即建于交河环绕的小岛上。唐贞观十四年（640）设交河县，乃安西都护府治所。李吉甫《元和郡县图志》卷四十"陇右道"："西州交河县，本汉车师前王庭也。按车师前王国理交河城，自汉讫于后魏，车师君长相承不绝，后魏之后湮没无闻，盖为匈奴所并，高昌据其地。贞观十四年于此置交河县，与州同置。交河，出县北天山，水分流于城下，以为名。"刁斗，古代军用铜炊具，斗形有柄，容量一斗。白天用来煮饭，夜晚敲击以巡更。公主琵琶，汉武帝遣江都王刘建女儿细君公主远嫁乌孙和亲，使人于马上弹奏琵琶作乐，以慰其思乡之苦。《宋书·乐志》引傅玄《琵琶赋》："汉遣乌孙公主嫁昆弥，念其行道思慕，故使工人裁筝、筑，为马上之乐。欲从方俗语，故名曰琵琶，取其易传于外国也。”此四句谓，战士戍边非常辛苦，白天登临高山之上，候望报警防胡的烽火，黄昏时饮马交河。在大漠风尘的笼罩下，天地一派昏暗，远戍的征人敲击报更的刁斗，时时刻刻警戒平安，幽怨的琵琶铮铮切切、如泣如诉，更增添了将士们久戍不归、思乡念亲的悲苦之情。

“野云万里无城郭，雨雪纷纷连大漠。胡雁哀鸣夜夜飞，胡儿眼泪双双落。”城郭，亦作“城廓”，城墙。城指内城的墙，郭指外城的墙。此处指城池。《礼记·礼运》：“大人世及以为礼，城郭沟池以为固。”孔颖达疏：“城，内城；郭，外城也。”杜甫《越王楼歌》：“孤城西北起高楼，碧瓦朱甍照城郭。”此四句谓，万里征戍，路途遥遥，那广袤无垠的边塞上，更无城池，野云万里，无遮无拦，雨雪纷纷扬扬，弥漫于茫茫大漠。惯于边塞苦寒多变气候的胡雁夜夜哀鸣、振翅南飞，生于斯长于斯的胡儿，也不禁为之涕泪长流。

“闻道玉门犹被遮，应将性命逐轻车。年年战骨埋荒外，空见葡萄入汉家。”玉门，玉门关，故址在今甘肃敦煌西北小方盘城。汉武帝时置，因西域输入玉石时取道于此，故名。《史记·大宛列传》记载，汉武帝太初元年（前104），拜李广利为将军，率兵数万攻取大宛，期望至贰师城取良马，号之贰师将军。连年征战，死伤过多，李广利上书朝廷，请求休兵，“天子闻之大怒，而使使遮玉门曰：‘军有敢入者，辄斩之！’贰师恐，因留敦煌。”轻车，汉武帝时有轻车将军李蔡。《史记·李将军列传》：“初，（李）广之从弟李蔡，与广俱事孝文帝。景帝时，蔡积功劳至二千石，孝武帝时，至代相。以元朔五年为轻车将军，从大将军击右贤王，有功中率，封为乐安侯。元狩二年中，代公孙弘为丞相。蔡为人在下中，名声出广下甚远，然广不得爵邑，官不过九卿，而蔡为列侯，位至三公。诸广之军吏及士卒，或取封侯。广尝与望气王朔燕语曰：‘自汉击匈奴，而广未尝不在其中，而诸部校尉以下，才能不及中人，然以击胡军功取侯者数十人，而广不为人后，然无尺寸之功，以得封邑者，何也？岂吾相不当侯邪？且固命也？’”

荒外，塞外荒远之地。《尚书 · 禹贡》都城外“五百为甸服”，每五百里，依次为侯服、绥服、要服、荒服。葡萄，也写作蒲萄、蒲桃。《汉书 · 西域传》：“（大宛）多善马，马汗血，言其先天马子也……上（汉武帝）遣使者持千金及金马，以请宛善马。宛王以汉绝远，大兵不能至，爱其宝马不肯与。汉使妄言，宛遂攻杀汉使，取其财物。于是天子遣贰师将军李广利将兵前后十余万人伐宛，连四年。宛人斩其王毋寡首，献马三千匹，汉军乃还……宛王蝉封与汉约，岁献天马二匹。汉使采蒲陶、目宿（苜蓿）种归。天子以天马多，又外国使来众，益种蒲陶、目宿离宫馆旁，极望焉。”此四句谓，远戍不归，听说玉门关又被朝廷遮阻，也只有拼却性命，追随年轻、骁勇的轻车将军驰骋疆场，奋勇向前。只不过，年年岁岁，千千万万的远征将士埋骨于遥远的塞外荒远之地，换得的只是葡萄、苜蓿的种子传入中原罢了，实在得不偿失啊！

唐玄宗天宝年间，接连用兵边塞，百姓备受穷兵黩武之苦。此诗以拟古的形式，以汉喻唐，关注现实，反映了征战边塞的艰苦，批评朝廷穷兵黩武给士卒和人民带来的深重灾难，寄慨遥深。前四句为一个层次，叙写远征士卒紧张而艰苦的日常生活，气氛紧张凝重，情调哀怨凄凉。每一句写一事情，相对独立，用“白日”“黄昏”“刁斗”“风沙”“琵琶”，将从白天到夜晚的士卒生活与感情串连起来，彰显紧张艰苦的生活和哀怨凄凉的情调。中间四句为一层次，从远戍征人的角度，摹写塞外环境的艰苦和极度悲凉。于“幽怨多”之抒情之后，插入“野云万里无城郭，雨雪纷纷连大漠”两句，意境开阔浩渺，情调苍凉，展示出极其广袤无垠的风雪荒原图景，联结上下文，使远戍征人的日常生活情景，鲜活如画，如在目前。又以生于斯长于斯的胡雁、胡儿，“哀鸣夜夜飞”“眼泪双双落”，皆无法忍耐这种艰苦荒凉的环境与生活，反衬远戍不归的征人之艰难困苦，进一步强调了塞外荒寒环境的严酷。后四句为另一层次，尽管环境严酷、艰难困苦，久戍不归的士卒仍然得奋勇向前，“闻道”“应将”合情合理的推断，将穷兵黩武的性质予以揭示。而末二句则以对比手法，谓年年征战的后果，乃是千万士卒埋骨荒外，只换得葡萄种子流入中原，所失甚大，所得太小，其情甚哀，其言极痛，有画龙点睛之效，而“空见”极其醒目，可见诗人感慨之深切，批判锋芒之强烈。清人沈德潜说：“以人命换塞外之物，失策甚矣！为开边者垂戒，故作此诗。”（《重订唐诗别裁集》卷五）

王 维

洛阳女儿行

洛阳女儿对门居，才可颜容十五余。良人玉勒乘骢马，侍女金盘脍鲤鱼。画阁朱楼尽相望，红桃绿柳垂檐向。罗帏送上七香车，宝扇迎归九华帐。狂夫富贵在青春，意气骄奢剧季伦。自怜碧玉亲教舞，不惜珊瑚持与人。春窗曙灭九微火，九微片片飞花琐。戏罢曾无理曲时，妆成只是熏香坐。城中相识尽繁华，日夜经过赵李家。谁怜越女颜如玉，贫贱江头自浣纱！

以少女为题材，抒发青春难再、人生易老主旨的诗歌，由来已久。诗人在慨叹生命易逝之同时，往往也寄寓了青春年少、建功立业、有所作为的情怀。梁武帝萧衍《河中之水歌》："河中之水向东流，洛阳女儿名莫愁。"王维这首诗的诗题本于此，暗承萧衍诗意，描摹洛阳女儿之行迹与感怀。郭茂倩《乐府诗集》卷九十："新乐府者，皆唐世之新歌也。以其辞实乐府，而未常被于声，故曰新乐府也。"此诗题下原注："时年十六，一作十八。"十六岁的王维颇为早熟，对生命有着深切的体味，希望能够不虚度年华，而有所作为。此诗乃开元六年（718）春天，王维游居洛阳时所作。行，古诗的一种体裁。宋人王灼《碧鸡漫志》卷一："古诗或名曰乐府，谓诗之可歌也。故乐府中有歌有谣，有吟有引，有行有曲。"宋人赵德操《北窗炙輠》卷上："凡歌始发声，谓之引……既引矣，其声稍放焉，故谓之行。行者，其声行也。"

洛阳女儿对门居，才可颜容十五余。良人玉勒乘骢马，侍女金盘脍鲤鱼。画阁朱楼尽相望，红桃绿柳垂檐向。罗帷送上七香车，宝扇迎归九华帐。

对门居，住在对门。才可，正好，刚好。乐府《东飞伯劳歌》："谁家女儿对门居，开颜发艳照里间。南窗北牖桂月光，罗帷绮帐脂粉香。女儿年几十五六，窈窕无双颜如玉。"十五六岁青春年少的女子，美艳举世无双。王维化用此诗句。良人，古时女子对丈夫的称呼。《孟子·离娄下》："齐人有一妻一妾而处室者，其良人出，必厌酒肉而后反。"丈夫每天外出都会吃饱酒肉而后再回来。玉勒，玉制的马嚼口。庾信《华林园马射赋》："控玉勒而摇星，跨金鞍而动月。"骢马，青白色相杂的马。鲍照《结客少年场行》："骢马金络头，锦带佩吴钩。"脍，细切的鱼肉。辛延年《羽林郎》："就我求珍肴，金盘脍鲤鱼。"七香车，用多种香料涂饰或用多种香木制作的车，泛指华美的车。曹操《与太尉杨彪书》："今赠足下……画轮四望通幰七香车一乘，青牸牛二头。"宝扇，古时权贵出行所用的扇状仪仗，常常以雉羽或尾制成。崔豹《古今注》卷上："雉尾扇，起于殷世……周制以为王后夫人之车服。"《长阿含经·第一分初大本经》："诸天在上，于虚空中手执白盖宝扇，以障寒暑风雨尘土。"九华帐，鲜艳华美的罗帐。古时器物凡有文采者，每每以九华为名。鲍照《行路难》曰："七彩芙蓉之羽帐，九华蒲桃之锦衾。"

此段说，洛阳女儿正住在对门，看容貌正好十五六岁。其夫婿骑名马，玉勒金鞍，妆饰华贵，侍女跟随，手托金盘，送上切得很细薄的鲤鱼片。洛阳女儿居住之所极尽华丽，画阁朱楼连绵不尽，红桃绿柳于屋檐前摇曳生姿。洛阳女儿乘坐着七香车，帘帷低垂，宝扇仪仗行列整齐，迎送至九华帐中。其奢华，无与伦比。

狂夫富贵在青春，意气骄奢剧季伦。自怜碧玉亲教舞，不惜珊瑚持与人。

狂夫，古代妇人自称其夫的谦词，意谓放荡不羁。李白《捣衣篇》："玉手开缄长叹息，狂夫犹戍交河北。"剧，甚于，胜过。季伦，石崇，字季伦，东晋时权贵。《世说新语·侈汰》多载石崇豪奢之事："石崇每要客燕集，常令美人行酒，客饮酒不尽者，使黄门交斩美人。"刘孝标注引王隐《晋书》曰："石崇为荆州刺史，劫夺杀人以致巨富。"财产丰积，室宇宏丽，后房佳丽百数十人，皆身穿纨绣，金翠首饰，珠光宝气。丝竹尽当时之选，庖膳穷水陆之珍。与贵戚王恺、羊琇之徒，以奢靡相尚。王恺作紫丝布步障四十里，石崇作锦步障五十里以胜之。晋武帝每资助王恺，使其胜过石崇。武帝曾经以珊瑚树赐王恺，高二尺许，枝柯扶疏，世所罕比。王恺以示石崇，石崇便以铁如意击之，应手而碎。王恺既惋惜，又以为石崇嫉妒自己的宝物，声色俱厉地斥说。石崇曰："不足多恨，今还卿。"乃命左右悉取珊瑚树，有高三四尺者六七株，条干绝俗，光彩耀日，如王恺那样的珊瑚树甚多，王恺怳然自失矣。碧玉，人名。《乐府诗集》卷四五引《碧玉歌》题注："《碧玉歌》者，宋汝南王所作也。碧玉，宋汝南王妾名，以宠爱之甚，所以歌之。"庾信《结客少年场行》："定知刘碧玉，偷嫁汝南王。"梁元帝萧绎《采莲赋》："碧玉小家女，来嫁汝南王。"后世以碧玉借指年轻貌美的婢妾或小家女，遂有"大家闺秀，小家碧玉"之说。

此段是说，洛阳女儿的丈夫青春年少，富贵豪奢，那豪侈骄矜的气势居然胜过晋代之石崇。那豪侈骄矜的丈夫竟然不爱怜如此美艳的洛阳女儿，却喜爱小家碧玉的女子，亲自教其歌舞，甚至不惜以奇珍异宝而随意赏赐她，真是宠爱无比。

春窗曙灭九微火，九微片片飞花琐。戏罢曾无理曲时，妆成只是熏香坐。城中相识尽繁华，日夜经过赵李家。

曙，天亮。九微，灯名。张华《博物志》卷三：汉武帝好仙道，西王母遣使者乘白鹿告武帝要来访，武帝乃供帐九华殿以待之。"七月七日夜漏七刻，王母乘紫云车而至于殿西，南面东向……时设九微灯，帝东面西向。"何逊《七夕》："月映九微火，风吹百和香。"花琐，门窗上绘画或镂刻的连环图案。《汉书·元后传》："曲阳侯根骄奢僭上，赤墀青琐。”颜师古注：“孟康曰：‘以青画户边镂中，天子制也。’……青琐者，刻为连环文，而青涂之也。”曾无，从无。理曲，温习歌曲。妆成，打扮完毕。熏香，焚香以沾染香气。徐陵《乌栖曲》：“风流荀令好儿郎，偏能傅粉复熏香。”六朝贵族男子流行傅粉熏香，面颊白皙，体透香气。赵李，指汉成帝皇后赵飞燕、婕妤李平的外戚、权幸之家。赵飞燕、李平皆从微贱而得专宠，外戚佞幸一时贵盛，权倾朝野。阮籍《咏怀》：“西游咸阳中，赵李相经过。”

此段说，豪奢洛阳女儿的丈夫移情别恋，致使洛阳女儿独守空闺，静待天明。天明之时，室中灯火熄灭，朝阳照在雕花窗上，似乎是那九微灯火飞上窗棂。洛阳女儿嬉戏罢，百无聊赖，无心温习歌舞曲，虽然妆扮入时，却也只能静静坐着，笼熏炉而焚香熏衣，暗暗期待着薄情的丈夫能够回心转意。想来，那个豪奢而薄情之人，相识者皆是城中富贵权势，日来夜去，出入于贵戚、佞幸之家，哪肯顾惜这个独守空闺的美艳女子呢。

谁怜越女颜如玉，贫贱江头自浣纱！

越女，指西施，贫贱时在越溪浣纱。颜如玉，容颜如玉一样白皙、温润。《古诗十九首》：“燕赵多佳人，美者颜如玉。”此句说，像西施那样美丽动人、颜如美玉的女子，贫贱之时依旧在江边辛劳浣纱，没有人同情、赏识！

《洛阳女儿行》是王维十六七岁时创作的诗歌，一个青年才俊，为什么会写这样的诗，想表达什么样的情怀呢？这是我们读懂此诗的关键。

青春年少，是人生的最佳年华，谁能不爱怜、珍惜呢！可是，美好的年华最容易逝去，一旦事业无成，往往影响一生。俗语说：“一年之计在于春。”汉乐府《长歌行》曰：“青青园中葵，朝露待日晞。阳春布德泽，万物生光晖。常恐秋节至，焜黄华叶衰。百川东到海，何时复西归？少壮不努力，老大徒伤悲。”园中青葵，叶上朝露，虽然正是美好时节，然而秋天到来，青葵枯败，朝阳初照，露珠干涸。时光流逝，不可再来，少壮若不努力，老大迟暮，只能徒自伤悲。清代诗人龚自珍说："虽说大器晚来成，卓荦全凭弱冠争。"青少年时期，要有只争朝夕的奋进精神。

青春年少的王维，以浪漫的情思，借风华正茂的洛阳女儿，来抒写其对人生的体悟与情怀。第一层次，全然铺陈洛阳女儿的豪华生活。洛阳女儿青春年少，美貌非凡，容颜如玉，而丈夫富贵，乘玉勒青骢马，吃山珍海味，侍女送上用金盘着的切得很细薄的鲤鱼片。洛阳女儿所居之地，画阁珠楼，桃红柳绿，环绕前后，居有九华帐，出有七香车，繁华富贵，无以言表。

第二层次，进一步抒写洛阳女儿丈夫的豪奢，青春年少，且富贵莫比，更是骄奢淫逸。至此则笔锋暗换，丈夫移情别恋，用情于小家碧玉，亲自教其歌舞，"不惜珊瑚持与人"，一掷千金，毫不顾惜美艳的洛阳女儿。这样，一方面，由洛阳女儿而至小家碧玉之歌舞女子，进一步拓展，扩大了诗歌的表现内涵，颇具广泛性；另一方面，也彰显出狂夫之骄奢意态，肆意而为，无所不可。

第三层次，则写洛阳女儿独守空闺的寂寞与清冷。诗以"春窗曙灭九微火，九微片片飞花琐"——由夜晚到天明，一抹红霞照耀窗牖，似乎是夜晚的九微灯火飞上绮窗，是时间的过渡，也是洛阳女儿彻夜未眠的写照，既收束前面的骄奢淫逸，又开启洛阳女儿独守空闺寂寞之抒写。美艳的洛阳女儿以嬉戏打发无聊的时光，妆扮入时，却独守空闺，笼袖熏香，以期再博得狂夫之爱怜。低头暗想，狂夫相识城中豪贵，日日夜夜出没于赵、李佳人丛中，何曾想到青春年少、独守空闺的洛阳女儿呢！

第四层次，"谁怜越女颜如玉，贫贱江头自浣纱"，仅仅二句，却重于千钧，力压前文：美如西施的贫女虽美艳而无人赏识，始终沦落于贫贱。洛阳女儿年少美丽，虽然嫁得夫婿，然而夫婿移情别恋，却也是"戏罢曾无理曲时，妆成只是熏香坐"，虚度青春，正与越女之"贫贱江头自浣纱"形成强烈的对照，这是唐代才人不得志时的常用比兴手法，卒章显志，寓意深远。清代诗论家沈德潜说：“结意况君子不遇也。”（《唐诗别裁集》卷五）洛阳女儿得嫁夫婿，最终也只是独守空闺，虚度青春；浣纱女子因贫贱而“江头自浣纱”，无人怜爱赏识，也只能是虚度年华。显然，王维此诗之意在于：才士得其机遇，必定要一展才能，有所作为；如果不能得其机遇，真是抱憾终身了。同时也慨叹得其机遇之艰难，好似颜如玉的越女，只能“贫贱江头自浣纱”了，沉沦埋没，终无一展襟抱才能的机会。

清人黄周星说：“通篇写尽娇贵之态，读至末二句，则知意不在洛阳而在越溪，所以有《西施咏》也。”（《唐诗快》卷六）此诗乃王维十六七岁时所作，才高而敏感的诗人意识到才士出仕之不易，尤其是在一个伟大的时代，深恐沉沦下僚，埋没才能，赍志以殁，不能济世安民，做一点对国家、社会和民生有益的事，那才是人生最大的悲苦。诗人表现出一种对生命的热爱，而流露出对时光易逝的悲伤，因此有一定的认识意义和社会意义。此诗在风格上更接近初唐的歌行体，辞采艳丽，音调婉转，却自有一种清新之气、跌宕之致，这是诗体变化的先声，值得关注。

老将行

少年十五二十时，步行夺得胡马骑。射杀山中白额虎，肯数邺下黄须儿！一身转战三千里，一剑曾当百万师。汉兵奋迅如霹雳，虏骑崩腾畏蒺藜。卫青不败由天幸，李广无功缘数奇。自从弃置便衰朽，世事蹉跎成白首。昔时飞箭无全目，今日垂杨生左肘。路旁时卖故侯瓜，门前学种先生柳。苍茫古木连穷巷，寥落寒山对虚牖。誓令疏勒出飞泉，不似颍川空使酒。贺兰山下阵如云，羽檄交驰日夕闻。节使三河募年少，诏书五道出将军。试拂铁衣如雪色，聊持宝剑动星文。愿得燕弓射大将，耻令越甲鸣吾君。莫嫌旧日云中守，犹堪一战取功勋！

才士渴望建功立业，成就一番事业，然而也常常有功高不赏之忧惧。汉代的飞将军李广就是一个典型的例子。李广乃陇西成纪（今甘肃陇西）人，汉文帝十四年（前166）从军击匈奴。汉景帝时，先后任北部七郡太守。汉武帝元光六年（前129），任骁骑将军，出雁门北击匈奴，后任右北平太守，匈奴畏服，称为“飞将军”，数年不敢来犯。元狩二年（前121），李广率四千骑兵出击匈奴，被左贤王四万骑大军围困，李广毫无惧色，率部激战。士卒伤亡过半，箭矢将尽，李广仍然沉着镇静，用强弩射杀匈奴将领数人，后援兵至，匈奴退走。元狩四年（前119），漠北之战中，李广任前将军，从大将军卫青出塞，受命迂回匈奴单于侧翼，因迷失道路而未能参战，愤愧自杀。李广前后与匈奴七十余战，以骁勇善骑射著称，手下将官不少人都封侯，只有李广无功，不得封侯。

这首《老将行》乃新题乐府，当作于王维早年时期。青春年少的诗人虽写老将之功高不赏，却仍然迸发着积极进取、勇往直前的大无畏精神和报国豪情，感动激发人意。

少年十五二十时，步行夺得胡马骑。射杀山中白额虎，肯数邺下黄须儿！一身转战三千里，一剑曾当百万师。汉兵奋迅如霹雳，虏骑崩腾畏蒺藜。卫青不败由天幸，李广无功缘数奇。

夺得胡马骑，《史记·李将军列传》记载，一次大战中，匈奴兵多，李广因伤病，为胡骑生擒。匈奴骑兵把李广置于两马之间，用绳索缚着李广，“行十余里，广佯死，睨其旁有一胡儿骑善马”，李广跳上胡马，推下敌人，“因取其弓，鞭马南驰数十里，复得其余军，因引而入塞。匈奴捕者骑数百追之，广行取胡儿弓射杀追骑，以故得脱。”白额虎，额头有白色斑纹的猛虎。李广善射，多次射杀猛虎。《史记·李将军列传》：“广出猎，见草中石，以为虎而射之，中石没镞，视之石也。”见到草丛中石头，以为是虎，射箭而入石。“广所居郡闻有虎，尝自射之。及居右北平射虎，虎腾伤广，广亦竟射杀之。”邺下，曹操封魏王时，都于邺城（今河北临漳西）。黄须儿，指曹操之子曹彰，黄须，勇武有力。《三国志·魏志·任城威王彰传》：“彰，字子文。少善射御，膂力过人，手格猛兽，不避险阻，数从征伐，志意慷慨。”北伐乌桓，奋勇破敌，平定北方，乃一员猛将，多立战功。曹操召见，大喜曰：“黄须儿竟大奇也。”转战，连续在不同地区作战。霹雳，响雷，震雷。汉代枚乘《七发》：“其根半死半生，冬则烈风漂霰飞雪之所激也，夏则雷霆霹雳之所感也。”后来遂以霹雳形容迅捷、神速。《隋书·长孙晟传》：长孙晟善骑射，突厥畏之，“闻其弓声，谓为霹雳，见其走马，称为闪电。”长孙晟神武，突厥称其弓箭为霹雳、战马为闪电。晋王杨广称赞：“将军震怒，威行域外，遂与雷霆为比，一何壮哉！”崩腾，杂乱、纷乱的样子。蒺藜，本植物名，布地蔓生，果实有尖刺。古代用木或金属制成的带刺的障碍物，布在地面，以阻碍敌军前进。《埤雅》：“蒺藜布地蔓生子，有三角刺人，状如菱而小。今兵家乃铸铁为之，以梗敌路，亦呼蒺藜。”卫青，汉武帝皇后卫子夫之弟，因子夫贵幸，后击匈奴有功，封为大将军。卫青外甥霍去病，亦得武帝宠幸，征伐匈奴有功，封为骠骑将军。《史记·卫将军骠骑将军列传》：“骠骑（霍去病）所将常选，然亦敢深入，常与壮骑先其大军，军亦有天幸，未尝困绝也。”霍去病带着普通士卒，敢于深入匈奴境地，常常带领精壮士卒作为先锋，很幸运从未被困绝。此乃骠骑将军霍去病事，诗指卫青，乃借用。天幸，即天助，侥幸取胜。数奇，命运不好。奇，与“偶”相对，谓不吉利、不顺当。李广与卫青同征匈奴，虽屡立战功，却无功无赏。《史记·李将军列传》记载：汉文帝时，李广从军，“尝从行，有所冲？折关及格猛兽，而文帝曰：‘惜乎！子不遇时，如令子当高帝时，万户侯岂足道哉。’”李广爱护士卒，“广之将兵乏绝之处，见水，士卒不尽饮，广不近水；士卒不尽食，广不尝食。宽缓不苛，士以此爱乐为用”。李广功高不赏，麾下将士积功皆有封赏，李广曰：“自汉击匈奴，而广未尝不在其中，而诸部校尉以下，才能不及中人，然以击胡军功取侯者数十人，而广不为后人，然无尺寸之功以得封邑者，何也？岂吾相不当侯邪？且固命也？”汉武帝也告诫大将军卫青：“李广老，数奇，毋令当单于，恐不得所欲。”从大将军卫青出塞，受命迂回包袭匈奴，迷道失期，当受责罚，李广曰：“广结发与匈奴大小七十余战，今幸从大将军出接单于兵，而大将军又徙广部行回远，而又迷失道，岂非天哉！且广年六十余矣，终不能复对刀笔之吏。”遂引刀自刭，李广军士大夫一军皆哭，百姓闻之，知与不知，无老壮，皆为垂涕。

此段说，老将军年轻时英勇无敌，勇敢而武艺高超，可以步行夺得胡马；箭术超绝，能够射杀山中的白额猛虎，其英勇慷慨丝毫不让黄须儿任城王曹彰。一身南北征战三千里，一剑可以抵挡百万雄兵。汉兵奋勇迅捷如同霹雳闪电，敌人乱纷纷，面临铁蒺藜而畏惧不前。主帅如同卫青，侥幸不败，如有天助；老将似李广，命运不济，实为无奈啊！

自从弃置便衰朽，世事蹉跎成白首。昔时飞箭无全目，今日垂杨生左肘。路旁时卖故侯瓜，门前学种先生柳。苍茫古木连穷巷，寥落寒山对虚牖。誓令疏勒出飞泉，不似颍川空使酒。

弃置，抛弃，扔在一边。丘迟《答徐侍中为人赠妇》诗：“糟糠且弃置，蓬首乱如麻。”后遂谓不被任用。蹉跎，虚度岁月。阮籍《咏怀》：“娱乐未终极，白日忽蹉跎。”飞箭无全目，谓老将箭法高超，百发百中，射燕雀之眼目，使其双目不全。《文选·鲍照〈拟古三首〉》其一曰：“幽并重骑射，少年好驰逐……石梁有余劲，惊雀无全目。汉虏方未和，边城屡翻覆。留我一白羽，将以分虎竹。”李善注引《帝王世纪》曰：“帝羿有穷氏，与吴贺北游，贺使羿射雀。羿曰：‘生之乎？杀之乎？’贺曰：‘射其左目。’羿引弓射之，误中右目。羿抑首而愧，终身不忘。故羿之善射，至今称之。”鲍照所写幽并游侠儿的高超箭艺，与老将少年时的情形一样，用典贴切而意蕴丰富。垂杨生左肘，《庄子·至乐》：“支离叔与滑介叔，观于冥伯之丘、昆仑之虚，黄帝之所休。俄尔柳生其左肘，其意蹶然恶之。”柳，借为“瘤”字，疮节。杨、柳同科植物，因平仄关系，改“柳”为“杨”，“杨”者，谐音“疡”字，即瘤也。故侯瓜，秦朝召平封东陵侯，秦亡后，种瓜，世称东陵瓜。《史记·萧相国世家》：“召平者，故秦东陵侯。秦破，为布衣；贫，种瓜于长安城东，瓜美，故世俗谓之东陵瓜。”先生柳，东晋陶渊明辞官归隐，著《五柳先生传》以自况：“先生不知何许人也，亦不详其姓字，宅边有五柳树，因以为号焉。”穷巷，僻巷。陶渊明《归园田居》其二：“穷巷寡轮鞅。”虚牖，敞开的窗户。疏勒出飞泉，《后汉书·耿弇传》记载：耿恭据守疏勒（今新疆疏勒），匈奴引兵围困，“匈奴遂于城下拥绝涧水，恭于城中穿井十五丈，不得水，吏士渴乏，笮（zé）马粪汁而饮之。恭仰叹曰：‘闻昔贰师将军拔佩刀刺山，飞泉涌出。今汉德神明，岂有穷哉！’乃整衣服向井再拜，为吏士祷。有顷，水泉奔出，众皆称万岁。乃令吏士扬水以示虏，虏出不意，以为神明，遂引去。”颍川空使酒，《史记·魏其武安侯列传》：汉将军灌夫，颍川（今河南禹县）人，“坐法去官，家居长安。灌夫为人刚直，使酒，不好面谀，贵戚诸有势在己之右，不欲加礼，必陵之；诸士在己之左，愈贫贱，尤益敬与钧，稠人广众，荐宠下辈，士亦以此多之。夫不喜文学，好任侠，已然诺，诸所与交通，无非豪杰大猾，家累数千万，食客日数十百人。陂池田园，宗族宾客，为权利，横于颍川。”后因酒酣骂坐，得罪丞相武安侯田蚡被杀。

此段说，老将自从罢官以来，衰老得很快，时光虚度，空白了少年头。从前，武艺高超，神箭百发百中，可以射中燕雀之眼目；而今，左臂生长疮瘤，肢体残废，徒唤奈何。失去官职，如东陵侯召平那样，道旁卖瓜，以谋生计；也学高士陶渊明之隐居，宅院前插种几株柳树。老将所居之地，古树苍茫，幽僻荒凉；寒山凄凄，寂寞空阔，遥对着屋庐敞开的窗户。即使处于这样被弃置的境地，老将仍抱为国守土的壮志，像汉将耿恭以诚挚而感动泉水飞流，也绝不学灌夫那样使酒骂座，意态骄横。

贺兰山下阵如云，羽檄交驰日夕闻。节使三河募年少，诏书五道出将军。试拂铁衣如雪色，聊持宝剑动星文。愿得燕弓射大将，耻令越甲鸣吾君。莫嫌旧日云中守，犹堪一战取功勋！

贺兰山，又名阿拉善山，在宁夏西北和内蒙古交界处，是西北地区的重要地理界线。其地理位置重要，历来为兵家必争之地，乃唐时边境之大防。唐王朝与边境部族经常发生战争。羽檄，古代军事文书，插鸟羽以示紧急，必须迅速传递。《汉书·高帝纪》颜师古注：“檄者，以木简为书，长尺二寸，用征召也。其有急事，则加以鸟羽插之，示速疾也。”左思《咏史》：“边城苦鸣镝，羽檄飞京都。”节使，使臣。古代使臣持有朝廷给予的符节以为信物，故称节使。三河，汉时以河东、河内、河南三郡为三河，相当于今天的河南北部、中部以及山西南部地区。诏书五道，《汉书·常惠传》：“宣帝初即位，本始二年……汉大发十五万骑，五将军分道出。”又《匈奴传》：“本始二年，汉大发关东轻锐士，选郡国吏三百石伉健习骑射者，皆从军。遣御史大夫田广明为祁连将军，四万余骑出西河度；辽将军范明友，三万余骑出张掖；前将军韩增，三万余骑出云中；后将军赵充国为蒲类将军，三万余骑出酒泉；云中太守田顺为虎牙将军，三万余骑出五原。凡五将军兵十余万骑，出塞各二千余里……匈奴闻汉兵大出，老弱奔走，驱畜产，远遁逃。”动星文，谓宝剑上的七星纹闪闪发光。燕弓，燕地所产角弓著称于世。《周礼·考工记》：“燕之角，荆之干……此材之美者也。”越甲鸣吾君，刘向《说苑·立节》记载：“越甲至齐，雍门子狄请死之。齐王曰：‘鼓铎之声未闻，矢石未交，长兵未接，子何务死之？为人臣之礼邪？’雍门子狄对曰：‘臣闻之，昔者王田于囿，左毂鸣，车右请死之。而王曰：子何为死？车右对曰：为其鸣吾君也。’”越甲兵至，雍门子狄以为惊扰了齐王，乃其失职，致使越人敢进攻齐国，遂自刎而死，“是日，越人引甲而退七十里，曰：‘齐王有臣，钧（均）如雍门子狄，拟使越社稷不血食。’遂引甲而归。”云中，汉郡名，在今山西大同一带。云中守，指魏尚。《汉书·冯唐传》记载，魏尚为云中太守，极得军心，“军市租尽以给士卒，出私养钱，五日一杀牛，以飨宾客、军吏、舍人，是以匈奴远避，不近云中之塞；虏尝一入，尚帅车骑击之，所杀甚众”，后因上功而差六颗首级，被削职为民。冯唐认为“赏太轻，罚太重”，汉文帝遂令冯唐持节赦免魏尚，复令为云中太守。

此段说，听说贺兰山下战阵如云，加急的军书交相驰递，日夕上报，朝廷使者在三河招募从军少年郎，皇帝诏书命大军分五道出兵，抗击敌军。老将虽然被弃置已久，然而听闻此消息，拂拭铁衣铠甲，寒光如雪，手执宝剑，七星闪耀生辉，唯愿持强弓劲弩射杀敌将，让敌军甲兵惊扰君王，深以为耻；莫嫌退职老将年老力衰，犹能一战退敌而建立功勋。

此诗第一个特点乃结构整齐。共三个层次，每一层次五韵十句，平仄韵相间。第一层次，写老将年轻时神勇过人，用古来名将李广之史事形容，以“数奇”而转入下一层次。第二层次，遂叙写老将被弃置后的寥落悲凉，世事蹉跎，衰老残年，如东陵侯召平于道旁卖瓜而谋生，也学高士陶渊明之隐居，于寂寞凄凉中消磨时光，写尽英雄失路之悲凉与无奈。第三层次，边塞战尘又起，老将不以个人为念，只是心系朝廷社稷，意欲再度抗敌，为国立功。全诗层次井然，而且，每个层次之间的过渡极为自然，“卫青不败由天幸，李广无功缘数奇”，既是对第一层次的总括，也为第二层次抒写老将被弃置之后的寥落悲凉，作了很好的铺垫，“卖瓜种柳，极形落寞。后半写出据鞍顾盼意，不敢以衰老自废弃也”（《唐诗别裁集》卷五）。“誓令疏勒出飞泉，不似颍川空使酒”，既是对第二层次的总结——老将虽然被弃置而潦倒，寂寞悲凉，但老将忠心为国，绝不像灌夫那样使酒骂座，意气骄横，又为下文老将听闻战事而欲再度出征抗敌埋下伏笔，也与诗的后四句“愿得燕弓射大将，耻令越甲鸣吾君。莫嫌旧日云中守，犹堪一战立功勋”相照应，强调了老将的神勇以及虽遭受不公平待遇而忠心报效朝廷的高贵品质，突出表达了诗的主旨。

此诗在整饬的形式中讲求错落变化，第一层次高扬，第二层次低回，第三层次复振起，形成抑扬变化，使初唐流丽、柔便婉转的体式，变得抑扬顿挫；而且每一层次之间，密致中有疏阔，又以比较明显的过渡诗句，造成情感的激荡。第一层次，前六句气势磅礴，而“卫青不败由天幸，李广无功缘数奇”二句，虽承上启下，却有浩浩不尽之势，由“数奇”而过渡到“弃置”。第二层次，前六句实写衰朽，而七、八句“苍茫古木连穷巷，寥落寒山对虚牖”，宕开一笔，化实为虚，使失意之情、悲怆之怀融入了无限时空而荡漾开去，有浑茫无际之效果；九、十句“誓令疏勒出甘泉，不似颍川空使酒”，在极度的寥落与悲凉中，老将之自振意态丝毫毕现，也为下文之期望复出为国效力的壮情作了很好的铺垫。因前文的蓄势丰厚，第三层次遂抒写边塞战事又起，朝廷广招兵马，命将出师，老将“试拂铁衣如雪色，聊持宝剑动星文”之生动形象，神采照人，“愿得”“耻令”所展现出老将之忠贞、报国之豪情，于是“莫嫌旧日云中守，犹堪一战立功勋”，劲健有力，收束全诗。开阖顿挫，在连贯中见出跌宕变化。清人张实居说：“七言长篇，宜富丽，宜峭绝，而言不悉。波澜要宏阔，陡起陡止，一层不了，又起一层。卷舒要如意警拔，而无补叙之迹，又要徘徊回顾，不失题面，此其大略也。”（王士祯《师友诗传录》）王维的这首《老将行》“最有法度”，结构明晰，逻辑很强，就很好地体现了这一特色。

对仗工整是此诗的第二个特点。七言古诗本来不太讲究对偶，而《老将行》几乎句句对仗，如：白额虎——黄须儿、三千里——百万师、天幸——数奇、无全目——生左肘、故侯瓜——先生柳、苍茫古木——寥落寒山、穷巷——虚牖、飞泉——使酒、三河——五道、燕弓——越甲、射大将——鸣吾君，等等，尤为工巧，仍然不失古风的格调。因而，沈德潜说“此种诗纯以对仗胜”（《唐诗别裁集》卷五），抓住其特性。

第三个特点则是用典贴切，此诗事实上以汉飞将军李广的事迹为蓝本而创作，连用李广、曹彰、召平、陶渊明、耿恭、灌夫、雍门子狄、魏尚等十几个典故，典故内涵的丰富性和多义性，从不同的角度展现了老将复杂的情感和心路历程，开拓了诗歌的容量，有力地表现了诗歌主旨。就此诗的语言而论，摆脱六朝初唐七言歌行体的绮丽，而以刚健雄劲取胜。首句“少年十五二十时，步行夺得胡马骑”，陡然而起，劲健有力；“射杀山中白额虎”以下六句，何等猛烈；“卫青不败由天幸”说出上天眷顾，正不必羡慕；“李广无功缘数奇”，写得可叹可咏；“苍茫古木”两句，说得那样冷落；而“誓令”二句，自是猛气犹存；“试拂铁衣”以下六句，又是气势如虹，鲜明而生动地刻画出老将忠贞的形象。可以说，此诗实乃一篇带有赋体特色的诗歌，叙事抒情浑融一体。

桃源行

渔舟逐水爱山春，两岸桃花夹古津。坐看红树不知远，行尽青溪不见人。山口潜行始隈隩，山开旷望旋平陆。遥看一处攒云树，近入千家散花竹。樵客初传汉姓名，居人未改秦衣服。居人共住武陵源，还从物外起田园。月明松下房栊静，日出云中鸡犬喧。惊闻俗客争来集，竞引还家问都邑。平明闾巷扫花开，薄暮渔樵乘水入。初因避地去人间，及至成仙遂不还。峡里谁知有人事？世中遥望空云山。不疑灵境难闻见，尘心未尽思乡县。出洞无论隔山水，辞家终拟长游衍。自谓经过旧不迷，安知峰壑今来变？当时只记入山深，青溪几曲到云林。春来遍是桃花水，不辨仙源何处寻？

自古以来，乐园、乐土是人所共向往的。在那里，生活安乐富足，没有压迫，平等自由，《诗经·魏风·硕鼠》就有对“乐土”的向往：“逝将去汝，适彼乐土。”人们都愿意生活在没有压迫、和谐安宁的社会，日出而作，日落而息，凿井而饮，耕田而食，完全与大自然和谐相处，人与人平等而和谐相处。陶渊明著《桃花源记》，描摹那个令人向往的世外桃源：“土地平旷，屋舍俨然，有良田、美池、桑竹之属。阡陌交通，鸡犬相闻。其中往来耕作，男女衣着，悉如外人。黄发垂髫，并怡然自乐。”这样一个理想世界，为世人所向往。桃乃中国本土植物，原产中国西部，至少已有2500年的栽培历史。于公元前通过丝绸之路，传到波斯，又经亚美尼亚传入古希腊、罗马，逐渐普及到地中海沿岸各国。普通桃的原始基因中心乃中国，既利用其果实，也是古代重要的观赏花木。道教以桃为仙物，据说桃根、桃木、桃叶皆有避邪的功效，因而桃花源就是世外仙境。此诗《桃源行》题下原注“时年十九”，乃王维十九岁时所作。时为开元七年（719），诗人根据陶渊明《桃花源记》一文，敷衍而成篇，歌咏那个令人向往、不受压迫、自由自在的理想世界。

渔舟逐水爱山春，两岸桃花夹古津。坐看红树不知远，行尽青溪不见人。

津，渡口。《论语·微子》：“长沮、桀溺耦而耕，孔子过之，使子路问津焉。”坐，因。红树，指桃树。桃花盛开，一片绯红。这四句，乃本于《桃花源记》：“晋太元中，武陵人捕鱼为业，缘溪行，忘路之远近。忽逢桃花林，夹岸数百步，中无杂树，芳草鲜美，落英缤纷。渔人甚异之，复前行，欲穷其林。林尽水源，便得一山。”

此段说，从诗的逻辑上说是“两岸桃花夹古津，渔舟逐水爱山春”。古渡口处，两岸桃花盛开，绿树扶疏，美不胜收，武陵渔人非常喜爱这美丽景象，遂乘小渔舟，沿溪水而行；因为贪看两岸盛开的桃花，不知不觉中漂流得很远，走到溪流的尽头，也看不到人。

山口潜行始隈隩，山开旷望旋平陆。遥看一处攒云树，近入千家散花竹。樵客初传汉姓名，居人未改秦衣服。

隈隩，指山崖弯曲幽深处。旷望，展望，放眼四望。旋，立刻。攒(cuán)，聚集。散花竹，散布于花竹间。散，分布。樵客，打柴的人。渔樵本为一体，渔人也打樵，此处即指入桃花源的渔人。居人，指桃花源中的人。前四句，乃本于《桃花源记》：“林尽水源，便得一山。山有小口，仿佛若有光。便舍船，从口入。初极狭，才通人，复行数十步，豁然开朗，土地平旷，屋舍俨然，有良田、美池、桑竹之属。”后二句，也来源于《桃花源记》：“自云先世避秦时乱，率妻子邑人来此绝境，不复出焉，遂与外人间隔。问今是何世，乃不知有汉，无论魏晋。此人为一一为具言所闻，皆叹惋。”

此段说，武陵渔人至小山口处，山崖弯曲幽深，几乎找不到路；走出之后，放眼四望，竟然是一片广阔的平原。从远处看，是重重叠叠、攒聚得像云彩一样的树木；走近看，则家家散布于花树竹林之间。这里的人们皆穿着秦汉时的衣服式样，武陵渔人一一述说秦汉以后王朝更迭的情况、世事沧桑之巨变。

居人共住武陵源，还从物外起田园。月明松下房栊静，日出云中鸡犬喧。惊闻俗客争来集，竞引还家问都邑。平明闾巷扫花开，薄暮渔樵乘水入。

武陵，郡名，治所在今湖南常德。武陵源，即桃花源。物外，世外，谓超脱于尘世之外。张衡《归田赋》：“苟纵心于物外，安知荣辱之所如！”《晋书·艺术传·单道开》：“（道开）后至南海，入罗浮山，独处茅茨，萧然物外，年百余岁，卒于山舍。”房栊，窗棂，泛指房屋。《文选·张协〈杂诗〉之一》：“房栊无行迹，庭草萋以绿。”李周翰注：“栊亦房之通称。”鸡犬喧，鸡鸣犬吠，鸡犬争斗。《桃花源记》：“阡陌交通，鸡犬相闻。”俗客，指捕鱼人。称桃花源为仙境，相较而言，捕鱼人就是来自世俗的凡客。此句本于《桃花源记》，曰：“见渔人，乃大惊，问所从来，具答之。便要还家，设酒杀鸡作食。村中闻有此人，咸来问讯……余人各复延至其家，皆出酒食。”

此段说，桃花源中人居住在桃花源里，乃是远离纷扰的尘世，从而建起了自己的家园啊。夜晚，明月从松树间撒下皎洁的月光，屋舍安静，真是一派祥和宁静；早晨，太阳从云端冉冉升起，鸡鸣犬吠，充满生活的乐趣，其乐融融。他们听说来了世外的俗客武陵渔人，争相前来围观，竞相邀请到家中，询问外面人世间的变化。这里的生活真宁静啊！天明，家家开门，清扫满地的落花；傍晚，捕鱼、打柴人，乘小舟顺流而归家。

初因避地去人间，及至成仙遂不还。峡里谁知有人事？世中遥望空云山。

避地，避乱而寄寓他乡，此处指逃到桃花源隐居。峡里，指桃花源。云山，云遮雾绕的隐居之地，也就是前面所说的“遥看一处攒云树，近入千家散花竹”。

此段说，当初，因为逃避战乱、逃避压迫而离开人世间，从此长久地与世隔离，桃花源真成了神仙世界。桃花源中，不问人世间之是非，没有勾心斗角；然而人世间，不得其门而入，也只能遥望桃花源，遥遥望见那白云缭绕着的青山罢了。

不疑灵境难闻见，尘心未尽思乡县。出洞无论隔山水，辞家终拟长游衍。自谓经过旧不迷，安知峰壑今来变？当时只记入山深，青溪几曲到云林。春来遍是桃花水，不辨仙源何处寻？

灵境，仙境。尘心，俗念。思乡县，思念故乡。无论，不管。游衍，恣意游逛，谓从容自如，不受拘束。《诗经·大雅·板》："昊天曰旦，及尔游衍。"毛传："游，行；衍，溢也。"孔颖达疏："游行衍溢，亦自恣之意也。"桃花水，春天桃花盛开时，冰雪融化，雨多水涨，故称桃花水。《桃花源记》曰："停数日，辞去。此中人语云：'不足为外人道也。'即出，得其船，便扶向路，处处志之。及郡下，诣太守，说如此。太守即遣人随其往，寻向所志，遂迷，不复得路。"作者根据此段文字而加以变化创造。

此段说，武陵渔人深知仙境难得听闻亲见，而今虽然进入了桃花源，只是俗念未尽，思念家乡。离开桃花源之后，不管隔着多少山山水水，武陵渔人回到了家乡。然而，武陵渔人最终辞别家人，想着再入桃花源，长久地在桃花源中游衍。自以为曾经进入过桃花源，不会迷路的，哪知道山峦沟壑而今已然变化了。当时只记得进入山林深处，并没有记住，清澈的溪流最终拐了几道弯，才进入云林深处的；何况春天来临，桃花水盛涨，遍地都是，无法辨认，到那里去寻找桃花源呢？

此诗可以说是由散文《桃花源记》演绎的一篇古诗，只取其事实意义，不完全袭用文章中的语句，可以说是一种意译，一种再创造。此诗借咏桃花源一事，寄托了对美好理想、美好生活的向往、憧憬。

诗的结构层次清晰，大体上与《桃花源记》相符合：先写武陵渔人发现桃花源，次写其始入桃花源仙境，其三写桃花源中的景色人物，其四叙写仙境非人间可比，最后写武陵渔人还家后再寻桃花源而迷不得路。不但如此，诗歌还颇注意前后文的呼应。"坐看红树不知远，行尽青溪不见人"，写武陵渔人因贪看一片片繁盛的桃花，走到青溪尽头，误入桃花源，非常形象，“红树”“青溪”相对，色彩感很强。“遥看一处攒云树，近入千家散花竹”，是远观之印象——重重叠叠，如云屯雾集一样的树，近看之具象如此分明——千户人家皆散布于桃花、竹林之间。近人王文濡解释曰：“唯一处，故曰‘攒’，又是遥看；唯千家，故曰‘散’，又是近入，用字俱经千锤百炼，且确是渔人初入桃源，由远而近，一路所见之景，可以入画。”（《唐诗评注读本》卷二）叙写桃花源中景象，王维有自己的创造性叙写，如“平明闾巷扫花开，薄暮渔樵乘水入”。《桃花源记》中未有此景象，乃是武陵渔人居停数日，观察所得——这里的生活真宁静啊！天明，家家开门，清扫满地缤纷的落花；傍晚，捕鱼、打柴人，乘小舟顺流而归家，充满了神秘感，这是王维的神来之笔。首段言渔人由“红树”“青溪”而误入桃花源，末段归来后欲再寻桃源仙境，“青溪几曲到云林”，迷失路径，空见“春来遍是桃花水”，而无处寻觅了。如此，“平明闾巷扫花开”一联，便将峡里的桃源仙境与周边的景象融为一体，诗歌意脉连贯之中又有错综变化，颇具匠心。

此诗格律谨严，风神古淡，意境超脱，寓意深长。沈德潜说：此诗乃“顺文叙事，不须自出意见，而夷犹与，令人味之不尽”（《唐诗别裁集》卷五），道出此诗叙写上的特性。

有研究者以为，王维《桃源行》是对陶渊明《桃花源记》的深化，写出了桃花源中人不但衣食自足，而且求仙、成仙，如“初因避地去人间，及至成仙遂不还”，而后一句亦作“更问神仙遂不还”。其实，桃花源远离世俗尘世，生活自足，没有压迫，安乐祥和，就是神仙世界。古诗《击壤歌》：“日出而作，日入而息。凿井而饮，耕田而食，帝力于我何有哉！”一切顺应自然，百姓勤勉，不受压迫，就是王道乐土。古今论桃花源者甚多，苏轼《和桃花源诗序》最为通达，文曰：

世传桃源事，多过其实。考渊明所记，止言先世避秦乱来此，则渔人所见，似是其子孙，非秦人不死者也。又云：“杀鸡作食。”岂有仙而杀者乎？旧说南阳有菊水，水甘而芳，民居三十余家，饮其水皆寿，或至百二三十岁。蜀青城山老人村，有见五世孙者，道极险远，生不识盐酰，而溪中多枸杞，根如龙蛇，饮其水，故寿。近岁道稍通，渐能致五味，而寿益衰。桃源盖比也欤？使武陵太守得而至焉，则已化为争夺之场久矣。尝思天壤之间，若此者甚众，不独桃源。

苏轼的叙写，可以与之相参证。王维《桃源行》并非讲桃花源中人已成神仙，其主旨在于表达那种祥和宁静、顺应自然的美好理想而已，不必过求深解。

李　白

蜀道难

噫吁嚱，危乎高哉！蜀道之难，难于上青天！蚕丛及鱼凫，开国何茫然！尔来四万八千岁，不与秦塞通人烟。西当太白有鸟道，可以横绝峨眉巅。地崩山摧壮士死，然后天梯石栈方钩连。上有六龙回日之高标，下有冲波逆折之回川。黄鹤之飞尚不得过，猿猱（náo）欲度愁攀援。青泥何盘盘，百步九折萦岩峦。扪参历井仰胁息，以手抚膺坐长叹。问君西游何时还？畏途巉岩不可攀！但见悲鸟号古木，雄飞雌从绕林间。又闻子规啼夜月，愁空山。蜀道之难，难于上青天，使人听此凋朱颜。连峰去天不盈尺，枯松倒挂倚绝壁。飞湍瀑流争喧豗，砯崖转石万壑雷。其险也如此！嗟尔远道之人，胡为乎来哉？剑阁峥嵘而崔嵬，一夫当关，万夫莫开。所守或匪亲，化为狼与豺。朝避猛虎，夕避长蛇。磨牙吮血，杀人如麻。锦城虽云乐，不如早还家。蜀道之难，难于上青天！侧身西望常咨嗟！

唐人孟棨《本事诗·高逸》记载了一个故事：开元年间，年轻的李白声名尚未显达，初至京师长安，居于旅舍。著名老诗人贺知章第一个到旅舍来访寻。贺知章德高望重，深得唐玄宗的尊崇，擅长诗歌，清新脱俗，流传天下，如《咏柳》：“碧玉妆成一树高，万条垂下绿丝绦。不知细叶谁裁出，二月春风似剪刀。”《回乡偶书》：“少小离家老大回，乡音未改鬓毛衰。儿童相见不相识，笑问客从何处来？”贺知章很赞赏李白不同凡响的仙风道骨，索读李白诗文。李白出示《蜀道难》，贺知章未完，就称叹不已，惊叹李白为“谪仙人”——贬谪到人间的仙人。兴奋的老诗人，解下腰间所佩之金龟换酒，与李白尽情欢饮，酣畅淋漓，尽醉而归。一日之间，李白“谪仙人”的名号，遂传遍长安。后来，李白怀念贺知章的诗歌，还对此念念不忘：“长安一相见，呼我谪仙人……金龟换酒处，却忆泪沾襟。”

那么，让贺知章为之倾倒的《蜀道难》，究竟是一首什么样的诗呢？

《蜀道难》，南朝乐府旧题，宋代郭茂倩《乐府诗集》卷四四列入《相和歌辞·瑟调曲》，前人以为“《蜀道难》，备言铜梁、玉垒（均蜀中名山）之阻”，也就是说，主要内容是描写蜀道山川的险要、艰阻，交通不便。南朝诗人阴铿《蜀道难》描摹蜀地山峰高耸、沟壑幽深、交通艰难，遂感慨人生建立功业之不易：“蜀道难如此，功名讵可要。”

噫吁嚱，危乎高哉！蜀道之难，难于上青天！

噫吁嚱，感叹词，蜀地方言。诗开篇则以感叹声发之：哎呀哈，高峻啊，太高峻了！蜀难行，比登天还难！这两句是全诗的节奏，形成回环往复的咏叹。

蚕丛及鱼凫，开国何茫然！尔来四万八千岁，不与秦塞通人烟。西当太白有鸟道，可以横绝峨眉巅。地崩山摧壮士死，然后天梯石栈方钩连。

蚕丛、鱼凫，传说中古蜀国的两位君王。扬雄《蜀王本纪》：“蜀王之先，名蚕丛、柏濩、鱼凫、蒲泽、开明……从开明上到蚕丛，积三万四千岁。”茫然，指年代久远，难以详悉。秦塞，秦地。塞，山川险阻处。汉代贾谊《过秦论》：“秦地被山带河以为固，四塞之国也。”秦蜀为邻国，中间阻隔着秦岭、巴山，本来不相交通来往。战国时秦惠文王灭蜀（前 316），置蜀都，秦蜀始交通往来。太白，太白山，秦岭主峰，冬夏常年积雪，故称太白。因在长安之西，诗人立足于长安，因而称“西当”。鸟道，仅容鸟儿能够飞过去的通道。横绝，超过。峨眉，峨眉山，在四川峨眉县西南，因山势逶迤，有山峰相对如蛾眉，故名。

地崩山摧，相传，秦惠文王欲伐蜀，而蜀道难行，知蜀王好色，遂许嫁五女。蜀王遣五丁力士迎娶。到梓潼，见一大蛇钻入山穴之中，五力士共同拽拉蛇尾，山崩地裂，遂把大山拉倒，五力士也被压死，而大山则分成五岭。（西晋常璩《华阳国志·蜀志》）石栈，开凿于悬崖峭壁、架设条木而成的栈道。

第二段，蜀地历史悠久，从古老的蚕丛、鱼凫说起，建立郡国是那样地遥远啊！从此又过了四万八千岁的漫长岁月，秦惠文王时，秦蜀才开始交通往来。长安城的西面，有高耸入云的太白山，只有鸟儿才可以飞过去，那高峻完全超过了蜀中大山峨眉山。传说五丁力士开山，山崩地裂，化为五岭，然后才有陡峭蜿蜒如天梯的小道，与开凿于石壁悬崖上的栈道相连接，这样秦蜀两地才能够往来交通。

上有六龙回日之高标，下有冲波逆折之回川。黄鹤之飞尚不得过，猿猱欲度愁攀援。青泥何盘盘，百步九折萦岩峦。扪参历井仰胁息，以手抚膺坐长叹。

六龙回日，古代神话，羲和每天驾着六条龙拉着的车子，载着太阳在天空从东往西行走。高标，蜀山最高处而成为一方之标识者。左思《蜀都赋》：“羲和假道于峻岐，阳乌回翼乎高标。”逆折，曲折回旋。黄鹤，即黄鹄，善于高飞之鸟。青泥，即青泥岭。唐代李吉甫《元和郡县图志》卷二二：“青泥岭，在县西北五十三里（今甘肃徽县南）……悬崖万仞，山多云雨，行者屡逢泥淖，故号青泥岭。”盘盘，盘旋曲折的样子。扪，摸。历，经过。古代天文学把天空中星宿的位置和地理区划相对应，称之为分野。参宿是蜀之分野，井宿是秦之分野。由井到参，即由秦入蜀的路线。胁息，屏住气息不敢呼吸。抚膺，抚胸。

第三段，诗人着力描绘蜀道之艰险。仰视山峰，高耸入云，羲和驾日至此而回；俯视崖谷，幽深不见底，奔腾而下的流水曲折回旋，直冲谷底。善飞的黄鹤都无法飞越过去，善攀援的猿猱也为之而发愁。青泥岭，羊肠小道紧紧地依于山岩，是那样地盘旋曲折，每走百步都要多次回旋曲折。攀登山峰，由秦入蜀，几乎可以伸手摸得着天上的参星和井星，孤高险峻，令人屏住气息而不敢呼吸，以手抚胸，坐而长叹不已。

问君西游何时还？畏途巉岩不可攀！但见悲鸟号古木，雄飞雌从绕林间。又闻子规啼夜月，愁空山。蜀道之难，难于上青天，使人听此凋朱颜。

君，指入蜀之人。西游，成都在长安西南，自秦入蜀，可称为西游。畏途，使人望而生畏的道路。巉岩，高峻峥嵘的山石。但见，只见。子规，杜鹃，又名杜宇。蜀中最多。相传，古蜀国君王杜宇，号望帝，蒙冤而死，魂魄化为子规。暮春即鸣，夜啼达旦，啼叫声极其悲凄，似乎在说“不如归去”。凋，凋谢。

第四段，则渲染蜀道的阴森气氛。那西游入蜀的人，何时才回来呢？那令人望而生畏的道路、险峻的崖岩，实在不可攀援啊！只见悲鸣的鸟儿在古木深处啼叫着，绕着树林而上下翻飞；夜晚的月色下，又听到子规鸟儿声声悲苦地啼叫，愁云苦雾笼罩着空寂的山野。蜀道之难，难于上青天，每每听到此语，使人青春的容颜也为之变老。

连峰去天不盈尺，枯松倒挂倚绝壁。飞湍瀑流争喧豗，砯崖转石万壑雷。其险也如此！嗟尔远道之人，胡为乎来哉？

飞湍、瀑流，即瀑布。喧豗，喧闹声、轰鸣声。砯，撞击声，此处指撞击。

第五段，直接描写蜀道险峻，对西游者表示极大的关心。山峰连绵，高峻之极，似乎离天不足一尺，山崖上枯松倒挂、倚于绝壁，摇摇欲坠。大大小小的瀑布，争相轰鸣，撞击山崖、流转于巨石，在千山万壑间回荡，声如雷鸣。蜀道如此险峻啊，可叹你远道行客，为何要来此地呢？

剑阁峥嵘而崔嵬，一夫当关，万夫莫开。所守或匪亲，化为狼与豺。朝避猛虎，夕避长蛇。磨牙吮血，杀人如麻。锦城虽云乐，不如早还家。蜀道之难，难于上青天！侧身西望常咨嗟！

剑阁，在今四川剑阁县北大小剑山之间，又名剑门关。公元前 4 世纪，蜀人曾经剑山修筑通往南郑（今陕西汉中）的石牛道。秦惠文王十三年（前325），张仪、司马错经石牛道灭蜀。三国时，诸葛亮为运送辎重粮草，在此凿山架木，始成剑阁道，北去汉中，南通成都。唐时于道中狭窄处置关，两边山崖对峙，其形如门，称剑门关。剑门关形势险要，易守难攻，为交通咽喉。过此南下，少险可据，故其得失，直接关乎成都安危，历来为兵家戍守要地。峥嵘、崔嵬，高耸、高大的样子。晋人张载《剑阁铭》："惟蜀之门，作固作镇。是曰剑阁，壁立千仞。穷地之险，极路之峻。"匪，即非。张载《剑阁铭》："一人荷戟，万夫趑趄。形胜之地，匪亲勿居。"锦城，锦官城，成都的别称。咨嗟，叹息。

第六段，从社会人事来写蜀道之险，劝西游者早日还家。剑阁高峻险要，一夫当关，万夫莫开。守关者如果不是亲近之人，则会化为食人的豺狼，而割据一方，分裂国家，称王称霸。如果发生叛乱，割据者就成为猛虎与长蛇，百姓朝夕避之，唯恐不及；那些猛虎、长蛇就会磨牙又吮血，杀人乱如麻。唉，锦官城虽然是游乐之地，但不如趁早还家。蜀道难行，比上天还难，侧身西望，连连空叹息！

《蜀道难》是李白最著名诗篇之一。此诗以"蜀道之难，难于上青天"为主线，贯穿全诗。诗的开篇，以"噫吁嚱"三个带有浓郁蜀地特色的感叹词引起全诗，"危乎高哉"，特别强调蜀道山峰之高峻险要，而以"蜀道之难，难于上青天"之极度夸张，使全诗的情绪一下子就充盈、高涨起来。而后，以绵远的古蜀国之神话传说，"蚕丛及鱼凫""四万八千岁"的悠久历史，增添了古蜀国的隔绝和神秘感，同时也彰显蜀道之艰险、开通之不易。于是，在此基础上，诗歌进而抒写蜀道之险峻。首先，突出描绘太白峰，以五丁力士开山的神奇传说，既描摹其险峻，也说明开辟蜀道之神秘与不易。"上有六龙回日之高标，下有冲波逆折之回川"，从仰视与俯视之不同视角，用惊人的想象和极度的夸张，非常形象而切当地展现山高水险之美。其次，乃青泥岭攀援之艰难——"百步九折萦岩峦"，峭拔险峻——"扪参历井仰胁息"。其三，从飞湍瀑布之形与声，抒写蜀道之险峻。其四，以善飞之黄鹤、善攀援之猿猱、悲鸣之子规、倒挂于绝壁之枯松，烘托蜀道之险峻。写足险峻之后，诗人转而抒写此险绝之地，实乃“一夫当关，万夫莫开”，易于割据称雄。蜀地自古以来就容易成为一个独立王国，全然依靠其地之险峻与隔绝，这是从历史事实的层面来彰显蜀道之险峻的。

此诗以“奇”著称，盛唐诗论家殷璠说：李白“为文章率皆纵逸，至如《蜀道难》等篇，可谓奇之又奇。然自骚人以还，鲜有此体调也”（《河岳英灵集》卷上）。虽奇，还是有逻辑脉络可寻。起首、中间、末尾，皆出现“蜀道之难，难于上青天”，回还往复，如同音乐中的咏叹调，强化了蜀道之难的表达。李白极力夸张蜀道之难，正如人生之路艰苦难行，而干谒求仕进，希望获得仕途的进身之阶，不亚于蜀道之艰难，真是比登天还难。李白出蜀而干谒求仕进，希望能够有施展才能、报效朝廷的机会，漫游、隐居，一直在寻找晋身之阶，诗人虽然诗名日益卓著，可惜，终究难有仕进之途。诗人遂借描摹蜀道险峻艰难，表达其仕进无门、功业难成的感慨与无奈。

李白的人生理想很远大，希望能够建立一番有利于国家、民生的功业，然后退隐，过隐士高人的生活。在写《蜀道难》之前，李白作有《代寿山答孟少府移文书》，表明自己的人生理想：“达则兼济天下，穷则独善一身……申管晏之谈，谋帝王之术，奋其智能，愿为辅弼，使寰区大定，海县清一，事君之道成，荣亲之义毕。然后与陶朱、留侯，浮五湖，戏沧洲，不足为难矣。”他希望做管仲、晏婴那样的帝王师，在政治上建立赫赫功勋，然后再像范蠡、张良那样，舍弃卿相之贵，隐居山林。他的政治理想是“使寰区大定，海县清一”，即希望国家强盛，社会安定，人民能够过和平安宁的生活。由此看来，《蜀道难》确实也传达出李白对仕进无门、功业难成的感慨与无奈，对建立伟大功业的渴望。

诚然，诗中“问君西游何时还”“嗟尔远道之人胡为乎来哉”“锦城虽云乐，不如早还家”，似乎意有所指。从写法上讲，这样的表述，能够强化读者对蜀道险峻艰难的现场直观感受，增强了诗的韵味；从内容上说，确实也彰显出蜀地历史上的割据事实，提醒朝廷当政者要对蜀地的安危有所重视。此诗的意蕴是丰富而多样的，不能作单一的理解。

此诗以散文笔法，抒写蜀道之艰难险阻，用语奇丽，想象奇瑰，如天风海雨，气势雄肆，一唱三叹，一气呵成，颇富感染力。全诗用语奇特，句式多变化，以七言为主，又有三言、四言、五言、九言、十一言，随着感情的起伏变化而长短错落，极尽铺张之能事，奔放雄肆，奇气逼人，事实上又有严谨的结构与逻辑意脉，这才是李白的本色。

长相思二首

其一

长相思，在长安。络纬秋啼金井阑，微霜凄凄簟色寒。孤灯不明思欲绝，卷帷望月空长叹。美人如花隔云端，上有青冥之长天，下有渌水之波澜。天长路远魂飞苦，梦魂不到关山难。长相思，摧心肝！

长相思，乐府旧题。郭茂倩《乐府诗集》卷六九《杂曲歌辞》收录。长相思，本来是汉代人的诗中之语，如李陵诗：“行人难久留，各言长相思。”苏武诗：“生当复来归，死当长相思。”《古诗十九首》：“客从远方来，遗我一札书。上言长相思，下言久别离。”以离别时间之久，远行之人寄书，以遗所思。“客从远方来，遗我一端绮。相去万余里，故人心尚尔。文彩双鸳鸯，裁为合欢被。著以长相思，缘以结不解。”意谓被子中著以绵，以表达其相思之意。至六朝时，才以之命篇，如吴迈远、萧统、徐陵、江总等，皆有此题，皆写缠绵相思之情。

长相思，在长安。络纬秋啼金井阑，微霜凄凄簟色寒。孤灯不明思欲绝，卷帷望月空长叹。

络纬，即莎鸡，俗称络丝娘、纺织娘。夏秋夜间振羽作声，声如纺线，故名。汉代无名氏《古八变歌》：“枯桑鸣中林，络纬响空阶。”金井阑，精美的井上栏杆。阑，通“栏”。古人庭院中，一般都有一口水井，水井中围以栏杆。凄凄，寒凉。簟，竹席。

诗人说，长相思，所思之人在长安啊！想来，深秋时节，她的庭院之中，纺织娘在精美的井边栏杆上啼叫着，微霜初降，一派寒凉，床上竹席也映着微微寒意。一盏孤灯如豆，昏暗不明，她的思念伤心欲绝，遂卷起帘帷，望明月而长叹。

美人如花隔云端，上有青冥之长天，下有渌水之波澜。

美人，《古诗·兰花生春阳》："美人在云端，天路隔无期。"屈原《离骚》："恐美人之迟暮。"青冥，青苍幽远，深不可测。渌水，清澈的水。美人如花一样美丽，可惜在那高高的云端。上有幽幽青天相隔绝，下有清澈之水，波澜广阔，无法渡过。

天长路远魂飞苦，梦魂不到关山难。长相思，摧心肝！

关山难，关山险阻。摧心肝，伤心欲绝。

青天无边，道路遥远，关山阻隔，即使梦魂飞跃，也难以到达。长相思，令人肝肠欲断，伤心欲绝。

此诗作年不可考。诗开篇就点明相思的对象在长安，显然是有某种寓意，即京师长安为其政治理想的寄托所在。"络纬"二句，营造出一个非常凄清幽冷的环境氛围：深秋时节，纺织娘凄清的啼叫声，月色清冷，飘飞着微微霜霰，精美的井上栏杆也泛着幽幽的冷光，床上的竹席映着寒光。接着诗人写人物的思想活动：一灯如豆，昏暗不明，正与这凄清幽冷的氛围相适应，美人伤心欲绝，无奈之际，卷起帘帷，仰望明月，更引起无尽的相思，徒然使人长长叹息。于是，诗歌在此基础上宕开一笔，说美人被重重阻隔，上有青青长天，不可飞越，下有清澈流水，波澜广阔，无法渡过。现实中有着如此的隔绝，那么梦魂之中，想必可以达到吧，岂料天长路远，关山重重，竟然梦魂也难以飞越。可见，这使得相思者多么绝望和痛苦。因而，诗的结尾说"长相思，摧心肝"，以极度的悲叹作结。

此诗以金井、微霜、簟色寒、孤灯、明月、青冥、渌水，组成了白色晶莹意象的叠加，营造出清澈澄明的诗境。上半虚写意中人在长安的情态，带有凄恻的寒意，见出相思者的一往深情，虽然是写意中人，事实上却是写相思者自己，其深情关切全然呈现于目前。下半由“美人如花隔云端”过渡，转而实写自己的愁思，将那种浩广（青冥之长天）、骚动（渌水之波澜）、艰难（魂飞苦）的深长而强烈的情感波动，表现得淋漓尽致。篇末则以“长相思，摧心肝”的斩截有力，表达出内心之痛苦。

诗体由五言变化为以七言为主的杂言，七言曼长的音节更适宜于表达缠绵情致，而三言的句式又使得句式有较大的变化与起伏，于缠绵情致之中融入了凄恻无奈之意。李白擅长乐府诗，在原来乐府诗的基础上，又很注重诗中形象的创造——庭院宁静、井栏微光、络纬啼鸣、孤灯、美人，美人由枯坐而走到窗前，卷起帘帷，望月而长叹，那种孤寂而哀怨的形象呼之欲出……

此诗深刻地写出痛苦绝望的相思之情，表面上看是一首情诗。然而，前人多指称此诗有所寄托。诗以“长相思，在长安”，以长安为相思者所在，已经比较明显地指出诗旨之所在。“此太白被放逐之后，心不忘君而作。不敢明指天子，故以京都言之。”（《唐诗训解》）何况，从屈原《离骚》以来，就常常用比兴手法，以美人指代政治理想和君王。此诗以美人指代君王，以“隔云端”“青冥之长天”“渌水之波澜”“天长地远”“关山难”，比喻君王之难见，以“长相思”表示对理想的执着，以“摧心肝”写理想不能实现的巨大痛苦，虽沉痛却无衰飒之气，豪迈而飘逸，诚为侍篇。

其二

日色欲尽花含烟，月明如素愁不眠。赵瑟初停凤凰柱，蜀琴欲奏鸳鸯弦。此曲有意无人传，愿随春风寄燕然，忆君迢迢隔青天。昔日横波目，今成流泪泉。不信妾肠断，归来看取明镜前。

李白乃诗仙，为世人所敬仰。相传，李白作《长相思》诗，有

“不信妾肠断，归来看取明镜前”，面有得意之色。许氏夫人从旁观看，说：“君不闻武后诗乎？‘不信比来常下泪，开箱验取石榴裙。’”这个写得更形象生动啊。太白闻听，爽然自失。此逸事记载，见宋长白《柳亭诗话》卷二二。唐朝是诗歌的世界，上自天子，下至贩夫、走卒、道士、僧侣，皆能作诗。武则天《如意娘》：“看朱成碧思纷纷，憔悴支离为忆君。不信比来常下泪，开箱验取石榴裙。”武则天此诗说，相思使人神思恍惚，竟然出现幻觉了，把红色看成了绿色，而且痛苦已极，如若不信，请打开衣箱，看看石榴裙上全是斑斑泪痕啊！可见，李白的妻子许氏夫人的诗歌素养和艺术欣赏水平，也是很不错的。

日色欲尽花含烟，月明如素愁不眠。赵瑟初停凤凰柱，蜀琴欲奏鸳鸯弦。

花含烟，指暮霭中花色朦胧，如烟的氤氲。素，白色生绢。《孔雀东南飞》：“十三能织素，十四学裁衣。”王勃《临高台》：“尘间狭路黯将暮，云间月色明如素。”赵瑟，即瑟，因这种乐器战国时期流行于赵国，渑池会上秦王要赵王鼓瑟，故称。谢朓《三日侍华光殿曲水宴代人应诏》诗：“秦筝赵瑟，殷勤促柱。”凤凰柱，指刻有凤凰形的瑟柱。梁代吴均《酬别江主簿屯骑》：“赵瑟凤凰柱，吴醥（piǎo）金罍樽。”蜀琴，汉代蜀郡司马相如所用的琴。相传司马相如工琴，卓文君喜音乐，慕相如才，相如以琴心挑之，私奔相如，同归成都。故而琴常称蜀琴，亦泛指蜀中所制的琴。鸳鸯，似野鸭，体形较小。嘴扁，颈长，趾间有蹼，善游泳，翼长，能飞。雄的羽色绚丽，头后有铜赤、紫、绿等色羽冠；嘴红色，脚黄色。雌的体稍小，羽毛苍褐色，嘴灰黑色。栖息于内陆湖泊和溪流边，为我国著名珍禽之一。旧传雌雄偶居不离，因而也用来比喻成双配对的事物。鸳鸯弦，指琴弦。

此段说，夕阳将尽，鲜花间浮动着如烟的雾霭，明月东升，月光如白练，让人愁闷而无法安眠。百无聊赖，刚刚弹奏过瑟，却依然无聊，又想取过琴来再弹一曲，借以消磨这漫漫长夜。

此曲有意无人传，愿随春风寄燕然，忆君迢迢隔青天。

燕然，即今蒙古国境内的杭爱山。东汉车骑将军窦宪领兵出塞，大破北匈奴，登燕然山，刻石勒功，记述大汉威德。班固《封燕然山铭序》："遂逾涿邪，跨安侯，乘燕然，蹑冒顿之区落，焚老上之龙庭。"此处泛指边塞。

独守空闺的思妇，弹琴以抒心绪，可惜无人欣赏，因而说，曲调中虽然有情有义，然而无人传递，但愿无限春风能够将此琴声和心绪寄到遥远的边塞：想念远行之人啊，千里迢迢，远隔如天。

昔日横波目，今成流泪泉。不信妾肠断，归来看取明镜前。

横波，形容女子眼神流转生姿，如水横流。《文选·傅毅〈舞赋〉》："眉连娟以增绕兮，目流睇而横波。"李善注："横波，言目邪视，如水之横流也。"流泪泉，犹言泪如泉涌。

此段是说，当初那样顾盼生神的眼睛，而今化为流泪泉，泪水涟涟。你如若不信思念可使人肝肠寸断，不妨归来啊，看看这镜中形销神毁的憔悴身影。

此诗写闺中思妇春夜对远戍征人（丈夫）的刻骨思念，凄清怨苦，感人至深。诗歌开篇写环境极为传神：夕阳欲下，暮色四合，楼前花丛笼罩着一层淡淡的雾霭，朦朦胧胧，令人神伤；而一轮明月高悬，月光下泻，宛如白练，照着愁闷难眠之人。独守空闺、百无聊赖的思妇，以弹琴鼓瑟而打发寂寞，消磨时光，一曲又一曲，甚至连弹琴都感到无聊了。于是，诗歌由前面的客观抒写，转而为主人公内心的独白：所弹奏的曲调皆有情义，可惜曲中之意，无人能够传递、表白，但是这琴声、情义能够随着无限春风飞到边塞，使远戍的征人听闻而知相思之苦啊。思妇对镜自览，昔时青春年少，美目流盼，神色生动，而今因思念却成为流泪泉，肝肠寸断，形容憔悴。诗的妙处在于，前半通过环境抒写、氛围营造，进而创造出鲜活生动的人物形象；后半以思妇对镜自语、内心独白式的抒写，展现出丰富的情感世界、真切的情痴之想，同时，思妇对镜自语、痴情而憔悴的形象，栩栩如生，如在目前。这一对镜自怜的瞬间形象刻画，与前半的如烟花气、如练月色、赵瑟蜀琴、凤凰柱、鸳鸯弦以及无限春风，汇成了一种澄明而又朦胧若梦般的境界，流淌于心间，悲而不伤，怨而不谤，真是忠厚之至了。

行路难

金樽清酒斗十千，玉盘珍羞直万钱。停杯投箸不能食，拔剑四顾心茫然。欲渡黄河冰塞川，将登太行雪满山。闲来垂钓碧溪上，忽复乘舟梦日边。行路难，行路难！多歧路，今安在？长风破浪会有时，直挂云帆济沧海。

《行路难》，乃乐府旧题，属《杂曲歌辞》，“备言世路艰难及离别悲伤之意”。《晋书·袁山松传》记载：“旧歌有《行路难》曲，辞颇疏质，山松好之，乃文其辞句，婉其节制，每因酣醉纵歌之，听者莫不流涕。初，羊昙善唱乐，桓伊能挽歌，及山松《行路难》继之，时人谓之‘三绝’。”袁山松所作，已散佚，今存世最早的是南朝鲍照《拟行路难十八首》。

李白《行路难三首》大约作于天宝三载（744），被赐金放还，离开长安之后。诗人抒发被弃置之后的愤懑与不平，然而又不失其自信与信心，仍然充满着对人生的挚爱，以及不可磨灭的建功立业之情怀。

金樽清酒斗十千，玉盘珍羞直万钱。停杯投箸不能食，拔剑四顾心茫然。

金樽，酒樽的美称，指精美华贵的酒杯。樽，即尊，酒杯。斗，古代盛酒的酒器，也用作卖酒的计量单位。十千，即万钱。曹植《名都篇》：“归来宴平乐，美酒斗十千。”羞，即“馐”，菜肴。直，即“值”，价值。箸，即筷子。万钱，极言价值之贵。《晋书·何曾传》：“食日万钱，犹曰无下箸处。”《北史·韩晋明传》：“好酒诞纵，招引宾客，一席之费，动至万钱，犹恨俭率。”茫然，犹惘然，失意的样子。

鲍照《拟行路难》："对案不能食，拔剑击柱长叹息。丈夫生世会几时，安能蹀躞垂羽翼。"

金樽盛满清冽美酒，一斗千钱；精美的玉盘盛满佳肴美味，一盘万钱。放下酒杯，扔了筷子，无心吃下这美酒佳肴，拔剑而四顾，心事茫然，失意无归啊。

欲渡黄河冰塞川，将登太行雪满山。闲来垂钓碧溪上，忽复乘舟梦日边。

太行，太行山。太行山峡谷毗连，多瀑布湍流，地势险要。曹操《苦寒行》："北上太行山，艰哉何巍巍。羊肠坂诘屈，车轮为之摧。树木何萧瑟，北风声正悲。"鲍照《舞鹤赋》："冰塞长河，雪满群山。"垂钓，传说吕尚（姜太公）未遇周文王前，曾在磻溪（今陕西宝鸡东南）垂钓。沈约《宋书·符瑞志》："王（周文王）至于磻溪之水，吕尚钓于涯，王下趋拜，曰：'望公七年，乃今见光景于斯。'……尚出游，见赤人自洛出，授尚书曰：'命曰吕，佐昌（文王名姬昌）者子。'文王梦日月著其身。"日边，太阳的旁边，犹言天边。刘义庆《世说新语·夙惠》："（晋元帝）问明帝：'汝意谓长安何如日远？'答曰：'日远。不闻人从日边来，居然可知。'"沈约《宋书·符瑞志》："伊挚（伊尹，名挚）将应汤命，梦乘船过日月之傍。"

失意无归啊，欲渡黄河，而黄河因冰凌涨溢，无法渡过；欲登上太行山，而大雪满山，无法登行。人生的机遇，有非常大的偶然性啊，当年吕尚垂钓于磻溪，周文王姬昌寻访贤才，遇见了他；伊尹未得商汤礼聘之前，曾梦见自己乘船经过日月边上。

行路难，行路难！多歧路，今安在？长风破浪会有时，直挂云帆济沧海。

歧路，岔路。《列子·说符》："杨子之邻人亡羊，既率其党，又请杨子之竖（仆人）追之。杨子曰：'嘻，亡一羊，何追者之众？'邻人曰：'多歧路。'既反，问获羊乎？曰：'亡之矣。'曰：'奚（为什么）

亡之?'曰:'歧路之中又有歧焉,吾不知所之,所以反也。'"长风破浪,《宋书·宗悫传》:"宗悫,字元干,南阳人也。叔父炳,高尚不仕。悫年少时,炳问其志,悫曰:'愿乘长风破万里浪。'"直,当即。

诗人感慨,行路艰难,且多歧路,在这漫长而多歧的道路上,而今身在何处呢?诗人坚信,一定会有实现人生理想的机遇,像宗悫一样乘长风破万里浪,到那时立刻高挂云帆,乘长风而横渡万里沧海,到达理想的彼岸!

天宝初年,李白奉诏入京,诗人非常兴奋,以为实现伟大抱负的机遇终于来临:"仰天大笑出门去,我辈岂是蓬蒿人!"至长安,供奉翰林,李白仅仅是唐玄宗的文学侍从之臣,要为玄宗奢靡生活而作诗歌唱,点缀升平。李白又遭受权贵势要的嫉妒与排斥,天宝三载(744)被赐金放还,实际上是被变相赶出朝廷,多年的追求竟然是如此结局,诗人的悲愤心情是可以想见的。此诗用比兴,真实而形象地描写李白的思想与心境。诗歌开篇极言宴席之丰盛:金樽、玉盘,乃器皿之贵重;清酒、珍羞,酒肴之佳美;斗十千,直万钱,价格之高昂;然而,面对如此美酒佳肴,诗人却无法畅饮饱餐。"停杯投箸""拔剑四顾",形象地展示出一个孤独者的悲愤、悲痛与彷徨——空有一身本领,却四顾漠然,无路可走!其失意落拓,达到了何种境地!于是,在此基础上,诗人进一步具体地表达这种无路可走、四顾茫然的状态:"欲渡""将登"之积极进取状态,然而"黄河冰塞川""太行雪满山",现实却是那样地冷酷无情,形象化的表述使人深刻地体味了世道艰难的真实情状。但是,裹挟着盛唐豪迈精神的诗仙,不会绝望,也绝不气馁。八十岁还垂钓于磻溪的吕尚,尚能遇见周文王;伊尹未遇商汤之前,也曾有乘舟经过日月边的奇梦,世路虽然艰难,但诗人相信一定会时来运转,有机会实现他那伟大的理想。这奇幻的故事,给诗人以安慰,也激起诗人更强的愤懑。至此,诗歌由七言而转为三言,以"行路难,行路难,多歧路,今安在"的四个三言句,迅捷的节奏,高亢激越,以极大的张力表达其愤激的情绪。然而,结句却又以宗悫乘长风破万里浪的豪情,高挂云帆，横渡万里沧海，直达理想的彼岸，从而建功立业，实现自己的抱负。

从诗歌的逻辑意脉来看，首先呈现出无路可走时的孤独、失意与茫然的抒情主人公形象，而黄河冰塞、太行雪满，乃具体而形象的抒写，充实了这一孤独、失意的形象；垂钓碧溪、乘舟梦日，乃愤懑之中的不甘与希冀；而行路难、多歧路，是对上文黄河冰塞、太行雪满的照应；乘长风、破万里浪，又与吕尚、伊尹之机遇相呼应，这样就形成了跌宕回环的节奏与旋律，使得全诗充满了巨大的艺术张力，产生了强烈的艺术感染力。

将进酒

君不见，黄河之水天上来，奔流到海不复回。君不见，高堂明镜悲白发，朝如青丝暮成雪。人生得意须尽欢，莫使金樽空对月！天生我材必有用，千金散尽还复来。烹羊宰牛且为乐，会须一饮三百杯！岑夫子，丹丘生，将进酒，杯莫停！与君歌一曲，请君为我倾耳听！钟鼓馔玉不足贵，但愿长醉不愿醒！古来圣贤皆寂寞，唯有饮者留其名！陈王昔时宴平乐，斗酒十千恣欢谑。主人何为言少钱，径须沽取对君酌。五花马，千金裘，呼儿将出换美酒，与尔同销万古愁！

李白喜欢饮酒，“花间一壶酒，独酌无相亲。举杯邀明月，对影成三人”（《月下独酌》），是诗人的自述；“李白一斗诗百篇，长安市上酒家眠。天子呼来不上船，自称臣是酒中仙”（《饮中八仙歌》），“敏捷诗千首，飘零酒一杯”（《不见》）是大诗人杜甫对李白的生动写照。可以说，酒是诗人李白表现其独立自由精神和傲岸不羁性格的特殊媒介。因而，李白写酒的诗特别多，生动而形象，倾注着诗人的生命热情，颇为传神，有很强的感染力。

将，音 qiāng，劝，愿。将进酒，即请饮酒。将进酒，乃乐府旧题，汉铙歌曲，古词有“将进酒，乘大白（杯）”，大略以饮酒放歌为主。南朝宋何承天《将进酒》曰：“将进酒，庆三朝。备繁礼，荐佳肴。”

前人所写，都为短小篇章，李白敷衍为大幅长篇，以强烈的浪漫激情，抒发生命体验与情感，使得乐府旧题获得了新的生命力，达到顶峰，后人难以为继。此诗当作于开元二十三年（735）前后。李白应友人元丹丘之邀，至中岳嵩山与岑勋相会，三人置酒高会，酣饮放歌，李白遂作此诗。

君不见，黄河之水天上来，奔流到海不复回。君不见，高堂明镜悲白发，朝如青丝暮成雪。人生得意须尽欢，莫使金樽空对月！

天上来，古人以为，黄河发源于昆仑，地势极高，故称“天上来”。奔流，古乐府《长歌行》：“百川东到海，何时复西归？少壮不努力，老大徒伤悲。”高堂，高大的厅堂，大堂。《后汉书·马融传》：“常坐高堂，施绛纱帐，前授生徒，后列女乐。”此处指华屋。青丝，比喻柔软的黑发。

你可曾见，黄河之水从天而来，奔流到海，一去不复回。你可曾见，华屋高堂，而镜中容颜竟然白发如雪，时间匆匆——朝如青丝，暮成白雪，岁月易逝，人生易老啊！因此，人生在世，有意兴之时，即须纵情酣饮，不要让那精美的酒杯空对着明月。

天生我材必有用，千金散尽还复来。烹羊宰牛且为乐，会须一饮三百杯！岑夫子，丹丘生，将进酒，杯莫停！与君歌一曲，请君为我倾耳听！钟鼓馔玉不足贵，但愿长醉不愿醒！古来圣贤皆寂寞，唯有饮者留其名！

千金散尽，李白《上安州裴长史书》：“曩昔东游维扬，不逾一年，散金三十余万，有落魄公子，悉皆济之。”又《答王十二寒夜独酌有怀》：“黄金散尽交不成。”可见，此乃李白写实，而非夸张。烹羊宰牛，曹植《野田黄雀行》：“中厨办丰膳，烹羊宰肥牛。”会须，定当，定要。一饮三百杯，用郑玄善饮酒的典故。《世说新语·文学》“郑玄在马融门下”条刘孝标注引《郑玄别传》：“袁绍辟玄，及去，饯之城东，欲玄必醉。会者三百余人，皆离席奉觞。自旦及暮，度玄饮三百余杯，而温克之容，终日无怠。”陈暄《与兄子秀书》：“郑康成一饮三百杯，吾不以为多。”岑夫子，岑勋，南阳人。丹丘生，元丹丘，道士，隐居颍阳，乃李白好友。与君歌一曲，鲍照《代朗月行》：“为君歌一曲，当作朗月篇。酒至颜自解，声和心亦宣。千金何足重，所存意气间。”钟鼓馔玉，即钟鸣鼎食，击钟列鼎而食。形容富贵豪华。王勃《滕王阁序》：“闾阎扑地，钟鸣鼎食之家。”馔玉，珍美如玉的食品。南朝梁戴暠《煌煌京洛行》：“挥金留客坐，馔玉待钟鸣。”

天生我材必有用，只要等待时机就行；千金散尽，还会再有。烹羊宰牛，姑且作乐，定要畅饮三百杯。岑夫子、丹丘生，请喝酒啊，莫停杯。对君高歌一曲，请君倾耳仔细听明白。人生在世，钟鸣鼎食，荣华富贵，皆不值得看重，只愿有美酒畅饮，只愿长醉而不愿清醒。看看自古以来，圣贤仁人皆壮志难酬，空耗心力，何曾有人知啊，只有狂歌醉酒的高士，才留下了不朽的声名。

陈王昔时宴平乐，斗酒十千恣欢谑。主人何为言少钱，径须沽取对君酌。五花马，千金裘，呼儿将出换美酒，与尔同销万古愁！

陈王，陈思王曹植。曹植《名都篇》：“归来宴平乐，美酒斗十千。”平乐，观名，汉明帝时造，在洛阳西门外。恣欢谑，纵情寻欢作乐。径须，只管。沽取，买酒。五花马，唐人喜将骏马鬃毛修剪成瓣以为饰，分成五瓣者，称“五花马”，亦称“五花”。一谓马之毛色作五花文。千金裘，形容狐裘价值之高。《史记·孟尝君列传》：“此时孟尝君有一狐白裘，直千金，天下无双。”将出，拿出。

此段意谓，那时，陈思王曹植大宴平乐观，斗酒值万钱，纵情寻欢作乐。店家何必说没有钱呢？快快打酒来，和君再举杯。我有五花马、千金裘，快快拿出来换成美酒，大家纵情畅饮，一醉方休，同销万古之忧愁！

魏晋六朝阮籍、嵇康、刘伶、陶渊明善饮酒，陶渊明说他与乡间田夫野老饮酒，忘记贵贱，脱略形骸，真是体味到了酒的妙用：“父老杂乱言，觞酌失行次。不觉知有我，安知物为贵。悠悠迷所留，酒中有深味。”（《饮酒》其十四）隋末唐初，有五斗先生王绩善饮酒，王绩自述：“有五斗先生者，以酒德游于人间……先生绝思虑，寡言语，不知天下有仁义厚薄也。忽焉而去，倏然而来；其动也天，其静也发，故万物不能萦心焉。”（王绩《五斗先生传》）可以说，酒是历代志士仁人处于不得志之时的精神寄托和创作灵感的催化剂。

李白一生与酒结有不解之缘：“天若不爱酒，酒星不在天。地若不爱酒，地应无酒泉。天地既爱酒，爱酒不愧天。已闻清比圣，复道浊如贤。贤圣既已饮，何必求神仙。三杯通大道，一斗合自然。但得醉中趣，勿为醒者传。”（《月下独酌》其三）李白有高远的理想，“寰区大定，使海县清一”（《代寿山答孟少府移文书》），又有强烈的生命意识，常常感受到时光易逝的悲凉，因而诗人总是期望能够极早建功立业，成就一番事业。他那种时不我待的焦灼感，强化了诗歌的表现力和感染力。因而，诗歌开篇以滔滔东流的黄河水起兴，黄河从天上来，一去不复返。这与孔子对流水兴叹“逝者如斯夫，不舍昼夜”，如出一辙，只是李白写得更激越豪迈，更迫切。高堂华屋依旧，而生命流逝迅捷，“朝如青丝暮成雪”，青春易逝，人生易老。然而，这样一位心雄万夫、有远大理想的人物，却常常遭受无情现实的打击，诗人的愤懑是可以想见的。因而，诗人借纵情畅饮美酒，来宣示他傲岸不屈的性格和独立自由的精神。在这一情绪的渲染之后，诗歌第二段深入地抒写畅饮美酒。诗人傲然宣示：“天生我材必有用，千金散尽还复来。”这是精神独立自由的写照。于是，诗歌极写饮酒之乐，如大河奔流，九折东向，滔滔滚滚，一泻千里，而且“岑夫子，丹丘生，将进酒，君莫停”三言句，营造出明快的节奏、热切的动态，也刻画出诗人的自我形象；而“与君歌一曲”，随之转入舒缓的抒情，“但愿长醉不愿醒。古来圣贤皆寂寞，唯有饮者留其名”，是无奈现实下的悲愤。第三段，遂以陈思王曹植的欢宴平乐观，印证诗人自己的纵情欢饮；又以五花马、千金裘换酒“与尔同销万古愁”的豪举，使纵情畅饮之兴达到高潮。诗歌于此戛然而止，虽愁思浩渺无尽，但仍有回荡不尽的慷慨意气。

此诗豪迈奔腾，却也思理密致。开篇以两个排比长句，造成惊心动魄的狂飙之势，统摄全诗，奠定了豪放不羁的主旋律。人生短促，自然而然地落在了“人生得意”——适性快意、精神自由。“天生我材必有用”是一转折，肯定自我，高扬诗人之才性与傲岸精神，遂使下文抒写纵情畅饮的欢乐不流入颓废，失意中有希望，颓放中有激情，互相冲击，形成强劲的张力。对权豪势要的蔑弃，对自我放纵的肯定，只愿长醉不愿醒，彰显着对黑暗现实的不满。在这情绪稍稍低沉之际，诗人以陈思王曹植平乐观宴饮，又起高潮，古今印证，反客为主，以五花马、千金裘换取美酒，销却万古愁绪，与前文之悲慨愤激相映照，同时也点明诗旨，深沉而有气势，流畅却也耐人寻味。全诗节奏明快，句式参差，韵律跳跃，大起大落，诗人将深沉的悲痛寄寓于豪纵之中，给人以强烈的震撼。

杜　甫

兵车行

车辚辚，马萧萧，行人弓箭各在腰。耶娘妻子走相送，尘埃不见咸阳桥。牵衣顿足拦道哭，哭声直上干云霄。道旁过者问行人，行人但云点行频。或从十五北防河，便至四十西营田。去时里正与裹头，归来头白还戍边。边庭流血成海水，武皇开边意未已。君不闻汉家山东二百州，千村万落生荆杞。纵有健妇把锄犁，禾生陇亩无东西。况复秦兵耐苦战，被驱不异犬与鸡。长者虽有问，役夫敢申恨？且如今年冬，未休关西卒。县官急索租，租税从何出？信知生男恶，反是生女好。生女犹得嫁比邻，生男埋没随百草。君不见，青海头，古来白骨无人收。新鬼烦冤旧鬼哭，天阴雨湿声啾啾。

唐玄宗天宝年间，多次派兵征战。在西北用兵，主要是与吐蕃的战争，关键是攻打石堡城。石堡城在青海日月乡石城山，扼守交通要道，是兵家必争之地。吐蕃若得石堡城，就有了东进的跳板，继而可以挥师陇西，占据富庶的河陇平原，甚至可以长驱直入，兵临长安；唐朝若得石堡城，就可据险而守，遏制吐蕃对陇西平原的渗透和入侵，同时也可以扼制吐蕃向北推进，进而从祁连山隘口进入河西走廊。因而，可以说，石堡城的战略地位极其重要。

天宝六载（747），玄宗令河西、陇右节度使王忠嗣攻取石堡城。王忠嗣认为石堡城易守难攻，强攻会死亡数万人，主张伺机而动，以最小的代价攻取石堡城。而唐玄宗锐意进取，下令：如果王忠嗣不能进攻，就要罢免他，而王忠嗣说：“岂以数万人之命易一官哉！”此后，玄宗任命哥舒翰为大将，以死伤数万人的代价攻取了石堡城。李白《答王十二寒夜独酌有怀》："君不能学哥舒，横行青海夜带刀，西屠石堡取紫袍。"就说的是这件事儿。

在西南用兵，是与南诏的战争。天宝十载（751）四月，剑南节度使鲜于仲通率兵征讨南诏（今云南一带）。南诏乃瘴疠之地，北方士卒水土不服，生病及战死的士卒达六万多人，宰相杨国忠掩盖败迹，反而以大捷奏闻。因而，玄宗下令再次召募士卒。人们传闻，云南瘴疠很严重，士卒往往未战而死者十之八九，因此没有人应征。于是，杨国忠遣使者到处抓捕，送到兵营。因此，行者愁怨，父母妻子送之，哭声震野。这样凄惨的抓兵、送行场面，杜甫亲闻亲见，情绪极为激动，遂创作了这首《兵车行》。

车辚辚，马萧萧，行人弓箭各在腰。耶娘妻子走相送，尘埃不见咸阳桥。牵衣顿足拦道哭，哭声直上干云霄。

开篇就写送别时的凄惨场面：车声辚辚，战马嘶鸣，当兵的人弓箭插在腰间，爹娘妻儿追跑着来送行，尘土飞扬，连那咸阳桥都看不见了。送行的人们，牵衣顿足，拦在道路上痛哭，凄惨的哭声直冲云霄。耶，即"爷"，指父亲。妻子，妻子儿女。咸阳桥，即渭桥，汉代称便桥，由长安往西北经由的大桥。干，冲犯。开篇的这几句诗，营造出一个凄惨的送别场面。

道旁过者问行人，行人但云点行频。或从十五北防河，便至四十西营田。去时里正与裹头，归来头白还戍边。边庭流血成海水，武皇开边意未已。君不闻汉家山东二百州，千村万落生荆杞。纵有健妇把锄犁，禾生陇亩无东西。况复秦兵耐苦战，被驱不异犬与鸡。

道旁过者，指杜甫自己。诗人向征召的士卒询问，士卒只说现在征兵太频繁了。有的从十五岁就被征兵，派去西北防河，到四十岁时又被派去更西边之地屯田。唐玄宗时，吐蕃侵扰，朝廷经常征调大批兵力，驻扎河西（今甘肃宁夏一带），称为防河。营田，即屯田，守边士卒兼事开垦荒地，种植粮食，以解决自身的食用，闲时务农，战时抗击敌人。《新唐书·食货志三》："唐开军府以捍要冲，因隙地置营田，天下屯总九百九十二。"

当初，当兵时年龄小，不会自己裹头，由里正（村长）来裹头，回来时已经年龄老大，满头白发还在戍边。唐代以每三百户为一里，设里正一人，负责里中事务。裹头，古代以黑布三尺裹头，称为头巾。开元二十三年（735），朝廷规定，百姓三岁以下为黄，所以有"黄口小儿"之说。天宝三载（744）又规定，十八岁以上为中男，二十三以上为成丁。征召士卒已经不是成年男子了，可见边庭战争之频繁，死亡过多。因而说，边庭之上血流成海，而玄宗皇帝开拓边土的心思还没有尽头。武皇，汉武帝，唐人往往借指玄宗。应征的士卒说，你难道没有听说过，因为连年战争，崤山函谷关以东的二百州郡，千万个村落都荒芜而长满了荆杞。山东，指崤山以东，与现在的山东不是同一个概念。清初诗人兼学者钱谦益《钱注杜诗》卷一引《十道四蕃志》："关以东七道，凡二百一十一州。"落，聚落，人聚居之地。纵然有强健的农家妇女辛勤劳作，可惜庄稼始终长势不好，难成行列；何况秦地之人能够苦战，驱赶他们上战场就如同驱赶鸡犬一样，毫不顾惜。东西，指禾苗种植不成行列，东不成陇，西不成行。秦兵，指关中之人，也就是下文的"关西卒"。

长者虽有问，役夫敢申恨？且如今年冬，未休关西卒。县官急索租，租税从何出？信知生男恶，反是生女好。生女犹得嫁比邻，生男埋没随百草。君不见，青海头，古来白骨无人收。新鬼烦冤旧鬼哭，天阴雨湿声啾啾。

长者，士卒称呼杜甫。老人家即使有恻隐之心来询问，作为士卒哪敢有抱怨呢！《旧唐书·杨国忠传》：征南诏，"其征发皆中国利兵，然于土风不便，沮洳（低湿之地）之所陷，瘴疠之所伤，馈饷之所乏，物故者十八九。凡举二十万众，弃之死地，只轮不还，人衔冤毒，无敢言者。"可见，"役夫敢申恨"是实录。就像今年冬天，还要去征战。而且，县官还要向家里索取租税，男人们都出去打仗了，家中收入微薄，租税从何而来呢？大家都知道生男儿不好，还是生个女儿好。因为生个女儿，还可以嫁给邻家，时时见面；生个男儿，长大后就战死沙场，被荒草掩没了。就是说，连年严酷的战争，已经改变了人们重男轻女的观念。秦始皇筑长城，民歌曰："生男慎莫举，生女哺用脯。不见长城下，尸骸相支拄。"君不见，和吐蕃连年战争，在青海湖边，累累白骨遍野，无人收葬，新战死的和早已战死的鬼魂，在天阴雨湿之夜，啾啾唧唧一片愁闷哀哭之声！

这首诗是杜甫最著名的诗歌之一，是"即事名篇，无复依傍"的新题乐府诗，开启了后来元稹、白居易新乐府之先声。所谓"即事名篇"，就是指因某一具体时事的感发而作；"无复依傍"是指不沿袭古乐府旧题，自拟新题。新题乐府的精神与形式却是承继古乐府而加以新变的。

《兵车行》，杜甫以目击者的身份，纯用客观叙述的表现手法，设为问答之辞，真实而深刻地表现出玄宗天宝年间穷兵黩武给百姓带来的深重苦难。杜甫把口语提炼而融入诗歌，以句式的长短和声韵平仄的变化，营造如泣如诉的感情氛围，绘声绘色地传达出士卒与送行者的哀哀心声。开篇就直接展现出送别的悲惨场景，一下子就把读者拉入其中，亲临其境而感同身受，为那种离别时巨大的悲哀所裹挟。而后，诗人问询士卒的对话，全面展现出的是连年不断的战争给士卒所造成的困境，大半生都征战在沙场了，"连庭流血成海水，武皇开边意未已"，直接批评最高统治者了。

士卒对家乡及亲人的抒写，"千村万落生荆杞"，展开了更广阔的社会生活，同时也写出连年征战对内地生产生活的巨大破坏，"禾生陇亩无东西""县官急索租，租税从何出"，这样的广度和深度，强化了诗歌的感染力。而诗歌最后，以百姓重男轻女观念的改变，突出战争的残酷和穷兵黩武祸害之深，更以青海湖边的千年累累白骨、阴湿雨天的新鬼旧鬼的啾啾唧唧的不绝哀怨之声，加重了诗歌的现场感和秾郁的悲剧气氛。读此诗，抑扬顿挫之中惊心动魄，悲愤之情溢于言表，催人泪下。《唐宋诗醇》卷九评此诗曰："此体创自老杜，讽刺时事，而记为征夫问答之词。言之者无罪，闻之者足以为戒，《小雅》遗音也。篇首写得行色匆匆，笔势汹涌如风潮骤至，不可逼视。以下接出点行之频，指出开边之非，然后正说时事，末以惨语结之。词意沉郁，音节悲壮，此天地商声，不可强为者也。”

丽人行

三月三日天气新，长安水边多丽人。态浓意远淑且真，肌理细腻骨肉匀。绣罗衣裳照暮春，蹙金孔雀银麒麟。头上何所有？翠微㔩叶垂鬓唇。背后何所见？珠压腰衱稳称身。就中云幕椒房亲，赐名大国虢与秦。紫驼之峰出翠釜，水精之盘行素鳞。犀箸厌饫久未下，鸾刀缕切空纷纶。黄门飞鞚不动尘，御厨络绎送八珍。箫鼓哀吟感鬼神，宾从杂遝实要津。后来鞍马何逡巡，当轩下马入锦茵。杨花雪落覆白蘋，青鸟飞去衔红巾。炙手可热势绝伦，慎莫近前丞相嗔。

天宝十二载（753）三月三日，是上巳节。长安达官贵人、市民百姓皆游赏于曲江，衣服鲜艳，车马华丽，摩肩接踵，热闹非凡。人们都希望在这个鲜花盛开、烟水明媚的春日，赏春游玩，临清溪而洗濯，祓除不祥，以祈求平安健康。

大唐盛世，玄宗皇帝还在曲江赐宴达官贵人，曲江上有龙舟，彩带飞舞，梨园弟子演奏新乐，声韵悠扬。岸边有紫云楼、芙蓉苑，有杏园、慈恩寺等名胜，路边罗列奇珍异玩，供人采购。达官贵人中，最突出的是一队队妆扮入时的美人；美人队伍中声势最大的是杨贵妃的三个姐姐，她们因为杨贵妃深受皇帝的恩宠而分别被封为韩国夫人、虢国夫人、秦国夫人。因为杨贵妃的关系，新近拜宰相的杨国忠，也志得意满地出现在这个华丽的美人队伍中。伟大诗人杜甫就在这个欢乐的上巳节，看到了繁华和热闹，同时也透过繁华与热闹，看到了杨家权倾天下所带来的社会腐败。

此诗开篇展示出三月三上巳节长安曲江游赏女性的艳丽：

三月三日天气新，长安水边多丽人。态浓意远淑且真，肌理细腻骨肉匀。绣罗衣裳照暮春，蹙金孔雀银麒麟。头上何所有？翠微㔩叶垂鬓唇。背后何所见？珠压腰衱稳称身。

三月初三上巳节，天气格外明媚，长安曲江边，衣着鲜丽的美人处处都是。她们姿态浓艳，神情高远，贤淑纯真，毫不做作；而且身材很好，肌肤腠理，细嫩丰润，体态匀称，胖瘦适宜。她们穿着绣罗衣裳，衣服上的金孔雀、银麒麟，都是用金丝银线刺绣而成，在晚春的阳光下，更加明丽鲜艳，增加了不少春天的艳丽。蹙，是一种刺绣工艺，指用金丝银线刺绣成皱纹状的织物，使之有立体感。这些美丽的女子，头上戴着轻薄的翡翠做成的花饰，身上的裙带缀以珍珠，压而下垂，十分合体。腰衱，即裙带。

在美人群体描述之后，诗歌所展现出来的是权倾朝野的外戚杨家之显赫、华丽：

就中云幕椒房亲，赐名大国虢与秦。紫驼之峰出翠釜，水精之盘行素鳞。犀箸厌饫久未下，鸾刀缕切空纷纶。黄门飞鞚不动尘，御厨络绎送八珍。箫鼓哀吟感鬼神，宾从杂沓实要津。

在这美人云集的群体中，最为华丽、显赫的是外戚杨家：杨贵妃的三个姐姐被封赏为韩国夫人、虢国夫人、秦国夫人。云幕，轻柔飘洒如云雾的帐幕。椒房，汉代皇后所居宫殿，殿内以花椒和泥涂壁，取其温暖、芬芳之意，且象征多子。《三辅黄图·未央宫》："椒房殿在未央宫，以椒和泥涂，取其温而芬芳也。"椒房亲，指皇帝的姻亲。《旧唐书·玄宗杨贵妃传》："太真资质丰艳，善歌舞，通音律……有姊三人，皆有才貌，玄宗并封国夫人之号：长曰大姨，封韩国；三姨，封虢国；八姨，封秦国。并承因泽，出入宫掖，势倾天下。"

她们的生活很奢靡，食物极精致：珍奇的紫驼峰，是用翠绿玉锅蒸煮而成；难得的白鳞鱼，用精美的水晶盘盛送上来。她们酒足饭饱，吃腻了，犀角筷子迟迟未下，后厨的鸾刀仍然在细切精割，真是白忙活了。黄门宦者飞马传送食物，极其平稳，一点尘土都不带起，御厨房中将各种精美食物络绎不绝地送来。犀箸，用犀牛角制作的筷子。厌饫，吃得腻了。鸾刀，刀环系着小铃的刀。缕切，细切。空纷纶，空自忙乱。鞚，马勒头，此处指代马。八珍，原指八种烹饪方法，后来用以泛指珍贵的食物。

据史料记载，天宝年间，玄宗曾以姚思艺为检校进食使，并经常将山珍海味赏赐给杨氏兄妹，派宦官分送各家，“五家如一，中使不绝”。美妙的音乐，极其动人，宾客与随从也实在太多，塞满了交通要道。箫鼓，箫和鼓两种乐器，此处指代音乐。感鬼神，极力形容歌舞之盛、演奏之妙。实要津，即塞满了交通要道。李商隐《正月十五夜闻京有灯不得观》之“香车宝辇隘通衢”，就是这个意思。

富贵人家吃饭，是有音乐演奏助兴的，所谓“钟鸣鼎食”，此诗因而就写到了音乐，突出那个最重要的人物出场：

后来鞍马何逡巡，当轩下马入锦茵。杨花雪落覆白蘋，青鸟飞去衔红巾。炙手可热势绝伦，慎莫近前丞相嗔。

姗姗来迟的那个人，骑在马上多么闲逸，直到窗前才下马，踏着锦毯走进房厅。仇兆鳌解释这两句说：“秦、虢前行，国忠殿后，鞍马逡巡，见拥护填街，按辔徐行之象；当轩下马，见意气洋洋，旁若无人之状。”（《杜诗详注》卷二）逡巡，徘徊缓慢的样子。轩，敞开的厅堂。锦茵，锦绣的地毯。杨花飘飞，如雪一样落在白蘋之上，青鸟翻飞当使者，口衔红巾去传递衷情。这两句的意思很隐晦。杨花，即柳花，又谐杨姓。白蘋，白色的蘋花，亦称四叶菜、田字草，多年生草本植物，生浅水中，叶有长柄，柄端四片叶子呈田字形，夏秋开小白花。相传，杨花入水化为浮萍，多变化，因而有“水性杨花”一词。可见，古人认为杨花、萍、蘋三者同源。

北朝后魏名将杨大眼之子杨华（本名杨白华）与胡太后私通，后杨华惧祸逃往南朝，胡太后思念作《杨白花》歌：“阳春二三月，杨柳齐作花。春风一夜入闺闼，杨花飘荡落南家……秋去春还双燕子，愿衔杨花入窠里。”又，《新唐书·后妃传上·杨贵妃传》：“虢国素与国忠乱，颇为人知，不耻也。每入谒，并驱道中，从监、侍姆百余骑，炬蜜如昼，靓妆盈里，不施帏障，时人谓之‘雄狐’。”杨国忠与堂妹虢国夫人私通，且不回避，因而杜甫以杨花覆白苹影射杨氏兄妹的暧昧关系。青鸟，是神话中为西王母传递信息的使者，此处借指情人间传递消息的信使。《艺文类聚》卷九一引《汉武故事》：“七月七日，上（汉武帝）于承华殿斋，正中，忽有一青鸟从西方来，集殿前，上问东方朔，朔曰：‘此西王母欲来也。’有顷，王母至。有两青鸟如乌，侠侍王母旁。”因而，隋代著名诗人薛道衡《豫章行》说：“愿作王母三青鸟，飞来飞去传消息。”红巾，妇女所用红手帕，此处借指表示爱情的信物。正是在杨国忠与秦国夫人关系暧昧的情况下，诗歌接着说：丞相杨国忠炙手可热、权倾朝野，闲杂人还是小心一些，尽量不要靠前去，当心丞相发怒。

杨玉环为贵妃，深得唐玄宗的宠爱，杨家三姐妹被封为国夫人，杨国忠为宰相，贵宠莫比，权倾朝野。他们过着骄奢淫逸的生活，而玄宗任人唯亲，偏听偏信，这事实上就是导致社会腐败的根源。杜甫这首《丽人行》写上巳节曲江游春，在游春华丽景象的展现过程中，如剥笋一样，逐层展示。开篇写长安曲江游春丽人之多，穿着华艳，体态适宜，神情高远，而“头上何所有”“背后何所见”的提问对答方式，借鉴汉乐府民歌之所长，显得极其自然和亲切。

第二层次，则以“就中云幕椒房亲”，笔锋一转，着力描摹杨氏姊妹的穷奢极欲和嚣张气焰，山珍海味，珍馐罗列，她们吃腻了，久久不下箸，而皇帝赏赐御厨的精美食物，还络绎不绝地送来。“黄门飞鞚不动尘”，太监们小心翼翼、飞快而平稳地骑马，彰显出杨氏身份地位之显赫。而且，她们随从众多，捧场的人众多，更加彰显杨家权势之煊赫。这就为下面重要人物的出场，做好了铺垫。

第三层次，“后来鞍马何逡巡”，将杨国忠的傲慢、鲜廉寡耻，表现得很充分。古代讲究男女有别，男性不能随便进入女性的房屋。诗歌又以含蓄的手法揭露其丑行，最后以“慎莫近前丞相嗔”一句，直指丞相，说破谜底，有入木三分之深刻性。

此诗第一层长安丽人，是群像，是铺垫；第二层，写杨氏姊妹之游冶淫逸，腐败之极；第三层，写杨国忠气焰逼人，鲜廉寡耻。虽然没有一句讥刺，描摹处，语语讥刺；无一处慨叹声，转承处，声声慨叹。这样就将玄宗偏听偏信之昏庸、杨氏之专横傲慢及其腐败，全面展现出来。

哀江头

少陵野老吞声哭，春日潜行曲江曲。江头宫殿锁千门，细柳新蒲为谁绿？忆昔霓旌下南苑，苑中万物生颜色。昭阳殿里第一人，同辇随君侍君侧。辇前才人带弓箭，白马嚼啮黄金勒。翻身向天仰射云，一箭正坠双飞翼。明眸皓齿今何在？血污游魂归不得。清渭东流剑阁深，去住彼此无消息。人生有情泪沾臆，江水江花岂终极！黄昏胡骑尘满城，欲往城南望城北。

曲江是长安的风景名胜，在长安城东南，是一个大池，故又名曲江池。据说，这里是汉武帝开辟的一个风景区，称宜春下苑。池中有荷花，隋文帝改为芙蓉苑。唐玄宗也很喜欢这里，又扩建，更为繁华，岸线曲折，“曲江池花草周环，烟水明媚。江侧菰蒲葱翠，柳阴四合，碧波红蕖，湛然可爱”（唐代康骈《剧谈录》），水中有游船，岸边有紫云楼、芙蓉苑、杏园等。太平盛世，游人如织，玄宗与杨贵妃常游赏曲江；安史之乱，长安陷落，叛军肆意杀戮，生灵涂炭，曲江也很快败落下去，一片萧条。

至德二载（757）春，杜甫被困在安史叛军占领的长安，重游曲江，满眼尽是衰败和荒凉，惨遭杀戮的百姓，流离失所、衣不蔽体的公子王孙，昔日的繁华已然完全消失，抚今追昔，真是无限感慨。诗人所写的，都是亲眼所见，亲耳所闻，因此非常真切。

此诗开头四句，是概写春日重游曲江所见所闻，是全篇的一个引子：

少陵野老吞声哭，春日潜行曲江曲。江头宫殿锁千门，细柳新蒲为谁绿？

少陵是汉宣帝许皇后的陵墓，因为比汉宣帝的陵墓杜陵小，因而称少陵。宋代程大昌《雍录》卷七："少陵原，在长安县南四十里，宣帝陵在杜陵县，许后葬杜陵南园。"杜甫祖籍京兆杜陵，又曾在此安过家，故自称"杜陵野客""杜陵布衣"或"少陵野老"。

因为长安已然沦陷，叛军杀戮、威吓，诗人自己悲咽着哭泣，不敢哭出声来，春天里，偷偷地走在曲江偏僻处。"吞声哭""潜行曲江曲"，表现的是国家与百姓所遭受的巨大灾难，诗人的心情非常沉重悲痛，但是却不敢放声大哭，压抑着悲痛；在路上也只能悄悄地走，以免引起叛军的注意。这两个细节，透露出沦陷长安的巨大的恐怖气氛。当年那样繁荣热闹的场所，现在却是江边宫殿重重门户紧锁，柳条吐翠、蒲草泛绿，究竟又是为了谁呢？"为谁绿"，这一设问，有力地反衬出大好春光无人欣赏的悲凉。

忆昔霓旌下南苑，苑中万物生颜色。昭阳殿里第一人，同辇随君侍君侧。辇前才人带弓箭，白马嚼啮黄金勒。翻身向天仰射云，一箭正坠双飞翼。

想当初，玄宗和杨贵妃游幸曲江，彩旗猎猎，声势浩大，致使苑中的万物增添了无限光彩。杨贵妃是最美丽、最受恩宠、最尊贵之人，"昭阳殿里第一人"，与玄宗同乘坐一车辇，时刻陪伴在玄宗身边，"同""随""侍"三字，反复渲染杨贵妃之备受恩宠。为了取悦杨贵妃，博其千金一笑，车辇前才人红颜英姿、身带弓箭，坐下的白马矫健躁动，不停地咬啮着黄金勒。才人翻转身，向天拉弓开箭，一对比翼双飞的鸟儿双双落在马前。优雅而高超的射箭技艺，博得了杨贵妃一声欢笑。

才人射雁，这个细节描写非常生动传神，宛若一组活动的画面，现场感很强。这个细节描写，既是写实，也是暗喻。在玄宗与杨贵妃穷极欢乐之时，一场大动乱即将到来，他们比翼齐飞的生活也就要结束了。可见，诗人把"一箭"和"双飞翼"联系起来，正暗示奢华的享乐生活，是后来国破家亡、杨贵妃身死的前奏。

明眸皓齿今何在？血污游魂归不得。清渭东流剑阁深，去住彼此无消息。人生有情泪沾臆，江水江花岂终极！黄昏胡骑尘满城，欲往城南望城北。

至此，诗人由“一箭正坠双飞翼”自然而然地引入对玄宗、杨贵妃悲剧、曲江荒凉败落和大唐盛世不再的哀悼。杨贵妃那样美丽，明眸皓齿，面带微笑，而今在哪儿呢？可惜呀，天下第一美人却血污满面、灵魂出离，死于马嵬而不得归来了。美丽热闹的曲江，再也不会有杨贵妃前来了。这两句，由前面的“忆昔”转而感慨今日，短短十四字，实际上包括了安史叛乱、两京沦陷、玄宗杨贵妃仓皇奔蜀、马嵬兵变、贵妃赐死等一系列惊天动地的大事件，但诗歌的重心是“哀江头”，因而绝不旁出，紧扣曲江今昔盛衰之变，深刻抒写。“今何在”与“归不得”，紧扣曲江而言，由此前的极乐而转入极悲，不显突兀，极其紧凑自然，表现出诗人很强的创造能力。

“清渭东流”指杨贵妃死葬马嵬，只有东流的渭水相伴；“剑阁深”，谓玄宗独至成都，所谓比翼齐飞而今是生离死别的寂寞和孤独。死葬马嵬的杨贵妃和逃难至蜀的玄宗，两相对照，当初恩爱有加，而今生死隔绝。而且，这一句是自然景物的渲染，但同时也是对悠悠长恨和生离死别之痛的暗示。

在此基础上，诗人又把情感推向更高一层，由玄宗与杨贵妃的悲剧，转而抒写诗人自己的悲慨，更具有普泛性的意义。安史之乱爆发，国家与民族遭受巨大灾难，生灵涂炭，既对玄宗的悲剧深感同情，也对国家与百姓的巨大灾难感慨流泪。人生有情，抚今追昔，热泪洒满胸襟，难道自己的这种深沉悲慨也要像江水江花一样，年年如斯，永无终极之时？诗人紧贴眼前风景江水江花抒发感慨，极其生动而恰切，透露出诗人渴望尽早平叛、恢复大唐盛世的急切心情。所以，当诗人想到这儿时，完全沉浸在悲愤与感慨的思绪中，黄昏时分，胡骑驰骋在长安城，烟尘蔽天，诗人情绪激动，本要回到城南的家中，却恍惚迷离，不知不觉地往城北走去。

这首诗《哀江头》，哀杨贵妃，哀唐玄宗，哀国破之痛，哀民生之不幸。诗歌以春日潜行曲江而感慨叹惋玄宗与杨贵妃生离死别事，词婉而雅，意深而微，同情中有讽刺，极尽开阖变化之妙。潜行曲江，见到荒凉破败；追忆太平盛世的繁华，以才人射雁的细节，突现杨贵妃的尊宠；又以杨贵妃的身死而不得再游曲江，玄宗远逃西蜀，生灵涂炭，将哀惋的情绪推向极致，在巨大的悲愤与叹惋中“欲往城南望城北”的迷离恍惚结束，言有尽而意无穷，给人以无限遐想。这首诗是唐人最早以玄宗、杨贵妃为题材，反映安史之乱所造成的沧桑巨变的作品，成为后人学习的典范，后来白居易《长恨歌》、元稹《连昌宫词》、李商隐《曲江》都受其影响。

哀王孙

长安城头头白乌，夜飞延秋门上呼。又向人家啄大屋，屋底达官走避胡。金鞭断折九马死，骨肉不得同驰驱。腰下宝玦青珊瑚，可怜王孙泣路隅。问之不肯道姓名，但道困苦乞为奴。已经百日窜荆棘，身上无有完肌肤。高帝子孙尽隆准，龙种自与常人殊。豺狼在邑龙在野，王孙善保千金躯。不敢长语临交衢，且为王孙立斯须。昨夜东风吹血腥，东来橐驼满旧都。朔方健儿好身手，昔何勇锐今何愚。窃闻天子已传位，圣德北服南单于。花门剺面请雪耻，慎勿出口他人狙。哀哉王孙慎勿疏，五陵佳气无时无。

天宝十五载（756）六月九日，安史叛军攻陷长安门户潼关，随即会兵临长安城下。仓皇之际，十二日凌晨，唐玄宗带杨贵妃等女眷和太子李亨、杨国忠及亲近宦官、宫女，逃离长安，向西而行，许多皇室宗亲和官员都还不知道玄宗出逃的消息，仍然留在长安，许多大臣去上早朝，才发现皇帝不见了。玄宗一行至马嵬驿，军士哗变，杀死丞相杨国忠等，又逼迫玄宗缢死杨贵妃。玄宗带领宫人和一部分官员往成都，而太子李亨带领一部分军队至灵武（今宁夏灵武），并于七月即皇帝位，改元至德，历史上称为肃宗，召集人马，以求剿平战乱而收复失地。安史叛军占领长安，留下的皇室宗亲和百姓遭受了巨大的灾难，被杀戮，被赶出家门，流离失所，衣不蔽体，食不果腹，极其悲惨。叛军孙孝哲杀死霍国长公主及王妃、驸马等八十余人，又害皇孙及郡县主二十余人；王侯将相追随玄宗入蜀者，子孙兄弟虽在婴孩之中，皆被杀，挖心肢解，流血满街，手段极其残忍。

至德二载（757）春天，杜甫在长安，路上遇见一个衣不蔽体的逃难王子乞讨，诗人就以这个特殊的片断化场景创作了这首《哀王孙》。

长安城头头白乌，夜飞延秋门上呼。又向人家啄大屋，屋底达官走避胡。金鞭断折九马死，骨肉不得同驰驱。

安史之乱给唐朝造成巨大的破坏。天宝十五载（756）六月九日安禄山攻破潼关。潼关是长安门户，十二日，唐玄宗仓皇带领杨贵妃等亲眷，从宫苑西门延秋门出逃，经便桥（咸阳桥）渡渭水，自咸阳大道西行。南朝梁时，侯景叛乱篡位，让修饰建康朱雀门，其时有白头乌万余只飞集于门楼，童谣曰："白头乌，拂朱雀，还与吴。"（《南史·侯景传》）杜甫用其事，指安禄山。长安城头有只白头乌，夜间飞到延秋门上大呼小叫。又飞到高门大族之家，剥啄其大屋，屋里的高官贵人逃离出家门躲避胡兵。皇帝的金鞭已然断折，天子车驾的九匹马也死了，公子王孙、宗亲骨肉都不能一同西行。金鞭，天子所用之鞭。九马，天子御用之马。《西京杂记》卷二："文帝自代还，有良马九匹，皆天下之骏马也……号为九逸。"骨肉，指公子王孙。唐玄宗出逃时，公子王孙、嫔妃郡主等在外者，皆弃之不顾。此诗开篇写安禄山叛乱，攻破潼关之后，玄宗仓皇逃往西蜀，而公子王孙被遗弃在长安者颇多。

腰下宝玦青珊瑚，可怜王孙泣路隅。问之不肯道姓名，但道困苦乞为奴。已经百日窜荆棘，身上无有完肌肤。

此段接着前面来讲。公子王孙虽然被遗弃了，他们华丽的佩饰依然表明了身份，腰佩宝玦和青珊瑚，可怜地在路边墙角偷偷地哭泣。诗人上前询问他的姓名，却始终不肯说，只是说生活困苦，请求把他收为奴仆。再看看他的形象，经历一百来天藏身荆棘的生活，身上已经没有一处完整的体肤了。玦，环形有缺口的佩玉。乞为奴，乞求做他人奴仆。干宝《晋纪总论》："将相侯王连头受戮，乞为奴仆而犹不获。"

高帝子孙尽隆准，龙种自与常人殊。豺狼在邑龙在野，王孙善保千金躯。不敢长语临交衢，且为王孙立斯须。昨夜东风吹血腥，东来橐驼满旧都。朔方健儿好身手，昔何勇锐今何愚。窃闻天子已传位，圣德北服南单于。花门剺面请雪耻，慎勿出口他人狙。哀哉王孙慎勿疏，五陵佳气无时无。

虽然这个公子不肯说出自己的姓名和身份，诗人说，李唐皇室的长相特点很明显，自然与普通人不同。高帝，指汉高祖刘邦。《史记·高祖本纪》："高祖为人隆准而龙颜。"隆准，高鼻子，有帝王之相。此处借汉喻唐。安禄山这样的豺狼在长安城里，而真龙天子玄宗却逃亡在外，王孙一定要善于保护自己。到处是叛军，不敢在交通大道上长时间说话，姑且与王孙稍站一会儿说说话。交衢，四通八达之交通要道。

当时的战事不容乐观：本年十月，宰相房琯亲任兵马大元帅，与安史叛军在长安东的陈陶驿对阵，死伤四万余人，叛军气焰高涨。攻陷长安与洛阳两京之后，安史叛军常以骆驼运输宫廷珍宝至范阳，沿途络绎不绝。所以诗人告知王孙：在陈陶驿，朝廷打了败仗，从东面吹来血腥之风；而从叛军老巢范阳来的运输珍宝物资的骆驼队填满了长安城。哥舒翰所率领的朔方军好身手，当年打仗之时何其勇锐，连战连捷；而今却如此愚鲁，不堪一击。

哥舒翰率军抵御吐蕃，号称天下精兵，安史之乱起，哥舒翰率二十万兵守潼关，不堪一击，哥舒翰被俘，全军覆没。战争的形势是很严峻的。但是，诗人还是把有利的消息告诉王孙：听说玄宗已经传位肃宗，天子威德，素来为回纥、吐蕃钦服。回纥将军以刀割面发誓要为朝廷雪耻，你说话要谨慎，当心他人来捕捉。

天宝十五载（756）七月，肃宗即位于灵武，改元至德。群臣贺曰："自逆贼凭陵，两京失守，圣皇传位陛下，再安区宇，臣稽首上千万岁寿。"（《旧唐书 · 肃宗纪》）南单于，汉时南匈奴，此指西北各少数部族。马嵬兵变，太子李亨率众讨贼，玄宗曰："西戎北狄，吾尝厚之，今国步艰难，必得其用。"八月，回纥、吐蕃皆遣使请和亲，愿助讨贼。花门，是回纥的代称。居延海北三百里之花门山堡，乃回纥骑兵驻地，因此唐人习惯以花门称回纥。剺面，以刀割面。古代匈奴、回纥等部族风俗，凡遇大忧大丧，则割面流血以示忠诚哀痛。安史叛军攻陷京城，为大唐国耻，回纥剺面以请雪耻。狙，猕猴，善伺伏突袭、窥伺。钱谦益《钱注杜诗》卷一曰："当时降逆之臣，必有为贼耳目，搜捕皇孙妃主以献奉者。"因而，诗人叮嘱王孙说话要小心，以防他人偷听。因而才有：可悲呀，王孙要谨慎，不要疏忽大意，祖宗保佑，随时都有兴复大唐的希望。五陵，指唐高祖献陵、太宗昭陵、高宗乾陵、中宗定陵、睿宗桥陵，都在长安近郊。

在安史叛军攻陷长安，大肆杀戮李唐宗室的悲惨状况下，诗人选取王孙流落街头的片断，描摹安史之乱所造成的巨大社会动乱。第一层次写当时整个形势，渲染出恐怖悲惨的气氛。第二层次，将某个流落悲惨的王孙形象，生动形象地展现出来。第三层次，诗人对王孙既同情哀怜，又生发出对国家命运的感慨与希望。痛苦中有安慰，绝望中有希望，劝勉处于绝境的王孙不要丧失信心，感情极其复杂，有诗人身陷战乱的深切体会，因而能体贴入微。经历南宋亡国的刘辰翁说："忠臣之盛心，仓卒之隐语，备尽情态。"（《集千家注批点杜工部诗集》卷三）身经明亡的王嗣奭说："忠义肝肠，抒以心血，至今未干，心非取办于笔舌者……通篇哀痛顾惜，潦倒淋漓，似乱而整，断而复续，无一懈语，无一死字，真下笔有神。"（《杜臆》卷二）

卷三　五言律诗

唐玄宗

经鲁祭孔子而叹之

夫子何为者，栖栖一代中。地犹鄹氏邑，宅即鲁王宫。叹凤嗟身否，伤麟怨道穷。今看两楹奠，当与梦时同。

开元十三年（725），唐玄宗李隆基封禅泰山，太平盛世，朝野富庶，告成功于上帝，为天下祈福。十月，玄宗一行浩浩荡荡，从洛阳出发，以牧马数成匹从行，不同毛色，各为一群，望之如云锦。十一月至泰山下，仪仗卫士罗列泰山下百余里。玄宗与宰臣和礼官登泰山，祭祀“昊天上帝于上坛，有司祀五帝百神于下坛”，“燔柴燎发，群臣称万岁，传呼自山顶至岳下，震动山谷”（《旧唐书·玄宗纪上》）。封禅乃帝王祭天地的大典。在泰山上筑土为坛，报天之功，称封；在泰山下的梁父山上辟场祭地，报地之德，称禅。《史记·封禅书》：“自古受命帝王，曷尝不封禅。”封禅之礼毕，玄宗幸孔子宅，亲设奠祭。诏曰：“孔宣父诞圣自天，垂范百代，作王者之师表，开生人之耳目。朕增封岱岳，回銮泗滨，思阙里之风，想雩坛之咏。逖矣遗烈，慨然永怀；式遵祀典，用申诚敬。宜令礼部尚书苏颋，以太牢致祭，仍令州县以时祀享。复近墓五户，长供扫除。”此诗乃开元十三年（725）十一月封禅泰山之后，至鲁而祭孔子所作。鲁，指鲁国都城，即今之山东曲阜，为孔子故里，有孔庙、孔林、孔府。孔子名丘，字仲尼，鲁人。生于周灵王二十一年（前551），卒于周敬王四十一年（前479），博学多能，周游列国，晚年删述《诗》《书》《礼》《易》《乐》《春秋》。相传弟子三千，有七十二贤人。唐玄宗重视儒学，开元十年（722）亲自注释《孝经》，二十七年（739）封孔子为文宣王。孔子被称为至圣先师，历代加封为“大成至圣先师文宣王”。叹，感叹、赞叹。

夫子何为者，栖栖一代中。

夫子，对有道德学问的成年男女之尊称。《论语》以“夫子”尊称孔子。栖栖，忙碌不安的样子。《诗经·小雅·六月》：“六月栖栖，戎车既饬。”朱熹注：“栖栖，犹皇皇不安之貌。”一代，一世。唐人避太宗李世民讳，改“世”为“代”。《论语·宪问》：微生亩问孔子：“丘何为是栖栖者与？无乃为佞乎？”——孔丘你为什么这样忙碌不安呢？难道是以口辩而讨好诸侯吗？孔子曰：“非敢为佞也，疾固也。”——并非逞口辩而讨好诸侯，乃是痛恨世风之鄙陋，欲以教化之也。又，班固《答宾戏》：“是以圣哲之治，栖栖遑遑，孔席不暖，墨突不黔。”首联，孔夫子啊，你为什么栖栖遑遑、奔劳一世而不得所遇呢？

地犹鄹氏邑，宅即鲁王宫。

鄹，春秋鲁国地名，在今曲阜东南一带，孔子父亲叔梁纥为鄹邑大夫。孔子出生在鄹，后来迁居曲阜。鲁王，汉景帝子刘余封鲁王，谥曰“恭”。鲁恭王好治宫室，坏孔子旧宅，以广其宫，闻钟磬琴瑟之声，遂不敢，复坏其墙壁，于壁中得古文经传。颔联，夫子出生地鄹邑距离曲阜很近，山水依旧；孔府旧宅还紧邻鲁恭王之宫室。

叹凤嗟身否，伤麟怨道穷。

叹凤，《论语·子罕》：“子曰：凤鸟不至，河不出图，吾已矣夫！”凤凰降临、黄河出图，都是祥瑞的象征，表示圣人受命，天下太平。然而凤不临至、河不出图，孔子感慨不能亲见，道不行于天下。否，闭塞，阻隔不通。《易·否卦》：卦象为坤下乾上，表示天地不交，上下隔阂，闭塞不通。身否，即一生不顺遂。伤麟，即泣麟。《公羊传·哀公十四年》：“十有四年，春，西狩获麟……麟者，仁兽也。有王者则至，无王者则不至。有以告者，曰：‘有麕而角者’。孔子曰：‘孰为来哉！孰为来哉！’反袂拭面，涕沾袍。”又：“西狩获麟。孔子曰：‘吾道穷矣。’”何休注：“麟者太平之符，圣人之类，时得麟而死，此亦天告夫子将没之征，故云尔。”《史记·孔子世家》：“及西狩见麟，曰：吾道穷矣。”后来遂以“伤麟”“泣麟”为哀叹悲泣世衰道穷之义。穷，道不行，指不得志，与“达”相对。《孟子·尽心上》：“穷则独善其身，达则兼善天下。”《战国策·秦策三》：“穷而不收，达而报之，恐不为王用。”道不行为穷，无钱财为贫。颈联，夫子曾经再三感叹凤鸟不至，伤感于道不行于天下，难见太平盛世的到来；又因神瑞麒麟被逮，而发出“吾道穷矣”的深长悲慨。

今看两楹奠，当与梦时同。

《礼记·檀弓上》记载：“孔子蚤作（早起），负手曳杖，消摇（逍遥）于门，歌曰：‘泰山其颓乎，梁木其坏乎！哲人其萎乎！’既歌而入，当户而坐。”孔子感到自己不久于人世，对子贡说：“予畴昔之夜，梦坐奠于两楹之间。夫明王不兴，而天下其孰能宗予。予殆，将死也。”寝疾七日而没。楹，廊柱。奠，谓置祭品祭祀鬼神或亡灵。两楹奠，是殷人祭祀的隆重礼节。孔子梦见自己在两楹之间致祭，感知自己即将去世，而感慨“明王不兴”，后世或有明王实行其大道也。尾联，而今夫子请看看两楹之间的祭祀，应当和你梦中所见是相同的吧。显然，玄宗隐然以后世之“明王”自喻，以为实现了孔子的梦想，天下太平。事实上，封禅泰山，告成功于上帝，为天下祈福，玄宗前期是可以被称为“明王”的。将封禅泰山联系起来，此诗之主旨也就清楚了。

唐代文化呈现一种开放态势，儒释道三教并行，至玄宗时期，事实上已经形成以儒为主，辅之以佛道二教的文化格局。唐玄宗前期崇重儒学。开元十年（722），亲注《孝经》，颁行天下。开元十三年（725），改集仙殿为集贤殿，以为“仙者凭虚之论，朕所不取，贤者济理之具”（《资治通鉴》卷二一二），又改丽正书院为集贤殿书院，设学士，聚集人才，广泛研讨。封禅泰山，顺道至曲阜祭祀孔子，以宣扬崇重儒学治理天下的思想。此诗雍容典雅，开篇即感慨孔夫子周游列国，栖栖遑遑，风尘仆仆，不得行其道，实在是那个时代不好，没有给孔子提供一个施展才能的机遇。“栖栖”一词，集中体现孔子之人格精神，而以唱叹兴起，含蓄而情感充沛。《史记 · 孔子世家》：“孔子适郑，与弟子相失，孔子独立郭东门。郑人或谓子贡曰：‘东门有人，其颡似尧，其项类皋陶，其肩类子产，然自要（腰）以下不及禹三寸，累累若丧家之狗。’”郑国人说孔子额头似尧，颈项似皋陶，肩像子产，然而从腰以下和大禹相差三寸，栖栖遑遑如丧家之犬。王充《论衡 · 骨相》：“子贡以告孔子，孔子欣然笑曰：‘形状未也，如丧家狗，然哉！然哉！’”孔子以为，自己四处奔赴，推行大道而不被接受，诚然如丧家犬一样。“一代中”，指孔子所处之时代，不得大用，极为可惜。颔联以孔子所居之地，从正反两面生发感慨，江山依旧，人事皆非，然而孔子陵墓仍在，供人仰慕学习，可见其精神之不朽。宕开一步，而有时空变化之历史感，于平实中见工致。颈联，以“叹凤”“伤麟”抒写孔子之一生不顺遂和道不行于天下的悲哀。以上三联叙写铺陈已极，尾联遂以孔子梦奠于两楹作结，既点明今日祭祀之隆重，又含言外之意，照应诗题。此诗前六句，强调孔子生前之栖栖遑遑，不遇于时，道不行于天下，后二句则彰显今日祭祀之隆重，极高之尊崇，两相对照，可见玄宗隐然以“明王”自许，视己为孔子之知音，推行大道而致太平。张九龄《奉和圣制经孔子旧宅》：“孔门太山下，不见登封时。徒有先王法，今为明主思。恩加万乘幸，礼致一牢祠。旧宅千年外，光华空在兹。”赞美玄宗为明王，以帝王之尊封禅泰山，致祭孔庙，实行大道，天下太平。开元二十七年（739）八月二十四日，玄宗下诏曰：“弘我王化，在乎师儒。能发此道，启迪含灵，则生人以来，未有如夫子者也。所谓自天攸纵，将圣多能。德配乾坤，身揭日月。故能立天下之大本，成天下之大经，美政教，移风俗，君君臣臣，父父子子，人到于今，受其赐，不其猗欤！”封孔子为文宣王。此诗多用孔子事典和语典，贴切如口语，结构巧妙，充溢着一种疏宕低回的情思。

张九龄

望月怀远

海上生明月，天涯共此时。情人怨遥夜，竟夕起相思。灭烛怜光满，披衣觉露滋。不堪盈手赠，还寝梦佳期。

此诗题为《望月怀远》，凝望明月，怀念远方之人。所怀对象，不得而知。此诗作年不详，诗人运用轻淡之笔，描绘出一幅清虚空阔、深情绵邈的艺术境界，空灵蕴藉，极富情致和韵味，流传广远，深受读者喜爱。张九龄乃至情之人，作诗而不具至情者，不可以为诗人；作诗而不带痴情者，亦不可以为诗人。

海上生明月，天涯共此时。

开篇起笔极为阔大：一轮明月从东方海平面上冉冉升起，广袤天地之间的有情人，都在深情地眺望着明月初升的景象。安恬舒缓的语调中带有强烈的画面感：一轮温润的明月冉冉升起，潮水涨溢，波涛涌动，涛声可闻，广袤的天地间，痴情的人们举头仰望明月，透露出对这种空明阔远境界的欣赏与神往，显露出一种静谧旷远的神秘的诗意美。谢庄《月赋》："美人迈兮音尘阙，隔千里兮共明月。"南朝乐府《子夜四时歌·秋歌》："仰头看明月，寄情千里光。"诗人化用此二句，用"天涯"取代"千里"，更为旷远虚阔，极具艺术的张力。天涯，遥远的地方，指空间上的旷远；共此时，指时间上的一致。"海上生明月"，一轮明月冉冉升起，大海潮水涌动，涛声阵阵。于是在同一时间，由朗照于高迥天际的明月和各自处于旷远天涯的两个人，共同构建起了一个立体的景象，极富情致与韵味。而且，"共此时"，不但指共对明月，共此良时，也含有遥遥相隔的双方彼此祝愿、怀想的意蕴。

情人怨遥夜，竟夕起相思。

情人，有情人，多情人，有怀远之情的人，诗人自称。漫漫长夜，明月照临，有情人满腹心事，一腔情愫，无法入眠，更觉此月夜之漫长，终夜无眠，而兴起无限相思之情。诗人直接抒写月夜相思之情的悠长，弥漫于天地间。竟夕，终夜，通宵。“怨”和“相思”，并不具体说明，而是轻轻点出。因何而怨，相思为何，皆不作实指，因而颇显空灵蕴藉，读者尽可以产生丰富的联想。

灭烛怜光满，披衣觉露滋。

颈联是对上联“怨遥夜”情状的进一步摹写。此一联的逻辑顺序应该是“怜光满——而灭烛，觉露滋——而披衣”。怜，爱惜。一轮明月高悬天际，清光朗照，喜爱这明月清光之静静下泻，于是熄灭那摇曳的烛光，让朗月清光照临得更多一些；独立庭院颇久，露水打湿了肩臂，寒凉袭人，于是披上衣服，继续欣赏朗月清光，怀想那远方之人。事实上，这一联从时间的推移，写独立庭院、望月怀人之长久，是对颔联“遥夜”“竟夕”的进一步抒写，也是对首联“天涯共此时”的照应。

不堪盈手赠，还寝梦佳期。

盈手，满手。陆机《拟明月何皎皎》：“照之有余辉，揽之不盈手。”还寝，回到卧室睡觉。佳期，欢会之期。屈原《九歌·湘夫人》：“与佳期兮夕张。”谢庄《月赋》：“佳期可以还，微霜沾人衣。”尾联，长夜凝望，明月清辉照临，深切怀想远方之人，又无法相见，情不能自已，想把这皎洁的月光捧在手中，满满一握，送给那远方之情人，可惜终究无法赠予，诗人失望之余、无奈之下，想一想：还是回到房中安眠，希望能够在梦中相见，切切情话以慰相思之苦。显然，这是“怀远”之情的深化。这一联，包含了一系列的感情发展过程，却写得自然浑成，不露痕迹，在失望、无奈中，又存有希望，显得迂徐不迫，韵味深长。

此诗的重点是“望”字与“怀”字，“天涯”“相思”“佳期”都是从这两个字上生发出来的。而“月”是核心，因而“灭烛”“露滋”“寝梦”等意象，也由此而生发出来。从章法讲，第一句写“月”，第三句写“望”字——怨遥夜，第四句写“怀”字——起相思，五、六两句写“望月”——怜光满、觉露滋，七、八两句写“怀远”——盈手赠、梦佳期，结构极为紧凑，条理明晰，景与情相融，景中有情，情中有景，浑然一体，不可分割，意象丰富，容量丰厚，韵味深长。此诗所怀之人，是情人还是友人、亲人，或者有所寄托，难以确论。很可能，张九龄别有寄托。张九龄另有一首《秋夕望月》：“清迥江城月，流光万里同。所思如梦里，相望在庭中。皎洁青苔露，萧条黄叶风。含情不得语，频使桂华空。”意蕴与此诗相同。说“江城月”，可能是张九龄自宰相贬官荆州长史时所作。而且，张九龄有《感遇十二首》《杂诗五首》，以屈原美人香草的传统自抒怀抱，说此诗有寄托，也是可以的。罢去宰相之后，张九龄被贬官荆州，忠而被谤，信而见疑，对此明月朗照，相思情苦，托恋情以寓思君之义，“不堪盈手赠”，路途遥遥，无由自达，“还寝梦佳期”，希望能够重有君臣遇合之佳期，所表达的期冀，虽渺茫却也真切。

王　勃

送杜少府之任蜀州

城阙辅三秦，风烟望五津。与君离别意，同是宦游人。海内存知己，天涯若比邻。无为在歧路，儿女共沾巾。

王勃是初唐四杰之一，《秋日登洪府滕王阁饯别序》一文的作者。关于这篇文章的写作，唐代就有许多离奇的传说，最早把这个故事记载下来的是五代王定保《唐摭言》。王勃作这篇文章时，年仅十四岁。洪州（今江西南昌）都督阎公于滕王阁大宴宾客，为了让女婿孟学士扬名，提前写好文章，当日宴会时再默写出来，借以彰显其文才。当日宴会时，阎都督客气地邀请众宾客作文，大家皆婉谢，只有王勃并不辞让："（阎）公大怒，拂衣而起，专令人伺其下笔。第一报云：'南昌故郡，洪都新府。'公曰：'亦是老生常谈。'又报云：'星分翼轸，地接衡庐。'公闻之，沉吟不言。又云：'落霞与孤鹜齐飞，秋水共长天一色。'公矍然而起曰：'此真天才，当垂不朽矣。'遂亟请宴所，极欢而罢。"（《唐摭言》卷五）可见王勃才情过人，文思敏捷。

绛州龙门（今山西河津）王氏，乃隋唐之际的大族，人才辈出。王勃就出生在这样的家庭。其祖父王通，乃隋末大儒，讲学河汾，相传隋末唐初许多著名人物如房玄龄、魏征、薛收、李百药等相从问学，有《文中子》一书传世。叔祖父王绩乃著名诗人。王勃聪慧，九岁读著名学者颜师古《汉书注》，作《汉书指瑕》十卷，指正其错误。大概十三岁时，王勃从家乡龙门来到京师长安，游历学习。其父任六合县丞，约十四岁时王勃赴六合省亲，随后游历吴越，至洪都府。十五岁，入长安应科举求仕进，高宗总章二年（669）五月，王勃游历巴蜀。此诗一作

《送杜少府之任蜀川》，当作于高宗总章二年（669）五月之前，时王勃在长安。杜少府，名不详。之任，赴任。之，往、去。蜀州，唐剑南道州名，武则天垂拱二年（686）分益州四县设置（州治在今四川崇州），其时王勃已去世十年了。因而，“蜀州”当作“蜀川”。

城阙辅三秦，风烟望五津。

城阙，指京师长安。阙，官门两侧的楼观。三秦，据《史记·秦始皇本纪》记载，秦亡以后，项羽三分关中，封秦之降将章邯为雍王，司马欣为塞王，董翳为翟王，合称三秦。此处泛指关中一带畿辅之地。五津，晋常璩《华阳国志·蜀志》记载，长江自灌县（今都江堰市）至彭山一段有五大渡口，即白华津、万里津、江首津、涉头津、江南津。五津皆在蜀中，因用以泛指蜀地。首联，以极其阔大的景象，点明送别之地和友人所往之地：京师长安以三秦大地为辅翼，遥望蜀川之地，茫茫风尘烟雾，千里遥遥相连——那是好友杜少府即将赴任的地方。以“城阙”代指京师长安，彰显其楼观雄峙、宫阙壮丽的雄伟景象，而又“辅三秦”——辅之以三秦大地；以“风烟”摹写“五津”——蜀川烟雨迷蒙、温润祥和之景象，而以“望”字彰显距离之遥远。诗人仿佛立于云端，俯瞰关中大地，广阔的三秦大地紧紧拱卫着雄伟壮丽的京师长安；遥望数千里之外风烟迷蒙的蜀川，一派苍翠，与三秦山环水抱，紧紧相连。诗人着力描摹长安之地理形胜和蜀川之壮阔，以“辅”字使三秦拱卫京师长安，劲健有力；以“望”字将送别之地和友人赴任之所联结为一体，雄大的气魄和壮丽的景象，为送别奠定了昂扬乐观的基调。

与君离别意，同是宦游人。

颔联，紧承上联之阔大背景，正面直接抒写离别之情。“同是宦游人”乃关键，颇有壮逸之气。一方面，双方同为离别家乡，游宦求仕之人，分别本为常事，彼此的情感是相通的；另一方面，游历长安乃客中送客，在长安送别杜少府远赴蜀川任职，更多一层伤感，不免黯然伤怀。杜审言《和晋陵陆丞早春游望》："独有宦游人，偏惊物候新。"抒写的正是游宦他乡的真切感受。此联，"与君离别意"点明送别，"同是宦游人"为虚承，两句似接非接，而意脉相连，情味独到：因为同是宦游求仕之人，常年漂泊，因而与杜少府离别之意，内心的体会是相通的。

海内存知己，天涯若比邻。

正因为颔联抒写"宦游"之人的情意相通，因而颈联以雄大的气魄抒写此离别之情意：只要彼此的情意相通、互为知己，即使远在天涯，也如同比邻而居，何必伤感呢！曹植《赠白马王彪》："丈夫志四海，万里犹比邻。恩爱苟不亏，在远分日亲。"此处，王勃化用此诗句，而更为言简意赅，劲健有力。颈联紧承颔联之"离别意""宦游人"，更以"海内""天涯"上接首联之"三秦""五津"两地距离之遥远，作了扩充和夸张，突出空间上暌隔之辽远；又以"存知己""若比邻"将这空间上之辽远暌隔，极大地拉近了这种暌违之感。"天涯"之极大与"比邻"之极小，形成强烈的对照，又是建立在"存知己"这个前提之下，因而精神的相通、情感的一致，就可以深切地感知了。因而，这两句极具张力，气魄雄奇，彰显出初唐士人积极向上的昂扬精神状态。

无为在歧路，儿女共沾巾。

无为，不为，不用。歧路，从大路上分出来的小路；岔路。《列子·说符》："杨子之邻人亡羊，既率其党，又请杨子之竖（仆人）追之。杨子曰：'嘻，亡一羊，何追者之众？'邻人曰：'多歧路。'既反，问：'获羊乎？'曰：'亡之矣。'曰：'奚亡之？'曰：'歧路之中又有歧焉，吾不知所之，所以反也。'"曹植《美女篇》："美女妖且闲，采桑歧路间。"此处"歧路"指分手之处、送别之处。儿女，小儿女的样态。曹植《赠白马王彪》："忧思成疾疢，无乃儿女仁。"《孔丛子·儒服》：鲁人子高游赵，返回鲁国时，其友邹文、季节"流涕交颐，子高徒拱手而已。分背就路，其徒问曰：‘先生与彼二子善，彼有恋恋之心，未知后会何期，凄怆流涕。而先生厉声高揖，此无乃非亲亲之谓乎?’子高曰：‘始焉谓此二子丈夫尔，乃今知其妇人也。人生则有四方之志，岂鹿豕也哉，而常聚乎!’”王勃化用此典故，谓：大丈夫志在四方，要有所作为，充满豪情壮志，分别之际，不必如小儿女一样，悲悲切切，哭哭啼啼，泪湿佩巾了。此处，岐路既指分别之处，实亦暗指仕途、人生之道路往往会出现一些十字路口，出现转折之处，即使那样，也要高歌猛进，志在四方，有所作为，在危殆中求机遇。尾联所用典故，极为贴切自然，如水中着盐，不见痕迹。若懂得所用典故，理解会更深，即使不懂，也不会妨碍对诗意的理解的。

此诗乃王勃名作，千古传诵。以豪迈、自信之情，壮烈之怀，一洗以往送别诗悲愤哀伤的情调，视野开阔，意境高远，感慨深挚，体现出诗人少年心胸以及初唐充满昂扬奋发精神的时代主旋律，彰显了积极乐观的博大胸怀，具有鼓舞人心的巨大力量。

骆宾王

在狱咏蝉并序

余禁所禁垣西，是法厅事也，有古槐数株焉。虽生意可知，同殷仲文之古树；而听讼斯在，即周召伯之甘棠。每至夕照低阴，秋蝉疏引，发声幽息，有切尝闻。岂人心异于曩时，将虫响悲于前听。嗟乎！声以动容，德以象贤。故洁其身也，禀君子达人之高行；蜕其皮也，有仙都羽化之灵姿。候时而来，顺阴阳之数；应节为变，审藏用之机。有目斯开，不以道昏而昧其视；有翼自薄，不以俗厚而易其真。吟乔树之微风，韵资天纵；饮高秋之坠露，清畏人知。仆失路艰虞，遭时徽纆，不哀伤而自怨，未摇落而先衰。闻蟪蛄之流声，悟平反之已奏；见螳螂之抱影，怯危机之未安。感而缀诗，贻诸知己。庶情沿物应，哀弱羽之飘零；道寄人知，悯余声之寂寞。非谓文墨，取代幽忧云尔。

西陆蝉声唱，南冠客思深。那堪玄鬓影，来对白头吟。露重飞难进，风多响易沉。无人信高洁，谁为表予心？

文学史上有“初唐四杰”之称，乃王勃、杨炯、卢照邻、骆宾王，对唐诗的发展起了积极的作用。他们年少而才高，志大而位卑，不甘于庸俗，充满着时代热情和积极向上的事业功名心，怀才自负，不幸遭遇坎坷，有深沉的情志与严肃的思想，他们把诗歌从宫廷移到了市井，从台阁移到了江山和塞漠，继承和发展了六朝诗歌艺术技巧，奠定了唐代今体诗的艺术形式，开启了一代诗风。

唐高宗仪凤三年（678）冬，骆宾王被授职长安主簿，很快又被授予侍御史。侍御史，乃御史台属官，从六品下，负责纠举百官，推审狱讼之事。骆宾王屡次上书言事，得罪武后，遭人诬陷，被逮狱中。第二年六月，改元调露，大赦天下。当时，高宗与武后在东都洛阳，诏书到达长安并传之狱中，尚需要一段时间。从诗序及诗意来看，此诗当作于调露元年（679）秋天。

小序交待诗歌写作的背景。诗人被囚禁在御史台监狱，西面乃司法官署（法曹）。庭院中有几株古槐树，虽然生气尚可，然而并不茂盛；自己被拘此地，如同周之召伯审问案件之所。殷仲文是东晋人，《世说新语·黜免》曰：“大司马府厅前有一老槐，甚扶疏。殷因月朔，与众在厅，视槐良久，叹曰：‘槐树婆娑，无复生意。’”殷仲文借槐树以叹息自己之不得意。而庾信《枯树赋》说：“殷仲文风流儒雅，海内知史……常匆匆不乐，顾庭槐而叹曰：‘此树婆娑，生意尽矣。’”乃是庾信借殷仲文以自比。骆宾王熟知这两个典故，借以自喻人生坎坷失意。甘棠，即棠梨。周之召伯审理诉讼，为了减轻百姓负担，就在甘棠树下断案，百姓称赞其公正无私，遂作《甘棠》诗，见《诗经·召南》。骆宾王囚禁狱中，每到夕阳斜照、树荫低垂之时，秋蝉长鸣，如同幽微的叹息声，较昔日所听闻更有切肤之感。这是因为人心与以往不同呢，还是蝉的鸣叫比往昔更为悲伤呢？可叹，蝉的声音可使人为之动容，而美德足可与贤人相媲美。故而，蝉之洁身自好，秉承了君子达人高尚的节操；蜕壳成形，如同仙境得道，飞升成仙。陆云《寒蝉赋序》说蝉有文、清、廉、俭、信、容之美，君子取法其节操，以安身立命——“夫头上有緌，则其文也；含气饮露，则其清也；黍稷不享，则其廉也；处不巢居，则其俭也；应候守常，则其信也；加以冠冕，取其容也。君子则其操，可以事君，可以立身，岂非至德之虫哉！”蝉能够候时节而来，顺应阴阳之变化；应节令而变，深明出处行藏之机缘。有眼目而常开，不因世道昏暗而视而不见；有翅翼而自薄，不为世俗追逐权势利禄而改易其淡泊自守的本性。蝉高居乔木大树之上，在微风中高声长鸣，而声韵姿态并无骄纵；吸饮秋天树叶上清凉的露水，而其清高却怕人知闻。古人以为，蝉吸风饮露而生活，不求外物，是高洁的象征。曹植《蝉赋》：“实淡泊而寡欲兮，独怡乐而长吟。声嗷嗷而弥厉兮，似贞士之介心。内含和而弗食兮，与众物而无求。”骆宾王感叹自己运命不谐，遭遇艰难忧患，被囚禁狱中。虽然不致哀伤而自怨自艾，但未老先衰，实在让人惊心动魄。听闻秋蝉的鸣叫，体悟到平反的声音已长达朝廷；然而看见螳螂隐身伺机捕蝉，又深恐危机还没有过去。平反，指从轻判罚。刘向《说苑·正谏》："园中有树，其上有蝉，蝉高居悲鸣饮露，不知螳螂在其后也；螳螂委身曲附欲取蝉，而不知黄雀在其傍也；黄雀延颈欲啄螳螂，而不知弹丸在其下也。此三者皆务欲得其前利，而不顾其后之有患也。"处此进退艰难的困境，骆宾王作此诗，赠给知己。作者情动于中而外感于物，希望诸位能够哀怜其飘零如弱小的秋蝉；寄托情志于诗歌，期望大家能够悯惜孤寂如秋蝉般哀鸣的自己。这并非仅仅纸上的文辞，实在是借此而抒写深深的忧患啊！

从小序可见，这是一首比兴寄托的诗歌，也是一曲忧愤深广的人生悲歌。"西陆蝉声唱，南冠客思深。"西陆，古代指太阳运行在西方七宿的区域，指秋天。《隋书·天文志中》："日循黄道东行……行东陆谓之春，行南陆谓之夏，行西陆谓之秋，行北陆谓之冬。"南冠，春秋时楚人之冠。《左传·成公九年》："晋侯观于军府，见钟仪，问之曰：'南冠而縶者，谁也？'有司对曰：'郑人所献楚囚也。'"后来遂以"南冠"指代囚徒。客思，客居在外的思乡之情。首联，由听闻蝉鸣而起兴，点明诗题"在狱咏蝉"。秋天来了，蝉的鸣叫声显得有些凄清，身为囚徒听闻蝉鸣，引起了深深的思乡念亲之情。骆宾王是义乌人，客居长安，又身陷狱中，失去自由，听闻秋蝉的悲鸣，那种身世沉沦之感和穷途末路之悲，极为深切。"客思深"，一作"客思侵"，这是一种痛彻心扉的痛苦。正直耿介，被诬下狱，忠而得谤，期望表白心迹，平反出狱。因而，首联就给人以深沉典重之感。

"那堪玄鬓影，来对白头吟。"那堪，一作"不堪"，不能忍受。玄鬓影，指蝉。古代妇女梳鬓发如蝉翼状，称蝉鬓。崔豹《古今注·杂注》："魏文帝宫人绝所爱者，有莫琼树……琼树乃制蝉鬓，缥缈如蝉翼，故曰蝉鬓。"因与下文之"白头"——诗人自指，相对偶，故称"玄鬓"。汉乐府古辞《古歌》："座中何人，谁不怀忧？令我白头。"又，"白头吟"从字面意思，乃借用乐府古辞《白头吟》，《乐府古题要解》卷上说，“自伤清直芬馥，而遭铄金玷玉之谤”，自喻清直而受诬。颔联，乃是对上联“客思深”的进一步抒写，不堪忍受那青青、缥缈的秋蝉身影，来对着这个白头的阶下囚而高吟长鸣。此联为流水对，上下二句表达一个完整意思，因而“那堪”贯穿全联，突出感情的强烈、忧愤深广。“玄鬓”对“白头”，对仗工整，有鲜明的视觉感、形象感。

“露重飞难进，风多响易沉。”颈联，秋露湿重，那单薄的秋蝉很难飞进；秋风劲吹，秋蝉的哀鸣便消失掩没在风声中了。《礼记·月令》：秋天“凉风至，白露降，寒蝉鸣。”张正见《赋新题得寒树晚蝉疏》：“寒蝉噪杨柳，朔吹犯梧桐。叶迥飞难住，枝残影共空。声疏饮露后，唱绝断弦中。还因摇落处，寂寞尽秋风。”骆宾王化用此意，从秋蝉及其所处的环境着笔。“露重”“风多”，正是秋天的景象，也是环境的恶劣和世路的艰难；处此境地，轻弱的秋蝉，自然是“飞难进”“响易沉”。有翅难飞，有口难辩，正是写尽囚徒无尽的忧思与哀愁。这是诗人真切的人生体验，也是沉浮于世的人生经验总结，表面写秋蝉，实是写人，蝉与人融为一体，寄托遥深，而无晦涩之弊。

“无人信高洁，谁为表予心？”尾联，卒章显志，没有人相信自己的高洁，又有谁来为之而表白其心迹呢？高洁，此处指秋蝉。蝉居高而吸风饮露，是高洁的象征，“禀达人君子之行”，诗人借以抒发其清白无辜。沈约《咏竹》：“无人赏高节，徒自抱贞心。”事实上，尾联紧扣上联之“飞难进”“响易沉”而生发。辽阔天地，茫茫人世，一介囚徒，拘羁牢狱，谁能相信其高洁？又有谁为之而表白心迹？虽然仍是说秋蝉，然而抒情的意味极其浓烈，感情也更为忧愤，那种无助的痛苦，涨溢于诗歌的字里行间。

此诗之构思，通篇将蝉与人合二为一，物与我相融无间，歌咏秋蝉，实乃借秋蝉以自喻。序文多用骈句，声情摇曳，极富声韵。诗歌体物写情，物我一体，寄托遥深。俞陛云说：“起句言狱中闻蝉，题之本位也。三四句由蝉说到己身，层次井然。而‘玄鬓’‘白头’，于句法流转中，兼工琢句。五句言蝉因露重而沾翅难飞，犹己之以谗深而含冤莫白。六句言蝉因风多而响易沉，犹己之以毁积而辞不达。末二句慨然说明借蝉喻己之意。此诗取譬最为明切。大凡咏物诗，或见物兴感，或借物自况，或借物寓意，方有题外之味。不拘迹相，《诗经》兴、赋、比三体中之比体也。咏物用典能贴切固佳，能用典切题而兼有意则尤佳。”（《诗境浅说》甲编）

杜审言

和晋陵陆丞早春游望

独有宦游人，偏惊物候新。云霞出海曙，梅柳渡江春。淑气催黄鸟，晴光转绿蘋。忽闻歌古调，归思欲沾巾。

大诗人杜甫说："吾祖诗冠古"（《赠蜀僧闾丘师兄》）"诗是吾家事"（《宗武生日》）"法自儒家有"（《偶题》），称赞其祖父杜审言诗歌创作成就突出，"天下之人谓之才子"（《唐故万年县君京兆杜氏墓志》），很是自豪。杜审言，字必简，原籍襄阳（今湖北襄阳），其父任职巩县令，遂世居巩县（今河南巩义市）。杜审言少年时与李峤、崔融、苏味道并称"文章四友"，声名甚大。杜审言于唐高宗咸亨元年（670）登进士第，为人恃才傲物，能诗工书，对近体诗的形成贡献颇大。杜审言进士及第之后，曾任职江阴县丞、县尉一类的小官，友人晋陵县丞陆某作《早春游望》诗，杜审言作《和晋陵陆丞早春游望》以为酬答。晋陵，今江苏省常州市。晋陵、江阴同属江南道常州郡，陆氏与杜审言乃同郡僚友。

独有宦游人，偏惊物候新。

宦游人，在外做官的人。物候，节物气候，动植物随季节气候变化而变化的周期现象。梁简文帝《晚春赋》："嗟时序之回斡，叹物候之推移。"首联，唯独那些在外地做官的人，对节物气候的变化极其敏感，惊心于物候的更新。从杜审言此诗可知，晋陵陆丞《早春游望》有感于节物气候之更新，而慨叹游宦思乡之情。杜氏和诗，遂从"宦游人"的身份和"物候新"的共同感受着笔，以"独有""偏惊"来突出这种特别而深切的感受，强调游宦他乡所经历的强烈思乡情感以及对物候变化的敏锐感和新鲜感。杜审言有《春日京中有怀》：“今年游寓独游秦，愁思看春不当春。上林苑里花徒发，细柳营前叶漫新。”抒写宦游长安、新春来临之感受，诗意与此相近。此诗“物候新”乃诗眼，以下诗句主要围绕“物候新”这三个字而展开。

云霞出海曙，梅柳渡江春。

颔联，抒写远望之中的江南早春物候之“新”：清晨，太阳尚未升起，绯红的云霞布满东方之天际，云蒸霞蔚，展示出一派光明灿烂、鲜丽夺目的曙色；青青梅柳也将无限春意从江南传到江北。海，指长江。江阴地处长江下游南岸，浩浩长江经此东流入海。“曙”“春”都是表示时间、季候的名词，此处用作动词。上句写从东向西之霞光展现，下句写从南往北的春色依次展开，这样就形成了一幅立体的、动态的春光图景，给人以欣欣向荣、全新的春之意象，鼓荡情思，催人奋发。

淑气催黄鸟，晴光转绿蘋。

淑气，和煦之气，温馨的春天气息。黄鸟，指黄莺，又名黄鹂，仓庚。陆机《悲哉行》：“蕙草饶淑气，时鸟多好音。翩翩鸣鸠羽，喈喈仓庚鸣。”杜审言化用了此诗意。绿蘋，绿色的浮萍。江淹《咏美人春游》：“江南二月春，东风转绿萍。”颔联写远景，颈联则写近景：和煦的春之气息催使黄鹂欢快地鸣叫，明媚的春光使得浮萍由浅绿转为深绿。上句从触觉来写，下句从视觉展示，而且诗人带有颇大的想象成分，也可以说是艺术的通感。听闻黄鹂歌唱，遂以为春之和煦气息催促使然；看见深绿浮萍，以为乃明媚春光催化使然，用“催”字“转”字，传达了江南春早、春之气息越来越浓、春天脚步越来越快的那种神奇的感觉。

忽闻歌古调，归思欲沾巾。

古调，指陆丞《早春游望》，因为是和诗，于此既呼应首句之“宦游人”，也点明诗题。归思，归家之思。尾联，忽然听到了好友所作《早春游望》之欣赏江南美景且思乡念亲之诗，将自己所沉浸于江南早春美景的心绪唤醒，也引起了自己这个“宦游人”的思乡念亲之情。在这个明媚的春日想起家乡、亲人，归心似箭，不禁潸然泪下。用“忽闻”二字，强调好友陆丞的孤明先发，而且提起全联，照应诗题，呼应首句，语意轻淡，并不低沉，洋溢着一种欢快向上的意蕴，这是初唐诗所特有的意味情调。

此诗结构颇佳，体现出成熟律诗的特色。首联之“物候新”乃诗眼，而中间二联紧紧围绕着“物候新”，摹写江南早春之明媚鲜丽、清新可人，充满着无限的活力和旺盛的生命力，诗人从近景之“云霞出海”“梅柳渡江”，到近景之“黄鸟”“绿蘋”，从东向西之“出海曙”，从南到北之“渡江春”，从听觉之“黄鸟”到视觉之“绿蘋”，从而立体、动态、全方位地展示出江南春景之美好，赏心悦目之中带着惊异与新奇。这两联，相辅相成，情景交融。全诗起承转合，章法严密，句律精切，对仗工整，是一篇佳作，被胡应麟等人推为初唐五言律诗第一，是有道理的。

在唐诗的发展上，杜审言作出了自己的贡献。杜审言文章没有传下来，现存诗歌四十三首，古诗仅二首，五言律诗二十八首，只有二首不合律、七言绝句三首全合律，五言排律七首，《和李大夫嗣真奉使存抚河东》长达四十韵，在初唐极为罕见。杜审言的诗歌由绮靡纤弱转向壮阔雄浑，体现了唐代初、盛过渡时期的特色。明代诗论家许学夷说：“五言律体实成于杜（审言）、沈（佺期）、宋（之问），而后人但言成于沈、宋，何也？审言较沈、宋复称俊逸，而体自整栗，语自雄丽，其气象风格自在，亦是律诗正宗。”（《诗源辩体》卷一三）

沈佺期

杂　诗

闻道黄龙戍，频年不解兵。可怜闺里月，长在汉家营。少妇今春意，良人昨夜情。谁能将旗鼓，一为取龙城。

律诗成熟于初唐，并成为唐诗的主要形式。一提起律诗，人们自然就想到沈佺期和宋之问，认为他们在律诗的定型化上作出了贡献。元稹说："沈宋之流，研练精切，稳顺声势，谓之为律诗。由是而后，文变之体极焉。"（《唐故工部员外郎杜君墓系铭并序》）北宋史学家也说："魏建安后迄江左，诗律屡变，至沈约、庾信，以音韵相婉附，属对精密。及（宋）之问、（沈）佺期，又加靡丽，回忌声病，约句准篇，如锦绣成文，学者宗之，号为沈宋。"（《新唐书·宋之问传》）宋代诗论家严羽说："《风》《雅》《颂》既亡，一变而为《离骚》，再变而为西汉五言，三变而为歌行杂体，四变而为沈、宋律诗。"（《沧浪诗话·诗体》）可见，到了沈佺期和宋之问手里，律诗成熟了，真正进入自觉的阶段。因而，《唐诗三百首》就选录了宋佺期和宋之问的成熟律诗，以彰显其贡献。

杂诗，《文选·王粲〈杂诗〉》李善注："杂者，不拘流例，遇物即言，故云杂也。"杂诗多抒写人生感慨，离别相思之情。沈佺期《杂诗》原作有四首，均写闺中少妇思念远别丈夫之情状，所选为第四首。

闻道黄龙戍，频年不解兵。

黄龙戍，即黄龙城，唐代东北要塞，故址在今辽宁开原西北。原名柳城，前燕慕容皝在柳城北、龙山南筑龙城，改柳城为龙城。《太平寰宇记》卷七一引《十六国春秋·慕容皝传》："柳城之北、龙山之南，所谓福德之地也，可营创规模，筑龙城，构宫庙，改柳城为龙城。九年，遂迁都龙城，入新宫，十二年号新宫曰和龙宫。"后魏置营州，隋大业初年，置辽西郡。唐初改为营州都督府，天宝元年改柳城郡。其时，东北边地常受突厥、奚、契丹等入侵，经常发生战争。因而，唐诗中多以"龙城"指代敌之要地。频年，多年，连年。解兵，撤兵。首联，以闺中少妇之口吻，凭空起势：听说东北黄龙城那儿烟火连天，已经多年没有撤兵休战了。以叙事的方式，交待闺中思妇望月怀远的情事。"频年不解兵"，因而造成征人、思妇长期的分离和无尽的思念，思妇时刻关心着"黄龙戍"的消息，挂念着戍边之征人，浓烈的情思充溢于字里行间。

可怜闺里月，长在汉家营。

颔联，闺中思妇凭栏望月，满腔爱意、情思，都随着一轮明月，时刻照耀着远在天涯、为国戍边的征人之营垒。长久之分离，思而不得见，一轮明月遂成为两地相思之见证，更是互诉衷肠的对象。诗人在此，将望月怀远这个意象，摹写得更为细腻和深刻。月，一方面是分别两地、互诉衷肠的对象；另一方面，也是当初相聚之时，共同赏月美好记忆之象征。不说思念远戍不归之征人，而写闺中望月之意象，明月成为传递情思哀怨之物象，照临边地之营垒；而征人望月，定当感知一轮明月所携带着闺中思妇之深情。"闺里月""汉家营"两相对照，一笔两到，同看一轮明月，昔时何喜，今日何悲，抒写其深切的思念与悲苦的情怀，因而用"可怜"和"长在"来表达那种无奈与伤感。王昌龄之"青山一道同云雨，明月何曾是两乡"（《送柴侍御》），就将这种望月怀远的意境，提升到更高的境界了。

少妇今春意，良人昨夜情。

在颔联望月怀远、两地相思的基础上，颈联直抒胸怀：春光正好，可惜良人不在，自己形单影只，思念深切，辜负了明媚春天啊；而良人戍守营垒，想来也是深情地思念闺中少妇吧。良人，古时妇女对丈夫之称谓。《孟子·离娄下》："齐人有一妻一妾而处室者，其良人出，必餍酒肉而后反。""今春意"，旨在点明春光明媚，青春年少，思妇之一往深情；"昨夜情"，以良人之情意相通，表明两情之相悦，情义相关。而且，"今春意"与"昨夜情"两相对照，漫长春日与具体昨夜，形成时间上的比照，互文见义，虚实相承，未具体摹写情感意绪，却能够浑融一体，真切地令人感知。颔联写景，摹写望月怀远之意境，颈联乃抒情，情由景生，即情即景，将思而不得见的无奈、关切、怨悔，皆蕴含其中，令人回味无穷。

谁能将旗鼓，一为取龙城。

旗鼓，古代军中指挥进退、战斗的用具。《左传·成公二年》："师之耳目，在吾旗鼓，进退从之。"杨伯峻注："《孙子·军争篇》引《军政》曰：'言不相闻，故为之金鼓；视不相见，故为之旌旗。夫金鼓、旌旗者，所以一人之耳目也。'"丘迟《与陈伯之书》："见故国之旗鼓，感平生于畴日，抚弦登陴，岂不怆恨！"将旗鼓，即率领军队之意。龙城，此处应指首联之"黄龙戍"，即打败敌军，攻取要塞之意。因为有前三联的铺垫，因而尾联自然而然、水到渠成：渴望能够有堪当大任的将军，率领军队打败敌人，攻取要塞，取得和平，良人罢远征，与亲人团聚；事实上也是对首联"频年不解兵"的回应。

此诗内容并不复杂，将传统的征人思妇题材，以望月怀远的意象，摹写刻画，用笔轻柔，语词含蓄，似怨非怨，明丽与含蓄、单纯与复杂相统一，极具回还往复、缠绵委婉的情致，有一唱三叹之妙。周珽说："此托戍妇词以致讽意也。言兵连祸结，久戍无归。夫营可至者，唯有月色，则将心随月，乃戍无聊之思。曰'可怜'，曰'长在'，已自不胜欲恨。至'今春意''昨夜情'，见两地各有莫诉幽衷。说者谓'语晦而浅'，不知作诗之妙，正以似深非深，似浅非浅，有可解有不可解之趣也。"（《删补唐诗选脉笺释会通评林·初五律》引）颇有助于此诗之理解。

宋之问

题大庾岭北驿

阳月南飞雁，传闻至此回。我行殊未已，何日复归来。江静潮初落，林昏瘴不开。明朝望乡处，应见陇头梅。

大庾岭，古名塞上、台岭，相传汉武帝有庾姓将军筑城于此，因有大庾之名。又名东峤、梅岭。在今江西大余、广东南雄交界处，向来为岭南、岭北的交通咽喉。《元和郡县图志》卷三五“岭南道·韶州”：“大庾岭，一名东峤山，即汉塞上也……越相吕嘉破汉将军韩千秋于石门，封送汉节，置于塞上，即此岭。本名塞上，汉伐南越，有监军姓庾，城于此地，众军皆受庾节度，故名大庾。五岭之戍中，此最在东，故曰东峤。”《明一统志》卷五八“南安府”：“大庾岭，在府城西南二十五里，磅礴高耸，南接南雄。初，岭路峻阻，唐张九龄开凿新路，两壁峭立，中涂坦夷，其上多梅，又名梅岭。岭表有关曰梅关，置官兵守之。或传梅福尝隐于此，岭上有寺，有妇人题云：‘妾幼侍父任英州司寇，既代还，以大庾有梅岭之名而反无梅，遂植三十本于道，因题诗云：英江今日掌刑回，上得梅山不见梅。辍俸买将三十本，清香留与雪中开。’”北驿，即大庾岭北面的驿站。神龙元年（705）正月，大臣张柬之、敬晖等发动宫廷政变，诛杀宠臣张易之、张昌宗，逼迫武则天退位。中宗即位，惩处依附张易之、张昌宗的官僚，媚附张氏的宋之问、沈佺期、杜审言、李峤、崔融等，皆被贬谪，而宋之问被贬泷州（今广东罗定）。宋之问过大庾岭，写有《题大庾岭北驿》《度大庾岭》《早发大庾岭》等诗，广为传诵。

宋之问才思敏捷，诗艺颇佳。武后游龙门，见伊阙、龙门，山峰巍峨，树木青翠，伊水、洛水环绕，意兴颇高，遂命随从君臣赋诗，诗先写成者赏赐锦袍。左史东方虬先写成诗篇，遂赐予锦袍。俄顷，宋之问诗成，呈献武后，武后吟讽不已，大为叹赏，许为第一。宋之问遂从东方虬手中夺过锦袍，披在自己身上，意气洋洋，成为一段佳话。这首《题大庾岭北驿》，即可见出宋之问的才情与诗艺。

"阳月南飞雁，传闻至此回。"阳月，农历十月的别称。董仲舒《雨雹对》："十月，阴虽用事，而阴不孤立。此月纯阴，疑于无阳，故谓之阳月。"宋之问贬岭南，二月离京，至大庾岭并不是农历十月，此处用"阳月"只是泛用阳月大雁南飞的故事，并不能据以断定宋之问到大庾岭的时间为十月。此二句谓，秋天北雁南飞，听说大雁也只飞到大庾岭而不再向南飞了，等待来年春天飞回北方。"我行殊未已，何日复归来。"三四句紧承，诗人说自己不能停止于此，还得过大庾岭而南行，何日才能离开贬所而北返呢？以大雁之南飞而不过岭南，一方面说，远贬泷州之路途遥远，大雁得以栖息岭北，而自己尚需继续远处；另一方面说人不如雁，来年春天，大雁得以北返，而自己归期遥遥，充满悲苦之情。前四句，委婉含蓄，一气贯注，层层递进，将被远贬岭南、命运无法把握的悲凄之情，深切地表达出来。诗人以"南飞雁"之"至此回"与"我行"之"殊未已"对照，将"何日复归来"的茫然全然呈现出来，取得了奇警的表达效果。

抒情已极，诗人以饱含深情之眼，转而写景："江静潮初落，林昏瘴不开。"可以想见，伫立于大庾岭之巅的诗人，心情悲凄，满目凄然，放眼眺望，唯见深秋之际，江水低落，江面平静，瘴气凝结，林莽昏暗，一派迷蒙。"江静潮初落"，摹写秋天江水平静无波，视野开阔，气象博大；而"林昏瘴不开"，却又抒写进入岭南瘴疠之地，瘴气凝结，阴沉昏暗，前路茫茫，呈现出一种黯淡迷茫、畏怯不前的心态。瘴，指南部、西南部地区山林间湿热有毒之气。《后汉书·南蛮传》："南州水土温暑，加有瘴气，致死者十必四五。"

结尾两句"明朝望乡处，应见陇头梅"，由写景而转为抒情，且紧扣诗题：明日翻越大庾岭，伫立大庾岭山头，回望家乡，家乡不可见，同时遭贬的友人也不可见，大概也只能见到这大庾岭山巅的红梅吧。陇头梅，大庾岭多梅树，又称梅岭。大庾岭南北气候差异比较大，山南之梅已落，山北之梅尚开，宋之问《度大庾岭》说“度岭方辞国，停轺一望家。魂随南翥鸟，泪尽北枝花”，正是写实。《荆州记》记载：“陆凯与范晔为友，在江南寄梅一枝，诣长安与晔，并赠诗云：折梅逢驿使，寄与陇头人。江南无所有，聊赠一枝春。”此处暗用此典，当别有所指。与宋之问同被贬谪的，还有与其过从甚密之沈佺期、杜审言、王无竞、崔融、李峤、苏味道等人。此诗用“应见陇头梅”，大概是指沈佺期、杜审言等人，曲折地表达存问友朋之意，欲折梅赠友，却无处可寄，奈何？事实上，宋之问行至端州之驿站，见到贬谪峰州的杜审言、贬谪广州的王无竞题写于驿站墙壁上的诗句，同被贬谪而未能相见，颇为感慨。有诗曰：“逐臣北地承严谴，谓到南中每相见。岂意南中歧路多，千山万水分乡县。云摇雨散各翻飞，海阔天长音信稀。处处山川同瘴疠，自怜能得几人归？”（《至端州驿见杜五审言沈三佺期阎五朝隐王二无竞题壁慨然成咏》）据此，“应见陇头梅”实际上蕴含了对沈佺期、杜审言、王无竞等被贬同僚的思念、慰问之情。

此诗抒写贬谪思乡之情、念友之义，凄然欲绝，如哽咽吞声，又能以景寓情，含蕴不尽。前四句以人与雁对照，抒写雁止宿于岭北而人尚须南行、雁得归而人不得归的悲哀，人不如雁，情何以堪！“江静潮初落，林昏瘴不开”，以开阔的视野摹画景象，烘托抒情，情与景交融，此二句联结上下文，使得七、八句之回望家乡，借梅寄情，结成一个浑融的整体，含蓄而有神味。

王 湾

次北固山下

客路青山外，行舟绿水前。潮平两岸阔，风正一帆悬。海日生残夜，江春入旧年。乡书何处达，归雁洛阳边。

此诗，殷璠《河岳英灵集》作《江南意》，曰：“南国多新意，东行伺早天。潮平两岸失，风正一帆悬。海日生残夜，江春入旧年。从来观气象，唯向此中偏。”而芮挺章《国秀集》所录诗题为《次北固山下》，正是后世流传的版本。殷璠和芮挺章，皆为王湾同时代人，而且此诗流传广泛，不大可能是诗歌编选者所改编。从相关史料推论，这两种版本的诗歌，都是王湾所作，不过，《河岳英灵集》所录之诗，乃其最早之版本，而《国秀集》所录之作则为王湾最后改定之作，因而一首诗有两种不同的版本传世。

次，停泊。北固山，在今江苏省镇江市东北，有南、中、北三峰。北峰三面临江，回岭斗绝，形势最为险要，故称“北固”。南朝梁武帝萧衍登临此地，曰：“此岭不足须固守，然于京口实乃壮观。”于是改为“北顾楼”。王湾此诗当时颇受重视，宰相张说亲手书写“海日生残夜，江春入旧年”一联，高悬于政事堂上，“每示能文，令为楷式”（《河岳英灵集》卷下），以彰显其生机勃勃的新兴气象。此诗乃王湾进士及第之后，游历东南所作，大概在开元元年（713）岁末。

客路青山外，行舟绿水前。

客路，行于他乡之路，指旅途。此处指王湾乘舟东南行的水路。青山，指北固山。行舟，指长江上正在行驶的船。绿水，指清澈的长江。

此联谓，泊舟于北固山下，回顾来路，放眼前程：诗人乘船东行，来到北固山下，树木丛茂，山岭青翠，前路遥遥，尚需乘船行驶于清澈长江之上。北固山脚下，乃诗人泊船之地，回顾来路，瞻望前程，诗人心情轻松，心境恬淡，充溢着一种自信与愉悦的心绪。青山、绿水，将江南早春的气息全然彰显出来。此一联音调流美，对仗工整，色彩鲜明，流露出诗人面对江南青山绿水的早春景象而特有的轻松愉悦、流连称赏的感情。

潮平两岸阔，风正一帆悬。

潮水涨溢，长江两岸无边无际，显得极为开阔；潮水退落，水流变小，两岸之地尽见，显得颇为狭小。风正，指顺风，又平和有力，风力既不弱，又不猛烈，恰到好处。此联谓，正是初春时节，潮水涨溢，江水满盈浩荡，与两岸齐平，浑茫无际，与天地相交接，令人倍感境界之阔远；而和风吹拂，船帆高悬，顺风行船，瞬息千里，正是行船之好时机。诗人描绘的正是浩浩长江中，一叶小舟船帆高悬，在和风吹拂下顺风顺流而行的景象，于壮阔中兼有飞动之势，以“一帆”高悬，衬托出水天交接之广远辽敻的境界，同时也传达出诗人于此壮阔飞动景象中所蕴蓄的心旷神怡的心境。中唐之孟郊，人生失意，处处碰壁，深怀人生无路可走的忧惧：“食荠肠亦苦，强歌声无欢。出门即有碍，谁谓天地宽。”（《赠崔纯亮》）人生事事不顺遂，出门即有障碍，真是人生逼仄之苦况，天地窄小，无路可走。两相对照，“潮平两岸阔，风正一帆悬”，所彰显的正是青春年华、人生得意的自信与自强。

海日生残夜，江春入旧年。

上一联乃视觉之所见，从空间上来抒写；此联则从视觉与触觉，从时间上来摹画。残夜，夜色将尽、即将拂晓之时。此联谓，在残夜将退未退之际，一轮红日从东边天际的海平面上冉冉升起，将朝霞洒满天际，渐次铺于大地之上；江南春早，旧年尚未过去，而温润新鲜的春之气息，已然提前到来。诗人显然感受到江南和煦春意萌动的气息。“海日”与“残夜”、“江春”与“旧年”本是对立的，然而诗人敏锐地感受并捕捉到了新旧交替之际的奇特现象，并且用“生”字和“入”字连接，摹写一抹红霞划破暗夜、光明逼退黑暗、红日冉冉升起；江南春早，融融春意于料峭寒气、残雪犹存的冬日中渐渐透露出来，触动旅人之情思。如此，则将“海日”与“江春”拟人化了，突现其有情有义、蕴蓄着勃勃的生机，在新警和深邃之中增添了一种生动的情致，极富哲理。事实上，也彰显出一种鲜活而强韧的生命力。清人何焯说：“武、韦继乱，忽睹开元之政，四海皆目明气苏也。”（《瀛奎律髓汇评》卷一〇）结束了武则天和韦皇后的祸乱政治，玄宗即位，整顿吏治，风气为之一变，给人们予以神清气爽、大有前途的气息。因而也就理解了宰相张说亲手书写此联，高悬于政事堂，实乃“海日生残夜，江春入旧年”蕴蓄着一种新鲜、清明的气息和充满勃勃生机的生命力，预告了一个政治清明、充满活力的新春之到来。明代诗论家胡应麟说：“盛唐句如‘海日生残夜，江春入旧年’，中唐句如‘风兼残雪起，河带断冰流’，晚唐句如‘鸡声茅店月，人迹板桥霜’，皆形容景物，妙绝千古，而盛、中、晚界限斩然。故知文章关气运，非人力。”（《诗薮·内编》卷四）亦可见其内蕴之丰厚。

乡书何处达，归雁洛阳边。

从空间与时间上，从视觉与触觉上，抒写江南春早、前途正好之新鲜清丽气息，诗人自然而然地想念远在北方的亲人，想把这江南春早、前途正好的喜讯告知他们：就请北归的大雁飞越寥廓江天，将书信送给洛阳的亲友。

此诗乃流传千古的名篇。诗人写舟次北固山下，描绘极目所见之景、所感之情，意境壮阔，富有哲理，显现出盛唐气象之雄浑博大。中间二联尤为警绝，“潮平两岸阔，风正一帆悬”，潮水涨溢，江水浩荡，两岸开阔，风正帆悬，所谓浓淡相生，大小相形，彰显恢弘阔大的景象。“海日生残夜，江春入旧年”，抒写新旧交替之节序变化，充满生机而又富有哲理。沈德潜说："江中日早，客冬立春，本寻常意，一经锤炼，便成奇绝。"（《重订唐诗别裁集》卷一〇）而尾联则以鸿雁传书的典故，希望将这融融春意、前途正好的信息，告知洛阳亲友。全诗神完气足，实为一篇不可多得的佳作。

常　建

破山寺后禅院

清晨入古寺，初日照高林。曲径通幽处，禅房花木深。山光悦鸟性，潭影空人心。万籁此皆寂，唯闻钟磬音。

常建，生卒年不详，开元十五年（727）进士，做过县尉，仕宦不达。常建长于诗歌，擅长抒写游赏、音乐、征戍类题材，为时人所称赏。盛唐诗论家殷璠《河岳英灵集》卷上曰："高才而无贵仕，诚哉是言。曩刘桢死于文学，左思终于记室，鲍昭卒于参军，今常建沦于一尉，悲夫！建诗如初发通庄，却寻野径，百里之外，方归大道。所以其旨远，其兴僻，佳句辄来，唯论意表。至如'松际露微月，清光犹为君'，又'山光悦鸟性，潭影空人心'，此例十数句，并可称警策。然一篇尽善者，'战余落日黄，军败鼓声死''今与山鬼邻，残兵哭辽水'，属思既苦，词亦警绝。潘岳虽云参叙悲怨，未见如此章。"将常建与建安七子之刘桢、晋代文学之翘楚左思和鲍昭并列，可见殷璠对常建之推重，而且高度肯定其艺术成就——描绘寻常情景，却能够形象生动，曲尽其情，颇具独创性，"佳句辄来，唯论意表"，令人赏爱不已。

诗题一作《题破山寺后禅院》，收录在《河岳英灵集》卷上，可知此诗创作于天宝十二载（753）以前。破山寺，即兴福寺，在江苏常熟市虞山北岭下。始建于南朝齐，初名大慈寺，梁大同五年（539）重修时，于大雄宝殿内发现一隆起大石，隐约有"兴""福"二字，遂改称"兴福寺"。又因寺居破龙涧下，传说龙相斗，破山而去，亦称"破山寺"。唐懿宗咸通九年（868），赐大钟一口，重一千三百六十斤，并题额"破山兴福寺"。归有光《与沈敬贤》书信，记述其游破龙涧之景象，曰："山北破龙涧，下抵白龙寺，尤奇胜。有泉一道，从破石间下流，可一里。相传有白龙破此山而去，其形势真如劈破。幽泉乱石相触，淙淙有声，旁多珊瑚瑶草，石隙间时有积雪。"

清晨入古寺，初日照高林。

首联紧扣诗题"破山寺"，从逻辑上应该是"初日照高林，清晨入古寺"：清晨，旭日初升，一缕阳光照临茂密高大的树林，诗人漫步入古老幽静的破山寺。此乃从破山寺之外进入寺内，初日照临，树木高大茂密，一派静谧祥和，漫步进入古老的寺院，给予人心境宁静澄澈之感。

曲径通幽处，禅房花木深。

颔联紧扣诗题"后禅院"：既是"后禅院"，必然先由前禅院而进入，因而说"曲径通幽处"——沿着曲曲折折的小径，来到一处极其僻静幽深之所，别有洞天，"禅房花木深"——原来这个"后禅院"就处于茂密树木花林的深处，不易为人所见。古寺高林掩映，宁静祥和，而后禅院则处于花木幽深处，极其幽静，别有洞天。曲径，《河岳英灵集》卷上作"竹径"。宋人吴可《藏海诗话》曰："苏州常熟县破山头有唐常建诗刻，乃是'一径通幽处'。盖唐人作拗句，上句既拗，下句亦拗，所以对'禅房花木深'，'遇'与'花'皆拗故也。"录此，聊备一说。

山光悦鸟性，潭影空人心。

颈联抒写破山寺之天光物态、幽幽禅意：天光大亮，寺后的青山，在朝阳照耀下，晴岚青翠，逗引得鸟儿欢快跳跃，婉转歌唱；清清的潭水，一派空明，似有若无，倒映着青山、古寺、树木、人影，天光物态，相互呼应，也使人的心灵如同洗涤过一般清净。青山傍于古寺，晴岚翠霭，鸟为之而欢欣；寺后有潭水，深潭清澈，宛如虚明，足以荡涤尘俗之心，天机物态，悠然自在，何等洞达，人心空阔。此二语深含禅理，不落拘滞。

万籁此皆寂，唯闻钟磬音。

尾联紧承颈联：此时山空境净，万物皆归于沉寂，只听闻古寺悠扬的钟磬声，在青山深谷、晴岚高林间，萦回缭绕……将远离尘俗的清绝幽静，摹写如画。万籁，自然界中的各种声响。籁，从孔穴中发出的声音。皆，一作“都”，一作“俱”。钟磬，寺院中乐器。僧人诵经、参禅时，开始敲钟，结束敲磬。

这是一首题壁诗，诗人游览古寺，体悟空明幽静之禅意，抒发隐逸闲适情怀，兴象深微，诗笔超妙，字字入神，将空明之境与淡淡的禅意，融而为一，构思精巧，通体幽绝。欧阳修《题青州山斋》曰：“吾尝喜诵常建诗云：‘竹（曲）径通幽处，禅房花木深。’欲效其语作一联，久不可得，乃知造意者为难工也。”（《续居士集》卷二三）其实，要理解欣赏“曲径”一联，首先要理会“山光悦鸟性，潭影空人心。万籁此皆寂，唯闻钟磬音”二联，唯有心与境会，澹然相合，自然神妙。破山寺的山光水色，使诗人达到了物我两忘的空明境界，内心充溢喜悦，体悟到幽微的禅意，那萦回于青山翠霭的钟磬声，更衬托出空山的寂静、禅意的深微。此诗之妙绝，往往为前人所欣赏。施补华《岘佣说诗》：“写景须曲肖此景。‘渡头余落日，墟里上孤烟’，确是晚村光景；‘两边山木合，终日子规啼’，确是深山光景；‘黄云断春色，画角起边愁’，确是穷边光景；‘山光悦鸟性，潭影空人心’，确是古寺光景；‘野径云俱黑，江船火独明’，确是暮江光景。可以类推。”

岑 参

寄左省杜拾遗

联步趋丹陛，分曹限紫微。晓随天仗入，暮惹御香归。白发悲花落，青云羡鸟飞。圣朝无阙事，自觉谏书稀。

唐肃宗至德二载（757），在安史之乱这个特殊时期，朝廷虚心纳谏，然而人才未备，杜甫等举荐岑参，推许其“识度清远，议论雅正，佳名蚤立，时辈所仰”（《为补遗荐岑参状》），推荐为右补阙。本年九月，长安收复，十月，岑参扈从肃宗还京。乾元元年（758），岑参、杜甫、王维、贾至等两省僚友，相互唱和。此诗当作于乾元元年（758），岑参时年四十二岁，任中书省右补阙。时年四十七岁的杜甫遂作《奉答岑参补阙见赠》：“窈窕清禁阙，罢朝归不同。君随丞相后，我往日华东。冉冉柳枝碧，娟娟花蕊红。故人得佳句，独赠白头翁。”

左省，即门下省。唐大明宫宣政殿前有东西两廊，东廊名日华门，门外东上阁为门下省所在地，地处宣政殿左，故称左省、左曹、东省；西廊名月华门，其外西上阁为中书省所在地，地处宣政殿右，故称右省、右曹、西省。杜拾遗，即杜甫。其时，杜甫在门下省任左拾遗（从八品上），岑参为中书省右补阙（从七品上）。唐代门下省置左补阙、左拾遗各二人，中书省置右补阙、右拾遗各二人，为谏官之职，掌供奉讽谏。

联步趋丹陛，分曹限紫微。

联步，同行，相随而行。丹陛，宫殿的台阶。《隋书·薛道衡传》：“趋事紫宸，驱驰丹陛。”分曹，古代官府分科治事，称分曹，犹今之分部门，分科。《后汉书·百官志二》：“成帝初置尚书四人，分为四曹。”紫微，即紫微垣。星官名，三垣之一。《晋书·天文志上》：“紫宫垣十五星，其西蕃七，东蕃八，在北斗北。一曰紫微，大帝之座也，天子之常居也，主命主度也。”亦代指帝王宫殿。此处指朝会之宣政殿。门下省在殿东，中书省在殿西，两省中间隔着宣政殿，因而说“分曹限紫微”——即以宣政殿而分隔为东西两省。

首联，我们并肩而行，一起走上宫殿的台阶，却分别在宣政殿两旁的中书省和门下省办公。

晓随天仗入，暮惹御香归。

天仗，即仙仗。唐制，朝会时门下省、中书省官员由东西两阁仪卫依次导引进入殿中，分东西班相对而立。惹，沾染。御香，朝会时殿中香炉熏香。《新唐书·仪卫志》：“朝日，殿上设黼扆、蹑席、熏炉、香案。”

颔联，清晨，跟随仪卫的导引，依次上殿；黄昏，熏染满身的宫殿芳香而归家。

白发悲花落，青云羡鸟飞。

青云，指高空的云，亦借指高空。《楚辞·远游》：“涉青云以泛滥兮，忽临睨夫旧乡。”傅玄《历九秋篇》：“齐讴楚舞纷纷，歌声上激青云。”也用以比喻高官显爵。《史记·范雎蔡泽列传》：“须贾顿首言死罪，曰：‘贾不意君能自致于青云之上。’”扬雄《解嘲》：“当途者升青云，失路者委沟渠。”

颈联，看年年花开花落，而感伤岁月流逝；望天上青云，羡慕鸟儿直冲云霄，一飞冲天。

圣朝无阙事，自觉谏书稀。

阙，缺失、过错。谏书，进谏的奏章。

尾联，圣明的王朝，本来就没有什么可以拾遗补缺，身为谏官，也觉得谏诤之章奏，已渐渐稀少了。

岑参家世显赫，曾祖父岑文本、伯祖父曾长倩、伯父岑羲三代为宰相。可惜岑羲被诛，家道衰落。岑参曾有重振家声的愿望，科举考试高中，又两度出塞西域从军，开阔了诗人的胸襟。至德二载（757）东归，被授予右补阙一职。右补阙虽仅从七品上，然而“掌供奉讽谏，扈从车驾”，乃天子近臣，清要之职，历来为唐人所看重。收复长安，肃宗回京，唐朝出现了复兴的希望，朝廷洋溢着一股热烈的气氛。乾元元年（758），贾至、王维、杜甫、岑参等相唱和，表达这种兴奋与期望。然而，杜甫、岑参很快就感受到了朝廷缺乏励精图治之心，因循守旧，前途堪忧。安史之乱未平，战祸严重，大太监李辅国、鱼朝恩等专权，藩镇割据的势头已然出现，巨大的危机在承平的表面下而暗流涌动。岑参频频上书，指斥权幸，陈述利害，激励时风，期望朝廷能够振作起来，然而毫无回应，如石沉大海。供职朝廷，按部就班，因循保守，每天上朝如仪，却不能有所作为，沉埋于冗杂的事务之中，诗人的心境是灰暗的。其作于同时的《西掖省即事》铺写上朝之威仪：“西掖重云开曙辉，北山疏雨点朝衣。千门柳色连青琐，三殿花香入紫微。”雍容华贵的表面之下，是诗人忧愤、躁动的心绪：“官拙自悲头白尽，不如岩下偃荆扉。”诗人说，自己享受不了这种无所事事、雍容华贵、刻板无聊的庸常生活和做官姿态，还不如辞官归隐，不为世事而操心了。

前二联，写与杜甫同朝共事，对偶工稳而意脉流动，于典雅中自具一种流丽自然之气韵。上朝，与杜甫并肩同行，朝见皇帝之后，遂各自进入左省与右省办公，点明与杜甫乃两省僚友的亲密关系。清晨上朝，仪卫导引，黄昏退朝，衣染御殿熏香，雍容华贵，庄严肃穆，很有仪式感。然而，诗人多少感受到的是无聊与刻板，正如《西掖省即事》所说“平明端笏陪鹓列，薄暮垂鞭信马归”，有限的生命和事业的激情，都渐渐被这无聊与刻板的生活消磨殆尽了。因而，颈联“白发悲花落，青云羡鸟飞”，就有了转折。看到宫禁中花木盛开、凋零，深深感受到年华虚度、无所建树、生命流逝之可悲，晴空鸟飞，直上云霄，顿生羡慕之情。身为谏官，不被重用，仅仅备位、列虚名而已，诗人的感喟是深沉的。尾联“圣朝无阙事，自觉谏书稀”，乃是愤激之语。乾元元年，长安虽然勉强收复，然而安史之乱未平，战事频发，生民涂炭，朝廷应对无方，危机重重。而诗人说“圣朝”——圣明之朝，“无阙事”，没有什么失误、错误之事，岂非愤激之语？反语见讽，含意深微。纪晓岚说：“圣朝既以为无阙，则谏书不得不稀矣。非颂语，乃愤语也。”（《瀛奎律髓汇评》卷二）正是这种心境，诗人才有“白发悲花落，青云羡鸟飞”之深切感触。

杜甫与岑参的思想情感相通，他们的心境相似，因而杜甫收到岑参的赠诗，作《奉答岑参补阙见赠》，也颇有感于此，而有“故人得佳句，独赠白头翁”，心领神会，当会相视而笑。然而，这却是一个时代的悲哀，是志士仁人不得大用于世的悲哀。此诗抒写怨愤之情，却颇为含蓄，得“温柔敦厚”之旨，遂成为许多选本选录的对象。

李　白

赠孟浩然

吾爱孟夫子，风流天下闻。红颜弃轩冕，白首卧松云。醉月频中圣，迷花不事君。高山安可仰，徒此揖清芬。

孟浩然是盛唐的大诗人，擅长山水田园诗歌创作，与王维齐名，世称“王孟”。孟浩然少时崇尚节义，喜欢赈济处于艰难困苦中之人，隐居于襄阳鹿门山。四十岁时，往游长安。曾经在太学赋诗，一座皆叹服倾慕。张九龄、王维常常称道其人其诗。王维曾经私自邀请孟浩然到处于宫廷之内的翰林院，孰料玄宗皇帝忽然到来，慌乱之中，孟浩然藏匿于床下。玄宗说：“朕闻其人而未见也，何惧而匿？”于是，孟浩然出来拜谒玄宗皇帝。玄宗问孟浩然近来所做何诗？浩然自诵其诗，有“不才明主弃，多病故人疏”之句，玄宗说：“卿不求仕，而朕未尝弃卿，奈何诬我？”因放还。

后来，采访使韩朝宗是孟浩然约请孟浩然一道至京城长安，欲把孟浩然推荐于朝廷。这个韩朝宗在盛唐大有名望，很乐于推荐、揄扬青年才俊，一旦得到韩朝宗的荐举，很快便声名满天下，大大增加了出仕做官的机会。因而，很多人都渴望能够一见韩朝宗的面，希望得其援引。李白《与韩荆州书》：“白闻天下谈士相聚而言曰：‘生不用封万户侯，但愿一识韩荆州。’何令人之景慕，一至于此耶？岂不以有周公之风，躬吐握之事，使海内豪俊奔走而归之，一登龙门，则声誉十倍。”韩朝宗曾任荆州长史，故称韩荆州。后来，遂把“识荆”作为初次见面的敬辞。这样一位声名显赫、乐于援引后进的大人物，主动邀约孟浩然一同赴长安，可见韩朝宗对孟浩然的重视。韩、孟二人约定，择期出发，前往京师长安。正当要出发的那天，孟浩然有友人来访，孟浩然便热情设宴招待友人，畅谈正欢。这时，有人提醒说："君与韩公有期。"——您和韩朝宗约定今天要起程，赴长安去。孟浩然说："业已饮，遑恤其他。"——好友光临，已经饮酒，哪管那么多呢。韩朝宗怒，遂行，孟浩然一点也不后悔。(《新唐书·孟浩然传》）此诗大约是开元二十七年(739)，李白过襄阳重访孟浩然时所作。此时，孟浩然已届暮年，次年即患病去世。

李白对孟浩然满怀仰慕之情，因而诗之首联说：

吾爱孟夫子，风流天下闻。

爱，敬慕、仰慕。夫子，对有才德声望之中年以上男子的敬称。风流，指儒雅潇洒的风度和超然不凡的才华。

首联，先声夺人，李白直抒胸臆：一直以来，非常敬慕孟浩然这个人，其儒雅潇洒的风度和超然不凡的才华，早已名闻天下了。

红颜弃轩冕，白首卧松云。醉月频中圣，迷花不事君。

红颜，红润的脸色，指青壮年时代。轩冕，古时公卿大夫的车乘和冕服，后来则借指官位爵禄。《庄子·缮性》："古之所谓得志者，非轩冕之谓也，谓其无以益其乐而已矣。"松云，青松白云，指隐居之境。《南史·隐逸传上·宗测》："性同鳞羽，爱止山壑，眷恋松云，轻迷人路。"醉月，对月饮酒而醉，醉于月光之中。中圣，达到圣人之境界。中，达到。《三国志·魏志·徐邈传》："平日醉客，谓酒清为圣人，浊者为贤人。"徐邈于酒禁严厉之时，饮酒沉醉，人问，答曰："中圣人。"迷花，流连花草，指归依自然。不事君，《周易·蛊卦》："不事王侯，高尚其事。"不做官、不服侍王侯，保持了高度的人格尊严与精神自由。

颔联、颈联，对上一句的具体抒写：孟浩然在青壮年之时，就已经抛弃了官位爵禄之诱惑，隐居山林，到晚年也未曾改变其隐居之志。夜晚，对月饮酒而醉，往往能够达到圣人之境界；迷恋花草，归依自然，隐居不仕，而不侍奉君王，保持了人格的尊严和精神的自由。

高山安可仰，徒此揖清芬。

高山，喻高尚的德行。《诗经·小雅·车舝（xiá）》："高山仰止，景行行止。"景行，大路，比喻行为正大光明。后以"高山景行"比喻崇高的德行。曹丕《与钟大理书》："高山景行，私所仰慕。"此处之高山，应该是指孟浩然隐居的襄阳鹿门山。徒此，只能这样。揖，拱手为礼，表示致敬。清芬，比喻高洁的德行。

尾联，孟浩然的品行高洁，如同那巍巍高耸的鹿门山，作为晚辈怎敢企仰，只能在此向你的风范拱手致敬了。

李白游襄阳，遂前往拜谒孟浩然，而孟浩然出游未归，未能见面。于是，李白就写了这首《赠孟浩然》诗。诗的首联即点明题旨，统摄全诗，"吾爱孟夫子，风流天下闻"——爱慕孟浩然之儒雅潇洒的高洁品性、超然不凡的才华。"风流"是孟浩然品性的高度概括，因而诗的颔联和颈联，皆紧紧围绕着"风流"来具体抒写。"红颜弃轩冕，白首卧松云"，是孟浩然形象的生动写照，将官位爵禄弃之如敝屣；"醉月频中圣，迷花不事君"，是孟浩然的人生追求，饮酒而频频达到圣人合于天道的境界，天性自由，而不愿侍奉君王，受其拘束如辕下驹之局促不安。这是孟浩然的自由自足、乐天行道的精神状态："红颜""白首""醉月""迷花"，极为形象地铺陈，在松云、夜月的清幽环境之中，又有山花繁盛之热闹，清幽然而并不冷清，更有一派生机盎然之趣。如此，则与孟浩然以隐居而起、以隐居而终的一生，以及醉月迷花的潇洒意态、真率活泼的心态，高度一致。于是，诗人自然而然滋生出这样的情蕴：虽然未能拜谒孟浩然，然而其高山仰止的高洁品性、流风余韵，让人敬慕不已。孟浩然之屋庐、庭院、山花、荒径以及隐居之鹿门山巍巍耸峙，在在皆有情味，诗人对之而揖其清芬，致以敬意。此诗很形象地展示了李白远赴襄阳拜访孟浩然而不得，低回流连，无限倾慕的情境，描摹生动，两位盛唐的高人形象，跃然纸上，有很强的画面感，颇为传神。

此诗直抒胸臆，感情深挚而文辞浅近。从抒情到描写再到抒情，从爱敬至敬仰，意境浑成，感情率真，表现出诗人特有的风格。

孟浩然隐居之时，正是李白汲汲奔走、干谒求仕之际。仕进无门，受到很大的打击，颇易产生功业虚妄之幻灭感。何况，李白本身就有强烈的高蹈避世情怀，孟浩然始终隐居的风范、独立的人格与处世态度，遂激发其无限的敬慕之情，诗人遂唱出这一首赞歌。所谓君子同心，达人同志，李白的心境与孟浩然颇为相通，故而能有此心心相印之歌唱与赞美。

渡荆门送别

渡远荆门外，来从楚国游。山随平野尽，江入大荒流。月下飞天镜，云生结海楼。仍怜故乡水，万里送行舟。

开元十三年（725）秋天，二十五岁的李白“仗剑去国，辞亲远游”（《上安州裴长史书》），离开蜀中，乘舟出三峡，走向更为广阔的天地。年轻的李白初出三峡，开启人生新的征途，面前的一切都是鲜活而充满魅力。诗人乘船即将进入广阔的江汉平原，为眼前的壮丽景象所激荡，对未来的人生，有着许多的期待与想象。面对此情此景，年轻的李白心情激越，豪情满怀，遂写了这首《渡荆门送别》。诗人要辞别的是故乡蜀地，离开蜀地，是真正意义上远离家乡，独自一人漫游，去开创一个崭新的世界。在多情的诗人看来，流经故乡蜀地的滔滔长江，一路相伴，深情送别。因而，诗题《渡荆门送别》乃意在别故乡，辞别深情的滔滔江水。荆门，山名，在今湖北宜昌东南长江南岸，与虎牙山隔江相对，为楚之西塞，因山形似门，又在荆楚之西，故称。《水经注·江水》：“江水又东历荆门、虎牙之间。荆门在南，上合下开，暗彻山南。有门像。虎牙在北，石壁色红，间有白文，类牙形，并以物像受名。此二山，楚之西塞也，水势急峻。”荆门，是四塞的巴蜀之地与广袤的江汉平原相交接之处，也是出入巴蜀颇为险要的关隘重镇。

渡远荆门外，来从楚国游。

渡远，乘舟远行。从，到。楚国，指今湖北、湖南一带，春秋战国时属楚国。

首联，乃是以诗人的故乡巴蜀之地为出发点，出三峡向东而行，从蜀中远航，穿越险峻的荆门，来到楚国广袤的大地漫游。

山随平野尽，江入大荒流。

大荒，荒远的地方，广阔的原野。《山海经·大荒东经》："東海之外，大荒之中，有山名曰大言，日月所出。"《文选·左思〈吴都赋〉》："出乎大荒之中，行乎东极之外。"刘逵注："大荒，谓海外也。"此处，大荒是指广阔无边际的江汉平原。

颔联，乃离开巴蜀之崇山峻岭，进入江汉平原所见景象：诗人乘船穿过三峡、荆门等极为险要之所，地势渐趋平坦，长江两岸之高山亦随之而消失；气势磅礴的长江水，进入了广袤而平坦的原野，浩浩荡荡、向东奔流。这是久处山区，乍到开阔平原的一种颇为新奇的感受和体验。

月下飞天镜，云生结海楼。

下，下临，下降。海楼，即海市蜃楼。光线经过不同密度的空气层，发生显著折射或全反射时，把远处景物显示在空中或地面而形成的各种奇异景象，常发生在海上或沙漠地区。古人误认为蜃（大蛤）吐气而成，故称。《史记·天官书》："海旁蜃气象楼台；广野气成宫阙然，云气各象其山川人民所聚积。"《本草纲目·鳞部一》："（蜃）能吁气成楼台城郭之状，将雨即见，名蜃楼，亦曰海市。"

颔联所写，重点在平原，而平原开阔，远处与天际相接。因而颈联则写天地相辉映：一轮明月倒影江水之中，如同天上飞下的明镜；而天上云彩奇异，变幻莫测，好似一座座海市蜃楼。

仍怜故乡水，万里送行舟。

怜，爱怜。故乡水，长江流经蜀中，李白长于蜀中，喜爱蜀中山水，因而亲切地称长江为“故乡水”。

尾联，乃诗人之抒情：从故乡而来的滔滔长江水，是那样地有情有义，不辞万里之遥，一路相伴相送。诗人乘船东出三峡、荆门，虽与故乡渐行渐远，然而江水有情，一路相伴相随，是那样地深情，诗人以惊奇的眼光，打量着外面新奇的世界，情意激荡，万里长江水又带着故乡暖暖的温情。尾联，巧妙地抒情，同时又点明诗题“送别”之义。

开元十三年，李白离开蜀中，仗剑远游。年轻的诗人第一次离开家乡，梦想着到外面的广阔世界，做一番大事业，建立雄伟的功业。因而，乘舟东行，穿过三峡，出荆门之后，进入一片广袤开阔的原野。壮阔雄伟的景象，激发了诗人的豪情，兴奋不已。诗的首联，点明行踪，由蜀地崇山峻岭而进入开阔的荆楚原野。“渡远荆门外”——从楚之西边关隘荆门而来，进入广阔的荆楚平原。中间两联，遂抒写荆门空阔之景。连绵不断、险峻的巴蜀山脉，至此而尽，豁然开朗，呈现出一派广袤原野，滚滚东流之长江水，在广袤平坦的原野上奔流。因天地广阔，一轮明月倒影水中，如天镜飞降，天上云彩变幻莫测，如海市蜃楼，奇妙莫测。“山随平野尽”，用“尽”字，写出连绵山势之戛然而止；“江入大荒流”，用“入”字，写得滔滔江水之磅礴气势。诗人乘舟行经七百里三峡，两岸高山束缚，仅能见到一线天际，出荆门而至原野，江面开阔，两岸群山略尽其势，开阔的原野之上，烟岚雾霭，一望无际，视野极为开阔。这也是年轻的李白初出蜀中，而滋生的天高地阔的感受，是其昂扬气势和勃勃雄心的率真体现。在颔联的壮阔景象之上，诗人写出“月下飞天镜，云生结海楼”的奇幻，天地相交接，浑然一体；这一奇幻景象，也只能在江面开阔、水天茫茫、烟岚雾霭、横亘天际的大背景下出现，绚丽多姿，而又迷离恍惚，笼罩着神秘的气氛。诗人的观察力和感受力，是很敏锐而细致，又能捕捉宏大的景象。于是，多情的诗人遂认为，离别故乡远游天下，而流经故乡的江水也很多情，一路相伴相送，不辞万里之遥。诗人将其眷恋故乡之情，赋予了滔滔江水，也点明了诗题“送别”之意。然而，不说人送别，而说“故乡水”送别，拟人化的表述，颇有情致，也彰显出眷恋故乡、亲情的深婉之义。

前人常常将李白的“山随平野尽，江入大荒流”和杜甫的“星垂平野阔，月涌大江流”（《旅夜书怀》）比较，其实李白所写乃白昼景象，而杜甫所写则为夜晚所见；李白是乘舟而行、动态中的瞬间观感，杜甫乃泊舟岸边，诗人独立舟中，静态中的细致观察。李白所写乃满怀朝气的青年人的渴望和喜悦，对前途满怀憧憬，要去开创一个新世界的情怀；杜甫则为暮年的冷峻，多少带有人生饱经忧患之后的深沉和忧郁，因而显得有些沉重。各有千秋，不可强作高下之分。

此诗乃李白少年心性之率真体现，前人对此亦有很好的理解。《李诗直解》卷五：“此荆门送别，赋其景而起故乡之思也。言渡荆门而游楚国也，目中所见，则山随平野邈旷之中而尽，江入大荒空阔之处而流。月色之下，圆飞天镜；云气之生，象结海楼。当此之时，送别江干，仍怜故乡之水，万里随舟以送行也。今见水若见故乡矣，得无念乎！”对此诗的理解，还是颇为恰切的。

送友人

青山横北郭，白水绕东城。此地一为别，孤蓬万里征。浮云游子意，落日故人情。挥手自兹去，萧萧班马鸣。

友朋相处，聚散离合，往往各奔东西。现代通讯便捷，可以乘坐现代化的高速交通工具，朝发夕至，相聚言欢；也可以各种现代化的通讯方式联络，互致问候。然而，在交通不便、信息难通的时代，友朋相聚，一旦分别，很难再会，即使相会，也是经过了多少年的岁月风霜，已然改变了旧时容颜，“问姓惊初见，称名忆旧容”（李益《喜见外弟又言别》），即是形象生动的表述。

李白喜漫游，尤爱名山大川，“五岳寻仙不辞远，一生好入名山游”（《庐山谣寄卢侍御虚舟》），观览江山胜迹，交朋访友，足迹所到，南北东西，几乎遍及神州大地。在蜀中，李白就喜欢漫游，出三峡之后，漫游荆楚、吴越、中原，又北上太原、幽燕，亦曾漫游齐鲁大地。诗人才情富赡，性格爽朗，又有火一样的热情，多朋友，而人们也很仰慕李白的才情与动人的诗歌，愿意与之交游。友朋相聚，因而也多离别。这首《送友人》，大概是天宝六载（747）在金陵（今江苏南京）送别友人而作。

青山横北郭，白水绕东城。

北郭，北城外。古时城有两道，内城曰城，外城曰郭。首联，从大处着眼，颇为开阔，点出送别之地——天地之间，一处佳山胜水之地，乃诗人送别友人之处。青山隐隐一线，矗立于北城之外，而波光粼粼，如银的河水，蜿蜒流淌于城郭之东。白水，与青山相对，语词的色彩对比强烈，指波光粼粼的流水。

青山横亘于城北，是城之屏障，城池背靠隐隐青山，是那样地稳固、沉静；而如银的河水，蜿蜒流淌于城东，增添了些许的活泼与动态，使城池具有了灵性。在这样的地点送别，真是别有一番情味的。

此地一为别，孤蓬万里征。

为别，作别。孤蓬，蓬蒿秋枯，秋风吹卷，连根拔起，随风飘转无定。常比喻飘泊无定的孤客。《文选·鲍照〈芜城赋〉》：“棱棱霜气，蔌蔌风威，孤蓬自振，惊砂坐飞。”孤蓬，无根而随风飘转之蓬草。征，远行。

颔联，送别之情，以形象而表述：在此地作别，从此天涯各一方，友人如无根之蓬草，飘荡转徙，无有定所，远行万里之外。“此地”，乃送别之所，即天地间佳山胜水之处——“青山横北郭，白水绕东城”；“万里”，极为广远视域之外，乃友人远行之目的地，而以“孤蓬”将这两个地点联结起来，以友人相聚送别之地的热闹，反衬远行之友人的单调与孤寂、漫漫长路的辛劳，事实上也拓展了诗歌的情境。

浮云游子意，落日故人情。

浮云，飘动的云。《楚辞·九辩》："块独守此无泽兮，仰浮云而永叹。"《古诗十九首》："西北有高楼，上与浮云齐。"曹丕《杂诗》："西北有浮云，亭亭如车盖。惜哉时不遇，适与飘风会。吹我东南行，行行至吴会。"浮云，这一意象遂有着特别的离别意味。

颈联，紧接上联，"此地"送别所见之天上浮云随风飘荡，正如游子远行，如"孤蓬"流离转徙，无有定迹，亦将前往万里之遥；而一轮红日将落未落，被山峰半遮，正是送别的老朋友弥漫天地间的依依不舍之情。落日昏黄而温暖的余辉，使得送别也渲染上了一层温暖与深情。清人王琦说："浮云一往而无定迹，故比游子之意；落日衔山而不遽去，故以比故人之情。"（《李太白集注》卷一八）

挥手自兹去，萧萧班马鸣。

自兹，从此。萧萧，象声词。常形容马叫声、风雨声、流水声、草木摇落声、乐器声等。《诗经·小雅·车攻》："萧萧马鸣，悠悠旆旌。"陶渊明《咏荆轲》："萧萧哀风逝，淡淡寒波生。"班马，离群之马。班，别也。

尾联，已收束到送别的"此地"，描摹离别之情状：挥动手臂从此告别，似乎马儿也知道离别之伤怀，而萧萧嘶鸣不已。以马之嘶鸣，状写离别之情，赋予悠悠不尽之意，真是言已尽而意无穷。

此诗是送别的名篇。将传统送别诗的词语、意象"孤蓬""浮云""游子""落日""班马"等集中使用，形成强烈的冲击，大大增强了诗歌的表现力和感染力。

首联，以工整的对仗，点明送别之地，以壮阔的景象给人以强烈的震撼：远山隐隐矗立，近水蜿蜒流淌。佳山胜水环抱的高大城池，乃送别友人之地。"青"与"白"相对，色彩明丽；"横"字勾勒出青山静态之肃穆，"绕"字则描摹白水动态之灵动，而一座城池，遂有盎然生机，颇为亲切，寥廓而兼壮美。颔联乃流水对，并不工整，却笔法流走，不同凡响：此地一别，从此好友将成飘荡之孤蓬，流离于万里之外。这一“孤蓬万里征”，扩大了诗歌的视野，拓展了诗歌的画面，由眼前的青山白水环绕的城郭，突破“此地”这个聚焦点，而远至万里之外，如同绘画的“尺幅而有千里之势”，极为震撼。颈联则写得颇为灵动，化解上联的凝重，以天上飘荡无定的浮云，比喻游子；而以将落未落、衔山的夕阳，喻指送别之人的依依不舍的深情。而且，浮云色白，而落日昏黄，强烈的色彩对比，明丽而壮阔。在这个基础上，尾联遂以特写镜头的方式，集中表现挥手告别，萧萧马鸣，渐行渐远……其实，诗意的另一面，则是多情的诗人一直伫立于送别之处，深情地极目远眺，差别那渐行渐远的“孤蓬”——友人。清人王琦说：“主客之马将分道，而萧萧马鸣，亦若有离群之感，畜犹如此，人何以堪!”（《李太白集注》卷一八）诗人不说出内心的感慨，而是以人之挥手而别、马之萧萧长鸣，表情达意，语尽而情遥。

此诗上四句写景，下四句抒情。明代诗论家唐汝询说：“即分离之地，而叙景以发端，念行迈之遥，而计程以兴慨，游子之意，飘若浮云，故人之情，独悲落日，行者无定，居者难忘也。而挥手就道，不复能留，唯闻班马之声而已。黯然销魂之思，见于言外。”（《唐诗解》卷三三）唐汝询对诗意的理解，还是比较深透的。

听蜀僧濬弹琴

蜀僧抱绿绮，西下峨眉峰。为我一挥手，如听万壑松。客心洗流水，馀响入霜钟。不觉碧山暮，秋云暗几重。

二十五岁即仗剑东出三峡，漫游神州的诗人李白，期望能够大有作为，积极谋求出仕，声名也日益高涨。因而，拜访李白，愿意与之结交的人很多，也有一些旧日的友人，不惧路途遥远艰难，往往前来寻访。蜀僧濬（jùn），即名字叫濬的蜀中僧人。此人大概就是李白《赠宣州灵源寺仲濬公》之仲濬公，有曰：“敬亭白云气，秀色连苍梧。下映双溪水，如天落镜湖。此中积龙象，独许濬公殊。”宣城之敬亭山有灵源寺，此寺庙风景幽美，双溪水流经其旁，而湖泊如镜，认为濬公不同凡庶。此诗当作于天宝十二载（753）李白游宣州（今安徽宣城）敬亭山时。

蜀僧抱绿绮，西下峨眉峰。

绿绮，名贵的古琴名，此处泛指琴。傅玄《琴赋序》："楚王有琴曰绕梁，司马相如有绿绮，蔡邕有焦尾，皆名器也。"张载《拟四愁诗》："佳人遗我绿绮琴，何以赠之双南金。"峨眉峰，即峨嵋山。在四川峨眉市西南，因山势逶迤，有山峰相对如蛾眉，故名。

首联，僧人濬公怀抱名琴绿绮，从遥远的家乡蜀中而来。来自故乡的高僧，携带着汉代蜀中名士司马相如之绿绮琴，不惧道路遥远，跋山涉水，专程寻访诗人李白，为其演奏琴曲。此情此意，何其深挚而秾烈啊。

为我一挥手，如听万壑松。

挥手，弹琴。嵇康《琴赋》："伯牙挥手，钟期听声。"嵇康《四言赠兄秀才入军诗》："目送归鸿，手挥五弦。"万壑松，千山万壑的松涛声。琴曲有《风入松》，相传为嵇康所作。

颔联，僧濬特意为诗人弹奏一曲，琴声如千山万壑的松涛声，气势宏大而境界清幽。"为我"，乃是说僧濬专门为寻访诗人而来，专门为诗人而演奏。"一挥手"，则写僧濬琴艺之高超；"万壑松"，状摹琴声之浑厚，如万壑滔滔松声，无处不在，震撼人心。颔联并未作铺排，而是直接抒写蜀僧琴艺之高超及琴声之动人。

客心洗流水，馀响入霜钟。

客心，旅人之情，游子之思。王粲《家本秦川贵公子孙遭乱流寓自伤情多》诗："沮漳自可美，客心非外奖。常叹诗人言，式微何由归。"谢朓《暂使下都夜发新林至京邑赠西府同僚》诗："大江流日夜，客心悲未央。徒念关山近，终知返路长。"流水，即高山流水，指琴声之美妙。此处暗用虞伯牙和钟子期的典故。《列子·汤问》说：伯牙善鼓琴，而钟子期善听琴。伯牙鼓琴，志在高山。钟子期曰："善哉！峨峨兮若泰山！"志在流水。钟子期曰："善哉！洋洋兮若江河！"伯牙在琴声中寄托了怎样的意念、情感，钟子期一定都能够听得出来。洗，免去，除去。霜钟，指钟或钟声。《山海经·中山经》："（丰山）有九钟焉，是知霜鸣。"郭璞注："霜降则钟鸣，故言知也。物有自然感应而不可为也。"

颈联，继续抒写琴声之美妙：高山流水般的美妙琴声，除去了流寓他乡诗人的深重的乡关之思，那袅袅余响，和远处寺庙里深秋的钟声相应和，沁人心脾，发人深思。此处，诗人说琴声之余响，触发了远处寺庙钟声而相应和，彰显蜀僧琴声之美妙，深入几微，幽动鬼神。

不觉碧山暮，秋云暗几重。

尾联，弹奏已罢，琴声已歇，诗人为琴声所陶醉，沉浸于美妙的琴声，不知不觉间，浓浓的暮霭已经映上青山，天边的秋云也越发地暗淡下来了。此句的意思，正是白居易所说"此时无声胜有声"的境界。

音乐是美妙的，如何用文字来捕捉、传达其美妙，是需要良好的音乐感悟能力和高超的文字表达力的。李白《听蜀僧濬弹琴》就是写音乐的名篇。

首联写蜀僧濬清奇的形象，点明弹琴人的身份和琴之名贵：来自遥远的故乡峨眉山的僧濬，怀抱着当年蜀中才子司马相如所用的名琴绿绮，不惧跋山涉水之艰险，东出三峡，专程寻访李白，为其演奏琴曲。古人认为，琴乃雅乐，君子之器，《礼记》说"舜作五弦之琴，以歌《南风》"，"君子听琴瑟之声，则思志义之臣"。因而，琴有高雅脱俗的特性。蜀僧濬从峨眉山"下"来，突出其飘然之风神，携带着绿绮名琴，也带来了故乡的问候与情意。因而，"蜀""绿绮""峨眉"则寓有故乡之亲切感。

颔联写弹琴，用流水对"为我一挥手，如听万壑松"，既写弹奏者的技艺高超、潇洒"挥手"——琴音滔滔汩汩，从手指、琴弦上流出，暗用嵇康“目送归鸿，手挥五弦”之典故，塑造蜀僧不同凡响的高人形象，自然而亲切；又写听者的感触与享受“万壑松”——用大自然的滔滔万壑松涛声，比喻琴声之清越宏远，其气势澎湃，气象万千，震撼心灵。颈联则主要写听琴的感受，是进一步的深入抒写：僧濬“为我”而弹奏，因而诗人听闻出琴声中的高山流水知音之感，大得诗人襟怀，将其飘零转徙的游子之意、伤离念远的情愫，全然洗涤、消却，因而身心愉悦；而那琴声之袅袅余音，与远处寺庙的暮钟声遥遥相应，构成动人的交响乐，实乃天籁之音，同时也呈现出一派旷远超然的景象，拓展了诗歌的画面，增强了表现力。

于是，尾联写诗人沉浸于这美妙的琴声与高旷的景象，心领神会，不知不觉之中，暮色四合、青山黯淡，天际秋云重叠，人与天地相融为一，既写听者的入神，又衬托弹琴者技艺的高超，感人至深，也见出二人因琴声而有的情义相投。

其实，此诗主旨就是一个“蜀僧濬为我弹琴”，李白却铺写出如此情味来，着重写听琴的感受以及弹琴者与听者之间的情感交流，而且借用峨眉峰、万壑松、寺钟、碧山、秋云，大笔勾勒出诗歌的绘画美，给人身临其境之感。此诗一气挥洒，自然高妙，清新明快，空灵蕴藉，用典极为自然，而不露痕迹，洵为一篇佳作。

夜泊牛渚怀古

牛渚西江夜，青天无片云。登舟望秋月，空忆谢将军。余亦能高咏，斯人不可闻。明朝挂帆席，枫叶落纷纷。

山川形胜，历来多风流人物，演绎了多少历史的兴亡盛衰故事，登临其地，岂能无感慨！孟浩然《与诸子登岘山》诗曰：“人事有代谢，往来成古今。江山留胜迹，我辈复登临。”历史的长河是由一代代鲜活的生命所构成，在这漫长的岁月，山河形胜的巨大空间，处处皆有聚散离合、兴亡盛衰之事，而当我们登临其地，岂能无感慨！就是对这一现象高度凝练的叙述。

牛渚，在今安徽马鞍山市。山北部突入长江，名牛渚矶，又名采石矶。《元和郡县图志》卷二九“宣州·当涂县”：“牛渚山，在县北三十五里。山突出江中，谓之牛渚圻（qí），津渡处也。”秦始皇二十七年东巡会稽，由丹阳至钱塘江，就从牛渚渡过长江的。《晋书·温峤传》：温峤至牛渚矶，水深不可测，世间流传说此地水下多怪物，点燃犀牛角就可以看见，温峤遂毁犀角而照之。“须臾，见水族覆火，奇形异状，或乘马车著赤衣者。”温峤夜间梦见有人对他说：“与君幽明道别，何意相照也?”温峤感觉很不好，意甚恶之。温峤先前有牙病，至是拔之，导致中风，到镇守之地不到十天就死了。牛渚矶，相传此处与洞庭湖有暗流相通，深不见底，有金牛出没于此，故名牛渚。又因此处盛产五彩石，三国时改名采石矶。

在牛渚矶发生过一些很有趣的故事。东晋镇西将军谢尚曾镇守牛渚矶。袁宏（小字虎，字伯彦，有逸才）出身微贱，为人佣工，月夜于船中高声咏诵其自作之《咏史诗》，声音清越，文字美妙而诗情高雅。其时，谢尚正巡行于江上，为其所吸引，大为赏识，遂邀入其幕府，为之广为延誉。后来袁宏声名日著，官至东阳太守。《世说新语·文学》刘孝标注引《续晋阳秋》曰：“虎少有逸才，文章绝丽，曾为《咏史诗》，是其风情所寄。少孤而贫，以运租为业，镇西谢尚时镇牛渚，乘秋佳风月，率尔与左右微服泛江，会虎在运租船中讽咏，声既清会，辞文藻拔，非尚所曾闻，遂住听之，乃遣问讯。答曰：‘是袁临汝郎诵诗。即其《咏史》之作也。’尚佳其率有胜致，即遣要迎，谈话申旦，自此名誉日茂。”

此诗题下有李白原注曰“此地即谢尚闻袁宏咏史处”，就是说这件事情的，也可见此事对李白的影响。牛渚矶有着丰富的历史文化积淀而又充满魅力的山水胜迹，激发了李白的怀古之幽情，借以抒发其牢幸不平之心绪。此诗《夜泊牛渚怀古》，所怀之古事，即为谢尚不计身份贵贱之差别，而赏识荐拔身处微贱而有清才的袁宏。我们不难体味李白的用意所在了。

牛渚西江夜，青天无片云。登舟望秋月，空忆谢将军。

西江，长江从江西九江至江苏南京一段，呈西南至东北流向，因而古称“西江”。谢将军，东晋左卫将军谢尚。

前二联，长江从西流淌而来，牛渚矶突出于大江中，夜空晴朗，无一丝云彩。数百年前，东晋名士、高门大族的镇西将军谢尚，也在这样的月明风清的夜晚，巡行江上。值此良辰美景，诗人也正泛舟江上，对此清风朗月，吟诗高咏，只可惜，世上已不再有那风流潇洒而又爱才若渴的谢尚将军了，只能令人徒然地空想而已。越是寄情于数百年前的谢尚，越发感受到现实的严酷和诗人仕进无门的苦恼和无奈。牛渚矶的清风朗月依旧，微贱的袁宏高咏诗歌，能为爱才的镇西将军谢尚所荐拔，而才情富赡、襟抱高远的大诗人李白，虽然也对着清风朗月高咏诗歌，然而回答诗人的却只有空寂……

余亦能高咏，斯人不可闻。明朝挂帆席，枫叶落纷纷。

高咏，朗声吟诵。李白对这个故事感受太深，很专注，《劳劳亭歌》：“昔闻牛渚吟五章，今来何谢袁家郎。”《答杜秀才五松山见赠》：“吾非谢尚邀彦伯，异代风流各一时。”由此可见，李白在现实中遭受了仕进无门的无奈与压迫，何其强烈。斯人，指谢尚。挂帆席，扬帆驶船。帆席，旧时船帆或以席为之，故称。

后二联，紧接上联“空忆谢将军”，诗人说我也是情怀高洁、才能卓著之人，亦可朗声吟咏，只可惜谢尚那样的风流人物早已不见了。那么，对清风朗月而高咏诗歌，又能如何呢？又有什么用处呢？无可奈何啊，明朝即将扬帆远行，只有两岸的无边绯红的枫叶，随风飘落，一路相送了。那种不被赏识、不能荐用的孤寂感，是那样地强烈。

此诗首联点明诗题“牛渚夜泊”，描绘牛渚矶之江天明净静谧的月夜景色，由此而展开“怀古”之意。颔联遂承接而写在此良辰美景，泛舟江上，仰望秋月；正是在这朗月清风之夜，巡行江上的谢尚听到袁宏朗声高咏，而赏识其襟怀，拔擢其于微贱，点明诗题“怀古”。然而，这一心绪，很快被现实打破，诗人虽亦泛舟于牛渚月夜，高才伟抱，襟怀朗畅，富有才华，亦能高咏诗歌，然而如谢尚那样爱才若渴之人却没有了，只能徒唤奈何！上句是“空忆”，此句是“不可闻”，两相映照，深含知音难遇的无限感慨。于是，尾联则宕开一笔，明日挂帆远行，只有两岸无边枫叶，纷纷飘落，无限秋色，一路相送，烘托出诗人的寂寞和孤凄，于含蓄不尽之中，表达其无限惆怅凄凉的情怀。真是言已尽而意无穷，得诗之三昧。

诗人借咏史，自叹怀才不遇。唐汝询说：“此以袁宏自况，而叹世无谢尚也。言牛渚夜景清绝，正袁宏咏史之时，所以登舟望月而怀谢公者，以我亦能高咏，无减于宏，而谢不可复作，所为空忆也。及旦而挂席以去，所睹唯落叶纷纷发，盖无复相邀者矣。”（《唐诗解》卷三三）世无知音，李白的这首诗，揭穿了大唐盛世的表面繁华的虚浮之景。看似盛世繁华，然而却有那么多有才情、有理想之人，沉沦下僚，不能得到应有的发展，其时社会所形成的不公正、弊病是多么严重了。

此诗乃五言律诗，平仄合规矩，然而中间两联并未对仗，这是因为律诗发展，曾有不拘泥于对偶的现象。宋代诗论家严羽说：“有律诗彻首尾不对者，盛唐诸公有此体，如……太白‘牛渚西江夜’之篇，皆文从字顺，音韵铿锵，八句皆无对偶。”（《沧浪诗话·诗体》）这种平仄严合格律，而不拘于对偶的律诗，清人田雯说：“青莲作近体如作古风，一气呵成，无对偶之迹，有流行之乐，境地高绝。”（《古欢堂杂著·论五言律诗》）这是一篇音韵流畅，情蕴丰富的佳作。

关于律诗的对偶，清人陈仅《竹林答问》说：“盛唐人古律有两种：其一纯乎律调而通体不对者，如太白‘牛渚西江夜’、孟浩然‘挂席东南望’是也。其一为变律调而通体有对有不对者，如崔国辅‘松雨时复滴’、岑参‘昨日山有信’是也。虽古诗仍归律体。故以古诗为律，唯太白能之，岑、王其车车也；以古文为诗，唯昌黎能之，少陵其先路也。”这是读诗应该注意的。了解律诗的对偶，有助于读解诗歌，理解诗歌的情感意脉和表达方式。

杜　甫

春　望

国破山河在，城春草木深。感时花溅泪，恨别鸟惊心。烽火连三月，家书抵万金。白头搔更短，浑欲不胜簪。

此诗作于至德二载（757）三月，杜甫在长安，感时伤春而作。天宝十五载（756）六月，潼关失守，玄宗仓皇逃往蜀中，长安沦陷于安史叛军之手。杜甫带着家眷逃难，七月，太子李亨在灵武即皇帝位，改元至德。八月，杜甫把家眷安排在羌村，只身一人投奔灵武，然而途中又被叛军抓获，押送至长安。第二年春天，杜甫在长安忧时伤乱，就写了这首《春望》。

安史之乱以前，长安春天热闹非凡，一派祥和。三月三的上巳节，青年男女踏青春浴，在水边洗濯污垢，祈求健康长寿。《秦中岁时记》记载："唐上巳日，赐宴曲江，都人于江头禊饮，践踏青草。"杜甫《丽人行》说："三月三日天气新，长安水边多丽人。"仍然保留着临水修禊，祓除不祥的习俗。此后是寒食节，家家禁火，而朝廷特许宫廷中举火，并燃烛传火以赏赐近臣。寒食节第三天，即清明节，扫墓祭祀，踏青郊游，也滋生出许多浪漫的故事，并且民间游戏如斗鸡、秋千、蹴鞠等户外活动也兴起，热闹非凡。玄宗做太子时，就很喜欢斗鸡，认为斗鸡有武士之精神。王维《寒食城东即事》："蹴鞠屡过飞鸟上，秋千竞出垂杨里。"韦庄《长安清明》曰："满街杨柳绿似烟，画出清明三月天。好似隔帘红杏里，女郎缭乱送秋千。"

可惜，安史之乱破坏了这一切的祥和与美好。沦陷的长安，国已破而人流亡，杜甫所见所感，全然不同。

国破山河在，城春草木深。

国，指国都长安。国破而山河犹在，意谓山河似昔而国已不国；春天来临，长安城本应欣欣向荣，而如今唯见荒草深深。首联写出了安史之乱所引起的巨大社会动荡，深重的悲剧气氛笼罩着全诗。

感时花溅泪，恨别鸟惊心。

颔联说，每每想到时事，忽然由太平盛世跌入战乱杀戮，看到春天盛开的花朵，禁不住潸然泪下；战乱中家人被迫离别，听到鸟儿的啼鸣，竟然惊心动魄。感时，指国难；恨别，指家恨。花、鸟皆应春天之景，因国难家恨，原来赏心悦目之景物已然成为触目惊心、催人泪下之情景。

前四句，写春望之景，睹物伤怀，寓情于景，情景交融。司马光《续诗话》说："'山河在'，明无余物矣；'草木深'，明无人矣；花鸟，平时可娱之物，见之而泣，闻之而悲，则时可知矣。"

烽火连三月，家书抵万金。

颈联则由前面之写景，而抒发其情怀。因战乱频仍，家书难得，消息不通，惦念家人之情愈深悲。一封家书，堪比万金之重，写出了对家人刻骨铭心的思念。《杜诗言志》卷三曰："所望者家书耳，而道途阻绝，邮寄无从，不啻万金之难得。"

白头搔更短，浑欲不胜簪。

尾联说，因忧国思家，头白而发更少，简直连簪子都插不住了。当时杜甫年仅四十六岁，本当壮年，但是时事艰难，致使成为一衰朽的形象。

杜甫说自己的诗文"沉郁顿挫"，沉郁指感情的郁积深沉，顿挫指表达这种情感的深沉有力、委婉曲折。此诗很好地体现了杜甫诗歌的这一特色。全诗以国难家恨交织，写出特殊时代下的深沉感受。诗的前四句，写春望之景，睹物伤怀，将情感寄寓于景物描摹之中，情景交融。后四句，则写春望之情，遭乱思家，写出国难家恨之深悲。“烽火连三月”与前面之“感时”相承接，“家书抵万金”则由前面之“恨别”而生，而“烽火连三月”是因，“家书抵万金”是果，上下句之间形成因果关系，有强烈的逻辑理性。最后则以诗人衰朽的形象，表达其忧乱思家、拳拳爱国之心。全诗语句沉痛，字字血泪凝成，国破家亡之深忧巨痛，感人心魂。宋末元初，经历了世事巨变的方回说“此第一等好诗”（《瀛奎律髓》卷三二），是有其深切体会的。

月　夜

今夜鄜州月，闺中只独看。遥怜小儿女，未解忆长安。香雾云鬟湿，清辉玉臂寒。何时倚虚幌，双照泪痕干。

天宝十五载（756）六月，潼关失守，杜甫携家眷逃难至鄜州（今陕西富县）之羌村。八月，听闻肃宗在灵武（今宁夏灵武）即位，改元至德，杜甫只身奔赴灵武，途中为叛军所俘获，押送至已经陷落的长安。此诗就是这年八月杜甫在长安对月怀念远在鄜州的妻子儿女时所作。

思念亲人，如何来写呢？一种是从自我的立场来写，“我”在如何如何地思念亲人；另一种是站在对方的立场上，写亲人是如何如何地思念自己。第二种写法，虽然是写亲人思念，但同时也将自己思念亲人的情意完全融入，因而更为深刻感人。

这首诗是杜甫传诵千古的名篇。在安史之乱的背景下，杜甫身处沦陷的京城长安，似乎是中秋节，诗人望明月而思家。诗题为“月夜”，因而月亮就是诗中所有思绪的触发对象和寄托物。诗人不写长安看月，而是说今夜鄜州的月亮应该和长安的一样明亮温润，妻子一人孤零零地望月而思念处于沦陷长安的诗人。显然，这是长安望月而瞬间自然引发的巨大的思亲情感，一轮明月高悬天空，正是中秋节团圆之时，而彼此分离，在战乱中朝不保夕，人命危浅。“今夜鄜州月，闺中只独看”，虽然写鄜州闺中独看，但仍然以鄜州或长安时，两人共对明月的情景作为参照。彼时，虽然生活艰难，甚至于辗转流离的逃难路途中，也能夫妻团聚，相濡以沫，而今夜妻子却只能在鄜州独自望月怀人了。这样的写法，不是只写对方，而是将对方与自己绾合于一体，彼此想象对方处境的安危，充满焦虑之情。

闺中思妇独自望月怀人，而次句“遥怜小儿女，未解忆长安”，以小儿女不理解妻子望月怀念远在长安的丈夫，反衬“闺中只独看”的孤寂和思念之苦。儿女太小，还不懂得思念远在长安的父亲，不懂得战乱的残酷，不懂得对身处长安、存亡未卜父亲的担忧，衬托妻子独自望月怀人的凄苦，透露出内心的悲悯，也流露出诗人对天真烂漫小儿女的无限关爱之情。以“未解”来反衬“只独看”的深情厚意和无法遏抑的思念，颇为感人。

妻子一往情深，望月怀人，夜色已深，寒意渐浓。“香雾云鬟湿，清辉玉臂寒”，乃诗人所想象的望月怀人的情景。诗人眼前浮现出妻子美丽动人的形象：缥缈而似乎散发着香气的薄雾沾湿了乌云般的发鬟，月亮的清辉映照着洁白的手臂，似乎带着寒意。以“湿”“寒”二字，透露出凝望怀人时间之长久和感情之深厚诚挚，也体现出孤寂凄寒的处境与心境。语言华丽而情感深悲，给凄苦孤寂的思念之情，增添了一点温婉清丽的色彩，使诗的情蕴意境更为丰富动人。

因为有这样的孤寂凄苦之情和温婉清丽之美，诗人产生了强烈的期待：“何时倚虚幌，双照泪痕干”——期望能够夫妇相会、家人团聚，共倚窗纱而望月、赏月，那时候是很幸福的，不再有思念的泪水，不再有为对方担忧的凄苦。诗人所期待的相守而共同望月、赏月，不再是“独望”，而是合家团圆、夫妻重聚，在明月清辉的照耀下，不再有因分别而思念的泪水横流了。虚幌，即轻薄透明的帷帘。可见，说“双照泪痕干”，事实上已经表明“今夜”夫妇分处长安与鄜州，望月怀人而各自泪流满面的情景。“何时”一语，充满了热烈的期盼，却又带有渺茫无期的叹息，感情极为复杂，情味颇为深长。

这首诗是传诵千古的名篇，构想新奇，情真意切，明白如话，深婉动人。诗人于中秋之夜，在长安望月怀人，不说沦陷的长安，却从明月写起，写远在鄜州的妻子深情地望月而怀想远在长安的丈夫，“闺中只独看”将夫妻、家人分别之凄苦描摹出来。清人浦起龙说：“心已驰神到彼，诗从对面飞来。悲婉微至，精丽绝伦，又妙在无一字不从月色照出也。”（《读杜心解》卷三之一）次联则以小儿女的“不解忆”，反衬闺中只独看、独忆的悲苦。三联则着力描写想象中妻子独自望月怀人的形象，“云鬟湿”“玉臂寒”表明夜已深，凝望之久、思念之切、情感之深笃。末联则以期待重逢、团聚之心愿，表达无限深情，也是对首联“只独看”的照应。诗歌的章法、逻辑非常清晰，结构紧凑，描摹真切，感情深挚，堪称第一流的情诗。

春宿左省

花隐掖垣暮，啾啾栖鸟过。星临万户动，月傍九霄多。不寝听金钥，因风想玉珂。明朝有封事，数问夜如何?

这首诗作于乾元元年（758）春，杜甫时任左拾遗。至德二载（757）四月，杜甫冒险从沦陷的长安逃出，奔赴唐肃宗所在的凤翔（今陕西凤翔）。《喜达行在所》说“所亲惊老瘦，辛苦贼中来”，这是逃归之后，亲友所见的诗人形象；又说“生还今日事，间道暂归人”，这是他痛定思痛的回忆。《述怀》说“麻鞋见天子，衣袖露两肘”，这是诗人朝见肃宗时的自我写照。

五月，杜甫被任命为左拾遗。这是一个品级比较低，却很重要的职位——谏官，经常在皇帝身边，可以提出不同意见，乃天子的“近臣”。杜甫参加科举考试，希望考中，能够有机会做官，为朝廷效力，实现自己的人生理想；又奔走长安十年，“朝扣富儿门，暮随肥马尘。残羹与冷炙，到处潜悲辛”（《奉赠韦左丞丈二十二韵》），辛苦求仕，期望能有机会为国效力，为民请命。可惜，皆不能如愿。安史之乱爆发，肃宗在灵武（今宁夏灵武）即位，朝廷在用人之际，杜甫从长安逃离，奔赴朝廷所在地凤翔，被授以左拾遗之职，品级仅从八品上，诗人不看重品级的高低，很重视这个近臣的职位，可以陪伴皇帝，随时可以提出自己对朝廷政事的意见。

长安收复之后，至德二载（757）十月，肃宗自凤翔还京，杜甫亦扈从还京。唐时官员要轮流在官署值夜，称宿值。乾元元年（758）春，杜甫门下省宿值，写了这首诗，表达其热切而谨慎、忠于职守的态度。唐代门下省、中书省处宫禁两侧，如人之双腋，因而称左、右掖垣。左掖，即门下省。杜甫官左拾遗，归门下省。

黄昏时分，宫廷侧畔的花丛已然在暮色四合中隐没了，鸟儿啾啾地鸣叫着飞过，一切都是那样地静谧、祥和。天上繁星照临，宫苑千门万户，层层关闭，庄严肃穆；宫禁有如天庭，高远尊崇，月上中天，照耀独多，光彩夺目。诗人值夜门下省，勤勉尽职，忠心耿耿，非常警觉，守夜不睡，听闻宫门钥匙响动之声，疑心朝门开启；风吹廊檐间风铃响动，仿佛听到百官上朝时朝服上玉佩相撞击的叮咚声。玉珂，官员朝服上的玉佩。在这样的勤谨状态下，诗人第二天还有密封奏章呈上，因而不禁频频地询问：天快亮了吗？

此诗以时间为线索，依次展开描写，呈现出一种宁谧庄敬而又欣悦兴奋的心情。因是宿值，故从黄昏时分写起，暮色四合，鸟儿飞鸣归巢。初夜时分，月未升天，因而繁星点点，高照夜空，宫中千门万户，金碧辉映，流光溢彩；一会儿，明月当空，九霄之上澄澈万里，而入夜已深。“九霄”为双关语，一方面指天穹高远，另一方面比喻帝居尊崇。帝居深邃，宫殿高耸入云，与月亮接近，故而得明月之照耀独多。在此，则由写景而转入对诗人感受与情绪的抒写。勤勉尽职，谨慎忠心，因而不睡而值夜，听到风吹宫门金钥响动之声，以为是宫门开启要上朝了；廊檐下风铃的叮咚声，似乎是百官上朝时的玉佩声响。写出了诗人的勤谨之心态和某种莫名的兴奋与期盼。于是，诗人明确说出，因为明天要有密封的奏章上呈，所以频频询问何时天明，有些急切、激动，毕竟能够有机会为朝廷效力，是诗人长久以来的期盼。诗人通过细节传达复杂的情感，极其深婉细腻。

身为谏官，成为皇帝近侍，杜甫很是看重这一为朝廷拾遗补缺的工作，任职时很负责，勤勉谨慎；晚年也多次追忆这段宝贵时光：“备员窃补衮，忧愤心飞扬。上感九庙焚，下悯万民疮。斯时伏青蒲，廷诤守御床。君辱敢爱死，赫怒幸无伤。”（《壮游》）“画省香炉违伏枕，山楼粉堞隐悲笳”“一卧沧江惊岁晚，几回青锁点朝班”（《秋兴八首》）。事实上，进入朝廷，杜甫的思想与境界有了进一步的开拓，对造就伟大诗人是有积极意义的。

全诗章法谨严精妙，情景交融，含蓄蕴藉。清人吴瞻泰说：“‘不侵’二字，一篇关键。由日暮而星临，而月出，宜侵矣；而听钥，而想珂，而问夜，则何尝一息就侵。一片精诚爱国，坐而假寐之意，俱于层次中序出。后人早朝寓直诗，纵极典丽，不能及此深沉也。”（《杜诗提要》卷七）

至德二载，甫自京金光门出，间道归凤翔。乾元初，从左拾遗移华州掾，与亲故别，因出此门，有悲往事

此道昔归顺，西郊胡正繁。至今犹破胆，应有未招魂。近侍归京邑，移官岂至尊。无才日衰老，驻马望千门。

至德二载（757）二月，肃宗从彭原（今甘肃宁县）迁驻凤翔（今陕西凤翔）。四月，杜甫摆脱安史叛军的监察，从长安外郭城的西门金光门逃出，从偏僻小路奔赴凤翔，谒见肃宗，被授予左拾遗之职。杜甫《述怀》叙述这段经历：“去年潼关破，妻子隔绝久。今夏草木长，脱身得西走。麻鞋见天子，衣袖露两肘。朝廷愍生还，亲故伤老丑。涕泪受拾遗，流离主恩厚。”真是历经艰辛。九月，长安收复。十月，肃宗从凤翔还长安。乾元元年（758）六月，宰相房琯得罪，杜甫上疏营救，直言获罪，被贬华州（今陕西华县）司功参军，管理地方的祭祀、

学校、选举等文教工作。当初，逃离长安奔赴凤翔，是从金光门出走，而此次被贬为华州司功参军，与亲友告别，也是从金光门赴任。诗人很有感慨，而作此诗。掾，州县僚属，统称为掾。诗题，就是对这一段经历的高度概括。

这一次离开朝廷，杜甫再也没有机会重回中枢，在政治前途上是一次巨大的打击，但从皇帝侍臣出为州县官吏，从宫廷走向民间，却为其诗歌创作开拓了一个广阔的天地。著名的诗歌《三吏》《三别》就是在乾元二年（759）春，杜甫从洛阳回到华州的路途上创作的。看到百姓的惨痛生活和为抗击安史叛军所做出的巨大牺牲，诗人心境难平，创作了这一组诗歌，高度而凝练地记录了历史的真实。

诗歌开篇就是说，金光门是杜甫逃离沦陷的长安、奔赴凤翔、归顺朝廷之路。当时在金光门附近的西郊，安史叛军又多又乱，气焰正盛。繁，多而乱。当时冒险出逃，战战兢兢，如履薄冰，现在想来，还不由得胆破心寒，似乎是魂魄还没有完全召回身体。身为拾遗，作为天子近臣扈从归京，很是荣耀；现在被贬官华州，难道是天子的意思吗？移官，平调官职，实际上是贬官，说得委婉一些罢了。“近侍归京邑”是恩宠，遭遇贬官却不愿说是皇帝之错误，反而说“移官岂至尊”，忠厚之至。于是，进一步说，自己才能不高，且日渐衰老，被贬出京城，也是应该的；只是真的要离开京城长安了，还是很不舍的，驻马回首，依恋着那千门万户的宫廷啊！

这首诗写得很是委婉曲折，缠绵悱恻，非常得体。杜甫不顾自身安危，冒险逃离沦陷的长安，奔赴肃宗所在的凤翔，为朝廷平叛出力。在左拾遗任内，忠于职守，直言敢谏，却被贬官，遭受巨大的打击。诗人离开长安赴华州，又从金光门出，颇为感慨。此诗就是诗人内心的独白。“至今犹破胆，应有未招魂。”当初逃离叛军占领的长安，惊魂未定；而今被论罪，被贬出朝廷所在的长安，想为国家和百姓效力，却不能遂愿，遭受打击，胆颤心惊。两种情况，其间的况味实在不同。有扈从还京的荣耀，有被贬之后自我开解的无奈，也有离别长安的无限感伤，浑厚浑成，这是杜甫的忠厚之性所展现。清人吴瞻泰说：“一句一转，风神欲绝，实公生平出处大节。自觉孤臣去国，徘徊四顾，凄怆动人。”（《杜诗提要》卷七）这首诗，很能体现杜甫及其诗歌温柔敦厚的特色，值得认真学习和体味。

月夜忆舍弟

戍鼓断人行，秋边一雁声。露从今夜白，月是故乡明。有弟皆分散，无家问死生。寄书长不达，况乃未休兵。

乾元二年（759）是杜甫生活最艰难的一年。这年七月，因关中饥馑，并且在政治上感到绝望，杜甫辞去华州功曹参军一职而西行，度过陇山陇坂，客居秦州（今甘肃天水）。远赴秦州，是为了谋食，解决一家人的吃饭问题。“满目悲生事，因人作远游”（《秦州杂诗》），诗人未免把“因人”——借助他人，看得太容易了，事实上到秦州之后，那位邀约杜甫来的侄儿杜位，并没有给他多少帮助，诗人的生活很快陷入了困顿，一贫如洗，“囊空恐羞涩，留得一钱看”（《空囊》），艰难度日。在如此的困顿生活中，诗人想念离散的兄弟。杜甫兄弟五人，四个弟弟，杜颖、杜观、杜丰、杜占，只有杜占跟随着诗人，其他则散在山东和河南。而当时，安史之乱未平定，史思明叛军在黄河南北很猖獗，秦州西面是不时侵扰的吐蕃，形势比较紧张。杜甫对弟弟的命运很是担忧，白露节那天，诗人写了这首《月夜忆舍弟》。舍弟，对人称自己的弟弟。

秦州处于边地，西防吐蕃。傍晚时，戍楼上鼓声咚咚，道路上禁断了行人的踪迹，深秋时节，长空中传来孤雁凄清的叫声。戍鼓，黄昏戍楼鼓声响起，实行戒严，因而说“断人行”。秋边，深秋边地。一雁，孤雁。古人称兄弟有序为雁行，此一雁，即说明离群索居之孤单，与诗题“忆舍弟”相关联。

“戍鼓断人行”，透露出战争时期入夜后的边城特有的警戒气氛，和末联的“未休兵”相关联，也为诗题“忆”字渲染了战争的氛围；“秋边一雁声”，进一步渲染边城月夜的孤清气氛，且以失群孤雁，暗喻兄弟离散。这一联，是从听觉上写景，暮色苍茫，鼓声咚咚，天空孤雁哀鸣，将边城孤寂凄清的氛围刻画得非常形象。

颔联则从视觉来写边城秋夜白露和明月之景。“露从今夜白，月是故乡明”，本来为“今夜白露，故乡明月”，而诗人使用五言诗之上一下四的特殊句式，强调“露”和“月”，自然而不露修饰之痕迹。今夜是白露，秋高气爽，而边地却带着浓浓寒意，一轮明月高照，可是故乡的明月是那样地明亮，却很久没有看到了。白露节，诗人特意的强调口吻，可以分明感受到伫立遥思，由白露的寒意而渐渐涌上心头的丝丝寒凉、兄弟离散的悲哀，虽是写节物之变化，却透露出一种孤清的意绪。“月是故乡明”，则由眼前的边地月夜引起对家乡的思念，是对往日家乡兄弟团聚、共赏明月的美好情景的深刻记忆。

景物描写、情绪渲染已足，于是颈联“有弟皆分散，无家问死生”，正面抒写忆弟之情。“有弟”而“皆分散”，已是极大的遗憾；如若家还在，就有书信送达之所，能知其生活状况、存亡与否，而今连家也没有了，更无处寻问兄弟之离散与生死存亡，真是悲哀已极。诗人内心的沉痛，真是无法言表了。

尾联“寄书长不达，况乃未休兵”，因为路途遥远，太平之时寄给诸弟的书信总是不能到达他们手中，更何况而今战事不绝，兵连祸结，停战休兵之日遥遥无期。这种兄弟离散、生死存亡不知的情况，还不知道要持续到何时！诗人的悲愤更深沉，而且，这一联既是照应首联，也是将兄弟离散、无家可望之忧愁，与国难频仍、干戈离乱的形势相联系，家国之恨融为一体，含蓄蕴藉，无限深情。曲折中有顿挫，平直中有蕴藉。清人吴瞻泰评曰：“‘戍鼓’‘休兵’，起结呼应。未落笔以前，含蓄许多兵戈扰攘语在句先，故不觉提笔直书曰‘戍鼓断人行’。既歇笔之时，又蓄无限道途阻隔意在句后，故倒拖一句曰‘况乃未休兵’。”（《杜诗提要》卷七）

天末怀李白

凉风起天末，君子意如何？鸿雁几时到，江湖秋水多。文章憎命达，魑魅喜人过。应共冤魂语，投诗赠汨罗。

天宝初年，青年杜甫在齐赵一带，初遇当时已名满天下的大诗人李白，“醉卧秋共被，携手日同行”，一起漫游齐赵，结下了终生的友谊。生性沉挚的杜甫，对天生不羁的大诗人李白钦佩仰慕备至，又为他傲岸不驯的性格深表忧虑。乾元二年（759）秋，杜甫寓居秦州，听闻李白被流放夜郎，又不得详情，故而作此诗。天末，即天边。李白杜甫二人，天各一方，故曰“天末”。

秋天，正是给远方亲人寄寒衣而致慰问之时，当天边吹来第一缕清凉的秋风，诗人陡然忆起流放途中的故友李白：秋风已起，凉意袭人，你感受到了什么？是思乡之情，还是人生艰难？抑或是壮志难酬、报国无门的悲哀？传书的鸿雁何时能够送来你的消息？“几时”，何时。轻声的叩问，显示出诗人殷切的期盼；然而江湖万里，秋水涨溢，风波不定，鸿雁又如何能及时而来呢？古人有鸿雁传书之说。《庄子·秋水》：“秋水时至，百川灌河，泾流之大，两涘渚崖之间，不辨牛马。”秋天河水涨溢，苍苍茫茫，鸿雁难以度越，正引起诗人无穷的忧思。

可见，杜甫对李白处境的忧思，正如天边无端而起的凉风，又似涨溢的秋水，苍苍茫茫，无边无际。诗人对李白的关切，情意之深厚，令人感叹。由此，自然而然就有“文章憎命达，魑魅喜人过”一联。文章，泛指诗文。命达，谓仕途通达。魑魅，山泽中精怪，此处喻指奸邪小人。意谓李白诗文超群，天才纵逸，是否就因此而限制了他仕途的通达呢？长途流放夜郎，要经过无数的山泽水溪，那些食人的魑魅魍魉就在黑暗处等待着行人经过；人世间那些奸邪小人，时时伺察人的过失而中伤。过，经过，也暗指过失。魑魅喜人经过而食之，奸邪小人伺察君子之微小过失而中伤、迫害之。这一联，对李白的不幸命运和不朽文章，作了高度的概括，同时对奸邪小人对李白的中伤和迫害，予以揭露和批判。

尾联“应共冤魂语，投诗赠汨罗”，诗人推想：李白流放夜郎，应该经过湘水之南，屈原曾在那一带流放，李白可以和报国无门、忠贞体国的屈原共同对话，投诗文以吊祭了。屈原忠君爱国，无罪被流放，忧愤自投汨罗江而死，故曰冤魂。李白的遭遇与屈原相似，同是蒙冤被流放，显然，杜甫以忠君爱国的屈原来比拟李白，为李白遭受冤屈而鸣不平。

李白、杜甫情感深厚，同病相怜。杜甫以血泪来抒写怀念李白之情，千载传颂。仇兆鳌说：“说到流离生死，千里关情，真堪声泪交下，此怀人之最惨怛者。”（《杜诗详注》卷七）

奉济驿重送严公四韵

远送从此别，青山空复情。几时杯重把，昨夜月同行。列郡讴歌惜，三朝出入荣。江村独归处，寂寞养残生。

杜甫一生有一位很重要的朋友，少年相识，关系密切，相处时间最久，也最为倚重，这个人就是严武。杜甫与严武是世交，二人少时即有通家之谊。肃宗朝，二人同朝为官，乾元元年（758），因为受宰相房琯之案的牵连，杜甫被贬华州司功，严武被贬巴州刺史。后来，杜甫到达成都，卜居浣花溪，修筑草堂。严武由巴州迁东川节度使，又被任命为剑南两川节度使兼成都尹，为成都的最高长官。当时，杜甫正处于窘迫无依的困境，严武不仅给予经济上的接济，更不拘形迹，诗酒交往，给了杜甫很大的精神上的安慰。严武才能卓著，其安定地方，抗击吐蕃入侵，使得杜甫更对他有一份敬重。

宝应元年（762）四月，代宗即位，召严武还朝，七月，严武入朝，杜甫一直送到绵州（今四川绵阳）北三十里之奉济驿，赠诗送别。有《奉送严公入朝十韵》《送严侍郎到绵州同登杜使君江楼宴》诗，又写了这首诗，因而诗题曰“重送”。四韵，指律诗，两句一韵，四韵共八句。严武此次离蜀，杜甫即避乱到东川，代宗广德二年（764），严武再次镇守蜀中，杜甫也回到成都草堂，严武上表章，奏请杜甫为节度参谋、检校工部员外郎，这是杜甫一生最高的官位，因此后世遂称杜甫为杜工部。次年四月，严武去世，杜甫失去了最后的庇护，不得不离蜀东行，开始了他生命中最后的漂泊生活。明白了这一点，就能够了解此诗所蕴含的丰厚的感情了。

远送从此别，青山空复情。

首联就营造了一种极为秾郁的送别之情：送别之时，相送走得再远，还是要分别的，到了奉济驿就是分别之所了。要知道，从成都到奉济驿有二百里路途之遥。青山连绵，徒然增添了无尽的离情别绪。真有此地一为别，后会难再期的感受。

几时杯重把，昨夜月同行。

颔联说何时才能举杯对饮，言笑晏晏？昨夜我们还一起在月下同行，而今日就要分别了，令人情何以堪呢！

列郡讴歌惜，三朝出入荣。

颈联赞美严武的功绩：因为你的德政功绩，剑南节度使所辖的东西川各州府百姓都讴歌赞美而不忍惜别；何况你仕历玄宗、肃宗、代宗三朝，出守召回，每次都倍加殊荣。

江村独归处，寂寞养残生。

尾联则写诗人自己送别独归成都，好友离别之后的孤寂和凄清：独居江村而以孤寂别此残生。

对严武去蜀还朝，杜甫在感情上是依恋难舍和别后难忍孤寂和凄清的。诗从“远送”写起，又落在“从此别”三字上，这二百里长途送别，却又不得不分别，包含了多少深厚情谊和万般无奈。虽有一路青山相伴，但却无法承载此送别之深情。“空”字表现严武离去之后，治理乏人、友情无处寄托之感慨。遂有期盼重逢，而重逢无期，只有昨夜月下同行的美好回忆。于是，称赞严武治蜀德政与治绩，郡州赞美、挽留、惜别，诗人祝福这位三朝元老再获殊荣。最后，则为送别之后，诗人独自归成都的孤寂和凄清，以及无所依倚的怅然若失，也照应了首联的“青山空复情”。

清人黄生说：“上半叙送别，已觉声嘶喉哽。下半说到别后怀膈，彼此悬绝，真欲放声大哭。送别诗至此，使人不忍再读。”（《杜诗详注》卷十一引）确实是体味到了这首诗的丰厚意蕴和情感的深醇。

别房太尉墓

他乡复行役，驻马别孤坟。近泪无干土，低空有断云。对棋陪谢傅，把剑觅徐君。唯见林花落，莺啼送客闻。

房太尉，即房琯。杜甫与房琯为布衣之交，友情颇深。房琯出身名门，幼有重名，受玄宗赏识，为人正直，有远谋。安史乱起，玄宗仓皇幸蜀，房琯扈从不及，沿路追随，至普安郡（即剑州，治所在普安县，今四川剑阁）谒见，玄宗大悦，拜为宰相。又受玄宗差遣至灵武，册立肃宗。至德二载（757）五月，陈陶斜兵败，被罢相。杜甫认为，房琯受命于危难之际，远谋善断，有大臣体，深得众望，身系国家安危，因而上疏论救，触怒肃宗，被贬华州司功，房琯贬为邠州刺史，后改为汉州（今四川广汉）刺史。广德元年（763）八月，还朝赴任之时，卒于阆州（今四川阆中）僧舍，赠太尉，因而称“房太尉”。杜甫闻丧往吊，作《祭故相国清河房公文》，极为沉痛，对房琯忠而遭贬，诗人深感不平：“高义沉埋，赤心荡析。贬官厌路，谗口到骨”；对自己上疏论救而无成，深表愧疚：“伏奏无成，终身愧耻”；对房琯之死深致悼痛：“天柱既折，安仰翼戴。地维则绝，安放夹载”。

此诗为广德二年（764）春，严武重镇蜀，杜甫还成都之时，亲赴房琯墓所作。

首联“他乡复行役，驻马别孤坟”说，寄居成都，却又不得不再次奔波，行经房太尉坟墓，不禁驻马祭别。写得极为深沉。客居他乡，本已不堪承受，却又遭逢乱离，不得不奔波，而祭别之所乃房太尉之孤坟，游宦而死于他乡，无限凄凉。因而，就有了无穷的感叹，都是异乡人，却在“行役”的他乡经历了生离死别。房琯为河南人，死于阆州。他乡，指诗人与房琯都漂泊无定；复役，无有居停之所；孤坟，见出房琯被贬流落而死，深怀孤寂和凄清之感。

于是，引出颔联那深深的悲痛：“近泪无干土，低空有断云。”祭吊之时，泪洒墓土，无有干处，远处断云低垂，似乎也在为房太尉而悲恸。哭墓之哀，令人无限感伤。断云，低垂之云。孤坟近处，诗人泪洒坟墓，而天空远处，断云低垂，营造出沉重的氛围。

颈联“对棋陪谢傅，把剑觅徐君”，以东晋宰相谢安比拟房琯，有安邦定国之才；以吴公子季札喻指诗人自己，有朋友心契之义。生前死后，始终不渝，可见志同道合，非比寻常。谢傅，东晋谢安，字安石，死赠太傅。淝水之战，谢安派侄儿谢玄为大将，与前秦苻坚作战，以少胜多，大败苻坚，这就是历史上著名的以少胜多的“淝水之战”。消息传来，“安方对客围棋，看书既竟，便摄放床上，了无喜色，棋如故。客问之，徐答曰：‘小儿辈遂已破贼。’”（《晋书·谢安传》）以谢安比房琯，身份相同。徐君，《史记·吴太伯世家》记载，春秋时吴公子季札出使，北过徐君，徐君喜爱季札佩剑，而没有说出来。季札心知之，但使臣不能不佩剑，未能赠送。出使返程，“徐君已死，于是乃解其宝剑，系之徐君冢树而去。从者曰：‘徐君已死，尚谁予乎?’季子曰：‘不然。始吾心已许之，岂以死倍（背）吾心哉!’”诗人以季札自比，珍视友谊。

尾联“唯见林花落，莺啼送客闻”，抒情之后，转而写景，使情与景相融，含蕴不尽。送别时不见送客之人，只有落花、啼莺相送而已，死后寂寞凄凉竟至如此境地，令人不胜感伤惆怅之至。“唯见”也照应首联之“孤坟”，尾联孤寂凄清的氛围，也与首联悲凉的气氛融汇为一体，深沉含蓄，余韵不尽。

这首诗在结构上的特点是：情—景—情—景，颇能给人学诗门径的启发，用典也很平实工整。赵星海说：“此一诗，一身作客之难，朋友相与之情，而名宦生前死后之德诣凄凉，无一不见。他人千言不能尽，而公四十字括之，是称巨笔。”（《杜解传薪》卷三之五）

旅夜书怀

细草微风岸，危樯独夜舟。星垂平野阔，月涌大江流。名岂文章著，官应老病休。飘飘何所似，天地一沙鸥。

此诗当作于唐代宗大历三年（768）春，杜甫一家乘船漂泊于江陵一带。此前，杜甫一家寄居于长江三峡的夔州，买了一些江边田地种植。大历三年正月，杜甫思念家乡，于是乘船出峡，顺流而东行，至江陵一带。

诗题《旅夜书怀》，即乘船顺流而东行，夜晚看到天地广阔，江水浩荡，而抒写情怀。全诗紧扣诗题而写，抒写了雄浑壮阔境界中的一种孤独感和漂泊感。

前四句写旅夜：大江岸边，和煦微风吹拂，初春的细草弥漫无际，小船停泊江边，高高的桅杆孤零零地直刺夜空。细草、微风，暗示初春的气息和煦、安闲、淡然，而危、独二字，则明显地传达出孤独和不安的情绪。这两种不同景象的对比，透露出春风和煦的夜晚，诗人内心的不平、躁动和孤独的情愫。

首联是从小处来写，而颔联则从大处着笔：放眼眺望，天空清朗，繁星闪耀，远处与平展广袤的大地相接，天地一体而广大无垠；一轮明月倒影江水之中，浩荡江水波光粼粼，滚滚东流，而有限的生命就在这不尽的滔滔东流江水中逝去，岂能无感喟乎！此联写得极其雄浑壮阔，垂、阔、涌、流四个动词，构成了画面的强烈动态感。星垂，广阔的江汉平原，四望无际，天地交接，似乎点点繁星都落在大地之上，因而显得原野更为开阔；月涌，浩荡江水，明月倒影，波光粼粼，似乎那一轮明月鼓荡起汹涌的江水，滔滔东流，展示出更为阔远的境界。垂，是自上而下，涌，是自下而上，用这两个字来写天和水，是极为苦心的锤炼。此处所展现的是诗人处于逆境而不气馁的博大胸怀和傲兀不平之情感。可以说，前四句主要着眼于“旅夜”。

后四句在前四句写景的基础上抒情，即紧扣诗题“书怀”。此时已是人生暮年，杜甫很是感慨。诗人原本有经世济民，“致君尧舜上，再使风俗淳”的远大理想，孰料多年求仕，一无所成，而今年龄老大，情何以堪！

“名岂文章著”，诗人说，自己声名岂能因文章而著称，带有强烈的反问语气。一生远大的经世济民的理想，由于政治腐败、时局动乱而化为泡影，仅仅以擅长作诗文而名著于世间，这是怎样的悲哀呀！诗人在对自己诗文创作成就的肯定与自负中，也透露出志业难遂的深沉悲慨。“名”本不应文章而著，最终竟然因文章而著；“岂”字寄寓的正是这种事与愿违的悲哀。“官应老病休”，按朝廷规定，担任官职应该在七十岁退休；此时杜甫远未到这个年龄。未到老病，仍然想为朝廷与民生多尽一点心力，却被朝廷弃置不顾，其愤懑与无奈是那样地强烈。

永泰元年（765），严武表荐杜甫为检校工部员外郎，这是虚职，并非实授。杜甫本拟离蜀入朝为官，但在夔州、江陵一带羁留、漂泊颇久，始终得不到朝廷任用的消息，故而有“官应老病休”的揣测之辞，实际上也是对朝廷冷漠心怀不满的愤懑牢骚之语。他深感自己虽然壮心犹在，但事实上已成为朝廷弃置的废物了。

于是，尾联说，放眼广阔天地，寥寥长风，滔滔江水，诗人深感自己就像一只渺小的沙鸥一样，孤单凄冷，不能把握自己的命运，飘飘然无所依傍止宿。诗歌所写为夜间景象，沙鸥乃是将白天所见之物象而联想入诗，以表达其情蕴了。

就诗人处境而言，这首诗所写的正是晚年杜甫穷病交加、漂泊无依、孤独寂寞的困境，但全诗虽感凄苦却不衰颓，危苦中眼界阔大，穷迫中胸怀旷远，呈现出神完气足、雄浑壮阔、气象万千的境界，正是诗人高旷阔大的胸襟气魄和伟大人格的体现。

登岳阳楼

昔闻洞庭水，今上岳阳楼。吴楚东南坼，乾坤日夜浮。亲朋无一字，老病有孤舟。戎马关山北，凭轩涕泗流。

岳阳楼，乃中国古代名楼，在湖南省岳阳市西门城楼上，扼长江，濒临洞庭湖。起初，乃三国时吴国都督鲁肃训练水师构筑的阅兵台。唐开元四年（716），中书令张说谪守岳州，在阅兵台旧址建一楼阁，因位于湖南大岳山之阳，故名“岳阳楼”。后几经兴废，据文献记载自唐宋以来重修达30余次。岳阳楼因北宋范仲淹作《岳阳楼记》而名扬天下，那种“先天下之忧而忧，后天下之乐而乐”的情怀，激励了古往今来的无数仁人志士，为了国家和民族的复兴与发展而奋斗。其实，早在范仲淹之前，大历三年（768）岁末，杜甫就写了《登岳阳楼》的著名诗歌。

从宝应二年（763）安史之乱平定之后，杜甫就渴望回到久别的家乡，《闻官军收河南河北》说“即从巴峡穿巫峡，便下襄阳向洛阳”，事实上诗人的愿望并未实现。去蜀之后，战乱与贫病，长江大水，使诗人旅程迟滞，将近三年后，诗人才到达曾经向往的岳阳，登临岳阳楼，以观赏其远扼长江、濒临洞庭湖的雄伟景象。

首联说得很是平实：“昔闻洞庭水，今上岳阳楼。”登岳阳楼，先从洞庭湖写起，乃岳阳之美景在洞庭湖，而欲观洞庭湖美景的最佳地点却在岳阳楼，凭高远眺，烟波浩渺的洞庭湖景色全收眼底。这两句，乃就湖与楼的关系而言：“昔闻”是虚写，听说过洞庭湖之如何如何壮美；“今上”乃实写，而今登临岳阳楼，实地观赏，真切地体味岳阳楼和洞庭湖的壮美，与“昔闻”之景两相对照，而且“昔闻”正衬托出“今上”的无比喜悦之情。洞庭水，即洞庭湖。“湖”字为平声韵，“水”为仄声韵，此句末字当用仄声，故改为“水”字，以求平仄调谐。

而今登上岳阳楼，将看到什么样的景象呢？颔联“吴楚东南坼，乾坤日夜浮”，展现出登岳阳楼所见的雄伟壮阔的景象。坼，裂。洞庭湖之东为古之吴地，即今江苏、浙江及安徽、江西的部分；洞庭湖之南为古之楚地，即今湖南、湖北及安徽、江西的部分，登楼览眺，洞庭湖广阔无边，汪洋万顷，好像把东边的吴地、南边的楚地之广大原野从中间分裂开一样；天地日月似乎在广袤无垠的洞庭湖中浮沉。诗人用“坼”字“浮”字，不仅表现洞庭湖水汹涌澎湃的力度，也隐含着一种动荡不安、情意郁勃的意况。状写洞庭湖浩瀚无涯际的壮观景象，极为雄浑豪健，却也寄寓了家国身世之感，吴楚分裂，乾坤震荡，这不就是大唐王朝的形象写照吗？

由这壮伟的形象和秾郁的情思，自然进入颈联“亲朋无一字，老病有孤舟”。于是，登楼览眺的欣慰消失了，唯有无端的感慨：诗人自离开夔州出三峡以后，到处漂泊，全家寄命于一条破船上，举目无亲，而世态炎凉，人情冷暖，又加重一层，昔日的亲朋好友，竟无一语问候、交往，其悲凉何如也；五十七岁、已届人生暮年的诗人，衰老多病，生计艰难，只有那条寄托全家性命的破船。不仅写出了诗人衰老多病，而且透露出精神上的极端孤独感、漂泊感，那一叶破旧、漂泊的孤舟，正是诗人漂泊无依身世的一种象征。“无一字”与“有孤舟”，对仗精切，加强了沉痛悲凉之感，“无一字”乃离恨之长，“有孤舟”说家境之贫。诗人少小就有“致君尧舜上，再使风俗淳”的理想，奔波大半生，竟然落到如此孤独与贫病交加的境地，真是欲哭无泪矣。

可是，诗人最终关心的不是自己，正如《茅屋为秋风所破歌》说“安得广厦千万间，大庇天下寒士俱欢颜，吾庐独破受冻死亦足”，诗人的心意始终在朝廷和人民。登临眺望，诗人巨大的孤独感、漂泊感，最终转向朝廷和人民——“戎马关山北，凭轩涕泗流”。戎马，战事。大历三年（768），京城长安一带战事不断，边防形势严峻。八月，吐蕃十万之众寇灵武，又入侵邠州，长安戒严，依赖郭子仪等击退。

诗人从洞庭湖的雄伟宏阔景象，落到自身落寞逼仄的境地，笔锋陡转，由所兴起的家国情怀，自然而然地飞越洞庭湖，想到长安一带战乱频仍，国步维艰，民生疾苦，真是老泪纵横，伤心欲绝了。这样的抒写，并非故作惊人之笔，实乃长达八年的安史之乱给国家和人民造成巨大的灾难，而杜甫身历其境，饱受摧折，安史之乱虽已平定，却无法见到国家安定、百姓生活有所改善。新起的战云，令诗人敏锐地感受到国家安宁无日、百姓生活安定无望，老病的诗人哪能不悲伤而涕泗横流呢？诗人博大的感情超越一己之私，与天下大事、国家太平、生民福祉相联系，与浩瀚的洞庭湖相融为一体了。

清人黄生说：“前半写景，如此阔大；转落五六，身世如此落寞。诗境阔狭顿异，结语凑泊极难。不图转出‘戎马关山北’五字，胸襟气象一等相称，宜使后人搁笔也。写大景妙在移不动，然徒能写景而不能见作者身份。譬如一幅大山水，不画人物，终难入格。”（《杜诗说》卷五）杜甫海涵地负的巨大气魄和关心国事民生命运的博大胸怀，使此诗成为千古绝唱。

王　维

辋川闲居赠裴秀才迪

寒山转苍翠，秋水日潺湲。倚杖柴门外，临风听暮蝉。渡头余落日，墟里上孤烟。复值接舆醉，狂歌五柳前。

这首诗很著名，曹雪芹很喜欢，将其写进《红楼梦》里，而且让那些清雅美丽的女孩子来谈论其神韵。读过《红楼梦》的人大概都记得，第四十八回“香菱学诗”，香菱向黛玉讲其读诗的体悟：

> 香菱笑道：“据我看来，诗的好处，有口里说不出来的意思，想去却是逼真的。有似乎无理的，想去竟是有理有情的。”黛玉笑道：“这话有了些意思，但不知你从何处见得？”香菱笑道：“我看他《塞上》一首，那一联云：‘大漠孤烟直，长河落日圆。’想来烟如何直？日自然是圆的。这‘直’字似无理，‘圆’字似太俗。合上书一想，倒像是见了这景的。若说再找两个字换这两个，竟再找不出两个字来。再还有：‘日落江湖白，潮来天地青’：这‘白’‘青’两个字，也似无理。想来，必得这两个字才形容得尽，念在嘴里，倒像有几千斤重的一个橄榄似的。还有‘渡头余落日，墟里上孤烟’，这‘余’字和‘上’字，难为他怎么想来！我们那年上京来，那日下晚便挽住船，岸上又没有人，只有几棵树，远远的几家人家做晚饭，那个烟竟是碧青，连云直上。谁知我昨儿晚上读了这两句，倒像我又到了那个地方去了。”

香菱所谈的正是王维诗，确实也把握住了王维诗歌的美。这首《辋川闲居赠裴秀才迪》，正是香菱谈论的第三首。

辋川，水名，在今陕西蓝田县终南山下。初盛唐之交的著名诗人宋之间在辋川山谷（今陕西蓝田县南峣山山口）有别墅。天宝九载（750），王维母亲去世，王维居于辋川。大概于此前后，王维购得宋氏别墅，此后常常隐居于此。《旧唐书·王维传》曰："辋水周于舍下，别涨竹洲花坞，与道友裴迪浮舟往来，弹琴赋诗，啸咏终日。"辋川乃风景名胜，清人刘於义《陕西通志》卷九记载：辋谷在（蓝田）县西南二十里，又采谷在县西南三十里，辋谷和采谷"并有细路通上洛。商岭水流至蓝桥，复流至辋谷，如车辋环凑，落叠嶂，入深潭，有千圣洞、细水洞、茶园、栗岭，唐右丞王维庄在焉，所谓辋川也。辋川口，即峣山之口……两山夹峙，川水从此北流入灞，其路则随山麓凿石为之，计五里许，甚险狭，即所谓匾路也。过此则豁然开爽，此第一区也。团转而南，凡十三区，其胜渐加，计三十里，至鹿苑寺，即王维别墅。"秀才，唐代乡贡进士称为秀才。裴迪，生卒年不详，关中（今陕西）人。早年与王维、崔兴宗等隐居终南山，与王维唱和，有《辋川集》；后来入蜀，又与杜甫相识。

寒山转苍翠，秋水日潺湲。

寒山，指深秋山岭树木苍翠，略带寒意。转苍翠，由青翠变为苍翠。翠中见灰白色为苍翠。潺湲，水清浅缓缓流动的样子。《楚辞·九歌·湘夫人》："荒忽兮远望，观流水兮潺湲。"

首联，深秋时节，山岭带有寒意，树木皆转换为深绿；秋日溪水浅小，但还是日夜缓缓地流淌。

倚杖柴门外，临风听暮蝉。

倚杖，拄着手杖。居于山区，山路崎岖，往往拄手杖方便行走。临风，迎风。暮蝉，秋蝉，同时点明时节乃秋日黄昏。

颔联，黄昏，诗人拄着拐杖，静静地伫立于柴门之外，深情眺望遍染夕阳余晖的秋山，倾听秋风中秋蝉悠扬的鸣叫。

渡头余落日，墟里上孤烟。

渡头，渡口。墟里，村落。陶潜《归园田居》诗之一："暧暧远人村，依依墟里烟。"

颈联，夕阳西下，河边的渡口，刚刚渡送过回家的人们，渐渐沉寂下来，只剩下依稀的夕阳余晖；村落里，缕缕炊烟袅袅升起。此句乃化用陶渊明的诗句，更为形象，生动如绘画。

复值接舆醉，狂歌五柳前。

复，又。值，遇见。接舆，楚狂士接舆，《论语·微子》："楚狂接舆，歌而过孔子。"此处指不拘形骸的山居野老。五柳，指陶渊明。陶渊明作《五柳先生传》，说屋前种五棵柳树，因而自号为"五柳先生"。此处代指诗人自己。

尾联，以隐者楚狂接舆指称山居野老，以五柳先生陶渊明自比：赏此美景之宁静，时值乡村野老酒醉，吟唱着山歌俚曲，来到诗人隐居之处的门前。何其祥和美好，正是隐居之佳处，呼唤友人，亦点明诗题"赠裴迪"。

王维早年颇有抱负，开元二十三年（735），官拜右拾遗，作有《献始兴公》一诗，给当时的宰相张九龄。诗人说自己是一个有气节之人，倾慕张九龄之公正严明、为国为民，愿意到麾下效力："侧闻大君子，安问党与仇。所不卖公器，动为苍生谋。贱子跪自陈，可为帐下不？感激有公议，曲私非所求。"开元二十四年（736），张九龄罢相，天宝五载（746），李邕、裴敦复被杀，他们都是王维的知交好友和依靠；李林甫、杨国忠当政，把持朝政，打压人才，王维不愿与其周旋，内心十分痛苦，日益向往归隐林泉。因而，诗人隐居林泉就是与官场丑恶行径的对立，是自由天性的张扬，王维赋予林泉山水以灵性。

此诗写闲居之幽趣，寄寓高洁的情怀，自然流转，而气象阔大。诗题为"辋川闲居"，因而一方面要写辋川之美景，一方面要写闲居之从容不迫、舒心自在。首联写景，深秋，山色由青翠转为苍翠，四野皆秋色，“寒山”则带有肃穆之感；春水涨溢，夏水滔滔，秋日水落，而辋川溪水清浅，缓缓流淌，宁静祥和。事实上，王维所描摹的是一个动态的秋日景象。在这一广阔的大背景下，颔联，凸现黄昏时，抒情主人公（诗人自身）倚杖而静静地伫立于柴门之外，深情眺望遍染夕阳余晖的秋山，倾听秋风中秋蝉悠扬的鸣叫。从听觉凸现秋日景象。“暮蝉”之“暮”，就暗示黄昏时候。于是，颈联则从视觉描摹，着力刻画这个“暮”字：远处，夕阳西下，落日的余晖洒在渡头，一抹淡淡的绯红，何其温馨；近处，村落里，缕缕雾白的炊烟袅袅升起，与灰青色的天际融为一体，多么有生活气息，何其祥和！于是，尾联则说乡村野老（接舆）酒醉，吟唱着山歌俚曲，来到了诗人隐居的门前，何其祥和美好。此地堪称隐居之佳处，呼唤志同道合的友人，共同来隐居于此吧，亦点明了诗题“赠裴秀才迪”。全诗显得神完意足，实乃上品。

王维乃著名画家，以绘画的眼光，取景写神，设色敷彩，别具匠心。此诗所呈现出的是立体的景象，而且景中含情，处处是诗人那种满怀欣赏的从容、闲适之意。苍翠的秋山，潺湲的秋水，营造出一个广阔而具有生命活力的动态环境，而这寒山之苍翠、秋水之潺湲，则是抒情主人公目之所见、耳之所闻。于此，诗歌遂推出一个依杖于柴门之外、静听秋风中的蝉鸣的隐者形象——抒情主人公由幕后而走向台前，且形成了一个特别的聚焦；又由这个聚焦而见到“渡头余落日，墟里上孤烟”的远景。上句，从平面上展开，广阔深远，“余”字展现出夕阳的一抹绯红留在大地上的印记之广远；下句呈垂直的伸展，“上”字则以缓缓的动感将天地相连，形成一个立体图像：落日余晖的一抹淡淡绯红洒在渡头，壮阔而温馨；雾白的一缕炊烟，袅袅上升，与灰青色的天空相连接，映衬着寒山苍翠，静谧中透露出微微的动感。辋川的山水、落日、渡头、村落、炊烟，是那样美好祥和，充满着生命的活力。于是，诗人召唤醉酒的好友，一道来隐居于这佳胜之地吧。

王夫之说，此诗乃“以高洁写清幽”（《唐诗评选》卷三），信然。诗所描绘的景象，不仅与自然山水相映，也与诗人的心态融合为一体，不可分割。《唐律消夏录》卷三说：“寒山苍翠，秋水潺湲，是家中看见听得者。‘转’字、‘日’字，有意无意，闲居之神。‘暮禅’‘落日’‘孤烟’，是门外听得看见者。‘临风’字、‘余’字、‘上’字，听得仔细，看见亲切矣。结句又有一醉人狂歌而前，更看得亲切听得仔细也，却句句是闲居之神。”王维是画家，也是音乐家，此诗着重描摹声响，从视觉与听觉来写辋川胜景、闲居心绪。屋外秋水潺湲，溪流淙淙，阵阵秋风吹拂，传来暮蝉声声啼鸣，而野老酣饮，时时传来略带醉意的啸咏歌唱，种种声响构成旋律优美的乐章，而此乐章又在渡头落日、墟里孤烟的祥和静谧背景上展开，于是其舒啸移情之景如亲闻亲见，诗人将其闲居之意写得极其生动。缘此，乔亿《剑溪说诗又编》说：“右丞诗如《辋川闲居》二首，并体认‘闲’字极细，句句与幽居迥别。前首结处，合两事镕成一片以赠裴，妙有‘闲’字余情。”前人说王维诗中有画，其实更为可贵的是画中有人，有情怀，写出了天光物态以及生生不息的强劲生命力。

山居秋暝

空山新雨后，天气晚来秋。明月松间照，清泉石上流。竹喧归浣女，莲动下渔舟。随意春芳歇，王孙自可留。

辋川风景秀丽，无论春夏秋冬，皆有宜人景色。王维《山中与裴秀才迪书》，描摹辋川风景如画，令人有亲临其境之深切感受：“北涉玄灞，清月映郭，夜登华子冈，辋水沦涟，与月上下，寒山远火，明灭林外。深巷寒犬，吠声如豹；村墟夜舂，复与疏钟相间。此时独坐，僮仆静默。多思曩昔，携手赋诗，步仄径，临清流也。当待春中，草木蔓发，春山可望，轻鯈出水，白鸥矫翼，露湿青皋，麦陇朝雊，斯之不远，傥能从我游乎？”勾勒辋川之情景，以声韵音响描摹，栩栩如生，如临仙境，如闻仙乐：辋水淙淙流淌声衬托出夜晚之宁静，而偶尔传来三两声深巷寒犬如豹之吠声，低沉而浑厚，划破了辋川夜晚之宁静，村墟中咚咚的舂米声与远处寺庙传来之悠扬疏越之钟声，共同构成了一首充满生命活力的交响乐，萦绕于耳际，流淌于心田，给人以无限的审美享受。如此，则以声响音乐之抒写，将辋川之美妙绝胜突现出来，仿佛置身于声韵生动、天机充沛之景象中。

《山居秋暝》一诗，当为王维隐居辋川时期所作。秋暝，秋日黄昏。暝，昏暗。宋玉《神女赋》："暗然而暝，忽不知处。"孟浩然《宿业师山房期丁大不至》："夕阳度西岭，群壑倏已暝。"诗写初秋山居所感受到的静谧与生生不息的生命力。

首联，一阵新雨过后，山野显得格外清新、空旷、宁静，正是初秋黄昏之时，洋溢着诗人的无限喜悦。"空山新雨后"，点明"山居"，"天气晚来秋"，点明"秋暝"，紧扣诗题；"空""新"二字，醒目而明朗，写出山居初秋傍晚之时的神韵。颔联和颈联，深入而具体地描摹山居秋暝之可爱、清新：一轮明月泻下如水般的皎洁月光，透过疏密相间的松树，洒落在大地上，斑斑驳驳，相互映衬，更见月光之皎洁；淙淙的清澈泉水，从石上流过，正呼应"空山新雨后"雨水之丰沛，由听觉而似乎看到了月光下潺湲的山泉，激跃、流淌于山石之上，以听觉的感受而写出视觉的可视可睹，形象如画，此乃通感；从竹林那边传来轻盈的笑声，原来是浣纱女子结束一天的劳作，缓步归来；水边莲叶摇荡，原来是渔舟靠岸，渔人上岸回家啊。这两句，按逻辑应该是"归浣女——竹喧，下渔舟——莲动"，将"竹喧""莲动"前置，突现月夜下，从听觉写，稍远处竹林那边，听闻清脆、银铃般的欢笑声，而知浣纱女子归来；从视觉写，稍近处水岸边，依稀可见莲叶摇曳，而猜测渔舟靠岸，渔人归来。浣纱女子，渔舟靠岸，劳作一天，欢声笑语，皆归家去，那种祥和美好，对生活的热爱洋溢其中。这两联，动静结合，以动显静，生机盎然。面对此美景和祥和静谧的气氛，诗之尾联自然而然地发出由衷的赞美：鲜花盛开的春天虽美，过去了就让它过去吧，不必惋惜，秋天景色如画，是如此地美好祥和，公子王孙自可留居而欣赏、沉醉于其中。随意，任凭，任由。《楚辞·招隐士》："王孙游兮不归，春草生兮萋萋……王孙兮归来，山中兮不可以久留。"王维反用其意，以邀挽王孙之留居山中，表达对山居秋暝美好祥和之景的欣赏与沉醉。

王维是画家，也是著名的音乐家，对光和色、声音与旋律，有着特殊的敏感，以其高超的语言文字能力，捕捉刹那间的感受，用凝练而准确的文辞，状物写情，体贴入微，令人叹服。唐人李肇《唐国史补》卷上曰："王维画品妙绝，于山水平远尤工。今昭国坊庾敬休屋壁有之。人有画奏乐图，维孰视而笑。或问其故，维曰：'此是《霓裳羽衣曲》第三叠第一拍。'好事者集乐工验之，一无差谬。"两《唐书》王维本传采录此事以传信后世，虽是称赏右丞画品绝妙，然亦彰显其音律之精深。

此诗就体现出王维诗歌的音乐美：淅淅沥沥的秋雨之后，是皎洁秋月之光华无声泻下，恰似乐章之停顿，以无声衬写有声；随之乐章渐起，石上潺潺流淌之清泉，水边渔人归来之桨橹声、拂动荷叶之沙沙声响，音响渐变渐强，而竹林外浣纱女归来之脚步声、环佩声、三三两两之笑语嬉戏之喧闹声，声声入耳，将这乐章推向了高潮。诗人为这静谧祥和中的生之意趣所感染，遂有"随意春芳歇，王孙自可留"之感慨。此诗写得色韵清绝，《删补唐诗选脉笺释会通评林·盛五律上》周珽评曰：

> 月从松间照来，泉由石上流出，极清极淡……"浣女""渔舟"，秋晚情景。"归"字、"下"字句眼，大妙；而"喧""动"二字，属之"竹""莲"，更奇入神。起联因新雨过之天气，见山居秋晚之佳。月照泉流，正雨后之景；女浣男渔，乃雨后之事。末想昔人以春草属之王孙，今当秋候，不必系思春芳，山中自可留也。篇法雅秀，结意亦新。

这样以写声写景来突出山居之可人，极为高妙。因为"乐者，音之所由生也；其本在人心之感于物也"，"夫乐者乐也，人情之所不能免也"（《礼记·乐记》），因此，以声响音乐之描摹则易于诱发人之情感，先入为主，易于产生动人的艺术魅力。《而庵说唐诗》卷一五有云："右丞山居，时方薄暮；值新雨之后，天气清凉，方觉是秋。又明月之光，淡淡照于松间；清泉之音，泠泠流于石上……屋后有竹，近水有莲；有女可织，有僮可渔。山居秋暝，有如是之乐，便觉长安卿相，不能及此。"王维以声响音韵、绘画之设色敷彩来构建诗歌之美，写得极其生动鲜活，达到了很高的造诣。

诚然，此诗写景抒情，不黏着实相，从光影、声息、感觉多角度状物写情，合篇景物融为一体，明月、苍松、清泉、危石、翠竹、青莲，构成一高洁的境界，有一种超尘绝俗的人格力量，令人神往。表里俱澄澈，妙处难与君说，实为千古佳篇杰作。

归嵩山作

清川带长薄，车马去闲闲。流水如有意，暮禽相与还。荒城临古渡，落日满秋山。迢递嵩高下，归来且闭关。

开元二十二年（734），唐玄宗移居东都洛阳，秋天，王维亦赴洛阳，献诗宰相张九龄，求汲引，遂隐居于嵩山，而作此诗，时年三十四岁。嵩山，为五岳之中岳，主峰在今河南登封市北，亦名嵩高山。唐人李吉甫《元和郡县图志》卷六："嵩高山，在（登封）县北八里，亦名方外山。又云：东曰太室，西曰少室，嵩高总名，即中岳也。山高二十里，周回一百三十里。"嵩山气势磅礴，是历代帝王游览封禅之所，也是道教名山。嵩山地近东都洛阳，隐居嵩山正如隐居于终南山一样，不失为一种求仕宦的门径。

清川带长薄，车马去闲闲。

清川，清流，指颍水。颍水发源于少室山。带，围绕。长薄，指水边芳草林木之地。草木茂密错杂而生处称薄。闲闲，悠然自得的样子。

首联，清澈的流水，从长长的草泽上流淌而过，归山的车马，悠然自得地缓缓行进，欣赏这无边的美景。

流水如有意，暮禽相与还。

相与，共同；一道。《孟子·公孙丑上》："又有微子、微仲、王子比干、箕子、胶鬲，皆贤人也。相与辅相之，故久而后失之也。"陶渊明《移居》其一："奇文共欣赏，疑义相与析。"

颔联，颍水缓缓流过，似乎有意流连嵩山胜景，不忍离去；黄昏，归巢的鸟儿呼朋引伴，欢快地飞向嵩山。此句化用陶渊明《饮酒》其五："山气日夕佳，飞鸟相与还。"

荒城临古渡，落日满秋山。

颈联，荒野的古城濒临古老的渡口，落日的余晖洒满秋日的山野，一派温润，却也显得多少有些荒凉冷落了。

迢递嵩高下，归来且闭关。

迢递，连绵高峻的样子。陶渊明《读山海经》其三："迢递槐江岭，是为玄圃丘。"谢朓《郡内高斋闲坐答吕法曹》："结构何迢递，旷望极高深。"嵩高，即嵩山。《白虎通·巡狩篇》："中央为嵩高者何？言其高大也。"关，门闩。《左传·襄公二十三年》："臧孙斩鹿门之关以出奔邾。"杨伯峻注："关为横木，故可枕，今谓之门栓。"闭关，关门，谓闭门谢客，断绝往来，不为尘事所扰。《文选·颜延之〈五君咏·刘参军〉》："刘伶善闭关，怀情灭闻见。"李周翰注："言伶怀情不发，以灭闻见，犹闭关却归而无事也。"

尾联，一路迤逦，来到连绵高峻的嵩山下，从此紧闭柴门，不再关心世事，不再为尘世所扰了。

此诗写求仕倦游，往归嵩山隐居的闲适、从容的心境，却也多少有一些落寞失意的情愫。如同长安近郊的终南山，邻近东都洛阳的嵩山，也是仕途的"终南捷径"。王维游走于西京长安与东都洛阳，求仕无成，不得不归隐，等待时机，再图进取。诗歌虽然有意写得萧散闲淡，但那种掩抑不住的落寞情愫，还是充溢于字里行间。

前四句，叙写归山途中所见所感，用"带"字连缀"清川""长薄"，清川恰似九曲回肠，萦绕长薄，不肯离去；以"去闲闲""如有意""相与还"，摹状车马、流水、暮禽，使之遍染情绪，似有怅恨，愁绪萦绕。颔联尤佳，"流水如有意"是对首联"清川带长薄"的深入抒写和具象化；“暮禽相与还”则是对“车马去闲闲”归隐嵩山之释解，鸟倦飞而知还，人倦游而归隐；二句又是互文见义，增强了低回惆恻之感。这样的情绪渲染与移情，使得万物皆为之而感动。依情理，颈联应直接抒情了，然而王维并未如此写作，而是将笔调荡开，“荒城临古渡，落日满秋山”，以更加广阔的视野，将视线推远，将情绪的波澜再度荡漾。“荒城”“古渡”“落日”“秋山”四重意象之叠加，有效地突出了自然景象的悲凉苍然，强化了情绪的萧索落寞。荒城危然，断壁残垣，古渡寂然，萧条荒寒；古渡的深远扩展了平面的视野，荒城之危然高耸，伸张了立体的感受，落日绯红的余晖遍洒秋山、弥漫天地，又使得荒城、古渡、秋山，皆透现出一种宏阔的悲壮美来，由此，我们似乎可以触摸到诗人怅然的心底所郁积着的悲慨与无奈。至此，诗歌又回到“归嵩山”的诗题，尾联说，临近嵩山，归隐在即，遥望其连绵广布、高峻入云，“归来且闭关”，凸现诗旨——归隐。然而，这一“且”字颇有深意，既是求仕无成的无奈归隐，也是再度求仕前的短暂休憩，其无奈与不甘的心绪，全然在此展现出来。

从写法上来讲，颈联“荒城临古渡，落日满秋山”，实有承上启下的作用，使前四句的怅惘情感深化，情隐于景，有此转折，遂使得情感显露，下句之抒情更为充沛，不显得突兀，此种写法，前人谓之“草蛇灰线”。元代诗论家方回曰：“闲适之趣，淡泊之味，不求工而未尝不工者，此诗是也。”纪昀看到了此诗之深切处，情感之潜移内转，说：“非不求工，乃已雕已琢后还于朴，斧凿之痕俱化尔。学诗者当以此为进境，不当以此为始境。须从切实处入手，方不走作。”许印芳特别认同纪氏之说，曰：“诗欲求工，须从洗炼而出，又须从切实处下手，能切题则无陈言，有实境则非空腔，可谓诗中有人矣。”（《瀛奎律髓汇评》卷二三）能把握诗中逻辑与意脉，诚为高见。

王维仰慕陶渊明之高逸，颔联化用其“山气日夕佳，飞鸟相与还”“鸟倦飞而知还”，但是，王维并不想隐居以终老。陶渊明生活于一个世事无可为、乱离漂泊的时代，迷途而知返，归隐田园，载欣载奔，故而绝然归隐。而王维生于盛唐这样的伟大时代，虽然有佞幸专权恃宠、损害公正，然而整个社会仍然呈现出欣欣向荣的良好发展势头，百姓安居乐业，勤勉向上。士人虽有求仕无成的惆怅与无奈，然而，王维并不绝望，而是将隐居视为再度求仕前的短暂休憩，这正是盛唐不懈奋斗精神的体现。

终南山

太乙近天都，连山到海隅。白云回望合，青霭入看无。分野中峰变，阴晴众壑殊。欲投人处宿，隔水问樵夫。

终南山乃风景名胜，游观者不同，各有所得，每位细心的游客，皆能发现独到之美。正如苏轼《题西林壁》："横看成岭侧成峰，远近高低各不同。不识庐山真面目，只缘身在此山中。"信然，既要入乎其内，也要超乎其外。身处其中，深入感受体悟，与周遭景物浑然融为一体，物我难分；身处局外，而以比较客观的眼光观察，能够得到事物的全貌，而非胶着于某一层面，某一焦点。开元二十九年（741），王维隐居终南山，游观终南山，作《终南山》一诗，就很好地体现了诗人的这种体悟。

太乙近天都，连山到海隅。

太乙，又称太一、太白，终南山主峰，此处指代终南山。天都，天宫，天帝之所。《淮南子·泰族训》："又况登泰山，履石封，以望八荒，视天都若盖，江河若带，又况万物在其间者乎？"储光羲《贻崔太祝》："天都分礼阁，肃肃临清渠。"海隅，亦作"海嵎"，即海边，海角。常指僻远的地方。

首联，太乙峰高耸入云，接近天帝之都，广大无边，峰岭相连，一直绵延至大海边。

白云回望合，青霭入看无。

青霭，指云气。因其色紫，故称。霭，云气、烟雾。鲍照《登大雷岸与妹书》："左右青霭，表里紫霄。"王昌龄《东溪玩月》："谷静秋泉响，岩深青霭藏。"

颔联，远看云雾缭绕山峰，攀登而上，身入白云，那青霭竟然似有若无；回望山下，云雾竟然又在身后合拢，缭绕于山腰。

分野中峰变，阴晴众壑殊。

分野，与星次相对应的地域。古人以十二星次、二十八宿的位置，划分地面上州、国的位置与之相对应。就天文说，称作分星；就地面说，称作分野。如：以鹑首对应秦，鹑火对应周，寿星对应郑，析木对应燕，星纪对应吴越等。《国语·周语下》："岁之所在，则我有周之分野也。"韦昭注："岁星在鹑火。鹑火，周分野也，岁星所在，利以伐之也。"中峰，即终南山主峰太乙山。太乙山北为雍州，星属井、鬼；山南为梁州，星属翼、轸。以终南山主峰为划分的界线，极言山之广大。壑，山谷。殊，不同。千山万壑，广大无际，各个山峦、沟壑，天气之阴晴，全然不同。

颈联，登上山顶，俯视终南山，中峰昂然屹立，广大无垠，山北与山南，竟然是雍、梁二州的分野啊；千谷万壑，天气之阴晴，截然不同呢！

欲投人处宿，隔水问樵夫。

人处，有人烟处，有人家处。樵夫，打柴的人。樵，柴薪。《汉书·扬雄传下》："士有不谈王道者则樵夫笑之。"颜师古注："樵夫，采樵之人。"

尾联，下山之后，天色已晚，想投宿于人家，而山峦丘壑、溪流纵横，很难找到有人家之处，幸而遥遥看见溪流对岸的打柴人，遂高声询问"何处有人家，可以留宿啊"。

王维《偶然作》："宿世谬词客，前身应画师。不能舍余习，偶被世人知。"王维是著名画家，师法画圣吴道子，而别有所创，是文人画之开创者。朱景玄《唐朝名画录》曰：

> 王维字摩诘，官至尚书右丞，家于蓝田辋川。兄弟并以科名文学，冠绝当时，故时称“朝廷左相笔，天下右丞诗”也。其画山水、松石，踪似吴生（吴道子），而风致标格特出。今京都千福寺西塔院有掩障一合，画青枫树一图。又尝写诗人襄阳孟浩然《马上吟诗图》，见传于世。复画《辋川图》，山谷郁盘，云水飞动，意出尘外，怪生笔端。

王维绘画向大画家吴道子学习，又是文人画的开创者，在当时影响巨大。因为有着高深、精湛的绘画技艺，在创作诗歌时，便会自然而然地用画家的眼光来观察，既穷形尽相，亦能自出心裁、别有创造，从而用绘画艺术的表现形式来写诗，即将画法融于诗法之中——用画家的眼光来建构诗歌的取景构图、设色敷彩。

王维是杰出的画家，此诗之逻辑结构与设色敷彩，均体现出画家独到的眼光。苏轼讲“味摩诘之诗，诗中有画；观摩诘之画，画中有诗”，突出王维诗、画交融的特色，山水田园诗尤为鲜明。所谓“诗中有画”，乃谓王维的诗歌，能够通过语言文辞的创造，唤起读者的联想和想象，使读者在自己的头脑中形成一幅幅有形的图画。宋人郭熙《林泉高致》总结绘画散点透视之“山有三远”——高远、平远、深远，以此来论王维《终南山》，颇得其意趣。

首联乃从远处遥望，终南山高耸入云，与天帝之都相接近，而且连绵不绝、迤逦而东，直到大海边上。“近天都”，从纵向上，凸现山峰高峻险要；“到海隅”，从横向上，延展山脉之连绵不绝，广阔无垠。此乃绘画深远之法，取得尺幅而有万里之势，将高耸而绵延不绝的山脉尽收眼底。其实，终南山并不东延至大海，此乃诗人夸张之辞。

诗人采用“移步换景”的方式，颔联，乃入山之景象，描摹物象，状写景色：在山脚下仰望山峰，白云缭绕于山际，攀登而上，入于那白云缭绕之山际，青霭却似有若无，甚或荡然全无；再回望山下，白云竟然于身后合拢，缭绕山峦，身似浮于云端之上。从逻辑上讲，此联的逻辑顺序应该是“青霭入看无，白云回望合”——由山下仰望山上，白云缭绕于山际，攀登而上，入于白云缭绕之处，云雾似有若无、甚或荡然全无，然而回望山下，在后身却是白云缭绕矣。“白云”即“青霭”，实为一物，浓为白云，淡为青霭，而用词不同，彰显词语的色彩美。这是动态的描写，一方面是写风景之奇丽、神秘，一方面突出终南山之高耸，与首联“太乙近天都”相呼应，也可以说是此句的具象化的深入描绘。

颈联，观察的视角已然变换，处于山峰之巅，俯视整个终南山：终南山高峻广大，山北与山南，乃雍州、梁州之分野；广大无垠，千谷万壑，天气的阴晴，全然不同。此联乃是对首联“连山到海隅”的具象化的深入摹写，以分野与星宿相对，以阴晴风雨之不同，展示其绵延不绝的广袤。

尾联，乃下山之后，“阴晴众壑殊”的广袤山脉，已不知身在何处，欲投宿山野人家，邂逅河溪对岸的樵夫，遥遥隔河问答，极有神韵。既衬托终南山之广大无垠，又紧扣“阴晴众壑殊”，彰显终南山之千山万壑之重叠幽深。而亲切、美好的问答，抒写人情美，也呼应前文。

王尧衢《古唐诗合解》卷八论此诗，颇为精当：“‘白云回望合，青霭入看无’，山皆有云，周回望之，合而为一，远望则见山中之气青翠可爱，及入山看，则无有也。总见山之深窅不测如此也。‘分野中峰变，阴晴众壑殊’，至于山中之壑甚众，此处无云遮则晴，彼处有云遮则阴，阴晴各异，此谓之殊。是终南直与天地、阴阳分其造化矣。‘欲投人处宿，隔水问樵夫’，投人处妙，见此山中非犹尘世一般，又见山之高深，人家绝少，如投宿必须问个有人之处。樵夫在山，今偏隔水而问，则知山中之壑众也。右丞性爱山水，故于山水之胜游必探奇，诗必入妙。通首总见终南之高深。前写其大概，后写其幽胜。”

此诗极写终南山之峻伟雄奇，壮阔之中含有细腻，善于取景，大处着眼，大笔勾勒，得其大体，表现出磅礴的气势。从仰观、俯视、回望、入看等不同的视角，分别描摹终南山的高峻、山势的绵延和广袤深远，以及山岚风景、白云青霭的多样变化景象，有如临其境之真切。大处着眼，大笔勾勒，又有细腻之描绘相映衬，“白云回望合，青霭入看无”，精妙绝伦，逼真如画，写尽山间云雾变化之奇幻，遂使得尺幅万里之势的终南山景象，与细腻传神的写景刻画相得益彰。而且，“隔水问樵夫”，空谷问答，侧面衬托，亦可见终南山之幽深矣。

酬张少府

晚年唯好静，万事不关心。自顾无长策，空知返旧林。松风吹解带，山月照弹琴。君问穷通理，渔歌入浦深。

天宝十四载（755），安史之乱爆发，第二年，叛军攻破长安，玄宗皇帝仓皇逃往蜀中。王维和许多官员都没有来得及逃离，成了叛军的俘虏。王维声名很大，被授予伪官。正直而又天性比较懦弱的王维，不愿做叛军的伪官，喝哑药，欲把自己变成哑巴，以期躲过叛军的威逼。可惜，药量不够，没有成功。安禄山遣人迎王维至洛阳，拘于普施寺，授以伪官。安禄山在凝碧池大宴僚属，令乐工奏乐助兴。乐工皆玄宗梨园弟子、教坊乐人，皆唏嘘泪下，叛军以刀剑胁迫，乐工雷海青不胜悲愤，掷乐器于地，誓不为之演奏，遂被叛军惨杀肢解，内廷宫人闻之，莫不伤痛。时裴迪来探望，王维听闻此事，悲恻感慨，作诗曰：“万户伤心生野烟，百僚何日再朝天？秋槐叶落空宫里，凝碧池头奏管弦。”收复长安和洛阳之后，朝廷对陷贼而受伪官者，三等定罪。王维因这首“凝碧池”的诗歌表达心向朝廷之旨，其弟王缙又愿以军功为兄赎罪，朝廷特别予以宽宥，责授太子中允。然而，接受伪署官职这一事件，朝廷虽然没有追究，但天性懦弱而正直善良的王维却将其视为人生的最大“污点”，不能忘却。因而，王维晚年不再积极进取，隐居以终老，又信佛，“在京师日饭十数名僧，以玄谈为乐。斋中无所有，唯茶铛、药臼、经案、绳床而已。退朝之后，焚香独坐，以禅诵为事。妻亡不再娶，三十年孤居一室，屏绝尘累”（《旧唐书·王维传》）。此诗当作于王维晚年隐居辋川之时。张少府，名不详。少府，是县尉的别称，为九品小吏，协助县令管理治安、收租税等事务。

晚年唯好静，万事不关心。

静，静慧，佛教语。安静之智慧；清净之智慧。隋炀帝《与释智𫖮书》之二二：“玉泉创立道场严整，禅众归集，静慧日新。”静定，指佛教的澄心静虑，坐禅入定。此处谓奉佛养心而言。王维母亲崔氏信佛，信奉盛唐兴起的禅宗大鉴禅师为师，王维亦信奉禅宗。禅宗讲静慧、禅定的修持。

首联，诗人说，晚年悟佛，只喜好佛教静修之道，心境空明，俗世间的万事皆不记挂于心上。

自顾无长策，空知返旧林。

自顾，自我反省。长策，犹良计。《史记·平津侯主父列传》：“靡弊中国，快心匈奴，非长策也。”亦指经世济民、治理国家的见解、谋略。空知，徒知，只知。旧林，旧日闲居之山林，指辋川别墅。

颔联，自问并没有安邦定国、经世济民的好谋略，修禅悟道只是懂得要返归旧居之园林。意思是说，回顾大半生，并没有经天纬地、治国安邦的大谋略，认识到自己才能有限，只适合回归旧日园林，隐居而奉佛养性。

松风吹解带，山月照弹琴。

松风，松林之风。颜延之《拜陵庙作》：“松风遵路急，山烟冒垄生。”《南史·隐逸传下·陶弘景》：“特爱松风，庭院皆植松，每闻其响，欣然为乐。”解带，宽解衣带。表示不拘礼节，或表示闲适。古人上朝或见客时需要束带，在家无事时则可解带，以求舒适、自在。《三国志·蜀志·诸葛亮传》：“亮深谓（刘）备雄姿杰出，遂解带写诚，厚相结纳。”沈约《游沈道士馆》：“开衿濯寒水，解带临清风。”

颈联，松林的长风吹拂，沁人心脾，遂宽解衣带，无拘无束，享受松风的舒爽；一轮山月朗照，遂弹奏琴曲，抒发隐居之逸兴。

君问穷通理，渔歌入浦深。

穷通理，窘困与通达之理。穷，仕途失意、淹蹇；没有钱，古人称为“贫”。通，仕途得意、顺遂。渔歌，当指《楚辞·渔父》所歌之“沧浪之水”。《楚辞·渔父》曰：“屈原既放，游于江潭，行吟泽畔，颜色憔悴，形容枯槁。渔父见而问之曰：‘子非三闾大夫与？何故至于斯？’屈原曰：‘举世皆浊我独清，众人皆醉我独醒，是以见放。’……渔父莞尔而笑，鼓枻而去，歌曰：‘沧浪之水清兮，可以濯吾缨；沧浪之水浊兮，可以濯吾足。’”

尾联，如若你要问我，仕宦窘困和通达的道理是什么，那么，我只有唱着渔歌，乘着小船，驶入河溪的更深更远处……

此诗乃酬答赠人之诗。张少府乃从九品的风尘小吏，事务缠身，既要处理好日常事务，还要求能够上进，与上级官长相处好，有所作为，等等。高适作县尉，就有“拜迎官长心欲醉，鞭挞黎庶令人悲”（《封丘尉》）的痛心体悟，想来张少府也有这样的经历和体验吧。因而，苦闷的张少府向官场前辈、尚书右丞的王维询问仕途的穷通之理，王维作此诗以酬答。

诗开篇则说“晚年唯好静，万事不关心”，晚年只好佛教静修，俗世间的万事皆不记挂于心。诗歌展现出的是“唯好静”“不关心”，正与未曾出场的张少府之身居下僚、俗务缠身，形成强烈对照。颔联和颈联则是首联的进一步抒写：回顾大半生，并无治国安民之长策，只好隐居而求得佛家静修之道，呼应“晚年唯好静”一语；松风吹拂，遂宽解衣带，无拘无束，不俯仰随人；山月照临，遂弹琴寄怀，啸咏自如，呼应“万事不关心”一句。诗人似乎回答得很清楚，也很轻松。尾联，对于张少府所询问的穷通之理，诗人笑而不答，唯高唱渔歌，驾一叶扁舟而驶入河溪、山林深处……以不答而答之，似乎一切尽在不言之中了。

那么，王维的内心世界就是这样澄澈无碍、全然忘却世事了吗？实则不然。“晚年唯好静”，那么少年、中年呢？少年时的王维，勇于进取，“少年识事浅，强学干名利。徒闻跃马年，苦无出人智。即事岂徒言，累官非不试”（《赠从弟司库员外絿》）。向往边庭：“孰知不向边庭苦，纵死犹闻侠骨香。”（《少年行》）中年也曾献书宰相张九龄，以求出仕，经世济民，有所作为，向正直而有公义的张九龄陈情：“贱子跪自陈，可为帐下不？感激有公义，曲私非所求。”（《献始兴公》）批评权贵的丑恶行径，揭露弊端，以傲岸的精神而抗争：“科头箕踞长松下，白眼看他世上人。”（《与卢员外象过崔处士兴宗林亭》）诗人怀着一腔热血，写下《老将行》《陇西行》《出塞》《使至塞上》《观猎》等豪情逸兴的诗篇，关心现实，批判丑恶，何曾是“万事不关心”呢？诗人说“自顾无长策”，其实是有“长策”、有壮志的，只不过不为世用、有志难遂罢了，也只好“返旧林”——隐居辋川别墅了。再加上曾经被迫接受伪官的惨痛经历，这一人生的巨大“污点”：“一生几许伤心事，不向空门何处销。”（《叹白发》）王维后半生大都在这样的痛苦中反思，进行自我的救赎。身居官场，不得不忍耻含垢，周旋于权贵势要之间，难免俯仰随人，因而，隐居而保持一己之正直，不与不合理的现实妥协，就是王维最后的人生选择了。面对张少府所询问的“穷通理”，王维避而不答，只有“渔歌入浦深”。这种不答之答的含蓄，隐藏着丰富的意蕴，需要以知人论世的方法来体悟、把握。而且，这个“渔歌入浦深”，显然是袭用了《楚辞·渔父》之意，以“沧浪之水清兮，可以濯吾缨；沧浪之水浊兮，可以濯吾足”，塑造出一个高洁的形象，而又有丰富的蕴含。

可见，此诗虽表面上说“唯好静”“不关心”，但也蕴含着王维一生的努力与上进、惆怅与屈辱，其言外之意，是丰富的，不可看得太轻松了。

过香积寺

不知香积寺，数里入云峰。古木无人径，深山何处钟？泉声咽危石，日色冷青松。薄暮空潭曲，安禅制毒龙。

香积寺，宋人宋敏求《长安志》卷一二：“开利寺在（长安）县三十里皇甫村，唐香积寺也。永隆二年（681）建，皇朝太平兴国三年改。”《全唐诗大辞典》说，香积寺，“在陕西省长安县神禾原西端滈、潏两水交汇处之香积村，始建于唐神龙二年（706）。”两说不同，但据王维诗意，此香积寺应在终南山深处，当系别一寺，非长安县之香积寺。此诗作年不详。

诗题为《过香积寺》，意为探访闻名的香积诗。过，过访，探访。

诗开篇则曰“不知香积寺”，显然，诗人于香积寺只是闻名，而未曾到过，未曾见识过香积寺的真面目——位于何方、风景如何、寺院结构如何、庙宇是否宏敞、是否有高僧大德，等等。因而探访香积寺，就有了一种寻幽探胜的新奇感，是强烈好奇心引导下的游览与想象。“不知”二字，统领诗篇，逐一展开由“不知”到“知”的过程，如同一幅徐徐展开的移步换景的风景画。“数里入云峰”，这是探寻香积寺的过程：入山数里，只见云雾缭绕，奇峰耸立。首联，给香积寺笼罩了一层神秘的薄纱。

颔联“古木无人径，深山何处钟”。古木参天，浓荫遮蔽，蜿蜒小路上杳无人迹。“无人径”，无人迹之小径。探寻香积寺，山路幽微，致于无路可走，不辨方向。正当迷蒙、徘徊之际，忽然传来弘厚而疏越的钟声，则昭示香积寺就在附近，陡然给人欣喜，给予探访的信心。“深山何处钟?”一方面，弘厚而疏越的钟声，反衬出云雾缭绕、古木参天、小径无人的寂静；另一方面，正当迷蒙、徘徊、探寻而不得之际，传来疏越钟声，香积寺竟然就在附近，令人欣喜，真有空谷足音、跫然而喜之欣慰。至此，诗篇由开始的茫然不知，经历“数里入云峰”的探寻，荒径无人迹的迷蒙与徘徊，闻钟声而领悟香积寺近在咫尺的欣喜。既写香积寺处于深山古木之幽深僻静，也表达寻觅之艰辛和即将发现的新奇与喜悦，展现了完整的探寻过程以及诗人的心路历程，引人入胜。

颈联“泉声咽危石，日色冷青松”，近寺而有山泉，流淌于山石之上，涧石阻隔，或呜咽，或喧腾。咽，幽咽，呜咽。泉流为涧石所阻隔，水声如吞咽，缓急不定。可见香积寺处于深山僻远之地。走出密林，香积寺豁然现于眼前，在宽敞处，青松环绕，斜阳照射，青翠满眼。冷，薄暮斜阳照射，使青松之色显现为青翠，乃是以触觉而写视觉，是通感，给人以肃穆之感。泉声呜咽，悦耳；青松冷照，醒目。

尾联“薄暮空潭曲，安禅制毒龙”。这是对香积寺四周环境一个侧面的摹写，也是诗人访寺参禅的体悟。寺外有一泓清澈的潭水，诗人联想到佛学澄明空寂的心境，进而体悟到，应该以此澄明空寂的心境驱除心灵的种种欲念、妄念，进入禅定，深悟禅理，领略恬淡宁静之幽趣。显然，这是诗歌的主旨所在，但皆是由前文一脉相承，而非强作佛理之叙写。“空潭曲”，即“潭曲空”的倒文。空，澄明，宁静。曲，幽僻曲折之处。安禅，入于禅定。毒龙，《大智度论》卷一四：佛本身曾作大力毒龙，众生受害。但受戒以后，忍受猎人剥皮，小虫食身，以至殒命，最后成佛。后以毒龙比喻妄心。清人赵殿成《王右丞集笺注》：“《涅槃经》：但我住处，有一毒龙，其性暴急，恐相危害。”安禅可以使心绪宁静专注，驱除种种欲念、妄念，消去烦恼，因而称“制毒龙”。

此诗叙写探访香积寺，不着一笔于寺本身，而以周围景物烘托映衬，迤丽叙写，层层深入，突出探访之过程与诗人之心路，颇具匠心。前四句写探访香积寺之过程；五六二句以泉声、青松，发现香积寺；第七句“薄暮空潭曲”，写寺外一泓清澈潭水，在夕阳映照下，格外空明澄澈，洞见一切；第八句“安禅制毒龙”，则以潭之澄明而引发心境之澄明。全诗始终没有正面写香积寺是何样，然而云峰、钟声、清泉、青松、空潭，一一彰显出香积寺之不同凡响。

此诗乃王维探幽寻胜之作，访寻香积寺，迤逦展开，移步换景，逐层摹写，最后自然而然地抒写修养禅性，以遏制妄念。王尧衢说：“‘不知香积寺，数里入云峰。’未到寺，不知寺之所在，行数里而才入云峰，何其深僻也。起用‘不知’二字，笔力夭矫。‘古木无人径，深山何处钟。’行数里但见古木，而径无人踪。入云峰则山深，遥闻钟声却从何处响来，妙，正承首‘不知’二字。‘泉声咽危石，日色冷青松。’此才是过寺之所见闻。闻泉声忽然咽住，为有危石故也。日色照在青松之上而觉寒冷，以时将薄暮也。‘薄暮空潭曲，安禅制毒龙。’寺之幽寂，正好安禅。时当薄暮而见空潭，遂以空潭比心地之空明，因潭水而想龙，遂以毒龙比人之欲念……安禅于空潭之曲，正以慧力制伏毒龙也。前解是未到寺而先状其幽深，后解是过寺目击其胜景。”（《古唐诗合解》卷八）诚为知言。

送梓州李使君

万壑树参天，千山响杜鹃。山中一夜雨，树杪百重泉。汉女输橦布，巴人讼芋田。文翁翻教授，不敢倚先贤。

此诗作年不详。梓州，唐州名，治所在今四川三台县。天宝元年（742）改为梓潼郡，乾元元年（758）复为梓州，乃剑南东川节度使治所。李使君，名不详。使君，汉时称刺史，后来成为对州郡一级长官的美称。

送别诗不易写好，难出新意，容易落入俗套。王维此诗送人赴任梓州，为地方长官。开篇则将蜀中风物一一展现。首联“万壑树参天，千山响杜鹃”，梓州地处巴蜀崇山峻岭，千山耸峙，万壑纵横，林木茂盛，遮天蔽日，杜鹃啼鸣，此起彼伏，相应不绝。杜鹃，又名杜宇、子规。相传为古蜀王杜宇之魂所化。春末夏初，常昼夜啼鸣，其声哀切。鲍照《拟行路难》其六：“中有一鸟名杜鹃，言是古时蜀帝魂。其声哀苦鸣不息，羽毛憔悴似人髡。”杜甫《杜鹃行》：“君不见昔日蜀天子，化作杜鹃似老乌。寄巢生子不自啄，群鸟至今与哺雏。”元人王实甫《西厢记》第五本第四折：“不信呵去那绿杨影里听杜宇，一声声道‘不如归去。’”“千山响杜鹃”，用一“响”字，强调蜀地杜鹃之多，鸣声之嘹亮，雄飞雌从，彼此呼应。

颔联“山中一夜雨，树杪百重泉”，巴蜀雨量丰沛，如若夜晚降雨，次日当见到山间泉水飞瀑，无处不在。诗人以画家的眼光描摹，从山下仰望山巅，似乎泉水飞瀑，如晶莹剔透的珠玉琼屑，从青翠的树梢上飞流而下。杪，树梢。曾经到过蜀地的李商隐，对巴蜀之雨夜有深切之体认，《夜雨寄北》诗曰："君问归期未有期，巴山夜雨涨秋池。何当共剪西窗烛，却话巴山夜雨时。"

颈联"汉女输橦布，巴人讼芋田"。汉女，即蜀女。嘉陵江又称西汉水，境内有梓潼水、涪水流入，故云。输，纳税。橦布，以蜀中特产橦花织成的布。橦，木棉树。唐前期实行租庸调法，百姓每年需向官府交纳一定数量的布匹或丝织物，以为赋税。巴人，犹蜀人。巴，古国名，即今重庆地区。周初封为子国，称巴子国。春秋时与楚、邓等国交往频繁。公元前 316 年并于秦，以其地为巴郡。讼，诉讼。芋田，种芋头之地。此联意谓，蜀地物产丰富，开发颇早，与中原文明交流亦早，受中央王朝管理，蜀地按时给朝廷纳赋税，上交橦花织成的布；民间如发生耕种芋田之类的纠纷，会到官府诉讼，以朝廷律法来解决。言下之意，梓州百姓是经历王化教育的，知礼法，明律令，比较容易治理。

尾联"文翁翻教授，不敢倚先贤"。文翁，汉景帝时蜀郡太守，因蜀地风俗鄙陋，遂兴学校以教化，使之蔚然成风，风俗为之一变。《汉书·循吏传》："文翁，庐江舒人也……景帝末，为蜀郡守，仁爱好教化，见蜀地辟（僻）陋，有蛮夷风。"蜀地原来僻居一隅，有蛮夷之风，而"文翁欲诱之，乃选郡县小吏开敏有材者张叔等十余人，亲自饬厉，遣诣京师，受业博士……又修起学官于成都市中，招下县子弟以为学官弟子……由是大化"。蜀地文教昌明，好学者众多，到京师长安求学者，可以和历来重视儒学教育的齐鲁相媲美。"至武帝时，乃令天下郡国皆立学校官，自文翁为之始云。文翁终于蜀，吏民为立祠堂，岁时祭祀不绝。至今巴蜀好文雅，文翁之化也。"翻，反复。教授，传授知识、文化。此联意谓，当年文翁在蜀地反复教化，风俗丕变，文雅风流，而今李使君出任梓州，不敢仅仅倚仗先贤的教化，无所作为，而要更好地发扬光大，积极推进教化。

此诗送人，前二联起势陡绝，一气贯注，意境雄阔，写蜀中景物环境，气势如虹。首联"万壑树参天，千山响杜鹃"，乃总写，群山万壑，原始森林，树木参天，遮天蔽日，给人一种旷野的壮美之感；而山林杜鹃飞鸣，此起彼伏，喧腾热闹，却也反衬出旷野山林的幽静与清空。颔联“山中一夜雨，树杪百重泉”，为特写，从山下仰望，青翠的山巅之上，重重叠叠的飞泉悬瀑，泻玉溅珠，晶莹剔透，似乎是从树梢上倾泻而下，惊心动魄。这也正是入蜀道路艰险，行于深沟大壑，仰望山巅常见之景象，非常真切。王士禛说：“律诗贵工于发端，承接二句尤贵得势……如‘万壑树参天，千山响杜鹃’，下即云‘山中一夜雨，树杪百重泉’。此皆‘转石万仞手也’。”（《带经堂诗话》卷三）沈德潜称之为“龙跳虎卧之笑”（《说诗晬语》卷上）。后二联，在写景的基础上叙事抒情。就在这样的旷野山林之中，是早经教化、讲究文明礼仪的百姓，按时交纳朝廷赋税，即使有纠纷，也遵守朝廷律令，这是多么朴实敦厚的人民啊！而这一切，乃是汉代的文翁反复教化的结果。而今，李使君赴任，不能仅仅倚仗先贤的教化，因循守旧，无所作为，而应更好地发扬光大，积极有为，继续推行教化，治理好郡县。送别之旨、勉励之意，顺理成章，自然流出，而不觉斧凿修饰之痕迹。

此诗之佳妙，还在精细与浑成兼备。体物精细，准确传神，“山中一夜雨，树杪百重泉”，从山下仰望之视角，青翠山巅，重重叠叠，飞泉悬瀑，泻玉溅珠，晶莹剔透，摇曳树杪，非画家之眼光不能到。遣词造句，结构安排，精细工整。颔联乃流水对，颈联之汉女——巴人、输橦布——讼芋田，工对；而橦布、芋田，用《蜀都赋》语典，文翁用蜀郡典故，突出教化与治理，既申述颈联之意，也关乎李使君赴任，恰切而浑成。

汉江临眺

楚塞三湘接，荆门九派通。江流天地外，山色有无中。郡邑浮前浦，波澜动远空。襄阳好风日，留醉与山翁。

开元二十八年（740），王维被朝廷派遣到襄阳（今湖北襄阳），主持“南选”考试。唐代，南方一些地区参加科举考试人员不多。为了选拔人才，兴盛南方教育，朝廷任命官吏赴南方当地主持考试，选拔人才，谓之“南选”。《资治通鉴》卷二〇二高宗仪凤元年：“壬寅，敕桂、广、交、黔等都督府，比来注拟上人，简择未精，自今每四年遣五品已上清正官充使，仍令御史同往注拟。时人谓之‘南选’。”郑樵《通志》卷五八：“其黔中、岭南、闽中郡县之官，不由吏部，以京官五品以上一人充使就补，御史一人监之，四岁一往，谓之‘南选’。”王维到襄阳主持考试，一天，当地官员请王维到汉江边上，登临宴饮。王维即席赋诗，写了这首《汉江临眺》。临眺，登临远眺。

首联“楚塞三湘接，荆门九派通”。楚塞，指襄阳一带的汉水，因在楚之北境，故称楚塞。塞，险要之处，多指边界上可以据险固守的要地。后亦泛指边界。三湘，说法不一，一般指潇湘、蒸湘、沅湘。古典诗文中，多泛指洞庭湖南北、湘江流域一带。荆门，山名，在今湖北宜昌长江南岸。九派，长江在湖北、江西一带分为很多支流，因以九派称这一带的长江。刘向《说苑·君道》：“禹凿江以通于九派，洒五湖而定东海。”郭璞《江赋》：“源二分于崌崃，流九派乎浔阳。”《文选》李善注：“水别流为派。”此联意谓，汉江在襄阳一带（楚塞）与三湘之水流相接，也在此与长江的众多支流相通。襄阳一带，河流纵横，此联写得极有气势。

颔联“江流天地外，山色有无中”。浩浩荡荡的长江，从天地之外奔流而来，势不可挡，而远处山峰笼罩于一派水汽之中，隐隐闪现，若有若无。

颈联“郡邑浮前浦，波澜动远空”。郡邑，指汉江边的襄阳城。高峻巍峨的襄阳城，似乎在水边浮动；汉江波澜壮阔，好似撼动了远方的天空。

尾联“襄阳好风日，留醉与山翁”。风日，风和日丽，风光。杜审言《春日京中有怀》：“寄与洛城风日道，明年春色倍还人。”山翁，即山简，字季伦，是魏晋朝名士山涛之子。《晋书·山简传》：“永嘉三年，出为征南将军，都督荆、湘、交、广四州诸军事、假节，镇襄阳。于时四方寇乱，天下分崩，王威不振，朝野危惧。简优游卒岁，唯酒是耽。”天下危难，朝野忧惧，而山简从容镇定，起到了稳定时局的作用。“诸习氏，荆土豪族，有佳园池，简每出嬉游，多之池上，置酒辄醉，名之曰高阳池。……时乐府伶人避难，多奔沔汉，宴会之日，僚佐或劝奏之。简曰：‘社稷倾覆，不能匡救，有晋之罪人也。何作乐之有?’因流涕慷慨，坐者咸愧焉。”此联意谓，襄阳实乃风和日丽、佳胜之地，在此宴饮高会，诗人说自己愿意与诸公畅饮酣歌，一醉方休。山翁，以晋代名士山简称美与宴诸公也。

此诗开篇气象极为雄阔，从地理形胜上，写汉江边上襄阳城所见的景象，紧扣诗题“汉江临眺”：汉江流经襄阳一带，南北与潇湘、蒸湘、沅湘相接；自东西而望，浩浩长江，自西而东奔流而来，与之相通。大处着眼，大笔勾勒，襄阳乃南达三湘、西接荆门、东至浔阳（九江）的四通八达之地，楚塞、三湘、荆门、九派，南北与东西，共同构成了一个纵横千里的广袤原野，令人有身临其境的亲切感与壮阔感。初唐四杰之一的王勃，《滕王阁序》描摹南昌故郡，乃“星分翼轸，地接衡庐。襟三江而带五湖，控荆蛮而引瓯越”。显然，王维汲取了辞赋铺陈的手法，借用王勃之描绘，以虚笔写广远雄阔之境，为全诗奠定了雄伟壮阔气势的基调。首联为虚写，而颔联则实写眼前所见，“江流天地外，山色有无中”：极目远眺，浩瀚长江奔流而来，似乎来自天地之外，动人魂魄；一派水汽氤氲，渺远的山峰隐约闪现，似有若无。化虚为实，是对首联的进一步叙写与完善。“江流天地外”，是视觉所见，而引起的感觉显现；“山色有无中”，水汽氤氲，笼罩四野，好似淡墨写意的山水画，极具画意与邈远的神韵，引发读者对缥缈悠远的山水之境的无穷诗意遐想。这样生动传神的描绘，也只有精通绘画、擅长诗歌的王维能够做到。颈联则将视野拉近，仍是立于襄阳城上，仍然是水天相接的感触：襄阳城高峻，而汉江水域广阔，似乎城池浮动于一派水域之上；而汉江波澜壮阔，荡漾开去，似乎撼动了遥远的天际。“浮”字以襄阳城上的视角，增添了汉江水域浩瀚之感；“动”字，则突现汉江波澜由近而及远的荡漾之感觉，将诗人的视域推向极远，也增强了文字表达的力度。于是，尾联自然而然回到襄阳宴饮的主题：如此好风光，岂能不与诸公开怀畅饮、一醉方休。既是对汉江雄壮奇丽风光的赞美，点明诗题，也称美与宴诸公，情义的深厚诚挚，表现得颇为自然，不留任何应酬的痕迹。

此诗极佳，颇能体现王维诗歌的艺术成就，亦可见出诗人开阔的胸襟，将写实与想象结合，“天地外”的“江流”，与“有无中”的“山色”相融为一体，从而进入“楚塞三湘接，荆门九派通”的更广阔的艺术境界。欧阳修《朝中措》一词，写登临扬州平山堂之所见，“平山栏槛倚晴空，山色有无中”；苏轼《水调歌头》之“长记平山堂上，攲枕江南烟雨，杳杳没孤鸿。认得醉翁语，山色有无中”，可见这一联的神奇美妙，吸引了诸多文学大家。其实，此诗不是哪一联之美，而是整体的浑成之美与细致深到的刻画的完美结合，雄浑壮阔的景象引人入胜，意新理惬，辞秀调雅，含蕴无限，诚为佳作。

终南别业

中岁颇好道，晚家南山陲。兴来每独往，胜事空自知。行到水穷处，坐看云起时。偶然值林叟，谈笑无还期。

开元二十九年（741），王维隐居终南山。诗曰“中岁颇好道”，显然是得宋之问辋川别墅、修葺整饬之后，隐居时所作。开元二十五年（737）四月，张九龄被罢去宰相之职，贬为荆州长史。李林甫当政，任用亲信，打击在朝正直而有清誉之人。自开元二十九年（741）以后，王维事实上已经过着半官半隐的生活。唐人芮挺章编《国秀集》，收录王维此诗，题曰《初至山中》，而《国秀集》编成于天宝三载（744），据此，亦可证明此诗作于天宝三载之前。

开篇即说“中岁颇好道，晚家南山陲”。中岁，中年，三十岁至五十岁。时王维四十多岁。好道，指信奉佛教。王维家世信佛，其母崔氏笃信佛教，以京师长安大荐福寺大鉴禅师为师，终生侍奉。受母亲影响，自开元十七年（729），王维从大荐福寺道光禅师学禅宗顿教。晚，晚近，近来。《淮南子·本经训》：“晚世学者，不知道之所一体，德之所总要。”家，动词，移家，安置家庭。南山陲，终南山脚下。首联意谓，中年就很喜好佛教，追求禅修寂灭，近来才得以移家终南山脚下的辋川别业，专心修持。

中间二联，叙写追求修持、体悟禅道、遂顺自然的良好状态。颔联“兴来每独往，胜事空自知”，兴致来时，往往独自行走于山林；赏心乐事，只有自己知道。《世说新语·任诞》记载王徽之（字子猷）雪夜访戴安道之事，曰：“王子猷居山阴，夜大雪，眠觉，开室，命酌酒，四望皎然，因起彷徨，咏左思《招隐》诗，忽忆戴安道。时戴在剡，即便夜乘小船就之。经宿方至，造门不前而返。人问其故，王曰：‘吾本乘兴而行，兴尽而返，何必见戴？’”这是一个流传颇广的纵情自适的故事。王徽之在山阴，一夜大雪，睡起来一看，皑皑白雪，玉树琼枝，亭台楼阁，宛如仙境，举酒赏雪，徘徊久之。忽然忆起远在剡溪的好友戴安道。连夜乘船前往，一百多里路程，天亮才到达剡溪。可是，到剡溪却未去见戴安道，掉转船头，又要返回山阴，“乘兴而行，兴尽而返”，没有必要再见戴安道了。显然，王维是化用了此一故事，而写入诗歌。王维隐居终南山，作《山中与裴秀才迪书》，邀请裴迪前往终南山辋川别墅欣赏美景，曰：“非子天机清妙者，岂能以此不急之务相邀？然是中有深趣矣，无忽。”而这正是王维之赏心乐事也。颈联“行到水穷处，坐看云起时”，每当行走到溪水的源头，无路可行了，然而并不沮丧，影响心境，而是随缘而安，坐于山野，看山间云起云灭之变幻。胜事，美好之情事景物，此处指有助于悟道之事。空，只。

尾联“偶然值林叟，谈笑无还期”，仍然接续前二联，抒写其遂顺自然的状态：有时，偶然会遇见山野老父，相逢即谈笑无厌，乐而忘返，自由自在，毫无拘束。

此诗之题旨乃“好道”——喜好佛教之道，参禅修悟，纯任自然，随缘任运，一派天机，虽不着禅理，却深得禅意、禅趣，是画意、诗情、禅意的全然融会。开篇直揭主题，“中岁颇好道”，近来终于能够安家终南山麓而专心修持，随缘任运，纯任自然，与自然融为一体。以下三联，一切情事，皆由此发端，植根于此。兴来独往，不假思虑，毫无目的，随缘任运，全然出于刹那间的感触与向往；而随缘任运中所遇见的一事一物、一花一草，皆可能引起会心一笑，激发刹那的禅悟、禅趣，而这，也仅仅只有诗人自己知道、自己领悟罢了——实际上是对自己独得会心之乐的高度认同与肯定。这一联，乃虚写，是一种比较抽象的概括。而颈联、尾联则是实写，具象化的抒写：以具体的行迹、事物，将“中岁颇好道”作了具体而生动的阐释。“行到水穷处，坐看云起时”，游观溪水山涧，走到溪水源头，无路可走，并不怅然，亦不焦躁，而是随缘任运，静坐于溪头，看山间云起云灭，一派天机意趣，纯任自然。此乃遇物之“胜事”。古人有穷途而哭之事，《晋书·阮籍传》说：阮籍“时率意独驾，不由径路，车迹所穷，辄恸哭而返。”唐王勃《滕王阁序》：“阮籍猖狂，岂效穷途之哭!”阮籍因无路可行而悲伤，也就是指处于困境所发的绝望的哀伤。显然，此处王维反其意而用之，于无路可行处，绝不悲伤，随缘而安，坐看山间云飞涛灭。这正是“好道”、禅修的表现。“偶然值林叟，谈笑无还期”，游观于山间林中，可能会偶然遇见山村野老，随意谈笑无厌，乐而忘返，竟不知时间过了多久，也不计较是否要回家去呢。此乃遇人之“胜事”。无论是物，还是人，一切都纯任意兴，随缘任运，心静则景适，意闲则物随，禅意盎然，全然与山水、自然合而为一。

此诗写法上，先拈出题旨，而后六句，依次写来，由虚而实，由物而人，纯任天机，似乎毫不作人工之修饰，实有天工之美。此诗之妙，由绚烂之极，归于平淡，朴素自然，没有任何修饰锻炼。诗人没有宣扬禅理、佛道，更没有抽象之议论，而是以一个充满禅理意趣的抒情主人公的形象出现在读者眼前，并以其渗透禅思的人生态度浸润、感染读者。诗的形式与内容高度和谐，一气流注，不见作意，有一唱三叹不可穷之妙。宋人胡仔《苕溪渔隐丛话·前集·王摩诘》论此诗曰：“此诗造意之妙，至与造物者相表里，岂真诗中有画哉！观其诗，知其蝉蜕尘埃之中，浮游万物之表者也。”

孟浩然

临洞庭上张丞相

八月湖水平，涵虚混太清。气蒸云梦泽，波撼岳阳城。欲济无舟楫，端居耻圣明。坐观垂钓者，徒有羡鱼情。

现代人找工作，都要写求职信。如何写好求职信，是一件大事情。既要恰切地说出自身的优点，又要明白表达求职的目的。唐人出仕，求人荐举，称为“干谒”。士人往往将自己的作品送给有名望之人，请其品题、批评、举荐，称之为“行卷”。一旦获得权贵势要或文坛领袖的赞扬，一日之间可能就会声名满天下，大大增加科举录取和仕进的机会。身逢大唐盛世，孟浩然也不甘心隐居，无所作为而默默无闻，使声名不彰。开元二十一年（733），孟浩然游吴越，还乡后，于开元二十四年（736）八月，游湘赣，登临闻名遐迩的岳阳楼，观赏雄伟壮阔的洞庭湖。孟浩然作此诗，献给宰相张九龄，表达希望被荐举、援引之意。同年十一月，中书令张九龄为尚书右丞相，罢知政事；开元二十五年（737）四月，尚书右丞相张九龄被贬为荆州长史。张九龄至荆州，援引孟浩然入其幕府。前一年投赠以求汲引，次年即被召入幕府，张九龄对孟浩然的关照，还是很及时的。

张丞相，一说指张说。张说，字道济，开元二年（714）正月为丞相，开元三年（715）四月至开元五年（717）十月贬岳州刺史。考孟浩然现存诗歌，未有投献赠答张说的诗歌。而写给张九龄的诗歌，共有七首，如《从张丞相游南纪城猎戏赠裴迪张参军》《和张丞相春朝对雪》《陪张丞相登嵩阳楼》《荆门上张丞相》等。由此可见，此诗之张丞相，只能是张九龄。

洞庭湖，在今湖南北部、长江南岸，面积广大，素有“八百里洞庭”之称。湘、资、沅、澧四水汇流于此，在岳阳县城陵矶入长江。湖中小山甚多，以君山最为著名。沿湖有岳阳楼等名胜古迹。诗题一作《望洞庭湖赠张丞相》，又作《临洞庭》。

八月湖水平，涵虚混太清。

涵虚，谓水映天空。涵，包含。虚，太虚、天空。混，混茫为一。太清，天空。《鹖冠子·度万》：“唯圣人能正其音，调其声，故其德上及太清，下及太宁，中及万灵。”陆佃注：“太清，天也。”《楚辞·刘向〈九叹·远游〉》：“譬若王侨之乘云兮，载赤霄而凌太清。”王逸注：“上凌太清，游天庭也。”

首联，八月秋高气爽，秋水涨溢，洞庭湖烟水浩瀚，广阔无垠，湖水与两岸相齐平；其广大无边际，似乎包容了整个天宇，使得水天一色，相融为一，浑然不可分离。

气蒸云梦泽，波撼岳阳城。

云梦泽，古泽薮名，跨大江南北，相当于今湖北南部及湖南北部一带。《尔雅·释地》：“楚有云梦泽。”郝懿行义疏：“《汉志》：华容云梦泽在南荆州。司马相如《子虚赋》云：楚有七泽，一曰云梦。云梦者，方九百里。是云梦实一薮也。”撼，摇动。岳阳城，在今湖南省岳阳市西门古城楼。相传，三国吴鲁肃在此建阅兵台，唐开元四年(716)，中书令张说谪守巴陵（即今岳阳市）时在旧阅兵台基础上兴建此楼。主楼三层，巍峨雄壮，登楼远眺，八百里洞庭湖尽收眼底，为古今著名风景名胜。宋人范致明《岳阳风土记》：“孟浩然洞庭诗有‘波撼岳阳城’，盖城据湖东北，湖面百里，常多西南风，夏秋水涨，涛声喧如万鼓，昼夜不息，漱啮城岸，岁常倾颓。”

颔联，洞庭湖水汽蒸腾，烟水茫茫，浩瀚无垠，可以吞灭、容纳广阔的云梦泽；湖水澎湃，波涛荡漾，坚固巍峨的岳阳城也似乎随之而动荡。

欲济无舟楫，端居耻圣明。

舟楫，舟，小船。楫，指船桨。《诗经·卫风·竹竿》“桧楫松舟”毛传：“楫所以棹舟，舟楫相配，得水而行。”后以“舟楫”泛指船只。《战国策·赵策二》：“今吾国东有河、薄洛之水，与齐、中山同之，而无舟楫之用。”《尚书·说命上》：“若济巨川，用汝为舟楫。”殷高宗把贤臣傅说比喻为渡河之舟楫。张衡《应间》：“学非所用，术有所仰，故临川将济，而舟楫不存焉。”孟浩然《洞庭湖寄阎九防》：“迟尔为舟楫，相将济巨川。”孟浩然在此，显然是说欲出仕而无人援引。那么，此处之舟楫，就是指张九龄了。端居，平常居处。圣明，英明圣哲，无所不知。圣明天子在位，天下太平繁荣，人民安居乐业。这里是对“治世”“盛世”的称美。

颈联，面对洞庭湖这样浩瀚广阔的水域，诗人也想乘舟航行，到达彼岸，可是自己却没有渡船；在这个伟大圣明的时代，不能有所作为，深以为耻啊。

坐观垂钓者，徒有羡鱼情。

坐观，坐视，旁观。《后汉书·皇甫规传》：“臣穷居孤危之中，坐观郡将，已数十年矣。”垂钓，垂竿钓鱼。垂钓者，比喻出仕者。庄忌《哀时命》：“下垂钓于溪谷兮，上要求于仙者。”徒，只有。羡鱼，《淮南子·说林训》：“一目之罗，不可以得鸟；无饵之钓，不可以得鱼；遇士无礼，不可以得贤。”“临河羡鱼，不如归家织网。”《汉书·董仲舒传》：“古人有言曰：临河羡鱼，不如退而结网。”

尾联，旁观湖边的垂钓者，他们都能够有所收获，而反观自己，既无舟楫，也无渔网、钓竿，一无所获，不能有所作为，也只有羡慕的份儿了。

大凡干谒求仕之诗，不可自贬身份，措辞总要不亢不卑，既不能露出寒乞相，也不可过分颂扬对方。李白《与韩荆州书》实乃古今干谒求仕的第一流文章。开篇赞颂荆州刺史韩朝宗有巨大之声誉，乃因其礼贤下士，故士人愿意归其门下，以得其揄扬举荐：“白闻天下谈士相聚而言曰：‘生不用封万户侯，但愿一识韩荆州。’何令人之景慕，一至于此耶？岂不以有周公之风，躬吐握之事，使海内豪俊奔走而归之。一登龙门，则声誉十倍。所以龙盘凤逸之士，皆欲收名定价于君侯。愿君侯不以富贵而骄之，寒贱而忽之，则三千宾中有毛遂。使白得颖脱而出，即其人焉。”先声夺人，又不亢不卑，称扬韩朝宗礼贤下士，有周公之风范；自己如毛遂，可以自荐，能脱颖而出。随之李白作自我介绍：“白陇西布衣，流落楚汉。十五好剑术，遍干诸侯；三十成文章，历抵卿相。虽长不满七尺，而心雄万夫。王公大臣，许与气义。”希望韩朝宗能够张开心颜、襟抱，接纳自己，提供其可以展示才华的用武之地——“幸愿开张心颜，不以长揖见拒。必若接之以高宴，纵之以清谈。请日试万言，倚马可待。今天下以君侯为文章之司命、人物之权衡，一经品题，便作佳士。而君侯何惜阶前盈尺之地，不使白扬眉吐气，激昂青云耶？”文章感情充沛，气势如虹，干谒求仕者绝无哀怜寒酸气相，而韩朝宗虽然主持一时风会，却也无高不可攀之势，李白亦无不恰切的奉承之语。读其文，可以想见其人，令人悠然神往，思接千载。

孟浩然此诗《临洞庭湖上张丞相》开篇首联则写游历洞庭湖，见其壮阔景象。金秋八月，江河涨溢，湖水浩瀚无际，深泓澎湃；广大无垠的洞庭湖似乎涵纳天空，水天茫茫，使得天地一体，浑然无涯际。“平”字，并非平静无波之意，乃是秋水涨溢，湖水充溢，与湖之四野堤岸相平，似乎即将迸溢出来，强调的是静态的湖水广阔。“混”字，则强调充溢之湖水，与天宇合而为一、混茫不分，彰显出水天相接、浑然一体的境界，此处则强调动态的涵纳与浑融一体。

颔联，则进一步抒写洞庭湖之广大与深弘的气势：洞庭湖水汽蒸腾，笼罩、涵纳无边的古云梦泽；深泓澎湃的湖水，波涛强劲有力，似乎撼动了湖边巍峨坚固的岳阳城，使之微微颤动。“蒸”“撼”二字，传达出洞庭湖的气势、能量和永不停息的生命力。这样的描写，让人很容易联想到贾谊的“天地为炉兮，造化为工；阴阳为炭兮，万物为铜。合散消息兮，安有常则；千变万化兮，未始有极”。（《鹏鸟赋》）其写大自然之宏大，之强劲生命力，与此联颇相似。“气蒸云梦泽”，乃是以广阔的视野，从广袤的平面来展示洞庭湖的水天茫茫之浩瀚广阔与强劲生命力；“波撼岳阳城”，则是以岳阳城这一个点——窄小的立体来彰显岳阳楼的震颤、洞庭湖波涛的汹涌、巨浪撞击的轰鸣。前一句是从视角来写，后一句是以触觉为主而兼视觉、听觉作出刻画，乃是对上句“涵虚混太清”深入化与具象化之抒写。

面对如此广袤而充溢强劲生命力的洞庭湖，诗人油然兴起航行其上、扬帆乘风、纵横千里的豪情。然而，诗人深感自己有能力、有壮志，却无“舟楫”，只能望洋兴叹而已。于是，颈联则直抒胸臆：本想扬帆纵横于洞庭湖上，可惜没有“舟楫”，徒唤奈何；生逢这个伟大的时代，不能有所作为，默默终老，实在是人生之耻辱啊！“欲济”乃主观愿望，“无舟楫”是客观现实。面对浩瀚洞庭湖而兴起的感慨，本身也是一个比喻。暗用殷高宗任用傅说为相时所说：“若济巨川，用汝为舟楫。”非常贴合张九龄中书令的宰辅身份。希望宰辅大臣张九龄能够予以援引、举荐，使诗人自己有机会入仕为官。因而，下句“端居耻圣明”就说得很直白：生逢伟大时代，入仕为官，并不仅仅是为了自己，是要在这个圣明时代有所作为，报效国家，有益于社稷苍生，不能默默无为，虚度人生；如果那样，实在是人生之耻辱啊。盛唐人干谒求仕，很坦诚，不卑俗，这是身处伟大时代所具有的积极健康的人生心态。尾联，笔锋一转，“坐观垂钓者，徒有羡鱼情”——作为旁观者，非常羡慕那垂钓于洞庭湖上之人，他能收获满满，在这个伟大时代没有虚度人生啊！

“垂钓者”是用典，与上联的“舟楫”意思一样。相传，吕尚未遇周文王时垂钓于磻溪，后被文王礼聘，辅佐开创周朝之基业，被称为太公、尚父。《韩诗外传》卷八：“太公望少为人婿，老而见去，屠牛朝歌，赁于棘津，钓于磻溪。”实际上此处是指张九龄，诗人希望能够像张九龄一样，做出一番伟大的事业来。“垂钓”“羡鱼”，以比喻和用典的手法，将上联“端居耻圣明”的直白表述，转为委婉含蓄，使得诗歌言有尽而意无穷，诗人希望自己能够如姜太公一样遇周文王而重用。沈德潜说：“读此诗，知襄阳非甘于隐遁者。”（《唐诗别裁》卷九）诚然，孟浩然乃不甘心隐居，却最终不得不隐居以终其生的盛唐诗人。在他的诗歌中，此类积极要求出仕为官、有所作为的情绪，处处有流露。孟浩然《都下送辛大之鄂》："未逢调鼎用，徒有济川心。"就是这一心态的展现，也正可作此诗"欲济无舟楫"的注脚。

此诗整体构思很有特点，前四句写"临洞庭湖"，后四句写"上张丞相"。两层意思之间，以颈联之"欲济无舟楫"——面对浩瀚洞庭湖而滋生的感慨，既承接上文写景，又开启下文的抒情，使得景与情相交融。洞庭湖之浩瀚激荡、包容元气、混和太清、气蒸云梦、波撼岳阳，正是诗人自负而不平心态的写照，可谓兴象风骨兼备。而且，诗人以"欲济""舟楫""垂钓""羡鱼"等辞词典故，始终关照洞庭湖，不离前半之写景铺垫，又使得后半之抒情有所依托，浑然一体，诚为佳作。

岳阳楼为古今之大观，历来题写诗文者多矣。而孟浩然"气蒸云梦泽，波撼岳阳城"，杜甫《登岳阳楼》"吴楚东南坼，乾坤日夜浮"，极为壮阔雄伟。而宋人范仲淹的名文《登岳阳楼记》，以散文的较大容量，抒写洞庭湖之壮阔："余观夫巴陵胜状，在洞庭一湖。衔远山，吞长江，浩浩汤汤，横无际涯，朝晖夕阴，气象万千，此则岳阳楼之大观也。"又以如椽诗笔，分别描摹"淫雨霏霏"和"春和景明"两种景象，而有"不以物喜，不以己悲。居庙堂之高，则忧其民；处江湖之远，则忧其君。是进亦忧，退亦忧，然则何时而乐耶？其必曰：先天下之忧而忧，后天下之乐而乐乎"之人生深刻体认与感慨。其仁人杰士的睿哲情怀，令人为之神往。江山留胜迹，岳阳楼与洞庭湖，得此三篇诗文名篇，可以流传千古而不朽矣。

与诸子登岘山

人事有代谢，往来成古今。江山留胜迹，我辈复登临。水落鱼梁浅，天寒梦泽深。羊公碑尚在，读罢泪沾襟。

今湖北襄阳的岘山，又称岘首山，是古往今来的一大名胜，有许多的英雄业绩、流风余韵，令人感慨且神往。西晋征南大将军、开府仪同三司羊祜，博学能文，力行节俭，常将俸禄散给族人、军士，家无余财。西晋初年，镇守襄阳十年。东吴孙皓暴虐，民不聊生，羊祜认为正宜吊民伐罪，统一中国。如果吴人易主而治，晋虽有百万之众，也难以越过长江天堑。可惜，伐吴之议被贾充、荀勖等反对派阻挠。咸宁四年（278）春，羊祜病重，入朝洛阳，推荐杜预继任其职，并力陈伐吴之策，不久去世。羊祜死后，杜预为镇南大将军，都督荆州军事。太康元年（280），率兵伐吴，用羊祜之谋略，灭亡东吴，统一中国，晋武帝认为“此羊太傅之功也”，杜预封为当阳县侯。

羊祜喜爱山水，在襄阳时，常常登临岘山，饮酒吟咏，终日不倦。《晋书·羊祜传》：“尝慨然叹息，顾谓从事中郎邹湛等曰：‘自有宇宙，便有此山。由来贤达胜士，登此远眺，如我与卿者多矣，皆湮灭无闻，使人悲伤。如百岁后有知，魂魄犹（尤）应登此也。’湛曰：‘公德冠四海，道嗣前哲，令闻令望，必与此山俱传。至若湛辈，乃当如公言耳。”羊祜死后，荆州百姓于集市听闻羊祜丧亡，“莫不号恸罢市，巷哭者声相接”，就连敌对方之东吴守边将士“亦为之泣，其仁德所感如此”；“襄阳百姓于岘山祜平生游憩之所，建碑立庙，岁时飨祭焉。望其碑者，莫不流涕。杜预因名为‘堕泪碑’。荆州人为祜讳，名屋室皆以门为称，改户曹为辞曹焉”。人们钦服羊祜之仁德，也为其志向远大，为国为民，未能建立更大功业而惋叹，凭吊其碑，无不流泪，故称“堕泪碑”。孟浩然乃襄阳人，对羊祜及其“堕泪碑”的故事，非常熟悉，而诗人也常常登临岘山。胸有大志、理想高远的孟浩然，每当登临岘山，岂能无感慨乎！这首《与诸子登岘山》就是孟浩然登临此山而发的人生慨叹，可惜作年不详。

人事有代谢，往来成古今。

人事，人世间事，世事。《孔雀东南飞》：“自君别我后，人事不可量。”《南史·郑鲜之传》：“今如滕羡情事者，或终身隐处，不关人事。”代谢，新旧更迭，交替。《淮南子·兵略训》：“轮转而无穷，象日月之运行，若春秋之代谢，若日月有昼夜，终而复始，明而复晦。”

陶渊明《饮酒》其一："寒暑有代谢，人道每如兹。"往来，来去，往返。《周易·咸卦》："憧憧往来，朋从尔思。"憧憧，往来不绝的样子。《淮南子·齐俗训》："往来古今谓之宙，四方上下谓之宇。"

首联，古往今来的历史，乃是由一代代鲜活的生命之新陈代谢所构成。看似简单，实乃复杂。人间世事，皆有兴废，湮灭于历史长河中的一个个鲜活生命，有几个人能够留下丰功伟绩，有益于社稷苍生；又有多少人庸庸碌碌、默默无闻啊。诗人开篇竟然是心事浩茫连广宇啊。

江山留胜迹，我辈复登临。

胜迹，胜地美景，名胜古迹。南齐谢朓《游山》诗："求志昔所钦，胜迹今能选。"

颔联，壮丽的江山留存着前贤圣哲登临、凭吊的无数胜地美景、古迹遗踪，而今我辈又登临其地，岂能无感慨！

水落鱼梁浅，天寒梦泽深。

鱼梁，鱼梁洲，在汉水中。《水经注·沔水》："襄阳城东沔水中有鱼梁洲，庞德公所居。"古人在河流中所筑拦截水流以捕鱼的设施，称鱼梁。梦泽，即云梦泽。

颈联，深秋时节，汉水清浅，庞德公隐居之鱼梁洲大部分露出水面；天时寒冷，放眼眺望，云梦泽更显得分外深沉，一派鸿蒙。

羊公碑尚在，读罢泪沾襟。

羊公碑，指羊祜的堕泪碑。沾襟，浸湿衣襟，多指伤心落泪。《庄子·应帝王》："列子入，泣涕沾襟以告壶子。"白居易《慈乌夜啼》诗："夜夜夜半啼，闻者为沾襟。"

尾联，岘山之巅，记载羊祜功业的巨大石碑依然矗立着，识读碑文，不禁为羊祜之志向情怀所激荡，不由得泪湿衣襟。

一般情况下，律诗生发感慨或议论，往往多在篇末，或在两联中。

而此诗独创格调，开篇则以绝大之见识，感慨万端，先声夺人。古往今来的悠久历史，乃是由一代代鲜活生命的代谢而构成，前贤圣哲开创基业、登临观览，留下了无数的名胜古迹；而今我辈又登临其地，风景不殊，江山依旧，而历史上那些心怀壮志、勤勉奋发之人，才能够有机会建功立业，芸芸众生庸庸碌碌、无所作为，湮灭于历史的长河，岂能不感叹唏嘘、兴发万端！这个伟大的慨叹，蕴含着深广的历史感慨和人生感慨，基于孟浩然积极热切的用世之心、盛唐健康开朗蓬勃向上的时代精神，于俯仰古今的深邃透视中，体现出诗人的宏阔胸襟。

首联，因“人事”之“代谢”，而有“往来”，构成“古今”，时间的连续、绵长，与个体生命的短暂易逝，形成强烈的对比，构成“古今”。颔联，“留胜迹”指向“古”，“复登临”则指向“今”，在江山依旧、风景不殊的伟大存在面前，个体的生命是那样渺小，又是那样易逝。彪炳历史的人物，立德立功立言，以期不朽，而今“我辈”又登临其地，会给江山胜迹留下什么样的印痕？会给悠久的历史增添什么样的内涵？这是“今”之“我辈”所面临的生命叩问、历史叩问，是需要以生命与一生的努力来回答的问题。

这样的大感慨，似乎是无端而兴起，事实上是基于登临岘山，有感于羊祜之仁德、胸襟及功业而发。故而诗的后半，全然系于岘山。颈联“水落鱼梁浅，天寒梦泽深”，乃伫立于岘山之巅，眺望之所见。秋冬之际，汉水清浅，鱼梁洲大半突现，而更加遥远处，则全然笼罩在一派烟水迷蒙的景象之中。此联乃写景，事实上一派烟水迷蒙，望而不见的景象，已然寄寓历史的苍茫感以及人生无法把握的无奈之感。孟浩然将生命易逝、功业难成的浩茫心事，全然托之于这“天寒梦泽深”的眺望之景象。尾联则点明兴起这感慨的缘由，乃登临岘山而见羊祜堕泪碑，追想羊祜之仁德、情怀、功业，系念现实、怅望历史而生发无限感慨。

明代诗论家徐增说：“夫人事倏忽，相代而谢，略一往来，便成古今。唯江山常在人间。人虽往矣，而当时之胜迹，留于后人赏玩，今日幸有我辈在此登临。‘我辈’二字，浩然何等自负，却在登临上说，尤妙。既登山矣，从上望下，见江水落，而捕鱼之梁浅。浅，言其露出。从近望远，时言天寒，寒则泽竭，而觉梦泽之深。深，又言其杳冥也……浩然谓：羊公登此山，身后百姓建碑，我辈今日在此登临，转盼音便为陈迹，后辈亦有知我辈登临者否？读其碑文，亦不免泪落矣。”（《而庵说唐诗》卷十三）徐氏疏解此诗之诗意，还是比较恰切的。

事实上，此诗乃孟浩然与二三友人郊游，登临岘山，谈论镇守襄阳的羊祜。羊祜位尊权重，节俭而有仁德于民，励精图治，期望剿平暴虐的孙皓而统一中国。羊祜登临岘山而感慨：“自有宇宙，便有此山。由来贤达胜士，登此远望，如我与卿者多矣，皆湮灭无闻，使人悲伤。如百岁后有知，魂魄犹（尤）应登此也。”那种生命易逝之感慨，深惧功业无成的忧虑，深刻地感染着登临岘山的孟浩然。又于岘山之巅得见堕泪碑，诗人的情绪再次被激荡，遂写下此诗。岘山因羊祜而成胜迹，因羊祜而增光彩。羊祜在当时及后世人们心中，树立起永不泯灭的丰碑。然而诗人孟浩然怀有鸿鹄之志，生逢圣明时代，却“皇皇三十载，书剑两无成。山水寻吴越，风尘厌洛京”（《自洛之越》）“不才明主弃，多病故人疏”（《岁暮归南山》），将会为家乡的这座名山胜迹，留下点什么呢？将会为历史的长河增添点什么有价值的东西？而这正是诗人深悲忧虑的。

此诗的逻辑顺序应该是首先登临岘山，见“水落鱼梁浅，天寒梦泽深”，读羊公碑而潸然泪下，因而有“人事有代谢，往来成古今。江山留胜迹，我辈复登临”的感慨。只是这“人事有代谢”的感慨太深沉、太浩茫，充溢、激荡于诗人内心，不可遏制，因而于诗开篇则全然托出，以强烈的情感、深沉的体认，说尽古往今来登览凭吊者的情怀心绪，这是一种得风气之先的伟大历史观感与生命感慨，乃觉醒者的生命自觉，先声夺人，直击心灵，感染、激励读者，同时也透露出孟浩然热切的用世之心。诗的后半才叙事缘由，娓娓道来，流淌于心田。可见，所谓写作技巧，实乃由情志心灵之激荡而生成，达到无技巧痕迹之境界。不关注内容情感，而胶着于技巧之优劣，先说后叙之法则，显然乃皮相之论，不足为据。

宴梅道士山房

林卧愁春尽，搴帷览物华。忽逢青鸟使，邀入赤松家。金灶初开火，仙桃正发花。童颜若可驻，何惜醉流霞。

孟浩然声名甚著，多所交游，与文士、隐者、僧人、道士多有往来。因而，不同的抒写对象，诗歌所用词语皆有所不同。文士有文士的典故与词语，武将有武将的典故和词语。写给僧人的诗，有时虽未点明，然而读其诗，所用典故和词语，显然是写赠僧人的。这首《宴梅道士山房》乃作客道士山房所作之诗。因而，诗中多用与道士、道教有关的典故与词语。诗题一作《清明日宴梅道士房》，大概作于孟浩然隐居襄阳之时。

梅道士，名不详。孟浩然有《梅道士水亭》：“傲吏非凡吏，名流即道流。隐居不可见，高论莫能酬。”《寻梅道士》曰：“我来从所好，停策夏云多。重以观鱼乐，因之鼓枻歌。崔徐迹未朽，千载揖清波。”崔、徐，指汉末三国时襄阳崔州平、徐元直。由此可知，梅道士乃隐居襄阳修道之人。

林卧愁春尽，搴帷览物华。

林卧，卧病林下。谢灵运《登池上楼》：“徇禄返穷海，卧疴对空林。衾枕昧节候，褰开暂窥临。”孟浩然袭用此诗句意。搴帷，揭起帷帐。曹植《弃妇诗》：“搴帷更摄带，抚弦弹鸣筝。”搴帷，一作“开轩”，杜甫《夏夜叹》：“仲夏苦夜短，开轩纳微凉。”物华，自然景物。杜甫《曲江陪郑南史饮》：“自知白发非春事，且尽芳樽恋物华。”

首联，卧病林下，愁闷中即将度过美丽绚烂的春天，百无聊赖之际，揭起帘帷，隔窗欣赏春天的美好景象。

忽逢青鸟使，邀入赤松家。

青鸟，神话传说中为西王母取食传信的神鸟。《山海经·西山经》：

“又西二百二十里，曰三危之山，三青鸟居之。”郭璞注：“三青鸟主为西王母取食者，别自栖息于此山也。”《艺文类聚》卷九一引《汉武故事》：“七月七日，上（汉武帝）于承华殿斋，正中，忽有一青鸟从西方来，集殿前。上问东方朔，朔曰：‘此西王母欲来也。’有顷，王母至，有两青鸟如乌，侠（即‘夹’）侍王母旁。”后遂以“青鸟”为信使的代称。薛道衡《豫章行》：“愿作王母三青鸟，飞来飞去传消息。”赤松，即赤松子，传说中的上古仙人，神农时的雨师。《史记·留侯世家》：“愿弃人间事，欲从赤松子游耳。”司马贞索隐引《列仙传》：“神农时雨师也，能入火自烧，昆仑山上随风雨上下也。”《淮南子·齐俗训》：“今夫王乔、赤诵子（即赤松子）吹呕呼吸，吐故纳新。”此处借指梅道士。

颔联，正在卧病无聊赖之时，梅道士派人来邀请，让诗人去他那儿作客。

金灶初开火，仙桃正发花。

金灶，一作“丹灶”，道家炼金丹的炉灶。江淹《别赋》：“守丹灶而不顾，炼金鼎而方坚。”初开火，清明前三日为寒食，禁火，冷食。清明日，重新开火。据此，诗题当为“清明日宴梅道士房”。仙桃，神话传说，西王母以玉盘盛仙桃送给汉武帝，《汉武内传》说：“王母仙桃三千年一开花，三千年一生实。”此处指梅道士房四周桃花正开，可堪欣赏。

颈联，正是清明日，重新开火，梅道士邀请赴宴；至梅道士山房，正见桃花怒放，如一片绯红的云霞，可堪欣赏。

童颜若可驻，何惜醉流霞。

童颜，年轻容颜。何惜，不惜。流霞，传说中天上神仙的饮料。王充《论衡·道虚》：河东蒲阪项曼都好道学仙，弃家三年而返，给他人讲述仙界生活：“有仙人数人，将我上天，离月数里而止……口饥欲食，仙人辄饮我以流霞一杯，每饮一杯，数月不饥。”唐代颜荛《戏张道人不饮酒》诗：“吾师不饮人间酒，应待流霞即举杯。”此处借指美酒。

尾联，如若仙家真能让人保持青春永驻、容颜不老，那我就不惜拼却一醉，而痛饮流霞美酒了。

谢灵运在永嘉卧病日久，初愈，即登临楼台，放眼四望，已然是暮春时节，繁花渐退，绿荫秾郁，飞鸟啼鸣，一派欣欣向荣的生机。久病初愈的谢灵运很欣喜，作《登池上楼》诗，有曰："初景革绪风，新阳改故阴。池塘生春草，园柳变鸣禽。"万物生长的天机意趣，使诗人体会到生命的健康与可贵，而且"池塘生春草，园柳变鸣禽"——春水涨溢，绿草丛生，在清脆悦耳的鸟儿啼鸣声中，柳树绿荫秾郁，眼前景，心中情，自然而然，毫无修饰，如有神助。就是说，特定的心情下，对某些事物有不同的会心之处。

诗人孟浩然也有过这样类似的经历。此诗一作《清明日宴梅道士房》，从诗意来看，此题应该是正确的。孟浩然小病初愈，闲居家中，看到春日将尽，落英缤纷，错过赏花时节，正在独自伤神，忽然接到好友梅道士的邀请，诗人便欣然赴约，作客山中。因而，诗之首联"林卧愁春尽，搴帷览物华"，交待诗人隐居时小病初愈，错过赏花时节而独自愁闷——"愁春尽"，然而诗人并不甘心，揭起窗帘帷幄，隔窗眺望，想尽量地多看看春景繁花。颔联"忽逢青鸟使，邀入赤松家"。"忽逢"，表意外至极，欣喜。"青鸟使"，一方面切合友人道家的身份，一方面很形象，春景中的青鸟增添了春之可爱，宛如天外来鸿，邀请诗人去山中梅道士处作客，何其欣喜。正是对首联"愁春尽"苦闷之破解，打破岑寂，得意外之喜。"赤松家"，切合道士身份，也暗示作客山中的距离感。

颈联"金灶初开火，仙桃正发花"，抒写梅道士山中景象：正是清明日，刚刚举火，梅道士便邀请诗人来作客，可见友谊之笃厚；山中春景正好，桃花如绯红之云霞，非常美丽。"初开火"，点明时节乃清明日。"仙桃"，亦切合道家景象。山中春晚，花开略迟于平地，当平地春意阑珊之时，山中之春正盛，遍野繁花似锦。白居易《大林寺桃花》："人间四月芳菲尽，山寺桃花始盛开。长恨春归无觅处，不知转入此中来。”正是抓住了这一现象，而写得别有意味。那么，孟浩然小病而错过踏春赏花，孰料于此地得到了补偿，诗人何其欣喜！所以此联写得颇为热烈，“初开火”“正发花”，描摹梅道士山房之热烈景象，彰显诗人心情之佳、作客之愉快。因而尾联“童颜若可驻，何惜醉流霞”，诗人感慨，道家有仙术妙方，如可使得青春容颜常驻，那我就不惜拼却一醉，而多饮仙家美酒了，也是切合诗题“宴梅道士山房”。

此诗情绪意脉潜流，开篇写其愁闷与无聊，慨然于错过欣赏春天之景致，推开窗户，高搴帘帷，聊以看花自适。诗人惜春之情，是那样地深挚。“忽逢”是惊喜，为友人春意般的热情所激动，也为下文发现山中春景正盛、繁花似锦而铺垫。“初开火”既是记时节，也是进一步叙写友人梅道士之热情，于清明日刚刚举火之时便邀请作客，彰显其诚朴而深挚的友情；“花正发”，既是写山中春景繁花，也是抒写诗人得赏春景之兴高采烈。诗的情绪意脉达到了高潮。而诗人唯恐不足，进而说愿意青春永驻，不惜醉酒，由赏春而及人，同时也关照作客的主题。神完意足，浑然一体。诗人连用“青鸟”“赤松”“金灶”“仙桃”“流霞”等仙道之语，固然是为了切合梅道士的身份，且使诗歌具有仙气，然而，多少有点堆垛之感，是其不足。

岁暮归南山

北阙休上书，南山归敝庐。不才明主弃，多病故人疏。白发催年老，青阳逼岁除。永怀愁不寐，松月夜窗虚。

孟浩然是盛唐时代的一位隐逸诗人。孟浩然生长于圣明时代，一生积极求仕进，不甘心隐居，除了开元二十五年（737）入荆州张九龄幕府的短暂经历，未曾得仕，不得不隐居终生。隐逸有其传统，一般来说往往是消极出仕的。然而，孟浩然的隐逸，一方面能有专门时间读书、作诗文，为科举考试做准备；另一方面，也可以造就巨大的声誉，“鹤鸣于九皋，声闻于天”（《诗经 · 小雅 · 鹤鸣》），方便进入仕途，这是一种姿态，一种方式。

事实上，孟浩然是有机遇出仕的，张九龄、王维皆其好友。张九龄、王维名满天下，广交游，还是有机会举荐孟浩然出仕的。可是，孟浩然虽然不甘愿隐居以终老，却最终不得不隐居终其一生。这于孟浩然来说，实在有些悲剧性，他的内心多少是有些抑郁不平的。五代王定保《唐摭言》卷一一记载：孟浩然诗名早著，为大诗人王维所赏识。孟浩然的诗句“微云淡河汉，疏雨滴梧桐”，流传京师长安，为人称颂，王维就常常吟讽不已。一天，王维私自带着孟浩然进入翰林院衙署，两人正讨论诗歌词句，忽然听说玄宗皇帝来了。匆忙慌乱之际，王维让孟浩然躲入床下藏匿。私自带人进入禁苑，是有罪责的，王维不敢隐瞒，奏明玄宗皇帝。玄宗说：对此人，我闻名已久，很想见一见。于是，孟浩然出来面见玄宗，玄宗问：“卿近来作有新诗吗?”孟浩然遂诵读其诗：“北阙休上书，南山归敝庐。不才明主弃，多病故人疏。”玄宗颇不高兴，说：“朕未尝弃人，自是卿不求进，奈何有此作!”遂放归，终身不仕。此故事虽然流传甚广，却未必真实。然而，对理解此诗有些帮助。开元十六年（728），孟浩然赴长安应科举考试，落第还乡，诗当作于这年岁暮。

北阙休上书，南山归敝庐。

北阙，阙，门观。古代皇帝宫殿大门之外，左右各置一台，上有楼观，称为阙。是臣子等候朝见或上书奏事之处。《汉书·高帝纪下》：“萧何治未央宫，立东阙、北阙、前殿、武库、太仓。”颜师古注：“未央宫虽南向，而上书、奏事、谒见之徒皆诣北阙。”也用来代指朝廷或宫禁。西汉李陵《答苏武书》：“男儿生以不成名，死则葬蛮夷中，谁复能屈身稽颡，还向北阙，使刀笔之吏弄其文墨耶?”上书，向君主进呈书面意见。《战国策·齐策一》：“（齐威王）乃下令：‘群臣吏民，能面刺寡人之过者，受上赏；上书谏寡人者，受中赏；能谤议于市朝，闻寡人之耳者，受下赏。’”南山，一般唐诗中的南山多指终南山，此处南山则指孟浩然家乡襄阳岘山。孟浩然屋庐在襄阳城南岘山附近，因而称作南山。孟浩然《南山下与老圃期种瓜》：“樵牧南山近，林间北郭赊。先人留素业，老圃作邻家。”就是指其家乡岘山故园而非终南山。隐居终南山，制造声誉，引起朝廷的重视，直接征召做官，当时称为“终南捷径”。敝庐，破旧的房屋。也作谦辞。《左传》襄公二十三年：“犹有先人之敝庐在。”陶渊明《移居》：“敝庐何必广，取足蔽床席。”

首联，再不要上书朝廷了，还是乖乖地回到家乡襄阳的旧居去吧。

不才明主弃，多病故人疏。

不才，没有才能。《左传》文公七年：“此子也才，吾受子之赐；不才，吾唯子之怨。”明主，英明的君王。故人，旧交，老友。《庄子·山木》：“庄子行于山中，见大木枝叶盛茂，伐木者止其旁而不取也。问其故，曰：‘无所可用。’莊子曰：‘此木以不材，得终其天年。’夫子出于山，舍于故人之家，故人喜，命竖子杀雁而烹之。竖子请曰：‘其一能鸣，其一不能鸣，请奚杀?’主人曰：‘杀不能鸣者。’明日，弟子问于庄子曰：‘昨日山中之木，以不材得终其天年；今主人之雁，以不材死。先生将何处?’庄子笑曰：‘周将处夫材与不材之间。”疏，疏远。

颔联，自己没有什么才能，被圣明的君王抛弃；体弱多病，旧交老友也有意地疏远了。

白发催年老，青阳逼岁除。

青阳，《尔雅·释天》：“春为青阳。”郭璞注：“气清而温阳。”青，指天的颜色；阳，指温和的天气。岁除，年终。旧俗于腊岁前一日击鼓驱疫，谓之逐除，故谓。四时更替，冬去春来，旧岁的离去，似乎是新春的催逼一样。

颈联，白发渐多，提醒诗人意识到自己年龄渐老；而天气日渐明朗温暖，旧年的岁末也即将离去。

永怀愁不寐，松月夜窗虚。

不寐，睡不着。虚，空彻透明。

尾联，内心永久萦绕着忧愁，无法入眠，那透过松树的月光照在窗户上，是那样地空彻明亮啊。

此诗是孟浩然应举长安落第时所写。诗人内心颇为痛苦、愤懑，然而措词还很得体，没有归咎他人，而是反思、自谴，将那种怀才不遇的愤懑和时不我待的焦虑融注诗中，展现其复杂而矛盾的心态。

首联就以决绝的态度，将愤然的情绪全然展露出来，"北阙休上书，南山归敝庐"——再也不给朝廷上书了，无论是申述自己对世情、政局、民生、社稷的看法，为朝廷出谋划策，还是自我举荐以供朝廷驱使，始终不被任用，那就归南山敝庐而隐居吧。看来，诗人多次上书朝廷，以求出仕，不得结果，遂愤然而言。上书，乃暗用苏秦游说秦王之故事。苏秦游说秦，"书十上而说不行，黑貂之裘弊，黄金百斤尽，资用乏绝，去秦而归。羸滕履蹻，负书担橐，形容枯槁，面目黧黑，状有归（愧）色。"（《战国策·秦策一》）叙其上书求仕之艰难。归隐南山，意在求其高洁。刘向《列女传》卷二记载，陶答子因善冶陶而致富，其妻以为陶答子能力小而官大，无功绩而家业盛大，实乃不祥。因而，劝说陶答子勿贪富贵，说："妾闻南山有玄豹，雾雨七日而不下食，何也？欲以泽其毛而成文章也，故藏而远害。犬彘不择食以肥其身，坐而须死耳。"孟浩然意谓，不再求仕而贪恋富贵，而愿意归隐南山，以洁身自好，流露出一种孤傲之气。

颔联"不才明主弃，多病故人疏"，是对上一联"休上书""归敝庐"的申述。"不才"而为"明主"所弃，这是应该的、理所当然的。然而，如若是"英才"，那么其主为"明主"还是"昏主"呢？显然，诗人对自己之"才"是深信不疑的，那么所谓"明主"实乃"昏主"，诗人正话反说，乃愤激之语。多病懒散，不愿奔走拜谒逢迎，故交旧友也日渐疏远了。其实，病不仅仅指体弱多病，还有更深的意思。"病"，谓仕途不顺遂。《庄子·让王》说：原宪安贫乐道，"环堵之室，茨以生草，蓬户不完，桑以为枢。而瓮牖二室，褐以为塞，上漏下湿"。住着茅草房，窗户是用破瓮做的，门乃栅栏，房子漏雨。子贡作官，穿着华丽的衣服，乘着高车来看望，对原宪说："嘻，先生何病？”原宪说：“宪闻之，无财谓之贫，学而不能行谓之病。今宪，贫也，非病也。”子贡听之，面有愧色。原宪笑曰：“夫希世而行，比周而友，学以为人，教以为己，仁义之慝，舆马之饰，宪不忍为也。”——追逐世俗之所好，拉帮结派，学习是为了投他人之所好，接受教育是为了一己之私欲，将仁义隐匿，而追求衣服车马之华饰，这是我不忍心去做的。显然，孟浩然于此批评友人不能举荐，并疏远了他。清人顾嗣立《寒厅诗话》说：“已苍（冯舒）先生尝诵孟襄阳诗‘不才明主弃，多病故人疏’云：‘一生失意之诗，千古得意之句。’”颇为精到，而且俏皮。

颈联“白发催年老，青阳逼岁除”，紧接上文，怨愤又如何呢？时光流逝，年华难再，表面是写旧岁将去、新春即来，实际上是感慨人生的盛年难再，青春永逝，没有多少时间来为社稷苍生而效力了。“白发”是实感，“青阳”则为虚写。诗人感受到深切的紧迫感，因而更痛苦，遂有尾联“永怀愁不寐，松月夜窗虚”的长夜难眠了——愁绪萦怀，无法入眠，望着清冷的月光透过松树的缝隙，照射在窗户上，空明澄澈，更是心事浩茫，无法排遣了。望月光而无法入眠的诗人想到了什么呢？想到岁月虚度，生命流逝，青春难再，在这样一个圣明时代，无所事事，而徒然地虚度一生……其言外之意，都在这“松月夜窗虚”的景象之中了。而且，“松月”也正照应诗题“南山”。

此诗逻辑意脉鲜明，首联记事，颔联说理，颈联写景且叙事抒情，乃景中情，尾联则直抒胸臆，于抒情中又写景“松月夜窗虚”，为情中景。紧凑的结构，鲜明的逻辑意脉，给人以美的享受。

过故人庄

故人具鸡黍，邀我至田家。绿树村边合，青山郭外斜。开轩面场圃，把酒话桑麻。待到重阳日，还来就菊花。

此诗乃田园诗的杰作，作年不详。记述一次到乡间作客的愉快经历。过，前往拜访。《诗经·周南·江有汜》：“子之归，不我过。”《史记·魏公子列传》："臣有客在市屠中，愿枉车骑过之。"

故人具鸡黍，邀我至田家。

具，备办，准备。鸡黍，杀鸡炊黍。黍，黄米。《论语·微子》："子路从而后，遇丈人，以杖荷蓧……止子路宿，杀鸡为黍而食之。"范云《赠张徐州谡》："恨不具鸡黍，得与故人挥。"

首联，老朋友很热情，杀鸡炊黍，备办好了丰盛的农家饭菜，邀请我（诗人）前去作客。

绿树村边合，青山郭外斜。

合，环绕。郭，外城，城廓。斜，指迤逦向前延伸。梁简文帝萧纲《行雨山铭》："玉岫开华，紫水回斜。"韩愈《独钓》："一径向池斜，池塘野草花。"

颔联，村庄为绿树所环抱，向远处看，隐隐青山作为村庄的屏障，遮蔽着这个宁静美好的村子。

开轩面场圃，把酒话桑麻。

开轩，开窗。轩，指窗户。场圃，晒场和菜圃。《诗经·豳风·七月》："九月筑场圃。"毛传："春夏为圃，秋冬为场。"郑玄笺："场圃同地。自物生之时，耕治之以种菜茹；到物尽成熟，筑坚以为场。"古人同一块地，春夏之时种植蔬菜，秋冬收获之后，筑之使坚硬，以为晒场。后世才分开，打谷者曰场，种菜者曰圃。把酒，举起酒杯。桑麻，桑树和麻。植桑养蚕取茧和种麻取其纤维，皆为古代农业解决穿衣问题的最重要的经济活动。《管子·牧民》："藏于不竭之府者，养桑麻、育六畜也。"亦泛指农作物或农事。陶潜《归园田居》"相见无杂言，但道桑麻长。桑麻日已长，我土日已广。"

颈联，推开窗户，面对着晒场和菜圃，很是敞亮；举起酒杯，谈论的无非是作物生长和农家之事。

待到重阳日，还来就菊花。

重阳日，重阳节，农历九月初九。古人有重阳节登高赏菊之风俗。

尾联，等到重阳节时，诗人说，还要来作客，饮酒赏菊花呢。

作客，很普通，既是生活琐事，也是人生交际的重要内容。然而，将其中朴茂深厚的情感写出来，却非易事。此诗写孟浩然应老友之邀，到其乡间家中做客的经历和感受，自然流畅，很是亲切融洽，质朴气息扑面而来。首联则开门见山，直叙其事，老友杀鸡炊黍，准备好了农家的菜肴，邀请诗人前去作客。“具鸡黍”在先，邀请在后，可见友人是颇费一番心思地备办，可见心意之淳真。鸡黍乃农家现成的物品、农家风味，虽然俭朴，却是隆重的待客佳品，代表了主人（故人）的热情和诚意。诗人应邀，愉快地去作客，“至田家”，很是亲切随性，表明二人关系之亲密无间，自然而然，毫无客套。因而，诗人脱口而出，轻松随便，却蕴含着浓浓的情意。

颔联“绿树村边合，青山郭外斜”。诗人愉快地前往故人家，远远望见村庄，整个村庄为绿树所环抱，静谧祥和；进入村庄，诗人从村内往外看，远处一脉青山横斜，隐然是村庄的屏障，遮蔽、保护着村庄。诗人从两个立足点叙写，彰显村庄的宁静美好，而又背靠青山的稳重、祥和，诗笔勾勒，如同一幅绘画，色彩清丽，很有层次感。“绿树合”“青山斜”，“合”字紧紧环抱，静谧，“斜”字，向远处延伸，有张力，扩大了画面的视野，颇具动态感，似乎绿树、青山皆有情意，萦绕、包裹着这个温馨的小村庄，神奇美妙。诗人写得极其自然，似乎信手拈来，画意诗意秾郁。

颈联“开轩面场圃，把酒话桑麻”，由村庄而至故人家作客。老友设宴，鸡黍杂陈，村酒味浓，主客共话，其乐融融。“开轩”，点出在屋内设宴，却将视野引向屋外之场圃，拓展了诗人的视野，也为下句“把酒话桑麻”提供了表达的契机。看到晒场上丰收的粮食与桑麻、菜圃里生长茂密的蔬菜，主客喜气洋洋，把酒欢颜，愉快地谈论着作物的长势和收成，生活的富足与宁静祥和。陶渊明说“相见无杂言，但道桑麻长”，诗人暗用之，充满了淳厚质朴的田园气息，融洽和谐，亲切美好，令人神往。

诗人作客田家，很是亲切愉快、自然融洽，因而尾联说“待到重阳日，还来就菊花”。诗人主动提出，重阳节时还要来作客，饮酒赏菊呢。这是受到热情款待，为融洽自然的友情所感动，也为静谧祥和、淳真质朴的田园所吸引，诗人发自内心地提出重访的预约。开篇是故人相邀，诗人“至田家”，亲切自然，愉快的作客经历与感受，使诗人主动提出“就菊花”之约——不请自来的主动，彰显主客之熟稔亲切，又照应了首联，使得首尾一致，诗意浑融，情感深挚。

清人黄生《唐诗摘抄》卷一曰：“全首俱以信口道出，笔尖几不着点墨，浅之至而深，淡之至而浓，老之至而媚，火候至此，并烹炼之迹俱化矣……结句系孟对故人语，觉一片真率款曲之意溢于言外。”诚然，此诗用省净的语言，平平地叙述，几乎没有一个夸张的句子，没有一个使人兴奋的词语，几乎到了“淡到看不见诗”的地步而诗味无穷。以“鸡黍”相邀，既显出田家特有风味，又见待客之简朴。正是这种不讲虚礼和排场的招待，朋友的心扉才往往更能为对方敞开。平静而自然，显示了特有的氛围。

“绿树村边合，青山郭外斜”，漫收近境，绿树环抱，显得自成一统，别有天地；下句轻宕笔锋，村外的青山依依相伴，则又让村庄不显得孤独，并展示了一片开阔的远景。这个村庄坐落平畴而又遥接青山，使人感到清淡幽静而绝不冷奥孤僻。正是由于“故人庄”出现在这样的环境中，所以宾主临窗举杯，“开轩面场圃，把酒话桑麻”，才更显得畅快。“开轩”则将窗内外的景象连接起来，让外景映入户内，更给人以心旷神怡的感受。“待到重阳日，还来就菊花”。孟浩然深深地为农庄生活所吸引，于是临走时，向主人率真地表示将在秋高气爽的重阳节再来观赏菊花。淡淡两句，故人相待的热情、作客的愉快、主客之间的亲切融洽，都跃然纸上了。把恬静秀美的农村风光与淳朴真挚的情义融合在一起，自然天成，如天籁之音，沁人心脾。这样的作客经历与感受，让人很享受，也很期待。“吃饭不在于吃什么，关键在于和什么人吃”，享受的正是友朋之间的亲密与淳真、和谐与融洽，敞开心扉，情感思想交流的快乐，这大概是作客的真实内蕴吧。

秦中寄远上人

一丘常欲卧，三径苦无资。北土非吾愿，东林怀我师。黄金燃桂尽，壮志逐年衰。日夕凉风至，闻蝉但益悲。

《新唐书·五行志》记载：“（开元）十六年九月，关中久雨，害稼。”这一年秋天，阴雨连绵，积水泛滥，庄稼颇受影响。孟浩然在长安，干谒求仕，奔走于权贵势要之门，仆仆风尘，却一直没有什么结果。而连绵的阴雨，湿重、沉闷而阴冷，泛滥成灾的积水、泥泞的道路，难于行走，使孟浩然有一种被困居长安的深切感受，如猛虎困于囚笼，局促压抑，心境凄然，因而诗人遂借寄怀友人，表达意欲摆脱这“困境”的迫切愿望。据此可知，此诗当作于开元十六年（728），时孟浩然在长安。诗题一作《秦中感秋寄远上人》，更切合诗意。

秦中，即关中，乃秦之故地。此处指长安。远上人，法名叫远的上人。上人，道德高尚的人，自南朝宋以后，多用作对和尚的尊称。《释氏要览·称谓》引颜古师云：“内有德智，外有胜行，在人之上，名上人。”《南史·宋纪上》：“尝游京口竹林寺，独卧讲堂前，上有五色龙章，众僧见之，惊以白帝，帝独喜曰：‘上人无妄言。’”

一丘常欲卧，三径苦无资。

一丘，即一丘一壑。丘为山，壑为谷。代指隐者的居处。《汉书·叙传上》：“渔钓于一壑，则万物不奸其志；栖迟于一丘，则天下不易其乐。”后因以“一丘一壑”指退隐在野，放情山水。刘义庆《世说新语·品藻》：“明帝问谢鲲：‘君自谓何如庾亮?’答曰：‘端委庙堂，使百官准则，臣不如亮；一丘一壑，自谓过之。’”王勃《上明员外启》：“一丘一壑，同阮籍于西山；一啸一歌，列嵇康于北面。”三径，赵岐

《三辅决录·逃名》记载：王莽专权，蒋诩辞官隐居乡里，于院中开辟三条小道，只与求仲、羊仲来往。后因以“三径”指归隐者的家园。陶渊明《归去来辞》：“三径就荒，松竹犹存。”

首联，初心常愿归隐山林，却苦于连一点菲薄的衣食之源也没有。

北土非吾愿，东林怀我师。

北土，泛指北方地区，此处指长安。汉应玚《侍五官中郎将建章台集诗》：“往春翔北土，今冬客南淮。”东林，庐山东林寺。晋太元九年(384)，高僧慧远在江州刺史桓伊资助下建成，修持传道。因远上人与慧远同名，故用此典故。既以之表明远上人的僧人身份，也赞美远人上有东晋高僧慧远之修为。

颔联，北上长安求官，并非“我”的意愿，因而常想着东林寺中隐居修道的友人。

黄金燃桂尽，壮志逐年衰。

黄金，用苏秦之典故。《战国策·秦策》：“苏秦说秦王，书十上而说不行，黑貂之裘敝，黄金百斤尽。”燃桂，谓物价很高，米如珠玉，材薪如桂枝。《战国策·楚策三》：苏秦到楚国三天才见到楚王，对楚王说：“楚国之食贵于玉，薪贵于桂，谒者难得见如鬼，王难得见如天帝。今令臣食玉炊桂，因鬼见帝。”楚王之谒者（传达通报消息之人）如同鬼一样，很难见到，楚王如同天帝一样，高不可攀，更难见到。流寓楚国，物价昂贵，如以玉为食，以桂为柴，欲通过难见之鬼（谒者）而求见高高在上、如天帝之尊的楚王，则更为困难了。

颈联，囊中资财已然用尽，长安物价昂贵，米如珠玉，材薪如桂，胸中的壮志豪情即将被岁月消耗殆尽。

日夕凉风至，闻蝉但益悲。

凉风，秋风。《礼记·月令》：“（孟秋之月）凉风至，白露降，寒蝉鸣。”陆机《拟明月何皎皎》：“凉风绕曲房，寒蝉鸣高柳。”益，增加。

尾联，夕阳西下，秋风吹过，听闻秋蝉凄清的鸣叫，只能增添心中的悲慨。

开元十六年（728），年已四十的诗人孟浩然，在这个“圣明”时代，不甘心隐居以终老，入京师长安求仕，奔走权门，仆仆风尘，并未有什么结果。入秋以来，连绵不绝的阴雨，湿重、沉闷而阴冷的天气，让诗人颇感压抑；而泛滥的积水、泥泞不堪的道路，将诗人困于旅店，很不方便出行，恰似求仕无门的困境一样，孟浩然深切地感受到“困居”长安的无奈和颓然。正是在这样的“困境”下，孟浩然开始怀念昔日在襄阳隐居自乐的生活，有点后悔这次入京求官的行为。于是，诗人借寄赠好友远上人而抒发其情志心绪。

首联“一丘常欲卧，三径苦无资”。诗人说，虽然自己喜爱隐居山林，欣赏一丘一壑，烟霞变灭，逍遥自在，然而隐居生活还是有待于必要的资财支撑的。“一丘”“三径”，虽然文辞浅近，其实都是有典故的。隐居山林，逍遥自在，快乐自适，能够保持一己志向之高洁、精神之自由，不为王侯权贵折腰，不为势力所屈服。这也正是孟子所讲的“富贵不能淫，贫贱不能移，威武不能屈”（《孟子·滕文公下》）之大丈夫。但是，即使隐居，也得依仗基本的生活资料，要有三两间茅屋、疏食粗饭。高洁如颜回安贫乐道，也还是需要箪食瓢饮、陋巷茅屋的基本生活条件，以求安身。何况，孟浩然身处圣明时代，心中还有积极用世的情怀，不甘心隐居以终老。有鉴于此，诗人才赴长安求仕。

颔联“北土非吾愿，东林怀我师”。诗的跳跃性思维体现得很鲜明。此联直抒胸臆，出于现实的需要，满怀积极用世的激情，入长安求仕。孟浩然到长安才发现，长衢罗夹巷，王侯多第宅，长安居，大不易。天宝年间，杜甫求仕长安，“骑驴十三载，旅食京华春。朝扣富儿门，暮随肥马尘。残杯与冷炙，到处潜悲辛”（《奉赠韦左丞丈二十二韵》），受尽白眼与苦辛。大概，孟浩然长安求仕的经历与感受，也是如此吧。诗人放声高歌，不惜歌者苦，但伤知音稀。求仕无门，遂滋生归隐之心意，因而才说出“北土非吾愿”。离别家乡，远赴长安求仕，所愿很是切实——求仕做官，然而经历一系列的坎坷与打击，与求官的志向背道而驰，才会有“非吾愿”的万端感慨，由此遂思念老友远上人隐居山寺，不问世事，无拘无束，得大自在。“东林”，借远上人与创建东林寺、传道说法的东晋高僧大德慧远同名之便利，使事用典，典雅丰赡，又突出表现远上人之隐居高洁。

颈联“黄金燃桂尽，壮志逐年衰”，暗用苏秦游说秦王，书十上而不得仕宦，黄金用尽，敝衣破裘，不为人所重，又流寓楚都，资财耗尽，生活艰难的故事，抒写孟浩然求仕无门、困居长安、生活艰难的窘境。在此窘迫境地，诗人被生活的重压所压迫，报效国家、拯济苍生的宏大理想，也被渐渐消耗殆尽。此联写得很是沉痛，然而颇有壮逸之气，傲兀不平之慨，乃是对颔联“非吾愿”“怀我师”之缘由的深入抒写。

尾联“日夕凉风至，闻蝉但益悲”，于凄风苦雨的秋日黄昏，听闻鸣蝉微弱、凄然的啼叫，只能增添诗人内心的悲苦，更有同此命运的哀痛。骆宾王《在狱咏蝉》诗序说：蝉吸风引饮露，居高处远，“有目斯开，不以道昏而昧其视；有翼自薄，不以俗厚而易其贞。吟乔树之微风，韵资天纵；饮高秋之坠露，清畏人知……庶情沿物应，哀弱羽之飘零；道寄人知，悯余声之寂寞”。骆宾王感慨鸣蝉“露重飞难进，风多响易沉。无人信高洁，谁为表予心”，颇有感讽。孟浩然受此影响，借弱羽秋蝉之啼鸣以寄意，既是写景，也是抒情，融情入景，情景交融。凉风、闻蝉，也正照应了诗题“感秋”，神完意足，浑融一体。

此诗寄赠友人，直抒胸臆，表达求仕不寓之感和困居长安的苦况。首联用典，隐居乃诗人之“素志”，然而为生活所迫，苦于生活所资的匮乏，不得不赴长安求仕。诗人并未说入长安求仕如何不顺利，而以“北土非吾愿”之巨大的跳跃性，彰显遭受打击之后的愧悔之意。这样，隐居之“素志”与求仕不遇的巨大冲突，激荡诗人的心灵，愧悔之意颇为强烈，遂滋生重回故乡隐居之意。按照诗歌的一般逻辑，应该抒写困居长安的艰难生活和不得志的苦况，即下联之“黄金燃桂尽，壮志逐年衰”，然而诗人却插入“东林怀我师”一句，一方面与“一丘常欲卧”之人生素志紧密相连，彰显其隐居高蹈之情操；另一方面，以方外高士远上人的潇洒出尘、超然世外的高洁自在，反衬诗人北上求仕不遇遭际以及愧悔之情，带着极深沉的人生幻灭感。而且，“东林怀我师”一句，明确表示所寄赠之人乃方外高士，而非寻常朋友。颈联“黄金燃桂尽，壮志逐年衰”，悲慨沉郁之中有壮逸之气，情感激昂热切。尾联“日夕凉风至，闻蝉但益悲”，既关照前篇，亦照应诗题“感秋寄远上人”，又有言尽而情意深长之致，令人回味无穷。

仕进虽非诗人之意愿，何况仕又无成，困居长安，大为不易。隐居虽素志，然而苦于无基本生活资料，无法隐居，遂不得不出而求仕。处此尴尬难明、进退维谷之境地，孟浩然之无奈与悲慨，不难想见。诗歌是时代社会思想与情绪的真实记忆，这种仕隐的矛盾，在古代社会颇具代表性，诵读此类诗歌，可以知人论世，有益于了解那个时代及人物的真实情状。

宿桐庐江寄广陵旧游

山暝听猿愁，沧江急夜流。风鸣两岸叶，月照一孤舟。建德非吾土，维扬忆旧游。还将两行泪，遥寄海西头。

孟浩然开元十六年（728）赴长安求仕，不遇，遂于岁暮回到家乡襄阳。家居数月，十七年（729）又离家乡赴洛阳，再自洛阳经扬州，入吴越漫游。离别扬州之时，孟浩然作《自洛之越》诗曰：“遑遑三十载，书剑两无成。山水寻吴越，风尘厌洛京。扁舟泛湖海，长揖谢公卿。且乐杯中酒，谁论世上名。”又告别友人薛八，作《广陵别薛八》诗，有曰：“士有不得志，凄凄吴楚间”。此诗当作于开元十八年（730）秋，孟浩然漫游越中经桐庐。

桐庐江，指浙江流经桐庐县的一段。浙江上游为源于歙州黟县的新安江，东南流至睦州建德，与兰溪汇合，称建德江；东北流经桐庐县境，与桐溪汇合，称桐庐江，也称桐江。广陵，今江苏扬州。旧游，昔日交游的朋友。

山暝听猿愁，沧江急夜流。

暝，日暮，黄昏。沧江，桐庐江水呈暗绿色。

首联，山野黄昏，猿猴凄清的啼叫声令人为之发愁，而苍青色的桐庐江哗哗的江水，急速奔流，流入了夜的深沉。

风鸣两岸叶，月照一孤舟。

颔联，清风吹拂，两岸树叶沙沙作响，一轮明月照耀，江面上一叶小舟顺流而行，驶向远方。

建德非吾土，维扬忆旧游。

建德，浙江建德，唐代为睦州州治，地处新安江与兰溪汇流之处。非吾土，并非我的家乡。王粲《登楼赋》："虽信美而非吾土兮，曾何足以少留。"维扬，扬州的别称。《尚书·禹贡》："淮海惟扬州。"惟，通"维"。后遂截取二字以为名。庾信《哀江南赋》："淮海维扬，三千余里。"刘希夷《江南曲》："潮平见楚甸，天际望维扬。"

颔联，新安江与兰溪交汇处的建德，风景虽然秀美，然而并非自己的家乡啊，很想念共同游览扬州的老朋友们。

还将两行泪，遥寄海西头。

海西头，古代扬州地域辽阔，直抵大海，位于东海之西，故称。隋炀帝杨广《泛龙舟》："借问扬州在何处？淮南江北海西头。"

尾联，想到此，不禁泪水潸然而下，寄托了对维扬旧友的无限思念之情。

孟浩然是著名的山水田园诗人，隐居家乡襄阳，得田园山水之乐。漫游越中，奇丽秀美的山水激发了诗人的诗兴，得江山之助，创作了一系列的诗歌，并由此奠定其山水田园诗人的崇高地位。

桐庐风景秀美，甲于天下，南朝梁之吴均《与朱元思书》描摹其风景，形象传神，文字绝佳，沁人心脾，曰："风烟俱净，天山共色。从流飘荡，任意东西。自富阳至桐庐一百许里，奇山异水，天下独绝。水皆缥碧，千丈见底，游鱼细石，直视无碍。急湍甚箭，猛浪若奔。夹峰高山，皆生寒树，负势竞上，互相轩邈，争高直指，千百成峰。泉水激石，泠泠作响，好鸟相鸣，嘤嘤成韵。蝉则千转不穷，猿则百叫无绝。鸢飞戾天者，望峰息心；经纶世务者，窥谷忘反。横柯上蔽，在昼犹昏；疏条交映，有时见日。"然而，这样奇丽秀美的风景，并没有引起孟浩然欣赏的喜悦，诗人没有往日那种从容不迫、悠然自得的情致，显得有些孤寂清峭，所流露出的情感，也带着些许的骚屑不平。显然，诗人漫游越中，尚未从开元十六年北赴长安求仕不遇的挫折中解脱出来，笼罩在较为沉郁、苦闷的情绪之下。《自洛之越》所说的"遑遑三十载，书剑两无成"的悲愤与伤感，"且乐杯中酒，谁论世上名"无奈中的故作旷达，正是其愤激情绪的宣泄。

因此，诗开篇则叙写黄昏宿于桐庐的感受，从视觉与听觉来抒写，看到暮色四合，江水苍碧，听闻哀猿悲啼、水流激荡，诗人的心境是颇不宁静的。"山暝听猿愁"，"听"字显示夜宿而不断听闻猿猴悲啼，而引发诗人内心之哀愁，且愁绪不断加重。"沧江急夜流"，"急"字从听觉突出江水激荡，突现滩险流急、惊悚人心的情状，而且还暗示诗人孤舟独宿、听急流涛声而滋生的心内不平。这一联起势峭急遒劲，很快将读者带入了一种充满黯淡、凄愁色彩的境界。颔联写景，"风鸣两岸叶"从听觉来写，"月照一孤舟"从视觉来写——寒秋入夜，秋风吹过两岸，树木萧萧，树叶飒飒作响；朦胧月色照临，江边一叶孤舟，独系于岸边。颔联是对首联进一步的抒写，从时间上递进，上联乃黄昏目之所见，耳之所闻，此联乃入夜之后，两岸树木一派模糊，劲风吹拂，树叶飒飒，寒月照临，孤舟凄然，旅况寥落之情景描写，也委婉地传达出诗人漂泊之孤寂愁闷。此二联，以独系江岸的孤舟为中心，描摹诗人听闻凄厉猿鸣、秋风吹拂下两岸树叶飒飒声、江水急湍之轰鸣，以及寒月照临下的静穆山峦，共同构成了一幅寒江夜泊图。

于是，在寒江漂泊的孤寂清冷中，诗人深切地感受到了那种无法消解的孤寂与沉重，因而抒写情怀。汉末，建安七子之一的王粲逃避战乱，远赴荆州，依附荆州刺史刘表，投闲置散，未被任用。王粲思念故土，而作《登楼赋》，有“虽信美而非吾土兮，曾何足以少留”之感慨。颈联“建德非吾土，维扬忆旧游”，化用此句，桐庐风景虽然奇绝美丽，然而并非自己的家乡，缺少友朋知己，绝美的景象也只能增加诗人的孤寂与落寞。“烟花三月下扬州”，诗人曾游览扬州，欣赏美景，结识良朋胜友，那是何等快意。而此次离别扬州前往越中，在此孤寂境况、伤感漂泊之际，自然而然地就想到了扬州友人、知己的热情，滋生对往日欢聚的深情追忆与向往。佳山胜水、奇绝景象是美丽的，如若没有二三知己同游，良辰美景亦同虚设。那么，“维扬忆旧游”，事实上已经点明题旨“寄广陵旧游”了。

尾联“还将两行泪，遥寄海西头”，深切思念扬州挚友，而又旅居越中，孑然一身，无物以相赠，只有将思友之两行清泪和一首小诗遥遥寄上，以表心意，以慰情怀。后四句，纯粹抒情，由“忆”而“寄”，一气直下，语浅情深，至尾联，情感迸泄，泪飞顿作倾盆雨，最强烈的抒发遂戛然而止。

此诗前四句写景，后四句抒情，情感意脉一气贯注，衔接自然而无窒碍，在逻辑和情感上，都呈现为有机统一的整体，艺术风格和谐统一，是一篇佳作。

留别王维

寂寂竟何待，朝朝空自归。欲寻芳草去，惜与故人违。当路谁相假，知音世所稀。只应守索寞，还掩故园扉。

开元十六年（728），孟浩然赴长安应科举考试，落第后心境寂寥，而秋天淫雨不断，囊中羞涩，生活渐入困顿。长安居，大不易，因而有《秦中寄远上人》诗。于这年岁暮，孟浩然将回归家乡襄阳，作《岁暮归南山》诗；告别好友王维，而作此诗《留别王维》。从诗意来看，孟浩然此诗创作时间应该在《秦中寄远上人》之后、《岁暮归南山》之前。诗题一作《留别王侍御维》。王维开元末年，始任殿中侍御史，不可能称侍御。“侍御”二字，当系后人所加。王维也未曾任侍郎一职，因而明代活字本《孟浩然诗集》作“侍郎”也是不正确的。

寂寂竟何待，朝朝空自归。

寂寂，孤单；冷落。汉代秦嘉《赠妇诗》：“寂寂独居，寥寥空室。”左思《咏史》：“寂寂扬子居，门无卿相舆。”竟何待，究竟等待什么呢？意犹无所期待。朝朝，天天，每天。《列子·仲尼》：“子列子亦微焉，朝朝相与辩。”干宝《搜神记》卷十三：“始皇时童谣曰：‘城门有血，城当陷没为湖。’有妪闻之，朝朝往窥。”

首联，诗人说，寂寞潦倒，困居旅店，“我”（抒情主人公）究竟在等待着什么呢？天天都出门奔波，日日一无所获，独自归来。

欲寻芳草去，惜与故人违。

芳草，香草，比喻高洁情操，也指忠贞或贤德之人。《楚辞·离骚》：“何昔日之芳草兮，今直为此萧艾也。”王逸注：“以言往日明智之士，今皆佯愚，狂惑不顾。”此处指隐逸。故人，老友，指王维。

颔联，很想归隐山林，隐居以终老，遗憾的是要与老友王维离别，实在有点割舍不下。

当路谁相假，知音世所稀。

当路，身居要职、掌握政权的人。《孟子·公孙丑上》：“夫子当路于齐。”朱熹注：“当路，居要地也。”假，借，引申为帮助、援引。《左传·成公二年》：“唯器与名不可以假人。”孔颖达疏：“唯车服之器与爵号之名不可以借人也。”知音，知己。稀，少。

颈联，而今当权者，又有谁能够给予（诗人）援引，使得求仕有成？知音难遇，而在这人世间，知音本来就不多见啊。

只应守索寞，还掩故园扉。

索寞，寂寞无聊；失意消沉。鲍照《行路难》诗之九：“今朝见我颜色衰，意中索寞与先异。”贾岛《即事》诗：“索漠对孤灯，阴云积几层。”扉，门。

尾联，看来，“我”只应坚守于寂寞无聊，默默无言；不如归去，紧闭家乡柴门，与世隔绝，隐居以终老。

王维与孟浩然交好，多次向有司举荐，可惜，终无结果。开元十六年（728）科举考试，孟浩然落第，至岁暮返归家乡襄阳。逗留长安半年多，诗人献赋上书，孜孜以求仕宦，可惜终无结果。困居长安，生活窘迫，失意落魄，饱尝人间冷暖、世态炎凉，于是诗人遂滋生返归家乡、隐居以终老的心念。孔子说：“诗可以兴，可以观，可以群，可以怨。迩之事父，远之事君，多识于鸟兽草木之名。”（《论语·阳货》）诗有多种功能：可以感发人之意志，可以考知风俗之盛衰，可以群居相切磋——互相感染和互相提高，可以怨刺上政——批评、讽刺不良政治，抒发怨悱之情。即使盛唐，也存在着“珠玉买歌笑，糟糠养贤才”“世路多险艰，白日欺红颜”，以及权贵之势炎熏天“鼻息干虹霓，行人皆怵惕”（李白《古风》）的不公。显然，困居长安、求仕无门，饱尝世态炎凉的孟浩然，对社会和人世有着深切的认识，其怨愤与不平久郁胸中，遂借此诗喷薄而出。

此诗以极平易的语言，抒写久郁胸中的怨悱。紧扣去留之际的矛盾心理，写出了极其复杂的感情层次。开篇就说何必在寂寞冷落中痴痴地等待，天天早出晚归，奔走权门，潜怀悲辛和屈辱，而又一无所成。“寂寂”是无人应和的孤苦情状，“朝朝”显出求仕心切，而“空自归”乃徒劳无功的结果。这样的日子，日复一日地重复着，诗人心头的抑郁与悲愤，可以想见。颔联“欲寻芳草去，惜与故人违”，针对老友王维而设，出语极其自然。去意已决，然而难舍老友，其相知之深、情感之真切，宛然如见。“欲”字“惜”字，正表现出诗人进退矛盾的心情，犹豫徘徊，不忍遽去。

颈联“当路谁相假，知音世所稀”，乃不得不归去故园之缘由，既是告知老友王维，也是告知世人：当权之势要贵人皆有能力，然而谁肯援引这个热切求仕却又处于困境之人呢？于是，诗人感慨本来世间知音就少有啊。此联之上句“当路谁相假”，乃是针对上联的不得不归隐的缘由之陈述，下句“知音世所稀”，也是对上联离别“故人”知己的难以割舍情感的抒发，正见出诗人与故人王维情谊之深厚。这一联乃名句，工整流丽，揭示官场现实，诗人将其置于欲去不忍、又不得不归去的矛盾之中，达到了惊悚人心的效果。既揭示官场现实的冷酷，诗人失望之深得，也反衬与故人王维的情义深厚。一种惜别不遇之情，全在这两联中流露出来。

尾联“只因守索寞，还掩故园扉”，乃是上承前三联而言，诗人自省甘于寂寞，只能返归故园，紧闭柴门，不再与世人交游。并不怨天尤人，正是孟浩然忠厚之处。孟浩然同时所作的《秦中苦雨思归赠袁左丞贺侍郎》诗曰：“跃马非吾事，狎鸥宜我心。寄言当路者，去矣北山岑。”《岁暮归南山》诗：“北阙休上书，南山归敝庐。”表达的正是这种热切求仕却无法出仕，不甘心归隐却又不得不归隐的情绪。

早寒有怀

木落雁南渡，北风江上寒。我家襄水曲，遥隔楚云端。乡泪客中尽，孤帆天际看。迷津欲有问，平海夕漫漫。

孟浩然长安求仕失意而归家乡襄阳，开元十七年（729）游洛阳，十八年（730）秋，又由洛阳赴扬州，再游越中。孟浩然有《渡扬子江》诗：“林开杨子驿，山出润州城……更闻枫叶下，淅沥度秋声。”可知孟浩然由扬州渡江，正是枫叶凋落的秋季。《登万岁楼》：“万岁楼头望故乡，独令乡思更茫茫。天寒雁度堪垂泪，月落猿啼欲断肠。”万岁楼乃晋王恭所建，系扬州名胜。所写景象，亦正是深秋时节。此诗，应该是孟浩然自扬州渡江，感江上寒风萧瑟、枫叶凋落而作。诗题一作《早寒江上有怀》，颇切合其时地风物，甚是。

木落雁南渡，北风江上寒。

木落，树叶飘落。雁南渡，北雁南飞。汉武帝《秋风辞》："秋风起兮白云飞，草木落兮雁南归。"鲍照《登黄鹤矶》："木落江渡寒，雁还风送衣。"

首联，树木叶落，秋风吹拂，带来阵阵清寒，北雁南飞，一片深秋景象。

我家襄水曲，遥隔楚云端。

襄水，汉水流经襄阳一带，称为襄水。《嘉庆重修一统志·襄阳》：汉水"自府城西北三十里白家湾抵城北，稍东而左，会唐、白诸河之水，亦名襄水。"曲，弯曲的地方。《诗经·魏风·汾沮洳》："彼汾一曲，言采其藚。"朱熹注："一曲，谓水曲流处。"端，涯涘，边际。《庄子·秋水》："顺流而东行，至于北海。东面而视，不见水端。"成玄英疏："不见水之端涯。"《淮南子·主术训》："主道员者，运转而无端。"高诱注："端，厓也。"《后汉书·赵咨传》："反素复始，归于无端。"章怀太子李贤注："端，际也。"襄阳，春秋战国时属楚地，从长江下游遥望襄阳，地势高峻，好似天际，故称"楚云端"。

颔联，诗人说，我的家乡就在那襄水边上，与扬州遥隔千里，在那楚地的边际。汉水流经襄阳城边，于武昌汇入长江，孟浩然由扬州而横渡长江，见江水而思家乡，故有此称。

乡泪客中尽，孤帆天际看。

天际，天边。

颈联，思乡的泪水，客居他乡，已然流尽；诗人自己乘一叶小舟飘荡于茫茫天地之间。

迷津欲有问，平海夕漫漫。

迷津，迷失渡口。津，渡口。《论语·微子》："长沮、桀溺耦而耕，孔子过之，使子路问津焉。长沮曰：'夫执舆者为谁？'子路曰：'为孔丘。'曰：'是鲁孔丘与？'曰：'是也。'曰：'是知津矣。'问于桀溺，桀溺曰：'子为谁？'曰：'为仲由。'曰：'是鲁孔丘之徒与？'对曰：'然。'曰：'滔滔者天下皆是也，而谁以易之？且而与其从辟人之士也，岂若从辟世之士哉？'耰而不辍。子路行以告。夫子怃然曰：'鸟兽不可与同群，吾非斯人之徒与而谁与？天下有道，丘不与易也。'"长沮、桀溺没有告诉子路渡口在哪儿，只是对孔子栖栖遑遑、奔走四方、积极用世的态度，进行了嘲讽，认为不如隐居为好。平海，谓江水广阔似海。漫漫，广远无际的样子。刘向《九叹·忧苦》："山修远其辽辽兮，涂漫漫其无时。"

尾联，诗人正横渡长江，眼见江水广阔无涯际，不见渡口，想找人寻问，可是江水浩渺，在夕阳的照射下，更是一片茫然。

孟浩然初次离开襄阳赴扬州壮游，年轻的诗人李白于黄鹤楼送别，作《黄鹤楼送孟浩然之广陵》："故人西辞黄鹤楼，烟花三月下扬州。孤帆远影碧空尽，唯见长江天际流。"明媚春光，烟花三月，扬州美景，孤帆远影，长江滔滔东流，是那样地明快轻松。然而，当落第失意后的孟浩然，再次游历吴越，由扬州而横渡长江之时，诗人的感受是寒冷与凄然。可见，诗歌的景物，乃情中景，景中情。王国维说："一切景语皆情语""以我观物，则物皆着我之色"（《人间词话》）。诗中的景物，皆深深地浸润着诗人的情感意绪。

明代诗论家唐汝询《唐诗解》卷三五解释此诗曰："此客中苦寒思家切也。言当木落雁度之时，北风乍起，寒既早矣。家临襄水而隔楚云，望而不可至也。于是思乡泪尽，目极征帆，欲问津以归，而海水渺茫，未易轻渡，奈何？"虽然不是很确切，却仍然将诗之大意讲述出来了。唐汝询是一个奇人，五岁时双目失明，却一心想读书，靠着家人给他读书，竟然"认"得字。他极为勤勉，学问淹博，以口述令他人记录方式，“写”了不少著作，《唐诗解》就是其中重要的一部。《唐诗解》有注释，很重视对诗意的讲解，对读解唐诗，颇有裨益。

首联写江上早寒，点出诗题“早寒”。深秋时节，树叶凋落，北雁南飞，这是常见的秋季景象。“木落雁南渡”乃深秋的一般景象，而“北风江上寒”则为此时的特殊感受。其实，深秋时节，江南秋意渐浓，树叶飘零，而草色犹绿，并不寒冷，杜牧“秋尽江南草未凋”（《寄扬州韩绰判官》）乃为写实。而孟浩然却在这“木落雁南渡”之时，很敏锐地感受到了“北风江上寒”，可见诗人心灵之敏感与脆弱，应该是有特殊缘由的。此联化用鲍照“木落江渡寒，雁还风送秋”，突出“北风”，强化江上早寒的特征，使全篇笼罩于凛冽寒冷的气氛之中，为全诗的抒情奠定了基调。

颔联则由江上早寒转而抒写对故乡的思念。诗人发自扬州，乘一叶小舟，由北而南渡越长江。而流经家乡襄阳的汉水，最终注入长江，诗人由长江水自然而然地想起了襄阳故园。李白《渡荆门送别》：“仍怜故乡水，万里送行舟。”正是对流经蜀中的长江伴随诗人东行的赞美。诗人虽然远在千里之外的江南，而来自故乡的江水还始终伴随着自己。因而，于江南的长江之上，向西眺望家乡，千里之外的襄阳故园，遥遥地隔绝，似乎在那楚天长云的另一端呢。“我家襄水曲”，说得极其亲切自然，且襄水因眼前之江水而引发。“楚云端”乃于下游开阔平远之处，向上游极目而望，故乡遥遥，如在白云之端，西高东低之地理态势，极为生动。而一“隔”字，则表现地域之千里遥远，抒发思乡念亲情感之浓烈，极为形象生动。

颈联紧承上一联，因故乡远在千里外之楚天长云处，于是，客游江南，羁旅思乡念亲，感情极其强烈，思乡之泪已然流尽。诗人伫立于一叶小舟之上，浩渺江水，茫茫天地，阻隔重重，前途黯然，欲往何处去呢？“孤帆天际看”，显然是化用李白之赠诗“孤帆远影碧空尽，唯见长江天际流”。李白是于黄鹤楼上眺望一叶扁舟，渐行渐远，即将消失于茫茫天际；而此句乃是诗人伫立一叶扁舟之上，怅望天地，浩渺江水，茫茫天地，绝无涯际，突现出不知何处是前途的孤独身影。虽是写景，实乃抒情，借一叶扁舟航行于长江浩渺开阔的江面之上，不知津渡，而暗寓人生前途未卜，不知何往的迷惘和怅然。此“看”字，似乎毫不经意，却写尽了诗人眺望故乡、思量前途的无奈与悲伤。

尾联则紧扣“孤帆天际看”，浩渺江水，茫茫天地，诗人于此直率地提出，自己已然迷失津渡，想寻问渡口在何处？然而，回答诗人的只有夕阳照射下的浩渺江水和苍茫天地……迷津，用《论语·微子》孔子使子路问津、长沮桀溺并不告知的典故。后世遂以“迷津”为茫然不知所之之意。诗人眼中所见，唯有暮色苍茫中水天相连、一派迷蒙的景象而已。由实到虚，由写景而至抒情，面对人生前途的茫然迷失感，诗人叩问苍茫天地，回答他的却只有无语和寂寥……言简意赅，意余言外，令人产生无限回想。

此前，孟浩然自洛赴越途中作诗：“遑遑三十载，书剑两无成。山水寻吴越，风尘厌洛京。扁舟泛湖海，长揖谢公卿。且乐杯中物，谁论世上名？”（《自洛之越》）辛苦求学三十年，得到的结果却是“书剑两无成”，应举失利，求仕无门，那种人生无路可走的悲苦，萦结诗人心底，苦涩发酵，深沉郁勃，令孟浩然几乎无法承担。因而，虽于山水无限风光之中，却茫然不知所之。以景结情，以情寓景，颇有“意惬关飞动，篇终接混茫”（杜甫《寄彭州高三十五使君适、虢州岑二十七长史参三十韵》）的气象。

全诗一气浑成，写景抒情，紧扣“江上早寒”这一景象，体现出精心的构思与细密的意脉，景与情相融合，从“早寒”起，至“有怀”承接，兴象玲珑，风神超迈，词理意兴，浑融无际，诚为一篇佳作。

刘长卿

秋日登吴公台上寺远眺

古台摇落后，秋入望乡心。野寺来人少，云峰隔水深。夕阳依旧垒，寒磬满空林。惆怅南朝事，长江独至今。

此诗题原有注“寺即陈将吴明彻战场”，往往并入诗题，误。吴公台，《太平寰宇记》卷一二三“扬州江都县”：“吴公台，在县西北四里，将军沈庆之攻竟陵王（萧）诞所筑弩台也。后陈将吴明彻围北齐东广州刺史敬子猷，增筑之，以射城内，号吴公台。”《嘉庆重修一统志》卷九七“扬州府·古迹”：“吴公台在甘泉县西北四里，一名鸡台。”“旧志：唐武德元年，江都守陈稜，葬炀帝于江都宫西吴公台下，即此。”在今江苏扬州城西北蜀冈上，今尚有遗迹可寻。大历中，刘长卿任转运使判官，驻扬州，诗当作于此时。

此诗乃登临怀古之作，摹写当前景物，融入古迹、事件，贯注诗人感情，发为感慨，意在劝诫或讥刺，引起读者的共鸣。诗题《秋日登吴公台上寺远眺》，秋日乃时间，吴公台既为古迹，亦涵有事件，凭高远眺，兴发感慨。

首联“古台摇落后，秋入望乡心”，摇落，秋寒草木凋落。宋玉《九辩》：“悲哉，秋之为气也！萧瑟兮草木摇落而变衰。”点明诗题之“秋日”。“望乡心”点明“远眺”。吴公台经历数百年的秋风秋雨之浸蚀，已然破败颓圮，秋天来临，登临其上，凭高远眺，思念家乡之情，油然而生。刘长卿郡望河间（今河北献县），籍贯宣城（今安徽宣城），因长期居住洛阳（今河南洛阳），所以又自称洛阳人。而吴公台所在之地扬州，并非其故乡，因而秋日登高远眺，遂有无限思乡之情。

“野寺来人少，云峰隔水深。”颔联乃登临眺望所见：上句近景，下句远景，情景相生。所登临之寺，处于郊野之外，因而寂寞冷清，人迹寥寥；长江南岸的峰峦，云气缭绕，显得更为深邃遥远。颈联“夕阳依旧垒，寒磬满空林”，夕阳西下，将落日的余辉洒满昔日的吴公台旧垒，寺庙钟磬声，带着秋日的寒意，弥漫在那空寂的树林，悠然回响。这两联以现实的景物描摹，涵蕴着历史的故事与云烟，合而为一，表达其含蓄不尽的深沉感慨。如今的野寺宁静，实乃当年的营垒战场，人欢马嘶，鏖兵争战，血雨腥风；旧垒沉寂，夕阳普照，钟磬悠然，似乎为世外桃源，实则承载着吴明彻一时之勋业；然而，英雄已逝，勋业何在，唯有残营旧垒，寺庙钟磬余响，弥漫山林，空旷寂寥，也多少流露出世间一切皆归空无的思想。

那么，诗人的心绪遂有了明确的表达：“惆怅南朝事，长江独至今。”六朝繁华，多少王侯贵臣以及像吴明彻那样彪炳史册的勋业，也都消失殆尽，唯有浩浩长江水，万古奔腾东流，怎能不令人感到惆怅空茫呢！尾联之“南朝事”照应诗题之“吴公台”，又与首联之“古台”、颈联之“旧垒”相关联，切中地点事件，颇为严密，而以浩浩长江衬托悠悠怀古之情，遂有往事难再、江流依旧之感喟。“长江独至今”，是深切的感慨，极为深沉有力，有惊悚人心的艺术魅力。

刘长卿志大才高，然而一生多坎坷。上元元年（760）春，由苏州长洲尉贬南荒之地潘州南巴（今广东电白）尉，次年遇赦北还，游食于江南。至大历五年（770）任转运判官，驻扬州，两年后又为观察使吴仲孺所诬陷，贬睦州司马。此诗正作于两次贬谪之间，诗人之心绪深挚，登临吴明彻旧营垒，抚今追昔，英雄勋业已然消失殆尽，何况自身沉沦而一事无成，岂能不兴悲慨？因而，刘长卿于此诗抒发其人世沧桑、功业难成的悲慨，流露出些许的无奈与颓然，也就不难理解了。

送李中丞归汉阳别业

流落征南将，曾驱十万师。罢归无旧业，老去恋明时。独立三边静，轻生一剑知。茫茫江汉上，日暮欲何之。

诗题又作“送李中丞之襄州”。李中丞，名不详。中丞，御史中丞，御史台之副长官。外督部刺史，内领侍御史，受公卿章奏，纠察百僚，其权颇重。唐代常用作观察使所加之官衔，节度使之高级僚属亦有加检校御史中丞衔，以示尊崇。汉阳，唐属沔州汉阳郡，后并入鄂州江夏郡，今湖北汉阳。因在汉水之北，故称。代宗大历五年（770）至大历八年（773），刘长卿为鄂岳转运判官、鄂岳转运留后。此诗作于这一时期。别业，别墅。石崇《思归引序》：“晚节更乐放逸，笃好林薮，遂肥遁于河阳别业。”高适《淇上别业》：“依依西山下，别业桑林边。”

李中丞乃一员老将，功业卓著，而今罢归田园，闲居汉阳别业，“老骥伏枥，志在千里”，有不胜今昔之感慨。首联“流落征南将，曾驱十万师”，这个飘零憔悴、流落江湖的老人，有谁能够知道他曾经是亲率十万雄兵，征南平叛，功业卓著的大将军啊。流落，用李广故事。《史记·李将军列传》记载，李广为卫尉将军，出雁门击匈奴，匈奴兵多，李广军失利。当斩，赎为庶人，闲居数年，常在蓝田南山中射猎。“尝夜从一骑出，从人田间饮，还至霸陵亭。霸陵尉醉，呵止广。广骑曰：‘故李将军。’尉曰：‘今将军尚不得夜行，何乃故也？’止广宿亭下。”“征南将”是其显赫身份，“曾驱十万师”乃具体之写照，而“流落”为今日之现状，因而有不胜今昔之感慨。

“罢归无旧业，老去恋明时。”旧业，旧日的产业，指田产、房舍等。明时，清明的时代。颔联，老将军罢职归家，没有田园庐舍，凄凉冷落，越来越留恋那个清明的盛世了。李广为将清廉，爱士卒，“广廉，得赏赐，辄分其麾下，饮食与士共之。终广之身，为二千石四十余年，家无余财，终不言家产事。”（《史记·李将军列传》）骠骑将军霍去病大破匈奴，武帝欲为之修筑宅第，霍去病曰：“匈奴未灭，无以家为也。”（《史记·卫将军骠骑将军列传》）“无旧业”化用此典故，谓李中丞忠贞为国，公而忘私，不修治家产，清廉义勇。明时，即清明时代。君圣臣贤，勠力同心，国家繁荣昌盛，而且朝廷重视人才，得以展示其雄才大略，能够建立功勋。“恋明时”含蕴丰厚，既有对昔日君明臣贤、繁荣昌盛、人尽其才的向往，也暗含对今日当政者刻薄寡恩之不满，流露出功高不赏、投闲置散的怨愤。

“独立三边静，轻生一剑知。”独立，单独站立，此处有超凡拔俗、与众不同之意。《周易·大过》：“君子以独立不惧，遁世无闷。”孔颖达疏：“君子于衰难之时，卓尔独立，不有畏惧。”《淮南子·修务训》：“超然独立，卓然离世。”高诱注：“不群于俗。”三边，汉时指匈奴、南越、朝鲜。《史记·律书》：“高祖有天下，三边外畔。”亦指东、西、北边陲，即幽州、并州、凉州三地。《后汉书·杨震传》：“羌虏钞掠，三边震扰。”后亦泛指边疆，唐辛常伯《军中行路难》：“但令一被君王知，谁惮三边征战苦。”此处化用李广镇守右北平典故，《史记·李将军列传》：“居右北平，匈奴闻之，号曰‘汉之飞将军’，避之，数岁不敢入右北平。”颈联，抒写李中丞之英勇无畏，忠贞为国：李中丞镇守北方，敌人不敢入侵，边疆之上，安宁和平，百姓安居乐业；舍身报国，奋勇杀敌，不畏牺牲，只有那随身的佩剑亲历一切，知晓李中丞之赤胆忠心、无所畏惧。“独立”刻画李中丞英勇无畏的形象，超凡拔俗，卓尔不群；由“轻生”—奋勇杀敌，毫不畏惧—而至“一剑知”，化抽象为具体，手握利剑，身先士卒，英勇抗敌的艰难经历，共同塑造其伟岸形象。也正是王维所摹写“一身转战三千里，一剑曾当百万师”（《老将行》），高适所说“相看白刃血纷纷，死节从来岂顾勋”（《燕歌行》）的壮烈。

“茫茫江汉上，日暮欲何之。”尾联照应诗题“归汉阳别业”，诗人悬想：李中丞回到汉江边上的别业，投闲置散，不被任用，夕阳西下，天水一色，一派苍茫，那个心雄万夫、建立不朽功业的将军，将归向何处呢？无限苍凉，满腔无奈。此处化用庾信《哀江南赋序》之“日暮途远，人间何世？”意味深长，清壮激昂，境界雄浑。“日暮欲何之”，实乃无所归属，飘零憔悴的弃置感极为强烈。据此，李中丞似不应有“汉阳别业”，因而诗题当为“送李中丞之襄州”，襄州乃被弃置后的李中丞一个“流落”之地罢了。

此诗因送李中丞，既赞美其才德，又怜悯其命运。将李中丞之今昔对照摹写：既有“流落”之飘零憔悴，又有“曾驱十万师”的豪雄；既有“无旧业”的无所归处，又有“恋明时”的激昂慷慨；既有“独立”“轻生”之卓尔不凡、奋勇无惧，也有“日暮”“茫茫”的迷茫与无奈。两两对照，摹写出李中丞的风神，清壮激昂，全篇浑融一体，令人寻味无穷。

饯别王十一南游

望君烟水阔，挥手泪沾巾。飞鸟没何处，青山空向人。长江一帆远，落日五湖春。谁见汀洲上，相思愁白苹。

饯别，设酒送别。王十一，行十一，名不详。刘长卿幼年居长安，少年时读书于嵩山，一直居于北方。大概于肃宗至德二载（757）进士及第，官长洲（今江苏苏州）尉，不久，又为海盐（今浙江海盐）令。后被贬南巴（今广东电白）尉，上元二年（761）春，北归苏州。此后相当长的一段时间，游宦南方。此诗创作时间、地点不详，乃刘长卿送王十一南游吴越之地所作。

送别诗，大历诗人得心应手，颇为形象生动，且情感深挚，感动激发人意。作为大历诗人之冠的刘长卿，亦颇擅长。此诗构思新颖，语浅情遥，朴素明快，全诗不见离别之语词，仅仅摹写饯别时之风景，将一片离情，全然融入写景，即景生情，情景相融，浑然一体。

望君烟水阔，挥手泪沾巾。

诗人伫立江岸眺望，长江浩浩东流，一叶小舟，飘然远逝，江天广阔，一派迷茫，依旧在频频挥手告别，泪湿衣襟。挥手，挥动手臂，表示告别。刘琨《扶风歌》：“挥手长相谢，哽咽不能言。”谢灵运《过始宁墅》：“挥手告乡曲，三载期归旋。”刘烁《拟行行重行行》：“回车背京里，挥手从此辞。”首联，诗人营造了一个广远的背景，水天相接，一派迷茫，而那远行的一叶小舟，渐行渐远，几乎看不见了，显得特别渺小孤单；而诗人伫立江岸，依然深情眺望，频频挥手，不忍离别，泪水潸然而下……

飞鸟没何处，青山空向人。

颔联紧扣上一联，伫立江岸深情眺望，不见远行之孤舟，一只孤飞的鸟儿渐飞渐远，消失于茫茫天际；只有两岸青山，静穆地陪伴着深情送别的诗人。“飞鸟”是实景，江上孤鸟飞翔，消失于茫茫天际，又暗寓浩浩长江上远航的一叶小舟，友人远别，而“何处没”之疑问，使其象征意义更加强化，彰显了诗人对远行友人的关切之情，“青山空向人”是静穆中的无言回应，更渲染了渐行渐远、随浩浩江流消失于苍茫天际的孤寂感和空廓感。杜甫《奉济圣重送严公四韵》：“远送从此别，青山空复情。”与此联诗意相近。

长江一帆远，落日五湖春。

五湖，古代吴越地区湖泊。其说不一，主要指太湖及其附近湖泊。《国语·越语下》：“果兴师而伐吴，战于五湖。”韦昭注：“五湖，今太湖。”此处泛指吴地。颈联，进一步抒写友人帆影消失于视野之后的遥望和想象：唯有浩浩长江东流，一叶小舟挂帆远驶，渐行渐远，遥不可见；夕阳西下，那远行的一叶小舟，大概已经行驶于渐波浩渺的太湖了吧。上句乃是对前四句之总括，也是深入一层的想象，下句则全然是想象，真是极目千里，尺幅而有万里之势。“春”字点明送别的季节，正是江南烟雨之时。

谁见汀洲上，相思愁白苹。

白苹，一种水中浮草，开白花。南朝梁柳恽《江南曲》：“汀洲采白苹，日落江南春。洞庭有归客，潇湘逢故人。故人何不返，春华复应晚。不道新知乐，只言行路远。”尾联化用此诗而来：又有谁知道，沙洲之畔，望着星星点点、数不清的白苹，诗人正满怀相思怀友之情，而愁思难尽呢！如呢喃自语，音情摇曳，情思悠悠。

此诗前三联，摹写江岸送别，深情眺望之情境，于水天茫茫中，寄寓其无尽愁思，令人感动。“挥手”“飞鸟”“青山”“长江”“一帆”“落日”“五湖”等意象，营造出绝美的意境，令人神往。清人俞陛云说：“通首皆别友之意，觉离思深情，盎然纸上……诗为别后所作。首句即言遥望行人，已在烟水空蒙之际。次句写别意。诗人送别，每用‘泪’字，但知己之泪，未肯轻为人弹。此诗情谊深挚，当非泛语。三句言行人已至飞鸟没处，而犹（尤）为凝望……四句言别后更谁相伴，但有青山一抹，依依向人，曲终人远，江上峰青，宜怀抱难堪矣。五六句言友所往，由江而湖，愈行愈远。末谓送君者临岸未返，秋水（当为‘春水’）苹花，对芳洲而伫立，此时愁思，见者无人，唯有溯流风而独写耳。”（《诗境浅说》甲编）对诗意之疏解，亦颇恰当。

寻南溪常道士

一路经行处，莓苔见屐痕。白云依静渚，春草闭闲门。过雨看松色，随山到水源。溪花与禅意，相对亦忘言。

此诗一作《寻南溪常山道人隐居》，又作《寻常山南溪道士隐居》。道人，修道之人。南朝以来，僧人亦称道人。叶梦得《避暑录话》卷下：“晋、宋间佛学初行，其徒犹未有僧称，通曰道人。”此诗“溪花与禅意”可知，此道人为僧人。此诗作年不详。

一路经行处，莓苔见屐痕。

首联，沿着小径行走，莓苔上有点点印迹，那是道人经行所留下的木屐齿痕。诗人从细节写起，长满莓苔的山路上，隐隐约约可见木屐的印痕。遍地莓苔，可见其地之幽静；而“屐痕”乃道人经行之所留，暗示诗人寻访已得其地。紧扣诗题“寻”字，因这木屐印痕，诗人一路寻寻觅觅，翻山越岭，极具动感，也呈现出即将见到道人的喜悦感。经行，佛教语，指旋绕往返或径直来回于一定之地。佛教徒作此行动，为防坐禅而欲睡眠，或为养身疗病，或表示敬意。晋法显《佛国记》：“佛在世时，有翦发爪作塔，及过去三佛并释迦文佛坐处、经行处及作诸佛形像处，尽有塔。”《法华经·序品》：“又见佛子，未尝睡眠，经行林中，勤求佛道。”唐义净《南海寄归内法传》卷三：“五天之地，道俗多作经行，直去直来，唯遵一路，随时适性，勿居闹处，一则痊疴，二能销食。”此处“经行”乃指行走经过。

白云依静渚，春草闭闲门。

颔联，白云飘浮、依傍着宁静的沙洲，茂密的芳草掩映着紧闭的柴门。诗人沿小径，寻着道人木屐齿痕，来到隐居之所。然而，道人并不在家中，白云依傍，芳草掩映，颇有得道者的气象。闲门，少有客来的门。寻道人而未能得见，一路沿木屐印痕而来的喜悦，化为乌有，然而诗人并不气馁，不失望。而是流连于道人门前，看白云沙洲、春草闭门，有些许的自在与快意。

过雨看松色，随山到水源。

诗人流连忘返，徘徊门前，阵雨过后，青松如洗，苍翠挺拔；雨水甘霖，增添了山泉的水量，诗人随着淙淙的水流，山势婉转，忽见水源，何其惊喜，颇有寻胜探幽之趣。“看松色”“到水源”，乃诗人漫无目的，流连于道人隐居之所，无意间看到的美景，寻访到水源，纯任自然，得大自在，发现美并欣赏美。此乃寻访道人不遇之后，流连忘返于山间，纵情欣赏山间美景，遇骤雨而不惊慌，看青松如洗，苍翠欲滴；随小溪而行走，得访水源，时有幽趣，是诗人纯任自然的天真意趣，无往而不适，颇合道心。

溪花与禅意，相对亦忘言。

禅意，即禅心，谓清静寂定的心境。江淹《吴中礼石佛》："禅心暮不杂，寂行好无私。"忘言，心领神会，不必言传。《庄子·外物》："言者所以在意，得意而忘言。"颈联随缘自适，纯任天真，已然体悟到随缘自适的禅意，因而尾联则点明题旨：遍布山林的野花、随处淙淙流淌的山泉，皆有禅意，随缘任运，物我无间，就可以体悟到这禅意，诗人的心境也与这野花、山泉交融无间，融合为一，虽彼此无言，然而心意已通，灵心妙悟，皆在不言之中。真有拈花微笑、禅意盎然的意趣。

此诗从"寻"字入手，处处紧扣，山间小径，"寻"莓苔屐痕而行；"寻"到道人隐居处，看白云、芳草、静渚、闲门；随山上下，见水源，看松色，而"寻"得禅意，深悟禅理，是否"寻"得道人，已然不重要了；而溪水自流，野花自开，遂悟得禅理之无为，这样遂将"寻"不见的意见，全然呈现出来。写得极有禅意、禅趣，令人心神爽朗。

新年作

乡心新岁切，天畔独潸然。老至居人下，春归在客先。岭猿同旦暮，江柳共风烟。已似长沙傅，从今又几年。

唐肃宗至德二载（757），刘长卿进士及第，不久任长洲（今江苏苏州）尉，至德三载（即乾元元年，758）春摄海盐（今浙江海盐）令，因事被贬为南巴（今广东电白）尉，赴南昌（今江西南昌）待命，仍被贬南巴，秋天赴任所。此事对刘长卿的打击很大。独孤及送别刘长卿，感慨于刘长卿之刚强正直，不容于有司，被诬遭贬："曩子之尉于是邦也，傲其迹而峻其政，能使纲不紊，吏不欺。夫迹傲则合不苟，政峻则物忤，故绩未书，也而谤及之。臧仓之徒，得骋其媒孽。子于是竟谪为南巴尉。而吾子直为己任，愠不见色，于其胸臆未尝虿芥（积于心中的小小不快）。”感慨长卿南贬途中孤苦：“但春水方生，孤舟鸟逝，青山芳草，奈远别何？”（《送长洲刘少府贬南巴使牒留洪州序》）这是长卿仕途的第一次挫折，颇为悲愤：“不才甘谪去，流水亦何之。地远明君弃，天高酷吏欺。”（《初贬南巴至鄱阳，题李嘉祐江亭》）“独醒空取笑，直道不容身。得罪风霜苦，全生天地仁。”（《负谪后登干越亭作》）这首《新年作》，应该是乾元二年（759）元旦在南巴所作。

贬谪南巴，适逢新年元日，思乡念亲，情不能已，遂作此诗。“乡心新岁切，天畔独潸然。”正逢大年初一，思乡念亲之情极为迫切、焦灼，远在五岭之南，天涯海畔，不由得诗人泪水涟涟。潸然，流泪的样子。《汉书·中山靖王刘胜传》：“纷惊逢罗，潸然出涕。”杜甫《送梓州李使君之任》：“君行射洪县，为我一潸然。”刘长卿《赴巴南书情寄故人》：“裁书欲谁诉，无泪可潸然。”唐置南潘郡，治所在茂名，辖茂名、南巴、潘水三县。南潘郡，“去西京七千百八十七里，去东京六千三百八十九里”。（杜佑《通典》卷一八四）南巴县（今广东电白）滨海，在五岭之南，远离中原，故云天畔、海外。“乡心”，乃全诗抒情之根基。首联点明诗题，也突出新年思乡念亲之情极其强烈，远贬南荒的强烈的孤独感：他人欢笑快意，而一己独悲。“乡心”因“新岁”而“切”，更因处“天畔”之遥远，“独”字强调遥远距离之下的孤寂与凄凉，他人皆欢乐而自己独自愁苦凄凉，因而潸然泪下。

“老至居人下，春归在客先。”颔联紧承上联之“新岁”，抒发远贬岭南、久戍难归之情。“老至”乃是诗人深受贬谪之打击的切身感受，“居人下”为贬谪之困厄抑郁，身份低人一等。刘长卿安史之乱后，才得一县尉，过了四年，又被远贬岭南之南巴，仍为县尉，诗人情何以堪！贬谪蛮荒南巴县，时逢“新岁”，风物习俗不同，那种孤寂凄凉感，深深地萦绕于心头，而南国春早，新年元日，春已至而人未归，又是一年，何日是归程呀！于是有“春归在客先”之深切感触。隋初诗人薛道衡出使南朝，时逢新年，作《人日思归》：“入春才七日，离家已二年。人归落雁后，思发在花前。”此诗“春归在客先”显然是化用薛道衡诗歌，清爽流利，毫无滞碍，省净而又含蓄，感慨于春已至而人未能北归家乡，与首联之“乡心”“天畔”相呼应，透露出贬谪困厄之后的深悲。

“岭猿同旦暮，江柳共风烟。”深入抒情“天畔”岭南之独特风光，以及诗人的孤寂凄清。在岭南所见到的，早晨听闻山猿哀鸣，凄厉伤感，人烟稀少，身为贬谪之人，流寓此地，倍感孤寂凄清。春天已至，江边杨柳依依，摇曳生姿，一派青翠，如烟笼雾罩，美好的春天景象，然而远贬之人，独处江畔，远离家乡亲人，面对这江柳风烟，更加凸现其孤寂与凄清。“岭”字与“江”字，点明“天畔”，而“同”字“共”字，则传递了耳之所闻、目之所见，皆为触动其远贬而兴怀的乡关之思、凄怨之情。

正是在这样强烈的感慨激荡下，诗人遂兴发“已似长沙傅，从今又几年”的感慨。尾联总结前三联，诗人说，自己贬谪岭南，就像贾谊贬谪为长沙王太傅已然是第三个年头了，然而贾谊三年贬谪期满之后，受汉文帝垂青，被征召至长安，而诗人自己从今年开始，还得多少年才能北归呢？“已似”，是说如同贾谊被贬长沙，三年之久；“从今”，乃指贾谊三年得以从贬所长沙北归长安，而自己从今年算起，还得多少年才能北归呢？流露出对前途命运的无奈与悲慨，深感前景暗淡。

刘长卿因谤而被远贬南巴县尉，忧愤深广，“乡心新岁切”一联，统贯全诗，于新年元日，思归心切，更增添无限孤寂凄楚。老居人下，深切贬谪身份以及未得展其长才的县尉一职，“未免捶楚尘埃间”（韩愈《八月十五夜赠张功曹》），颇为酸楚屈辱；然而新春已至，人犹未归，遂不免强化其悲苦之感。颈联写景抒怀，岭猿江柳，乃耳目之所闻见，身处其境，岂能无感触？“同旦暮”“共风烟”，与“天畔独潸然”形成强烈对照，更增思乡念亲之“切”。于是，尾联以贾谊自比，抒写迁谪之怀，而深感岁月蹉跎，时不我待，却又充溢着前途暗淡的无限悲凉。此诗语辞清雅，构思巧密，哀切深至，感人至深，洵为佳作。

唐诗三百首讲疏

TANGSHI SANBAISHOU JIANGSHU

下卷

雷恩海 著

甘肃教育出版社

读者新语文

钱　起

送僧归日本

上国随缘住，来途若梦行。浮天沧海远，去世法舟轻。水月通禅寂，鱼龙听梵声。唯怜一灯影，万里眼中明。

唐朝是具有世界性影响的伟大帝国，其时首都长安约有二十万外国人定居。从隋唐开始，日本就派遣使者入中国学习、交流。唐朝兴起以后，日本沿袭遣使入隋的旧制，继续派出遣唐使。唐太宗贞观四年（630），日本第一次派出遣唐使，唐文宗开成三年（838）年，最后一次派出遣唐使。这二百六十余年间，除三次未成行外，抵达长安的日本使臣，两次是送唐使臣回国，一次是迎接遣唐使归日本，正式的遣唐使共有十二批次。初次使团共二百余人，后来增至五百余人。遣唐使的目的在于向中国学习，吸取唐朝文化，因而很重视使团人员的选拔，特别是其中的大使、副使、判官、录事等官员，文化程度都比较高。最著名的留学生，如阿倍仲麻吕——中国名字叫晁衡，与大诗人李白、王维结下了深厚友谊，回归日本受大海风浪阻隔，遂留在唐朝，官至秘书监。留学僧最澄、空海，分别创立了日本的天台宗和真言宗，向日本输入佛教文化，并且仿效唐朝，开创了日本佛教在山岳建寺的风气。空海著《文镜秘府论》《篆隶万象名义》，僧人圆仁留唐十年，著《入唐求法巡礼行记》，是研究中国和日本的文艺批评、文字学和历史的重要文献。而且，入唐的医师、乐师、画师以及各行业的工匠，也都在自己行业中具有根柢，受到唐人推重，同时也从唐人处获益。遣唐使将大量中国经史子集各类典籍带到日本，中国文化风靡日本社会上层，渗透到思想、文学、艺术、风俗习惯等各个方面。现在日本正仓院所藏大量唐代文物，便是随遣唐使输入日本的中国物质文化。

遣唐使回日本，唐朝有时也派遣“送使”同去。由于大海航行艰险，无法返回时，他们便往往居留下来，见于日本史书的有沈惟岳、袁晋卿等十余人，都在日本朝廷任职。唐朝僧人也有随遣唐使赴日本的，最著名的是鉴真。鉴真六次东渡，终于到达日本，给日本传授戒律。随遣唐使船到日本的，还有天竺、西域、南海的人，不少有波斯、印度影响痕迹的唐朝文物，也输入日本。丝绸之路东端延至日本，遣唐使也是起了作用的。

钱起的这首《送僧归日本》，就是送别一位日本留学僧人学成回归日本，是记载遣唐使的一份珍贵文献。日本僧人乘舟远渡重洋回国，因而诗歌紧扣诗题，着眼于佛法与渡海两个层面。

“上国随缘住，来途若梦行。”首联的逻辑，似应是“来途若梦行，上国随缘住”。你（日僧）来时，航行于惊涛骇浪的大海上，历经艰险，旷日持久，如同梦境一样奇幻；来到中华上国，随缘而居，游学访问，经行各地。上国，诸侯称帝室，属国称宗主国，此处指唐朝。随缘，佛教语。谓佛应众生之缘而施教化。缘，指身心对外界的感触。也指顺应机缘，任其自然。来途，指从日本到中国的路途。遣唐使航行于大海上，常常遭遇惊涛骇浪、狂风骤雨，历经艰险，甚至船毁人亡，一般需要几十天的时间才能到达，因而诗人说“来途若梦行”。

“浮天沧海远，去世法舟轻。”颔联紧承上联之“来途若梦行”，展开具体抒写：沧海茫茫，无边无际，你乘舟驶向远方；一舟轻快，似乎远离这尘世的烦恼。浮天，乃指乘船往茫茫大海远处而去，水天相接，如同浮于天际。去世，离开尘世，指日本僧人离别中华上国。法舟，佛教语，喻指佛法。谓佛法如船，可以拯救沉溺的众生渡过生死苦海，到达“彼岸”。《宋书·夷蛮传·天竺迦毗黎国》：“帝修净戒，轨道不及，无上法船，济诸沉溺。”李绅《题法华寺五言二十韵》：“住觉超真境，依游渡法船。”此处双关语，亦指日僧之航船。颔联乃双关语，一方面想象日僧之航船行驶于茫茫大海上，如若浮于天边，若隐若现；一方面说日僧来华修道，学成而归，乃有道高士，法力无边，此行回归日本，当是风平浪静，不会遭遇危险，舟船轻快，须臾而至。

“水月通禅寂，鱼龙听梵声。”水月，水和月，也指水中月影，常形容明净。李世民《大唐三藏圣教序》：“松风水月，未足比其清华；仙露明珠，讵能方其朗润！”李白《赠宣州灵源寺仲浚公》：“观心同水月，解领得明珠。”此处为双关语，既实指海上明月，空明澄澈，又比喻世事空幻，如水中之月。禅寂，佛教语。佛教以寂灭为宗旨，故谓思虑寂静为禅寂。也指入禅习定。《维摩诘经·方便品》：“一心禅寂，摄诸乱意。”李邕《郑州大云寺碑》：“发趣如因，弥入禅寂。”梵声，念佛诵经之声。梁武帝萧衍《和太子忏悔》：“缭绕闻天乐，周流扬梵声。”王维《登辨觉寺》：“软草承趺坐，长松响梵声。”颈联承颔联而抒写：航行于茫茫大海上，海水清净，海月澄澈，与你（日僧）空明清寂的禅心相通；你念佛诵经之清音，竟然使得海中鱼龙纷纷前来倾听。

“唯怜一灯影，万里眼中明。”一灯，双关语，既指船灯，也指法灯。佛法如灯，能照破世间迷暗，给人以指引。《华严经》卷二：“如来法王出世间，能然照世妙法灯。”刘孝绰《栖隐寺碑》：“欲使法灯永传，胜因长久。”尾联总括前二联之意：日僧学成得道，航行于大海上，回归日本，恰似一盏明灯，普照人间，给世人以指引，即使万里之遥，也是那样地明亮。既祝愿其航海平安，顺利抵达，也喻指其至日本而弘扬佛法，开启智慧，不辜负来华求学修道之初心。

此诗乃送别诗，特别契合被送者的身份——作为遣唐使的日本留学僧，因而摹写就紧扣大海航行与佛法二者，融会无际。首联不写送，而想象其来时之景象，经历艰辛，如同梦寐之奇幻，而今学成归去，成得道高僧，佛法广大，因而归去时，法舟轻快，海月澄澈，鱼龙倾听佛法而从化。尾联则赞誉其法灯长明，普照人间，觉启智慧，“万里眼中明”，也流露出依依不舍的送别之情，堪称一首佳作。

谷口书斋寄杨补阙

泉壑带茅茨，云霞生薜帷。竹怜新雨后，山爱夕阳时。闲鹭栖常早，秋花落更迟。家僮扫萝径，昨与故人期。

谷口书斋，钱起于蓝田辋川谷口所置别业，即“故山草堂”，有书斋，乃其休沐及栖隐之地。钱起有《山中酬杨补阙见过》：“青琐同心多逸兴，春山载酒远相随。却惭身外牵缨冕，未胜杯前倒接䍦。”《暮春归故山草堂》：“谷口春残黄鸟稀，辛夷花尽杏花飞。始怜幽竹山窗下，不改清阴待我归。”钱起在朝为官，过着半官半隐的生活，于休沐时多归辋川别业。杨补阙，名不详。

“泉壑带茅茨，云霞生薜帷。”茅茨，茅草盖的屋顶，亦指茅屋。茨，覆盖。《韩非子·五蠹》：“尧之王天下也，茅茨不剪，采椽不斫。”此处指谷口书斋。薜帷，香草编制的帷帘。薜荔，又名木莲，缘木而生的香草。屈原《山鬼》：“若有人兮山之阿，披薜荔兮带女萝。”《楚辞》中往往以薜萝比喻芳洁的品性，后来遂用指隐士所服用。首联，辋川谷口的山水萦绕着我的茅屋，云霞从薜荔的帷帘上生起。

“竹怜新雨后，山爱夕阳时。”颔联紧承，新雨过后，滋润万物，青青竹林让人流连不已，夕阳斜晖照耀下的山峰，遍染霞光，是那样地美丽。此二句摹写辋川谷口的风光，新雨后的青青竹林、遍染夕阳斜晖的山峦，最为美丽动人。将“竹”字“山”字，置于句首，旨在特别强调。“闲鹭栖常早，秋花落更迟。”颈联，悠闲的鹭鸶，自由自在，山中清静，栖息得格外早一些；秋花漫山遍野地盛开，虽然已届深秋，然而地气尚暖，花落得分外迟一些。“家童扫萝径，昨与故人期。”尾联，家中僮仆已然将绿萝掩映的小径清扫干净，迎接已然邀约的好友的到来。

钱起为大历十才子之冠，诗法王维，品格颇高，是王维之后颇具影响的诗人。中唐诗论家高仲武《中兴间气集》论曰：“员外（钱起）诗体格新奇，理致清赡，越从登第，挺冠词林。文宗右丞（王维），许以高格。右丞没后，员外为雄。”此诗寄杨补阙，邀约前来辋川别业相聚，因而诗人着力摹写辋川胜境，高洁闲雅，自具魅力，引起友人寻访的兴味。首联点明书斋的位置，乃在辋川谷口，有山谷峰峦，有淙淙流淌的清泉，书斋雅洁，云霞生于薜荔帘帷。中间二联，特别拈出新雨后的青青竹林、夕阳照耀下的山峦、悠闲的鹭鸶、盛开的秋花，都是最具特色和美感的景象。诗人于此特别彰显清丽美好景象中的闲雅、超然之趣：用“怜”字，摹写新雨后的青青竹林之摇曳生姿；用“爱”字，彰显夕阳遍洒的山峦之温润与喜悦之情。一远景，一近景，相映成趣。用“栖常早”，摹写鹭鸶之无拘无束、顺应大化的天真意趣；用“落更迟”，彰显漫山遍野盛开的秋花之旺盛生命力。一动态，一静态，天机盎然。这一切，都是那样地祥和、娴雅、温润，彰显出无限生机。尾联则以家僮清扫小径，诚挚邀约，期待来访作结。景为情设，自然活泼。

韦应物

淮上喜会梁州故人

江汉曾为客，相逢每醉还。浮云一别后，流水十年间。欢笑情如旧，萧疏鬓已斑。何因不归去？淮上有秋山。

德宗建中四年（783）至兴元元年（784）秋，韦应物任滁州刺史。韦应物赴滁州任，于淮上偶遇梁州故人，因作此诗。淮上，淮河边上。在韦应物诗中，往往指楚州（地处淮河南，今江苏淮阴）。如《淮上遇洛阳李主簿》“结茅临古渡，卧见长淮流”，《和李二主簿，寄淮上綦毋三》“请报淮阴客，春帆浪作期”，《淮上即事寄广陵亲故》“秋山起暮钟，楚雨连沧海”，淮上，皆指楚州。梁州，今陕西汉中市，在汉水上游。一作“梁川”，流经梁州一带的汉水，即此诗首句之“江汉”，亦作为梁州之代称。欧阳詹《述德上兴元严仆射》之“今日梁川草遍春”，梁川即指兴元，即梁州。德宗兴元元年（784），改梁州为兴元府，治所在南郑（今陕西汉中）。韦应物早年久居长安，或曾游历梁州，故有旧友。

诗人东南行，赴滁州，于淮上（楚州）与梁州故友相逢，欣喜而作此诗。“江汉曾为客，相逢每醉还。”十年前游历梁州，客居他乡，得以结识好友，虽是初次相识，却一见如故，倾心交谈，相聚相会，皆畅饮美酒，欢乐无限。江汉，泛指长江汉水流域，此处借指汉水上游的梁州，切题“梁州故人”。

“浮云一别后，流水十年间。”一旦离别，如浮云飘荡，各奔东西，竟然达十年之久矣。诗人从十年前的相逢相知，忽然跳跃至十年后的再次相遇，感慨万端，欣喜何如。浮云，比喻漂泊无定，聚散无常。流水，比喻时光流逝。《论语·子罕》：“子在川上曰：‘逝者如斯夫，不舍昼夜。’”相传，李陵、苏武河梁送别，彼此赠答。李陵《与苏武诗三首》其一：“仰视浮云驰，奄忽互相逾。风波一失所，各在天一隅。”苏武《别诗四首》其四：“俯观江汉流，仰视浮云翔。良友远离别，各在天一方。”曹丕《杂诗》：“西北有浮云，亭亭如车盖。惜哉时不遇，适与飘风会。吹我东南行，行行至吴会。”此句化用前人诗意，而自出新意。“浮云一为别”，形象地展示两人自梁州一别，恰如浮云，倏忽飘散，天各一方，不通音讯；将相逢离别的偶然、时光流逝的匆促、身世之飘荡，全然彰显出来。“流水十年间”，流水不舍昼夜，而长达十年之久，以见出时光流逝之匆促——十年之久的时间，岁月如流水，在不经意之间，悄然流逝，自然就蕴含了人生短促、十年一瞬之深沉感慨。写乱离中之离情，大历贞元时期颇多名句，如司空曙《云阳馆与韩绅宿别》之“乍见翻疑梦，相悲各问年”，李益《喜见外弟又言别》之“问姓惊初见，称名忆旧容”，用流水来摹写难言之情，含蓄深刻而又自然流畅。这一联，将诗人与故友的行迹、际遇、心理与生理的变化，乃至世事沧桑，全然囊括，却无一语道及具体情事，具有极大的包孕性，空灵而含蓄，明白如口语，语浅情遥。

“欢笑情如旧，萧疏鬓已斑。”从十年前之追忆，回到而今相逢之现实境象：今日相逢，欣喜何如？欢歌笑语，情谊真挚，如往日一样，十年未改；然而再看十年分别，两人皆头发稀疏，鬓发斑白。十年来，变化如此之巨大，真有人生不胜今昔之感。萧疏，稀疏，稀少。杜甫《除架》：“束薪已零落，瓠叶转萧疏。”杜甫《赠卫八处士》就感慨安史之乱后的乱离、人生相逢之不易：“人生不相见，动如参与商。今夕复何夕，共此灯烛光。少壮能几时，鬓发各已苍。访旧半为鬼，惊呼热中肠。焉知二十载，重上君子堂。”因此，韦应物此诗二句，乃是感慨时光流逝、人世沧桑，不过，显得比较从容通达，没有那种沉重的悲慨。

“何因不归去？淮上有秋山。”此二句写楚州相逢，诗人与故友之问答。诗人问梁州故友，因何漂泊于楚州而不回归故乡呢，对方则回答说，淮上有秋山红树，秋光绚丽多姿，令人流连忘返。这一问一答，遂将故友之高情雅兴、旷达情怀都表现出来了，而且平添了摇曳生姿的风致，语近情遥。淮上多枫树，每至秋季，枫叶绯红，绚丽如云霞，韦应物《登楼》："兹楼日登眺，流岁暗蹉跎。坐厌淮南守，秋山红树多。"梁州故友喜秋山而不恋繁华，见其胸襟之开朗、境界之高远，故而才有"相逢每醉还""欢笑情如旧"的豪兴。

此诗章法，是从相会之时，回忆十年前的客中相聚相知写起，是一种回溯的写法。前四句写十年前之梁州相聚，后四句写今日之淮上相逢，两相对照，情景如画。语浅情深，善于摹写情状，道得胸中衷曲，而又节奏流动，富于跌宕起伏之感。黄生《唐诗摘抄》卷一："前后两截。前叙往事，后说目前。五、六必作倒叙看，始见人老兴不老。结言因何在淮上对秋山而不归去，此一问中，感故人之寂寞，赞故人之高旷，俱有。"颇能把握此诗之意脉，可谓确评。

赋得暮雨送李胄

楚江微雨里，建业暮钟时。漠漠帆来重，冥冥鸟去迟。海门深不见，浦树远含滋。相送情无限，沾襟比散丝。

此诗作于韦应物任滁州刺史任上。赋得，凡摘取古人成句为诗题，题首多冠以"赋得"二字。如梁元帝萧绎有《赋得兰泽多芳草》一诗。科举时代的试帖诗，因试题多取成句，故题前均有"赋得"二字。亦应用于应制之作及诗人集会分题。后世遂将"赋得"视为一种诗体。即景赋诗者也往往以"赋得"为题。此诗就属于这种情况。诗以暮雨为题，送李胄东游。李胄，原作"李曹"，误。李胄，字恭国，赵郡（今河北赵县）人，李昂之子。贞元十二年（796）任鲁山令，后任暨阳令，历户部员外郎，官终比部郎中。

这是一首写景送别诗。"楚江微雨里，建业暮钟时。"首联，点明送别的时间、地点和诗题"暮雨"二字。建业，今江苏南京，三国时吴建都于此，称建业。建业一带，乃古之吴头楚尾之地，因而称这一带长江为楚江。由滁州向南眺望，牛毛细雨，如细密的帘帷，将滚滚长江遮裹住了，天空隐隐传来建业城傍晚报时的钟声。微雨如幕，暮钟疏越，渲染离别气氛。建业为六朝古都，多寺庙，杜牧诗曰“南朝四百八十寺，多少楼台烟雨中”，正是以烟雨、佛寺钟声相映衬。楚江、微雨、建业、暮钟，共同构成暮江微雨送别的景象，可以想见，李胄乘一叶扁舟，停泊江岸，正准备起航。上句从视觉来写，下句从听觉来写，微雨淅沥，暮钟悠长，视听结合，有声有色，营造出黯然的送别场景，让读者直接进入了诗境。

颔联“漠漠帆来重，冥冥鸟去迟”，紧承上联，叙写江面景象。漠漠，雨雾弥漫的样子。杜甫《茅屋为秋风所破歌》：“俄顷风定云墨色，秋天漠漠向昏黑。”冥冥，细雨迷蒙的样子。《楚辞·九歌·山鬼》：“雷填填兮雨冥冥，猿啾啾兮狖夜鸣。”漠漠、冥冥，皆着意刻画描绘“暮雨”细密，渲染出江天一派迷蒙晦冥的色调，是对上联“楚江微雨”“建业暮钟”的进一步抒写，烘托送别时凄迷黯淡的情绪。颔联说，大江之上，船帆为雨水浸湿，溯江而上，显得分外沉重迟缓；天空，鸟羽为牛毛细雨所浸透，没有往时的轻盈，飞翔略显笨拙迟缓。“帆来重”，谓雨湿风帆，行船缓慢。“鸟去迟”，谓鸟儿在细雨中飞翔，毛羽湿重，飞行笨拙迟缓。描摹物象，极其精准，能得物之形与神。

颈联“海门深不见，浦树远含滋”，乃极目远望，李胄将过建业而前往扬州海门。海门，海口，内河通海之处。《元和郡县图志·江南道一》润州丹徒县：“北固山，在县北一里，下临长江，其势险固，因以为名。蔡谟：谢安作镇，并于山上作府库，储军实。宋高祖云：作镇作固，诚有其绪。然北望海口，实为壮观。以理而推，固宜为顾。”顾祖禹《读史方舆纪要》卷五：“扬州之海门，为大江入海之口。”浦树，江岸之树。颈联意谓，于烟雨迷蒙中极目远眺，李胄过建业而前往扬州海门，烟雨雾霭，深不可见；而沿江两岸之树木森森，饱含雨水，苍翠欲滴，树影朦胧，隐约可见，似乎深情送别。王维《送沈子福归江东》之“唯有相思似春色，江南江北送君归”，与此联诗意相近。

尾联“相送情无限，沾襟比散丝”，点明送别之旨。前三联，皆描摹送别之情境，营造送别之氛围，却一直没有说破，而尾联则直接点明送别。送别之时“情无限”，泪水潸然，湿透衣襟，正如那飘飞的雨丝，细密且连绵不断。晋人张协《杂诗》：“腾云似涌烟，密雨如散丝。寒花发黄采，秋草含绿滋。”韦应物化用此诗句，构思巧妙而贴切，送别之泪，比作眼前飘飞之雨丝，眼前景，口头语，浑然一体，使诗情也达到了高潮。

此诗摹写雨中送别，紧扣诗题，极力渲染送别之氛围。首联点明诗题“暮雨”，交待时间地点。颔联摹写雨中景象，以“帆来重”“鸟去迟”，展现微雨之细密而持久，暗寓送别之情的深重及依依不舍。颈联写远景，友人东行往海门，微雨雾霭，深不可见；两岸树木饱含雨水，苍翠欲滴，沿岸深情远送。尾联直接点明诗题“送别”，微雨、散丝、泪水，相融为一。全诗处处写雨，处处关照“暮”字，又句句含情。于暮色苍茫、微雨雾霭之景中，寄寓深情，情与景交融，浑然一体，洵为一篇佳作。

韩 翃

酬程近秋夜即事见赠

长簟迎风早，空城澹月华。星河秋一雁，砧杵夜千家。节候看应晚，心期卧已赊。向来吟秀句，不觉已鸣鸦。

韩翃，字君平，生卒年不详，天宝十三载（754）进士。宝应元年（762），被淄青节度使侯希逸聘为幕中从事，后归长安，闲居十年之久，诗名卓著，乃大历十才子之一。建中元年（780），任驾部郎中、知制诰，官终中书舍人。韩翃工诗，多送行赠别、流连光景之作，大为时人所崇重。韩翃《寒食》脍炙人口，流传颇广。韩翃闲居长安时，一日夜半，有客人叩门很急，相见祝贺曰："员外除驾部郎中知制诰。"韩翃愕然，曰："误矣。"客人说：制诰阙人，中书省两次进上拟选人名，德宗皇帝不从，曰："给韩翃。"当时有两个同名同姓的韩翃，一为江淮刺史，一为闲居之诗人。德宗皇帝遂亲笔书写："春城无处不飞花，寒食东风御柳斜。日暮汉宫传蜡烛，轻烟散入五侯家。"批曰："与此韩翃。"客曰："此员外诗耶?"韩翃曰："是也。是不误矣。"可见其诗名之卓著。高仲武评其诗曰："韩员外诗，匠意近于史，兴致繁富，一篇一咏，朝士珍之，多士之选也。"（《中兴间气集》卷上）明人徐献忠说："君平意气清华，才情俱秀，故发调警拔，节奏琅然，每一篇出，辄相传布，亦雅道之中兴也。七言古作，性情奔会，词彩翕郁，虽格稍不振，而风调弥远，讽其华要，亦足解于烦襟矣。"（《唐诗品》）

此诗题意，程近有《秋夜即事》一诗寄赠韩翃，韩翃唱和酬答。程近，一作"程延"，生平不详。

"长簟迎风早，空城澹月华。"长簟，即高竹。簟，即簟竹。《说郛》卷八七引嵇含《南方草木状》:“篁竹，叶疏而大，一节相去六七尺，出九真，彼人取嫩者，槌浸纺绩为布，谓之竹疏布。”《初学记》卷二八引沈怀远《博罗县篁竹铭》:“篁竹既大，薄且空中，节长一丈，其直如松。”澹，水波起伏，引申为飘动，摇动。杜甫《荆南兵马使太常卿赵公大食刀歌》:“翻风转日木怒号，冰翼雪澹伤哀猱。”白居易《酬梦得早秋夜对月见寄》:“庭芜凄白露，池色澹金波。”周存《禁中青松》:“千条攒翠色，百尺澹晴空。”首联，长长的竹子，高耸天际，最早感知风的到来，迎风摇曳，姿态万千；城池空旷，更使得月光澹荡、流动。用“早”字，彰显竹子之高耸，随风摇曳之姿态；用“澹”字，抒写月光如水，清空澹荡，彰显城池之空旷。

“星河秋一雁，砧杵夜千家。”星河，银河。张融《海赋》:“湍转则日月似惊，浪动而星河如覆。”砧，捣衣石。杵，用以捶衣的木棒。砧杵，也指捣衣。鲍令晖《题书后寄行人》:“砧杵夜不发，高门昼常关。”韦应物《登楼寄王卿》:“数家砧杵秋山下，一郡荆榛寒雨中。”颔联，银河横亘天际，群星璀璨，一只孤雁飞过天空；秋风轻拂，传来千家万户的捣衣声，人们都要给远在他乡的亲人寄送寒衣了。

“节候看应晚，心期卧已赊。”心期，心心相印，两相期许。《南史·向柳传》:“我与士逊（颜峻）心期久矣，岂可一旦以势利处之?”卧，指归隐，隐居。赊，本义指买物延期交款，此处指情绪的殷切、高涨。颈联，节气物候，算来已然向晚；然而两心遥遥相期，共同隐居的心愿此时已然颇为殷切、高涨了。

“向来吟秀句，不觉已鸣鸦。”秀句，指程近《秋夜即事》。鸣鸦，指天晓而乌鸦啼叫。尾联，刚才一直在吟诵欣赏你秀美隽永的诗篇，不知不觉之间，天已拂晓而乌鸦啼鸣不已。

此诗酬答程近《秋夜即事》，写景抒情，极为切当。前半紧扣诗题之“秋夜”，抒写秋夜景象，非但有色，并且有声。“长簟迎风早，空城澹月华”，乃视觉可见、听觉可闻：篁竹高耸，因而易感知风力，随风摇曳，哗哗作响，故曰“早”；城池空旷，朗月照临，似乎将如水的月光澹荡开去，故曰“华”——状摹其波动之态。月华，指月亮周围的五彩光环。由月亮光线通过云层内小水滴或细小冰晶，经衍射所致。“星河秋一雁，砧杵夜千家”，秀逸自然，乃是在上联风动篁竹、月光照临之景象下进一步的抒写，银河横亘，群星闪耀，一雁孤飞，悲鸣求友，而世间千家万户阵阵捣衣声，伤离念远，寄送寒衣以寓相思。此联主要从听觉上抒写秋夜之景象。五言诗的句式结构，一般为上二下三，或上三下二式，此联比较独特，乃二一二式，“秋”字和“夜”字遂为诗眼。查慎行曰：“‘秋’‘夜’二字极寻常，一经炉锤，便成诗眼。”（《瀛奎律髓》卷二九查慎行评）上四句写景已足，下四句遂紧扣诗题之“即事”而即事兴感，“节候看应晚”是过渡，由写景而转向叙事抒情，顺势贯串，毫不脱节。“心期卧已赊”关照程近，心心相印，期望共同归隐山林；而“向来吟秀句，不觉已鸣鸦”，既点明程近《秋夜即事》诗，称许赞美，也抒写深长不尽之情，不觉竟至夜深天晓，已闻鸦噪，回应上文的“夜”，章法很严密，真是一首写景抒情而又章法井然的佳作。

刘昚虚

阙　题

道由白云尽，春与青溪长。时有落花至，远随流水香。闲门向山路，深柳读书堂。幽映每白日，清辉照衣裳。

此诗原题已佚失，殷璠《河岳英灵集》收录此诗，标“阙题”。刘昚虚，生卒年不详，字全乙，排行老大，洪州新吴（今江西奉新）人。自幼聪慧，开元二十一年（733）进士，天性高古，脱略势利，啸傲风尘，与王昌龄、高适、孟浩然交游，诸人有诗唱酬。高适《别刘大校书》曰：“昔日京华去，知君才望新。应犹作赋好，莫叹在官贫。且复伤远别，不然愁此身。清风几万里，江上一归人。”殷璠极为称赏：“昚虚诗情幽兴远，思苦词奇，忽有所得，便惊众听。顷东南高唱者十数人，然声律婉态，无出其右，唯气骨不逮诸公。自永明已还，可杰立江表……惜其不永，天碎国宝。”特别赞赏这首阙题和其他秀句，如“松色空照水，经声时有人”，又“沧溟千万里，日夜一孤舟”，又“归梦如春水，悠悠绕故乡”，又“驻马渡江处，望乡待归舟”，以为有方外之言也（《河岳英灵集》卷中）。刘昚虚官至弘文馆校书郎，流落不偶，大约卒于天宝十二载（753）前。刘昚虚诗名虽盛，但传世作品仅十五首，《全唐诗》编为一卷。

此诗虽阙题，然诗意似乎是寻访隐居，摹写春日景象，抒写怀抱。首联“道由白云尽，春与青溪长”，山道弯弯曲曲，沿山而上升，似乎与天际之白云相接，隐没于白云深处；不过，入山而行，峰回路转，岩谷起伏，清澈的溪流，蜿蜒曲折，流水淙淙，奇异风景，处处不同，似乎盎然春意，如同那蜿蜒的青溪一样渊源悠长，令人目不暇接，美不胜收。

颔联“时有落花至，远随流水香”，具体抒写山行所见之春日美景及盎然春意：沿青溪边小路而行，时时可见缤纷落花随流水而至，令人遐想——前头山野美景应该更为奇异，越发令人神往，而缤纷的花瓣随流水奔向远方，也将春日山野的一缕清香带向远方……

颈联“闲门向山路，深柳读书堂”，山间小路的边上，有一处茅庐，院门向路而开；青翠柳树的深处，重重掩映，茅屋似隐若现，传来清朗的读书声。

尾联“幽映每白日，清辉照衣裳”，青青翠绿，似乎常常将白日的光芒过滤了，显得那样地清幽，照映在读书堂里的读书人的衣裳上，清幽明洁，宛如遗世而独立的仙人啊！每，常常。清辉，清幽之光。

此诗是五律拗体，写春日入山，沿山路与青溪而行，寻幽访胜，颇为人所称赏。明人周珽说：“此诗清空朴古，全不见斧凿痕，趁笔随机，似浅似深，有意无意，从起到结，语语烟霞。幽隐人录此，可以作赋，亦可以作铭。大约昚虚之诗，思由天出，巧从自然，故落墨毫不着色相乃尔。”（《删补唐诗选脉笺释会通评林·盛五律》）全诗以“春”字为主，沿山路而行，山路与白云接，入于幽微；青溪蜿蜒，落花随流水而来，又流逝远方。落花、清香以及春意，随青溪流水而来，又随青溪流向远方，春意竟然与青溪相争长矣。此句“春与青溪长”，将春之景象作了极好的拓展、延伸，意在言外。颈联“向山路”，乃朝向山路的门户，因少人来，故称“闲门”；“读书堂”，隐于青青翠柳之后，重重掩映，若隐若显，不易看见，却因清朗读书声，而被发现，“深柳”遂见其高妙矣。尾联“白日”乃朗照，阳光明媚，却因浓绿掩映、过滤，遂为“幽映”，淡淡地照耀，于是下句之照映于衣裳之光乃为“清辉”，诗人体物之妙，惟妙惟肖，且始终伴随着深挚的感情。刘勰说：“诗人感物，联类不穷。流连万象之际，沉吟视听之区。写气图貌，既随物以宛转；属采附声，亦与心而徘徊。”（《文心雕龙·物色》）刘昚虚此诗雅人深致，却又明白如话，情韵盎然，于清微淡远中，蓄含着那种幽深拗峭之趣，堪称杰作。

戴叔伦

江乡故人偶集客舍

天秋月又满，城阙夜千重。还作江南会，翻疑梦里逢。风枝惊暗鹊，露草泣寒虫。羁旅长堪醉，相留畏晓钟。

戴叔伦（732—789），字幼公，一说名融，字叔伦。润州金坛（今江苏金坛）人，郡望谯国（今安徽亳州）。师事当时文学宗师萧颖士。戴叔伦为人温雅，无贤不肖，见者倾心。广德元年（763），刘晏表荐为秘书省正字，后入其幕府。兴元元年（784），任抚州刺史，贞元四年（788）授容州刺史兼御史中丞，充本管经略使，世称“戴容州”。戴叔伦乃一循吏，品性为世所重，权德舆《戴公墓志铭》曰：“文本菁华，而长于比兴，粲为采章，锵如珩璜，鼓钟于宫。”乃大历、贞元时期的重要诗人，然而诗的体格不高，气骨稍弱。戴叔伦论诗，以为：“诗家之景，如蓝田日暖，良玉生烟，可望而不可置于眉睫之前也。”（司空图《与极浦书》）描摹诗境，极为深刻而贴切，司空图因之而论象外之象、景外之景，对唐诗之意境论，有颇大的贡献。此诗《江乡故人偶集客舍》，乃戴叔伦寓居长安时，偶逢家乡旧友于客舍，有感而作。高仲武《中兴间气集》收录此诗，可知此诗当作于大历末年之前。江乡故人，指金坛乡人。金坛在长江以南，水乡泽国，故称江乡。

“天秋月又满，城阙夜千重。”首联写景，秋天又是一个月圆之夜，巍峨的长安城千门万户，重重叠叠。秋天，月圆，夜色深沉，总是令人兴起无限的思家之情，然而千门万户的长安城，何处是家呢？身为旅人，仅仅是客舍的一过客而已，更兴起无尽的感伤。

因而，颔联“还作江南会，翻疑梦里逢”，抒写长安与江乡故人相逢的情事与感慨：同为江乡旅人，偶然相逢于长安客馆，反把他乡作故乡，如此巧合，令人不禁怀疑——是不是梦中相逢呢？情感已然被推向极致，于是颈联则宕开一笔，转而摹写景象："风枝惊暗鹊，露草泣寒虫。"——秋风萧瑟，吹过树梢，声声作响，竟然将安眠的乌鹊惊起，呀呀啼叫；清冷的露水，打湿草丛，草虫不耐寒冷，禁不住长鸣不已。"风枝惊暗鹊"，暗用曹操《短歌行》之"月明星稀，乌鹊南飞。绕树三匝，何枝可依"，以表现羁旅之情，兴起思归之念。乌鹊栖于深树，夜晚只闻其啼鸣声而不睹其形，因而说"暗鹊"；秋夜寒凉如水，草丛中秋虫鸣叫，因而说"寒虫"，皆从诗人的感受而抒写，实乃京城漂泊无依的孤旅之人的切身感受，皆托微物以寄意，堪称奇妙。寒虫，一作"寒蛩"，蛩乃蟋蟀。

尾联"羁旅长堪醉，相留畏晓钟"，长安偶然相逢，江乡故人，客中作客，羁旅凄凉孤寂，难以名状，不如醉饮取欢以遣愁怀，因而彼此相互挽留，作长夜之欢饮，只担心天际响起报晓的钟声啊！

此诗四联，呈现为写景—抒情—写景—抒情的结构，景与情相生，抒写于长安羁旅偶然相逢江乡故人的特殊心态，反衬思乡之愁，而情意绵绵。长安秋夜，月圆而江乡故人相逢，喜作团圆，却是异乡偶作江南会，因而给人极不真实的感受，反而怀疑为梦中了，将那种乍惊还喜的情感，抒写得溢于言表。司空曙《云阳馆与韩绅宿别》说"乍见翻疑梦"，正是此意。因而，在抒情无足的状态下，诗人转而写景，以林间乌鹊之惊啼、草间寒虫之啼叫，托物寓意，在写景中抒情，景中含情，情与景相融为一，于是感慨相逢之不易、之奇巧，不如欢饮长醉，以博一时之欢，遣去愁怀吧。虽然凄清，却有着梦一般的奇巧与迷离，渴望晨钟不要惊醒这梦境，"相留畏晓钟"之"畏"字，写得极凄婉，眷恋难舍之情，渗透在字里行间。戴叔伦此诗以浅近平易之语，写出人所不能道之深情，堪称佳作。

卢　纶

送李端

故关衰草遍，离别正堪悲！路出寒云外，人归暮雪时。少孤为客早，多难识君迟。掩泣空相向，风尘何所期？

诗题一作《李端公》。李端，赵州人，大历五年（770）进士及第，比卢纶早一年，官至杭州司马，与卢纶同属大历十才子。卢纶，字允言，河中蒲州（今山西永济）人，郡望范阳（今河北涿州）。早年避安史之乱，客居鄱阳，后游吴越。大历初年，还长安，屡举进士不第。大历六年（771），由宰相元载、王缙举荐，任阌乡（今属河南）尉，后迁监察御史、集贤学士、秘书省校书郎。大历十二年（777），因元载得罪，卢纶受牵累下狱。大历十四年（779），调陕府户曹。贞元元年（785），为奉天行营副元帅洪瑊判官、检校金部郎中，十四年（798）拜户部郎中，不久去世。卢纶工诗，《唐才子传》说：“所作诗特胜，不减盛时，如三河少年，风流自赏。”胡应麟以为“卢诗开朗，不作举止，陡发惊彩，焕然触目”（《唐音癸签·评汇三》），乃大历诗歌之妙手。其诗多送别赠答、奉陪游宴之作，而边塞诗写得极有气魄，深切动人，不乏盛唐之音。

此诗送别好友李端，写得感情真挚，凄怆动人。安史之乱，导致了社会的大动荡，人们仓皇流离，躲避战乱，在动荡中深受惊扰、恐惧和离别之苦，前人说“乱离人不及太平犬”，信然。此诗首联“故关衰草遍，离别正堪悲”，故关，故乡。卢纶家乡蒲州（今山西永济），饱受安史叛军的蹂躏，处处皆衰草，一派荒凉破败，在他乡相逢好友，却又要离别，真令人格外地悲伤。颔联“路出寒云外，人归暮雪时”，紧承上句之“离别”，离别而远赴他乡，路途遥遥，远在天际寒云之外，而好友李端离别而去，正是暮雪纷飞、天地苍茫之际。此句的逻辑顺序应该是“人归暮雪时，路出寒云外”。人，指李端。前四句借景抒情，极力铺陈离别时的凄迷景况。

颈联“少孤为客早，多难识君迟”，补叙出与好友李端离别之深痛哀伤的缘由：诗人卢纶自幼丧父，飘零流落，转徙他乡，实为天涯孤旅，多经患难，人生难得一知己，可惜与李端相知，却认识得太晚了。少孤，指诗人自己；识君，谓结识李端。卢纶幼年丧父，依居外公长安韦氏生存，又遭逢安史之乱，历尽艰辛，有长诗自述生平经历，有曰：“禀命孤且贱，少为病所婴。八岁始读书，四方遂有兵。童心幸不羁，此去负平生。是月胡入洛，明年天陨星。夜行登灞陵，惝恍靡所征。云海一翻荡，鱼龙俱不宁。因浮襄江流，远寄鄱阳城。鄱阳富学徒，诮我戆无营。谕以诗礼义，勖随宾荐名。舟车更滞留，水陆互阴晴。晓望怯云阵，夜愁惊鹤声。凄凄指宋郊，浩浩入秦京。沴气既风散，皇威如日明。方逢粟比金，未识公与卿。十上不可待，三年竟无成。”幸而得到宰相元载和王缙的赏识，被举荐为官。正因为备尝艰辛，孤苦无友，则更为珍重与知交好友的情谊，当其离别，其情何堪！此二句，前人以为：“皆字字从肺肝中流露，写情到此，为入骨，虽是律体，实《三百篇》、汉魏之苗裔也。”（潘德舆《养一斋诗话》卷七）

尾联“掩泣空相向，风尘何所期”：而今离别，禁不住徒然相对，掩泪悲泣，情何以堪！暮色四起，风雪飞舞，天地昏沉，何时才能重逢，后会还能有期待吗？时世艰难，人生不易，后会难期，充溢着绝望之情。此种悲伤，实乃战乱动荡的时世使然。同样是离别，初唐的王勃送别友人，充满了豪情与建功立业的无限期待：“与君离别意，同是宦游人。海内存知己，天涯若比邻。无为在歧路，儿女共沾巾。”（《送杜少府之任蜀川》）展现的是清明盛世，年轻人的开朗心境和建功立业的激情。刘勰说：“文变染乎世情，兴废系乎时序。”（《文心雕龙·时序》）信然。

此诗抒情多于写景，离愁别绪，真切凄怆。首句点明时令冬季，次句点明主题送别。颔联上句写送友离别，行路远于寒云之外，下句写风雪黄昏，渲染离别时的氛围。以景拟情，宛然如画。颈联既写自己身世之悲，又叙恋友情深，字字从肺肝中流出，深挚而感人。尾联则感慨于风尘扰攘，不知后会何时，也是送别题中应有之义。俞陛云《诗境浅说》曰："诗为乱离送友，满纸皆激楚之音。前四句言岁寒送别，念征途之迢递，值暮雪之纷飞，不过以平实之笔写之。后半篇沉郁激昂，为作者之特色。五句言孤露余生，少壮即饥驱远役。六句言四方多难，良友如君，相知恨晚。以'迟''早'二字对举，各极其悲辛之致。末谓寒士穷途，差以自慰者，他年之希望耳。乃掩袂相看，风尘满目，并期望而无之，其言愈足悲矣。"论析也颇深致，有助于对诗意的理解。

李　益

喜见外弟又言别

十年离乱后，长大一相逢。问姓惊初见，称名忆旧容。别来沧海事，语罢暮天钟。明日巴陵道，秋山又几重。

李益（748—829），字君虞，姑臧（今甘肃武威）人。大历四年（769）进士及第，做过郑县主簿，久不得升迁。李益壮志难酬，郁郁不得志，先后入地方军镇幕府，转徙于朔方、廊坊、邠宁、幽州等地。二十多年的军旅生活，使李益对军旅及边塞生活，有着深切的体认，他写了大量的边塞诗，乃中唐边疆诗人的翘楚。李益《从军诗序》曰："出身二十年，三受末秩；从事十八载，五在兵间。故其为文，咸多军旅之思……凡所作边塞诸文，及书奏余事，同时幕府选辟，多出词人。或因军中酒酣，或时塞上兵寝，相与拔剑秉笔，散怀于斯文。率皆出于慷慨意气，武毅犷厉。本其凉国，则世将之后，乃西州之遗民与？亦其坎壈当世，发愤之所致也。"李益本为将家子，生长凉州，二十年的军旅生活磨砺其秉性与笔锋，写出慷慨意气、武毅犷厉的诗歌，影响深远。在幽州刘济幕府，李益有感于刘济之恩遇，写有"感恩知有地，不上望京楼"（《献刘济》）之诗句，有司以为对朝廷不忠，抑而不用。宪宗元和元年（806），李益入朝为都官郎中，最后官至太子右庶子、秘书监、太子宾客、右散骑常侍，官终礼部尚书，卒年八十二。李益身经玄宗、肃宗、代宗、德宗、顺宗、宪宗、穆宗、敬宗、文宗九朝，阅历丰富，诗名卓著。不过，李益最有名的诗歌，大都是其五十岁之前所作。其诗材料广泛，兼工各体，尤其擅长七言绝句。胡应麟说："七言绝，开元之下，便当以李益为第一。"（《诗薮·内编》卷六）

此诗乃一名篇，颇为深致感人。范晞文曰：“‘马上相逢久，人中欲认难。’‘问姓惊初见，称名忆旧容。’‘乍见翻疑梦，相悲各问年’，皆唐人会故人之诗也。久别倏逢之意，宛然在目，想而味之，情融神会，殆如直述，前辈谓唐人行旅聚散之作，最能感动人意，信非虚语。”（《对床夜语》卷五）此诗作年不详，李益《从军诗序》曰：“君虞始长八岁，燕戎乱华。”李益八岁时，安史之乱爆发。诗有曰“十年离乱后，长大一相逢”之句，可知此诗当作于李益青年时。

十年离乱后，长大一相逢。

离乱，指安史之乱。王建《维扬冬末寄幕中二从事》：“江上数株桑枣树，自从离乱更荒凉。”安史之乱爆发时，李益仅仅八岁。童年时期，战争频仍，身经乱离，满目疮痍，因战争而与亲人生死离别，其内心的不安与悲戚，何等深切。作此诗时，已是十年乱离之后，诗人居然能见到经历战乱而侥幸活下来的亲人，多么惊喜啊。“一”，一旦。首联，语言简洁明快，突出“离”与“逢”，而这离别与相逢，乃是遭逢了“十年离乱”的大战乱与沧海桑田的巨变，一旦别后重逢，真是惊喜莫名。离别与重逢，都无法脱开“十年离乱”这个大背景，劫后余生，要相互讲一讲彼此的艰辛困苦、亲友生离死别的悲伤，在叙事中，深寓对时代与人生的无限感慨。这也为下文的叙述与抒情，作了良好的铺垫。

问姓惊初见，称名忆旧容。

颔联，极为传神，深切动人。“问姓”，询问姓氏；“惊初见”，很惊奇是初次见面，之前从未谋面——陌生人的初次相识。虽为表兄弟，然而“十年离乱”，初别时两人还是龆龀之年，再见之时，已是成年，面目与身形的变化是巨大的，全然陌生。“称名”，说出名字之后，“忆旧容”，从眼前人的形貌，依稀看出还有小时候的影子，有一些相像的，真是那个自小离别的表弟了。“惊”字，着重表现“十年离乱后”的巨大的形貌差异，战乱中的艰辛，音信隔绝的无奈等种种情绪。“忆”

字，突出诗人知道来人名姓之后，确认眼前人就是表弟，根据其形貌，追忆表弟幼年时的形貌特征，依稀辨认，发现其相像处，进一步确认其身份。这个“忆”字，乃恍恍惚惚，遥远模糊的记忆。有着血缘亲情的表兄弟，遂由最初的陌生转而熟悉，渐渐回忆起以前彼此的容貌。这两句，深切而曲折地表达了诗人的心理活动，情态变化，曲折生动，而富有戏剧性。

别来沧海事，语罢暮天钟。

沧海，即“沧海桑田”，意为大海变成了种桑树的田地，种桑树的田地又变成了大海。比喻世事多变，人生无常。葛洪《神仙传·麻姑》：“麻姑自说：‘接待以来，已见东海三为桑田。向到蓬莱，水又浅于往昔，会时略半也，岂将复还为陵陆乎?’（王）方平笑曰：‘圣人皆言：海中行复扬尘也。’”暮天钟，佛教规矩暮鼓晨钟，在寺里晚上要打鼓，早晨要敲钟，目的是使人警觉醒悟。韦应物《淮上即事寄广陵亲故》：“秋山起暮钟，楚雨连沧海。”诗人在此用“暮天钟”，一是暗示两人交谈甚深，十年分别，千言万语，诉说不尽，竟然忘记了时间，以钟声暗示天色已晚；二是暮色中传来的钟声，声音洪亮，将激动的二人从过往的沧海事中惊醒，提醒两人喜相逢之后的离别已然到来。颈联，转写重逢后的叙谈，十年离乱，亲友飘零，万端艰辛酸楚，国事家事，音信隔绝，皆在这重逢之际，欲一一诉说，然而却无法说尽，遂用“沧海事”三字概括，万千事情，万重感慨，皆在其中；不知不觉间，竟然暮钟响起，天色已晚。不过，这回荡于耳畔的暮钟声，似乎正是表兄弟二人相对无言时起伏不已的心潮吧。可见，此二句的意蕴更为丰厚，感慨更深，意味极为隽永，正所谓“味外之味”矣。

明日巴陵道，秋山又几重。

明日，次日，第二天。杜甫《赠卫八处士》：“明日隔山岳，世事两茫茫。”巴陵道，唐江南西道郡名，治所在巴陵县（今湖南岳阳）。岑参《送费子归武昌》：“秋来倍忆武昌鱼，梦著只在巴陵道。”秋，点明相聚与离别的时节。自宋玉《楚辞·九辩》有“悲哉！秋之为气也。萧瑟兮，草木摇落而变衰”之后，秋便有了深厚的意蕴，文人墨客经常以写秋来书写内心的愁苦情绪。“秋山又几重”既蕴含着诗人伤离别的情感，又写表弟行程，前途漫漫，山川阻隔，道路艰难。尾联，从十年离乱的别后重逢，又到次日的再一次离别。“巴陵道”乃表弟所往之地，“秋山又几重”，远隔重重山川，路途遥遥，秋云暗淡，愁绪满怀，这一分别不知何年才能相见！秋云暗淡，重重山川的阻隔，正是表达悠然不尽之情意。

此诗紧扣诗题，用极其朴素简洁的语言，选取典型的情节，抒写诗人和表弟十年离乱后的相见又离别的情景，淳朴自然，真挚感人。“十年离乱后，长大一相逢”，诗人将两人见面时的情景描写、刻画得惟妙惟肖，写出了在乱世中离别又重逢，重逢又离别的人们的真实感受。而诗歌最后的离别伤情，又写得极为委婉蕴藉、韵味悠远。清人黄生说：“全篇直叙。初见而惊，惊其面善也。问其姓，姓果是；闻其称名，名益是。于是转忆其旧容，始知十年不见，今长大至此。事极纤细，情极逼真，难得十字道尽。沧海事，言事如海之多也，以虚对实。项斯云：‘别来无限意，相见却无言。’与五、六相反，然情事皆极逼真。事多故话久至暮，此亦常语，却妙在押‘暮天钟’三字。”（《唐诗摘抄》卷一）此诗与司空曙《云阳馆与韩绅宿别》有相似处，然而司空曙诗突出“悲”字，“乍见翻疑梦，相悲各问年”，恍如隔世的悲凉凄楚，中年心境，极为深致；此诗则突出十年离乱后相逢“惊喜”，“问姓惊初见，称名忆旧容”，依稀辨得幼时形貌容色，有些许的惊奇，少年心态展露无遗。

司空曙

云阳馆与韩绅宿别

故人江海别，几度隔山川。乍见翻疑梦，相悲各问年。孤灯寒照雨，深竹暗浮烟。更有明朝恨，离杯惜共传。

司空曙，字文明，一字文初，广平（今河北永年）人，或谓京兆（今陕西西安）人。司空曙壮年时期心怀报国济世的志向，但初入长安后，现实与理想的差距让他深感局促不安。《长安晓望寄程补阙》曰："迢递山河拥帝京，参差宫殿接云平。风吹晓漏经长乐，柳带晴烟出禁城。天净笙歌临路发，日高车马隔尘行。独有浅才甘未达，多惭名在鲁诸生。"诗人求仕长安，并不如意。安史之乱爆发，司空曙由广平避难至江南。代宗大历初年，司空曙进士及第，然而仕途并不顺遂，官场生活让他心灰意冷，"惆怅心徒壮，无知鬓作翁"（《赠送郑钱二郎中》）便是他内心的真实写照。德宗贞元年间，司空曙终于在仕途上迎来了转机，他入剑南节度使韦皋幕府，授洛阳主簿，没过多久便迁为长林县丞。后来也曾做左拾遗。左拾遗是古代的官职，主要是负责向皇帝进言，告诉皇帝他的政治决策中有哪些错误的决定。唐代著名的诗人，如杜甫、白居易都曾经做过左拾遗。

司空曙磊落有奇才，然而性格耿介，不喜阿曲权要，故而始终沉沦下僚，生活困顿，就如其《晚思》诗写的那样："蛩余窗下月，草湿阶前露。晚景凄我衣，秋风入庭树。"身体常年有病，司空曙往往没法供给自己和家人的生活，只能将自己用养的歌妓嫁人。《病中嫁女妓》曰："万事伤心在目前，一身垂泪对花筵。黄金用尽教歌舞，留与他人乐少年。"司空曙幼年经历过盛唐繁荣，当经历安史之乱给社会带来的重创时，他的所有的不顺遂，贫病交加的生活与痛苦，就使得他的诗歌多写羁旅情怀，情绪上也更为幽凄清冷。司空曙名列大历十才子，与卢纶为表兄弟，长于抒情，多有名句，婉雅闲淡，语近性情。

《云阳馆与韩绅宿别》是司空曙写给韩绅的一首送别诗。云阳馆，即云阳馆驿。古时郡县置有馆驿，供来往行旅与驿使休息住宿。云阳，县治在今陕西泾阳县北云阳镇。云阳、泾阳，同属京兆府，在长安北，泾水流经二县。韩绅，《全唐诗》注："一作韩绅卿。"韩愈四叔名韩绅卿，与司空曙同时，韩绅有可能就是韩绅卿。与司空曙同时的诗人李端有《戏赠韩判官绅卿》，其《送韩绅卿》曰："春雨昨开花，秋霜忽沾草。荣枯催日夕，去住皆须老。君望汉家原，高坟渐成道。"宿别，就是同宿后别离的意思。此诗当作于大历初年。

故人江海别，几度隔山川。

故人，旧交、老友之意，此处指明自己与韩绅的亲近关系。李白《送友人》："浮云游子意，落日故人情。"江海，泛指四方各地。江海别，乃指诗人与韩绅因乱离早已分散于两地，互不知消息。温庭筠《赠少年》："江海相逢客恨多，秋风叶下洞庭波。"几度，几次，此处犹言几年，泛指自己与韩绅分别多年。王勃《滕王阁诗》："闲云潭影日悠悠，物换星移几度秋。"隔山川，即自己与老友阻隔于山川江河之间。白居易《寄江南兄弟》："平地犹难见，况乃隔山川。"首联，立意新颖，题为送别，却先不言送别，而言老友此次相见之前，早已是分别多年。为二人后面的相见及至再次别离时，情绪更显悲伤设下伏笔。昔日相见为难，飘零江海，而今日相见之短暂，又要各奔东西。

乍见翻疑梦，相悲各问年。

乍，突然，骤然。乍见，忽然看见。白居易《霓裳羽衣歌》："当时乍见惊心目，凝视谛听殊未足。""乍见"二字，将乱离中两人相见的惊喜之情，描摹如画。翻，义同"反"，反而。翻疑梦，相见本是喜事，但是久经乱离，疑非其真，恍如梦境一般。问年，询问年龄，也指询问彼此不曾相见的这几年来各自的境遇。颔联，紧承上句来写，历经兵乱，山川阻隔，消息断绝，突然相见，实属意外，故而有“疑梦”之语。情景逼真，让人情何以堪！而今得以相见，因平日欲见之难，不敢信其为真，乍见之下，反疑是梦。良久，既信是真，不免悲伤酸楚。相别久远，日月况境，各各细问，面目又老于昔日矣。杜甫《羌村三首》“夜阑更秉烛，相对如梦寐”，写乱离中回家与妻子相见时，夜晚秉烛相对，疑其非真，恍如梦寐，其心情如出一辙。因隔绝，故彼此不通消息，见面之后，怎能不急切询问身世经历呢？而遭逢乱离，飘零无依，备尝艰辛，故此言“相悲”。同时，“相悲”二字又让我们看到了挚友虽音信阻隔多年，但当在彼此口中得知过往一切时，又怎能不感同身受，同悲同戚呢？

孤灯寒照雨，深竹暗浮烟。

孤灯，一盏灯为孤灯。多以孤灯喻孤单寂寞。白居易《长恨歌》：“夕殿萤飞思悄然，孤灯挑尽未成眠。”深竹，茂密的竹林。颈联写景，以景染情，同时也点明了相聚与离别的时间。在寒夜里，暗淡的孤灯映照着蒙蒙的夜雨，竹林深处飘浮着片片烟云。“孤灯寒照雨”，天又下雨，灯又不亮，二人形影相对，孤馆凄凉。“深竹暗浮烟”，灯悬室内，竹在庭外，灯照得见的所在，寒雨淅淅沥沥地下着；灯照不到的所在，则见一派雨雾烟岚笼罩。“孤”“寒”“深”“暗”，字字用力，甚是凄凉。“孤灯”“寒雨”“深竹”“浮烟”等一个个意象，不仅渲染出诗人与久别老友悲凉暗淡的心境，也象征在这乱离之世，人如浮萍般浮游不定、孤寂落寞。

更有明朝恨，离杯惜共传。

明朝恨，次日清晨离别的遗憾。离杯，指饯别之酒。贾岛《思游边友人》：“凝愁对孤烛，昨日饮离杯。”惜，依依不舍的惜别之情。共传，推杯换盏，传杯共饮。颔联写景，而颈联则抒情，做好了所有的情感铺垫，至此，离别的情绪已经达到了极致。老友江海阔别多年，山川江河的隔绝，音讯全无，相见极难，然而好不容易相见，却又不得不在次日天明，再次别离，各奔东西。在这艰难的世道中，能否再次相见呢？惜别的杯盏承载不了这沉重的离别之情，更道不尽彼此心中的话语。离别久而相会难，先有一恨；乍见忽别，又是一恨，因而曰“更有”。明日要离别，今夜传杯相劝，两相绸缪，只可惜叙旧之酒杯，却也是离别之泪酒，因而共为惋惜。

此诗生动、真实地抒写了旧友在音讯隔绝多年后短暂重逢，却又不得不离别的悲喜交加的复杂心情。乱离中相逢实属难得，短暂的相逢，互诉衷肠，又将迎来不知何时相会的分别时刻，其间的千言万语怎能用诗句道尽。诗人避实而就虚，以景衬情，情景交融。结语处，劝饮离怀，写尽伤别情绪。一“更”字，足见伤痛与离愁。全诗写得情感充沛，于声律藻丽之外，以情见长。清人乔亿说：“真情实语，故自动人。”（《大历诗略》卷三）

喜外弟卢纶见宿

静夜四无邻，荒居旧业贫。雨中黄叶树，灯下白头人。以我独沉久，愧君相见频。平生自有分，况是蔡家亲。

外弟，即表弟。司空曙的表弟便是大历十才子之一的卢纶，是司空曙姑母的儿子。司空曙和卢纶表兄弟二人都在“大历十才子”之列，诗才相当。《喜外弟卢纶见宿》一诗，当作于司空曙晚年赋闲居家之时。司空曙赋闲在家，老境颓唐，卢纶前往探望表兄，夜晚同宿，联床夜话，令司空曙深感情谊之深厚，兴慨无端，遂作此诗以寄意。

静夜四无邻，荒居旧业贫。

静夜，夜深人静的时候。岑参《初过陇山途中呈宇文判官》：“溪流与松风，静夜相飕飗。”四无邻，指司空曙家的四周没有邻居，可见司空曙晚年居住的环境极为荒凉冷清，家业清贫。柳宗元《从崔中丞过卢少尹郊居》："寓居湘岸四无邻，世网难婴每自珍。"荒居，荒僻冷落的住处。司空图《杂题》其二："暑湿深山雨，荒居破屋灯。"旧业，祖上留下来的家业。卢纶《晚次鄂州》："旧业已随征战尽，更堪江上鼓鼙声。"首联，以白描的手法向读者展示了一个晚年贫士的生活境遇：年老独居，荒野寂寥，近无四邻，家业萧条，生活贫困。

雨中黄叶树，灯下白头人。

黄树叶，秋天已染黄的树叶。白头人，白发的老人。杜甫《春望》："白头搔更短，浑欲不胜簪。"元稹《行宫》："白头宫女在，闲坐说玄宗。"三、四两句继续渲染诗人所处的环境，并引出环境中更为凄清的主人公。寒冷的秋雨中，泛黄的树叶，摇曳飘零，昏暗的烛灯下，白发的老人，感时伤怀。秋天雨中的黄叶与灯下的白发人，两相映衬，清冷寂寞，令人悲伤。诗人以悲景抒写哀情，其哀倍增。王维《秋夜独坐》："雨中山果落，灯下草虫鸣。"马戴《灞上秋居》："落叶他乡树，寒灯独夜人。"皆善于描绘冷落凄楚之境。明代诗论家谢榛《四溟诗话》卷一云："韦苏州曰：'窗里人将老，门前树已秋。'白乐天曰：'树初黄叶日，人欲白头时。'司空曙曰：'雨中黄叶树，灯下白头人。'三诗同一机杼，司空为优。善状目前之景，无限凄感，见乎言表。"至此，诗歌的前四句，已然将一个完整的生活画面，展现在读者面前，但它又是如此地令人深感辛酸、悲哀与凄凉。

以我独沉久，愧君相见频。

沉，沉沦下僚，写诗人的不得志。独沉久，长久地孤独沉沦，投闲置散，不被任用。这便是诗人在晚年时，生活在如此凄清的荒村中的原因。卢纶有一首《春日书情赠别司空曙》的诗，其中写道："壮志随年尽，谋身意未安。风尘交契阔，老大别离难。腊近晴多暖，春迟夜却寒。谁堪少兄弟，三十又无官。"于此可以想见，司空曙晚年仕途的阻隔与生活境遇的悲苦。愧君，指愧对卢纶。白居易《送张山人归嵩阳》："愧君冒寒来别我，为君酤酒张灯火。"相访频，这是说卢纶不曾因为诗人生活境况潦倒而有意疏远，相反，他频频前来探望，由此便可见，表兄弟二人之间深厚的情谊，当然这也使得表兄司空曙有了惭愧之色。颈联，一句而多意，自责之中，又有感激之情，极为深致。

平生自有分，况是蔡家亲。

平生，向来、素来。杜甫《梦李白二首》："出门搔白首，若负平生志。"分（fèn），情分，情谊。自有分，本就有情分。这是说诗人与卢纶向来情分就很不错。况是，何况是，更不要说。蔡家亲，西晋名将羊祜是蔡邕的外孙，《晋书·羊祜传》："祜当讨吴贼有功，将进爵土，乞以赐舅子蔡袭，诏封袭关内侯，邑三百户。"后世因称表亲为"蔡家亲"。尾联，申述前三联之意，二人本来就有知己之情分，何况是表兄弟的亲戚关系呢。后四句点明诗题，表弟卢纶来访见宿，这样的行为在深感人世悲凉的诗人心中，无疑令他喜出望外，也深深感受到了浓浓血亲之间的情谊。

司空曙这首诗，布局极为巧妙，前四句写诗人贫老独处之悲苦，境遇凄冷，人世沧桑，孤苦无依，后四句抒写表弟见宿之喜，知己之义，血脉亲情，正反相生，更显穷愁潦倒之悲。俞陛云《诗境浅说》曰："前四句言静夜而在荒村，穷士而居陋室，已为人所难堪；而寒雨打窗，更兼落叶，孤灯照壁，空对白头，四句分八层，写足悲凉之境。后四句紧接上文，见喜之出于意外。言以我之独客沉沦，宜为世弃，而君犹存问，生平相契，况是旧姻，其乐可知矣。前半首写独处之悲，后言相逢之喜，反正相生，为律诗一格。司空曙有《送人北归》诗云：'世乱同南去，时清独北还。'起笔即用此格，取开合之势，以振起全篇也。"

但总体而言，诗人营造的氛围，仅有一喜，其余皆为悲：喜的是与表弟相逢，不被贱弃，是人间的暖意。悲的是垂老荒郊，近无四邻的孤独，旧业荒凉，雨中黄叶的飘零，孤灯白头的凄冷，表弟见访的深切情谊以及诗人的愧疚之情。悲喜交加下，情感相互生发，诗意则更深化了。

贼平后送人北归

世乱同南去，时清独北还。他乡生白发，旧国见青山。晓月过残垒，繁星宿故关。寒禽与衰草，处处伴愁颜。

贼平，指安史之乱被平定。安史之乱爆发于唐玄宗天宝十四载（755），这场战争持续了八年的时间。诗人于“贼平”，即安史之乱刚刚结束不久时，创作了这首诗歌，从时间上说，大概写于唐代宗广德元年（763年）。送人北归，诗人此时应当留滞南方，送人北归，有感而作此诗。

司空曙的生平经历，史料中记载极少。司空曙是广平人，广平，属范阳，今河北永年，是安史之乱的首发地区，遭受战争摧残较为严重的地方。安史之乱初起，司空曙避居南方，滞留十年之久。司空曙有很多抒写自己羁留南方的诗歌，如《峡口送友》：“峡口花飞欲尽春，天涯去住泪沾巾。来时万里同为客，今日翻成送故人。”《玩花与卫象同醉》：“衰鬓千茎雪，他乡一树花。今朝与君醉，忘却在长沙。”华发丛生的诗人，不得不滞留于他乡，最能解愁的也只有醉酒了，无奈与辛酸，溢于言表。

世乱同南去，时清独北还。

世乱，世道乱离，此处指安史之乱爆发。杜甫《羌村三首》其一：“世乱遭飘荡，生还偶然遂。”同南去，一同避难南方，因同南去，才会有贼平之后的送人北归。时清，原本指时世清平，此处指安史之乱平定后时局已安定。张乔《河湟旧卒》：“少年随将讨河湟，头白时清返故乡。”独北还，独自返回北方，点明题意，送人北归。首联，明言为逃避战乱而一同远赴江南，叛乱平定，友人独自北还，诗人却不得不继续滞留于南方。

他乡生白发，旧国见青山。

他乡，异乡，家乡以外的地方。司空曙本是广平人，为避战乱，前往南方，南方对他而言便是他乡。李白《客中行》：“兰陵美酒郁金香，玉碗盛来琥珀光。但使主人能醉客，不知何处是他乡。”生白发，生长出白发。此时的诗人也不过刚过不惑之年，为何会早生白发？这都是因为安史之乱，极大地毁坏了盛唐社会，战乱流离，民生凋敝，生活艰难，悲戚不已，故早生白发。白居易《长恨歌》：“梨园弟子白发新，椒房阿监青娥老。”旧国，此处指故乡，与他乡相对而言。杜甫《九日五首》其一：“殊方日落玄猿哭，旧国霜前白雁来。”见青山，意谓北归之人还乡之后，所见也只有青山如故，其他一切都变了样子吧。话语中蕴含了太多的对于家国破败、人事变故的无限感伤的情绪。颔联，写人写物，都紧承首句的“世乱同南去”而来，一层层将安史之乱给社会和世人带来的悲伤低沉的情绪，作出浓重的渲染。

晓月过残垒，繁星宿故关。

晓月，拂晓的残月。谢灵运《庐陵王墓下作》：“晓月发云阳，落日次朱方。”残垒，即残破的壁垒，此处泛指安史之乱后遗留下来的残垣断壁。繁星，多而密的星星。故关，古代的关隘。庾信《别周尚书弘正》：“扶风石桥北，函谷故关前。”诗歌为送友人北归而作，在此，诗人遐想：北归途中，友人将要遇见的沿途景致——拂晓残月，映照在残垣断壁之上，繁星密集，洒在古代的关隘之上。诗人仅用寥寥十字，便为读者营造出，历经战乱之后的社会荒凉与破败之景，这样的景更加凸显了诗人独滞南方、友人独自北归的凄凉。

寒禽与衰草，处处伴愁颜。

寒禽，凄冷萧瑟的飞禽。谢灵运《苦寒行》：“浮阳减清晖，寒禽叫悲壑。”衰草，干枯衰飒的野草。卢纶《送李端》：“故关衰草遍，离别自堪悲。”处处，目之所及的所有地方。孟浩然《春晓》：“春眠不觉晓，处处闻啼鸟。”愁颜，愁容。戴叔伦《除夜宿石头驿》：“愁颜与衰鬓，明日又逢春。”颈联遐想友人北归所见之景，荒凉破败，尾联则紧承其后，续写惨淡衰败之景，只有寒禽与衰草，处处陪伴着北归的友人，彰显友人哀伤之情。

全诗从诗意上来看，诗人所送之人当是同乡好友，战乱爆发时，两人一同逃亡至南方。八年之后，战乱虽得到平息，诗人送友人独自北归还乡，自己却不得不继续滞留他乡，其间分别的离愁别绪，沦落异乡的孤独情绪是不言而喻的。前四句将自己与友人并举，形成鲜明对比；后四句想象劫后残破的凄凉景象，一气浑成，总离不开一个“愁”字。“他乡生白发，旧国见青山。”上句写两人，下句独写友人，诗人在其中将悲伤与艳羡复杂地交织在一起。诗中，诗人写景，但笔下都是“残垒”“故关”“寒禽”“衰草”这样的哀景，以此衬托出哀情，真实反映了安史之乱对于士人内心的摧残，更反映出了整个时代感伤的情绪。徐用吾《唐诗分类绳尺》曰：“中唐雅调。颔联甚不费力，甚不浅促。观其结句，犹不免有悲伤之意，其与《诗经》‘鸿雁于飞，哀鸣嗷嗷’，同一用意。”

刘禹锡

蜀先主庙

天下英雄气，千秋尚凛然。势分三足鼎，业复五铢钱。得相能开国，生儿不象贤。凄凉蜀故伎，来舞魏宫前。

蜀先主，即三国蜀汉先主刘备。先主庙，即白帝庙，在夔州（今重庆奉节）东白帝山上。原来用以祭祀汉末割据巴蜀称帝的公孙述（公孙述自号白帝），后改祀刘备，今正殿明良殿仍有刘备的塑像。穆宗长庆元年（821）冬，刘禹锡任职夔州刺史，长庆四年（824）夏，调任和州（今安徽和县）刺史，此诗当作于其时。

诗人在夔州刺史任上，游览白帝城刘备庙，怀古感今，兴发无端。首联“天下英雄气，千秋尚凛然”，“天下”，一作“天地”。《三国志·蜀书·先主传》记载：曹操曾从容与刘备论天下大势，曰：“今天下英雄，唯使君（刘备）与操耳。本初（袁绍）之徒，不足数也。”此处乃用典，当作“天下”。此联意谓：刘备禀受天地间之灵气，乃一世之英雄，千百年之下，还使人凝望其塑像而生敬畏之心。古人以为，万物由气化成，所禀受的气不同，因而有贤愚之差异。开篇先声夺人，突出刘备的凛凛风神，虽然是瞻仰其塑像，却也能感受到他那逼人的英雄气概。

“势分三足鼎，业复五铢钱。”三足鼎，指蜀、吴、魏三国鼎立。《史记·淮阴侯列传》：有人游说韩信，与刘邦、项羽“三分天下，鼎足而居”。《三国志·蜀书·诸葛亮传》记载，诸葛亮游说孙权连兵抗击曹操，有曰：“操军破，必北还，如此则荆吴之势强，鼎足之形成矣。成败之机，在于今日。”五铢钱，汉武帝元狩五年（前118）铸五铢钱，王莽篡汉废止不用；东汉光武帝刘秀又复五铢钱，天下称便。公孙述割据四川称帝，“是时，（公孙）述废铜钱，置铁官钱，百姓货币不行。蜀中童谣言曰：‘黄牛白腹，五铢当复。’好事者窃言王莽称‘黄’，述自号‘白’，五铢钱，汉货也，言天下当并还刘氏。”（《后汉书·公孙述传》）刘备以兴复汉室为己任，因而曰“业复五铢钱”。铢，二十四铢为一两。此联意谓：刘备雄踞巴蜀，形成了三分天下、鼎足而立的态势；建立蜀汉，恢复了汉室旧业，功业卓著，乃一世英雄之伟大基业。

“得相能开国，生儿不象贤。”颈联，三顾茅庐，得到诸葛亮这样的开国贤相，君臣相得而开创蜀汉基业，所生儿子刘禅却不能如刘备一样贤明，致使蜀汉覆亡。开国，《周易·师卦》：“大君有命，开国承家。”刘备得到诸葛亮，尝曰：“孤之有孔明，犹鱼之有水也。”（《三国志·蜀书·诸葛亮传》）杜甫《蜀相》：“三顾频烦天下计，两朝开济老臣心。”象贤，效法先人的好榜样。《尚书·微子之命》：“殷王元子，惟稽古，崇德象贤。”《仪礼·士冠礼》：“继世以立诸侯，象贤也。”郑玄注：“象，效法也。”刘禅庸懦无能，偏信小人，不能守父业，最终亡国，因而曰“不象贤”。

“凄凉蜀故伎，来舞魏宫前。”蜀故伎，蜀汉原有的伎乐。魏宫，曹魏之宫殿，在洛阳。蜀亡，后主刘禅降魏，举家迁往洛阳，被封为安乐县公。司马昭宴请降魏的刘禅，特意让蜀伎乐歌舞，“旁人皆为之感怆”，而“禅喜笑自若”，司马昭对贾充说：“人之无情，乃可至于是乎？虽使诸葛亮在，不能辅之久全，而况姜维耶？”因而问刘禅：“颇思蜀否？”刘禅答曰：“此间乐，不思蜀。”（《三国志·蜀书·后主传》裴松之注引《汉晋春秋》）此联意谓：可怜啊，蜀汉的歌舞伎乐人，被掳掠至洛阳，在曹魏之朝堂上歌舞演奏，姿容舞态依旧，然而凄凉悲伤，亡国之痛，情何以堪！

此诗怀古感今，意蕴颇丰。开篇以绝大之气魄，笼罩全局，赞扬刘备以盖世英才，开创千秋伟业，而今于祠庙凭吊，尚能感知其凛凛千秋英雄气。颔联则进一步颂扬刘备的功绩，乃详说，创建蜀汉，形成三国鼎足之势，志在恢复汉室基业，一统江山，诗人倾慕之情，溢于言表。

后四句则慨叹不得其人，刘禅庸懦无能，不肖其父，遂招致亡国之恨，痛惋之意，流于笔端。虽是凭吊蜀先主庙宇，然而始终将关注放在刘备其人身上，只有“千秋尚凛然”一句——感受其千秋凛凛风神，乃面对先主塑像而滋生的感慨。诗人将先主、后主之盛衰以为对比，深刻地揭示出古今盛衰兴亡的历史教训，其关键在于得人与否。君王贤明，尊重人才，善用人才，则国家兴盛；君王昏庸，不尊重人才，信用奸小，则国家衰亡。诸葛亮《出师表》有曰：“亲贤臣，远小人，此先汉所以兴隆也；亲小人，远贤士，此后汉所以倾颓也。先帝在时，每与臣论此事，未尝不叹息痛恨于桓灵也。”

唐朝中叶，国力日衰，朝政日益昏乱，刘禹锡参与永贞革新，立志革新，重振大唐雄风。宪宗即位，打击异己，将永贞革新人物斥逐出朝廷，予以残酷打击，无情迫害，刘禹锡在荒僻之地度过了二十三年的贬谪岁月，虚耗生命。而且，宪宗晚年，信任宦官，最终被宦官害死，“信用非人，不终其业，而身罹不测之祸”（《新唐书·宪宗纪》）。穆宗昏庸无能，致使奸小乱政，自此而后，唐朝进入了急速的衰亡。史臣评论穆宗为孱主，可为痛哭：“不知创业之艰难，不恤黎元之疾苦，谓威权在手，可以力制万方；谓旒冕在躬，可以坐驰九有。曾不知聚则万乘，散则独夫；朝作股肱，暮为仇敌。”（《旧唐书·穆宗纪》）刘禹锡以为，治乱兴亡，在于人而已，并非降自上天。

此诗的另一特点，乃使事用典，极为娴熟工巧。颔联“三足鼎”对“五铢钱”，用汉代典故，以“五铢钱”曲折地表达兴复汉室的意思，既工巧，又含蕴丰厚。颈联上句褒美，下句贬斥，皆用经书语典，用语直率，彰显出“明君贤相”是国家兴盛的关键。使事用典，不露痕迹，却又意蕴丰厚，对偶精当工整，句句精拔，字字确切，骨力豪劲，意在言外，含蕴无穷。

张　籍

没蕃故人

前年伐月支，城下没全师。蕃汉断消息，死生长别离。无人收废帐，归马识残旗。欲祭疑君在，天涯哭此时。

张籍（约766—约830），字文昌，行十八，和州乌江（今安徽和县）人，祖籍吴郡（今江苏苏州）。张籍贞元十五年（799）进士及第，元和元年（806），补太常寺太祝，沉滞下僚。十一年任国子助教。长庆元年（821），韩愈举荐为国子博士，次年任水部员外郎，人称“张水部”；后来又迁国子司业，人称“张司业”。张籍与韩愈、孟郊交好，韩愈对其大为称许：“学有师法，文多古风。沉默静退，介然自守。声华行实，光映儒林。”（《举荐张籍状》）又与白居易、元稹多交游，工诗，尤擅乐府，与王建齐名，并称“张王乐府”。其乐府诗，清丽深婉，五言律诗，平淡可爱。白居易《读张籍古乐府》曰：“张君何为者？业文三十春。尤工乐府诗，举代少其伦。为诗意如何？六义互铺陈。风雅比兴外，未尝著空文。读君学仙诗，可讽放佚君。读君董公诗，可诲贪暴臣。读君商女诗，可感悍妇仁。读君勤齐诗，可劝薄夫敦。上可裨教化，舒之济万民；下可理情性，卷之善一身。始从青衿岁，迨此白发新。日夜秉笔吟，心苦力亦勤……言者志之苗，行者文之根。所以读君诗，亦知君为人。如何欲五十，官小身贱贫；病眼街西住，无人行到门。”高度赞扬张籍的乐府诗，对诗人沉滞潦倒的生活，予以深切的同情。

安史之乱后，吐蕃乘机连年攻侵唐之西北、陇右，曾一度攻入长安。贞元六年（790），吐蕃攻陷北庭都护，从此安西四镇陷落。张籍的友人，在战争中身陷吐蕃，存亡不知，作此诗怀念友人，兼伤战争惨烈，国势衰微。没，陷没，陷落。蕃，吐蕃，我国古代藏族建立的地方政权，在今西藏地区。

首联“前年伐月支，城下没全师”，友人所在的军队于前年征伐月支的战斗中全军覆没，友人生死未卜，多半也是凶多吉少了。月支，一作“月氏”，是唐高宗龙朔元年（661）设立的羁縻都督府，故地在今阿富汗东北部。安史之乱（755—763）后，唐王朝渐无力经营包括月支在内的中亚地区。战争惨败的深层原因是国势衰微。前年战败，方今悼亡。或许早已知道了友人军队全军覆没的消息，但总有一丝企盼，能够得到友人平安的消息。至今已经过去了一年多，再也没有得到确切的消息，诗人与边地月支相隔甚远，无论是战况还是友人之生死，信息的传递是非常滞后的。那个不愿相信的事实，随着时间的流逝，也似乎被证明了：戍边故友埋骨他乡！因此，才提笔悼亡，抒发自己内心之悲痛。这一联用字简省而令人心惊，由“伐”到“没”，本是一个复杂而惨烈的过程，诗人就自己所知而写，本身也包含着音讯不通、无限悲凉之意，给人以巨大的心理震撼。

颔联“蕃汉断消息，死生长别离”，自从安史之乱后，河西走廊尽没于吐蕃，中原与西域间的交通动脉在很长的时间内中断。诗中所写的月支之战，失败的原因自然也包含了唐王朝军队不能得到有效补给，战败之后更是音讯不通，将士战死他乡。故人已矣，死生异路，每念及此，悲从中来，不能自已。此处也点明了伤悼友人死亡的主旨。

颈联“无人收废帐，归马识残旗”，是对遥远而惨烈的边战结束之后的想象：战火中被烧残废弃的军帐遗落遍地，无人收拾；而幸存的战马拖着疲惫的身躯归来，在尸横荒野的死寂战场上，还认得倒在地上残破的军旗。马是有记忆、有感情的动物，此时此刻仅存的战马，反衬出曾经无数活生生的将士，在战场上化为烟尘。深味之，无限凄凉之感扑面而来，也为后面的悼亡设定了感情的基调。

尾联“欲祭疑君在，天涯哭此时”，清代潘德舆《养一斋诗话》评此联“语平淡而意沉痛”。从得知月支一战全军覆没，到明确地意识到友人已经战死疆场，经历了一个比较漫长的过程。当初得到消息，总是不忍心认为故友战死疆场，总希望得到他平安的消息，想去祭祀友人，又疑心友人还活着。一年多过去了，随着时间流逝，再也没有收到关于友人的任何消息，原本残存的一丝希望也就变成了绝望。诗人始终处于不得友人生死存亡的确切消息，深陷欲祭祀又不能祭祀的痛苦之中。此种生死存亡未卜的疑惧，令诗人极为痛苦，不禁涕泪长流，伤痛已极。

李怀民《重订中晚唐诗主客图说》卷上："只就丧师事一气叙下，至哭故人处，但用末尾一点，无限悲怆。水部极沉着诗，便不让少陵。'前年伐月支，城下没全师'，直起，'蕃汉断消息'四句，惨戚。"这首诗强烈的悲感，在交错的时空中展开。从诗人得知故友所在的军队全军覆没，友人生死存亡未卜，时间上跨过两个年头。空间上则更为辽夐，万里之外的月支城，诗人所处之中原，巨大的空间隔绝，以类似于后世蒙太奇式的镜头加以处理，尺幅万里，天涯设祭，遥遥相望，彰显独特的艺术效果。写实与想象的结合，生活经验与心理期待的相互较量，都为其艺术意境的营造增色不少。"无人收废帐，归马识残旗。欲祭疑君在，天涯哭此时"，是长歌当哭，呜咽悲悯，不着议论，纯是想象与白描，然而却产生了巨大的艺术感染力，使人不禁联想到友人战死、战争失败，这一切都根源于国势的衰微。

白居易

草

离离原上草，一岁一枯荣。野火烧不尽，春风吹又生。远芳侵古道，晴翠接荒城。又送王孙去，萋萋满别情。

这首诗流传极广，使白居易声名鹊起。唐人张固《幽闲鼓吹》记载，白居易年轻时，初到京师长安，欲请求前辈予以揄扬，遂携带自己的诗卷，拜访著名诗人顾况。顾况生性诙谐，初见白居易名字，曰："长安居，大不易。"展卷阅读，首篇曰："离离原上草，一岁一枯荣。野火烧不尽，春风吹又生。"大为赞叹，诵读再三，曰："能够写出这样的诗，居长安，亦容易啊。"于是，为之延誉，声名大振。稍后，王定保《唐摭言》卷七亦载此事。可见，其流传之广。有学者研究认为，白居易与顾况没有见面的机会，此事只是传闻而已。"居易十五六岁时在江南，至长安实不可能，往长安至少在贞元五年（789）以后，而此时顾况已被贬官饶州司户，则此诗系在江南时作。"（朱金城《白居易集笺校》卷一三）无论如何，亦可见白居易诗名早著，此诗影响之广远。

诗题原作《赋得古原草送别》，"赋得"为限题作诗，即限定以"古原草"为题，诗的主旨乃"送别"。

白居易四百多首五言律诗，只有此诗流传最广，万口传诵，实际上是从《楚辞·招隐士》"王孙游兮不归，春草生兮萋萋"演化而来。首联"离离原上草，一岁一枯荣"，离离，浓密茂盛、广大无边的样子。登上古原，放眼眺望，四野草色青青，浓密茂盛且广远无边际；而这离离青草，一年一度，都要经历荣生、枯萎的生长变化。此联摹写，极为广远开阔，而离离青草之生长、荣枯，顺其自然，强调其循环无已的生命力。点题“古原草”，由具体见抽象，使全诗笼罩在深长的感叹情调之中。

颔联“野火烧不尽，春风吹又生”，为流水对，紧承上联之“荣枯”，一意贯注。野火焚烧，烈焰腾腾，却无法烧死深埋地下之根株，次年春风吹拂，又催生出离离青草。既写离离青草之枯而复生，又借咏春草的旺盛生命力，表达顽强的生活态度，深含哲理，激人奋进。诗人不仅将自然界的生机表现得极为饱满有力，生动形象，也彰显内在生命力的强韧劲健。于极为平凡的事物中，发现并彰显生命的活力与奥秘，具有一种内在的、充实而伟大的力量。此联提升了诗歌的品性，颇具哲理性的启示。

颈联“远芳侵古道，晴翠接荒城”，乃是对首句“离离原上草”之续写。无边无际、生长蔓延的青草，连接着古道，一片青青翠色，也与破败的荒城相接。以蜿蜒而通向远方的古道，彰显离离青草弥漫之古原的广大；阳光照耀下，以荒残寂寞之古城，衬托古原之一派青翠。“远芳”与“晴翠”所指皆为“原上草”。“远芳”从嗅觉上突现由近及远的无边青草所散发出醉人的芳香；“晴翠”则从视觉上彰显阳光照耀下显得碧绿、鲜亮的青草；“侵”字，见出青草之茂盛，似乎压迫着蜿蜒而逼仄的古道；“接”字，则突现青草之无边际，迫近远处之荒城，彰显广远的视野。如此，则使得弥漫无际的青草，平添了许多生意及美感。事实上，读者亦可由此而见出诗人独立荒原，极目眺望，送别友人之情景。

于是，尾联“又送王孙去，萋萋满别情”，点明送别之意。王孙，此处指远行的友人。萋萋，草生长茂盛的样子。原野春草弥漫，无边无际，而于此送别友人，古道漫漫，荒城在天之尽头；那无边无际的茂盛春草，正如诗人自己的满腔别情一样。送别友人，依依不舍。那无边的茂盛春草，仿佛带着诗人对远行友人的无限情意，一路相伴相送，直至天涯。王维《送沈子福归江东》之“唯有相思似春色，江南江北送君归”，诗意与此相近。

此诗满怀豪情，然而，“离离”“萋萋”的无边草色，“古道”“荒城”的寂寞荒凉，也多少融注了诗人的悲凉苍茫之感，是一个时代精神的映射。十六岁的白居易，经受了安史之乱后藩镇割据、战乱的混乱时局，奔避逃难，转徙于江淮间，其感受是颇为深切的，不自觉地融注于诗歌，从而构成独特的体验，感动激发人意。

清人俞陛云说：“此诗借草取喻，虚实兼写。起句实赋‘草’字。三四承上‘荣枯’而言。唐人咏物，每有仅于末句见本意者，此作亦同之。但诵此诗者，皆以为喻小人去之不尽，如草之兹蔓。作者正有此意，亦未可知。然取喻本无确定，以为喻世道，则治乱循环；以为喻天心，则贞元起伏，虽严寒盛雪，而春意已萌。见智见仁，无所不可……五六句‘古道’‘荒城’，言草所丛生之地；‘远芳’‘晴翠’，写草之状态，而以‘侵’字‘接’字，绘其虚神，善于体物，琢句尤工。末句由草关合人事，远送王孙，与南浦春来，同一魂销黯黯。作咏物诗者，宜知所取格矣。”（《诗境浅说》甲编）由原上无边春草，而引申理解，亦无不可，所谓“诗无达诂”，正是有其多义性与多重解释的可能性，才使得诗之意味更为丰富。无怪乎顾况见此诗，感叹不已，而有“道得个语，居即易矣”之说。

杜　牧

旅　宿

旅馆无良伴，凝情自悄然。寒灯思旧事，断雁警愁眠。远梦归侵晓，家书到隔年。沧江好烟月，门系钓鱼船。

此诗收入杜牧《樊川别集》。有人以为不是杜牧所作，然而传诵已久，没有确切资料证明不是杜牧所作，姑且系于杜牧名下。此诗作年不详。诗写旅居他乡，深夜独宿，抒写思乡之情。

“旅馆无良伴，凝情自悄然。”首联，旅舍独居，无人可与交谈，情怀孤寂，百无聊赖，唯有黯然神伤，沉浸于无边的寂寞，心境颇为悲苦。凝情，情意贯注。悄然，寂静的样子。杜甫《奉先刘少府新画山水障歌》：“悄然坐我天姥下，耳边已似闻清猿。”首联呈现出旅馆独居、黯然伤神的寂寞状态，奠定了全诗的基调，先声夺人，令读者一下子就沉浸于思乡念亲的氛围之中。因而，中间二联遂在“凝情自悄然”的基础上，作进一步的摹写，深刻细腻，极为传神。

“寒灯思旧事，断雁警愁眠。”颔联，凝情思乡，四野寂静，独对寒灯，倍加凄清。于是，看灯火摇曳，而追忆在家相聚时的点点滴滴，往事涌上心头，是那样地美好而温馨，令人回味不已。正如宋末蒋捷“深阁帘垂绣。记家人、软语灯边，笑涡红透”（《贺新郎》）之温馨祥和。当沉浸于追思往事之时，却被失群孤雁凄唳的叫声打断：大雁失群，漂泊流离，处处危机，而转徙飘零之旅人，也正如这离群之孤雁，备感辛酸，因而满怀愁绪，更无法入眠了，唯有独对孤灯，潸然泪下。寒灯，乃是由灯焰发白而引起的思乡之人的心理感觉，反衬环境之寂寞凄清的苦况。断雁，离群之大雁。

“远梦归侵晓，家书到隔年。”颈联，离开家乡很遥远了，即使梦中回归家乡，也是路途遥遥；梦里历经跋涉，到拂晓时才到家中，可惜此时已天光大亮，连归梦也做不成了。路途遥远，家书迢迢传递，待收到之时，离发出已是隔年之久了。真是无限艰辛与悲苦，令人无语。侵晓，破晓，拂晓。

颔联和颈联，极写其旅馆孤灯，“凝情”思乡之情事及感触：独坐寒灯之下，思乡念亲，一切往事，皆涌上心头，乃甜美与苦涩交织的复杂感受；失群孤雁，凄厉哀鸣，更增添孤馆寒灯之旅人的无限心事，感同身受，无法入眠。颈联乃梦中从旅馆到家乡，而书信则从家乡到旅馆：侵晓而梦始到达家乡，则路程之遥远可知矣；隔年而家书始达旅人之手，不但距离遥远，更是书信送达极其不易，真是“家书抵万金”。

正是饱尝羁旅行役之苦、相思离别之痛，于是而有尾联之“沧江好烟月，门系钓鱼船”的感慨。看看他人不必远行，守着门前的一叶扁舟，欣赏一波沧江、烟霞朗月，何等惬意，何等清闲自在啊！前三联之全力叙事铺排，摹写孤馆寒灯之羁旅苦情，而尾联突出一叶扁舟、沧江烟月之清闲自在，与之形成鲜明而强烈的对比，反衬独在异乡为异客的无奈与悲凉，更增添了思乡之情。

唐人好诗，乃羁旅行役之摹写，曲尽情态，深入心扉，感动激发人意。此诗也只是叙写孤馆寒灯、思乡念亲之苦情，然而，非泛泛写来，乃是用心结撰之作，极其逼真。颔联语辞并不惊人，情景却极逼真，独对寒灯，沉思往事；断雁哀鸣，令人断肠。正是以离群孤雁之哀鸣，衬托远行旅人之孤寂凄苦，物与人相融，物象情意，浑然一体。颈联乃用心锤炼之语，意蕴甚好，更难能可贵的是表达方式极其委婉，曲折尽情：路远，因而梦亦远，难以到达，一夜梦中行程，破晓才及家门，然而天光渐亮，梦中惊醒，再也无法到达；家书难达，迢迢长路，送达已然是隔年，可见寄书之迟缓，路途之遥远。层层剥离，方见其妙。而尾联，乃是跳出这羁旅悲苦说话，见他人安闲，享受一江沧波、烟霞朗月，反衬自己乃劳人奔波，羁旅淹留，何其悲苦，更添思乡之愁绪。好诗，意思虽平常，还是要精心结撰，别出心裁。以他人不曾用过的方式写出，即别具一种情态和审美。

许　浑

秋日赴阙题潼关驿楼

红叶晚萧萧，长亭酒一瓢。残云归太华，疏雨过中条。树色随山迥，河声入海遥。帝乡明日到，犹自梦渔樵。

诗题一作《行次潼关逢魏扶东归》。赴阙，即赴京。阙，宫阙，指代长安。潼关，古称桃林塞，东汉时设关，故址在今陕西潼关县东南，乃是长安城的东边门户，南依秦岭，西连华山，地势险要，景色宜人，历代诗人多有吟咏。诗写于秋日赴京路过潼关，宿于驿站之时，是一首山水纪行之作。

首联“红叶晚萧萧，长亭酒一瓢”，点明了时令，叙写了长亭饮酒之事，并营造了萧瑟中带有一丝雄壮，豪迈而兼有一缕悲凉的意境。“红叶”，透露出季节已至深秋。晚风萧瑟，遍山是绯红的枫叶，诗人于长亭下，以瓢取酒，开怀豪饮，既有秋风红叶之美景，又有客子漂泊异乡之况味。结合此诗另一题名《行次潼关逢魏扶东归》，此时当于潼关驿站逢魏扶东归，遂畅饮送别。诗人的家乡在江南，此次西行长安，道逢魏扶东归，堪谓他乡遇故知，相逢的喜悦伴随着离别的忧愁，雄伟的关山长河与萧瑟的秋风红叶更增添了羁旅乡思之感。

颔联“残云归太华，疏雨过中条”，站在高高的潼关驿楼之上，东望疏雨迷蒙的中条山，西眺残云缭绕的太华山，诗人脚下的潼关，竟是如此巍峨壮观。此乃诗人的想象之辞。诗人以阔大的视野，在万里长空广阔的空间里，以东面中州大地的中条山、西边关中的太华山，衬托潼关之壮伟。东望中州，天色渐暗，一派迷蒙，似乎远处疏雨笼罩着中条山；西眺太华山，夕阳尚未落下，几缕红云，缭绕着太华山，略带绯红，极其壮伟。“归”“过”两个动词，写出了残云、疏雨的动感和气势。西边残云归山，东边疏雨飘飘，展示出千里不同风的壮阔景象。太华，即西岳华山，因其西有少华山，故称太华，在潼关西。中条，中条山，在今山西永济县东南，山狭而长，西有华山，东接太行山，此山居中，故称中条山。

颈联“树色随山迥，河声入海遥”，是由远及近，由对远景的眺望与想象，转入对近景的描摹。掩映在晚间秋色和崇山峻岭间的潼关，随着夜幕降临，与郁郁葱葱的树木融为一体，树色随着山峰之蜿蜒，伸向远方。潼关的北面是滔滔黄河，咆哮奔流，一路向东，直至遥远的大海。写树色随山，河声入海，可谓有声有色。于万千景物中，仅取树、山、河进行点染。“随”“入”状静景中的动态，上下两句对仗工整。

尾联“帝乡明日到，犹自梦渔樵”，由写景转入抒情。前三联描绘了一幅富于动感的秋日潼关暮色图，雄浑壮阔，清新自然，又带着羁旅乡思之感。许浑此行长安，自是游宦之旅。他性喜山林，登高多赋，经过长途跋涉，即将到达长安城时，旅次潼关。按理而论，即将到达目的地，当有欣慰之感，而他却想到如此美景，明天还有吗？渔樵隐逸，自有其乐趣在。故乡渐远，帝乡即到，汲汲求仕宦进取，从今往后，隐居山林，自在渔樵，也只能存在于梦中了。此二句，点明诗题“赴阙”，隐然表现出实现高远的政治理想的辛苦劳碌与隐居山林、潇洒散淡的生活理想的矛盾与冲突，充满了淡淡的人生况味。

俞陛云说：“开篇从秋日说起，若仙人跨鹤，翩然自空而降。首句即押韵，神味尤隽。三四皆潼关左右之名山；太华在关西，中条在关东，皆数百里而近。残云挟雨，自东而西，应过中条而归太华，地望固确，诗句弥工。五句以雍州为积高之壤，入关而后迤逦而登，故树色变随关而迥。余曾在风陵渡河，望潼关树色，高入云中，深叹‘迥’字之妙。六句言大河横亘关前，浩浩黄流，遥通沧海。表里山河之险，涌现毫端。以上皆记客途风景。篇终始言赴阙。觚棱在望，而故乡回首，犹梦渔樵，知其荣利之淡也。”（《诗境浅说》）此诗融叙事、描写、抒情于一炉，用字精炼，对仗工稳，景物描写在广阔的空间背景上展开，叙述了驿站豪饮送别之事，又抒发了眼前情景与明日想象共同触发的隐逸之感。有山川形胜，有物候变迁，美景在目，声响入耳，静中有动，情思细腻。

早　秋

遥夜泛清瑟，西风生翠萝。残萤栖玉露，早雁拂银河。高树晓还密，远山晴更多。淮南一叶下，自觉老烟波。

此诗原题《早秋三首》，所选为第一首，作年不详。

首联“遥夜泛清瑟，西风生翠萝”，漫漫长夜，隐隐传来清幽的瑟鸣声，初秋的凉风，似乎是从青翠的绿萝间生发。秋季白昼渐短，黑夜渐长，故云“遥夜”——长夜。泛，指弹奏。泛清瑟，瑟声清雅，故称。陶渊明《闲情赋》：“褰朱帏而正坐，泛清瑟以自欣。”秋夜渐长，舒爽宜人，诗人弹瑟以消长夜，瑟声清雅，秋风轻拂，似乎是从绿萝间生发，带着草木的淡淡香味和清爽气息。明明是秋风吹拂翠萝，诗人偏说是翠萝间生出了秋风。王国维言：“以我观物，物皆著我之色彩。”一种怅然失落之感，借秋风秋夜秋声烘托而出，景语皆情语也。宋玉《楚辞·九辩》之“靓清秋之遥夜兮，心缭悷而有哀”，是此联所本，都是由“我”及物，将自己的惆怅失落之感，投射到了所见的景物上。

颔联“残萤栖玉露，早雁拂银河”，萤火虫盛于盛夏，入秋则渐已蛰伏，所剩无多，故云“残萤”，栖息在晶莹的露珠边上；入夜已深，萤火虫的点点荧光，与晶莹的露珠相互辉映，真是一种萧瑟中的绚烂！抬头仰望，由北而来南的雁群，掠过浩瀚的星空。银河，即星空。眼前的残萤与玉露争辉，夜空中大雁飞向南方，天气舒爽，秋意渐浓。银河，一作“金河”。

颈联“高树晓还密，远山晴更多”，随着时间的推移，夜幕渐次褪去，黎明即将到来，拂晓时分，天色尚暗，因而高大的树木看上去是那样地茂盛浓密，这是近景；天色渐明，远处晴朗的天际下，随着时间的推移，看到更多的山峦，重重叠叠，此乃望中所见，由近及远。既有时间的渐次推移，又有空间上的由近及远，无论是作者视角的变幻，还是时间推移，空间的拓展，都充满了流动感。“高树”对“远山”，“晓”对“晴”，“还密”对“更多”，对仗工稳。

尾联“淮南一叶下，自觉老烟波”，秋天第一片树叶飘落，已然是秋天来临的标志了，然而岁月流逝，人生虚度，功业无成，深深地感受到可能此生要老于江湖烟波，而失去建功立业、有所成就的机遇了，真令人感慨万千。《淮南子·说山训》：“见一叶落，而知岁之将暮；睹瓶中之冰，而知天下之寒。”据此，唐人诗有“一叶落知天下秋”，杜牧《早秋客舍》：“风吹一片叶，万物已惊秋。”许浑《早秋三首》第二首曰：“一叶下前墀，淮南人已悲。”此联乃融会此数典而成。“老烟波”，一作“洞庭波”。

此诗移情于物，寓情于景，完成了一个双向过程：首联写景，是以我观物，移情于物，于秋风萧瑟中，烘托出怅然失落之感；颔联、颈联写出了萧瑟凄凉与雄浑清丽兼备的秋天之美。尾联则是由“物”及我，由木叶摇落而感慨华年不再，功业未成。人生一世，草木一秋，写秋景，又何尝不是写尽人生之况味？诗人将自己的情感倾注于秋景当中，“我”之情感与秋景之情趣往复回流，浑然一体。

诗人之情感由早秋之景触发，所写意象，如遥夜、清瑟、西风、翠萝、残萤、玉露、早雁、银河、高树、远山等，无一言及早秋，也无一不围绕早秋，紧扣题面。而这一系列的早秋之物象，也都无一不投射抒情主人公之情感。意象密集，语言清丽，情感细腻，构思缜密，既写萧瑟、雄浑之秋景，又摹失意、平淡之人生。

李商隐

蝉

本以高难饱，徒劳恨费声。五更疏欲断，一树碧无情。薄宦梗犹泛，故园芜已平。烦君最相警，我亦举家清。

李商隐一生仕途不顺，多次入幕府，流离转徙各地，备感孤寂凄凉。此诗大约作于大中四年（850）秋，在徐州卢弘止幕府时。蝉，夏秋间由幼虫蜕化而成，吸树汁为生。雄的腹部有发声器，能连续发声。种类很多，俗称知了。《荀子·大略》：“饮而不食者，蝉也。”徐陵《山池应令诗》：“猿啼知谷晚，蝉咽觉山秋。”

咏物诗，或者描摹物象，形神毕现；或者托物寓意，表达诗人的情感与认知。李商隐乃咏物诗之名家，往往托物寓怀，感慨身世，绝去比附，达到物我无间的浑融境地，极富神韵，对传统咏物诗有比较大的发展。这首《蝉》正是其咏物诗之佳作。

首联摹写蝉，却全然抛开蝉的外在形象特征，而以拟人化的方式抒写蝉之不同流俗的气质。“本以高难饱，徒劳恨费声。”——鸣蝉高踞树梢，只以清露为食，又何必徒然地发出怨愤悲苦之鸣声呢！古人以为蝉栖息于树上，吸风饮露，乃高洁的象征。其实，蝉是吸食树之汁液的。《吴越春秋》卷三《夫差内传》说：“夫秋蝉，登高树，饮清露，随风抝挠，长吟悲鸣。”骆宾王《在狱咏蝉》诗序说：“嗟乎，声以动容，德以象贤。故洁其身也，禀达人君子之高行；蜕其皮也，有仙都羽化之灵姿。候时而来，顺阴阳之数；应节为变，审藏用之机。有目斯开，不以道昏而昧其视；有翼自薄，不以俗厚而易其贞。吟乔树之微风，韵资天纵；饮高秋之队露，清畏人知。”此联意谓，蝉之鸣声悲切，似乎在诉说“高难饱”之悲苦、哀怨，然而却得不到同情，甚至惹人烦躁，只不过是徒然地哀鸣罢了。诗人揭示出“高”而“难饱”、“费声”却“徒劳”的矛盾，隐然寄寓了因品格高洁而穷愁潦倒的困苦，虽然悲鸣寄恨却无人同情的无奈及悲剧性的命运，令人为之怅然。

颔联紧承上句，“五更疏欲断，一树碧无情”，时天近五更，蝉之鸣声断断续续，渐趋消歇，仍然无人理会；鸣蝉所栖息之高树，竟也从不关心其憔悴与哀怨，毫不介意，一派碧绿，悄然无言。此联第二句化用江淹《江上之山赋》之“草自然而千花，树无情而百色”，更为凝练警悚。“五更疏欲断”承上句之“声”字，传神地描摹五更时分，蝉声断断续续、渐欲消歇、仍然费力嘶鸣的困苦，传达出诗人濒于绝望而仍不甘于沉默、有所希冀的心态；“一树碧无情”承上句之“恨”字，摹写清晨寂然不动的绿树浓荫，彰显幽冷无情的环境以及鸣蝉所感知的无情与漠然，事实上所展示的乃诗人对自身所处冷酷环境的感同身受及其极大的怨愤之情。诗人于此句，将鸣蝉全然以人格化的心理状态来摹写，所表现的是保持自身高洁品性、不甘流俗，以及对抗这个冷酷环境的心态。前人说：“首二句写蝉之鸣，三四写蝉之不鸣。‘一树碧无情’，真是追魂取气之句。”（顾安《唐律消夏录》）

颈联遂由上句的“一树碧无情”——蝉之栖息之所、冷落孤寂之地，自然而然地想起了诗人自身的处境：“薄宦梗犹泛，故园芜已平。”此句即“薄宦犹泛梗，故园已平芜”——多少年来，官职低微，游走四方，如同随波漂泛的桃偶一样，身不由己，无可奈何；而离别已久的家园，想来也是荒草满院了。梗，树枝，此处指木偶。《战国策·齐策三》：“有土偶人与桃梗相与语。桃梗谓土偶人曰：‘子西岸之土也，挺子以为人。至岁八月降雨下，淄水至，则汝残矣。’土偶曰：‘不然。吾西岸之土也，土则复西岸耳。今子东国之桃梗也，刻削子以为人，降雨下，淄水至，流子而去，则子漂漂者将何如耳？’”芜，荒草。陶渊明《归去来兮辞》：“归去来兮，田园将芜胡不归？”卢思道《听鸣蝉篇》：“故乡已超忽，空庭正芜没。”此联抒写诗人游宦羁旅，流寓四方，遭遇冷漠无奈之困境，“犹”字见出这种薄宦泛梗生活为时已久，已深感厌倦与难堪；而故园荒芜，“已”字见出欲归而不得归的意蕴。

诗人处境与鸣蝉相同，因而感受更深切：“烦君最相警，我亦举家清。”烦劳君（指鸣蝉）时时啼鸣，特意警醒，诗人说“我”也如同你一样，家声清白，誓将守穷不变，自重自警。大中三年（849）十月，李商隐应卢弘止之辟，入徐州幕府为节度判官。《上尚书范阳公启》叙述其境况，曰：“去年远从桂海，来返玉京，无文通（江淹）半顷之田，乏元亮（陶潜）数间之屋。”此处之“清”字有两重含义：一指清高，一指清寒。尾联“君”与“我”对举，将蝉与诗人自然融合为一，物我浑融。而“举家清”则呼应首句之“高难饱”，首尾一贯，意脉流畅。

咏物而有比兴之意，初唐虞世南“居高声自远，非是藉秋风”（《咏蝉》），乃清华高贵人之语；骆宾王“露重飞难进，风多响易沉”（《在狱咏蝉》），是患难人之语；而李商隐“本以高难饱，徒劳恨费声”，乃身处困境、不失操守之人的牢骚语。此诗咏物而寄意，紧扣鸣蝉居高饮露、悲鸣欲绝的特点，深入摹写。前四句咏蝉，“高难饱”而“恨费声”，描绘蝉之清高寒士气质，三四句以五更欲晓时分，鸣蝉之清冷处境，暗示诗人身世之凄凉，却又毫不沾滞，既写蝉之声嘶力竭的形象，也勾勒出清冷无情的环境。后四句似乎只是抒写诗人自身，然而泛梗之漂泊无定、身不由己，正与寒蝉之随风飞集相似；故园荒草丛生，一派荒芜，亦与寒蝉高树悲鸣、环境清冷，正相呼应。蝉之居高悲鸣，徒恨费声，而诗人游走四方，一事无成，终属徒劳。写诗人自身，是显；以己比蝉，是隐，物与我融合无间。尾联将自己与寒蝉相绾合，“高难饱”对“举家清”，物我皆清高、清寒，风节凛然。咏物而不滞于物，物我一体，融合无间，抒怀而又切合于物，不落痕迹，实为佳篇。

风　雨

凄凉宝剑篇，羁泊欲穷年。黄叶仍风雨，青楼自管弦。新知遭薄俗，旧好隔良缘。心断新丰酒，销愁斗几千。

李商隐志大才高，可惜一生坎坷，不得施展其抱负与才能，崔珏

《哭李商隐》说“虚负凌云万丈才，一生襟抱未曾开”，很是为李商隐鸣不平。这首《风雨》诗，大约作于宣宗大中十一年（857），李商隐游江东任盐铁推官时，乃其去世前一年。风雨，语义双关，既指大自然的风雨，也比喻指人世间的危难和恶劣的处境。李商隐一生沉沦下僚，颠沛流离，身世凄凉，饱尝世态炎凉，遂作此诗抒发其宦海漂泊之感。

历史上功成名就的伟大人物，总是让人仰慕、歆羡，而那些清寒出身者的奇遇，所成就的一番事业，更让人艳羡、激动。诗人渴望有一场千载难逢的机遇，有一番经天纬地的壮举，为社稷苍生，哪怕历经艰辛也在所不惜，从而赢得一时千载的功业，以求不朽。正是有这样的心理状态，李商隐此诗开篇就裹挟着一股凌厉壮大气势，却也暗含着沉重的郁勃情思：“凄凉宝剑篇，羁泊欲穷年。”于苍凉沉郁中，展示理想抱负与现实境遇之巨大矛盾。《宝剑篇》一作《古剑篇》，乃唐名将郭元振少年落拓未遇时所作。郭元振为武则天赏识，与之语而大奇，索其所为文章，元振上《宝剑篇》，武则天览而嘉叹之。其诗有曰：“精光黯黯青蛇色，文章泛泛绿龟鳞。非直结交游侠子，亦尝亲得英雄人。何年中路遭弃捐，零落飘沦古狱边。虽复沉埋无所用，犹能夜夜气冲天。”借古剑尘埋，寄托才士不遇之悲慨，傲兀不平中自有积极用世的热情。郭元振为武则天赏识，终得大用，建功立业，成为一代名将。诗人说，自己虽然如郭元振一样，有高情远致、积极的用世热情，然而并未有郭元振那样的神奇际遇，也只能终年羁旅漂泊，虚耗生命，将一腔历经坎坷的凄凉情怀，托之于诗歌罢了。诗人以郭元振《宝剑篇》借指自己抒发不遇之感的诗歌，而以“凄凉”修饰，又以“羁泊欲穷年”承之，尤可见其历经坎坷、虚耗生命的艰辛与无奈；然而《宝剑篇》所抒写的高情远致，慷慨激烈、郁勃不平之气以及名将郭元振彪炳史册的不朽功勋，相较诗人“羁泊”之境遇，又形成强大的张力，两相映照，滋生出强烈的感染力。

颔联“黄叶仍风雨，青楼自管弦”，进一步叙写穷年漂泊的无奈、凄凉风雨之人生感受：秋日黄叶随风雨摇曳、飘落，化为尘泥；青楼之上，公子王孙，绿萼佳人，轻歌曼舞，丝竹箫管，杯酒流连，寻欢作乐，哪管他人之忧愁哀乐呢！一方面，是凄凉风雨中的寒士之沉沦，一方面是青楼贵幸之豪奢，穷达不同，苦乐悬殊，冷热迥异；而“仍”字与“自”字，彰显出两不相关的各自生存状态，令人感慨万端。“仍”，谓持续状态，黄叶沉浸于凄风苦雨之中，本已不堪，而“仍”字则强化风雨之无情以及不幸持续之长久，无有尽头，诗人内心痛苦之强烈，以至于达到无法承担的境地。“自”，谓独自，青楼之上，豪贵得意肆纵，追欢逐乐，管弦声声，轻歌曼舞，彰显其绝不关心、无视世间苦乐的状态。《晋书·麹允传》：“（麹）允与游氏，世为豪族，西州为之语曰：‘麹与游，牛羊不数头，南开朱门，北望青楼。’”颔联彰显苦者自苦、乐者自乐的贫富睽隔的现实，含蓄地表达出“朱门酒肉臭，路有冻死骨”的愤激与不平。

颈联紧承上联，抒写友朋之间之睽隔：“新知遭薄俗，旧好隔良缘。”新结交之友朋，遭遇此鄙陋衰薄之世风，已然远离，不再来往；旧日好友，受此浇薄世风之影响，也关系日渐疏远。诗人说，处于孤寂凄凉的漂泊境地，渴望友情之慰藉，然而“新知”与“旧好”皆受此浇薄世风之影响，不再来往，甚至有落井下石、乘机诋毁贬损者，更加深了诗人的孤独寂寞，处境艰难，几乎陷于人生的绝境，情何以堪！

尾联“心断新丰酒，销愁斗几千”，那新丰美酒，可以像马周一样狂饮美酒而青云直上，也可以借酒消愁，可惜处此人生之绝境，也就断了那些念想，即使能够狂饮千杯美酒，又何以能消去忧愁呢！心断，内心断去念想。新丰，故址在今临潼东北新丰镇。《旧唐书·马周传》：马周“少孤贫，好学，尤精诗传，落拓不为州里所敬”，善饮美酒，受浚仪县令之辱，“遂感激西游长安，宿于新丰逆旅，主人唯供诸商贩，而不顾待，（马）周遂命酒一斗八升，悠然独酌，主人深异之”。入长安后，很快得到太宗李世民的赏识，“太宗即日召之，未至间，遣使催促者数四。及谒见，与语甚悦，令直门下省”，授监察御史。斗几千，一作“又几千”。王维《少年行》“新丰美酒斗十千”，谓一斗美酒值万钱（十千），因而当作“斗十千”，乃用典。李贺《致酒行》：“吾闻马周昔作新丰客，天荒地老无人识。空将笺上两行书，直犯龙颜请恩泽。”

此联暗用马周之典故，马周豪饮新丰美酒，能有机缘而青云直上，诗人虽能饮美酒，却已无此机缘，因而说“心断”——不再有此念想，只能借酒浇愁，可惜再名贵的美酒，也无法化解心头的不快，更无法解脱其人生之困境，“举杯销愁愁更愁”（李白《宣州谢朓楼饯别校书叔云》）罢了。

李商隐一生经历坎坷，被裹挟于牛李党争的漩涡，饱尝世态炎凉、无奈与辛酸，羁旅漂泊，沉沦下僚，使其长才未展，遂风雨以起兴，抒发其抑郁难平的悲愤之情。首尾二联，皆以唐初郭元振、马周之落拓人生，得遇奇缘而建功立业，彪炳史册，隐然与自己怀才不遇、漂泊无衣、一事无成之困境相对照——郭元振《宝剑篇》壮怀激烈、慷慨激昂，却以“凄凉”限定，实乃徒见诗人之壮怀逸气，终难脱“凄凉”境遇，“羁泊欲穷年”；马周新丰豪饮，意气干云，却以“心断”修饰，彰显诗人对非凡际遇之既艳羡又绝望之心境，“销愁斗几千”。用典含蓄，内蕴丰厚，而抒写一己之怀抱境遇，极为突出。中间二联，抒写人生之睽隔——自身遭遇疾风苦雨之催逼，无处逃遁，凄凉难堪，而豪贵自乐，漠不关心，彰显环境之睽隔；新知旧好之友朋，受此浇薄世风之影响，或断绝往来，或诋毁不已、落井下石，强化了诗人孑然孤立的处境，也是其人生感受的深层抒怀，茫茫人世，只有这个备受风雨侵袭、无处逃遁的苦魂。因而，郭元振、马周之奇遇，更令其歆羡，那个让郭、马能够得其机遇的时代，岂能不令人向往、感怀！冯浩说：“引国初二公为映证，义山援古引今皆不夹杂也。不得官京师，故首尾皆用内召事焉。”（《玉溪生诗集笺注》卷三）运用典故深微，贴切自然，既表现诗人之不甘沉沦、意欲匡时济世的胸襟，也流露出对唐初开明政治的向往。

落　花

高阁客竟去，小园花乱飞。参差连曲陌，迢递送斜晖。肠断未忍扫，眼穿仍欲归。芳心向春尽，所得是沾衣。

此诗大约作于会昌五年（845），时李商隐因母丧而闲居永乐。永乐县属河中府，唐高祖武德元年（618）置，故址在今山西芮城。李商隐有《永乐县所居一草一木无非自栽今春悉已芳茂因书即事一章》，家园中的一草一木，皆为义山亲手栽植，芳华盛开，极为美丽，诗人饱含情感，遂作此诗。“柳飞彭泽雪，桃散武陵霞。”柳絮飘飞如雪，如陶渊明所栽之五柳，桃花绯红似霞，似武陵源之桃花。“枳嫩栖鸾叶，桐香待凤花。”枳橘绿叶鲜嫩，鸾鸟飞临，梧桐花香四溢，凤凰栖息。“绶藤萦弱蔓，袍草展新芽。”长藤如绶带，且攀缘着柔弱之青蔓，丰腴之草，吐露出黄嫩的新芽。一切都是那样地美好，令人心旷神怡，然而春天毕竟会过去，片片落花，带走春之美景，是时光流逝之征兆，多情的诗人岂能无感怀！

首联“高阁客竟去，小园花乱飞”，友朋相聚，终于离去，令人滋生无限感伤，小园片片飞红飘落，春天渐行渐远，也将离去。起句逆折而入，烘托出一种凄凉寂寞的气氛。高阁，大概指永乐县灵仙阁。客，指离此而去求官之人。李商隐《和刘评事永乐闲居见寄》有“白社幽闲君暂居，青云器业我全疏”和“自探典籍忘名利，欹枕时惊落蠹鱼”之句，好友求仕，诗人于此春残花落之时，也多少滋生出青春易逝、时不我待的焦灼感。因高阁客去，而显其孤寂；小园鲜花飘落，遂感时光荏苒，巨大的落寞与青春易逝的悲凉，笼罩全篇。“乱飞”乃全诗之关键，以下六句全从此发挥。

颔联“参差连曲陌，迢递送斜晖”，诗人的目光追寻着落花：近处看，花瓣儿随风上下，洒落在弯曲的小径；远处看，在落日斜晖照耀下，花瓣儿随风飞舞，飞向远方，似乎是送别落日斜晖。参差，错落不齐，指花影迷乱。曲陌，曲折的小径。迢递，遥远的样子，此处指映日回风，摹写落花之动态。颈联“肠断未忍扫，眼穿仍欲归”，诗人肝肠寸断，不忍心扫去满地落花；望眼欲穿，可是清风吹走了满地落花，干干净净，谓春天悄然逝去，绝不归来。“未忍扫”指花，谓诗人不欲清扫，希望留得满地落红，春天仍在啊。“仍欲归”，谓清风吹尽满地缤纷，不留春之痕迹，是怨春，又是写落花的静态。诗人情思迷离，如痴如梦。尾联上句“芳心向春尽”，紧承前句“仍欲归”，直接点破意旨，进一步抒写诗人惜春之心意，不忍春之归去，春已归去而心怀陡感枯萎；下句“所得是沾衣”，低头偶见，一二凋残花瓣儿沾附衣襟，令人感伤，实乃双关语，谓春已悄然逝去，感伤万端，黯然伤神，泪洒衣袂，无限深情，低徊不尽。

咏物诗贵在体物深微，又能融情于物，物我无间，在似与不似之间、写形与摹神之间，写物传情，情以物迁，辞以情发，极其妙致。刘勰说：“诗人感物，联类不穷，流连万象之际，沈吟视听之区。写气图貌，既随物以宛转；属采附声，亦与心而徘徊。”（《文心雕龙·物色》）诗题为“落花”，处处字字皆紧扣落花。首先营造一种凄凉寂寞的气氛，隐然有物我无间之感受。“花乱飞”是一篇之核心，遂逐层摹写，从近处远处、动态静态依次写来，惜花即是惜春，落红满地，惜花人为之肠断，不忍扫去，以之留春，不教逝去；然而清风吹尽，春仍归去，岂能无痛乎！惜花惜春之心，因花消春尽而碎，不禁泪下沾衣，泪花点点，竟也无法留春矣。何焯说：“一结无限深情，‘得’字意外巧妙。”（《唐宋诗举要》卷四）诗人将咏物与身世之感慨，绾合为一，物我无间，惜花、惜春、悲己浑然一体，隐然有诗人的身影心迹在其中，不愧一代才人。

凉　思

客去波平槛，蝉休露满枝。永怀当此节，倚立自移时。北斗兼春远，南陵寓使迟。天涯占梦数，疑误有新知。

凉思，即秋思。凉，一方面指因秋凉而思，一方面指思绪悲凉。叶葱奇《李商隐诗集疏注》以为，此诗作于大中元年（847），时李商隐三十五岁，在桂林郑亚幕府，乃天末怀人，思念好友李远而作。李远，字求古，大和五年（831）进士及第。李商隐有《怀求古翁》诗：“何时粉署仙，傲兀逐戎旃。”谓李远从郎署出而充幕府僚职，“谢朓真堪忆，多才不忌前”，李商隐曾与李远共事，称许其才德俱佳。

首联“客去波平槛，蝉休露满枝”，从客之春日离别写起，至秋日天气渐凉，蝉声已消歇，白露如霜。槛，栏杆。建在水边或水上的亭榭，因有栏槛，故称水槛。“波平槛”，谓春水涨溢，与水槛相平；而且下文有“北斗兼春远”，暗示“波平槛”实乃春天之景象。春水涨溢，几乎与水槛相平，鲜花烂漫，风光旖旎，而客人适于此时离去；而今秋水退落，蝉鸣消歇，白露如霜，挂满枝头，好友（客）仍然未有消息，岂不令人思念！此联上句写春日客之离别，下句写秋日“我”之忆念，自春至秋漫长的时间流逝，未曾得到好友之信息，离别之思念与怅惘，油然而生。叶葱奇说：“前句的‘客’即指（李）远，次句和题中的‘凉’字实在是写桂林冬半的景色。桂林地暖，所谓‘桂林无秋色’，仲冬也并无霜雪，所以说‘露满枝’，说‘凉’。”（《李商隐诗集疏注》卷中）

颔联“永怀当此节，倚立自移时”，抒写诗人秋日寒露独立的思友之情状。上句对应“客去波平槛”，春日于此水槛送别好友，春水涨溢，春花烂漫，令人长久地怀想；下句对应“倚立自移时”，而今伫立于当日送别之水槛，白露沾衣，寒气袭人，追怀昔游，感念同怀，久久不能离去。诗人摹写李远离别之后，自己的寂寞与无聊。

颈联“北斗兼春远，南陵寓使迟”，遂转而明写怀人之意。诗人说，自己僻居桂林幕府，而京师长安远在北方，如同已然远去的春天一样，无法到达；而好友李远游寓南陵，迟迟不归，岂能不令人想念。北斗，北斗星。《晋书·天文志上》：“北斗七星在太微北……斗为人君之象，号令之主也。”后因以喻帝王，此处指京师长安。杜甫《秋兴八首》其二：“每依北斗望京华。”南陵，唐宣城郡南陵县，在今安徽南陵。李远在桂林幕府，似乎与府主郑亚不太和谐，因而李远辞谢而去。叶葱奇说：“五六二句说自己既然一时不能重返京师，而一向最谈得来的知己又远向‘南陵’而去。（李）远离去桂幕后，郑亚或有希望他重来的话。商隐虽明知他决不会重返，但措语却很温婉，只说是‘寓使迟’。”（《李商隐诗集疏注》卷中）

尾联“天涯占梦数，疑误有新知”，挂念李远而为其前途担忧。天涯，指诗人所在之地桂林。占梦，圆梦，卜度梦的吉凶。《诗经·小雅·正月》："召彼故老，讯之占梦。"郑玄笺："召之不问政事，但问占梦，不尚道德而信征祥之甚。"新知，谓李远寻找到新的幕府之主。此联意谓，诗人为李远的前途而担忧，远在桂林，多次为之占卜梦之吉凶，总不太相信卦象所说"有新知"——李远即将找到新的府主。用"疑误"乃是说李远离开桂林前往宣州，只是退归他寄寓之地，而不是另有所依附了。

此诗写秋凉怀人之思，也带着一种浓浓的悲凉意绪。纪晓岚说："起四句一气涌出，气格殊高。五句在可解不可解间，然其妙可思。"(《李义山诗集辑评》) 李商隐寄寓幕府谋生，俯仰随人，颇为不易，而好友李远与桂林幕府主人郑亚不大和谐，离开桂林而前往宣州南陵寓居。诗人于天末寒意渐浓之际，怀想远在南陵的友人李远，不禁感慨系之。一方面，为最谈得来的好友之离别而深感孤独寂寞，因而特别怀想；另一方面，又为自己远离京师、寄寓桂林、不得北归而惆怅，更为好友寓居南陵的前途而担忧。二人皆处于人生的困境，因而天末寒气袭人，颇有一种悲凉意绪。此诗对仗颇工整，"客去"对"蝉休"，"波平槛"对"露满枝"；"北斗"对"南陵"，"兼春远"对"寓使迟"。颈联之对仗乃奇句，僻处桂林而遥望京师长安，似乎长安有意远离，渐行渐远，如同春之远逝，无法追逐，表现出极杳远极丰富的情思；"南陵"之地名对"北斗"之天象，以"迟"对"远"，形成强烈的感慨，更显示出思念不尽之苦况、相聚无望之悲凉。而尾联"天涯"则综合"南""北"，以"占梦"之虚幻，而"疑误"李远之有"新知"，流露出深切的关注之情。全诗抒写胸臆而又婉转含蓄，风格俊朗清淡而又感慨深沉。

北青萝

残阳西入崦，茅屋访孤僧。落叶人何在，寒云路几层。独敲初夜磬，闲倚一枝藤。世界微尘里，吾宁爱与憎。

北青萝，地名，在济源县（今河南济源）西王屋山中。《嘉庆重修一统志》卷二〇三："青萝斋，在济源县西王屋山下。唐岑参别业也。"岑参有青萝斋，在济源县青萝河。岑参《南池夜宿思王屋青萝旧斋》："池上卧烦暑，不栉复不巾。有时清风来，自谓羲皇人。天晴云归尽，雨洗月色新。公事常不闲，道书日生尘。早年家王屋，五别青萝春。安得还旧山，东溪垂钓纶。"李商隐于大和九年（835）左右，曾在王屋山、玉阳山学道，诗当作于此时。

此诗抒写薄暮寻访孤僧悟禅之情事。首联"残阳西入崦，茅屋访孤僧"，点明时间、地点。一缕斜阳渐渐没入西边的山谷，诗人来到山间之草庐，寻访那独自隐居的高僧。崦，山曲。崦嵫，传说日落的地方。《楚辞·离骚》："吾令羲和弭节兮，望崦嵫而勿迫。"王逸注："崦嵫，日所入山也。"《山海经·西山经》："崦嵫之山。"注曰："日没所入之山也。"唐裴迪《南垞》诗："落日下崦嵫，清波殊淼漫。"

颔联"落叶人何在，寒云路几层"，暮色黯淡，秋叶飘零，落叶满山，不见踪迹，隐居之高僧究竟在何处呢？寒云重重，凉气袭人，萧森幽渺，不知山路重重，究竟有几层呢？

颈联"独敲初夜磬，闲倚一枝藤"，闻深山秋夜之磬声，循声追访，而得以见到隐居之高僧。磬，古代打击乐器，状如曲尺，用玉、石或金属制成，悬挂于架上，击之而鸣。《诗经·商颂·那》："既和且平，依我磬声。"此指寺院中召集众僧用的云板形鸣器或诵经用的钵形打击乐器。慧皎《高僧传·兴福·慧元》："卒后有人入武当山下见之，神色甚畅，寄语寺僧，勿使寺业有废。自是寺内常闻空中应时有磬声，依而集众，未尝差失。"唐常建《题破山寺后禅院》诗："万籁此都寂，但余钟磬音。"此联谓，诗人闻听初夜时清朗的磬声，从四野的幽静中传来，循声而访，入茅庐得见一高僧悠闲地倚着一枝古藤杖。

尾联"世界微尘里，吾宁爱与憎"，抒写访孤僧而得悟禅理。世界，佛教语，即宇宙。世指时间，界指空间。《楞严经》卷四："何名为众生世界？世为迁流，界为方位。汝今当知，东、西、南、北、东南、西南、东北、西北、上、下为界，过去、未来、现在为世。"沈约《齐禅林寺尼净秀行状》："忽自见大光明遍于世界，山河树木，浩然无碍。”微尘，佛教语。极小者称为极尘，七倍极尘谓之“微尘”，常用以指极细小的物质。《法华经》：“譬如有经卷，书写三千大千世界事，全在微尘中。时有智人，破彼微尘，出此经卷。”北齐颜之推《颜氏家训·归心》：“何故信凡人之臆说，迷大圣之妙旨，而欲必无恒沙世界，微尘数劫也?”《北齐书·樊逊传》：“法王自在，变化无穷，置世界于微尘，纳须弥于黍米。”此联意谓，大千世界的万事万物，都不过是一介微尘，那么“我”何必要分辨哪是爱、哪是憎呢……

李商隐学道于济源西王屋山，薄暮入夜而访寻山中茅屋孤僧。首联点明时间、地点，萧森幽渺，造访孤僧。颔联先写秋叶飘零、落叶满山，而不见人，次写暮云重重，山路曲折，寻路而访。颈联写人，先闻其磬声清朗，循声而来，见孤僧闲倚一古藤杖；“独敲”与“闲倚”，皆应前之“孤僧”，而闲倚摹写孤僧之悠然出世情态。中间二联，见落叶飘零、寒云重重，闻磬声清朗，见孤僧悠然。尾联遂抒写其因访孤僧而悟禅理。大千世界，以佛法观之，实乃一微尘，本不足道。而人世间爱憎情仇、荣辱得失，皆应达观视之，一切皆空，又何必谈什么爱与憎呢？显然，诗人描摹孤僧之悠然自得，泯却爱憎，实乃随世俯仰之不得已，多少有一些愤激之情的。

温庭筠

送人东游

荒戍落黄叶，浩然离故关。高风汉阳渡，初日郢门山。江上几人在，天涯孤棹还。何当重相见，樽酒慰离颜。

宣宗大中十三年（859），温庭筠被贬为随县（今湖北随县）尉，至懿宗咸通三年（862）始得离江东下。此诗题为《送人东游》，乃诗人在随县一带，秋日送友人东游而作。

“荒戍落黄叶，浩然离故关。”首联，工于发端，营造出送别之际荒凉的图景：荒凉颓败的营垒，秋风萧瑟，黄叶飘零，友人一无反顾、无所留恋地离开了这个古老的关城。浩然，不可阻遏，无所留恋的样子。《孟子·公孙丑下》：“夫出昼，而王不予追也，予然后浩然有归志。”朱熹集注：“浩然，如水之流不可止也。”荒戍黄叶，秋风劲吹，友人浩然东归，其郁勃之气、不平之意，绝无低回流连的伤感之态，跃然纸上，如在目前。

“高风汉阳渡，初日郢门山。”高风，秋风。汉阳渡，在今湖北武汉市。《明一统志》卷五九“汉阳府”：“汉阳渡，在府城东。唐李白诗：‘鹦鹉洲横汉阳渡，水引寒烟没江树。’王贞白诗：‘落月临古渡，武昌城未开。残灯明市井，晓色辨楼台。’宋潘大临诗：‘人争汉口渡，日落阳台坂。鼓吹隔岸闻，栖观排云见。’”初日，朝日。郢门山，即荆门山，在今湖北宜昌东南长江南岸，与虎牙山隔江相对。《水经注·江水二》：“江水又东，历荆门、虎牙之间。荆门在南，上合下开，暗彻山南；有门像，虎牙在北，石壁色红，间有白文，类牙形，并以物像受石。此二山，楚之西塞也。”在此首联“荒戍”“故关”的背景下，颔联进一步摹写，将视野扩大，西起郢门山，东至汉阳渡，千里长江，浩浩荡荡，广阔的时空下，旭日东升，霞光烂漫，乘船而东，秋风吹拂，一帆风顺，悠然东归。首联为实写，此联乃虚写，将送别、友人东归之情景，置于极其阔远的图景下，有悠悠不尽之情，也增添了东游的壮烈色彩。

“江上几人在，天涯孤棹还。”颈联紧承上联，续写友人乘舟东归之情景。开阔浩渺之江面上，不见其他船帆，唯有友人所乘之一叶小舟，渐行渐远，驶向遥远的天涯。还，谓东归家园。此联抒写诗人临江目送、孤舟远去之情景，也流露出友人离别之后，诗人形影相吊的孤独感。然而，因为境界阔大，诗人的这种送别之际所流露的孤独感，并不显得低沉。又因为这孤独感，遂有尾联“何当重相见，樽酒慰离颜”。点明题旨，关照诗题：此一离别，何日能够重逢，到那时，手执杯酒，互诉离别衷肠，一解愁颜。诗人于送别之际，而期待重逢，可见情意之深厚真切，也增添了些许的亮色。

这首秋日送别诗，始终洋溢着一种郁勃之气，并不衰飒。黄叔灿《唐诗笺注》曰：“首联领起，通篇有势。中四语结撰亦称。如此写离情，直觉有浩然之气。”开篇二句，苍苍莽莽，高调入云，而颔联二句，以虚写衬托实景，一气直下，气象阔大，境界高远雄奇。后四句，送别抒怀，情真意切，不作苦语，格调雄俊健拔。大中十三年（859），四十八岁的温庭筠被贬为随县尉，诏书说：“敕乡贡进士温庭筠，早随计吏，夙著雄名，徒负不羁之才，罕有适时之用。放骚人于澧浦，移贾谊于长沙，尚有前席之期，未爽抽毫之思。可随州县尉。”一个尚未考中进士之人，贬谪为小小县尉，皇帝诏书竟称为“负不羁之才”，批评其有虚名而无实用，却又比之于“贾谊”，乃是由于温庭筠性格耿直，不依附谄事权贵，遭受打击罢了。而诗人不平之意、郁勃之气，于送友人东游之际，借以发抒，气象阔大，境界高远雄奇，诗为心声，可谓不平则鸣矣。

马　戴

灞上秋居

灞原风雨定，晚见雁行频。落叶他乡树，寒灯独夜人。空园白露滴，孤壁野僧邻。寄卧郊扉久，何年致此身？

马戴（799—869），字虞臣，《唐才子传》作华州（今渭南市华州区）人，晚唐著名诗人。武宗会昌四年（844）与项斯、赵嘏同榜登第。宣宗大中初年为太原幕府掌书记，以直言获罪，贬为龙阳（今湖南汉寿）尉，后得赦还京。懿宗咸通末，佐大同军幕。咸通七年（866）擢太学博士。与薛能、顾非熊、殷尧藩等友善，均有诗篇往来；与贾岛、姚合为诗友。薛能《送马戴书记之太原》称赞其“诗雅负雄名”。

《灞上秋居》为五律，此诗为马戴赢得盛誉。首联“灞原风雨定，晚见雁行频”，概写灞上秋意。“灞上”，又名“霸上”，在陕西省西安市东，灞水西高原上，故有此名，今称白鹿原。“灞原”即霸上。秋风时起，秋雨淅沥，天色向晚后渐已停歇，阵阵南去的雁群掠过天空。眼前分明是一副萧瑟湿冷的秋雨雁阵图，而诗人此刻正置身于这幅图画之中。“风”“雨”“晚”“雁”一起构成了秋凉之感，“频”字更是画龙点睛，仿佛为此处秋的气息加上一笔又一笔的冷色调。

颔联“落叶他乡树，寒灯独夜人”，直写异客独居。“落叶”点明深秋之时节；“他乡”道出诗人客居之身份；“寒灯”二字，既渲染了居处的冷清，亦表现出客居他乡的诗人面对落叶时的酸楚和内心的孤凄况味。用语颇近似于中唐司空曙的“雨中黄叶树，灯下白头人”。司空曙诗用树之落叶喻人之衰老，颇为贴切。树叶在秋风中飘落，和人的风烛残年正相类似。诗人以树比人，起到了烘托气氛的作用。

颈联“空园白露滴，孤壁野僧邻”，继续写秋夜孤寂。如果说颔联是立足于视觉，那么颈联则是诉诸听觉。颈联以首联为基础，将诗人所处环境展示得更为具体化。“白露”，指靠近地面的水蒸气在夜间遇冷凝结成的清澈透明的小水珠。随着时间的推移，视觉渐渐变得不再明晰。夜阑人静，园中空旷，一切动物的声息已经悄然隐去，只听见露珠落在枯叶上的响声，声音不大，却很清晰。显然，“空园白露滴”与王籍的“蝉噪林逾静，鸟鸣山更幽”（《入若耶溪》）如出一辙，而其意比后者表现得似乎更为曲折隐秘。以动写静，比写无声之静更能反映出环境的格外寂静。同时，露珠的滴落，并不像雨滴那般淅淅沥沥、滴滴答答，而是好一会儿才落一滴，能注意到这样的声响，巧妙反映出诗人的长夜不眠。“孤壁野僧邻”，亦运用烘托。“孤”似写他乡独居之处，又何尝不是诗人自己形影相吊的真实写照。有邻居，本不孤单。然而，这个邻居却是闲云野鹤般离群索居的挂单僧人，两相对照，诗人的孤独之感自然愈为突出。王国维尝云：“昔人论诗，有景语情语之别，不知一切景语皆情语也。”（《人间词话》）此诗首、颔、颈三联无一不是写景，而又无一不是写与景相关之诗人心境。

尾联“寄卧郊扉久，何年致此身”，乃是直抒胸臆。直到尾联的出现，读者才会发现，原来前面的三联都是为它蓄势铺垫。“寄卧”言客居生活之不易；“郊扉久”言长安近在咫尺又似远在天涯；“何年”是对自身命运万方多难的感喟与悲愤；“致此身”则是对实现其人生价值的热切希冀。韩愈《送孟东野序》云：“大凡物不得其平则鸣。草木之无声，风挠之鸣。水之无声，风荡之鸣。”是说天下万物若不能处于安稳平和的状态，便会通过声音而表现出来。人心为外物所感，心中有所激荡，必然会将种种情感予以表达。诗人马戴心中的苦痛，正在于其为了博取功名而至长安，虽在灞上寓居多时，依然没有找到进身之途径。因而，怀才不遇的不平和仕进希望的渺茫成为此联的核心。

全诗所写，不外乎闭门寥落之感六字。然而，诗人没有矫揉造作，没有无病呻吟，他以白描写景，不尚辞采；以实感写情，有逾渲染，使得情景相融，意境浑厚，生动刻画出古之寒士欲有所作为之艰难情状，颇有代表性。俞陛云说："此诗纯写闭门寥落之感。首句即言灞原风雨，秋气可悲，追雨过而见雁行不断。唯其无聊，久望长天，故雁飞频见，明人诗所谓'不是关山万里客，哪识此声能断肠'也。三四言落叶而在他乡，寒灯而在独夜，愈见凄寂之况，与'乱山残雪夜，孤烛异乡人'之句相似。凡用两层夹写法，则气厚而力透，不仅用之写客感也。五句言露滴似闻微响，以见其园之空寂。六句言为邻仅有野僧，以见其壁之孤峙。末句言士不遇不本意，叹期望之虚悬，岂诗人例合穷耶?"（《诗境浅说》）说解颇深入。此诗题材虽无甚特别，但其丰富的艺术感染力让它经得起时间的洗涤。

清人叶矫然说："晚唐之马戴，盛唐之摩诘也。"（《龙性堂诗话》）纪昀认为"晚唐诗人，马戴骨格最高。"（《瀛奎律髓刊误》）翁方纲对其评价更高："（五律）直可与盛唐诸贤侪伍，不当以晚唐论矣。"（《石洲诗话》）马戴善于抒写羁旅之思和失意之慨，秀朗自然，蕴藉深婉。因其诗歌饶有韵致，无晚唐纤靡僻涩之习，故严羽《沧浪诗话》、杨慎《升庵诗话》、王士禛《带经堂诗话》等，无不推其成就在晚唐诸人之上。

楚江怀古

露气寒光集，微阳下楚丘。猿啼洞庭树，人在木兰舟。广泽生明月，苍山夹乱流。云中君不见，竟夕自悲秋。

武宗会昌四年（844），马戴进士及第，完成了从寒士到帝国文官的转身。然而，仕途多舛，短短数年之后，宣宗大中（847—860）初，身为太原幕府掌书记的马戴，因直言见斥，被贬为龙阳（治今湖南汉寿）尉。掌书记，全名节度掌书记，在唐代其秩为从八品，级别虽不高，但作为节度使属下军政、民政机关之机要秘书，职位颇为重要。从大唐北都太原远谪楚地，屈居一尉，无论是被贬的原因，还是职位、地域，都让诗人满腔愤懑无处诉说。由晋到楚，马戴徘徊于大湖之畔，触景生情，在追慕前贤、感怀身世之中，便有了《楚江怀古》。

马戴以五律而闻名晚唐诗坛，《楚江怀古》是其代表作品，共三首，所选为第一首。“楚”交代地域，其贬所龙阳在洞庭以南青草湖边。“江”即长江。青草湖和洞庭湖一南一北，至南北朝时期已连为一体，洞庭北通长江，因而湖水亦是江水。在古代，青草、洞庭两名长期连用。如明初诗人唐温如“西风吹老洞庭波，一夜湘君白发多。醉后不知天在水，满船清梦压星河”（《题龙阳县青草湖》），即是标题用青草湖之名，而诗中则用洞庭湖。

首联“露气寒光集，微阳下楚丘”，放眼黄昏，写出季节与时间。金风摇落，秋意时起，水上雾霭由淡渐浓，云气氤氲，眼前的风光慢慢朦胧起来。这一切，似乎都随着落下远山的夕阳，一起到来。“微阳”，阳光黯淡，光亮不强的太阳，与上句湿重的“露气”正相应。北地与南国的日落，相同而又不同，风景如此，情感亦是如此。眼前这个萧瑟清冷的秋日黄昏，不露痕迹地表现出诗人惆怅寂寥的心境。于是，诗人将笔触引往水上。

颔联“猿啼洞庭树，人在木兰舟”，将远望的视线移到湖面。“猿啼”，本指猿类的叫声，在诗文中常用以抒发悲伤之情。“木兰舟”，用木兰树所造之船。南朝任昉《述异记》云：“木兰洲在浔阳江中，多木兰树。昔吴王阖闾植木兰于此，用构宫殿也。七里洲中，有鲁班刻木兰为舟，舟至今在洲中。诗家云木兰舟，出于此。”后遂以为船之美称，并非实指为木兰之材所制。上句从听觉写物——“洞庭树”，下句以视觉写人——“木兰舟”及舟中之人，且静中含动、动中藏静，诗人于似有若无间将伤秋怀远之情凝结成一副清淡悠远的画卷。此地此时，诗人独对黄昏，耳边传来湖边树丛中猿猴的哀啼，望着眼前随波而行的小木舟，禁不住悲从中来。面对夕阳西下时的楚山楚水，诗人很自然地想起生于南国的伟大诗人——屈原，而相似的贬谪经历，更使有同病相怜之感。“袅袅兮秋风，洞庭波兮木叶下”（《楚辞·九歌·湘夫人》），诗人由景而怀人，屈原隔了千百年的诗歌绝唱，仿佛拨动着内心最柔软的那根心弦，不可抑止。

颈联“广泽生明月，苍山夹乱流”，描绘水流月出之夜景。“广泽”

言湖面广阔无际；“乱流”言楚地水流众多。不知过了多久，浩瀚无垠的湖面上，升起一轮明月，映照着青色群山间纵横奔涌的清流。俞陛云《诗境浅说》云：“唐人五律，多高华雄厚之作。此诗以清彻婉约出之，如仙人乘莲叶轻舟，凌波而下也。”所谓“高华雄厚”，乃是高雅、华贵、雄浑、敦厚等艺术风格的概括。与“海上生明月，天涯共此时”（张九龄《望月怀远》），“月下飞天镜，云生结海楼”（李白《渡荆门送别》），“星垂平野阔，月涌大江流”（杜甫《旅夜书怀》）所抒写的现实与奇异、想象之相结合不同，马戴此联虽真实描摹了广袤的自然景观，却又局限于此而未能借助大胆的想象，让诗歌焕发出更为宏大的气象，故有“清彻婉约”之说。当然，这未必是个人天赋才华所致，盛唐气象与晚唐韵致，自然有着无法比拟的时代差异。如果说颔联中的动静相合是暗写，那么此联便是明写。“广泽生明月”写出景象的阔大和静谧；“苍山夹乱流”则写出山水的繁多和纷乱。而在被贬谪的诗人心里，景象愈大，则愈加反衬出自己的孤独；纵横奔流的溪水，似乎也是诗人缭乱的思绪。群山与诸水的景象，不过是诗人心灵深处无法宁静的映照。

此诗中间两联，颇受后世推重。明代杨慎《升庵诗话》卷一〇云：“前联虽柳恽不是过也，晚唐有此，亦希声乎！严羽卿称（马）戴诗为晚唐第一，信非溢美。”王世贞《艺苑卮言》亦云：“权德舆、武元衡、马戴、刘沧五言，皆铁中铮铮者。‘猿啼洞庭树，人在木兰舟。’真不减柳吴兴。”称赏备至。

尾联“云中君不见，竟夕自悲秋”，点明怀古，以悲秋绾结全诗。黄昏早尽，夜色渐深，万籁俱寂。这一刻，“素月分辉，明河共影”，在三万顷玉鉴琼田中，独着扁舟一叶的诗人俯察仰观于天地之间，禁不住再次想起楚地的神话传说和先贤往事。“云中君”一般指云神（一说为云梦泽之水神），在文学作品中的出现，可追溯到屈原《九歌·云中君》。在时光的长河里，一切皆是一去不返。云神如此，屈原亦是如此。千载而下，诗人对屈原的敬仰与怀念只有寄托在神游的世界里。

历来对此诗的解读，多认为系追思屈原。其实，诗人身处广袤的洞庭湖，驾一叶扁舟，耳听寒猿悲啼，乱流急响，眺望“微阳”西沉、“明月”渐升，真有无以言说的寂寞感；而岁月流逝，虚耗生命，难以抑制的人生失意的悲凉感，又怎能不涌上心头！屈原说：“朝搴阰之木兰兮，夕揽洲之宿莽。日月忽其不淹兮，春与秋其代序。惟草木之零落兮，恐美人之迟暮。”(《离骚》)处此情景之下，诗人的心灵与屈原相通，遂有“云中君不见，竟夕自悲秋”之感喟。而“自悲秋”三字，有前不见古人，后不见来者的孤独与悲凉，诗人既是怀古，也是畅抒今情，乃“微斯人，吾谁与归”的更为艺术化的心声表达。

张　乔

书边事

调角断清秋，征人倚戍楼。春风对青冢，白日落梁州。大漠无兵阻，穷边有客游。蕃情似此水，长愿向南流。

张乔，生卒年不详，池州（今安徽贵池）九华人。咸通中，应进士举。与许棠、郑谷、喻坦之等齐名，合称“咸通十哲”。曾漫游吴越、荆襄、河洛、关中等地。黄巢兵起，罢举，归隐九华山。《唐才子传》称其：“有高致，十年不窥园，以苦学，诗句清雅，迥少其伦。”诗歌有一气贯注之妙，写景之语颇具特色。

边事，边塞之情事。安史之乱起，河、陇一带陷于吐蕃。宣宗大中二年（848），沙洲张议潮乘吐蕃内乱之机，率众起兵，收复失地，并将沙州、瓜州、伊州、肃州等十一州地图献于唐朝。朝廷封张义潮为归义军节度使。咸通二年（861），张议潮率蕃汉军收复凉州，大中十一年（857），吐蕃将领尚延心又以河、渭二州归降朝廷。咸通七年（866）再收复西州、轮台诸城，将吐蕃势力彻底逐出河西、陇右之地，此后“西尽伊吾，东接灵武；得地四千余里，户口百万之家；六郡山河，宛然而归”（《张淮深碑》），“自河、陇陷蕃百余年，至是悉复陇右故地”（《旧唐书·宣宗纪》）。到此，河西、陇右一线重新出现安定和平的局面，此诗当作于其时。

首联“调角断清秋，征人倚戍楼”，点明时节和地域。“调角”即吹奏号角。古代军中号角多用兽角做成，故称角，号角之声在战场上用于发号施令或振气壮威。“断”，传神表现出由静而动的场面。第一句视野高远，落笔宏阔，勾勒出一个动静相济的广袤空间背景：秋高气爽，阵阵号角之声高亢苍劲，回荡在边地，划破了这个季节里固有的宁静。第二句诉诸视觉，由“调角”引出“征人”，展现出边塞兵士生活的画面。一个“倚”字，似写征人悠闲的姿态，实写其安然的心态。诗人妙笔点染，传神表现出边境安宁、征人无事之真实情状。

颔联“春风对青冢，白日落梁州”，泛写边地风色。“青冢”，这里指汉代王昭君之墓，其地在今内蒙古自治区呼和浩特市南。“梁州”，即《梁州》曲，亦称《凉州》《凉州曲》。《乐府诗集·近代曲辞一·凉州》引《乐苑》曰：“《凉州》，宫调曲。开元中，西凉府都督郭知运进。”又引《乐府杂录》：“《梁州曲》，本在正宫调中，有大遍小遍。到贞元初，康昆仑翻入琵琶玉宸宫调，初进曲在玉宸殿，故有此名。”张乔《宴边将》曰：“一曲梁州金石清，边风萧飒动江城。”即是抒写《梁州》曲的动人乐调。此联“春风”“白日”，乃虚写。梁州，即指《梁州曲》，与首句之“调角”相呼应，也指地名，与“青冢”相对，乃互文见义：和煦的春风吹拂过昭君的青冢，令人心旷神怡，明媚的阳光照耀下，一曲悠扬的《梁州曲》飘荡于边地之上；边塞和平，春风轻拂，明媚的阳光普照，一切是那样地令人心旷神怡，悠然自乐。边塞安宁，和谐共处，是各民族人民的共同心声。所以昭君的形象和深远影响必然会像她墓上的青草摇曳在年复一年的春风中一样，夙愿长存，期望永在。从塞外青冢到河西凉州，两者虽相隔千里，却在春风和夕阳中一同见证着平和安宁的美好景象。

颈联“大漠无兵阻，穷边有客游”，遥想边地行客。此两句上承颔联而来，从写景转入写人。穷边，极远之边地。“大漠”“穷边”，极言塞外夐远，广袤无垠；“无兵阻”与“有客游”，则是“有”“无”相较，“兵”“客”对举，在鲜明对比中，抒写没有了战争威胁的塞外边境，行客自由往来，一派祥和。将颔联与颈联予以整体观照，才能更好地体会诗人以景带人、携人入景的艺术手法。

尾联“蕃情似此水，长愿向南流”，表达美好希冀。诗人信手拈来，选取眼前奔流不息的河水，运用形象的比喻，以代人立言的方式描摹出长居塞外的蕃民仰慕中原文明，南向归化的真实心态。这份心愿，与其说是边民的渴望，毋宁说是诗人的美好期望。

此诗紧扣“边事”二字，诗人从塞外所闻到有所见，再到所望而心生所感，气韵一以贯通，奔腾直下，却又不乏起伏跌宕之感。首联写边塞无战事。以往秋高气爽，正是边塞多事之秋。而今《梁州曲》悠扬的音响吹奏，征人闲倚戍楼，悠闲自得。颔联和颈联，极力摹写一片和平景象。“春风”“白日”以极阔大的视野，彰显其辽敻旷远，“青冢”“梁州”南北对举，既写音乐《梁州曲》，亦是地名，展示辽阔边境的安闲和平景象。又以“无兵阻”“有客游”，更进一步叙写和平景象、行客自由往来的情状。尾联抒写边地部族的归化心理，似河水南流，乃大势所趋，人心所向。全诗笔致秀逸，音节优美，境界开朗壮阔。正所谓“高视阔步而出，一气直书，而仍顿挫，亦高格之一也。”（俞陛云《诗境浅说》）张乔诗歌，在晚唐别具特色，尤擅写景。《书边事》正是彰显诗人这一特色的代表性作品。

唐代是边塞诗歌创作的高峰时期。不过，在创作此类诗歌的诗人群体中，有不少人并没有真实的边塞生活经历，他们的创作灵感和表现内容往往是借助于前人作品中的历史典故和文学意象，在李唐国势衰落，疆域大幅收缩的晚唐时代，尤其如此。张乔的边塞诗便明显具有这一特征。他还有一首《再书边事》：“万里沙西寇已平，犬羊群外筑空城。分营夜火烧云远，校猎秋雕掠草轻。秦将力随胡马竭，蕃河流入汉家清。羌戎不识干戈老，须贺当时圣主明。”此诗依远望、近观、用典、颂圣一路写来，遥想之色彩犹重于《书边事》。晚唐边塞诗创作中这一独特现象的出现，反映出当时的时代特征，也是社会生活对其深刻影响的必然结果。

崔　涂

除夜有怀

迢递三巴路，羁危万里身。乱山残雪夜，孤独异乡人。渐与骨肉远，转与僮仆亲。那堪正飘泊，明日岁华新。

崔涂，字礼山，桐庐（今浙江桐庐）人。光启四年（888）进士及第，然而一生未仕，长期漂泊，足迹遍及江湘、巴蜀、秦陇等地。《唐才子传·崔涂》说："工诗，深造理窟，端能竦动人意，写景状怀，往往宣陶肺腑。亦穷年羁旅，壮岁上巴蜀，老大游陇山。家寄江南，每多离怨之作。"徐献忠《唐诗品》曰："崔涂律诗，音节虽促而兴致颇多，身遭乱梗，意殊凄怅。虽喜用古事，而不见拘束。"诗题一作《巴山道中除夜书怀》，又作《除夜有感》。僖宗中和元年（881）秋，黄巢入长安，崔涂避乱入蜀，四年（884）离蜀，此诗乃其羁旅巴山道中，逢除夕之夜有感而作。

首联"迢递三巴路，羁危万里身"，三巴道路险峻又遥远，万里羁旅，孤身一人，孤苦危险备尝啊！三巴，巴郡、巴东、巴西的合称，相当今四川嘉陵江和綦江流域以东的大部地区。晋常璩《华阳国志·巴志》："建安六年，鱼复蹇允白璋争巴名，（刘）璋乃改永宁为巴郡，以固陵为巴东，徙（庞）羲为巴西太守，是为三巴。"《资治通鉴·晋安帝元兴三年》："（桓）玄以桓希为梁州刺史，分命主将戍三巴以备之。"胡三省注："三巴，巴郡、巴东、巴西也。杜佑曰：渝州，古巴国，谓之三巴。以阆、白二水东南流，曲折三回，如'巴'字也。"羁危，在艰难险阻中羁旅漂泊。

颔联"乱山残雪夜，孤独异乡人"，除夕之夜，漂泊他乡，身处山野小店，夜幕笼罩，独对孤烛，长夜守岁，烛光摇曳，似乎四野的山峦身影摇动，残雪亦明灭变化。

颈联“渐与骨肉远，转与僮仆亲”，离家日久，万里漂泊，与亲人也越行越远了，日夕与身边僮仆共处，反而觉得越来越亲近了。转与，反而。僮仆，随行小厮，小奴仆。此句化用王维《宿郑州》之“他乡绝俦侣，孤客亲僮仆”。

尾联“那堪正飘泊，明日岁华新”，不能忍受长久的万里漂泊，更何况明天就是新的一年的开始了啊！那堪，何堪，不能忍受。岁华，岁月，年华。

此诗乃诗人避乱而漂泊巴蜀，除夕感怀而作。先点明地点“三巴路”，其次点明人“万里身”，开篇即对偶，气象阔大。颔联以“烛”字切诗题之“除夜”，移不到别处去。此一联多层意思，极为丰富。除夜孤旅，乱山残雪，漂泊异乡之人独对孤烛，长夜守岁，其景凄凉，其情凄恻。颈联紧承上句，写羁旅孤情，离家日久，与亲人愈行愈远，反而与身边日夕相伴的僮仆相亲近，用“骨肉”与“僮仆”相对，更觉酸辛。尾联点题，抒写天涯孤旅的凄苦况味，除夕本应团聚，而今却漂泊在万里之遥、崇山峻岭的三巴道上，情何以堪！清人贺裳说：“读之如凉雨凄风飒然而至，此所谓真诗，正不得以概薄之。”（《载酒园诗话又编》）

孤　雁

几行归塞尽，片影独何之。暮雨相呼失，寒塘欲下迟。渚云低暗渡，关月冷相随。未必逢矰缴，孤飞自可疑。

此诗原题共二首，所选为第二首。此诗以《孤雁》为题，句句赋“孤雁”，又句句无“雁”字。至末句“孤”字始出，熔全诗情景于一炉，成神韵、意境于一体而不可分离。

首联“几行归塞尽，片影独何之”，以寥寥数笔勾勒出孤雁面目。“几行”，言大雁合群高飞之景，行，雁行；“归塞”，写雁群北飞，同时点明春天时节；“片影”而曰“独”，皆明言“孤雁”之孤。以“片影”而写孤雁，其来有自，如“谁怜一片影，相失万重云。”（杜甫《孤雁》）每年春分之后，南迁过冬的大雁便会返回北方。数行北飞的雁群慢慢消逝在诗人的视野之中，然而辽阔天际，有一只孤雁，茕茕孑立，形影相吊，在万里长空中踽踽独飞。无人知道它何以孤独，也无人知道它要往哪里去。“片影”，一作“念尔”。

颔联“暮雨相呼失，寒塘欲下迟”，遥想孤雁失群，彷徨无助之貌。“暮雨”，即黄昏之雨。“寒塘”，古代诗中多指寒秋中的池塘。当南方春暖花开，雁群北归之时，北方之地犹自春寒料峭，故云“寒塘”。此正是“五原春色旧来迟，二月垂杨未挂丝。即今河畔冰开日，正是长安花落时”（张敬忠《边词》）所描写之春景。“暮”为目光所见，视觉；“寒”乃皮肤所感，触角。诗人设身处地，将心比心，把暮雨中的无助、恐慌和寒塘里的冰冷、寂寞和盘托出，使读者可以更准确地体味到孤雁之“孤”。“相呼失”，失，失群。梁简文帝《陇坻雁初飞》：“雾暗早相失。”杜甫《孤雁》：“谁怜一片影，相失万重云。”有似杜诗“飞鸣声念群”之意，然情急而“呼”之下，当比“念”更为急迫。“孤雁乃失偶之雁，而未尝无群，‘相呼’者呼其群也。”（《瀛奎律髓汇评》）“迟”为迟疑之意；“欲下迟”，写孤雁心中踌躇，犹豫不决之状。

颈联“渚云低暗渡，关月冷相随”，紧承颔联，摹写孤雁单飞索寞之态。“渚”指水中的小洲；“关月”为古典诗词中明月关山意象之简称。诗人以“渚云”“关月”代指孤雁跨河越岭、万里独飞的种种不易。每当乌云近薄渚洲，黑云翻墨之势必然给人恐怖、压抑之感。在如此情境之中艰难行进，诗人将孤雁的形单影只、无依无靠表现得淋漓尽致，令人同情。天气晴朗之时，情形会略微好些。然而，在空旷无际的天空中，只有一轮月亮洒下清冷的光辉，孤零零地静静陪伴着孤雁。诗人借助于想象，写出孤雁离群后依旧北飞的行程，倾注了对孤雁自始至终的关心。“低”“冷”二字分别对应“云”“月”，将外在环节之险恶、内心感受之凄凉一齐展现，再一次锁定于“孤”字之上。

尾联“未必逢矰缴，孤飞自可疑”，以人雁相合，致相悲相惜之意。矰缴，系有丝绳的短箭，用以射鸟儿。孤雁，往往会成为猎人猎捕的对象。退一步讲，就算未必遭遇暗箭袭击，但离群孤飞时的压抑、恐惧、孤独、悲凉也会让身处其中者难以排遣。这种心情，孤雁知道，漂泊异乡的诗人也知道。由“未必”二字，可以看出诗中不无宽慰之意：既是对孤雁，又是对自己。然而，这宽慰实际能有几分效果？相呼失侣、孤踪自怯、渚云暗渡、冷月相随，无一不是内心疑惧，愁肠百结的表现。所以，刻意的宽慰，反而会让人更为担心。全诗句句写“孤”，又不显“孤”字，直至此联末句诗眼才见。崔涂穷年流转，漂泊羁旅，故每多旅愁离怨之作。此诗题为《孤雁》，乃是以孤雁为喻，传神表现出作者孤凄忧虑的真实情感。

此诗借孤雁以自喻，突出一个“孤”字。首联写失群，中间二联摹写孤雁失群独飞的种种情状与苦况：暮雨、寒塘、失群、迟疑、云低、月冷，写尽其孤单寂寞、凄凉酸楚、惊惧胆怯。尾联抒写诗人对孤雁之关切，担心遭遇暗算。虽然句句写孤雁，实在有诗人自己的身影在其中。俞陛云说：“通篇皆实赋孤雁。首二句曰雁行归尽，念此天空独雁，怅怅何之？以首句衬出次句，乃借宾定主之法。三四言暮雨苍茫，相呼失侣，将欲寒塘投宿，而孤踪自怯，几度迟回。二句皆替雁着想，如庄周之以身化蝶，故入情入理。犹咏鸳鸯之‘暂分烟岛犹回首，只渡寒塘亦并飞’，替鸳鸯着想，皆妙入毫颠也。五六言相随者唯渚云关月，见只影之无依。末句谓未必逢弋者，而独往易生疑惧。客子畏人，咏雁亦以自喻，此诗乃赋而兼比者也。三四句即以表面而论，三句言其失群之由，四句言失群仓皇之态，亦复佳绝。”（《诗境浅说》续编）

杜甫亦有《孤雁》，曰：“孤雁不饮啄，飞鸣声念群。谁怜一片影，相失万重云。望尽似犹见，哀多如更闻。野鸦无意绪，鸣噪自纷纷。”不同于崔涂此诗孤凄愁苦的情感基调，杜诗更多表现出一种对孤雁的欣赏和赞美。从对孤雁不饮不食的描写，到对野鸭了无意绪、鸣噪纷纷的不屑，彰显出其诗悲中生壮的情感。故而，孤雁的有所不为，同样反映出诗人对自身节操的坚守。故元人方回称崔诗“不及老杜之万钧力也”，的确如此。诗至晚唐，自难与盛唐之时相抗，更何况是老杜之作。而流落江湖，他乡羁旅者，往往少杜诗情怀而多崔诗氛围。故方回云：“老杜云‘谁怜一片影，相失万重云’，此云‘暮雨相呼疾，寒塘欲下迟’……为江湖孤客者，当以此尾句观之。”（《瀛奎律髓》）

杜荀鹤

春宫怨

早被婵娟误，欲妆临镜慵。承恩不在貌，教妾若为容。风暖鸟声碎，日高花影重。年年越溪女，相忆采芙蓉。

杜荀鹤（846—904），字彦之，自号九华山人，池州石埭（今安徽石台）人。早年隐居庐山、九华山，足迹遍及浙、闽、赣、湘等地。大顺二年（891）进士及第，后为宣州节度使从事。天祐元年（904），被朱温举荐为主客员外郎、知制诰、充翰林学士，未及十日而卒。杜荀鹤自称继承杜甫、白居易的现实主义传统，“诗旨未能忘救物”（《自叙》），反映现实，关心民生疾苦。杜荀鹤专攻近体诗，语言浅近通俗，明白晓畅。此诗《春宫怨》，杜荀鹤作为其自编诗集《唐风集》的压卷之作。

宫怨诗一般描摹宫禁生活境况，抒写宫中女性生活的压抑，青春流逝，生命虚耗，未必有什么寄托，但杜荀鹤的这首诗显然是有寄托的。屈原《离骚》：“众女嫉余之蛾眉兮，谣诼谓余以善淫。”邹阳《狱中上梁王书》：“女无美恶，入宫见妒；士无贤不肖，入朝见嫉。”宫禁女性渴望君王之宠幸，与士人希望得君王之赏识、仕途顺遂，颇为相似，诗人易于借宫怨之题材而抒写士不遇之感慨。此诗，通篇不着一“怨”字，然而却句句写怨。

首联“早被婵娟误，欲妆临镜慵”，虽然生得身姿窈窕、容貌姣好，早早被选入宫中，事实上却因这姣好容貌而被耽误了；本欲梳妆，然而面对镜子却心生慵懒。身姿窈窕、容貌姣好，乃美人的标志。因其美丽，才被选入宫中，然而一入宫禁，虚耗生命，青春流逝，追究其原因，实乃“婵娟”姿容而导致了宫禁中囚徒般的生活，因而说“早被”“误”，乃自怨自悔中的怨抑之情。下句“欲妆临镜慵”，显然刻画美人临镜梳妆，见其婵娟姿容而生悔恨怨抑之情，遂懒于梳洗打扮了。女为悦己者容，那么这个宫中的女子，在无聊中一天天地梳妆打扮，究竟是给谁看呢？又有什么意义呢？“误”字“慵”字，揭示出美人的悔恨心态和临镜而意兴索然、心灰意冷的心境。婵娟，姿容美好的样子。误，贻误，耽误。

颔联“承恩不在貌，教妾若为容”，紧承上联，继续写女子对镜而思的心理活动：承受君王之恩宠，并不在容貌美丽与否，教我又为谁去梳妆打扮呢？因婵娟姿容而早早被选入宫中，然而承受君王之恩宠并“不在貌”——这婵娟姿容又有何用呢？后宫三千佳丽，各有本领，献媚争宠，然而自己却不会那一套手腕，更不屑去做，那么也只能是长久地被冷落、闲置了。陈鸿《长恨传》说杨玉环承恩专宠：“非徒殊艳尤态致是，盖才智明慧，善巧便佞，先意希旨，有不可形容者。”所说正是“承恩不在貌”。可见“承恩不在貌”，是关键。女性之美丽为君王所喜爱，才士之卓越才能、治国理政之术，本应为君王所赏识，然而“自古才大难为用”，奈何？孔子说：“君子不器。”因为器物的使用与否，都是由他人所决定的。

颈联“风暖鸟声碎，日高花影重”，从抒情而转向写景，紧扣诗题“春”字：春风送暖，传来鸟儿欢快的彼此唱和、啼鸣声，日渐中天，阳光直射在怒放的鲜花上，显得花影重重，呈现出一派春和景明的祥和景象。诗人借此以反衬宫女内心的悲苦，鸟与花，沐浴在春风与阳光中，正当其时，然而此女子却被幽禁宫中，虚耗生命。风暖，鸟儿欢快地啼鸣，呼朋引伴，热闹非凡；日高，鲜花怒放，繁盛，在阳光照射下，重重叠叠的花影，在春风吹拂下，摇曳生姿，充溢着生命的乐趣与向上的情意；然而此宫女正值生命的盛年，却是一片死寂无聊，情何以堪！欢乐是他们的，而此宫女什么也没有，只能在岁月流逝中，耗尽生命罢了。

尾联“年年越溪女，相忆采芙蓉”，从颈联的鸟儿欢快、鲜花怒放的热闹春景，宕开一笔，追忆当初与女伴驾一叶小舟，漂荡于湖上，穿行于亭亭荷叶间，手采莲花的美好生活。王勃《采莲曲》："采莲归，绿水芙蓉衣。秋风起浪凫雁飞，桂棹兰桡下长浦，罗裙玉腕轻摇橹。叶屿花潭极望平，江讴越吹相思苦……莲花复莲花，花叶何稠叠。叶翠本羞眉，花红强似颊……采莲歌有节，采莲夜未歇。正逢浩荡江上风，又值徘徊江上月。徘徊莲浦夜相逢，吴姬越女何丰茸。共问寒江千里外，征客关山路几重。"正是下句"相忆采芙蓉"的具体描写。幽处深宫，生命虚耗，未入宫前与女伴江畔湖沼采莲的生机勃勃的美好生活，是此女子心头永久的记忆，也是对虚耗生命的反抗，正照应了首联之"早被婵娟误"的追悔与怨抑。

此诗抒写宫怨，而"春"字，既是写春天景象，也是写宫女之美好青春盛年之虚度。俞陛云说："题面纯为宫怨而作。首言早擅倾城之貌，自赏翻以自误。寸心灰尽，临明镜而多慵。三四谓粉黛三千，谁为丽质，而争宠取怜者，各工其术，则己之膏沐，宁用施耶？五六赋'春'字。五句言天寒鸟声多噤，至风暖则细碎而多；六句言朝晖夕照之时，花多侧影。至日是当亭午，则骈枝叠叶，花影重重。用'碎'字'重'字，固见体物之工，更见宫女无聊，借春光以自遣，故鸟声花影体会入微。末句忆当年女伴，搴芳水次，何等萧闲，遥望若耶溪上，如笼鸟之羡翔云，池鱼之思纵壑也。此诗虽为宫人写怨，哀窈窕而感贤才，作者亦以自况。失意文人，望君门如万里，与寂寞宫花同其幽怨已。"（《诗境浅说》）"承恩不在貌""自古才大难为用"，这在压抑和扼杀人才的专制社会，具有普遍而典型的意义，足以引起千古一恸。因而清人黄生说："此感士不遇之作也。"（《唐诗摘抄》）

韦　庄

章台夜思

清瑟怨遥夜，绕弦风雨哀。孤灯闻楚角，残月下章台。芳草已云暮，故人殊未来。乡书不可寄，秋雁又南回。

韦庄（836—910），字端己，杜陵（今陕西西安）人。韦庄出身贵族家庭，其远祖乃武则天时宰相韦待价，诗人韦应物的四世孙。不过，到韦庄时，家族已然衰落，父母又早亡，处境颇寒微，“晓傍柳阴骑竹马，夜隈灯影弄先生。巡街趁蝶衣裳破，上屋探雏手脚轻”（《涂次逢李氏兄弟感旧》）“昔为童稚不知愁，竹马闲乘绕县游。曾为看花偷出郭，也因逃学暂登楼”（《下邽感旧》），虽然天真烂漫，实乃贫民子弟的幼年生活。韦庄科举不顺，屡试不第，僖宗中和三年（883），在洛阳应举，黄巢大军攻破长安，作《秦妇吟》长诗，世称“秦妇吟秀才”，其后避乱漂泊于江南、江西、两湖地区。昭宗乾宁元年（894）才登进士第，后任校书郎、左补阙等职。光化四年（901），入蜀为王建掌书记。唐亡之后，王建称帝，拜韦庄为宰相。韦庄诗风飘逸，尤善写豪丽之景，如“兴庆玉龙寒自跃，昭陵石马夜空嘶”（《闻再幸梁洋》）“手招都护新降虏，身着文皇旧赐衣”（《赠边将》），尤为警策。韦庄亦擅长作词，与温庭筠并称“温韦”，实为晚唐词人之翘楚。陈廷焯说：“词至端己（韦庄），语渐疏，情意却深厚，虽不及飞卿（温庭筠）之沉郁，亦古今绝构也。”（《词则·大雅集》）“韦端己词，似直而纡，似达而郁，最为词中胜景。”“端己《菩萨蛮》四章，惓惓故国之思，而意婉词直，一变飞卿面目，然消息正自相通。”（《白雨斋词话》卷一）

章台，即章华台，春秋时楚灵王离宫，台高十丈，基广十五丈，故址在今湖北监利县西北。《左传·昭公七年》："及即位，为章台之宫，纳亡人以实之。"杜预注："章台，南郡华容县。"又，战国时秦宫中台名。《战国策·楚策一》："今乃欲西面而事秦，则诸侯莫不南面而朝于章台之下矣。"鲍彪注："秦台，在咸阳。"此诗颔联有"楚角"，尾联"乡书不可寄"，韦庄乃杜陵（今陕西西安）人，则此章台乃楚地之章华台。《唐才子传》说：韦庄"早尝寇乱，间关顿踬，携家来越中，弟妹散居诸郡。江西湖南，所在曾游，举国有山河之异。故于流离漂泛，寓目缘情，子期怀旧之辞，王粲伤时之制，或离郡轸虑，或反袂兴悲，《四愁》《九怨》之文，一咏一觞之作，俱能感动人也。"此诗当为昭宗大顺元年（890）秋，韦庄游鄂（今湖北）所作。

"清瑟怨遥夜，绕弦风雨哀。"清瑟，凄清的瑟音。遥夜，长夜。《楚辞·九辨》："靓杪秋之遥夜兮，心缭悷而有哀。"张九龄《望月怀远》："情人怨遥夜，竟夕起相思。"首联，秋夜漫长，辗转难眠，遂弹琴瑟而遣怀，清怨的瑟音似乎从那遥远的夜空响起，又始终萦绕着弦索，似乎可听见凄风苦雨般的哀伤。此联实乃化用阮籍《咏怀》"中夜不能寐，起坐弹鸣琴"诗句，抒写其漫漫秋夜中的凄清与孤寂。高远虚空的秋夜，极广大，瑟音从弦索上发出，却又似乎从遥远的天际传来，因其内心的不平，而瑟音如同凄风苦雨般的动荡。

"孤灯闻楚角，残月下章台。"诗人本来弹瑟而遣怀，然而高远虚空的秋夜，更添凄清孤寂，遂停瑟不弹。颔联，秋夜漫漫，独对孤灯，远处传来城头画角的凄凉音调，遂备感悲凄；而一弯明月，渐渐隐没在章华台之后的天际，天际黯淡，夜色已深。上句，写所闻"楚角"；下句，写所见"残月"。而"孤灯"与"残月"相对，更加重了孤寂黯淡的气氛。在写景中，寄寓了的浓烈的抒情意味。

"芳草已云暮，故人殊未来。"云暮，云，语气助词。《左传·僖公十五年》："岁云秋矣。"《楚辞·招隐士》："王孙游兮不归，春草生兮萋萋。"江淹《休上人怨别》："日暮碧云合，佳人殊未来。"颈联，化用《招隐士》及江淹诗句，谓身处楚江，自春天至秋天，芳草已然凋零，然而故人旧友却仍然没有来啊，寄寓了诗人年华虚度、岁月流逝的迟暮感。“芳草已云暮”，义兼比兴，虽是写季节变换，却有年华易逝、青春难再的感叹。

“乡书不可寄，秋雁又南回。”韦庄乃京兆人，流寓楚江，望见大雁南飞，鸿雁虽能传书，然而战乱频仍，无有宁处，即使写好了家书，又怎能将家书寄达故乡呢，唯见大雁一年一度地南来北往，使人徒增叹息罢了。“又”字，一方面指大雁年年南来北往，另一方面，大雁能南北往返，而人却不能，故乡遥遥，只增叹息。

此诗写秋夜思乡，前四句写秋夜所见所闻，“怨遥夜”“风雨哀”与“孤灯”“残月”，极力摹写寄居他乡，秋夜难耐的思乡之情，承受着孤独、寂寞与凄苦。后四句，抒写秋思，流寓楚江已久，年华虚度，岁月流逝，而故人旧友，未能前来，乡书难寄，故乡难回，充溢着无限的凄苦之情。清人俞陛云说：“前半借清瑟以写怀，泠泠二十五弦，每一发声，若凄风苦雨绕弦杂沓而来。况残月孤灯，益以角声悲奏，楚江行客，其何以堪胜。诵此四句，如闻雍门之琴，桓伊之笛也。下半首言草木变衰，所思不见，雁行空过，天远书沉，与李白（当为杜甫）之‘鸿雁几时到，江湖秋水多’相似，皆一片空灵，含情无际。初学者宜知此诗之佳处，前半在神韵修长，后半在笔势苍健。”（《诗境浅说》）体悟诗情，亦颇为精当。

皎　然

寻陆鸿渐不遇

移家虽带郭，野径入桑麻。近种篱边菊，秋来未著花。扣门无犬吠，欲去问西家。报道山中去，归来每日斜。

陆鸿渐，名羽，字鸿渐，不知何许人也。陆羽擅长诗文，所撰《陆文学自传》说，肃宗（760）初年，“结庐于苕溪之湄，闭关对书，不杂非类。名僧高士，谈燕永日。常扁舟往来山寺，随身唯纱巾、藤鞋、短褐、犊鼻。往往独行野中，诵佛经，吟古诗，杖击林木，手弄流水，夷犹徘徊，自曙达暮，至日黑兴尽，号泣而归。”是楚狂接舆一类的人物，后多与文士相交，与颜真卿、权德舆、皇甫冉、诗僧皎然等相唱酬，“少好属文，多所讽谕，见人为善，若己有之；见人不善，若己羞之。苦言逆耳，无所回避，由是俗人多忌之。自禄山乱中原，为《四悲诗》；刘展窥江淮，作《天之未明赋》，皆见感激当时，行哭涕泗”。陆羽嗜茶，撰《茶经》三卷，被世人尊为茶神。茶肆往往有以陆羽形貌所烧制的瓦瓷茶神，置灶于釜上左右，有交易则以茶祭之，无交易，则以茶汤浇之，以祈求生意兴隆。

皎然（约 720—约 800），俗姓谢，字清昼，吴兴（今属浙江）人，乃谢灵运十世孙，著名诗僧。大历以后居于湖州，往来于西山东溪草堂和杼山妙喜寺，与当时著名文人颜真卿、韦应物、权德舆、李端、孟郊等交游。权德舆称：“吴兴长老昼公（皎然），撰六义之精英，首冠方外。”（《送灵澈上人庐山回归沃州序》）于頔说：“皎然，字清昼，即康乐（谢灵运）之十世孙，得诗人之奥旨，传乃祖之菁华。江南词人，莫不楷范。极于缘情绮靡，故辞多芳泽，师古兴制，故律尚清壮。其或发明玄理，则深契真如，又不可得而思议也。”刘禹锡梳理唐代僧诗，说：“世之言诗僧多出江左，灵一导其源，护国袭之；清江扬其波，法振沿之，如么弦孤韵，瞥入人耳，非大乐之音。独吴兴昼公能备众体。”（《澈上人文集纪》）皎然有《杼山集》传世，存世五百余首，又有诗学理论著作《诗式》《诗评》。相传，皎然年轻时拜谒韦应物，因韦应物擅长古体诗歌，而皎然自己则擅长律诗，担心诗体不合韦之口味，于是创作了十多篇古体诗，以为进见。韦应物全不称赏，皎然极为失望，次日遂誊写其律诗献之，“韦公吟讽，大加叹咏。因语昼（皎然）云：‘师几失声名。何不但以所工见投，而猥希老夫之意，人各有所得，非卒能致。’昼大伏其鉴别之精。”（赵璘《因话录·角部》）陆鸿渐于唐肃宗至德元载（756）避乱移居湖州，这首《寻陆鸿渐不遇》，大概就作于此时。

此诗乃寻人不遇之作，有乘兴而来兴尽而返之风趣，唐诗中此类题材颇多。全诗紧扣诗题《寻陆鸿渐不遇》，前四句写“寻”，后四句写“不遇”。首联“移家虽带郭，野径入桑麻”，带郭，附于城郭，外城曰郭。此联谓，好友陆鸿渐搬家，虽然近居城郊，然而郊野外的一条小径，曲曲折折地通向一片桑麻之地，近紧城郊，却也有山野之趣，颇具城市山林的气象。颔联“近种篱边菊，秋来未著花”，紧邻篱笆栅栏处，种着一丛丛的菊花，可惜初秋尚未开花。颈联“扣门无犬吠，欲去问西家”，小院极为安静祥和，扣打门扉，无人应答，也听不见看门小狗的吠叫声，看来你外出未归；当我要离去时，想想还是再问问西邻家。尾联“报道山中去，归来每日斜”，乃西邻之回答：陆先生日日总是去向山中深处，归来时常常太阳西斜、黄昏时分。

全诗抒写寻人不遇而返，纯任天真，刻画出随缘任运、一无拘羁的高士形象。友人陆鸿渐移家于城郊，既近城市，又处山野，隐而不隐，不隐而隐，全然一派天真自在。种菊乃高士之行径，然而秋已至而菊花未开，并不强求；矮矮的篱笆栅栏，将小院围绕，虽设柴门，徒为家之必要陈设而已。小院闲静，竟然连看门之小狗都不曾有，全然呈现出似有家又似无家的状态。诗人访友，不得其遇，当离开之际，还是向西邻去询问，西邻回答得更简洁。这一问一答，很有趣味，友人行必在山中，归来正当日斜时，出行无定处，兴尽而返；诗人访友，也随顺自然，纯任天性之真，见与不见皆可，一派闲云野鹤之风致。诗人通过环境景物的描写，一笔两到，陆鸿渐其人之情趣个性，可以想见，也可以体味出诗人那种纯任天真的意趣，皆为高人逸士，其形象呼之欲出。前人论曰："味其诗，分明一路行来，桑麻满径，疏篱小菊，门庭阒然。不必宾主接谈，已知定非俗士。唐贤不明赞人，而其人自高。……说未著花似无趣，然真趣在此。即就西家答语作结，得古诗法，言外有兴尽而返、何必见戴之意。"（《唐诗摘抄》卷二）

从形式上说，此乃一首不讲对偶的诗，然而细读其音调，仍旧平仄合律，因此归入律诗而不归入古诗。此诗好在属辞自然，毫不装点，然而其中层次又极井然不紊。沈德潜《说诗晬语》卷上："三四语多流走，亦竟有散行者；然必有不得不散之势乃佳。苟艰于属对，率尔放笔，是借散势以文其陋也。又有通体俱散者，李太白《夜泊牛渚》、孟浩然《晚泊浔阳》、释皎然《寻陆鸿渐》等章，兴到成诗，人力无与，匪垂典则，偶存标格而已。外是八句平对，五六散行，前半扇对之势，皆极诗中变态。"讲明律诗对偶与散行的情况，有助于对诗歌的阅读和理解。

卷四　七言律诗

崔　颢

黄鹤楼

昔人已乘黄鹤去，此地空余黄鹤楼。黄鹤一去不复返，白云千载空悠悠。晴川历历汉阳树，芳草萋萋鹦鹉洲。日暮乡关何处是，烟波江上使人愁。

相传，大诗人李白游历武昌，登临黄鹤楼，欲题诗于楼上。看到崔颢题诗，吟讽再三，踌躇良久，以为不能胜过崔颢，遂曰："眼前有景道不得，崔颢题诗在上头。"可见，崔颢此诗之佳，声名之大，能令李白搁笔。黄鹤楼，故址在今武汉市武昌蛇山黄鹤矶上。相传，仙人子安乘黄鹤过此，因而得名。一说为仙人费祎乘黄鹤登仙，休憩于此，因以为名。《元和郡县图志》卷二八"江南道·鄂州"："州城本夏口城。吴黄武二年，城江夏以安屯戍地也。城西临大江，西南角因矶为楼，名黄鹤楼。"陆游《入蜀记》卷五："黄鹤楼，旧传费祎飞升于此，后忽乘黄鹤来归，故以名楼，号为天下绝景。崔颢诗最传，而太白奇句得于此者尤多。今楼已废，故址亦不复存，问老吏云：在石镜亭南楼之间，正对鹦鹉洲。犹可想见其地。"开元十一年（723）崔颢进士及第。此诗大概为崔颢及第前，漫游江湘所作。

"昔人已乘黄鹤去，此地空余黄鹤楼。黄鹤一去不复返，白云千载空悠悠。"前二联，紧扣诗题《黄鹤楼》：仙人已乘黄鹤飞升而去，大江之滨，空留下这座黄鹤楼。可惜，黄鹤飞去啊，再也不曾飞还，那萦绕楼头的白云，千百年来就这样空悠悠地飘荡着。诗人因眼前之黄鹤楼景象，而浮想联翩，想象千百年来传说中的仙人乘黄鹤飞升之奇异，然而黄鹤飞去，不再回还，仅仅留下一处标志其遗迹的黄鹤楼，千百年来也只有白云飘荡在空阔的天际。黄鹤楼因仙人乘黄鹤而得名，黄鹤楼存留世间，然而黄鹤已然消逝，仙人不再降临，给人以莫大的怅惘和虚幻之感。

“昔人已乘黄鹤去”，流露出诗人对乘黄鹤飞升的仙人之歆羡，事实上也是对一种巨大机遇的渴望。“黄鹤”一作“白云”，以为乃“乘彼白云，至于帝乡”（《庄子·天地》）典故之运用。金圣叹说：“有本乃作‘昔人已乘白云去’，大谬。不知此诗正以浩浩大笔，连写三‘黄鹤’字为奇耳。且使昔人若乘白云，则此楼何故乃名黄鹤？此亦理之最浅显者。至于四之忽陪白云，正妙于有意无意，有谓无谓。若起手未写黄鹤，已先写一白云，白云出于何典耶？且白云既是昔人乘去，而至今尚见悠悠，世则岂有千载白云耶？”（《贯华堂选批唐才子诗》）所论甚有道理。次句“此地空余黄鹤楼”，承上转接，摹写只见黄鹤楼而不见黄鹤、仙人飘然远举，所滋生的怅惘与失落。第三句“黄鹤一去不复返”，进一步渲染，彰显对乘黄鹤飞升的仙人的向往以及不得见的失落感。第四句“白云千载空悠悠”，乃登楼所见，千百年来，辽阔天空，唯有白云在黄鹤楼头飘荡，而仙人已逝、黄鹤不来，那种淡淡的怅惘和失落，萦绕诗人的心头；以所见之白云，衬之以“千载”，以时间之久远和空间的广阔，彰显不见之黄鹤与仙人，于是写出了悠远的神韵，令人向往不已，当然也夹杂着淡淡的惆怅与失落。

以下则写登临黄鹤楼所见与所思：“晴川历历汉阳树，芳草萋萋鹦鹉洲。”这是由抒情到写景的转换。历历，分明可数的样子。汉阳，武汉三镇之一，在武昌西，因处汉水之北，故称汉阳，隔江与黄鹤楼相对。水北为阳。在黄鹤楼上放眼望去，明丽日光照耀下，江边平川极为清楚，隔江对岸的汉阳之树木，亦极其分明；那江心的鹦鹉洲，芳草萋萋啊，一派盎然春色。鹦鹉洲，原在武昌城外长江中，相传因汉末名士祢衡在此作《鹦鹉赋》而得名，也是祢衡杀生之地。《太平寰宇志》卷一一二：“鹦鹉洲，在大江东，县西南二里西，过此洲从北七十步，大江中流，与汉阳县分界。”《方舆胜览》卷二八：“鹦鹉洲，在江中，黄祖杀祢衡处。衡赋鹦鹉，故名。初，孔融荐衡于操，操不能容，送与刘表，表不能容，送与江夏太守黄祖。祖善待焉，祖长子（黄）射尤善于衡，时大会宾客，人有献鹦鹉者，请赋以娱嘉宾，衡揽笔而作，文不加点。后以言不逊，祖竟杀之。”李白有《望鹦鹉洲怀祢衡》诗：“魏帝营八极，蚁观一祢衡。黄祖斗筲人，杀之受恶名。吴江赋鹦鹉，落笔超群英。锵锵振金玉，句句欲飞鸣。鸷鹗啄孤凤，千春伤我情。五岳起方寸，隐然讵可平？才高竟何施，寡识冒天刑。至今芳洲上，兰蕙不忍生。”致以深切的同情与惋惜。此联，登临黄鹤楼，于晴日朗照之下，见长江边景色明丽，鹦鹉洲芳草萋萋，名重一时之祢衡被杀于此，诗人岂能无感触乎？

尾联“日暮乡关何处是，烟波江上使人愁”，登临黄鹤楼眺望颇久，天色渐暗，暮色四合，诗人颇为感慨，故乡在何处啊？这江天暮色，一派苍茫，更惹动其无尽的愁思。五六两句，写晴天朗日，眺望所见之明丽之景；七八两句则由近而远，暮色渐浓，一派苍茫，将视野引向更深远处，而兴起无尽的愁思，透出淡淡的不安与失落。

“芳草萋萋鹦鹉洲”，触发了诗人心底的隐痛。祢衡才高善辩，气尚刚傲，好矫时慢物，特立独行，享有盛名，然而不容于世，曹操不能容，送与荆州刘表，而刘表又不能容，遂送于江夏太守黄祖，后为黄祖所杀，年仅二十六岁。崔颢年少有诗名，志气高远，诗意浮艳，名陷轻薄，被时人目为“有俊才，无士行”（《旧唐书·文艺传》），献艳诗于北海太守李邕，被斥“小子无礼”（李肇《国史补》卷上）。有这样的行为及社会评价，崔颢这首《黄鹤楼》由鹦鹉洲之祢衡而滋生的“日暮乡关何处是，烟波江上使人愁”，恐怕就不会是单纯的思乡之情了。诗人将自身不遇于时之感受以及“名陷轻薄”的窘境，寓于这富于历史时空感的黄鹤楼、鹦鹉洲，遂使得仙事与人事、现实与理想，在意境上融为一体了。在烟波浩渺、山川杳远的苍茫景象下，抒发其内心的深切感受，于空明高远的境界中，而有淡淡的惆怅与失落。崔颢后来发生了比较大的转变，与其同时的诗论家殷璠说：“晚节忽变常体，风骨凛然，一窥塞垣，说尽戎旅。”（《河岳英灵集》卷中）

行经华阴

岧峣太华俯咸京，天外三峰削不成。武帝祠前云欲散，仙人掌上雨初晴。河山北枕秦关险，驿路西连汉畤平。借问路旁名利客，何如此地学长生。

华阴，唐关内道华州属县，因在华山之北，故得名。山南为阳，山北为阴。西汉初年，命为华阴，“（武则天）垂拱元年，改曰仙掌，寻复旧名。长城在县西，春秋秦晋分界处”（《元和郡县图志》卷二“关内道”）。此诗作于崔颢赴长安求仕，途经华山时，约在开元十一年（723）前后。

岧峣太华俯咸京，天外三峰削不成。

岧峣，高峻，高耸。曹植《九愁赋》：“践蹊隧之危阻，登岧峣之高岑。”太华，即华山，五岳之一。在今陕西省华阴市南，北临渭河平原，属秦岭东段。又称太华山，古称“西岳”，被誉为“奇险天下第一山”，东、南、西三峰突起，壁立千仞，北峰和中峰虽略低，仍颇峻峭。五峰如莲花五瓣，古代“花”与“华”通用，故名华山。东峰又名朝阳峰，清晨可观日出，东北望黄河如带；峰下有一岩壁，形如手掌，称“华岳仙掌”。南峰是华山主峰，一峰双顶，东曰松桧，西曰落雁，峰上苍松翠柏，峰南绝壁陡峭。西峰又名莲花峰，西侧断崖绝壁。咸京，原指秦之京城咸阳，后人常用以借指长安。首联，华山高耸入云，俯瞰着京师长安城；落雁峰、朝阳峰、莲花峰耸峙天外，其奇险高峻陡峭，即使鬼斧神工也无法削成啊。《山海经·西山经》：“太华之山，削成而四方，其高五千仞，其广十里。”

武帝祠前云欲散，仙人掌上雨初晴。

武帝祠，即汉武帝在华山所建之巨灵祠。传说，大山横亘，堵塞黄河，有巨灵神，用手掌劈开，左为首阳山，右为华山。唐代王涯《太华仙掌辨》："西岳太华，华之首峰有五崖，比鏨破岩而列，自下远而望之，偶为掌形。旧俗土记之传者皆曰：昔河自积石出而东流，既越龙门，遂南驰者千数百里，折波左旋，将走东溟，连山塞之，壅不得去。有巨灵于此，力擘而剖其中，跖而北者为首阳，绝而南者为太华。河自此泄，茫洋下驰，故其掌迹犹存，巨灵之迹也。"仙人掌，即巨灵推开山时所留下的手印。在朝阳峰东北石楼峰，东壁黄白相间，歧出如指掌，故称仙掌崖。颔联，巨灵祠庙前之云雨将散，东峰仙掌崖上空雨过天晴，峻峭雄奇中自具奇秀缥缈之气。

河山北枕秦关险，驿路西连汉畤平。

秦关，即潼关、函谷关。潼关北靠黄河、华山而为天险。戴延之《西征记》："东自殽山，西至潼津，通名函谷，号曰天险。"畤，古时帝王祭祀天地五帝的场所。《汉书·郊祀志上》："自古以雍州积高，神明之隩，故立畤郊上帝，诸神祠皆聚云。"驿路，华山西有驿道，越长安，通雍县汉五帝畤，即鄜畤、密畤、吴阳上畤、吴阳下畤、北畤。应该说，此联的逻辑顺序是"北枕河山秦关险，西连驿路汉畤平"：华山雄踞北边，倚黄河而立，东有潼关、函谷关之险要；向西有驿道相通，与关中郊畤之川原相连接，真是山河形胜之地。

借问路旁名利客，何如此地学长生。

名利，名位与利禄。《尹文子·大道上》："故曰礼义成君子，君子未必须礼义，名利治小人，小人不可无名利。"曹植《虾䱇篇》："俯观上路人，势利唯是谋。"学长生，求仙得道。阮籍《咏怀》："愿登太华山，上与松子游。"华山为道教三十六洞天之第四洞天。尾联，化用曹植、阮籍诗句：试问那些匆匆忙忙奔走于京洛道上、追逐名利之人，何不就在此隐居于华山，而求仙得道呢！

此诗前六句全然写景，塑造华山之雄奇峻峭之形胜，完全是赋的铺排之法。首联，笼统说华山之形胜，峻峭高耸，俯瞰京师长安，三峰奇峻，高矗天际。颔联，上句于汉武帝巨灵祠庙前，平望祠庙之云雾将散；下句则仰望仙掌峰之雨过天晴的明丽奇秀。颈联，放宽视野，以华山为中心，上句说华山北枕大河，东倚潼关、函谷关之险要；下句说向西而望，驿路向西将关中川原相连接，沃野千里。尾联，即景生情，抒发感慨：匆匆忙忙奔走于京洛道上求名逐利之人，何不趁早归隐华山求仙得道呢！诗人求仕艰难，倦于世俗风尘，拟退隐山林，感慨古往今来的名利客，都是天地间匆匆过客，唯有雄奇峻峭的华山高耸天外，俯视帝都，屹然长存。正因为有尾联的卒章显志，方使得前六句的写景铺排，并不显得单薄了。

祖　咏

望蓟门

燕台一望客心惊，笳鼓喧喧汉将营。万里寒光生积雪，三边曙色动危旌。沙场烽火侵胡月，海畔云山拥蓟城。少小虽非投笔吏，论功还欲请长缨。

祖咏，洛阳（今河南洛阳）人，开元十三年（725）进士。曾迁居汝坟（今河南襄城）间，以农耕渔樵自终。与当时著名诗人王翰、王维、储光羲、卢象等友善，互相赠答，是盛唐山水田园诗派的重要诗人。事实上，祖咏抒写边塞情事的诗歌，也甚好，壮怀激烈，气象雄浑。这首《望蓟门》乃其名篇。蓟门，即蓟丘。在北京城西德胜门外西北隅。明沈榜《宛署杂记·古迹》："蓟丘，在县西德胜门外五里西北隅，即古蓟门也。旧有楼台并废，止存二土阜，旁多林木，翳郁苍翠，为京师八景之一，名曰'蓟门烟树'。"明蒋一葵《长安客话·古蓟门》："今都城德胜门外有土城关，相传是古蓟门遗址，亦曰蓟邱。"联系此诗之"笳鼓喧喧汉将营"，此处蓟门应指唐代幽州节度使之驻所蓟县，在今北京东南大兴一带。

燕台一望客心惊，笳鼓喧喧汉将营。

燕台，即战国时燕昭王为招揽天下贤才所筑之黄金台，故址在今河北易县东南。《文选·鲍照〈代放歌行〉》："岂伊白璧赐，将起黄金台。"李善注："黄金台，易水东南十八里。燕昭王置千金于台上，以延天下之士。"此诗之蓟门、燕台皆指幽州节度使驻节地蓟县。汉将，指幽州节度使。首联，登上燕昭王之黄金台，放眼眺望，旅居之人（指诗人自己）不禁为之神驰心惊：燕昭王筑黄金台招揽贤才，兴复燕国，击退强大之齐国，然而燕国自郭隗、乐毅等贤士去后，即被灭于强秦，可见人才乃国家兴盛强大之根本；而目睹大唐幽州节度使的军营，旌旗猎猎，箫笳鼓声齐作，喧响沸腾，声威浩大，纪律严明，行阵整齐，为之欣然。

万里寒光生积雪，三边曙色动危旌。

三边，指东、西、北边陲。《后汉书·杨震传》："羌虏抄掠，三边震扰。"也指幽州、并州、凉州三地，后来泛指边塞。危旌，高悬的旗帜。颔联，军营刀枪剑戟之闪烁寒光、肃杀之气，与燕山千年积雪之寒光相映衬，令人不寒而栗；边陲之上，拂晓之时，阳光照耀，营垒高悬之大旗，迎风招展，猎猎声响，彰显大唐战无不胜的军威。

沙场烽火侵胡月，海畔云山拥蓟城。

烽火，古时边防报警的烟火，白天燃烟，夜晚燃火。《史记·周本纪》："有寇至则举烽火。"《三国志·魏志·陈泰传》："遂进军高城岭，潜行，夜至狄道东南高山上，多举烽火，鸣鼓角。"侵，逼近。胡月，胡地之月。蓟州之北，有突厥、契丹、奚等游牧部族。颈联，蓟门乃军事重镇，幽州节度使率强大的军事力量镇守边疆，沙场烽火直逼北边突厥，令其不敢南来侵犯；渤海之滨，高耸入云的山脉，紧紧拱卫着蓟州城池。

少小虽非投笔吏，论功还欲请长缨。

投笔吏，用班超投笔从戎典故。《后汉书·班超传》："班超，字仲升，扶风平陵人。徐令彪之少子也。为人有志，不修细节，然内孝谨，居家，常执勤苦，不耻劳辱。有口辩，而涉猎书传……家贫，常为官佣书以供养。久劳苦，尝辍业，投笔叹曰：'大丈夫无他志略，犹当效傅介子、张骞立功异域，以取封侯，安能久事笔研间乎？'"长缨，指捕缚敌人的长绳，用汉代终军的典故。《汉书·终军传》："终军，字子云，济南人也。少好学，以辩博能属文，闻于郡中。年十八，选为博士弟子，至府受遣，太守闻其有异材，召见军，甚奇之。”“南越与汉和亲，乃遣军使南越，说其王，欲令入朝，比内诸侯。军自请：‘愿受长缨，必羁南越王而致之阙下。’军遂往，说越王，越王听许，请举国内属，天子大说，赐南越大臣印绶，壹用汉法。”尾联，目睹大唐军威之盛，诗人说，自己虽未能如班超那样投笔从戎，但还是愿意效法汉代终军，以一介之使之身份，为国赴难，建功立业啊。以“少小”和“还”字，强化了诗的抒情效果。

此诗乃祖咏早年游历蓟北所作。祖咏在蓟州有别业，对蓟州一带很熟悉，《苏氏别业》曰：“别业居幽处，到来生隐心。南山当户牖，沣水在园林。竹覆经冬雪，庭昏未夕阴。寥寥人境外，闲坐听春禽。”蓟州乃古之燕地，自古多慷慨悲歌之士，燕昭王筑黄金台，招揽天下贤才，乐毅、郭隗等皆乐为之用。祖咏登临蓟城眺望，既为历史上乐毅之建功立业所激励，也为大唐强盛之军威而激动，鼓荡其心胸，勃发建功立业之强烈渴望。此诗于写景中描绘蓟城形胜，抒发其豪情壮志。前六句，紧扣诗题之“望”字展开。首联，“燕台一望”而“客心惊”，神驰心惊，既为燕昭王招揽贤才而激动，也为乐毅、郭隗被离去之后，燕国弱小而灭于强敌所惊心；更为大唐幽州节度使之军队强盛，而心神摇曳，惊心动魄，激发其于圣明时代渴望建功立业的情怀。颔联和颈联，进一步抒写其远望所见之广远边塞景象：严冬清晨，万里积雪，寒光闪烁，与将士之铠甲刀枪相辉映；广袤原野，朝阳照耀，军中大纛高悬，迎风招展，熠熠生辉，曙光也为之而浮动。烽火侵月，强敌远遁，云山环绕，拱卫蓟城，雪光、月光、火光相映，笳声、风声、涛声相汇，景象壮阔，惊心动魄。此二联紧扣“客心惊”，全然是诗人望中所见所闻及其所感，从而展示其雄浑景象。尾联即景生情，自然而然抒发其渴望建功立业、请缨报国之壮志，实乃在伟大时代渴望有所作为、不甘平庸的激情之自然流露。此诗雄浑劲健，气象阔大，自是盛唐正声。金圣叹曰：“此诗已是异样神采，乃读末句，又见特添‘少小’二字，便觉神采再加十倍。”（《贯华堂选批唐才子诗》卷二）

崔　曙

九日登望仙台呈刘明府

汉文皇帝有高台，此日登临曙色开。三晋云山皆北向，二陵风雨自东来。关门令尹谁能识，河上仙翁去不回。且欲近寻彭泽宰，陶然共醉菊花杯。

崔曙，又作“崔署”，原籍博陵（今河北安平），后迁居宋州（今河南商丘）。少孤贱，苦读书，曾往来长安与洛阳，隐居嵩山。开元二十六年（738）进士，名列第一，与薛据友善。崔曙工诗，殷璠称其“言词款要，情兴悲凉，送别登楼，俱堪泪下”（《河岳英灵集》卷中）。九日，即九月九日重阳节。望仙台，据《太平寰宇记·河南道·陕州》：“望仙台在陕县（今河南陕县）西南十三里，汉文帝拜谒河上公，河上公乘云飞升而去，故筑此台以望祭之。”明府，对县令的尊称。刘明府，名不详，时任陕县县令。

此诗紧扣诗题，层层抒写。

汉文皇帝有高台，此日登临曙色开。

首联点明诗题之“台”字和“登”字。谓汉文帝仰慕神仙而筑高台，重阳节这天，诗人登临此台眺望，天光初照，绯红云霞布满天际。高台久被湮没，气象忽然一开；而诗人长久以来情怀郁勃，登临而心胸为之一畅。

三晋云山皆北向，二陵风雨自东来。

此联紧扣诗题“望”字。三晋，春秋末，晋之大夫赵、韩、魏三家分裂晋而各立为国，故称。后“三晋”遂为山西省之别称。《战国策·赵策一》：“三晋合而秦弱，三晋离而秦强，此天下之所明也。”《史记·燕召公世家》：“孝公十二年，韩、赵、魏灭知伯，分其地。三晋强。”望仙台在陕县，战国时属魏，后属赵。太行、吕梁诸山在望仙台北，相对陕县，山势似由南而北，故云“皆北向”。二陵，《左传·僖公三十二年》：“殽有二陵焉，其南陵，夏后皋之墓也；其北陵，文王之所避风雨也。”殽山在望仙台之东，故曰“风雨自东来”。颔联，抒写登望仙台眺望所见：北面，三晋大地上的太行、吕梁群山，白云缭绕，似向北而奔凑；东面，满天风雨似从殽山奔涌而来。

关门令尹谁能识，河上仙翁去不回。

颈联紧扣诗题之“仙”字。关，指函谷关，在今陕西灵宝西。令尹，尹喜，为函谷关令。《史记·老子韩非列传》：“居周久之，见周之衰，乃遂去。至关，关令尹喜曰：‘子将隐矣，强为我著书。’于是老子乃著书上下篇，言道德之意五千余言而去，莫知其所终。”杜甫《秋兴八首》其五：“东来紫气满函关。”河上仙翁，指河上公。葛洪《神仙传》卷八《河上公》：“河上公者，莫知其姓名也。汉孝文帝时，结草为庵于河之滨，常读老子《道德经》。时文帝好老子之道……帝即驾幸诣之。公在庵中不出，帝使人谓之曰：‘溥天之下，莫非王土；率土之滨，莫非王民。域中四大，而王居其一。子虽有道，犹朕民也，不能自屈，何乃高乎？朕能使民富贵贫贱。’须臾，公即拊掌坐跃，冉冉在空虚之中，去地百余尺，而止于虚空。良久俯而答曰：‘余上不至天，中不累人，下不居地，何民之有焉？君宜能令余富贵贫贱乎？’”河上公遂授《老子道德章句》二卷，“帝即拜跪受经，言毕，失公所在。遂于西山筑台望之，不复见矣。”颈联，传说函谷关令尹喜遇老子，然而时代邈远，有谁能够了解呢？汉文帝遇河上公而筑望仙台，河上公却一去不复返矣，想来神仙之事，事属虚妄，不可相信矣。

且欲近寻彭泽宰，陶然共醉菊花杯。

尾联紧扣诗题之“九日”重阳节和“呈刘明府”。彭泽宰，陶渊明曾为彭泽县令，此处代指刘明府。陶然，酣醉快乐的样子。陶渊明《时运》：“挥兹一觞，陶然自乐。”菊花杯，萧统《陶渊明传》记载，陶渊明辞彭泽县令归隐田园，江州刺史王弘礼待之，“尝九月九日出宅边菊丛中坐，久之，满手把菊，忽值（王）弘送酒至，即便就酌，醉而归”。尾联，今日重阳节，望仙台登高，即将去寻县宰刘明府，一起赏菊饮酒。

此诗章法井然，紧扣诗题，句句点题，错落有致，情韵盎然。首联以汉文帝筑望仙台故事，而彰显望仙台之神奇高耸，云雾缭绕，而重阳节登高，忽然云开雾散，霞光万丈，超旷无际，逗露出俯视古人的雄大气魄。颔联承“曙色开”而极写登临所见所感，视野宏阔，气象万千。颈联借用老子西出函谷关、河上公一去不复返的故事，以“谁能识”“去不回”的调侃口吻，暗寓神仙之虚妄，不可相信。颔联展示北望东看之宏阔空间，颈联抒写千百年来的历史纵深，一经一纬，蕴含着云山如故，河山依旧，神仙之事杳不可期，唯有函谷关门冷落、河滨寂寥罢了。尾联则回顾现实，欲就近寻访刘明府，讨一杯菊花酒，共同赏菊，共度重阳佳节。“且欲”表达其身未往而心欲往之意愿，“陶然”乃快乐自适，要有那种“纵浪大化中，不喜亦不惧。应尽便须尽，无复独多虑”（陶渊明《形神影三诗·神释》）的恬淡自然。据《旧唐书·玄宗纪》，开元二十一年（733）春，令士庶家藏《老子》一本，士子应举，加试《老子》策。次年，又授恒州方士张果为银青光禄大夫，赐号通玄先生。玄宗佞道之风，从此越演越烈。崔曙此诗于重阳登高，而讽刺神仙之虚妄，亦可见盛唐诗人的思想锋芒与情怀。

李　颀

送魏万之京

朝闻游子唱离歌，昨夜微霜初渡河。鸿雁不堪愁里听，云山况是客中过。关城曙色催寒近，御苑砧声向晚多。莫见长安行乐处，空令岁月易蹉跎。

魏万，又名炎，后改名魏颢，聊城（今山东聊城）人，曾隐居王屋山，自号王屋山人。仰慕大诗人李白，天宝十二载（753）赴梁园一带寻访李白，不遇；听闻李白漫游吴越，遂追随而去，次年于广陵（今江苏扬州）与李白相会。李白与魏万惜别，推重其数千里相访之情谊，遂作《送王屋山人魏万还王屋》，有曰："东浮汴河水，访我三千里。逸兴满吴云，飘飖浙江汜。挥手杭越间，樟亭望潮还。涛卷海门石，云横天际山。白马走素车，雷奔骇心颜。"最后抒发惜别之义，"我苦惜远别，茫然使心悲。黄河若不断，白首长相思"。李颀晚年隐居颍阳，常往来于洛阳。此诗当为李颀晚年在洛阳送魏万赴长安时所作。之京，赴京师长安。之，去、往。

朝闻游子唱离歌，昨夜微霜初渡河。

首联倒装，其逻辑顺序应该是："昨夜微霜初渡河，朝闻游子唱离歌。"意谓，昨夜微霜由北向南，初次渡过黄河，清晨就听到魏万高唱离别之歌，即将远行。微霜初渡，点明时节乃初秋。魏万匆匆离去，微霜凝寒，离歌含恨，情意缠绵。离歌，即骊歌，离别之歌。《汉书·儒林传·王式》："博士江公世为《鲁诗》宗……心嫉（王）式，谓歌吹诸生曰：'歌《骊驹》。'式曰：'闻之于师，客歌《骊驹》，主人歌

《客毋庸归》。今日诸君为主人，日尚早，未可也。’”《骊驹》，逸诗篇名，客欲去，歌之。颜师古注引文颖曰：“其辞云：‘骊驹在门，仆夫具存。骊驹在路，仆夫整驾’也。”刘孝绰《陪徐仆射晚宴》：“洛城虽半掩，爱客待骊歌。”韩翃《赠兖州孟都督》：“愿学平原十日饮，此时不忍歌《骊驹》。”微霜，秋天的初霜。《楚辞·远游》：“微霜降而下沦兮，悼芳草之先零。”河，指黄河。魏万隐居王屋山，而王屋山在黄河北岸，往长安经过黄河。

鸿雁不堪愁里听，云山况是客中过。

颔联，初秋时节，鸿雁南飞，而魏万风尘仆仆，形单影只，奔走路途之上，于愁苦寂寞中，不堪听闻大雁的哀鸣声，更无心欣赏沿途的秋日云山风景之多姿多彩。不堪，不能忍受。况，况且。

关城曙色催寒近，御苑砧声向晚多。

颈联，想来友人魏万一路西行，到潼关时，拂晓而曙光照耀，清寒尤烈；宫城御苑之内，傍晚时分，此起彼伏的砧声响起，那是宫女们为边关将士，浆洗布匹而缝制寒衣啊。关城，指潼关。御苑，皇家苑囿。徐松《两京城坊考》卷一：唐代禁苑，即隋之大兴苑，东距浐水，北枕渭水，西包汉长城，南接都城，东西二十七里，南北二十三里。唐时有宫女为边军缝制寒衣的习俗。

莫见长安行乐处，空令岁月易蹉跎。

在上一联“御苑砧声向晚多”的情景中，诗人已然将情感由个人而扩展到国家、边疆，于是在尾联乃劝勉友人：京师长安乃繁华行乐之地，切不可玩物丧志，致使岁月流逝，空自感叹光阴虚度啊。告诫并勉励友人，少壮易过，岁月蹉跎，不能耽于享乐，而应不改立功报国之初心。

此诗乃送别诗，章法井然。元人《诗法家数》讲述送别诗的作法：

“第一联叙题意起，第二联说人事，或叙别，或议论。第三联说明，或带思慕之情，或说事。第四联说何时再会，或譬喻，或期望。于中二联或倒乱前说亦可。但不可重复，须要有次第。末句要有规警，意味渊永为佳。”以李颀此诗而论，完全符合这一章法。首联，叙写题意“送别”，微霜初降，友人魏万渡河而西行，奔赴长安，行色匆匆，高唱离歌，情意深挚。中间二联，既是写景也是叙事抒情，情景交融，浑然一体：鸿雁南飞，魏万西行，雁声哀鸣，更加增添其行旅之孤独寂寞，而云山漫漫，风景佳好，独自跋涉的友人，于寂寞中无心欣赏。进入潼关，曙色照耀，清寒尤甚，傍晚御苑的阵阵砧声，增益其羁旅行役之乡愁。而尾联则予以劝勉，长安繁华，不要耽于享乐，空自嗟叹岁月虚度，须努力建功立业，积极有为。语重心长，情义深挚。显然，诗人将个人的情感，在“御苑砧声向晚多”的情景中，扩展至边疆、国家，告诫并劝勉友人，不要耽于长安之繁华与享乐，而应不改初心，立功报国，以求不朽，而这正是盛唐精神的自然流露。全诗因叙事而写景，以情统贯始终，事、景、情交融，浑然一体，不愧大家手笔。

李　白

登金陵凤凰台

凤凰台上凤凰游，凤去台空江自流。吴宫花草埋幽径，晋代衣冠成古丘。三山半落青天外，二水中分白鹭洲。总为浮云能蔽日，长安不见使人愁。

相传，李白游武昌，登临黄鹤楼，欲题诗于楼上，看到崔颢《黄鹤楼》诗："昔人已乘黄鹤去，此地空余黄鹤楼。黄鹤一去不复返，白云千载空悠悠……"沉吟再三，曰："眼前有景道不得，崔颢题诗在上头。"遂罢笔而去。后来，李白游历金陵（今江苏南京），登临凤凰台，遂作《登金陵凤凰台》诗，与崔颢诗相媲美，可称绝唱。

金陵，今江苏南京，三国吴、东晋、宋、齐、梁、陈六朝皆建都于此。凤凰台，故址在今南京城西南。相传，宋元嘉十六年（439），有三鸟飞临，翔集于山间，文彩五色，状如凤凰，时人谓之凤凰台。此诗大概是李白赐金放还，离开长安，于天宝六载（747）南游金陵，登临凤凰台而作。

这是一首登览诗。登临远眺，江山形胜、历史遗迹尽收眼底，皆可歌咏。金陵是六朝古都，有多少历史的遗迹与传闻、故事，可以咏叹。然而此诗首联"凤凰台上凤凰游，凤去台空江自流"，却从凤凰飞临的神奇传说讲起，充满空灵神奇的意味：凤凰台上曾经有凤凰飞临翱翔，而今凤凰飞离，只有台前江水空自奔流。凤凰，在历史文化传统中被视为祥瑞。凤凰飞临，是国家繁荣昌盛的象征，如凤鸣岐山，是周朝即将兴盛的征兆；而凤凰不至，则是世衰运去的末世象征，因而孔子感叹："凤鸟不至，河不出图，吾已矣夫！"（《论语·子罕》）金陵凤凰台乃凤凰飞临，昭示南朝宋王朝的兴盛，而凤凰飞离，只留空台，则是运去世衰的末世了。“江自流”显然充满了无限的感伤与无可奈何之情，既照应了诗题“金陵凤凰台”，也抒写诗人的一往深情。

“吴宫花草埋幽径，晋代衣冠成古丘。”颔联，造成三国鼎立局势的东吴政权，已然消失，仅有吴王旧宫的花草，掩没于幽僻荒凉的小路径上——曾经的吴王宫殿，而今成为幽僻荒凉的小径，沧海桑田变化之巨大；南渡的东晋王朝，与北朝形成南北对峙，执掌政权、势焰显赫的世家大族如王、谢等，徒留下累累坟冢。此处，“吴宫花草”“晋代衣冠”，乃互文见义，皆成“幽径”“古丘”，无复旧日踪迹矣，令人凭吊。以东吴、东晋，代指三百年的六朝繁华，滔滔长江水，依旧东流，流尽了六朝繁盛。诗人深切的慨叹，含而不露。

“三山半落青天外，二水中分白鹭洲。”三山，今南京西南板桥镇长江边上，山有三峰，南北相接，故称“三山”。陆游《入蜀记》：“三山，自石头及凤凰台望之，杳杳有无中耳。”二水，秦淮河流经白鹭洲，分为二支。后白鹭洲已与江岸相接。颈联，远处，长江岸边的三山，似从天外落下，半在青天半在江岸；江心的白鹭洲，将江水分作二支。上句，摹写远眺所见之三山，云雾迷蒙，只露一半姿容，映现于天际；下句，近处白鹭洲中分秦淮河，而江流两分，环抱白鹭洲，白鹭飞翔，极具动感。境界阔远，对仗工丽。

“总为浮云能蔽日，长安不见使人愁。”浮云蔽日，喻指奸邪当道。陆贾《新语·慎微》：“邪臣之蔽贤，犹浮云之障日月也。”《古诗十九首》其一：“浮云蔽白日，游子不顾返。”长安，代指君王。晋明帝幼年，仅几岁，坐于元帝膝上，时有人从长安来，元帝问曰：“你说长安远，还是日远?”明帝答曰：“只闻人从长安来，不闻从日边来，日固宜远。”元帝大为叹赏。次日，群臣并集，元帝再问，明帝答曰：“日近。”元帝大惊，说：“何以与昨天所说不同?”明帝答曰：“举头见日，不见长安。”群臣莫不嗟叹。(《世说新语·夙惠》)后世遂以长安指代君王。尾联，诗人登临远眺，但见一片苍茫的暮色中，浮云迷漫，遮蔽了西斜的落日，而长安更在落日之外，遂滋生无限惆怅，愁绪满怀。此乃诗人对其时昏暗的时局以及国家前途的深切忧虑，因而发此深沉之浩叹。

此诗作于李白被排斥出长安之后，游历金陵，满腹抑郁之情，借登临怀古而发其悠悠不尽之思，感时伤世，寄寓着沧桑之感和忧国之情。起初，诗人接到玄宗的征诏，颇为兴奋，于南陵酒肆与朋友相别，唱出“仰天大笑出门去，我辈岂是蓬蒿人”（《南陵别儿童入京》）的高歌，极为自信，以为有了施展才华的机遇，可以成就一番事业。而今，被逐出长安，游金陵而登临凤凰台，诗人深切地感受到“凤鸟不至”的运去世衰的征兆，于是而有凤去台空，吴宫花草，晋代衣冠，六朝金粉，繁华顿歇，皆随浩浩江水而流去，只有长江永恒奔流。这种深沉的历史感，充溢于诗歌。诗人并非仅仅发抒其怀古之幽思，而是以一种严肃而深沉的历史眼光，审视六朝盛衰兴亡，鉴古而知今。“总为浮云能蔽日，长安不见使人愁。”诗人心情焦虑而沉重，借登临观览所见之景，抒发其难以排遣的忧国伤时之深愁巨痛——君王为奸邪所遮蔽，政治何时才能清明！

李白此诗，效法崔颢《黄鹤楼》诗而来，不过，崔诗用以寄托怀乡之思，有检束自己行事之意；李诗用以抒发忧国之怀，直斥奸邪蔽日，各具特色，难分高低。《唐宋诗醇》卷七评论曰：“崔颢题诗黄鹤楼，李白见之，去不复作。至金陵登凤凰台，乃题此诗。传者以为拟崔而作，理或有之。崔诗直举胸情，气体高浑；白诗寓目山河，别有怀抱。其言皆从心而发，即景而成，意象偶同，胜境各擅。论者不举其高情远意，而沾沾吹索于字句之间，固已蔽矣，至谓白实拟之，以较胜负，并谬为捶碎（黄）鹤楼等诗，鄙陋之谈，不值一噱也。”所论实为通达，有见识。

高适

送李少府贬峡中王少府贬长沙

嗟君此别意何如，驻马衔杯问谪居。巫峡啼猿数行泪，衡阳归雁几封书。青枫江上秋帆远，白帝城边古木疏。圣代即今多雨露，暂时分手莫踌躇。

李少府、王少府，名不详。少府，对县尉之尊称。此诗当系李、王二人被远贬为峡中、长沙县尉，高适送别时所作。峡，指长江三峡。长沙，天宝元年（742），改潭州为长沙郡，至肃宗乾元元年（758）复为潭州，治所在长沙县。李、王二人同时被贬，高适送别，送别之地当系长安。又，据诗意，“青枫江上秋帆远”乃是秋天，且称“圣代”，应在安史之乱前。天宝年间，高适游长安即在天宝十一载（752）秋天。可知，此诗作于天宝十一载秋天，时高适在长安。

天宝九载（750），高适五十岁，才得一县尉，作《封丘尉》。志向高远、狂放的诗人，“乍可狂歌草泽中”，岂料于知天命之年，却“作吏风尘下”，得一县尉，而且要经受“拜迎长官心欲碎，鞭挞黎庶令人悲”的人生屈辱与良心折磨，其内心的悲苦，可以想见。于是，诗人于天宝十一载秋，辞去封丘尉一职，客游长安，与杜甫、岑参、储光羲、綦毋潜等交游。这年秋冬之际，被陇右节度使哥舒翰所赏识，礼聘为掌书记，入其幕府。高适感受到为知音所赏识的欢欣，终于有一展长才的机遇，因而情绪颇为激昂。面对被贬为偏远县尉的李、王二位友人，诗人多鼓励、劝勉，流露出自信与豪迈之情，绝无衰飒之气。

首联的逻辑顺序，应该是“驻马衔杯问谪居，嗟君此别意何如。”诗人骑马匆匆赶来送别，驻马祝酒送别，且慰问远贬之友人：此次贬谪僻远鄙陋之远方，为一县尉，分别在即，二位友人将是怎样的意绪呢？“嗟君此别意何如”，诗人将慰问之辞前置，突出关切之意，送别之主旨，惜别之情，油然而生，且有耸动视听之效果；而将“驻马衔杯”过程性的记述后置，以补充说明，交待事件的过程，同时也以“问谪居”开启下文，多少关切之意，颇见情意之深笃。谪居，贬官降职到边远外地居住。

颔联“巫峡啼猿数行泪，衡阳归雁几封书”，回应上文之“问谪居”，切合李少府往三峡、王少府往长沙的地点和时间。巫峡啼猿，用《水经注·江水》描写巫峡秋日哀猿啼鸣景象，“每至晴初霜旦，林寒涧肃，常有高猿长啸，属引凄异，空谷传响，哀转久绝”。衡阳归雁，衡阳有回雁峰，相传大雁南飞，至此而回，亦切合秋日送别之意；又用苏武被囚北海有鸿雁传书的故事。衡阳南邻长沙，故云。此二句，互文见义，一方面说李、王贬谪远方县尉，送别之际，令人潸然泪下；一方面希望他们多寄书信，告知情伪，以慰思念之情。而且“啼猿”“归雁”“数行泪”与“几封书”，在意象上都有同一性，凝结成一个环环相扣的意象链，将惜别之情、关照之意，全然呈现，浑然一体，颇具艺术的张力。

颈联“青枫江上秋帆远，白帝城边古木疏”，关照李、王至贬所的情况，想象分别之后的友人行踪、诗人伫望之情景。青枫浦一带的浏水，称青枫江。《嘉庆重修一统志》卷二七六：“浏水径浏阳县西南三十五里曰清枫浦，折而西入长沙县。”白帝城，东汉末公孙述据蜀，于夔州奉节县东瞿塘峡口白帝山上筑城，称白帝城。此二句紧扣李、王被贬之所长沙与峡中，述送别之意：诗人极目远送，王少府乘一叶扁舟于青枫江上，隐隐约约，几不可见；李少府行走于白帝城边，古木萧疏，带着深秋的寒意。此乃送别时极目远望，想象中所见之景，紧扣二人贬所长沙与峡中，又关照上文——“青枫江上”直承“衡阳归雁”，“白帝城边”回扣“巫峡啼猿”，造成了诗势的盘曲回护，摇曳生姿；而且，“青”与“白”、“远”与“疏”、江枫与古木，在意象上形成补充，凝结成一种凄然怅惘的况味。

尾联“圣代即今多雨露，暂时分手莫踌躇”，宽解，安慰，又回应首句之“嗟君此别意如何”，构成一个严整的结构，神完意足。雨露，指皇帝恩泽。白居易《初到江州寄翰林寄张李杜三学士》：“雨露施恩无厚薄。”诗人宽解安慰李王二友，而今是一个圣明时代，皇恩浩荡，雨露广布，虽然被贬为远方县尉，然而这只是短暂的分离，不要徘徊犹疑，你们很快会被擢升于朝廷的，等再相聚的时候会有更好的前程。首句匆匆而来送别，嗟叹之，慰问之，尾联则宽解之，劝勉之，祝愿李王二友人虽身处边荒贬谪之所，然而希望长存，体现出一种自信与超然。诗人刚刚辞去县尉一职，即得到陇右节度使歌舒翰之赏识，礼聘为掌书记，精神愉悦，心境开朗，自信乐观。

高适年近五十，方得一县尉，辞官之后，游居长安，得陇右节度使哥舒翰之赏识，礼聘为掌书记，正对前途充满自信与乐观。故而，于长安客中送李、王二友之远贬，毫无衰飒之气，于同情宽慰时，不失乐观心境，情深语挚。开篇“嗟君此别”之“意何如”，送别之情，落于“意”字，因而处处关切；最后“圣代即今多雨露”，点明主旨，宽解劝勉暂时之分别，“莫踌躇”呼应前文送别之“意”，形成首尾回环的严密整体。

此诗通体清扬老健，于工整中寓错综变化，送李王二人，既能分别关照，又能交织为一，脉理针线，错落有致，不知其所自来，且极为工整确当，一气舒卷，高华朗畅，可谓盛唐诗极盛之作。

岑参

奉和中书舍人贾至早朝大明宫

鸡鸣紫陌曙光寒，莺啭皇州春色阑。金阙晓钟开万户，玉阶仙仗拥千官。花迎剑珮星初落，柳拂旌旗露未干。独有凤凰池上客，阳春一曲和皆难。

此诗作于乾元元年（758）春。长安收复，肃宗回銮，朝廷显出一些新气象。人们以为可以很快剿平安史叛乱，重振朝廷声威，再建大唐荣光。因而，贾至作《早朝大明宫呈两省僚友》一诗，表达这一思想情感，王维、杜甫、岑参皆唱和，张扬大唐朝廷之雍容华贵、庄严肃穆，彰显一种自信与天朝威仪。

贾至，字幼邻，一作幼几，洛阳人。天宝元年擢明经第，肃宗至德元载至乾元元年春，任中书舍人。唐时中书省置中书舍人六人，正五品上，掌参议表章、制诰等。早朝，早上朝会或朝参。大明宫，原名永安宫，在皇城东内。贞观八年（634）建，九年改称大明宫，高宗时改称蓬莱宫，后复改大明宫。有含元殿、宣政殿、紫宸殿，为朝会行仪处。唐制，天子常日于宣政殿见群臣，称常参。自高宗龙朔三年（663）迁往大明宫听政，直至唐末，历任皇帝皆在此听政，国家大典亦多在此举行。故址在今西安市北龙首原上。

鸡鸣紫陌曙光寒，莺啭皇州春色阑。

紫陌，京城街道。紫微垣为帝座，因而称皇城街道为紫陌。皇州，帝都、京城。阑，将尽、将完。《史记·高祖本纪》："酒阑，吕公因目固留高祖。"嵇康《琴赋》："于是曲引向阑，众音将歇。"

首联，金鸡啼鸣报晓，京城的大街上，曙光初照，尚有凌晨之清寒；黄莺儿婉转歌唱，京城长安的美丽春色将尽未尽啊。

金阙晓钟开万户，玉阶仙仗拥千官。

金阙，宫门、城门两侧的高台，中间有道路，台上起楼观。《三辅黄图·杂录》：“阙，观也。周置两观以表宫门，其上可居，登之可以远观，故谓之观。”玉阶，皇宫中以玉石砌成或装饰的台阶。仙仗，仪仗。唐制，朝会皆有仪仗。《新唐书·仪卫志》：“夫仪卫所以尊君而肃臣，其声容文采，虽非三代之制，至其盛也，有足取焉。”朝会之仗分为五仗，以诸卫为之，“皆带刀捉仗，列坐于东西廊（宣政殿东西廊）下”。

颔联，皇宫前双阙的钟声响起，皇宫千门万户依次推开；声容文采盛大的仪仗簇拥着百官上朝，依次走上宣政殿台阶。

花迎剑珮星初落，柳拂旌旗露未干。

剑珮，宝剑和玉珮。鲍照《代蒿里行》：“虚容遗剑佩，实貌戢衣巾。”王通《中说·周公》：“衣裳襜如，剑佩锵如，皆所以防其躁也。”唐制，朝服五品以上有剑、玉佩、绶带等。《旧唐书·舆服志》：“朝服，冠、帻、缨……剑、珮、绶。一品已下，五品以上，陪祭、朝飨、拜表大事则服之。七品已上，去剑、珮、绶，余并同。”旌旗，指皇帝仪仗中的旗帜。《新唐书·仪卫志》：“唐制：天子居曰衙，行曰驾，皆有卫有严。羽葆、华盖、旌旗、罕毕，车马之众盛矣，皆安徐而不哗。其人君举动必以扇，出入则撞钟，庭设乐宫，道路有卤簿、鼓吹，礼官百司必备物而后动，盖所以为慎重也。故慎重则尊严，尊严则肃恭。”

颈联，鲜花怒放，宝剑威赫，玉佩叮咚，晨星将落；杨柳摇曳，旌旗飘飘，清晨的露珠尚未干涸，映射着生动的景象。

独有凤凰池上客，阳春一曲和皆难。

凤凰池，禁苑中池沼。魏晋南北朝时设中书省于禁苑，掌管机要，接近皇帝，故称中书省为“凤凰池”。阳春，古歌曲名，是一种比较高雅难学的曲子。后用以泛指高雅的曲调。宋玉《对楚王问》：“客有歌于郢中者，其始曰《下里》《巴人》，国中属而和者数千人。其为《阳阿》《薤露》，国中属而和者数百人。其为《阳春》《白雪》，国中有属而和者不过数十人……是其曲弥高，其和弥寡。”

尾联，唯有那中书省的贾至大人所写的《早朝大明宫呈两省僚友》诗，风雅高洁，是高雅的阳春白雪，要唱和且达到那样的水平，真是不容易啊。

天宝十一载（752），岑参、杜甫、高适、薛据、储光羲五人同登慈恩寺塔，而作诗唱和，影响深远。肃宗至德二载（757）九月，唐军收复被安史叛军占领的长安，十月，肃宗皇帝由凤翔回长安。虽然，安史之乱尚未结束，然而收复长安，毕竟昭示新的气象，胜利在即，给朝野给予极大的信心，坚定了战胜安史叛军的信念。乾元元年（758）的一次早朝，中书舍人贾至瞻望宫殿巍峨、百官上朝之华贵庄严，作《早朝大明宫呈两省僚友》，描摹朝廷早朝的盛大气象，彰显天下一统，大唐社稷坚固、世系绵长。同时，王维、杜甫、岑参皆有唱和。贾至诗曰：“银烛朝天紫陌长，禁城春色晓苍苍。”王维“九天阊阖开宫殿，万国衣冠拜冕旒”、杜甫“旌旗日暖龙蛇动，宫殿风微燕雀高”的诗句，皆旨在张扬大唐之声威，昭示振肃朝纲、重建盛世的信念。

岑参此诗也是如此。细绎诗意，实乃诗人于天明上朝时，沿路所见所闻、所感所思。但见宫殿巍峨庄严，百官群从，仪仗严明，遂发感慨，酬和贾至诗作。首联写皇城春晓，乃早朝之情景。天刚亮，行走在长安城开阔的大街上，听闻雄鸡啼鸣，东方曙光微露，带着清晨的寒凉，黄莺儿欢快地歌唱，长安已是春色将尽未尽之时啊。描摹朝廷气象之雄阔浑厚。

颔联则为行进至皇宫，皇城双阙上的钟声敲响，巍峨的宫城千门万户依次打开，皇家仪仗队导引、簇拥着百官，鱼贯而进，踏着宣政殿的阶梯，逐级而上。万户，指皇宫的千门万户。《史记·孝武本纪》：“于是作建章宫，度千门万户。”既是用典，也是写实。“金阙”“玉阶”，摹写宫殿之华美壮丽。“晓钟”“仙仗”，摹写钟声之洪大厚重、仪仗之严明。古时本来以鼓报时，南齐武帝以宫禁深邃，不闻端门鼓漏声，遂于宫中景阳楼置钟报时，称景阳钟。后来，皇宫遂置钟报时。“开万户”“拥千官”，摹写宫城之广大和上朝官员之众多。“开”和“拥”，颇具流动感，又显得恢弘宽远。用词华丽，而境界壮阔，气象博大，彰显大唐泱泱帝国的宏伟气度。此两联乃是以时间上的自然推进，而铺写早朝的过程，从听觉与视觉两个层面，深入抒写，形象而不露痕迹。

颈联“花迎剑珮星初落，柳拂旌旗露未干”，从侧面来烘托，仍然写早朝景象。五品以上官员佩剑和玉珮。宫中鲜花怒放，与官员身上的佩剑威赫、玉珮叮咚相辉映；柳枝摇曳，旌旗飘飘，柳与旗共飞舞，昭示百官的身份和皇家威仪。花柳写春景，而“星初落”“露未干”，点明早朝之“早”，而且色彩明丽流动，风致天成。在充分摹写的基础上，尾联自然而然写出赞颂之意，也是对贾至原作诗旨的肯定和呼应，当然也是对大唐帝国声威的颂扬，同时也是高度的认同。

贾至《早朝大明宫呈两省僚友》及唱和诗，乃台阁诗的典范，雍容大雅，气象壮阔，是时代转折时期的一种特别心境的展示。前人虽有评论其高低之说，总体说来，各有擅长，皆伟丽可喜，妙绝古今。

王　维

和贾至舍人早朝大明宫之作

绛帻鸡人报晓筹，尚衣方进翠云裘。九天阊阖开宫殿，万国衣冠拜冕旒。日色才临仙掌动，香烟欲傍衮龙浮。朝罢须裁五色诏，珮声归向凤池头。

开元天宝盛世，繁荣昌盛，人民生活富足安定，人际关系和谐美好。杜甫《忆昔》诗说："忆昔开元全盛日，小邑犹藏万家室。稻米流脂粟米白，公私仓廪俱丰实。九州道路无豺虎，远行不劳吉日出。齐纨鲁缟车班班，男耕女桑不相失。宫中圣人奏云门，天下朋友皆胶漆。"然而，天宝十四载（755）的安史之乱，忽然降临，"渔阳鼙鼓动地来，惊破霓裳羽衣曲"，令久享承平盛世的人们，一下子陷入了战乱与恐惧，惊惶失措，不知如何应对。很快，洛阳与长安相继失守，唐玄宗仓皇逃往蜀中，太子李亨赴灵武，即皇帝位，是为肃宗。到至德二载（757）九月，唐王朝统合朔方、安西、回纥、南蛮之兵二十万，收复长安；十月，肃宗还长安，入居大明宫。三年二月，大赦天下，改元乾元（758）。此时，李唐王朝转危为安，朝廷一切制度礼仪，正在恢复。肃宗御大明宫，朝见群臣和外国使节。中书舍人贾至作《早朝大明宫呈两省僚友》一诗，曰："银烛朝天紫陌长，禁城春色晓苍苍。千条弱柳垂青琐，百啭流莺绕建章。剑佩声随玉墀步，衣冠身惹御炉香。共沐恩波凤池里，朝朝染翰侍君王。"叙写肃宗御大明宫之庄严肃穆，重振大唐之气象。贾至乃中书舍人，其僚属王维、岑参、杜甫皆有和作，共同颂美大唐威仪，张扬国家重振朝纲的新气象，以期给遭受战争苦难、惊慌失措的人们以精神上的抚慰，重振信心，恢复士气。《唐诗三百首》选了王维与岑参的和诗。

此诗作于乾元元年（758）春，王维时任中书舍人。贾至，字幼几，河南洛阳人。从玄宗入蜀，自天宝末年至乾元元年春，官中书舍人；本年春末，出为汝州刺史。舍人，中书舍人。唐中书省置中书舍人六人，正五品上，“掌侍奉进奏，参议表章。凡诏旨制敕，及玺书册命，皆起草进画”（《新唐书·百官志》）。

绛帻鸡人报晓筹，尚衣方进翠云裘。

绛帻，红色头巾，象征鸡冠。汉代宿卫之士著绛帻，传鸡唱。后泛指传更报晓者之服色。赵殿成《王右丞集笺注》引《汉官仪》：“宫中舆台并不得畜鸡，夜漏未明三刻鸡鸣，卫士候于朱雀门外，著绛帻，专传鸡唱。”鸡人，周官名。掌供办鸡牲。凡举行大典，则报时以警夜。《周礼·春官·鸡人》：“鸡人掌共鸡牲，辨其物。大祭祀，夜呼旦以叫百官。”后指宫廷中专管更漏之人。内庭报晓人称鸡人，民间则称更夫。梁朝陆倕《新刻漏铭》：“坐朝晏罢，每旦晨兴，属传漏之音，听鸡人之响。”晓筹，即更签，更筹，夜间报更的竹签。《陈书·世祖纪》：“每鸡人伺漏，传更签于殿中，乃敕送者，必投签于阶石之上，令枪然有声。”尚衣，唐殿中省有尚衣局，设尚衣奉御二人，“掌供天子衣服，详其制度，辨其名数，而供其进御”（《唐六典》卷一一）。翠云裘，翠鸟羽毛编织而成的云纹样的裘衣。此处指天子之衣。宋玉《讽赋》：“主人之女，翳承日之华，披翠云之裘。”

首联，头裹大红色头巾的报晓人（鸡人），传唱报晓，皇帝即将上朝，尚衣奉御将华美的翠云裘奉上，侍候皇帝穿衣。

九天阊阖开宫殿，万国衣冠拜冕旒。

九天，天帝所居，喻指皇宫。阊阖，传说中的天门。《楚辞·离骚》：“吾令帝阍开关兮，倚阊阖而望予。”此处喻指宫门。万国衣冠，指各国前来朝见的使臣。冕旒，古代大夫以上的礼冠。顶有延，前有旒，故曰“冕旒”。旒，冠前后悬垂的珠玉。天子之冕十二旒，诸侯九，上大夫七，下大夫五。后专指皇冠，此处借指皇帝。沈约《劝农访民所疾苦诏》："冕旒属念，无忘夙兴。"

颔联，雄伟庄严如天上帝都的皇城大门依次打开，宫殿巍峨；前来朝拜的各国使臣、朝廷官员，行列整齐，恭敬肃穆地向天子朝拜。

日色才临仙掌动，香烟欲傍衮龙浮。

仙掌，即汉武帝承露盘上的仙人手掌。汉武帝为求仙，在建章宫神明台上造铜仙人，铜仙人舒展开手掌捧铜盘玉杯，以承接天上的仙露，后称承露金人为仙掌。张衡《西京赋》："立脩茎之仙掌，承云表之清露。"此金铜仙人，已在曹魏时期被迁移毁坏了。此处当指大明宫前，作仙人舒掌擎盘之状的装饰物。香烟，指朝会时殿中设熏炉燃香。《新唐书·仪卫志》："朝日，殿上设黼扆、蹑席、熏炉、香案。"傍，依附。衮，古代帝王穿的绘有卷龙的礼服。浮，谓衮龙衣上所绣的龙，如浮游于烟雾之中。

颈联，清晨的第一缕阳光照临，大明宫前仙人承露盘之仙掌，光彩闪耀，似在光焰中浮动；大殿上的金铜熏炉，香烟袅袅，天子衮龙衣上的绣龙，似乎在烟雾中飞腾。显然，诗人在此所塑造的是好似天界帝都的仙境，以增强大明宫上朝的神秘感与形象性。

朝罢须裁五色诏，珮声归向凤池头。

五色诏，用五色纸书写的诏书。晋人陆翙《邺中记》："石季龙与皇后在观上，为诏书，五色纸，著凤口中。凤既衔诏，侍人放数百丈绯绳，辘轳回转，凤凰飞下，谓之凤诏。凤凰以木作之，五色漆画，脚皆用金。"后因以"五色诏"指诏书。珮，玉珮。唐朝五品以上官员，身带玉珮。中书舍人正五品上，佩玉。凤池，即凤凰池，禁苑中池沼。魏晋南北朝时设中书省于禁苑，掌管机要，接近皇帝，故称中书省为"凤凰池"。《晋书·荀勖传》："勖久在中书，专管机事。及失之，甚罔罔怅怅。或有贺之者，勖曰：'夺我凤凰池，诸君贺我邪！'"梁朝范云《古意赠王中书》诗："摄官青琐闼，遥望凤凰池。"

尾联，早朝已毕，议事已成，身为中书舍人，则需依朝命而用五色纸草拟诏书，传布天下；于是，贾舍人缓步而行，玉珮叮咚，走向中书省，草拟诏书去了。

此诗乃朝省诗，是宫廷文学，铺写早朝的盛大气势、天子声威、百官和外国使节的肃穆恭敬，铺张国家之盛大声威，客观上有鼓舞安史之乱初定之后，朝臣和百姓精神的作用。诗歌写得典雅重大，字句富丽，对仗精工，思想内容主要是褒功颂德，因而创作方法纯然用赋——铺陈，而非有言外之意的比兴。

诗写早朝的全过程。首联，天尚未明，头裹大红巾帻的鸡人，已经传唱报晓了，皇帝即将上朝，尚衣奉御给天子进奉华丽的翠云裘，侍候穿衣。“绛帻”，何等吉祥喜庆，“翠云裘”，华丽且设色相映，自有一种仙逸之气浮动眼前。紧接上联的氤氲气氛，以雄伟壮丽的天宫比皇宫，大门依次打开，而巍峨的大明宫呈现出来，如同长镜头之由远渐近，最后聚焦于大明宫，熠熠生辉；更续以下句“万国衣冠拜冕旒”，由君而及臣，朝廷重臣、万国使节，庄严肃穆，行列整齐，朝拜大唐天子，自然生出一种宏大的威势，一种自信与自豪。至此，诗人荡开一笔，由人而写大明宫内外之物，清晨的第一缕阳光照临，承露仙掌，熠熠霞光，似乎浮动于光焰之中；硕大的金铜熏炉，香烟袅袅，仰望过去，似乎天子身上的衮衣上的绣龙，在烟雾中浮动、飞腾。此种描写，宛然有天宫的神奇与壮丽，给人以无穷遐思和想象。前六句，全然是早朝景事，铺陈已足；而早朝是要解决国家大事的，身为中书舍人的贾至，承担着草拟诏书的重任，于是尾联“朝罢须裁五色诏，珮声归到凤池头”，以中书舍人贾至的从容不迫、缓步而行、玉珮叮咚，走向中书省草拟诏书，写尽了朝廷威仪、重臣的赫赫声威。一方面，颂功褒德，称美贾舍人；另一方面，以“五色诏”“凤凰池”，将前文的仙逸之气，贯串始终，神完气足。

此诗典雅重大，铺写早朝威仪、气象，虚实兼写，彰显朝廷声威，气象正大，音律雄浑，句法典重，用字清新，伟丽可喜，实乃上佳之作，可堪讽诵。

奉和圣制从蓬莱向兴庆阁道中留春雨中春望之作应制

渭水自萦秦塞曲，黄山旧绕汉宫斜。銮舆迥出千门柳，阁道回看上苑花。云里帝城双凤阙，雨中春树万人家。为乘阳气行时令，不是宸游玩物华。

唐代乃诗歌的国度，上自帝王、妃嫔，下至僧道、贩夫走卒皆能诗，鲁迅说："一切好诗皆被唐人做尽。"唐玄宗能诗，而且诗歌水平还不低，有《从蓬莱向兴庆阁道中留春雨中春望》一诗，群臣和诗。玄宗原作已散佚，和诗现仅存王维和李憕（dèng）之作。圣制，皇帝所作诗文。此诗应皇帝制命而作，又是和诗，因而诗题为《奉和……之作应制》，《从蓬莱阁向兴庆阁道中留春雨中春望》是原作的诗题。蓬莱，即大明宫。贞观八年建永安宫，九年改名大明宫。高宗龙朔二年增建，改名蓬莱宫，取殿后蓬莱池为名。长安元年复称大明宫，亦谓之东内。内有麟德殿、含元殿、宣政殿、紫宸殿等。宣政殿左右为中书、门下二省。自高宗以后，皇帝常居东内。大明宫故址在今陕西长安县东。五代王溥《唐会要》卷三〇"大明宫"曰："贞观八年十月，营永安宫，至九年正月，改名大明宫，以备太上皇清暑……龙朔二年，高宗染风痹，以宫内湫湿，乃修旧大明宫，改名蓬莱宫，北据高原，南望爽垲。"兴庆，兴庆宫，在皇城东南，又称南内，在隆庆坊，是玄宗为皇子时所居之旧宅。玄宗即位，避其名讳"隆基"，改为兴庆宫。《唐会要》卷三〇"兴庆宫"："开元二年七月二十九日，以兴庆里旧邸为兴庆宫。初，上在藩邸，与宋王等同居于兴庆里，时人号曰五王子宅……至是为宫焉。后于西南置楼，西面题曰'花萼相辉之楼'，南面曰'勤政务本之楼'……至十六年正月三日，始移仗于兴庆宫听政。二十年六月，广花萼楼，筑夹城至芙蓉园；十二月三日，毁东市东北角、道政坊西北角，以广花萼楼前。”阁道，复道，高楼间架空的通道。《旧唐书·地理志》：“自东内至南内，有夹城复道，经通化门达南内。人主往来两宫，人莫知之。”唐玄宗开元十四年（726）和二十年（732），两次扩建兴庆宫，自大明宫沿东郭城，经通化、春明、延兴三门，直到曲江、芙蓉园，修筑复道，以潜行往来。《唐六典》卷七“兴庆宫”注曰：“即今上龙潜旧宅也。开元初，以为离宫，至十四年，又取永嘉、胜业坊之半，以置朝。自大明宫东夹罗城复道，经通化门磴道，潜通焉。”留春，即赏春。应制，特指应皇帝之命写作诗文。亦以称其所作。南朝谢庄有《七夕夜咏牛女应制》诗，唐上官仪有《奉和过旧宅应制》诗。此诗当作于天宝初，王维时任左补阙。

渭水自萦秦塞曲，黄山旧绕汉宫斜。

渭水，渭河，黄河最大支流，发源于甘肃省渭源县鸟鼠山南，东流横贯陕西中部，至潼关附近流入黄河。流域面积广大，西起鸟鼠山，东至潼关，北界白于山，南止秦岭。长安城位于渭河南岸。萦，环绕。秦塞，秦地四面有山关之险固，形势险要，称为四塞之国。《战国策·齐策三》：“今秦四塞之国。”高诱注：“四面有山关之固，故曰四塞之国也。”曲，弯曲的地方，指幽深之处，偏僻的处所。黄山，黄麓山，在长安西兴平县北，汉时于其地置黄山宫。汉宫，即黄山宫，汉惠帝二年（前193年）建造。《三辅黄图志》卷二：“黄山宫在兴平县西三十里，武帝微行，西至黄山宫，即此。”

首联，渭水蜿蜒东流，萦抱秦中大地，从长安城的特定视角看去，汉代旧宫似乎横亘于黄麓山下，迤丽展开，气势雄伟。

銮舆迥出千门柳，阁道回看上苑花。

銮舆，即銮驾，天子车驾。班固《西都赋》：“于是乘銮舆，备法驾。”千门，即千门万户，众多宫门。亦借指众多宫殿。《史记·孝武本纪》：“于是作建章宫，度为千门万户。”班固《西都赋》：“张千门而立万户，顺阴阳以开阖。”杜甫《哀江头》：“江头宫殿锁千门，细柳新蒲为谁绿。”迥出，远出。上苑，即上林苑，古宫苑名。秦旧苑，汉初荒废，至汉武帝时重新扩建。故址在今西安市西及周至、户县界。《三辅黄图》卷四：“汉上林苑，即秦之旧苑也。《汉书》云：‘武帝建元三年，开上林苑，东南至蓝田宜春、鼎湖、御宿、昆吾，旁南山而西，至长杨、五柞，北绕黄山，濒渭水而东，周袤三百里。’离宫七十所，皆容千乘万骑。”后泛指皇家园林。

颔联，天子銮驾出行，经过千门万户宫殿前的行列整齐的柳树；有时，行于阁道之上，不禁回望宫苑盛开的繁花，宫苑及四野景象尽收眼底。

云里帝城双凤阙，雨中春树万人家。

帝城，京都，皇城。《汉书·陈咸传》：“即蒙子公（陈汤字子公）力，得入帝城，死不恨。”凤阙，汉代宫阙名。《三辅黄图》卷二：“凤凰阙，汉武帝造，高七十丈五尺……繁钦《建章序》云：‘秦汉规模，廓然泯毁，唯建章凤阙耸然独存，虽非象魏之制，亦一代之巨观。’古歌云：‘长安城西有双阙，上有双铜雀；一鸣五谷成，再鸣五谷熟。’按：铜雀即铜凤凰也。”此处泛借指唐长安宫门两旁的阙。

颈联，帝都巍峨耸峙，双凤阙金光熠耀，似乎浮于云端；春雨普降，润泽万物，绿树成荫，蔽护着京师的千家万户。

为乘阳气行时令，不是宸游玩物华。

阳气，春日的阳和之气。时令，节令。《后汉书·郎顗（yǐ）传》：“方春东作，布德之元，阳气开发，养导万物。王者因天视听，奉顺时气，宜务崇温柔，遵其行令。”章怀太子注引《礼记·月令》：“孟春，天子命相，布德和令，行庆施惠，下及兆民。仲春，安萌牙，养幼少，存诸孤，省囹圄，去桎梏，止狱讼。是遵其行令也。”宸游，帝王之巡游。苏颋《奉和初春幸太平公主南庄应制》：“主第山门起灞川，宸游风景入初年。”物华，自然景物。

尾联，天子出行，乃是乘着阳气畅达，行天道，顺天时而巡游，并不是贪恋春景而游山玩水，欣赏自然景物也。

这是一首应制诗，奉天子之命而作。玄宗诗题乃《从蓬莱向兴庆阁道中留春雨中春望》，即：从大明宫往兴庆宫，行走在高楼间架空的阁道上，在淅淅沥沥的春雨中，欣赏春日景象，眺望雨中长安美景。不但点明了出发地点、目的地和路径，而且说是“雨中春望”，流连不已。王维和诗，就紧扣这一“雨中春望”之主旨，关注蓬莱宫、兴庆宫、阁道，表达“留春”之意。

此诗写得高华典雅，雄阔气象之中，自有一种流走之势。沈德潜说：“应制诗应以此篇为第一。”（《唐诗别裁集》卷一三）首联总写帝都形胜，渭水蜿蜒，萦绕环抱着关中大地，从长安城的特定视角看去，汉家旧宫似乎是斜亘于黄麓山下。以山川将长安宫阙大势定位，乃是从地理方位和悠久的历史，铺叙长安是山重水复、水深土厚的形胜之地。命意颇高，气象正大。颔联则点明诗题，由大明宫至兴庆宫的阁道上，远眺宫阙及长安景象：千门万户的皇城，绿柳成行，在春风细雨中摇曳生姿；回望皇家园林，繁花似锦，美不胜收。颈联，乃细节化的描写，突现帝城双凤阙高耸云端，细雨春风中，绿树摇曳，万千人家，点缀于绿树、鲜花间，宛如仙都之美丽。

此诗的核心乃“雨中春望”，首联是“望”见遥远的外景，是虚写，乃“意中”之望，从山河形胜、渭水萦抱来写；颔联乃“从蓬莱宫到兴庆宫阁道”上之“望”，看见“千门柳”，回顾“上苑花”，顾盼之间，皆为美景；颈联“云里帝城”乃是“仰望”之感，“雨中春树”则是“俯瞰”之感。其实，按照诗题及表达的逻辑，前三联的次序，似乎应该是将颔联前置：“銮舆迥出千门柳，阁道回看上苑花。渭水自萦秦塞曲，黄山旧绕汉宫斜。云里帝城双凤阙，雨中春树万人家。”这是逻辑顺序和时间顺序：首先，望之地点乃“从蓬莱宫至兴庆宫阁道”上；其次，远看则为秦山四塞、渭水萦绕、汉宫黄山；其三，近处看“千门柳”和“上苑花”，“云里帝城”“雨中春树”，点明“雨中春望”之诗题。只是这样写作，显得相当平铺直叙，四平八稳，不易产生吸引力。王维先写“渭水”“黄山”，铺叙山河形胜与悠久的历史，会给人一种先声夺人的气势，营造一种宏大的气象。而后，才点出“銮舆”“阁道”之所望之地点，既是对首联的承接，也是对颈联的顺延、连缀，紧扣“雨中春望”之诗题，富于变化，跌宕起伏，风致摇曳，有欣欣之生意。尾联说天子之春游，乃顺天时，导节令，应“奉和圣制”作结。清人黄生说：“一二不出题，三四方出，此变化之妙；出题处带写景，此衬贴之妙；前后二联，俱阁道中所见之景，而以三四横插于中，此错综之妙。凡皆妙于遣调也，而七八立言得体，则又妙于命意也。一二远景，五六近景，二联全景，三四半景，‘迥出’字写出‘从’字‘向’字之神，‘回看’字写出‘留’字‘望’字之神。”（《增订唐诗摘钞》卷三）

而且，颈联“云里帝城双凤阙，雨中春树万人家”，造景清新秀丽，雍容华贵，帝都富庶高华，万千庭户，宛如仙都，特有一种祥和气象，令人爱赏不已。宋代科学家、学者沈括，藏有王维绘画，论王维之画曰：“书画之妙，当以神会，难可以形器求也。世观画者，多能指摘其间形象位置、彩色瑕疵而已，至于奥理冥造者，罕见其人。如（张）彦远《画评》，言王维画物，多不问四时。如画花，往往以桃杏芙蓉莲花同画一景。余家所藏摩诘《袁安卧雪图》，有雪中芭蕉，此乃得心应手，意到便成，故造理入神，迥得天意，此难可与俗人论也。”（《梦溪笔谈》卷一七）读此，可以理解王维诗歌构图、描摹，颇有画工之妙。

此诗布局得当，章法谨严，高华富丽，而气象宏阔，诚为应制诗之佳作。

积雨辋川庄作

积雨空林烟火迟，蒸藜炊黍饷东菑。漠漠水田飞白鹭，阴阴夏木啭黄鹂。山中习静观朝槿，松下清斋折露葵。野老与人争席罢，海鸥何事更相疑。

王维隐居辋川，非常喜欢辋川景象。山野景色、远离城市的宁静，都让诗人赏心悦目，并由此写了许多诗歌描述情境，抒写怀抱。此诗乃天宝年间王维隐居辋川所作，具体时间不详。积雨，久雨。庾信《对雨》：“繁云犹暗岭，积雨未开庭。”张说《杂诗四首》其二：“山间苦积雨，水落悲时遽。赏心凡几人，良辰在何处?”辋川庄，即辋川别墅，在今陕西蓝田县。辋川是一条长十五公里、宽约二百至五百米的峡谷，有辋水流贯其间。

积雨空林烟火迟，蒸藜炊黍饷东菑。

烟火，指下句“蒸藜炊黍”的炊烟。藜，灰菜。一年生草本植物，嫩叶可食，老茎可为杖。《左传·昭公十六年》：“斩之蓬、蒿、藜、藿，而共处之。”《汉书·郊祀志上》：“嘉禾不生，而蓬、蒿、藜、莠茂。”黍，黄米。一年生草本作物，喜温暖，不耐霜，抗旱力极强。子实淡黄色，去皮后北方通称黄米，性黏，可酿酒。李时珍《本草纲目·谷二·稷》：“稷与黍，一类二种也。黏者为黍，不黏者为稷。稷可作饭，黍可酿酒。”菑（zī），初耕的田地，亦泛指农田。《尔雅·释地》：“田一岁曰菑。”郭璞注：“今江东呼初耕地反草为菑。”

首联，久雨不晴，柴草潮湿，空旷的树林间，迟迟升起炊烟；农家炊煮好粗茶淡饭，要给东边田地里劳作的人们送去。久雨，而柴草潮湿，不易燃烧，燃着后的潮湿柴草，冒着浓烟，因而说“烟火迟”。此乃山居常见景象。

漠漠水田飞白鹭，阴阴夏木啭黄鹂。

漠漠，迷蒙。久雨后初晴，田野湿度很大，一派雾气迷蒙。白鹭，体形纤瘦，翅大而圆，全身色白如雪，飞翔能力强。晨昏活动于湖畔和沼泽，常独立水中等待捕食水生动物。阴阴，树木苍翠茂密的样子。啭，鸣叫声婉转。黄鹂，鸟名，身体黄色，自眼部至头后部黑色，嘴淡红色，鸣叫声婉转动听，也叫鸧鹒或黄莺。何逊《石头答庾郎丹》：“黄鹂隐叶飞，蛱蝶萦空戏。”杜甫《绝句》：“两个黄鹂鸣翠柳，一行白鹭上青天。”

颔联，久雨初晴，雨气蒙蒙的水田之上，洁白的白鹭，展翅飞翔；苍翠茂密、枝叶婆娑的树林里，黄鹂鸟儿鸣叫声清脆婉转。此联，上句写形，下句写声，形象生动，形神兼备。

山中习静观朝槿，松下清斋折露葵。

习静，静修。王维笃信佛教，习禅定静修。观，参悟禅理。朝槿，即木槿。落叶灌木或小乔木。夏秋开花，有白、红、紫等色，朝开暮落，故常用以喻事物变化之速或时间的短暂。梁王僧孺《为何库部旧姬拟靡芜之句诗》："妾意在寒松，君心逐朝槿。"观朝槿，参悟世事变化之无常、生命之短促。李颀《别梁锽》："莫言富贵长可托，木槿朝开暮还落。"清斋，谓素食，长斋。晋人支遁《五月长斋》："令月肇清斋，德泽润无疆。"露葵，带露的葵菜。葵，草本植物，有苋葵、凫葵、楚葵等，其嫩叶皆可食用。曹植《七启》："芳菰精粺，霜蓄露葵。"又，《旧唐书·王维传》记载："维弟兄俱奉佛，居常荒食，不茹荤血，晚年长斋，不衣文彩。"

颈联，闲居山中，修习持静，参悟朝槿之朝开暮落，感受生命短促，体悟生命之真谛；处居松林之下，往往采摘带露的葵菜，而素食修心养性。后句有伯夷叔齐采薇而食，养其高洁品性之意。

野老与人争席罢，海鸥何事更相疑。

野老，村野老人，诗人自指。争席，争坐位。表示彼此融洽无间，不拘礼节。《庄子·寓言》记载：阳子居向老子请教，老子曰："始以汝为可教，今不可也。"认为阳子居傲慢，难与人相处，老子教导应该有"盛德若不足"的谦逊态度才对。阳子居听从教诲，一改常态。先前阳子居来到旅舍之时，先坐之人看出其气象不凡，皆为之"避席"，让出坐位；而回来时，人们看不到阳子居的不同，遂不再拘束，"舍者与之争席矣"。成玄英疏："除其容饰，遣其矜夸，混迹同尘，和光顺俗，于是舍息之人与争席而坐矣。"海鸥，《列子·黄帝》载："海上之人有好沤（鸥）鸟者，每旦之海上，从沤（鸥）鸟游。沤（鸥）鸟之至者百往而不止。其父曰：‘吾闻沤（鸥）鸟皆从汝游，汝取来吾玩之。’明日之海上，沤（鸥）鸟舞而不下也。”

尾联，诗人修静清斋，不自矜夸，不拘形迹，如同乡村野老，与乡民相亲相近，从不拘束于礼节，恐怕连那海上的鸥鸟也不会猜疑了。

王维七言律诗存世二十首，是盛唐人写此诗体最多的。此诗是王维七言律诗中抒写山林景象的代表。诗题为《积雨辋川庄作》，地点为隐居之辋川，时节乃久雨乍晴之后，因而诗人紧扣诗题，要写出积雨后的辋川特色和自己的生活心境。

首联写久雨初晴之后，辋川的整体面貌。夏雨连绵，湿度很大，寂静的山林之上，潮湿的柴草燃烧，雾白的炊烟缓缓升起，那是家家炊煮藜叶黄米饭，要给东边田间劳作的农人送去。“迟”字，描摹炊烟缓缓上升的动态，从侧面透出久雨而柴草潮湿、不易燃烧，空气湿度很大，青烟升腾比较慢的状态。第二句“蒸藜炊黍”才补充交待“烟火”，乃炊烟，彰显农家迂徐不迫的生活节奏；“饷东菑”增添了朴实的生活气息和浓浓的人情味。诗人隐居于山林，并非远离人世，而是在普通人世之中，感受到浓烈的温情。

颔联紧承一句“东菑”叙写。久雨初晴，雨雾迷蒙，水田之上，白鹭飞翔出没；雨雾湿重，茂密繁盛的树林显得稍稍幽暗，传来黄鹂清脆婉转的鸣叫声。在迷蒙宁静的景象中，白鹭鲜明活泼，特别引人注目，“飞白鹭”的动态描摹，增添了画面的生动感；浓荫遮蔽、略显幽暗的树林中，清脆的鸣叫，打破寂静，“啭黄鹂”的动态描绘，起到了以动写静，相辅相成的表达效果，同时黄鹂的鲜明色泽，也点缀了画面的浓绿，构成一幅动人的绘画。苏轼说：“唐人王摩诘、李思训之流，画山川峰麓，自成变态，虽萧然有出尘之姿，然颇以云雾间之，作浮云杳霭，与孤鸿落照，灭没于江天之外，举世宗之，而唐人之典刑（型）尽矣。”（《东坡题跋》卷五《又跋汉杰画山》）诚能指出王维绘画之构图设色之特点，颇有利于对其诗歌的理解。

在前四句优美画面之景上，颈联展现诗人的生活与心境。隐居山中，静修心性，而仰观俯察天地万物，莫非悟道。木槿朝花而暮落，最能体现生命之易逝、人生之无常，以“观”字而掘发其体悟之深切；身处林间，采摘露葵而素食，与万物同休戚，既是悟道之深，也是生活清贫、心境淡泊之体现。这两句，大有宋人张载“民，吾同胞，物，吾与也”——与天地万物相融为一的心境。“清斋”而以“松下”相修饰，既体现隐居之环境，也有隐逸高人的风貌。“露葵”——带露的葵菜，既照应了积雨之久的背景，也昭示诗人清修、淡泊的心境。

尾联紧承上一联的“习静”与“清斋”，作具象化的抒写。诗人清修，摆脱束缚，不自矜持，毫无拘束，俨然是一位朴厚的乡村野老，他人与之相处，争席而坐，契合无间，即使海上之鸥鸟，也不会心存猜忌的。“海鸥何事更相疑”的问句，透露出诗人淡泊处世、与世无争的宁静心态。

王维居于终南山之辋川，亦官亦隐、半官半隐，乃是对现实矛盾与官场之倾轧的逃避。他希望能够找到一个寄托心灵的处所，逃避世事，而取得心境的宁静，从而保持一个比较独立的人格。诗人将诗意与心境，融会在自然景物之中，一切景语皆情语，读之，能在美的享受中，感受到诗人的生命力量和精神追求。

此诗颔联，写景状物极工，且颇含飞动之势。宋人叶梦得《石林诗话》卷上曰：“诗下双字极难，须使七言五言之间除去五字三字外，精神兴致，全见于两言，方为工妙。唐人记‘水田飞白鹭，夏木啭黄鹂’为李嘉祐诗，王摩诘窃取之，非也。此两句好处，正在添‘漠漠’‘阴阴’四字，此乃摩诘为嘉祐点化，以自见其妙，如李光弼将郭子仪军，一号令之，精彩数倍。不然，如嘉祐本句，但是咏景耳，人皆可到。要之，当令如老杜‘无边落木萧萧下，不尽长江滚滚流’，与‘江天漠漠鸟双去，风雨时时龙一吟’等，乃为超绝。”所论甚是。不过，李嘉祐乃天宝七载进士，年辈后于王维，其诗多与大历十才子唱和，王维不必袭用其诗句，而且今李嘉祐集本不见“水田飞白鹭，夏木啭黄鹂”之句。

赠郭给事

洞门高阁霭余辉，桃李阴阴柳絮飞。禁里疏钟官舍晚，省中啼鸟吏人稀。晨摇玉佩趋金殿，夕奉天书拜琐闱。强欲从君无那老，将因卧病解朝衣。

此诗作于天宝十四载（755）春，时王维任给事中。王维任给事中，要在宫禁中值班。散朝之后，宫禁静谧，诗人写值班宫禁中的所见所闻及所感。郭给事，即郭纳，颍川（今河南许昌）人，乃王维之同僚。给事，给事中，门下省属官，四员，正五品上。《唐六典》卷八："给事中，掌侍奉左右，分判省事。凡百司奏抄，侍中审定，则先读而署之，以驳正违失。凡制敕宣行大事，则称扬德泽，褒美功业，覆奏而请；施行小事，则署而颁之。"

洞门高阁霭余辉，桃李阴阴柳絮飞。

洞门，深邃的门户。霭，笼罩。唐人陈标《秦王卷衣》："秦王宫阙霭春烟，珠树琼枝近碧天。"余辉，即夕阳。阴阴，树木浓荫。

首联，夕阳余晖照耀，门下省的官署门户深邃，亭台楼阁高敞，皆笼罩在绯红的霞光之下；暮春时节，桃李花落，翠绿浓荫，柳絮儿漫天飞舞。上句写禁署的肃穆宁静祥和，下句则以飘飞的柳絮，彰显其生机与动态。

禁里疏钟官舍晚，省中啼鸟吏人稀。

禁里，宫禁之中。门下省官署在长安宫城之内。疏钟，疏越的钟声。宫中以钟报时。官舍，指门下省的办公处。

颔联，宫禁之中，疏越的钟声报时，昭示天色已晚，该下班了；门下省官署，吏人渐渐散去，仅有当值的官吏。静谧的官署，差不多成为鸟儿的世界，它们欢快地啼鸣。

晨摇玉佩趋金殿，夕奉天书拜琐闱。

趋，小步快走，以示恭敬。金殿，官殿，谓官殿金碧辉煌。谢朓《奉和随王殿下》："端仪穆金殿，敷教藻琼筵。"天书，皇帝诏书。王勃《为原州赵长史请为亡父度人表》："天书屡降，手敕仍存。"琐闱，镌刻连琐图案的宫中侧门，常指代宫廷。应劭《汉官仪》卷上："黄门郎，每日暮，向青琐门拜，谓之夕郎。"《后汉书·百官志》："黄门侍郎……掌侍从左右给事中。"刘昭注引《汉旧仪》曰："黄门郎属黄门令，日暮入对青琐门拜，名曰夕郎。"拜闱，是表示对天子的尊敬。给事中，"凡制敕宣行大事，则称扬德泽，褒美功业，覆奏而请；施行小事，则署而颁之"。(《唐六典》卷八)

颈联，身为给事中当值，敬慎勤勉。早晨趋而上朝，身上玉珮叮咚；晚上手捧诏书入对，敬拜青琐门，兢兢业业，一丝不苟。

强欲从君无那老，将因卧病解朝衣。

无那，唐人习惯用语，无奈，无可奈何。杜甫《奉寄高常侍》诗："汶上相逢年颇多，飞腾无那故人何!"王昌龄《从军行》："更吹羌笛关山月，无那金闺万里愁。"因，介词，依照，根据。卧病，因病卧床。孟浩然《晚春卧病寄张八子容》："南陌春将晚，北窗犹卧病。"解朝衣，辞官。晋人张协《咏史》："抽簪解朝衣，散发归海隅。"

尾联，诗人说自己也想努力地追随郭给事报效君王，无奈身老体衰，也将要因老病而辞官了。上句暗中颂美郭给事之勤于王业，下句则写诗人欲辞官归隐的心绪。

此乃一首应酬诗，写得清俊温雅。首联写官署之景象，夕阳余晖下，门下省官署门户深邃、亭台楼阁宁静，一派祥和；院内桃李花落，一片浓绿，而柳絮纷飞，静中有动，富丽而略带凄迷之感。颔联谓报时的钟声疏越，宫禁向晚，该下班了，吏人渐渐散去，鸟儿却欢快地鸣叫，热闹起来，营构出晚春黄昏的宫禁景象，栩栩如生。前四句，描摹景象，高阁余晖，桃李柳絮，疏钟啼鸟，而人在其中，并不空寂，而且以动写静，动静相济，高华富丽，祥和宁静之中，自有一股生气。颈联则深入一步，叙写身为给事中之勤勉，“晨摇玉珮”“夕奉天书”，由早及晚，恪尽职守；同时也是颂美郭给事，赞美而极有分寸，显得平实可信。前六句雍容典雅，神完韵足。于是，尾联荡开一笔，说自己欲勉力追随郭给事报效朝廷，只是老病力衰，即将辞官了。以己之退隐，反衬出郭给事的勤于王事、恪尽职守。

清人方东树讲述此诗颇为简洁，曰：“起句先出官署，亦为题立案，寻主脉也。三四所居之署，中有人在。五六正写给事本人。收自己酬诗之意。”（《昭昧詹言》卷一六）能将诗之逻辑结构揭示出来，切中肯綮。

杜 甫

蜀 相

丞相祠堂何处寻？锦官城外柏森森。映阶碧草自春色，隔叶黄鹂空好音。三顾频烦天下计，两朝开济老臣心。出师未捷身先死，长使英雄泪满襟。

诸葛亮是智慧的化身，同时也是忠君爱国、尽职尽责、“鞠躬尽瘁，死而后已”的典范。诸葛亮，字孔明，琅琊南都（今山东沂南）人，三国时期蜀国大臣，杰出的政治家。东汉末，军阀混战，随叔父诸葛玄往依荆州刘表。隐居南阳隆中（今湖北襄阳西），躬耕陇亩，自比管仲、乐毅。建安十二年（207）刘备闻其名，三顾草庐，诸葛亮成为刘备主要辅佐。公元221年，刘备在蜀称帝，史称蜀汉，任命诸葛亮为丞相。以后，诸葛亮又辅佐后主刘禅，领益州牧，封武乡侯。曾率军多次北伐，力图恢复中原。诸葛亮《出师表》叙述其经历与志向：“臣本布衣，躬耕于南阳，苟全性命于乱世，不求闻达于诸侯。先帝不以臣卑鄙，猥自枉屈，三顾臣于草庐之中，咨臣以当世之事。由是感激，遂许先帝以驱驰。后值倾覆，受任于败军之际，奉命于危难之间，尔来二十有一年矣。”建兴十二年，最后一次北伐中，病卒于前方，谥忠武侯，被后代推为“鞠躬尽力，死而后已”的忠君典型。

此诗作于上元元年（760）春，杜甫到成都后初游诸葛亮庙时作。

在凭吊诸葛亮的诗篇中，《蜀相》无疑是最出色的篇章。杜甫对诸葛亮非常仰慕和推崇，到成都后一再拜谒凭吊。其现实原因，应该是安史之乱使得大唐中衰，国家艰难，诗人渴望出现诸葛亮那样既有智慧和能力，又能赤胆忠贞的人物，力挽狂澜，恢复大唐盛世的强盛、安定、富足与光荣。诗人身处蜀汉旧地，目睹诸多历史遗迹，又感慨于唐玄宗仓皇奔蜀、弃社稷和百姓于不顾的耻辱，悲悯自己飘零流落、报国无门、无所适从的悲苦，因而对诸葛亮寄寓了深切的缅怀之情。诗人拜谒诸葛亮武侯祠，诗题却是《蜀相》，显然，诗的主旨在人而不在祠。但诗人对蜀相的凭吊却是由武侯祠而引发的，而且，标为“蜀相”，即以汉室正统而视之，在安史之乱的背景下，诗人的寓意鲜明而深刻。

首联“丞相祠堂何处寻？锦官城外柏森森”，以自问自答的方式交待武侯祠所在的地方和环境特点——在哪儿可以拜谒武侯祠呢？就在成都城外茂密、郁郁苍苍的柏树林。武侯祠，方位是成都城外，环境乃森森古柏，既是诸葛亮坚贞忠诚的不朽精神品质的象征，又是后人睹树思人、追思凭吊的寄托。“锦官城外柏森森”，音情摇曳，顿挫生姿，富于抒情咏叹意味，传达出特定的情调气氛，为下文奠定了情感基础。寻，包含着诗人对诸葛亮无限仰慕的心情，以及迫不及待的拜谒情绪。锦官城，在成都城的西南部，汉代主管织锦业的官员之官署，后来作为成都的别称。相传，武侯祠前有一大柏树，为诸葛亮亲手栽种。

颔联“映阶碧草自春色，隔叶黄鹂空好音”，正面描摹武侯祠的春天景象。碧绿的青草，蓬蓬勃勃，生命力旺盛，将绿色铺到了祠堂台阶之上；浓密的树叶中，欢快的黄鹂清脆婉转的啼叫声，是那样地悦耳动听。这两句是景中含情。“自春色”“空好音”，是说大好春光，虽然可爱，而诸葛丞相已然逝去，空令人无限怀念。碧草自绿，黄鹂自鸣，大好春色与诸葛丞相无关，也与诗人自己无关。“自”“空”互文见义，表达对诸葛亮的倾慕之情。

由写景而含寓深情，自然而然就要抒写对诸葛亮的赞颂与追思。颈联“三顾频烦天下计，两朝开济老臣心”，是对诸葛亮一生功业和才德的高度概括。诸葛亮隐居隆中，“苟全性命于乱世，不求闻达于诸侯”（《出师表》），刘备三顾茅庐，请其出山辅佐，以成就霸业。诸葛亮在《隆中对》提出东联孙权、北抗曹操、西取巴蜀以为根基，三分天下，等待时机进图中原，一统天下、兴复汉室的大战略。这正是诸葛亮《出师表》所说："先帝（刘备）不以臣卑鄙，猥自枉屈，三顾臣于草庐之中，咨臣以当世之事。"两朝开济，指诸葛亮辅佐先主刘备开创帝业，建立蜀汉政权，后来又辅佐后主刘禅巩固帝业，济美守成。老臣心，即《后出师表》所说"鞠躬尽瘁，死而后已"的奉献精神：诸葛亮辅佐刘备，"受命于败军之际，奉命于危难之音"；辅佐刘禅，"五月渡泸，深入不毛"，六出祁山，北伐曹魏，殚精竭虑，知其不可为而为之。三顾频烦，是从明君知人善任的一面说；两朝开济，是从臣子的忠贞赤诚、鞠躬尽瘁、死而后已的一面说。这是杜甫心目中的圣君贤臣，君明则臣忠，臣忠则国祚永久，百姓安定。

尾联"出师未捷身先死，长使英雄泪满襟"，笔锋一转，悲悼诸葛亮悲剧性的结局。诸葛亮德才兼备，是智慧的化身，谋略天下的大计，又是那样高屋建瓴，且思虑周密，可是由于客观条件的限制，并没有最终实现这一宏伟目标，又是人生的一大憾事。因而，对诸葛亮大业未竟，赍志以殁，深表痛惜。英雄，不仅指诸葛亮，也指诗人自己，以及普天之下所有壮志未酬的英雄人物。诗人抓住这一特点，写出其悲剧性结局在后世仁人志士中所引起的深沉感慨和强烈共鸣，很富有感染力，也使得诗歌言已尽而韵味无穷。

明末清初的王嗣奭说："出师未捷，身已先死，所以流千古英雄之泪也。盖不止为诸葛悲之，而千古英雄有才无命者，皆括于此，言有尽而意无穷也。"（《杜臆》卷四）北宋末年的抗金名将宗泽，因为不能北渡黄河抗金，忧愤成疾，临死前，吟诵"出师未捷身先死，长使英雄泪满襟"，大呼"过河"三声而亡。千古英雄，同此怀抱。

客　至

舍南舍北皆春水，但见群鸥日日来。花径不曾缘客扫，蓬门今始为君开。盘飧市远无兼味，樽酒家贫只旧醅。肯与邻翁相对饮，隔篱呼取尽余杯！

此诗作于上元二年（761）春天，杜甫寓居成都浣花草堂之时。在成都，杜甫受到好友、剑南节度使严武的热情关照，生活安定，有保障。诗人经过安史之乱的逃难、秦州至蜀中的艰难跋涉，在成都终于有了一个比较安定的环境，可以比较从容地生活，调养身心，思考社会和人生，锤炼诗歌艺术，为其思想的成熟和攀登诗歌艺术高峰做了良好的准备。因而，此时的诗人态度是平和而积极的。诗题下原注："喜崔明府相过。"明府，即县令。杜甫母亲姓崔，此崔明府可能是其舅。杜甫又有一首诗《宾至》。宾，乃贵介之客，有敬而远之之意；客，为相知之客，有亲而近之之意。可见，诗人命题极有分寸。

舍南舍北皆春水，但见群鸥日日来。

首联，描摹浣花草堂之宁静、幽美：四周春水环抱，而成群的鸥鸟天天飞临，一派祥和。舍，指杜甫在成都南郊的浣花草堂。鸥，水鸟，有江鸥，有海鸥。《列子·黄帝》记载："海上之人好鸥鸟者，每旦之海上，从鸥鸟游。鸥鸟之至者百数而不止。其父曰：'吾闻鸥鸟皆从女游，汝取来吾玩之。'明日之海上，鸥鸟舞而不下也。"当海上之人没有诈伪之心时，鸥鸟与之两无嫌猜，自在地游玩；而一旦有诈伪之心，鸥鸟随即警觉而远离。心动于内而形变于外，鸥鸟犹能立即觉察到。此处，杜甫用"群鸥"这一典故，意在表现诗人之心地澄澈、草堂环境之祥和幽美。

花径不曾缘客扫，蓬门今始为君开。

颔联说，平日很少有客人来访，不曾清扫门前路径，今日为迎接贵客而特意清扫；平常访客稀少，蓬门久闭，而今日特为迎接贵客而敞开。将平日访客稀少、今日特意迎接贵客的两层意思，表现得恰当而完美，流露出些许的激动情绪来。黄生说："花径不曾缘客扫，今始缘君扫；蓬门不曾为客开，今始为君开，上下两意交互成对。"（《杜诗说》卷八）由此亦可见出，今日之客乃贵客，而非俗客。蓬门，用树枝蓬条所编制的门，柴门。

盘飧市远无兼味，樽酒家贫只旧醅。

颈联应该是一个倒装句式："市远盘飧无兼味，家贫樽酒只旧醅。"意思是说，因为草堂离街市比较远，所以菜肴比较少；因为家贫，所以招待贵客，只能用去年的陈酒。热情中，有歉然之意。当然，此联也与首联的"花径不扫"的清幽环境、"蓬门始开"的清贫家境相互呼应，浑然一体。盘飧（sūn），指菜肴。飧，熟食。兼味，重味。无兼味，意思说菜品少。旧醅，隔年而未过滤的浊酒。古人重新酿，故以旧醅待客为歉。

肯与邻翁相对饮，隔篱呼取尽余杯！

尾联乃向客人征询意见：不知您是否同意让隔壁的老头儿来陪酒呢？如果可以，我就隔着篱笆墙喊他过来一起喝酒。主客之间，亲近融洽，邻里融和，情性真率，因此才会有这样的和谐愉快之约。

此诗乃抒写日常生活细节，情真意深，一片天趣，充满生活气息。杜甫将日常生活写入诗歌，扩大了诗歌的题材和表现领域，开启了中唐元稹、白居易以及宋诗的先声，影响深远。此诗的结构很有特色，前半写客至，极力铺垫，极写村居之僻陋清幽，而"蓬门今至为君开"，陡然转入，喜迎贵客之欢欣，热烈的情感溢于言外，并且顺势转入后半待客之抒写。五六二句，虽以简朴的菜肴、旧醅招待客人，而情感极为诚挚。七八二句，却又出奇笔，"肯与邻翁相对饮，隔篱呼取尽余杯"，主客情义相得，自然而融洽，又欲招唤邻翁共同欢饮，不难见出意兴之豪、情性之真，同时也与首联之"但见群鸥日日来"的心地澄澈相呼应，全诗浑然一体。可以说，此诗浅切真率，且于浅切中有风致情趣；自然流畅，却并非一泻无余，自具曲折波澜、变化之妙。

野　望

西山白雪三城戍，南浦清江万里桥。海内风尘诸弟隔，天涯涕泪一身遥。唯将迟暮供多病，未有涓埃答圣朝。跨马出郊时极目，不堪人事日萧条。

成都，位于成都平原中部，唐代称益州，置益州大都督府。安史之乱爆发，长安失守，唐玄宗仓皇奔赴蜀中，因而成都为唐之行都，称"南京"，此后又设剑南节度使，治理蜀中。蜀地西边与吐蕃相接，因而防守吐蕃，保卫蜀境安宁是极重要之事。唐肃宗上元年间，吐蕃时时侵扰，成都西北部的松州（今四川松潘）、维州（今四川理县）、保州（今四川理县新保关西北）乃要害之地，形势很紧张。上元二年（761），杜甫正寓居成都草堂，出城郊游，放眼四望，深深为战乱不已的时局忧虑，旅居他乡，很是思念远隔天涯的兄弟，同时也为国家危难与民生艰难而忧心忡忡。两年之后的广德元年（763），吐蕃攻陷三城，杜甫写了《西山三首》，有曰："辛苦三城戍，长防万里秋。"

诗题为《野望》，乃出城郊游，极目远眺，远景近景皆在眼中，由近及远，更能想像到极远之地、万里之外，诗人的视野极为开阔，境界阔大。因而诗的开篇则说：

西山白雪三城戍，南浦清江万里桥。

诗歌首联，即写"野望"，就将视野推到西边极远之处：西边岷山遥遥，非目力所能见到，白雪皑皑，而维州、松州、保州正处于防守的前线，将士临边戍守，艰辛备尝。而东行的起点万里桥，横跨于城南清澈的锦江上。西山，亦称雪岭，为岷山主峰，在今四川松潘县南，此处泛指岷山。南浦，南郊水边地、湿地。清江，指锦江。万里桥，正处于杜甫草堂的东面，在城南，横跨锦江上，诸葛亮送费祎出使孙吴，费祎说"万里之行，始于此桥"，遂有"万里桥"之名。

海内风尘诸弟隔，天涯涕泪一身遥。

上联野望所见，远处为皑皑岷山，近处为东行起点的万里桥，于是，诗人很快将“野望”的视野收了回来，主要抒写思念之情、家国之恨。西山三城防守吐蕃，形势紧张，而中原干戈未宁，战乱不已，河北藩镇割据局势已成。家中兄弟，只有幼弟杜占随诗人入蜀，其他三兄弟杜颖、杜观、杜丰均天各一方，因战乱而消息阻隔，不通音问，莫测存亡。每每念及此事，诗人涕泪沾襟，深感万里飘零、流落蜀中之悲痛。风尘，指战乱。《汉书·终军传》说：“边境时有风尘之警。”

唯将迟暮供多病，未有涓埃答圣朝。

此时杜甫年已五十，已是人生暮年。早年有着远大的理想“致君尧舜上，再使风俗淳”，而今年龄老大，一事无成。多病，杜甫患有肺病、头风等。只有将迟暮之年，交由多种病魔来消耗，而自己却未曾给国家有一些微末的贡献。“供”字极为沉痛，清人黄生说：“‘供’字工甚，迟暮之身尚思效力朝廷，岂意第供多病之用。此自悲自恨之词。”（《杜诗说》卷九）涓，细流；埃，微尘。

跨马出郊时极目，不堪人事日萧条。

尾联由内心的遗憾与伤痛说起，自己空有理想，却不能给社稷民生有一点点微末的贡献，因而骑马郊游，时时极目眺望，战乱频仍，国事不宁，民生困苦，无以聊生，诗人实在无法忍受世事一天天地萧条下去。其时，西山三城防守吐蕃，形势很是紧张，士卒戍边，百姓疲于服徭役，而朝廷不知体恤，因而有人事萧条之感叹。朱瀚说：“不堪人事萧条，欲忘忧，反添忧也。时国步多艰，虽有天命，亦由人事，故结句郑重言之。”（《杜诗七言律解意》）

此诗作法颇有特点，诗人郊游野望，乃“跨马出郊”极目远眺，但却并未先写“跨马出郊”，而是重点写极目所见的远处之西山、近处之万里桥，由局势动荡、战乱不已，而生发兄弟离散、存亡不知，自己万里飘荡、不得东归故乡之悲痛。万里桥，正是激发诗人归思的媒介，锦江蜿蜒东去，正如诗人之思绪一样，缠绵往复，不能自已。颔联之“隔”“遥”二字，用得极好，隔绝消息，兄弟存亡不知，而“遥”字又将这一伤痛悲哀推向极致，化为深长的悲凉。于是，由兄弟离散、动荡局势、社稷民生艰难，遂滋生出诗人身体多病、空怀壮志，未能一展抱负，为社稷苍生谋福祉的悲痛：人生渐入暮年，回首往事，虽曾有“致君尧舜上，再使风俗淳”的伟大理想，孰料竟然一事无成，只有多病之衰躯，未曾给朝廷有些微贡献。此联对仗极为工整，“供多病”与“答圣朝”是一对矛盾，形成强烈对比，使得上一句触目惊心，下一句又有无尽枨触之感慨万端，惊悚人心。抒写至此，尾联交待“跨马出郊”的游览，时时极目而望，切合诗题“野望”，回应首联，收束感情之波澜起伏，而“不堪人事日萧条”，无法忍受日复一日、却又越来越萧条的艰难世事，言已尽而意未已，悠悠不尽之情，回环往复于心田。仇兆鳌说：“此因野望而寄慨也。上四，野望感怀，思家之念产。下四，野望抚时，忧国之情。临桥而望三城，近虑吐蕃。天涯而望海内，远愁河北也。五六属自慨，末句，乃慨世。出郊极目，点醒本题。”（《杜诗详注》卷十）

闻官军收河南河北

剑外忽传收蓟北，初闻涕泪满衣裳。却看妻子愁何在，漫卷诗书喜欲狂。白日放歌须纵酒，青春作伴好还乡。即从巴峡穿巫峡，便下襄阳向洛阳。

天宝十四载（755）岁末，杜甫在一个寒风凛冽的半夜，离开京城长安，赴奉先县（今陕西蒲城县）探望寄居的一家老小。其时，诗人还不知道安禄山、史思明在范阳起兵反叛的消息。此后，洛阳、长安失守，杜甫困居于叛军占领的长安，逃出之后，奔赴唐肃宗，任右拾遗。离开朝廷之后，到秦州（今甘肃天水），又经陇蜀道，历经千辛万苦，至成都。代宗宝应元年（762）十月，唐朝屡次大破安史叛军，攻克东都洛阳，第二年即广德元年（763）春天，叛军首领史朝义（史思明之子）自杀，占据河南、河北的安史叛军余部陆续归降唐王朝。这样，历时八年之久的大战乱，终于结束了。这一大快人心的消息传来时，杜甫正在梓州（今四川三台县），兴奋的诗人欣喜若狂，喜极而泣，写下了这首极为欢快的诗歌《闻官军收河南河北》。

剑外忽传收蓟北，初闻涕泪满衣裳。

剑门山，历史上的著名险关，在四川西北部剑阁县境内，山脉由东北至南西方向延伸，山峰如剑，故名剑门，又因山势巍峨，道路险峻，故有“剑门天下雄”之称，历史上为兵家必争之地，也是出入蜀中的一个重要门户。剑门关以外，即剑南，杜甫时在梓州。蓟北，即幽州，是安史之乱的发源地，乃叛军老巢。诗人说，时在剑门关外的梓州，忽然听闻朝廷平定叛乱，攻破幽州，收复了被叛军占领的河南、河北，刚刚听闻时，欣喜若狂，喜极而泣，激动的泪水打湿了衣襟。此前，杜甫《喜达行在所三首》就说过：“喜心翻倒极，呜咽泪沾巾。”初闻，乍听到。

却看妻子愁何在，漫卷诗书喜欲狂。

欣喜的诗人得意洋洋，不禁回头看妻子儿女，昔日的愁容一扫而光，同样是那样地欣喜；诗人急切而随意地收拾书卷，打点行囊，兴奋得如同癫狂了：战乱平定，中原安宁，终于可以顺利地回归家乡了。却看，回头看。

白日放歌须纵酒，青春作伴好还乡。

晴空朗朗，阳光明丽，放声歌唱，须得美酒，开怀畅饮；而春和景明，风光旖旎，正可以陪伴着诗人一路欢歌笑语地回归家乡。青春，大好春光，明媚春天。

即从巴峡穿巫峡，便下襄阳向洛阳。

兴奋的诗人已经规划好了回家的路途：立刻从巴峡而经过巫峡，离开蜀中，这是由西向东的出蜀路径；再由襄阳，奔赴洛阳，这是由南向北的回家路径。诗末原注："余田园在东京。"东京，即洛阳。即，即刻、立刻。巴峡，嘉陵江流经阆中至重庆巴县一段。长江三峡，由西向东乃瞿塘峡、巫峡、西陵峡。巫峡，西起重庆巫山大宁河口，东至湖北巴东官渡口，东西长四十六公里，是三峡中最长、最整齐的峡谷，崖壁陡峭，谷窄滩多，水急浪大，极为险峻。襄阳，在今湖北，为杜甫祖籍。诗人用"从""穿""下""向"四个词，把四个地名巴峡、巫峡、襄阳、洛阳连缀起来，极其自然，又相当传神：峡谷险峻而狭长，故用"穿"字；顺水而行，故用"下"字；至襄阳乃由陆路而行，故用"向"字，极其准确生动地表现出杜甫的欢快而急切归家的心境。

这首诗是杜甫最脍炙人口的名篇之一。平定安史叛乱的消息传来，杜甫乍听之后，欣喜若狂，浮想联翩，心情激动，迫切地想回归洛阳故园。长达八年之久的安史之乱，国家惨遭浩劫，生灵涂炭，而杜甫本人也颠沛流离，遭受深重的苦难。而今战乱平定，诗人喜出望外，欣喜若狂，不知不觉为之手舞足蹈。杜甫将"初闻"官军收复河南河北这一特大喜讯时，欲歌欲哭的惊喜之情，描摹得绘声绘色，如在眼前。这欣喜是发自内心的，不禁涕泪沾衣：愁容一扫而空，归家有日，"愁何在"，不必再愁了；"漫卷诗书"，欢欣已极；放歌纵酒，作伴还乡，"即从""便下"，"穿巫峡""向洛阳"，一连串的动作，一气奔驰，毫不停顿，真是情感迸发，一泻千里。读此诗，可以想见杜甫当时对妻子儿女手舞足蹈、口讲指画的惊喜欲狂的神态。

此诗让人感动，还在于杜甫所喜，并非一己之事、一家之喜，而是国家之喜、人民之喜、天下之喜。不仅可以看出杜甫爱国的赤诚、天真的性格以及充沛的感情，而且可以看出诗人炉火纯青的艺术造诣。全诗章法、句法谨严，对仗工整，却又一气流转，晓畅自然，明白如话。细细品味，在其抒情酣畅淋漓处，正透露出长期战乱、飘荡流离的悲哀郁积之深悲。大悲后的大喜，悲喜交欣，使本来轻快流利的诗情中，也有沉郁顿挫之风致，是从肝肺中自然流出的真情，故而感人至深。

此诗尾联“即从巴峡穿巫峡，便下襄阳向洛阳”，如《登楼》之“北极朝廷终不改，西山寇盗莫相侵”，是流水对。所谓流水对，是对仗的一种，与意对相似，不纯粹以音声或同类事物相对。凡对仗两句意思一以贯之，不可分割，下句是上句意思的延伸，如水顺流而下，谓之流水对。流水对虽然不讲求工对，但出句和对句的词性、词汇排列和结构必须相同，平仄必须相对，否则不能称为对仗。出句和对句之间的关系，有递进、转折与假设等几种。

登　高

风急天高猿啸哀，渚清沙白鸟飞回。无边落木萧萧下，不尽长江滚滚来。万里悲秋常作客，百年多病独登台。艰难苦恨繁霜鬓，潦倒新停浊酒杯。

重阳节在农历九月初九，汉代阴阳家有“六阴九阳”之说，九为阳数之最大，两个九相逢，称“重阳”，九九谐音为“久久”，有长寿之意，因而常在此日祭祖、敬老，祈求长寿健康。南朝梁人吴均《续齐谐记》说，东汉时有一个人叫桓景，他的家乡发生大瘟疫，父母死了，乡人也死了很多。桓景拜仙人费长房学艺，费长房赠青龙剑，让他勤学苦练。一天，费长房说：九月九日，瘟魔又要来，要桓景回去除妖魔，并送给他一包茱萸叶、一瓶菊花酒，带领家乡父老登高避祸。桓景让家乡父老佩戴茱萸叶、喝菊花酒，瘟魔不敢靠近，桓景杀死了瘟魔。从此汝河两岸百姓就把九月九日佩戴茱萸、喝菊花酒、登高避祸的习俗传开了。

其实，西汉就有重阳佩戴茱萸、喝菊花酒而求长寿的习俗。《西京杂记》记载西汉时宫人贾佩兰说：“九月九日，佩茱萸，食蓬饵，饮菊花酒，云令人长寿。”曹丕《九日与钟繇书》说：“岁往月来，忽复九月九日。九为阳数，而日月并应，俗嘉其名，以为宜于长久，故以享宴高会。”陶渊明在《九日闲居》诗序文中说：“余闲居，爱重九之名。秋菊盈园，而持醪靡由，空服九华，寄怀于言。”可见，魏晋时期有了赏菊、饮酒的习俗。唐朝时，重阳节才被定为正式节日，受到了普遍的追赏。从此以后，宫廷、民间一起庆祝重阳节，并且在节日期间进行各种各样的活动。

代宗大历二年（767），杜甫在夔州（今重庆奉节），时逢重阳节，应该佩戴茱萸、饮菊花酒，登高以祈求健康长寿；然而时局不宁，万方多难：永泰元年（765）四月剑南节度使严武去世，朝廷命郭英乂为成都尹、剑南节度使，结果为西川兵马使崔旰所杀，邛州刺史柏茂林、泸州刺史杨子琳等皆起兵讨伐崔旰，蜀中大乱。为避战乱，杜甫一家离开成都，准备从三峡出蜀，回归洛阳。河北藩镇割据，混战不已。吐蕃、回纥、吐谷浑、党项连兵数十万之众入侵，进攻长安近郊，吐蕃抢掠男女数万人离去，所过之处，焚毁房屋，蹂躏禾稼殆尽。大历元年（766），蜀中军阀战事又起，吐蕃再次入侵，大历二年（767），淮西节度使李忠臣入朝，至华州（今陕西华阴），率所部大掠，自潼关以西二百里间，财富被抢劫一空，官吏有以纸为衣服、或数日不食者。

此诗即作于大历二年（767）重阳节。

风急天高猿啸哀，渚清沙白鸟飞回。

重阳节本是秋高气爽，晴空朗朗，万物茂盛，欣欣向荣，佩戴茱萸，饮菊花酒，登高以祈求健康长寿。而诗人登高所见，却是一派肃杀景象：秋风吹拂，甚是激烈，天空高远，而猿猴哀鸣，声声凄厉而悲苦；江水退落，岸边小洲露出一片片白沙滩，而鸟儿飞舞回旋，上下翻飞。猿啸，猿啼叫声。《水经注·江水》：“自三峡七百里中，两岸连山，略无阙处，重岩叠嶂，隐天蔽日，自非停午夜分，不见曦月……春冬之时，则素湍绿潭，回清倒影，绝巘多生怪柏，悬泉瀑布，飞漱其间，清荣峻茂，良多趣味。每至晴初霜旦，林寒涧肃，常有高猿长啸，属引凄异，空谷传响，哀转久绝。故渔者歌曰：‘巴东三峡巫峡长，猿鸣三声泪沾裳。’”可见，猿啸哀，实乃杜甫写实。渚，水中小洲。

回，回旋。

无边落木萧萧下，不尽长江滚滚来。

首联写登高所见所闻，颔联继续写登高所见，只是将目光投向更远处：秋气萧杀，秋树望不到尽头，受秋气之侵袭，落叶萧萧而下；长江自西向东，滚滚而来，流淌不尽。落木，落叶。萧萧，风吹叶动之声。这一联境界极为阔大，萧萧、滚滚，呈现出一种动态。

万里悲秋常作客，百年多病独登台。

颈联则由登高所见所闻，而兴发无限感慨。流寓他乡，身居万里之外，年年重阳登高，只能引起悲秋、长久客居他乡之忧愁；人生暮年，身体多病，兄弟离散，存亡不知，独自登高，情何以堪！万里，远离故乡，指夔州距长安遥远，回京无望。悲秋，伤秋。宋玉《九辩》："悲哉，秋之为气也！萧瑟兮草木摇落而变衰，憭栗兮若在远行，登山临水兮送将归。"常作客，杜甫自乾元二年（759）华州（今陕西华阴）弃官之后，流寓秦州、同谷、成都，离开成都，准备从三峡出蜀，回归洛阳，于大历二年（767）寓居夔州，颠沛流离近十年之久，即"一辞故国十经秋"。百年，指人生暮年。这两句乃点明诗题《登高》：远离家乡之人，常常在客寓之时感到悲秋的情绪，一生多病而今天又独自登高处、度重阳佳节。按照思想的逻辑，这两句的次序应该是因"百年多病独登台"，而感受到"万里悲秋常作客"之悲慨。而"万里悲秋常作客"的思维逻辑应该是"万里作客常悲秋"。万里，替代一个"远"字，百年，替代"一生"，而用"万里""百年"把这两个意象形象化了，这就是诗的形象思维。此一联对偶精切，意蕴丰富。宋人罗大经说："盖'万里'，地之远也；'悲秋'，时之惨凄也；'作客'，羁旅也；'常作客'，久旅也；'百年'，暮齿也；'多病'，衰疾也；'台'，高迥处也；'独登台'，无亲朋友。十四字之间含八意，而对偶又精切。"（《鹤林玉露》乙编卷五）

艰难苦恨繁霜鬓，潦倒新停浊酒杯。

尾联之感慨乃是将个人之遭遇与国家之艰难相绾合。艰难苦恨有两重意思，一指个人生活的艰难，一指国家世乱多难，在这双重忧虑之下，诗人的头发很快都白了；人生衰颓，很不如意，本想借酒浇愁，可是身体多病，近来连酒也不能喝了，何其悲凉啊！繁霜鬓，白发日多。潦倒，犹衰颓，因多病而潦倒。新停，最近才停止。浊酒，混浊的酒，指劣酒。

此诗前四句写登高所见，是写景；后四句写登高所感，是抒情，情景交融，气象高远浑厚，语言精练而富于变化，对偶工整又很自然贴切，是杜甫沉郁顿挫风格的代表作。首联起势奇警挺拔，描摹秋高气爽的图景，极富层次感。高天之上，迅急的秋风裹挟着猿猴凄清而悠长的啼叫声，水渚清澈，岸沙洁白，鸟儿低空回旋飞舞。此情此景，不仅有景象，而且有声响，形成高低相和的浑厚交响：茫茫秋景，鸟儿飞舞，风声、猿啸声相应和，风急、天高、渚清、沙白，从大处着笔，而猿与鸟，则从小处陪衬，大处相形，格外醒目。颔联则从更广阔的视野展开，赋予秋景以一种无穷无尽的时空感。落木萧萧，长江滚滚，又以“无边”“不尽”来形容，状写出时空的广大、无垠，历史长河的生生不息，相较而言，个体的生命却是那样地短暂、脆弱，于是，人生岂能无感慨！在写景状物的雄浑悲壮的基础上，遂抒发感慨，从天地风物之弘大环境，紧缩至孤身一人，然而内涵却极为深广：作客万里之遥，垂老多病之身，登高远眺，孤独无侣，此情此景，怎能不是满目悲凉呢！重阳节登高，佩戴茱萸，饮菊花酒，祈求健康长寿，然而在十年之久颠沛流离的处境与万方多难的悲愤心情之下，衰病的身体已不允许诗人饮酒，竟然如此悲苦，连借酒浇愁的快意都不能有了，国事与家事两重的压力，更加速了诗人暮年的衰老。诗的结尾大有登高极目、百感交集之深慨，读之，使人唏嘘不已！七言律诗至杜甫，格律精严又多变化，内涵丰富且情感充沛，真正成为一种有意味的诗歌体式。明代诗论家胡应麟说：“若‘风急天高’，则一篇之中句句皆律，一句之中字字皆律，而实一意贯串，一气呵成。骤读之，首尾若未尝有对者，胸腹若无意于对者；细绎之，则锱铢钧两，毫发不差，而建瓴走坂之势，如百川东注于尾闾之窟。至用句用字，又皆古今人必不敢道，次不能道者，真旷代之作也。”（《诗薮》内编卷五）

登　楼

花近高楼伤客心，万方多难此登临。锦江春色来天地，玉垒浮云变古今。北极朝庭终不改，西山寇盗莫相侵！可怜后主还祠庙，日暮聊为梁甫吟。

此诗作于代宗广德二年（764）春天，杜甫在成都。春天草长莺飞，杂花生树，一派欣欣向荣的祥和景象，本来可以给人带来幸福与欢乐，然而广德二年的春天，却并不宁静，僻居成都的大诗人杜甫，还是非常痛切地感受到了时代与社会的衰颓不安和民生的深重疾苦。前一年，肃宗去世，代宗即位，不久，吐蕃大肆入侵，尽取陇右、河西之地，又进犯至长安城郊，代宗仓皇出逃陕州（今河南陕县），官吏四处逃散，吐蕃一度占领长安。唐军收复长安，代宗还京。十二月，吐蕃又攻陷松州（今四川松潘）、维州（今四川理县）、保州（今四川理县新保关西北），剑南西山诸州全被吐蕃占领。此外，蜀中又刚刚经历过徐知道叛乱。在这样的衰颓混乱的时局之下，杜甫怎么能够不忧念社稷民生呢？

花近高楼伤客心，万方多难此登临。

诗题《登楼》，取自建安七子之一王粲伤乱离而作的《登楼赋》：“登兹楼以四望兮，聊暇日以销忧。”首联紧扣“登楼”抒写，万方多难而登楼，春花盛开，却令人无限伤怀。用倒装句式，突兀峻耸，悚动人心，很有气势：花近高楼，本可凭高而欣赏大好春色，然而伤客心，正是因为万方多难之故。万方多难，指吐蕃入侵长安、川西以及蜀中徐知道的叛乱。“万方多难此登临”，乃统领全诗，为全诗之纲，以下诗句，全是此句之进一步抒写。

锦江春色来天地，玉垒浮云变古今。

锦江，乃岷江支流，又称濯锦江，自西川郫县流经成都西南，传说于江中洗濯蜀锦，色彩尤为鲜丽。杜甫草堂在锦江边上。玉垒，指玉垒山，在四川汶川北、灌县西，为吐蕃入侵蜀中的必经之地。颔联说，春景极美丽，尤其是锦江，春色皆从四面八方而来；玉垒山浮云变幻不定，古往今来皆不相同。玉垒浮云，一方面指玉垒山的景色极美，多变幻；另一方面是说世事变幻无常，局势不宁，自古至今皆如此。杜甫《可叹》诗曰："天上浮云如白衣，斯须改变如苍狗。古往今来共一时，人生万事无不有。"正是这个意思。

北极朝庭终不改，西山寇盗莫相侵！

北极，北极星，又叫北辰，因众星拱卫而居于天之中枢地位，比喻朝廷。《论语·为政》："为政以德，譬如北辰，居其所而众星共之。"广德元年（763）十月，吐蕃入寇，尽取河西陇右之地，进而攻陷长安，代宗仓皇出逃陕州（今河南陕县），吐蕃立广武王李承宏为帝。十二月，郭子仪率军收复长安，代宗还京，局势转危为安。西山寇盗，广德元年十二月，吐蕃又侵袭松州、维州、保州及云山新筑二城，于是剑南西山诸州皆陷没于吐蕃。颈联说，虽然有吐蕃入侵、占领长安另立广武王为皇帝一事，但是朝廷正如北极星一样，始终稳固地处于天之中枢地位，终究不会改变的，因而侵袭西山诸州的寇盗，你们还是不要枉费心力地侵扰了吧。

可怜后主还祠庙，日暮聊为梁甫吟。

可怜，可惜。后主，蜀汉先主刘备之子刘禅。刘禅宠信宦官黄皓，不信任文武大臣，当司马氏大将邓艾孤军深入蜀地时，刘禅不战而降，蜀汉政权灭亡。当司马昭问他：住在洛阳，你是否思念家乡呢？刘禅回答说："此间乐，不思蜀。"刘禅的祠庙在成都南先主刘备庙东侧，西侧就是诸葛亮的武侯祠。《梁甫吟》，乐府曲名。相传诸葛亮隐居南阳时，很喜欢吟唱《梁甫吟》。《三国志 · 蜀志 · 诸葛亮传》："亮躬耕陇亩，好为《梁甫吟》。身长八尺，每自比于管仲、乐毅，时人莫之许也。"尾联说，可叹宠信宦官而误国的后主刘禅，他的祠庙还一直被祭祀，想到这些，在日暮时分，暂且吟唱《梁甫吟》以寄托自己为社稷和民生而努力的壮志吧！后主刘禅宠信宦官而误国，事实上，代宗皇帝宠信、任用大宦官程元振、鱼朝恩，不信任朝廷大臣，致使吐蕃入侵，一度占领京城长安，社稷危殆，生灵涂炭，几乎到了亡国的边缘。杜甫批评后主刘禅，实际上是讥刺代宗，因而吟唱《梁甫吟》乃是抒发其经世济民的壮志。诗的讽刺意味是深长而有力的。

天宝十一载（752），杜甫与高适、岑参、薛据、储光羲一同登上长安慈恩寺塔（即大雁塔），作《同诸公登兹恩寺塔》曰："自非旷士怀，登兹翻百忧。"十多年间，经历过安史之乱，大大小小的无数战事、乱离，大诗人杜甫登楼而欣赏春景，更多了一些忧患意识。《登楼》这首诗是以代宗宠信大宦官程元振、鱼朝恩，不信任朝廷大臣，致使吐蕃入侵，天子蒙尘为核心而抒写的。如果代宗能够信任朝廷文武大臣，励精图治，是不会造成吐蕃入侵、战乱不已的局势的。首联突兀而起，"花近高楼"是乐景，"伤客心"是哀情，情理反常，形成悬念；而"万方多难"是原因，"此登临"则关照诗题。清人施补华《岘佣说诗》曰："起得沉厚突兀，若便装一转，'万方多难此登临，花近高楼伤客心'，便是平调。"次联则写景，以"天地""古今"空间上的阔大和时间上的久远，展示出雄浑苍茫的景象，而"来""变"又使这时空带有强烈的动感，将上联的"万方多难"烘托得更强烈。写景，又带有浓郁的抒情。自然而然地转入颈联的叙事与抒情，"北极朝廷"如锦江春色，广大无垠；"西山寇盗"似玉垒浮云，旋起旋灭。诗的意脉暗中相承，由写景而入议论，主旨也由隐微而显豁。最终则借刘禅之宠信奸佞宦官，批评代宗之庸弱昏聩，而以《梁甫吟》寄托经世济民的壮志与胸怀。此诗气象雄伟，诗法谨严，一方面忧虑国难，另一方面又对朝廷充满希望；一方面对代宗之庸弱有强烈不满，另一方面却有着根深蒂固的忠君热忱；一方面是诗人大半生坎坷沦落的悲怆，另一方面则是不甘沉沦的热切抗争，多种矛盾与复杂情感交织在一起，因而感人至深。清人仇兆鳌说："上四登楼所见之景，赋而兴也。下四登楼所感之怀，赋而比也。以天地春来，起朝廷不改；以古今云变，起寇盗相侵，所谓兴也。时郭子仪初复京师，而吐蕃又新陷三州，故有'北极''西山'句，所谓赋也。代宗任用程元振、鱼朝恩，犹后主之信黄皓，故借祠托讽，所谓比也。《梁甫吟》，思得诸葛以济世耳。伤心之故，由于多难，而多难之事，于后半发明之。其辞微婉而其意深切矣。"（《杜诗详注》卷一三）

宿　府

清秋幕府井梧寒，独宿江城蜡炬残。永夜角声悲自语，中天月色好谁看。风尘荏苒音书绝，关塞萧条行路难。已忍伶俜十年事，强移栖息一枝安。

代宗广德二年（764）春，严武再次镇守蜀地，上表朝廷，推荐杜甫为检校工部员外郎，并任节度使府参谋，后人因而称杜甫为杜工部。严武对杜甫颇多照顾提携，因为严武，杜甫在蜀中的生活改善了许多，而且严武是个能吏，治理蜀中，政治安定，吐蕃也不敢轻易侵扰。严武调离蜀中之后，蜀中动荡不安，吐蕃侵扰，民不聊生。当严武第二次镇守治理蜀中时，杜甫又受到了故友的照顾，诗人也希望多少能够过些安定的日子，然而也有着淡淡的怅惘以及虚度岁月的无奈。当这一年的清秋之夜，在节度使幕府值班独宿之时，杜甫的这一感觉颇为强烈，因而写了这首《宿府》诗。

清秋幕府井梧寒，独宿江城蜡炬残。

幕府，将帅出征，以帐幕为府署，后来也作为地方军政长官和节度使衙署的代称。江城，成都在锦江边上，故称江城。清秋之夜，夜凉如水，诗人独自一人在幕府值班。幕府井边的梧桐静穆，阵阵寒意袭来，明月高照，树影婆娑，蜡烛烧残，明灭闪烁，寂寞难明，无法入睡。

永夜角声悲自语，中天月色好谁看。

于是，诗人起身，独自徘徊于明月下空寂的庭院之中。长夜漫漫，远处传来悲凉的号角声，如呜呜咽咽的自言自语，更加重了夜晚的凄清；明月在天，月色清光下泻，可是这样好的月色，谁有心境来欣赏呢？永夜，长夜。角声，号角声。

风尘荏苒音书绝，关塞萧条行路难。

至此，诗人才揭示出独自难眠、无心赏月的真正缘由：有限的时光，在战乱中徒然地流逝，而亲人好友长久没有书信来往，生死未卜，福祸难料，怎能不让人心焦呢！而且，山河大地，到处的关隘要塞一派萧条，行旅不通，千里无鸡鸣，累累白骨萦绕着疯狂生长的蔓草，回家的路途是那样地艰难啊！风尘，指战乱。荏苒，谓时间渐进推移。陶渊明《杂诗》十："荏苒经十载，暂为人所羁。"

已忍伶俜十年事，强移栖息一枝安。

尾联，诗人说自安史之乱以来，自己已经忍辱负重，带领全家艰难困苦地生活了十年之久，现在有了这个节度参谋的职位，可以勉强地过上一段苟安的生活。伶俜，困苦的样子。十年事，指安史之乱至广德元年近十年之久的战乱岁月。杜甫有《恨别》一诗，作于入蜀之初，可以作为这一句的注解："洛城一别四千里，胡骑长驱五六年。草木变衰行剑外，兵戈阻绝老江边。思家步月清宵立，忆弟看云白日眠。"五六年都无法忍受，而今十年之久，情何以堪！强移栖息，勉强栖身。一枝安，《庄子·逍遥游》："鹪鹩巢于深林，不过一枝。"原意是说，鹪鹩鸟在偌大的森林里，也不过仅仅栖息在一个枝条上。此处是说，严武的节度使幕府也仅仅是自己栖身之地。

严武再次镇蜀，给杜甫很大的关照，生活上有了一定的保障，然而现实和杜甫曾经的人生理想“自比契与稷”，“致君尧舜上，再使风俗淳”有着巨大的差距。此诗乃秋夜独宿幕府而有感慨也。前四句写景，后四句言情。诗的关键是“独宿”，借独宿所见之景，抒发孤独飘零之感、抑郁寂寞之情。诗歌所呈现的景象极为凄清：梧桐寒、蜡炬残、角声悲自语、清冷的月光，凄清得让人无法透过气来。在这样的环境中，诗人孤寂无聊，无法入眠，披衣而独步于中天月色之下，句式上五下二：永夜角声悲——自语，中天月色好——谁看，于“悲”“好”处略作停顿，舒缓的语调，就有角声悲凉，响彻夜空，如怨如诉，似呜咽自语；中天月色虽好，却无心欣赏，将那种孤寂清冷完全呈现出来。角声，乃战乱的象征，明月千里，乃思乡之触媒。所以第三联，自然而然地抒写战乱频仍，亲友消息隔绝，生灵涂炭，四野萧条，道路艰难，回归故乡无望，将思念亲友家人以及国难深重的现实结合起来。于是，第四联则述说自安史之乱以来十年之久的艰难困苦，供职幕府，仅仅是为求生计，苟全性命于乱世，为友情，本非初心，更无关乎“自比契与稷”的人生理想。诗境由孤寂而至于凄迷低婉，令人伤怀。此诗章法谨严，八句皆对偶，严整之中有其错综变化之从容，诚为佳作。

阁　夜

岁暮阴阳催短景，天涯霜雪霁寒宵。五更鼓角声悲壮，三峡星河影动摇。野哭千家闻战伐，夷歌数处起渔樵。卧龙跃马终黄土，人事音书漫寂寥。

每到岁末，人们往往容易盘点这一年经历过的事情，总结自己一年来的所作所为，成就大呢，还是错误多？是非得失，会是怎样的？这样，便于来年做好更合理的规划。大历元年（766），杜甫自云安县到夔州（今重庆奉节），秋天，寓居于夔州西阁，至岁末仍然在此。冬日，长夜漫漫，无法入睡的诗人，对即将过去的一年，有着太多的感触，经历了太多的事情。这一年的五月，朝廷任命郭英乂为成都尹、剑南节度使，十月，西川兵马使崔旰攻陷成都，郭英乂兵败被杀，刺史柏茂林、杨子琳、李昌夔率军讨伐崔旰，蜀中遂陷入军阀混战；长安京畿、关中地区春天遭受大旱、暴风，米价昂贵，每斛至万钱，秋天又遭大水和吐蕃入侵，百姓困苦不堪。亲身的经历和传闻而来的消息，让杜甫痛苦不堪，将这一切，皆表现于诗歌。

岁暮阴阳催短景，天涯霜雪霁寒宵。

首联说，到了岁末严冬，白天很短，很快天就黑了，半夜时分，霜雪也停了，天气晴朗，更加清冷。天涯节序匆匆，很有时光促迫之感。阴阳，犹日月。短景，冬天日短，故曰“短景”。景，同“影”。天涯，天边。夔州远离京师长安，故称天涯。霁，雨雪后天气转晴。

五更鼓角声悲壮，三峡星河影动摇。

五更，自黄昏至拂晓一夜间，分为甲、乙、丙、丁、戊五段，谓之“五更”，又称五鼓、五夜。五更，指天将明之时。鼓角，战鼓和号角，两种乐器。军队亦用以报时、警众或发出号令。杜佑《通典》卷一四九《兵》：“军城及野营行军在外，日出日没时挝鼓三通。三百三十三槌为一通，鼓音止，角声动，吹十二声为一叠，角音止，鼓音动，如此三角三鼓，而昏明毕之。”三峡，长江瞿塘峡、巫峡、西陵峡。夔州西阁临瞿塘峡西口。星河，指星辰和银河。颔联说，悲壮的鼓声从远处传来，原来天将拂晓了，东望三峡，水天交接，天上的星辰和银河似乎都被鼓角声所震撼，在寒江中声影摇动。这一联的气魄极大。前人评论说：“天霁则鼓角益响，而又在五更之时，故声悲壮。天霁则星辰益朗，而又映三峡之水，故影动摇也。”（《杜诗论文》卷四十）

野哭千家闻战伐，夷歌数处起渔樵。

千家，一作“几家”。战伐，指崔旰之乱和吐蕃侵袭蜀中。夷歌，西南少数民族之歌曲。起渔樵，起于渔樵之口。颈联说，历尽战火的原野上，多少人家都在恸哭死于战争的亲人；唯有那稀稀落落的几处渔夫、樵子的歌声，才昭示着苍茫大地上生命的延续啊！

卧龙跃马终黄土，人事音书漫寂寥。

卧龙，指诸葛亮。夔州西郊有武侯祠。跃马，指公孙述。西汉末年，公孙述凭借蜀地险要，割据称白帝。左思《蜀都赋》："公孙跃马而称帝。"夔州东南有白帝庙。人事，指知交好友。杜甫知交好友李白、郑虔、苏源明、高适、严武等皆已去世，故而有孤独寂寞之感。尾联说，夔州城内有建立不朽业绩的诸葛亮和割据称帝的公孙述祠庙，无论圣贤还是不肖，最终都要死去而归于黄土，而自己知交凋零，音信皆无，在这动荡的人世间，忍受着孤独寂寞，那也就随他去吧，不再关心了。看似自我解脱，实则为愤激之辞。

大历元年，杜甫已经是五十五岁了，到了人生的暮年。青年时期所树立的远大抱负，眼看就没有实现的希望了，加之友朋凋零，郑虔、苏渊明、李白、高适、岑参、严武等相继去世，使得杜甫心情颇为沉重；而蜀中有崔旰之乱，吐蕃侵袭长安、河北藩镇割据，天下未宁，诗人打算回归洛阳旧里，可惜一直不能如愿，一家人不得不寄寓于夔州。社稷民生，处处牵动诗人的情怀，往往极小的事件，也能激发出强烈的感慨。此诗以壮阔之景象，抒写哀情，极为动人心魂。首联点明节令和地点，岁末严冬，夔州高城，白日短促，寒夜降临，夜半霜雪放晴，天地澄静中更显得寒气逼人。诗写山城由白昼到夜晚的景色变化，营造出笼罩全诗的萧森动荡的气氛。颔联则进一步深化，将寒宵之景象描摹得更为壮阔，悲壮的号角声响起，似乎这号角声也撼动了星辰、银河，与长江之水一起摇曳不定。于是，颈联则由悲壮的号角声，自然而然地联想到了战乱不已，郊原处处痛哭之声，而渔夫樵夫的稀稀疏疏的几声歌唱，正反衬出战乱后的寥落和悲惨。尾联则由现实而追想历史：雄才大略、尽忠蜀汉、北伐中原的诸葛亮，割据一方、称帝称王、野心勃勃的公孙述，无论贤愚，最终皆成为黄土中的一抔枯骨，那么而今战乱不定的局势和孤寂飘零的诗人自己，又算得了什么呢？最终还是将孤寂地消失于历史的云烟之中。杜甫此诗的可贵之处，在于诗人在抒发一己之感触之时，始终融入了对社稷、民生、时代的热切关注，对历史兴废的深沉思考，因而具有深厚的内容和充沛的情感，并且以精深的构思，在广阔的时空中展现出来，创造出雄浑壮阔的境界，感人至深。

咏怀古迹五首

其一

支离东北风尘际，漂泊西南天地间。三峡楼台淹日月，五溪衣服共云山。羯胡事主终无赖，词客哀时且未还。庾信平生最萧瑟，暮年诗赋动江关。

《咏怀古迹五首》是大历元年（766）杜甫寓居夔州时所作。寓居夔州，杜甫感触很深，开始有意识地抒写历史事件、人物、古迹，并与现实相绾合，感兴多端，表达了丰富的思想与情蕴。“咏怀古迹”，意谓凭吊古迹以抒写一己之感兴、情怀和思想。蘅塘退士的选本，仅仅选了二首，光绪年间，日本四藤吟社印本收录了全五首。

第一首歌咏庾信。庾信（513—581），字子山，祖籍南阳新野（今河南新野），梁代诗人庾肩吾之子。庾氏父子与徐摛、徐陵父子齐名，擅长诗文，当时称“徐庾体”。庾信出使东魏，“文章辞令，盛为邺下所称”。梁武帝末年，侯景叛乱，其时庾信为建康（今江苏南京）令，率军防守朱雀航，战败。建康失陷，庾信被迫逃亡江陵（今湖北江陵），投奔梁元帝萧绎。元帝承圣三年（554），庾信奉命出使西魏。抵达长安不久，西魏攻克江陵，梁元帝萧绎被杀，庾信被留在长安二十八年之久，历仕西魏、北周，官至骠骑大将军开府仪同三司，故又称“庾开府”。庾信被羁留于长安，被迫在西魏作官，内心很是痛苦。因为，一方面，庾信从此永别江南；另一方面，西魏攻灭梁朝，杀了梁元帝萧绎，而庾信却又在仇敌之国作官，道义有亏，“失节”，且颠沛流离的生活，给庾信及其家庭造成了许多不幸。这些因素，促使他出使西魏前后的思想和创作发生了深刻的变化。

杜甫《戏为六绝句》说："庾信文章老更成，凌云健笔意纵横。"的确，庾信到北方以后的诗显得苍劲和沉郁，诗歌风格发生显著变化，辞赋成就也很突出，抒情小赋如《枯树赋》《竹杖赋》《小园赋》和《伤心赋》等，都是传诵的名作。其中《枯树赋》纯用比兴手法，以树木自比，如用"若乃山河阻绝，飘零离别。拔本垂泪，伤根沥血"等拟人化的描写，引出自己身世飘零的感慨，慷慨悲凉，富于感染力。《小园赋》偏重写景，其中"一寸二寸之鱼，三竿两竿之竹"，平易如口语，别具一格。《哀江南赋》是庾信的代表作，用赋体写梁代兴亡史和作者自传，庾信对梁代的覆亡充满了悲悼和依恋之情。此赋的前半，竭力渲染梁初的繁荣，也清醒地批评梁武帝及其群臣一味崇尚玄虚，不顾现实中的危机："宰衡以干戈为儿戏，缙绅以清谈为庙略；乘渍水以胶船，驭奔驹以朽索。"赋还批评梁朝君臣纵容姑息侯景，并在叛乱发生后继续采取错误的对策，写江陵陷落后军民惨遭杀掠的情况、骨肉离散："况复君在交河，妾在清波，石望夫而逾远，山望子而逾多。""鬼火乱于平林，殇魂游于新市。"生动而真实地描写重大政治事件，又深深浸透着作者的故国之思以及对乱离中人民的深切同情。庾信故园在荆州，并不在夔州，杜甫拟出三峡，经荆州而北归洛阳，也就是"即从巴峡穿巫峡，便下襄阳向洛阳"，何况杜甫的漂泊辗转与庾信的流寓他乡非常相似，因此未到荆州，先咏叹以抒怀。

支离东北风尘际，漂泊西南天地间。

支离，分散流离。东北，指中原地区。从蜀地来看，中原在其东北。杜甫躲避安史战乱，从洛阳、凤翔、长安、秦州、成州而入蜀，正是从东北到西南。风尘，指战争。首联，从中原、关中地区安史叛军的大战乱中，流离转徙，历经千难万险，进入蜀中，而又寄居于夔州孤城。此联以开阔的视野，展示东北风尘、西南天地之间的广阔时空，又以"支离"与"漂泊"这两个动词，强化流离转徙的动荡感受，将读者置于历史的现场感之中而感同身受，深切体味。

三峡楼台淹日月，五溪衣服共云山。

颔联则集中抒写“西南天地间”的具体景象。三峡，瞿塘峡、巫峡、西陵峡，此处指夔州。淹，淹留，滞留。淹日月，漂泊日久。五溪，在今湖南西部、贵州东部一带，位于夔州之南。《水经注 · 沅水》：“武陵有五溪，谓雄溪、樠溪、无溪、酉溪，辰溪其一焉，夹溪悉是蛮左所居，故谓此蛮五溪蛮也。”五溪蛮喜好五色衣。共云山，山势相连，指民俗风情大致相同。此联说，夔州历史悠久，风景殊丽，此地民俗风情与五溪蛮很接近，而自己一家漂泊西南、羁寓于夔州时间太久了，漂泊无定的流寓生活远没有尽头，回归家乡无望啊。

羯胡事主终无赖，词客哀时且未还。

羯胡，古匈奴族别部，此处指安禄山，安禄山之父出于羯胡。安禄山很受玄宗皇帝的信任和重用，然而安禄山却阳奉阴违，反复无常，最终叛唐作乱。无赖，狡诈反复。侯景原为北魏将领，投降梁朝，后又反叛作乱，攻破建康（今南京），武帝萧衍被囚于台城，次年饿死于此。《梁书 · 侯景传》说他“肆其恣睢之心，成其篡盗之祸”“方之羯贼，有逾其酷”。庾信经历了侯景之乱，杜甫经历了安史之乱，漂泊流离，何其相似。词客，指庾信，也指诗人自己。未还，未能回归故乡。庾信未能回归江南故国，杜甫未能回归家乡。此联说，侯景、安禄山这样的羯胡终难信任依凭，他们反复无常，反叛朝廷，造成了社会的大战乱、大动荡，庾信和杜甫自己都哀伤时事艰难、生灵涂炭，漂泊流离，回归故乡无望。

庾信平生最萧瑟，暮年诗赋动江关。

萧瑟，冷落、凄凉。庾信有二子一女死于侯景之乱，不久其父庾肩吾也去世。在北朝，女儿和外孙也相继去世，晚年贫病交加，愈发思念故国，因而他的诗文一改前期的绮艳风格，写得很是苍劲有力。动江关，感动天地山河，指庾信诗赋感人至深。尾联说，庾信经历侯景之乱，流离转徙，被羁留北朝，一生遭受了艰难困苦和巨大的悲痛，晚年诗赋内容丰富、情感充沛真挚，感人至深。杜甫经历安史之乱，从中原、关中辗转流离，遭受千难万险，经秦州、成州至蜀中，又到三峡，兄弟离散，存亡不知，其关注社稷民生之深挚感情，皆发抒于诗歌。此诗写庾信，也是诗人杜甫抒写自己，壮怀激烈的悲痛中，又坚信自己将以诗歌而流芳百世。

此诗是组诗的第一首，歌咏庾信。杜甫早就有出三峡而赴江陵的打算，江陵有庾信故宅；而杜甫自身经历战乱，漂泊转徙，历经艰难，与庾信何其相似：庾信滞留江北而不得回江南，杜甫滞留西南而不得回中原，同病相怜，因而诗歌首先吟咏庾信。此诗的关键是“词客哀时且未还”，因而首联先写诗人自身，由“东北风尘际”而“漂泊西南”，在极广阔的背景中写出诗人颠沛流离的身世及动荡衰颓的时局。于是，颔联则由漂泊西南而感发，经历了无数岁月的侵袭而江山依旧，夔州民风已深受五溪蛮之影响而有了很大的变化。“淹日月”上承“东北风尘”，“共云山”上承“西南天地”，如此则将身世之感自然而然地带入了动荡时局，感人深切。诗的后半是抒情，着重在“哀时”，颈联明写古人，实则暗喻自己，如此则将自身所遭遇的安史之乱与侯景之乱相对照，以庾信的辗转流徙的悲痛与诗人自身的艰难困苦相贯通，历史与现实融通为一，也与首联相呼应。尾联又紧承“词客”而起兴，点明庾信，同情庾信的悲惨身世与经历；“暮年诗赋动江关”，肯定庾信诗赋感人至深的不朽价值，同时也是杜甫对自己的认同与肯定：自己的诗歌也将如庾信诗赋一样，必将广为流传，惊动世人。

清人方东树评价此诗曰：“此当是大历元年作于夔州，五首皆借古迹以见己怀，非专咏古迹也。首章前六句，先发己哀为总冒。庾信宅在荆州，公未到荆州，而将有江陵之行，流寓等于庾信，故先及之。公避禄山之乱，故自东北而西南。‘淹日月’，久留也；‘共云山’，离处也。五六宾主双关，禄山叛唐，犹侯景叛梁；公思故国，犹信哀江南，末应

‘词客哀时’。”(《昭昧詹言》卷十七)

其二

摇落深知宋玉悲，风流儒雅亦吾师。怅望千秋一洒泪，萧条异代不同时。江山故宅空文藻，云雨荒台岂梦思！最是楚宫俱泯灭，舟人指点到今疑。

第一首咏庾信。庾信故宅原为宋玉之宅，因而第二首就咏宋玉。

宋玉，是战国后期楚国人，著名辞赋家，出身寒微，颇不得志，是屈原诗歌艺术的直接继承者，汉代王逸说宋玉是屈原的弟子。宋玉有《九辩》《风赋》《高唐赋》《神女赋》《登徒子好色赋》《对楚王问》等作品。《九辩》抒发落拓不遇的悲愁。其赋则描摹物象趋于细腻工致，抒情与写景结合得自然贴切，在楚辞与汉赋之间，起着承前启后的作用，后人多以屈宋并称，可见宋玉在文学史上的地位。《高唐赋》说，楚襄王游高唐，疲倦而眠，梦见一美丽女子，自称为巫山神女，临别时说：“妾在巫山之阳，高丘之阻，旦为朝云，暮为行雨，朝朝暮暮，阳台之下。”楚襄王梦醒之后，为之立庙，而且将巫山山峰命名为神女峰。

《登徒子好色赋》有所寄托而讽谏：“大夫登徒子侍于楚王，短宋玉曰：‘玉为人体貌闲丽，口多微辞，又性好色，愿王勿与出入后宫。’”宋玉解释自己不好色，曰：“天下之佳人，莫若楚国；楚国之丽者，莫若臣里；臣里之美者，莫若臣东家之子。东家之子，增之一分则太长，减之一分则太短，着粉则太白，施朱则太赤。眉如翠羽，肌如白雪，腰如束素，齿如含贝，嫣然一笑，惑阳城，迷下蔡，然此女登墙，窥臣三年，至今未许也。”对宋玉的不理解，由来已久。《史记·屈原贾生列传》说：“屈原既死之后，楚有宋玉、唐勒、景差之徒者，皆好辞而以赋见称。然皆祖屈原之从容辞令，终莫敢直谏。”对宋玉辞赋的托寓讽谏，理解不到位，却为宋玉奇丽浓艳的描绘所吸引、感染，将赋的文学夸张、描写当作写实了，以为宋玉就是这样一个喜欢艳丽情事的人。后来李商隐《有感》感叹道：“非关宋玉有微词，却是襄王梦觉迟。一自高唐赋成后，楚天云雨尽堪疑。”

摇落深知宋玉悲，风流儒雅亦吾师。

摇落，指树叶凋落。风流儒雅，称扬人品佳好、学识渊博、举止潇洒，很有风度。此词最早见于庾信《枯树赋》，曰：“殷仲文风流儒雅，海内知名。”首联，正值深秋时节，宋玉《九辩》“悲哉！秋之为气也，萧瑟兮草木摇落而变衰”，描写秋景是那样地恰切形象，由此也深切地体味到宋玉的悲伤所在；而其风流儒雅的人品学识，正是诗人取法学习的对象。亦，紧接上一首诗咏庾信，庾信、宋玉皆诗人所仰慕效法的对象。

怅望千秋一洒泪，萧条异代不同时。

颔联，亲临旧地，凭吊宋玉故迹，怅然凝望，禁不住泪流满面，可叹诗人自己与宋玉身世经历相同，只不过时代不同罢了。也就是说，杜甫是宋玉的异代知音：深知宋玉摇落之悲，感同身受其贫士失职的悲愁与无奈，而对其风流儒雅的仪范，仰慕不已。“千秋”“异代”点明时间的绵长，也表明千古知音之同悲。此联，乃流水对。

江山故宅空文藻，云雨荒台岂梦思！

故宅，相传宋玉故宅有两处，一处在江陵，一处在归州（今湖北秭归）。从诗句来看，应指秭归故宅，在三峡，因而称“江山故宅”。云雨荒台，宋玉《高唐赋》之“妾在巫山之阳，高丘之阻，旦为朝云，暮为行雨，朝朝暮暮，阳台之下”。岂梦思，难道仅仅是说梦吗？意谓《高唐赋》不仅仅是写楚怀王与巫山神女相会之梦，而是托写梦境而讽谏楚王，别有寓意。此联感慨万端：千秋历史风雨侵袭，宋玉的故宅不存，而其文采风流足堪流传不朽，《高唐赋》虽写巫山云雨、阳台朝朝暮暮，实乃托梦境以讽谏君王。

最是楚宫俱泯灭，舟人指点到今疑。

楚宫，指楚襄王在阳台的行宫，在夔州巫山县（今属重庆）。尾联，不可一世的楚襄王雄伟壮丽的行宫早已荡然无存，遗迹难寻，虽经船夫指点，但终究令人心生疑窦，不能确定。相较而言，宋玉虽然生前贫困不堪、仕进无门，但却能够以其非凡的辞赋而流传千古。此联以“最是楚宫俱泯灭”衬托贫士失职的宋玉，终究能够以其文采风流的辞赋长留天地之间，而豪华富贵仅仅是过眼云烟，不足凭恃。顾宸说：“愚谓‘最是’二字，正公最赞扬宋玉处……‘疑’字之中便宛然有一宋玉存焉。此正是有怀宋玉而作，非泛说阳台事也。”（《辟疆园杜诗注解》卷四）

宋玉《高唐赋》述楚王梦神女，《神女赋》自述己梦，本为托寓讽谏之旨，却为人所误解，此诗咏宋玉而抒情，引为知己，尊以为师。宋玉虽有高远理想，然而“贫士失职”，坎壈终生，最终以辞赋而流芳百世；杜甫怀瑾握瑜，一生系念社稷民瘼，然而入仕无门，与之何其相似，遂引起诗人无限感慨。诗是咏宋玉，也是抒写诗人自己，将宋玉遗迹与诗人自己之经历怀抱绾合而写，古与今融为一体，情感深挚，且能启发人意。首联以深知“摇落”之悲起兴，而推崇宋玉之“风流儒雅”，且称为“吾师”。于是，颔联则以千载之下的怅然凝望，感伤宋玉之悲，而有“萧条异代不同时”——不同时代却与之命运何其相似的喟叹，不禁潸然泪下，为千古知音而痛哭流涕。如此，则将深知“摇落”之悲，写得很丰富。颈联转而就眼前所见实景，进一步叙写宋玉之“风流儒雅”，江山故宅之遗迹虽然不存，而云雨荒台之地名尚在，宋玉以其卓绝才思、奇丽文采，足以流传千古，何况其《高唐赋》还是有托寓讽谏之要旨的。如此，则丰富充实了“吾师”的叙写。这样，颔联和颈联就充实了首联的内涵，丰富其意蕴，因而具有感人的力量。尾联用“最是”来强化“楚宫俱泯灭”，遗迹难存，虽有舟人指点，却令人心生疑窦，富贵权势，虽繁荣于一时，但终将泯灭，反衬宋玉以文采风流而流芳百世，足以不朽。

清代《杜诗言志》卷十论此诗曰："此第二首，则将自己怀抱与宋玉古事引为同调，句句夹写。盖宋玉以不世之才，遭荒淫之主，虽乃心宗社，而于治无补，正与少陵心事吻合。故曰摇落之中，深知宋玉之悲，以其生不逢时与己同也。一同则无所不同，即以风流儒雅言之，亦若与己相同，而生乎吾前，是可以为吾师。于是怅望千秋而潸然洒泪者，以其异代生不同时，不能以其萧条之景况互相凭吊也。迄今江山故宅，空存文藻，绝无功德在人，即所谓云雨荒台，岂真有梦思，亦不过假托以讽谏。卒之荒淫之主，终折入于虎狼之国，而所谓楚宫之盛，尽归于泯灭，虽舟人指点其故址，亦大概出于传闻，在可信不可信之间，夫岂足据以为实迹哉？通首是写怀，与宋玉异代相感，非专咏宋玉，亦易明也。"

其三

群山万壑赴荆门，生长明妃尚有村。一去紫台连朔漠，独留青冢向黄昏。画图省识春风面，环佩空归月夜魂。千载琵琶作胡语，分明怨恨曲中论。

王昭君名嫱，秭归（今湖北秭归）人，晋人避司马昭名讳，改称明君。后人又称明妃。汉元帝时入宫为待诏，匈奴首领呼韩邪单于和亲求婚，汉元帝将昭君以义女公主身份嫁之。相传，王昭君入宫，元帝后宫美人很多，无法一一见到，遂让画师毛延寿图画美人形象进呈，元帝按图像而召见。于是，后宫美人大都贿赂画师毛延寿，希望画得美一些，而王昭君独不行贿，毛延寿把昭君画得丑陋，遂不得晋见元帝。匈奴呼韩邪单于求和亲，昭君主动要求和亲，临行之时，昭君丰容靓饰，实为汉宫第一美人，顾影徘徊，悚动左右，元帝大惊，以为痛失美人，为避免失信于匈奴，遂守誓约，遣嫁昭君。元帝归来之后，诛杀画师毛延寿。昭君和亲，加强了匈奴与汉朝之间的友好，是民族融合的好事。杜甫寄寓三峡，地近秭归，因而歌咏王昭君。

群山万壑赴荆门，生长明妃尚有村。

荆门，山名，在今湖北宜昌东南长江南岸。昭君村，在今河北兴山县南妃台山下。首联极有气势。出三峡而东，长江两岸，群山万壑，重峦叠嶂，遮天蔽日，其气势如奔赴荆门而去；山川形胜，灵气所钟，孕育出一代佳人，至秭归而有昭君村。“赴”字极有气势，颇具动态，将无生命的山川景物写得富有强劲的生命活力，一路向东，奔赴而来，这样，遂将西高东低的地理形胜，表现得很形象、充分，而且赋予其灵性。山川形胜之灵性的落脚点乃在秭归昭君村，孕育出绝代佳人王昭君。

一去紫台连朔漠，独留青冢向黄昏。

一去，一旦离开。紫台，犹紫宫，天子所居，此处指汉宫。朔漠，北方沙漠之地，指匈奴。青冢，指昭君墓，位于内蒙古自治区呼和浩特旧城南郊大黑河畔。昭君墓为夯筑大土丘，平地突起，顶端立一朱栋青顶凉亭，壮观秀丽。相传，每至秋天霜冻时，附近草木枯黄，唯昭君墓上草色青青，因此得名“青冢”。颔联，昭君一旦离开汉宫而远嫁匈奴和亲，最后死在漠北，只留下青青的坟墓，在黄昏夕阳下默默无语。这一联，写尽了昭君一生，生前寂寞，死后极为悲凉，文字极为精练，而感情很丰富，带着无限的伤感。

画图省识春风面，环佩空归月夜魂。

省识，犹认识。春风面，面如春风，美丽面容。环佩，指女子所佩的玉饰。《礼记·经解》：“行步则有环佩之声，升车则有鸾和之音。”环佩用来节束步调，以表现女子的端庄形象。空归，魂归而身不得归，故曰空归。颈联，汉元帝以图画而诏幸美人，可是，图画哪能栩栩如生地表现美人呢？仅仅凭借图画，是难以见到美人之真面目的；死于漠北的昭君，对故国有着不可割舍的深情，魂魄于月夜悄然归来。此联，批评汉元帝的昏庸与无情，叹惋昭君死后的悲凉寂寞，并赞美昭君对故国之深挚情感。“省识”，见出汉元帝的昏聩与自私无情；“空归”，则彰显昭君的高尚情操和悲凉寂寞，形成强烈对比。

千载琵琶作胡语，分明怨恨曲中论。

琵琶，弹拨乐器。此类乐器原流行于波斯、阿拉伯等地，汉代传入中国。南北朝时又有曲项琵琶传入我国，四弦，腹呈半梨形，颈上有四柱，横抱怀中，用拨子弹奏，即现今琵琶的前身。唐宋以来经不断改进，改横抱为竖抱，废拨子，改用手指弹奏。曲，指《昭君怨》，琴曲名。相传，昭君出塞，戎装骑马，怀抱琵琶，作思归之曲，后世称为《昭君怨》。宋代郭茂倩《乐府诗集·琴曲歌辞三·昭君怨》引《乐府解题》："昭君恨帝始不见遇，乃作怨思之歌。"论，讲说。尾联，点明诗之主旨"怨恨"：昭君在汉宫为画师毛延寿所误，汉元帝昏庸薄情，最终远嫁匈奴，生前生后，寂寞悲凉，千年以来，琵琶声声似胡语，分明是其怨恨之情的倾诉。

咏昭君，诗的主旨是"怨恨"。王嗣奭《杜臆》说："因昭君村而悲其人。昭君有国色，而入宫见妒；公亦国士，而入朝见嫉，正相似也，悲昭以自悲也。"确实揭示出关键。首联先声夺人，"群山万壑赴荆门"，奔腾而来，钟灵毓秀之气，化育为昭君村的王昭君，亦即点明了咏怀之古迹——"生长明妃尚有村"。未见其人，而先闻其浩大声势，又具有委婉曲折之致。因此，吴瞻泰说："发端突兀，是七律中第一等起句。谓山水逶迤，钟灵毓秀，始产一明妃，说得窈窕红颜，惊天动地。"（《杜诗提要》卷十二）至其地而想见其人，正是咏怀古迹之意。颔联正面写昭君，"一去紫台连朔漠，独留青冢向黄昏"，昭君之结局悲凉寂寞，正与首联之浩大气势形成强烈对照："连朔漠"，辽阔无边之空间；"向黄昏"，从时间上突出青冢之寂寞悲凉；"紫台"与"朔漠"对比，"青冢"与"黄昏"反衬，昭君的萧瑟结局彰显无遗，强化了昭君的悲剧效果。颈联则进一步抒写，昭君远嫁，乃汉元帝以图画取人，造成昭君之悲剧；月夜魂归，只闻环佩之声，不睹其形，昭君死后，系念故国，魂无所依，寂寞凄凉，达到极致。昭君墓上的青青蔓草，独向黄昏，则将这深广之怨恨，推向极致。中间两联，写昭君生前寥落，死后悲凉，一一在目前。尾联，更以流传千古的《昭君怨》曲调，点明“怨恨”之主旨，而以“千载”二字，增强了永久的忆念与沉思。诗咏王昭君，实则抒发千载之下一切怀才不遇者的衷情与怨愤。此诗开篇，见钟灵毓秀而出佳人，有几许珍惜；结尾言托身绝域而作胡语，含许多悲愤，大开大合，颇见诗人构思之匠心独运。清人李因笃说：“序事如天马行空，光彩焕发，而毫无形迹，可称神化之篇。只序归妃，始终无一语涉议论，然意俱包括在内，诸家总不能及。”（《杜诗集评》卷十一）

历代歌咏王昭君的诗歌很多，清代诗论家沈德潜推举杜甫的这首诗为千古绝唱，以为此诗既能包举昭君生平，又以苍凉激楚之音而表现，颇具神韵。

其四

蜀主窥吴幸三峡，崩年亦在永安宫。翠华想像空山里，玉殿虚无野寺中。古庙杉松巢水鹤，岁时伏腊走村翁。武侯祠屋常邻近，一体君臣祭祀同。

第四首歌咏白帝城刘备庙。建安十六年（211），刘备率部进入益州（今四川成都），逐步占据了原来刘璋的地盘。二十四年（219），刘备从曹军手中夺得汉中，据守荆州的关羽也向曹军发起进攻，但是孙权遣军袭杀关羽，占领荆州全部，隔三峡与刘备军相持。章武元年（221）七月，刘备率大军伐吴。第二年六月，刘备兵败夷陵（今湖北宜昌），收拾离散兵卒，弃船，从小道逃回鱼复县，遂改鱼复为永安。三年四月，刘备病危，死于永安宫。刘备白帝城托孤，令刘禅兄弟以事父之礼节奉事诸葛亮。刘备死后，在白帝城立庙祭祀，诸葛亮去世之后，也在白帝城刘备庙旁建立祠庙。

蜀主窥吴幸三峡，崩年亦在永安宫。

蜀主，指刘备。建安二十五年（220）一月，曹操死；十月，曹丕称帝（即魏文帝），国号魏，建都洛阳，年号黄初。221 年，刘备在成都称帝（即汉昭烈帝），国号汉，建都成都，世称蜀，又称蜀汉，年号章武。229 年，孙权在武昌称帝（即吴大帝），后迁都建业（今江苏南京），建立吴国。窥吴，企图伐吴，指章武元年刘备伐吴之役。其时，刘备已经称皇帝，因而皇帝出行曰幸，皇帝死曰崩。永安宫，在夔州白帝城。首联，蜀汉昭烈帝刘备为关羽报仇雪恨，亲率大军出三峡讨伐东吴，岂料刘备最终死在白帝城永安宫。

翠华想像空山里，玉殿虚无野寺中。

翠华，天子仪仗中以翠羽为饰的旗帜或车盖，后遂为御车或帝王的代称。唐代陈鸿《长恨歌传》："潼关不守，翠华南幸。"空山，指白帝山，永安宫即在山上。玉殿，宫殿的美称。野寺，指卧龙寺。颔联，数百年之后，白帝城一带颇为荒凉，刘备庙与孔明祠皆荒寒倾颓，野草丛生，尚存遗迹；而今登临凭吊，也只能面对空山而想象先主刘备出兵伐吴、御驾亲征、大军云集的盛况了。

古庙杉松巢水鹤，岁时伏腊走村翁。

古庙，蜀先主刘备庙。巢水鹤，水鹤在松树上作巢。葛洪《抱朴子·对俗》："千岁之鹤，随时而鸣，能登于木；其未千载者，终不集于树上也。"此处用典故，用千年之鹤栖息于松杉树上，表明刘备庙时间之长久。伏腊，古代两种祭祀的名称。"伏"在夏季伏日，"腊"在农历十二月。后来也指伏祭和腊祭之日，或泛指节日。岁时伏腊，犹言一年四时祭祀。颈联，古庙高大的松杉树上有千年水鹤栖息，一年四时节庆，仍有当地百姓前来祭祀。

武侯祠屋常邻近，一体君臣祭祀同。

武侯，诸葛亮封为武乡侯。诸葛亮武侯庙与先主刘备庙相邻近。一体君臣，王褒《四子讲德论》："君为元首，臣为股肱，明其一体，相待而成。"刘备三顾茅庐，请诸葛亮为其辅佐。隆中对之后，刘备与诸葛亮情好日密，关羽、张飞等不悦，刘备解释说："孤之有孔明，犹鱼之有水也。愿诸君勿复言。"（《三国志·蜀志·诸葛亮传》）刘备卒于白帝城，在此处立庙，后世也在白帝城为诸葛亮立祠，实际上也是君臣一体的原因，让诸葛亮配享刘备庙，体现出民间百姓的愿望。尾联，刘备与诸葛亮生前君臣情义相得，有鱼水之谊，死后祠庙相邻，君臣一体，连千年的祭祀也相通啊。今重庆奉节县白帝山上有白帝庙，庙内正殿为明良殿。殿内有塑像，正中为蜀先主刘备，右为诸葛亮，左为关羽、张飞。明良殿右边，又有武侯祠，正中为诸葛亮塑像，正是"一体君臣祭祀同"的格局。

此诗看似平淡而意蕴深厚，专咏刘备而兼及诸葛亮，重在其"君臣相得"，表彰其君臣相契之情，鱼水相得之谊，其关键在于"一体君臣"四字。刘备与诸葛亮之所以能够感动人心，就在于其君臣一体——君明臣良，出于至诚之情义，死后"一体君臣祭祀同"。杜甫生平，最重君臣之义，希望君明臣良，可惜没有刘备与诸葛亮相遇的那种际遇罢了。首联，写得极有气势，蜀先主刘备亲率大军讨伐东吴，仓皇失败，随之死于永安宫。"窥吴"而至三峡，"崩年"却正在白帝城永安宫，仓促之间，何其迅捷。颔联，接着上联而深入叙写：面对荒凉寂寞的三峡，诗人只能想象当年刘备亲率大军的盛大声势；现实之中，野寺荒山，也只能依稀想象出蜀先主庙当初的壮丽盛大。"想像"与"虚无"二词，则将历史上的壮丽与盛大与现实中的荒凉寂寞相对比，虚与实结合，寄寓了深沉的感慨。颈联，进一步抒写，荒凉的古庙，似有神灵护侍，松杉苍翠，水鹤栖息，而年时节庆，邻近的百姓还时时来祭祀。尾联，则点明主旨：之所以这样，是因为刘备与诸葛亮君明臣良、相契相得的鱼水情义，生前死后，始终没有改变过。这种情义，是真正让百姓感动信赖，让杜甫感动激赏的。刘备之与诸葛亮，从三顾茅庐至白帝托孤，敬重信任，始终如一，这是杜甫所向往的。杜甫一生，忠君爱国，忧怜民生，希望君臣相契，能够共同完成一番大事业。因此，对刘备与诸葛亮的君明臣良的际遇，致以诚挚的敬仰，也激发无限的感慨。清人何焯《义门读书记》说："先主失计，莫过窥吴，丧败涂地，崩殂随之；汉室不可复兴，遂以蜀主终矣。所赖托孤诸葛，心神不二，犹得支数十年祚耳。此篇叙中有断言，婉而辨，非公不能。"对此诗评价很高。

其五

诸葛大名垂宇宙，宗臣遗像肃清高。三分割据纡筹策，万古云霄一羽毛。伯仲之间见伊吕，指挥若定失萧曹。运移汉祚终难复，志决身歼军务劳。

第四首诗歌咏刘备庙，兼及诸葛亮，此诗则专咏诸葛亮，可以看出内容上的连续性。诸葛亮，字孔明，三国蜀汉大臣，杰出政治家，琅琊阳都（今山东沂南）人。东汉末年，随叔父诸葛玄至荆州，隐居南阳隆中（今湖北襄阳），躬耕陇亩，自比管仲、乐毅。诸葛亮一生最重要的事迹：一是刘备三顾茅庐，"隆中对"提出三分天下的战略；二是游说东吴，促成孙刘联盟，共同抗击曹操，取得赤壁之战的胜利，这是历史上少有的以少胜多的著名战事；三是白帝城刘备临终托孤，诸葛亮辅佐刘禅；四是数次出祁山，北伐中原，兴复汉室，但都因力量相差悬殊，未能成功。建兴十二年（234），最后一次北伐中，病卒于前方，谥忠武侯，是历史上"鞠躬尽力，死而后已"的忠君典型。

诸葛大名垂宇宙，宗臣遗像肃清高。

宇宙，古往今来曰宇，上下四方曰宙；宇宙指时间和空间。宗臣，宗庙社稷之重臣。《汉书·萧何曹参传》史官称赞萧何和曹参："位冠群臣，声施后世，为一代之宗臣。"《三国志·蜀书·诸葛亮传》注引张俨《默记》称颂诸葛亮："亦一国之宗臣，霸王之贤佐也。"肃，恭敬。肃清高，敬仰其清高而肃然起敬。首联，诸葛亮的大名传遍万代，永垂天地之间，庙宇里他那作为朝廷重臣的塑像，骨清格高，使人心生敬仰。

三分割据纡筹策，万古云霄一羽毛。

三分割据，指魏、蜀、吴三分天下而成鼎足之势。诸葛亮《出师表》："今天下三分。"纡筹策，用心谋划。纡，曲折，此处指用尽心力，多方设计。筹策，竹制的算码，指筹算、谋划。云霄，天际、高空。杨伦《杜诗镜铨》解释此句说："言武侯才品之高，如云霄鸾凤，世徒以三分功业相矜，不知屈处偏隅，其胸中蕴抱百未一展，万古而下，所及见者，特云霄一羽毛耳。"颔联，诸葛亮在隆中就已经为刘备谋划好了三分天下的策略，虽然世人很看重、推崇这一点，然而这仅仅只是其雄才大略、大智慧之一点而已，如同鸾凤身上的一支羽毛。事实上，诸葛亮乃旷古未有之奇才，才能很大，品格极高，如云霄翱翔之鸾凤，不可企及；然而偏居西蜀一隅，国小力弱，不能施展其才智，限制了他建立更伟大功业的前景。

伯仲之间见伊吕，指挥若定失萧曹。

伯仲，兄弟之次第，比喻事物不相上下。伊吕，伊尹与吕尚。伊尹辅佐商汤，建立商朝；吕尚辅佐周文王、武王，建立周朝。三国蜀汉彭羕《狱中与诸葛亮书》称赞诸葛亮："足下当世伊、吕也，宜善与主公计事，济其大猷。"指挥，一指一挥，言其轻易、从容。失，犹掩没。萧曹，萧何、曹参，汉朝之开国功臣。颈联，以历史人物来比拟诸葛亮，肯定其"万古云霄"的旷古奇才：诸葛亮的才能，与辅佐商汤的伊尹、辅佐周文王武王的吕尚不相上下，运筹帷幄、从容谋划，远在萧合、曹参之上。

运移汉祚终难复，志决身歼军务劳。

运，国运。祚，福泽，此处指皇帝之位。志决，即诸葛亮《出师表》所说："鞠躬尽瘁，死而后已。"军务劳，诸葛亮勤于事务，任重事烦。《三国志·蜀书·诸葛亮传》记载：建兴十二年（234），诸葛亮北伐，与司马懿对阵，司马懿坚守不出战，裴松之注引《汉晋春秋》曰："（诸葛）亮使至，问其寝食及其事之烦简，不问戎事。使者对曰：

‘诸葛公夙兴夜寐，罚二十已上，皆亲览焉。所啖食不至数升。’宣王（司马懿）曰：‘亮将死矣。’”这年八月，诸葛亮病死于五丈原军中，年仅五十四岁。尾联，无奈天命转移，汉朝之国运行将结束，实在没有办法复兴了；诸葛亮虽然志向坚定，一心努力复兴，勤于事业，然而繁忙劳碌的军务，使其劳累而死。

此诗咏叹诸葛亮。首联，一直倾慕诸葛亮永垂宇宙之大名，而今瞻仰其庙宇，见其清高之塑像，宛然如其生前之气象，可以想见，遂滋生肃然起敬之情，激发出无限之体悟与感慨。颔联，高度肯定诸葛亮之雄才大略、出神入化之智慧：“三分割据”是其谋略初试，世人非常推崇；其实，诸葛亮乃旷古未有之奇才，智慧超卓、品德高洁，如同翱翔高天的鸾凤，“三分割据”仅仅是其雄才伟略之小小一支羽毛罢了。如此，也是对上联“大名”与“清高”的充实。颈联，进一步抒写“万古云霄”，以历史上著名的伊尹、吕尚、萧何、曹参相比较，突出诸葛亮的雄才大略、超卓智慧：诸葛亮可以与商周之开国宗臣伊尹和吕尚相比肩，其从容指挥之大智慧、大才略，远远在萧何、曹参之上。颔联和颈联，可以当一篇史论，见出诸葛亮的生平志业和高洁品性。尾联，感慨时运不济，汉之国运终衰，诸葛亮虽竭尽心力却无力兴复汉室，劳于军务而死于五丈原。当年，诸葛亮率军与曹魏之司马懿对峙于渭水之滨，蜀汉军人杂处于百姓之中，屯田耕种，魏人畏蜀如虎，诸葛亮一死，而蜀汉复兴之事遂不可为，此真是天运之无可如何矣。于此，诗人有无限的怅惋之情。

诗以唱叹来抒写，仅仅以“遗像”二字带出古迹，全诗皆是议论，“宗臣清高”四字乃一篇之纲领，一方面盛赞诸葛亮才能品性之卓然超群，另一方面也痛惜其时运不佳，不能实现更远大的抱负，而洒一掬同情之泪，也正是《蜀相》所说“出师未捷身先死，长使英雄泪满襟”之意。明末的诗论家王嗣奭《杜臆》卷八说：“通篇一气呵成，宛转呼应，五十六字，多少曲折，有太史公笔力。薄宋诗者谓其带议论，此诗非议论乎？公自许稷、契，而莫为用之，盖自况也。”诚然，在对诸葛亮的咏叹中，杜甫倾注了自身的理想与生活经历，希望能够有机会实现其振兴国家、救民于苦难的理想。

《咏怀古迹》五首，是杜甫七言律诗的联章组诗，虽然每首各自成篇，但并不是随意漫写，而是有内在联系的。第一首自伤漂泊，而以词客带出庾信，庾信之由南而北，经历侯景之乱，羁留于北方，不得回归江南；杜甫因安史之乱，由北而南，羁滞于三峡西南天地间，久不得北归，何其相似。高才不遇，命运多舛，然而庾信以其暮年诗赋，将流芳百世；而诗人亦自信，其诗歌关注社稷民生，情感深挚，亦将流传千古。第二首，由词客而引出宋玉，着重于宋玉的风流儒雅而不为世人理解，诗人有“怅望千秋一洒泪，萧条异代不同时”千古知音之感，同时也是为诗人自己而感同身受：身任拾遗谏官，却不被信任，最终被变相赶出朝廷的不幸。第三首咏王昭君，王昭君虽远嫁匈奴，遭受寂寞悲凉，却不忘故国的忠贞，“画图省识春风面”则微露批评君王不识人才之昏庸。第四首咏蜀先主刘备，第五首咏武乡侯诸葛亮，重点是“一体君臣祭祀同”，既艳羡君明臣良、君臣一体的理想政治，也感慨于刘备讨伐东吴之失和诸葛亮壮志未酬的悲凉，流露出诗人自己不能为国效力的怅恨。诗人始终坚守其忠君爱国的一贯抱负，“运移汉祚终难复，志决身歼军务劳”，也正是其“葵藿倾太阳，物性固莫夺”的忠贞与热忱的写照。可见，每首之间，既独立成篇，又有一定的联系。

当然，咏怀古迹，既要写“古迹”，也要绾合诗人自己的体悟与经历，将历史与现实融为一体。也就是说，既要写古迹，有其“似”；也要写现实，有其“不似”，在似与不似之间，才能涵蕴更丰富的内容，产生强烈的感染力，而非就古迹说古迹了。这样的联章组诗，杜甫的《诸将》五首、《秋兴》八首都是的，可以阅读体会，扩展对这类诗歌体裁和内容艺术的认识，提高阅读水平，强化理解能力。

刘长卿

江州重别薛六柳八二员外

生涯岂料承优诏，世事空知学醉歌。江上月明胡雁过，淮南木落楚山多。寄身且喜沧洲近，顾影无如白发何。今日龙钟人共老，愧君犹遣慎风波。

江州，今江西九江。薛六，指薛弁，大历初，为水部员外郎。柳八，指柳浑，时为检校祠部员外郎。刘长卿于肃宗上元元年（760）被贬南巴（今广东电白）尉，上元二年春得以北归苏州，于大历二年（767）西入长安。大历四年，刘长卿离开长安，乘扁舟南下，漫游湖湘；大历五年前后，又回到吴中。大历七年左右，刘长卿以监察御史、检校祠部员外郎，擢为转运判官，知淮西、鄂岳转运留后，结束了长达十年的闲居流寓生活。刘长卿由吴中前往鄂州赴任，有《移使鄂州次岘阳馆怀旧居》诗。刘长卿沿长江西行，途经江州，与故友薛弁、柳浑相会，遂作此诗。大历初年，刘长卿驻淮南，薛弁在淮南幕府，二人为旧相识。因而此次相会，刘长卿有《江州留别薛六柳八二员外》诗，曰："江海相逢少，东南别处长。独行风袅袅，相去水茫茫。白首辞同舍，青山背故乡。离心与潮信，每日到浔阳。"感慨两人于淮南离别之后，相逢于江州，而自己又要乘一叶扁舟西行赴鄂州，颇感孤寂。"独行风袅袅，相去水茫茫"，年龄老大，离别好友，而漂泊转徙，难忘友情。诗人情不能已，又作《江州重别薛六柳八二员外》，申述怀抱，答谢友人关爱之情。清人方东树说："此似知淮西、鄂岳时，将去留别作也。"（《昭昧詹言》卷一八）推测是有道理的，不过，此乃刘长卿知淮西、鄂岳留后赴鄂州，途经江州而留别友人之作。

“生涯岂料承优诏，世事空知学醉歌。”首联，诗人即说长达十年之久的闲居流寓生涯，哪能料到，忽然接到皇帝的特别关照之诏书，拜官淮西、鄂岳转运留后；此前，诗人闲居流寓，无所事事，只能在这个“圣明”的时代，把酒豪饮，狂歌度日啊。优诏，优容的诏敕，恩泽有加的诏书。醉歌，《论语·微子》记载，楚狂接舆过孔子而歌曰：“凤兮凤兮，何德之衰！”“已而已而，今之从政者殆而！”王维《辋川闲居赠裴秀才迪》：“复值接舆醉，狂歌五柳前。”此联的逻辑顺序，应该是“世事空知学醉歌，生涯岂料承优诏”，被朝廷投闲置散长达十年之久，无所事事，只能醉饮狂歌度日，而今忽然接到了朝廷优容任命的诏书，诗人颇为感慨。以反问兴起，表示绝处逢生的一时欣慰，此乃长久流落的喜悦。“岂料”对“深知”，使得“生涯”与“世事”充溢着无法言说的复杂意味，而且使得一时欣慰笼罩着深重的感伤色调。

“江上月明胡雁过，淮南木落楚山多。”颔联，紧承上联之“世事空知学醉歌”。曾经流寓湖湘，而今重又经行此地，见江天月明，大雁南飞，树木萧萧叶落，更显得处处山陵。胡雁，北来之雁。时当秋季，大雁南飞，故云。淮南，江州汉代为淮南国，属楚地。淮南、楚山皆指楚地，乃刘长卿沿长江西行至江州，以至鄂州一带。天空大雁南飞，诗人难免有失群孤雁、独自远征之况味；而树木萧萧落叶，愈见处处山陵突现。“楚山多”，颇为传神，将落叶飘零、山秃形显之状态描摹出来。诗人所描摹乃深秋时节，一派萧索，心境亦复黯然。于是有颈联之“寄身且喜沧洲近，顾影无如白发何”之感喟。如此萧索情境之下，诗人感慨自己寄身之所乃泽国水乡，一水临近，有友朋相交接，然而顾影自怜，白发满头，年龄老大，徒唤奈何！沧洲，滨海之地，此处指湖湘之水乡泽国，亦堪为隐居之地。诗人寄身沧洲，曾在此地闲居流寓，而今又有薛六、柳八二员外，一水临近，可堪访寻，只是自身年龄老大，徒令人伤悲。刘长卿《初贬南巴至鄱阳题李嘉祐江亭》：“白首看长剑，沧洲寄钓丝。”诗意与此相通。颈联关照诗题之薛六、柳八，“顾影”与上联“胡雁”相关联，“白发”与上联“木落”相呼应，于写景寄寓情意，娓娓道来，极其自然。此二联也是“世事空知学醉歌”的深入抒写。

“今日龙钟人共老，愧君犹遣慎风波。”尾联遂由“白发”而生感慨，今日相看，皆老态龙钟，大家都老矣；然而很可贵的是，薛六柳八还殷勤告诫、叮咛：一定要小心路途风波。龙钟，身体衰老，行动不便的样子。王维《夏日过青龙寺谒操禅师》：“龙钟一老翁，徐步谒禅宫。”龙钟本竹名，谓年老者如竹，枝叶摇曳，不能自持，颤颤巍巍的样子。愧，愧疚。此处意谓诗人此前因性格刚直，而得罪上司，被诬陷而远贬南巴尉。想来此前薛六、柳八皆劝慰刘长卿收敛、忍让，苟容于世，然而终未能隐忍，遂遭贬斥，因而曰“愧君”。中唐高仲武《中兴间气集》说刘长卿，“有吏干，刚而犯上，两遭迁谪，皆自取之”，知淮西、鄂岳留后，又遭人诬陷，而被贬谪。“慎风波”三字，乃双关语，既是指刘长卿溯长江西上，风波难料；亦指其人生、仕宦之风波；同时亦关照首联之“生涯”“世事”二语，诗人始终未能学会混世苟容。

此诗精心结撰，委婉深致，意在言外。首联意脉通贯全篇，颔联写北雁南飞，深秋落木，寄寓诗人身世飘零之感；颈联关照友人，感叹自身之衰老；而尾联照应诗题，珍重友情，明写风波，暗指仕宦险恶，意味深长。所谓抑扬反复，有味外之味，最耐人寻味讽诵。

长沙过贾谊宅

三年谪宦此栖迟，万古唯留楚客悲。秋草独寻人去后，寒林空见日斜时。汉文有道恩犹薄，湘水无情吊岂知？寂寂江山摇落处，怜君何事到天涯！

唐肃宗上元元年（760），刘长卿远贬南巴（今广东电白），秋天行经长沙，《秋杪江亭有作》曰：“世情何处澹，湘水向人闲……扁舟如落叶，此去未知还。”刘长卿曾过访贾谊宅。贾谊，西汉杰出的政治家、文学家，洛阳（今属河南）人。年少才高，通诸子百家之书，“文帝召以为博士。是时贾生年二十余，最为少，每诏令议下，诸老先生不能言，贾生尽为之对，人人各如其意所欲出，诸生于是乃以为能，不及也。”遂超迁至大中大夫，“天子议以为贾生任公卿之位，绛（绛侯周勃）、灌（灌婴）、东阳侯（张相如）、冯敬（时为御史大夫）之属，尽害之，乃短贾生曰：‘洛阳之人，年少初学，专欲擅权，纷乱诸事。’于是天子后亦疏之，不用其议，乃以贾生为长沙王太傅。”（《史记·屈原贾生列传》）贾谊往长沙，而长沙卑湿，自以寿不得长，又以贬谪而去，意不自得，及度湘水，作《吊屈原赋》以抒发怀抱。《元和郡县图志·江南道·潭州长沙县》：“贾谊宅，在县南西十步。”《太平寰宇记·潭州长沙县》：“贾谊庙，在县南六十步。汉时为长沙王傅，庙即谊宅也。”贾谊年少才高，为人所构陷被贬长沙；而刘长卿性格刚直、有吏干，亦被诬陷被贬，过访长沙贾谊宅，引起诗人异代而命运同悲的感慨，遂作此诗。

此诗作于刘长卿贬南巴，途经长沙，过访贾谊旧宅时，借以抒发其感慨。首联“三年谪宦此栖迟，万古唯留楚客悲”，直接点题，贾谊贬谪长沙，羁滞流落长达三年之久，自此以后，遂留下了千百年来楚地逐客的悲哀。“三年”对“万古”，形成强烈的对照，年少才高而被诬排挤之贾谊，贬谪长沙三年之外，却在历史上形成了万古悲哀，则其遭遇之可悲、悲慨之强烈，可以想见。“此栖迟”，羁滞此地，声调低沉压抑，与“万古悲”对偶，偶遭贬谪，遂成万古之悲。既是写贾谊，也是抒写诗人自己的人生遭际。刘长卿既是为贾谊悲痛，也为自己哀伤，唯恐一旦遭贬谪，恶运附身，难以再有出头之日。

“秋草独寻人去后，寒林空见日斜时。”颔联乃是对贾谊宅的凭吊与摹写。贾谊贬谪长沙三年，某日，有鸮（猫头鹰）飞入贾谊屋舍，栖于坐隅，楚人称鸮为鵩，以为乃不祥之鸟。贾谊以为，既已贬谪长沙，而长沙卑湿，恐寿命不长，伤悼之，遂作《鵩鸟赋》以自我宽解。曰：“四月孟夏，庚子日斜兮，鵩集予舍，止于坐隅兮。貌甚闲暇，异物来萃兮。私怪其故，发书占之兮。谶言其度，曰：‘野鸟入室兮，主人将去。’”（《文选·贾谊〈鵩鸟赋〉》）颔联紧扣贾谊事迹，化用《鵩鸟赋》之辞句，内容丰厚，极其自然。“人去后”，化用“野鸟入室，主人将去”，以“独寻”彰显贾谊去世数百年之后，诗人独自过访其旧宅，彷徨寻访，流连不已，一派萧索凄凉之情境；“日斜时”，化用“庚子日斜兮，鵩集予舍，止于坐隅兮”，“空见”则营造出诗人身临其地，徒对遗迹，空旷寂寥，流露出感伤凄迷之意绪；而用“秋草”“寒林”既写过访贾谊旧宅之时间，也营造出深秋凄然黯淡之心绪。诗人过访贾谊旧宅，如今已是秋草丛生，寒林萧索，荒凉破败不堪，斜日映照，一派苍茫黯淡的景象。

“汉文有道恩犹薄，湘水无情吊岂知?”颈联紧承上句“三年谪宦此栖迟”，进一步抒写。汉文帝后来召回贾谊，“坐宣室，上因感鬼神事，而问鬼神之本。贾生因具道所以然之状，至夜半，文帝前席。既罢，曰：‘吾久不见贾生，自以为过之，今不及也。’居顷之，拜贾生为梁怀王太傅。”（《史记·屈原贾生列传》）汉文帝召回贾谊，坐于宣室殿，相谈至夜半，可惜这个号称有道明君的汉文帝，并未向贾谊询问治国安邦之策，而是就自己感兴趣的鬼神之事，一一询问，听得很入神，遂不自觉地前趋，向贾谊靠近。不久，任命贾谊为梁王太傅。后来，李商隐《贾生》诗：“宣室求贤访逐臣，贾生才调更无伦。可怜夜半虚前席，不问苍生问鬼神。”于此事而感慨万端。贾谊贬谪长沙，渡湘水，想到屈原忠而得谤、信而见疑，遂作《吊屈原赋》以祭之，其辞曰：“恭承嘉惠兮，俟罪长沙。侧闻屈原兮，自沉汨罗。造托湘流兮，敬吊先生。遭世罔极兮，乃陨厥身。呜呼哀哉，逢时不祥。鸾凤伏窜兮，鸱枭翱翔；阘茸尊显兮，谗谀得志。贤圣逆曳兮，方正倒植。世谓随、夷为溷兮，谓跖、蹻为廉；莫邪为顿兮，铅刀为铦。”颈联融会此类故事，深入抒写贾谊之深悲：汉文帝号称有道明君，贬谪贾谊至长沙，又不曾重用，实乃恩德菲薄；贾谊作赋以吊屈原，湘水冰冷无情，百代相隔，魂魄岂能知晓？事实上，蕴含着刘长卿对当朝皇帝的批评，和自己悲凉的情绪：有道明君汉文帝尚且如此恩德菲薄，那些不如汉文帝的皇帝其作为及恩德更可以想见了；贾谊于湘水凭吊屈原，湘水无情，魂魄岂能相知？而今诗人又于贾谊旧宅深情凭吊贾谊，百代相隔，贾谊又岂能知晓？这一切都显得是那样地悲苦和虚无。

“寂寂江山摇落处，怜君何事到天涯！”尾联紧承“秋草”“寒林”，又承接“三年谪宦”，更承接上联而深刻摹写。百代相隔，魂魄难知，只有这秋风摇荡时的寂寥江山依旧，诗人仰天叩问：贾谊因何罪而被贬谪此地呢？那么诗人又是因何罪而被远贬南巴呢？摹写寂寂江山，秋风摇落，在广袤而寂寥的天地，托寓其无限悲慨与感伤，语尽情遥，悠悠不尽，令人低回，有一唱三叹之致。

刘长卿有吏干，刚上犯上，不苟且，有原则，敢于坚持，因而不容于世俗。诗人受诬陷而被贬谪，其身世遭遇之悲愤以及“直道不容身”的感慨，借长沙过访贾谊旧宅、凭吊贾谊而抒写，吊古而伤今。诗歌既是抒写贾谊之悲愤与无奈，也深寓着诗人的一腔愤激，处处跃动着诗人的情思意绪，兴在象外，凄婉感伤，堪称唐代怀古诗之佳作。

自夏口至鹦鹉洲夕望岳阳寄源中丞

汀洲无浪复无烟，楚客相思益渺然。汉口夕阳斜渡鸟，洞庭秋水远连天。孤城背岭寒吹角，独树临江夜泊船。贾谊上书忧汉室，长沙谪去古今怜。

夏口，三国吴黄武二年（223）修筑，乃军事要塞，在今湖北武汉市黄鹄山（蛇山）上，为历代兵家必争之地。唐时属鄂州。《明一统志》卷五九：“夏口，在荆江之中，正对沔口。唐章怀太子注《东汉》，亦谓夏口戍。故唐史皆称鄂州为夏口。本在江北，自孙权取对崖名夏口，而江北之名始晦。”鹦鹉洲，在武汉市武昌城外之长江中。源中丞，指源休。《旧唐书·源休传》：“源休，相州临漳人……出潭州刺史，入为主客郎中，迁给事中、御史中丞、左庶子。其妻即吏部侍郎王翊女也，因小忿而离，妻族上诉，下御史台验理，休迟留不答款状，除名，配流溱州（今重庆綦江县）。久之，移岳州（今湖南岳阳）。建中初，杨炎执政……遂擢休自流人为京兆少尹。”据此，源休移官岳州，正值刘长卿任鄂岳转运留后，相与往还，故此诗当作于大历六年（771）至八年（773）之间。

这是一首登临观览之怀人诗，“自夏口至鹦鹉洲”乃游览之路径，“望岳阳寄源中丞”乃怀念远在岳阳的友人源休。登临游览，自然要抒写所见之风物境象，且以之而滋生意绪，感发怀人，抒写其悠悠不尽的思念之情。首联“汀洲无浪复无烟，楚客相思益渺然”，自夏口至鹦鹉洲，水乡泽国，天清日朗，既无风浪也无云烟，景色怡人；如此良辰美景，更让流寓此地之人，越发思念远方之友人。首联兴起极妙，曲折有致：如果浪涛涌起、江风劲吹，或者云烟迷蒙，索性就闭门自守，与友人相忘了；而今天朗气清，水波不兴，极目千里，却不能与友人相随伴游，因而思念之情更为深远。益，更加。渺然，悠远、深长。

颔联紧承上联，进一步抒写“无浪复无烟”之美景，其逻辑结构应该是“汉口夕阳斜——渡鸟，洞庭秋水远——连天”，因为七言律诗的句式结构一般是四三式，因而读作“汉口夕阳——斜渡鸟，洞庭秋水——远连天”。汉口夕阳斜照，飞鸟归巢，呼朋引伴，振翅飞翔，掠过江面，与上联“汀州”相呼应；友人所在之岳阳，乃洞庭湖畔，远在天际，然而水脉相通，令人相思不已，与“楚客”句相呼应。清代诗论家王寿昌很是欣赏此联，称之为“唐人佳句，有可以照耀古今，脍炙人口者”（《小清华园诗谈》）。

“孤城背岭寒吹角，独树临江夜泊船。”颈联紧承颔联，在写景的基础上抒情。夏口城垒凭依山陵，屹立江畔，孤城吹角，呜呜咽咽，令人伤感；而诗人夜晚孤舟独系于鹦鹉洲边，清寒凄然，越发地思念远在岳阳之好友了。孤城，指夏口城垒。岭，当指黄鹄山。独树，指鹦鹉洲，其地有独树口。别本作“独戍”。清人吴乔《围炉诗话》卷二说：“刘长卿云：‘孤城北岭寒吹角，独树临江夜泊船。’一本作‘独戍’，予意独戍为是，有戍卒处堪泊船也。及读地志，其地有独树口，乃知古人诗不可轻议。”“孤”与“独”相对应，“寒”与“夜”相对应，旨在突出寒江夜色之下的孤寂与清冷。颈联也与首联诗意密切相关，“汀洲无浪复无烟”，而兴起思友之情，实乃夕阳下的飞鸟、孤城上的吹角所引起，形与声兼备，极具画面感。

“贾谊上书忧汉室，长沙谪去古今怜。”诗人于寒风中听孤城吹角声，江岸泊舟独宿，思念友人，而尾联遂将此怀友之情和盘托出：源休如同贾谊那样忧国忧民，上书朝廷，兴利除弊，可惜被贬官，让人感慨唏嘘不已。源休精明强干，为人正直，夫妻间因小小忿事而离婚，却被妻家诉于御史台，最终被远贬岳阳。诗人于此借贾谊映衬源休，也关联诗人自己。刘长卿无故被贬，因而对贾谊年少才高、富于兴利除弊精神，遭忌恨而被贬，致以深切的同情。诗人于《新年作》《长沙过贾谊宅》以及这首诗中，接二连三地运用贾谊被贬的典故，三致其意，是有其内心的深悲与愤激的。借贾谊喻指源休，实亦自喻。怜惜贾谊，亦为怜惜源休，更是怜惜自己。而“古今怜”三字，极沉痛，揭示古今被贬谪之志士才人的失意、凄然与无奈，千古而后，令人泪洒衣襟。

此诗之逻辑意脉极为清晰，写景颇切合时地特点，且时时紧扣诗题，如“汀州”点明诗题之“鹦鹉洲”，“汉口”点明“夏口”，“洞庭”点明“岳阳”。颈联“孤城”“独树”，抒写江上景象，而时间上已是从傍晚移至夜间，且由颔联“汉口夕阳斜渡鸟，洞庭秋水远连天”之远望而至近看。尾联则于前文写景之铺垫上，而抒发情感，以感慨作结且示以寄诗之意。结构精巧，神完意足。

钱　起

赠阙下裴舍人

二月黄鹂飞上林，春城紫禁晓阴阴。长乐钟声花外尽，龙池柳色雨中深。阳和不散穷途恨，霄汉常悬捧日心。献赋十年犹未遇，羞将白发对华簪。

钱起，字仲文，吴兴（今浙江湖州）人，名列“大历十才子”，其诗体制新奇，理致清赡，迥然独立，大诗人王维称许为“高格”，与郎士元齐名，并称“钱郎”，当时士林颇为推重：“前有沈、宋，后有钱、郎”——以为钱起和郎士元对诗歌的发展做出了积极的贡献，可与唐代诗歌史上使律诗定型化的前辈沈佺期、宋之问相媲美。

钱起少年时聪明敏捷，颇得乡里之称誉。相传，钱起漫游江南时，至京口，夜宿客舍。月明星稀，清风拂面，钱起闲来无事，遂闲步于庭院，忽闻庭院外有人边走边吟诵：“曲终人不见，江上数峰青。”情怀凄楚，声韵悠扬。来来往往几次，皆吟诵此句，然而钱起四处寻觅，却不见其人，令人神魂为之悚然。来年，钱起参加进士考试，试题为《湘灵鼓瑟》。钱起吟哦颇久，写成诗篇，忽然忆起月白风清之夜听闻的鬼谣，缀在篇末：“善鼓云和瑟，常闻帝子灵。冯夷空自舞，楚客不堪听。苦调凄金石，清音入杳冥。苍梧来怨慕，白芷动芳馨。流水传潇浦，悲风过洞庭。曲终人不见，江上数峰青。”湘灵乃湘水之神，善于鼓瑟。乐曲响起，声韵清丽，情怀凄楚，天地间似乎都充塞着这个凄楚的曲调，如怨如慕，如泣如诉。河神冯夷为之而舞蹈，漂泊流徙之楚客也无法听下去，白芷芳兰为之摇曳而芳香四溢。曲声随着湘水而传向远方，由清风吹拂而飘散在整个洞庭湖的广大地域。乐曲乃神人湘灵所弹奏，只闻其声而不见其人，乐曲结束，江上青山静穆肃立，似乎仍然沉浸在这音乐的感染之中……

钱起的这首诗引起了主考官的特别重视，尤其是“曲终人不见，江上数峰青”，击节吟味很久，曰：“是必有神助之耳。”于是，拔擢钱起于高第。这个故事流传颇广，唐人范摅《云溪友议》卷中、《旧唐书·钱徽传》以及《太平御览》、元人辛文房《唐才子传》、明人胡应麟《少室山房笔丛》皆记载其事。这首《湘灵鼓瑟》乃钱起天宝十载（751）参加进士考试之作，称为试帖诗。唐代试帖诗之诗题多用古人诗句或成语，冠以“赋得”二字，采用五言雅体，初期未规定韵数，可长至十数韵、数十韵，体式不齐给评审造成一定的困难，后来规定为五言六韵十二句，全诗限定韵脚，不至于因体式过长而使士子才情衰竭，写不出完整的诗篇。

《赠阙下裴舍人》乃钱起未中进士之前，赴京求仕，献诗裴舍人以求汲引所作。阙下，宫阙之下，借指帝王所居的宫廷。亦借指京城。《史记·梁孝王世家》：“于是梁王伏斧质于阙下，谢罪，然后太后、景帝大喜，相泣，复如故。”裴舍人，名不详。舍人，即中书舍人，掌管侍奉进奏，参议章表。

首联“二月黄鹂飞上林，春城紫禁晓阴阴”，摹写初春京师景象：二月里黄鹂飞翔于上林苑，紫禁城里拂晓之时，旭日未升，天气还阴沉。上林，秦汉上林苑，故址在今陕西西安及周至、户县界，此处借指唐宫苑。紫禁，古人以紫微垣比喻皇帝所居，故称皇宫为紫禁。首联摹写初春时节，拂晓之际，宫苑还沉浸在黎明前的阴沉天气中，气氛宁静，而黄鹂飞翔，欢快啼鸣，似乎要将宫苑唤醒。

颔联“长乐钟声花外尽，龙池柳色雨中深”，概括时间推移，摹写天光渐亮，长乐宫的晨钟响起，从宫苑花丛，依次传向宫禁之外；龙池侧畔柳色清新，在蒙蒙细雨的滋润下，更显得青翠逼人。长乐宫乃汉代宫殿名，在长安城内，此处借指唐宫苑。龙池，即兴庆池。唐玄宗登基前旧宅在兴庆宫，相传宅东有井，忽涌为小池，云气缭绕，而黄龙见于其中。后来池渐广大，名龙池。此处泛指宫苑。颔联，一方面写景，另一方面以钟声抒写其祥和，雨中柳色，暗示皇恩浩荡，雨露恩泽遍及天下。

颈联“阳和不散穷途恨，霄汉常悬捧日心”，春日阳和温润，为何无法驱散自己穷途末路之憾恨！然而无论如何，诗人却始终心怀忠贞，期望为社稷效力。阳和，指初春之和暖温润天气。穷途，处境困窘，走投无路，此处指诗人屡次考试不第。霄汉，天极高处，指朝廷。捧日心，用三国程昱典故，即辅佐君王之心。《三国志·魏书·程昱传》裴松之注引《魏书》曰：“（程）昱少时常梦上泰山，两手捧日。”程昱以为此梦颇奇异，遂将此事告知好友荀彧，荀彧将此事又告知曹操，曹操对程昱说：“卿当终为吾腹心。”“昱本名立，太祖（曹操）乃加其上‘日’，更名昱也。”颈联，初春阳气和暖温润，皇恩浩荡，然而好运没有到自己头上，屡次考试，竟然不中，令人为之沮丧；自己却始终怀有一颗为社稷和君王尽心尽力的心愿，希望有朝一日能够实现。

尾联“献赋十年犹未遇，羞将白发对华簪”，抒发怀抱：留滞京师，献赋十年，却一直未有出头的机遇，年龄老大，白发渐生，满怀羞愧，如何面对华簪高官呢。献赋，《西京杂记》卷三：“（司马）相如将献赋，未知所为，梦一黄衣翁谓之曰：‘可为《大人赋》。’遂作《大人赋》，言神仙之事以献之。”汉代有献赋求官之事，唐代仍然沿袭此风气，杜甫创作《三大礼赋》献于朝廷，玄宗奇之，待诏集贤院。钱起《长安落第作》：“无媒献辞赋，生事日蹉跎。”华簪，有华丽妆饰的簪。古人以簪固发于冠，达官贵人冠饰簪缨，此处指裴舍人。陶渊明《和郭主簿》：“此事真复乐，聊用忘华簪。”

这是一首干谒求仕诗，投赠裴舍人，希望其能够予以援引，然而却写得很含蓄，不露痕迹，非常得体。前四句从宫阙富丽祥和景象着笔，春日天气和暖温润，黄鹂飞翔，欢快啼鸣，唤醒了沉睡的宫苑；而宫禁晨钟弘厚，越过丛生的鲜花，传向远方，雨中柳色清新如洗，青翠可人，赏心悦目，恭维裴舍人之得志，深受皇帝宠幸。后四句，感慨自己沉沦而不遇，祈求予以援引。春阳和煦，皇恩浩荡，然而却无法驱散诗人头上的阴霾，屡试不第，徒然令人悲伤。可是，诗人一直怀抱理想，期望能够为社稷君王尽心尽力。身在江湖，心存魏阙，忠君爱国之诚挚心意，溢于言表。干谒求仕，却能够自高身份，绝无卑躬屈膝、摇尾乞怜的寒酸相，因而献赋十年未遇，羞对华簪，令人惭然，隐含求援之意，但不露乞怜相。诗人自占地步，神完气舒，能够以平等心态，面对华簪，体现出人格上的平等与自尊。颔联“长乐钟声华外尽，龙池柳色雨中深”，摹写宫禁景色，气象真朴祥和，不减盛唐，尤为人所激赏。高仲武《中兴间气集》评曰“特出意表，标准千古”；陶元藻以为：“钟声从里面一层一层响出来，柳色从外面一层一层看进去，才觉得‘尽’字、‘深’字之妙，而神韵悠长，气味和厚，殊难遽造此诣，宜当时之脍炙人口。”（《唐诗向荣集》）而且，“雨中深”三字，既写翠柳因细雨之滋润而更为清新逼人，也暗示皇恩遍及、雨露滋润，极为得体。颈联之“阳和不散穷途恨”一句，承上启下。“阳和”紧承上四句之富丽祥和景象，而“穷途恨”下启后四句惆怅之情、希求援引之意，逻辑意脉极为清晰。

又，此诗首联、颔联失黏。律诗上一联的出句与对句，要求平声与仄声相对，称之为“对”；上一联的对句与下一联的出句，要求首二字平声对平声、仄声对仄声，称之为“黏”，否则称之为“失黏”。这是为了保证上下两联的声韵能够结合为一个整体，避免上下两联各自成为独立的结构。即首联下句“春城”为平声，颔联上句“长乐”乃仄声（长为平声、乐为仄声），相对而不相黏。《全唐诗》卷二三九此二句下注“一本二句倒用”，已经注意到这个问题了。如将首二句前后颠倒一下，就避免了失黏，即“春城紫禁晓阴阴，二月黄鹂飞上林。长乐钟声花外尽，龙池柳色雨中深”。这是律诗的一些基本要求，掌握一些，对读解诗歌颇有益处。

韦应物

寄李儋元锡

去年花里逢君别，今日花开又一年。世事茫茫难自料，春愁黯黯独成眠。身多疾病思田里，邑有流亡愧俸钱。闻道欲来相问讯，西楼望月几回圆？

此诗作于兴元元年（784）春，韦应物滁州刺史任上。李儋，字幼遐，行十九，韦应物关系最密切的朋友，曾官殿中侍御史。建中年间，入太原河东节度使马燧幕府。韦应物有多首赠诗，如《赠李儋》《雪中闻李儋过门不访聊以寄赠》《善福阁对雨寄李儋幼遐》《赠李儋侍御》《送李儋》《寄别李儋》《将往江淮寄李十九儋》等。元锡，字君贶，洛阳人。曾任山南西道节度推官，历衢、婺、苏、福、宣诸州刺史，秘书监分司东都，官终淄王傅。韦应物与李儋、元锡交好，有赠诗，如《宴别幼遐与君贶兄弟》《月溪与幼遐君贶同游》《与幼遐君贶兄弟同游白家竹潭》等。

建中四年（783）暮春，李儋赴滁州探访，韦应物有诗《赠李儋侍御》："风光山郡少，来看广陵春。残花犹待客，莫问意中人。"元锡亦曾至滁州，韦应物与之同游赏，有《宴别幼遐与君贶兄弟》，有曰："累日重欢宴，一旦复离伤。置酒慰兹夕，秉烛坐华堂。契阔未及展，晨星出东方。"短暂相聚，又不得不分离。第二年春天，韦应物怀念好友，遂作《寄李儋元锡》以抒发怀抱及思念之情。

首联"去年花里逢君别，今日花开又一年"，追忆去年春天相聚，何等喜悦，后又离别，情怀黯淡，一年之后的今日，春花依旧，春阳明媚，春风和煦，然而好友离别，竟然又是一年，如此良辰美景，无法晤面对谈，以抒情怀，实在令人感伤。以“去年”对“今日”，“花里”对“花开”，从时间的连续上，突出去年之“逢君别”，今日之“又一年”，时光匆匆，情意绵绵，不能自已。

颔联“世事茫茫难自料，春愁黯黯独成眠”，由首联之“又一年”，突出时光匆促，深感世事艰难，无法逆料，沉重得难以负担，这个春天很不太平，黯淡沉闷，也只能独自一人，昏昏然入睡，以苟且偷安了。韦应物作此诗的这一年前后，发生泾师之变与李怀光之叛。建中四年（783）十月，德宗征发泾原等道兵赴襄城救援，道经长安，军士因待遇差、未得赏赐，哗变，奉闲居长安的朱泚为帅，朱泚自称大秦皇帝，德宗逃往奉天（今陕西干县）。德宗下“罪已诏”，有曰：“长于深宫之中，暗于经国之务，积习易溺，居安忘危。不知稼穑之艰难，不察征戍之劳苦。泽靡下究，情不上通。事既壅隔，人怀疑阻。犹昧省己，遂致兴戎。征师四方，转饷千里，赋车籍马，远近骚然。”士卒连年不解甲胄，百姓转死沟壑，离去乡里，城乡一片丘墟，人烟断绝，上累于祖宗，下岁于百姓，“天谴于上而朕不悟，人怨于下而朕不知，驯致乱阶，变兴都邑”。强藩李希烈、田悦、王武俊、李纳等产生疑惧，全是由于德宗皇帝。“维朕抚驭乖方，信诚靡着，致令疑惧，不自保安。兵兴以来，海内骚扰，皆由上失其方，而下罹其灾。朕实不君，人则何罪！”(《奉天改元建中五年为兴元元年正月一日赦》）兴元元年（784）六月，朝廷收复长安，朱泚出逃被杀。朔方节度使李怀光带兵打败朱泚，解奉天之围，不料被宰臣构陷，遂生猜疑，竟与朱泚联兵，对抗朝廷。八月，李怀光自缢而死。

因此，“世事茫茫难自料”，实指朱泚之乱、德宗逃亡奉天的重大事件，似乎是安史之乱的重演，令人疑惧。世事如此，诗人个人的命运与朝廷一样，茫茫不可知。此句包蕴的正是对朝廷、个人命运难以逆料的茫然与忧伤。而下句“春愁黯黯独成眠”，紧承上联“今日花开”，不是一般地感慨于时光流逝、年华将暮，而是将“世事”变化与国家社稷命运紧密联系而忧国忧民，郁勃难平，却又无可奈何。作于此时之《京师叛乱寄诸弟》，伤痛于年纪幼小就经历了安史之乱与此次之朱泚之乱，而自己远在滁州，担忧在长安的家人，也为朝廷忧虑："羁离官远郡，虎豹满西京。上怀犬马恋，下有骨肉情。归去在何时，流泪忽沾缨。忧来上北楼，左右但军营。"希望天下太平，做一个自食其力的百姓："函谷行人绝，淮南春草生。鸟鸣野田间，思忆故园行。何当四海晏，甘与齐民耕。"此诗的内容，正是"春愁黯黯"的具体内容。因而，"独成眠"实乃不能成眠，忧虑重重，想逃入梦乡，而苟且偷安于一时，实在是无奈又伤心。

颈联"身多疾病思田里，邑有流亡愧俸钱"，是诗人的自我剖判：身体不太好，多疾病，在他乡做官，实在无法忍受，因而想辞官，隐居以终老；身为一州刺史，没有治理好地方，使百姓安居乐业，而州郡治下的百姓还在逃荒、乞讨，诗人深切地感到，实在对不住朝廷所发放的俸禄钱。这是一个善良官吏的自省，乃仁者之言，朱熹极为欣赏。上一联"春愁黯黯"，时局如此严重，朝廷处于危亡之际，地方长官要征收赋税，征调差役，使苦难深重的百姓，雪上加霜，无法生存，只能逃亡，而自己无力改变，因而觉得对不住朝廷的俸钱了。韦应物《答崔都水》就说到农民赋税之沉重，身为官吏催缴赋税，受到良心之谴责："氓税况重叠，公门极熬煎。责逋甘首免，岁晏当归田。勿厌守穷辙，慎为名所牵。"可见，"思田里"乃指催缴赋税、鞭挞黎民百姓所受到的煎熬，因而宁愿辞官归隐，以求得良心的安然。韦应物这种难得的以民为本的思想，是古代循吏的良知。杜甫说："彤庭所分帛，本自寒女出。鞭挞其夫家，聚敛贡城阙。圣人筐篚恩，实欲邦国活。臣如忽至理，君岂弃此物。多士盈朝廷，仁者宜战栗。"（《自京赴奉先县咏怀五百字》）高适说："拜迎官长心欲醉，鞭挞黎庶令人悲。"（《封丘作》）宋代包拯说："清心为治本，直道是身谋。秀干终成栋，精钢不作钩。仓充鼠雀喜，草尽兔狐愁。史册有遗训，毋贻来者羞。"（《书端州郡斋壁》）皆值得千百年传诵。

尾联"闻道欲来相问讯，西楼望月几回圆？"前文抒发一腔忠贞孤愤，自我剖判，因而更为思念二位好友：听说二位要来探访、安慰这个羁于远方州郡、处境艰难、心情苦闷的朋友，我的心情非常激动，已经无数次登上西楼，翘首以待……以“望月几回圆”，形象地表现时间的持续性，既渴望又失望的情绪，而圆月本就是团圆、相聚的象征，喻示友朋相聚。韦应物《寄别李儋》：“远郡卧残疾，凉气满西楼。想子临长路，时当淮海秋。”又《送中弟》：“山郡多风雨，西楼更萧条。嗟予淮海老，送子关河遥。”滁州属于唐之淮南道，因而说“淮海”。据此，西楼乃诗人常常登临之地。以问句而结束，语尽情遥，给读者留下想象的空间，拓展了诗境与情韵。

此诗乃韦应物在滁州刺史任上，想念好友李儋、元锡，遂“寄”诗。一方面倾诉思念之情，另一方面抒写自身的感慨和苦闷。情感真挚，如同肝肺流出，且风格闲淡自然，似行云流水，不着痕迹。忧民之念，简淡之怀，百世之下尤为兴慨矣。

韩 翃

同题仙游观

仙台初见五城楼，风物凄凄宿雨收。山色遥连秦树晚，砧声近报汉宫秋。疏松影落空坛静，细草香生小洞幽。何用别寻方外去，人间亦自有丹丘。

诗题作《同题仙游观》，即与他人一同游观仙游观而题诗。韩翃与何人“同游”仙游观，现在不得而知。诗题一作《题仙游观》。仙游观，即仙游寺，又名仙游宫，在盩厔（今陕西周至）县南仙游山，在长安西南百余里。仙游寺，在唐代非常有名。四面皆山，黑水流经其门前。殿前有二石塔，塔下中空，塑一病佛，侧睡将死，诸罗汉摩挲哭泣吁祷，备极情态。石塔上有吴道子画的佛像，衣袂飘举，似驭风而行。元和元年（806）冬十二月，白居易为盩厔尉时，曾与好友王质夫、陈鸿同游仙游寺，夜宿寺中，话及玄宗与杨玉环的爱情故事以及开元天宝由盛而衰之事，感慨万千，王质夫建议：“夫希代之事，非遇出世之才润色之，则与时消没，不闻于世。乐天深于诗多于情者也，试为歌之如何?”因而白居易创作《长恨歌》，而陈鸿作《长恨传》以相配合，“意者不但感其事，亦欲惩尤物，窒乱阶，垂于将来者也”。王质夫乃盩厔人，居处距仙游寺不远，白居易有《送王十八归山寄仙游寺》：“曾于太白峰前住，数到仙游寺里来。黑水澄时潭底出，白云破处洞门开。林间暖酒烧红叶，石上题诗扫绿苔。惆怅旧游那复到，菊花时节羡君回。”

仙台初见五城楼，风物凄凄宿雨收。

开篇以绝大气魄，展现仙游观的壮观奇伟：初见仙游观，如同目睹传说中的仙家五城十二楼那样壮丽瑰奇，正值昨夜凄凄风雨过后，天气初晴，略带寒凉，一切都显得那样幽静、美好。首句的逻辑顺序应该是，“初见仙台五城楼”。五城楼，《史记·封禅书》：“方士有言：‘黄帝时为五城十二楼，以候神人于执期，命曰迎年。’”此处喻指仙游观。宿雨，昨夜之雨。凄凄，寒凉。陶潜《己酉岁九月九日》：“靡靡秋已夕，凄凄风露交。”杜甫《暮归》：“客子入门月皎皎，谁家捣练风凄凄。”此一句总写仙游观之瑰奇壮丽、雨后清新舒爽，领起全文。

山色遥连秦树晚，砧声近报汉宫秋。

颔联，抒写登临仙游观之所见：仙游观在终南山麓，黄昏时分，笼罩在终南山苍茫绿色之中，浑然一体，静谧而神奇；小溪边传来的阵阵捣衣声，此起彼伏，告知那深宫禁苑的人们秋天已至啊。关中乃秦之故地，因而称秦树；汉宫，借指长安。

疏松影落空坛静，细草香生小洞幽。

颈联，乃入仙游观之所见：仙游观松柏疏落高大，遮天蔽地，极其幽静；四处散发着细草淡淡的幽香，而石塔下的空穴幽幽暗暗，塑像影影绰绰。空坛，指仙游观。小洞，似指仙游寺石塔下的空穴，内有塑像。

何用别寻方外去，人间亦自有丹丘。

方外，指世外。《庄子·大宗师》：“孔子曰：彼游方之外者也，而丘游方之内者也。”《楚辞·远游》：“览方外之荒忽兮，沛罔象而自浮。”《淮南子·俶真训》：“（真人）骑蜚廉而从敦圄，驰于方外，休乎宇内。”丹丘，传说中神仙所居之地。《楚辞·远游》：“仍羽人于丹丘兮，留不死之旧乡。”王逸注：“丹丘昼夜常明也。”郦道元《水经注·汳水》：“于是好道之俦自远方集，或弦琴以歌太一，或覃思以历丹丘。”尾联，终南山麓的仙游寺如此瑰奇而静谧美好，又何必去追寻那世外仙境？人间本来就有如此瑰奇而静谧美好的“仙境”啊！

此诗紧扣诗题“题仙游观”，抒写仙游观清虚悠远的胜境。首联，从逻辑上讲为“风物凄凄宿雨收，仙台初见五城楼”，一夜清雨，洗尽尘埃，风光景物更显得虚静清秀，初见那如五城楼一样瑰丽神奇的仙游观，乃总写，领起全诗。颔联，紧承上联之“风物凄凄”而展开，乃大背景上的铺陈：上句，从视觉来写，放眼眺望，仙游观地处终南山麓，夕阳西下时，隐隐青山，一派青翠，横亘天际，遥接朦胧树色；下句，从听觉来写，苍茫暮色中，此起彼伏的捣衣声，预报秋天的来临。诗人从视觉与听觉，渲染着仙游观的清虚和空静。“遥”字，刻画视觉上由近而远的感受，在苍茫暮色中，青山与绿树，显得隐隐绰绰，格外遥远；“近”字，乃听觉上的由远而近，砧声很远，渐次传来，似乎回响于耳畔，分外清晰。“遥”字与“近”字，相反而相成，非常生动地在阔大的背景下，展现其清旷悠远。颈联，则为细节的刻画：夕阳下高大的松柏，树影掩映，仙游观显得极为幽静清虚；微风吹过，传来细草淡淡的芳香，石塔下的洞穴，影影绰绰，难见塑像之真容。用“空”字，抒写仙游寺树影下的静寂、清幽，摹写显敞处的仙游观；用“生”字，刻画淡淡幽香，随微风四散，摹写石塔下洞穴的昏暗不可见物。于此，水到渠成，尾联遂感慨、艳羡仙游观之清虚幽静，用“方外”“丹丘”，既照应仙游观本身，又比拟其堪比仙境，确是题写仙游观的诗歌。韩翃的诗歌，对仗工整，笔力劲健，章法井严，此诗很好地体现了这一特色。

皇甫冉

春　思

莺啼燕语报新年，马邑龙堆路几千。家住层城邻汉苑，心随明月到胡天。机中锦字论长恨，楼上花枝笑独眠。为问元戎窦车骑，何时返旆勒燕然。

唐人擅长诗歌，父子兄弟齐名者不少，而皇甫冉（字茂政）、皇甫曾（字孝常）兄弟齐名并称，盛传于世。皇甫冉，郡望安定（今甘肃泾川），丹阳（今江苏丹阳）人。皇甫冉十岁能作文章，为前辈张九龄所叹赏，登天宝十五载（756）进士第，其弟皇甫曾登天宝十二载（753）进士第。皇甫冉诗风清峻，巧于文字，发调新奇，远出情外，受知于文坛领袖独孤及。独孤及称赞曰："其诗大略以古之比兴，就今之声律，涵泳《风》《骚》，宪章颜（延之）、谢（灵运）。至若丽曲感动，逸思左发，则天机独得，有非师资所奖。每舞雩咏归，或金谷文会，曲水修禊，南浦怆别，新声秀句，辄加于常时一等，才种于情故也。"（《唐故补阙安定皇甫公集序》）现存诗二百三十多首。《春思》一首，作年不详，抒写闺怨——明媚春日，少妇思念远征在外的丈夫。

莺啼燕语报新年，马邑龙堆路几千。

新年，即新春，明媚春天。马邑，《搜神记》卷一三："秦时筑城于武川塞内，以备胡，城将成而崩者数焉。有马驰走，周旋反复。父老异之，因依马迹以筑城，城乃不崩，遂名马邑。"其故城在今山西朔县西北。龙堆，即白龙堆，即今之库姆塔格沙漠，在新疆罗布泊与甘肃敦煌古玉门关之间。《汉书·匈奴传下》："岂为康居、乌孙能逾白龙堆而寇西边哉，乃以制匈奴也。”颜师古注曰：“龙堆形如土龙身，无头有尾，高大者二三丈，埤者丈余，皆东北向，相似也。”马邑、白龙堆皆为自古以为征战之地。首联，少妇在家，正是莺歌燕舞，明媚春天之大好时节，然而远方之征人却在几千里之外的边塞苦寒之地御敌征战。

家住层城邻汉苑，心随明月到胡天。

层城，高城，相传昆仑有层城三级九重，此处指京师长安。陈子昂《感遇》之二六：“宫女多怨旷，层城闭蛾眉。”汉苑，汉代林苑，此处指唐皇家苑囿。胡天，指边塞之地，即马邑、龙堆。颔联，少妇在京城长安，住处紧邻皇家苑囿，风景优美，一派祥和；然而时刻牵挂着远在边塞的征人（指丈夫），诚挚的心意随着明朗的月光，照临边塞苦寒之地。也就是李白“我寄愁心与明月，随风直到夜郎西”（《闻王昌龄左迁龙标遥有此寄》）之意。

机中锦字论长恨，楼上花枝笑独眠。

锦字，《晋书·列女传》记载，前秦时秦州刺史窦滔被贬流沙，其妻苏蕙思念不已，遂织锦为回文诗相赠，纵横反复，婉转循环读之，皆成文章。其词凄惋，凡八百四十字。后来遂用作妻子思念丈夫的典故。论长恨，诉说离别相思之苦。颈联，少妇独居闺中，一往情深，作回文锦以诉说离别相思之苦；然而新春已至，万物复苏，楼头之上的花枝盛开，竟然嘲笑她独守空闺之凄苦。

为问元戎窦车骑，何时返旆勒燕然。

元戎，主帅。窦车骑，东汉车骑将军窦宪。《后汉书·窦宪传》记载，窦宪率军大破匈奴，“虏众崩溃，单于遁走，追击诸部”，匈奴“率众降者前后二十余万人”，窦宪等“遂登燕然山，去塞三千余里，刻石勒功，纪汉威德，令班固作铭”而还。返旆，即凯旋。旆，旗帜。燕然，即今蒙古杭爱山。尾联，少妇说：征人久戍不归，请问大元帅，何时能够像车骑将军窦宪那样征战胜利，勒铭燕然山，纪功而还呢？即李白“何日平胡虏，良人罢远征”（《子夜吴歌·秋歌》）之意。

诗题《春思》，乃闺中少妇于明媚春日之所感所思，以深挚情思抒写对远方征人之深切思念。首联点题，“莺啼燕语报新年”乃“春”字，而“马邑龙堆路几千”点明“思”字：明媚春光，杂花生树，莺歌燕舞，报道春天已至，于此大好春光之际，本应相聚相伴，携手游春，然而丈夫却远在几千里外之苦寒边塞征戍，岂能不令人兴起无限之思念乎？颔联进一步抒写，少妇住在京师长安，紧邻皇家苑囿，风景更好，自在祥和，而情义深长，“心随明月照胡天”，牵挂之心，随明月而照临边塞胡天，饶有情致，而且情义之深至，令人动容。前四句，将少妇与征人两两对举，彰显其相隔之遥远、春日风景之绝不相同以及情义之深切，神完意足。颈联，专从少妇抒写，虽然情思深长，以回文织锦而诉说绵绵不尽的情义，然而楼头盛开之鲜花竟“笑独眠”，构思极为新颖，以花之多情反衬少妇之苦情，增强了抒情效力。尾联“为问元戎窦车骑，何时返旆勒燕然”，与李白之“何日平胡虏，良人罢远征”，高适之“君不见沙场征战苦，至今犹忆李将军”（《燕歌行》）同一机杼。期盼夫妻团聚，而询问大元帅：何日能够平定边塞，从此“良人罢远征”、天下太平呢？以设问作结，以少妇的情痴与无知，询问元戎，耐人寻味，且情义极为缠绵，绝不纤巧艳丽。

此诗之委婉平和，情义缠绵深致，堪与沈佺期《古意》“卢家少妇郁金堂”一首相媲美。方东树说：“前四句一彼一此，属对奇丽，而又关生有情，所以为佳。五六专就自己一边说，而点化入妙。结句出场入妙，胜沈云卿（沈佺期）矣。此等诗，色相不出齐梁，而意用则去《三百篇》不远，所谓哀而不伤，怨而不怒，温柔和平，可以怨者也。”（《昭昧詹言》卷一八）信然。

卢　纶

晚次鄂州

云开远见汉阳城，犹是孤帆一日程。估客昼眠知浪静，舟人夜语觉潮生。三湘愁鬓逢秋色，万里归心对月明。旧业已随征战尽，更堪江上鼓鼙声。

鄂州，即今湖北武汉之武昌。东汉末，谓之夏口，三国争衡，为东吴之要害，有重兵镇守之。唐时属江南道，为鄂岳观察使治所。城西临大江，西南角因矶为楼，名黄鹤楼。东南角楼名焦度楼，宋沈攸之自荆州称兵至此，时焦度领兵在此城，守东南角，攸之攻之不克，遂退走，因名焦度楼。次，停泊。此诗当系大历初年，卢纶由鄱阳（今属江西）经两湖返京途中所作。

云开远见汉阳城，犹是孤帆一日程。

汉阳，唐淮南道沔州治所，因在汉水之阳，故名，即今湖北汉阳市，与鄂州隔江东西相对。汉阳“东渡鄂州，七里”（《元和郡县图志·江南道三·沔州》），然而这一段水道难行，风浪大，“激浪崎岖，实舟人之所艰也”（《水经注·江水三》），因而需要一日之程。首联，泊舟于鄂州城下，阴云消退，天空晴朗，远远望见汉阳城，然而孤舟尚需一日航行，才能到达呢！诗人泊舟鄂州城下，云散天开，心情也不禁为之开朗。由鄱阳而返京师长安，舟行当先至鄂州，再渡江至汉阳，一路向北。卢纶是河中蒲（今山西永济）人，幼年依外公韦氏，长于长安。安史之乱起，遂离京奔赴鄱阳生活学习。学成之后，值安史叛乱平定，遂北归京师，应进士第。《新唐书·卢纶传》曰：“大历初，数举进士不第。”所述正是卢纶应进士第的时间。诗人北归心切，泊舟鄂州城下，遥望汉阳，“犹是”一词，彰显其心意之急切。诗人急切北归，望见汉阳，使欲如鹰隼疾飞，立刻抵达汉阳，然而计算行程远近，尚有一日之行程，遂不得不泊舟鄂州城下矣。

估客昼眠知浪静，舟人夜语觉潮生。

估客，指舟中的行商。舟人，船夫。颔联，白天，舟中的商人沉沉安眠，可知风平浪静；夜晚，船夫轻声细语交谈，不知不觉间，江潮初涨。这一联，颇为细腻：明明知道尚需一日之程方可到达汉阳，因而看到估客白昼安眠，乃不思速归之人；船夫夜语，江潮初涨，正可行舟，然而船夫未行，诗人渴望北归的急切心理，遂彰显无遗漏矣。诗人急切北归，然而估客早已习惯水上的漂泊生活，故而能白昼安眠，乃视觉所见；夜晚涨潮，船夫夜语，“觉潮生”实乃凭感觉而得知，潮生水涨，便于行舟，然而夜色昏暗，不便行舟，只能停泊江岸。

三湘愁鬓逢秋色，万里归心对月明。

三湘，泛指湘江流域及洞庭湖地区。颈联，点明“晚次鄂州”见月思归之情。诗人避居鄱阳多年，而今安史之乱平定，可以北归，遂感慨滞留三湘，战乱中求食求学，备尝艰辛，致使年华渐失，两鬓染霜，愁绪满怀；万里漂泊的游子，仰望明月，归心急切，恨不得飞越万里长空。“秋色”既指时令，也指诗人华年已逝，青春不再的感慨，用“逢”字，将“愁鬓”与“秋色”相连为一体，意蕴丰厚。用“对”字，渲染漂泊万里之外，仰对明月而思念故乡情义，极有感染力。

旧业已随征战尽，更堪江上鼓鼙声。

尾联紧承上句之“万里归心”，进一步抒写思归而不得的心情，并就眼前景象而滋生出无限之感慨。虽然万里思归之心非常急切，然而长久的战乱，故乡的家业想来已在战乱中荡然一空，即使回归故乡，却空无一物，类同无业之游民，那又如何生存呢？北归又能怎样呢？何况眼前之江上，处处传来军中鼓鼙的咚咚战鼓声，大乱虽已平定，然而藩镇割据攻杀，战争的阴云已然笼罩着大江南北，何处又能找到一片安乐宁静的地方呢？诗人展现出乱离时代的无奈与绝望心境，带有鲜明的时代色彩。

此诗乃卢纶七律中的压卷之作。前四句写尽江湖舟行景象，令人恍惚如置身江间舟中矣。后四句乃抒情，突出归心之急切，全以神行，用意深婉，曲尽情致。前人论曰："通篇只写急归神理耳。卢公归心甚急，望见汉阳，恨不疾飞立到，无奈计程尚须一日，故曰'远见'，又曰'一日程'也。三四承之，言明知再须一日，而心头眼底，不觉忽忽欲去，于是厌他'估客昼眠'而'知浪静'，曰'浪静'，是无风可渡矣；喜他'舟人夜语'而'觉潮生'，曰'潮生'，又似有水可行矣。总是彻夜不眠，急归情绪也。后四句一气赶下，是倒卷文法。言吾所以急欲归去者，只为旧业已无可归，江上更闻鼓鼙，心驰万里之外，鬓对三湘之间，一日不能少留耳。"（《东岩草堂评订唐诗鼓吹》卷五引朱三锡语）

柳宗元

登柳州城楼寄漳汀封连四州刺史

城上高楼接大荒，海天愁思正茫茫。惊风乱飐芙蓉水，密雨斜侵薜荔墙。岭树重遮千里目，江流曲似九回肠。共来百越文身地，犹自音书滞一乡。

永贞革新被贬的柳宗元、刘禹锡等人为远州司马，长达十年之久，未曾得到朝廷的宽恕与优待。元和十年（815），执政者怜悯他们才能卓著而又长期投闲置散，欲渐次拔擢任用，遂召至京师长安。然而，宪宗与宰相武元衡深恶之，三月，授予远州刺史，以示惩戒：柳宗元为柳州（今广西柳州）刺史，刘禹锡为播州（今贵州遵义）刺史，韩泰为漳州（今福建龙溪）刺史，韩晔为汀州（今福建长汀）刺史，陈谏为封州（今广东封川）刺史。

唐制，被贬谪官员之家属，应随被贬之人同至贬所。而刘禹锡母亲年老，播州为荒蛮之地，路途遥远，条件比较差，老人很可能死于迁谪的路途上，柳宗元提出愿意让刘禹锡到条件较好的柳州，他自己孤身一人，愿意去条件较差、更为遥远的播州："播非人所居，而梦得（刘禹锡字梦得）亲在堂，万无母子俱往理。"（《资治通鉴》卷二三九）宰相裴度也为之说情，宪宗才将刘禹锡改为连州（今广东连县）刺史。韩愈《柳子厚墓志铭》曰："其召至京师而复为刺史也，中山刘梦得禹锡亦在遣中，当诣播州。子厚泣曰：'播州非人所居，而梦得亲在堂，吾不忍梦得之穷，无辞以白其大人，且万无母子俱往理。'请于朝，将拜疏，愿以柳易播，虽重得罪，死不恨。"对此，韩愈发感慨，深切地表彰身处险境的柳宗元之高洁人品："呜呼！士穷乃见节义。今夫平居里巷相慕悦，酒食游戏相征逐，诩诩强笑语以相取下，握手出肺肝相示，指天日涕泣，誓生死不相背负，真若可信。一旦临小利害，仅如毛发比，反眼若不相识，落陷阱，不一引手救，反挤之，又下石焉者，皆是也。此宜禽兽夷狄所不忍为，而其人自视以为得计，闻子厚之风，亦可少愧矣。”柳宗元之高风亮节、耿介不阿之品性，宛然就在目前。

柳宗元于元和十年六月到柳州，此诗乃登楼远眺而思念同被贬谪的四州刺史而作。

城上高楼接大荒，海天愁思正茫茫。

大荒，荒远的地方；边远地区。《山海经·大荒东经》：“东海之外，大荒之中，有山名曰大言，日月所出。”又《大荒西经》：“大荒之中，有山名大荒之山，日月所入……是谓大荒之野。”

首联，登上柳州城楼，放眼眺望，高楼远接无边的荒远之地，愁思如海天一样，茫茫无际。

惊风乱飐芙蓉水，密雨斜侵薜荔墙。

惊风，猛烈、强劲的风。司马相如《上林赋》：“然后扬节而上浮，凌惊风，历骇猋。”飐，风吹物使颤动摇曳。芙蓉水，长满荷花的池水。屈原《离骚》：“制芰荷以为衣兮，集芙蓉以为裳。”薜荔：又称木莲，一种常绿藤蔓植物，叶椭圆形，花极小，常缘墙攀附而生。屈原《离骚》：“揽木根以结茝兮，贯薜荔之落蕊。”王逸注：“薜荔，香草也，缘木而生蕊实也。”

颔联，狂风骤起，吹乱了满池荷花，颤动摇曳，水波荡漾；密雨狂暴，倾斜而下，打残了缘墙而生的薜荔。

岭树重遮千里目，江流曲似九回肠。

岭，五岭。大庾岭、越城岭、骑田岭、萌渚岭、都庞岭的总称，位于今江西、湖南、广东、广西四省之间，是长江与珠江流域的分水岭。《史记·张耳陈馀列传》：“北有长城之役，南有五岭之戍。”陆机《赠顾交址公真》诗："伐鼓五岭表，扬旌万里外。"江流，指柳江，上游河道滩多流急，中下游水势平缓，河曲较多。九回肠，司马迁《报任安书》："肠一日而九回。"萧绎《应全诗》："望邦畿兮千里旷，悲遥夜兮九回肠。"回，弯曲，回环。

颈联，五岭高峻，重重叠叠，树木丛茂，遮挡住了四顾眺望的千里目光；而柳江蜿蜒曲折，恰似愁肠九曲。

共来百越文身地，犹自音书滞一乡。

百越，也作"百粤"，乃古代南方越人的总称。分布在今浙、闽、粤、桂等地，因部落众多，故总称百越。贾谊《过秦论》："南取百越之地，以为桂林、象郡。"李善注引《汉书音义》："百越非一种，若今言百蛮也。"《通典》卷十四："自岭而南，当唐、虞三代为蛮夷之国，是百越之地。"韩愈《送窦从事序》："逾瓯闽而南，皆百越之地。"文身，在身体上刺画有色的花纹或图案。《礼记·王制》："东方曰夷，被发文身，有不火食者矣。"孔颖达疏："越俗断发文身，以辟蛟龙之害，故刻其肌，以丹青涅之。"《庄子·逍遥游》："越人断发文身。"《淮南子·原道训》："九疑（苍梧山）之南，陆事少而水事众，于是民人披发文身，以象鳞虫。"高诱注："文身，刻画其体，内默（墨）其中，为蛟龙之状以入水，蛟龙不害也。"

尾联，韩泰、韩晔、刘禹锡、陈谏诸君，一同被贬百越断发文身之地，尚且山川阻隔，书信难达，唯有四顾眺望，徒劳思念而已。

此诗作于元和十年初到柳州之时。诗人登临柳州城楼，怀念同时被贬至百越之地的四位友人。首联直接入题，"城上高楼接大荒，海天愁思正茫茫"，写登楼所见所感。城上高楼，所见最为辽远，然而诗人所看到的是一座孤城，与茫茫荒野相接；而漳州、汀州、封州、连州还在柳州之南，因而向南眺望，海天相接，一派茫茫，正如其愁思一样，广袤无际。境界阔远荒凉，感情激越苍凉，景与情相谐，浑融一体，摹写诗人登临柳州城楼，眺望四野的无限苍茫感，又融注着雄浑浩茫的气势，充溢着郁勃的情思、浩然之气。如海天一样广阔而宏厚的愁思，想来应该包括去国怀乡、思亲念友之愁绪，也有着遭受无情政治打击的愤激，被弃置之孤愤、北归无望的悲凉等复杂情感，真是百感交集，而又无处发泄。纪昀说："一起意境阔远，倒摄四州，有神无迹，通篇情景俱包得起。"（《瀛奎律髓刊误》卷四）

颔联与颈联，写登楼所见之景。"惊风乱飐芙蓉水，密雨斜侵薜荔墙"，是近景：惊风暴雨忽然而来，将那宁静的一池清水翻腾动荡，吹打娇美鲜艳的荷花，残荷败叶，颤动摇曳；缘墙而生的薜荔，也遭摧残零落。芙蓉、薜荔，乃源自《离骚》的香草芳花，本身就被赋予美好芬芳的高洁品格；"乱飐""斜侵"，则传神地渲染惊风暴雨对美好事物的肆意摧残。显然，诗人借写景而叙事抒情，将永贞革新者所从事的事业与遭受的沉重打击，艺术地与惊风暴雨对芙蓉、薜荔的摧残，融为一整体，做了淋漓尽致的表达。由于诗人写景真切传神，并不使人感到刻意设喻的痕迹，而是从传统的意象中，体悟其所蕴涵的象征意义。因此，沈德潜说："惊风、密雨，言在此而意不在此。"（《重订唐诗别裁》卷一五）"岭树重遮千里目，江流曲似九回肠"，由近观而至远望，紧扣诗题，远望而不可见，为重重叠叠的山峰和密密层层的树木所遮挡，无法眺望京城与故乡，同在百越的漳、汀、封、连的四位同道友人，也无法望见；伤情已极的诗人，俯看柳江，江流蜿蜒，曲折回环，恰似愁肠九转，郁结盘纡，无有尽时。岭树，摹写山峦重重、树木茂密的重重阻隔感；江流，司马迁说"肠一日而九回"，则突出再次遭受打击，与同道好友难通消息的苦闷与愤激。将那种与同道好友，思而不得见的愁绪，刻画得颇为真切生动。

尾联回应诗题"寄漳汀封连四州刺史"，"共来百越文身地"，同道好友五人，皆被远贬南荒；然而同在南荒，却音信难通，"犹自音书滞一乡"，转而更进一层，彼此之间阻隔重重，音书阻滞，感慨与苦闷，极为深切。

此诗登楼远眺而怀念四位友人，紧扣诗题，逻辑意脉清晰，意旨丰厚。首联茫茫海天，愁思弥漫，无远弗届，怀念友人而不得见。颔联惊风暴雨，乱飐斜侵，芙蓉薜荔，一片狼藉，更是同道友人共同命运的象征。颈联岭树重遮，望而不得见；江流曲转，愁思郁结，彰显思念好友的悲苦苍凉，加重了相思之感。尾联则以思念友人、感叹音书阻隔作结——当时共来百越，想来易于见面，孰料而今音问疏隔，将何以慰所思哉！前三联一气直下，尾联则沉郁顿挫，无限愁思，深痛之情，悠悠不尽。

刘禹锡

西塞山怀古

王濬楼船下益州，金陵王气黯然收。千寻铁锁沉江底，一片降幡出石头。人世几回伤往事，山形依旧枕寒流。从今四海为家日，故垒萧萧芦荻秋。

西塞山，又名矶头山，在今河北黄石东长江边上，危峰突兀，截流激游，险峻如同关塞。三国吴于此设江防。晋太康元年（280），王濬率军出蜀地沿长江而东，在西塞山烧毁东吴江防之横江铁锁，乘胜直取金陵，统一天下。长庆四年（824）夏，刘禹锡由夔州刺史调任和州（今安徽和县）刺史，途经西塞山，有感于这段历史事迹，而作此诗。

王濬楼船下益州，金陵王气黯然收。

王濬，字士治，博涉群书，为益州（治所今四川成都）刺史。晋武帝谋伐吴，诏王濬修舟舰，王濬“乃作大船连舫，方百二十步，受二千余人，以木为城，起楼橹，开四出门，其上皆得驰马来往。又画鹢首怪兽于船首，以惧江神。舟楫之盛，自古未有”（《晋书·王濬传》）。太康元年正月，王濬自益州率军伐吴。楼船，有楼的多层大船，多指战舰。《史记·平准书》：“是时，越欲与汉用船战逐，乃大修昆明池，列观环之。治楼船，高十余丈，旗帜加其上，甚壮。”益州，汉武帝开西南夷，置益州郡，西晋仍之，治所在今四川成都。金陵，即秣陵，今江苏南京，时称建业，为东吴国都。王气，帝王之气。张纮对孙权说：“秣陵，楚武王所置，名为金陵。地势冈阜，连石头。访问故老云：‘昔秦始皇东巡会稽，经此县，望气者云：金陵地形有王者都邑之气。

故掘断连冈，改名秣陵。今处所具存，地有其气，天之所命，宜为都邑。’权善其议未能从也。”后来刘备宿于秣陵，观察地形，亦劝孙权建都于此。孙权曰：“智者意同。”遂建都于金陵。(《三国志·吴书·张纮传》裴松之注引《江表传》) 此联谓，王濬的楼船从益州顺流而下，金陵的王气也就黯然无光了。

千寻铁锁沉江底，一片降幡出石头。

寻，古代以八尺为一寻。《晋书·王濬传》记载王濬伐吴之经过：“吴人于江险碛要害之处，并以铁锁横截之，又作铁锥，长丈余，暗置江中，以逆距船……濬乃作大筏数十，亦方百余步，缚草为人，被甲持杖，令善水者以筏先行，筏遇铁锥，锥辄著筏去，又作火炬长十余丈，大数十围，灌以麻油，在船前，遇锁，然（燃）炬烧之，须臾融液断绝，于是船无所碍。”降幡，降旗。石头，即石头城。原为战国楚威王金陵邑，修筑于威王七年（前333)，东汉建安十六年（211)，孙权建都于金陵，在石头山金陵邑原址上筑城，改名石头城。依山为城，因江为池，形势险要，为攻守金陵必争之地。故址在今南京市西石头山后，地基遗迹为赭红色。诸葛亮称其“钟山龙盘，石头虎踞”，言其险峻坚固也。据《晋书·王濬传》记载，王濬自发蜀，兵不血刃，攻无坚城，顺流鼓棹，直达三山（今南京西南板桥镇江边)，吴主孙皓闻王濬军，旌旗器甲，属天满江，威势甚盛，莫不破胆，遂奉送降表，“乃备亡国之礼，素车白马，肉袒面缚，衔璧牵羊。大夫衰服，士舆榇，率其伪太子瑾，瑾弟鲁王虔等二十一人，造于垒门。(王）濬躬解其缚，受璧焚榇，送于京师，收其图籍，封其府库”，东吴灭亡。此联谓，东吴所依仗的横亘长江的铁锁江防，被王濬烧毁沉于江底，于是一片白旗出自石头城，东吴投降了。

人世几回伤往事，山形依旧枕寒流。

往事，指东吴割据、三国鼎立。山形，指西塞山、石头城。寒流，指长江。此联谓，西塞山险峻，金陵城虎踞龙盘，均依凭长江天险，其关隘天堑还是原来的状态，只是从那时起，建都金陵的东吴，终究覆亡。诗人所感慨的是，山河形胜、关隘天险依旧，不足凭恃，事业的成败，其关键是人事啊。

从今四海为家日，故垒萧萧芦荻秋。

四海为家，指国家统一。《史记·高祖本纪》：“天子以四海为家。”故垒，旧营垒，指六朝以来的营垒遗迹。芦荻，两种生长于湿地和水边的植物。尾联，而今天下统一，六朝以来的营垒遗迹，在萧瑟秋风、芦荻摇曳中，任其荒凉破败。

此诗历来倍受赞扬。清人薛雪《一瓢诗话》说：“刘宾客《西塞山怀古》，似议非议，有论无论，笔著纸上，神来天际，气魄法律，无不精到，洵是此老一生杰作。”甚至被誉为唐人七律中的神品。此诗歌咏东吴割据江东、不免覆亡的事迹，慨叹地形之险不足恃，而历史上割据一方的政权，终究会归于天下一统。前四句，专写晋灭吴而统一天下，“王濬楼船下益州，金陵王气黯然收”，真有摧枯拉朽之气势、雷霆万钧之力量。益州在西、金陵在东，而西塞山险隘横亘其间，相距万里，而用一“下”字，将王濬大军顺滔滔长江之流水，自西而东，不可阻挡的态势，摹写得很生动形象；用一“收”字，则将割据金陵的东吴政权，不可阻挡天下统一大势的情态，摹写得极为简洁有力。事实上是由西塞山而联想当时战争的情形。颔联，略带议论，铁锁封江，以求永固，然而晋朝大军一到，千寻铁锁竟沉江底，不堪一击；金陵依恃长江，虎踞龙盘，占尽天险，然而东吴割据，不堪抗击，王气不可依凭，唯有出城投降，天下归于一统。这四句，如行云流水，极力摹写晋朝一统天下之不可抗拒，割据者天险不可恃。

后四句，“人世几回伤往事”，以东吴而映带六朝之割据江南，兴废盛衰，皆在人事而不在天险，山川依旧，江流不息，六朝占据江南，数百年分裂，终令人叹息。“山形依旧枕寒流”，既落实到西塞山，关照诗题，也映带石头城，统摄全诗。“枕”字，以拟人化的笔调，摹写西塞山、石头城依凭长江岸边的形象，极为生动，也彰显江山关隘之永恒，反衬六朝之短暂。后二句回到现实，而今天下统一，曾经割据者的旧营垒，埋没于秋风荒草之中，一派萧条。

穆宗长庆年间，天下虽然名义上是统一的中央王朝，然而藩镇强横不法，轻视朝廷，不尊王命，形同割据政权，将宪宗元和中兴的良好局势全然破坏了。刘禹锡此诗，在对西塞山的凭吊怀古中，抒发其深刻的思想认知，既是对不法藩镇拥兵自重、破坏统一、妄图割据的警告，又是对朝廷当政者的提醒，要居安思危，不可重蹈历史覆辙。将怀古、慨今、垂戒、写景、抒情、议论融为一体，发人深思，而含蕴无穷。

元 稹

遣悲怀三首

其一

谢公最小偏怜女，自嫁黔娄百事乖。顾我无衣搜荩箧，泥他沽酒拔金钗。野蔬充膳甘长藿，落叶添薪仰古槐。今日俸钱过十万，与君营奠复营斋。

元稹有“元才子”之称号，然而他的一生并不顺遂，尤其是幼年时期，更为艰辛。代宗大历十四年（779），元稹生于河南（府治今河南洛阳），八岁丧父，随母亲赴凤翔，依舅家生活。家贫，聘不起教师，由其母亲亲自为之课读。九岁，元稹向姨兄胡灵之学习写诗，十岁，借书请姐夫教授，真是艰难备尝。诚如孟子所说：“天将降大任于是人也，必先苦其心志，劳其筋骨，饿其体肤，空乏其身。行拂乱其所为，所以动心忍性，增益其所不能。”（《孟子·告子下》）寄人篱下的不幸与艰苦，磨炼了元稹的意志；求学不易，更激发其求知的欲望，发愤努力；没有师傅指导，却也增加了他学习的自觉性。

唐代有进士和明经等考试，元稹十五岁，以明经擢第。贞元十九年（803），元稹二十五岁，与白居易同登书判拔萃科，皆被授予秘书省校书郎。大概就在这一年，元稹和韦丛（字茂之）结婚。韦丛乃名重当时的朝廷显贵、太子宾客韦夏卿之小女儿。韦氏乃长安之高门大族，当时民间有“城南韦杜，去天尺五”之说，意谓长安城南的高门大族韦氏和杜氏，是离天最近的，仅有一尺五的距离，可见其门第之高贵。元和元年（806），元稹以第一名，登才识兼茂、明于体用科。韦丛粗通文墨，“检得旧书三四纸，高低阔狭粗成行”（元稹《六年春遣怀八首》），与元稹感情很好，也有思想上的交流。可惜“世间好物不坚牢，彩云易散琉璃碎”，元和四年（809），年仅二十七岁的韦丛不幸去世，元稹很是悲伤，前后写了三十多首悼亡诗，如《六年春遣怀八首》《感梦》《除夜》等，寄寓深切的怀念，情真语挚。据韩愈《监察御史元君妻京兆韦氏夫人墓志铭》，韦丛卒于元和四年七月九日，同年十月十三日葬于咸阳。《遣悲怀三首》当作于元和五年（810），元稹时为江陵士曹参军。

首联“谢公最小偏怜女，自嫁黔娄百事乖”，韦丛乃高门大族最受怜爱的小女儿，自从委身下嫁给自己这样的贫士，诸事皆不顺遂，受尽艰辛。谢公，指东晋宰相谢安。谢安最喜欢自己的侄女谢道韫。谢道韫才识高迈，风神朗畅。谢安寒雪日家中雅集，大雪纷飞，曰：“白雪纷纷何所似?”侄儿谢朗说：“撒盐空中差可拟。”道韫认为不形象，不贴切，遂曰：“未若柳絮因风起。”形容纷纷扬扬的大雪，极为形象，可见其才情之高。又，谢安曾问《诗经》中的哪句诗最好？谢家子侄皆有所对，道韫说：“吉甫作颂，穆如清风。仲山甫永怀，以慰其心。”以周之仲山甫勤于王事，安邦定国来比拟身为宰相的谢安，颇贴切。谢安很是赞赏，以为道韫乃雅人深致。韦夏卿门第高崇，韦丛嫁于元稹时，夏卿官至太子宾客。贞元十九年出为东都留守，永贞元年（805）改为太子少傅，元和元年卒，追赠左仆射，故以谢安相比。黔娄，春秋鲁国人，贫士。刘向《列女传·鲁黔娄妻传》：“（黔娄）先生死，曾子与门人往吊之。其妻出户，曾子吊之。上堂，见先生之尸在牖下，枕墼（砖坯）席槁（草），缊袍不表。覆以布被，手足不尽敛，覆头则足见，覆足则头见……其妻曰：‘昔先生，君尝欲授之政，以为国相，辞而不为，是有余贵也。君尝赐之粟三十钟，先生辞而不受，是有余富也。彼先生者，甘天下之淡味，安天下之卑位，不戚戚于贫贱，不忻忻于富贵，求仁而得仁，求义而得义，其谥曰康，不亦宜乎?’曾子曰：‘唯斯人也而有斯妇。’君子谓黔娄妻为乐贫行道。”后世遂以黔娄为操守高洁之贫士的代称。此处，元稹以黔娄自喻。百事乖，韦丛嫁元稹时，元稹为校书郎，后任左拾遗，因直言极谏，被贬出京，后又为河南尉，职品皆不高。

颔联“顾我无衣搜荩箧，泥他沽酒拔金钗”，高门大族的韦丛下嫁元稹，生活不易：元稹缺衣少穿，在那个草编的箱子里找来找去，希望为之寻找合适的衣服；元稹嘴馋，爱喝酒，家贫无法置办，而软磨硬泡，求韦丛想办法置办，爱意深切之韦丛遂拔下头上金钗换酒。“顾我”“泥他”，写尽夫妇之间的亲昵、韦丛的善良贤惠与体贴入微。荩箧，用荩草纺织之箱子。荩草为一年生细弱草本植物，秋季开紫褐色花。泥，软缠。杨慎《升庵诗话·泥人娇》：“俗谓柔言索物曰泥，乃计切，谚所谓软缠也。”

颈联“野蔬充膳甘长藿，落叶添薪仰古槐”，以野菜充膳，能有豆叶就算甘美，烧火做饭，仰仗庭院里老槐树的落叶。藿，豆叶，嫩时可食。甘长藿，以长藿为甘美。野蔬、长藿、落叶、古槐，此类意象，增强了诗歌的形象性和审美。这是写生活的贫困。

尾联“今日俸钱过十万，与君营奠复营斋”，而今收入高了，生活条件改善，却不能与你一起享受，只能为你设祭奠、做法事了，有多少无奈和辛酸啊。俸钱，官吏所得的薪金，也写作“奉钱”。《史记·萧相国世家》：“高祖以吏繇咸阳，吏皆送奉钱三，（萧）何独以五。”营斋，设斋食以供僧道，请为死者超度灵魂。《南齐书·刘瓛传》：“（萧）子良遣从瓛学者彭城刘绘、顺阳范缜将厨于瓛宅营斋。”

此诗着重抒写韦丛贤良，高门大族之最受宠爱之小女儿，而下嫁寒门贫士，本来就是超越门户习俗之见的，有些许委屈，诗人深感愧欠与不安。韦丛为韦夏卿最为宠爱的小女儿，受到全家人的特别关心，元稹《祭亡妻韦氏文》：“况夫人之生也，选甘而味，借光而衣，顺耳而声，便心而使，亲戚骄其意，父兄可其求，将二十年矣，非女子之幸耶?”就是这样一个娇贵女子，自从下嫁之后，百事不顺，备尝艰辛。生活上由富贵而落入贫困之外，元稹也遭遇打击，仕途不顺，被贬出京城，任河南尉；不久母亲去世，丁忧守丧。所以“百事乖”内涵丰富，涉及生活之困顿与人生之挫折、丧母之痛等。

颔联与颈联，追忆贫贱生活的艰难，然而这贫贱生活却也充满着韦丛的善良贤惠、体贴关爱、甘于贫贱，以及虽清苦却也充溢着生活情趣和深厚情义的温馨和爱怜，让人无法忘怀。“顾我”，从妻子的角度，看到丈夫没有像样的衣服，而把小小的草编箱子翻了又翻，透露出深切的关爱，生活之不易；“泥他”，从丈夫的角度，见出两情相悦之欢愉、韦丛之贤惠和特别爱恋，柔情蜜意，深婉而动人。“野蔬”，食物之匮乏；“落叶”，家资之贫穷。而以“充”字“甘”字，“添”字“仰”字来摹写，表现生活的贫穷、虽贫穷而又不乏诗意，见出韦丛安之若素、甘心承受的贤良。诗人将清贫生活写得富于诗意与情味之审美，反衬韦丛的高贵品质与善良心性。那样一个高门大族、从小深受宠爱、生长于优裕环境的女子，却能心甘情愿地过贫贱的生活，足见其善良贤惠的天性以及夫妻恩爱之情的深厚。这样，“谢公最小偏怜女”就不但指其家庭优裕生活的娇贵，更指韦丛品性之善良高洁了。正是这样的摹写，尾联突然翻出“今日俸钱过十万”的收入颇丰，然而佳人长逝，满怀悲辛与无奈，为之“营奠复营斋”，形成强烈的对照，祭品再丰隆、经忏法事再多，于逝者又有何补？又何能减却诗人心头的无限伤痛呢？

其二

昔日戏言身后事，今朝都到眼前来。衣裳已施行看尽，针线犹存未忍开。尚想旧情怜婢仆，也曾因梦送钱财。诚知此恨人人有，贫贱夫妻百事哀。

第二首，深切叙写韦丛去世之后，诗人的种种哀思，为韦丛而悲伤哀感。首联“昔日戏言身后事，今朝都到眼前来”，重笔抒写哀思。昔日年轻的夫妇情深爱重，曾经戏言一方去世之后，那另一方将承受怎样的悲痛和深切的思念，岂料那昔日戏言、种种揣想，而今皆变为眼前的现实，其伤痛是那样地彻骨铭心，令人难以承受。昔日恩爱夫妻之间的小小玩笑，将那太过遥远的死亡暗影，化作闺房之内的柔情蜜意，不知死，焉知生，体现出对生命的热爱和夫妻情义之深醇；而今死神降临，变为无情的现实，那痛楚苦涩则更加深重、强烈。此诗开篇就以恩爱生活中的小插曲起笔，与而今妻亡之伤痛形成强烈的对照，深重的苦涩与悔恨，使其悲苦更为浓烈。“今朝都到眼前来”，是那样突兀，令人猝不及防，没有一点的心理准备，而惊慌失措，而怅然悔恨。韦丛二十七岁去世，元稹时年三十一岁，人生盛年，遭受丧妻之痛，“戏言”竟成谶语，出乎意料的沉重打击，使诗人感情处于难以承受的境地。

颔联“衣裳已施行看尽，针线犹存未忍开”，按照当日“戏言”曾经提到的，将亡妻的衣服陆续送给他人，眼看就要送完了。一方面是遵从妻子的遗嘱，另一方面也怕睹物思人，更加悲怆，遂分送遗物而已。“行看尽”，即将完结，隐隐透露出不愿舍弃亡妻遗物的矛盾心情，因而也就自然引出下句，那缝制衣服的针线盒、未缝制成的衣物，仍然珍藏着，不忍心打开，唯恐睹物思人，增加伤感而已。“未忍开”，呈现出既想念，又不忍心开打，害怕睹物思人的矛盾心理，真是欲说还休，言短情长。

颈联“尚想旧情怜婢仆，也曾因梦送钱财”，对妻子韦丛有着深切的感情，感念其善良贤惠，自名门贵族下嫁而能安贫处素，旧情深重，爱屋及乌，因而对其陪嫁带来的婢女奴仆，不由自主地平添爱怜之情，往往也多予照顾。常常梦见爱妻，往日情境历历在目；然而梦中惊醒，诗人无限感动，泪湿枕头，遂一次又一次地给她烧化纸钱银锭，虽然这一切，诗人也深切地知道如梦幻一般虚无，于事无补，只能增加更深的悲凉。上一首诗说，“自嫁黔娄百事乖”，事事不顺遂，而又生活贫困——“顾我无衣搜荩箧，泥他沽酒拔金钗。野蔬充膳甘长藿，落叶添薪仰古槐。”受尽困苦而又安之若素的韦丛，是那样善良贤惠，处处关心诗人的生活。诗人梦中，往往回到夫妻恩爱、相濡以沫的贫贱岁月，而饱受贫困生活之磨炼的韦丛，依然是那样体贴入微、关心备至。于是，诗人于梦中频频见到妻子，那些贫贱的日子，给他们怎样深切的影响，诗人徒然地送纸钱，希望在另一个世界的妻子不再受到困窘生活的压力。这是多么善良而又无奈的举动啊！

尾联“诚知此恨人人有，贫贱夫妻百事哀”，紧接上联，先推开一层而言，生离死别，人人都会经历的，又紧紧承接而言，像自己这样的贫贱夫妻相濡以沫，所经历的桩桩件件事情，都有无可言说的悲哀。“贫贱夫妻百事哀”，照应第一首的“自嫁黔娄百事乖”，又收缩到这一首的“悲君”——为韦丛而深悲。诗歌由“昔日”而进入眼前，自然而然地引入第三首“悲今日”与“自悲”。

其三

闲坐悲君亦自悲，百年都是几多时。邓攸无子寻知命，潘岳悼亡犹费词。同穴窅冥何所望，他生缘会更难期。唯将终夜长开眼，报答平生未展眉。

第三首着重抒写妻亡之后深切的自悲之情。首联“闲坐悲君亦自悲，百年都是几多时”，紧承第二首诗意，妻子亡故，感觉到家中一切都空空荡荡的，闲坐时，情不自禁地就会想起和韦丛曾经共同生活的点点滴滴往事，因而更加深切地怀念，这是“悲君”。人生百年，来日无多，妻子先亡故，自己终将赴黄泉与之相见的，这是“自悲”。曹丕《与吴质书》回忆与好友徐幹、陈琳、应玚、刘桢相聚而诗酒宴饮之欢乐，而疾疫流行，徐幹等人一时俱逝，“谓百年已分，可长共相保。何图数年之间，零落略尽，言之伤心……既痛逝者，行自念也”。诗人袭用其意。然而诗人赋予“百年都是几多时”更深之意蕴：痛失爱妻，即使人生活到百年，将来究竟还有多少时日呢？爱妻逝去，痛感生活迷茫，无所寄托而发出悲怆的感慨。感慨极为沉挚悲痛，却又貌似旷达，形成内在的强烈冲突，而感动激发人意。

颔联“邓攸无子寻知命，潘岳悼亡犹费词”，直承上联，深切抒写“自悲”之深痛。韦丛过早去世，没有留下子女，诗人深感形单影只，人生孤孑。没有子嗣，连个寄托感情、聊作安慰的对象都没有了。“寻知命”，已然知道未来的命运是什么，毫不畏惧，会安之若素，愿意承接一切。知天命，而无所畏惧，人生亦无可留恋矣。想到这一层，诗人决绝地说，那么像潘岳那样写下这悼亡词，岂非徒费笔墨，为多余之事了。人生无可留恋，伤痛已极，实在没有写悼亡词的必要了。《晋书·邓攸传》记载，邓攸字伯道，西晋末为河东太守，永嘉之乱，携家逃难，艰难境况之下，必须作出选择。邓攸救侄儿而舍弃亲生子，后来终身无子嗣。按理说，保全侄儿的性命，乃行善事，却终于无子，时人议而哀之，为之语曰："天道无知，使邓伯道无儿。"元稹与韦丛共生五子，均夭亡，只有一女，因而自比邓攸。寻，不久，随即。刘淇《助字辨略》卷二："寻，旋也；随也。凡相因而及曰寻，犹今云随即如何也。"潘岳，西晋诗人，字安仁。丧妻后，作《悼亡诗》三首，表达其一往深情，传诵人口，是悼亡诗的名篇。诗人融会这两个典故，自悲无子之伤痛，又感伤于仅仅徒然地写悼亡词，于事无补，不能使死者复生，实属徒劳无益，只会更加深未亡人的深重悲哀。

颈联"同穴窅冥何所望，他生缘会更难期"，进一步抒写这一自悲之痛苦。如若人死而无知，那么所谓"死则同穴"，实无意义，自然令人伤感；生时恩爱，期待来生，再结良缘，再做夫妻，然而现实中的此生尚且如此，不能长久相亲相爱、相厮守，来生茫茫，哪能期盼、指望将会实现呢！上一句是死而无知的绝望，下一句乃期待来生的渺茫、虚幻，皆表达其深切悲苦、绝望之心境。同穴，谓夫妻同墓合葬。《诗经·王风·大车》："谷（生、活）则异室，死则同穴。"窅冥，幽暗。谓死葬黄泉，幽暗无知。他生缘会，来生再结姻缘，再为夫妇。

尾联"唯将终夜长开眼，报答平生未展眉"，是对上面的收束：只有漫漫长夜不闭合双眼，来报答妻子因贫贱困顿生活而未曾舒展的眉头。长开眼，丧妻之后，长夜无眠，伤情已极。无妻曰鳏。《释名·释亲属》："愁悒不寐，目恒鳏鳏然也。故其字从鱼，鱼目恒不闭者也。"未展眉，妻子生前因生活艰难清苦，而愁眉紧锁。意谓，诗人没有能够让妻子过上舒心、无忧无虑的生活，而今妻子去世，也只能长夜不眠，为其守灵，而报答她的深情了。这是在死后无知、同穴实无意义，以及来生虚幻的基础上，迸发出的赤诚之心。对于韦丛的过早去世，诗人深怀歉疚之心，因为自己的贫贱而未能给韦丛优裕的生活，让她跟着受苦受累，过着清苦生活；正是因为韦丛的善良贤惠，温柔而善解人意，自甘于清苦，才使诗人倍感伤心，才发出这至情至性之语。

悼亡诗自潘岳开其端，韦应物写有悼亡诗，而元稹后来居上，写得极其情真意切，凄婉动人。这三首组诗，写情得其真挚，叙事得其真实，无夸饰与丽辞，从妻子生前写到死后，以穷通与存亡相交织，层层递进，互为补充。第一首写妻子以名门之女而下嫁贫士，能甘于清苦，艰难持家，善解人意，体贴入微，彰显韦丛之善良贤惠。悲叹韦丛之遭受清苦，而不能同享富贵，非常凄惨，逼出“悲怀”之旨。第二首写韦丛死后，人亡物在，睹物思人，触目生悲，从细节来摹写，彰显贫贱夫妻之恩爱深笃，情感极为深挚。“尚想旧情”是承接第一首之种种贫苦之情，“也曾因梦”又回应上文之贫苦，而“贫贱夫妻”一语收束前二首诗意，为下一首的抒写蓄情。第三首写自悲身世，妻子逝去，又无子嗣，鳏夫独居，情怀难诉。以无可奈何的“长开眼”来报答“未展眉”，既悲其生前受贫贱之清苦，又悲其死后不曾享受富贵之荣华。

三诗皆就贫贱夫妻而写其悲欢之情、生离死别之痛，字字真挚，声与泪俱下，哀婉缠绵，堪称绝唱。蘅塘退士孙洙说：“古今悼亡诗充栋，终无能出此三首范围者，勿以浅近忽之。”（《唐诗三百首》卷六）史学大家陈寅恪先生说：“夫微之悼亡诗中最为世所传诵者，莫若三遣悲怀之七律三首。”“凡微之关于韦氏悼亡之诗，皆只述其安贫治家之事，而不旁涉其他。专就贫贱夫妻实写，而无溢美之词，所以情文并佳，遂成千古之名著。非微之之天才卓越，善于属文，断难臻此也。”（《元白诗笺证稿·艳诗及悼亡诗》）

白居易

自河南经乱，关内阻饥，兄弟离散，各在一处。因望月有感，聊书所怀，寄上浮梁大兄、於潜七兄、乌江十五兄，兼示符离及下邽弟妹

时难年荒世业空，弟兄羁旅各西东。田园寥落干戈后，骨肉流离道路中。吊影分为千里雁，辞根散作九秋蓬。共看明月应垂泪，一夜乡心五处同。

此诗作于贞元十五年（799）秋，时白居易在洛阳。此诗题，乃一篇小序，讲述此诗的写作背景及缘由。建中三年（782）十月，李希烈反，四年正月，攻陷汝州。李希烈“性惨毒酷，每对战阵，杀人流血盈前，而言笑饮馔自若。以此人畏而服从其教令，尽其死力。其攻汴州，驱百姓，令运木土筑垒道，又怒其未就，乃驱以填之，谓之湿梢。既入汴州，于是僭号曰武成”（《旧唐书·李希烈传》）。十二月，李希烈攻陷汴州、郑州，河南遭受大战乱的深重影响，因此说“河南经乱”。建中四年（783），德宗发泾原（今甘肃泾川）兵去关东作战，十月，士卒过长安，发生兵变，朱泚称帝，杀唐宗室郡王、王子、王孙凡七十七人，德宗逃往奉天（今陕西乾县）。朱泚亲自率军围攻奉天，城中资粮俱尽。至兴元元年（784）秋，关中蝗灾，草木无遗，民食蝗虫以充饥，故曰“关内阻饥”。《尚书·舜典》：“黎民阻饥。”此时，白居易全家逃避战乱，自新郑（今河南新郑）逃往符离（今安徽宿县），从此兄弟离散。浮梁大兄，即白居易长兄幼文，贞元十四五年为饶州浮梁（今

江西景德镇）主簿；於潜七兄，即叔父白季康长子，名不详，官於潜（今浙江临安）尉；乌江十五兄，即从兄白逸，时为乌江（今安徽和县）主簿；六兄逃往符离，下邽尚有弟妹。因时局乱离，关中蝗灾严重，白居易避乱洛阳，中秋望月，怀念逃难在各地的亲人，存亡难料，其心情极为沉郁。

首联“时难年荒世业空，弟兄羁旅各西东”，写得极为沉痛。时事艰难，饥荒遍地，世代家业已然成空；弟兄姊妹各自漂沦流离，各奔东西。世业，世代相传的家业，祖传家业。年荒，收成不好，饥馑之年。羁旅，避居他乡。首联突兀而来，给人以极大的压抑感，惨痛已极。颔联“田园寥落干戈后，骨肉流离道路中”，进一步抒写“羁旅各西东”，大战乱之后，田园冷落荒凉，世代相传的家业已然成空；兄弟姊妹流离失所，奔波道路之中。上一句即“世业空”，下一句即“各西东”，是对首联的具象化的深入摹写。

颈联“吊影分为千里雁，辞根散作九秋蓬”，诗人说，自己困居洛阳，形影相吊，孤独寂寞，而逃难的亲人都成为千里外孤飞的大雁；离别家乡，时事艰难，饱经风霜，如同离开根核的秋日蓬草，只能随风飘荡，无有归宿。吊影，李密《陈情表》：“茕茕孑立，形影相吊。”形容孤单寂寞，只有自己的影子相陪伴。古人以雁行比喻兄弟，今兄弟离散，相隔千里，如孤飞的大雁，不能团聚，因而说“分为千里雁”。即“吊影”指诗人自己，“千里雁”指离散的兄弟。九秋蓬，秋季的蓬草。因已干枯，易随风飘飞，故亦以喻漂泊不定。《晏子春秋·杂上二十》：“譬之犹秋蓬也，孤其根而美枝叶，秋风一至，偾且揭矣。”桓宽《盐铁论·非鞅》：“譬若秋蓬被霜，遭风则零落，虽有十子产如之何?”

尾联“共看明月应垂泪，一夜乡心五处同”，点明诗题，望月有感，怀念亲人。逃难他乡、流离失所的亲人，今天是中秋之夜，想来都在望月思亲，黯然泪下，分散五处的心意，应该皆是相同的啊。乡心，思乡之情。分散在浮梁、於潜、乌江、符离、洛阳五处的亲兄弟，都在怀念故乡下邽。下邽是白居易的家乡，白氏祖墓所在地。

此诗依题而展开，首联即“河南经乱，关内阻饥”之意，说兄弟各奔西东的缘由；颔联上句承“世业空”，下句承“各西东”，颈联以“千里雁”“九秋蓬”更为形象地摹写流离失所、各奔东西的惨状，这两联即“兄弟离散，各在一处”之意；尾联乃“望月有感，聊书所怀”，总结五处相同的思乡心绪，简洁有力。诗人以沉痛的心情，描绘因战乱饥荒所造成的骨肉分离的惨状，抒发沉挚的思乡之情。全用白描，不事雕琢，只说家常语，一气贯注，八句如一，又极自然宛畅，而含义深挚，洵为佳作。

李商隐

锦瑟

锦瑟无端五十弦，一弦一柱思华年。庄生晓梦迷蝴蝶，望帝春心托杜鹃。沧海月明珠有泪，蓝田日暖玉生烟。此情可待成追忆，只是当时已惘然。

李商隐才能卓异，一生却历经艰辛。李商隐乃怀州河内（今河南沁阳）人，字义山，号玉溪生、樊南生。九岁时，其父李嗣去世，遂陷入困窘之境，“家难旋臻，躬奉板舆，以引丹旐（出丧所用的红色铭旌）。四海无可归之地，九族无可倚之亲”（《祭裴氏姊文》）。少小漂泊，仍不忘勤学苦练。十七岁时，受知于天平军（治郓州，今山东东平县）节度使令狐楚，教以今体文，即当时通行的讲究对偶辞藻的四六文。李商隐深得其学，“自蒙半夜传衣后，不羡王祥得佩刀”（《谢书》），与令狐楚建立了深厚的师生情义。此后，令狐楚任河东（治太原）节度使，李商隐遂至太原幕府。文宗开成二年（837），受令狐楚之子令狐绹的荐举，二十五岁的李商隐考中进士。次年，二十六岁的李商隐参加博学宏词科考试之后，前往泾原（治泾州，今甘肃泾川）。泾原节度使王茂元爱其才华，聘李商隐入幕，并表为掌书记，且以女妻之。李商隐试博学宏词科，本来已被录取，有中书长者说“此人不堪”，遂被除名。与王茂元结亲，李商隐无意间遂深陷于牛李党争的尴尬难明境地。

当时朝廷之上党争激烈，令狐楚为牛党，王茂元乃李党，李商隐以令狐楚门人的身份而与李党的王氏结亲，引起了令狐绹等人的嫉恨，致其被博学宏词科除名。开成四年，李商隐应书判拔萃科及第，授秘书省校书郎，调补弘农尉。此后的宣宗大中年间，为了谋生，李商隐主要过着游幕生活，辗转于郑亚、卢弘正、柳仲郢等幕府，其间也曾在长安短暂任职，作过京兆府掾曹、太学博士等官。大中十二年（858），李商隐退居家乡，于此年岁末寂寞地病逝于郑州。

实际上，李商隐一生并不属于任何一党，他受恩于令狐楚和王茂元，并未有投机之意。相反，在李党当政的开成年间，他从未受李党的任何恩惠，反而受牛党的肆意攻击；在牛党当政的大中朝，他却受牛党的打击，而从未得到过李党的荫蔽。自结亲王氏以来，李商隐处于尴尬难明的境地，时时被误解而处于两党夹缝中，其难言之隐可以想象。这样的经历影响了他的性格，他心中有不被理解的痛苦，希望别人能理解他并汲引他，但这些又不便明言。这使他不得不求助于诗歌这一形式来表达心意。故而其诗歌具有多义性的特征，并且有凄迷的意境。

《锦瑟》诗历来注释，聚讼纷纭，莫衷一是。诗旨难明，或以为乃悼亡，怀念其妻王氏；有说此诗乃李商隐自比文才；有说是思念侍儿锦瑟的；有说锦瑟乃令狐楚家婢女，商隐与之有恋情；元好问以为乃诗人自伤身世之作。事实上，李商隐仅仅活了四十六岁，《锦瑟》乃其晚年所作，清人张采田《玉溪生年谱会笺》系于大中十二年（858），即义山去世之年，有追忆生平之意。此诗以其特有的朦胧美和丰富的暗示性，千百年来，吸引了无数的读者。

锦瑟无端五十弦，一弦一柱思华年。

首联感慨万端，锦瑟毫无来由地有五十根弦索，那每一弦索、每一弦柱，却都能够追忆美好青春年华。锦瑟，绘有锦绣般华纹的瑟。瑟是古代一种弦乐器，春秋时已流行，常与古琴或笙合奏。形似古琴，但无徽音，有五十弦、二十五弦、十五弦等，今瑟有二十五弦、十六弦二种。每弦有一柱，上下移动，以定声音。《诗经·唐风·山有枢》：“子有酒食，何不日鼓瑟。”《晋书·四夷传·辰韩》：“（辰韩人）喜舞，善弹瑟，瑟形似筑。”清人朱鹤龄《李义山诗集注》附录引《湘素杂记》：“《古今乐志》：锦瑟之为器也，其弦五十，其柱如之，其声也适怨清和。”瑟之形、声，皆令人感叹盛年不再、韶华易逝。无端，没有来由，平白无故。诗人于此抒写那种睹物惊心、怨怅和无可奈何的心境。思华年，怀念、追忆青春美好年华。首联，诗人由锦瑟而兴慨，感慨万端：华美的锦瑟由五十根琴弦组成，毫无缘由，为什么是五十根弦呢？四十九根弦行不行呢？世间万物，都存在其偶然性，绝不可想以必然，正如诗人一生的际遇、浮沉，并非由自己来主宰啊。然而，那每一根琴弦、每一个弦柱及其所发出的声音，都是对已然逝去的美好青春年华的追忆啊。诗人于此所呈现出来的是一种惘然的华年身世之感，内涵非常宽泛，既包涵其青春年华的美好记忆，也深含其不幸身世、颠沛流离、孤寂凄凉。显然，锦瑟乃李商隐所咏之对象，更是其人生的意象化寄托——既伤身世、咏悼亡，乃其凄凉身世的一种象征，也借之以指称其杰特而饱含生命情感的诗歌创作。

庄生晓梦迷蝴蝶，望帝春心托杜鹃。

颔联以多重的意象抒写丰厚的内涵。那睿智而达观的庄子，拂晓做梦，化成蝴蝶，醒来之后不禁惘然：是庄子化为蝴蝶，还是蝴蝶化为庄周呢？古蜀帝杜宇死后思念故国，精魂化为杜鹃，夜夜悲啼，不能自已啊。《庄子·齐物论》曰："昔者庄周梦为蝴蝶，栩栩然蝴蝶也，自喻适志与，不知（庄）周也。俄然觉，则蘧蘧然（庄）周也。不知周之梦为蝴蝶与？蝴蝶之梦为周与？"此处用一个"迷"字，既写庄周梦境之迷离恍惚、梦中的如痴如醉，也写梦醒之后的真假难明、空灵虚幻。望帝，晋常璩《华阳国志·蜀志》记载，蜀王杜宇称帝，号望帝。其国相除水患有功，望帝乃委以政事，效法尧舜而禅位，退隐西山，化为杜鹃。杜鹃啼声哀切，血出口中，历来被作为悲怨的典故。此句用一个"托"字，既抒写望帝杜宇借托杜鹃以发抒其悲哀之深情，也彰显诗人借锦瑟而传达衷曲，以诗歌而叙写人生的悲欢离合、孤怀深衷。此联，以庄生晓梦、望帝春心两个典故和蝴蝶、杜鹃两个意象，抒写其人生的深切感触：人生不由自主，无法预料，已然逝去的一天天、一年年，是其青春年华、悲欢离合的岁月，就如同庄周晓梦蝴蝶而真假难明、空灵虚幻；然而无论怎样，却都是人生所经历的真实，正如杜宇怀恋故国，虽死而化为杜鹃，悲啼出血，乃生命之寄托所在啊！

沧海月明珠有泪，蓝田日暖玉生烟。

颈联仍然用典故来传达其丰富的意蕴：南海鲛人，滴泪成珠，明月照耀下，珍珠更是圆润美丽；蓝田美玉，暖日照临，似有缈缈青烟。张华《博物志》卷二："南海外有鲛人，水居如鱼，不废绩织，其眼能泣珠。"《太平御览》卷八〇三引《博物志》："鲛人从水出，寓人家，积日卖绡。将去，从主人索一器，泣而成珠满盘，以与主人。"又有"沧海遗珠"的典故，海中珍珠被收采者遗漏，比喻被埋没的人才或为人所忽视的珍品。《新唐书·狄仁杰传》："举明经，调汴州参军，为吏所诬诉。黜陟使阎立本召讯，异其才，谢曰：'仲尼称观过知仁，君可谓沧海遗珠矣。'"此联上句融会这两个典故，诗人说其人生经历、沉浮世间，如同鲛人之泣珠，极为痛苦，而其一生所作诗篇，亦是痛苦的结晶；另一层意思则说，本为一世才人，有志向有才情，却不幸而转徙于江湖间，孤寂飘零，已近晚境，无法施展其才情，真如沧海之遗珠了。诗人创设了明月照映下的苍茫大海，天地广远澄澈，遗珠如泪，两相辉映，极为鲜明夺目；而沧海也暗示诗人转徙飘零于江湖的无可奈何，透露出一种无言的感伤与寂寞。

蓝田，山名，在今陕西蓝田县东，骊山之东阜，出美玉，又名玉山。司空图《与极浦论诗书》引戴叔伦语："诗家之景，如蓝田日暖，良玉生烟，可望而不可置于眉睫之前也。"此联下句意谓，已然逝去的岁月，而今回望时，无论曾经是欢乐痛苦，还是颠沛流离、沉浮世俗，也只能如蓝田良玉生烟，可远观而不可置于眉睫之前了——岁月已逝，盛年不再来，此生的时光已然逝去，处于人生暮年，也只能回望追忆，绝不可能重新生活、再来一遍的。至此，诗人为之而肝肠寸断。

此情可待成追忆，只是当时已惘然。

尾联乃是对全诗的总括。"此情"指颔联、颈联所写之情事，即人生所经历的一切情事——欢乐悲伤、飘零转徙、美好年华以及孤寂凄凉等等，何待今日，才要追忆，一一抚事而思索体悟，认识是非对错、成败得失，然而事实上当时身处其境，已然迷蒙不清，又哪能分出是非对错、成败利钝呢！此联也是对首联“一弦一柱思华年”的回应。何待追忆、当时已惘然的感慨，不但强调了华年往事的离合悲欢、无所成就以及岁月空自流逝的怅惘，也强烈渲染了今日追忆时难以承受的怅惘与悲哀。

金代诗人元好问《论诗绝句三十首》曰：“望帝春心托杜鹃，佳人锦瑟怨华年。诗家总爱西昆好，独恨无人作郑笺。”感慨李商隐《锦瑟》诗之佳好却又难以索解，没有人能够作出很好的笺释，如同汉代经学大师郑玄注解经书一般得其意旨。其实，《锦瑟》虽然朦胧迷离，其主旨还是可以理解的。锦瑟乃诗人之吟咏对象，取诗的前二字为诗题，事实上是“准无题”诗，并非歌咏锦瑟，实乃托锦瑟以抒怀。首联以锦瑟而触物兴怀，锦瑟之由五十弦构成，毫无来由，存在着极大的偶然性，然而一旦型成器定，那每一根琴弦和弦柱所弹奏出的音乐，却都是人生佳年华的深切记忆啊。正如人生之进退荣辱、得失利钝，虽然难以承受，却也是生活之本身、生命之真切经历。诗人在首联就将锦瑟与其人生融而为一，是写锦瑟也是写人生。中间二联，以鲜明的形象、丰富的典故，创造出多义性与朦胧性的意象，颇含暗示性，呈现出锦瑟的迷幻、哀怨、清寂、缥缈的种种艺术意境，并且概括抒写人生华年所经历的种种人生境遇和深切感受，传达其迷惘、哀伤、孤寂、惆怅之心声。庄生晓梦，蝶化庄周，迷离恍惚，是非难明；望帝春心，杜鹃啼血，哀怨凄迷，忧时忧国，感伤身世，一往情深；沧海明月，鲛人泣珠，既是对清寥悲苦之瑟音的音乐境界之描摹，也是诗人沉沦不偶、弃置而不为世用的象征，蚌病成珠，诗歌乃其人生痛苦经历、生命热忱的结晶；蓝田日暖，良玉生烟，既写锦瑟音乐意境之缥缈朦胧，清旷深远，可意会而不可言传，也暗示人生盛年不再，而人生所有的经历皆归虚幻，可望而不可即。在整体上形成音乐意境、图画景象、诗歌意象的三重暗示性，又融会一体，使得诗歌意蕴极为丰富复杂，又兼有音乐美、形象美、意象美。尾联则总括全诗，且照应首联“一弦一柱思华年”，回顾人生，此情此景，身处其境，在当时已然迷惘，是非难明，又如何分得清楚是非对错、成败利钝呢？又何待今日才作追忆呢？

李商隐一介书生，身世悲苦，又无端陷于牛李党争之巨大漩涡，在其垂暮之年，回首往事，大有造化弄人、人生不能自主之悲苦，因而托兴锦瑟以抒怀，自明心迹，深感人生之无可奈何、命运之不能自主，与世沉浮，孤寂凄苦，虚耗生命；而身处其境，被裹挟而行，只有徒唤奈何了。

无　题

昨夜星辰昨夜风，画楼西畔桂堂东。身无彩凤双飞翼，心有灵犀一点通。隔座送钩春酒暖，分曹射覆蜡灯红。嗟余听鼓应官去，走马兰台类转蓬。

无题诗，创自李商隐，诗人对诗作内容有所忌讳，无法明言，故以“无题”称之。李商隐也有直接截取首句二字以命名者，其实也是无题诗，可以称为“准无题诗”，如《锦瑟》《碧城》等。此诗约作于开成四年（839），李商隐时年二十七岁，任秘书省校书郎。诗写一起宴会上，遇见所钟情的一位佳人，然而情意相通，却不能交一言，又不得不应官——当差而去，因而满怀怅惘。此《无题》诗共两首，第二首是七言绝句：“岂知一夜秦楼客，偷看吴王苑内花。”所写乃是与一位佳人之相识。

昨夜星辰昨夜风，画楼西畔桂堂东。

首联，点明与佳人相会之时间、地点，并隐指艳情：昨夜星辰满天，清风吹拂，温馨宜人，与意中人私自相会于画楼西边、桂堂之东。《尚书·洪范》：“星有好风。”隐有好会之意。画楼，雕画的楼阁。桂堂，以桂木为堂，指其名贵雅致。开篇则为对昨夜之情景深情追忆，可见此次与佳人偶然相逢，诗人心灵的激动。诗人借助昨夜星辰与和煦微风、画楼桂堂，竭力渲染出一种温馨旖旎、富于暗示性的环境氛围，营造出与佳人相逢的难得与美好，令人难以忘怀。

身无彩凤双飞翼，心有灵犀一点通。

颔联，谓相聚是欢乐而短暂的，不得不离别，在大庭广众、众目睽睽之下，不能相伴，幸好两人情义相通：可叹自己身无凤凰之双翅，无法相伴于身旁，所幸心有灵犀一点相通，足慰心怀。也正是秦观“两情若是久长时，又岂在朝朝暮暮”（《鹊桥仙》）之意。彩凤，彩羽的凤凰。彩凤比翼双飞，堪称美满。灵犀，古代将犀牛角视为灵异之物，犀角中心的髓质像一条白线贯通上下，因此称“灵犀一点通”，比喻心意相通。《汉书·西域传》“通犀，翠羽之珍”如淳注：“通犀，谓中央色白，通两头。”李商隐所恋之佳人，乃权倖家之姬妾。于楼堂外匆匆相会，又与宴会上相见，然而相见却不能陪侍左右，故而称“身无彩凤”，不能比翼双飞；然而“心有灵犀”，情义相通。两人虽地位、身份不同，但两情相悦，相互欣赏，内心相通，也足可慰藉心怀了。

隔座送钩春酒暖，分曹射覆蜡灯红。

颈联，叙写宴会上的种种游戏与欢乐，因有意中人在场，所以就显得这最普通的游戏也特别有意思了。隔座送钩，邯郸淳《艺经》：“义阳腊日饮祭之后，叟妪儿童为藏钩之戏，分为二曹，以校胜负。”分为两队，一队用一钩藏在手里，隔座传送，使另一队猜钩在谁手，以决胜负。分曹射覆，分为两队，将所猜之物覆盖，让对方猜测。《汉书·东方朔传》：“上尝使诸数家射覆。”颜师古注：“数家，术数之家也。于覆器之下，而置诸物，令暗射（猜测）之，故云射覆。”此联谓，宴会上的种种游戏，本是平常所习以为常的，没有什么新奇，可是因有意中人在场，因而红烛高照，酒香四溢，欢声笑语，极为亲切、有意思，舍不得离开啊。

嗟余听鼓应官去，走马兰台类转蓬。

尾联，可叹身为秘书省校书郎，听闻晨鼓响起，声声催促，该去应官——上班了，骑上马一路小跑，前往秘书省，如同秋蓬随风飞转，身不由己，不得不离开意中人，着实令人遗憾啊。听鼓应官，古代官府卯刻击鼓，召集官员上班，午刻击鼓下班。鼓，打更之鼓。兰台，即秘书省。《旧唐书·职官志》："秘书省，龙朔（高宗年号）初改为兰台。"转蓬，秋日蓬草遇风拔根而起，随风飘转，多用以比喻身世飘零。此联谓，诗人尚且沉浸于宴会游戏之乐、佳人在场之快意，然而更鼓响起，屈沉下僚，不得不离别佳人，前去点卯应官，其无奈和惆怅，可以想见了。

此诗乃李义山参加一次宴会，与意中佳人相遇于庭院，又相逢于宴会之上，情怀欢悦欣慰，无奈晨鼓响起，不得不离别佳人，前往兰台应官，遂滋生无限怅惘。诗当为李义山参加宴会、赴兰台应官之后，抒发其感慨而作，因而诗人追忆"昨夜星辰昨夜风"，由入夜而及夜宴，又及天明应官，逻辑意脉颇为清晰。赵臣瑗《山满楼笺注唐诗七言律》曰："一是记其时，二是记其地。三可望而不可即也，四是欲舍之而不能舍也。五六是实记其所见之事，两行粉黛，十二金钗，后庭私宴，促坐追欢，有如此者。七八彼席未终，我踪靡定，彷徨回惑，唯有付之一叹而已。"首联叙写入庭院而与佳人相遇，欢喜何如，遂有"昨夜星辰昨夜风，画楼西畔桂堂东"之特殊而长久的场景记忆，令人怀想不已。颔联乃入庭堂之内，佳人虽在场中，然而私情暗恋，不敢公之于众，不能如彩凤比翼齐飞，所幸两情相通，足可告慰。"身无"与"心有"两相对应，形成一个包蕴丰富的矛盾统一体：相爱而不能会合，无法明言，本来就是深刻的痛苦，然而心灵交融、心意相通，乃莫大的慰藉，足可冲淡不能相厮守陪伴的痛苦。此乃苦涩中的甜美，甜美中的苦涩，苦闷中的欣喜，寂寞中的慰藉，正是爱情的摇荡心旌之美。颈联因有意中人在场，寻常的游戏就显得极其精彩有趣了。"春酒暖""蜡灯红"，不但渲染出酒宴之上融洽、甜美、醉人的气氛，也抒写诗人沉醉其中的欢悦与欣喜。正是这欢悦与欣喜，使诗人不愿离去，然而官小职卑，身不由己，晨鼓响起，不得不离开而赴兰台应官。尾联之嗟叹，自然而然，爱情间隔之怅惘与身世飘零之感慨，相融为一，扩大了诗的内涵，也深化了诗的意蕴。因而，此诗也就能够摆脱艳情诗的羁绊，借以表达相应的心理活动及对身世飘零的感慨，具有了丰富的意蕴。此诗“情致缠绵，设色工丽，把可望而不可即的情境写出。构思奇妙，感慨深沉，圆转流美，精工富丽”（周振甫《李商隐诗歌选集》），洵为一篇千古佳作。

隋　宫

紫泉宫殿锁烟霞，欲取芜城作帝家。玉玺不缘归日角，锦帆应是到天涯。于今腐草无萤火，终古垂杨有暮鸦。地下若逢陈后主，岂宜重问后庭花！

隋炀帝杨广好游乐，在位十四年，绝大部分时间在外游乐。自仁寿四年（604）即位之后，大造龙舟，曾三次巡幸江都（今江苏扬州）。第一次巡行自大业元年（605）八月至次年三月，历时七个月，仪仗空前盛大：“龙舟四重，高四十五尺，长二百丈，上重有正殿、内殿、东西朝堂，中二重有百二十房，皆饰以金玉，下重内侍处之。皇后乘翔螭舟，制度差小，而装饰无异。别有浮景九艘，三重，皆水殿也。”随从数千艘，“挽船士八万余人，其挽漾彩以上者九千余人，谓之殿脚，皆以锦彩为袍”，“舳舻相接，二百余里，照耀川陆，骑兵翊两岸而行，旌旗蔽野。所过州县五百里内，皆令献食，多者一州至百舆，极水陆珍奇。后宫厌饫，将发之际，多弃埋之”（《资治通鉴》卷一八〇）。第二次巡幸江都，自大业六年三月至七年二月，历时十一个月。这两次巡幸，主要在于加强南北交通，稳定江南，另外也是冶游江淮。第三次巡幸，自大业十二年七月至十三年三月，历时八个月。北方各地反隋大军兴起，炀帝巡幸江淮，欲效晋室南渡，占据江东半壁江山，然而江都兵变，炀帝被杀，隋朝也灭亡了。炀帝三次巡幸江都，沿途大建宫室，有江都、显福、临江等四十余所，耗尽民财，虚抛民力，终致亡国。大中十一年（857），李商隐任盐铁推官，游历江东，而作此诗。

紫泉宫殿锁烟霞，欲取芜城作帝家。

首联谓炀帝抛弃长安，大建宫室而欲建都扬州。紫泉，即紫渊，长安北水。唐人避高祖李渊名讳而改"渊"为"泉"。司马相如《上林赋》："丹水更其南，紫渊径其北。"紫泉宫殿，此处代指长安。芜城，即广陵城，故址在今江苏省江都县境。西汉吴王刘濞建都于此，筑广陵城。南朝宋竟陵王刘诞据广陵反叛，兵败死焉，城遂荒芜，鲍照作《芜城赋》以讽之，因得名。《芜城赋》曰：广陵城高大雄伟，"格高五岳，袤广三坟。崪若断岸，矗似长云"，经历战乱而毁坏，"泽葵依井，荒葛罥涂，坛罗虺蜮，阶斗麏鼯。木魅山鬼，野鼠城狐，风嗥雨啸，昏见晨趋。饥鹰厉吻，寒鸱吓雏，伏虣藏虎，乳血飡肤。崩榛塞路，峥嵘古馗，白杨早落，塞草前衰。稜稜霜气，蔌蔌风威；孤蓬自振，惊沙坐飞。灌莽杳而无际，丛薄纷其相依。通池既已夷，峻隅又以颓。直视千里外，唯见起黄埃"。作帝家，建为帝都。《资治通鉴》卷一八〇：大业元年，开大运河，"自大梁之东引汴水入泗，达于淮；又发淮南民十余万开邗沟，自山阳至扬子入江。渠广四十步，渠旁皆筑御道，树以柳。自长安至江都，置离宫四十余所。庚申，遣黄门侍郎王弘等往江南造龙舟及杂船数万艘。东京官吏督役严急，役丁死者什四五。所司以车载死丁（役夫），东至城皋，北至河阳，相望于道"。此联从出游江都写起，长安极其壮丽，宫殿巍峨，彤庭朱阁，彩碧辉煌，如同烟霞笼罩，流光溢彩；然而却也无法令荒淫无度的炀帝满足，还想把江都再建成帝都。可见，炀帝豪奢淫靡之欲求无度，也暗示江都的行宫更比长安奢华。

玉玺不缘归日角，锦帆应是到天涯。

颔联则说，若非天下归于李唐，炀帝的龙舟还应该游历到天涯海角了。玉玺，专指皇帝的玉印。汉蔡邕《独断》记载："天子玺以玉螭虎纽。古者尊卑共之……秦以来，天子独以印称玺，又独以玉，群臣莫敢用也。”《后汉书·徐璆传》章怀太子李贤注：“卫宏曰：秦以前，以金玉银为方寸玺。秦以来，天子独称玺，又以玉，群下莫得用。其玉出蓝田山，题是李斯书，其文曰：‘受命于天，既寿永昌。’号曰传国玺。汉高祖定三秦，子婴献之。高祖即位，乃佩之。王莽篡位，就元后求玺，后乃出以投地上，螭一角缺。及莽败时，仍带玺绂。”后玉玺归光武帝刘秀。汉末，“孙坚从桂阳入雒讨董卓，军于城南，见井中有五色光，军人莫敢汲，坚乃浚，得玺”。后来为袁术所得，袁术死，徐璆得之，乃献于汉献帝。日角，额骨中央部分隆起，形状如日。旧时相术家认为是大贵之相。《后汉书·光武帝纪上》：“身长七尺三寸，美须眉，大口，隆准，日角。”李贤注引郑玄《尚书中候》注：“日角谓庭中骨起，状如日。”李渊起兵时，唐俭曰：“明公日角龙庭，李氏又在图牒，天下属望，非在今朝?”(《旧唐书·唐俭传》) 此处指李渊。锦帆，指炀帝龙舟。江都兵变前，已开凿八百里江南运河，南游的下一站即为会稽。《炀帝开河记》：“龙舟既成，泛江沿淮而下，至大梁，又别加修饰，砌以七宝金玉之类。于是吴越取民间女年十五六岁者五百人，谓之殿脚女。至于龙舟御楫，即每船用彩缆十条，每条用殿脚女十人、嫩羊十口，令殿脚女与羊相间而行牵之。时恐盛暑，翰林学士虞世基献计，请用垂柳，栽于汴渠两堤上。一则树根四散，鞠护河堤；二乃牵舟之人，护其阴；三则牵舟之羊，食其叶。上大喜，诏民间有柳一株，赏一缣。百姓竞献之。又令亲种，帝自种一株，群臣次第种，方及百姓……帝御笔写赐‘垂杨柳’，姓杨曰杨柳也。时舳舻相继，连接千里。自大梁至淮口，联绵不绝，锦帆过处，香闻百里。”(陆楫《古今说海》卷一二二)

于今腐草无萤火，终古垂杨有暮鸦。

颈联，炀帝当时令捕捉萤火虫，夜游时放出，以为游乐。而今二百余年过去了，江都放萤苑再也产不出萤火虫了；隋堤两岸的垂杨柳已无复当年青青翠绿，黄昏时分唯有寒鸦栖息罢了。炀帝荒淫有两件典型事例。一是“放萤”，大业十二年（616），炀帝在洛阳景华宫时，“征求萤火，得数斛，夜出游山，放之，光遍岩谷”（《隋书·炀帝纪下》）。在江都亦有放萤苑，杜牧《扬州三首》有“秋风放萤苑，春草斗鸡台”之句。萤火虫于水边草根处产卵成蛹，次年春蛹化为萤，古人遂以为萤火虫乃腐草所化。另一件是植杨柳。炀帝开通济渠和邗沟（即汴口到长江一段），沿堤一千三百里，遍植垂柳，炀帝御笔写赐“垂杨柳”，世称“隋堤”。唐人韩琮《杨柳枝》：“梁苑隋堤事已空，万条犹舞旧东风。”此联意谓，因炀帝之豪奢荒淫，捕捉萤火虫放飞，致使其绝种，而今荒凉破败的隋宫旧苑，只见腐草处处堆积，而不见萤火虫；千里隋堤，不见锦帆相接的繁华，唯见黄昏时成群寒鸦栖息于岸边柳树。诗人于此，着力渲染今昔盛衰之景况，以“腐草无萤火”“垂杨有暮鸦”两种景象对照，又以“于今”“终古”两个时间性词语来彰显今昔之巨大变化，突现历史的沧桑感及其丰富的意蕴。“腐草无萤火”，既是感慨炀帝搜尽腐草之萤火虫，至今腐草不再生萤，又是慨叹隋宫旧苑荒芜破败，处处腐草堆积，萤火虫绝迹，满目凄凉幽暗。“于今”既彰显今日之“无”萤，又暗示昔日之“有”萤，所描绘出的图景乃隋宫苑囿由繁盛而至荒芜的过程。“垂杨有暮鸦”，以今日之黄昏寒鸦栖息于枯柳衰杨，荒寒冷落，彰显昔日之千里隋堤，龙舟耀日，锦帆连绵，翠柳青青，繁荣热闹。“终古”则彰显炀帝江都游乐之短暂，隋宫繁盛如昙花一现，而穷尽民力国财所营造的宫苑很快荒芜，成为炀帝豪奢、荒淫无度的永久标志。其讽刺批判，颇为深刻有力。

地下若逢陈后主，岂宜重问后庭花！

尾联，风流豪奢的炀帝如若在黄泉与陈后主相逢，难道还要重新再欣赏一曲亡国之音《玉树后庭花》吗！陈后主，南朝陈朝最后一个皇帝，名叔宝，字元秀。隋灭陈，统一南北，时为晋王的杨广总领灭陈事宜。隋兵攻入建康（今江苏南京），陈叔宝与张丽华、孔贵妃自投于景阳殿前之井中，“军人窥井呼之不应，欲下石，乃闻叫声。以绳引之，惊其太重，及出，乃与张贵妃、孔贵嫔同束而上”，贺若弼“闻韩擒虎已得陈叔宝，呼视之，叔宝惶惧流汗股栗，向弼再拜。弼谓之曰：‘小国之君，当大国之卿，拜乃礼也。入朝不失作归命侯，无劳恐惧。’”晋王杨广欲留张丽华，为高颎所杀，杨广深以为恨。（《资治通鉴》卷一七七）后庭花，即《玉树后庭花》，乐府吴声歌曲名，陈后主作。《陈书·皇后传·后主张贵妃》：“后主每引宾客对贵妃等游宴，则使诸贵人及女学士与狎客共赋新诗，互相赠答。采其尤艳丽者以为曲词，被以新声……其曲有《玉树后庭花》《临春乐》等，大指所归，皆美张贵妃、孔贵嫔之容色也。”李白《金陵歌送别范宣》：“天子龙沉景阳井，谁歌玉树后庭花？”陈叔宝乃南朝荒淫之主，《陈书·后主纪》史臣论曰：“后主生深宫之中，长妇人之手。既属邦国殄瘁，不知稼穑艰难。初惧阽危，屡有哀矜之诏；后稍安集，复扇淫侈之风。宾礼诸公，唯寄情于文酒；昵近群小，皆委之以衡轴。谋谟所及，遂无骨鲠之臣；权要所在，莫匪侵渔之吏。政刑日紊，尸素盈朝。耽荒为长夜之饮，嬖宠同艳妻之孽。危亡弗恤，上下相蒙，众叛亲离，临机不寤。自投于井，冀以苟生。视其以此求全，抑亦民斯下矣。”杨广与陈后主相会事，《说郛》卷一一〇引《大业拾遗记》曰：“帝自达广陵宫中……昏湎滋深，往往为妖祟所惑。尝游吴公宅鸡台，恍惚间与陈后主相遇，尚唤帝为殿下……舞女数十许，罗侍左右，中一女迥美，帝屡目之。后主云：‘殿下不识此人耶？即（张）丽华也。’……俄以绿文测海蠡（酒杯）酌红粱新酿，劝帝，帝饮之，甚欢。因请丽华舞《玉树后庭花》。丽华白后主，辞以抛掷岁久，自井中出来，腰肢已巨，无复往时姿态。帝再三索之，乃徐起，终一曲。后主问帝：‘萧妃何如此人？’帝曰：‘春兰秋菊，各一时之秀也。’……后主问帝：‘龙舟之游乐乎？始谓殿下致治在尧舜之上，今日复此逸游。大抵人生各图快乐，曩时何见罪之深邪？三十六封书，至今使人快快不悦。’帝忽悟，叱之云：‘何今日尚目我为殿下？复以往事讯我邪？’随叱声，恍然不见。”这是一个虚构的故事，荒淫的杨广乃当初平陈之总领人物，其后为天子而荒淫无度，与同样荒淫误国的陈后主相遇，同观一曲张丽华所舞之《玉树后庭花》，殷鉴不远，应当避免重蹈覆辙，然而杨广并没有吸取历史的教训，讽刺之意显然，有入木三分之力。李义山根据诗歌主旨表达的需要，以杨广荒淫无度的生活，从逻辑上就得出其如果与陈后主相逢，必然会再问《玉树后庭花》，并一同欣赏的，其讽刺极其深刻有力。

此诗乃咏史诗，李商隐游历江东，看江都隋宫遗迹而兴发感慨。然而诗人并未胶着于事实本身，而是选取最有代表性的意象，兴慨抒怀。诗题《隋宫》，开篇却从长安宫殿写起，无比壮丽，如烟霞之光彩流动，却无法满足炀帝之心；因而重新营建江都宫殿，作为其家。“欲取”彰显炀帝豪奢淫靡之心态。从逻辑上讲，颔联应该紧承“锦帆应是到天涯”，穷奢极欲，游遍天涯；然而插入“玉玺不缘归日角”一句，以唐取代隋而结束了炀帝穷奢极欲之心、游遍天下之念，点出炀帝游乐的直接结果，发人深省。“锦帆应是到天涯”，拓展已极，似乎难以为继了。然而，颈联宕开一笔，以“于今腐草无萤火，终古垂杨有暮鸦”，展示出极富历史深沉感的画面——昔之宫苑繁盛、萤火飞舞，今之荒芜颓败、腐草无萤；昔之锦帆连绵、垂柳青青、热闹非凡，今之暮鸦栖息于枯柳衰杨、荒寒冷漠；昔日繁盛热闹之短暂，今之荒芜颓败之永久，形成强烈的对照，似乎在总结着历史的教训，诉说着败国亡身的悲凉。然而那个荒淫无度的炀帝终究不会醒悟的，不会借鉴历史的教训的，因而尾联说两个亡国败身的昏君，如若在黄泉相见，大概还会一同欣赏《玉树后庭花》的。由陈及隋，殷鉴不远，却覆车相随于前辙，奈何？诗人讽刺极其有力，深入荒淫无度的炀帝之心魂，取得了极大的艺术感染力。而运用虚拟的连词“不缘……应是”“若逢……岂宜”，化实为虚，以设问而将逻辑的力度伸张出来，达到了意想不到的艺术魅力。此诗的意象跳跃比较大，意脉清晰连贯，讽刺深刻而不失委婉，曲尽其妙。前人论曰：“此诗全以议论驱驾事实，而复出以嵌空玲珑之笔，运以纵横排宕之气，无一笔呆写，无一句实砌，斯为咏史怀古之极。”（杨逢春《唐诗绎》）

无题二首

其一

来是空言去绝踪，月斜楼上五更钟。梦为远别啼难唤，书被催成墨未浓。蜡照半笼金翡翠，麝熏微度绣芙蓉。刘郎已恨蓬山远，更隔蓬山一万重。

此《无题》诗原四首，所选二首乃七言律诗，未选者一为五言律诗，一为七言古诗。此诗作年不详。此诗写一男子对远隔天涯的意中人的思念之情。“梦为远别”，乃一篇诗眼。意中人远隔天涯，会合无缘，只好托于梦中相会，然而梦醒之后，更是寂寞、相思和无尽的怅恨。

首联，以特定的境况抒写难以明言的痛苦：“来是空言去绝踪，月斜楼上五更钟。”——你说要来的，可是终究没有来，而成为一句空话了；自从上次分别之后，杳无踪影，再也没有消息，真令人惆怅啊！梦中惊醒，一弯清月西斜，夜凉如水，楼阁静穆，传来五更时的打更声，又是一天即将来临。起句突兀而来，给人以巨大的感染力；而对句所展现的景象，乃是梦中惊醒之后，一弯清月照临，楼外隐隐传来报更声。主人公的思绪渐渐明晰，原来是在梦中回想意中人，因而才会有“来是空言去绝踪”之巨大的空白感和深切的感受；而这巨大的空白感与深切的感受，一度占据了主人公梦醒后比较长的一段时间，独自体味、思索，回想着此前相聚的种种欢愉、别离后的深长相思与难以承受的空寂，而黯然伤神。如果说第二句是梦醒后的清冷、孤寂、怅惘、空虚，那么第一句就是主人公于此氛围中的一声长长的叹息。

处此情景中的主人公，为孤寂凄冷的氛围所笼罩、感染，情绪激动，心境激切，遂有“梦为远别啼难唤，书被催成墨未浓”的感受。岑参《春梦》曰：“枕上片时春梦中，行尽江南数千里。”梦中可以飞越千山万水，越过重重险阻，与意中人相会。然而梦醒之后的现实，却是孤寂、清冷、惆怅、虚空；回想梦中的欢愉以及离别时的悲泣，更令人难以承受。梦中相聚是欢愉的，而梦中远别，黯然伤神，即使悲泣也难以唤回。于是，心情激动、心绪激切的主人公，不假思索要给对方写信，诉说衷肠。强烈的思念之情、激切的心绪，千言万语，一时涌上心头，主人公处于不自主的状态，来不及将墨研磨浓厚，一气呵成，文不加点，以淡墨而写成书信。主人公为情绪所裹挟，书信写成之后，才发现急切中以淡墨写成。"书被催成墨未浓"，是一个细节，却能极为传神地彰显其时的真切状态与主人公的心理，很富有生活真实感。

书信写成之后，主人公的心境有所缓和，渐趋平复，才能够从容地回顾屋内："蜡照半笼金翡翠，麝熏微度绣芙蓉。"——黯淡的烛光摇曳，照临绣有金丝翡翠的床被，香炉的麝香，轻轻透过绣有芙蓉花的帷帐。笼，笼罩。半笼，指烛光黯淡，照临绣被，不甚明亮。金翡翠，缀有金丝翡翠的床被。《楚辞·招魂》："翡翠珠被，烂齐光此。"庾信《灯赋》："翡翠珠被，流苏羽帐。"绣芙蓉，绣有芙蓉花的床帷。鲍照《拟行路难》："七彩芙蓉之羽帐。"白居易《长恨歌》："芙蓉帐暖度春宵。"绣有翡翠鸟儿的锦被、绣有并蒂莲的帷帐，都是爱情的象征。主人公书信写成，情绪本来有所平复，不料又看到象征爱情成双成对的翡翠鸟儿、并蒂莲，其情绪不禁又激动起来。

因而尾联感慨："刘郎已恨蓬山远，更隔蓬山一万重。"蓬山，仙山。刘义庆《幽明录》记载，汉献帝时，剡县人刘晨、阮肇入天台山采药，遇仙女二人，结为夫妇，留居半年后，返归家乡，从此仙凡隔绝，不能再往了。因而，刘郎指遇仙之刘晨。此联谓，当年刘郎入天台山得遇仙女，一度欢爱，其后离别，仙凡隔绝，再难寻觅；而我和你，更是隔着仙山一万重啊，更为遥远，相会更是渺茫。

此诗描摹深入细腻，情感深挚，充满悲剧性的色彩，令人黯然销魂。前人以为乃政治诗，或者是以相思恋情的方式，向令狐绹陈情，抒发政治上的不得意；或者是自抒身世，如叶葱奇说："这是大中元年

（847）商隐重入秘书省后接受郑亚的聘请，将远赴桂林所作。商隐重官秘阁，也只一年多点，初入的时候自然抱着很大的希望，结果非但没有升迁，反而有不能不去的苦衷。新旧《唐书》本传都漏载重官秘阁一节，但说来游京师久不调，会给事中郑亚廉察桂州，请为判官。而集中《偶成转韵七十二句赠四同舍》诗却有'我时憔悴在书阁，卧枕芸香春夜阑。明年赴辟下昭桂，东郊恸哭辞兄弟'等语。文集《上李舍人状七》也有'某羁官书阁，业贫京都'的话，则他离去秘阁，远就桂幕必有不得已的苦衷。首句'来''去'均就秘书省而言。三句的'梦为远别'，实即指此番远去，'啼难唤'，即'天高不为闻'之意。四句指为秘书正字的时间短暂，五六二句比拟宫中清要之地，结二句则指在秘阁时已恨跂望莫及，这一远赴桂林，身就幕职，和所跂望的清要之地相距更远了。"（《李商隐诗集疏注》）

此可聊备一说。总之，此诗写得极好，作情诗读，缠绵深切，哀感动人；作政治陈情诗读，亦婉转深情，尽可达意。

其二

飒飒东风细雨来，芙蓉塘外有轻雷。金蟾啮锁烧香入，玉虎牵丝汲井回。贾氏窥帘韩掾少，宓妃留枕魏王才。春心莫共花争发，一寸相思一寸灰。

此诗从女子的角度，写男女相思之情，极其深切婉转，哀感动人。"飒飒东风细雨来，芙蓉塘外有轻雷。"飒飒，象声词，模拟风声。《楚辞·九歌·山鬼》："风飒飒兮木萧萧，思公子兮徒离忧。"王昌龄《变行路难》："单于下阴山，砂砾空飒飒。"轻雷，轻轻的打雷声。司马相如为陈阿娇作《长门赋》，有曰："雷殷殷而响起兮，声象君之车音。"傅玄《杂言诗》："雷隐隐，感妾心，倾耳清听，非车音。"李商隐《柳》："柳映江潭底有情，望中频遣客心惊。巴雷隐隐千山外，更作章台走马声。"首联，东风飒飒，吹送来毛毛细雨；从荷塘的那边传来似有若无的轻雷声，令人心神疑惑，仔细聆听，并非你的车声啊，徒增伤神。

“金蟾啮锁烧香入，玉虎牵丝汲井回。”金蟾，指蟾蜍形金属香器的鼻纽，亦借指熏香炉。啮锁，熏香炉之蟾口有锁状的扣子，使熏炉闭合，不易打开。高似孙《纬略》卷九：“此皆香器。其名锁者，盖有鼻钮施之于帏幬之中者也。”《格致镜原》卷五八“卧褥香炉”条：“《西京杂记》：长安巧工丁缓作卧褥香炉，一名被中香炉……为机环，转运四周，而炉体常平，可置之被褥，故以为名……《留青日札》：今镀金香球，如浑天仪然，其中三层关棙，轻重适均，圆转不已，置被中，而火不覆灭。其外花卉玲珑，篆烟四出。《名义考》：银囊，帐中炉也。滚球，被中炉也。”玉虎，井上的辘轳。牵丝，即井绳。颔联，造型玲珑精巧的熏炉，虽然金蟾啮锁，然而香气无所不入，熏透绣被，比喻相思相恋之情无所不在，无孔不入；而庭院井栏之上，辘轳与井绳相缠绕，不可分离，比喻相恋之情的缠绵深切，不可分割。“香”与“丝”谐音“相思”，诗人之巧思，于此可见。

“贾氏窥帘韩掾少，宓妃留枕魏王才。”贾氏，指贾午。《世说新语·惑溺》记载：韩寿年少，美姿容，司空贾充辟为掾吏。韩寿到贾充家，其女贾午“于青琐（花窗）中看，见（韩）寿说之，恒怀存想，发于吟咏”，遂两情相通，贾午赠以西域异香。贾充“后会诸吏，闻（韩）寿有奇香之气，是外国所贡，一着人则历月不歇”。贾充思量，晋武帝只将此香赏赐自己及另外一人，因而贾充意识到女儿贾午与韩寿有私情，“乃取女左右婢考问，即以状对，（贾）充秘之，以女妻（韩）寿”，成就了一段美姻缘。宓女，宓羲氏之女宓妃溺于洛水，遂为洛水女神。《文选·洛神赋》：“黄初三年，余朝京师，还济洛川。古人有言，斯水之神，名曰宓妃。”李善注：曹植求甄逸女为妻，为曹丕所夺，是为甄后。曹植为之不平，心思夜想，废寝忘食，后来甄后被郭后进谗言而死。黄初年间，曹植入朝，曹丕将甄后的玉镂金带枕送给曹植。曹植返回封国，途经洛水，“将息洛水上，思甄后，忽见女来，自云：‘我本托心君王，其心不遂。此枕是在我家时从嫁，前与五官中郎将（曹丕），今与君王（曹植）。’”曹植悲喜不能自胜，遂作《感甄赋》。

后来魏明帝见之，改为《洛神赋》。此联，贾氏在帘帷后偷看，爱慕韩寿青春英俊，宓妃将玉枕留给曹植，爱慕其才高八斗。

“春心莫共花争发，一寸相思一寸灰。”春心，指男女之间相思爱慕的情怀。梁元帝萧绎《春别应令》：“花朝月夜动春心，谁忍相思不相见？”《庄子·齐物论》：“心固可使如死灰乎？”尾联，感慨相思爱慕之春心，不要在春日与鲜花同开怒放，那一寸相思竟然就是一寸灰烬啊，燃烧、消耗尽人的生命。

此诗描摹独居幽闺的女子对爱情的渴望和执着，以及发生幻灭之后的无限悲痛。首联摹写环境气氛：春天到来，东风飒飒，蒙蒙细雨飘飞；烟雾迷蒙的荷花池塘外，隐隐传来春雷声。摹写春天的气息，极富有暗示性，隐隐传达了生命萌动的张力，以及对爱情的希冀，彰显出女主人公那种难以名状的迷惘和苦闷，构成深远的境界。颔联，着力来描摹女子居处之景象：金蟾啮锁之熏炉，香熏绣被；庭院井上之辘轳与井绳，纠缠一起，皆是爱情的象征，暗示女主人公深居幽闺的孤独寂寞以及为爱情所牵的相思之苦。诗人务求深隐，因而有些晦涩难解。颈联，由上联的“烧香”引出贾氏“窥帘”而赠香与情人之事，由“牵丝”引出宓妃留枕而情丝难断之意。这两个爱情故事，贾氏窥帘，爱慕韩寿之才俊，有情人终成眷属；宓妃留枕，爱慕曹植之才华，虽天人永隔，却情缘未了。无论如何，爱情总是会有着落的，反映出女主人公对爱情的渴望与坚贞。尾联，渴望爱情，坚信爱情，和春花争荣，只是寸寸相思，皆化为灰烬矣！诗人将抽象的“春心”，赋予“春花”之上，化抽象为形象，因而抽象之“相思”，遂化为可视可见之“春花”；而“相思”乃不可见，只可意会，诗人由香之灰烬生发出联想，创造出“一寸相思一寸灰”之奇句，化抽象为具象，以强烈的对照，彰显出美好事物被毁灭，流露出巨大的同情与惋惜，具有动人心弦的力量。此诗写爱情，也隐寓了诗人的身世之感，寄托了诗人政治追求遭受巨大挫折之后的悲哀与愤激。

筹笔驿

猿鸟犹疑畏简书，风云常为护储胥。徒令上将挥神笔，终见降王走传车。管乐有才真不忝，关张无命欲何如。他年锦里经祠庙，梁父吟成恨有余。

筹笔驿，在今四川广元北。相传，三国时诸葛亮伐魏，驻军于此，筹划军事，因而得名。《方舆胜览·利州》："筹笔驿，在绵谷县，去州北九十九里。旧传诸葛武侯出师尝驻此。"此诗乃宣宗大中九年（855）冬，李商隐随柳仲郢还朝，途经筹笔驿而作。

诸葛亮率领蜀汉大军，北伐曹魏，力图统一中原，可惜最终未能如愿，其"鞠躬尽瘁，死而后已"的精神，为世人所钦佩、仰慕。杜甫《蜀相》曰："三顾频烦天下计，两朝开济老臣心。出师未捷身先死，长使英雄泪满襟。"歌咏诸葛亮，乃才智杰出而志业不成的悲剧性人物。李商隐此诗，学习杜甫，得其神髓，且能自具面目，堪称歌咏诸葛亮的佳作。

猿鸟犹疑畏简书，风云常为护储胥。

首联，摹写筹笔驿的非凡气势。猿鸟，韩愈《送区弘南归》："穆昔南征军不归，虫沙猿鹤伏以飞。"朱熹《韩文考异》注："《抱朴子》云：周穆王南征，三军之众一朝尽化，君子为猿、为鹤，小人为虫、为沙。""猿鸟"用此典故，一本作"鱼鸟"，非是。犹疑，犹豫不决。简书，用于告诫、策命、盟誓、征召等事的文书。也指一般文牍。古代没有纸，有事书之于竹简，谓之简书。《诗经·小雅·出车》："岂不怀归，畏此简书。"储胥，栅栏，藩篱，即今日铁丝网之类的防御物。此联，诸葛亮军令威严，至今猿鸟畏惧军令而不敢近前；满天风云，六百年来依然护卫着筹笔驿。简书，切指诗题之"筹笔"；储胥，切合诗题之"驿"字。

徒令上将挥神笔，终见降王走传车。

颔联，感慨诸葛亮奇谋妙计、运筹帷幄，可惜后主刘禅无能，最终投降而灭国。上将，指诸葛亮。《三国志·蜀志·诸葛亮传》："亮以丞相录尚书事，假节，张飞卒后，领司隶校尉。章武三年春，先主于永安病笃，召亮于成都，属以后事。谓亮曰：'君才十倍曹丕，必能安国，终定大事。若嗣子可辅，辅之，如其不才，君可自取。'亮涕泣曰：'臣敢竭股肱之力，效忠贞之节，继之以死。'先主又为诏，敕后主曰：'汝与丞相从事，事之如父。'"挥神笔，指运筹谋划。降王，指后主刘禅。传车，古代驿站的专用车辆。魏元帝景元四年（263），邓艾伐蜀，刘禅出降，举家迁往洛阳，被封为安乐县公。《资治通鉴》卷七八："艾至成都城北，汉主（刘禅）率太子诸王及群臣六十余人，面缚舆榇（用车载棺材），诣军门。艾持节，解缚焚榇，延请相见。"刘禅传令，命诸镇兵将降魏，"将士咸怒，拔刀斫石"。此联，纵使诸葛亮有经天纬地之才，筹划谋略，无奈后主刘禅庸懦，也是徒然；刘禅最终还是投降曹魏，乘传车而东迁洛阳了。

管乐有才真不忝，关张无命欲何如。

颈联，诸葛亮才能卓异，堪比管仲、乐毅；可是关羽、张飞等大将早死，诸葛丞相难撑危局，又能怎样呢。管乐，指管仲、乐毅。管仲，春秋时辅佐齐桓公建立霸业。《论语·宪问》："子曰：桓公九合诸侯，不以兵车，管仲之力也……管仲相桓公，霸诸侯，一匡天下，民到于今受其赐。微（如果不是）管仲，吾其被发左衽矣。"乐毅，战国时著名军事家，曾帮助燕昭王大败齐国。《三国志·蜀志·诸葛亮传》："亮躬耕陇亩，好为《梁父吟》，身长八尺，每自比于管仲、乐毅，时人莫之许也。唯博陵崔州平、颍川徐庶元直与亮友善，谓为信然。"忝，有愧于。关张，指关羽和张飞。《三国志·蜀志·关羽传》："关羽，字云长……河东解人也。亡命奔涿郡，先主（刘备）于乡里合徒众，而羽与张飞为之御侮。先主为平原相，以羽、飞为别部司马，分统部曲。先主与二人寝则同床，恩若兄弟，而稠人广坐，侍立终日，随先主周旋，不避艰险。”关羽守荆州，孙权派吕蒙袭破荆州，“羽不能克，引军退还。权已据江陵，尽虏羽士众妻子，羽军遂散”，关羽兵败被杀。张飞字翼德，涿郡人也。“飞雄壮威猛，亚于关羽。魏谋臣程昱等咸称羽、飞万人之敌也。羽善待卒伍，而骄于士大夫；飞爱敬君子，而不恤小人”，关羽被杀，先主刘备伐吴，“飞当率兵万人，自阆中会江州，临发，其帐下将张达、范强杀飞，持其首，顺流而奔孙权”（《三国志·蜀志·张飞传》）。关羽、张飞皆非善终，故曰无命。此联，叹惋诸葛亮，纵有经天纬地之才、堪比管仲乐毅之智，可是大将关羽、张飞，早早死于非命，诸葛亮独撑危局，无大将可用，又能有什么办法呢？

他年锦里经祠庙，梁父吟成恨有余。

尾联，早年诗人访问过成都武侯祠，吟诵诸葛亮《梁父吟》，深深地体会到了那种惆怅与悲凉意绪。他年，往年，昔年。“他”字指时间，有过去与未来两种用法，此处指过去。锦里，锦官城。相传，蜀地锦工织锦，在锦江中洗濯则明艳，故命曰锦里也。城南有武侯祠。梁父吟，乐府楚调曲，梁父，即梁甫，山名，在泰山下。《梁甫吟》，盖言人死葬此山，亦为葬歌。今传诸葛亮所作《梁父吟》，乃述春秋齐相晏婴设计以二桃，挑起齐景公的三位勇士互相残杀身死之事：“一朝被谗言，二桃杀三士。”诸葛亮好为《梁父吟》，借以抒发其怀才不遇的感慨。大中五年（851）冬，李商隐经过成都，拜谒武侯祠，作《武侯祠古柏》：“大树思冯异，甘棠忆召公……玉垒经纶远，金刀（指刘姓）历数终。谁将出师表，一为问召融（指上天）。”此联之《梁父吟》，既指诸葛亮好为《梁父吟》，也指李商隐自己所作之《武侯祠古柏》。

此诗乃怀古，亲临筹笔驿，而兴发无限感慨。首联直接歌咏筹笔驿，营造出庄严肃穆的气氛：诸葛亮风节卓荦，号令严明，虽然故去六百多年了，然而筹笔驿的猿鸟依然畏惧其号令，犹疑不决，不敢贸然出没于旧营垒附近；诸葛亮忠义贯于神明，寥寥长空之风云，似乎也在护卫着筹笔驿。如此，则彰显出诸葛亮绝大的声威，使人凛然复见其风烈。中间二联，集中抒写诸葛亮的经纬天地之才智，以及不得其时、无法成就伟大功业的悲剧性命运。诸葛亮筹划谋略如神，可是后主刘禅懦弱庸碌，最终还是降于曹魏，而身辱国灭；诸葛亮才能卓异，堪比九合诸侯成就齐桓公霸业的管仲、辅佐弱小的燕国战胜强大齐国的乐毅，可是关羽、张飞那样的大将早早死去，手下无强将雄兵，纵使诸葛亮多才智而谋略神奇，又能够怎样呢！抒写诸葛亮之际遇，加以议论，又用"徒令""终见""真不忝""欲如何"等虚字，抒写其痛恨惋惜之情。尾联以诗人早年经过成都武侯祠庙作陪衬，哀吟《梁父吟》，就已经恨叹不已，何况今日又到其驻兵征战之地的筹笔驿，情何以堪，岂止感慨万端！诗人将大中五年经行武侯祠所作之《武侯祠古柏》与诸葛亮之《梁父吟》相绾合，惺惺相惜，抒发其怀才不遇之情，既是为诸葛亮，也是为诗人自己：诸葛亮大业未竟，"出师未捷身先死，长使英雄泪满襟"（杜甫《蜀相》），令人为之叹惋；李商隐沉沦下僚，一生不得展其抱负，"虚负凌云万丈才，一生襟抱未曾开"（崔珏《哭李商隐》），同样令人感慨万端。他们的精神与际遇，皆有相通之处。

纪昀论曰："起手抬得甚高，三四忽然驳倒，四句之中几于自相矛盾，盖由意中先有五六一解，故敢下此离奇之笔，见是横绝，其实稳绝。前六句夭矫奇绝，不可方物，就势直结，必为强弩之末。故提笔掉转前日之经祠庙吟《梁父》而恨有余，则今日抚其故迹，恨可知矣。一篇淋漓尽致，结处犹能作掉开不尽之笔，圆满之极。"（《瀛奎律髓刊误》）怀古而抒发今情，关涉自身之际遇情感，感慨强烈深沉，使人一唱三叹，讽咏不已，洵为千古佳作。

无　题

相见时难别亦难，东风无力百花残。春蚕到死丝方尽，蜡炬成灰泪始干。晓镜但愁云鬓改，夜吟应觉月光寒。蓬山此去无多路，青鸟殷勤为探看。

此诗作年不详，有人以为乃李商隐向令狐绹陈情之作，其实不如直接视作爱情诗，更为切当。

首联“相见时难别亦难，东风无力百花残”，诗人展现出来的是一种深切的生命与情感体验。曹丕《燕歌行》曰：“别日何易会日难。”曹植《当来日大难》：“今日同堂，出门异乡。别易会难，各尽杯觞。”李商隐化用此二诗，而出以己意：相爱的双方，相见很不容易，离别却也很令人难以承受啊！第一个“难”字是困难、艰难之意；第二个“难”字乃是难堪，难以承受。相见不易，乃是从时间上说，经历漫长的分别，跨越遥远的距离而相见，实为不易。相聚言欢，使离别在情感上更令人难以承受。此别又会造成长久的思念，长久的等待。此时相见相聚，不愿意提及分别之时间，相爱的双方皆小心翼翼，唯恐言及即将到来的离别，因而情感的脆弱、哀伤、无奈，皆表露出来。诗人以“东风无力百花残”这一具象性的暮春景象——东风无力吹拂，百花凋残，一切皆疲弱、哀伤、软绵绵的沉重，来彰显这种“相见时难别亦难”的真实状态，化抽象为具象，可视可感，极为真切。

颔联“春蚕到死丝方尽，蜡炬成灰泪始干”，以春蚕和蜡炬两种物象，摹写思念不已的痛苦，以及爱情始终不渝的坚贞。南朝乐府《西曲歌·作蚕丝》：“春蚕应不老，昼夜常怀丝。何惜微躯尽，缠绵自有时。”以春蚕比拟，昼夜怀思，而且如蚕丝缠绕之深切、缠绵。蜡炬，指蜡烛的烛芯。烛芯烧成灰烬，故而曰“成灰”。蜡泪，指蜡烛燃烧时流溢的油脂，如同人的眼泪。杜牧《赠别》：“蜡烛有心还惜别，替人垂泪到天明。”李商隐《独居有怀》：“蜡花长递泪。”此联，爱情如春蚕吐丝，缠绵悱恻，丝尽而死；又如蜡炬燃烧，烧成灰烬，蜡泪始干。丝，谐音“思”；蜡泪比情泪。诗人意谓，相思缠绵，情感深挚，思尽而死；以生命而燃烧，生命终止，相思方能终结。也就是说，两情相悦相爱，既有思念之痛苦，也有缠绵悱恻、始终不渝的坚贞。以“到死”“成灰”最为决绝的情事，表达那种“丝方尽”“泪始干”痛彻心扉的相思之情。

颈联“晓镜但愁云鬓改，夜吟应觉月光寒”，劝慰意中人爱惜自己，以“但愁”“应觉”的揣想之辞，体现出一种体贴入微之意，极其真挚感人。晓镜，早晨照镜。镜，用作动词，照镜。但，只。云鬓，形容妇女浓黑而柔美的鬓发。《木兰诗》："当窗理云鬓，对镜贴花黄。"此联乃悬想揣测之辞：爱人早晨对镜梳妆，只担心乌黑柔软的云鬓渐渐变为灰白，红润的容颜悄然褪色；夜晚久久难眠，望月怀人，也应该觉得一派寒凉，祈愿你啊，要珍惜自己，才能使我们的爱情长久。

尾联"蓬山此去无多路，青鸟殷勤为探看"，紧承上联，相距不远了，已然有人替我殷勤地探望，传递消息了，相见之期，就在眼前啊。蓬山，传说中的海中仙山，此处借指女子所居之地。青鸟，神话传说中为西王母传递消息的仙鸟，此处借指信使。《汉武故事》说，七月七日是，忽有青鸟飞集殿前，东方朔曰："此西王母欲来。"有顷，王母至，二青鸟夹侍王母旁。此联安慰意中人，相距不远，相见可期，何况有人已然传递信息，那么相见也就不远了。

此诗情味曲折，颇耐人寻味。首联将相思离别的苦楚，全然托出，又以暮春之"东风无力"、百花凋残使之具象化，化抽象、无形为可视可感之有形，凝练深厚，深切慷慨。颔联以春蚕、蜡炬，摹写对爱情至死不渝的忠贞以及难以承担的相思离别之苦，情感缠绵悱恻，又极为沉痛，也是对首联的呼应。摹写情感之深挚沉痛已极，颈联遂以揣想之辞，刻画女子晨起照镜梳妆、夜晚对月怀人的形象，楚楚动人，劝慰其应该珍惜自己，身心俱健，方可享受爱情之甜美与长久。因而，尾联遂以青鸟传信，蓬山不远，相见可期，于欣然的幻想中，给予无限的生机与希望。全篇摹写离别之怅恨及相思之深情，全然舍弃具体之情事，一任情感之发展演进，既表达相思之苦、爱之坚贞，又抒写劝慰与希望，在痛苦的思念中，又有欣欣然的幻想，令人心魂摇荡。正因为舍弃了具体的叙事，因而极为精纯，是爱情，也是人生体验，也可能是政治上的失意而不能自已的心绪。此诗不必有寄托，却也不妨碍不同读者的多样性理解。姚培谦说："此等诗，似寄情男女，而世间君臣朋友之间，若无此意，便泛泛然与陌路相似，此非粗心人所知。"（《李义山诗集笺注》）信然。

春　雨

怅卧新春白袷衣，白门寥落意多违。红楼隔雨相望冷，珠箔飘灯独自归。远路应悲春晼晚，残宵犹得梦依稀。玉珰缄札何由达，万里云罗一雁飞。

此诗作年不详。李商隐以七律所写的爱情诗，情韵深长，语言清丽，音律圆融，婉转多姿，曲尽其情，而深婉动人。《春雨》可为杰出代表。此诗写春雨蒙蒙的黄昏，诗人闲来无事，于孤独寂寞中，思念意中人。

诗开篇则写春日闲愁与无聊："怅卧新春白袷衣，白门寥落意多违。"袷衣，即夹衣。袷，衣无絮也。白袷衣，白色的夹衣，乃士人闲居的便服。白门，六朝建都建康（今江苏南京），其西门乃宣阳门，俗称白门。因西方属金，金气白，故曰白门。南朝乐府《杨叛儿》："暂出白门前，杨柳可藏乌。欢作沈水香，侬作博山炉。"叙写男女相恋，以沈水香之于博山炉，表相依相辅而不分离之意。此处"白门"乃借指过去和所爱的女子欢会之地。意多违，失意惆怅。首联的逻辑应该是"白门寥落意多违，怅卧新春白袷衣"：诗人于春天的一个黄昏，去寻访意中人，然而居处（白门）清冷寥落，无复当初的欢乐热闹，不见踪迹，意绪不佳，归来后，身着闲居便服白袷衣，慵懒惆怅地卧于床榻。"新春"点明时，"白门"点明地，"白袷衣"点明人，而"怅卧""意多违"则摹写其行动和意绪不佳的情感状态。"白门寥落"乃造成其"意多违""怅卧"的直接原因，也彰显愿望落空之后的惆怅与寂寞。这一情境的渲染已足，以下则是围绕着"白门寥落"而抒写"怅卧新春"的种种情思。

"红楼隔雨相望冷，珠箔飘灯独自归。"颔联紧承前之"白门寥落"，纯用白描摹写前去探访意中人，然而人去楼空，痴情地隔雨怅望红楼，感受到春雨浸润肌肤的寒意，内心也无比寒凉；无奈之中，又独自归来，春雨丝丝如帘，一盏孤灯，摇曳不定，在雨幕中飘荡，形单影只，令人无限伤感。珠箔，珠帘，此处指细雨飘洒如珠帘。飘灯，灯在风雨中飘摇。“红楼”之“红”，乃是热烈，也是曾经欢快的经历；然而又与“隔雨相望”之“冷”相对，透露出诗人怀着一颗热切的心愿前往，然而人去楼空，等待诗人的唯有冷落与孤寂，而这也正是春雨之寒意与诗人所感受到的心境之寒凉的写照。强烈的对比，遂将诗人寻访而不得之孤寂、冷落，全盘托出，营造出凄冷的氛围。“珠箔”，状写丝丝春雨，宛如珠帘；“飘灯”，摹写四周昏暗，一盏孤灯，摇曳不定，穿行于丝丝雨幕的情境，栩栩如生。“独自归”，则点明这一孤寂与冷落、凄然，强化了“飘灯”的意象，也勾勒出抒情主人公踽踽独行的情境。此联之描摹，极为细腻传神，体现了诗人对细节的精准把握和高度的语言艺术。

“远路应悲春晼晚，残宵犹得梦依稀。”颈联承颔联而抒写：“远路”一句承“红楼隔雨相望冷”，伊人远去，想来也在春日黄昏的路上，孤独寂寞，情何以堪！“残宵”一句承“珠箔飘灯独自归”，诗人独自归来，而伊人独自远去，何其孤寂凄然，期待今夜能够做一个好梦，梦中得以相见，虽隐约迷离，尚可以慰情。“应悲”“犹得”，皆为揣想之辞，乃诗人之主观愿望，实乃寻访意中人而不得相见之后的无奈与自我宽慰。措辞婉转，而情意深刻，尤为关切。晼晚，日落黄昏时。宋玉《九辩》：“白日晼晚其将入兮。”依稀，隐约，不清晰。

“玉珰缄札何由达，万里云罗一雁飞。”尾联紧承颈联，伊人远去，天地遥远，相思相念，信物和书信何由寄达呢？信使难觅，云天万里，阴云弥漫如网罗，那高飞的大雁也难以将书信送达啊！玉珰，玉制的耳饰。古人常以珠玉耳饰作为男女之间的信物。汉代繁（pó）钦《定情诗》：“何以致区区，耳中双明珠。”李商隐《燕台诗·秋》有“双珰丁丁联尺素”之句，就是以玉珰作书信。

此诗写春日寻访恋人，然而人去楼空，徒增怅惘，情怀寥落。“怅卧新春白袷衣”乃全诗之关键，寻访恋人，不得相见，归来独自怅惘，百无聊赖，卧于床榻，遂细细回味寻访恋人之经过：隔着雨幕，怅望红楼，春雨如丝，雨冷，心更冷；无奈中，独自归来，一盏孤灯，穿行于雨幕中，飘荡摇曳，倍加凄凉。归来后，想象恋人于春日黄昏远行，日暮途远，形单影只，何处止宿？从此分别，难以相见，而希望夜晚能做个好梦，梦中得依稀相见恋人之青春容颜。又想到，天地遥远，信使难觅，信物与书信都难送达，万里云天，云雾如网罗，善飞的大雁也难以送达书信了，真是无限怅惘。此诗摹写一种寻访而不遇之情境，娓娓道来，如自画供状，情境如生，而以《春雨》为题，始终笼罩着梦一样的氛围，弥漫着寂寥、怅惘、失落、迷茫之感。在春雨的寒凉中，有温馨，也有冷落，同时也蕴含着对往昔美好岁月的追忆，丰富的意蕴，强化了诗境和诗意之美。

无题二首

其一

凤尾香罗薄几重，碧文圆顶夜深缝。扇裁月魄羞难掩，车走雷声语未通。曾是寂寥金烬暗，断无消息石榴红。斑骓只系垂杨岸，何处西南待好风。

此《无题》共二首，作年不详。此诗抒写女子在渴望中等待与意中人相会而久等不至的心情。诗人从女子渴望相会的种种情态写起。“凤尾香罗薄几重，碧文圆顶夜深缝。”首联，深夜，女子在细心地缝制青碧花纹的圆顶罗帐，而罗绸轻薄，织有凤尾纹，带着淡淡的香气，令人陶醉。凤尾香罗，一种织有凤凰纹的薄绸罗。因轻薄而透光性很好，常用以缝制罗帐。碧文圆顶，有青碧花纹的圆顶罗帐。宋人程大昌《演繁露》卷一三：“唐人昏（即‘婚’字）礼，多用百子帐……盖其制本出塞外，特穹庐、拂庐之具体而微者耳。棬柳为圈，以相连琐，可张可阖，为其圈之多也，故以百子总之，亦非真有百圈也。其施张既成，大抵如今尖顶圆亭子，而用青毡通冒四隅上下，便于移置耳。”这是婚礼要用的百子帐，其形制和后来的网眼纱圆帐很相近。碧文圆顶之罗帐，乃结婚所用之制品，女子深夜缝制，心情激动，也带有深切的期待。

“扇裁月魄羞难掩，车走雷声语未通。”颔联，女子心中隐秘，羞涩难言，期望与意中人成婚，情事谐美，因而回想当初相见之时：那人乘车经过，女子羞涩的红晕不禁飞上脸颊，圆圆的合欢扇也难以遮掩啊；轻轻的车轮声传来，好似阵阵轻雷，令人惊心动魄地激动，然而女子却因羞涩而未能与之通言语。这是一种甜美的记忆，令人难忘。月魄，指月初生或圆而始缺时不明亮的部分，此处泛指月亮。东汉班婕妤《怨歌行》：“裁为合欢扇，团团似明月。”羞难掩，羞涩之红颜难以遮掩。《答王团扇歌》：“憔悴无复理，羞与郎相见。”车走雷声，车轮碾轧在地上轻微的声音，如同雷声一样，令人惊心动魄。司马相如《长门赋》：“雷殷殷而响起兮，声象君之车音。”此联抒写女子在深夜缝制碧罗圆顶罗帐时，幸福地怀想当日与意中人相见时的快意、羞涩以及未能相交一言的遗憾，摹写情境，细腻传神。

“曾是寂寥金烬暗，断无消息石榴红。”颈联，紧随上联，在幸福而略带遗憾的回想之后，又生出无限感伤：自从那次相见之后，独守空闺，百无聊赖，深夜难眠，孤寂地守着蜡烛，看着蜡烛烧尽，黯淡无光；而一年春光将尽，却仍然没有任何消息传来，怎么不令人惆怅、感伤呢！曾是，已是。金烬，指灯烛的灰烬。唐人徐彦伯《孤烛叹》：“玉盘红泪滴，金烬彩光圆。”断无，绝无。石榴，又名安石榴，原产伊朗和中亚一带，汉代被引入中国，南北各地皆有栽培，夏季开橙红色花，花色鲜艳，花瓣多褶皱，乃中国古典园林中常用的观赏花木。石榴于夏初开花，因而此处“石榴红”指春天已过，有时间流逝之感伤。此联用“金烬暗”——蜡烛烧尽，一派黯淡无光，来衬托“寂寥”，以“石榴红”之鲜艳花色，热烈明快，反衬时光流逝，而绝无消息的无奈与伤感；以“曾是”——已是，一直是，表达寂寞凄清之长久；以“断无”——绝无，表达长久等待之后的无奈与伤感，增强了表达效果。

“斑骓只系垂杨岸，何处西南待好风。”尾联，乃是儿近绝望之中的希望：意人中远行到何处了呢？如若你的马儿拴停在垂杨岸边，我愿意等待西南好风，乘风而长入君怀抱……斑骓，毛色青白相杂的骏马。乐府《神弦曲·明下童曲》："陆郎乘斑骓……望门不欲归。"垂杨，即杨柳。汉乐府横吹曲辞有《折杨柳》，南朝柳恽《折杨柳》："杨柳乱成丝，攀折上春时……曲中别无意，并是为相思。"至唐代易名为《杨柳枝》，玄宗开元时已入教坊曲，至白居易依旧曲作辞，翻为新声。其《杨柳枝词》曰："古歌旧曲君休听，听新翻《杨柳枝》。"当时诗人相继唱和，用此曲抒写相思离别之情。白居易《和韦庶子远坊赴宴未夜先归之作兼呈裴员外》："银烛忍抛《杨柳曲》，金鞍潜送石榴裙。"孟郊《折杨柳》："楼上春风过，风前《杨柳歌》，枝疏缘别苦，曲怨为年多。"崔涂《读〈庾信集〉》："唯有一篇《杨柳曲》，江南江北为君愁。"西南，曹植《七哀诗》："愿为西南风，长逝入君怀。"此联，运用这几个典故，意在表达相思离别之情的浓厚强烈，希望能够不顾一切地投于爱人的怀抱，永不分离。"待好风"，另一版本作"任好风"。

此诗写女子深夜情思，于叙述中含有比兴。深夜缝制碧文圆顶的罗帐，浸润着浓烈的爱意，而结婚用的百子帐又寄托了团圆的希望。满怀幸福的女子又回想当初相见之时的情境：深含羞涩而错过了相话语的机会，于是沦入了长久的希望与等待，一年春尽，石榴已开鲜艳的花朵。因而，女子遂不再羞涩，要勇敢地去追随意中人了。这种心理活动，摹写得极其细腻，生动传神，宛然如见。这是绝佳的情诗，传神地表现了女子婉曲的心理变化过程：羞怯文静，而火红的石榴花，催燃其热情，要勇敢地追寻意中人去了。

当然，诗中也许寄托着诗人对错过的某种政治机遇的惋惜，乃其长期怀才不遇的感伤心理写照。叶葱奇将此诗系于大和八年（834）至九年（835）间考进士未第时，用未嫁比未登进士第。这一首完全用闺中待嫁来比拟："起二句用缝制百子帐比练习诗赋。三四二句用含情待嫁、媒合未成比赴举未中。五六二句用宵深独处，一春又过，比寒窗兀坐，及第的希望又复落空。七句用陆郎比礼部试官，即'蓬山此去无多路'之意，所以末句说安得凭一阵'好风'将此身吹送而去。"（《李商隐诗集疏注》）如此解释，亦聊备一说。

其二

重帏深下莫愁堂，卧后清宵细细长。神女生涯原是梦，小姑居处本无郎。风波不信菱枝弱，月露谁教桂叶香。直道相思了无益，未妨惆怅是清狂。

“重帏深下莫愁堂，卧后清宵细细长。”重帏，层层帷幕。莫愁，古乐府中传说的女子。相传为洛阳人，嫁为卢家少妇。南朝梁武帝《河中之水歌》：“河中之水向东流，洛阳女儿名莫愁……十五嫁为卢家妇，十六生儿字阿侯。卢家兰室桂为梁，中有郁金苏合香。”而《旧唐书·音乐志二》说，莫愁乃为石城人（在今湖北省钟祥县）。“《莫愁乐》，出于《石城乐》。石城有女子名莫愁，善歌谣，《石城乐》和中复有‘莫愁’声，故歌云：‘莫愁在何处？莫愁石城西，艇子打两桨，催送莫愁来。’”此处喻指深闺未嫁之女子。首联摹写闺房深夜之情境：重重帘帷低垂，闺房陈设华丽，一派静谧，而女子卧于床上，长夜难眠。“细细长”，诗人将长夜形象化了，清冷漫长的暗夜，似乎被拉得很长，女子似乎在一分一刻地数着，难待天明。

“神女生涯原是梦，小姑居处本无郎。”神女，巫山神女，传说楚王曾在梦中与之相会。宋玉《高唐赋》：“昔者先王尝游高唐，怠而昼寝，梦见一妇人，曰：‘妾巫山之女也，为高唐之客。闻君游高唐，愿荐枕席。’王因幸之。”小姑，少女。古乐府《青溪小姑曲》：“开门白水，侧近桥梁。小姑所居，独处无郎。”颔联用巫山神女的典故，意谓爱情如梦，要有奇幻的机遇，才能得到；青溪小姑典故，意谓主人公而今还是独居无郎的单身状态，渴望爱情。“原是梦”“本无郎”，彰显爱情遇合的奇幻，更激起对爱情的无限渴望。

“风波不信菱枝弱，月露谁教桂叶香。”颈联乃倒装句“不信风波菱枝弱，谁教月露桂叶香”——女子自比柔弱如菱枝，不惧狂风摧折；自具桂叶之芳香，却也不愿得到月露之滋润而增益之。意谓，虽是柔弱女子，却不惧风波；自具高洁品性，也不愿有所倚凭，而失其所守。

“风波”“月露”前置于句首，既是强调，也突现形象性，带有似梦若幻的感觉，与上一联之“原是梦”相一致。因而，尾联则更上一层：“直道相思了无益，未妨惆怅是清狂。”了无益，毫无益处。清狂，痴癫，深情有如白痴。《汉书·昌邑哀王刘贺传》：“察故王衣服言语跪起，清狂不惠。”颜师古注：“凡狂者，阴阳脉尽浊。今此人不狂似狂者，故言清狂也。或曰，色理清徐而心不慧曰清狂。清狂，如今白痴也。”《南史·江禄传》：“子徽亦有文采，而清狂不慧，常以父为戏。”此联谓，入骨的相思，于事无补，然而不妨痴情自守，终其一生，也绝不改变初衷。

此诗感情激荡，又逻辑细密，抒写一个独居青春女子对爱情的渴望，深夜独宿的种种情状与思索。长夜难眠，爱情之际遇虽如同奇幻，而独居之青春女子，尤为渴望：风波虽恶，却不能摧折其坚贞；月露滋润，却也难添桂叶芳香。因而愿意独守相思，痴情而终老。李商隐一生仕途灰暗，处于朋党攻击的夹缝中，遂有人生遇合如同梦幻的感慨。因而，此诗所写，大概就是这种心境的直接流露。诗人沉沦下僚，蒲柳弱枝，虽渴望于神奇的际遇，却也甘于自守自持。“风波不信菱枝弱，月露谁教桂叶香。直道相思了无益，未妨惆怅是清狂。”诗人清才自负，愿意执守信念，不攀援贵幸，痴情而终老。冯浩说：“此种真沉沦悲愤，一字一泪之篇。”（《玉溪生诗集笺注》卷二）应该说，此诗乃李商隐以爱情为题，而抒写其人生的感悟与信念，因而极具深情，曲折委婉，气脉动荡，动人心魄。

温庭筠

利州南渡

澹然空水带斜晖，曲岛苍茫接翠微。波上马嘶看棹去，柳边人歇待船归。数丛沙草群鸥散，万顷江田一鹭飞。谁解乘舟寻范蠡，五湖烟水独忘机。

利州，唐代属山南西道，州治在今四川广元，嘉陵江从城西流过。《元和郡县图志》卷二五“利州”：“本秦蜀郡地，汉分巴、蜀，置广汉郡。按今州即广汉郡之葭萌县地也……正始三年改西益州为利州，隋大业三年改为义成郡，武德元年又改为利州。州城西临嘉陵江。”利州之南，有益昌县之桔柏津，乃嘉陵江与白水江合流处，是自秦入蜀的重要渡口。大概在大和四年（830）秋，温庭筠入蜀，途经利州南渡而作此诗。

旅行所至，见到佳山胜水，为其陶醉，而情意欣欣然，颇有感触，遂吟诗以记之，实乃风雅之举。温庭筠途经利州，见南渡一带景色清丽明净、空阔淡远，陶醉其中，遂作此诗。“澹然空水带斜晖，曲岛苍茫接翠微。”首联，乃远望中的南渡阔远苍茫之景象：黄昏，夕阳斜晖映照在清空邈远、水天淡荡的空阔江面上，江流蜿蜒，岛屿萦回，茫茫苍苍，与远处隐隐之翠微青山相接。澹然，安静，此处指水波不兴。扬雄《长杨赋》：“使海内澹然，永忘边城之灾。”李白《古风》之三四：“天地皆得一，澹然四海清。”带，映带，映照。阴铿《渡青草湖》：“带天澄迥碧，映日动浮光。”元稹《遭风二十韵》：“暝色已笼秋竹树，夕阳犹带旧楼台。”曲岛，指江流蜿蜒，岛屿萦回，水岸曲折。翠微，指青翠掩映的山腰幽深处，后亦指青山。李白《赠秋浦柳少府》：“摇笔望白云，开帘当翠微。”高适《赴彭州山行之作》：“峭壁连崆峒，攒峰叠翠微。”首联，用“空水”“苍茫”摹写南渡之广阔辽远，用“带斜晖”“接翠微”刻画水天相接、近景远景相融为一体的境界，颇富动态感。

“波上马嘶看棹去，柳边人歇待船归。”颔联乃乘船行驶所见之景象：渡船上有人有马，行于空阔江面之上，骏马嘶鸣，船上之人悠闲地观赏船行水上之风景；而渡头待渡之人，三三两两，安详地歇息于柳树荫下，耐心等待渡船归来。“波上”，江面之上的行船。“柳边”，柳荫下待渡之人。“看棹去”“待船归”，正是从乘船之人与待渡之人不同的视角，摹写南渡之悠然景象。诗人所要突出的正是行者与待渡者的悠闲情致和从容不迫的心境。

“数丛沙草群鸥散，万顷江田一鹭飞。”颈联紧承上联进一步叙写：船行于水上，近处数丛沙草，点缀于水面，渡船驶近时，歇息于草丛中的鸥鸟被惊起而四下飞散；放眼远处，万顷茫茫水域，一只白鹭，轻盈飞翔。此联刻画景物，动静结合，大小一体，极具功力。几处水草，点缀于水面，鸥鸟歇息隐没其中，群鸥飞散，始觉船行；万顷水田，茫茫无际，而一只白鹭轻盈飞翔。“数丛沙草”乃静态，而“群鸥散”为动态，见出船行于水面；“万顷江田”乃广大，而“一鹭飞”为细小，彰显水天相接之广阔；而且“群鸥散”“一鹭飞”，化静为动，相辅相成，于辽阔敻远之中具有明丽之景，摹写出鸥、鹭之自由自在、自然而然之天真意趣。

“谁解乘舟寻范蠡，五湖烟水独忘机。”前三联乃叙事写景，而尾联则为感慨抒发：看到如此祥和安宁的美景，人世熙熙攘攘，为名利而奔波，又有谁能够驾一叶扁舟，追随范蠡而做一个逍遥自在的江湖散人呢？那云蒸霞蔚的江湖，足以让人忘却机诈之心，随顺自然矣。范蠡，字少伯，春秋时楚人，为越国大夫，辅佐越王勾践灭吴。在越国军队攻入吴国都城之时，与亲信远遁江湖。范蠡功成身退，远遁江湖以求保全性命。《史记·越王勾践世家》：“范蠡事越王勾践，既苦身戮力，与勾践深谋二十余年，竟灭吴，报会稽之耻……范蠡以为大名之下，难以久居，且勾践为人可与同患，难与处安，为书辞勾践……自与其私徒属乘舟浮海以行，终不反。”《史记·货殖列传》：“范蠡既雪会稽之耻……乃乘扁舟浮于江湖。”范蠡后来成为富翁，称陶朱公。五湖，原指太湖，此处泛指江湖。忘机，忘却机诈之心、机巧功利之心。《列子·黄帝》：“海上之人有好沤（鸥）鸟者，每旦之海上，从沤鸟游，沤鸟之至者百住而不止。其父曰：‘吾闻沤鸟皆从汝游，汝取来，吾玩之。’明日之海上，沤鸟舞而不下也。”此处诗人意谓，欲隐居江湖，远离机诈纷争之政局，淡然处世。

此诗乃诗人游历利州，途经南渡而作。首联写景阔大，深得绘画之理。水天空阔，江岸曲折，岛屿萦回，与远处隐隐青山之青翠相接，而夕阳将一抹绯红斜晖洒于碧空青水之间。“带斜晖”“接翠微”，极为传神，劲健有力，天空、江水、岛屿、斜晖，既浑然一体，又呈现出颇强的层次感。在这一阔大背景下，诗人展开摹写：人事茫茫，劳碌奔波，一棹远去，船行江心，骏马嘶鸣，渡头柳荫，旅人歇息，静待船归，一派祥和；船行所至，惊飞沙草丛中之鸥鸟，万顷碧水，一只白鹭自在飞翔。中间二联，写万物之恬适有序，各安其本性，静谧而有生气，于是尾联乃有欲乘舟追随范蠡而隐遁江湖之意，点明诗之主旨。“谁解”，乃无人能够理解。“独忘机”，可见众人未能忘机。有一种世无已的悲哀，正是诗人仕宦失意之落寞心境的流露。

苏武庙

苏武魂销汉使前，古祠高树两茫然。云边雁断胡天月，陇上羊归塞草烟。回日楼台非甲帐，去时冠剑是丁年。茂陵不见封侯印，空向秋波哭逝川。

在历史上，苏武以坚持气节、不辱使命而著称。苏武，字子卿，汉武帝天汉元年（前 100）以中郎将出使匈奴，为匈奴所扣留。苏武坚贞不屈，不降匈奴，遂被流放至北海（今俄罗斯贝加尔湖）放羊，扬言公羊产子才能放回。直到汉昭帝始元六年（前 81），始得归汉。苏武被扣留匈奴长达十九年，经历艰辛，始终未失民族气节，从而赢得世人之敬仰，死后被立庙祭祀。今甘肃民勤有苏武庙、苏武山。温庭筠集中有数首边塞诗，可知诗人曾赴边塞，唯时间不详。

此诗乃凭吊苏武庙而作，首联“苏武魂销汉使前，古祠高树两茫然”，上句说苏武，下句说庙。苏武被扣留匈奴长达十九年之久，历经艰辛而志节不改，终于可以面对汉朝使者，不禁百感交集，黯然魂销；近千年之后，诗人立于祠庙，祠庙古旧，庙树高大，似乎在无言地诉说着茫茫往事。魂销，谓灵魂离体而消失，形容极度悲伤或极度欢乐激动。江淹《别赋》：“黯然销魂者，唯别而已矣。”汉昭帝即位后，匈奴与汉和亲，汉朝派使者至匈奴访求苏武等人，匈奴诡言苏武已死，有人密报使者苏武未死，汉使诈称汉天子在上林苑射猎，“得雁足有系帛书，言武等在某泽中”，单于大惊，以实相告，苏武才得以归汉。降将李陵送别苏武，曰：“今足下还归，扬名于匈奴，功显于汉室，虽古竹帛所载，丹青所画，何以过子卿……异域之人，壹别长绝。”（《汉书·苏武传》）因而，首句说“苏武魂销汉使前”，乃昔日苏武初对汉使之真实情状，感情极为强烈、复杂，有辛酸的追忆，有意外之惊喜，悲欣交集，感慨万端，种种情绪，涌上心头，难以言状，因而用“魂销”概括，极为精要。千年之后，诗人凭吊于祠庙，唯见祠庙古旧，庙树参天，苍茫肃穆，冷落萧条，渲染那种充满历史沧桑感的浓郁气氛。茫然，模糊不清的样子，年代久远的样子。李白《蜀道难》：“蚕丛及鱼凫，开国何茫然。尔来四万八千岁，不与秦塞通人烟。”杜甫《送路六侍御入朝》：“童稚情亲四十年，中间消息两茫然。”“古祠高树两茫然”之“两茫然”，乃今日诗人凭吊之际的真实感受，写出了诗人与苏武异代知音之感受，既与首句之“魂销汉使前”的强烈复杂感情形成对照，又开启下文，抒写苏武流落匈奴的艰辛与志节。

“云边雁断胡天月，陇上羊归塞草烟。”颔联，摹写苏武被拘羁匈奴的艰辛岁月：滞羁匈奴，望断云边大雁南飞；持汉朝使节而牧羊，黄昏归来，塞草如茵，连绵无际。“胡天月”，谓苏武拘羁匈奴的岁月。“雁断”，谓苏武牧羊，深情眺望大雁南归，而自己不得归去之悲苦，与下句之“羊归”相对照。陇，通“垄”，丘垄之上。《汉书·苏武传》：匈奴单于欲使苏武归降，苏武不从，“单于愈益降之，乃幽武置大窖中，绝不饮食。天雨雪，武卧啮雪，与旃毛并咽之，数日不死。匈奴以为神。乃徙武北海上无人处，使牧羝，羝乳乃得归……武既至海上，廪食不至，掘野鼠去草实而食之。杖汉节牧羊，卧起操持，节旄尽落。”颔联，摹写苏武归汉之前，持汉之使节而牧羊，望断南飞之大雁，消息不通，然而秉持志节，不改初心，既表其坚贞之心志，也补叙首句“魂销汉使前”之缘由。

“回日楼台非甲帐，去时冠剑是丁年。”回日，归汉之日。《汉书·苏武传》：“武以始元六年春至京师，诏武奉一太牢谒武帝园庙，拜为典属国，秩中二千石，赐钱二百万，公田二顷，宅一区。”甲帐，汉武帝所造的帐幕。饰琉璃珠、夜光珠等珍宝者为甲帐，以居神；其次为乙帐，以自居。《北堂书钞》卷一三二引《汉武帝故事》：“上以琉璃珠玉、明月夜光杂错天下珍宝为甲帐，次为乙帐。甲以居神，乙以自居。”去时，奉使匈奴之时，即天汉元年（前 100）。冠剑，古代官员戴冠佩剑，后遂用以指官职或官吏。江淹《到主簿日事诣右军建平王》：“常欲永辞冠剑，弋钓畎壑。”丁年，男子成丁之年。历代之制不一。汉代以男子二十岁为丁，明清以十六岁为丁。后亦泛指壮年。此联谓，汉昭帝始元六年（前 81）苏武由匈奴返回汉朝，而武帝已然去世，只见重重楼阁台榭，非复汉武帝所设之甲帐，人事已非，可为浩叹；而武帝天汉元年奉节出使匈奴，苏武戴冠佩剑，正值壮年，大有作为之时，时光匆匆，唯有感慨。《汉书·苏武传》记载：“武留匈奴凡十九岁，始以强壮出，及还，须发尽白。”此联用“回逆之法”，先叙写“回日”，再追溯“去时”，将时间倒置，增强了诗意的跌宕与感情的回复感慨。

“茂陵不见封侯印，空向秋波哭逝川。”汉武帝去世，葬于茂陵，在今陕西兴平。此处指汉武帝。《汉书·苏武传》：苏武在匈奴听闻武帝去世，“南向号哭，欧（呕）血”，早晚凭吊哭临；苏武以昭帝始元六年归汉，拜典属国，秩二千石，赐钱二百万。李陵《答苏武书》：“足下昔以单车之使，适万乘之虏，遭时不遇，至于伏剑不顾，流离辛苦，几死朔北之野。丁年奉使，皓首而归。老母终堂，生妻去帷。此天下所希闻，古今所未有也。蛮貊之人，尚犹嘉子之节，况为天下之主乎？陵谓足下当享茅土之荐，受千乘之赏，闻子之归，赐不过二百万，位不过典属国，无尺土之封，加子之勤。而妨功害能之臣，尽为万户侯；亲戚贪佞之类，悉为廊庙宰。”替苏武抱屈。苏武封侯，乃昭帝死后，苏武参与谋立宣帝，而封关内侯，事见《汉书·苏武传》。此联意谓，苏武忠心耿耿，志节不改，归汉时被任命为典属国，功高不赏，至宣帝时才赐爵关内侯，可惜武帝已经长眠茂陵，不得见矣；苏武归来祭拜茂陵，只能面对秋天的流水逝波哭吊了。言外之意，如若武帝不死，苏武归国，功高名显，一定会早早封侯的，而今武帝已逝，苏武祭拜，回想武帝知遇之恩，不禁悲痛欲绝矣。苏武被拘羁，面对劝降者，苏武说：“（苏）武父子亡功德，皆为陛下所成就，位列将，爵通侯，兄弟亲近，常愿肝脑涂地。今得杀身自效，虽蒙斧钺汤镬，诚甘乐之。臣事君，犹子事父也。子为父死，无所恨，愿勿复再言。”（《汉书·苏武传》）这种忠君爱国思想、带有特定历史时代特征的爱国形象，颇为真切感人。逝川，指时光流逝。《论语·子罕》：“子在川上曰：‘逝者如斯夫，不舍昼夜。’”

此诗乃诗人游览苏武庙而作，吊古抒怀，给予苏武极大的崇敬。首联，状摹苏武被拘羁匈奴长达十九年之久，初见汉朝使者之黯然魂销的极为强烈而复杂的感情，凸现苏武强烈的爱国之情和崇高的气节，给人以强烈的震撼；次句又以眼前祠庙景象之庄严肃穆，而滋生出异代知音之感，将历史与现实融为一体，情思相通且充满天地间。颔联进一步抒写苏武拘羁匈奴的生存状态：持节牧羊，荒寒冷落，情系故国，眺望南天，强化苏武的故国之思与民族气节。颈联，上句抒写归汉之日，人非物亦非，武帝已逝，甲帐不在；下句追述当年受命出使，戴冠佩剑，正值壮年，大有可为之时，然而，十九年的拘羁生涯，头白归来，事业无成，感慨万端。尾联，哭祭武帝，痛惜知遇不再。功高名显，而迟迟不得封侯，是哭武帝，也是哭知遇之难逢、生命之空逝。诗人在诗歌的构思上，精心设计，独具匠心，诚为一篇佳作。

薛　逢

宫　词

十二楼中尽晓妆，望仙楼上望君王。锁衔金兽连环冷，水滴铜龙昼漏长。云髻罢梳还对镜，罗衣欲换更添香。遥窥正殿帘开处，袍裤宫人扫御床。

薛逢（806—?），字陶臣，蒲州河东（今山西永济）人。会昌元年（841）进士，授秘书省校书郎。崔铉拜相，擢薛逢为万年尉，历侍御史、尚书郎分司东都。薛逢“文词俊拔，论议激切，自负经画之略，久之不达”（《旧唐书·薛逢传》），与杨收、王铎同年登第，而薛逢文艺最优。杨收拜相，薛逢作诗“谁知金印朝天客，同是沙堤避路人”，王铎拜相，薛逢又有诗“昨日鸿毛万钧重，今朝山岳一毫轻”，杨收、王铎皆不满之，故多予以贬抑。薛逢能诗，《唐才子传》说：“逢天资本高，学力亦赡，故不甚苦思，而自有豪逸之态，第长短皆率然而成，未免失浅露俗。盖亦当时所尚，非离群绝俗之诣也。”

此诗抒写宫女怨郁，作年不详。宫女是一个特殊的群体，一生因入宫而与清冷、寂寞、不得自由等结缘，除了极少数因君王宠幸而得势，绝大多数终其一生，幽闭深宫，虚耗生命，充满凄怨。唐代诗人王昌龄、白居易、元稹、王建等多有词类作品，抒发对这一群体的悲悯、同情，无疑也在一定程度上对统治阶级的荒淫冷酷进行了鞭挞。

首联“十二楼中尽晓妆，望仙楼上望君王”，十二楼，相传黄帝有五城十二楼，此处指皇宫内苑之楼台。皇宫内苑的宫女们，居于各处殿堂，清晨早早起来，精心妆扮，信心满满，希望以自己的美貌，得到君王的宠幸；梳妆穿戴好之后，站在望仙楼上，痴痴地盼望着君王的到来。一个“尽”字，点明了所有宫女，莫不早早起来，梳洗妆扮。深宫幽闭，日复一日，年复一年，都希望以自己的美貌博得君王的宠幸。事实上，这只能是一种虚无缥缈的设想，极难有实现的可能。正如“望仙楼”这个楼台名一样，望见君王、得到宠幸，就像是望见神仙一样难以企及。“望仙楼”一开篇即写出了宫女们盼望的心理，同时也埋下了失落的伏笔。

颔联“锁衔金兽连环冷，水滴铜龙昼漏长”，承上句中的“望”字，一天天的日子，从早到晚，时间一点一点地推移，宫女们盼望君王的宠幸，然而冰冷的兽形连环锁，紧紧锁闭了重重宫门，使宫院更显寂寞、阴冷；夜晚难眠，宫院清冷，只能听到铜龙漏壶“嘀嗒，嘀嗒”的水滴声，似乎那水滴永远也滴不完——长夜难明啊。环境是多么凄冷，时间又是多么漫长啊！此联对仗工稳，“锁衔”对“水滴”，“金兽连环”对“铜龙昼漏”，“冷”对“长”。尤其是“冷”“长”二字，写出了环境清冷、时光漫长，更是抒情主人公情感的投射，是内心真实的感受，是景语，也是情语。

颈联“云髻罢梳还对镜，罗衣欲换更添香”，在漫长的期望与等待中，不见君王之临幸，宫女们对早已收拾好的梳妆，还不放心，忍不住对镜审视，精心妆饰；嫌身上的罗衣不漂亮，索性再换一件，又拿出香料再熏罗衣，以使之更为芳香。这一切，都是为了以美色博取君王的宠幸，写出了宫女微妙的心理变化。

尾联“遥窥正殿帘开处，袍袴宫人扫御床”，用白描手法从正面叙事，那些痴痴等待的宫女们，遥遥望见皇宫正殿帘幕打开，着袍袴短装的宫人正在为皇帝打扫床榻。此乃反衬手法，从侧面说明宫女们一天的盼望以失落而告终。“遥窥”二字，既是神态摹写，又是心理刻画；远远窥见“宫人扫御床”，这一场景说明君王不会来了。全诗以这一动作作结，说明前面一系列的“晓妆”“望君”“罢梳对镜”“罗衣欲换”等，都是徒劳的，更强化了内心的凄苦、寂寞与失落情绪。

宫怨诗是唐诗中的一个重要题材，写宫女生活，多寄寓同情悲悯之情。这首诗通过细腻的心理刻画和客观冷静的白描手法，摹写了一天之中众多宫妃从望幸到失落的心理活动，情志委婉，笔触细腻，充满同情和悲悯。然而，此诗是仅仅摹写宫女的怨郁之情，还是别有寄托？联系薛逢仕途偃蹇、沉沦下僚的悲苦，知人论世，却也有托宫女怅望而别寓怀抱之意。前人论曰："只一起'望君王'三字，写尽士人抑郁无聊、痴痴想望神理。四海之内，贤才众多，无不各负所学，必仰藉于人之简拔，此第一二句正意也。无奈想望甚切，而际会愈难，日月逝矣，沦弃如故，此第三四句正意也。及至不蒙见用，愈加淬励，以冀一日之进取，此第五六句正意也。然而圣明在上，近御有人，知而不举，此第七八句正意也。结句有含讽意。"（《唐诗鼓吹》卷二引朱三锡评语）如此理解，确有托美人香草以讽喻之意，亦可见出此诗写作之极成功处，由不同的读者滋生出多样的理解，具有比较深厚广博的意蕴，洵为佳作。

秦韬玉

贫　女

蓬门未识绮罗香，拟托良媒亦自伤。谁爱风流高格调，共怜时世俭梳妆。敢将十指夸针巧，不把双眉斗画长。苦恨年年压金线，为他人作嫁衣裳。

秦韬玉，字中明，生卒年不详，京兆（今陕西西安）人，或曰湘中（今湖南）人。父为左军军将，因得入大宦官田令孜之门，为交结宦官的“芳林十哲”之一。广明元年（880），黄巢入长安，秦韬玉随僖宗入蜀，田令孜引为神策军判官。中和二年（882），特赐进士及第。后官至工部侍郎、判度支。秦韬玉“少有辞藻，工歌吟，恬和浏亮”“每作，人必传诵”（《唐才子传》）。存诗三十余首，皆为七言。

《贫女》诗，大概是其未遇时托贫女以自况，抒发怀才不遇、不合时宜之感。然而，无论是刻画贫女形象，还是以比兴手法喻寒士之不遇，皆极为妥帖，为世所传颂。

首联“蓬门未识绮罗香，拟托良媒亦自伤”，出身于蓬门荜户的贫家女子，身穿粗布衣裳，已到待嫁之年，从来未有绫罗绸缎沾身，似无人问津啊；故而打算请托一位好媒人，也好把自己嫁出去啊！可是转念一想，又不由得感慨伤心。为什么伤心呢？悬念由此留下。蓬门，犹柴门，指贫女之家。绮罗，丝织品，指富贵家妇女的服饰。良媒，好媒人。李山甫《贫女》：“平生不识绣衣裳，闲把荆钗亦自伤。”张碧《贫女》：“自是生寒门，良媒不相识。”

颔联“谁爱风流高格调，共怜时世俭梳妆”，紧承上联“伤”字而作答：谁人喜爱我这种风流脱俗的高雅格调呢？人们都喜欢世俗流行的奇装异服。风流，仪表，风采。高格调，即格调高雅。共怜，大家都喜爱。俭梳妆，即险妆，奇装异服的时世妆，最时髦的妆梳。白居易《新乐府·时世妆》："时世妆，出自城中传四方。时世流行无远近，腮不施朱面无粉。乌膏注唇唇似泥，双眉画作八字低。妍媸黑白失本态，妆成尽似含悲啼。圆鬟无鬓椎髻样，斜红不晕赭面状。昔闻被发伊川中，辛有见之知有戎。元和妆梳君记取，髻椎面赭非华风。"《新唐书·车服志》记载，文宗即位，崇尚俭朴，下诏"禁高髻、险妆、去眉、开额及吴越高头草履"。此联表现出贫女品格孤高，不随流俗；而时人一味媚俗，却无人赏识其内在的节操。"谁"字，直贯以下六句，皆为"自伤"的内容。

颈联"敢将十指夸针巧，不把双眉斗画长"，是贫女自况：她心灵手巧，针线活儿（即女红）无人能比，从来不用灵巧的手指描眉画目，与他人争长论短。意谓，贫女有内在才华之美，根本不用以相貌取胜，与庸俗女子比美争艳。这正是对前面一句"风流高格调"的具体说明。至此，贫女之贫穷的现实处境、苦无良媒的感慨、心灵手巧不恃美貌之举止，都已交代清楚。可见，真是一位秀外慧中的女子，有操守、有才华、家贫甚、无良媒，故而苦无佳偶。讲出了一个女子的处境，也讲出了一个社会的现实，是不平之鸣。"针巧"，一作"偏巧"，指特别灵巧。

尾联"苦恨年年压金线，为他人作嫁衣裳"，乃感叹自伤之词：深深遗憾，年年辛辛苦苦地刺绣缝制罗锦衣服，从来都是为他人制作华美的嫁衣裳罢了。压金线，用金线绣花。压，按抑，是一种刺绣方法。

贫女有高贵的品质、杰出的才华，无奈因家贫而不被人们赏识，以至于佳偶难觅。这是多么冷酷的现实，是社会之一隅的高度浓缩。她心灵手巧，而不以颜色自恃。她辛勤制衣，却穿不到自己身上。不仅如此，她还要日复一日，年复一年，为他人制作出嫁的衣裳，写尽了贫女的伤感、无奈、不平。尤其是最后一句"为他人作嫁衣裳"，既口语化，又有很强的哲理性，千百年来，传颂不已。

赵臣瑗曰："此盖自伤不遇而托言也。贫士贫女，古今一辙，仕路无媒，何由自拔，所从来久矣。”（《山满楼笺注唐诗七言律》）沈德潜《唐诗别裁集》评此诗“语语为贫士写照”，诚不虚也。俞陛云曰：“此篇语语皆贫女自伤，而实为贫士不遇者写牢愁抑塞之怀。首二言生长蓬门，青裙椎髻，从不知罗绮之妍华，以待字之年，将托良媒以通辞，料无嘉耦，只益伤心。三四谓自抱高世之格，甘弃铅华，不知者翻怜我梳妆之俭陋也。五六谓以艺而论，则十指神针，未输薛女；以色而论，则双眉远翠，不让文君。而藐如独处，从不向采芳女伴夸绝艺而竞新妆。末句言季女斯饥，固自安命薄，所恨者年年辛苦，徒为新嫁娘费金线之功。人孰无情，谁能遣此耶？孟郊诗‘坐甘冰抱晚，永谢酒杯春’，‘冰抱’为难堪之境，而栖迟至晚，枯坐自甘；‘酒杯’喻声利之场，乃春色虽多，孤踪永谢，与《贫女》诗意境相似，而以五言隽永出之，弥觉有味。”（《诗境浅说》）

此诗用比兴手法，以贫女自伤之词喻寒士抑塞之怀。以贫女之贫苦喻寒士之窘迫，以贫女之高格喻寒士之自重，更以“为他人作嫁衣裳”喻寒士孤高耿介又不为世重的现实。“未识绮罗”以喻寒士之贫苦，“良媒”以喻荐引寒士之人，“高格调”以喻寒士之高品格，“针巧”以喻寒士之真才实学，“为他人作嫁衣裳”以喻寒士寄人篱下等等。此诗通篇皆比，连类取喻，情感真挚，哀怨沉痛，颇富哲理性，启迪人之思想。

乐府一首

沈佺期

独不见

卢家少妇郁金堂，海燕双栖玳瑁梁。九月寒砧催木叶，十年征戍忆辽阳。白狼河北音书断，丹凤城南秋夜长。谁为含愁独不见，更教明月照流黄。

诗题一作《古意》，一作《古意呈补阙乔知之》。独不见，乐府旧题，《乐府诗集》卷七五《杂曲歌辞》曰：“独不见，伤思而不得见也。”南朝柳恽诗曰：“奉帚长信宫，谁知独不见。”补阙，唐代谏官名称，从七品上，掌供奉讽谏之事。乔知之，同州冯翊人，以文词知名，尤称俊才，武后时官右补阙，与陈子昂交好，曾率军出征西北边塞，后为武承嗣所杀。此诗当作于乔知之官右补阙时。此诗诗题为乐府，实际上是七言律诗。

“卢家少妇郁金堂，海燕双栖玳瑁梁。”梁武帝萧衍《河中之水歌》：“河中之水向东流，洛阳女儿名莫愁。莫愁十三能织绮，十四采桑南陌头。十五嫁为卢家妇，十六生儿字阿侯。卢家兰室桂为梁，中有郁金苏合香。”据此，卢家少妇指称年轻美貌、聪慧能干之女子。郁金，多年生草本植物，姜科，叶片长圆形，夏季开花，有块茎及纺锤状肉质块根，黄色，有香气。古人用作香料，或浸水作染料。《艺文类聚》卷八一引晋左芬《郁金颂》：“伊此奇草，名曰郁金。越自殊域，厥珍来寻。芬香酷烈，悦目欣心。”郁金堂，用郁金香草块茎或块根碾碎和泥涂墙壁的厅堂，有芳香之气。“堂”字，一作“香”。海燕，燕子的别称。古人认为燕子产于南方，须渡海而至，故名。玳瑁，爬行动物，形似龟，甲壳黄褐色，有黑斑和光泽。也指用玳瑁甲壳制成的装饰品。《汉书·东方朔传》："宫人簪玳瑁，垂珠玑。"鲍照《拟行路难十八首》之一："奉君金卮之美酒，玳瑁玉匣之雕琴。"玳瑁梁，嵌饰玳瑁的屋梁，也作画梁的美称。首联，营造少妇居室之奢华及其独居之孤苦：少妇美艳，深居兰室郁金堂，香气馥郁，而雕画精美的梁柱上，海燕双飞双入，栖息其上。"卢家少妇"，借指此女子之美艳、聪慧，"郁金堂""玳瑁梁"则彰显其居处之奢华，又用"海燕双栖"之意象，反衬少妇居守空闺之孤寂凄清。奢华的环境，双飞双宿的海燕，反衬其处境之孤寂，为下文进一步抒写相思离别之情，作了良好的铺垫。

"九月寒砧催木叶，十年征戍忆辽阳。"颔联，直接点明少妇相思离别之情：深秋九月，到处都有妇女洗濯衣服的身影，此起彼伏的捣衣声，传向远方，也催促得树叶飘零；而征人远戍辽阳，长达十年之久。古代有秋天浆洗衣服，寄给远方亲人以御寒的习俗。砧，捣衣石。辽阳，秦置辽东郡，下设辽阳县。唐初设辽州，高宗置辽州都督府，为东北边防重镇，其地在今辽宁辽阳一带。"九月寒砧"这一具体的时间抒写，与"十年征戍"之漫长的时间段相对仗，彰显相思离别之久，年年九月寄送寒衣，一往情深。"催木叶"摹写秋风萧瑟，树叶飘零，寒意渐浓，砭人肌骨；而"忆辽阳"将深切的思念之情，融化在这萧瑟秋风之中，景中有情，含而不露，颇耐人寻味。

"白狼河北音书断，丹凤城南秋夜长。"白狼河，又名大凌河，在辽宁南部，流经锦州入海。白狼河北，指唐代营州一带。丹凤城，京城，指长安。相传，秦穆公之女弄玉，吹箫引来凤凰，降于秦京咸阳。后来遂以丹凤城为帝都的代称。唐代长安城，宫城在北，居民区在南。因而丹凤城南指少妇所居之处。颈联，远在辽阳、久戍十年不归的征人，很久没有书信寄来，而居守空闺的少妇却仍然在一往情深地思念，漫漫秋夜长，无法安眠。"白狼河北"对照"丹凤城南"，以所居之地将征人思妇分别之景状表现出来，遥远的距离，两地相思之深情，颇为真切。而"音书断"与"秋夜长"，两相对照，加深了长久相思离别之痛苦，深切的担忧和无奈，又使得这一情感达到了极致。

“谁为含愁独不见，更教明月照流黄。”谁为，谁料。流黄，黄紫杂色的绢。汉乐府《相逢行》：“大妇织罗绮，中妇织流黄。”此处“流黄”指丝绢所制之帷帐。尾联，独居闺中的思妇，听阵阵寒砧声，遂兴起无限情意，思念久戍边地之丈夫，脉脉含情而不得相见，愁容满面；正当伤怀已极，无可奈何之极，看见那一轮恼人的明月，将清澈的月光照在帘帷之上，更显其孤寂与凄然，不胜其愁了。本来抒情已达极致，诗人却将少妇思而不得见的无奈与惆怅，迁怒于“明月照流黄”，将抒情推向了新的高度。

此诗乃初唐七律之冠。诗人以凄婉缠绵的笔调，摹写长安少妇秋夜独居，思念征戍辽阳十年之久的丈夫之孤寂愁苦的情怀，极为感人。此诗构思新巧，开篇即以“卢家少妇”起兴，暗示少妇之美艳聪慧，摹写居处之奢华，而以“海燕双栖”反衬其独居之孤寂。随之则以“寒砧催木叶”“征戍忆辽阳”和“音书断”“秋夜长”之两两对举，又辅以“九月”“十年”时间性之抒写、“白狼河北”“丹凤城南”地点之对照，深切地刻画少妇之凄清景象和忧愁深思。前六句充满同情的描述，到结尾两句转为少妇愁苦已极的独白，不胜其愁而迁怒于明月，极富形象感，又使抒情达至新的高度。

此诗刻画形象，营造意境，将人物心情与环境气氛密切结合，“海燕双栖玳瑁梁”烘托“卢家少妇郁金堂”的孤独寂寞，寒砧木叶、城南秋夜烘托“十年征戍忆辽阳”“白狼河北音书断”的思念忧愁，尾联“含愁独不见”的情语借助“明月照流黄”的景物渲染，显得余韵无穷。论手法，有反面的映照（海燕双栖），有正面的衬托（木叶、秋夜长），多方面、多角度地抒写了女主人公“思而不得见”的愁绪。诗虽取材于闺阁生活，语言也未脱尽齐梁以来的浮艳习气，却显得境界广远，气势飞动，读起来给人一种顺流直下的感觉，精细严整中血脉流贯，元气浑厚，是唐代七律的奠基之作。

卷五　五言绝句

王 维

鹿 柴

空山不见人，但闻人语响。返景入深林，复照青苔上。

王维于开元后期营建辋川别墅，时时隐居于此。天宝九载（750），王维五十岁，母亲崔氏去世，丁忧守孝，离开朝廷而屏居辋川。《旧唐书·王维传》曰："得宋之问蓝田别墅，在辋口，辋水周于舍下，别涨竹洲花坞，与道友裴迪浮舟往来，弹琴赋诗，啸咏终日。尝聚其田园所为诗，号《辋川集》。"《礼记·三年问》曰："君子三年之丧，二十五月而毕。"唐时守丧，也是如此。以年而论，前后历三个年头，故曰"三年之丧"；以月而论，则前后仅历二十五个月。究其实，不过是两周年多一个月而已。其间，王维与裴迪来往，创作诗歌，编成五言绝句诗集《辋川集》，序曰："余别业在辋川山谷，其游止有孟城坳、华子冈、文杏馆、斤竹岭、鹿柴、木兰柴、茱萸沜、宫槐陌、临湖亭、南垞、欹湖、柳浪、栾家濑、金屑泉、白石滩、北垞、竹里馆、辛夷坞、漆园、椒园等，与裴廸闲暇，各赋绝句云尔。"

王维是诗人，也是画家和音乐家。唐人李肇《唐国史补》卷上记载："王维画品妙绝，于山水平远尤工。今昭国坊庾敬休屋壁有之。人有画《奏乐图》，维孰视而笑。或问其故，维曰：'此是《霓裳羽衣曲》第三叠第一拍。'好事者集乐工验之，一无差谬。"能够从图画上看出所奏为《霓裳羽衣曲》第三叠第一拍且一无差谬，可见王维绘画、音乐技艺之高超，艺术感受之颖悟。因而时人皆服其精思。王维绘画与音乐的修养都很高，两《唐书》本传皆采录此事，以为信史。《旧唐书·王维传》论之曰："维尤长五言诗。书画特臻其妙，笔踪措思，参于造化，而创意经图，即有所缺，如山水平远，云峰石色，绝迹天机，非绘者之所及也。”唐人封演说：“玄宗时，王维特妙山水，幽深之致，近古未有。”（《封氏闻见记》卷五）而且，王维曾亲自描绘辋川景物，其传世画本，宋人黄庭坚曾有幸观赏，曰：“王摩诘自作《辋川图》，笔墨可谓造微入妙。然世有两本，一本用矮纸，一本用高纸，意皆出摩诘不疑。临摹得人，犹可见其得意于林泉之仿佛。”（《山谷题跋》卷三《题辋川图》）

《鹿柴》是《辋川集》中的一首。柴（zhài），编木维护四周，即用于防守的栅栏、篱障。通“寨”。鹿柴是辋川别墅之一景。此诗用语言描绘夕阳西下时鹿柴风景之独特美，而有绘画之妙。

诗人从视觉来描摹，空山寂静，幽林深深，“不见人”是视觉之所见——杳无人迹；然而，这只是林木幽深、浓荫遮蔽而已，视觉上虽看不见，但事实上这里有着鲜活的生命与勃勃生机。“但闻人语响”，不见人，只能听闻到人声，是从听觉来补充、完善。空山寂静，能够听闻人声，那么，鸟鸣啾啾，虫声唧唧，流水潺潺，风鸣呜呜，落叶萧萧，甚至于万物生长的声响，大自然的天籁之声合奏成一支交响曲，是生命的律动，彰显天地间的勃勃生机。诗人以“人语响”，概括一切之声响，反衬出山林之空旷寂静。这“响”字，是打破寂静的。其以短暂的“人语响”，突出更大的、全局的、长久的空旷、宁静。王维很能体悟、把握“静”与“动”、“空”与“响”之间的微妙关系，是其高超音乐修养的体现。

后二句，由声音转向色彩，转向构图。返景，《初学记·日部》曰：“日西落，光返照于东，谓之日景。景在上曰反景，在下曰倒景。”上联“人语响”是从幽深的树林深处传来，可闻而不可睹；茂盛的树林，也增加了光线的幽暗。夕阳西下，一缕斜晖照入深林，刺破了幽暗，划亮了幽暗的树林，直接照在密林里潮湿、深幽的青苔上；另一方面，也正是这一缕昏黄、温暖的斜晖，衬托出青苔之“青绿”、林木之“幽暗”。以一缕斜晖之明亮的一小片、一小部分，反衬茂密深林之幽暗的大部分，形成强烈对比，更加突出了深林之幽暗。王维以画家的眼光，构图设色，用凝练文字，传神地营造出这唯美的图画。景到处有情，情到处生景，可思可视可摹画，诚为极致。李瑛说：“‘人语响’，是有声也；‘以景照’，是有色也。写空山不从无声无色处写，偏从有声有色处写，而愈见其空。严沧浪所谓‘玲珑剔透’者，应推此种。沈归愚（沈德潜）谓‘佳处不在语言’，然诗之神韵意象，虽超于字句之外，实不能不寓于字句之间。善学者须就其所已言者，而玩索其不言之蕴，以得于字句之外，可也。”（《诗法易简录》）

此诗乃诗歌、绘画、音乐相通融会而产生。诗人以有声表现无声的寂静，以有光表现无光的幽暗，以小小的“人语响”衬托巨大的空寂，以一缕明亮、温暖的斜晖反衬无边的幽暗。王维以画家、音乐家的敏锐，诗人的独特感受，创造出优美的境界，沁人心脾，令人爱赏不已。

五言绝句，每篇四句，每句五字，就是说要在二十个字的篇幅，表达一种情境，描绘一场景、一片断，或塑造一种意境，给人以美的享受，从而感动激发人意。看似容易，事实上创作难度很大，要写好更不容易。成如容易却艰辛，唯经过艰苦的训练与深入巧妙的构思，才能达到一定的水平。五言绝句，源于汉魏五言四句体古乐府小诗，至南朝，在新体诗讲究格律的同时，逐渐格律化。绝句在诗体中最为短小，不易写好，“五绝究以含蓄清淡为佳”，要做到“语短意长而声不促”（施补华《岘傭说诗》）。而王维五绝，冲淡自然，洵为唐代五绝之至高之境。

竹里馆

独坐幽篁里，弹琴复长啸。深林人不知，明月来相照。

王维精通音乐，《新唐书》本传说王维曾为太乐丞，是主管音乐的官员。唐代音乐兴盛、繁荣，而王维为太乐丞，必然是娴习音乐的，甚至有很专业的音乐素养。《集异记》卷二记载其事：“王维右丞，年未弱冠，文章得名。性闲音律，妙能琵琶，游历诸贵之间，尤为岐王之所眷重。”岐王为王维筹划入见公主：

维妙年洁白，风姿都美，立于前行，公主顾之，谓岐王曰：

“斯何人哉?”答曰:“知音者也。”即令独奏新曲,声调哀切,满座动容。公主自询曰:“此曲何名?”维起曰:“号《郁轮袍》。”公主大奇之。岐王曰:“此生非止音律,至于词学,无出其右。”公主尤异之,则曰:“子有所为文乎?”维即出献怀中诗卷。公主览读,惊骇曰:“皆我素所诵习者,常谓古人佳作,乃子之为乎?”因令更衣,升之客右。维风流蕴藉,语言谐戏,大为诸贵之所钦瞩。

此事颇为后世所怀疑。王维化装为乐工,衣锦绣抱琵琶而入公主府第求解头或系传闻,为小说家言,然其精通音乐当系事实。王维少年才俊、多才多艺,自期以其才艺为当世所知,知遇于岐王李范,而求权重朝野、宠重莫二的“公主”之赏誉,自在情理之中。

竹里馆,亦为王维辋川别墅胜景之一。此诗也是《辋川集》中的作品之一。

此诗描摹一种幽居之乐,以声写形,塑造一个精神傲然独立的隐者形象。幽篁,深邃幽暗的竹林。篁,竹林。《楚辞·九歌·山鬼》:“余处幽篁兮终不见天,路险难兮独后来。”抒情主人公独坐于深邃而略显暗淡的竹林里,“弹琴复长啸”。弹琴乃高士隐者的象征。阮籍“手挥五弦,目送归鸿”,傲然独立于天地间;嵇康善弹琴,声调绝伦,被杀前,顾视日影,索琴而弹《广陵散》,风神萧洒而悲壮;伯牙善弹琴,志在高山流水,钟子期识音乐,有“峨峨兮若泰山”“洋洋兮若江河”之赏叹,其情怀志趣之高雅,千载而下,依然令人欣羡向慕。

长啸,撮口发出悠长清越的声音,既是一种导引之术,也常常被借以述志,乃高士情趣与精神的表现。曹植《美女篇》:“顾盼遗光采,长啸气若兰。”《晋书·阮籍传》:“籍尝于苏门山遇孙登,与商略终古及栖神导气之术。登皆不应,籍因长啸而退。至半岭,闻有声若鸾凤之音,响乎岩谷,乃登之啸也。”独坐于深邃竹林之人,虽然不能目睹其形,然而高山流水的优雅琴声回响于竹林,若鸾凤之音的长啸声振荡于林间,似与天地万籁相呼应。“深林人不知”,既是对上联“独坐幽篁里”的照应,又是对“明月来相照”的开启——虽“人不知”,然而,琴声、长啸却吸引来明月之相照——一轮明月将月光有意地洒向幽篁，照亮幽篁中独坐“弹琴复长啸”的抒情主人公，照其弹琴，照其长啸，明月与高士融为一体，而这正是独与天地精神相往来的最高境界了。似乎抒情主人公的高士形貌与情怀志趣，独立且自得于天地之外，而且得到有情有义的明月之理解与照临。明月有所触动，体悟到了高士的情怀志趣；以明月有情相照，彰现高士的出尘情怀、高雅志趣。幽篁、弹琴、长啸、深林、明月，人籁、地籁、天籁，皆着力渲染、塑造一个独立于天地之间、有傲意的风流隐者形象。

此诗前二句，以声写形，突显抒情主人公的高洁形象；后二句，以色写形，以明月之光亮与温润，既表现幽篁之“深”，又彰显高士情怀之“雅”，言外有无尽意味。

王维生当盛唐时代，受到当时灿烂的文化艺术的熏陶，有极高的美术和音乐素养，能够精确地感受和把握自然界美妙的景色和神奇的声响、音乐，并且加以艺术地表现，使诗歌的设色敷采、声韵和谐达到一种巧夺天工之妙。清人赵殿成说：“右丞崛起开元、天宝之间，才华炳焕，笼罩一时，而又天机清妙，与物无竞，举人事之升沉得失，不以胶滞其中。故其为诗，真趣洋溢，脱弃凡近，丽而不失之浮，乐而不流于荡，即有送人远适之篇，怀古悲歌之作，亦复浑厚大雅，怨尤不露。苟非实有得于古者诗教之旨，焉能至是乎！”（《王右丞集笺注序》）作为杰出诗人，王维以其音乐家的敏锐，在其诗歌中很好地借助于音乐独特的艺术形式，利用了音乐表情达意的功能，写形图貌，既随物以婉转，亦与心而徘徊，恰切地描摹物象、表述情感，极大地发挥了汉语言的“声文”之美，达到了很高的艺术造诣。

王维宦海沉浮，既无力改变现状，又志趣高洁，不愿同流合污，采取半官半隐的方式，退守辋川；加之母亲去世，王维已经年届五十，到了人生的暮年，静修习禅，徜徉于山水之间，往往将自然山水之美与精神上的孤高自许融为一体，表现于诗歌，善读其诗者，当别有会心。

送 别

山中相送罢，日暮掩柴扉。春草年年绿，王孙归不归？

此诗题一作《山中送别》。当为王维隐居辋川，山中送别友人之作，作年不详。

送别的人物不同、地点不同，所表现的情感也就各不相同。古人有帐饮送别的习俗，即在郊野张设帷帐，宴饮送别。《晋书·石崇传》："出为征虏将军……崇有别馆在河阳之金谷，一名梓泽；送者倾都，帐饮于此焉。"杨炯《送徐录事》诗序："临御沟而帐饮，就离亭而出宿。"宋人柳永《雨霖铃》："寒蝉凄切，对长亭晚，骤雨初歇。都门帐饮无绪，留恋处，兰舟催发。执手相看泪眼，竟无语凝噎。念去去千里烟波，暮霭沉沉楚天阔。"所写乃秋日与情人之离别，地点环境，浓墨重彩，竭力渲染送别时难舍难分的凄惨景象。

王维此诗，并未写送别时的场面、送别者与相送者的情态以及留恋的情感，而写"相送罢"之后，送别者的情景，可谓匠心独运。山居，本来就比较寂寞，送别友人之后，更显得空寂，因离别而伤怀的诗人"日暮掩柴扉"，看似平常，淡然无味，其实，黄昏，一抹绯红的夕阳斜晖，照射山野，明暗相间，诗人颓然地关掩柴门，极为传神地表露出友情之深挚、离别之伤怀。虽无言，而意味无尽。

后二句，事实上乃独掩柴扉之后，诗人诚挚的思念："春草年年绿，王孙归不归？"此句化用《楚辞·招隐士》："王孙游兮不归，春草生兮萋萋。"谢灵运《悲哉行》亦曰："萋萋春草生，王孙游有情。"王孙，此处乃对友人的尊称。柴门已关掩，诗人伤怀已极，刚刚离别，就在念想：年年春草绿遍山野，到春草再绿时，友人还会不会归来呢？绿遍山野的春草，乃是诗人无处不在的思念之情；年年时时，时间的无间断性，正表现思念之深切，无时不有。思念之情，随春草绿遍山野而深化，广阔而无所不在。"归不归"的问询，如呢喃自语，是探问，也是自问，一方面将思念之情含蓄地和盘托出，另一方面也多少展现出诗人的孤独感。

而且，送别的地点在山中，所送之人为谁？虽不得而知，然而亦可据诗意以推想。这位友人，随诗人隐居一段时间，可能有着比较热切的功名心、进取心，欲出山寻求进入仕途。诗人有过沉浮宦海的经历和痛心的体会，知道正直的友人可能要碰壁，因而期望友人能归来，隐居以终老，保持人格的自尊与精神的独立。王维另有一首《送别》诗，似乎正是对这首“山中送别”诗的回应，诗曰：“下马饮君酒，问君何所之？君言不得意，归卧南山陲。但去莫复问，白云无尽时。”抒写送别时的情景，下马以酒送别，直问友人“何所之”，友人直言“不得意”，沉浮宦海，身不由己，且处处碰壁，因而友人要隐居——“归卧南山陲”。诗人很欣慰，劝勉鼓励友人：“但去莫复问，白云无尽时。”正是对“春草年年绿，王孙归不归”的回答。诗意比较直露，情绪是欢快的，看来，隐居对王维来说，真是人生的最高境界——保持精神的自由与人格的自尊。“但去莫复问，白云无尽时”，是那样地直率真切，无怪乎明代诗论家钟惺叹赏：“感慨寄托，尽此十字，蕴藉不觉。深味之，知右丞非一意清寂，无心用世之人。”（《唐诗归》卷八）黄周星称赏：“白云无尽，得意亦无尽矣，除却白云，亦何足问！”（《唐诗快》卷四）皆能得此诗之妙旨。

可见，这首“山中送别”诗，化用典故，深厚蕴藉，避免殷切情义的直白浅露，深得含蓄要妙之美。这样的表现手法，将送别的无限怅恨之情，说得婉曲、含蓄、多味、高古。

相　思

红豆生南国，春来发几枝？愿君多采撷，此物最相思。

天宝十四载（755），安史之乱爆发，玄宗仓皇南奔入蜀，长安沦陷，百官流离，生民涂炭，累累白骨，为蔓草所萦，千里无鸡鸣，狐兔出没，惨不忍睹。大历五年（770），著名宫廷音乐人李龟年流落至潭州（今湖南长沙），于湘中采访使酒宴之上，唱：“红豆生南国，春来发几枝？愿君多采撷，此物最相思。”又唱：“清风明月苦相思，荡子从戎十载余。征人去日殷勤嘱，归雁来时数附书。”非常感人。“此词皆王右丞所制，至今梨园唱焉。歌阕，合座莫不望行幸而惨然。龟年唱罢，忽闷绝仆地。”（《云溪友议·云中命》）大诗人杜甫正在酒宴之上，即席写了著名诗篇《江南逢李龟年》：“岐王宅里寻常见，崔九堂前几度闻。正是江南好风景，落花时节又逢君。”可见，《相思》一诗当时影响之大，传唱之广远。由此亦可知，王维此诗当作于安史之乱前。

红豆，红豆树所结之果实，又名相思子，其色鲜红，如赤珊瑚，顶端黑色，玲珑剔透，晶莹鲜亮，色调既热烈明快而又沉静含蓄，文学作品中常用以象征爱情或相思。唐人李匡乂《资暇集》卷下曰：“相思子豆，有圆而红，其首乌者，举世呼为相思子，即红豆之异名也。其木斜斫之，则有文可为弹博局及琵琶槽。其树也，大株而白，枝叶似槐，其花与皂荚花无殊，其子若扁豆，处于甲中，通身皆红。李善云‘其实赤如珊瑚’是也。”左思《吴都赋》刘渊林注：“相思，大树也。材理坚，邪斫之则文，可作器，其实如珊瑚，历年不变。”（《文选》卷五）红豆，小而圆，鲜红色，皮紧密，不易透水。红豆树枝杆高可达 20 余米，胸径达 1 米。幼树皮灰绿色或褐绿色，具灰白色皮孔；老树皮暗灰褐色，微纵裂。分布于四川、湖北、江苏、浙江、陕西、广西、福建等地，多生长在海拔 650 米以下的低山丘陵地带。木材坚重，收缩性小，心材深褐色，坚硬有光泽，切面光滑，且木材组织的色调和排列形成很别致的花纹，是上等家具、工艺雕刻、特种装饰和镶嵌的珍贵用材。

关于相思树的故事，流传已久。相传为战国宋康王的舍人韩凭和他的妻子何氏所化生。据晋人干宝《搜神记》卷十一载，宋康王舍人韩凭妻何氏貌美，康王夺之，并囚禁韩凭。韩凭自杀，何氏殉情，投台而死，遗书愿以尸骨和韩凭合葬。康王怒，弗听，使人埋之，并不合葬，使两坟相望。不久，二坟冢之端各生大梓木，屈体相就，根相交于下，枝交错于上。又有鸳鸯雌雄各一，常栖树上，交颈悲鸣。宋人哀之，遂号其木曰“相思树”。后来，因以象征忠贞不渝的爱情。另，南朝梁人任昉《述异记》卷上记载：“昔战国时，魏国苦秦之难。尝有民从政戍秦，久不返，妻思而卒。既葬，冢上生木，枝叶皆向夫所在而倾，因谓之相思木。”梁武帝萧衍《欢闻歌》之二：“南有相思木，含情复同心。”由此可见，以红豆、相思子、相思树喻爱情、表相思，有着悠远的历史文化传统，并由此形成了特定的意象。王维在这悠远的历史文化传统基础上，以“红豆”为意象，创作此诗，其内蕴极为丰富。

此诗乃托物抒情。唐代，情人离别，互赠红豆，以表达相思之情。女子往往以红豆为饰物，随身佩带，寄托对情人的思念。“红豆生南国”，开篇唱叹，极有风情。红豆生于遥远的南国，颇易引起读者“南国有佳人”的联想，暗喻佳人在南国，故而相思。而且，红豆鲜艳欲滴，耀眼夺目，其特殊的形状、色泽，几乎使其天然地有相思的象征意义。“春来发几枝?”看似无足轻重的问语，已将殷切的挂念之情蕴含其中。红豆结种子很少，一荚内只有一二粒。清代钱谦益山庄有一红豆树，见红豆结子，作诗“红豆春深放几枝，花神作意洗妆迟。应知十二年渲染，只待催花数首诗。”二十年后又开花，时逢钱氏生日，才结一粒红豆，钱氏作诗：“秋来一颗寄相思，叶落深宫正此时。舞辍歌移人既醉，停觞偏唱右丞词。”因红豆之难得而珍贵，红豆代表了相思和爱情，因而诗人说：“愿君多采撷，此物最相思。”正面揭示，语浅情深，意蕴丰富：祈愿你多采一些红豆，这是最代表相思的物品啊！虽然不能见面，采集红豆，随身佩带，有如彼此相依……而且，“多采撷”之美好祈愿，与“发几枝”之稀少难得，两相呼应，越凸显红豆之弥足珍贵；“最相思”之点明红豆之象征意义，与“生南国”之遥远距离，相辅相成，表达相思、爱情之诚笃。

此诗立意命篇，借红豆以表相思，祈愿勿忘，风神摇曳，韵致缠绵。清人管世铭说：“王维‘红豆生南国’，王之涣‘杨柳东风树’，李白‘天下伤心处’，皆直举胸臆，不假雕锼，祖帐离筵，听之惘惘。二十字移情固至此哉!”（《读雪山房唐诗序例·五绝凡例》）诚然乃直抒胸臆的佳作。

杂　诗

君自故乡来，应知故乡事。来日绮窗前，寒梅著花未？

此诗乃《杂诗三首》的第二首，作年不详。杂诗，《文选·杂诗》李善注："杂者，不拘流例，遇物即言，故云杂也。"就是说，杂诗乃随感而发，难以归入其他类别如游仙、游览的诗歌。

离别故土，游宦他乡，怀土思乡、想念亲人之情，油然而生，时间越久，思念之情越浓烈、迫切。加之古代行旅不便，交通困难，通讯不易，一旦离别，动辄经年，对故乡的亲人及一切事物，都有着牵肠挂肚的思念，真是寤寐思服、何日忘之。

唐初，河东王绩在长安为官，思念家乡正热切之时，遇见一位来自家乡的故人，诗人非常兴奋，写了一首《在京思故园见乡人遂以为问》：

旅泊多年岁，老去不知回。忽逢门前客，道发故乡来。敛眉俱握手，破涕共衔杯。殷勤访朋旧，屈曲问童孩。衰宗多弟侄，若个赏池台？旧园今在否？新树也应栽。柳行疏密布，茅斋宽窄裁。经移何处竹，别种几株梅？渠当无绝水，石计总生苔。院果谁先熟，林花那后开？羁心只欲问，为报不须猜。行当驱下泽，去剪故园菜。

诗歌叙述得相当完整，展现出见乡人而询问的整个过程。说自己旅居长安多年，年龄老大，还不曾回归家乡。忽然，在家门前遇见了一位来自故乡的乡亲，说着一口地道的亲切乡音。诗人非常激动，"敛眉俱握手，破涕共衔杯"——愁眉紧锁，紧紧地拉着乡亲的手，邀请到家，举杯同饮，流下了热切的泪水。诗人很想知道家乡的一切，絮絮叨叨地问个不停：我们家的子侄较多，哪个会登临池台、有高情逸志？家里的旧园子还在吗？有没有种植新的树木？柳树是否栽得行列整齐？房前屋后的道路是否一样宽窄？哪个地方种了竹子？有没有种植梅花？沟渠里应当常常有水流吧？这么多年了，园里的青石上应该长满了青苔？园中的果树是哪一种先结果成熟？哪种花儿最先绽放？诗人说，久居他乡，我只想知道亲爱的家乡的一切，请你尽快告诉吧，不要让我猜测啊！故乡是那样地亲切，令人梦牵魂绕，我很快就要辞官回归家乡了，亲自去割剪园子里的蔬菜，品味久违的家的味道！

诗人对朋旧童孩、宗族子弟、旧园新树、竹柳梅苔、房前屋后的一切，一一问及，不怕烦琐，絮絮叨叨、不停歇地追问，体现出对故乡的诚挚之爱以及久别家乡的思念之苦，令人感动。而且，此诗还完整地叙述了事件的经过、自己的打算，颇具故事性，有一种朴厚疏野的美感。

同样是思念故乡，王维的这首诗，则以二十个字的篇幅，和盘托出了思念故乡的全部情感。“君自故乡来，应知故乡事”，突兀而来：你从故乡来，故乡的一切事儿，理应全都知晓的。言下之意，诗人（抒情主人公）急切地想知道、了解故乡的一切，就如同王绩那样，絮絮叨叨地问个不停，你应该主动告诉我——有关故乡的一切。“故乡来”和“故乡事”，看似重复，却非常必要，“来”交待乃乡人，“事”则突出诗人所热切关注者。旅居他乡，最为关切的是和自己生活有着密切关系的人、事、物，即故乡的一切“事”。

然而，诗人却撇开这些，问：“来日绮窗前，寒梅著花未?”——你来的那天，我家窗前的那株梅树开花了吗？绮窗，雕花的窗户。《文选·左思〈蜀都赋〉》：“开高轩以临山，列绮窗而瞰江。”吕向注：“绮窗，雕画若绮也。”寒梅，梅花，因其凌寒开放，故称。故而，梅花常常成为不畏严寒、高洁品质的象征。绮窗前的“寒梅”，是诗人在家时，观赏流连之物，其抽芽吐叶、花开花落、经霜历雪，皆一一在心怀。诗人以“寒梅”这一特有意象，将自己对家人的亲情、故园风物，进行浓缩与提纯，集中于“寒梅”意象，高度聚焦，是诗人全部思乡之情的集中寄托，塑造出一个高洁的抒情主人公形象，使诗歌的意象更为凝练，表达更具艺术性。另一方面，这也是五言绝句短小体裁的要求，只能选择最典型、最浓缩的意象，以最精练的表达方式，传达出诗歌应有的情志与思想。这就是诗歌的净化与提纯。

此诗明白如口语，诗歌以设问的方式展开，然而只有问，没有答，旅居者的急切心境一览无余。首二句，似乎有无穷心事要询问，后二句，却以绮窗前的“寒梅”意象，代替所有的关切之问，雅人深致。看似无技巧，其实乃高超而纯熟技巧的自然运用，如盐着于水，品之方知其妙、知其味。

当然，《在京思故园见乡人遂以为问》乃古诗，需要铺陈叙述，不厌其烦；《杂诗》乃五言绝句，简洁精练，因而两诗风格的朴野与清秀，亦自不同。不过，从诗歌体裁和意象创造上来说，王维诗歌所体现的意象，诗意的浓缩、提纯与净化，是一个必然发展的过程。

王维之后，杜甫学习这一提纯与净化，如，“为问南溪竹，抽梢合过墙?”（《送韦郎司直归成都》）“故园花自发，春日鸟还飞。”（《忆弟》）而且，至晚唐，李商隐也学习这一方法，如《夜雨寄北》：“君问归期未有期，巴山夜雨涨秋池。何当共剪西窗烛，却话巴山夜雨时。”皆是沿着这一提纯、净化的道路而有所创造、发展的，形成了唐诗高度的凝练与艺术品位，咀嚼再三，口有余香。

裴　迪

送崔九

归山深浅去，须尽丘壑美。莫学武陵人，暂游桃源里。

裴迪，关中人，生卒年不详，早年与王维、崔兴宗友善，隐居于终南山。王维后来购得宋之问辋川别业，裴迪常与王维乘舟游览，弹琴赋诗，谈玄论道。王维将其与裴迪往来唱和之诗各二十首，编为《辋川集》行世。裴迪是山水田园诗派的重要诗人，长于五言绝句，风格与王维相近。崔九，即崔兴宗，排行九，乃王维的妻弟。王维有《秋夜独坐怀内弟崔兴宗》诗，另有一首《送崔九兴宗游蜀》，曰："送君从此去，转觉故人稀。徒御犹回首，田园方掩扉。出门当旅食，中路授寒衣。江汉风流地，游人何岁归?"此诗题一作《崔九欲往南山马上口号与别》。

首句"归山深浅去"，山，指终南山。深浅去，谓山路崎岖难行，走路时深一脚浅一脚，另谓山中沟壑纵横，山谷幽深。此句谓，归隐终南山，终南山高耸入云，绵延数百里，奇峰幽谷，重峦叠嶂，深深浅浅，处处有美景。山路崎岖难行，要欣赏终南山之美景，实为不易啊。

次句"须尽丘壑美"，丘壑，深山幽谷，泛指隐居之所。谢灵运《斋中读书》曰："昔余游京华，未尝废丘壑。"此句谓，终南山广大幽深，处处有美景，而山行崎岖，颇为不易，因而一旦入山，就必须尽情尽兴，肆意欣赏终南山深山幽谷之种种美景，不可浅尝辄止。王维《终南山》："太乙近天都，连山到海隅。白云回望合，青霭入看无。分野中峰变，阴晴众壑殊。欲投人处宿，隔水问樵夫。"从远眺、近看、俯视、回望四个角度，极力摹写终南山之广大幽深、奇峰美景，因而裴迪以为，要不惧幽深高险，尽情欣赏。王安石游褒禅山，没有尽心尽力、尽情尽兴，遂不得欣赏其奇险瑰怪之美，而有感慨："古人之观于天地、山川、草木、虫鱼、鸟兽，往往有得，以其求思之深而无不在也。夫夷以近，则游者众；险以远，则至者少。而世之奇伟、瑰怪、非常之观，常在于险远，而人之所罕至焉。故非有志者不能至也，有志矣，不随以止也，然力不足者，亦不能至也。有志与力，而又不随以怠，至于幽暗昏惑而无物以相之，亦不能至也。然力足以至焉，于人为可讥，而在己为有悔；尽吾志也而不能至者，可以无悔矣，其孰能讥之乎？"（《游褒禅山记》）王安石的这段感慨，正好为此句"须尽丘壑美"作注脚，有助于对诗意的理解。

后二句"莫学武陵人，暂游桃源里"，化用陶渊明《桃花源记》之典故。《桃花源记》称，晋太元中，武陵郡渔人乘小舟捕鱼，沿溪行，误入桃花源，"土地平旷，屋舍俨然，有良田美池桑竹之属，阡陌交通，鸡犬相闻。其中往来耕作，男女衣着，悉如外人。黄发垂髫，并怡然自乐"，乃逃避暴秦之乱而避世，"不知有汉，无论魏晋"，绝世离尘，俨然是另一个世界。武陵渔人住了几天之后，遂辞去。此二句谓，不要学那武陵渔人，在桃花源里只住了几天就离去了，故不能深入了解桃花源之美。此二句是对前二句之充实，使得诗之意境丰盈，内涵丰富。

据唐人刘肃《大唐新语·隐逸》记载，卢藏用隐居终南山，声名甚著，有高士之称。中宗朝累居要职。后来道士司马承祯将离开长安，赴吴越隐居。卢藏用指终南山谓之曰："此中大有佳处，何必在远？"司马承祯回答说："以仆所观，乃仕宦之捷径耳。"听闻此语，卢藏用面有惭色。卢藏用隐居终南山，似有高尚之致，及登朝为官，攀附权要，纵情奢逸，多有违法之事，为人所不齿。此诗乃送人归隐，同为喜好山林隐逸的雅士幽人，因而裴迪劝勉、叮嘱崔九，不要只是暂时隐居于终南山，而应长期住下来，尽情尽兴地领略终南山奇峰叠嶂、丘壑纵横之美。"莫学武陵人，暂游桃源里"，化用武陵渔人入桃花源之典故，同时也暗讽以隐居为"仕宦之捷径"者之缺乏操守，为人所不齿。当然，此诗"归山深浅去，须尽丘壑美"，也颇含哲理，即批评浅尝辄止的不良习气，富有启示。

祖 咏

终南望余雪

终南阴岭秀，积雪浮云端。林表明霁色，城中增暮寒。

唐代士子参加进士考试，需要考诗歌创作。流传下来，写得最好的两首诗，一首是钱起的《省试湘灵鼓瑟》，最后两句是“曲终人不见，江上数峰青”，如有神助。另一首就是祖咏的这首《终南望余雪》。参加进士考试的诗歌，叫试帖诗，乃律体五言六韵（十二句），钱起的诗歌完全符合这一严格的形式要求，而祖咏的这首诗，却仅有四句。祖咏参加考试，仅仅写了四句就交卷了，有人问为什么不写完呢，祖咏回答说：“意尽。”——该表达的意思已经说尽了，再没有说的必要了。应该说，不符合考试严格规定的格式要求，不会被录取的。然而，很幸运，主考官很赞赏祖咏的这首诗，以为虽然仅仅四句，却将诗题“终南望余雪”的题意写尽了，应该录取。清人吴乔称赞祖咏：“重意，不顾功令。”“自重如此。”（《围炉诗话》卷一）可见，祖咏是很有艺术自信的人，唐人放旷的精神，于此亦可见一斑。

终南，即终南山，秦岭主峰之一，在今陕西西安市南。宋敏求《长安志》卷一一引《关中记》：“终南山一名中南，言在天中，居都（长安城）之南也。”余雪，即残雪。终南望余雪，即“望终南余雪”。

首句“终南阴岭秀”，乃从长安城向南眺望所见终南山的整体印象。阴岭，指终南山之北。从长安城向南眺望，所见到的是终南山背阴的一面。“阴”和“秀”二字，状摹终南山之秀美景象，正值初春（唐代进士考试一般在早春举行），树木丛茂，一派青翠苍郁之色，与山巅之皑皑积雪相映衬，令人心旷神怡，神清气爽。

次句“积雪浮云端”，诗人进一步描摹终南山之雪景。终南山高耸天际，从长安城眺望，只见白云环绕于半山腰，而山顶之皑皑积雪，在晴日照耀下，与山际丛茂树木之青翠苍郁相掩映，色泽鲜亮，霞光万丈。用“浮”字，将终年之皑皑积雪，描摹得有动态美：半山腰之白云浮动飘荡，映衬得山巅之积雪似乎也与之浮动。诗人化静为动，写出了终南山天地之间的动态，以及大自然流动不居的强韧生命力，充满了勃勃生机。

第三句“林表明霁色”，深入摹写远望中的终南山雪晴之景，与首句之“阴岭秀”相关照。霁色，雨雪止歇，阳光照临。雪后天晴，一轮红日照临，终南山茂密的树木之上，晴光浮动，似乎将那积雪的寒意也向四野扩散开来。

末句“城中增暮寒”，诗人于此则将前面之“阴岭”“积雪”“云端”“林表”“霁色”所摹写、营造之终南积雪，由视觉而转为感觉，用“明”字与“增”字，传余雪之神：薄暮时分，诗人在长安城里深切地感受到了终南山积雪的凛冽寒意，沁人肌骨。这样，诗人从视觉上的远眺，转到感觉上的寒意，遂将远望中之终南积雪摹写得颇为详尽而切当，传达出了终南山积雪的寒威与神韵。

应试诗，关键乃紧扣诗题，“终南望余雪”，要紧处乃在一个“余”字，诗人将这个“余”字全然融入诗中，摹写深切恰当。诗人不是从正面描写，而是从侧面烘托。俞陛云《诗境浅说》续编说：“咏高山积雪，若从正面着笔，不过言山之高，雪之色，及空翠与皓素相映发耳。此诗从侧面着想，言遥望雪后千山，如开霁色，而长安万户，便觉生寒，则终南之雪寒可想。用流水对句，弥见诗思灵活。且以霁色为喻，确是积雪，而非飞雪，取譬殊工。”不仅写出望中之景，更写出感觉之“景”——“城中增暮寒”，虽不是诗题所要求，却是情理中之必有，诚为佳作。

孟浩然

宿建德江

移舟泊烟渚，日暮客愁新。野旷天低树，江清月近人。

开元十六年（728），孟浩然长安求仕无成，回归家乡襄阳，其后，又于十九年游洛阳，又前往吴越漫游。此诗当作于开元十八年孟浩然南游越中时，与《宿桐庐江寄广陵旧游》为同一时期先后之作。建德江，新安江流经建德一段称为建德江。《元和郡县图志·江南道·睦州》："建德县，本汉富春县地，吴黄武四年分置建德县，隋大业末改为镇。武德四年，复改为建德县。"唐建德县今改为梅城，地当新安江与兰江汇流之处。

孟浩然漫游越中，奇绝秀美之山水往往激发其无限诗兴，用寥寥数语作白描式的刻画，却写得意境清迥，浑融一体，且风神摇曳，达到了很高的艺术境界。

此首《宿建德江》可谓五言绝句之神品。好的五言绝句，要做到"语短意长而声不促"（施补华《岘傭说诗》）。首句"移舟泊烟渚"，叙事，点明移舟泊岸。渚，小洲，水中的小块陆地。《诗经·召南·江有汜》："江有渚。"毛传："渚，小洲也。"《淮南子·地形训》："东方曰大渚。"高诱注："水中可居者曰渚。"渚，也指水边。《楚辞·九歌·湘君》："朝骋骛兮江皋，夕弭节兮北渚。"王逸注："渚，水涯也。"陆机《豫章行》："泛舟清川渚，遥望高山阴。"烟渚，雾气笼罩的洲渚。依情理，船应该停泊于江岸边，而不是江中。次句"日暮客愁新"，"日暮"点明时间，与上句紧紧相连。薄暮时候，烟霭渐起，弥漫四野，一派迷蒙，一叶小舟缓缓而来，停泊岸边。这若有若无的无边烟霭，笼罩着建德江及其广阔的两岸，而这迷蒙的无边雾霭烟岚，似乎使人迷失而不知前途，小舟虽然移行而停泊江岸，却仍然给人无依归之感，于是，引发了旅泊者的愁绪。崔颢“日暮乡关何处是，烟波江上使人愁”（《黄鹤楼》）所写，正是这一景象。“新”字，强调行旅他乡之人，渐渐滋生的越来越重的愁绪。白天旅行，建德江风景美不胜收，诗人为之目不暇接，种种的奇异令人叹赏，新鲜感和愉悦感占据着诗人的心灵。然而，黄昏日暮，烟岚雾霭渐起，四野的景象一派迷蒙，一切渐渐沉静下来。于是，白日潜伏于心底的“客愁”，在孤舟泊岸、四野苍茫的静寂中突然涌上诗人的心头，空旷孤寂，迷茫无依，其孤独感是那样地强烈，更有一种深深的天地广阔却无路可走的失落感。

末两句“野旷天低树，江清月近人”，写出时间的推移，由黄昏到月上中天，雾霭烟岚散去，天地一片澄澈。孤独的诗人在江边小舟上眺望四野：天地辽敻，玉宇澄澈，极远处，地平线上树木丛茂，似与天际相接；江水清澈，天空中的一轮明月倒影水中，似乎前来亲近、慰藉孤独旅泊的诗人。此二句是从视觉来抒写，而且自然而然地融入了诗人的感触。“野旷天低树”，烟霭退散，天地辽阔，极远的地平线处，天际下降，天与地接，搭在了树梢上。在这个旷远的景象中，融入了诗人飘零江湖、孑孓一身的孤寂与清冷感受。“江清月近人”，乃泊舟江岸仰观俯察所见之景象：江水清澈，一轮明月倒影水中，似乎就在船舷边，傍依着这一叶小舟，给人一种特别的亲近与温馨；举头仰望，皓月当空，银河清浅，水天之月，交相辉映，天地俱澄澈晶莹，似羽化而登仙。王尧衢说：“‘野旷天低树’，此联赋景而客情自见。四野既旷，江头一望，见远天低而近连于树。‘江清月近人’，江头夜泊，但见清波明月为我之伴，是月近人也。即此寂孤，便是客愁。”（《古唐诗合解》卷四）然而，这似乎有意亲近诗人的一轮明月，一方面是照临、安慰诗人，特别有情有义；另一方面，也多少凸现了羁旅行役中的诗人，唯有明月相伴的孤寂。在这澄澈晶莹的世界中，多少有一些清冷，甚至是砭人肌肤的寒意。有如李白“花间一壶酒，独酌无相亲。举杯邀明月，对影成三人”（《月下独酌》）所抒写的孤寂与清冷。此诗“低”字“近”

字，乃所谓“诗眼”，用字神妙，无造作痕迹，令人叹为观止。

孟浩然此诗，就在这温馨与清冷的交织之中，悠然收束。景中有情，情中有景，浑涵不露，而又意溢于言外，令人滋生无限之回想。诗中所描摹的烟岚雾霭之迷蒙，所流露的孤寂与清冷，乃孟浩然科举失意、求仕无门的怅惘心境的自然流露，然而在平展的旷野中，在高高照临的明月下，在无尽的时空中，诗的境界却阔大，不失雄奇逸气。这是盛唐气象，而非中晚唐的衰飒。

春　晓

春眠不觉晓，处处闻啼鸟。夜来风雨声，花落知多少？

此诗大概是孟浩然四十岁前，隐居襄阳时所作。

春天，阳光明媚，南风吹拂，草木萌动，万物复苏，春水涨溢，鸟雀啼鸣，似乎人的心境也随着而开朗喜悦。历来歌咏春天的诗文很多，梁简文帝萧纲说：“春风本自奇，杨柳最相宜。柳叶恒着地，杨花好上吹。处处春心动，常惜光阴移……荇间鱼共乐，桃上鸟相窥。”（《春日想上林诗》）春天奇妙美丽，杨柳最是春天的代表，摇曳生姿，柳絮纷飞，鸟雀飞鸣。吴筠诗：“春从何处来？拂水复惊梅。云障青琐闼，风吹承露台。”（《春诗》）春之脚步，匆匆而至，不知由何处而来，经过水面，微波荡漾，飞越梅林，残雪消融，梅英飞落……湛方生说：“日婉娈以舒和，气有仁而无肃。雷发响于南山，雨渐泽于四溟。启潜蛰于九泉，收灵蛇于天庭。修虹焕绿以东冏，幽涧泮冰而流清。鸿飘翩于归风，燕衔泥而来征……麦芃芃而含秀，桑蔼蔼而敷荣。”（《怀春赋》）春天到来，太阳柔和舒展，微风拂面，不觉清寒，雨润山泽，鸿雁北飞，莺歌燕舞……庾信说：“新年鸟声千种啭，二月杨花满路飞……一丛香草足碍人，数尺游丝即横路……苔始绿而藏鱼，麦才青而覆雉。”（《春赋》）莺燕啼鸣，百啭千回，柳絮纷飞，青苔泛绿，鱼跃水面……丘迟描绘江南暮春：“暮春三月，江南草长，杂花生树，群莺乱飞。”（《与陈伯之书》）描摹春天美景和宜人的节物风光，绘声绘影，形神兼备，美不胜收，令人神往。

孟浩然《春晓》用别样的写法，抒写其天真意趣和对春之爱赏，别有情致，格外有滋味。首二句“春眠不觉晓，处处闻啼鸟”，春睡酣甜、舒爽，沉入梦乡，不知天明，然而阵阵欢快、悦耳的鸟鸣声把诗人从梦中唤醒。孟浩然隐居家乡襄阳，心境闲适，淡泊宁静，不焦不躁，在气候宜人、风光旖旎的春天酣眠不起。此二句一方面写春眠之沉酣香甜，一方面写鸟儿鸣叫之欢快热闹。淡泊隐居，心底无事，因而春睡安稳，酣眠不起，被处处啼鸟欢快的鸣叫所唤醒，可见诗人春睡之沉酣香甜；而啼鸟鸣叫之欢快热闹，竟然能够将熟睡的诗人叫醒，可见早晨鸟儿鸣叫声之热烈、喧闹。用“不觉”，暗示诗人心境淡泊宁静、心底无事以及春睡之舒爽。“处处”，则昭示春鸟之多，不是一处两处，而是四面八方，处处皆有鸣声之喧腾。而且诗人被“处处”欢快的鸟鸣声所惊醒，并无惊破残梦的不快、嫌恶之情，而是带着稍许的欣喜——春睡已足，故有听闻欢快悦耳鸟鸣声的欣然，看到无限春光透入帘帷的喜悦。

后两句“夜来风雨声，花落知多少”，夜来，昨夜。诗人于欣欣然之际，忽而忆起昨夜睡前下起了淅淅沥沥的小雨，轻风吹拂，引起了诗人淡淡的怅惘之情：那些娇艳嫩弱、竞相盛开的花朵，经历风吹雨打，会凋落多少呢？诗人的情绪由欢快转入怅然，乃其心系万物的表征。“花落知多少”，实乃诗人安卧床上的揣想之辞，经历轻风细雨的吹打，那盛开的鲜花究竟凋落了多少呢？流露出惋惜之情义。“风雨声”，因何是轻风细雨呢？乃是由首句“春眠不觉晓”之宁静舒爽所限定；也就是说，正因为是轻风细雨，诗人才安然入睡，沉酣而不觉天晓。

诗人写春眠之沉酣舒爽，“不觉晓”而被鸟之啼鸣所惊醒。也许，诗人依然躺在床上，欣赏这透入帘帷的明媚灿烂春光，倾听清脆欢快的鸟鸣声，并为之神清气爽。“闻啼鸟”，虽然仅仅是写听闻鸟儿悦耳的啼鸣，然而可以想见初日霞光、春阳温暖、空气清新、纤尘不染、碧空纯净、绿草如茵、繁花似锦、露珠晶莹……诗人春睡已足，心旷神怡，流露出一种安闲自适的快意。可是，诗人转瞬就记得昨夜微风吹拂、雨声淅沥，那些嫩弱娇艳的鲜花，将会有多少凋落于风雨中呢？流露出些许惆怅。花是春天的象征，“更能消几番风雨，匆匆春又归去。惜春长怕花开早，何况落红无数?”（辛弃疾《摸鱼儿》）花落了，春天也即将逝去，故而孟浩然“花落知多少”的揣测、担忧，乃是对美好时光的珍惜之情义，是诗人心系万物、仁者之心自然而然的流露。

清代诗论家王尧衢说：“此诗字字做‘晓’字。春气着人，故晓而不觉。‘夜来风雨声’，因闻鸟声而一心关乎花上，因天已晓而特转到夜来。‘夜来’，天未晓之前也。‘风雨’，花之所畏。‘风雨声’从‘闻’字上生出。‘花落知多少’，花因风雨必落，故闻声而即知花落，但尚在枕上闻之，正不知落得多少。此正是写‘晓’字处。比及已知多少，天已晓过矣。”（《古唐诗合解》卷四）也有论者以为此诗特用倒装句，以突出诗旨。其实，此诗之情境大概是：夜晚睡前，微风吹拂，雨声淅沥，入睡之后，何时风住雨停，诗人全然不知。清晨被鸟儿的啼鸣声惊醒，春雨之后的天气格外清新宜人，依然躺在床上的诗人，听闻鸟鸣，看见透入屋内的春光，想象屋外明媚清新、繁花绿茵、鸟儿飞鸣，心境开朗，心情愉悦；转瞬又忆起昨夜风雨，遂惋惜落花无数，流露出淡淡的怅惘，实乃对美好春天的留恋与惋惜。两重情感，一欣喜，一怅惘，交织在一起，更富有情韵。

此诗用有限的“在场”之情景，表现出尽可能多的“不在场”之景象：以“在场”——简单说即直接呈现出来的景象——“春眠”，表现“不在场”——未曾直接呈现出来者——诗人之隐居自适、优乐自为；以在场的“闻啼鸟”，表现不在场的雨后天晴、繁华绿茵、露珠晶莹、春光明媚等；以在场的“花落”，表现不在场的微风吹拂、细雨淅沥；以在场的“花落知多少”，表现不在场的诗人惜春之意和对美好事物的珍赏、对生命的执着与珍惜……此诗虽然仅仅二十个字，然而意蕴却是极其丰富的。其抒情写景，在欢快的基调中融入了淡淡的怅惘，使春晓之美在对立统一中显得更加隽永而有情味。

李　白

静夜思

床前明月光，疑是地上霜。举头望明月，低头思故乡。

这是一首幼儿皆能诵读的诗歌，明白如话，而诗意幽美，情感健康。诗题一作《夜思》，乃是抒写夜深人静之时，思念家乡、思念家人的意绪。夜深人静，往往最容易诱发流寓他乡之客的思乡念亲之情。万籁俱寂的环境氛围，使行旅之人深深感受到漂泊无依的凄清与孤独，而漫漫长夜又使得这思乡念亲之情显得颇为悠长、执着，而且不易被分散转移。因而，这“静夜”，事实上提供了思乡念亲之特别的环境氛围。

诗写深秋月明之夜的思乡意绪。“床前明月光”，诗开门见山，突出诗人也就是抒情主人公的独特感受——看着床前的满地月光，明亮如白昼。那么，诗人是未曾入睡，因长夜漫漫、孤寂清冷，独守一隅而思乡怀人呢，还是梦中醒来而猛然看见地上的月光而思乡呢？如果是未曾入睡，那么，孤馆凄清的环境、清冷的氛围，长久地压迫着，一种思乡怀人之情油然而上心头，沉重得让其无法承担，独守一隅，自然无法入睡了。如果是从梦中惊醒来，那么，可能是梦中还乡，亲情友情，家乡的一草一木，都是那样地亲切，蓦然醒来，发现孤馆灯残、月光满地，凄清依旧，遂更加重了思乡念亲之情；也可能是梦中依然飘荡他乡，流离转徙，长久不得归乡，恍然惊醒，更觉飘零之苦，凄清难耐。无论如何，诗人都在看到满地月光之前，有过一段情感意绪的潜在流动和郁积。

看到满地的月光，恍惚间产生错觉，“疑是地上霜”——清冷如霜，衬托出诗人的孤寂凄清。这是主观的真切感受。月色皎洁如霜，显然是化用梁简文帝萧绎《玄圃纳凉》“夜月似秋霜”的诗句。诗人感受到的是如霜的月光，带着微微的寒意，砭人肌骨，而不是柔和、明净，这显然是长久客居异乡孤馆所造成的心理上极大的孤独感所致。此句虽然是写月色，实为写心态。是飘零转徙、长久旅居他乡之人最真切的心理感受。月色之皎洁与白霜之寒意相通，乃“通感”。

刹那间的错觉，误认月光为霜霰，诗人遂下意识地抬头看看天空，一轮明月高悬，才证实那地上“霜”实乃清冷的月光。“举头望明月”，似乎只是一个简单的动作，其实“望月怀人”是传统的题材，明月普照天下，天地同此时光，张九龄有“海上生明月，天涯共此时”的诗句，明月是思乡怀人之媒介，是寄托乡思的载体。《古诗十九首》之“明月何皎皎，照我罗床帏。忧愁不能寐，揽衣起徘徊。客行虽云乐，不如早旋归”，谢庄《月赋》“美人迈兮音尘阙，隔千里兮共明月”，“明月”“望月”与“怀人”早已构成一个整体，奠定了浓郁的乡思离情。关键是，下意识的“举头望明月”，触发了“望月怀人”的心绪，而从此开始，诗人可能透过清冷的孤馆轩窗，长久地望月而思乡怀人，回想与亲人在一起的点点滴滴往事，揣想离别后的种种情状……

望月怀远，心潮澎湃，情绪郁积、伤怀已极的诗人，颓然地低垂头颅，更加重了思乡之意绪。“低头思故乡”乃紧承上句，使得神完意足。“举头”是向往、祝愿，是回忆与揣想，而“低头”乃伤情已极，意绪黯然，说得明白却也颇为含蕴。“思故乡”，所思为何？亲情友情，点点滴滴，山水田园，一草一木，一花一树，还是思归而不得的惆怅、伤感？丰富的意蕴，要读者用心去体悟。清代诗论家沈德潜说：“旅中情思，虽说明而不说尽。”（《唐诗别裁》）真是探得此诗之三昧矣。

此诗写景抒情，情景相生。明月乃景，又是贯彻全诗的主线，而情则由隐而显，逐层展开：由“月光”而“霜”，由“霜”而望“月”，由“月”而思“乡”，呈现出情景相生的全过程，因而诗意盎然，感人至深。《唐诗选胜直解》说：“此旅怀之诗。月色侵床，凄清之景也，易动乡思。月光照地，恍疑霜白。举头低头，同此月也。一俯仰间，多少情怀。题云‘静夜思’，淡而有味。”虽是平常思乡之作，写得极自然，如同天籁。“语似极率易，然细读之，乃知明月在天，光照于地，俯视而疑，及举头一望，疑解而思兴，思兴而头低矣。回环尽致，终不得以率易目之。”（黄生《唐诗摘抄》）此诗的关键在于，诗歌全然舍弃了诗人个性化的因素，而抒写人类普遍的情感，从望月怀人的角度抒写，每个读者都能感受到因明月而触动的伤离念远、相思怀人之情绪，但也因每个读者的不同经历和不同情怀，而有不同的理解与体认。此诗短短的二十个字，写得极为洁净，形象鲜明生动，含蕴极为丰富，实乃千古名篇。

怨情

美人卷珠帘，深坐颦蛾眉。但见泪痕湿，不知心恨谁。

古代社会，女子常常处于弱势，处于被动的境地，恩怨由人，不能自主。因而，唐诗多写闺怨、宫怨。诗人以男性的视角，描摹女性形象，进而揣摩、展现其内心丰富而复杂的心理活动，借以表达对女性的关切或一定的思想认知。此诗描写一位哀怨的美人，如同工笔仕女图画。不但写其形，更借以刻画其丰富的内心活动。具体的写作时间，不可考知。

美人卷珠帘，深坐颦蛾眉。

珠帘高卷，闺房深处，美人微微皱着眉头，静静地坐着，脸上挂着淡淡的泪痕，这是静态的描摹。珠帘，珍珠缀成的帘子，是富贵豪奢之家的饰物。《西京杂记》卷二：“昭阳殿织珠为帘，风至则鸣，如珩佩之声。”这样的装饰物，典雅华美，很能增加屋宇的高华富贵气象。其实，珠帘的使用，最早在春秋之时。晋人王嘉《拾遗记》卷三记载，越国为报仇雪恨，图谋灭吴，遂供给吴国二位美人，欲令吴王沉湎享乐，放松警惕，失去斗志。吴王得到二美人之后，“处以椒华之房，贯细珠为帘幌，朝下以蔽景，夕卷以待月。二人当轩并坐，理镜靓妆于珠幌之内，窃窥者莫不动心惊魂，谓之神人。若双鸾之在轻雾，沚水之漾秋蕖”。用细小的珍珠串成帘子，早晨放下来遮蔽太阳，傍晚卷起以待月亮升起。珍珠帘子，既能起到一定的遮蔽作用，也能留有缝隙，若隐若现地透露形象，增添了朦胧美。而朝阳辉光朗照，明月之清光下泻，珠帘光影折射，那是怎样的华贵美丽呢！而二美人坐于珠帘之后，若隐若现，令窥见者惊为神人。可见，珠帘既可不让人全然见到，又留下一点缝隙，使美人之绰约风姿得以被窥见，珠帘的妙处就在于可见与不可见之间。而诗中的美人，却是“卷珠帘”——卷起珠帘，不做遮蔽，显然是心有所期待。那么，美人究竟在期待什么呢？诗没有明言，而是说坐于幽暗深邃之处，微微皱着眉头，一副心事重重的样子。蛾眉，蚕蛾触须细长而弯曲，因以比喻女子美丽的眉毛。《诗经·卫风·硕人》：“齿如瓠犀，螓首蛾眉。巧笑倩兮，美目盼兮。”颦蛾眉，微皱着眉。相传，春秋时美人西施有心痛病，经常捧心而颦眉，邻人之丑女认为西施这个姿态很美，也学着捧心颦眉。《庄子·天运》说：“西施病心而颦其里，其里之丑人见而美之，归亦捧心而颦其里。”西施美丽而病心，邻人之丑女以为这形象太美了，很动人，遂仿效之。这就是东施效颦的故事。晋人戴逵《放达为非道论》说：“是犹美西施而学其颦眉，慕有道而折其巾角。”可见，颦眉深坐恣态之娴静娇美。如此的形象刻画，很是动人。

但见泪痕湿，不知心恨谁。

前二句之“卷珠帘”，是心有所期待；“深坐”，等待时间之长久；“颦蛾眉”，乃是心中有事，愁闷无奈的样子。在进行静态描摹之后，诗人于此又加一笔“但见泪痕湿”，脸腮挂着尚未干的泪痕，正如梨花带露珠，强化了娴静美人之楚楚可怜，然而诗人并没有说透，而是用一句“不知心恨谁”来结束。美人因何事何人而恨，而深坐颦眉、泪痕未干？此诗写怨情，妙在已然满口说出，却又有许多说不出或不用说出，使人无处询问，遂使如此幽深而颇有情味，娓娓动人，含蕴不尽之致。

此诗描摹美人幽居独处，颦眉垂泪，楚楚动人的形象，文笔高简，情韵深长，有无限含蓄蕴藉之意。以“卷珠帘”写美人无所事事而又有所期待的心境，也写出寂寞幽深的环境；“深坐”写出美人独坐时间之久，心事重重，娇弱不胜的状态；“颦蛾眉”是一幅微微哀怨的情态；“泪痕湿”写其娇美与怨苦，楚楚可怜，如见其人，事实上也完整地展示出美人哀怨的心理过程。末尾之“不知心恨谁”，以不言之妙，说尽美人无端心事、独居空闺的心态，深浅有序，信手拈来，颇耐人寻味。明人陆时雍说：“六朝五言绝，意致既深，风华复绚，唐人即古其貌而不古其意，古其意而不古其韵，如《秋浦歌》《劳劳亭》，古意荡然矣。诗之所以贵古者，以情深也，以格老也，以色丽也，以句响也。”（《唐诗镜》卷二十）这首诗，是比较典型的以浅语而写深情的佳作。

杜　甫

八阵图

功盖三分国，名成八阵图。江流石不转，遗恨失吞吴。

诸葛亮是著名的政治家、军事家、文学家，颇具传奇色彩，后世甚至将其视为智慧的化身，留下了许多神奇的传说。他的著作多已经散佚，清人张澍编有《诸葛忠武侯集》，其中《便宜十六策》和《将苑》乃后人伪托，现经整理为《诸葛亮集》。诸葛亮的文学成就主要以散文著称，代表作有《出师表》（又称《前出师表》）、《建兴六年上言》（又称《后出师表》）、《正议》等篇，思想明锐，叙事详切著明，说理透彻晓畅，既有强烈的感情色彩，又具有朴实无华的语言风格，娓娓道来，能够沁人心脾，感人至深。

相传，诸葛亮入蜀，担忧东吴和曹魏从长江三峡入侵，而蜀军兵少，不足以抗击，遂摆八阵图，严阵以待。《三国志·蜀书·诸葛亮传》："推演兵法，作八阵图。"《晋书·桓温传》："初，诸葛亮造八阵图于鱼腹平沙之下，累石为八行，行相去二丈。温见之，谓'此常山蛇势也'。文武皆莫能识之。"八阵图在夔州西南永安宫前平沙上。八阵为天、地、风、云、龙、虎、鸟、蛇八种阵势，聚石成八八六十四堆，各高五尺，星罗棋布，相克相生。即根据《周易》八卦而推演为六十四卦。关于八阵图，郦道元《水经注·江水》有记载，在夔州城下，长江岸边，"东跨故垒，皆累细石为之。自垒西去，聚石八行，行间相去二丈，因曰八阵"。自建成之后，行军打仗，几乎没有失败过，"今夏水漂荡，岁月消损，高处可二三尺，下处磨灭殆尽"。仇兆鳌《杜诗详注》卷十五注引刘禹锡《嘉话录》："夔州西市，俯临江沙，下有诸葛亮八阵图，聚石分布，宛然犹存。峡水大时，三蜀雪消之际，澒涌滉漾，大木十围，枯槎百丈，随波而下。及乎水落川平，万物皆失故态，诸葛小石之堆，标聚行列依然，如是者近六百年，迨今不动。”

大历元年（766），杜甫至夔州，见到这个神奇的八阵图遗迹，对诸葛亮极其佩服，遂兴发历史的感慨，引出对蜀汉政治决策的一些看法。

汉末，群雄争霸，逐鹿中原，曹操逐步消灭了北方的割据诸侯，尤其是官渡之战，以少胜多，打败势力最大的袁绍，奠定了统一北方的基础。孙坚则带领手下，经营江东，开辟出一片新天地，其子孙策、孙权皆能够继承父业，保守江东。只有刘备，虽然志向远大，可是势单力薄，时时处于流亡状态，没有根据地。至荆州，三顾茅庐，诸葛亮隆中对，提出联合东吴孙权，北抗曹操，夺取西川的战略，最终形成了魏、蜀、吴三国鼎立的局面。因为东吴偷袭荆州，杀了关羽，刘备不顾诸葛亮的劝阻，兴兵讨伐东吴，结果大败而归，不幸死于白帝城。

杜甫对诸葛亮无限敬仰，开头就以两个精巧而整齐的对偶句，赞美诸葛亮的丰功伟绩：“功盖三分国，名成八阵图。”诸葛亮的功业就在于隆中对时，已经制定了三足鼎立的战略，后来的实施完全印证了这一战略的伟大与正确；诸葛亮神鬼莫测的神奇智慧，竟然可以将石头排列成“八阵图”以抵抗入侵者。相传，刘备兵败夷陵逃归蜀中，孙吴大将陆逊追至八阵图，为八阵图所困，只能废然而返。八阵图成就了诸葛亮的大名，此处也点明了诗题。相传，八阵图的石头，有时为人所移动、散乱，夏天为大水所淹没，至冬天水退之后，八阵图的石头会恢复原状，依然行列整齐，严阵以待，因此说“江流石不转”。转，移动，散乱。八阵图仅仅是防御性的，在刘备发伐失败之后，发挥了奇效，阻挡敌军入侵；事实上却与隆中对所确定的孙刘联盟共抗曹操、形成三足鼎立局势的初衷是违背的。吴和蜀是唇齿相依的关系，吴和蜀各自都不是北方曹操的对手，唇亡齿寒，一荣俱荣，一损俱损。伐吴是刘备决策之重大失误，破坏了孙刘联盟，削弱了力量，造成北方的曹操可趁之机，使刘、孙有被各个击破的严重危机，因此说是“失吞吴”——刘备决策失误在于想吞并东吴，并由此产生了巨大的憾恨。史载，刘备死后，孙刘两家为了共同的利益，又缓和矛盾而联盟，共抗强敌曹操。

“遗恨失吞吴”，历来解释纷歧，而且有个很有意思的故事：苏轼觉得“遗恨失吞吴”不好理解，后来梦见杜甫亲口告诉他说：“世人多误会吾《八阵图》诗，以为先主武侯欲与关公报仇，故恨不能灭吴，非也。吾意本谓吴、蜀唇齿之国，不当相图。晋之能取蜀者，以蜀有吞吴之志，以此为恨耳。”（《东坡志林》）苏轼日有所思，专心致志，不得其解，夜梦杜甫，心意相通，豁然开朗，亦是一件有趣的奇事。

诸葛亮为杜甫所敬仰，也是他的人生偶像，然而杜甫一生从未有过像诸葛亮那样施展才能、抱负的机会，当其暮年寄寓于白帝城下，亲临八阵图遗迹，遂借评论前贤，表明自己不同凡响的见识。高度赞许诸葛亮的功名“三分国”“八阵图”，然而“江流石不转”一句转折，蕴含着时空感和悲剧感，传达出诗人的沉思，也将诗的议论全然展示出来。诗篇虽然仅有二十个字，却蕴含着丰富的思想和情意，颇具艺术张力。

王之涣

登鹳雀楼

白日依山尽，黄河入海流。欲穷千里目，更上一层楼。

鹳雀楼，北周宇文护建造，在蒲州（今山西永济）西南城上，楼阁高三层，面对中条山，下临黄河，因常有鹳雀栖息其上，因而得名。鹳雀楼层楼高耸，碧空倒影，楼前滔滔黄河东流而去，为历代名胜。沈括《梦溪笔谈》卷一五曰：“河中府鹳雀楼三层，前瞻中条，下瞰大河。唐人留诗者甚多，唯李益、王之涣、畅诸三篇，能状其景。”而元代王恽登临楼上，感受亲切，其《登鹳雀楼记》曰：“予少从进士泌阳赵府君学，先生河中人，故儿时得闻此州楼观雄天下，而鹳雀者尤为之甲。及读唐李虞部（李益）、畅当（当作畅诸）、王之涣等诗，壮其藻思，令人飘飘然有整翮凌云之想，拟一登而未能也。”后来有机会登临此楼，“徙倚盘礴，情逸云上。于是俯洪河，面太华，揖首阳，虽杰观委地，昔人已非，而河山之伟，风烟之胜，不殊于往古矣”。鹳雀楼气势雄伟，登临其上，俯观黄河，眺望太华山、首阳山，风景壮丽，气象万千，不禁为之感慨万端。

王之涣，字季陵，郡望太原，占籍绛郡（今山西绛县），仅仅留存六首绝句，也因这六首绝句而闻名后世。

白日依山尽，黄河入海流。

诗人登临鹳雀楼，乃黄昏时，极目而望，西边一轮红日渐渐落山，即将全部隐没，天边一抹绯红晚霞，照耀天际；东边青天隐隐，滔滔黄河，浊浪排空，奔流入海，气势磅礴。此联乃实写鹳雀楼地势之高，东西而望，所见之广远。白日，太阳，阳光。《楚辞·九辩》：“白日晼晚其将入兮，明月销铄而减毁。”宋玉《神女赋序》：“其始来也，耀乎若白日初出照屋梁。”王粲《登楼赋》：“步栖迟以徙倚兮，白日忽其将匿。”依山尽，指太阳渐次隐没西山的动态过程。诗人摹写白日渐次落下，隐没于山，而天际晚霞，光芒万丈，大河奔流，滔滔不绝，一泻万里，直入大海，尺幅有万里之势，而且极富动态感。夕阳西下，一天将尽，天边晚霞，是那样地温润亲切；大河奔流，气势磅礴，生生不息，在这昼夜交替的时间变化与大河奔流不息的广远景象中，诗人也许感受到了时间的永恒与个体生命的渺小，只有将个体生命融入广远的时空，才能获得长久的价值和永恒的生命。因而，就有了后两句的生发与升华。

欲穷千里目，更上一层楼。

千里目，形容放眼眺望，远达千里。更，再。前二句实写，从眺望东西的两个方向，彰显鹳雀楼之高远雄伟；此二句则虚写，登临鹳雀楼已然能够极目千里，如若想看得更广远，须登临得更高。这是从感受上来抒写，在登高临远之实写的基础上，精神更为之提升，登临得更高，则可以瞭望得更广远。这种更上一层楼的景致，则留待读者自己想象完成。

王之涣有包举一切之伟力，前二句写山河胜概，雄伟阔远，后二句凌空虚写，更进一层。畅诸《登鹳雀楼》：“迥临飞鸟上，高出世尘间。天势围平野，河流入断山。”全然是写实，中条山环抱黄河，放眼望去，山环水绕，当然不会看到“黄河入海流”，比较质实。而王之涣此诗后二句凌空摹写，俯视万里，似乎看到了黄河冲破山峦围堵，奔流入海的全景和气势。应该说，王之涣已然“看到”了“黄河入海流”的景象和气势，才写出了“更上一层楼”的诗句。整首诗实写与虚写相结合，视野开阔，气魄雄大，有气吞万里之势。诗人有天空海阔之胸怀，才有此旷达之诗句。而且此诗蕴含哲理，遂成为千百年来的佳诗，给人以巨大的精神鼓舞力量。

刘长卿

送灵澈

苍苍竹林寺，杳杳钟声晚。荷笠带斜阳，青山独归远。

灵澈，中唐著名诗僧，俗姓汤，会稽（今浙江）人，出家于云门寺。从严维学诗，与诗人僧皎然相交游。刘禹锡《澈上人文集纪》："上人生于会稽，本汤氏子。聪察好学，不肯为凡夫。因辞父兄出家，号灵澈，字源澄。"灵澈生于天宝五载（746）。兴元元年（784）赴长安，由于著名诗僧皎然的推荐，得到御史中丞包佶的延誉，诗名满长安。贞元后期，又与刘禹锡、柳宗元、韩泰、吕温等交游。曾住庐山东林寺，后东归，元和十一年（816）卒于宣州（今安徽宣城）开元寺。刘长卿与之交往，应在大历十二年（777）贬官睦州之时。灵澈游睦州，日间相聚，傍晚送归，故有此作。诗题一作《送灵澈上人》。

诗乃送灵澈晚归，而所归之地乃寺庙。因而，首句"苍苍竹林寺"点题，揭示所归之地。天朗气清，傍晚时分，暮色渐浓，远处被青翠竹林所环抱的寺庙，在夕阳斜晖照耀下，呈现出一派青苍之色。"苍苍"既描摹青竹之一派苍翠，也点明时间为傍晚。远处那苍翠竹林所掩映的寺庙，静谧而美好，令人心向往之。

首句写眼中所见之景象，次句"杳杳钟声晚"写声，似有若无的疏越钟声，给人一种宁静祥和之感，而"杳杳"则突出山寺距离之远，且有一种吸引人的神韵。"晚"字，既点明山寺暮钟，也显示一种动态，似乎在一声声疏越的钟声感染之下，天色也逐渐向晚，暮色四合。首句从视觉来描摹竹林掩映的寺庙之悠远，次句从听觉来写山寺钟声可闻，并非太遥远；而且疏越钟声，给人以祥和宁静之感，动态地表达出时间向晚之推移。“苍苍”“杳杳”两个叠词，彰显悠游容与的状态。

将灵澈所归向之地点摹写之后，遂转向对所送之人的描摹：“荷笠带斜阳，青山独归远。”灵澈头戴斗笠，夕阳的斜晖洒在斗笠之上，光影烂然，于行进中微微晃动，伴着灵澈向远处依偎着青山的寺庙独自归去。这似乎是一幅剪影，极其美丽动人，又极具动感。想来，山寺、青山都在西边，刘长卿送别灵澈，伫立而望，目送灵澈向西归去，夕阳的斜晖洒在那个青衣布袍、头戴斗笠的年轻僧人身上，行进中斗笠聚光，与黄昏四野之景形成反差，而光影晃动，显得格外醒目；远处有些黯然的青山寺庙，是其归宿。“青山独归远”，呈现出渐行渐远、渐远渐小的身影，是诗人目送之所见，极富情韵。而“独”字，多少也透露出一种远离尘俗的孤高超然的情趣。

此诗二十个字，没有写“送”字，却将送别之情义，写得极其醇厚。诗人所写，乃目中所见、耳中所闻，而那个伫立郊野、深情目送者的形象也呼之欲出。诗人着力所写的是伫望中所见所闻：青青竹林，隐隐青山，疏越钟声，掩映于青山竹林中的山寺，夕阳斜晖，青袍斗笠的僧人，一切都在这无言的景象中，从而展示出送别之情，浑含不露，又有悠然神远之韵。

唐代的著名诗僧有灵一、护国、清江、法振、皎然、灵澈等。刘禹锡说：“世之言诗僧，多出江左，灵一导其源，护国袭之；清江扬其波，法振沿之。如幺弦孤韵，瞥入人耳，非大乐之音。独吴兴昼公（皎然）能备众体。昼公后，澈公（灵澈）承之。至如《芙蓉园新寺》诗云：‘经来白马寺，僧到赤乌年。’《谪汀州》云：‘青蝇为吊客，黄耳寄家书。’可谓入作者阃域，岂独雄于诗僧间邪！”评价颇高，亦可见唐代诗歌流派之兴盛。

弹　琴

泠泠七弦上，静听松风寒。古调虽自爱，今人多不弹。

此诗题一作《听弹琴》。琴，相传为神农氏创制。琴身为狭长形，木质音箱，面板外侧有十三徽。底板穿“龙池”“凤沼”二孔，供出音之用。上古作五弦，至周初，文王加一弦，武王加一弦，称文武弦，遂增为七弦。古人把琴当作雅乐。《诗经·小雅·鹿鸣》：“我有嘉宾，鼓瑟鼓琴。”《太平御览》卷五七九引汉代桓谭《新论》：“昔神农氏继宓牺而王天下，亦上观法于天，下取法于地，近取诸身，远取诸物，于是始削桐为琴，绳丝为弦，以通神明之德，合天地之和焉。”琴乃圣人所创制，乃取法天地，有通达神明之效，可见琴在诸乐器中的崇高地位。王维《竹里馆》：“独坐幽篁里，弹琴复长啸。”盛唐时代，流行乐乃琵琶，为新声，与琴这种古调形成强烈的对比。诗人亦常常借琴来表达其不同流俗的情怀，抒发胸中的抑郁不平之气。

首二句写“听弹琴”。“泠泠七弦上，静听松风寒。”琴之七弦发出清越、悠扬的声音，虽然仅仅是七根琴弦，静静聆听，那声音仿佛是风吹松林，涛声阵阵，铿弘澎湃，使人产生威凛之寒意，激荡心灵啊！泠泠，形容声音清越、悠扬。南宋朱熹《次秀野韵题卧龙庵》：“更把枯桐写奇趣，鹍弦寒夜独泠泠。”蔡邕有名琴焦尾。相传蔡邕作客，听闻灶火中的木材声音异响，遂拽出，视之，乃一上好梧桐木，制成琴，琴音疏越悠扬。因琴上仍留有火烧之痕，遂称之为焦尾。用枯桐制成琴，用鹍鹏之筋制作琴弦，正如名琴焦尾一样。弹琴而抒写胸中奇趣，寒夜之时，琴音疏越悠扬，沁人心脾。“泠泠七弦上”，既给人一种鲜明的形象感，又使人能够体会到疏越、悠扬、古雅的琴音缓缓从七弦上流淌出来。下句“静听”二字，强调琴乃君子之音，凝神静虑，沉浸其中，不似琵琶等时调新声的喧闹、嘈杂。“松风寒”三字，摹写琴音所传达的意境，如风吹松林，铿弘澎湃。琴曲有《风入松》，此处自然而然地绾合一处，琴音疏越、悠扬，意境清寒，令人为之心神肃穆，得到审美的享受。

后二句“古调虽自爱，今人多不弹”，乃听弹琴而滋生的感慨。“古调”乃是相对新声、时调而言。新声时调，颇流行，大得声称于世，为世俗所追逐。“古调虽自爱”是对前二句的概括，也是对泠泠之音松风寒之巨大艺术效果的高度肯定。“虽”字一句意含转折，强调爱古调者实在不多，因而第四句正面揭示感慨：“今人多不弹。”如此古雅美好的琴音曲调，却不被“今人”所欣赏，为其所厌弃了，诗人有深深的寂寞感，也彰显世俗的沉沦，深致喟叹。俞陛云《诗境浅说》续编说：“中郎（蔡邕）焦尾之材，伯乐高山之调，悠悠今古，赏音能几人？况复茂林异等，沉沦于升斗微官；绝学高文，磨灭于蠹蟫断简，岂独七弦古调，弹者无人？文房特借弹琴以一吐其抑塞之怀耳。”事实上，诗人于此透露出一种空有高尚理想，却不被时俗所理解的孤独感，世无知音的寂寞感，当然也有自爱古调、独守传统的自负感和优越感，情感意蕴颇为复杂。

此诗意脉贯注，前二句摹写听琴及其感受，后二句于此而生发无限感慨，有所附丽，故议论深含感情，情意饱满，神完意足，言短情长，耐人寻味。刘长卿有《杂咏八首上礼部李侍郎·幽琴》：“月色满轩白，琴声宜夜阑。飗飗青丝上，静听松风寒。古调虽自爱，今人多不弹。向君投此曲，所贵知音难。”中间两联，唯“泠泠七弦上”作“飗飗青丝上”，余皆相同。而前后二联，敷衍成篇，反而涣散了诗歌结构，冲淡了诗味，因而流传不广。

送上人

孤云将野鹤，岂向人间住！莫买沃洲山，时人已知处。

诗题一作《送方外上人》。上人，对和尚的敬称。据权德舆《送灵澈上人庐山回归沃州序》，有曰：“吴兴长老昼公，掇六义之清英，首冠方外。入其空者，有沃洲灵澈上人。上人心冥空无，而迹寄文字，故语甚夷易，如不出常境，而诸生思虑，终不可至。其变也如风松叠韵，冰玉相扣，层峰千仞，下有金碧。耸鄙夫之目，初不敢视，三复则淡然天和，晦于其中。故睹其容，览其词，知其心，不待境静而静。”灵澈喜爱沃洲山水之美。“夏五月，上人自庐峰言旋，复于是邦。”可知，此上人乃灵澈。

上人乃出世高僧，超逸出尘，非同凡夫俗子，因而诗人赞美：“孤云将野鹤，岂向人间住！”上人如同天上的孤云、飞翔的野鹤，自由自在，来去无踪迹，而且不受世俗之任何拘束，又哪会愿意住在这喧嚣的人间呢！以“孤云”“野鹤”之形象，摹写上人之潇洒出尘、自由自在、无所拘束的状态；正是自由自在、无所拘束，行无定所、不留踪迹，才不愿意长久地居住于人间俗世——即将离开此地，前往他处，点明诗题之“送”字，也切合“上人”之出世的身份。将，与，和。孤云野鹤，比喻闲逸逍遥之人。张祜《寄灵澈上人》：“独树月中鹤，孤舟云外人。”可见，孤云野鹤多指出世的僧人。“岂向人间住”，不愿意住在世俗人间，归向山林隐居，抑或云游天下，行无踪迹。

后二句“莫买沃洲山，时人已知处”，化用支遁隐居的典故，而反用其意。沃洲山，在今浙江新昌县东。相传，晋时高僧支遁（字道林）曾居于此，有养马坡、放鹤亭等。《世说新语·排调》有支遁买山的故事：“支道林因人就深公买印山。深公答曰：‘未闻巢（巢父）、由（许由）买山而隐。’”支道林想买下印山而隐居，深公说：“没有听说过上古隐士高人巢父、许由买下山来才隐居的。”意谓支道林尘缘未断、俗情未了，隐居者不求名利，随处可安身。支道林听闻深公之言，大为惭愧。后来遂以买山为归隐。李白《北山独酌寄韦六》：“巢父将许由，未闻买山隐。”顾况《送李山人还玉溪》：“好鸟共鸣临水树，幽人独欠买山钱。”二句意谓，不要去沃洲山隐居了，大家都知道那个地方啊。

沃洲山风景秀美奇丽，历代多名士、高僧隐居于此。白居易《沃洲山禅院记》：“沃洲山在剡县南三十里，禅院在沃洲山之阳、天姥岑之阴。南对天台而华顶、赤城列焉；北对四明而金庭、石鼓介焉。西北有支遁岭，而养马坡、放鹤峰次焉；东南有石桥溪，溪出天台石桥，因名焉。其余卑岩小泉，如子孙之从父祖者，不可胜数。东南山水，越为首，剡为面，沃洲、天姥为眉目。夫有非常之境，然后有非常之人栖焉。晋宋以来，因山洞开。厥初有罗汉僧西天竺人白道猷居焉，次有高僧竺法潜、支道林居焉……高士名人有戴逵、王洽、刘恢、许元度……卫玠、谢万石、蔡叔子、王羲之凡十八人，或游焉，或止焉。故道猷诗云：‘连峰数千里，修林带平津。茅茨隐不见，鸡鸣知有人。’谢灵运诗云：‘暝投剡中宿，明登天姥岑。高高入云霓，还期安可寻？’盖人与山相得于一时也。”风景绮美壮丽、名闻遐迩的沃洲山，乃历代名士、高僧隐居之处。孤云野鹤似的上人，也欲前往此地隐居。在刘长卿看来，沃洲山事实上已经成为名利场，沾染尘俗颇深，已非隐居之佳处。上人如真心隐居，如孤云野鹤，随处可以有清静之地，隐居安身，何必一定要去沃洲山呢。可见，上人并非真心隐居，不求闻达，而是多少有一些沽名钓誉，或者直接将其作为进入滚滚红尘的“终南捷径”罢了。

此诗前二句摹写上人之潇洒出尘、与世不同的高洁；后二句化用支遁买山典故，反用其意，讥刺上人隐居之志不坚、俗情未了。前后两种摹写，形成强烈的对照和巨大的反差，刻画人物风神，入木三分，颇有力度，是一篇佳作。

韦应物

秋夜寄丘员外

怀君属秋夜，散步咏凉天。空山松子落，幽人应未眠。

唐人李肇《国史补》卷下曰："韦应物立性高洁，鲜食寡欲，所居焚香扫地而坐，其为诗驰骤建安以还，各得其风韵。"只有顾况、刘长卿、丘丹、秦系、皎然等，得与其列，与之酬唱。此诗题一作《秋夜寄丘二十二员外》。丘员外，乃丘丹，行二十二，诗人丘为弟，嘉兴（今浙江嘉兴）人。曾任诸暨令，历祠部、仓部员外郎。贞元初，归隐苏州临平山学道。韦应物贞元四年至七年（788—791）任苏州刺史时，与之多有交往唱酬。

这首五言绝句，抒写秋夜思念友人丘丹的情绪。"怀君属秋夜"，点明诗题"秋夜"和"寄丘员外"。属，正值，恰逢。《国语·鲁语上》："匠师庆言于公曰：'……今先君俭而君侈，令德替矣。'公曰：'吾属欲美之。'"韦昭注："属，适也。"杜甫《王录事许修草堂赀不到聊小诘》诗曰："昨属愁春雨，能忘欲漏时。"柳宗元《永州龙兴寺西轩记》："寺之居，于是州为高。西序之西，属当大江之流。"此句意谓，想念你时，正值清秋之夜。这个清秋之夜，宁静美好，也有些许的寂寥、孤独感，因而想念你这位避世隐居、学道求仙的高人；也可以理解为，因想念你这位避世隐居的高人，激发了诗人内心隐居而远离尘俗之念，深深地感受到清凉秋夜的静谧美好。应该说，是两重意思交织在一起，而形成"怀君"与"秋夜"之恰到好处的相逢。

"散步咏凉天"，诗人独自一个人在清秋之夜散步，推敲、斟酌诗句，歌咏这个清凉的秋夜。"凉天"上承"秋夜"，思而不得见，不能相对晤谈，因此于凉夜散步闲庭，斟酌诗句，吟诵秋夜之静谧与美好。“咏凉天”既为自遣，也是寄友，切合诗题之“寄”字。诗人于此，透露出一点自适、欣然之感。秋夜清凉，静谧美好，令人心神超诣，因而思友，期望能够共同闲庭散步，相对无言亦好，偶尔话言亦好。苏轼与张怀民承天寺夜游，大概就是这种“散步咏凉天”的自由自适的感受吧：“元丰六年十月十二日夜，解衣欲睡，月色入户，欣然起行。念无与乐者，遂至承天寺。寻张怀民，亦未寝，相与步于中庭。庭下如积水空明，水中藻荇交横，盖竹柏影也。何夜无月，何处无竹，但少闲人如吾两人耳。”（苏轼《东坡志林·记游》）苏轼所写的此段文字，正可作为“散步咏凉天”的注脚。

“空山松子落”，空山，宁静空旷之山，指临平山，在杭州近郊。平旷逶迤，无崇岗修阜，唐置临平监于山下。松子，松树的种实，可食。梁元帝萧绎《与刘智藏书》：“松子为餐，蒲根是服。”杜甫《秋野》诗之三：“风落收松子，天寒割蜜房。”道家以为，服食松子，可以延年益寿。《列仙传·偓佺》：“偓佺者，槐山采药父也。好食松实，形体生毛，长数寸，两目更方，能飞行逐走马。以松子遗尧，尧不暇服也。松者，简松也，时人受服者，皆至二三百岁焉。”诗人闲庭散步，歌咏此凉天，遂揣想此刻丘丹学道山中，此时也应该是空山夜静，一派澄澈，能够听闻松子坠落于地的声音。山空，传达空旷静寂的氛围。松子，切合丘丹学道修仙的身份。

“幽人应未眠”，幽人，指丘丹。诗人揣想，如此良夜，在山中学道修仙的丘丹，也应该没有去睡觉，正在欣赏、享受这“秋夜”，歌咏这“凉天”吧。既照应首二句，也传达诗人与丘丹精神相通、情趣相近的旨趣，使其秋夜寄怀友人之意，不至于落空。丘丹以《和韦使君秋夜见寄》作酬答，曰：“露滴梧叶鸣，秋风桂花发。中有学仙侣，吹箫弄山月。”又有《奉酬韦苏州使君》：“久作烟霞侣，暂将簪组亲。还同褚伯玉，入馆忝州人。”正与此诗之意趣相通。

此诗前二句写诗人自己的处境与情怀，后二句则揣想友人丘丹之处境与情怀，两相映照，情义相通，旨趣相近，浑然为一整体。韦应物怀人之诗，往往揣想对方情境，摹写刻画，如临其境，如《宿永阳寄璨律师》："遥知郡斋夜，冻雪封松竹。时有山僧来，悬灯独自宿。"以"遥知"而全从对方写起，揣想山僧夜宿郡斋的情境与事件。《寒食寄京师诸弟》："雨中禁火空斋冷，江上流莺独坐听。把酒看花想诸弟，杜陵寒食草青青。"叙写寒食节独守寂寥，而揣想长安诸弟的情境，"杜陵寒食草青青"与自己如今之"雨中禁火空斋冷"的寂寞相映衬，情致深长，主客一体，感人至深。

此种写法，事实上来自杜甫，如《月夜》曰："今夜鄜州月，闺中只独看。遥怜小儿女，未解忆长安。香雾云鬟湿，清辉玉臂寒。何时倚虚幌，双照泪痕干。"清人施补华论曰："诗犹文也，忌直贵曲。少陵'今夜鄜州月，闺中只独看'，是身在长安，忆其妻在鄜州看月也。下云'遥怜小儿女，未解忆长安'，用旁衬之笔；儿女不解忆，则解忆者独其妻矣。'香雾云鬟''清辉玉臂'，又从对面写，由长安遥想其妻在鄜州看月光景。收处作期望之词，恰好去路，'双照'紧对'独看'，可谓无笔不曲。"（《岘傭说诗》）由此亦可见，作为集大成而开创新局面的伟大诗人，杜甫沾溉后人亦多矣。

李　端

听　筝

鸣筝金粟柱，素手玉房前。欲得周郎顾，时时误拂弦。

李端，字正己，赵州（今河北赵县）人，李嘉祐之侄。大历五年（770）进士及第，曾官秘书省校书郎、杭州司马，为“大历十才子”之一。《旧唐书·卢简辞传》称：“李端、钱起、韩翃辈能为五言诗，而辞情捷丽。”大历十才子乃诗歌名手，为其时的当红歌星，王公贵胄宴集，如无其诗相赠，则为之气沮。唐人燕集必赋诗，推一人擅场。所谓擅场，乃指强者胜过弱者，专据一场。后谓技艺超群。杜甫《冬日洛城北谒玄元皇帝庙》：“画手看前辈，吴生远擅场。”杜甫指出吴道子的画，远远超出庙中图像，最为杰出。

李端诗更高雅，于十才子中名响铮铮，最为工丽敏捷。大唐中兴名臣郭子仪的儿子郭暧，乃升平公主驸马，位尊权重，门庭若市。某日，盛集文士，即席赋诗，升平公主贤明有才，垂帘帷而观之。酒酣，李端赋诗，顷刻而成，曰：“青春都尉最风流，二十功成便拜侯。金距斗鸡过上苑，玉鞭骑马出长楸。熏香荀令偏怜少，傅粉何郎不解愁。日暮吹箫杨柳陌，路人遥指凤凰楼。”摹写贵公子、皇亲国戚之驸马郭暧的年少风流，贵宠豪奢，神识超迈，莫与为比。郭暧和升平公主都很喜欢，一座赏叹。钱起以为此乃李端先前就准备好的，不能见出才情之佳，请以其姓“钱”字为韵，再作一首，方见其真。李端稍一沉吟，诵曰：“方塘似镜草芊芊，初月如钩未上弦。新开金埒看调马，旧赐铜山许铸钱。杨柳入楼吹玉笛，芙蓉出水妒花钿。今朝都尉如相顾，愿脱长裾逐少年。”称许郭暧居处池塘明亮如镜，新月如钩，而郭暧富贵莫比，朝廷许其自铸铜钱；生活悠悠，公主美如芙蓉，两人琴瑟和谐。诗人表示，如果驸马郭暧愿意，将追随于其左右。见者惊服，郭暧与公主大出名马，赏赐甚厚，李端终身以荣。李肇《国史补》卷上说：“是会也，（李）端擅场；送王相公之镇幽朔，韩翃擅场；送刘相之巡江淮，钱起擅场。”

这首《听筝》诗乃李端之名作，一作《鸣筝》。筝，一种弦拨乐器，形状似琴。其弦数历代由五弦增至十二弦、十三弦、十六弦。《隋书·乐志下》：“丝之属曰：一曰琴……四曰筝，十三弦，所谓秦声，蒙恬所作也。”李商隐《昨日》：“十三弦柱雁行斜。”

此诗如同一幅人物素描，聊聊二十个字，描摹一位青年女子的形象，且透露其内心的隐秘情愫，呼之欲出，情味隽永，颇耐人寻味。“鸣筝金粟柱，素手玉房前。”前二句摹写弹筝女子的状态：金粟粒的弦柱，装饰在名贵的筝上，一双洁白如玉的纤纤素手在华美的玉房前，轻抚慢拢。金粟柱，以金粟装饰的系弦的小木柱，形容筝之华贵。素手，洁白如玉的手。《古诗十九首》之二：“娥娥红粉妆，纤纤出素手。”玉房，指玉制的筝枕。房，筝上架弦的枕。诗人着意描摹弹筝的一个细节：筝极其名贵，以金粟装饰筝柱，以玉为筝枕，女子洁白如玉的纤纤素手，在这名贵的筝上弹奏出动人的乐曲。纤纤素手，虽不见其人，然而却能够显示出这个年轻女子冰肤雪貌、莹洁风神，令人歆慕。玉房，有人理解为华美的房屋。其实不对。此诗中“金粟柱”和“玉房前”相对，诗人将焦点全然聚集于这名贵的筝上，抚弄弦索的是一双洁白如玉的纤纤素手，那么，玉房自然就是安弦的筝枕了，其他皆视而不见，或者说隐于这焦点之后。如此，虽未具体描摹其人，然而形神已隐约可见，呼之欲出，给人以强烈的震撼。

“欲得周郎顾，时时误拂弦。”后二句摹写女子弹筝，为了获得意中人的注意，时时故意弹错音调，期冀其能回首顾盼，得佳人（意中人）之一瞥，则心愿已足矣。顾，回头看。三国周瑜精通音乐，《三国志·吴书·周瑜传》：“瑜年二十四，吴中皆呼为周郎，少精意于音乐，虽三爵（酒杯）之后，其有阙误，瑜必知之，知之必顾。故时人谣曰：

‘曲有误，周郎顾。’”年轻女子精于音乐，弹筝本不会出现失误，然而，为了获得意中人的注意，时时故意弹错音调，希望引起其关注：看其雪肤花貌、莹婉风神，而不仅仅为美妙的音乐而陶醉，忽略了座中的绝世佳人啊！诗歌以特定的情节描摹，展现这个风神莹婉的绝世佳人，妙曼的音乐，从名筝弦上、佳人素手飞出，似乎出现于舞台的聚光灯下，提供给读者广阔的想象空间。

此诗为“听筝”，事实上不写听筝，只描摹弹者的情态，借以传达这位绝世佳人的曲折心事。清人俞陛云说：“此诗能曲写儿女心事。银筝玉手，相映生辉，尚恐未当周郎之意，乃误拂冰弦，以期一顾。”（《诗境浅说》续编）将女儿家的心事，摹写得极为曲折婉转，纤毫毕现。李端另有一首《拜新月》：“开帘见新月，便即下阶拜。细语人不闻，北风吹裙带。”摹写年轻女子拜新月的场景，却避实就虚，避开对人物内心感情愿望的正面描写，全面从侧面着笔，搴起帘帷，但见一弯新月如钩，“即便下阶拜”，颇为急切，定是满腹心事、无限祈愿，然而轻声细语，无法听闻，唯见“风北吹裙带”之弯腰下拜、裙带随风飞舞——烘托身姿面影的娇美、超逸美好的风姿。借人物行动描写与景物烘托渲染，营造出一种既鲜明如画又隐约迷离、含蓄丰厚、情味隽永的境界，令人神往。可见，有如此才情，李端雅集而擅场，岂是妄得虚名哉！

王　建

新嫁娘

三日入厨下，洗手作羹汤。未谙姑食性，先遣小姑尝。

王建（约767—约831），字仲初，关辅（今陕西）人，郡望颍川（今河南许昌）。擅长乐府诗，与张籍并称“张王乐府”。王建早年入幕府，转徙多地，后任渭南尉。与宦官王守澄同宗，得以知晓宫禁生活，作《宫词》百首，影响深远。张籍和王建是唐代新乐府运动的先驱，所作乐府诗，颇有时誉，众口传播。王建诗歌，关注民生疾苦，重视诗的美刺讽喻精神，白居易说：“诗人之作丽以则，（王）建为文近之矣。故其所著章句，往往在人口中。求之流辈，亦不易得。”（《授王建秘书郎制》）沈德潜评论张王乐府，曰：“心思之巧，辞句之隽，最易启人聪颖。”（《唐诗别裁集》卷八）

王建诗歌，开拓了诗歌题材，尚俗尚新。《新嫁娘词三首》乃书写唐人婚俗的绝句，其一：“邻家人未识，床上坐堆堆。郎来傍门户，满口索钱财。”其二：“锦幛两边横，遮掩侍娘行。遣郎铺簟席，相并拜亲情。”其三：“三日入厨下，洗手作羹汤。未谙姑食性，先遣小姑尝。”依次写新郎提亲、新娘出嫁、新娘婚后下厨，活泼灵动，充满生活气息。千载之后的人们，通过诗人所摄取的婚姻风俗片段，可以窥见当时社会生活的一个侧面。无论是提亲、出嫁，还是婚后下厨，都体现出很强的仪式感和喜庆气氛。第三首，写婚后三日，新娘下厨做菜肴请公婆品尝。

三日入厨下，洗手作羹汤。

女子成婚，娶进家门，是非常隆重的仪式，作为主角，是以客礼相待的。三天后的另一重要仪式，就是下厨做饭，请公婆品尝，以示成为夫家一员，成为主人，掌全家炊饮，操持家务，乃是对其女主人身份的明确。因为新婚三日，是为“新嫁娘”，她是非常认真、谨慎的，这个从细节上表现了出来：洗手，然后做饭。展示厨艺之前洗手，是理应具备的卫生素养。而这个细节特别拈出，也自有深意，是第一次用自己的双手在婆家开始劳动，并创造新的生活，所以郑重其事。调制的既是羹汤，也是生活。这里面包含着多少对生活的憧憬和期待啊！羹汤，此处泛指饭菜。

未谙姑食性，先遣小姑尝。

新嫁娘第一次下厨，象征意义是大于现实意义的。所以她不仅谨慎、认真，还动了小小的心计，做足了功课。因为不知公公和婆婆的饮食喜好，所以没有贸然奉上自己精心调制的羹汤，而是先请小姑子——丈夫的妹妹品尝一下。既显示了自己要做好羹汤、讨好公公和婆婆的强烈愿望，又与小姑拉近了关系，还不失礼数。这是一个多么聪明、细心、善良的新嫁娘！谙，熟悉。食性，饮食偏好，口味。姑，婆婆，此处指翁姑——公公和婆婆。“之子于归，宜其室家”，有了这个美好的开端和期待，以后的日子肯定也不会差吧？

前二句是新嫁娘的举动，后二句是新嫁娘的意想。小姑自幼熟悉公婆的饮食口味、偏好，因而请小姑先尝，孝顺心肠与和煦气象，充盈其间。此种情思，和盘托出，岂非平易而有思致之诗？这首诗从日常生活中精心择取片段，点缀成篇，诗意盎然。全篇用白描手法，不着议论，浓烈的生活气息扑面而来，于生活细微处的描写，入情入理。语言上，几乎以口语入诗，本色天成，沁人心脾。清代沈德潜评论此诗说“诗到真处，一字不可移易”（《唐诗别裁集》卷十九）。

权德舆

玉台体

昨夜裙带解，今朝蟢子飞。铅华不可弃，莫是藁砧归。

权德舆（761—818），字载之，天水略阳（今甘肃秦安）人，徙居润州丹阳（今江苏丹阳）。权德舆元和五年（810）拜相，为贞元、元和时期的名人，执掌文柄二十多年，隐然一代文宗。刘禹锡、柳宗元投文于其门下，以求揄扬。权德舆性忠恕蕴藉，好学不倦，擅长文章，立言典丽，文意明畅，杨於陵说："言成典诰，笔落风雷，扣寂穷妙，神交思来，百代遐骛，九流兼该，倾词人之薮泽，为作者之杓魁。"（《祭权相公文》）《旧唐书·权德舆传》曰："于述作特盛，六经百氏，游泳渐渍。其文雅正而弘博，王侯将相洎当时名人薨殁，以铭纪为请者什八九，时人以为宗匠焉。"权德舆工诗，赡缛浑厚，"古调乐府，极多情致"（《唐才子传·权德舆》），其诗有绝似盛唐者。

玉台体，以《玉台新咏》为效法、学习对象而创作的一种诗歌。南朝徐陵辑录梁以前诗歌十卷，名《玉台新咏》，除乐府民歌外，多为南朝文人及齐梁君主、太子东宫摹写宫廷生活、男女艳情的诗歌。此类诗歌，声韵绮靡，辞藻华丽，刻画细腻，抒情凄深婉转，后来文士将效法、学习《玉台新咏》的诗歌，号称"玉台体"，也称"宫体"。高仲武《中兴间气集序》曰："英华失于浮游，玉台陷于淫靡。"权德舆《玉台体》共十二首，所选为第十一首。

隋炀帝杨广《江陵女歌》诗，有"拾得娘裙带，同心结两头"之句——拣拾得美丽女子的裙带，结成同心结，表达了与所爱之人白头偕老的愿望。此诗首句"昨夜裙带解"，遂化用此句，昨夜裙带开解，那是化为同心结的征兆呀。诗人由闺中思妇偶然的裙带松解，触发无尽情思，占卜远行的丈夫即将归来，于是喜情入怀，寝梦难安。次句“今朝蟢子飞”，早晨起来，竟然又看见蟢子于蛛网间飘舞若飞，看来真是有好事临门啊！蟢子，即喜蛛，是一种长脚蜘蛛，又称“喜子”“蟏蛸”“壁钱”。北齐刘昼《新论·鄙名》：“今野人昼见蟢子者，以为有喜乐之瑞。”“蟢”“喜”谐音，见蟢即预示着见喜，既是一种心理的暗示，又是一种习见的风俗或者是朴素的民间认知。这又增加了抒情女主人公思念夫君、期盼团圆的情愫。喜蛛盘桓于丝网之间，恰似思妇思念久别的夫君，盘桓往复，又是一层隐喻，表现出闺中女子大胆、热烈、坚定、执着的爱情心理。

两种喜兆接连出现，更进一步坚定闺中思妇确认远行夫君将归的信念，于是满心欢喜，由一个平日里“自伯之东，首如飞蓬。岂无膏沐？谁适为容”（《诗经·伯兮》）的女子，变成了“铅华不可弃”——开始精心妆扮、描眉敷粉、衣着鲜丽，以待夫君归来的热恋女子。这一系列复杂的心理变化，由三个相对独立又紧密联系的生活细节相连接。由外在物象之“裙带解”“蟢子飞”的变化，遂引起了抒情女主人公心理上的层层加码，直至发生“铅华不可弃”的内心独白，水到渠成，顺理成章。因为这一切都有原因，难道是朝思暮想的夫君就要回来了？铅华，搽脸的粉，指妆饰。张衡《定情赋》：“思在面为铅华兮，患离尘而无光。”

末句“莫是藁砧归”，莫不是那个远行在外、久无音信的人要回来了呀！“藁砧”是铡草工具。藁指稻草，砧是砧板，铡砧板上的稻草要用铁，铁与“夫”谐音，因而“藁砧”乃“丈夫”的隐语，表现出女子热烈大胆之外的一丝委婉与含蓄。

全篇似乎是闺中思妇，独处一室，见“裙带解”“蟢子飞”，而自言自语，全然以白描手法写物而又不滞于物，蕴含于其中的情思和心理活动流动于字里行间，寓情于物，心理刻画细致入微，意脉流动活泼自然，既奔放热烈，又婉转含蓄。俞陛云说：“此诗写闺中望远之思。观第三句，当其未占吉兆，当有‘岂无膏沐，谁适为容’之感。忽喜罗裙夜解，蟢子朝飞，倘谚语之有征，必佳期之可待。遂尔亲研螺黛，预贮兰膏，一时愁喜，并上眉尖。有盘龙之镜，留待郎归之望。作者曲体闺情，《金荃》之隽永也。”（《诗境浅说》续编）诗人有意涉足艳体，抒发细腻情思，但文字质朴，感情真挚，在俗雅之间。

柳宗元

江　雪

千山鸟飞绝，万径人踪灭。孤舟蓑笠翁，独钓寒江雪。

此诗作于贬官永州期间。柳宗元为中唐诗人之大家，于韩愈、孟郊之雄奇险怪，白居易、元稹之平易流畅之外，别树一帜，卓然自立。明代诗论家胡应麟说："元和而后，诗道浸晚，而人才故自横绝一时。若昌黎（韩愈）之鸿伟、柳州（柳宗元）之精工、梦得（刘禹锡）之雄奇、乐天（白居易）之浩博，皆大家材具也。"（《诗薮·外编》卷四）

柳宗元少时精敏，无不通达，中进士，又登博学宏词科，"隽杰廉悍，议论证据古今，出入经史百子，踔厉风发，率常屈其座人，名声大振，一时皆慕与之交，诸公要人，争欲令出我门下，交口荐誉之。"（韩愈《柳子厚墓志铭》）有绝大的政治抱负，参加王叔文集团的政治革新活动，最终以王叔文先贬后杀，柳宗元等八人被贬为远州司马而惨败。在永州，柳宗元作《冉溪》诗，有曰："少时陈力希公侯，许国不复为身谋。风波一跌逝万里，壮心瓦解空缧囚。"少壮时，心怀天下，以身许国，不是为了谋求自身之荣华富贵，全力以赴，尽心国事，然而一场突如其来的严酷政治打击，万死投荒，被弃置不用，开始了囚徒般的屈辱而无奈的生涯。

这首《江雪》，就是柳宗元人格的写照。俞陛云说："空江风雪中，远望则鸟飞不到，近观则四无人踪，而独有扁舟渔夫，一竿在手，悠然于严风盛雪间。其天怀之淡定，风趣之静峭，子厚以短歌为之写照。"（《诗境浅说续编》）信然。

柳宗元融注深刻的生命体验、坚忍不屈的思想性格，以如椽巨笔，勾勒一幅形象鲜明的寒江独钓图，彰显其丰厚的精神内蕴。“千山鸟飞绝，万径人踪灭”，从大处着眼，天地广阔，千山万壑，飞鸟绝迹；广袤大地，道路纵横，行人踪迹皆无。“千山”“万径”，广袤辽阔的空间，鸟儿飞翔的身影绝迹，不但没有行人，而且也没有行人之踪迹。用“绝”“灭”强调一切皆空无，带着一种冷峭、孤寂、肃杀之气。诗人所彰显的是一个茫茫大雪所覆盖、掩蔽的辽阔天地，清冷孤寂，尚带有肃杀之气，砭人肌骨，然而同时也是一个晶莹剔透、纤尘不染、白茫茫天地真干净的世界。

在这个绝对幽寂的寥廓天地间，由大到小，由远及近，唯有“孤舟蓑笠翁，独钓寒江雪”，一叶孤舟之上，身披蓑笠之渔翁，神态安详，从容不迫，在江天寒彻、雪花飘飞之际，独自垂钓。蓑笠，既摹写渔翁的形象，身披蓑衣，头戴箬笠帽，最为朴素、简洁，也暗示其时大雪纷飞的景象。这个独自垂钓的蓑笠翁，在广阔山野、浩浩江流、沸沸扬扬的大雪中，显得是那样地孤寂、渺小。

从艺术手法来说，此诗由大到小，由远及近，从寥廓江天之“千山”“万径”，绝无飞鸟之踪影，既无行人亦无行人之踪迹，冷峭孤寂，澄澈晶莹，将焦点聚集在浩浩寒江上之一叶孤舟，再集中于一叶孤舟上之蓑笠翁，而蓑笠翁“独钓寒江雪”——神态安详，从容不迫，无惧孤寂，不怕酷寒，独自垂钓于寒江飞雪。而这个由大到小、由远到近所聚焦的“孤舟蓑笠翁”，无惧严寒，不怕孤寂，冲风冒雪，坚毅刚强，顽强不屈，其精神充溢于这个孤寂寒峭、冰清玉洁、纤尘不染的世界。

这个蓑笠翁形象，乃柳宗元坚毅刚强、守道不苟、顽强不屈的抗争精神之体现。在千山、万径的空旷寥廓天地，鸟飞、人踪绝无痕迹，孤舟独钓的蓑笠翁，以其杰特行径，彰显了精神的力量，从而使得短短二十个字的诗歌，极具张力。前人论曰：“置孤舟于千山万径之间，而一老翁披蓑戴笠独钓其间，虽江寒而鱼伏，非钓之可得，彼老翁独何为而稳坐于孤舟风雪中乎？此子厚贬时取以自寓也。”（刘文蔚《唐诗合选详解》卷三）体悟诗旨，别有会心。

柳宗元的诗文，乃其深刻的生命体验、深纯的思想、坚毅的品格表现，乃其思想精神、文化品格的外化，颇具艺术品位。永贞革新所遭受的政治重压和严酷打击，断送了柳宗元的政治生命，然而却使其思想更趋成熟，诗文大放异彩。韩愈《柳子厚墓志铭》说："然子厚斥不久，穷不极，虽有出于人，其文学辞章，必不能自以力传于后如今，无疑也。虽使子厚得所愿，为将相于一时，以彼易此，孰得孰失？必有能辨之者。"诗穷而后工，愤怒出诗人，还是有其合理性的。读柳宗元的诗歌，不能不知人论世，方能扪毛辨骨，鞭辟入里；如果仅仅胶着于文字来理解，难免望文生义，陷于似是而非的皮相之论。

元　稹

行　宫

寥落古行宫，宫花寂寞红。白头宫女在，闲坐说玄宗。

此诗题一作《古行宫》。为元和四年（809），元稹任监察御史分司东台时所作。行宫，古代京城以外供帝王出行时居住的宫室。此处之行宫，应为自长安至洛阳途中所建，供皇帝东巡时临时休憩之宫殿，或即建于东都洛阳之行宫，如上阳宫。

玄宗李隆基是唐代历史上很有故事的皇帝。既是明君，前期励精图治，重用贤良，开创了开元盛世；同时也是一位昏君，后期贪图享乐，偏听偏信，任人唯亲，导致安史之乱爆发，结束了大唐盛世，庶几覆国亡身。前期，玄宗积极有为，广聚贤才，善纳谏言，“庙堂之上，无非经济之才；表著之中，皆得论思之士。而又旁求宏硕，讲道艺文，昌言嘉谟，日闻于献纳；长辔远驭，志在于升平。贞观之风，一朝复振”，开创了一个国力强大，礼乐文明、物质文明皆繁荣昌盛的盛世：“于斯时也，烽燧不惊，华戎同轨。西蕃君长，越绳桥而竞款玉关；北狄酋渠，捐毳幕而争趋雁塞……于时垂髫之倪（小儿），皆知礼让；戴白之老，不识兵戈。虏不敢乘月犯边，士不敢弯弓报怨。”（《旧唐书·玄宗纪》）然而，玄宗晚年，偏听偏信，穷奢极欲，“侈心一动，穷天下之欲，不足为其乐，而溺其所甚爱，忘其所可戒”（《新唐书·玄宗纪》），终于招致了祸败，亲手结束了开元盛世，实可哀伤。

中唐时期，对玄宗的言说以及诗歌抒写，则成为对唐代由盛而衰历史的反思、探讨，带着浓烈的情感与深沉的现实思索，充溢着时代的盛衰变化和不胜今昔沧桑的深沉感慨。于此，白居易写《上阳白发人》

《长恨歌》，元稹有《连昌宫词》《行宫》等。

《行宫》所说的古行宫，可能指上阳宫，也可能是由长安至洛阳沿途的某一处行宫。诗的首句“寥落古行宫”，从整体印象上展现出行宫的荒凉破败。寥落，寂寞冷落。行宫而冠之以“古”，并非指其年代久远，而是说行宫荒凉废弃，墙垣破败，荒草丛生，树木倾圮，狐兔出没，蛇鼠潜伏，一派萧条，给人一种恍如隔世的感觉。这个大笔勾勒的印象式图景，乃以“寥落”与“古”两个词语强化，先声夺人。元稹《连昌宫词》描摹作为行宫的连昌宫之荒凉破败，有曰：“荆榛栉比塞池塘，狐兔骄痴缘树木。舞榭欹倾基尚在，文窗窈窕纱犹绿。尘埋粉壁旧花钿，乌啄风筝碎珠玉……蛇出燕巢盘斗栱，菌生香案正当衙。”肆意疯长的荆榛，长满荒草的池塘，狐兔大胆出没，亭台倾倒，窗户挂满蛛网，蛇盘于斗栱，香案上生出蘑菇……正是这“寥落古行宫”具体形象的生动描摹。

次句“宫花寂寞红”，选取特别的意象，唯有当年玄宗、杨贵妃特别喜爱的宫花，在悄无声息地开放，鲜艳欲滴，然而却无人欣赏。“红”往往给人一种热烈、鲜艳、繁盛的感觉，却以“寂寞”来修饰，红花怒放，鲜艳夺目，然而却无人赏识，突出不胜今昔的沧桑巨变：当年鲜艳夺目、妖美的红花，曾经受到了那样地呵护、围观与赞美，如今却悄然自开自落，寂寞无主，唯有清风冷月光顾。寂寞怒放的红花，是诗人所选定的特殊意象，借微物以传情，具体而传神地摹写古行宫之“寥落”，将古行宫寥落之感受具象化，形象而贴切。《连昌宫词》有曰：“上皇偏爱临砌花，依然御榻临阶斜。”玄宗很喜欢阶除前盛开的鲜花，常常临阶观赏，而今破旧的坐榻倾斜在御殿台阶，鲜花寂寞地自开自落。

后二句“白头宫女在，闲坐说玄宗”，在这个荒凉破败的古行宫，一位白头宫女向围在跟前的几个小宫女，述说曾经的玄宗皇帝和杨贵妃……诗由寂寞盛开的宫花，转到白头宫女，在寂寞无聊中，向身边的几个小宫女言说玄宗。这是一个讲故事的场景，而这个白头宫女，本身就是故事，被言说的玄宗，则更有丰富的故事性，其内容是极其丰富的，蕴含是丰厚的。

白头宫女，白居易新乐府《上阳白发人》，描摹那个白发上阳宫女，自少女时选入宫禁，“一闭上阳多少春”，“玄宗末岁初选入，入时十六今六十。同时采择百余人，零落年深残此身……妒令潜配上阳宫，一生遂向空房宿。宿空房，秋夜长，夜长无寐天不明。耿耿残灯背壁影，萧萧暗雨打窗声……莺归燕去长悄然，春往秋来不记年。唯向深宫望明月，东西四五百回圆”。那个少女，“脸似芙蓉胸似玉”，何其美艳，然而被困置宫禁，“今日宫中年最老”，已然为鸡皮老妪，装束依然是天宝末年所流行的样式，“小头鞋履窄衣裳，青黛点眉眉细长”。这个过时人物，身着天宝末年时世装束，在向几个小宫女讲述大唐风流天子玄宗的故事。

那么，白头宫女“说玄宗”，说的是什么呢？想来，白头宫女向小宫女叙说开元天宝时期的繁盛与奢华，万国来朝之盛况，宫中宴乐歌舞升平，生活富足，抑或是说安史叛乱，洛阳长安被攻破，百姓流离失所，生活艰难……玄宗是开元盛世的缔造者，也是导致安史叛乱、结束大唐盛世的主要负责人。元稹《连昌宫词》抒写其事，繁盛与奢华，历历在目，“上皇正在望仙楼，太真同凭阑干立。楼上楼前尽珠翠，炫转荧煌归天地”，宴乐歌舞，通宵达旦，“夜半月高弦索鸣，贺老琵琶定场屋。力士传呼觅念奴，念奴潜伴诸郎宿。须臾觅得又连催，特敕街中许燃烛。春娇满眼睡红绡，掠削云鬟旋装束。飞上九天歌一曲，二十五郎吹管逐。逡巡大遍凉州彻，色色龟兹轰录续”。开元前期玄宗励精图治，明君贤相，共治天下，“姚崇宋璟作相公，劝谏上皇言语切。燮理阴阳禾黍丰，调和中外无兵戎。长官清平太守好，拣选皆言由相公”。然而，玄宗后期贪图享乐，穷奢极欲，宠幸权臣李林甫、杨国忠、安禄山，“禄山宫里养作儿，虢国门前闹如市。弄权宰相不记名，依稀忆得杨与李”，最终导致了大动乱的到来，生民涂炭，社会衰败，行宫也因此而荒凉破败。诗人提出“太平谁致乱者谁”这样的问题，并尝试着予以解答。因此，“说玄宗”一语，内涵颇丰富，意味极深长。

宋代洪迈说：“白乐天《长恨歌》《上阳宫人歌》、元微之《连昌宫词》，道开元间宫禁事最为深切矣，然微之有《行宫》一绝句……语少意足，有无穷之味。”（《容斋随笔》卷二）明人瞿佑说：“《长恨歌》一百二十句，读者不厌其长；微之《行宫》词才四句，读者不觉其短，文章之妙也。”清人潘德舆说：“‘寥落古行宫’二十字，足赅《连昌宫诗》六百余字，尤为妙境。”（《养一斋诗话》卷三）皆认识到元稹《行宫》一诗的妙绝，各有体会。

具体而论，此诗之所以有如此丰富深刻的内涵，精妙的构思乃是一个关键原因。此诗以“古行宫”和“白头宫女”两个意象，表现今昔盛衰之沧桑巨变。以“古行宫”寥落衰败，诉说曾经的繁盛热闹；以“白头宫女”，言说已经逝去的唐玄宗；“说玄宗”并未说明在“说”什么，然而这种欲说还休的表达，恰恰给读者留下广阔的联想空间——言说玄宗之励精图治，开元盛世，宴乐歌舞，人民生活之富足；也可能言说玄宗晚年之昏聩，贪图享乐，权臣当道，致使安史之乱爆发，两京沦陷……丰富的意蕴，巨大的想象空间，要读者自己去填补。这个白头宫女，亲历过往昔的繁华，是时代盛衰的见证人。白头宫女在寥落的古行宫，面对几个稚气未脱的小宫女，闲坐说玄宗，正映衬出往昔的繁华昌盛。尽管诗中没有一句正面叙述，然而“说玄宗”之“玄宗”本身就是兼有明君与昏君、繁花与衰败，既是盛世的缔造者，也是其终结者，今昔对比、历史的沧桑感，就在这不言之言中，全然彰显出来了。此诗词短意长，神完意足，含蓄未尽，堪称神品。

白居易

问刘十九

绿蚁新醅酒，红泥小火炉。晚来天欲雪，能饮一杯无？

此诗作于元和十二年（817），白居易贬官江州司马时。刘十九，名不详，排行十九，乃白居易在江州结识的朋友。《刘十九同宿》诗，题下原注："时淮寇初破。"乃指元和十二年十月，裴度率大军平息淮西吴元济叛乱，诗曰："红旗破贼非吾事，黄纸除书无我名。唯共嵩阳刘处士，围棋赌酒到天明。"可知，刘十九乃嵩阳（今河南登封）人，寓居江州。白居易与刘十九相熟悉，在江州往来颇多。刘十九曾邀约白居易雨中游庐山东林寺、西林寺，白居易迟到半日，刘十九已然离开，白有诗赠之；蔷薇花开，春酒初熟，白居易招刘十九等二三好友同饮，以诗赠之，有曰："试将诗句相招去，倘有风情或可来。"

《问刘十九》也是一首以诗代书柬的名篇，写得非常质朴真率，浅近如口语，却创造出洋溢着真情性的氛围和浓郁的诗情，娓娓道来，沁人心脾。诗只有四句二十个字，然而意味深长。"绿蚁新醅酒"，诗人强调"绿蚁"与"新"。新酿成的酒，尚未过滤，上面浮着一层细小如蚁的泡沫，泛着淡淡的绿色。《文选·谢朓〈在郡卧病呈沈尚书诗〉》："嘉鲂聊可荐，绿蚁方独持。"张铣注："绿蚁，酒也。"绿蚁，正见出酒乃新酿。醅酒，未滤去糟的酒。清人李斗《扬州画舫录·桥西录》说："立冬后煮瓜米和曲，谓之起酵，酒成谓之醅酒。"可见，古人有冬日酿酒的习俗。此句意谓，诗人满怀喜悦地欣赏着浮起绿色泡沫的新酿之酒，闻着酒的芳香甘洌，就很想招致好友来共同品尝。新酒初酿成，色泽如绿蚁，芳香甘冽，欲招致好友，可见诗人对友人的真淳情意，亦可见出二人关系之亲近而自然，不拘虚礼。

“红泥小火炉”，紧接着上句而写，佳酿已成，用小小的红泥炉子烧着炭火来温酒，芳香四溢，引得馋涎欲滴。而这温暖的小小红泥炉，既是温酒的器具，也是寒冷天气的一种温暖的象征，一件洋溢着酒香与友情的艺术品：两位挚友相对而坐，红泥炉置于中间，亲自温酒，细酌慢饮，絮絮相谈，充满着清新与温情，令人陶醉。

“晚来天欲雪”，写天气，天空阴沉，寒意更浓，正酝酿着一场大雪。在这个湿寒欲雪的天气，新酿之酒正可驱寒，红泥小火炉乃是湿寒天气的温暖与亮色。诗人被贬谪而寄居江州，刘十九亦从嵩阳而来，流寓于此，两个漂泊者正好以新酿之酒的芳香温暖和淳厚质朴的友情，互相慰藉。江州雪夜，拥着红泥小火炉而温酒对饮，亲切相谈，既是相互慰藉，也是情感思想交流的巨大享受。“晚来天欲雪”，正是招友对饮的生动场景。

“能饮一杯无”，无，否也，疑问语气词。有酒，有小火炉，又有寒天欲雪的场景，自然而然就招致友人赴饮。尽管比较急切地招致友人，然而诗人却以问句出之：你能来饮一杯酒吗？“饮一杯”，关键不在于饮酒，饮酒乃雪夜拥火对谈的催化剂，是亲切叙谈的媒介而已。紧扣题目，结构极紧凑，给读者留下想象的广阔空间。诗人创造出雪夜拥火、温酒对饮、亲切叙谈的诗情画意，极具感染力。

其实，按照诗的逻辑顺序，应该是晚来天欲雪，而又正好佳酿初成，于是招致友人品酒对谈。然而，以诗来表达，则突出酒初酿之芳香甘洌，红泥小火炉之温暖，再出之以一个特定的天寒欲雪的场景，于是，招致友人对饮，实乃水到渠成。

白居易把自己的诗歌分为讽喻诗、感伤诗、闲适诗和杂律诗。前三者从内容上分，杂律诗则是从形式上分，不能从内容上归入前三类者，大都归入杂律诗。这首《问刘十九》乃其闲适诗。闲适诗是诗人“穷则独善其身”的儒家情怀和随缘任运、乐天知命的道家思想的体现，诗人常常于平凡的日常生活甚至琐细的事件上，发现所蕴含的美善，表现一种超乎形上的意趣。这首以诗代柬的小诗，亲切风趣，又意蕴含蓄，言短情长。

张　祜

何满子

故国三千里，深宫二十年。一声何满子，双泪落君前。

“何满子”是唐教坊曲名。开元年间的歌者何满子，临刑之前悲歌以赎罪而未成，其所歌之曲，声情悲怆，被命名为《何满子》，列于教坊。《乐府杂录》云：“何满子，开元中歌者，临刑歌乐府以赎死，竟不得免。曲即名《何满子》。”白居易《河满子》诗题下自注曰：“开元中，沧州有歌者何满子，临刑进此曲以赎死，上（玄宗）竟不免。”诗曰：“世传满子是人名，临就刑时曲始成。一曲四调歌八叠，从头便是断肠声。”元稹《何满子歌》曰：“何满能歌能宛转，天宝年中世称罕。婴刑系在囹圄间，下调哀音歌愤懑。梨园弟子奏玄宗，一唱承恩羁网缓。便将何满为曲名，御谱亲题乐府纂。”所说与白居易稍有不同。而张祜《孟才人叹》，其序曰：武宗皇帝病重，迁便殿，孟才人以善音乐歌舞得宠，陪侍左右，欲以身相殉，曰：“妾尝艺歌，请对上歌一曲，以泄其愤。”遂唱“一声何满子”，气绝而亡，武宗令医者诊视，曰：“脉尚温而肠已绝。”诗曰：“偶因歌态咏娇颦，传唱宫中二十春。却为一声《何满子》，下泉须吊旧才人。”张祜此诗，诗题一作《宫词二首》，此为第一首，咏其曲，从而触及了所有宫人悲怆凄凉的内心感受，非咏何满子一人一事。

张祜（792—853），字承吉，南阳（今河南南阳）人，郡望清河东武城（今山东武成），晚年移居丹阳（今江苏丹阳）。张祜早年浪迹江湖，狂妄不羁，受到白居易、令狐楚举荐，然而仕途不顺，以处士终其身。张祜苦心作诗，名篇佳句，传布人口，如“天下三分明月夜，二分无赖是扬州”（《忆扬州》），“十里长街市井连，月明桥上看神仙。人生只合扬州死，禅智山光好墓田”（《纵游淮南》），以及五言诗“不雨山长润，无云水自阴。断桥荒藓涩，空院落花深”（《题杭州孤山寺》）等等。徐献忠《唐诗品》论曰：“处士（指张祜）诗长于模写，不离本色，故览物品游，往往超绝，所谓五言之匠也。其宫体小诗，声唱流美，颇谐音调。中唐以后诗人如处士者，裁思精利，安可多得。”

故国三千里，深宫二十年。

首联，以如椽巨笔展开时空刻画，一个如花少女不幸被选中，远离故土亲人，进入皇帝的后宫，从此闭锁深宫二十年，身处宫禁，如入槛牢，与家人分离，与外界隔绝，时光流逝，青春不再。伴随着她生命历程的，是无尽的乡关之思，以及人身受到严格限制、自由无从谈起的幽宫生活。故国是曾经的家乡，是多少年来魂牵梦绕的地方；深宫是今天的所在，是没有自由和幸福的牢笼。三千里，极言故乡之邈远，又言乡思之深；二十年，极言闭锁深宫之久，时间之漫长，又言青春难再，岁月虚度。无尽的乡思，深沉的幽怨，笼罩了曾经花季的少女，直至花残叶败，一生以悲剧收场。这又岂是某一位宫女的人生历程？难道不是广大宫女共同的命运？

一声何满子，双泪落君前。

尾联，刹那间的特写镜头，也是富有典型意义的生活聚焦。长久以来郁结于胸中的痛苦、悲怆，甚至乡思，都因那一曲令人断肠的《何满子》瞬间涌上心头。白居易说《何满子》“一曲四词歌八叠，从头便是断肠声”，凄怆无比。歌者为何有如此强烈的情感反应？是因为《何满子》本身就是断肠之曲，更因为歌者“故国三千里，深宫二十年”的特殊经历，乃断肠之人。断肠人歌断肠曲，自然而然歌声起而泪珠落，声情并茂，感人深至。“君”即皇帝，歌者为皇帝奏唱，正说明此曲此歌带有强烈的讽谏意义。双泪落君前，并非有意为之，也非君前失态。杰出而感人的艺术作品的唱奏，正强调设身处地的体味，再加上作品本身又表现了歌者痛苦隐微的内心世界，声情并茂的演奏，自有仪态万方。

“此诗非有取义于《河满子》。盖以断肠人闻断肠声，故感一声而泪落也。”（《唐诗笺注》卷七）短短二十字，激切、直率，蕴含了极丰富的内容，但并非一览无遗，而是言外又有无尽之意。全诗两联，皆对仗工稳，“故国”对“深宫”，从前到后，从过去到现在，既写出了空间的变化，又写出了时间的推移。“三千里”对“二十年”，用数字表示了家乡遥远，乡思悠长而难遣；深锁宫中，宫女生活孤寂而凄凉。后面一联中，“一”对“双”，“声”对“泪”，极其工稳。前一联将多年以来宫女生活的凄凉悲怆作了高度浓缩和概括，唱出了广大宫女痛苦而隐微的内心世界。后一联的细节描写极其震撼，又合情合理。相传此诗传入宫中，广泛传唱，诗友杜牧赞誉“可怜故国三千里，虚唱歌词满六宫”（《酬张祜处士见寄长句四韵》）可为明证。诗人郑谷亦有诗咏此事，云“张生故国三千里，知者唯应杜紫微（指杜牧）”（《高蟾先辈以诗笔相示抒成寄酬》），可见张祜此诗在诗坛上的重要影响。

李商隐

登乐游原

向晚意不适，驱车登古原。夕阳无限好，只是近黄昏。

乐游原，即乐游苑，在长安东南，地势较高，四野宽敞，可以眺望长安全城，故址在今陕西西安东南。本为秦之宜春苑，汉宣帝神爵三年（前59），修乐游苑。唐代，太平公主于原上建亭台游赏，宁王、申王、岐王、薛王又加修建，居京城之最高，遂成游览之胜地。每年正月晦日、三月三日、九月九日，京城士女，咸就此登临观赏。唐李频《乐游苑春望》：“五陵佳气晚氤氲，霸业雄图势自分。秦地山河连紫塞，汉家宫殿入青云。未央树色春中见，长乐钟声月下闻。无那杨花起愁思，满天飘落雪纷纷。”诗题一作《乐游原》。

“向晚意不适，驱车登古原。”黄昏，深感心意不快、愁绪满怀，遂驱车登临长安东南的古老的乐游原。意不适，只是说心意不快、愁绪满怀，然而是什么样的心绪和不快、因何而导致的，皆没有说出。正是这没有说出来的“意不适”，才具有深广的包蕴性，具有无限的可能性：既可能关乎个人际遇浮沉、进退荣辱，也可能关乎社国家命运、社稷苍生，总是让诗人那样深切地关心，而引起情感心意的“不适”。于是，诗人驱车登上古老的乐游原。乐游原乃长安东南的高敞之地，登临可以俯瞰长安全城。自秦建宜春苑、汉建乐游苑，唐代再次大规模修建，至李商隐的时代，已有近千年的历史了。诗人登临乐游原，放眼眺望，以期开阔胸襟，洗涤烦疴，抑或俯视长安全城，看千百年来兴亡相继、悲恨相续，重蹈覆辙，而无人汲取历史的经验教训，徒唤奈何！正如杜牧所说：“秦人不暇自哀，而后人哀之；后人哀之而不鉴之，亦使后人而复哀后人也。”（《阿房宫赋》）可以说，前二句，已然将要叙说的无法明言的巨大感慨、满腹心事，全盘托出了。

“夕阳无限好，只是近黄昏。”乃是对前二句深沉感慨的具象化摹写，是登览之所见与所感：乐游原上，风景正好，夕阳照耀下，一派金黄，壮美而温馨，可惜这仅仅是最后的精彩，又非常短暂，太阳很快就落下去了，一切都会沉寂在黑暗中……乐游原上有丰富的历史遗迹和近代的建筑，长安城世事变幻莫测，物是人非，更远处汉代五陵、唐之高祖太宗玄宗诸陵，巍然挺立于夕阳照耀下的松柏荒草之中，“但看古来歌舞地，唯有黄昏鸟雀悲”（刘希夷《代悲白头翁》），历史的兴亡、沧海桑田的巨大变化，岂能不令人为之而动容，再凝视晚唐江河日下的朝局，朋党相争，宦官当道，藩镇跋扈，怎能不为之泫然流涕呢！

乐游原上所见的一轮巨大的渐次沉没的红日，霞光照耀，妆点了荒冢松柏、原野荒草，使这一切都被涂饰上了一层壮丽的景象，然而也掩盖了种种的荒寒与不堪；即使如此，这轮即将沉没的红日，也是非常短暂的，这正与上联之“意不适”相呼应，触发更为深广的感慨！诗人激赏“夕阳无限好”，又因其“近黄昏”而不胜低回流连，惋惜怅恨。“无限”与“只是”相对，抑扬得法，渲染充分，而又唱叹有致，取得了良好的艺术效果。诗人生当末世，首先感受到了社会衰飒的到来，因而登临古原，看茫茫天地一轮红日西沉，遂生发出一种哲理性的感思，一种世纪末的茫然，当然也有个人身世迟暮的怅恨、沉沦的痛苦，全然涌上心头。纪昀说：“百感茫茫，一时交集，谓之悲身世可，谓之忧时事亦可。”（《玉溪生诗说》）俞陛云说：“诗言薄暮无聊，借登眺以抒怀抱。烟树人家，在微明夕照中，如天开图画。方吟赏不置而无情暮景，已逐步逼人而来。一入黄昏，万象都灭，玉溪生若有深感者。”（《诗境浅说》续编）李商隐作为一个敏感的诗人，首先感知时代衰飒之到来，成为时代的先觉者，在创造出“夕阳无限好”的美好境界之同时，也将淡淡的忧伤寄寓其中，情思抑扬，曲尽其妙，令人含咏不尽。

贾　岛

寻隐者不遇

松下问童子，言师采药去。只在此山中，云深不知处。

贾岛（779—843），字浪仙，一字阆仙，自号碣石山人，范阳幽都（今北京）人。早年出家为僧，法名无本，后还俗，考进士，屡次不第。文宗开成二年（837），贾岛五十九岁，始任遂州长江县（今四川遂溪）主簿，故世称“贾长江”。贾岛诗风清峭，诗思奇僻，善写荒凉清幽之景，抒发愁苦幽独之情，为著名的苦吟诗人。贾岛作诗“往往独语，旁若无人。或闹市高吟，或长衢啸傲”。一天，贾岛骑着毛驴在长安市上，忽然诗兴大发，得一联“鸟宿池边树，僧敲月下门”，拿不定主意，用“推”字好呢，还是用“敲”字好，遂在驴背上，“作‘推’字手势，又作‘敲’字手势”，不知不觉之间，已经走得很远，街市上的行人很惊讶，以为中了魔症，而贾岛一概视之不见，依然旁若无人地作“推敲”之势。正在其时，时任京兆尹的韩愈出行，“意气清严，威振紫陌，经第三对呵唱，岛但手势未已”——韩愈依仗威严，随从呵斥，行人规避，只有贾岛仍然骑在毛驴上作“推敲”之手势，直接冲撞过来，被京兆尹随从拉下毛驴，才醒悟过来。众人斥责，贾岛曰：“偶得一联，吟安一字未定，神游诗府，致冲大官，非敢取尤，希垂至鉴。”韩愈立马思索良久，曰：“作‘敲’字佳矣。”这就是“推敲”一字的故事来源——意指斟酌字句，或指对事情反复考虑。于是韩愈“与贾岛连辔语笑，同入府署，共论诗道，数日不厌，因与岛为布衣之交”，还因此而作诗：“孟郊死葬北邙山，日月风云顿觉闲。天恐文章声断绝，再生贾岛向人间。”贾岛因此而名满海内。（何光远《鉴戒录·贾忤旨》）贾岛苦吟，多名篇迥句，新奇幽僻，往往有出人意表者，皆于深思静会中得之。“一日不作诗，心源如废井。”（《戏赠友人》）“两句三年得，一吟双泪流。知音如不赏，归卧故山秋。”在盛唐诗歌之后，诗人要别出心裁，易于走向幽深僻涩之路。清人许印芳评贾岛诗曰：“生李、杜之后，避千门万户之广衢，走羊肠鸟道之从径，志在独开生面，遂成僻涩一体。”（《诗法萃编》卷六）贾岛对晚唐和南宋四灵诗派、江湖诗派，有比较大的影响。

此诗描写于幽寂山中造访隐士而不遇。就这件事来讲是有一个过程的，诗人独选取与童子问答这一情景，悠远、怅然之意境便跃然纸上。可见，贾岛在谋篇构思上的功力，不亚于对于字句之推敲。

“松下问童子，言师采药去”，交代了何地、何事。“松下”二字，下笔极简省，所谓“略而不可益”也。作为全诗整体意境营造的一个组成部分，若结合题面“隐者”，以及下文“山中”来看，表意贴切、完整。“我”历经跋涉，来到这幽寂山中一颗苍松之下，遇见了“隐者”的书童，便问他：师父在吗？他回答说：“采药去了。”诗人用一问一答的白描方式，勾勒点染，自然就省去了具体问了什么问题，而读者却一目了然，根据童子的回答，很容易推断出所问何事。甚至“我”与童子此时此刻的神态，虽未明言，却历历在目。

“只在此山中，云深不知处。”后面二句是童子进一步的回答。自然也省略了“我”进一步追问：“他去哪里采药啊？”只有童子的回答：“就在这座深山里那白云盘桓的地方。”就在此山之中，看似很近，可以寻觅，然而“云深不知处”——白云笼罩，山峦重叠，实在无法寻找啊！这里正应了诗题的“不遇”，又掀起了情感的波澜，入情入理，语约义丰。

寻隐者而不遇，乃是生活中一件平淡、平凡的事情，却在平淡、平凡中开掘出悠远、怅惘的诗意，可谓不凡、不淡。不辞山路崎岖，寻访隐士高人，带着期待前往，是一波也；于万山丛林中，跋涉前行，又是一折也；正当迷茫无措之时，见到童子，心生欣喜，是又一波也；问童子而知隐者外出，是又一折也。于是怅然若失，可谓一波三折，言有尽而意无穷，完成了悠远、怅惘的“不完整的美”的意境创造。

悠远的意境营造与求而不得的怅惘心理，是贾岛此诗的重要特色。处在中唐后期的贾岛，是以字句“推敲”而闻名的诗人，而此诗在造语天然之外，意境浑成，缘情不尽，可谓又一特色。隐者实为医者，济世救民，“采药”可知；又是师者，传道授业，“童子”可见。“我”寻隐者，实申我志，寻而不遇，怅然若失，愈加衬托出对隐者“高山仰止”的钦敬之情，若余音绕梁，不可断绝。

宋之问

渡汉江

岭外音书断，经冬复历春。近乡情更怯，不敢问来人。

《渡汉江》，蘅塘退士《唐诗三百首》将此诗作者题为李频。李频（818—876），字德新，睦州寿昌（今浙江寿昌）人。少时，以里人方干为师。及长，李频仰慕诗人姚合，千里从学，大为姚合称赏。大中八年（854），李频进士及第，授校书郎，历南陵主簿、武功令。李频性格耿介，刚直守正，颇有政声。历任侍御史、都官员外郎、建州刺史，卒于建州刺史任所。李频工诗，尤长于律绝，用心苦吟，工于雕琢，自言“只将五字句，用破一生心”（孙光宪《北梦琐言》卷七），是晚唐有一定声名的诗人，有《建州刺史集》一卷，后改为《梨岳集》。然而，考察李频生平经历行事，到过黔中（治所在今重庆彭水），没有到过岭南之踪迹，不可能写“岭外音书断”的诗句。而且，此诗已见于中唐诗论家、诗人皎然的《诗式》，应当为宋之问之作。汉江，即汉水，长江最大支流，源出陕西，流经湖北，至汉口入长江。中宗神龙二年（706）夏，宋之问在泷州贬所北归，据唐人笔记记载，宋之问乃逃归，至襄阳南，渡汉江，而作此诗。

“岭外音书断，经冬复历春。”神龙元年（705）正月，大臣张柬之、敬晖等发动宫廷政变，逼迫武则天退位，诛杀宠臣张易之、张昌宗，中宗即位，削去大周国号，复国号为唐。因媚附张易之、张昌宗，这年二月，宋之问被贬官岭南之泷州（今广东罗定）。到岭南贬所，因是戴罪之身，受羁管，而且路途遥远，与家乡音信难通，因此说“岭外音书断”，因自己犯罪而给家人所带来的不幸，使得这种惴惴不安的心绪更为沉重、忐忑；而“经冬复历春”——言明时间的漫长，经历冬天与春天，时间的漫长，更加重了心境之黯淡、忐忑，备受煎熬。《唐诗三百首》作“经冬复立春”，误，当为“经冬复历春”——经历漫长的冬天和春天，所彰显的是诗人度日如年、难以忍受的精神痛苦。诗人在此，以遥远的空间悬隔、音信断绝和时间之久远，依次展开，层层递进，深切地表达贬官岭南所带来的深重痛苦、忐忑不安的心绪以及因自己犯罪而给家人带来不幸的愧疚之情。事实上，此二句所写，乃是诗人站在汉江边上，对以前贬谪生活的追忆，回望过去所经历的精神痛苦。

三四句，乃是在汉江边上，向未来看，到襄阳了，距离家乡更近了，然而诗人并不是轻松、愉快的心情，而是怀有一种担忧和忐忑不安：“近乡情更怯，不敢问来人。”怯，胆怯，恐惧。按常理，距离家乡越近，情感上也更为亲切、急切——想迫不及待地回到家乡，见到日夜思念的亲人，一诉衷肠，以慰相思。然而，诗人于此用“怯”字——胆怯、恐惧，为什么呢？宋之问被贬官岭南，又长久没有接到家人书信，非常思念家人，又担心家人受牵连而遭遇不幸。唐人笔记说，宋之问乃逃归，离家乡越近，这种极想早点见到家人的心情，就更急切；然而又怕被对面来人所认出，也怕见到家人——担忧自己所悬想的种种不幸，会立刻变成现实，因而诗人宁愿见到家人的时间晚一些。在这种矛盾的心理的作用下，诗人说“近乡情更怯”——既欲急切回乡，见到家人，又怕回乡，种种猜疑被证实，立刻变成残酷的现实，连最低的回想、做梦的机会也没有了，因而“不敢问来人”，怕被对面所来的某个熟人所证实。因而，这两句所摹写的正是一种既急切又疑惧的矛盾心态，非常真实地刻画出诗人的心境。

此诗虽仅仅二十个字，却非常深刻地摹写出一种思乡的特殊心态，因为舍弃了诗人的个性化因素，所呈现的是一种久离家乡、临近家乡之际，既急切又疑惧的矛盾心态——既欲急切归家，又满怀疑惧，只留下一个似喜还惧、忧喜交并的形象，真实而感人。

有学者研究认为，宋之问北归，乃遇赦而还，是有这种可能的。宋之问两次被贬官，《渡汉江》乃第一次贬官，北归经襄阳渡汉水而作。

宋之问《初承恩旨言放归舟》曰："一朝承凯泽，万里别荒陬。去国云南滞，还乡水北流。泪迎今日喜，梦还昨宵愁。自向归魂说，炎方不可留。"得以北归，欣喜之情，溢于言表，很可能是第二次贬官遇赦所作。宋之问的人品颇为不堪，逃归洛阳之后，匿居在好友光禄卿、驸马都尉王同皎家中。王同皎对乱政的武三思深恶痛绝，对其所作所为，颇为愤恨，"每与所亲言之，辄切齿"（《资治通鉴》卷二〇八）。宋之问上书告密，出卖好友王同皎，为武三思所赏识，迁升鸿胪主薄，天下莫不丑其行。自古以来，道德文章并重，宋之问其诗可取，其人实不可取，诸君当鉴之。

金昌绪

春　怨

打起黄莺儿，莫教枝上啼。啼时惊妾梦，不得到辽西。

金昌绪，生卒年不详，余杭（今浙江杭州）人，唐代诗人。事迹无考，存诗仅《春怨》一首，在唐时即广为流传，被收入唐人顾陶所编《唐诗类选》中，一作《伊州歌》。《伊州歌》，《乐府诗集》卷七九《近代曲辞》引《乐苑》曰：“《伊州》，商调曲，西京节度盖嘉运所进也。”乃唐玄宗时，西京节度使盖嘉运所进，乃地方曲调进奉朝廷。

这是一首闺怨诗，特别之处在于浓烈真挚的情感和生活化的抒情方式，一反此类作品的凄清色调，叙事婉转动人，篇幅虽短，但情节生动，意脉贯通。作者金昌绪是中晚唐诗人，生平不详，仅此诗一首存世，因其极高的艺术造诣，获后世激赏。

“打起黄莺儿，莫教枝上啼。”少妇要赶走窗外树枝上作巢的黄莺，不能让它拂晓就早早地啼叫。黄莺也称黄鹂，是大自然的歌唱家，鸣声圆润婉转，悦耳动听，羽衣华丽，赏心悦目。它的鸣叫，被人们称为“莺歌”。杜甫诗云“两个黄鹂鸣翠柳”，朱淑真词云“几声娇巧黄莺舌，数朵柔纤小杏花”等，诗人词人多有吟咏。黄莺鸣啭，自然增添春的气息，更何况是在眼前，在窗外。

“啼时惊妾梦，不得到辽西。”哦，原来是这样，清晨黄莺的轻脆婉啭的啼鸣，将会惊醒闺中思妇的美梦——丈夫在辽西戍边，而家乡距辽西路途遥远，即使在梦中也将经历万山千山、遥遥征途。若是黄莺清晨啼叫，思妇于梦中到达辽西，与夫相会的愿望就会落空。因而，这个原本美丽可人、歌唱婉啭的黄莺，此刻便变得恼人了！辽西，郡名，秦时置，属幽州，辖境相当于今河北千西县、乐亭县以东，长城以南、大凌河下游以西地区，乃古来征战之地。此处，泛指征戍之地。

第一句“打起黄莺儿”是一个动作描写，少妇要赶走黄莺鸟。为什么呢？第二句说出了原因：“莫教枝上啼。”不让它在树枝上鸣叫。这是心理描写。可是又带来了一个疑问，生出一层波澜：黄莺鸣叫是天籁之音，人们都喜欢异常，她为何偏偏不喜欢这天籁之音呢？第三句作了回答：“啼时惊妾梦。”因为它的鸣叫惊醒了我的梦啊！在鸟鸣声中醒来，不是很美的事吗？值得如此恼怒吗？又生一层波澜，最后一句这才作了回答：“不得到辽西。”因为我在梦中见到了日夜思念的丈夫，他在遥远的辽西戍边，梦中也要行尽万里征程的。这四句，每一句都有独立的意义，都紧扣题面“春怨”，层层深入。前两句写“春”，后两句写“怨”。沈德潜《唐诗别裁集》高度评价此诗：“一起蝉联而下者，以此为法。”

此诗因小见大，以少总多，言约义丰，情感真挚。通过对思妇生活的高度凝练，摄取能够反映思想和心理活动的事件，用赋法呈现出来，虽篇幅短小，但描写细腻，波澜起伏，符合生活逻辑，又能引人思考一件生活小事背后所蕴含的时代背景及政治得失，令读者深刻感受到其在闺怨之外，还表达了强烈的反战主题。

西鄙人

哥舒歌

北斗七星高，哥舒夜带刀。至今窥牧马，不敢过临洮。

哥舒，指哥舒翰。哥舒翰，新旧《唐书》有传，本突骑施哥舒部落后裔，世居安西，家富于财，倜傥任侠，好然诺，以勇悍著称。客居京师，为长安尉，后发愤折节，仗剑游河西，“节度使王忠嗣补为衙将。翰好读左氏《春秋传》及《汉书》，疏财重气，士多归之”，曾以半截铁枪，迎击吐蕃而声名大振。“先是，吐蕃每至麦熟时，即率部众至积石军获取之，共呼为吐蕃麦庄，前后无敢拒之者”，哥舒翰率军击破之，匹马不还，“筑神威军于青海上，吐蕃至，攻破之；又筑城于青海中龙驹岛，有白龙见，遂名为应龙城，吐蕃屏迹不敢近青海”（《旧唐书·哥舒翰传》）。天宝中，戍陇右、河西，收复黄河九曲，甚著威令，吐蕃不敢近边，任河西节度使，进封西平郡王。《全唐诗》此诗题下注曰：“天宝中，哥舒翰为安西（当为‘河西’）节度使，控地数千风景点，甚著威令，故西鄙人歌此。”此诗歌咏哥舒翰破吐蕃，收复黄河九曲之情事。西鄙人，西北边地之人，姓名不详。

“北斗七星高”，首句起兴。北斗，天空北面排列成斗形的七颗亮星，其名称为：一天枢、二天璇、三天玑、四天权、五天衡、六开阳、七瑶光。一至四为斗魁，五六七为斗柄。《晋书·天文志上》：“北斗七星在太微北……斗为人君之象，号令之主也。”首句以北斗七星起兴，起势突兀，境界高远，兴寄无端，颇具气势。辽阔的西北边地，广袤的天空，群星璀璨，北斗七星分外明亮，熠熠生辉。广袤天宇和辽阔原野相映衬，显得分外寥廓高远、广阔无垠。用一“高”字，既彰显寥廓天宇与广袤大地之高远悬隔，也暗喻对北斗星的景仰崇敬之情，为哥舒翰的出场营造了一个寥阔广远的环境。

次句“哥舒夜带刀”，突出地展示哥舒翰带刀夜晚巡行边疆的形象。诗人舍弃了哥舒翰一切的形貌装束，突出表现哥舒翰威震西陲的忠勤、勇武、雄豪的形象和精神品格，既令敌人胆寒，也让边地百姓感到可亲可近，极大地传达出人物的精神风采。

“至今窥牧马，不敢过临洮。”窥，窥伺图谋。牧马，北方游牧部族每于秋季南下内地牧马，以窥探虚实，伺机劫掠。贾谊《过秦论》：“乃使蒙恬北筑长城而守藩篱，却匈奴七百余里，胡人不敢南下而牧马。”临洮，因居洮河之北，故称。唐有临洮军，即今甘肃临洮。此句的逻辑顺序应为“至今牧马窥，不敢过临洮”，至今吐蕃不敢牧马边地，以窥探虚实，更不敢越过临洮而侵袭内地。诗人于此赞颂哥舒翰之神勇威武，以武止戈，镇守边地，保卫和平，令边地百姓安居乐业的伟大功绩。

哥舒翰镇守西北边疆，以神武勇悍著称，功勋卓著。在边地百姓之心目中，乃是一个英雄。前二句以“北斗七星高”起兴，兴中有比，刻画了一个顶天立地的大英雄形象，也反映了边地百姓的敬仰之情。后二句歌颂其守边功业，使吐蕃不敢侵犯，寄寓了边地百姓对和平生活的向往，对哥舒翰的赞颂。沈德潜说：“与《敕勒歌》同是天籁，不可以工拙求之。”（《重订唐诗别裁集》卷一九）中唐卢纶《塞下曲》：“月黑雁飞高，单于夜遁逃。欲将轻骑逐，大雪满弓刀。”显然，于此诗有所借鉴。清人俞陛云说：“此西鄙之人，姓氏湮没，而高歌慷慨，与‘敕勒川，阴山下’之歌，同是天籁，如风高大漠，古戍闻笳，令壮心飞动也。首句排空疾下，与卢纶之‘月黑雁飞高’皆工于发端。唯卢诗含意不尽，此诗意尽而止，各极其妙。”（《诗境浅说》续编）

乐府八首

崔颢

长干行二首

其一

君家何处住，妾住在横塘。停船暂借问，或恐是同乡。

其二

家临九江水，来去九江侧。同是长干人，生小不相识。

此诗原四首，所选前二首，乃男女问答的联章组诗。长干，故址在今江苏南京附近。《文选·左思〈吴都赋〉》刘逵注：“江东谓山冈间为干。建业之南有山，其间平地，吏民居之，故号为干。中有大长干、小长干，皆相属。”宋王象之《舆地纪胜》卷一七：“长干是秣陵县东里巷名。江东谓山陇之间曰干。”长干曲，乐府《杂曲歌辞》，内容一般写长干里一带江边妇女的生活感情。

清人管世铭说：“读崔颢《长干曲》，宛如舣舟江上，听儿女子问答，此之谓天籁。”（《读雪山房唐诗序例·五绝凡例》）于此诗评价极高。此诗舍弃了相关的背景材料，而仅仅以男女问答之语，描摹其风流情态，极其生动形象。

首章乃女子发问。“君家何处住？”劈头发问，颇为突兀。女子在江边，忽见一青年男子划船而来。彼此本不相识，偶然相遇，看来这个青年男子相貌俊俏，充满青春的活力，很是吸引人。初次见面，就把这个活泼的女子吸引住了，因而单刀直入地问起他家的住址了，表现得大胆真率。紧接着，第二句不待对方回答，立即自报家门——“妾住在横塘”，说自己家住横塘。横塘，在今江苏南京市西南。宋人张敦颐《六朝事迹类编·江河门》：“吴大帝时，自江口沿淮筑堤，谓之横塘。”与长干相接近。此诗第一句本不相识而发问，就显得有些唐突，第二句不待对方回答而自答，一方面乃情感率真，另一方面船行江上，转瞬即过，女子担心错过良机，而不知对方的消息了。因而，第三句“停船暂借问”，请你暂且停一停船吧，不要匆匆忙忙地划过去了——热情地挽留对方，很想从男子那儿多知道一些相关的信息，多看两眼这个充满活力的青年。第四句说出挽留的缘由，“或恐是同乡”——以同乡关系而拉近两人的感情。同乡，仅仅是借口，女子就是为和这个眼前的俊俏男子多搭话，想多看对方两眼。女子的爱慕之意，朦胧好感，是那样地真率质朴。

第二首是男子面对女子询问的答词。“家临九江水，来去九江侧。”九江，长江流至浔阳（今江西九江）分为九派，称九江。此处泛指长江下游一带。男子说，自己家就在长江边上，来来往往都在长江上。侧，指长江两岸。这是回答了女子所问的“君家何处住”。第三句“同是长干人”，是对女子“或恐是同乡”的回应——双方皆是长干人，是同乡。第四句“生小不相识”，解释虽为“同乡”，由于自己长年来往于长江上，以船为生，与女子不得相识啊。这样的写法，既是回答女子问话，也是解释虽为同乡却“生小不相识”的缘由，更有此许的不相识的遗憾，以及今日相识的欣喜。显然，这样的回答，满含真切的情愫与率真的爱慕之情了。

从这二首诗来看，女子应是江边采莲或浣纱之人，偶见行船经过，船上之男子相貌俊俏，充满青春活力，心生爱慕，主动搭话，率真地问其家住处，又告诉自己家住横塘；然而不经意间的真率，终究有些唐突，遂找借口说：暂且停船聊一聊，或许我们是同乡呢！这是对自己唐突的掩饰，也是有意多聊一聊、看一看的举措。情感真切率直，没有丝毫的忸怩作态，可称天籁。第二首，男子回答，家住长江边上，来来往往于长江上。并未写欣喜之情，笔锋一转，“同是长干人，生小不相识”，是同乡，却自小不相识，因而多了一些情感上的亲近，也是对上一首诗女子热切询问的回应：有同乡之义，可惜未能青梅竹马，相逢恨晚。到此，达到了诗歌描写的高潮，却也就此收束了，给读者留下了广阔的想象空间。诗虽短，如同独幕剧，情节生动，将一对青年男女初次相遇，滋生出的爱慕之情，表现得很恰切，神完意足，令人回味无穷。

李　白

玉阶怨

玉阶生白露，夜久侵罗袜。却下水精帘，玲珑望秋月。

《玉阶怨》，乐府旧题。《乐府诗集》卷四三《相和歌辞·楚调曲》录谢朓、虞炎和李白《玉阶怨》三首，皆为五言四句的抒情小诗。谢朓诗曰：“夕殿下珠帘，流萤飞复息。长夜缝罗衣，思君此何极。”李白此诗，显然受谢诗的影响。

此诗四句，分别摹写两个场景。“玉阶生白露，夜久侵罗袜。”玉阶，用玉石砌成的宫中台阶，也用作台阶的美称。班固《西都赋》：“玄墀扣砌，玉阶彤庭。”白露，秋天的露水。《诗经·秦风·蒹葭》：“蒹葭苍苍，白露为霜。”此二句，极为简洁，却摹写细致：白玉台阶上，秋露湿润，看不见却能真切地感知到其湿润、寒凉。夜已然很深了，那个妙龄女子伫立台阶已经很久了，可能从黄昏直至深夜，一直站立在那儿，痴痴地等待着，有所期盼，也杂有些许的无奈，以致罗袜被霜露打湿，竟浑然不觉。可见其全神贯注地、痴痴地凝望，感情之真挚深厚。以“罗袜”——质地轻软的丝织袜子，摹写妙龄女子，形神皆俱。

后二句“却下水精帘，玲珑望秋月”，却，退却，返回。水精帘，即水晶帘，指质地精细、色泽莹净、以珠玉串制而成的帘子。此二句意谓：这个妙龄女子，久久地伫立庭院，秋夜寒凉，白露渐重，打湿罗袜，寒意袭人，失望之极，遂回到室内，放下水晶帘，隔帘而望那高悬天际的一轮明月——透过水晶帘，月影空明朦胧，晶莹剔透……这“望月怀人”的意象，又极其真切，而透过水晶帘的朦胧空明，却也多少暗示这个妙龄女子，迢迢长夜，独守空闺、彻夜不眠的深情，以及有所期冀而终无所得的无奈。

此诗无一字言怨，而隐然幽怨之意见于言外，所谓不言怨而怨自深也。诗中的妙龄女子，深夜伫立于台阶颇久，可能由黄昏而至深夜：台阶之上，霜露湿重，是时间之久的表征；“夜久”“侵罗袜”，则明言其伫立之长久。此女子是在等待君王之临幸，还是怨怅君王之不来？诗人没有说明，仅仅以白露生玉阶、罗袜浸湿的细节描写，彰显其长久伫立的心理活动，创造出巨大的想象空间，让读者去想象，去完成。万籁俱寂的深夜，此女子一无所获，不耐寒凉，不得已，失望之极，回到室内，然而又不甘心，遂放下水晶帘，透过水晶帘，望明月而怀人，“隔千里兮共明月”，失望与希望，交织一起，情感极为复杂。这两幅景象，以静写动，透露出女子的复杂心理活动，而玉阶、水晶帘，显然是宫廷设施，富贵华丽，却掩饰不住内心的凄凉与无奈。此诗于清丽朦胧的氛围中，给人恍惚若梦、幽美朦胧的美感，令人叹赏不已。

卢　纶

塞下曲四首

其一

鹫翎金仆姑，燕尾绣蝥弧。独立扬新令，千营共一呼。

诗题一作《和张仆射塞下曲》。张仆射，张延赏，贞元初，任左仆射。卢纶在大历年间，颇有诗名，与吉中孚、韩翃、钱起、司空曙、苗发、崔峒、夏侯审、李端等人，皆因能诗文，被誉为“大历十才子”。

大历年间，在经历过安史之乱的大动荡之后，社会局面正逐步趋于稳定，士人心中有了一个美好的梦想，那就是希望唐朝能自此走上中兴之路。这一时期的诗人们虽然经历过战乱，但极少去客观地揭示战乱给社会和人们的心理带来的伤痛；他们也不再像初唐、盛唐时期的士人那样，有着建功立业的志向，和“宁为百夫长，胜作一书生”“黄金百战穿金甲，不斩楼兰终不还”的气概。内有藩镇割据、朋党之争、宦官专权，外有强敌侵扰，极端复杂的社会现实对于身处其中的诗人产生了巨大的影响，济世的热情早已被残酷的现实扼杀，往往多为生不逢时的身世之叹。他们为了生存而四处游历，创作出了大量的羁旅诗。“大历十才子”的诗歌基本主题，除了歌颂太平以及抒发自身的身世之感外，更多的便是吟咏山水、称道隐逸。

《塞下曲》是汉乐府的旧题，属于《横吹曲辞》。横吹曲，以角、鼓、笛、箫等乐器为主，是军士们在马上演奏的一种军乐，内容大多描写边塞征战的生活状况。诗人们往往以《塞下曲》为题进行创作，如李白《塞下曲六首》，描写戍边将士在沙场上的英勇果敢与艰苦生活，抒发将士们忠心报国的爱国精神与昂扬斗志，以乐观昂扬的基调和雄浑壮美的意境，真实地展现出盛唐人的精神风貌，诗歌意境雄浑，激昂慷慨。

卢纶所创作的《塞下曲》组诗原六首，《唐诗三百首》选录四首。这几首诗，虽然是应制唱和的诗歌，但卢纶却没有受到诗歌体制的限制，将军中的生活真实地予以展现，且不乏激昂慷慨的气象。

“鹫翎金仆姑，燕尾绣蝥弧。”鹫，雕一类的猛禽。翎，鸟翅膀上或尾巴上的长羽毛。鹫翎就是鹫羽，用雕翎做的箭羽。金仆姑，箭名。《左传·庄公十一年》记载，在乘丘战役中，鲁庄公用名叫金仆姑的箭射中了南宫长万，“公以金仆姑射南宫长万”。燕尾，指旌旗上如同燕尾两角开叉一样的飘带。蝥弧，春秋时诸侯之旗，蝥弧乃郑伯之旗。《左传·隐公十一年》：鲁隐公与齐僖公、郑庄公共同进攻许国。颍考叔便拿着郑庄公的“蝥弧”旗帜率先登上城墙——“颍考叔取郑伯之蝥弧以先登”。

此乃组诗的第一首，诗人仅仅描摹军队整装待发之时的场景，以佩箭与旗帜展示兵器之精良、军容之整肃，衬托出整军待发的宏大场面，以此塑造出一个个爱国战士的形象。《诗经·小雅·采薇》中就曾以“四牡业业”“四牡骙骙”“四牡翼翼，象弭鱼服”，描写装备精良与军容整肃，展现出征战士们的自豪感和强烈的爱国心。这正如现在的盛大阅兵，气势豪迈的受检阅部队踏着整齐有力的步伐，国之利器依次展现，大家的爱国之情随之而陡然增加，中国人自古有之的爱国情感千百年来是一脉相承的。

“独立扬新令，千营共一呼。”独立就是屹立的意思。扬新令，挥动令旗，发号施令。千营，军队之众多。共一呼，当是将军一声令下之后，全军同声呼应的震撼场面。后二句写大将之威严，令出如山岳。诗人在首句侧面描写军容之后，后二句便从正面展现岿然独立的将军，挥动令旗，发号施令，肃立在出征场上的千营军士，齐声呐喊，响彻云霄，威震四野，如此则豪壮的军威便跃然纸上了。此处，诗人用“独立”二字，便将首句中那高大威猛的将军形象落实，并与后句“千营”

形成了强烈的对比，将军之伟岸挺拔、无上尊严，千营之号令整肃，“扬新令”的动作之后，响彻四野的“千营共一呼”，充分体现了军队的纪律严明与军容的整肃，无坚不摧、同仇敌忾的军队形象便突现眼前。

诗歌的前两句在创作时用了极为严整的对仗，以此刻画出整装待发的威猛、矫健的将军形象。后两句则将已积蓄的力量如开闸泄水般倾泻而出，势不可挡，无坚不摧。短短的二十个字，以如此简省的笔法来描写军中场面的壮阔，声势却能如此浩大的作品，实属不多见。正如俞陛云《诗境浅说续编》所说：“寥寥二十字中，有军容荼火之观。”

其二

林暗草惊风，将军夜引弓。平明寻白羽，没在石棱中。

《塞下曲》其一描写将军发号施令、士兵整装待发、军容整肃的场景。此诗乃第二首，摹写将军于林中夜猎的故事，展现出如飞将军李广一般骁勇、善射的将军形象。

“林暗草惊风，将军夜引弓”。林暗，树林昏暗。树林为何会昏暗？这不是因林中深处光线不明所致，而是此时已入深夜，林中势必昏暗不得所见，从后句“夜引弓”便可知。引弓，即拉弓。林中本来昏暗无光，不得所见，风吹草动，将军遂拉弓射箭。司马迁《史记·伯夷列传》中有“云从龙，风从虎”之语，谓飞龙腾空而起，总会有祥云相随；猛虎出行，定有狂风相伴。诗人在此用“草惊风”三字，展现出平静的草丛中暗藏的危机：夜晚时分，密林深处陡然生风，定有老虎出没。身经百战的将军早已从这风吹草动的景象中，发现了潜在的危险，反应敏捷的将军，不假思索，拉满弓，射出箭。

“林暗草惊风”，诗人不仅交代了将军射击时的氛围：天色已晚，密林幽暗，冷风袭来，林中一片散乱。同时用一个“惊”字，便将环境中紧张的气氛烘托出来。环境虽然紧张，但是身处险境的将军，却镇定自若，从容不迫，引弓射箭。时间、地点、动作，诗人仅仅用十个字，便如行云流水般地展现出了完整的故事情节。这样，第一首诗所塑造的勇猛、矫健的将军形象也更加立体了——他不仅骁勇善战，也机智果敢，处变不惊。而且，诗人并没有写射箭的完整过程，仅仅只用了一个“引”的动作，便让将军临危不惧、果敢镇定的形象，跃然于纸上。

“平明寻白羽，没在石棱中。”平明，天刚刚亮的时候。王昌龄《芙蓉楼送辛渐》：“寒雨连江夜入吴，平明送客楚山孤。”白羽，即白羽箭。寻白羽，是说天亮之后，兵士寻找将军夜晚射出的那一支箭。“没在石棱中”，没，进入，用了西汉名将李广的典故。司马迁《史记·李将军列传》记载：李广善于骑射，在他驻守右北平的时候，曾射杀匈奴射雕手，匈奴人称为“飞将军”，也因为畏惧李广的勇猛，匈奴人不敢入侵右北平。“广出猎，见草中石，以为虎而射之，中石没镞，视之，石也。”——李广打猎，看见草里的一块石头，误以为虎，便拉弓射去。等到士兵们寻着箭的方向找去时，发现草丛中不是一只猛虎，而是一块石头。李广力大弓硬，箭不仅射中了石头，竟然连整个箭头也射进去了。诗人在此，紧接前句“将军夜引弓”来写，摹写引弓之后的结果，用飞将军李广箭镞没石的典故，形象地刻画出了一个临危不惧、果敢勇猛、骑射功力非凡的将军形象。这样的将军镇守边疆，怎会不对边疆蠢蠢欲动、意欲入侵的外敌，给予强有力的震慑呢？

俞陛云说：“此借用李广事，见边帅之勇健。首句林暗风惊，不言虎而如有虎在。”（《诗境浅说续编》）此诗短短二十个字，写出了紧张惊险的暗夜林中射虎情景，有出乎意料的平明寻找羽箭的场面。由夜而明，情事一贯，有发生，有发展，有高潮，有结局，恰似一幅短剧，跌宕起伏，扣人心弦。《史记》写李广射虎一事，仅仅说射石没镞，而此诗颇多演义，相较司马迁的描写，更为精彩。诗格雄健，全以神运，而不见雕饰，清代诗论家管世铭说：“卢纶‘林暗草惊风’，起句便全是黑夜射虎之神，不至‘将军夜引弓’句矣。大抵能诗者无不知此妙，低手遇题，乃写实迹，故极求清脱，而终欠浑成。”（《读雪山房唐诗序例·五绝凡例》）

这组诗歌，乃卢纶与仆射张延赏的唱和之作，而张延赏也是诗中所描摹的果敢英武、骁勇善射的将军。诗人此诗摹写，极富戏剧性，生动奇妙且耐人寻味。用极其简洁的笔墨，生动地描写出将军射猎的时间、地点与环境。“林暗草惊风，将军夜引弓。平明寻白羽，没在石棱中。”不仅有景，亦有情，在情景的设置中，曲折形象地刻画出将军的勇武善战。正如后人所说：“大历中，诗人李端、钱起、韩翃辈能为五言诗，而辞情捷丽，纶作尤工。”（《旧唐书·卢简求传》）“在大历十才子中，号为翘楚。”（《吴礼部诗话》引时天彝《唐百家诗选评》）信然。

其三

月黑雁飞高，单于夜遁逃。欲将轻骑逐，大雪满弓刀。

此诗乃《塞下曲》组诗中的第三首，紧承前面的将军威武、军容整肃和将军夜射而来，但又是从另一个角度入手，展示更为紧张的战事，刻画出了将士不畏艰苦、勇赴疆场的激动人心的场面。

“月黑雁飞高，单于夜遁逃。”月黑，即黑夜，夜晚看不见月亮的时候。雁飞高，雁夜晚于隐蔽处栖息，忽然高飞，显然是栖息的雁群受到惊吓了，暗示雁被惊动，或有人来。因而下句“单于夜遁逃”，交待缘由，予以补充说明——敌人想乘着黑夜潜逃而去，孰料惊起栖息的雁群，高飞鸣叫，暴露其行踪。单于，匈奴最高统治者，此处代指敌军统帅。夜色漆黑，雁群栖息于隐蔽之处，万籁俱寂，而敌人乘黑夜遁逃，于是，宁静的旷野上，群雁高飞，惊恐鸣叫，沉寂被打破了，紧张的氛围呼之欲出。敌军为何要逃离？诗人虽未明言，但只“夜遁逃”三字，便可想见敌人溃不成军之形势。凡此十字，已然营造出既紧张局促又令人精神振奋的场景，精彩绝伦。

“欲将轻骑逐，大雪满弓刀。”将，率领，统率。轻骑，精锐骑兵。逐，追逐逃跑的敌人。紧承上句的“单于夜遁逃”而来，当敌军遁去之时，我军因“月黑雁飞高”而突生警觉，将率兵追击。诗人用“欲将轻骑逐”，写出了追讨溃军的将士，将发而未发的状态；然而，诗人笔锋徒转——“大雪满弓刀”，苍茫边塞，大雪忽降，寒光照铁衣，于黑夜敌人遁逃之际，是追击逃敌还是不追击呢？白茫茫的雪花落在弓刀之上，很快便是“满弓刀”之状，足以见雪势之大，不禁让人想起了岑参《白雪歌送武判官归京》中的“忽如一夜春风来，千树万树梨花开”。月黑之时，本无所见，雪满弓刀，不仅寒气逼人，也与首句之“月黑”相照应。诗歌的结尾，不仅将全诗的意境推向高潮，还留有余白，令人遐想无端。

此诗气魄雄大，音调健劲，诗人极善造景叙事，月黑风高之夜，见“雁飞高”而知单于仓皇逃遁，见微知著，可见边将之妙算与勇武，以及兵威之壮。将军欲以轻骑追击溃敌，却忽降大雪，弓刀尽白，可见守边之艰苦。俞陛云说：“前二首仅闲叙军中之事，此首始及战事。言兵威所震，强虏远逃，月黑雁飞，写足昏夜潜遁之状。追奔逐北者，宜发轻骑蹑之，而弓刀雪满，未得穷追，见漠北之严寒，边防之不易也。”（《诗境浅说续编》）二十字中，内容丰富，跌宕起伏，忽起突变，忽止追兵。首尾呼应，更是满纸风雪，气格沉雄。

卢纶曾做过幕府中的判官，对军营生活有切实的感受和体会，写起来便得心应手，构思也极其精妙。他在诗中展示将士克敌制胜的豪情，却没有对战斗作任何正面的描写，只写月黑、雁飞、大雪，但却将雪夜闻警的场面写得惊险奇崛。作为五言诗，卢纶大胆剪裁，精妙构思，其中亦不乏豪迈之语。

卢纶虽为中唐诗人，其边塞诗却依旧有盛唐边塞诗中的气象，雄壮豪放，字里行间充满着英雄气概。这首诗歌以简笔写之，但蓄势饱满，轻快雄健，继承了盛唐诗歌中绝句的特点。胡震亨在《唐音癸签》中说大历时期的诗人写诗“自艰于振举，风干衰、边幅狭”，就卢纶而言，当未免偏颇。

卢纶的这组诗歌，颇具特色。组诗在中国古代诗歌作品中，以一种独特的表现形式存在。它萌芽于先秦，在之后得以发展，到了唐代趋于成熟。在唐人之前，组诗少则二首一组，多则也会出现几十首甚至上百首为一组的，如阮籍《咏怀八十二首》、潘岳《悼亡诗三首》、陶渊明《归园田居五首》《饮酒二十首》等。这些组诗中的诗歌，有的作于同一时期、同一地点，有的则产生于不同时期、不同地点。虽然内容、题材较为相似，但组诗内部之间，每一首诗是独立的，往往诗与诗之间并无必然的联系。

但是从杜甫开始，组诗的创作进入到了一个崭新的阶段，可谓是别开生面。杜甫所创作的组诗，每一首诗歌可以独立抽取出，并不影响诗歌意境和情感的展现，同时组诗中的诗歌也可以连缀在一起，成为有机的整体，从而构成一个完整的故事情节，表达更为完整的丰厚内容，意境也更为浑成。如杜甫著名的《秋兴八首》《咏怀古迹五首》，而《羌村三首》以诗人在乱离之中回到家中为背景，讲述邻里携酒深情慰问以及诗人致谢的故事，三章诗既可独立成章，又可连绵一体，使得诗歌有了更为丰富的深厚的意蕴。

卢纶的《塞下曲》组诗，也可看到这样的形式，独立成篇，却又不失整体的连贯性，并向读者们展示了一个完整的战争故事与故事中英勇的将军形象。

其四

野幕敞琼筵，羌戎贺劳旋。醉和金甲舞，雷鼓动山川。

此诗乃卢纶《塞下曲》组诗六首中的第四首。

“野幕敞琼筵，羌戎贺劳旋。”野幕，设在野外的营帐。敞，罗列，排设。琼筵，丰美珍贵的筵席。谢朓《始出尚书省》：“既通金闺籍，复酌琼筵醴。”李白《春夜宴从弟桃李园序》：“开琼筵以坐花，飞羽觞而醉月。”羌戎，古代西部少数部族，此处指降服的边地部族。王昌龄《箜篌引》：“卢溪郡南夜泊舟，夜闻南岸羌戎讴。”劳旋，慰劳凯旋的将士。开篇二句，便写庆贺的景象：旷野之中，搭好了一队队的营帐，摆好琼瑶佳酿，边民庆贺慰劳凯旋的军队，一派祥和、热闹的景象。

“醉和金甲舞，雷鼓动山川。”金甲，铠甲，护身铁衣。李白《胡无人》：“天兵照雪下玉关，虏箭如沙射金甲。”金甲舞，乃是指身着铠甲的将军，因战事取得胜利，欢饮醉酒，高兴地跳起欢快的舞步。雷鼓，本为古乐器名，祀天神时用雷鼓。此处雷通“擂”。岑参《凯歌》：“鸣笳雷鼓拥回军。”动山川，震动山川。“醉和金甲舞”紧承上句的“野幕敞琼筵”而来，将士凯旋，营中设琼筵，庆贺慰劳，将士们醉酒酣畅之际，和着乐调，欢歌起舞，其乐陶陶。

卢纶的《塞下曲》第三首，以“大雪满弓刀”作结，诗人写追击敌寇，但留下了余白，那场雪夜追敌的战争，到底是胜还是败呢？卢纶在第四首中给了我们答案：追敌获胜，大摆筵席，欢歌醉酒，势动山川。

全诗仅四句二十字，却描摹出获胜之后的欢快喜悦的场景，字字动容。虽写作乐场面，仍以壮健之气为主。野外设帐，天高地阔，排宴欢歌，边民劳军，将军金甲，醉意浓浓，鼓乐喧天，震动山川。旷野之上，盛大、热烈、欢腾的景象映入眼帘。这不是最好的答案吗？如若不是凯旋，不是敌军溃败，又何来如此畅快淋漓的欢歌醉酒？“醉和金甲舞，雷鼓动山川”，豪迈之气，充塞天地间，既是欢宴场景之写实，也是摹画军威之盛壮。俞陛云说：“此首似与三首相接，边氛既扫，乃宏开野幕，飨士策勋，醉余起舞，金甲犹擐。击鼓其镗，雷鸣山应，玉关生入，不须醉卧沙场矣。唐人善边塞诗者，推岑嘉州。卢之四诗，音词壮健，可与抗手，宜其在大历十子中，与韩翃、钱起齐名也。”（《诗境浅说续编》）

值得注意的是，在这首诗中，诗人有意识地向我们展现了边地的状况，“羌戎贺劳旋”足以证明边地人民和守边将士团结一心，保卫家园安宁的心绪。由此可见，卢纶的取材是极为典型的，将民族间和睦团结的景象予以高歌。

卢纶《塞下曲》组诗共有六首，蘅塘退士的《唐诗三百首》仅录前四首。蘅塘退士为何有此举，细读所选四首诗歌，我们可以看到，四首诗前后布置，层次井然，可作一首诗来读：第一首写将军举旗发令，出征在即，是序曲；第二首写将军夜巡射虎、威武果敢；第三首写月黑敌溃、雪夜追击；第四首写庆功宴舞、其乐融融。四首诗，选取出征的不同场景，一步步将组诗的情感推向了最高潮——奏捷与欢庆。仅蘅塘退士所选卢纶《塞下曲》中的这四首诗歌而言，诗人所写每一首诗都可以独立成篇，当将四首连缀在一起时，又形成了完整的故事情节。四首诗雄健豪放，似有盛唐边塞之气象，表现了唐代将士英勇昂扬的气概。整组诗歌，内容丰富，从不同角度展现边塞中的人和景，寓意隽永，气势雄阔。

盛唐是边塞诗歌创作的繁荣期，这是政治、经济、军事、文化等多种因素综合作用的结果，同时由于盛唐的鼎盛，此时的边塞诗歌雄浑苍劲、格局宏大。安史之乱的爆发，使得唐代整个社会处于急转直下的态势中，虽然安史之乱得以平定，但它对唐代所带来的破坏之势却没有改变，中唐时期，频繁的边塞战争仍然持续，这也为中唐的诗人们进行塞诗的创作提供了丰富深刻的现实内容。

后世评价中唐的边塞诗，多认为不及盛唐气象，由盛唐的昂扬振奋、慷慨任气转为苍凉悲怆，不免带有感伤色彩。但纵观卢纶《塞下曲》组诗，我们可以看到，有太多盛唐边塞的影子，诗人既写边塞独特的地域与环境特色，又有唐代边塞的豪迈。胡震亨《唐音癸签》说："大历十才子，并工五言诗。卢郎中（纶）辞情捷丽，所作尤工。""卢诗开朗，不作举止，陡发惊采，焕尔触目。"

李　益

江南曲

嫁得瞿塘贾，朝朝误妾期。早知潮有信，嫁与弄潮儿。

江南曲，是乐府《相和歌》曲名。《乐府诗集》卷二六："《乐府题解》曰：'江南古辞，盖美芳晨丽景，嬉游得时……'按梁武帝作《江南弄》以代西曲，有《采莲》《采菱》，盖出于此。"《相和歌》一般用琴瑟等弦乐器和笛笙等管乐器伴奏，以丝竹之声相和，音调清越动听，内容多写长江南岸民间男女的恋情。唐人中有很多诗人有《江南曲》的诗作，如储光羲、张籍、陆龟蒙等，其中，最别具一格的当属李益的这首《江南曲》了。

男女相思离别之情，是诗歌的重要主题，《诗经》中就有这类题材的诗歌，如《君子于役》，曰："君子于役，不知其期。曷至哉？鸡栖于埘。日之夕矣，羊牛下来。君子于役，如之何勿思！君子于役，不日不月。曷其有佸（huó）？鸡栖于桀。日之夕矣，羊牛下括。君子于役，苟无饥渴？"黄昏日暮时分，一个女子，站在家门口，望向远方，她看到夕阳的余晖中，远处山坡上的牛羊下山归家，看见鸡的归巢，但独独看不到她想念的那个人。

此诗写一位商人妇因丈夫行商，久出不归而生怨望，可以说是女子的内心独白。如同信口而言，却极其率真深切，然而仔细体味，实际上是直率中有曲折，抒情中有景致，别具一番妙趣。首二句"嫁得瞿塘贾，朝朝误妾期"，脱口而出，误嫁行走于瞿塘江上的商人，天天临江眺望，潮水天天有涨有落，然而商人无信，空见潮水涨落，却不见人来，不得音信。瞿塘，三峡之一的瞿塘峡，在现在的重庆奉节南。瞿塘贾，前往瞿塘一带经商的商人。朝朝，每天，天天。孟浩然《留别王侍御维》：“寂寂竟何待？朝朝空自归。”白居易《琵琶行》有“商人重利轻别离，前月浮梁买茶去。去来江口守空船，绕船月明江水寒”，自古商人重利轻离别，女子嫁得“瞿塘贾”之后，才发现聚少离多，精神寂寞空虚。“朝朝误妾期”，是思妇自述婚后聚少离多的事实。“朝朝”二字看似平白如话，却凸显了闺中女眷和丈夫无法见面的抱怨和谴责。晚唐温庭筠《望江南》：“梳洗罢，独倚望江楼。过尽千帆皆不是，斜晖脉脉水悠悠，肠断白苹洲。”意境与此相近。可悲、可叹的事实，用语却平淡、朴实，没有作任何刻画和烘染。文字越平实，越能彰显事实的真相，也更容易吸引和打动读者。诗人叙说力求平实，是为了与即将出现的奇想、奇语形成对照。

“早知潮有信，嫁与弄潮儿。”潮有信，潮水因其涨落有定时，故称“潮信”。刘长卿《奉送裴员外赴上都》：“独过浔阳去，空怜潮信回。”李嘉祐《南浦渡口》：“东风潮信满。”弄潮儿，指朝夕与潮水周旋的水手或在潮中戏水的少年人。后二句，紧承前二句的失落与怨恨而来，甚是奇特。长久的期待、失望、怅怨，遂使少妇滋生愤激之辞：早知道潮水朝夕按时而来，弄潮儿从不失信，不如干脆嫁于弄潮儿算了。显然，这是少妇愤激之情下的发泄语，娇嗔而有情，声口皆肖，情态宛然，形象鲜明，如在目前。其关键在于，由“瞿塘贾”长期的误期失信，看到眼前的潮水日夕按时而来，“弄潮儿”随潮水按期而至，遂产生了丰富的联想——“嫁与弄潮儿”，绝不失信，按期而至，得偿心愿。诗题为《江南曲》，显然少妇在长江下游，而商人经商于长江上游的“瞿塘”，同饮长江水，却绝不通消息；多情的少妇，立于长江岸边，深情眺望，“过尽千帆皆不是”，深深怨望“瞿塘贾”的误期失信，而潮水有信，弄潮儿傲立潮头，逐潮而至，遂脱口吟咏，眼前景，心头语，就是真诗、天籁。

此诗纯用白描，摹写少妇情怀，“潮来有信而郎去不归，喻巧而怨深。古乐府之借物见意者甚多，如‘当门不安横，无复相关意。郎马蹄不方，何处寻郎踪。’皆喻曲而有致，此诗其嗣响也。”（俞陛云《诗境浅说》续编）深刻地展示了这位少妇的苦闷心情。潮有信，“嫁与弄潮儿”，是痴语、天真语，也是苦语、无奈语。“早知”二字，只是在极度失望、怨怅之情下的，无奈与感慨罢了。黄叔灿说：“不知如何落想，得此急切情至语，乃知《郑风》‘子不我思，岂无他人’，是怨怅之极词也。”（《唐诗笺注》）

此诗精妙处，就是少妇看似无理而有情的表述，乃其愁苦心情真实而自然的流露。这种表述，深切地把握其心理，也充满生活的真实感和鲜亮的生活气息，王昌龄《闺怨》：“闺中少妇不知愁，春日凝妆上翠楼。忽见陌头杨柳色，悔教夫婿觅封侯。”无理而妙，想落天外，荒唐之想，抒写怨情极为真切。

卷六　七言绝句

贺知章

回乡偶书

少小离家老大回，乡音无改鬓毛衰。儿童相见不相识，笑问客从何处来。

天宝三载（744）正月，贺知章告老还乡，玄宗皇帝设宴，赋诗送别，太子及百官饯行，玄宗赐予镜湖并剡溪一曲，以为养老之所，天下荣之。贺知章，字季真，会稽人，少时以文词知名，性旷达平夷，风神朗畅，为时人所倾慕。陆象先说：“季真清谈风韵，吾一日不见，则鄙吝生矣。”喜饮酒，善书法，晚年尤为放达，自号四明狂客。醉后，往往妙语迭出，诗篇佳善，书法奇美。与大书家张旭友善，游戏里巷间，凡人家厅馆墙壁及屏风，兴之所至，挥毫落笔，如云烟变灭，极其生动。好事者具笔砚从之，意有所得，则率性书写，每纸才数十字，世传以为宝。杜甫《饮中八仙》说：“知章骑马似乘船，眼花落井水底眠。”在长安紫极宫与李白相逢，呼为“谪仙人”，后来李白曰：“四明有狂客，风流贺季真。长安一相见，呼我谪仙人。昔好杯中物，翻为松下尘。金龟换酒处，却忆泪沾巾。”“狂客归四明，山阴道士迎。敕赐镜湖水，为君台沼荣。人亡余故宅，空有荷花生。念此杳如梦，凄然伤我情。”（《对酒忆贺监二首》）可见，贺知章在盛唐的潇洒风神。这首《回乡偶书》乃天宝三载（744），贺知章刚返家乡时所作，时诗人八十六岁。

“少小离家老大回，乡音无改鬓毛衰。”贺知章很早就离开家乡，八十六岁始退休还乡。几十年来，家乡有诸多变化，旧时亲戚朋友也发生了许多变化，重新站在家乡的土地上，既熟悉又陌生，令人颇为感慨。少小，年幼时。老大，年老。《古长歌行》：“少壮不努力，老大徒伤悲。”首句，平平叙写，然而诗人所展现的是自“少小”至“老大”的漫长时间，数十年人生，从“离家”至“回”的巨大空间，游历他乡，重返故土。在这漫长的时间和巨大的空间，呈现出巨大的空白。诗人自少小离家，年龄老大才得以返回家乡，其间经历了多少世事变化、人生坎坷，宦游他乡，记忆中的故乡还是当年离家时的模样；当重返家乡时，是那样地熟悉又似乎很陌生，物是人非，甚至于物也发生了很大变化，那种深沉的感慨，无法明言却又横亘心头。次句款款承接，很含蓄，意味无穷。“乡音无改”，只有一口纯正的乡音没有改变，暗示留在诗人身上的印迹也只有未曾改变的乡音了；“鬓毛衰”，头发稀疏，两鬓斑白，早已不是那个初离家乡的少小模样了。衰，稀疏脱落。重返家乡，一切都改变了，唯有乡音未改，身体衰老，容颜苍然，皤然白首，“乡音无改”接上句“少小离家”，“鬓毛衰”对上句“老大回”，两相对比，感慨万端。

“儿童相见不相识，笑问客从何处来。”此二句刻画了一个颇具戏剧性的场景。苍颜白发的老人，怀着激动而亲切的心情来到家乡，一群天真活泼的孩子围拢过来，好奇而又热情地招呼：老爷爷从哪里来呀？这样的询问和关切，是故乡的热情、友善，同时也反衬出诗人离乡之久，物是人非的巨大变化，是对上句“少小离家老大回”“鬓毛衰”的回应。少小离家的诗人，在心理与情感上，一直将这里认作家乡，老年归来，却被认为是“客”，这个巨大的反差，使诗人产生了一些失落感、陌生感，有些茫然若失，深深地体味到了“人事有代谢，往来成古今”的人世沧桑。然而，诗的基调是开朗达观、轻松愉悦的，将老诗人初回乡里，面对天真活泼的儿童好奇而热情询问的情景，刻画得栩栩如生，如在目前，诗味之隽永醇厚，令人回味无穷。

诗人少小离家，老年重归故里，应有万千感受，漫长的时间，辽远的空间离别，诗人却独抓住一个特定情景，“儿童相见不相识，笑问客从何处来”，予以深刻的表现，写眼前事，一往情深，却又轻松活泼，情趣盎然，将无穷感慨，寄寓其中，既简练又繁复，既深沉又旷达，在唐人七言绝句中并不多见。

张　旭

桃花溪

隐隐飞桥隔野烟，石矶西畔问渔船。桃花尽日随流水，洞在清溪何处边？

张旭，字伯高，苏州吴县（今江苏苏州）人。为常熟县尉。其上任判案，有一老夫在断案后，过了几天又送上状子，尽是一些鸡毛蒜皮的小事，无关事体，张旭颇恼怒，曰："敢以闲事屡扰公门。"老夫说：我确实不是要状告什么，只是喜欢你书法奇妙，因此递上状子，想让你多写几个字，收藏起来，观摩欣赏。闻听此言，张旭大为快意，连书数纸，如烟云变灭，奇幻莫测，交与老夫。张旭嗜酒，善书法，狂草冠绝古今，世人尊为"草圣"。杜甫《饮中八仙歌》曰："张旭三杯草圣传，脱帽露顶王公前，挥毫落纸如云烟。"张旭不但擅长书法，而且以诗文知名，与贺知章、包融、张若虚合称"吴中四士"，其诗清逸可爱，颇为时人称赏。

此首《桃花溪》就是张旭的名篇。桃花溪，祝穆《方舆胜览》卷三〇"湖北路常德府桃源县"："桃源山，在桃源县南三十里。《图经》云：'山下有桃川宫，西南一里即桃源洞，云是昔秦人避乱之地。有洞如门，巨石屏蔽，灵迹犹存。有水自中流出，涓涓不绝。'"或以为此即陶渊明《桃花源记》所记之桃花源。此诗，有人以为乃北宋蔡襄所作，证据不足，仍然系于张旭名下。

张旭是否到过武陵桃花源（今湖南常德）一带，没有史料流传下来，无从考证。不过，从诗歌本身来看，诗人显然深受陶渊明《桃花源记》意境之影响。大概，张旭春日游历，曾到过山野溪流，两岸桃花盛开，落英缤纷，联想起《桃花源记》之幽深美好情景，遂写了这首意境风调俱佳的小诗。

首句“隐隐飞桥隔野烟”，抒写望中之远景。放眼眺望，远处一座石拱桥飞跨两岸，被山岚烟霭所笼罩，明灭变幻，若隐若现，宛若仙景，令人产生无限之遐想。隐隐，眺望远处，为烟霭所隔，似有若无，若隐若现。飞桥，建于两岸溪边之拱桥，跨越两岸，望之若飞，故称。徐陵《奉和简文帝山斋》：“架岭承金阙，飞桥对石梁。”桥用“飞”字修饰，野烟用“隔”字限定，颇具动态，而又以“隐隐”将飞桥、野烟之明灭变幻摹写出来，景象扑朔迷离，又有流动飘逸之情致，隐然有仙景之奇幻与缥渺色彩。

第二句“石矶西畔问渔船”，石矶，水边突出的岩石。正因为首句写其奇幻与缥渺，因此诗人心中充满了好奇与期待，一路探寻，到石矶西畔，远远见到溪流中飘荡的渔船，遂轻声讯问：飞桥野烟之外、若隐若现之处，是不是传说中的桃花源啊？“渔船”，既是实写，也是虚指，《桃花源记》中的武陵渔人，正是乘着打鱼船而有幸到访过那个“不知有汉，无论魏晋”的远离尘世的神奇的桃花源。

第三句“桃花尽日随流水”，问讯渔人，然而此渔人并非亲到桃花源的武陵渔人，并不能告知诗人——飞桥野烟的尽处是什么所在。诗人满怀怅惘，却并不甘心，看着纷纷飘落的桃花瓣，整日随流水，流向远方；那个最终流向的神秘之地，应该就是传说中的仙境吧？此句用桃花流水，点明诗题“桃花溪”，眼前事实如此，诗人不满足于渔人之回答，疑信参半，极想知道那个神秘仙境之所在。

第四句“洞在清溪何处边”，清溪水流蜿蜒，百折千回，去往桃花源的洞口究竟在哪处水湾、哪一边呢？此句是对“问渔船”的答复，当然也是诗人对自己心中疑问的答复，半信半疑，对神奇的桃花源充满了好奇与期待。此句也是对“隐隐飞桥隔野烟”的回应，呈现出迷离恍惚、亦真亦幻的境界。

陶渊明《桃花源记》曰：“晋太元中，武陵人捕鱼为业。缘溪行，忘路之远近，忽逢桃花林，夹岸数百步，中无杂树，芳草鲜美，落英缤纷。渔人甚异之，复前行，欲穷其林。林尽水源，便得一山，山有小口，仿佛若有光，便舍船，从口入。”此诗由眼前“桃花尽日随流水”的春日景象，与《桃花源记》所述之神奇，两相结合，迷离恍惚，亦真亦幻。摹写春日飞桥野烟、桃花流水的景象，充满了对传说中的桃花源的好奇与期待，天真而又不无迷惑，令人神往，淡远空灵，极具美感。

王　维

九月九日忆山东兄弟

独在异乡为异客，每逢佳节倍思亲。遥知兄弟登高处，遍插茱萸少一人。

此诗题原注“时年十七”，乃王维十七岁时所作，当系开元五年（717）。

九月九日，即重阳节。古以九为阳数之极，九月九日故称“重九”或“重阳”。魏晋后，习俗于此日登高游宴。梁庾肩吾《九日侍宴乐游苑应令诗》：“献寿重阳节，回銮上苑中。”唐代，重阳被正式定为民间节日，唐人亦习于重阳节登高，以避恶疾，求长寿，写重阳节登高的诗也很多。宋人胡仔曰：“子美《九日蓝田崔氏庄》云：‘明年此会知谁健，醉把茱萸仔细看。’王摩诘《九日忆山东兄弟》云：‘遥知兄弟登高处，遍插茱萸少一人。’朱放《九日与杨凝崔淑期登江上山有故不往》云：‘那得更将头上发，学他年少插茱萸？’此三人，类各有所感而作，用事则一，命意不同，后人用此为九日诗，自当随事分别用之，方得为善用故实也。”（《苕溪渔隐丛话》后集卷六）山东，指崤山、函谷关以东。王维乃太原祁（今山西祁县）人，后随父迁于蒲（今山西永济），蒲在崤山、函谷关以东。

开元三年（715），王维十五岁，离开家乡蒲州，赴长安求仕进，至开元五年，已经两年时间，深深感受到独居长安、干谒求仕之不易。唐人薛用弱《集异记》记载：“王维性娴音律，妙能琵琶，游历诸贵之间，尤为岐王之所眷重。”岐王向公主推荐，让王维“旧诗之清越者，可录十篇；琵琶之新声怨切者，可度一曲”，“岐王则出锦绣衣服，鲜华奇异”，让王维穿上，怀抱琵琶，装扮成乐人，晋见公主。在一众乐人中，王维“妙年洁白，风姿都美，立于前行”，引起了公主的关注，而演奏新曲，“声调哀切，满座动容”，获得了公主的青睐。虽为小说家言，然而确也反映了长安求仕者的艰难与委曲。虽然长安繁华、热闹，对于十多岁的少年，有着巨大的吸引力，但是那种孤独感、无依感、陌生感，甚至格格不入之感，时时刻刻都在心头涌起，因而对故乡和亲人的思念之情，愈久愈浓烈。杜甫感叹李白流寓长安，无出仕之机遇，说“冠盖满京华，斯人独憔悴”（《梦李白二首》），用之于初入长安的王维，也是很贴切的。

正因为有着这样的现实遭遇与心理感触，少年王维于重阳佳节，更为思念亲人，渴望得到亲情的抚慰，因而作此诗以寄托对亲人与家乡不可抑遏的思念之情。

“独在异乡为异客，每逢佳节倍思亲。”亲，古代多用来指父母双亲，也可以泛指亲族，此处泛指亲族。王维十五岁离开家乡蒲州，赴长安求仕进。诗开篇强调自己孤独地流寓长安，而繁华热闹的京师长安，实乃“异乡”——他乡，举目无亲；虽然身处稠人广众之中，茫茫人海，然而“万人如海一身藏”，淹没其中，身边皆为不相识之人，如行于荒漠，漂泊无依——用“独”“异乡”“异客”，最大限度地凸现诗人漂泊无依的孤独感、毫无归属感。“异乡”，地域的陌生性；“异客”，人际关系的陌生、疏离，深入地抒写“独”之深切感受，将孤独感、漂泊感具体化、深入化，使读者感同身受，而为之凄然。在这个特殊的环境、地域之中，岂能不思念家乡、思念亲人呢？由此亦可见，诗人平日思念亲人、家乡之深切。然而，“每逢佳节倍思亲”，进一步强调思亲的特殊性——佳节良辰，亲人团聚，欢欣一堂，而自己却寂寞、冷落、孤独，独自一人而黯然神伤。王维用高度的概括，平实如口语，准确传神地说出了人人心中必有，然而却不能够说出的真切感受，悱恻缠绵，婉转曲折，入人心脾，感人至深。

至此，诗人却未再接续上联，直接抒写，转而叙写兄弟们重阳节欢聚一堂，遍插茱萸，共同登高，祈求长寿平安。重阳节有登高之习俗。

南朝梁吴均《续齐谐记·九日登高》记载：汝南桓景随仙人费长房学道多年，一日，费长房说："九月九日，汝家中当有灾，宜急去，令家人各作绛囊盛茱萸以系臂，登高饮菊花酒，此祸可除。"后来遂形成重阳节登高饮酒、佩戴茱萸的习俗。茱萸，植物名，香气辛烈，可入药。旧俗农历九月九日重阳节，佩茱萸能祛邪辟恶。曹植《浮萍篇》："茱萸自有芳，不若桂与兰。"《西京杂记》卷三："九月九日，佩茱萸，食蓬饵，饮菊华（花）酒，令人长寿。"

"遥知兄弟登高处"，"遥知"是推测、想象之辞，也是根据以前兄弟团聚、重阳登高的习惯，推想而来；从自己所思念的兄弟们写起，"遍插茱萸少一人"，"遍插"——人人皆佩戴茱萸，"少一人"——唯独缺少了远在长安的"自己"，给兄弟们的团聚造成了缺憾，并因此而深感抱歉。诗人不是从自身写起，远在长安，重阳节登高，如何如何思念兄弟；而是从对面写起，重阳佳节，兄弟们欢聚一堂，佩戴茱萸，登高祈寿，欣赏风光，而自己独自远在异乡，不能参与，给他们留下了遗憾——不能共度佳节，充分享受亲人团聚的美好与欢乐。如此写法，则避免了平直、缺乏新意与深情的弊端，而显得曲折有致，出于常情，有其深厚与奇警。

此诗前二句说思亲，后二句则说兄弟思我。每逢佳节，不但我倍思亲，而且兄弟亦倍思我。在想象中，见出兄弟相聚、遍插茱萸登高的欢乐情景，反衬自己的落寞与孤独，思亲之深切，起落之间，思乡念亲之情，宛然如在目前。

真情自然流露，婉转悠扬，沁人心脾，十七岁的少年，有如此的颖悟才情，真是一位早慧的神童。

王昌龄

芙蓉楼送辛渐

寒雨连江夜入吴，平明送客楚山孤。洛阳亲友如相问，一片冰心在玉壶。

此诗作于王昌龄任江宁丞时。丞，县令的副手，主管钱粮等事务。王昌龄大概是开元二十八年（740）冬离开长安，赴江宁，第二年到达任所。芙蓉楼，在唐代润州（今江苏镇江）城西北角临长江处。《元和郡县图志》卷二六“江南道·润州”：“其城吴初筑也，晋王恭为刺史，改创，西南楼名万岁楼，西北楼名芙蓉楼。”辛渐，王昌龄好友，事迹不详。此次的行程，大概是王昌龄陪辛渐从江宁（今南京）到润州，在润州芙蓉楼饯别；辛渐由润州渡江，取道扬州，沿运河北上洛阳。此诗作于润州芙蓉楼。

《芙蓉楼送辛渐》共二首诗，第二首曰：“丹阳城南秋海阴，丹阳城北楚云深。高楼送客不能醉，寂寂寒江明月心。”从时间上看，王昌龄在芙蓉楼设晚宴为辛渐送行，看着一轮孤月照临寒江，抒写其依依惜别之情。而第一首，则写次日清晨，酒醒之后，于江边送别。

此诗第一句“寒雨连江夜入吴”，从昨夜寒雨着笔，寒雨随着夜色，无声潜入润州。“连”字“入”字，刻意描摹寒雨之动态，渲染一种情调和离愁别绪的氛围。萧瑟江风，吹送着带有深秋寒意的雨丝，静悄悄地潜入，开阔的江面笼罩于一派烟雨迷蒙之中，整个吴地似乎也沉浸于这潇潇寒雨的静穆。谢朓《观朝雨》：“朔风吹飞雨，萧条江上来。”塑造的也正是这样一种景象。听闻这潇潇寒雨，感受其清寒，即将离别之友人，彼此的心境皆笼罩于凄清、孤寂的气氛之中，多少有些黯然伤魂的况味。润州，春秋战国时先为吴地，后为楚地。因而“吴”与下句之“楚”，互文见义，皆指润州。

第二句“平明送客楚山孤”，一夜寒雨，孤寂凄清，诗人与离别之友人，恐怕彼此皆未曾入睡，已然酝酿足送别之情绪与氛围。因而天刚刚亮，在晨曦雾霭的笼罩下，诗人早早地就在润州城外的长江边上，送别好友远赴洛阳。平明，犹黎明，天刚亮的时候。《荀子·哀公》：“君昧爽而栉冠，平明而听朝。”李白《游泰山六首》其三：“平明登日观，举手开云关。”楚山孤，指润州城外突入长江的山脚下。孤，特出，意谓延伸于江边的山脚。昨夜，芙蓉楼设宴饯别好友辛渐，而一夜秋雨，随风潜入，悄无声息，带来凄清与孤寂，令离别之人，情何以堪！黎明江边送别，风停雨住，然而晨曦雾霭，凄清湿寒，砭人肌骨，整个长江与润州皆在这晨曦雾霭的笼罩之中，因而强化了送别时的氛围，增添了殷殷不舍之情。此句的画面感很强，晨曦雾霭弥漫，深入江水的山脚下，一叶孤舟即将远行，远行者与送别之人，神情肃穆，拱手而相别，实有画工之妙，情与景偕，浑然一片，不露痕迹。

第三四句“洛阳亲友如相问，一片冰心在玉壶”，为流水对，两句表达一个完整的意思。前二句已然透露出凄清孤寂之心绪，因而后二句则是直抒胸臆。诗人请好友辛渐代为致意那些深切系念自己的洛阳亲友：自己一片冰心，纯洁无瑕，如同置于玉壶之中，表里如一，晶莹澄澈，不染一丝尘垢。前人有玉壶冰之说，南朝鲍照《代白头吟》：“直如青丝绳，清如玉壶冰。”初盛唐之交的姚崇有《冰壶诫》：“夫洞彻无瑕，澄空见底，当官明白者，有类是乎？故内怀冰清，外涵玉润，此君子冰壶之德也。”冰壶，取其冰清玉洁，而王昌龄则创造出“冰心玉壶”，更彰显其冰清玉洁，表里如一，晶莹澄澈，纤尘不染，用以表示品性之高洁。“一片冰心在玉壶”，是诗人表里如一、晶莹澄澈、光明磊落的高洁狂狷形象之化身。

王昌龄号称“七绝圣手”“诗家夫子”，在盛唐诗史上，可与李白争衡。清代诗论家叶燮说：“七言绝句，古今推李白、王昌龄。”（《原诗·外篇下》）就送别诗而言，李白长于写景，景中融情；而王昌龄长于抒情，景乃情之渲染、补充。此诗之构思，就颇具匠心。前二句，写一夜寒雨，随风无声潜入，长江涨满，孤寂凄清，平明送客，晨曦雾霭，晴明之中，略带迷蒙，用景物的渲染，衬托诗人感情上的孤独落寞。后二句以恰切形象的比喻，直抒胸臆，彰显其冰清玉洁、表里如一的高洁，也多少带有孤寂与凄清的意绪，直率中有隐晦，凄清中含孤傲。

盛唐诗论家殷璠《河岳英灵集》说，王昌龄“不矜细行，谤议沸腾，垂历遐荒，使知音者叹息”。王昌龄开元十五年（727）登进士第，授秘书省校书郎，二十二年（734）又登博学宏辞科，授汜水尉。二十七年（739），远贬岭南，次年北归，出为江宁丞。登第十多年，仍然沉沦下僚。王昌龄因何被贬，史无明文，据王昌龄《见谴至伊水》之“得罪由已诏，本性易然诺”，《为张偾赠阎使臣》之“犹畏谗口疾，弃之如埃尘”，以及常建《鄂渚招王昌龄张偾》之“谪居未为叹，谗枉何由分”来看，诗人乃重然诺，不顾细行，遂被人诬陷而遭贬。由岭南归来，出任江宁丞，送别辛渐北归洛阳，告慰洛阳亲友：“一片冰心在玉壶”——诗人对自己的高洁品行有着高度的自信，尽管诬谤交加，远贬岭南，然而诗人自信，在任何时候，皆是表里如一，晶莹澄澈，光明磊落的。以一种自信且傲然的态度，向世人宣示——不屈不挠，我行我素，不为环境所屈服，不为权势所折腰之傲岸不屈之精神。这才是诗人内心的真实写照，是其品性的张扬与自信。

闺　怨

闺中少妇不知愁，春日凝妆上翠楼。忽见陌头杨柳色，悔教夫婿觅封侯。

王昌龄诗歌的一个重要题材是宫怨和闺怨，擅长抒写女性的悲欢忧凄，以七言绝句细腻含蓄地抒写宫闱女子的心理状态及其微妙变化。诗人关注女性的命运，往往予以深切的同情。

这首《闺怨》久负盛名，千古流传。然而，写作时间不可考。诗题为《闺怨》，即深闺女子的哀怨之情。不过，开篇却并不写“怨”，而是以“闺中少妇不知愁”写起。闺中少妇，正值青春年少，天真烂漫，没有经历过多少波折和生活的重压，不知愁为何物。丈夫从军出塞，征战疆场，长久的离别，并未造成其心理上的孤寂与凄然。

盛唐时期，国力强盛，从军边塞，建功立业，封侯拜相。王维说：“孰知不向边庭苦，纵死犹闻侠骨香。”（《少年行》）岑参说：“功名只向马上取，真是英雄一丈夫。”（《送李副使赴碛西官军》）“上马带吴钩，翩翩度陇头。小来思报国，不是爱封侯。”（《送人到安西》）高适说：“浅才登一命，孤剑通万里。岂不思故乡，从来感知已。”（《登陇诗》）“料君终自致，勋业在临洮。”（《送蹇秀才赴临洮》）李白说：“玉关殊未入，少妇莫嗟怨。”（《塞下曲三首》）朝野上下，全然洋溢着一种不畏艰险、开边拓土的健康向上的精神，充溢着浪漫的激情和勇往直前的气概。立功边塞，是博取功名、封侯拜相的重要途径。

王昌龄就描写了这一生动的场景，如《青楼曲二首》：“白马金鞍从武皇，旌旗十万宿长杨。楼头小妇鸣筝坐，遥见飞尘入建章。”夫婿身为皇帝御林军之一员，小妇坐于楼头弹筝，遥遥望见丈夫坐骑如飞，奔入宫苑，她是那样地自豪和喜悦。“想知少妇遥望之情，以自矜得意，此善于取影者也。”（王夫之《姜斋诗话》）“驰道杨花满御沟，红妆缦绾上青楼。金章紫绶千余骑，夫婿朝回初拜侯。”夫婿建功立业，身披金章紫绶，刚刚封侯，被千余骑热烈地簇拥着，荣耀非凡。此情此景，非常烜赫，少妇身着红妆，遥遥观看，流露出得意之情、自豪热切之意。

正是在这样的社会氛围之中，虽然丈夫从军边塞，然而闺中少妇天真烂漫，不识愁为何物，为何种滋味。这个“不知愁”的少妇，究竟怎样地“不知愁”呢？诗人展现出以下具体而生动的场景：“春日凝妆上翠楼”——明媚春天，天气和暖，微风和畅，鸟语花香，少妇精心梳妆，登上闺楼，欣赏春天的美好景象。凝妆，盛妆。唐人谢偃《新曲》：“青楼绮阁已含春，凝妆艳粉复如神。”明人徐师曾说：“‘凝妆’，人都不解。女儿面色略还黄，古妇人妆饰，要作女儿模样，采花须上黄粉，轻拂月弯状于额际，为之‘凝妆’。至‘凝妆’时，省着已是丈夫的。”（《而庵说唐诗》）意思是说，少女面色略带黄嫩，正如世间所说“黄口小儿”，出嫁之后，年纪稍长，打扮妆束之时，须将花须上的黄粉采摘一些，轻轻地涂饰于额头，显得年轻一些，称为“凝妆”。此可备一说。简单说，凝妆就是精心梳妆打扮。翠楼，即青楼，显贵人家华美的楼阁。汉代李尤《平乐观赋》：“大厦累而鳞次，承岧峣之翠楼。”后世的“青楼”一词，乃是借用其原意而引申用之的。“不知愁”的闺中少妇，精心梳妆，登上翠楼而欣赏春景，以自娱自乐，还是那样地天真烂漫。从另一方面来看，少妇整天无所事事，也只有以梳洗打扮来消磨时光，多少是有些空寂无聊的况味。

因而，第三句“忽见陌头杨柳色”是全诗的转捩。“忽见”，不经意之间，瞥见，看到。陌头，路上，路旁。《宋书·刘穆之传》：“时穆之闻京城有叫噪之声，晨起出陌头，属与信（信使）会。”杨柳，有多重意象：烟柳如翠，婆娑摇曳，是春之意象，也是人生美好青春的代表；蒲柳易衰，盘石坚固，杨柳也是盛年难再，人生易逝的象征；折柳送别，杨柳有相思离别之意，盛唐韩休《折柳篇》：“城头杨柳已如丝，今年花落去年时。折芳远寄相思曲，为惜容华难再持。”而且，古乐府有《折柳曲》，抒写相思离别之情，李白《春夜洛城闻笛》：“谁家玉笛暗飞声？散入春风满洛城。此夜曲中闻折柳，何人不起故园情。”“不知愁”之闺中少妇，精心梳妆打扮，登翠楼而欣赏漫天春色，欣欣然，快意，然而不经意之间，瞥见路旁之杨柳依依，遂触发其内心的丰富而复杂的感受：明媚春天，万物复苏，青春年少，却独守空闺之寂寥；蒲柳易衰，青春易逝，生命流逝之怅然；陌头折柳送别，此去经年，而消息难通之相思离别之情，等等，种种复杂而难言的感触，千言万语，化为一句“悔教夫婿觅封侯”，正是“闺怨”之怨，点明题旨。“悔”，后悔。教，让，许可。后悔让夫婿从军边塞，希图建功封侯，然而却使自己独守空闺，至此遂滋生青春易逝的怅然。悔，从另一方面讲，也有曾经的“不悔”。也许，在朝野从军边塞、开疆拓土风气的感召下，这闺中少妇也曾经勉励夫婿从军远征，立功边塞，以求得拜相封侯，夫贵妻荣，而名标青史。曾经是那样地热切勉励、鼓舞，殷勤送别，不以相思离别为意，而今却被陌头青青的杨柳色所触动，激发了内心的惆怅——“悔教夫婿觅封侯”，可见其内心变化之深切与迅捷。

清代诗论家黄生说：“先反唤‘愁’字，末句正应。感时恨别，诗人之作多矣，此却以‘不知愁’三字，翻出后二句，语境一新，情思婉折，闺情之作，当推此首第一。此即《国风》妇人感时物而思君王之意，含情甚正，含味甚长。唐人绝句，实具《风》《雅》遗音。”（《唐诗摘钞》卷四）不为无见。

本来凝妆上翠楼的闺中少妇，不知愁为何物，欣欣然观赏无边春色，不经意间陌头青青杨柳色，引起了少妇内心情感的变化，反惹得一腔幽怨、一腔悔恨。正是这片刻间的情状，生动地展示了少妇心理的迅速变化，诗人未曾说出变化的缘由与具体过程，给读者留下充分想象的空间，因而韵味无穷。不说别而别情自见，不言愁而愁思倍增。而且，诗的前二句，格调平和舒缓，娓娓道来，如同一幅缓慢展开的画卷；后二句“忽见”“悔教”二语，突兀而来，陌头杨柳依依，青翠含烟，不经意间闯入少妇心扉，强烈地触动、震颤其心灵，遂产生“悔教”之强烈心理变化。“不知”“忽见”“悔教”是诗眼，提顿并彰显景象及情绪的深切变化。

从结构上看，一二句正是为三四句的变化蓄势，先写“不知愁”之天真烂漫，继而写忽然出现的一腔幽怨，从而在艺术上产生极大的冲击力，韵味无穷，魅力无限。当然，此诗所显示的闺怨，并非哀怨凄绝，而是在青春浪漫的激情鼓荡下滋生的怅怅然情绪而已。触景怀人，精彩迸射，自具深闳大雅之音。王昌龄深切地把握、描写了女性的微妙心理变化，仍然不失其乐观向上的信心与朝气。这是洋溢着浪漫热情、健康向上的盛唐诗歌的底色所决定的。

春宫怨

昨夜风开露井桃，未央前殿月轮高。平阳歌舞新承宠，帘外春寒赐锦袍。

汉唐乃中国历史上的强盛王朝，具有深远的世界性影响。今天，称中国人为“汉人”或“唐人”，就是受两个伟大王朝之所赐。而且，唐代诗人很喜欢用汉代故事来叙写本朝之事，可以说“以汉喻唐”是唐诗的一个重要题材。

汉武帝雄才大略，故事颇多，是唐代诗人喜欢歌咏的重要题材。汉武帝刘彻幼年时，平阳公主将其抱于膝上，开玩笑说：“想不想娶媳妇啊?”说：“想啊。”遂指示身边许多的漂亮女子，问刘彻要哪一个？刘彻皆不愿意。最后，平阳公主指着自己的女儿陈阿娇说：“阿娇好不?”刘彻笑着说：“好！若得阿娇作妇，当作金屋贮之也。”（《汉武故事》）这就是“金屋贮娇”或“金屋藏娇”故事的来源。后来，刘彻即皇帝位，就娶陈阿娇为妻，立为皇后。一次，汉武帝临幸平阳公主家，见到歌者卫子夫妙丽善舞，很喜欢，遂召入宫中，恩宠备至，后封为皇后。从此，阿娇失宠，备受冷落，大为嫉恨。古代女子的爱情甚至人生，不得自主，往往为男子所左右，恩怨由人。王昌龄就以这个故事为依据，进行艺术性的抒写，表达对女性的深切同情。

此诗选取一个特定的片断，进行艺术构想。“昨夜风开露井桃，未央前殿月轮高。”露井，无盖之井。露井桃，井旁所植之桃树。《宋书·乐志三》载古词《鸡鸣高树巅》：“桃生露井上，李树生桃傍。”近水楼台先得月，井旁之桃树也最先得到井水之滋润，也最早开花、结果。未央，未央宫，西汉宫殿名。故址在今陕西西安市西北长安故城内西南隅。汉高帝七年建，为朝臣晋见之处。《史记·高祖本纪》：“萧丞相营作未央宫，立东阙、北阙、前殿、武库、太仓。”《三辅黄图·汉宫》：“未央宫，周回二十八里，前殿东西五十丈，深五十丈，高三十五丈。”此二句意谓，昨夜春风吹拂，露井旁之桃树，最先感受到了春之气息；未央宫前殿，一轮明月高照，恍如白昼，但也多少有些清冷、寂然。“昨夜风开”，昨夜春风吹拂，吹开了露井旁之桃花，点明时间，也写出了时间的持续性，从“入夜”而延宕至“天明”，经过了整整一个晚上。这个未央宫前殿的女子满怀期待，所见到的却是寂寞清冷——庭院中的露井、井旁之桃树，明月高悬，清光静泻，未央宫一派清冷与静穆。

与此形成鲜明对比的是，“平阳歌舞新承宠，帘外春寒赐锦袍”。那个能歌善舞、俏丽的佳人，新得皇帝的百般恩宠，舞姿妙曼，音乐悠扬，令人陶醉，氛围是那样地热切、欢快。佳人刚刚歌舞罢，多情的皇帝担心天气寒凉，遂赏赐佳人锦袍，以御风寒。“歌舞”，突出俏丽佳人之能歌善舞，且以年轻美貌而“新承宠”，反衬未央宫之女子乃曾承恩宠之“旧人”；“帘外春寒”，实则帘内并不寒凉，彰显皇帝对“新承宠”佳人之多情，照顾有加，也反衬对未央宫曾承恩宠的“旧人”之无情无义。这新承恩宠之佳人的恩宠越发特殊，也就越发反衬未央宫“旧人”之失宠凄凉。未央宫前殿之旧人，独对明月，闲看井桃，凄凉寂寞，而隔壁之新人，歌舞妙曼，音乐悠扬，热切欢快，被多情呵护，赐予锦袍，两相对照，鲜明深切，有触目惊心之感慨。此诗之妙处，在于只说新人之承恩宠，并不叙说旧人之失宠，然而不言怨而怨自深。清人沈德潜说：“王龙标绝句，深情幽怨，意旨微茫。‘昨夜风开露井桃’一章，只说他人承宠，而己之失宠，悠然可思，此求响于弦指外也。”（《说诗晬语》卷上）

宫怨诗的传统由来已久，是文人创作中的常见题材，王昌龄成就卓著，堪称大家。王昌龄往往通过以景物烘托、渲染感情的方法，选取特定的场景、事件的横截面，描写细节，捕捉其特殊的情感意绪，进行艺术性的抒写，表达其意旨。此诗化用平阳公主歌者卫子夫之得宠，致使曾经“金屋藏娇”的陈皇后失宠的故事，揭示恩怨由人的女性不幸命运。一面是未央旧人失宠之凄清冷落，独对空庭之井桃，虽桃花盛开，月华高朗，然而那种凄清哀怨之氛围，砭人肌骨；一面是平阳新人之歌舞欢乐，嘘寒问暖，赏赐锦袍，殷勤备至，融融春意，正映衬新人之欢乐得宠。两相对照，诗人对于备受冷落、失宠之旧人，寄予深切的同情。女主人公在诗中并未出现，只以暗示出之。春暖桃花开，并不寒凉，而新赐锦袍，正见恩宠之优渥。而且“新承宠”之“新”，正暗示出未央旧人之孤独饮泣，黯然伤神。全诗未着一“怨”字，而怨情自深。

不过，此诗也许并非仅仅抒写宫中女性的哀怨，诗人也可能寄托了自己的身世处境，别有怀抱。王昌龄才情颇高，中进士甚早，又颇有积极用世之心，然而在开元政治清明、欣欣向荣之时，却一直沉沦下僚，为校书郎、县丞，终不得大用，抑郁不得志。诗人在诗中有意无意地寄寓其身世之感和深切情怀，使其诗歌具有多种解释的可能性，“诗无达诂”，信然。因而此诗当作宫怨诗，抒写女性之不幸，可也；视为诗人借女性之不幸，抒写其自身不得志之意绪，亦可也。

王　翰

凉州曲

葡萄美酒夜光杯，欲饮琵琶马上催。醉卧沙场君莫笑，古来征战几人回！

诗题一作《凉州词》。原题二首，此选为第一首。《凉州曲》，唐宫调曲名。《新唐书·礼乐志十二》：“《凉州曲》，本西凉所献也，其声本宫调，有大遍、小遍。”杜牧《河湟》：“唯有凉州歌舞曲，流传天下乐闲人。”凉州曲，乃凉州地方曲调，玄宗开元前期，陇右节度使郭知运进献。

王翰，字子羽，并州（今山西太原）人，少豪荡不羁，景云元年（710）登进士第，又考中直言极谏科、超拔群类科。王翰发言立意，自比王侯，曾私自评定海内文士百余人，分为九等，高自标置，与张说、李邕并居第一，并张榜于通衢大道，声名遍于天下。王翰工于诗歌，多壮丽之词，颇得当时文坛领袖张说之赏识。文士祖咏、杜华等与之交游，杜华母崔氏说：“吾闻孟母三迁，吾今欲上居，使汝与王翰为邻，足矣。”（辛文房《唐才子传》卷一）杜甫追述早年经历，曰：“读书破万卷，下笔如有神。赋料扬雄敌，诗看子建亲。李邕求识面，王翰愿为邻。自谓颇挺出，立登要路津。致君尧舜上，再使风俗淳。”（《奉赠韦左丞丈二十二韵》）可见王翰才名之盛。

“葡萄美酒夜光杯”，即“葡萄美酒”，西域盛产葡萄，以之制成美酒。《史记·大宛列传》：“大宛在匈奴西南，在汉正西，去汉可万里。其俗土著，耕田，田稻麦，有葡陶酒，多善马。”张华《博物志》卷五：“西域有葡萄酒，积年不败。彼俗云：可至十年饮之，醉弥月乃解。”《晋书·载记·吕光》：“胡人奢侈，厚于养生，家有蒲桃酒，或至千斛，经十年不败，士卒沦没酒藏者相继矣。”庾信《燕歌行》：“蒲桃一杯千日醉。”葡萄酒，唐时已经能够自酿了。夜光杯，美玉所制酒杯，于夜间发光，故名。《海内十洲记·凤麟洲》：“周穆王时，西国献昆吾割玉刀，及夜光常满杯，刀长一尺，杯受三升，刀切玉如切泥，杯是白玉之精，光明夜照。”此句谓，精美的夜光杯，盛满了殷红、甘冽的葡萄酒，色泽鲜明，酒香袭人。摹写军中宴饮的热烈与豪奢。以最具代表性的精美酒具——夜光杯，美酒佳酿——殷红芳香的葡萄酒，借以展示军中宴饮之丰盛精美，陈设之华美豪奢，彰显宾主身份之尊贵显赫，以及热烈欢快的气氛和人声鼎沸的场景。诗所呈现的最特别、最具表现力的“葡萄美酒”和“夜光杯”，引人想象，借以彰显那些未曾出现的丰盛食物、精美器具，以及热闹气氛等。岑参《玉门关盖将军歌》摹写边地无征战、军中宴饮之豪情逸兴：“军中无事但欢娱，暖屋绣帘红地炉。织成壁衣花氍毹，灯前侍婢泻玉壶。金铛乱点野酡酥，紫绂金章左右趋。问著只是苍头奴，美人一双闲且都。朱唇翠眉映明矑（眼睛），清歌一曲世所无。今日喜闻凤将雏，可怜绝胜秦罗敷。”可以说，正是“葡萄美酒夜光杯”的具象化之生动摹写。

“欲饮琵琶马上催”，琵琶，弹拨乐器，原流行于波斯、阿拉伯等地，汉代由西域传入中国。后经改造，技法丰富，乃重要的民族独奏乐器。《释名·释乐器》：“琵琶本出于胡中，马上所鼓也。”催，指劝酒，催人痛饮。酒宴之上，有管弦乐伴奏助兴，催促参加宴会的客人尽兴饮酒。李白《襄阳歌》：“车旁侧挂一壶酒，龙管凤笙行相催。”刘禹锡《洛中送韩七中丞之吴兴口号》：“今朝无意诉离杯，何况清弦急管催。”此句意谓，军中酒宴，豪兴正浓，而琵琶演奏，管弦急催，酣饮尽兴，不醉不休。“欲饮”，将饮未饮之际。正在将饮未饮之际，急管繁弦之声陡起，催促劝酒，助其豪兴，肝胆开张，一饮千杯，不醉不休。“催”字，一方面透露急管繁弦、节奏旋律之急促，另一方面也彰显与宴者奔放的情怀、激扬的心绪。

铺垫已足，遂有“醉卧沙场君莫笑，古来征战几人回”的讴歌。

沙场，平沙旷野，多用来指战场。王昌龄《塞上曲》："从来幽并客，皆共沙尘老。"此二句谓，男儿从军，以身报国，豪气干云，军中宴饮，不醉不休。即使醉卧沙场，请君不要讥笑，自古以来，疆场征战，能有几人生还！表达那种以身许国、不畏艰险、视死如归的豪情。正如王维所说："孰知不向边庭苦，纵死犹闻侠骨香。"（《少年行》）

此诗乃盛唐边塞诗名篇，千古传诵。诗歌摹写盛大的军中宴饮：精美的夜光杯，满盛着殷红、甘洌的葡萄美酒，酒香袭人，令人陶醉。诗歌以所呈现出来的"葡萄美酒"和"夜光杯"，借以彰显那些并未呈现出来的军中宴饮的豪奢与逸兴豪情，极具丰富内涵。将饮未饮之际，急管繁弦，乐舞助兴，催促欢饮，展现出一种极其热闹的景象，使宴饮的热闹气氛达到了高潮。于是，诗歌转而抒情：从军边塞，备知艰险；以身报国，不惧死亡。战斗时，驰骋疆场，奋勇向前，誓死报国；军中无事，则纵酒欢宴，管弦歌舞，校猎博弈，豪情逸兴，快意人生，何其幸哉！诗人深知从军边塞，开疆戍边，时时与死亡相伴，然而将士早已将生死置之度外，不惧牺牲，因而说即使醉卧沙场，请君不要讥笑，自古以来开疆拓土、守边卫国者，能有几人生还呢！屈原《国殇》说："出不入兮往不反，平原忽兮路超远。带长剑兮挟秦弓，首身离兮心不惩。"王翰以诗化意象和浪漫精神，表现盛唐人的积极奋发、豪迈勇武、自信自强的时代精神，诗的语言明快，情绪奔放激昂，充溢着豪迈慷慨、超脱潇洒的乐观精神，给人以激昂的艺术感染力，正是盛唐时代精神的反映。

李　白

送孟浩然之广陵

故人西辞黄鹤楼，烟花三月下扬州。孤帆远影碧空尽，唯见长江天际流。

诗题一作《黄鹤楼送孟浩然之广陵》。黄鹤楼，故址在今湖北省武汉市蛇山的黄鹤矶上。相传始建于三国吴黄武二年（223），历代屡毁屡建。传说费祎登仙，每乘黄鹤于此休憩，故号为黄鹤楼。古今诗人题咏者甚多，以唐崔颢、李白之作最著名。崔颢《黄鹤楼》诗："昔人已乘黄鹤去，此地空余黄鹤楼。黄鹤一去不复返，白云千载空悠悠。"广陵，今江苏扬州。扬州在唐代是富庶甲天下，时人称扬一益二，天下州郡之繁盛，扬州为最，成都第二。宋人王楙《野客丛书》卷一五曰："唐时扬州为盛……当时有'扬一益二'之语。十里珠帘，二十四桥风月，其气象可知。张祜诗曰：'十里长街市井连，月明桥上有神仙。人生只合扬州死，禅智山光好墓田。'王建诗曰：'夜市千灯照碧云，高楼红袖客纷纷。如今不是承平日，犹自笙歌彻晓闻。'徐凝诗曰：'天下三分明月夜，二分明月在扬州。'其盛如此。"张祜和王建都是中唐时期的人，所写扬州还是那样地繁华盛大，那么开元天宝盛世之际的扬州，想来是更繁盛、热闹一些了。之，往。

李白与孟浩然的交往，始于李白出蜀不久，正当意气风发之际。此诗约作于开元十六年（728）暮春，李白二十八岁，孟浩然四十八岁。李白洋溢着青春的活力，孟浩然年长李白二十岁，事实上是两代人，然而年龄并没有成为他们之间友谊的障碍。这两位盛唐时代的大诗人、高士，情谊相投，惺惺相惜，都爱好山水田园，隐居修道，有着高洁的操守，不为世俗利禄所诱惑……思想精神上的相通，使他们成为知己。开元二十七年（739），李白过襄阳重访孟浩然，时值孟浩然外出，没能会面，带着遗憾，写有《赠孟浩然》一诗："吾爱孟夫子，风流天下闻。红颜弃轩冕，白首卧松云。醉月频中圣，迷花不事君。高山安可仰，徒此揖清芬。"表达了极其倾慕之情。

此诗写得颇为明丽。暮春三月，春光明媚，江南草长，杂花生树，群莺乱飞，一派美丽祥和景象。老朋友孟浩然即将离开黄鹤楼，沿江东下，直奔那江南最美丽、繁花的扬州。此前，李白北游汝州（今河南临汝），途经襄阳就结识了孟浩然，两人都极爱自然山水，情感颇为相得，视为密友，故而此次送行，得以称"故人"——老朋友。烟花，乃是形容春天繁花盛开如烟花的景象。好友已乘船离去，而诗人还那样深情地伫立江岸，极目向东远眺，天地澄澈，只见远处水天相接处，一片孤帆，渐渐淡出，最终什么也看不见了，只有长江之水滔滔东流……

这首七言绝句，乃送别名篇。唐汝询说："'黄鹤'，分别之地；'扬州'，所往之乡；'烟花'，叙别之景；'三月'，纪别之时。帆影尽，则目力已极；江水长，则离思无涯。怅望之情，俱在言外。"（《唐诗解》卷二五）此诗前二句"故人西辞黄鹤楼，烟花三月下扬州"，点明黄鹤楼送别孟浩然之广陵，时间、地点、友人的去向，都交代得很清楚，而且每个词都在营造送别的氛围。"故人"，乃情感相得之好友，"西"字点明黄鹤楼之方位，而扬州在东，故用一"下"字，乃自上流而赴下流也。好友"西辞"黄鹤楼，东"下扬州"，见出东游繁华之地扬州的轻松愉快之心境，而"烟花三月"，特意抒写江南美景良辰之好时节，非常形象。后世遂以"烟花三月"形容江南春天美丽景象、祥和气氛。

后二句"孤帆远影碧空尽，唯见长江天际流"，是写景，更是抒情，蕴含着丰富而浓厚的感情，乃景情相生的千古佳句。好友已乘舟东行，而那个深情的送别之人——诗人自己，却一直伫立江岸，深情目送，只见一叶孤帆，缓缓向东，消失在水天交接之际……这两句，虽然是写孟浩然东行的景象，却是通过送别的诗人眼睛来表现的，深情眺望，久久不忍离去。那么，乘舟东游的孟浩然，伫立江岸深情送别的李白，其知己之情义，惜别之深淳笃厚，全然融入叙事写景之中，如同那东流的滔滔长江之水，宏大而无尽。李白《金陵酒肆留别》之“请君试问东流水，别意与之谁短长”，表达的正是此意。只不过一个是融情入景，含蓄深永，一个是直抒胸臆，明白快捷。

此诗境界阔大，语言轻松明快，送别而无伤感之情，始终洋溢着一种积极乐观的向上情绪，可见诗人胸襟之开阔博大。年轻的诗人李白，生逢盛世而期望展露才华与襟抱，心境明朗开阔。诗并没有专写送别之情，而是融情入景，委婉含蓄，悠悠不尽。而“辞”“下”“尽”“见”动词的运用，明快轻松，更是全诗意脉所在，尤宜仔细体悟。

下江陵

朝辞白帝彩云间，千里江陵一日还。两岸猿声啼不住，轻舟已过万重山。

诗题一作《早发白帝城》，或作《白帝下江陵》。白帝城，在今重庆奉节县东瞿塘峡口。东汉初公孙述所筑，公孙述自号白帝，故名。后来为刘备屯戍之地，改名永安。唐玄宗天宝十四载（755）岁末，安禄山和史思明在范阳起兵叛乱，很快攻陷东都洛阳和西京长安，玄宗仓皇逃往成都，天下震动，大唐社会陷入战乱。永王李璘受玄宗之命，巡行江淮，以保障江南财赋之地不受安史叛军的侵扰。为了壮大声势，永王李璘多次派人礼聘隐居庐山的大诗人李白，希望李白能够入其幕府，为平定叛军而效力。当然，永王李璘可能也存有扩大实力的野心。已经在灵武（今宁夏灵武）即皇帝位的太子李亨，即唐肃宗，对李璘的扩张势力，很是不满，遂派兵剿灭。李璘战死，被定谋反之罪名，而被俘的李白以从逆谋反的死罪，被投入死牢，诗人说“平生不下泪，于此泣无穷”（《江夏别宋之悌》）。经过不少人的营救，李白被从轻发落，流放夜郎（今贵州省西北部）。

被流放的大诗人李白，一路向西行，乾元二年（759）三月，行至白帝城时，遇到朝廷大赦，流放罪以下一律免罪。李白惊喜不已，不用去夜郎了，当即在早晨辞别白帝城，迫不及待，乘舟东下江陵。江陵，今湖北江陵。杨慎《升庵诗话》卷一："太白娶江陵许氏，以江陵为还，盖室家所在。"这样说来，回归江陵，是为了和家人团聚，此诗展示诗人遇赦得还，急于向家人报平安、共享欢乐的迫切心情。

此诗乃传诵千古的绝唱，脍炙人口。首句"朝辞白帝彩云间"，描写白帝城之清晨景象，点明时间和地点。"彩云间"有两重意思：一是渲染白帝城清晨霞光满天、美丽如锦绣，照应"朝辞"；一是暗示白帝城之地势高峻入云天，为下文之轻舟下江陵、飞驰而过，埋下伏笔。白帝城在奉节县东瞿塘峡口的山巅之上，高耸入云。朝阳初照，山脚江边依然昏黑朦胧，而白帝城已然霞光照耀，光彩夺目。

次句"千里江陵一日还"，以"千里"和"一日"相对照，突出空间之远隔、时间之短暂，烘托出一叶轻舟顺流而下，疾驰如飞的气势，以及那种不可阻遏的飞腾之势。一个"还"字，彰显摆脱束缚、罪责之后的欢快明畅之情思以及急切东归的喜悦之情。诗人脱去罪名，还归自由身，不再去那荒蛮边鄙之地，其心境极为快乐明朗。此二句，勾勒出一幅千里江行的速写图，具有飞奔的速度美。

第三句"两岸猿声啼不住"，从听觉写飞驰行舟，只听得两岸传来起伏不断的猿猴啼叫声。舟行之迅捷，目不暇接，也无法看清两岸景象，而留给诗人最强烈的印象是两岸此起彼伏、不住啼叫的哀猿声，一路相伴，萦绕耳际；也是摹状万山之绵延不断，以听觉来衬托舟行之迅捷以及急速转换、让人应接不暇的时空感。而且，在千里奔驰之舟行迅捷之描写中，插入一句"两岸猿声啼不住"，使得诗歌意脉，顿挫舒缓，而有悠悠不尽之情。北魏郦道元《水经注·江水》曰："自三峡七百里中，两岸连山，略无阙处。重岩叠嶂，隐天蔽日，自非亭午夜分，不见曦月。至于夏水襄陵，沿溯阻绝，或王命急宣，有时朝发白帝，暮到江陵，其间千二百里，虽乘奔御风，不以疾也……每至晴初霜旦，林寒涧肃，常有高猿长啸，属引凄异。空谷传响，哀啭久绝。"李白以亲身体验，且融化此类文字之描述，以诗语而写出奇妙之感受，简洁而形象，有很强的表达力、感染力。

末句“轻舟已过万重山”，乃还归江陵之后的回望。“轻舟”飞动，时间之迅捷，“万重山”凝重，空间之广大，形成强烈对照。一叶“轻舟”飞快而轻松地穿行于“万重山”中，既从容不迫，游刃有余，也不乏惊险，彰显诗人心境之欢畅。

此诗前二句，写起点白帝城与终点江陵，跨越崇山峻岭、湍流险滩之千里之遥的空间距离，被诗人收束一起，见出心情之急迫、欢乐。第三句，作一顿挫，使得迅捷之势稍见舒缓，在紧张的态势中，稍显从容，蓄势之后，再展现轻舟飞驰于万山丛中之轻盈、迅捷，便觉感情饱满，令人回肠荡气。俞陛云《诗境浅说续编》说：“四渎之水，唯蜀江最为迅急。以万山紧束，地势复高，江水若建瓴而下。舟行者帆橹不施，疾于飞鸟。自来诗家，无专咏之者。唯太白此作，足以状之。诵其诗，若身在三峡舟中。峰峦城郭，皆掠舰飞驰。诗笔亦一气奔放，如轻舟直下。”诚然，李白此诗，是描写三峡乘舟东行，最为真切形象的一首了。

岑　参

逢入京使

故园东望路漫漫，双袖龙钟泪不干。马上相逢无纸笔，凭君传语报平安。

天宝八载（749），安西四镇节度使高仙芝入朝，荐举岑参为右威卫录事参军，充节度使幕掌书记。大约在这年冬，三十三岁的岑参自长安起程，远赴西域。《初过陇山途中呈宇文判官》一诗，记述其向西经行的历程："一驿过一驿，驿骑如星流。平明发咸阳，暮到陇山头。"天气寒冷，陇水呜咽，沙尘弥漫，风霜逼人："陇水不可听，呜咽令人愁。沙尘扑马汗，雾露凝貂裘。"然而，迎面而来的年轻将领，建立功勋，新近封侯，激发了诗人热切的功名心；而且，这位将军还告诉诗人，前面路途遥远而艰险："十日过沙碛，终朝风不休。马走碎石中，四蹄皆血流。"但是，诗人绝不气馁，不畏艰险，以高昂的爱国热情，慷慨远赴边塞："万里奉王事，一身无所求。也知塞垣苦，岂为妻子谋！"

万里征途，疾风沙尘，严霜冻雪，极为艰险，岑参一路西行，亲历艰难，有形象生动的记述："燕支山西酒泉道，北风吹沙卷白草"（《过燕支寄杜位》），"黄沙西际海，白草北连天"（《过酒泉忆杜陵别业》）。诗人以慷慨豪迈的志气、大无畏的英雄气概，不畏艰难困苦，远赴西域，从军安边报国。然而，离乡日益远，衣带日益缓，那种思乡之情，也时时萦绕心怀。在渭州见渭水东流，而有"渭水东流去，何时到雍州？凭添两行泪，寄向故园流"（《西过渭州见渭水东流》），"长安遥在日光边，忆君不见令人老"（《过燕支寄杜位》）的感慨。

慷慨意气、远赴边塞、从军报国的豪情，与思乡念亲、情系故园的柔情，高度地统一于诗人，因而显得更真实，更可爱，能够激动感发人意。创作于西行路上的这首《逢入京使》，信口而成，平易自然，词浅而意深，颇耐人寻味，所谓眼前景口头语，便是诗家绝妙词。

此诗前二句以回望故园、泪湿双袖的细节刻画，表达浓郁的思乡念亲之情。因诗人自东向西而行，因而“故园东望”，即回望家乡，情深意切。自开元初至天宝八载，岑参久居长安，因而称长安为故园。“路漫漫”，路途遥远漫长，乃诗人一步步亲身行走、经历，感受极为真切。这亲历的漫漫长路，越向西行，离故园越远，因而诗人思乡念亲之情感也更为浓郁、沉挚，因而涕泪长流，双眼朦胧，泪湿衣袖。龙钟，沾濡湿润的样子。蔡邕《琴操·信立退怨歌》：“空山歔欷，涕龙钟兮。”正在这涕泪涟涟、回望故园、伤情已极之际，自西而东，驰来一骑，诗人欣喜何如？一骑匆匆向西，一骑匆匆向东，身负王命，不得徇私而多有耽搁，马上相逢，没有纸笔，遂请求对方，抵达长安故园，向家人传一口信：岑参纵马西行，一路平安，请不必挂念矣！凭，烦劳，请求。后二句，真切地将那种不期而遇、立马相谈、身负王命、行色匆匆的情境，描摹如画，突现诗人身负王命、思乡念亲之情的复杂性——由自己思念家人，转而体会家人思念的苦况，给故园家人报平安这一强烈的愿望，既慰藉亲人，也宽解自己——“平安”，囊括了所有的关爱，是亲人对远行之人最大的关切。

前人以为岑参此诗当作于玉门关以西，只有这样，才算远离故土。这一方面，玉门关乃典故。班超镇守西域，老病衰困，思归故国，上书朝廷：“臣不敢望到酒泉郡，但愿生入玉门关。”（《后汉书·班超传》）玉门关是国门的象征。另一方面，玉门关外，更为荒凉，风沙霜雪弥漫，行人稀少，更能体现孤骑驰行边荒的艰险困顿。徐师增《而庵说唐诗》曰：“时在玉关。‘故园东望’，玉关在西，则故园在东矣。‘路漫漫’，地广人稀，唯见漫漫而已，言不辨路头矣。‘双袖龙钟’……此则状双袖之不成模样，为拭泪故也。玉关外，人不离马，故在马上相逢，军中纸笔不便，故曰‘无’。此句人人道好，唯在玉关，故妙；若在近处，则不为妙矣。家信，谓之‘平安’，岂（岑）参往玉关，而寄家于长安耶？嘱其口传，更妙，见使者不能少停，（岑）参又一时来不及也。真是在玉关外光景。”此诗创作的实际地点不可考，拟想为玉门关，方便诗意之理解，倒也是颇恰切的。

此诗朴素平实中，见感情之真挚、醇厚，所谓“人胸臆中语，却成绝唱”（沈德潜《重订唐诗别裁》卷一九）；平实之中，亦见曲折。前二句抒写浓烈的思乡之情，第三句“马上相逢无纸笔”略作提顿，而末句“凭君传语报平安”，感情含量又颇重拙。平直中见曲折，有一唱三叹之意味，诚为一篇佳作。

杜　甫

江南逢李龟年

岐王宅里寻常见，崔九堂前几度闻。正是江南好风景，落花时节又逢君。

此诗作于大历五年（770）暮春，杜甫在潭州（今湖南长沙）。

唐人大都爱说玄宗，因为他开创了开元盛世，又正是在他治下，爆发了安史之乱，结束了盛世，使社会陷入极度的动荡，民生凋敝，一落千丈。凡是与玄宗有关系的人和物，也常常引起诗人感慨万端，唏嘘不已。玄宗爱好音乐，精通音乐，天宝年间，命宫中女子数百人为梨园弟子，居于宜春院北，李龟年、马仙期等音乐人训练指导音乐人才。因此宫廷音乐极妙一时，乃人间少有。李龟年音乐才能杰出，得到玄宗的特别赏识。安史之乱，李龟年流落江南，每遇良辰美景，常为人唱几首天宝年间流行的乐曲，如“红豆生南国，秋来发几枝。劝君多采撷，此物最相思”，“清风明月苦相思，荡子从戎十载余。征人去日殷勤嘱，归雁来时数附书”，满座闻之无不掩面而泣。杜甫少年时曾在洛阳听过李龟年的歌，大历五年（770）暮春，又在潭州（今湖南长沙）相遇，聆听李龟年歌曲，情不自禁，遂作此诗。

岐王，指李范，玄宗弟，好学工书，雅爱文章之士。岐王宅，在东都洛阳尚善坊。崔九，指崔涤，排行九。此人多辩智，诙谐幽默，素与玄宗亲近，常常出入宫廷，与诸王侍宴，从不让席，有时候座次还在玄宗兄长宁王李宪之上。李范和崔涤，都卒于开元十四年（726）。

此诗开篇赞美李龟年是当时的著名音乐人，很受朝廷王公贵族的喜爱，经常出入岐王李范、殿中监崔涤的宅第。“寻常见”“几度闻”，说诗人自己与李龟年早就相识，且交情颇深，经常在王公贵族的宴会上相逢。这两句，是追忆往昔，间接写出当时太平之世的承平气象来。寻常，八尺为寻，二寻为常，即平常。后两句，感慨今日：正是江南暮春，杂花生树、草长莺飞、风景绝好之时，落英缤纷，又与李龟年劫后重逢了……老友相见，又在风景秀丽的江南，本应兴高采烈、喜不自胜，事实上并非如此。“好风景”是写江南暮春景色美好，其实也是用“新亭对泣”的典故。《世说新语·言语》记载：东晋南渡之后，“过江诸人，每至美日，辄相邀新亭，借卉饮宴”，周顗（yǐ）感叹：“风景不殊，正自有山河之异。”诸人“皆相视流泪”。“落花时节”表面意思是指暮春江南“好风景”，深层意思则是大唐盛世已然落幕，寄寓了深广的社会内容。诗人与朋友彼此衰老飘零，而社会衰败凋敝、生民流离失所，诗用“又”字，将过去与现在联结起来，今昔五十年的盛衰变化，尽在此一字之中。

作为宫廷供奉音乐人，李龟年是盛唐的代表，他属于唐玄宗，属于开元天宝那个非同凡响的盛世；而安史之乱葬送了一切，社会衰败动乱，民不聊生，代表那个盛世的李龟年，竟然也离开宫廷，离开长安，流落到了荆楚之地的潭州（今湖南长沙）。杜甫何尝不是呢？从长安流寓西南，又至潭州，饱经忧患，艰辛备尝，偶然与李龟年相逢，大有“同是天涯沦落人”的感慨！因而，“落花时节又逢君”一语，欲言又止，无限感慨，尽在不言之中；也可以说，诗人将其万端感喟全部浓缩于“落花时节又逢君”七字之中，使得语尽情遥，余音袅袅，韵味无穷。这首诗，与杜甫《观公孙大娘弟子舞剑器行》一诗意思相同，“今昔盛衰之感，言外黯然欲绝，见风韵于行间，寓感慨于字里”（黄生《杜诗说》），言情在笔墨之外，悄然数语，说尽了一篇《琵琶行》的意旨。后来，刘禹锡“休唱贞元供奉曲，当时朝士已无多”（《听旧宫中乐人穆氏唱歌》）之深婉情韵，温庭筠“钿蝉金雁皆零落，一曲《伊州》泪万行”（《弹筝人》）之哀婉格调，也未必能够如杜甫此诗之超妙。因而，此诗可称为千秋绝调。蘅塘退士评此诗曰：“世运之治乱，年华之盛衰，彼此之凄凉流落，俱在其中，少陵七绝，此为压卷。”

韦应物

滁州西涧

独怜幽草涧边生，上有黄鹂深树鸣。春潮带雨晚来急，野渡无人舟自横。

宋代惠洪《冷斋夜话》卷一记载了一个有趣的故事：某官员欲渡江赴任，一连七天大风不止，波涛汹涌，无法渡江。当地父老说：“你行囊中一定有宝物。此地江神极灵，应该献上宝物，才能平安渡江。”此人检视行囊，值钱的唯有一只白玉柄的麈尾（拂尘），即献之江神。然而，大风如故。又以行囊中的端砚献之，江风反而更大了。又以一顶华丽的帐子献上，都不灵验。再检视行囊，也只有一柄扇子，乃黄庭坚草书的韦应物诗：“独怜幽草涧边生，上有黄鹂深树鸣。春潮带雨晚来急，野渡无人舟自横。”此人把玩扇子，恍惚之际曰：“我犹不识，鬼宁（难道）识之乎？”遂献之于江神，香火未灭，竟然风住天晴，“天水相照，如两镜展对，南风徐来”，遂挂帆行船，一会儿就渡江而去。由此故事，可见韦应物此诗和黄庭坚书法美，竟然深为鬼神所赏识。

此诗正是韦应物的《滁州西涧》。德宗兴元元年（784）冬，韦应物罢滁州刺史，闲居滁州西涧。此诗当为贞元元年（785）春所作。诗人于贞元元年元日作《岁日寄京师诸季端武等》，感慨于岁月易逝，与兄弟离散，各处一方，有曰：“献岁抱深恻，侨居念归缘。常患亲爱离，始觉世事牵。”回忆自己来滁州任职，离任之后，因事而留居于此地：“少事河阳府，晚守淮南壖。平生几会散，已及蹉跎年。昨日罢符竹，家贫遂留连。部曲多已去，车马不复全。闲将酒为偶，默以道自诠。听松南岩寺，见月西涧泉。”《明一统志》卷一八“滁州”：“西涧，在州城西，俗名乌土河。”

诗题为《滁州西涧》，摹写滁州西涧风景。“独怜幽草涧边生，上有黄鹂深树鸣。”首二字“独怜”——特别地喜爱，引领全诗，既包涵诗中景象，也指由此而构成的意境。诗人深深地为滁州西涧之美丽风光所吸引，情不能自已。自生自灭、碧绿如洗的青草，长满山涧，一派蒙茸，茂密树丛的浓荫里，时时传来黄鹂清脆悦耳的啼鸣。

何良俊《四友斋丛说》卷三六：“韦苏州《滁州西涧》诗，有手书刻在太清楼帖中，本作‘独怜幽草涧边行，尚有黄鹂深树鸣。春潮带雨晚来急，野渡无人舟自横。’盖怜幽草而行于涧边，当春深之时黄鹂尚鸣，始于情性有关。今集本与选诗中，‘行’作‘生’，‘尚’为‘上’，则于我了无与矣。其为传刻之讹无疑。”何氏所论，未必切当。“幽草涧边生”，谓无边无际，弥漫于山涧的碧绿青草，生机勃勃，欣欣向荣；暮春时节，浓荫蔽日，不见黄鹂之身形，只闻黄鹂清脆悦耳之啼鸣，真是大自然的天光物态、自由自在的生命力之彰显。虽不写人，然而却是人眼中所见所闻，真切得当，不必以“行”字来加入“人”的踪迹。而且“上有黄鹂深树鸣”，谓只闻其声、不见其形，突出黄鹂悦耳动听的啼鸣声。而且，“上”字分出天地之层次：青草遍地，黄鹂啼鸣于高处，构成一个立体的世界。黄鹂清脆悦耳的啼鸣声，彰显山涧之幽静美好，以动写静；以“有”字和“深树”，透露出整个环境的深幽、寂静，只是从密林深处偶尔传来那么一两声清脆流美的黄鹂啼叫声，极其有生意。“尚有”乃谓还有、尚且有，太滞实，全然没有春天万物勃兴、生命强韧的天真意趣。而且，这个手书未必是韦应物所写，可能是后世书家所写，因此不可以据此就断定为“行”为“尚”。

“春潮带雨晚来急，野渡无人舟自横。”黄昏，山涧溪流潮水奔涌，来势格外急促，那是因为下起阵阵春雨，水流暴涨；郊野的渡口，许久无人过河，小舟无人，只管横斜飘荡于波涛汤汤的水面上。三四句转而写黄昏西涧降雨之景。“春潮带雨晚来急”，乃是骤雨忽降，遂使涧水涨溢，然而诗人强调涧水涨溢奔涌，乃是春雨普降所致，描摹带有明显动态的景象。春雨骤降，涧水涨溢奔涌，其势如潮；风助雨势，急促有力，诗人的心境显然并不平静。“野渡无人舟自横”，强调在风雨飘摇、水流暴涨的河面上，一只孤零零的渡船，无人管束，随意地飘浮在河上。风雨急骤，野涧少行人，渡船在风吹浪涌中，横斜船身，飘荡于水面上，诗人所要表现的是在那种急促动荡的环境中，所呈现出的寂静与悠然，是一种宁静的天光物态。此一联影响深远，宋人寇准《春日登楼怀归》：“野水无人渡，孤舟尽日横。”史达祖《绮罗香·咏春雨》：“还被春潮晚急，难寻官渡。”皆是从此化出。

此诗是纯粹写景状物，还是别有寄托？见仁见智，各有其说。南宋末年的谢枋得说：“幽草而生涧边，君子在野，考槃之在涧也。黄鹂而鸣于深树，小人在位，巧言之如流也。潮水本急，春潮带雨，其急可知，国家患难多也。晚来急，危国乱朝，季世末俗，如日色已晚，不复光明也。野渡无人舟自横，宽闲之野，寂寞之滨，必有济世之才，如孤舟之横野渡者，特君相不能用耳。”（《注解章泉涧泉二先生选唐诗》卷一）这是经历了南宋灭亡之痛的谢枋得，深感时事之不可为，朝廷远弃贤人，信用奸小，伤心人别有怀抱而发出的酸楚苦涩之感触。

清代王尧衢说：“‘独怜幽草涧边生’，言西涧之幽，芳草可爱，我独怜之，而散步至此。‘尚有黄鹂深树鸣’，春虽暮矣，尚有黄鹂深树里啼啭，物情尽堪留恋。‘春潮带雨晚来急’，此时春水泛滥，雨后之潮，晚来更急。‘野渡无人舟自横’，春雨水涨，渡头过渡者稀少，故有无人之舟，因水泛而自横耳。此偶赋西涧之景，不必有所托意也。”（《唐诗合解笺注》卷六）以为此诗仅仅写景，别无寄托。

就实际而论，此诗写景状物，真切深婉，既系于风光物象，又不滞实，具有极大的包孕性，有较大的理解空间。不同心境、不同年龄的读者，当会有不同的理解与认识，不必强求。苏轼说：“论画以形似，见与儿童邻。赋诗必此诗，定非知诗人。”（《书鄢陵王主簿所画折枝二首》其一）诗歌形象生动，空灵蕴藉，应该有多样的理解，诗无达诂，信然。

张　继

枫桥夜泊

月落乌啼霜满天，江枫渔火对愁眠。姑苏城外寒山寺，夜半钟声到客船。

现今，苏州旅游有一个重要内容——听寒山寺夜半钟声。而这一习俗，流传千百年，竟然是由唐代诗人张继的一首诗《枫桥夜泊》所引起的。诗题一作《夜泊松江》或《夜泊枫桥》。枫桥，又名封桥，在苏州阊门外十里枫桥镇。桥跨大运河，西有寒山寺。杜牧《怀吴中冯秀才》："唯有别时今不忘，暮烟疏雨过枫桥。"张继，字懿孙，襄州（今湖北襄阳）人，郡望南阳（今河南南阳）。天宝十二载（753）进士，安史之乱时，避居江南。张继为人自矜气节，素怀大志。工诗文，诗情爽激，风格清迥。高仲武《中兴间气集》说："其于为文，不雕自饰。及尔登第，秀发当时。诗体清迥，有道者风。如'女停襄邑杼，农废汶阳耕'，可谓事理双切。又'火燎原犹热，风摇海未平'，比兴深矣。"此诗大概作于肃宗至德年间张继避居江南时。

此诗抒写夜晚泊舟于苏州城外的枫桥水岸，以及对江南水乡泽国秋夜美景的深切感受。首句"月落乌啼霜满天"，以三种意象——月落、乌啼、霜满天，突出秋天江南水乡宁静幽美的景象。一弯新月升起得早，夜半即落下；月落之后，天际仅有一派灰蒙蒙的光影；因这落月的变化而引起栖息的乌鸦几声啼鸣；夜半时分，寒意更浓，似乎弥漫天地间的寒霜都集中到这一叶孤舟上的未眠人的身上了，霜寒砭人肌骨，乃非常真切的感受。诗人将这三个意象，随时间的推移而依次展开，这也是诗人真切感受的完整过程，遂将秋夜江南水乡的幽寂清冷以及孤旅漂泊者的形影相吊的寂寥感受融为一体。

次句“江枫渔火对愁眠”，仍然以三个意象——江枫、渔火、对愁眠，展现枫桥夜泊的独特景象。白日所见江边枫树，深秋时节已然是一派绯红，然而入夜之后，只是隐隐约约的江边暗影，看得不甚分明——“湛湛江水兮上有枫，目极千里兮伤春心”（宋玉《招魂》），“枫落吴江冷”（崔信明诗句）；透过茫茫霜气，江面上的几点闪烁的渔火，令人注目，有些许的温暖，似乎与这一叶孤舟上的无法入眠的旅人，相守护，相对谈。“江枫”沉静、黯淡，“渔火”跳跃、鲜亮，一静一动，一在岸边，一在江面，构成强烈的对照，启人情思，引起无限遐想。“对愁眠”，诗人所要展现的正是苍茫广阔的境界中，旅人的清冷孤寂和对这江南秋景的深切感受，以及情与景的交融。

在密集的意象展现之后，诗歌则以极为舒缓的流水对的体势，“姑苏城外寒山寺，夜半钟声到客船”，抒写夜泊姑苏城外枫桥，卧听寒山寺悠扬的钟声。姑苏，苏州别称，因城西南姑苏山而得名。寒山寺，在今苏州西枫桥镇。初建于梁代，本名妙利普贤明塔院，又名枫桥寺。传说唐初诗僧寒山和拾得二人，从天台国清寺移居于此，故称寒山寺。《山海经·中山经》曰：“（丰山）有九钟焉，是知霜鸣。”郭璞注：“霜降则钟鸣，故言知也。”可见，霜与钟声，本为就有内在的联系。此二句意谓，夜半时分，姑苏城外寒山寺，响起疏越而悠扬的钟声，穿林渡水，传到停泊于江岸的那一叶孤舟上，似乎专门来慰藉这形影相吊、孑孓一身的旅人，声声叩击其心扉，给其温暖与关爱。因而这寒山寺的夜半钟声，就带有古雅庄严之感，从而创造出情景交融、含蕴深远的诗歌境界。

此诗的前二句，以密集的意象，主要从视觉和触觉来展现枫桥夜泊的幽美与宁静，而后二句则以疏越的诗句，主要从听觉来刻画寒山寺悠扬的夜半钟声，突出江南水乡特有的清寂与空阔，将一系列的意象，如月落、乌啼、霜天、江枫、渔火、一弯新月、一叶孤舟、清寂旅人、姑苏城、寒山寺、夜半钟，皆统一在朦胧、清寂的氛围中。尤其是那夜半的疏越钟声，增添了诗歌的灵动，突出了江南水乡秋夜的幽美。

韩翃

寒食

春城无处不飞花，寒食东风御柳斜。日暮汉宫传蜡烛，轻烟散入五侯家。

寒食节，在清明前二日。《荆楚岁时记》曰："去冬节（冬至日）一百五日，即有疾风甚雨，谓之寒食。禁火三日是，造饧大麦粥。"寒食节及禁火之俗，起源甚早。晋人陆翙《邺中记》记载：晋公子重耳出亡在外十九年，介之推一直追随左右，不离不弃。一次，行于荒野，没有食物，重耳饿得发昏，介之推割股肉煮汤，献给公子重耳充饥。重耳返国后，即位为晋文公，重赏群臣，却忘记了介之推。介之推耻言其功，遂带老母避居绵山。晋文公重耳得知介之推耻言功劳，功成身退，很惭愧，遂一路追寻。得知介之推避居绵山，百般呼唤寻觅，介之推就是不答应。晋文公遂下令焚山，想把介之推逼出来。孰料介之推母子二人，抱柳树而不出，最终被烧死了。晋文公为悼念介之推，乃禁止在此日生火，只准吃冷食。后来遂演变为习俗，于冬至后越一百零五日始禁火，吃冷饭，故称寒食。寒食三日之后，重新用火，称赐火。清明节用新火，乃唐代习俗。《唐会要》卷二九《节日》曰："天宝十载三月敕……自今以后，寒食并禁火三日。"杜甫《清明》"朝来新火取新烟"，即指此事。贵族与内官由皇帝赐新火，以示优宠，韦庄《长安清明》曰："内官初赐清明火。"

此诗乃韩翃之名篇，脍炙人口。首二句"春城无处不飞花，寒食东风御柳斜"，乃长安景象，是诗人身处帝都长安的切身感受以及所见所闻。暮春时节，帝都长安繁荣富丽，生机勃勃，处处皆春，漫天的柳絮，上下翻飞，将骀荡的春意，撒满人间；正是寒食节，御道上的行行柳树，微风吹拂，长条斜舞，婀娜多姿。诗人将长安称为“春城”，其特色乃“无处不飞花”；寒食节，春风轻拂，御道边柳树青翠，长条斜舞，因而诗中的“飞花”，实为漫天飘飞的柳絮。诗人准确而传神地把握了帝都长安春日的景象。“寒食”不但点题，而且点明时令；“东风”既是漫天飘飞的柳絮的助力，也是御道边柳树长条轻斜起舞、摇曳生姿的缘由，颇为传神地摹写出帝都长安春天的繁华与热闹。而“御柳”也与后二句之“汉宫”暗接。

后二句“日暮汉宫传蜡烛，轻烟散入五侯家”，乃抒写帝都长安之事。汉宫，此处借指唐宫。《唐辇下岁时记》：“清明日取榆柳之火以赐近臣。”元稹《连昌宫词》：“初届寒食一百六，店舍无烟宫树绿……特敕街中许燃烛。”五侯，《汉书·元后传》：河平二年（前27），汉成帝同一天分封诸舅为侯：王谭平阿侯，王商成都侯，王立红阳侯，王根曲阳侯，王逢高平侯，世谓之五侯。又，《后汉书·宦者传》：宦官灭权臣外戚梁冀，汉桓帝分封宦官单超新丰侯，徐璜武原侯，具瑗东武阳侯，左悺上蔡侯，唐衡当阳侯。五人同时封侯，世亦称五侯。“自是权归宦官，朝政日乱矣。”此处泛指朝廷权贵之家。此二句摹写寒食节禁火寒食，然而权贵之家受到皇帝的特别恩宠，黄昏时分，从宫中传出蜡烛，依次给近侍显宦、达官贵人送去新火，那新火之烟轻盈地飘荡在贵戚之家。“传蜡烛”有依次传递，先是近侍显宦、达官贵人，然后再是一般官吏，乃至百姓之家。中唐窦叔向《寒食日恩赐火》：“恩光及小臣，华烛忽惊春。电影（指火种）随中使，星辉拂路人。幸因榆柳暖，一照草茅贫。”写得正是寒食后，皇帝赐新火，由贵臣而依次至于民间的过程。沈德潜说：“烛以传火。清明日取榆柳之火赐近臣，此唐制也。五侯，或指王氏五侯，或指宦官灭梁冀之五侯，总之先及贵近家也。”（《重订唐诗别裁》卷二〇）

此诗颇具形象性，描绘帝都长安寒食节的景象与习俗。首二句渲染寒食节长安城的热闹与繁花景象。后二句以时序来抒写，暮色苍茫时，宫中宦官骑着高头大马传送新火，赐予近臣显宦。新火之袅袅轻烟，飘荡于权贵之家，特承恩宠。此诗作年不详，当作于诗人留居长安之时。有研究者以为，此诗作于天宝年间。韩翃天宝十三载（754）进士及第，其时贵妃杨玉环兄妹五家，豪贵荣盛，莫之能比，因而借汉代五侯以喻指，“即赐火一事，而恩泽沾于戚畹，非他人可望。其余赐予之滥，又不待言矣。寓意远，托兴微，真得风人之遗”（贺裳《载酒园诗话又编·韩翃》）。或以为此诗作于德宗建中初年，时韩翃在长安，“唐之亡国，由于宦官握兵，实代宗授之以柄，此诗在德宗建中初，只‘五侯’二字见意，唐诗之通于《春秋》者也。”（吴乔《围炉诗话》卷一）应该说，诗人创作此诗，着力摹写渲染帝都长安寒食节之景象与情事，并未刻意求深，然而诗中客观摹写的意象，远远超出形象本身，其含蓄且富于韵致的境界，无意间传达出委婉讽谏之意，骨气高妙，托讽深远，洵为一首佳作。

刘方平

月　夜

更深月色半人家，北斗阑干南斗斜。今夜偏知春气暖，虫声新透绿窗纱。

刘方平，河南（今河南洛阳）人，排行八，生卒年不详，白皙且美容仪，二十岁即工词赋，高尚不仕，与李颀、皇甫冉等交游，诗酒酬唱。刘方平出生世家贵胄，其父刘微，官吴郡太守、江南采访使。刘方平善画山水，用墨灵妙，工诗，多悠远之思，默会风雅，故能脱略世故，超然物外。李颀《送刘方平》曰：“绮纨游上国，多作少年行。二十工词赋，唯君著美名。童颜且白皙，佩德如瑶琼。荀氏风流盛，胡家公子清。有才不偶谁之过，肯即藏锋事高卧。”皇甫冉《寄刘方平》称赏其品性高洁，隐居不仕：“坐忆山中人，穷栖事南亩。烟霞相亲外，墟落今何有。潘郎作赋年，陶令辞官后。达生遗自适，良愿固无负。”令狐楚编选《元和御览诗》录刘方平诗十三首，《月夜》和《春怨》皆被选录。

此诗题一作《夜月》，描摹春天月夜之宁静、美好，感知扑面而来的春之气息，彰显大自然的勃勃生机和天机意趣。首句“更深月色半人家”，半人家，即月色映照着人家房屋的一半，暗示夜半时分已过，明月渐渐西沉，月光斜照之景象。夜已深沉，明月渐渐西沉，月光斜照着人家的一半房屋，另一半笼罩在暗黑的光影之下，呈现出明暗相映衬的景象。事实上，这明暗的对照，衬托出月夜的宁静祥和，略带着一点神秘。次句“北斗阑干南斗斜”，阑干，横斜的样子。曹植《善哉行》：“月没参横，北斗阑干。”北斗七星，春天时斗柄指向东方，故称“阑干”——横斜天际。南斗，即斗宿，有星六颗，在北斗星以南，形似斗，故称。此句一方面暗示春天时节，另一方面抒写月朗星稀，唯有北斗和南斗星显得比较明亮。诗人有很高的绘画才能，构图设色之本领极为出色，“墨妙无前，性生笔先”（皇甫冉《刘方平壁画山水》），诗人描摹人间屋宇之半明半暗的光影对照，又将视野引向天际——北斗、南斗横斜，天空广袤无垠，碧海青天，与人间世界形成一个整体，不可分割，又略带神秘而令人向往。三四句“今夜偏知春气暖，虫声新透绿窗纱”，诗人不是写月夜之寂静，而是要于宁静美好中，彰显那扑面而来的春之气息、大自然的勃勃生机和生命之美好与神秘。夜深人静，最宜于感知：诗人听闻到清脆、欢快的虫鸣声，透过美丽的绮窗、薄薄的绿纱传进来，才猛然醒悟，原来已是春天，即使更深夜静，那大自然所勃发的温暖春气，无论如何也阻挡不住的啊。这是诗人思绪的逻辑顺序。然而在诗的表述上，诗人却先叙写“偏知春气暖”，而后再说透过纱窗传来的虫鸣声。“新透”暗示初春，惊蛰之后复苏的虫儿放声吟唱，于耳畔悠扬回响。此句置于诗末，有悠悠不尽之情，诗味隽永。诗人灵心秀句，把握物候已至，春意盎然，其敏锐的感悟力，独特而细腻，真是心与境会，堪称神妙。此诗写景优美，写意深微，含情于言外，令人回味无穷。

春　怨

纱窗日落渐黄昏，金屋无人见泪痕。寂寞空庭春欲晚，梨花满地不开门。

此诗为宫怨，作年不详。唐汝询《唐诗解》卷二八曰：“一日之愁，黄昏为切；一岁之怨，春暮居多，此时此景，宫人之最感慨者也。不忍见梨花之落，所以掩门耳。”颇能把握此诗之情感意脉，可惜太简略，需要进一步地详细说解，以体悟诗人的艺术表现力和诗歌所呈现出来的新转向。

首句“纱窗日落渐黄昏”，摹写一个动态的过程：女子透过纱窗，痴痴地望着太阳渐渐西沉下去，直至黄昏。这是一个漫长而无聊的过程，彰显其孤寂无聊、心绪不佳的情态。透过窗纱，太阳渐渐西沉，日暮黄昏时分，黯淡越来越深地笼罩着室内。窗外是“日落渐黄昏”，落日镕金，凸显天地之广大，而室内却是空寂黯淡，无所事事；而一个“渐”字，极具表现力，有着丰富的内涵，既彰显出时间的推移之漫长过程，也透露出女子在空寂、清冷的环境中的艰难与无聊，黄昏时分越来越深的夜色，更加强了女子的幽独与寂寞的虚无感，以及深重的窒息感。

次句“金屋无人见泪痕”，金屋，用汉武帝刘彻金屋藏娇的典故。金屋，可见女子曾承恩宠；而今“无人”光顾，可见其失宠。那个曾经的金屋，充满了过去承宠欢乐的回忆，更是而今冷落寂寞的见证；因而“见泪痕”遂说透了女子长久以来，以泪洗面的悲苦。泪痕斑斑，不是新失宠，而是失宠已久，金屋再也不曾被临幸，被光顾。另一方面，泪痕却“无人见”，可见那个失宠的女子也只有自己独自默默地品尝着孤寂与悲苦，而生命华年，也就徒然流逝矣。女子的身世之悲，哀怨之情，于此表现无余了。

三四句“寂寞空庭春欲晚，梨花满地不开门”，正面抒写“春怨”。大地回春，和风骀荡，百花盛开，春光明媚，莺歌燕舞，欣欣向荣，然而这个寂寞庭院，似乎春天未曾光顾，即使来临，也是那样地迟缓，却又匆匆离去：满地飘落的洁白梨花，是春之逝去的见证，也是那失宠女子青春年华和生命在寂寞中流逝的象征啊！这两句，非常形象而充分地展示了女主人公的处境与命运，“不开门”三个字，正是对“空庭”的抒写，也是对“金屋无人”的补充。诗人将多重意象叠加，强化诗意的表达：从一隅窗纱，凝望白日西沉、天际云霞，反衬那一隅窗纱之内的屋宇的沉黯与孤寂；以“金屋”而写其曾经的承宠欢乐与热闹，以“无人”而摹写如今的失宠与寂寥，更以“泪痕”之无人见，强调其内心的悲凉与凄苦；说“寂寞”，又写“空庭”，更说“春欲晚”——是被春天遗忘之处，正应和了女子的失宠；而“梨花满地”，无人过问，以落花比喻，不敢放任幽怨，以不怨而写怨，怨情自见，事实上乃春之即将逝去，也正是失宠女子孤寂与悲苦的象征，是对青春生命徒然流逝的悲叹；而“不开门”与前文之“金屋无人”相映衬，深切地渲染其孤寂与幽独，暗示其无奈的命运以及内心深长的哀怨和无可奈何的意绪，将“春怨”之意旨，摹写到极致。这类诗歌，往往是诗人借女子失宠之怨情，自抒抑郁不平，当别有怀抱。此诗大概是刘方平不遇于时之叹。

柳中庸

征人怨

岁岁金河复玉关，朝朝马策与刀环。三春白雪归青冢，万里黄河绕黑山。

柳中庸，名淡，字中庸，生卒年不详，蒲州虞乡（今山西永济）人，乃柳宗元族人。曾师事著名学者、文学家萧颖士，得萧氏赏识，以女妻之。安史之乱爆发，避乱江南。柳中庸宦情淡薄，被授洪州户曹参军，未赴任。大历中，与颜真卿、皎然等唱酬，与李端、陆羽等友善。《全唐诗》录其诗十三首，多征戍、闺怨之作。《征人怨》乃柳中庸一篇名诗，作年不详。

首句“岁岁金河复玉关”，金河，又名金川，今名大黑河，流经内蒙古中部，在托克托县境入黄河。隋大业年间，炀帝曾溯此河会晤突厥可刊。唐置金河县，属单于大都护府管辖。玉关，即玉门关，在瓜州晋昌郡北。汉代玉门关，在沙州敦煌郡西北。“岁岁”，谓时间之长久，绵延不断，无有尽时。“金河复玉关”，谓边塞地点之频繁转移，总在边塞之上。“复”字，强调忽而此地，忽而彼地之奔波。此句谓，年年岁岁，出征之人频繁地奔波于边塞之上，从西北边关，到北部要塞，没有消歇之时，疲于奔命，苦不堪言啊。

次句“朝朝马策与刀环”，马策，马鞭。刀环，刀头的环，指大刀。《汉书·李陵传》：“（任）立政等见陵，未得私语，即目视陵，而数数自循其刀环，握其足，阴谕之，言可归还也。”环、还同音，后因以“刀环”为“还归”的隐语。高适《入昌松东界山行》：“王程应未尽，且莫顾刀环。”杜颜《从军行》：“夜闻汉使归，独向刀环泣。”此处用“刀环”指代大刀，同时也暗寓还归之意。此句谓，长期的戍守、征战，天天与马鞭、大刀为伴，然而征战不已，未有还家之期啊。“刀环”语义双关。

三句“三春白雪归青冢”，青冢，汉王昭君墓，在今内蒙古呼和浩特市南。墓外苦寒草白，唯昭君墓上草色独青。杜甫《咏怀古迹》其三：“一去紫台连朔漠，独留青冢向黄昏。”此句谓，边塞苦寒，三月阳春天气，往往白雪纷飞，纷纷扬扬，飘落在青冢之上。

四句“万里黄河绕黑山”，黑山，又名杀虎山，在今内蒙古呼和浩特市东南，青冢附近。《木兰辞》：“旦辞黄河去，暮宿黑山头。”滔滔黄河，曲折蜿蜒，万里奔腾，萦绕黑山，正似愁肠九转。

此诗题《征人怨》，诗中未明言怨情，而怨意深切。首句劈空而来，摹写征人转战边塞，纵横千万里，距离之遥远，奔波之辛苦，又以年年岁岁之时间上的长久、无有尽时，彰显其戍守和征战的艰苦。次句抒发征戍生活的艰苦与单调，天天与马鞭、战刀相伴，然而空对刀环，却无有归期，徒唤奈何！“岁岁”“朝朝”叠字，暗寓征人征战不已、疲惫不堪之情状。第三句乃时间上的抒写，特写春天边塞常见之景象，内地春光明媚，天气和暖，杂花生树，莺歌燕舞，而塞外苦寒，往往大雪纷飞，白茫茫一片，唯有昭君之青冢，尚有一点青色。暗寓皇恩难到边塞，征人如同昭君青冢一样，被世人遗忘了。末句乃空间上的展现，从更阔大处着墨，将写实与想象相结合，描绘万里黄河，滔滔奔流，曲折蜿蜒，却始终山环水绕——既是征人从西北转战北方边塞万里征程的写实与体验，也暗喻征人即使征战得再遥远，却如同黄河萦绕黑山一样，始终不离边塞，无法远离荒凉苦寒与寂寞艰辛，心中怨抑之情，溢于言外。

此诗四句皆对仗，极为工整，而且句中对偶，颇为恰切，如“金河”对“玉关”，“马策”对“刀环”，“白雪”对“青冢”，“黄河”对“黑山”，通过色彩的使用，形象鲜明的对照，构成一幅色彩鲜明而又凄凉怨抑的图画，刻画出征人持刀策马、疲惫不堪，奔波于广袤而苍凉边塞的形象。全诗自然流走，一气浑成，不着一个“怨”字，而怨抑之情溢于言外，确有象外之致、言外之意，是一首难得的佳作。

顾　况

宫　词

玉楼天半起笙歌，风送宫嫔笑语和。月殿影开闻夜漏，水精帘卷近秋河。

顾况（约727—约816），字逋翁，自号华阳山人，排行十二，苏州海盐（今浙江海盐）人。唐肃宗至德二载（757）进士。顾况乃唐代颇具传奇性的人物，生性诙谐机智，工诗，长于歌行，注意诗的现实意义，对元稹、白居易的新乐府运动有启迪作用。顾况擅长绘画，是中唐兴起的泼墨山水传人，曾任盐官、幕府判官，入朝为大理寺司直、秘书省著作佐郎，贬饶州司户参军；又为道士，隐居茅山，仙风道骨，为人所仰慕。当时宰相欲招至，命以好官，顾况以诗答之曰："四海如今已太平，相公何事唤狂生。此身还似笼中鹤，东望沧溟叫数声。"（李绰《尚书故实》）著名文学家皇甫湜幼年时曾在扬州见过顾况，留下了深刻的印象："湜为童子见君扬州孝感寺，君披黄衫，白绢鞳头，眸子瞭然，炯炯清立，望之真白圭振鹭也。既接欢然，以我为扬雄、孟子，顾恨不及见三十年于兹矣。知音之厚，曷尝忘诸？"（《唐故著作佐郎顾况集序》）

相传，顾况在洛阳时，乘兴与二三好友游览，坐于小溪岸边休憩。而小溪流经宫苑，溪上有梧桐叶漂流，其中一叶上有诗，曰："一入深宫里，年年不见春。聊题一片叶，寄与有情人。"次日，顾况亦诗于梧桐叶上，放于小溪上游，随流水漂入宫苑。诗曰："花落深宫莺亦悲，上阳宫女断肠时。帝城不禁东流水，叶上题诗欲寄谁？"十多天之后，有人踏春时，在溪水上拾得梧桐叶上题诗，以示顾况。诗曰："一叶题诗出禁城，谁人酬和独含情？自嗟不及波中叶，荡漾乘春取次行。”（孟棨《本事诗·情感第一》）可见，顾况对宫中女性的关注，由来已久。这首《宫词》，原题为《宫词五首》，所选为第二首。

首句“玉楼天半起笙歌”，玉楼，华美楼阁，此处指宫中之楼阁。天半，如在半天之上，极言玉楼之高。笙歌，合笙之歌，亦谓吹笙唱歌。《礼记·檀弓上》：“孔子既祥，五日弹琴而不成声，十日而成笙歌。”王维《奉和圣制十五夜然灯继以酬客应制》：“上路笙歌满，春城漏刻长。”此处泛指奏乐唱歌。此句意谓，华丽之高楼，高耸入云，挺立于半天之际，传来悠扬而热闹的奏乐唱歌声。白居易《长恨歌》之“骊宫高处入青云，风飘仙乐处处闻”，描摹的正是这样的情景。

次句“风送宫嫔笑语和”，宫嫔，此处指宫中嫔妃。此句进一步抒写“玉楼天半起笙歌”的情景：和煦的晚风吹拂，送来那半天玉楼上得宠嫔妃的欢歌笑语声。“笑语”而以“和”字描摹，可见其得恩宠而娇的情态。和，一方面指歌声与笑语声相杂，一方面指笑语之欢乐、得意、畅适以及与君王的琴瑟相和。

第三句“月殿影开闻夜漏”，月殿，指月亮。传说月中有广寒宫，故称。梁简文帝《玄圃园讲颂序》：“风生月殿，日照槐烟。”李咸用《雪》：“高楼四望吟魂敛，却忆明皇月殿归。”夜漏，夜间的时刻。漏，古代滴水计时的器具。《周礼·春官·鸡人》：“大祭祀，夜呼旦以叫百官。”郑玄注：“夜漏未尽，鸡鸣时也，呼旦以警起百官，使夙兴。”韦应物《骊山行》：“禁仗围山晓霜切，离宫积翠夜漏长。”此句谓，夜已深，月亮悄然西坠，宫殿里的阴影扩展开来，万籁俱寂，能够听见夜漏计时的滴滴答答的滴水声。

末句“水精帘卷近秋河”，水精，即水晶。秋河，秋日夜晚天际明朗的银河。此句谓，百无聊赖的宫中女子，耿耿长夜，无法安眠，遂卷起水晶帘，凝望天空：朗月西坠，银河横斜天际，似乎离地面很近，能够听见银河哗哗的流水声。

此诗写宫怨，却未见“怨”字。以玉楼的笙歌笑语，对比女主人公的孤独冷落。首二句描写承恩宠者之欢乐与笑语：玉楼天半，可望而不可即，微风吹拂，从天际传来阵阵的欢歌笑语，是那样地和美、和谐、欢快，亦体现出承恩侍宠者的得意与娇美。玉楼天半，既是空间上的距离，更是心理上的距离——遥不可及，反衬出这个宫中女子被遗弃、冷落的悲惨境地。后二句，转而写这个宫中女子的处境及心理感受：处于冷宫寒殿，形影相吊，眼巴巴地望着那天半的玉楼，听闻笙歌笑语，最终笙歌笑语都已消歇，夜已深沉，明月悄然西坠，月光斜照，宫殿巨大的阴影扩展开来，竟然形成明暗两个天地。这个宫中女子仍然无法入睡，遂卷起水晶帘，痴痴地凝望着横斜天际的银河，似乎能够听见银河哗哗的流水声。这是极空寂之时，才会有的巨大空虚感和银河近而人远的深切感受。第三句从明暗对照的视觉来抒写，末句则写宫中女子从冷宫寒殿的偏僻角落，卷帘而凝望天际银河，视野极开阔，从而彰显承恩宠者之欢乐得意，失意者之荒寒冷落、心境悲凉。此诗不言怨情，而怨情显露言外。

清人俞陛云曰："首二句言笑语笙歌，传从空际，当是咏骊山宫殿，故远处皆闻之。后二句但言风传玉漏，帘掩银河，而《霓裳》歌舞，自在清虚想象之中。此诗采入《长生殿》传奇，哀丝豪竹之场，至今传唱。作者兴到成吟，当不料千载下长留余韵也。""尝于《画史》中，见唐人所述《华清宫避暑图》。宫在骊山，迤逦而上，殿宇直达山巅。则此诗所言帘近秋河、影开，皆纪实而非虚拟。风飘弦管，远近皆闻，故有'天半笙歌'之语。"（《诗境浅说》续编）所说虽有未切当处，然亦有助益于对此诗的理解。

李　益

夜上受降城闻笛

回乐烽前沙似雪，受降城外月如霜。不知何处吹芦管，一夜征人尽望乡。

李益风流有辞藻，“往往鞍马间为文，横槊赋诗，故多抑扬激厉悲离之作，高适、岑参之流也”（《唐才子传·李益》）。明人徐献忠说：“君虞生习世纷，中遭顿抑，边朔之气，身所经闻。故从军出塞之作，尽其情理，而慕（当作‘幕’）散投林，更深遐思。古诗郁纡盘薄，姿态变出，自非中唐之致。其七言小诗，与张水部（张籍）作等，亦《国风》之次也。”（《唐诗品》）李益边塞诗颇富盛誉，当时有好事者绘为图画，播为乐曲，流传天下，如《从军北征》：“天山雪后海风寒，横笛偏吹行路难。碛里征人三十万，一时回首月中看。”脍炙人口。清末诗论家施补华以为：“‘秦时明月’一首，‘黄河远上’一首，‘天山雪后’一首，‘回乐烽前’一首，皆边塞名作；意态健绝，音节高亮，情思悱恻，百读不厌也。”（《岘傭说诗》）今天，我们就讲述李益“回乐峰前”这一首名诗。

此诗题为《夜上受降城闻笛》。受降城，唐景龙二年（708），中宗命张仁愿在黄河以北筑东、中、西三受降城，抵御突厥入侵。东受降城在今内蒙古托克托南，中城在今内蒙古包头市西，西城在今内蒙古杭锦后旗乌加河北岸。《旧唐书·张仁愿传》：“神龙三年，突厥入寇，朔方军总管沙吒忠义为贼所败，诏仁愿摄御史大夫，代忠义统众……仁愿请乘虚夺取漠南之地，于河北筑三受降城，首尾相应，以绝其南寇之路，中宗从之，六旬而三城俱就。以拂云祠为中城，与东西两城相去各四百余里。皆据津济，遥相应接，北拓地三百余里。于牛头、朝那山北，置烽候一千八百所。自是突厥不得度山放牧，朔方无复寇掠。”德宗兴元元年（784），“八月甲辰，以金吾大将军杜希全为灵州大都督，西受降城、天德军、灵盐丰夏节度营田等使。”（《旧唐书·德宗纪》）李益《从军诗序》曰：“迨贞元初，又忝今尚书（指杜希全）之命，从此出上郡、五原四五年，荏苒从役其中。虽流落南北，亦多在军戎。”西受降城，正是杜希全辖地。据此，此诗当作于李益在杜希全幕府之时。

“回乐烽前沙似雪，受降城外月如霜。”回乐烽，指西受降城附近的一个烽火台。前二句，摹写登临西受降城之所见，互文见义：回乐烽前，受降城下，平沙似雪，月色如霜。受降城外，大漠浩渺，广阔无垠，明月如霜，夜凉如水，极为广远凄清。大漠边塞，满地黄沙，诗人却说沙似雪，皆因夜上受降城，远观所望之景。诗人登上受降城楼，一切都笼罩在月色之下：远观，回乐烽前的沙地，在月光的照射下，沙子被月色染得像积雪一样，这样的颜色，不仅是洁白的，更因地处边陲而带上了寒意；近看，受降城外，月色散射，那皎洁的月色如霜雪一般，令人顿生寒意。一切景语皆情语，白沙、月光透出的冷色调，正是触发久戍未归的征人乡思之情的最典型的物象。无论是低头所见，还是放眼眺望，目之所及，白沙如雪，寒月似霜，皆是寒意，思乡念亲的意绪便这样缓缓地侵入征人的心头。

正在这情绪郁积、不可排遣之际，“不知何处吹芦管”，传来了芦管悠扬的声调，呜呜咽咽，如泣如诉，情何以堪——“一夜征人尽望乡”，久戍思归的征人，在这如霜月色、沙地如白雪的环境中，不禁依明月而怅望故乡啊！芦管，用芦苇做的吹奏乐器，也称芦笛，是胡人吹奏乐器的一种。白居易有《听芦管》：“幽咽新芦管，凄凉古竹枝。似临猿峡唱，疑在雁门吹。”可见其音调极为悲戚忧伤。“不知”两字，笛声幽然而起，不知何时、何处，然而时时惊心，处处入骨。万籁俱寂的深夜，凄清幽寒的边塞，传来了凄凉幽怨的芦笛之声，这便唤起了征人的望乡之情。“一夜”，时间之长；“尽”指人数之多；“不知”则将二者相统摄，显得摇曳生姿，一唱三叹，低回婉转，情韵不尽，写尽征人在无垠月色、悠扬芦笛声中的无限思乡深情。

此诗以清丽而洗练的笔触，从视觉上创造出月色如霜、白沙似雪的凄清寒凉的边塞夜景图，又从听觉上，以如泣如诉的悠扬芦管声，强化这凄清寒凉夜景的抒情氛围。诗人善于布局，前两句写的是色，用冷色调描绘出近前的回乐烽和更为广远的受降城外，由近及远，层次井然，无垠空旷和无尽冷寂，白雪一样的沙漠、寒霜一般的月光，砭人肌骨。第三句写声，在空旷的受降城的上空，那如泣如诉的芦管乐调，更显其空灵与浩渺无边际，透露出无限的幽怨，这乐调把所有守城将士的情感统统引向了同一个目的地——故乡。末句“一夜征人尽望乡”，乃是一特定景象之摹写，也是抒情，那早已郁积勃然的思乡意绪，不经意之间，自然而然地、无法遏制地流淌出来。

从色到声再到情，诗人有意地烘托与铺垫。由视觉到听觉，再到视觉，抒情如绵绵江水一般，把征人的乡思引入滔滔不绝的思乡洪流之中。前三句造景，为情蓄势，末句既是特写，更是抒情，倾泻而出。诗人就这样将景色、声音、感情融为一体，形成了一个完整的艺术整体，真可谓意境浑成。

当然，在经历了安史之乱后，李益的边塞诗受时代的影响，不再可能出现王昌龄边塞诗中的“黄沙百战穿金甲，不破楼兰终不还”“但使龙城飞将在，不教胡马度阴山”的豪放气概，更多地展现的是军中久戍的厌战情绪与思乡之情，这毕竟是时代赋予的气息。“对苍茫之夜月，登绝塞之孤城，沙明讶雪，月冷疑霜，是何等悲凉之境。起句以对句写之，弥见雄厚。后二句申足上意，言荒沙万静中，闻芦管之声，随朔风而起，防秋多少征人，乡愁齐赴，则己之郁伊善感，不待言矣。”（俞陛云《诗境浅说续编》）

刘禹锡

乌衣巷

朱雀桥边野草花，乌衣巷口夕阳斜。旧时王谢堂前燕，飞入寻常百姓家。

此诗乃《金陵五题》之一，其他四首为《石头城》《台城》《生公讲堂》《江令宅》，乃联章组诗。白居易特别喜欢这五首诗，吟赏不已，以为《石头城》之“潮打空城寂寞回”，乃千古绝唱，“吾知后之诗人，不复措词矣”——以为后来诗人无法超越了。乌衣巷，地名，三国吴时在此置乌衣营，因士兵皆穿乌衣而得名。东晋时，王、谢等望族皆居于此。故址在今南京秦淮河南。《晋书·纪瞻传》：“厚自奉养，立宅于乌衣巷，馆宇崇丽，园池竹木，有足赏玩焉。”长庆四年（824）夏，刘禹锡调任和州（今安徽和县）刺史，此诗即作于刘氏任职和州的两年期间。

首二句“朱雀桥边”与“乌衣巷口”对仗，“野草花”与“夕阳斜”对仗。朱雀桥，即朱雀桁，也称朱雀航，六朝都城建康（今南京）南城门朱雀门外的浮桥，横跨秦淮河上。三国吴时称南津桥，晋改名为朱雀桁，桁连船而成。宋人张敦颐《六朝事迹类编》卷上“朱雀航”曰：“晋咸康二年作朱雀门，新立朱雀浮航，在县城东南四里，对朱雀门。南渡淮水，亦名朱雀桥。《舆地志》云：吴南津大航桥也……《地志》云：朱雀门，北对吴都城宣阳门，相去六里，为御道，夹御沟植柳，自朱雀门南渡，出国门。”东晋王导、谢安等豪门大族多居于此地附近。朱雀桥边、乌衣巷口，乃六朝最为繁盛、热闹之地，车水马龙，熙熙攘攘，数百年兴盛，而今却是野草遍地，寂寞地绽放着不知名的野花，在夕阳的斜晖照耀下，显得那样荒凉破败啊。花、斜，都作动词——开花、斜照。以“野草花”——野草弥漫，野花盛开，突出地渲染朱雀桥边、六朝金粉的破败与荒凉冷落，以“夕阳斜”——夕阳斜晖照耀，乌衣巷口的甲第高门、王谢风流皆已不在，彰显其没落凄凉，极具象征意味，繁华鼎盛已然逝去，唯留有无限的感慨。

后二句“旧时王谢堂前燕，飞入寻常百姓家”，乃一关键，借燕子这一典型物象来彰显诗旨。六朝时，王、谢为世家大族。《南史·侯景传》：“（侯景）请娶于王、谢，帝曰：‘王、谢门高非偶，可与朱、张以下访之。’”后世遂以王、谢为高门大族的代称。此处的“王谢”，正是前二句所说之“朱雀桥边”“乌衣巷口”具体内容。寻常，普通，平常。后二句，是细节特写，诗人注目于巷中飞舞的燕子，想象这些燕子都曾是飞入王谢高门大族厅堂而作巢的，而今王谢衰微、湮灭于历史的长河中，不复存在，其故址旧地，变为普通百姓低矮的茅屋草舍，它们依然飞临，作巢客居，养育雏燕。燕子，实乃历史的见证者。诗人将今昔对比、物是人非的巨大历史沧桑感，全都寄寓在燕子身上。灵巧飞舞的燕子，承担了沉重的历史兴亡，既灵动又沉重，含有诗的美感与悠然不尽的历史感喟，显示刘禹锡高超的艺术创造力。

此诗前二句对偶工整，以地名巧对，又极富历史的内蕴，“野草花”“夕阳斜”是指现在的衰败，是“抚今”。后二句则以燕子贯串了历史与现实，将旧时王谢高门大族的兴盛繁华，与今日寻常百姓之家的茅屋草舍相联结，形成今昔对比，是“吊古”与“抚今”的融会，含蕴丰厚，回味无穷，确为一篇佳作。

春　词

新妆宜面下朱楼，深锁春光一院愁。行到中庭数花朵，蜻蜓飞上玉搔头。

此诗题一作《和乐天春词》，应为唱和白居易《春词》而作。白居易《春词》曰：“低花树映小妆楼，春入眉心两点愁。斜倚栏杆背鹦鹉，思量何事不回头?”此诗作于大和三年（829）春。

这是一首闺怨诗。诗分四个层次，每一句为一层次。首句“新妆宜面下朱楼”，妙龄女子梳妆非常得体、合时宜，缓缓地走下华丽的闺楼，她是那样地欢快，脚步也很轻盈。新妆，指女子新颖别致的梳妆打扮。梁朝王训《应令咏舞》：“新妆本绝世，妙舞亦如仙。”宜面，指脂粉均匀，梳妆打扮得十分得体、合时宜。古代女子妆饰，有多种多样，既要符合自己的面容，又要合时宜，追求时髦。陶宗仪《说郛》卷七七曰：“美人妆面，既傅粉，复以胭脂调匀掌中，施之两颊。浓者为酒晕妆，浅者为桃花妆，薄薄施朱，以粉罩之，为飞霞妆。梁简文诗云：‘分妆间浅靥，绕脸傅斜红。’则斜红绕脸，即古妆也。”朱楼，华丽的红色楼房，一般指贵族妇女所居之处。

第二句“深锁春光一院愁”，然而当她来到庭院，发现院门紧闭，无限春光被深深地锁闭住了，一片飞红，化作无限春愁了。满院春色，让人怜爱，然而门扉紧闭，禁锢无限春光，于是勾起她自身青春闭锁的惆怅与无奈。因而在这个妙龄女子看来，那满院的春光，顷刻间化为一院春愁。本为寻春赏春，高高兴兴，孰料却勾起无限怅恨，花容月貌与动人春色，皆被幽闭成一院春愁了，似乎能听闻这个妙龄女子满怀怅恨的一声叹息。

第三句“行到中庭数花朵”，摹写女子的行为，走到中庭，百无聊赖，一一点数花朵，打发无聊的时间，排遣春愁苦闷。正所谓“不为无益之事，何以遣有涯之生”。

第四句“蜻蜓飞上玉搔头”，庭院高墙，门扉紧闭，春花在无声地绽放，只有这妙龄女子独处其中；正在无聊地数花朵时，那多情的蜻蜓，却飞上她云髻之上的玉簪钗。玉搔头，玉制的头饰。搔头，即簪子。《西京杂记》卷二：“（汉）武帝过李夫人，就取玉簪搔头。自此后宫人搔头皆用玉，玉价倍贵焉。”白居易《长恨歌》：“花钿委地无人收，翠翘金雀玉搔头。”蜻蜓多情，不飞临绽放的鲜花，却飞临妙龄女子的玉搔头上，可见此女子花容月貌，比鲜花还美丽。于是，这个飞临玉搔头的蜻蜓，更增添了女子无限的自怜自伤。

此诗摹写妙龄女子幽闭闺楼的惆怅、幽怨之情。诗人以极其凝练的笔触，写其形貌动作，却又无一不展示其内心的心理活动，极其深刻，可以说笔力千钧，穿透力极强。妆扮入时、得体的妙龄女子，下闺楼而到庭院寻春，然而门扉闭锁，遂唤起其花容月貌与动人春色皆被幽闭的惆怅，形成强烈对照，发人深省。闲极无聊，女子行到中庭，点数花朵，以排遣幽独孤寂，然而“蜻蜓飞上玉搔头”，这小小的蜻蜓，极具灵性，飞上佳人云髻的玉搔头上，看似不经意，却是神来之笔——蜻蜓识得佳人之美，予以特别的关照，然而又增添了她无尽的感伤，自怜自伤之情，颇为浓重。使人对这个美貌的佳人，有了更深的、直观的了解，也对其被幽闭而产生了更大的同情。读此诗，好似一只美丽的黄鹂，被困于咫尺见方的金丝笼中，眼望青天及无限风光，虽振翅欲飞，也只能徒然地徘徊哀鸣。这种细节、片断化的摹写，既写其形貌，也彰显人物的心理活动。以客观的摹写，传达丰富的感情，是刘禹锡诗歌的一个重要特点。

白居易

宫　词

泪尽罗巾梦不成，夜深前殿按歌声。红颜未老恩先断，斜倚熏笼坐到明。

白居易关心女性命运，关心其悲欢离合、喜怒哀乐，尤其对宫禁女子的非人遭遇，予以深切同情。白居易曾上书皇帝，要求将历年选入宫中的女子放还，让其与父母团聚，及时婚配，以免怨旷。其《请拣放后宫内人》曰：“伏见大历已来四十余年，宫中人数稍久渐多。伏虑驱使之余，其数犹广。上则虚给衣食，有供亿縻费之烦；下则离隔亲族，有幽闭怨旷之苦。事宜省费，物贵遂情。顷者已蒙圣恩，量有拣放，闻诸道路，所出不多。”皇帝拣选妙龄绝色女子入宫，长期幽闭，徒然虚耗生命。“三千宫女胭脂面，几个春来无泪痕。”（白居易《后宫词》）为帝王一人的穷奢极欲，而致使无数女子深入宫禁，虚耗生命，惨无人道。《新乐府五十首》就有《上阳白发人》，揭露宫中女子的深切痛苦，并予以深切的同情。

此诗摹写一个失宠的宫中女子。首句“泪尽罗巾梦不成”，突兀展现宫中女子长夜难眠，连梦都做不成而泪湿罗巾的形象。深夜，宫中女子无法安眠，满腹心事，想进入梦乡，追寻曾经的美好，享受短暂而虚幻的欢乐；可是很悲惨，她连梦都做不成，孤独寂寞，伤心绝望，使得清泪长流，湿透罗巾。罗巾，丝制手巾。次句“夜深前殿按歌声”，与上句形成强烈的对照。宫中女子寂寞孤独，伤心已极，而前殿却丝管悠扬，歌舞曼妙，击节而歌，欢乐达旦，一派热闹。按歌声，击节而歌之。歌唱时，以手击节拍，或用板子击打节拍而和歌，称按节、按歌。

前殿丝管悠扬、击节而歌的欢快热闹，正是那个宫中女子曾经经历的生活，而今长夜难眠、泪湿罗巾的寂寞凄苦，与此形成两重对比：“泪尽罗巾”的失宠女子之凄然孤寂与“前殿按歌”的得宠女子之欢快，两相对照；而今的“泪尽罗巾”与其曾经的欢乐热闹，两相对照，正见出这个昔日得宠而今失宠的宫中女子恩爱由人的悲苦与无奈。如此，其“梦不成”的意象就更为丰富。前殿“按歌声”的欢乐喧嚣，屋内形影相吊的孤寂凄苦，使其无法入眠，于梦中重寻短暂而虚幻的欢乐与慰藉亦无法实现，其“泪尽罗巾”的伤感深重得几乎无法承担了。

第三句“红颜未老恩先断”，说得极其惨痛。女子并非年长色衰，而恰是红颜未老、青春年少的美好年华，然而皇帝恩泽已断，弃其不顾，因此，她有无限的幽怨，诸多的不解，彰显出宫中女子恩爱不由己的无奈与悲苦。这既是“泪尽罗巾梦不成”的缘由，也是对其进一步的深入抒写。第四句“斜倚熏笼坐到明”，刻画形象，极为生动，闭目想象，宛然如画：那个失宠的女子孤寂凄苦，需要倚熏笼而取暖，伤心已极，长夜无眠，太累太恹乏，娇弱无力，不能端坐，斜倚而坐至天明。这个娇慵倦怠的女子坐待天明，她在想什么呢？给读者留下了无限想象的空间。

清人俞陛云说：“诗言露兰啼眼，夜不成眠。遥听前殿笙歌，悲乐之悬殊若是，方在盛年，已金环不御。此后身世茫茫，更将焉属？唯有耐寒倚火，坐待天明耳。作宫词者，多借物以寓悲，此诗独直书其事，四句皆倾怀而诉，而无穷幽怨，皆在‘坐到明’三字之中，犹元微之‘寥落古行宫’诗，亦直书其事。而其朝衰盛，皆在‘说玄宗’三字之中。元、白本一代齐名，诗格与诗心亦相似也。”（《诗境浅说》续编）说解此诗，亦能把握其意脉与情景。

此诗浅切直致，却也有曲折，不以怨写怨，而以“恩”写怨，说尽宫中女子恩爱由人的无奈与悲苦。将批判的矛头直指帝王，是需要勇气和胆量的。由此亦可见白居易的同情心与正义感。晚唐诗论家称其为“广大教化主”，还是有原因的。

张 祜

赠内人

禁门宫树月痕过，媚眼唯看宿鹭窠。斜拔玉钗灯影畔，剔开红焰救飞蛾。

皇宫称为大内，故而宫中女伎（音乐人）称为内人。崔令钦《教坊记》：“伎女入宜春院，谓之内人，亦曰前头人，常在上（皇帝）前头也。其家犹在教坊，谓之内人家。”此篇乃宫怨诗，并非投赠某位“内人”，而是以一个特定的形象，摹写“内人”这一群体的处境。

首句“禁门宫树月痕过”，写出了地点、时间。门乃禁门，树曰宫树，景物描写所摄取的意象并非一般的、随处可见的居所情景，而是处在大内深宫的宫禁之门、宫中之树，令人不寒而栗的压抑气氛扑面而来。“月痕过”点名了时间是晚上，月过有痕，则是日复一日，年复一年，单调、重复、压抑、几乎丧失了生命气息的死寂。月光本为静态，一个“过”字，以动写静，写出了时间、岁月的流逝，百无聊赖，年华虚度。宫女长夜无眠，痴痴地坐观明月漫过夜空，一切都是沉寂死静的，唯有一轮明月是动态的，留于虚空而有“痕”，景物描写为抒情主人公的出场作了有力的铺垫。

次句“媚眼唯看宿鹭窠”，一个美丽的女子，以她娇媚的眼神，望着月光下宫树上那个鹭鸟的窝。“媚眼唯看”是别样的“美目盼兮”（《诗经·卫风·硕人》），顾盼生姿，可是，又有谁欣赏她的美丽呢？“唯看”，摹写其注目出神，暗示她的生活该是多么单调和无奈，幽居宫禁的无尽怨怅。她夜不能寐，娇媚的目光只有投向那高高宫树上的鹭窠，她是多么渴望自由啊！鹭鸟虽然也栖息于宫中，作窠于宫树，但它毕竟是自由的，没有宫门闭锁，能够在广阔的天地里自由飞翔，夜晚能够归巢栖息。而且，鹭鸟宿巢，雌雄相伴，成双成对，两相对比，人不如鸟，她只能被深锁宫中，不得自由，无法见到亲人，没有家的温暖，孤苦伶仃，没有正常人的生活，虚耗生命。或许她对自由的渴望，注定只能是一种绝望，宫禁森严，重门紧闭，她在月光下伫立、凝望已久，整个的环境似乎凝固了一般，唯有月光流过宫树，正显示了一丝生的气息。

三四句“斜拔玉钗灯影畔，剔开红焰救飞蛾”，将场景转移到了室内。在充满了绝望、令人窒息的氛围中，这位美丽的女子，看到了一只飞蛾，扑向灯盏，她于是“斜拔玉钗”，“剔开红焰”，救下这个弱小的生命。她是那样美丽，动作又何其优雅，同情一个弱小的生命，又显示出内心的善良，足见这种美丽由外到内。她看到飞鸟归巢，或许感慨人不如鸟；看到飞蛾扑火，或许以为自己比这微小的生命要好一些吧！进入皇宫，就如同这飞蛾扑火。挽救弱小，也是自我哀怜！移情飞蛾，将一己之生命体验全然贯注于微物，其情真，令人怜悯，这一细节也深刻揭示出她痛苦的内心和悲惨的命运。

这首诗景物烘托和细节描写耐人寻味，造意深曲。仰看明月漫过天际，唯看宿鹭，巢于宫树，低头看飞蛾扑火，玉钗相救，一系列的动作，俯仰之间，彰显宫女内心复杂的情绪变化。诗人以其高超的艺术表现力，捕捉这一系列的动作，把握住内人瞬间的心理变化，极为感人。“赠”当作“悲”解，是表达对宫女的悲悯之心，又巧妙地回避了对皇帝的直接刺激，婉而多讽，意味深长。

集灵台二首

其一

日光斜照集灵台，红树花迎晓露开。昨夜上皇新授箓，太真含笑入帘来。

集灵台，在骊山华清宫，乃祀神之所。《旧唐书·玄宗纪》云：天宝元年（742）冬十月，“新成长生殿名曰集灵台，以祀天神”。玄宗皇帝尊崇道教，集灵台亦祀道教之神。天宝六年（747），专为玄宗朝拜玄元皇帝的朝元阁建成，取代了旧的神殿集灵台。而集灵台遂由神殿改作寝殿，即白居易《长恨歌》“七月七日长生殿”是也。张祜此诗沿用旧称。因杨玉环在册封之前，曾入宫为女道士，以集灵台为题，是借以讽刺玄宗宠杨妃姊妹事。杨玉环的父亲是蜀州司户杨玄琰，早亡，所以由其叔父杨玄珪抚养长大，作了玄宗第十八子寿王李瑁的妃子。玄宗最宠爱的妃子武惠妃死后，玄宗令杨玉环自请为女官，敕书其出家为女道士，道号“太真”，后来册封为贵妃。玄宗这一系列操作的实质就是为了掩人耳目，掩盖自己“父纳子妇”的丑陋。

“日光斜照集灵台，红树花迎晓露开。”红日初升，阳光斜照在巍峨的寝殿集灵台上，一派温馨祥和的氛围。这座曾是祀神之所的宏伟宫殿，如今是玄宗皇帝新的寝宫。绿树红花就沐浴在这温暖的阳光里，朝雾露水逐渐散开。这一切是多么美好啊！

“昨夜上皇新授箓，太真含笑入帘来。”一切都是这样的美好而自然，因为昨天夜里皇帝亲自主持了度杨玉环为道士的授箓仪式，赐道号为“太真”。太真道士面带笑容，仪态万方地揭开帘幕而入。摹写细腻，“含笑入帘来”，乃想象之景，然而将杨玉环承恩恃娇的样态，刻画得入木三分。《旧唐书·杨贵妃传》：“太真姿质丰艳，善歌舞，通音律，智算过人。每倩盼承迎，动移上意。宫中呼为‘娘子’，礼数实同皇后。”可见杨妃受宠，才是皇上授箓、太真含笑的实质所在。上皇，皇帝父亲的尊称，即太上皇，此处指唐玄宗。安史叛军攻陷长安，玄宗西逃入蜀，肃宗于灵武即皇帝位，尊玄宗为“上皇天帝”。因而，此处的“上皇”乃张祜的口吻，近百年后，抒写其事，而以“上皇”指称玄宗。

前二句写了阳光雨露、绿树红花等美好的景象，后二句写了皇上授箓、妃子含笑等美好的事物。可是，谁又能想到，这样极致的美好后面，隐藏了怎样的肮脏与丑陋？玄宗抢夺自己的儿媳，采取了迂回曲折的方法：先令其自请为女官，又借为自己母亲窦太后祈福的名义，敕书令杨玉环在宫中出家，度为女道士，这才“顺理成章”地将其娶入宫中，封为贵妃。在张祜的中唐时代，这已经是人竟皆知的情事，诗人并不触及。他仅仅用如椽巨笔，轻松、自然地写出那影响了历史走向的人物和事件。处在数十年近百年之后的诗人，对当时发生的历史事件作了高度地归纳、概括和想象，所叙之事、所摹之景皆为历史框架、物理人情之内的想象，尤其是皇上授箓、太真含笑等情节，不一定符合史实。但指向玄宗深谋、杨妃受宠，则与史实不差毫厘。

不幸的是，美好之后掩盖的荒诞，在不久之后就酿成了时代的苦难，安史之乱就是因为玄宗荒淫而发生，伟大而美好的盛唐时代就此谢幕。这是这首诗所蕴含的讽刺意义。

其二

虢国夫人承主恩，平明骑马入宫门。却嫌脂粉污颜色，淡扫蛾眉朝至尊。

虢国夫人是杨玉环的姐姐，有姿色，戏谑放诞，随父居蜀，适裴氏，裴氏早亡。据《旧唐书·杨贵妃传》记载，杨玉环“有姊三人，皆有才貌，玄宗并封国夫人之号：长曰大姨，封韩国；三姨，封虢国；八姨，封秦国。并承恩泽，出入宫掖，势倾天下。妃父玄琰，累赠太尉、齐国公；母封凉国夫人；叔玄珪，光禄卿。再从兄铦，鸿胪卿。锜，侍御史……赐甲第，连于宫禁。韩、虢、秦三夫人，与铦、锜等五家，每有请托，府县承迎，峻如诏敕，四方赂遗，其门如市……韩、虢、秦三夫人岁给钱千贯为脂粉之资，铦授三品上柱国，私第立戟，姊妹昆弟五家，甲第洞开，僭拟宫掖，车马仆御，照耀京邑，递相夸尚……玄宗每年十月幸华清宫，国忠姊妹五家扈从，每家为一队，着一色衣，五家合队照映，如百花之焕发，而遗钿坠舄，瑟瑟珠翠，璨瓓芳馥于路。”正是白居易《长恨歌》所谓“姊妹弟兄皆列土，可怜光彩生门户。遂令天下父母心，不重生男重生女”。不仅如此，连她已经去世的父亲，都得到追封。杨氏兄妹多人，并得玄宗宠遇，皆赐第京师，出入宫掖，而且广收贿赂，穷奢极侈，强人宅地，干预朝政。亦有传闻，玄宗与虢国夫人间关系暧昧。诗写虢国夫人受宠。

首句“虢国夫人承主恩”，已示讽意。虢国夫人并非玄宗嫔妃，但却能“承主恩”。如果说虢国夫人因杨妃受宠而受封、赐第，是封建社会“一人得道鸡犬升天”的体现，那么，她频频出入宫掖，不管怎么说，也于礼数不合了。诗人不动声色地写出了这件奇怪的事，并未作出任何价值判断，任由读者评判。

次句“平明骑马入宫门”，则是“承主恩”的表现了，表面看来是泛泛叙事，实际上却是生动的细节描写。虢国夫人于天刚刚亮时，就骑着高头大马，进入皇宫。这件似乎平常不过的事情，若联系具体情境，虢国夫人之承受殊恩，就已昭然若揭。古代大臣上朝较早，一般于寅时到达，等候皇帝。虢国夫人进入皇宫已是平明时分，卯时已过。另外，皇帝的宫苑禁地，大臣进入，必须下马下轿，步行入内，虢国夫人却可以骑马直入。这都显示了虢国夫人享有自由出入宫禁的特权，朝觐之礼仪，宫禁之森严，对于她是没有约束力的，可见承恩之深。这一细节描写，充分反映了虢国夫人恃宠骄横之态，看似平淡，却耐人寻味。

最后两句“却嫌脂粉污颜色，淡扫蛾眉朝至尊”，笔锋一转，写了虢国夫人不施铅华，素颜觐见。她自信天生丽质的美色，远胜浓妆艳抹的后宫佳丽。脂粉本为增加女子之颜色，掩饰瑕疵，展现娇容，而虢国夫人自以为美艳出众，描眉画黛，将玷污其美丽，遂绝不施脂粉，淡扫蛾眉，以素颜而逢迎玄宗……实质上，这也是一种刻意、精心的装饰，是一种比浓妆艳抹更为直接和高明的献媚邀宠，因为她明白她所面对的是怎样一个“至尊”。若无玄宗好色的本性，又岂有轻薄女子无视礼仪之行止？刻画了一个既自诩美貌，刻意邀宠，又想极力掩饰，且工于心计的女子，让人看到他背后的“至尊”是如何好色荒淫。郑处诲《明皇杂录》卷下：“杨贵妃姊号虢国夫人，恩宠一时，大治宅第，栋宇之盛，举无与比……虢国每入禁中，常乘骢马，使小黄门御。紫骢之骏健，黄门之端秀，皆冠绝一时。”乐史《杨太真外传》卷上：“虢国不施妆粉，自炫美丽，常素面朝天。”

俞陛云说："宫禁森严之地，虢国夫人纵骑而入，言其宠之渥也。脂粉转嫌污面，蛾眉不费黛螺，言其色之丽也。"（《诗境浅说》续编）此诗只写虢国夫人的美貌风流，不但有细节描写，而且有一定的情节性，反映了人物心理，在平淡、自然的叙事中，隐含了强烈的讽刺意味。

题金陵渡

金陵津渡小山楼，一宿行人自可愁。潮落夜江斜月里，两三星火是瓜州。

张祜一生时运不济，漫游各地，其羁旅题咏之作颇具特色。这是他漫游江南时的一首名作。金陵渡，唐润州（今江苏镇江）京口渡，隔长江与瓜州相对。

"金陵津渡小山楼"，此处的金陵渡在京口，不在南京。小山楼是他住宿的旅馆。首句，既呼应诗题，又指出了所在地域及住所，平淡，轻松，悠然。因小楼建在山上，长江及远处的风景，皆看得比较清楚、广远。渡口、旅馆之类的意象，自然把人们带入了潇洒、惬意却又孤寂、惆怅的旅途体验当中，隐约有羁旅之思。

次句"一宿行人自可愁"，于晚间下榻小山楼，惆怅难眠。因何而愁呢？诗人并未明言，只是把当时情景和盘托出——"自可愁"。行人，行役之人。读者结合"行人"的身份，不难想见，使他夜不能寐的愁思，自然是一种羁旅之情、身世之感。张祜为人清高，不务科举，诗才宏富，交游多当世杰出诗人，深受令狐楚器重，举荐于朝廷，无奈遭人排挤，不得已流落江湖。他也曾作诗抒发愤懑："三十未封侯，颠狂遍九州。平生镆铘剑，不报小人仇。"（《书愤》）可见他虽自命为处士，也非常向往功名，身负绝世才华，无奈凄凉漂泊。他与小自己二十岁左右的青年才俊杜牧成为忘年交，杜牧既赞誉又安慰他"道非身外更何求"，拥有一身才华，即是天降福报，无须于身外求道，而且"谁人得似张公子，千首诗轻万户侯"（杜牧《登池州九峰楼寄张祜》）。一生当中，虽遭人谗毁，但又能得知音如杜牧者，夫复何求？此时此刻，无数感慨涌上心间，这才是彻夜难寐的缘由吧。叙事轻灵，巧妙，自然，举重若轻，摄取旅途中数个意象，就将如画夜景、羁旅之思、身世之感烘托而出，可谓巨笔如椽，渐入佳境。

后二句“潮落夜江斜月里，两三星火是瓜州”，诗人站在小山楼上，放眼眺望，夜色朦胧，江上潮水初落，天边月已西斜，远处，疏朗的夜空下，有两三星火闪烁，那就是明天行程即将经过的瓜州，一幅长江夜晚羁旅图便呈现在眼前。瓜州，又作瓜洲、瓜埠洲，在今江苏省扬州市邗江区南，隔大运河与镇江相对。《舆地纪胜》卷三七：“瓜洲，在江都县南四十里江滨，相传即祖逖击楫之所也。昔为瓜洲村，盖扬子江中之沙碛也。沙渐涨出，其状如瓜，接连扬子渡口。民居其上，唐立为镇。今有石城三面。”潮落月斜，是用富有特征的意象进行点染，表明平明将至，是对前句一宿难眠的呼应。“两三星火”，似是漫长旅途、茫茫夜空燃起的希望之火，足以慰羁旅之思与寥落之感，似乎招唤旅人前往，感情上多了一份亲近。从时间上来讲，写了旅途中一个难眠之夜；从空间上看，上至星空，下至江面，由外到内，由近及远，摹写细致。以广袤的空间、无边的暗夜为背景，更凸显出行人愁思的难以名状。远游天涯，自是轻松潇洒，可是，在这轻松潇洒的背后，又隐藏着多少难以言说的苦衷，多少漂泊天涯的失落与无奈啊！

清幽、静谧的秋江夜景，映衬出思绪万千的诗人。轻灵、自然的笔触，一如其疏狂、潇洒的个性。以我观物，物皆著我之色。当羁旅之思、身世之感如潮水般涌来，诗人举重若轻，选取富有特征的意象稍作点染，就将渗透着淡淡愁绪的秋江夜景勾勒而出。

朱庆馀

宫中词

寂寂花时闭院门，美人相并立琼轩。含情欲说宫中事，鹦鹉前头不敢言。

朱庆馀，生卒年不详，名可久，字庆馀，以字行，越州（今浙江绍兴）人。宝历二年（826）进士及第，官至秘书省校书郎。朱庆馀早年曾得到著名诗人张籍的赏识，颇受其诗风的影响，诗名广播，与贾岛、姚合等唱和，名重一时。徐献忠《唐诗品》曰："朱生文有精思，词有调发，意匠所遗，纵横得意。亲承张水部（张籍）意旨，遂擅名场。"可惜，未能更进一步，学习效法《诗经》的风雅传统，限制其诗歌的境界，多是送别、酬赠题咏之作。

诗题一作《宫词》。宫词，按照诗歌题材划分，内容多写宫中后妃、宫女生活，体裁一般为七言绝句。唐代诗歌中涌现出大量此类作品，不少优秀诗人，如白居易、元稹、王建、张祜、朱庆馀等人都有创作。从现存作品来看，宫词创作者多为男性。虽然他们没有宫廷生活体验，但是他们基于人生的真情与事理，辅之以丰富的艺术想像，往往通过"代言体"的创造方式，即代人设辞，假托女子身份、心理、口吻、语气来创作构思，似能设身处地而又得以曲尽其妙，往往寄寓了对宫中女性不幸命运的深切同情。

首句"寂寂花时闭院门"，点明时间、地点，摹写出寂寥的环境。诗人起笔以"寂寂"二字道明阒然无声、冷落寂寞的宫禁景况，形象地描摹出失意宫人所居之处，门可罗雀的真实境况。"闭"字，形容院门紧关、很少开启、凄清冷落的状态。本已四围无声，空旷寂静，奈何又紧闭院门，营造出一种栖身于深宅大院而与世隔绝的寂寞之感，颇有“已觉秋窗秋不尽，那堪风雨助凄凉”之况味。问题是院门紧闭，正当“花时”——百花盛开的阳春时节，万物复苏，欣欣向荣，一派热闹，然而宫女却只能被锁闭于深宫，一任青春随着时光默默消逝。这实在有违天道人理，极为残酷无情。王夫之《姜斋诗话》云：“以乐景写哀，以哀景写乐，一倍增其哀乐。”此处以鲜花盛开之乐景，叙写青春美人年华虚度的哀情，运用美好的景物描写来反衬情感的无尽悲伤。

次句“美人相并立琼轩”，以白描手法，刻画人物。两个妙龄女子，相并而立于琼轩之下，按常理来说，应该是亲切交谈——无论是热烈交流，抑或低声细语，都是应有之意。美人，艳丽；琼轩，华美。“花时”景美，妙龄佳人，“相并”而“立”，所展现的却是悄然无声的景况，呈现为沉闷而压抑的氛围。这一典型环境与特有意象，所要彰显的内容极为丰富，正是欲说还休。

第三句“含情欲说宫中事”，春阳正好，惠风和畅，百花争艳，宫门紧闭，两个妙龄佳人，应有无限心事要诉说。诗人用一个“欲”字，似乎高高举起，又轻轻放下，掀起心中无限心事，话到嘴边却不曾道出。于是，一幕含情不吐、欲说还休的场景便跃然纸上。所含何情？欲说何事？再无一语点破。所谓于无声处听惊雷，于无色处见繁花。读诗至此，读者不禁会心生疑问，到底是什么原因让宫女想说而又没有说呢？这就自然牵出末句“鹦鹉前头不敢言”。

末句“鹦鹉前头不敢言”，以一个典型的细节，道破天机。鹦鹉舌巧，可学人言，自然是有所畏忌而“不敢言”，道出其所处乃压抑沉闷、疑惧惊惕之非人间的严酷环境。妙龄女子，在这个森严压抑的宫禁，不仅徒然地虚耗生命，而且无限心事无从言说。徐增《而庵说唐诗》说：“正欲提起，而无奈举头见鹦鹉之在前。鹦鹉是能言之鸟，故亦避忌他。此不是言美人谨慎，是言其有苦无道处。”“不敢言”，乃心有苦楚而无处诉说，既道出宫怨之深沉，亦点明环境之险恶。

此诗逻辑次序井然，首句谓春阳正好，百花争艳，然而宫门紧闭，寂寥凄清，美人之伤春，情何以堪！次句，女伴相并而立，情绪彼此不堪，各欲说心中之事。三句，含情不敢吐露，欲说不便即说，种种恩怨，青春枉过，虚耗生命，无不在“欲说”之中。末句，正欲说时，抬头看见鹦鹉立于上头，则不敢言说，遂将涌上舌底的千言万语，强行压下，则宫人之苦，到底无可诉说处，其严酷的环境，令人不寒而栗。此诗所展现的正是一个宫禁生活的片断，一个情节而已，然而却将妙龄佳人之苦楚、宫禁之严酷，予以彻底的揭露。俞陛云说：“此诗善写宫人心事，宜为世所称。凡写宫怨者，皆言独处含愁。此则幸逢采伴，正堪一诉衷情，奈鹦鹉当前，欲言又止。防饶舌之灵禽，效灰盘之画字，只学金人缄口，不闻玉女传言，对锁蛾眉，一腔幽怨。”（《诗境浅说》续编）

通读全诗，读者无疑会在“花时”“琼轩”“美人”“鹦鹉”组成的美好画面背后，借助“寂寂”“闭”“欲”“不敢”等一系列内心情感外化的表达，勾勒出我们视觉之外另一个冰冷、寂寞、绝望的宫墙世界。此诗正是以纤微而深刻的笔触，别开生面，展示出一幕人间悲剧，从而成为宫词中最新妙者。

近试上张水部

洞房昨夜停红烛，待晓堂前拜舅姑。妆罢低声问夫婿，画眉深浅入时无？

诗题一作《闺意献张水部》。近试，将近考试时。“水部”，隋唐时代以水部为工部四司之一。张水部，张籍，曾任水部员外郎，曾选择朱庆馀二十六首诗广为揄扬，使朱庆馀诗名广播。唐人于科举考试之前，将自己的作品呈献给当世文人，借以揄扬，获得声名，增加录取的可能性，称之为“行卷”。此诗乃朱庆馀于科举考试前，呈献张籍之作。

宋人刘克庄云：“张洎序项斯诗云：‘元和中，张水部为律格，清丽浅切，而巧思动人，字意清远，唯朱庆馀一人亲受其旨，沿流而下，则有任蕃、陈标、章孝标、司空图等，咸及门焉’。”（《后村诗话后集》）就朱庆馀此诗来看，文辞之清丽浅切、构思之巧妙动人、意境之脱俗远迈，无不具有张诗之风貌。故世人尝言朱庆馀诗学张籍，近体尤工，诗意清新，描写细致。

此诗以新婚夫妇为比喻，借以传情达意。首句“洞房昨夜停红烛”，昨夜，红烛高照，洞房春意融融，非常喜庆，天已破晓，案前的红烛还在燃烧。新郎陪伴着新娘，看其梳妆打扮，之后要到堂前拜见公婆。“洞房”，指新婚夫妇的新房，幽深静谧；“红烛”，乃新婚之夜彻夜不灭的红蜡烛，正所谓洞房花烛夜。“停”，安置，摆放。而“昨夜”，表明随着时间推移，洞房花烛夜已经过去。于是，自然引出次句。

“待晓堂前拜舅姑”，紧承首句而来，写拜亲。“舅姑”这里指公公婆婆。依古代礼俗，成婚次日，新妇应早早去拜见公婆。此句所写，正是新妇早早起身，在红烛映照下精心妆扮，即将去拜见公婆。由于拜见公婆是一件大事，所以需要慎重对待。于是，这份慎重让她在心里边实在拿不定主意：不知道自己的妆容是不是合适呢？公婆会不会喜欢呢？这份忐忑，应该和谁去商量才好？当然，自己的丈夫无疑是最好的人选。

三四句“妆罢低声问夫婿，画眉深浅入时无？”写问婿。这是顺接上句对新妇忐忑的心情进行的描画。女主角在精心梳妆，画好秀眉、薄施粉黛之后，还是觉得没有把握，先问一问身边丈夫的意见，如此妆容是否好看，是否适合，最关键的是公婆是否会喜欢？第三句看似闲笔，其实不然。用这低声一问，诗人将新妇的羞涩、不安生动传神地予以刻画，显得极其合乎情理。

唐人多以白描手法叙写日常生活，往往曲尽人情。此诗写洞房花烛夜后的新娘，令人过目不忘；与王建《新嫁娘词》对比欣赏，效果更佳。其诗云：“三日入厨下，洗手作羹汤。未谙姑食性，先遣小姑尝。”自古常言新媳妇难当，因为夫婿之上还有公婆。唯有夫婿称心，公婆认可，才能保证未来生活和乐舒心。显然，新婚之后进入婆家的第一印象非常重要。所以，两诗中的新娘，都对此非常重视。只是朱诗中的女子依仗夫婿来探知公婆新意，王诗中的则是借助于小姑。两者所用方式虽有差异，但取悦公婆的心理却并无二致。由此而言，两诗可谓并驾齐驱，交相辉映。

然而，此诗之主旨并非止步于此，而是有着更深一层的含义。诗题《近试上张水部》即有助于理解其主旨。在唐代科举考试之前，有士子向文坛名家投送行卷之风气，借以提高社会声望，助益登科。朱庆馀有志于科举，临考之时，或出于对前辈学养才华的仰慕，或出于对自己艺术表现能力的忐忑，抑或是为了求得考试结果的更加稳妥，他自比于新妇，以张籍比新郎，以考官比公婆，借此诗问询张氏对自己本次考试的意见。收到朱庆馀此诗，张籍有答诗，曰："越女新妆出镜心，自知明艳更沉吟。齐纨未足人间贵，一曲菱歌敌万金。"称赏朱氏乃新艳越女，美丽绝伦，而又很谦虚，妆容衣服虽然漂亮，然而其歌声（内美、才华）更是胜于万金之贵，对朱庆馀的才学，予以高度的肯定。刘永济《唐人绝句精华》亦评为"此托之新妇见舅姑，以比举子见考官"。

此诗仅仅作为"闺意"，已经曲尽人情，属于成功作品。诗人以新婚妇人自比，摹写其科举考试之前的那种不安和期待。对于临近科考的士子而言，其渴望获得考官肯定的心理，与新婚女子期盼公婆的认可，实有诸多相似之处。诗人以敏锐的眼光捕捉到现实生活中的经典情境，通过独特的视角，以简洁、生动又极富表现力的语言描绘出具有典型性的画面。千载而下，读来依旧传神，让人不禁叹为观止。

事实上，这种写法自有其渊源。以香草、美人象征忠君爱国思想，以夫妻或男女爱情关系比拟君臣、朋友、师生等多种社会关系的表现手法，是中国古典诗歌继承"楚辞"等优秀文学作品并不断发展演进的结果，朱庆馀此诗正是如此。

杜　牧

将赴吴兴登乐游原

清时有味是无能，闲爱孤云静爱僧。欲把一麾江海去，乐游原上望昭陵。

唐宣宗大中四年（850）夏，时任吏部员外郎的杜牧，三次上书宰相，请求外放到地方，最终被允肯，七月，出任湖州刺史。相传，杜牧求外放湖州，乃是为了当年约定要娶一位美艳女子的。《太平广记》卷三七三“杜牧”条引《唐阙文》说，杜牧年轻时游历湖州，见到一个十来岁的女孩子，极美艳，相约以十年为期，必然出任湖州刺史，届时即可迎娶。如果十年不来，女子可自行出嫁。然而，杜牧时运不佳，几次外任，都不是湖州。此次向宰相请求，得如所愿，任湖州刺史。一到湖州，杜牧就派人去找寻那个女子，见面之后，可惜那女子已然嫁人生子了。杜牧很惆怅，责问为什么不守誓约。回答说：相约十年为期。十年不来，即可嫁人，现在已是十四年之久了，出嫁已经三年了，生子也是应该的了。杜牧很惆怅，以礼而送该女子回去，作诗曰：“自恨寻芳到已迟，往年曾见未开时。如今风摆花狼藉，绿叶成阴子满枝。”

其实，这个故事是虚构的，主要是附会杜牧的风流多情。杜牧求外放是别有原因的。唐代士大夫一般重京官而轻外职，而杜牧坚决求外放，乃是其家累很重，其弟得眼疾，需要大量的钱财医治，而唐代外职的俸禄比京官高一些，正好可以弥补家用。另一方面，杜牧对朝政不满，觉得自己在朝中无所作为，虚耗生命，还不如到地方上，在职权范围内，可以做一些有益的事情，有裨益于民生和地方治理。吴兴，唐江南东道湖州吴兴郡，治所在今浙江湖州市。

首句“清时有味是无能”，即以议论引起：在这个政治清明的太平时代，能够享受清闲幽静生活趣味的人，应该是那些像我一样的没有什么才能的平庸之人吧。这真是带有满腹牢骚的反话。杜牧可不是什么平庸之人。他的远祖乃晋代当阳侯杜预，杜氏乃关中望族，祖父杜佑官至宰相，又有经世之巨著《通典》二百卷传世。杜牧有经世济民之才，很有抱负，“平生五色线，愿补舜衣裳。弦歌教燕赵，兰芷浴河湟。腥膻一扫洒，凶狠皆披攘。生人但眠食，寿域富农桑”（《郡斋独酌》），要上报君王，下拯黎民，收复陇右失地，平定河北藩镇。而且，杜牧颇有军事才干，注解《孙子》十三篇，撰写了应对河北藩镇的《罪言》，提出用兵河北的军事策略。大中三年（849），被吐蕃占领的秦、原、安乐等三州七关百姓归附朝廷，河陇老幼千余人到长安，宣宗御延喜门抚慰，“欢呼舞跃，解胡服，袭冠带，观者皆呼万岁”（《资治通鉴》卷二四八），当时此事被作为粉饰太平的大喜事，而得以极大夸张。宣宗一朝，姑息养奸，“贤臣斥死，庸懦在位，厚赋深刑，天下愁苦”（《新唐书》卷二二五下），致使党争剧烈，宦官专权，藩镇强横，埋下了唐朝覆亡的祸根。杜牧“刚直有奇节，不为龊龊小谨，敢论列大事，指陈病利尤切至”（《新唐书·杜牧传》），怀抱利器，以才略自负，而今却说“无能”，显然是对自己沉沦下僚、无所作为处境的不平和愤激。

第二句“闲爱孤云静爱僧”，是对上句“有味”的具体抒写：闲静而喜爱观赏天空孤云飘荡，喜看僧人幽静闲适的生活状态。孤云飘荡于天空，无拘无束，毫无心机，极具闲适意态；老僧诵经坐禅，生活闲淡，心境虚静，远离尘俗，与世无争。因而孤云与老僧，皆为闲静淡泊的代表，爱孤云爱僧，则将诗人处于“清时”的闲静生活具象化了，表现出闲静的生活意趣。

前二句，极写诗人生活的闲静适意，借以展现其处于“清时”、无用于世的“无能”状态，其实流露出深深的遗憾和无奈。《论语·公冶长》孔子曰：“邦有道，不废；邦无道，免于刑戮。”国家处于清明太平之时，言必见任用；无道、动荡之时，则苟全性命于乱世而已。杜牧于此则暗有其语，那种被迫投闲置散的巨大伤痛，充溢于心头。

后二句“欲把一麾江海去，乐游原上望昭陵”，则说而今将出任湖州刺史，遂登上乐游原怅望太宗皇帝之昭陵。一麾，官吏出守赐给旌麾。颜延之《五君咏》：“屡荐不入官，一麾乃出守。”湖州地处水乡泽国，乃在太湖之南，又距长江、东海颇近，故可称“江海”；而江海又往往指隐士的居处。《庄子·刻意》：“就薮泽，处闲旷，钓鱼闲处，无为而已矣。此江海之士，避世之人。”《后汉书·逸民传序》：“然观其甘心畎亩之中，憔悴江海之上，岂必亲鱼鸟乐林草哉。”因而，“欲把一麾江海去”是说，而今离开朝廷中枢，持旌节而出任湖州刺史，远离朝廷，大有退隐江湖、不问世事之意态了。然而，诗人毕竟才干卓著，有理想抱负，离别朝廷，无法忘怀世事，登临乐游原，却禁不住回望太宗昭陵。乐游原在长安城东南，而太宗昭陵在今陕西礼泉县九嵕山，位于长安城西北。乐游原地势高敞，登临其上而向西北眺望太宗昭陵，诗人真是心有不甘啊。昭陵，乃雄才大略的太宗李世民的陵墓，也是大唐盛世的象征。李世民与高祖李渊一道缔造大唐，即位之后又击破北边强敌突厥，被四夷酋长尊为“天可汗”，国力强盛，人民幸福安乐，开创了彪炳历史的“贞观之治”。杜甫说“煌煌太宗业，树立甚宏达”（《北征》）。因而，昭陵实为圣君开明政治、大唐强盛昌明的象征。诗人于离开长安之际，却回望昭陵，乃是对宣宗大中朝之政治昏暗、风雨飘摇局势的担忧、不满和无奈。因而，望昭陵就具有丰富的意蕴。

此诗含蓄隽永，蕴意丰富。前二句叙写身处“清时”而享受“有味”的生活，实乃“太平闲人”，无补于世；后二句则说秉节麾即将出守湖州，远离朝廷，似乎真要作一个“太平闲人”，退隐以求安闲适意，然而不禁于乐游原上回望太宗昭陵，正是这个无声的举动，蕴含着无穷的盛衰之慨和生不逢时的无奈与怅惘，有才干、有理想而不被任用，其郁积愤激，真是要喷薄而出了。这样，遂使得前句之“清时”和“无能”，次句之“闲”与“静”都被一一否定了。这种写法，不明说却戛然而止，极为精炼深刻，沉郁顿挫，意在言外，引人深思。

赤　壁

折戟沉沙铁未销，自将磨洗认前朝。东风不与周郎便，铜雀春深锁二乔。

武宗会昌二年（842）四月，杜牧任黄州（今属湖北）刺史，至四年九月转任池州刺史。在黄州，杜牧游历濒临长江岸边之赤鼻矶。赤鼻矶，在今湖北黄州市城西北江滨，因山形截然如壁而有赤色，也称赤壁。清人顾祖禹《读史方舆纪要·湖广二·黄州府》："赤鼻山在府城西北汉川门外，屹立江滨，土石皆带赤色。下有赤鼻矶，今亦名赤壁山，苏轼以为周瑜败曹公处，非也。"汉献帝建安十三年（208），孙权刘备联军与曹操大战之赤壁，在今湖北武昌西赤矶山，与汉阳南纱帽山隔江相对。唐人李吉甫《元和郡县图志·江南道三·鄂州》："赤壁山在县（蒲圻县）西一百二十里，北临大江，其北岸即乌林，与赤壁相对。即周瑜用黄盖计，焚曹公舟船败走处。故诸葛亮论曹公危于乌林是也。"

杜牧出守黄州，游赤鼻矶，因感于三国赤壁之战，而作此诗。诗中之赤壁并非赤壁之战时周瑜大破曹操军队之地，诗人仅仅是借以抒发怀古之幽思而已。宋代，苏轼贬官黄州，作《赤壁赋》《念奴娇·赤壁怀古》，也是借黄州赤壁而抒发怀抱罢了。

"折戟沉沙铁未销，自将磨洗认前朝。"诗人于长江岸边、赤壁大战之地，捡拾得一块锈迹斑斑、断折的精铁，亲自磨洗去斑斑锈迹，才知这未曾锈蚀殆尽的精铁，竟然是当年孙权刘备联军与曹操大战所遗留的一件长戟。"铁未销"，未曾锈蚀殆尽而残存的精铁，即指前文所说之"折戟"。"认前朝"，仔细鉴别，乃前朝旧物。认，有鉴别辨识之意。黄叔灿说："'认'字妙，怀古情深，一字传出。下二句翻案，亦从'认'字生出。"（《唐诗笺注》）将，持。戟，古代兵器，合戈、矛为一体，略似戈，兼有戈之横击、矛之直刺两种作用，杀伤力比戈、矛为强。《诗经·秦风·无衣》："王于兴师，修我矛戟。"

曹操统一北方后，于汉献帝建安十三年（208）进兵荆州，讨伐孙权。孙权任命周瑜为都督，与刘备联军抗曹。曹军远道而奔袭，且北方军士不习水战，又染瘟疫。初战失利后，曹军退守长江北岸之乌林（今湖北洪湖境内）。为克服不习水战的弱点，遂将战舰用铁环连在一起。周瑜部将黄盖诈降曹操，用火攻，先取轻利舰船十艘，载枯柴并灌以鱼膏。《资治通鉴》卷六五记载："时东南风急，（黄）盖以十舰最著前，中江举帆，余船以次俱进。（曹）操军吏士皆出营立观，指言（黄）盖降。去北军二里余，同时发火，火烈风猛，船往如箭，烧尽北船，延及岸上营落，顷之，烟炎张天，人马烧溺死者甚众。"孙刘联军乘机猛攻，曹军大败，为防辎重落入敌手，曹操下令放火，烧尽辎重，经华容道败退至江陵。这就是著名的赤壁之战。杜牧于此，并没有叙写赤壁大战本身，而是以一段深埋于江岸沙砾、锈迹斑斑的旧戟，折射出赤壁大战之惨烈——数百年后，尚能在这长江岸边，捡拾到当年大战的旧戟，岂能不令人滋生无限之联想。

"东风不与周郎便，铜雀春深锁二乔。"诗人很是感慨，曹操亲率数十万大军，意欲扫平江东，统一全国。孙权与刘备联军，本不是曹操对手，隆冬时节，盛行西北风，岂料忽然转为东南风，致使处于长江南岸的周瑜，乘东南风之便利，用火攻，火烧北岸之敌舰，大败曹军，岂非天助也。如若不是东南风助力周瑜，恐怕江东早已灭亡，江东美人大乔、小乔早被掳掠北方，成了铜雀台的新宠了。《三国志·吴书·周瑜传》："建安三年，（孙）策亲自迎（周）瑜，授建威中郎将……时瑜年二十四，吴中皆呼为周郎。"二乔，即乔玄之二女，大乔、小乔。大乔为孙策之妻，小乔乃周瑜之妻。《三国志·吴书·周瑜传》："（孙）策欲取荆州，以（周）瑜为中护军，领江夏太守，从攻皖，拔之。时得桥公两女，皆国色也，策自纳大桥，瑜纳小桥。"桥，与乔相通。铜雀台，亦作"铜爵台"。建安十五年冬，曹操所建。周围殿屋一百二十间，连接榱栋，侵彻云汉。铸大孔雀置于楼顶，舒翼奋尾，势若飞动，故名铜雀台。故址在今河北省临漳县西南古邺城的西北隅，与金虎、冰井合称三台。晋陆翙《邺中记》："铜爵台高一十丈，有屋一百二十间。"

赤壁江岸，一截沉埋的锈迹斑斑断戟，乃曹操与孙权刘备联军大战之遗物，虽历经数百年而仍存世间。诗人捡拾得一段锈铁，认真磨洗之后，发现乃赤壁大战之断戟。从诗的逻辑来说，应该是“自将磨洗认前朝”，才发现“折戟沉沙”——沉埋于长江岸边之锈迹斑斑的遗物，乃赤壁大战的断戟。杜牧有经纬才略，知兵，善于谋划，论析天下之形势，如指诸掌上，作《罪言》论河北藩镇之形势，颇能切中要害；又注《孙子》十三篇，与曹操注《孙子》最为人称道。诗人于长江岸边，捡拾得一截锈迹斑斑的断戟，“自将磨洗认前朝”，突现出那种踌躇满志、顾盼自雄的风姿。由一截断戟，而引发无限的历史联想：曹操军队与孙刘联军隔江而南北对峙，周瑜用火攻，赤壁大战，樯橹灰飞烟灭，既成就了年少周郎的不朽功业，也奠定了三国鼎立的局面。然而，后二句一转，“东风不与周郎便，铜雀春深锁二乔”，隆冬盛行西北风，岂料上天眷顾周郎，忽而东南风劲吹，天助周瑜，才成就如此功名事业。如果不是东南风相助，孙吴的霸业难成，三国鼎立的局面也不复存在，历史也将重写了。东南风这个偶然性因素，实在是成就周瑜功业、奠定三国鼎立局面的关键。于此，诗人显然隐寓着天不助我、怀才不遇的深切感喟。正如阮籍登广武古战场，凭吊楚汉战争的遗迹，而有“时无英雄，使竖子成名”的感叹（《晋书·阮籍传》）。宋人许顗《彦周诗话》说：“杜牧之作《赤壁》诗……意谓赤壁不能纵火，为曹公夺二乔置之铜雀台上也。孙氏霸业，系此一战。社稷存亡、生灵涂炭都不问，只恐捉了二乔，可见措大不识好恶。”许氏太僵化，不知大乔乃孙权之兄孙策之妻、小乔乃都督周瑜之妻，二乔为人所掳掠，自然是社稷覆亡、霸业无成了。何况，诗人于此摹写“铜雀春深锁二乔”，风华蕴藉，奇警新颖，巧于立言，笔调骏爽，语言明丽风趣，带着强烈的浪漫气息，妙绝千古。全诗豪迈，峭拔劲健，议论精辟，而又风神宛然，颇具感染力。清人赵翼说：“杜牧之作诗，恐流于平弱，故措词必拗峭，立意必奇辟，多作翻案语，无一平正者，方岳《深雪偶谈》所谓‘好为议论，大概出奇立异，以自见其长’也。”（《瓯北诗话》卷一一）正指出了这首诗的特点。

泊秦淮

烟笼寒水月笼沙，夜泊秦淮近酒家。商女不知亡国恨，隔江犹唱后庭花。

秦淮，即秦淮河，流经今南京市区西入长江。相传，秦始皇统一天下，南巡至龙藏浦（后称淮水），有望气者言“五百年后，金陵当有天子气”，于是凿方山，断长垄，通流入于长江，以泄王气，故名秦淮。自东晋建都建康以来，这一带酒肆林立，乃歌舞繁花之地。会昌六年（846）九月，杜牧罢池州（今安徽贵池）刺史，徙为睦州（今浙江建德）刺史，道经金陵（今南京），泊于秦淮河，而作此诗。

诗题为《泊秦淮》，乃诗人泊舟于秦淮河上，所见所闻的夜色笼罩、纸醉金迷、彻夜笙歌的世界。“烟笼寒水月笼沙，夜泊秦淮近酒家。”首二句营造出神秘而朦胧的境界，略带凄迷景象：一片淡淡的烟雾般的水汽，如同轻纱一样笼罩着秦淮河上泛着粼粼波光、带着寒意的水面；月色溶溶，笼罩着秦淮河两岸的白沙。夜色中行船所停泊的这个神秘之地，乃著名的秦淮河，两岸酒家林立，轻歌曼舞，纸醉金迷。诗人用两个“笼”字，将烟、水、月、沙组合成一个幽美而略带凄寒的世界，轻柔缥缈之中带着些许的迷茫，诗人身在其中，却也感受到些许的凄寒，不经意地折射出诗人心头的意绪以及时代凄寒的氛围。“夜泊秦淮”则交待时间、地点。诗人虽未说两岸之轻歌曼舞、纸醉金迷之热闹，而“酒家”二字则将此内容彰显出来，含蓄而有意味。

又因“酒家”，遂有下文之“商女”。商女，歌女，或指商人之妇。刘禹锡《夜闻商人船中筝》：“扬州市里商人女，来占江西明月天。”白居易《盐商妇》：“本是扬州小家女，嫁得西江大商客。”后二句“商女不知亡国恨，隔江犹唱后庭花”，乃是对上句“夜泊秦淮近酒家”之进一步抒写：秦淮河两岸，酒家林立，歌女轻歌曼舞，并不懂得什么叫“亡国恨”，仍然歌唱着陈后主的亡国之曲《玉树后庭花》。

自东晋建都于建康（今南京）以来，经历宋齐梁陈，皆不思进取，苟安于一时，沉湎歌舞享乐，致使败亡相继，悲恨相续。后主陈叔宝骄奢淫逸，“不虞外难，荒于酒色，不恤政事，左右嬖倖珥貂者五十人，妇人美貌丽服以从者千余人。后主常使张贵妃、孔贵人等八人夹坐，江总、孔范、姚察等十人预宴，号曰‘狎客’。先令八妇人襞彩笺，制五言诗，十客一时继和，迟则罚酒，君臣酣饮，从夕达旦，以此为常”（许嵩《建康实录》卷二〇“后主长城公叔宝”）。又大兴土木，修造宫殿园林，苛捐杂税极多，征取无厌，且刑罚酷滥，民不聊生。《玉树后庭花》，乃乐府吴声歌曲，为陈后主所作，绮艳相高，极于轻荡，男女唱和，其音甚哀，有“玉树后庭花，花开不复久”之句，因而被作为靡靡之音、亡国之曲的代称。《旧唐书·音乐志一》：唐初，制定新乐，御史大夫杜淹说：“前代兴亡，实由于乐。陈将亡也，为玉树后庭花；齐将亡也，而为伴侣曲，行路闻之，莫不悲泣，所谓亡国之音也。”李白《金陵歌送别范宣》：“天子龙沉景阳井，谁歌玉树后庭花。”刘禹锡《金陵五题·台城》：“万户千门成野草，只缘一曲后庭花。”此外，《建康实录》卷二〇记载陈叔宝之骄奢淫逸、醉生梦死的享乐生活：“至德二载（584），于光昭殿前起临春、结绮、望仙等三阁，阁高数丈，并数十间，窗牖、户壁、栏槛，皆以沉檀香木为之，又饰以金玉珠翠，外施珠帘。内有宝帐，其服玩之属，瑰宝珍丽，皆近古所未有。每微风一至，香闻数里，朝日初照，光映后庭。其下积石为山，引水为池，植以奇树，杂以花果。后主自居临春阁，张贵妃居结绮阁，龚、孔二贵嫔居望仙阁，并复道交相往来。又有王、李二美人，张、薛二淑媛，袁昭仪、何婕妤、江修容等七人，并有宠，递代以游其阁上……后主每引宾客同贵妃等游宴，使诸贵人及女学士与诸狎客共赋新诗，互相赠答，采其尤艳丽者以为曲词，被以新声，选宫女有容色者以千百数，令习而歌之，分部迭进，持以相乐。有《玉树后庭花》《临春乐》等，大抵所归，皆美张贵妃、孔贵嫔之容色。”可见，《玉树后庭花》代表着一种淫靡奢华腐败的生活，是亡国之象征。

诗人夜泊秦淮河，领略秦淮河夜色，感受到秦淮河夜色朦胧、迷离恍惚，带着些许的凄寒；听闻歌女醉生梦死，唱着亡国之音《玉树后庭花》，腐朽衰败的气息弥漫；然而歌女们并不懂得亡国的悲哀与愁恨……身处晚唐衰颓之世，绮靡沉沦，不能有所作为，诗人感时伤世的意绪，就在这委婉深沉的叙述中，全然抒发出来。

此诗意脉贯注，一气呵成。首句摹写秦淮河夜色美景，虽然也蕴含着抒情，然而比较浮泛朦胧，隐隐透露出些许的凄寒、孤寂之情。次句“夜泊秦淮近酒家”乃叙事，“夜泊秦淮”交待上句那种凄迷美丽景象之所在地乃秦淮河，“近酒家”点明秦淮河之酒家林立、纸醉金迷，也指向南朝之荒淫无度、败亡相继；同时开启第三句之“商女”——因酒家多歌女，而“亡国恨”又引出第四句之“玉树后庭花”，因《玉树后庭花》乃亡国之音，如此联结，遂有一气呵成之妙，而感慨亦在其中。用“不知”“犹唱”，联结三四句，前后呼应，商女不知而唱者无心，诗人深知因而听者有心，历史就在这“不知”与“不鉴”之中，败亡相继，感慨遥深，寄托深微，抒发其深沉的感慨。杜牧自许有王佐之才，在晚唐的衰颓风气中，已然隐隐感受到了危机的到来，《玉树后庭花》遂化为心中一片感伤的迷惘，而以唱叹出之，摇曳生姿，风神凛然。

寄扬州韩绰判官

青山隐隐水迢迢，秋尽江南草未凋。二十四桥明月夜，玉人何处教吹箫？

扬州，乃隋唐繁盛之都会。扬州建城至今已有 2500 余年历史。公元前 486 年吴王夫差始筑邗城，公元前 319 年楚国筑广陵城，后经汉、东晋多次重筑。隋开皇九年（589）改称扬州，设扬州总管府。唐代在此设大都督府，成为长江下游最大的政治中心。扬州位于大运河与长江的交汇点，在唐代既是全国最大的物资转运站和集散地，又是工商业最发达的城市。都市生活极度繁华，十里长街，市井相连，笙箫歌舞，通宵达旦。洪迈《容斋随笔》卷九“唐扬州之盛”：“唐世盐铁转运使在扬州，尽斡利权，判官多至数十人，商贾如织。故谚称‘扬一益二’，谓天下之盛，扬为一而蜀次之也。杜牧之有‘春风十里珠帘’之句，张祜诗云：‘十里长街市井连，月明桥上看神仙。人生只合扬州死，禅智山光好墓田。’王建诗云：‘夜市千灯照碧云，高楼红袖客纷纷。如今不似时平日，犹自笙歌彻晓闻。’徐凝诗云：‘天下三分明月夜，二分无赖是扬州。’其盛可知矣。”

杜牧很长一段时间居住在扬州，对扬州很熟悉。韩绰，杜牧在淮南节度使牛僧孺幕府时的同僚，时韩绰任节度判官。文宗大和九年（835），杜牧三十三岁，调任监察御史，赴长安。同年八月，以监察御史分司东都，赴洛阳，开成二年（837）离洛阳至扬州看望其弟，随即赴宣州（今安徽宣城），在宣歙观察使崔郸幕府，任宣州团练判官。因而，此诗当作于大和九年（835）或开成元年（836），杜牧在长安或洛阳时。

杜牧离开扬州，在京师任职监察御史，抑郁不得志，遂作此诗寄韩绰，以表达思念之情，追忆扬州诗酒风流的自在生活。“青山隐隐水迢迢，秋尽江南草未凋。”扬州山清水秀，隐隐青山起伏于平原之上，而迢迢江水，蜿蜒流向远方，虽然是深秋时节，然而放眼望去，青青草木笼罩四野，尚未枯黄，一派勃勃生机。这样的美景，是诗人曾经熟悉的，且长存记忆之中，也与北方深秋的树木潇潇、野草枯黄相对照，突现出更强烈的印象。扬州虽处长江北岸，然而从风土人情、季候景物，与江南无异，何况对地处北方长安与洛阳的杜牧来说，实在就是江南佳丽地了。

正是在这样阔大的景象之下，诗人满怀深情地想象好友韩绰在扬州的风雅自在生活：“二十四桥明月夜，玉人何处教吹箫？”二十四桥，扬州名胜，宋人沈括《梦溪笔谈·补笔谈》卷下列举出二十四桥之名，曰：“扬州在唐时最为富盛，旧城南北十五里一百一十步，东西七里三十步。可纪者有二十四桥：最西浊河茶园桥；次东大明桥；水入西门有九曲桥；次东正当帅牙南门，有下马桥；又东作坊桥；桥东河转向南，有洗马桥；次南桥；又南阿师桥、周家桥、小市桥、广济桥、新桥、开明桥、顾家桥、通泗桥、太平桥、利国桥；出南水门，有万岁桥、青园桥；自驿桥北，河流东出，有参佐桥；次东水门东出，有山光桥。又自衙门下马桥，直南有北三桥、中三桥、南三桥，号九桥。不通船，不在二十四桥之数，皆在今州城西门之外。”玉人，容貌美丽的人。《晋书·卫玠传》：“（卫玠）年五岁，风神秀异……总角乘羊车入市，见者皆以为玉人，观之者倾都。”刘义庆《世说新语·容止》：“（裴楷）粗服乱头皆好，时人以为玉人。”此处指男子，后多用以称美丽的女子。元稹《莺莺传》：“隔墙花影动，疑是玉人来。”玉人吹箫，刘向《列女传》记载，传说春秋时秦有箫史善吹箫，秦穆公女弄玉仰慕之，穆公遂以女妻之。箫史教弄玉吹箫作凤鸣声，后来凤凰飞至其家，夫妇俱随凤凰飞去。后来用为男女相慕的典故。此句的逻辑顺序应该是“何处教玉人吹箫”，此二句意谓：扬州乃天下名胜繁华之都，二十四桥处处皆为美景，一轮明月照耀，水天相映，如天上银河，人行于桥上，倒影水中，如行于空明。如此良辰美景，好友韩绰在二十四桥之哪一处教玉人吹箫呢？好友身处江南美景，又有情投意合之佳人相伴，是多么惬意呀！反观自己，身处长安，独行无友，形单影只，景况凄凉，何其难奈呢！而且“玉人何处教吹箫”，地点不明，处处皆美景，于恍惚迷离中，增添了无限的想象，正如“蒹葭苍苍，白露为霜。所谓伊人，在水一方。溯洄从之，道阻且长；溯游从之，宛在水中央”（《诗经·秦风·蒹葭》），风神宛然，蕴意无穷。

此诗怀念友人，从江南佳丽风景入手，而又以月夜之二十四桥着力，推想友人风流自在，教佳人月夜吹箫，琴瑟和谐，青春得意，表达思念之情，也曲折地传达出自己身处京师的孤寂与落寞。前人以为：“深情高调，晚唐中绝作，可以媲美盛唐名家。”（《唐人万首绝句选》宋顾乐评语）

遣　怀

落魄江湖载酒行，楚腰纤细掌中轻。十年一觉扬州梦，赢得青楼薄幸名。

遣怀，排遣情怀，乃抒情诗之一种。此诗作于武宗会昌二年（842）

四月出任黄州刺史时。杜牧作于会昌二年《上李中丞书》说："某入仕十五年间，凡四年在京，其间卧疾乞假，复居其半。嗜酒好睡，其癖已痼，往往闭户，便经旬日，吊庆参请，多亦废阙。至于俯仰进趋，随意所在，希时徇势，不能逐人。是以官途之间，比之辈流，亦多闲踬。"杜牧大和二年（828）入仕为校书郎，到会昌二年，实为十五年，而外任洪州、宣州、扬州等地幕府，恰好十年之久。

杜牧才气高迈，风流多情。唐人小说记载，淮南节度使牛僧孺，聘杜牧为节度推官、监察御史里行，转任掌书记。这年杜牧三十一岁，深得牛僧孺的器重。扬州乃江南大都会，五方杂居，秦楼楚馆颇多，热闹非凡，"街中珠翠填咽，貌若仙境"。杜牧到扬州之后，常常夜晚往娼楼妓馆游宿，牛僧孺考虑扬州社会情况复杂，遂派兵卒暗中保护，令每日写平安报帖缴回。后来，杜牧赴长安任职，临别之时，牛僧孺语重心长地告诫，要自尊自重，前途远大，不要"风情不节，或至尊体乖和"。杜牧不承认，且说自己常常检守，不劳节度使担忧。牛僧孺笑而不答，"即命侍儿取一小书簏，对（杜）牧发之，乃街卒之密报也，凡数十百，悉曰：某夕，杜书记过某家，无恙。某夕，宴某家，亦如之。牧对之大惭，因泣拜致谢，而终身感焉。"（《太平广记》卷二七三引高彦休《阙史》）杜牧很是感慨，遂作了这首《遣怀》诗。这个故事很动人，其实此诗并非杜牧在扬州时所作。杜牧自进士登第后，有十年之久，转徙于江西观察使沈传师、淮南节度使牛僧孺、宣歙观察使崔郸幕府，此乃其游幕生活的总结，抒发怀才不遇的感慨。

"落魄江湖载酒行，楚腰纤细掌中轻。"此二句意谓，诗人沉沦下僚，久不得志，而放浪形骸，不受拘束，每天载酒相随，在江湖上过着醉酒放浪的生活；混迹于秦楼楚馆，天天与体态轻盈、能歌善舞的美女为伴。落魄，不得志，放荡不羁。《魏书·尒朱仲远传》："大得财货，以资酒色，落魄无行。"落魄江湖，一作"落拓江南"。载酒，携酒，放浪形骸之举措。《世说新语·文学》"刘伶著酒德颂"条刘孝标注引《名士传》：刘伶"肆意放荡，以宇宙为狭，常乘鹿车，携一壶酒，使人荷锸随之，云：'死便掘地以埋。'土木形骸，遨游一世。《竹林七贤论》曰：‘伶处天地间，悠悠荡荡，无所用心。’常与俗士相忤，其人攘袂而起，欲必辱之，伶和其色曰：‘鸡肋岂足以当尊拳。’其人不觉废然而返”。楚腰，细腰，为美女之标志。楚王好细腰，宫中女子多数米而食，扶墙而起，天下多仿效。《韩非子 · 二柄》：“楚灵王好细腰，而国中多饿人。”后因以“楚腰”泛称女子的细腰，亦指细腰女子、美女。唐杨炎《赠元载歌妓》：“玉山翘翠步无尘，楚腰如柳不胜春。”汉成帝后赵飞燕小巧轻盈，相传能够作掌上之舞。此处合用二典故，指年轻美貌、能歌善舞之女子。

第三句“十年一觉扬州梦”，大笔转捩，情感勃兴：十年之后再回首在扬州的那段生活，如同梦幻一样，而今才大梦方醒，真是追悔莫及啊！诗人在扬州不足两年时间，却以“扬州梦”来指代往日沉沦下僚、纵情声色的放浪生活，既是对“落魄江湖载酒行”的回应，也是“十年一觉”大梦觉醒之后，对放荡不羁生活的沉痛反思。“扬州梦”竟然长达“十年”之久，虚度光阴，生命白白流逝，何其虚幻，真是惊心动魄啊！也反衬出诗人觉醒之后的难堪痛楚和深切自责，真是肝肠寸断矣。杜牧有“十载飘然绳检外”（《念昔游三首》其一）的诗句，因而“十年”，应指杜牧转徙于各地幕府的生活，而不必仅仅局限于扬州的偏狭理解；“扬州梦”乃十年流离转徙生活的典型。

第四句“赢得青楼薄幸名”，乃是对十年“扬州梦”的进一步抒写：放浪江湖，载酒而行，究竟留下了什么呢？事实上什么都没有留下，生命虚耗，而秦楼楚馆，烟花巷陌，众多歌妓的口中，仅仅留下了杜郎寻花问柳、薄情负心的名声罢了。青楼，本来指青漆涂饰的豪华精致的楼房。后来指妓院，也借指青楼中的女子、妓女。梁刘邈《万山见采桑人》：“倡妾不胜愁，结束下青楼。”唐温庭筠《塞寒行》：“彩毫一画竟何荣，空使青楼泪成血。”薄幸，薄情，负心。赢得，获得。“落魄江湖载酒行”的放浪不羁，不甘沉沦，却最后换来了歌妓口中的薄情负心的名声，这是多么大的痛觉与追悔啊！

杜牧少有大志，以王佐之才自许，有“平生五色线，愿补舜衣裳”（《郡斋独酌》）之怀，究心“于治乱兴亡之迹，财赋兵甲之事，地形之险易远近，古人之长短得失”，希望能够有所作为，“今者志尚未泯，齿发犹壮，敢希指顾，一罄肝胆”（《上李中丞书》）。此时杜牧年已四十，功业难成，其痛楚与自责极为深切，因而追忆往昔，有追悔，有自责，有感伤，有留恋，有醒悟，情感复杂。真是往事如梦，感慨万端，不堪回首矣。刘永济说：“才人不得见重于时之意，发为此诗，读来但见其傲兀不平之态。世称杜牧诗情豪迈，又谓其不为龊龊小谨，即此等诗可见其概。”（《唐人绝句精华》）信然。

秋　夕

银烛秋光冷画屏，轻罗小扇扑流萤。天阶夜色凉如水，卧看牵牛织女星。

秋夕，秋日夜晚，此处指七夕，即农历七月初七之夕。民间传说，牛郎织女每年此夜在天河相会。旧时习俗，妇女于此夜在庭院中进行乞巧活动。梁庾肩吾《奉使江州舟中七夕》：“九江逢七夕，初弦值早秋。”唐杜甫《牵牛织女》：“牵牛在河西，织女处其东；万古永相望，七夕谁见同!”此诗作年不详。或作王建诗，不确，当为杜牧诗。胡仔《苕溪渔隐丛话·后集》卷一四“王建”条：“予阅王建《宫词》，选其佳者亦自少得，只世所脍炙者数词而已。其间杂以他人之词，如‘闲吹玉殿昭华管，醉折梨园缥蒂花。十年一梦归人世，绛缕犹封系臂纱’。又如‘银烛秋光冷画屏，轻罗小扇扑流萤。天阶夜色凉如水，卧看牵牛织女星。’此并杜牧之作也。”胡仔所论，是有根据的。

此诗乃宫怨题材，摹写独处深宫的女子于七夕之夜的情状。“银烛秋光冷画屏”，首先营造出七夕之夜，女主人公所处的环境氛围：在初秋微寒之夜，银白色的蜡烛散发出幽冷的光，照映于屋中的屏风之上，屏风绘有图画，映现出幽冷的氛围。诗人用“银”“秋”“冷”三个字，着力渲染冷色调的氛围，大有砭人肌骨之感；而屋内的幽冷孤寂，正是女主人公孤寂凄清心绪的流露。

次句“轻罗小扇扑流萤”，转而抒写女主人公的行为：在这幽冷孤寂的环境中，漫漫长夜，百无聊赖，女子看到萤火虫飞舞闪烁，遂手持轻罗小扇追逐扑打，以为嬉戏玩耍。流萤，飞舞闪烁的萤火虫。深宫大院，殿堂巍峨，而有流萤飞舞，可见其荒寒寂寞之境况矣。女子手持轻罗小扇扑打流萤，可见其无聊之极，故意为之，以排遣苦闷。而轻罗小扇，既符合初秋天气渐凉、暑热尚未全退的季节特点，也暗用班婕妤《怨歌行》团扇之“出入君怀袖，动摇微风发。常恐秋节至，凉飙夺炎热。弃捐箧笥中，恩情中道绝”之典故，曲折传达微情。首句乃幽冷孤寂环境，而次句则写在这特定的幽冷孤寂环境中，百无聊赖的女子手持轻罗小扇扑打流萤的情状，以动衬静，更见其形影相吊的孤寂幽冷，摹写其内心的凄清与悲凉。轻罗小扇，薄纱做成的小扇。

“天阶夜色凉如水，卧看牵牛织女星。”后二句乃是进一步的抒写：扑打闪烁飞舞的萤火虫，以排遣无聊与苦闷，最终还是陷入了无尽的无聊之中。那个百无聊赖、追扑流萤的女子最终累了，遂坐在这空寂无人的宫殿台阶上，夜色已深，寒凉如水，使那火热而悸动的心，渐渐平静下来；孰料抬头便望见天上银河斜亘，牛郎星与织女星正在横渡银河，进行一年一度的相会。牵牛与织女，虽遥隔天河，然而尚可隔河相望，以慰相思；又有一年一度之相会，互诉衷肠。相比独处宫禁凄寒的孤寂女子，牵牛织女何其幸福；正因为如此，“卧看牵牛织女星”，那孤寂的女子竟何其羡慕，又是何其凄寒孤寂呢！不言怨而怨在言外，这种间接写法，有温柔敦厚之美，在宫怨诗中很多。卧看，一作“坐看”。梁代宗懔《荆楚岁时记》说：“七月七日为牵牛织女聚会之夜。”天河之东有织女，年年纺织劳役，织成云锦天衣，天帝怜其独处，许嫁于河西牵牛郎。嫁后荒废织纴，天帝大怒，责令其归河东，然允许一年一度相会。

此诗摹写一个特定的场景：自初夜写至夜深，于孤寂凄寒的氛围中，又去扑打流萤，之后，又率性卧于空寂的宫殿台阶上，仰望牵牛与织女银河相会，层层绘出，宛然一幅宫怨图。盛唐崔颢《七夕》后半曰：“长信深阴夜转幽，瑶阶金阁数萤流。班姬此夕愁无限，河汉三更看斗牛。”叙写深宫寂寞，无聊之女子在空寂宫殿台阶上，计数流萤，仰望银河上牵牛织女相会。显然，杜牧此诗乃点化崔颢诗之意境而来，更为含蓄有致。此诗将宫女深深的哀怨，融化在清丽幽冷的夜色中。俞陛云说："为秋闺咏七夕情事。前三句写景极清丽，宛若静院夜凉，见伊人逸致。结句仅言坐看双星，凡悲欢离合之迹，不着毫端，而闺人心事，尽在举头坐看之中。"（《诗境浅说》续编）

赠别二首

其一

娉娉袅袅十三余，豆蔻梢头二月初。春风十里扬州路，卷上珠帘总不如。

此诗当作于大和九年（835）。杜牧由淮南节度使掌书记升迁为监察御史，离扬州之时，与所爱歌妓分别，赠以此诗。高彦休《阙史》曰："唐中书舍人杜牧，少有逸才，下笔成咏。弱冠擢进士第，复捷制科。牧少隽，性疏野放荡，虽为检制，而不能自禁。会丞相牛僧孺出镇扬州，辟节度掌书记。牧供职之外，唯以宴游为事。扬州胜地也，每重城向夕，倡楼之上，常有绛纱灯万数，辉罗耀列空中，九里三十步街中，珠翠填咽，邈若仙境。牧常出没驰逐其间，无虚夕。"（《太平广记》卷二七三）杜牧诗酒风流，好狭邪游，与歌妓多交游，当离别扬州赴京任职之际，向所钟爱的歌妓作诗赠别。

此诗赞美所爱歌妓之绝世美丽。首句"娉娉袅袅十三余"，摹写该女子美丽，青春年少。娉娉，即娉婷，姿态美好。汉辛延年《羽林郎》："不意金吾子，娉婷过我庐。"唐柳宗元《韦道安》："货财足非吝，二女皆娉婷。"袅袅，轻盈纤美。晋左思《吴都赋》："蔼蔼翠幄，袅袅素女。"梁武帝《白纻辞》之二："纤腰袅袅不任衣，娇态独立特为谁？"此句意谓，女子姿态娇美、轻盈纤巧，仅仅十三岁多一点，正是青春年华的好时光。

次句"豆蔻梢头二月初"，以二月含苞待放的枝头豆蔻花来比拟。

豆蔻，又名草果，多年生草本植物。高一丈许，秋季结实，产于岭南。南方人取其尚未大开的，称为含胎花，故而常用以比拟少女。花开于春初，因而说“二月初”。此句意谓，那身形娇美、姿态轻盈的女子，正如初春所绽开的豆蔻花一样，娇嫩鲜艳明丽，正当其时。

前二句可以说是具体的描摹，赞美女子的美丽。后二句“春风十里扬州路，卷上珠帘总不如”，则置于热闹非凡、佳人聚集的广大空间来比较，该女子还是最美的。春风十里，形容扬州娼楼妓馆、舞榭歌台分布之广。珠帘，珍珠缀成的帘子。《西京杂记》卷二：“昭阳殿织珠为帘，风至则鸣，如珩佩之声。”《晋书·苻坚载记上》：“（苻）坚自平诸国之后，国内殷实，遂示人以侈，悬珠帘于正殿，以朝群臣。”李白《怨情》：“美人卷珠帘，深坐颦蛾眉。但见泪痕湿，不知心恨谁。”珠帘低垂，美人在珠帘之后，朦胧隐约，不得见其真容。卷上珠帘，则得以见美人之真容。此句意谓，扬州十里长街，春风游冶之处，到处是美人；然而卷起珠帘，仔细比量，那个“娉娉袅袅十三余”的女子，才是最美的，没有一人能够与之相比。

此诗首句写美人之体态身段之美、年龄之恰到好处，第二句则以豆蔻作比，赞美其娇小，如含苞待放之鲜花。第三句“春风”紧承上句之“二月”，也是叙写扬州妓馆歌台之美女如云、艳丽如春，第四句遂用“总不如”三字，极力赞美，大有“曾经沧海难为水，除却巫山不是云”（元稹《离思五首》）之意。

其二

多情却似总无情，唯觉樽前笑不成。蜡烛有心还惜别，替人垂泪到天明。

离别扬州所爱之歌妓，第一首乃赞美，而这一首则从离别写起。“多情却似总无情”，平日相处，貌似极为多情；如诚为多情，则不应离别，而今离别在即，实乃无情啊。首句以议论而起，乃是深切之自责，且致以歉意。“多情”，谓男女双方皆有深挚之感情，在离别之宴上，思绪万千，黯然神伤：如若多情，则不应分离；而今即将分离，显然是无情。那么，此前之“多情”为虚情假意呢，还是确有“真情”？“总无情”三字，将不得不分离的现实置于眼前，以否定此前之“多情”而反衬双方之情真意切以及不得不分别的悲凉和伤感。

次句“唯觉樽前笑不成”，进一步补写上一句：因男女双方皆“多情”，又不得不分别，宴席之上，樽酒相对，欲讨对方欢心，强作欢颜，欲绽露微笑；然而由于内心痛苦已极，强作欢颜，竟然没有一丝笑意，甚至比哭还难看，乍看上去，竟是“总无情”了。“唯觉”二字，写尽无可奈何之惨然情状。

情感塑造已极，离情别绪的氛围已达极致，诗人遂转而言他，将这浓郁的情感转而托之于物，使物皆沾染那浓郁得化不开的情思：“蜡烛有心还惜别，替人垂泪到天明。”宴席之上，樽酒相对，眼前之烛光摇曳，浊泪长流，似乎在替伤情已极、黯然销魂的离人而垂泪。蜡烛有烛芯，如人之有心。此二句兼具写实与比兴的特点：一方面是酒宴之上，蜡烛燃烧，蜡脂长流，似泪痕点点；另一方面，则由蜡泪而联想到离人伤别之泪，由蜡烛有“芯”联想到人之有“心”，替人长流泪水至天明，亦可见一对离人之枯坐无言、垂泪相向的情状。貌似“总无情”的一对离人，实在是“多情”而黯然神伤啊！内心之泪水，长流至天明。诗人特意用“有心”“替人”，将蜡烛人格化，赋予人的情感与知觉，达到物我相融、浑然一体的境界。就写法而言，诗人乃是在前二句渲染情感已足之后，转而言他，摹写蜡烛，移情至于微物，具象化的摹写，拟人化的手法，使得物我相融无间，极为生动形象，亦物亦人，合二为一，取得了极佳的表达效果。读此诗，尤见双方一往情深、难舍难分之情态。

这二首赠别诗，前首赞美意中人之美艳，后一首则着重写离别之情，乃诗人真情实感的自然流露，亦可由此见出唐代士子文人的风雅生活以及社会风气情状。黄叔灿《唐诗笺注》说：“曰‘却似’，曰‘唯觉’，形容妙矣。下却借蜡烛托寄，曰‘有心’，曰‘替人’，更妙。宋人评牧之诗豪而艳、宕而丽，其绝句于晚唐中尤为出色。”可谓妙解诗旨。

刘永济以为杜牧此诗乃为其故主江西观察使沈传师之妓妾张好好而作，曰："此二诗为张好好作也。杜有赠张好好五言古诗一首，诗前有小序曰：'牧大和三年佐故吏部沈公江西幕，好好年十三，始以善歌来乐籍中。后一岁，公移镇宣城，复置好好于宣城籍中。后二岁，为沈著作述师以双鬟纳之。后二岁，于洛阳城东重睹好好，感旧伤怀，故题诗赠之。'按：此诗有'娉娉袅袅十三余'句，当是与好好别时所作。前首言其美丽，后首叙别。'似无情'（当为'总无情'）'笑不成'，正十三龄女儿情态。"（《唐人绝句精华》）可聊备一说，以广见闻。

金谷园

繁华事散逐香尘，流水无情草自春。日暮东风怨啼鸟，落花犹似坠楼人。

金谷园，西晋石崇在金谷涧中所修筑的私人花园，故址在今河南洛阳西北。石崇《金谷诗序》记其事，有曰："余有别庐在河南县界金谷涧中，或高或下，有清泉茂林，众果竹柏药草之属，莫不毕备。又有水碓鱼池土窟，其为娱目欢心之物备矣。时征西大将军祭酒王诩当还长安，余与众贤共送往涧中，昼夜游宴，屡迁其坐。或登高临下，或列坐水滨。时琴瑟笙筑，合载车中，道路并作。及住，令与鼓吹递奏，遂各赋诗以叙中怀。或不能者，罚酒三斗。感性命之不永，惧凋落之无期。"雅集之余，各作诗以抒怀，石崇作此序以记其事。石崇生活豪奢，歌妓众多，而绿珠美而艳，善吹笛，尤为出色，特见宠爱。其时，赵王司马伦专权，其亲信孙秀索要绿珠。"崇时在金谷别馆，方登凉台，临清流，妇人侍侧，使者以告。崇尽出其婢妾数十人以示之，皆蕴兰麝，被罗縠，曰：'在所择。'使者曰：'君侯服御，丽则丽矣，然本受命，指索绿珠，不识孰是？'崇勃然曰：'绿珠，吾所爱，不可得也。'"得罪了孙秀，孙秀命甲士捉拿石崇，石崇正在楼上，对绿珠说："我今为尔得罪。"绿珠泣曰："当效死于官（主人）前。"（《晋书·石崇传》）乃自投于楼下而死，石崇也被杀。

开成元年（836），杜牧以监察御史，分司东都洛阳，得空闲游金谷园，凭吊遗迹而作此首怀古诗。首句“繁华事散逐香尘”，石崇当年的奢华，随着香尘飘散而消失了。繁华，即奢华。石崇极其奢华，《晋书·石崇传》说：石崇字季伦，“财产丰积，室宇宏丽，后房百数，皆曳纨绣，珥金翠”，侍妾奴婢颇多，皆穿锦绣，佩戴黄金翠玉；“丝竹尽当时之选，庖膳穷水陆之珍”——音乐乃当时最好的，食物穷尽山珍海味；与贵戚王恺、羊琇竞相夸比奢华，王恺以饴糖洗锅，石崇则以蜡烛当材薪煮饭；王恺制作紫丝布障四十里——布障是用以遮蔽风尘或视线的一种屏幕，石崇则用锦绣作步障五十里以胜之，如此豪奢，穷尽物力。王嘉《拾遗记》卷九：“石氏之富，方比王家，骄侈当世，珍宝瑰奇，视如瓦砾，积如粪土，皆殊方异国所得，莫有辨识其出处者。”香尘，芳香之尘，多指女子之步履而起者。晋王嘉《拾遗记》卷九记载：“（石崇）使数十人各含异香，行而笑语，则口气从风而扬。又屑沉水之香如尘末，布象床上，使所爱者践之，无迹者赐以真珠百琲，有迹者节其饮食，令体轻弱。故闺中相戏曰：‘尔非细骨轻躯，那得百琲真珠。’”此诗首句融会石崇的两个极其奢靡的典故，叙写石崇奢华无比，然而生命已逝、奢华不再的悲凉。

次句“流水无情草自春”，物是人非，石崇早已死去，然而流经金谷园的金谷水，数百年来，依然在汤汤流淌，青草茂盛，漫山遍野。今日人事已非，然而风景依旧。北魏郦道元《水经注·谷水》：“谷水又东，左会金谷水。水出太白原，东南流历金谷，谓之金谷水。东南流径（经）晋卫尉卿石崇之故居。”

第三句“日暮东风怨啼鸟”，紧承次句：徜徉于金谷园中，黄昏时只听得鸟儿悲鸣，似乎在抱怨东风之无情，为何要吹绿漫山遍野的离离春草呢！意谓，面对此情此景，非但过访者伤心，啼鸟也怨东风之无情矣。中唐张继《金谷园》诗有“年年啼鸟怨东风”之句。

第四句“落花犹似坠楼人”，离离青草，无边无际，令人凄迷感伤，而鲜花飘落，随风摇曳，恰似当年坠楼之绿珠，让人情何以堪！诗人此处，以鲜花之飘落，叙写绿珠坠楼而死的哀伤；以绿珠之坠楼，赋予飘落之鲜花以生命，花与人俱化，相隔为一。落花是眼中所见之景，诗人可能从落花而幻化出当年绿珠坠楼而亡的情景，赋予落花以生命，游览金谷园而感同身受，极大地增强了诗歌的感染力。

俞陛云说："前三句，景中有情，皆含凭吊苍凉之思。四句，以花喻人，以'落花'喻'坠楼人'，伤春感昔，即物兴怀，是人是花，合成一凄迷之境。"（《诗境浅说》续编）此诗乃游览而兴怀古之情，首句叙写金谷园之昔时奢华、今日之荒凉；次句则说今日人事已非，而风景依旧；第三句紧承而抒写鸟儿悲啼，怨于东风，以动写静；第四句在前三句的铺垫下，以"落花"比绿珠，花与人俱化。四句蝉联而下，环环相扣，以写景为主，又寄寓深沉之感慨。

李商隐

夜雨寄北

君问归期未有期，巴山夜雨涨秋池。何当共剪西窗烛，却话巴山夜雨时？

此诗乃大中五年（851）至九年（855）冬，李商隐在梓州（今四川三台县）柳仲郢幕府时，寄怀长安友人之作。宋人洪迈《万首唐人绝句》诗题作《寄内》，认为乃写给妻子之作。内，内人，妻子。其实，王氏卒于李商隐赴蜀之前，此后李商隐未曾再娶，因而题作“寄内”，显然是错误的。

秋季，巴蜀之地多阴雨。李商隐滞留蜀中，任职于柳仲郢幕府，思念长安亲友。于一个深秋雨夜，听着淅淅沥沥的雨声，给远在长安的亲友写此诗。首句“君问归期未有期”，乃一问一答。听闻着窗外淅淅沥沥的雨声，感受着渐渐寒凉的秋气，诗人似乎在向来信讯问近况的友人答复，倾诉滞留蜀中，无法确定归期的无奈心绪。无法确定归期的缘由，乃是“巴山夜雨涨秋池”——由淅淅沥沥的雨声，想象室外夜雨淋漓、水流四溢、河池涨满之景。事实上，这一句呈现出巴山、夜、雨、秋、池诸种景象，蕴含着遥远、寂寥、凄清、萧瑟的况味，而以“涨”字摹写出秋雨连绵、浸淫四野、无所不在的情状，同时也映衬出诗人客居蜀中、心怀孤寂的凄清，对家乡和友人的深长思念，郁结心底的重重愁思与无奈。景与情相融，勾勒出一幅雨夜思乡之图景。

第三句“何当共剪西窗烛”，何当，乃期盼之意。什么时候才能够北归长安，与亲友秉烛畅谈于西窗之下？那将是多么地惬意啊！诗人紧扣夜雨，同样是夜晚，而将来的北归相聚，秉烛畅谈，烛光摇曳，情意深厚，身影映于西窗之上，温馨而美好。显然，映于西窗之秉烛畅谈的情景，成为美好的期待，温暖着滞留蜀中的诗人。蜡烛燃烧久了，烛芯会结成穗状的烛花，使光焰昏暗，因此须剪去方能恢复光亮。

第四句“却话巴山夜雨时”，却话，追忆、忆说。相聚的亲友，所谈的正是滞留巴山蜀地的诗人所承受的孤寂凄清、思乡情浓以及归期难定的无奈。而淋漓的秋雨、涨溢巴山蜀地的秋水，乃阻隔诗人北归的关键，自然也是他们谈论的核心。在今日淋漓秋雨、涨溢秋水的境况下，诗人遥想他日北归，与亲友相聚畅谈，这淋漓秋雨、涨溢秋水以及种种凄凉孤寂情状，都将成为交流情感、致以安慰的谈资了。显然，这样的遥想极为温馨，也给正在饱受今日淋漓秋雨和相思之苦的诗人，添加了些许的亮色，给予一丝温暖与慰藉。由此亦可见，诗人与亲友之情义相通、心心相印了。

此诗之特别在于“巴山夜雨”前后重复两次。第二句之“巴山夜雨”，指身在巴山饱经夜雨之苦；第四句之“巴山夜雨”，乃指他日北归，秉烛西窗而畅谈当初之夜雨情怀。以“何当”“共话”与前文之“未有期”相呼应，这样就形成了一种重复的句式，表达缠绵的情致，极具韵味。杨逢春说：“自是寄诗缘起，一句内含问答。二写寄诗时景，时、地俱显，三四于寄诗之夜，预写归后追叙此夜之情，是加一倍写法。”（《唐诗绎》）

寄令狐郎中

嵩云秦树久离居，双鲤迢迢一纸书。休问梁园旧宾客，茂陵秋雨病相如。

此诗作于会昌五年（845）秋，李商隐闲居洛阳之时。令狐郎中，指令狐绹。大和三年（829），李商隐受令狐楚之赏识，拔擢入其幕府，与其子令狐绹同游，每多诗文唱酬。李商隐应进士举，得到令狐绹之大力举荐，得以登第。令狐楚去世之后，李商隐游泾原，入泾原节度使王茂元幕府，并娶其女为妻。令狐绹遂产生猜疑，以为李商隐投靠王茂元，另寻势力以为依靠，隔阂日深。武宗会昌年间，李党领袖李德裕当政，而牛党之牛僧孺、李宗闵失势，身为李党王茂元女婿的李商隐，并未得到重用，仍然秉持其一贯之操守，闲居于洛阳。时任左司郎中的令狐绹从长安寄书信以致问候，李商隐作此诗以为酬答。

杜甫在长安，思念远在江南的好友李白，作《春日忆李白》诗，而有“渭北春天树，江东日暮云”之句，以春日长安处处翠绿的茂盛树木、江东黄昏时天空飘浮无定的云朵，既抒写其浓烈的思念之情，又喻指李白漂泊不定的行迹，满怀关切，友于之情笃厚真切。李商隐化用此意，而有“嵩云秦树久离居”，喻指长安之令狐绹与居于洛阳的诗人自己，既表达长安与洛阳之距离遥远，也抒写二人曾出现感情上的睽隔，突出“久离居”的主旨。嵩，指中岳嵩山，在今河南登封市，此处借指李商隐所居之地洛阳，因洛阳临近于嵩山。秦，指长安，乃令狐绹所在之所。而云、树，乃分居两地之人即目所见，也是彼此思念之情的寄托，而且唤起了双方相互思念的悠远想象，浮现出伫立遥望云树、心神飞驰之景象，极富意象美。

双鲤，《古乐府》：“客从远方来，遗我双鲤鱼。呼儿烹鲤鱼，中有尺素书。”后世遂以鲤鱼代指书信。明人杨慎《丹铅总录·物用类·简牍》说，汉代书信往往以绢素叠成双鱼之形。“古诗云：‘尺素如霜雪，叠成双鲤鱼。要知心里事，看取腹中书。’是其明证也。”烹鱼得书，乃譬喻之辞。迢迢，道路遥远，水流绵长的样子。《古诗十九首》：“迢迢牵牛星，皎皎河汉女。”潘岳《内顾》诗：“漫漫三千里，迢迢远行客。”李商隐融会此类意象与典故，而有“双鲤迢迢一纸书”之句，感慨万端。“双鱼”与“一纸书”对举，透露出诗人对友人问候的感激之情，而“迢迢”一语，既突出长安与洛阳距离之遥远，也彰显令狐绹情意之深长、诗人捧读书简油然而生的亲切感念之情；同时也与上句之“久离居”相呼应——距离遥遥，长久分别，正当诗人困顿无聊之时，忽然得到远方好友寄来的书信，致以问候，欣喜何如？格外感受到友情之温暖如春，令人心神健爽。

“休问梁园旧宾客，茂陵秋雨病相如”，乃诗人以诗代简，答复令狐绹之语，一往情深，含蓄不尽。汉景帝时，梁孝王修筑梁苑（在今河南开封市东南），招揽贤才，司马相如、枚乘等皆为座上客。司马相如晚年，“既病免，家居茂陵”（《史记·司马相如列传》）。茂陵，汉武帝刘彻的陵墓，在今陕西兴平县东北。李商隐曾为令狐楚门下士，又供职其幕府，蒙受拔擢；与令狐绹多所交游，情义深笃，又蒙其举荐，得中进士第。会昌二年冬至五年，李商隐因母亲去世离职家居。五年夏秋之际，居于洛阳，又有亲人离世，诗人颇为悲痛，寂寞无聊，心情抑郁，体弱多病，面对令狐绹之问候，遂以“梁园旧宾客”“病相如”自况，平实委婉，富于情韵。“梁园旧宾客”，昔日之亲密关系；“茂陵秋雨病相如”，今日之贫病困顿、寂寞无聊。

此二句，遂将诗人与令狐父子之间的关系，当前的处境与心情，令狐绹来信之问候以及诗人自己深切的感念之情，全然融会一体，内涵丰富。闲居困顿，寂寞无聊，秋雨霏霏，苦况难堪，身心疲病，而故人致书问候，既为其深切的情义所感动，也引起了对令狐父子昔日殷勤关照的深情追忆，“梁园旧宾客”一语，何其温暖而深情。然而，诗人境况困顿无聊，乏善可陈，愧对故人，故而曰“休问”，抒写其难以言说、欲说还休的感怆情怀。“茂陵秋雨病相如”一句，虽似客观摹写，实则寓情于景，致以深长之感慨，凝练含蓄，温柔悲恻。俞陛云说：“义山与令狐相知久。退闲以后，得来书而却寄以诗，不作乞怜语，亦不涉觖望语。鬓丝病榻，犹回首前尘，得诗人温柔悲恻之旨。”（《诗境浅说》续编）诗人虽未明言请求令狐绹援引而摆脱困境之语，然而含蓄委婉的抒写中，以情动人，自然而然地呈现出欲摆脱困境的情意。一唱三叹，低回不尽。

为　有

为有云屏无限娇，凤城寒尽怕春宵。无端嫁得金龟婿，辜负香衾事早朝。

此诗取首句前二字为题，是一首“准无题诗”，作年不详。

云屏，有云形彩绘的屏风，或用云母作装饰的屏风。《西京杂记》卷一：“赵飞燕为皇后，其女弟在昭阳殿遗飞燕……云母屏风、琉璃屏风。”晋张协《七命》：“云屏烂汗，琼璧青葱。”刘长卿《昭阳曲》：“芙蓉帐小云屏暗，杨柳风多水殿凉。”凤城，相传秦穆公之女弄玉吹箫，引凤凰降于京城，遂乘凤升天，故而称京城为凤城、丹凤城。沈佺期《独不见》：“白狼河北音书断，丹凤城南秋夜长。”前二句，用这些艳丽的词语，摹写香艳旖旎的意态：云母屏风半遮半掩，屏风后面那个风姿绰约的佳人，无限娇美；居于京城，无比富贵，冬寒已尽，春日来临，然而那娇美的佳人却埋怨春日良宵苦短啊。摹写新婚佳人，富贵娇艳，情意深笃，春宵苦短，美满之中，却也有淡淡的不足之感。

三四句“无端嫁得金龟婿，辜负香衾事早朝”，就将这美中不足之情事，全盘托出。无端，没有来由地。金龟，黄金铸的龟纽官印。汉代皇太子、列侯、丞相、大将军等所用，后泛指高官之印。曹植《王仲宣诔》：“金龟紫绶，以彰勋则。”金龟也是唐代官员的一种佩饰。唐初，内外官五品以上，皆佩鱼袋。武后天授元年，改内外官佩鱼为佩龟。三品以上龟袋用金饰，四品用银饰，五品用铜饰，中宗初，罢龟袋，复佩鱼，见《旧唐书·舆服志》。金龟婿，遂指身任高官的夫婿。此二句正是“凤城寒尽怕春宵”的进一步疏解：这个娇美富贵的佳人说，没来由地嫁了个做高官的夫婿，可是他每天都辜负了馨香温柔的绣被，匆匆忙忙地要上早朝去了。

此诗写闺情，艳而不亵。“无限娇”指闺中佳人，冬寒已尽，春宵苦短，用一“怕”字，有怨恨之意，统领全诗，意谓春宵正可晚起，享受那温柔与酣眠之美。然而，“无端”——没有来由，转入解释“怕”之缘由，不嫁金龟婿，就可以安眠晏卧，不必早起而赴朝，同恋香衾，得享温柔；而今得嫁金龟婿，遂不得不早起上朝，而辜负了香馨绣被，实为无奈与无趣。抒写春情，能够抓住女子心理之变化，细腻而强烈，有入木三分之妙。

此诗虽是抒写闺情，然而也可能是李商隐别有寄托。李商隐以绝世之才，终老幕府，清晨入侍，黄昏退出，不得自由，沉溺于种种繁杂而无聊的薄书之中，虚耗生命，徒唤奈何！这与绝世佳人，无限娇美，却嫁与金龟夫婿，“凤城寒尽怕春宵”，不得不早朝而辜负香衾何异？“无端”二字，应该说，已经透露出李商隐托身幕府，虚耗生命的万般无奈与凄凉寂寞，流露出深深的后悔之意，看似嫁与金龟婿，实则徒得虚名罢了。诗人以闺情闺怨，而自述境遇与怀抱，怨而不怒，颇得温柔敦厚诗教之旨。

隋　宫

乘兴南游不戒严，九重谁省谏书函？春风举国裁宫锦，半作障泥半作帆。

此诗作于大中十一年（857），李商隐任盐铁推官，游历江东时。隋宫，指隋炀帝杨广在江都（今江苏扬州）所建的江都、显福、临江等行宫。《太平寰宇记》卷一二三“扬州·江都”：“临江宫，《隋书》云：‘大业十三年二月，大驾出杨子，幸临江宫，大会赐食，并百僚亦饯于凝晖殿庭，酺戏为乐数日。时羽葆初成，霜戈花氅，羽旆龙旌，横街塞陌二十余里，晖翳云日，前代羽卫，无盛斯时。十宫，在县北五里长阜苑内。依林傍涧，竦高跨阜，随城形置焉，并隋炀帝立也，曰归雁宫、回流宫、九里宫、松林宫、大雷宫、小雷宫、春草宫、九华宫、光汾宫，是曰九宫。’”后来，炀帝被杀死于江都宫中。七律《隋宫》“紫泉宫殿锁烟霞”一首，也是讽刺隋炀帝之荒淫无度、身死国灭。此诗与之有异曲同工之妙。

诗开篇则曰“乘兴南游不戒严”，炀帝不问国事，游兴极大，乘兴而南游，轻身涉险而不严加防护。按礼制，皇帝出行要戒严，而隋炀帝以为天下太平，不加戒备。此乃就其最终于江都宫中被杀而言，且借以彰显炀帝之任性而昏愦。炀帝刚即位，大业元年（605）三月，“于皁涧营显仁宫，采海内奇禽异兽草木之类，以实园苑。徙天下富商大贾数万家于东京。辛亥，发河南诸郡男女百余万，开通济渠，自西苑引谷、洛水达于河，自板渚引河通于淮。庚申，遣黄门侍郎王弘、上仪同於士澄往江南采木，造龙舟、凤艒、黄龙、赤舰、楼船等数万艘。”巡幸江都，“舳舻相接，二百余里”（《隋书·炀帝纪》）。炀帝好巡幸，至辽东、雁门、陇右，乘龙舟屡下江南。

次句“九重谁省谏书函”，谏官被杀，朝廷之上，再也无人谏诤，上下相瞒，最终亡身败国。《隋书·炀帝纪》：大业十二年，巡幸江都，“奉信郎崔民象以盗贼充斥，于建国门上表，谏不宜巡幸。上大怒，先解其颐（俗称下巴），乃斩之。”又，《资治通鉴》卷一八三记载：“虞世基以盗贼充斥，请发兵屯洛口仓。帝曰：‘卿是书生，定犹恇怯。’……至汜水，奉信郎王爱仁复上表请还西京，帝斩之而行。至梁郡，郡人邀车驾上书曰：‘陛下若遂幸江都，天下非陛下之有。’又斩之。”杨广即位不久，“即事巡游，以天下承平日久，士马全盛，慨然慕秦皇、汉武之事。乃盛治宫室，穷极侈靡，召募行人，分使绝域……东西游幸，靡有定居，每以供费不给，逆收数年之赋。所至唯与后宫流连耽湎，惟日不足……区宇之内，盗贼蜂起，劫掠从官，屠陷城邑，近臣互相掩蔽，隐贼数不以实对。或有言贼多者，辄大被诘现，各求苟免，上下相蒙，每出师徒，败亡相继。战士尽力，必不加赏，百姓无辜，咸受屠戮。黎庶愤怨，天下土崩，至于就擒而犹未之寤也。”（《隋书·炀帝纪》）九重，九重天，指朝廷。省，视察，察看。谏书函，函封的谏书。此句“九重谁省谏书函”，与上句之“乘兴南游”实相呼应，摹写炀帝之穷奢极欲，率性游幸，荒殆政事，不再察看谏书，因而其败国亡身，实为必然。

三四句“春风举国裁宫锦，半作障泥半作帆”，炀帝巡幸，春风吹拂，举国上下都在忙碌着剪裁精美的宫锦，一半作船帆，一半作马身上的障泥。穷奢极欲，毫不顾惜百姓之死活，焉能不亡。宫锦，宫中特制或仿造宫样所制的锦缎。岑参《胡歌》：“黑姓蕃王貂鼠裘，葡萄宫锦醉缠头。”障泥，垂于马腹两侧，用于遮挡尘土的东西。《西京杂记》卷二：“以绿地五色锦为蔽泥。”刘义庆《世说新语·术解》：“王武子善解马性。尝乘一马，箸连钱障泥，前有水，终日不肯渡。王云：‘此必是惜障泥。’使人解去，便径渡。”炀帝好游幸，颜师古《大业拾遗记》："炀帝幸江都……至汴，御龙舟，萧妃乘凤舸，锦帆彩缆，穷极侈靡。"罗隐《中元夜泊淮口》："锦帆天子狂魂魄，应过扬州看月明。"

此二句意谓，穷全国之财力、物力、人力，忙忙碌碌，竟然只是为了炀帝巡游江都，而用极其珍重精美的宫锦，制作船帆和马之障泥。宫锦，极贵重而精美之物，却作如此用途，可见炀帝之任性而穷奢极欲到了何种程度。更何况"不戒严"，更何况劝谏者皆被杀，朝廷遂无人敢上谏书，则其败国亡身便可想见矣。

此诗选取极具典型意义的题材，深刻地揭露炀帝不恤民力、国之财赋，任性而为，穷奢极欲，不顾国家安危、百姓疾苦，终致亡国。首句以"不戒严"三字提起，严重之至，又承之以"九重谁省谏书函"一句，颇质朴真切，极言炀帝之任性放荡；后二句紧紧抓住裁宫锦为船帆与障泥——这个典型事例，不著议论，而其荒唐无耻、举国皆狂、骚扰不安、民不堪命的状态，全然呈现出来，措辞极含风致，讽刺却极辛辣。李商隐概括历史事实，而以典型的片断摹写，既形象而力透纸背。

瑶　池

瑶池阿母绮窗开，黄竹歌声动地哀。八骏日行三万里，穆王何事不重来？

瑶池，古代传说中昆仑山上的池名。相传，西王母居于昆仑山，宫殿高耸，有玉楼十二，立台九层，左带瑶池，右环翠水。《史记·大宛列传论》曰："昆仑其高二千五百余里，日月所相避隐为光明也。其上有醴泉、瑶池。"《穆天子传》记载，周穆王乘八骏西游昆仑山，西王母于瑶池设宴款待。临别时，西王母作歌相送，希望周穆王能够再来："白云在天，山陵自出。道里悠远，山川间之。将子无死，尚能复来?"穆王亦作歌酬答："予归东土，和治诸夏。万比平均，吾顾见汝。比及三年，将复而（尔，汝）野。"表示三年后会再来。此诗即歌咏此事，当作于会昌六年（846）任官秘书正字。唐武宗李炎好游猎，喜道教神仙之事，亲受道箓，服食丹药，中毒而死，仅三十三岁。《旧唐书·武宗纪》:“帝重方士,颇服食修摄,亲受法箓。至是药躁,喜怒失常,疾既笃,旬日不能言。宰相李德裕等请见,不许,中外莫知安否,人情危惧。”李商隐作此诗,当别有寄托。

前句“瑶池阿母绮窗开”,西王母深情地倚于绮窗,凭窗眺望,准备迎接周穆王的再次光临。塑造西王母凭窗远眺、满怀期望的形象,颇为鲜明。阿母,《汉武帝内传》称西王母为“玄都阿母”。次句“黄竹歌声动地哀”,只听闻得《黄竹》歌声,惊天动地的悲哀。黄竹,诗篇名。《古今事文类聚》前集卷四引《穆天子传》曰:“丙辰,天子游黄台之丘,猎于革泽,有降雨,天子乃休。日中大寒,北风雨雪,有冻人,天子作《黄竹》诗三章以哀之,曰:‘皇我万民,旦夕勿忘。’”前二句,摹写两不相知的情状:一方面是长生久视、无所不能的西王母,深情地凭窗远眺,满怀期望,等待周穆王的再次到来;另一方面,则是周穆王已死,只有他游猎天下时所作的《黄竹》诗,哀伤生民,悲声动地,传响天下。这种两不相知的情态,形成鲜明而强烈的对照,深刻地揭示了神仙之虚妄。

后二句“八骏日行三万里,穆王何事不重来”,乃以西王母的口吻说出:周穆王之八骏日行三万里,无比迅捷,可是时至今日,他为何还不按约定的那样,重来昆仑山瑶池相会呢?暗寓周穆王已死,不能重来之意。八骏,相传为周穆王的八匹名马,说法不一。《穆天子传》卷一:“天子之骏,赤骥、盗骊、白义、踰轮、山子、渠黄、华骝、绿耳。”郭璞注:“八骏,皆因其毛色以为名号耳。”《列子·周穆王》:“西王母为王谣,王和之,其辞哀焉。乃观日之所入,一日行万里。”

西王母神通广大,居于昆仑山,与周穆王相约,再次相会于昆仑瑶池。诗歌开篇则塑造西王母满怀深情、凭绮窗而眺望的形象,将一个期待约会之人的急切与躁动表现出来,栩栩如生;然而周穆王已死,《黄竹》诗哀伤生民,悲哀之声动地。这个惨烈的事实,与西王母的凭绮窗而深情远眺,形成强烈而鲜明的对照,穆王已死,而西王母尚不知晓,那么无所不能、神通广大的神仙,又有什么用呢?周穆王虽然已经寻到了仙人西王母,却并不能获得长生,而西王母也并不能先知先觉,那么，服食求仙还有什么意义呢？后二句，诗人借西王母之口吻，叙说穆王八骏神迈，日行三万里，无远不至，以反问句“穆王何事不重来”——周穆王并没有践履约定，再到昆仑瑶池相会，再一次突出仙人西王母之倚窗期待的怅惘，展现神仙之虚妄，使得全诗神完意足。诗人有感于武宗服食求仙、中毒而死的悲剧，指出求仙之虚妄，即使像周穆王那样得以见到西王母，也依旧会死，足见求仙之毫无意义。此诗浅显易懂，而又含蓄不尽。纪昀说：“言尽意尽矣，而以诘问之词吞吐出之，故尽而未尽。”（《李义山诗集辑评》）

嫦　娥

云母屏风烛影深，长河渐落晓星沉。嫦娥应悔偷灵药，碧海青天夜夜心。

嫦娥，也作姮娥，神话之月中女神。《淮南子·览冥训》：‘譬若羿请不死之药于西王母，姮娥窃以奔月。”高诱注：“姮娥，羿妻。羿请不死之药于西王母，未及服之，姮娥盗食之，得仙，奔入月中，为月精也。”此诗作年不详，诗之主旨实乃处境孤寂清冷的主人公对于环境的感受与心灵的独白。

“云母屏风烛影深，长河渐落晓星沉。”首二句摹写主人公所处之环境及长夜不眠的景象。室内，烛光摇曳，渐渐黯淡下去，云母屏风上的图案越来越模糊，笼罩着一层深深的暗影，越发显示出居处之空寂、清冷、无聊，主人公长夜不眠的黯淡心境，被全然展露出来。而室外，银河渐渐地落下去，天空中的寥落晨星随着天光渐亮与其一起隐没了。本来，银河横亘天际，群星闪烁，牵牛星与织女星隔岸遥遥相望，似有千言万语，诉说衷肠，可以给月宫孤寂之人，提供一些遐想，聊以安慰而已；孰料银河落下，寥寥晨星隐没，广阔辽远的天际，更显得空寂辽阔，面对巨大的空寂与辽远，让人情何以堪！诗人于此，将那种独处天际的空寂与辽远的孤独感，抒写得极为深切。“沉”字，极为形象地展示出晨星渐渐隐没的动态，暗示主人公眺望晨星而渐渐沉重起来的心境。“烛影深”“晓星沉”“长河渐落”，刻画出一系列的动态景象，表明时间将晓未晓之际，逐渐推移的动态过程，也同时展现主人公长夜独坐、一夜无眠的孤寂与凄冷。云母，矿石名，俗称千层纸。古人以为此石为云之根，故名。可析为薄片，有弹性，玻璃光泽，半透明，有白色、黑色、深浅不同的绿色或褐色等。古人常用为屏风之装饰，以观其多姿态的自然图案。

“嫦娥应悔偷灵药，碧海青天夜夜心。”至此，诗歌才展示出上文所描摹、含而未露的主人公——嫦娥。那个独对残烛的嫦娥，一夜无眠，看烛光摇曳，渐渐黯淡，云母屏风图案明灭变化，渐至一派模糊；又凭窗眺望，广寒宫寂寞凄清，遥望银河渐落，寥寥晨星隐没，万里天际，辽阔而寂静，遂滋生出巨大的孤独感。于此，诗人才从心理变化而摹写：面对空阔孤寂和巨大独孤感的嫦娥，而今饱尝孤寂与凄清，应该很后悔当初偷吃了后羿所求得之西王母长生不死之仙药，飞升成仙，独处广寒宫；从此便夜夜无眠，独对残烛，冷冷清清，瞩望如同碧海一样广袤而寂寥的青天。“碧海青天夜夜心”的幽思无限、惆怅难解之具体内涵，正是首二句“云母屏风烛影深，长河渐落晓星沉”——这一深刻而形象的摹写，不是一夜，而是夜夜如此，长此以往，无有终结，其巨大的空白与孤独感，简直令人窒息。灵药，指长生不老之药。因为有前二句之渲染、刻画，第三句之“应悔”，水到渠成，从心理变化、深刻感知上来抒写嫦娥所面对的寂寥凄清，第四句“碧海青天夜夜心”，既是嫦娥处境心情的摹写，也可以说是其内心的独白，因而浑融一体，感人至深。

前人以为，此诗别有寄托，或以为讥讽女道士，或以为悼念妻子王氏，或以为后悔无端卷入牛李党争而身世沉浮，备受煎熬。其实，李商隐摹写嫦娥之孤寂凄清，多少融入了其自身的独特现实人生感受，而含有更丰富深刻的意蕴。诗人以抒情体的诗歌，叙写其身处浊世的精神上的孤独与深悲，力图摆脱尘俗，追求高洁的境界，却也难免使自己陷于更大的孤独境地，既不甘心从俗，也难以忍受孤寂凄清的煎熬，其心理变化是极其微妙复杂的。

贾　生

宣室求贤访逐臣，贾生才调更无伦。可怜夜半虚前席，不问苍生问鬼神！

贾生，贾谊，洛阳人，西汉初著名政论家，汉文帝召为博士，迁大中大夫。因提倡厉行改革，遭排挤，贬为长沙王太傅，后又改为梁怀王太傅，抑郁而卒，年仅三十三。《史记·屈原贾生列传》："贾生，名谊，洛阳人也。年十八，以能诵《诗》属书，闻于郡中……贾生年少，颇通诸子百家之书，文帝召以为博士。是时贾生年二十余，最为少，每诏令议下，诸老先生不能言，贾生尽为之对，人人各如其意所欲出。诸生于是乃以为能不及也。孝文帝说之，超迁，一岁中至大中大夫。"贾谊厉行改革，"孝文帝初即位，谦让未遑也。诸律令所更定，及列侯悉就国，其说皆自贾生发之。于是天子议，以为贾生任公卿之位。绛（周勃）灌（灌夫）东阳侯（张相如）冯敬之属，尽害之，乃短贾生曰：'洛阳之人，年少初学，专欲擅权，纷乱诸事。'于是天子后亦疏之，不用其议，乃以贾生为长沙王太傅"。此诗大约作于大中二年（848）。

这是一首咏史诗，歌咏历史事实而表达认识，抒发感慨。李商隐是咏史题材的重要作家，取材、立意和表现手法都比较新颖，往往在历史事实与历史形象的咏叹之际，表达其独到的敏锐认识，出之以唱叹之情，很有艺术感染力。贾谊的故事，为大家所熟悉，此诗选取贾谊生平一个特殊的细节，予以咏叹，借以抒发其内心的感慨与认识。《史记·屈原贾生列传》说："后岁余，贾生征见。孝文帝方受釐（xī，胙肉，祭过神的福食），坐宣室上，因感鬼神事而问鬼神之本，贾生因具道所以然之状。至夜半，文帝前席。既罢，曰：'吾久不见贾生，自以为过之，今不及也。'居顷之，拜贾生为梁怀王大傅。梁怀王，文帝之少子，爱而好书，故令贾生傅之。"

"宣室求贤访逐臣，贾生才调更无伦。"宣室，汉代未央宫前殿正室。汉文帝虚心访求贤才，征召放逐的旧臣；而贾谊才能风调卓著，无人能比，当然就在征召访寻之列。“求”与“访”二字，彰显汉文帝虚心求访人才的谦虚态度，“求”贤才而“访”及放逐之旧臣，不但广泛搜求贤才于朝野，而且访求于被放逐之旧臣，可见其求贤若渴、虚怀若谷之诚挚与迫切。被放逐之旧臣贾谊，才华风调最为杰出，无与伦比，当然也在征召访求之列。此二句，诗人首先塑造汉文帝的求贤若渴、贾谊之才能杰特。贾谊能诸子百家之学，二十余岁即为博士，最为年少。每与议论，诸老先生不能言说，而贾谊口若悬河，条理明晰，剖陈是非得失，如指之于掌上，“人人各如其意所欲出”——说出了人人想说而说不出来的见解。再次被征召之后，为文帝少子梁怀王太傅，“文帝复封淮南厉王子四人皆为列侯，贾生谏，以为患之兴，自此起矣”（《史记·屈原贾生列传》）。后来，也被历史所证明。可见，“才调更无伦”的贾谊确实乃治世之奇才，是历史对贾谊的肯定，当然也是汉文帝对贾谊的积极评价。

既然贾谊才能如此卓著，求贤若渴的汉文帝更应该访求其意见，积极采纳其建议，然而并非如此。“可怜夜半虚前席，不问苍生问鬼神”，可惜呀，汉文帝在未央宫前殿宣室征询贾谊的意见，却不是为天下苍生谋福利，而是就其感兴趣的鬼神之事，谈至夜半，感动之时，不禁为之向前移动，以便更靠近贾谊一些。这种虚心倾听，岂非徒然无益！虚，徒然。前席，在坐席上向前移动，以靠近对方。

前二句极力叙写汉文帝求贤之诚挚与迫切，第三句“可怜夜半虚前席”乃转折，是全诗的枢纽。第四句“不问苍生问鬼神”，既是对问鬼神的历史叙述——“因感鬼神事而问鬼神之本，贾生因具道所以然之状。至夜半，文帝前席。既罢，曰：‘吾久不见贾生，自以为过之，今不及也。’”也是对汉文帝的批判——“不问苍生”，从而深刻地揭露了汉文帝求贤的虚伪性，彰显贾谊怀才不遇的悲剧性命运。贾谊是一位才能卓著、有理想抱负的人才。汉文帝求贤而不拘一格，贾谊才能卓著，“才调更无伦”，征召逐臣贾谊，夜半深谈，文帝不仅为之“前席”，层层递进，彰显汉文帝求贤若渴的明君形象；而末句“不问苍生问鬼神”，直接破底——有道明君汉文帝并不是心系天下苍生，而是关心虚无的“鬼神”之事，因而夜半前席乃“虚前席”——徒然地向前移动，让人警醒。贾谊的悲剧就在于表面上似乎很受重视，深受信任，实质上文帝所问却并非社稷民生，与其理想抱负背道而驰：一个心系天下苍生，一个关心鬼神之事。南辕北辙，欲将何为？刘长卿于长沙凭吊贾谊，就有“汉文有道恩犹薄”（《长沙过贾谊宅》）的感慨，千古才人，同为一哭矣。怀才不遇的李商隐，于此当深有感触。此诗既是咏史，也是讥讽现实，更融入了身世之感，含蓄不尽。

温庭筠

瑶瑟怨

冰簟银床梦不成，碧天如水夜云轻。雁声远过潇湘去，十二楼中月自明。

瑶瑟，以美玉为饰的瑟。瑟，乃拨弦乐器，有五十弦、二十五弦之说。《史记·孝武本纪》："泰帝使素女鼓五十弦瑟，悲，帝禁不止，故破其瑟为二十五弦。"瑟声悲怨，刘禹锡《潇湘神二首》其二："斑竹枝，斑竹枝，泪痕点点寄相思。楚客欲听瑶瑟怨，潇湘深夜月明时。"诗题大概脱胎于此。

"冰簟银床梦不成"，"梦不成"乃诗眼，因为睡不着，因而眼中所见，耳中所闻，皆应于心，表现为诗歌。清冷的夜晚，月色朦胧，竹席洁白如冰（冰簟），床榻笼罩着一层淡淡的月光，呈现为银白色而有凉意（银床），这样的物象、氛围，强化了长久地睡不着的主人公所处环境的凄清、孤寂，使得"梦不成"的心境更为难堪。

"碧天如水夜云轻"，月色朦胧，天空深碧，如深渺之水，寒意袭人；淡云数片飘浮，如轻絮，反衬天空之澄洁深渺、空阔广大，寒凉沁骨，透露出主人公清冷寂寞的心绪。

"雁声远过潇湘去"，转而从听觉来写，长空澄洁，辽夐广大，一只孤雁，哀鸣飞过，划破了夜的宁静，打破了闺房之孤寂。这失群孤雁的哀鸣声，由远渐近，又由近渐远，消失在碧海青天的夜色中，也暗示女主人公凝神静听、若有所思的情状。潇湘，潇水与湘水的汇合处，在今湖南境内。传说，尧之二女蛾皇、女英配于舜，舜南巡而死，二女寻夫，泪尽潇湘，赴水而死，化为湘灵。钱起《省试湘灵鼓瑟》："善鼓云和瑟，常闻帝子灵。冯夷空自舞，楚客不堪听。苦调凄金石，清音入杳冥。苍梧来怨慕，白芷动芳馨。流水传潇浦，悲风过洞庭。曲终人不见，江上数峰青。”描摹湘灵鼓瑟，清音入杳冥，感动万物，使沉浸于凄清哀怨的音乐声中。钱起又有一首《归雁》：“潇湘何事等闲回，水碧沙明两岸苔。二十五弦弹夜月，不胜清怨却飞来。”将二十五弦之瑟与雁相联结为一体，以抒情达意。温庭筠此诗受此启发，将深闺“梦不成”的佳人，与湘灵、归雁融会为一：划过夜空的孤雁哀鸣声，引起“梦不成”的佳人之情思上接千古哀怨之湘灵，似乎清怨之瑟，回荡于空阔青天……女主人公的情思，将何以堪呢？显然，冰簟银床的精美陈设，碧天、夜云、雁声的环境，似有若无的朦胧氛围、缥缈的清瑟之音，暗示出女主人公的绝世娇美，带着些许的哀怨，使人心醉。

“十二楼中月自明”，十二楼，指神话传说中的仙人居处。《史记·封禅书》：“方士有言：黄帝时为五城十二楼，以候神人于执期，命曰迎年。”《汉书·郊祀志下》“五城十二楼”颜师古注引应劭曰：“昆仑玄圃五城十二楼，仙人之所常居。”葛洪《抱朴子·祛惑》：“又见昆仑山上一面辄有四百四十门，门广四里，内有五城十二楼。”唐诗中“十二楼”既可指帝王宫苑，也可借指道观。此句，揭示出谜底：美丽幽怨的女主人公，如同天宫中的仙子，此时正在明月照耀下的十二楼中，深深地思念意中人，而“梦不成”——独自品尝相思离别之苦啊。

此诗着意于环境渲染与典故暗示，创造出朦胧空灵之意境，铺陈一时之光景，辗转反侧，所闻所见，无非怨思，透露出深深的幽怨。“梦不成”三字，乃诗眼。冰簟银床、夜凉轻云、孤雁哀鸣、明月自照、高楼独栖，皆围绕着这三个字来展开，而“梦不成”却也使这幽冷凄清的画面，一时间“活”起来，形成无言的诉说。

女道士、诗人鱼玄机有一首写温庭筠的诗，《寄飞卿》曰：“阶砌乱蛩鸣，庭柯烟露清。月中邻乐响，楼上远山明。珍簟凉风至，瑶琴寄恨生。嵇君懒书札，底物慰秋情。”鱼玄机作诗慰问温庭筠，以表相思忆念。温庭筠遂作此《瑶瑟怨》，以作回答，故而写得极为朦胧凄清，刻画一位独居佳人的幽怨之情。作此推想，大概可信吧？

郑 畋

马嵬坡

玄宗回马杨妃死，云雨难忘日月新。终是圣明天子事，景阳宫井又何人？

郑畋（825—883），字台文，荥阳（今河南荥阳）人。会昌二年（842），年十八进士及第，二十二岁又中书判拔萃科。历任中书舍人、梧州刺史，僖宗时拜相。郑畋文学优深，器量弘恕，美风仪，神采如玉，尤能赋诗。郑畋笃于情义。其父郑亚曾任桂管观察使，郑畋生于桂州，小字桂儿。监军西门思恭诏征回长安，郑亚自以为衰年，遂以郑畋相托："他日愿以桂儿为念，九泉之下，不敢忘之。"郑亚卒后，郑畋年幼，西门思恭招之于家，选师友教导之。后来，"黄巢之入长安，西门思恭逃难于乡曲南山，（郑）畋以家财厚募有勇者，访而获之，以归岐下，温清侍膳，有如父焉"，思恭最终死在郑家，郑畋葬之于凤翔，"松柏皆手植之"，不久，郑畋亦去世，"葬近西门之坟，百官皆造二陇以吊之，无不堕泪，咸伏其义也"（孙光宪《北梦琐方》卷一三）。

马嵬坡，在陕西省兴平县。安史之乱，叛军进攻长安，玄宗逃奔蜀中，途经马嵬驿，禁卫军杀祸国殃民的宰相杨国忠，玄宗被迫赐杨贵妃死，葬于马嵬坡。陈鸿《长恨传》："潼关不守，翠华南幸，出咸阳，道次马嵬亭，六军徘徊，持戟不进。"逼迫玄宗诛杀杨国忠、杨玉环兄妹。马嵬事变、李隆基与杨玉环的爱情故事，唐人多有吟咏，抒发对盛世的追忆，对李杨爱情的赞美，以及对导致大唐衰败缘由的探讨，颇为复杂。此诗约作于郑畋为凤翔从事之时。

"玄宗回马杨妃死，云雨难忘日月新。"首二句，肃宗皇帝收复长安与洛阳，玄宗从蜀中返回长安，途经马嵬坡——当年杨贵妃身死之地，回想与杨贵妃的爱情，久久难以忘怀，如日月重光、天地重新。首句，即白居易《长恨歌》：“九重城阙烟尘生，千乘万骑西南行。翠华摇摇行复止，西出都门百余里。六军不发无奈何，宛转蛾眉马前死。花钿委地无人收，翠翘金雀玉搔头。君王掩面救不得，回首血泪相和流……天旋地转回龙驭，到此踌躇不能去。马嵬坡下泥土中，不见玉颜空死处。”次句的逻辑顺序应该是“日月新，难忘云雨”。云雨，出自宋玉《高唐赋序》，曰：“昔者先王尝游高唐，怠而昼寝，梦见一妇人曰：妾巫山之女也，为高唐之客，闻君游高唐，愿荐枕席。王因幸之。去而辞曰：妾在巫山之阳，高丘之岨，旦为朝云，暮为行雨。朝朝暮暮，阳台之下。”后因用“云雨”指男女欢会。刘禹锡《巫山神女庙》：“星河好夜闻清佩，云雨归时带异香。”白居易《长恨歌》叙写玄宗复归长安：“归来池苑皆依旧，太液芙蓉未央柳。芙蓉如面柳如眉，对此如何不泪垂？春风桃李花开日，秋雨梧桐叶落时。西宫南苑多秋草，宫叶满阶红不扫。梨园弟子白发新，椒房阿监青娥老。夕殿萤飞思悄然，孤灯挑尽未成眠。迟迟钟鼓初长夜，耿耿星河欲曙天。鸳鸯瓦冷霜华重，翡翠衾寒谁与共？悠悠生死别经年，魂魄不曾来入梦。”日月新，谓天长地久，如日月长新。

“终是圣明天子事，景阳宫井又何人？”景阳宫井，南朝陈之景阳殿前之井，又名胭脂井。祯明三年（589），隋兵南下，攻占台城（今江苏南京），陈后主与宠妃张丽华、孔贵嫔逃避于井中，终为隋兵所获。后世遂称此井为辱井。后二句谓，玄宗终究是圣明天子，在危急时刻，舍弃杨贵妃，将其处死，保全了自己和社稷；看看景阳宫井，陈后主终究是愚昧，不懂得舍弃张丽华而保全自己，自取其辱，奈何？

此诗吟咏著名的“马嵬之变”，首二句说玄宗重情，与杨贵妃恩爱难忘，复返长安，途经马嵬，凭吊杨贵妃身死之所，无限感伤，难忘他们的爱情，如日月长新，天长地久。赞美玄宗的至情。第三句“终是”一转，马嵬之变，玄宗终究是圣明天子，在不得已之危急时刻，舍弃杨贵妃而保全自己，从而避免了像陈后主和张丽华那样，求死不得，反受其辱之事。以“圣明”称玄宗，却又以之与亡国之昏君陈后主相比照，那么，玄宗的“圣明”也就可以想见了，他与杨玉环的爱情——“云雨难忘日月新”，虽然口口声声宣称其至情之爱，可是在关键时刻却舍弃所爱之杨玉环而求自保，那么，其“至情”亦可想而知了。含蓄委婉，而又深切显露，予以大胆讽刺，令人叹赏。《太平广记》卷一九九《郑畋》曰：“马嵬佛堂，杨妃缢所，迩后才士经过，赋咏以道其幽怨者，不可胜纪。皆以翠翘香钿，委于尘泥，红凄碧怨令人伤悲，虽调苦词清，无逃此意也。”而郑畋此诗，含蓄蕴藉，不失温柔敦厚之旨，乃此类诗中的佳作。

韩　偓

已　凉

碧阑干外绣帘垂，猩色屏风画折枝。八尺龙须方锦褥，已凉天气未寒时。

韩偓（842—923），字致尧，小字冬郎，自号玉樵山人，京兆万年（今陕西西安）人。十岁已擅长作诗，李商隐称为“雏凤清于老凤声”（《韩冬郎即席为诗相送一座尽惊》），昭宗龙纪元年（889）进士及第。历任左拾遗、刑部员外郎、翰林学士、中书舍人等职。天复元年（901），从昭宗避乱凤翔，昭宗欲擢为宰相，固辞不受。因不依附权臣朱温，两遭贬谪。后弃官南下，天祐三年（906），入闽依王审知，卒于闽地。晚唐，朝廷孱弱，强藩擅权，士人不能有所作为，而韩偓能有所坚守，不诡随于人，实属难能可贵。有《韩偓诗》一卷，多感时伤乱之旨，《香奁集》一卷，多为艳情，所谓“咀五色之灵芝，香生九窍；咽三危之瑞露，春动七情”（《香奁集自序》），宋人周紫芝以为：“读玉山樵人诗，脂泽之气，焄然满怀，使要想见风采。至《香奁》则又殆有甚焉者也。然（韩）偓当唐末宗社颠隮之际，窜身于戈戟森罗之中，虽扈从重围，犹复有作。当是之时，独能峥嵘于奸雄群小之间，自立议论，不至诡随。唐史臣称之，以谓有一韩偓尚不能容，况于贤者乎？则知偓非荏苒于闺房衽席之上者，特游戏于此耳。”（《书韩承旨别集后》）对韩偓多有理解，以为其艳情诗，当别有寄托耳。

此诗摹写一间陈设华丽的闺房，由外而内，逐层深入，最后点明节令。首句“碧阑干外绣帘垂”，碧玉栏杆外，绣帘低垂，取代了夏日的竹帘。阑干，即栏杆。乃是从闺房的外围写起，用华丽的绣帘取代了夏日清凉、透风的竹帘，碧玉栏杆温润，绣帘低垂，闺房宽敞、豪华、幽静，天气已经转凉。

次句“猩色屏风画折枝”，由帘幕而转向床前的屏风：床前树立着猩红色的屏风，屏风上描绘着折枝花的图案。猩色，一作“猩血”，猩红色，血红色。皮日休《重题蔷薇》：“浓似猩猩初染素，轻如燕燕欲凌空。”折枝，花卉画法一种，不画花的全株，只画连枝折下来的部分。床前屏风，猩红色的，乃暖色调，暗示室外天气已至秋凉；折枝花，所画乃怒放的鲜花，令人联想起秋风渐起，百花即将凋零的景象。就是说，此句所要展示的正是入秋天气已凉，闺房内的陈设，适应季节的变化而调节，已然更换为暖色调的。

第三句“八尺龙须方锦褥”，由屏风而转写床上铺陈：八尺宽阔的龙须垫上，已然铺着锦绣褥子。龙须，龙须草，多年生草本植物，狭线形，初夏开花，茎叶极柔软，可以做蓑衣、绳索、草鞋等，亦可织席、造纸。有的地方叫蓑草或蓑衣草。《初学记》卷二五引《晋东宫旧事》：“太子有独坐龙须席、赤皮席、花席、经席。”孟浩然《襄阳公宅饮》：“绮席卷龙须，香杯浮码瑙（即玛瑙）。”八尺龙须，谓床上铺着八尺见方的龙须席，可见大床之宽敞华美；方锦褥，谓龙须席上同样铺垫着八尺见方的锦绣褥垫。龙须席，乃天气尚炎热时的铺垫；而锦褥，则为天气转凉而铺垫，显示凉而未寒的气候特征。时令的季节特征，颇为明显，诗人尚未说破。

末句“已凉天气未寒时”，在层层铺垫之后，诗人说这正是夏日炎热已过，秋凉已至，寒意尚未来临的好时节，颇为舒爽的时节，点明诗题“已凉”。

此诗如同一台摄像机，从闺房的最外面，由外而内，至床前屏风，给予一个特写镜头，展示猩红的画屏底色，折枝花；又转向宽阔豪华的大床，给予一个特写镜头，将龙须席、方锦褥，一一展示，最后才有画外音：“已凉天气未寒时”，戛然而止。虽未有主人公出场，然而处处却有主人公的影子，意态婉然，如在目前。闺房陈设极为豪华，极尽心思，然而却多少有一些寂寥和凄清，那个女主人公似乎就躲在闺房一隅，冷眼旁观这豪华室内的一切，流露出些许的落寞，独守空闺的寂寥。物换星移，天气已凉，而远方的游子仍然未曾归来。舒爽可人的天气，已凉而未寒，正是闺中佳人与远方游子相聚、团圆之时，然而游子未归，佳人寂寞，独守一隅，打量着闺房精心布置的一切，有着热烈的期待与淡淡的凄清寂寞，流露出内心的冲动却又无可奈何的情愫，大有年华易逝，青春难再的悲凉，也有对美好爱情的渴望，意在言外，只可意会神悟罢了。有多少情思，妙在不明说，令人思而得之。蘅塘退士说：“通首布景，并不露情思，而情愈深远。”（《唐诗三百首》）

韦 庄

金陵图

江雨霏霏江草齐，六朝如梦鸟空啼。无情最是台城柳，依旧烟笼十里堤。

诗题一作《台城》。台城，六朝时的禁城。洪迈《容斋续笔·台城少城》："晋宋间谓朝廷禁省为台，故称禁城为台城。"晋之"台城"，在今南京市鸡鸣山南乾河沿北，其地本三国吴后苑城，东晋成帝时改建作新宫，遂为宫城。历宋、齐、梁、陈，皆为台省（中央政府）和宫殿所在地，因专名台城。诗题一作《金陵图》。韦庄另有《金陵图》诗："谁谓伤心画不成？画人心逐世人情。君看六幅南朝事，老木寒云满故城。"为题金陵图画诗。此诗有"无情最是台城柳"，显然是诗人游历其地而作，诗题当作《台城》。韦庄避乱江南，于僖宗光启三年（887）游历金陵时所作。

台城，在玄武湖边，乃六朝的禁城，政治中心，也是帝王荒淫享乐之所。唐代歌咏六朝故都台城的诗歌不少，颇多兴废衰亡之叹。刘禹锡《台城怀古》："清江悠悠王气沉，六朝遗事何处寻？宫墙隐嶙围野泽，鹳鹆夜鸣秋色深。"《金陵五题·台城》："台城六代竞豪华，结绮临春事最奢。万户千门成野草，只缘一曲后庭花。"至晚唐，台城已然荒芜，仅存残垣荒草。

首句"江雨霏霏江草齐"，江南烟雨霏霏，一派迷蒙，野草繁盛，无边无际，如梦似幻，令人情思凄迷。玄武湖与长江相通，而金陵濒临长江，故而曰"江雨""江草"，诗人着力刻画暮春时节，江南烟雨如丝，绵绵不绝，绿草如茵，杂花生树的动人景象。而迷人的景象，却蕴含着多少令人伤感的意绪。

次句“六朝如梦鸟空啼”，六朝的兴废衰亡的故事太多了，一切却如梦幻般，悄然失去，只有绿草年年复生，飞鸟依旧啼鸣。繁华莫比的结绮楼、临春阁，荡然无存；偏安江左的东晋之司马氏、宋之刘裕、齐之萧道成、梁之萧衍、陈之陈霸先，开创一代基业，已然不存，而那些嗜杀残暴的昏庸之主，同样消失在历史的长河中；王谢风流，高门大族，皆忆化为尘埃。那霏霏江雨、如茵绿草下的断壁残垣，皆为荒凉的历史遗迹。虎踞龙盘的形胜，终究无法阻挡衰亡的命运，李商隐《咏史》曰：“北湖南埭水漫漫，一片降旗百尺竿。三百年间同晓梦，钟山何处有龙盘。”诗人将景物依旧与人世沧桑相对照，强化了“六朝如梦”的感受；而“鸟空啼”之“空”字，既有四野空旷之意，也有徒然之意，令人更生感慨。

后二句“无情最是台城柳，依旧烟笼十里堤”，台城是六朝政治的中枢所在，也是六朝的象征。台城破败，荒草弥漫，杨柳低垂，随风摇曳，将一派如烟绿色依旧笼罩于十里长堤，对六朝之兴废，显得极其无情。意谓，杨柳无情，对六朝兴亡，台城残破，毫不关心，更不动情；如若稍有情感，台城十里长堤上，也不会有那如烟嫩绿笼罩了。宋人姜夔《长亭怨慢》词，将这层意思说透了：“谁得似长亭树。树若有情时，不会得青青如此。”韦庄从黄巢大军占领下的故都长安逃离出来，奔赴江南以避祸，心怀家国之忧，在此处遂触景生情，感慨万千：台城杨柳不管人世兴亡、六代繁荣与衰败，依旧生长，枝条繁茂，摇曳生姿，因而指斥台城柳之“无情”。显然，此“无情”正是诗人“有情”的折射，是诗人无限兴亡感慨的长咏叹。而且，“台城柳”“烟笼十里堤”，正与首句之“江雨霏霏江草齐”相呼应。

刘永济说：“‘六朝如梦’，一切皆空也。‘依旧’之物，唯柳而已，故曰‘无情’，然则有情者不免感慨可知矣。此种写法，王士禛所谓‘神韵’也。”（《唐人绝句精华》）事实上，韦庄此诗，深深地印刻着晚唐衰乱社会、民生凋敝的影子，因而诗人虽咏六朝兴亡，实乃关切社会现实，情不能已，发为深长之喟叹，是一曲晚唐社会衰亡的挽歌。

陈 陶

陇西行

誓扫匈奴不顾身，五千貂锦丧胡尘。可怜无定河边骨，犹是春闺梦里人！

《陇西行》，原为汉乐府古题。郭茂倩《乐府诗集》卷三七《相和歌辞·瑟调曲》收录《陇西行》。古辞有“天上何所有，历历种白榆”，与征戍之事无关。梁简文帝《陇西行三首》始言及边塞征战之事，“陇西四战地，羽檄岁时闻”。唐代诗人常用乐府古题为诗，《陇西行》内容多与边塞战争相关。陇西，即今甘肃陇山以西之地。秦置陇西郡，因居于陇山以西。陈陶《陇西行》共四首，此其二。

陈陶，字嵩伯，岭表剑浦人。生卒年及生平皆不详，约唐武宗会昌初在世。工诗，以平淡著称。屡举进士不第，遂隐居洪州西山，自称三教布衣。卒，方干、曹松、杜荀鹤皆作诗哭之。

首二句“誓扫匈奴不顾身，五千貂锦丧胡尘”，叙写战事惨烈。匈奴，秦汉以来雄踞于中原政权北方的游牧部族，此处指代入侵的敌人。“貂锦”，本意为貂裘、锦衣，汉代羽林军着貂裘锦衣，此处代指朝廷精锐军队。李益《六州胡儿歌》：“汉军游骑貂锦衣。”此处以西汉李陵故事为叙述背景。李陵，字少卿，陇西成纪人，飞将军李广之孙。擅长骑射，爱护士卒。天汉二年（前 99 年），跟随贰师将军李广利出征匈奴，率五千步兵转战千里，与八万匈奴兵战于浚稽山，终因矢尽道穷，寡不敌众而兵败。司马迁《报任少卿书》：“李陵提步卒不满五千，深践戎马之地，足历王庭，垂饵虎口，横挑强胡，仰亿万之师，与单于连战十有余日，所杀过当，虏救死扶伤不给。旃裘之君长咸震怖，乃悉征其左右贤王与引弓之人，一国共攻而围之，转斗千里，矢尽道穷，救兵不至，士卒死伤如积。然李陵一呼劳军，士无不起，躬自流涕，沬血饮泣，更张空拳，冒白刃，北向争死敌者。”唐人常以汉写唐，“匈奴”“五千”“貂锦”一齐铺开，借李陵西击匈奴之典故，以展现唐代之边塞战争。“誓扫”，言将士必胜之壮志决心，“不顾身”，言血战疆场、马革裹尸之实际行动。然而，五千名身着貂裘锦衣、军容严整的战士，不幸尸填黄土之壑，血满长城之窟，美好的希冀随着战争失败而折戟沉沙，全军覆没。战士很勇敢果毅，壮怀激烈，然而战事酷烈，损失惨重。

后二句“可怜无定河边骨，犹是春闺梦里人”，笔锋陡转，将丧生于无定河边荒寒原野的尸骨与故乡温暖春闺联系起来，貂锦征人已战死黄尘，然而闺中少妇却不知消息，梦里频频出现那个军容整肃、意气风发的英武战士的形象，她是那样地关切、思念自己的亲人。“无定河”，古称生水、朔水、奢延水等，黄河中游支流，发源于内蒙古，上游叫红柳河，流经靖边县新桥后称为无定河，经米脂、绥德，至清涧县境内注入黄河。无定河，乃故事展开的场景，也是“五千貂锦”丧身之地，骨横荒野，黄尘飞扬，更是春闺少妇魂断心伤之所。“可怜”二字，咏叹无尽；“犹是”二字，顿挫感慨，强化了抒情效果。“无定河边骨”与“春闺梦里人”，形成强烈的对照：一边是荒寒萧瑟、凄凉无尽的无定河边，一边是温暖如春、旖旎多情的春闺；一边是黄尘掩蔽、战痕累累的尸骨，一边是春闺少妇梦中的身着貂锦的英武战士；一边是命丧胡尘的残酷现实，一边是渴望团圆的美好期待。强烈的意象对照，深切地蕴含着悲凉无奈、战争的残酷以及人命危浅，感动激发人意。从“誓扫”“不顾身”来看，抗击外敌是庙堂意志，更是从军男子离家远征、追寻功名的自然选择。而这种决然，以及埋骨边荒的不幸结局，与故乡深闺未亡人的无尽相思交织在一起，以“可怜”“犹是”的虚词连接起来，形成了一种巨大而又强烈的艺术反差。

这种反差，从男子角度看，是建功立业与爱侣柔情之间的选择；从女子角度看，是边郡厮杀与闺中相思之间的对比；在旁观的诗人看来，寻求功名并非不值得，但这种选择与平凡人的生活本来就不可兼得。这样审视与体味，比简单将此诗归于反战主题类，对诗旨的定位也就更为妥帖，其意更长。《北梦琐言》卷五记载：“大中年，洪州处士陈陶者，有逸才，歌诗中似负神仙之术，或露王霸之说，虽文章之士，亦未足凭，而以诗见志，乃宣父之遗训也。其诗句云：‘江湖水深浅，不足掉鲸尾。’又云：‘中原不是无麟凤，自是皇家结网疏。’”又自咏：“近来世上无徐庶，谁向桑麻说卧龙。”可以看出，陈陶早年颇有入仕建功之志向，晚岁则以修养炼丹为事。从矢志功业的入世精神，到三教布衣的思想转变，也就是逐渐看破世情、坚守清洁操行的过程。这种由丰富人生经历感发而生的深层况味，亦具备了超越诗歌作品单纯反战主旨的体验与境界。于是，通过不同层面而混融，遂彰显出这一强烈艺术反差，使之得以横绝千百年的岁月，浸透着悲悯情怀和凄美意境，今天读来，仍具有激动人心的力量。

汉代贾捐之《议罢珠崖疏》云：“父战死于前，子斗伤于后，女子乘亭鄣，孤儿号于道，老母、寡妻饮泣巷哭，遥设虚祭，想魂乎万里之外。”唐人李华《吊古战场文》云：“其存其没，家莫闻知。人或有言，将信将疑。悁悁心目，寝寐见之。”陈陶“可怜无定河边骨，犹是春闺梦里人”，文意与此两者相通。贾文重在渲染孤儿寡母痛哭于道，遥祭死者亡魂的悲哀气氛；李文旨在描摹亲人因思念而忧郁，以至神情恍惚，似有相逢的景象。贾文叙写家人“设祭”“想魂”，显然已知征人战死，陈诗不言“梦里魂”，却言“梦里人”，则是闺中女子深信征人还活着，依旧在梦中屡屡相逢，念念不忘。与李文相比，陈诗语言更为凝练，诗意更为深挚，情景更为悲惨，一字一泪，令人不忍卒读。

王世贞《艺苑卮言》云：“‘可怜无定河边骨，犹是春闺梦里人。’用意工妙至此，可谓绝唱矣。惜为前二句所累，筋骨毕露，令人厌憎。”事实上，此说有待商榷。首句写唐军奋不顾身，“誓扫匈奴”，点明将士气概，是诗之所起；次句写五千精兵丧身于“胡尘”，交代战争结果，是事之所承。征人战死愈是惨烈，妻子命运就愈加悲切，更值得同情。由此可见，前两句的正面表达，恰恰是为后两句相思无尽张本。客观地说，若无前两句明白畅达的叙述描写作铺垫，则后二句“用意”之“工妙”当无从谈起。

此诗为晚唐边塞诗中的代表性作品之一，明人陆时雍评价“此诗不减盛唐，第格力稍下耳”（《唐诗镜》）。初盛唐时期，边塞诗作者大都亲历边塞以求取功名，其诗歌多昂扬雄壮之风貌。中晚唐时期，随着李唐国力的式微，边塞诗也往往表现出凄苦惆怅、气骨渐衰的特征。清人吴瑞荣认为此诗“风骨棱露，与文昌《凉州》同一意境。唐中、晚时事日非，形之歌咏者，促切如此，风气所不能强也。”（《唐诗笺要》）正是对历史变迁、国势兴衰在诗歌艺术中反映的真切诠解。

张　泌

寄　人

别梦依依到谢家，小廊回合曲阑斜。多情只有春庭月，犹为离人照落花。

张泌，生卒年不详，字子澄，淮南（今安徽寿县）人，仕南唐，后主李煜时为句容县尉。上书后主，痛陈国事日非，为政之要，词旨激切，征为监察御史。后任考功员外郎、内史舍人。张泌擅长诗词，颇多七言近体诗，婉丽绮靡，时有佳句，如："千里暮烟愁不尽，一川秋草思无穷"（《边上・戍楼吹角起》）；"一曲晚烟浮渭水，半桥斜日照咸阳"（《题华严寺木塔》）；"鸡唱未沉函谷月，雁声新度灞陵烟"（《长安道中早行》）；"千里晚霞云梦北，一洲霜橘洞庭南。溪风送雨过秋寺，涧石惊龙落夜潭"（《秋晚过洞庭》）；"青草浪高三月渡，绿杨花扑一溪烟"（《洞庭阻风》）；"弱柳未胜寒食雨，好花争奈夕阳天"（《春日旅泊桂州》），颇脍炙人口。清人编《全唐诗》，将五代诗歌一并收录，编张泌诗为一卷。因而，张泌虽为南唐人，但从比较宽泛的意义看，归入唐诗，也是不错的。

《寄人》原为二首，所选即第一首。第二首曰："酷怜风月为多情，还到春时别恨生。倚柱寻思倍惆怅，一场春梦不分明。"相传，张泌邻家有一妙龄女子，经常浣衣小溪边，偶然相见，作《江神子》词，曰："浣花溪上见卿卿，脸波明，黛眉轻。绿云高绾，金簇小蜻蜓。好是问他知得么？和笑道：莫多情。"此后，多年不复见。张泌夜梦见之，遂作诗寄送，就是这首《寄人》诗。故事未必真实，然而《寄人》所寄对象乃其意中人，抒发人去楼空、前尘若梦的怅惘之情。

首句“别梦依依到谢家”，依依，依恋不舍的样子。《孔雀东南“举手长劳劳，二情同依依。”唐人刘商《胡笳十八拍》：“泪痕满残阳，终日依依向南北。”谢家，指晋太傅谢安，后常用以代称高族之家。《世说新语·言语》记载，谢安尝于雪天与子侄集会论文。俄而雪骤，谢安欣然曰：“白雪纷纷何所似？”侄儿谢朗曰：“撒中差可拟。”侄女谢道韫曰：“未若柳絮因风起。”谢安大为称赏。中常常以谢女、谢家娘指代有才之女子。温庭筠《更漏子》：“香，透重幕，惆怅谢家池阁。”韦庄《浣溪沙》：“惆怅梦余山月斜，照壁背窗纱，小楼高阁谢娘家。”此句意谓，离别之后，梦中念念地来到意中人的家里。

次句“小廊回合曲阑斜”，只见长廊回环四合，曲折的栏杆横斜，旧时模样啊。回合，回环四合。此句所写乃梦中所见，应该是诗人与意中人相会之所，曾经留下许多美好的印记。而今梦中重到，人空，小廊轩四面回环合抱，曲栏横斜，徘徊廊轩，轻拂曲栏，徒增。

后二句“多情只有春庭月，犹为离人照落花”，紧承上句“别梦依到谢家”，仍然抒写梦中所见与所感。离人，满怀离情别绪的人，指人自己。离别谢家，而今于梦中重到，谢家娇娘已然离去，唯有多情一轮明月，仍然为曾经离别而又归来的、满怀离情别绪的诗人自己，情地照耀着那春天庭院的缤纷落花……“只有”春庭月多情，那么无情”者为谁呢？是落地的缤纷花瓣，还是那离去的谢家娇娘，抑或阴差阳错的机遇？唯有读者去体悟了。想来，诗人与谢家娇娘曾在花月下，流连徘徊，留下美好的回忆，而今空庭、明月、落花，给人一种空虚、梦幻的感受，正是梦中的景象。

此诗写与意中人离别之后，于梦中重访旧地，小廊回合，曲栏横斜，一轮明月，春庭落花，恍惚迷离，如同梦境，与诗人的离情别绪、怅惘怨郁之情相合，表现凄迷的意象和怅惘的情绪，意境深缈，思致哀婉，曲折而有余韵。

无名氏

杂诗

近寒食雨草萋萋，著麦苗风柳映堤。等是有家归未得，杜鹃休向耳边啼。

杂诗，不拘题材，随感而咏。《全唐诗》卷七八五录无名氏《杂诗》十九首，专写闺情离恨、游子思乡，如第一首：“劝君莫惜金缕衣，劝君须惜少年时。有花堪折直须折，莫待无花空折枝。”第四首：“不洗残妆凭绣床，也同女伴绣鸳鸯。回针刺到双飞处，忆著征夫泪数行。”第五首：“眼想心思梦里惊，无人知我此时情。不如池上鸳鸯鸟，双宿双飞过一生。”所选诗为第十三首。

首二句“近寒食雨草萋萋，著麦苗风柳映堤”，快到寒食节时，春雨绵绵，飘飘洒洒，青草如绿茵，弥漫无际；轻风从麦苗上吹过，泛起绿色的波澜，柳树摇曳，掩映着河堤。萋萋，草木茂盛的样子。《诗经·周南·葛覃》：“葛之覃兮，施于中谷，维叶萋萋。”崔颢《黄鹤楼》：“晴川历历汉阳树，芳草萋萋鹦鹉洲。”著麦苗，吹入麦苗。著，接触，贴近。方干《冬夜泊僧舍》：“照墙灯焰细，著瓦雨声繁。”

后二句“等是有家归未得，杜鹃休向耳边啼”，都是有家不能回的人啊，在外一直漂泊，杜鹃请不要在耳边不住地声声啼鸣——“不如归去，不如归去”。等是，同样是，都是。南朝宗炳《明佛论》：“等是人也，背辙失路，蹭蹬长往，而永没九地，可不悲乎!”杜鹃，又名杜宇、子规。相传为古蜀王杜宇之魂所化。春末夏初，常昼夜啼鸣，其声哀切，啼声似“不如归去”。南朝鲍照《拟行路难》之六：“中有一鸟名杜鹃，言是古时蜀帝魂。其声哀苦鸣不息，羽毛憔悴似人髡。”杜甫

《杜鹃行》："君不见昔日蜀天子，化作杜鹃似老乌。寄巢生子不自啄，群鸟至今与哺雏。"

此诗抒写留滞异乡的游子思归之愁绪，浅显如口语，感情朴素，能感动激发人意。前二句，摹写寒食节时田野景象，意象颇为密集，而用词简省。近寒食，即"每逢佳节倍思亲"之意；著麦苗，即春风从麦苗上吹过，带着清香；春雨绵绵，绿草如茵，无边无际；春风融融，柳条摇曳，掩映大堤。也许，这种种景象与诗人家乡太相像了，也许寒食过后即清明，思乡念亲之情，更为浓烈。佳节、春雨、绿草、麦田、春风、绿柳、小河、大堤，引起诗人更多的乡愁，思绪更为缭乱。恰在此时，忽听得杜鹃，声声悲啼，"不如归去，不如归去"，遂令沉浸于思乡而不得归的诗人，听得心烦，懊恼不已，转而怅怨杜鹃：都是有家归不得的人啊，在无可奈何中漂泊他乡，你何必啼叫不休，聒噪不已呢！这正是有家而不可归者的特殊心态，移情而呵斥杜鹃，正所谓无理而有情，深化了这种有家不得归的怅怨。真情，真趣，真话，唯有情痴者方能说出。当然，读者会问：为什么有家归不得呢？或者因为战乱，或者因为科举考试落第，或者因为求仕无门，或者因为穷愁潦倒、身无分文……其中的缘由，不同的读者，不同的生活阅历，会有不同的解释。所谓"诗无达诂"，诗歌的魅力正在于此，在不同的情景之下，阅读此诗，将会有不同的体味。

乐府九首

王　维

渭城曲

渭城朝雨浥轻尘，客舍青青柳色新。劝君更尽一杯酒，西出阳关无故人。

《渭城曲》，唐代新曲，宋代郭茂倩《乐府诗集》归入“近代曲辞”。清人赵殿成《王右丞集笺注》曰：“唐人歌入乐府，以为送别之曲，至‘阳关’句，反复歌之，谓之阳关三叠，亦谓之《渭城曲》。白居易《晚春欲携酒寻沈四著作》诗云：‘最忆阳关唱，真珠一串歌。’注云：沈有讴者，善唱‘西出阳关无故人’词。又《对酒》诗云：‘相逢且莫推辞醉，听唱阳关第四声。’注云：第四声，‘劝君更尽一杯酒，西出阳关无故人’也。刘禹锡《与歌者》诗云：‘旧人唯有何戡在，更与殷勤唱渭城’渭城，阳关之名，盖因诗中辞云。”

此诗题一作《阳关曲》，又作《送元二使安西》。此诗原题，当作《送元二使安西》。元二，元姓，排行二，名不详。安西，唐设安西都护府，治所在龟兹（今新疆库车），下辖四个军事重镇，为龟兹、疏勒、于阗、焉耆。始设于太宗贞观二十二年（648）。睿宗景云元年（710），以安西都护兼四镇经略大使。开元六年（718），始用节度使之号。渭城，本秦都咸阳，汉高祖元年改名新城，后废。武帝元鼎三年（前114）复置，改名渭城。东汉并入长安县。故址所在今陕西西安西北渭水北岸。此诗作年不详，应在天宝十四载（755）之前。

大唐王朝疆域辽阔，国力强盛，声威远播，尤其重视经营陇右、西域之地。《资治通鉴》卷二一六天宝十二载（753）记载："是时中国强盛，自安远门（当作'开远门'）西尽唐境万二千里，闾阎相望，桑麻翳野，天下称富庶者，无如陇右。"著名的陆路丝绸之路主干道就经行此地，关系唐代之政治、外交、军事与国际贸易、文化交流者甚大。为了加强对西域的有效管理，维护安全，保障民生以及经济、文化的发展，朝廷设置安西都护府，大批文士从军陇右西域，保家卫国，建功立业，实现人生的价值。正是有这一大批知名与不知名的将士、文人的不畏艰险、勇于赴边，大唐帝国才得以维系其强盛与巨大的声威，产生了不朽的世界性影响。不仅是士人，即使是闺阁、皇宫的女子，也对陇右西域满怀深切的关注。唐人孟棨《本事诗》记载，玄宗开元年间，宫禁之中也缝制军衣，有一兵士于所得短袍中发现一首诗，曰："沙场征戍客，寒苦若为眠。战袍经手作，知落阿谁边？蓄意多添线，含情更著绵。今生已过也，重结后身缘。"诗写得很是缠绵诚挚，一往情深，满怀着对边疆士卒的关切。兵士以诗禀告大帅，大帅将此诗上奏朝廷。玄宗命以诗遍示后宫，说："有作者勿隐，吾不罪汝。"有一宫人承认诗是她所写。玄宗深为怜悯，把这个宫人嫁给了得到此诗的兵士。兵士对宫人说："我与汝结今生缘。"边关将士闻之，都流下了感动的泪水。

正是在这样的大背景下，王维创作了这首《送元二使安西》的著名诗篇。使，奉朝廷节符而出使。元二奉朝廷之命，远赴万里之外的安西都护府，慰问将士，效力军前。因而此诗的送别，另具一种情调。

唐人西南行或西行、西北行、北行，一般皆出长安城之西门开远门，渡中渭桥，至临皋驿。临皋驿乃汉代之渭城所在地，为公私迎送宴饯之所。宋人程大昌《演繁露》卷七"霸陵折柳"："《（三辅）黄图》曰：霸桥，跨霸水为桥也。汉人送客至此桥，折柳为别。故李白乐府曰：'年年柳色，霸桥伤别。'而王维亦曰：'渭城朝雨浥轻尘，客舍青青柳色新。劝君更尽一杯酒，西出阳关无故人。'审求其地，则在渭北。盖汉分秦咸阳置县，名渭城也。若霸陵，则在渭南，不在渭北矣。维之所饯者，其人出戍阳关，而赋诗之地，乃在渭北，仍援折柳为词，则仍用霸陵故事也。"霸桥，即灞桥。

王维送别元二，前一天到达临皋驿住宿，第二天早晨送别。因而，诗说“渭城朝雨浥轻尘，客舍青青柳色新”，这是叙写送别的地点、时间、环境气氛。清晨，一阵细雨刚刚下过，才打湿地面，使得尘土不扬，行列整齐的驿馆客舍前，行行柳树，被雨水刚刚清洗过，绿得亮眼。诗人用字很准确传神，“浥”，湿润，“浥轻尘”，打湿了轻尘，而不湿路，且使空气变得清新；而之所以能如此，皆是因为“朝雨”——清晨的降雨乃是毛毛细雨。“青青”，既是说柳色青翠，也是说柳色掩映下，客舍晕染上的一片青翠；“新”字，则凸现柳叶被毛毛细雨刚刚清洗过，还带着露珠儿，一片清新翠绿。这是天意啊，似乎天已知晓，要安排这一场及时的毛毛细雨，营造出从空明的天宇到洁净的道路、从青青客舍到翠绿杨柳——洁净明丽的、特别的送别环境和氛围。而且“柳色新”之“柳”，正是借用传统折柳送别的特殊意象，“昔我往矣，杨柳依依”（《诗经 · 小雅 · 东山》），摇曳多姿，依依不舍，微物传情，风情婉然，形象且传神，言简而意赅。显然，这一情意深挚的离别，并不黯然销魂，而是轻柔明快的，充满着信心与激情——元二出使，要前往那令人神往的神奇西域，保家卫国，建功立业，名垂青史，令人欣羡。

诗的后二句“劝君更尽一杯酒，西出阳关无故人”，限于七言绝句的篇幅，未写热闹宴饯、深情话别、依依不舍、登高远眺，而是说——再干了这一杯酒吧，从此向西，万里征程，西出阳关之后，就再也没有这些熟识的老朋友了——言下之意是说，这些老朋友再很难陪着你一块儿酣歌畅饮了。西出阳关，必无故人，求今日畅饮叙别，不可复得，岂能不劝君更尽一杯？更，再，再次。阳关，汉代设置，为古时通往西域的重要关隘。故址在今甘肃敦煌西南，因居玉门关之南，故称阳关。

元二出使安西，至天山之南的安西都护府治所龟兹（今新疆库车），万里征程，地域辽阔，地形复杂，山脉纵横，峰峦巍峨，河流、峡谷、高原、平川、湿地、沙漠、戈壁皆有，气候恶劣，艰难险阻，在在皆有。元二不惧艰险，跨越雪山，穿过大漠戈壁，万里奉宣王命，责任与光荣兼备，使命与功业并具，洋溢着盛唐人的自信与豪情。诗歌绝不拖沓，只是截取宴饯即将结束时的片段——主人的劝酒辞抒写。浓烈的酒香，洋溢着热情的勉励与殷切的祝愿——奉宣王命，建功立业。此二句，似脱口而出，却体现出强烈真挚的情感。清人赵翼说："人人意中所有，却未有道过，一经说出，便人人如其意之所欲出，而易于流播，遂足传当时而名后世。如李太白'今人不见古时月，今月曾经照古人'，王摩诘'劝君更尽一杯酒，西出阳关无故人'，至今犹脍炙人口，皆是先得人心之所同然也。"（《瓯北诗话》卷一一）

盛唐时代，奔赴陇右西域，乃唐人之壮举，大都不畏艰难，以积极的心态、雄大的气魄、坚强的信念，勇于任事，敢于担当："勤王敢道远，私向梦中归"（岑参《发临洮将赴北庭留别》）；"浅才登一命，孤剑通万里。岂不思故乡，从来感知己"（高适《登陇》）。洋溢着开疆拓土、保家卫国的豪情壮志："孰知不向边庭苦，纵死犹闻侠骨香"（王维《少年行》）；"小来思报国，不是爱封侯"（岑参《送人赴安西》）；"为语西河使，知余报国心"（崔颢《赠梁州张都督》）。王维亲临边塞，两年多的陇右生活，赋予王维强劲坚韧的生命力，使其诗歌在山水田园之宁静优美之外，增添了雄浑壮美和激昂的爱国热忱，开拓了新的境界。因此，这首《送元二使安西》，虽有送别的难舍之情，却摆脱了凄然的伤感，始终洋溢着积极乐观的情调，如一缕清风，令人精神为之一振。

此诗入乐之后，遂成流行曲，称《阳关三叠》。何为三叠？解释颇多，苏轼的解释，比较合情理。《仇池笔记》卷上"阳关三叠"曰："旧传《阳关三叠》，今歌者每句再叠而已，若通一首，又是四叠，皆非是。每句三唱以应三叠，则丛然无复节奏。有文勋者，得古本《阳关》，每句皆再唱，而第一句不叠，乃知唐本三叠如此。乐天诗云：'相逢且莫推辞醉，听唱《阳关》第四声。''劝君更尽一杯酒'，以此验之，若一句再叠，则此句为第五声，今为第四，则一句不迭，审矣。"这样的解说，是比较合理切情的。

秋夜曲

桂魄初生秋露微，轻罗已薄未更衣。银筝夜久殷勤弄，心怯空房不忍归！

此诗郭茂倩《乐府诗集》卷七六，洪迈《万首唐人绝句》卷一二作王维诗，又卷二五作王涯诗；高棅《唐诗品汇》卷五一，《全唐诗》卷三四六，皆作王涯诗；计有功《唐诗纪事》卷四二作张仲素诗。疑此诗乃王涯所作，后人误题为王维。《秋夜曲》，乐府杂曲歌辞。

桂魄，指月。传说月中有桂树，因以桂代指月亮。骆宾王《伤祝阿王明府》："嗟乎，轮销桂魄，骊珠毁贝阙之前；斗散紫氛，龙剑没延平之水。"魄，通"霸"，月初出或将没时的微光。《尚书·康诰》："惟三月哉生魄。"陆德明释文："月三日始生兆朏（fěi），名曰魄。"孙星衍疏引马融曰："《说文》作'霸'，云月始生霸然也。"一说，魄指月初生或圆而始缺时不明亮处。宋人程大昌《演繁露·月受日光》："则其魄也，是银圆之背日而暗者也，故暗昧无睹也……过望则月轮转与日远，为之圆者，但能偏侧受照而光彩不全，故其暗处遂名为魄也。魄者，暗也。"轻罗，一种质地较薄的丝织品。葛洪《抱朴子·博喻》："故轻罗雾縠，冶服之丽也，而不可以御流镝。"

初秋时节，一弯新月初生，秋露已降，尚不甚寒凉，而庭院中的女子身着轻薄的丝绢衣服，却未曾入室更换衣服。首句"桂魄初生秋露微"，营造出一个特定的环境，夜色如黛，新月初生，点缀于青青天空；庭院之中，草木凝露。"秋露微"之"微"，是说虽然入夜，然而入夜未深，露水未浓，并不太寒凉。次句"轻罗已薄未更衣"，承上句之"秋露微"之不甚寒凉写起，至此则入夜已深，轻薄的罗衣已不胜其寒凉了，然而佳人立于庭院之中，却不曾入室内更换衣服。这二句，写出环境以及入夜由凉转寒的过程，而将佳人轻薄罗衣，独立庭院，不胜其寒凉这一孤寂的娇美形象，呈现诗中。那么，佳人因何而"未更衣"呢？逗引猜测，给读者留下了期待和回想的余地。

第三句“银筝夜久殷勤弄”，是一个细节化、具象化的描摹。银筝，用银装饰的筝或用银字表示音调高低的筝。殷勤，频繁，反复。《后汉书·陈蕃传》：“天之于汉，恨之无已，故殷勤示变，以悟陛下。”弄，谓拨弄、吹奏乐器。《史记·司马相如列传》：“及饮卓氏，弄琴，文君窃从户窥之。”此句的顺序，应该是“夜久殷勤弄银筝”，原句的表达方式，突出“银筝”。夜色已深，佳人反复地弹奏着银筝，一曲又一曲。第四句“心怯空房不忍归”，怯，顾虑，惧怕。直探心底：佳人独守空闺，害怕回到房屋中去，无法承受那无尽的寂寞与冷清。

此诗，描写闺情寂寞，从月“初生”，到“秋露微”，再到“轻罗已薄”，再到“夜久”，以明显的时间渐进，表现佳人夜长难耐的孤寂感、落寞感。夜色渐浓，寒凉渐重，佳人罗衣轻薄，不胜其寒凉，却“未更衣”，不愿回房更换衣服，宁愿忍受这彻骨寒凉——这究竟为什么呢？诗人并没有说出来。而是描摹出一个特定的形象：新月初生，夜色如黛，寒凉已甚，朦胧而凄迷，佳人反复地弹奏着银筝，一曲又一曲。原来，佳人害怕回到那空寂、冷清的房中，不想忍受那寂寞和凄清。那么，空寂的庭院中，佳人一曲又一曲地弹筝，弹给谁听呢？还是为打破寂寞而有意地弄出些声响，以陪伴自己，抑或给自己壮胆？庭院有初生的新月，有树木，有秋露，有微风，相亲相近；可是，一旦进入房中，就陷于无边的黑暗与寂寞冷清，因而佳人“心怯”而“不忍归”了。“心怯”，乃忍寒凉而“未更衣”、心怀落寞而“殷勤弄”银筝的真谛。直探佳人心底，说尽无限凄清与落寞。

诗用“桂魄”“秋露”“轻罗”“银筝”，创造出一种高华之美；而且以白描出之，少作主观之语，将佳人的空虚寂寞、凄清冷落的心怀，浸透于字里行间，缠绵悱恻，韵味悠长。

王昌龄

长信怨

奉帚平明金殿开，暂将团扇共徘徊。玉颜不及寒鸦色，犹带昭阳日影来。

宋人郭茂倩《乐府诗集》卷四三《相和歌辞·楚调曲》收录《班婕妤》《婕妤怨》《长信怨》《娥眉怨》《玉阶怨》等，均借汉代宫廷班婕妤失宠故事，歌咏宫妃怨思。班婕妤美而能文，初入宫，为汉成帝所幸。其后，赵飞燕姊妹入宫，善歌舞，得宠骄妒，班婕妤失宠，惧为其所陷害，遂请求入长信宫供养太后，成帝遂许焉。班婕妤作赋及《团扇诗》以自伤悼，后人伤之，而为《婕妤怨》也。

婕妤，宫中女官名。汉武帝时始置，位视上卿，秩比列侯。自魏晋至明多沿袭设置。班婕妤《怨歌行》："新裂齐纨素，鲜洁如霜雪。裁为合欢扇，团团似明月。出入君怀袖，动摇微风发。常恐秋节至，凉飚夺炎热。弃捐箧笥中，恩情中道绝。"歌咏团扇，以纨素制作，鲜洁如霜雪，炎热天气，被执于手中，须臾不离，然而秋天到来，凉气渐起，团扇遂被弃置而不顾，"恩情中道绝"。钟嵘《诗品》称赏此诗"词旨清捷，怨深文绮"。梁元帝萧绎《班婕妤》诗曰："婕妤初选入，含媚向罗帏。何言飞燕宠，青苔生玉墀。"借此故事而敷衍成篇。

长信，汉宫名，汉代太皇太后所居。《三辅黄图·汉宫》："长信宫，汉太后常居之……后宫在西，秋之象也。秋主信，故宫殿皆以长信、长秋为名。"《骈雅·释名称》："汉制，帝祖母称长信宫，帝母称长乐宫。"长信怨，由此而来。此诗大约作于开元十五年（727），王昌龄中进士后，任秘书省校书郎时。诗题一作《长信秋词》，原诗共五首，此为第三首。

王昌龄《长信秋词》五首，皆假托汉代班婕妤失宠，融会其《团扇诗》的诗意，描摹班婕妤凄然寂寞地居于长信宫，幽怨苦闷，借以表现失宠宫嫔的落寞生活和凄然心境。

首句“奉帚平明金殿开”。奉帚，持帚洒扫。平明，天刚亮。意谓，清早，金殿大门开启，即手持扫帚，开始洒扫。这是一个寂寞清冷的场景。梁代诗人吴均《行路难》说：“班姬失宠颜不开，奉帚供养长信台。”所描摹的，正是一个神情黯然、低头洒扫的失宠妃嫔形象。而洒扫宫殿，乃是地位低下的宫女之职事，也是失宠妃嫔身份变化的一个显著标志。长日无聊，平明即事洒扫，然而洒扫之后，遂陷入长久的无聊与寂寞。《汉书·外戚传》记载，班婕妤失宠后居长信宫，作赋自伤，有“共洒扫于帷幄兮，永终死以为期”之句，自述其洒扫殿庭、无所事事、永无终期的无聊状态，正是其日常生活的真实写照，真是心死之哀痛。

次句“暂将团扇共徘徊”，乃是洒扫殿庭，收拾物什，见到团扇，遂持之而徘徊不进、意绪踌躇，引起其无尽的遐想与伤痛。将，持也。团扇，有着特殊的意象。团扇，圆形有柄的扇子，以绫罗丝绸制成，宫内多用之，又称宫扇。团扇，往往为一对，又称合欢扇。班婕妤失宠之后，作《怨歌行》：“新裂齐纨素，鲜洁如霜雪。裁为合欢扇，团团似明月。”天气炎热，团扇被执于手中，“出入君怀袖”，须臾不离，然而秋天已至，天气转凉，遂被弃置不顾，沾染灰尘。因而，这个失宠的妃嫔洒扫殿宇，手持被弃置而沾满灰尘的团扇，将作何样的感想？团扇成双成对，又称合欢扇，见此扇，是回想起曾经的恩爱相随、行止相伴的情投意合？还是想起“出入君怀袖”的热切、被弃置之后的冷落无聊？抑或是慨叹己身命运与团扇之何其相似，用舍由人、恩爱不得自主？诗人含而不宣，在“团扇”这个物象上，赋予了丰富的意蕴，让读者自己体悟领会了。而且，“暂”字写出女主人公见到团扇，纤手持之，犹疑不定，把玩珍视的情景；“共”字则将那种不忍弃置不顾的心态，人与扇同命运的感触，描摹出来，颇为细腻感人。

三四句“玉颜不及寒鸦色，犹带昭阳日影来”。玉颜，温润如玉的面容，美丽的容貌。昭阳，汉代宫殿名。《三辅黄图·未央宫》：“武帝时，后宫八区，有昭阳……鸳鸯等殿。”汉武帝时，后宫分八区，昭阳殿居第一，此殿为后妃居室，后亦泛指后妃所住的宫殿。汉成帝时，皇后赵飞燕贵倾后宫，居昭阳殿。因此，班固《西都赋》说：“昭阳特盛，隆乎孝成。”日影，即太阳。《列子·汤问》：“夸父不量力，欲追日影，逐之于隅谷之际。”此处比喻皇帝的恩泽。此句意谓，失宠之妃嫔平明洒扫，“暂将团扇共徘徊”之时，抬头望见瑟索寒鸦，从昭阳殿飞过，带着太阳的光辉，何其令人羡慕啊。昭阳殿乃承恩宠、贵倾后宫者之所居。丑陋瑟索之寒鸦犹能从昭阳殿飞过，沾溉浩荡之皇帝恩泽，而失宠之妃嫔容颜如玉、美丽娇艳，却不如寒鸦之幸运，只能幽闭于空寂之殿庭，独自品尝这清冷与凄然。美人不如寒鸦，这深沉的喟叹，含蓄地表达出失宠妃嫔压抑心底之郁结情思。昭阳宫在长信宫之东，沈德潜说：“寒鸦带东方日影而来，见己之不如鸦也。优柔婉丽，含蕴无穷，使人一唱而三叹。”（《重订唐诗别裁集》卷一九）长信宫之黯淡失色、失宠妃嫔之孤独凄然，与昭阳宫之金碧辉煌、色彩明丽、热切温暖，形成强烈的对比。

此诗的妙处，在于首先塑造失宠妃嫔之奉帚洒扫、执团扇而徘徊，酝酿情绪，而深感被弃置之不幸；其次则以寒鸦飞过昭阳殿，得以沾溉君恩之润泽，反衬人不如鸦。朱庭珍说：“诗所以妙者，在‘玉颜’‘寒鸦’，一人一物，初无交涉，乃借鸦之得入昭阳，虽寒犹带日光而飞，以反形人则色未衰，已禁长信深宫，不复得见昭阳天日之苦。日者君象，‘日影’比天颜，宫人不得见君，故自伤不如寒鸦，犹得望君颜色也。用意全在言外，对面寓人不如物之感。而措词委婉，浑然不露，又出以摇曳之笔，神味不随词意俱尽。十四字中兼有赋比兴之义，所以入妙，非但以风调见长也。”（《筱园诗话》卷三）

诚然，“玉颜不及寒鸦色，犹带昭阳日影来”二句，糅合了比喻、夸张、对照、双关等艺术手法，表现丰富的生活内容与情感意绪。洁白润泽的“玉颜”，与瑟索丑陋之“寒鸦”本来是两个极端，本不可比拟，而今将却其比照，形成强烈的情感冲击。“玉颜”美丽，却被禁于长信深宫，清冷寂寞，奉帚洒扫，身份低微；“寒鸦”丑陋，却能飞越昭阳，带日影之光辉，得君王之恩泽，因而失宠之妃嫔遂滋生深沉之感伤：羡慕“寒鸦”，甚至有人不如鸦之感喟，可见玉颜命运之可悲、长信宫幽居之苦闷无聊，亦可窥见其内心怨愤之深切了。诗的妙处在于以羡慕为怨愤，极切合失宠妃嫔之地位及心态。

此诗以班婕妤的故事为题材，选取特定的场景、生活片断，想象奇特，而情景又极切合事物情理，缠绵蕴藉，哀感顽艳，成为宫怨诗歌中的神品。

出　塞

秦时明月汉时关，万里长征人未还。但使龙城飞将在，不教胡马度阴山！

《出塞》，乐府旧题，属《横吹曲辞·汉横吹曲》。郭茂倩《乐府诗集》卷二一《横吹曲辞》曰：“横吹曲，其始亦谓之鼓吹，马上奏之，盖军中之乐也。北狄诸国皆马上作乐，故自汉已来，北狄乐总归鼓吹署。其后分为二部，有箫笳者为鼓吹，用之朝会，道路亦以给赐，汉武帝时，南越七郡皆给鼓吹是也。有鼓角者为横吹，用之军中，马上所奏者是也。”也就是说，横吹曲是军乐，主要来自北方游牧部族之音乐，用箫笳者为鼓吹曲，用之于朝会；用鼓角者为横吹曲，用之于军中。

《出塞》，《乐府诗集》卷二一曰：“《晋书·乐志》曰：‘《出塞》《入塞》曲，李延年造。’曹嘉之《晋书》曰：‘刘畴尝避乱坞壁，贾胡（经商胡人）百数欲害之，畴无惧色，援笳而吹之，为《出塞》《入塞》之声，以动其游客之思。于是群胡皆垂泪而去。’按《西京杂记》曰：‘戚夫人善歌《出塞》《入塞》《望归》之曲。’则高帝时已有之，疑不起于延年也。唐又有《塞上》《塞下》曲，盖出于此。”王昌龄《出塞》原有二首，此选其一。此诗大约作于开元十五年（727）王昌龄中进士之前，漫游西北边塞时。

北方游牧部族，逐水草而居，颇受自然条件、气候的制约，一旦遭逢风雪霜冻、旱灾，便无法维持生活，因而常常入侵中原，劫掠物资人口。此外，强则入侵，弱则宾服。这种掠夺式的入侵和血性杀戮，给中原人民造成了巨大的破坏和深远的影响，也激起了中原人民的英勇抗击。李白说：“万里长征战，三军尽衰老。匈奴以杀戮为耕作，古来唯见白骨黄沙田。秦家筑城备胡处，汉家还有烽火燃。烽火燃不息，征战无已时。野战格斗死，败马号鸣向天悲。乌鸢啄人肠，衔飞上挂枯树枝。士卒涂草莽，将军空尔为。”（《战城南》）正是这一艰苦卓绝抗击的真实写照。

周之抗击猃允，秦伐西戎、修筑长城，赵国大将李牧抗击匈奴，使不敢南下而牧马。秦灭六国，始皇帝派蒙恬将数十万众北击强胡，北筑长城，悉收河南（今内蒙古伊克昭盟一带）之地，因河以为塞。汉初白登之围，刘邦屈辱和亲，换得一时之苟安。孝惠帝、吕后时，冒顿单于致书吕后：“孤偾之君，生于沮泽之中，长于平野牛马之域，数至边境，愿游中国。陛下独立，孤偾独居。两主不乐，无以自虞，愿以所有，易其所无。”孤偾，孤弱不能自立，犹如寡人，冒顿单于谦辞。冒顿单于意谓自己无妻，吕后无夫，愿意和吕后结为婚姻。这是公然的挑衅性话语，带着极大的侮辱性。汉朝国力不强，无力抗击，因而复书曰：“单于不忘弊邑，赐之以书，弊邑恐惧。退日自图，年老气衰，发齿堕落，行步失度，单于过听，不足以自污。弊邑无罪，宜在见赦。窃有御车二乘，马二驷，以奉常驾。”（《汉书 · 匈奴传上》）意谓吕后年老色衰，头发牙齿都掉了，走路都很困难，单于听错了，实在不堪为其妻，请单于原谅。因而献上两辆皇帝的车驾、二匹骏马。不得已，汉朝继续执行屈辱的和亲政策，换得一时之苟安。

至汉武帝时，国力强盛，遂派卫青、霍去病北击匈奴，数次大规模出兵。汉武帝元朔二年（前 127）至六年，汉军在河南（今内蒙古河套）对匈奴袭扰势力进行大规模反击战。河南、漠南之战，给匈奴以沉重打击，匈奴损失大量人畜，撤出河南、漠南地区，退居漠北。匈奴单于虽率部远徙漠北，仍不断攻掠汉朝北部边郡，威胁并未终结。武帝元狩四年（前119）春，汉武帝遣大将军卫青、骠骑将军霍去病各率五万骑兵，分两路深入漠北，卫青行千余里，穿过大漠，与敌接战，大败之，直至寘颜山（今蒙古杭爱山南）赵信城，歼灭近二万人，烧其积粟还师。霍去病率部穷追，转战漠北，直至狼居胥山（今蒙古乌兰巴托东）等地，深入二千余里，歼七万余人而还。此次大战，使汉与匈奴的势力发生了根本性扭转，匈奴衰弱，汉朝强盛。元帝时，陈汤征讨康居，曰："犯强汉者，虽远必诛。"（《汉书·陈汤传》）正是这一强盛国力下的自信与豪迈。

王昌龄此诗，就是在这一广阔的历史背景下，抒写对边塞征战的体认。诗人从宏观上概括了历史的经验教训，唱出一曲雄浑阔远的爱国军歌。此诗历来为人所重视，甚至被推为唐人七绝第一，除了思想内容丰富、深刻之外，也与其雄伟的气势、雄浑阔大的境界密切相关。

开篇"秦时明月汉时关，万里长征人未还"，回顾秦汉以来的千年历史，关山依旧，明月照临，然而长征健儿万里征戍，却未曾回来。秦月汉关，乃互文见义，意谓秦汉时之明月和关山，举措成文，形成诗的语言，奇警遒劲，悚动人心。黄叔灿说："'秦时明月汉时关'，七字天造地设，诂训不得，只此一句，意已尽，下句乃申明之，大意谓秦筑长城，汉亦守关，关山明月，同此悲凉，万里征人，迄无还日。庶几边将得人，或者边氛稍靖，然岂易言。是则此关此月，长征何已时耶！"（《唐诗笺注》卷八）浮现于读者脑海中的是明月、关山所构成的鲜明图景和深邃的历史想象。

千百年以来，一轮明月照临，关山依旧，崇山峻岭，苍茫雄伟。在这苍茫雄伟的景象之下，是一代代戍边将士赤心报国、为国捐躯的无私奉献，勇于牺牲。沟通千年的悠久历史，纵横万里边塞，令人回想起匈奴入侵之劫掠杀戮、中原王朝之奋勇抗击、金戈铁马。历史上的猃允、匈奴入侵，李牧、蒙恬、卫青、霍去病、李广等名将之奋勇抗击、开疆拓土的英雄业绩，鲜活地呈现于眼前。雄关要塞，纵横万里，联结古今，是阻挡胡马南侵的屏障，又是将士保家卫国的坚定意志的象征，同时也是历史的见证。浑涵苍茫的意象，蕴含着丰厚的历史内容，也彰显了民族的自信心与豪迈意气。

然而，战争毕竟是惨烈的，“万里长征人未还”，赤心报国，悲壮慷慨，诗人既为戍边将士的英勇无私而感动，也为其战死疆场而惋惜。因而，诗的后二句“但使龙城飞将在，不教胡马度阴山”，就化为深沉的历史与现实交织的思索，期望有卫青、李广那样的名将镇守边塞，威震胡骑，不战而屈人之兵。龙城，汉时匈奴地名。为匈奴祭天之处。《汉书·匈奴传上》：“岁正月，诸长小会单于庭，祠。五月，大会龙城，祭其先、天地、鬼神。”龙城飞将，指卫青、李广那样的良将。《汉书·卫青传》：“元光六年，拜为车骑将军，击匈奴，出上谷。公孙贺为轻车将军，出云中，太中大夫公孙敖为骑将军，出代郡。卫尉李广为骁骑将军，出雁门。军各为骑。（卫）青至龙城，斩首虏数百骑。”《史记·李将军列传》：李广为右北平太守，匈奴称之为“汉之飞将”。此合用卫青与李广事，指智勇兼备之良将。龙城飞将，不但指汉代之卫青、李广等良将，而且亦指其时大唐之良将。唐玄宗开元年间，在西北用兵，招募长征健儿戍边，又与吐蕃多次争战，胜败不一。《旧唐书·薛讷传》记载，开元二年十月，薛讷率军与吐蕃战于武阶驿，追奔至洮水，又战于长城堡，丰安军使王海宾先锋力战死之，唐军大破吐蕃之众，杀数万人，尽收得所掠羊马，余党奔北，相枕藉而死，洮水为之不流。阴山，即今横亘于内蒙古自治区南境、东北接连内兴安岭的阴山山脉。山间缺口自古为南北交通孔道，汉时匈奴常由阴山入侵。

后二句乃在总结历史的经验教训、现实考量的基础上，得出深刻的结论。用“但使”“不教”的假设句，将正面经验、反面教训、历史的思索、现实的考理，全然概括，简洁明了，却又含蕴深广。边将之用舍，关乎天下之安危。选择智勇双全的良将，镇守边疆，不战而屈人之兵，“苟能制侵凌，岂在多杀伤”（杜甫《前出塞九首》），体现出诗人哲理的高度和仁者之心怀，彰显华夏民族是热爱国家而又渴望和平的。

王昌龄边塞诗的数量虽不多，几乎篇篇是佳作，被后人尊为边塞诗的代表作家。因为，诗人有过边塞生活的深切体验，又具有历史的开阔眼界、思想的深刻性，因而其诗歌能够以凝练精确的语言，真实抒写，融入现实的观察和哲理性的思考，将历史与现实、理想与批判融为一体，形成深切动人的艺术魄力。此诗前二句境界雄浑阔大，既有历史的苍茫感，也有现实的真切性，含蕴丰厚；后二句简洁明了，沉着痛快，正体现了含蕴与明快的统一。而且“龙城飞将”“胡马度阴山”本身就极富形象性，虽是说理议论，却并不枯燥，而是以鲜明生动的形象和充沛的情感、铿锵之音韵，强化了诗的形象性和说理议论的简洁明白，浑然一体，构成雄浑悲壮的艺术感染力。

李 白

清平调三首

清平调，唐大曲名，指清商乐中的清调、平调，后用为词牌。相传唐天宝初，李白供翰林，时宫中木芍药（即牡丹花）盛开，玄宗于月夜赏花，召杨贵妃侍酒，以金花笺赐李白，命进新词《清平调》，李白醉中乃成三章。二十八字，七言绝句，平仄不拘。

李白自出三峡东游以来，多年的漫游、隐居、修道，不胫而走的诗篇，惊天地泣鬼神，名闻天下，终于引起了唐玄宗的关注，特下诏旨，征李白入长安，供奉翰林院。实际上，玄宗看重的是李白的诗歌才能，视李白为文学侍从之臣，为梨园弟子撰写新词，歌颂大唐盛世，尤其要歌咏玄宗与杨贵妃的浪漫生活。这与李白的人生理想、政治理想相去甚远，因而，李白常常酣饮沉醉于酒肆，排遣内心的痛苦。杜甫《饮中八仙歌》：“李白一斗诗百篇，长安市上酒家眠，天子呼来不上船，自称臣是酒中仙。”就是其傲岸不屈的抗争。

据唐人李濬《松窗杂录》记载：开元中，宫中重牡丹花，得红、紫、浅红、白四株，玄宗令移植兴庆宫沉香亭前。时牡丹盛开，玄宗月夜骑名马照夜白，杨贵妃乘步辇随从，前往兴庆宫观赏牡丹花。梨园子弟演奏音乐助兴，李龟年乃一时之名歌手，手捧檀板，欲歌之。玄宗说：“赏名花，对妃子，焉用旧乐词。”于是，令李龟年手持金花笺，宣召翰林学士李白进写新词。李白正沉醉于酒肆，仓皇间被带到兴庆宫，然而醉酒未醒，遂援笔作《清平乐》三首。李龟年急忙以新作词进上，玄宗命梨园子弟约略调抚丝竹以配乐，遂催促李龟年歌唱，太真妃杨玉环手持玻璃七宝杯，满酌西凉州葡萄美酒，特意赐李白。“上因调玉笛以倚曲，每曲遍将换，则迟其声以媚之。”唐玄宗和杨贵妃对李白的这三首诗，非常满意。《松窗杂录》说“开元中”，有误。这三首诗，应该是天宝二载（743）春天，李白在长安供奉翰林时所作。

其一

云想衣裳花想容，春风拂槛露华浓。若非群玉山头见，会向瑶台月下逢。

此诗第一句“云想衣裳花想容”就很奇特，不说杨贵妃的衣服像云彩、容貌像鲜花（牡丹），而是说天上的云彩都想成为杨贵妃的衣裳、娇艳的牡丹花亦想成为贵妃娇美的容颜。这样的表述，以云彩和牡丹的主动，突出杨贵妃之美丽娇艳，而且把杨贵妃绮丽的衣裳和娇艳的颜容，写得更深一层。彩云、牡丹皆有情义，愿意成为杨贵妃身上的妆饰，彰显杨贵妃之绝世美丽。第二句“春风拂槛露华浓”说，和煦的春风吹拂，沉香亭前的牡丹花带着新鲜湿润的玉露，显得更为艳丽了。表面是说牡丹，事实上是写杨贵妃之国色天香。以春风、雨露比拟君王的恩泽，杨贵妃在君王无限的宠爱之下，显得更加容光焕发，更加娇娆。这样，云、花、春风、雨露，已然构成了一个美好的境界，渐次要把读者引入神仙的美妙世界。槛，指沉香亭前的栏杆。

第三四句“若非群玉山头见，会向瑶台月下逢”，杨贵妃是那样地美艳，难道是此刻到了传说中的仙山群玉山，见到了雪肤花貌、玉润莹彻的仙人，还是在月夜的瑶台，见到月中仙子嫦娥啊。群玉山，神话传说中的仙山，周穆王至此与西王母相会。《穆天子传》卷二：“癸巳，至于群玉之山。”郭璞注：“即《山海经》：玉山，西王母所居者。”此处暗喻杨贵妃乃天仙。瑶台，美玉砌的楼台，指传说中的神仙居处。晋人王嘉《拾遗记·昆仑山》：“第九层山形渐小狭，下有芝田蕙圃，皆数百顷，群仙种耨焉。傍有瑶台十二，各广千步，皆五色玉为台基。”后二句，更进一层地描写杨贵妃之美，这样花容玉貌的美人，人世间不可能有的，应该只有天上神仙世界才会有的，只能在瑶台见到。把杨贵妃比为神仙，给读者留下无限的想象空间。此诗不用正面描写，而以比喻、想象、拟人、夸张等艺术手法，以侧面描写，来表现杨贵妃之美艳，不露痕迹，而浑然天成。

《李诗直解》卷六曰："此词极美其容貌而比之以仙也。言云之华彩，想其衣裳，花之艳丽，想其容色，而妃之国色天姿，不可以想象为真也。当春风拂槛而玩之，露华之中，花之娇媚倍为浓至，而妃如是矣。此岂人间之所有哉？若非群玉山头见之，则瑶台月下逢耳。真王母天妃之属也，而可易言哉！"其解释，还是把握住此诗之要旨的。

其二

一枝红艳露凝香，云雨巫山枉断肠。借问汉宫谁得似？可怜飞燕倚新妆。

第一句"一枝红艳露凝香"说，那一枝鲜艳欲滴的牡丹带着晶莹剔透的雨露，凝聚着芬香，不但有天然的色美，而且含着晶莹的露水、深透着淡淡的幽香。这也是以牡丹花来比拟、抒写杨贵妃，比第一首写其艳丽，写其美艳而凝香，如鲜花带露，更进一层。第二句"云雨巫山枉断肠"说，即使传说中的楚王与巫山神女相会，那也仅仅是梦中之事，徒增惆怅，令人断肠，比不上玄宗与杨贵妃乃现实世界的神仙眷侣，因为贵妃是实实在在的真实美人，可视可亲。云雨巫山，宋玉《高唐赋》说，楚王游高唐，梦一女子前来幽会，临行前致辞曰："妾在巫山之阳，高丘之岨，旦为朝云，暮为行雨，朝朝暮暮，阳台之下。"后来，巫山云雨就成为男女相会的典故了。枉，空，徒然。断肠，销魂。

第三四句"借问汉宫谁得似？可怜飞燕倚新妆"，如果说汉代的美人，哪个能够和杨贵妃相比，那汉宫第一美人、可爱的赵飞燕，也只能依仗新妆之扮饰，才能与之相比。借问，请问。谁得似，谁能相比呢。可怜，可爱。飞燕，汉成帝皇后赵飞燕，以美貌著称，据说身轻如燕，能为掌上之舞。此句意思说，杨贵妃的美貌，乃天生丽质之美，即使美艳的赵飞燕也只能依仗新妆，方可略略比对一下。意思是说，汉代第一美人赵飞燕，是无法与杨贵妃相比的。

这一首写杨贵妃之美，仍然以牡丹花来比喻，而且突出其美艳如带雨露，新艳而含香，与上一首诗相呼应。以下三句，则以传说中的巫山神女、历史上的汉宫第一美人赵飞燕来对比，以为巫山神女虚幻，赵飞燕倚靠新妆之妆饰，才堪与杨贵妃略略比一比，从而突出杨贵妃乃真实之存在，是美的化身，天生丽质，无法比拟，实乃古往今来的第一美人。这样的烘托手法，而且想象大开大合，挥洒自如。清人黄生说："首句承'花想容'来，言妃之美，唯花可比，彼巫山神女，徒成梦幻，岂非'枉断肠'乎！必求其似，唯汉宫悄燕，倚其新妆，或可庶几耳。"（《唐诗摘钞》）巫山神女，只增惆怅，汉宫飞燕，已成过去，只有这个真实的杨玉环，才是古往今来的第一美人。

其三

名花倾国两相欢，常得君王带笑看。解释春风无限恨，沉香亭北倚栏干。

第一句"名花倾国两相欢"说，牡丹花是那样地美艳，杨贵妃那样地美丽动人，相互映照，牡丹如美人，而美人如牡丹，人与花不可分别啊。名花，指牡丹。倾国，指杨贵妃有倾城倾国之色。《汉书·外戚·孝武李夫人传》说：汉武帝喜好绝色女子，李延年在武帝前歌唱"北方有佳人，绝世而独立，一顾倾人城，再顾倾人国。宁不知倾城与倾国，佳人难再得"。佳人之美丽，一回头，全城之人为之倾倒，再回头，全国之人为之倾倒。后世遂以"倾国""倾城"代指绝世之美人。第二句"常得君王带笑看"说，牡丹美艳，贵妃美丽，常常让风流的君王面带盈盈笑意，深情注视。以玄宗之带笑深情注视，反衬杨贵妃之美丽，彰显其恩爱之专一。

后二句"解释春风无限恨，沉香亭北倚栏干"说，能够消解天子玄宗在和煦春天所滋生的无限惆怅的，只有那斜倚着沉香亭北栏杆的美人杨贵妃。解释，消解释放，消除。沉香亭，用沉香木建造的亭子，在长安兴庆宫龙池东北。徐松《两京城坊考》卷一“兴庆宫”：“宫之正门西向，曰兴庆门。其内兴庆殿，殿后为龙池。池之西为文泰殿，殿西北为沉香亭。”兴庆宫是玄宗为王子时所居之所，即皇帝之后，升为兴庆宫。

前二首，用神仙境界与古代美人相比拟，皆未说出所歌咏之对象。铺垫已足，这一首则将“名花”“倾国”点出，回到眼前的现实。牡丹花与杨贵妃两相映照，花与人共写，共美其美，因而说“两相欢”，从而引逗得风流天子唐玄宗面带盈盈笑意，深情注视，于是引出下面之“解释春风无限恨”的特写镜头，聚焦于此：“沉香亭北倚栏杆”——杨贵妃斜倚栏杆之娇美与牡丹花之艳丽两相映照，又融为一体，突出人物形象的优雅风流，可谓形神皆现。

这三首诗，语言流丽，但挥洒自如，环环相扣，铺垫已足，才推出所咏的对象“倾国”之杨贵妃，与“名花”牡丹相映照，达到很高的艺术水准。清人吴烶《唐诗选胜直解》说：“《清平调》三首章法最妙。第一首赋妃子之色，二首赋名花之丽，三首合名花、妃子夹写之，情境已尽于此，使人再续不得，所以为妙。”《清平调》三首，是李白供奉翰林所留下的诗篇，虽然是点缀升平，歌咏玄宗与杨贵妃的浪漫，然而诗人所突出的是对美的描摹与欣赏，因而有比较强的涵盖力和艺术感染力。

王之涣

出　塞

黄河远上白云间，一片孤城万仞山。羌笛何须怨杨柳，春风不度玉门关。

开元年间，诗人王昌龄、高适、王之涣齐名。当时三人皆未进士及第，往往一起登临游览。一日天寒微雪，三诗人同游，遂至一旗亭（酒楼），饮酒赏雪。忽然有梨园伶官十多人，登楼宴饮。三诗人遂移坐于楼之一角，拥炉火以观焉。俄顷，又有四位妙龄歌伎到来，极其奢华艳丽。她们奏乐歌唱，皆当时之著名乐曲。王昌龄三人低声议论："我辈各擅诗名，每不自定其甲乙，今者可以密观诸伶所讴，若诗入歌词之多者，则为优矣。"——意思是说，三人擅长诗歌而著名已久，然而始终无法确定排名先后，现在正可以暗中观察这几位伶人歌唱，谁的诗被唱得多，乃为最优。一会儿，一歌伎唱："寒雨连江夜入吴，平明送客楚山孤。洛阳亲友如相问，一片冰心在玉壶。"王昌龄以手划于墙壁上，低声说："一绝句。"另一女伶又唱一首诗，乃高适之诗，高适以手划壁，曰："一绝句。"又有人唱曰："奉帚平明金殿开，暂将团扇共徘徊。玉颜不及寒鸦色，犹带昭阳日影来。"王昌龄又以手划于墙壁，说："二绝句。"王之涣自以为诗名甚盛，诗歌久已传播人口，遂曰："此辈皆潦倒乐官，所唱皆《巴人》《下俚》之词耳，岂《阳春》《白雪》之曲，俗物敢近哉!"因指诸歌伎中最为年轻美貌者曰："待此子所唱，如非我诗，吾即终身不敢与子争衡矣。脱（倘若）是吾诗，子等当须列拜床下，奉吾为师。"于是，欢颜而静待之。须臾，那个绝色佳人，遂按节发声，唱曰："黄河远上白云间，一片孤城万仞山。羌笛何须怨杨柳，春风不度玉门关。”王之涣揶揄王昌龄、高适曰：“田舍奴，我岂妄哉！”于是，大声谐谑笑语。诸伶人不知何故，询问之后，遂竞相拜揖曰：“俗眼不识神仙，乞降清重，俯就筵席。”三子从之，尽欢而散。（薛用弱《集异记》卷二）

王之涣此诗脍炙人口，流传极广，然而历来却多有误解。诗题为《出塞》，又作《凉州词》，《文苑英华》题作《凉州》。而诗中又有“玉门关”，遂引起颇多之歧解。

宋人郭茂倩《乐府诗集》卷七九“近代曲辞”有《凉州歌》，曰：“《凉州》，宫调曲。开元中，西凉府都督郭知运进。”《新唐书·乐志》：“天宝间乐曲，皆以边地为名，若《凉州》《伊州》《甘州》之类。”由此可知，《甘州》词，即据流传于甘州之地方曲调所写之歌词。《凉州》词，即据流传于凉州之地方曲调所写的歌词。《凉州词》乃曲调名，并非具体的摹写地点和对象。

此诗之歧误，还在首句之“黄河”与“黄沙”。宋人计有功《唐诗纪事》卷二六录此诗，首句作“黄沙直上白云间”。但天宝三载（744）芮挺章编《国秀集》作“黄河远上白云间”，后世大多数选本皆如此。凉州，即今甘肃武威。凉州远离黄河，遂以为“黄河”当作“黄沙”。清人吴乔《围炉诗话》卷三曰：“《唐诗纪事》王之涣《凉州词》是‘黄沙直上白云间’，仿本作‘黄河远上白云间’，黄河去凉州千里，何得为景？岂可言‘直上白云’耶？”以为此诗乃王之涣作于凉州，凉州距离黄河千里之遥，绝无登高望见之可能。有论者以为，此诗所写乃玉门关外荒寒之苦，“此诗只要说玉门关外之苦，而苦见矣。风致绝人，真好诗”（徐师增《而庵说唐诗》）；“此诗各本皆作‘黄河远上’，唯计有功《唐诗纪事》作‘黄沙直上’。按，玉门关在敦煌，离黄河流域甚远，作‘河’非也。且首句写关外之景，但见无际黄沙直与白云相连，已令人生荒远之感，再加第二句写其空旷寥廓，愈觉难堪。乃于此等境界之中忽闻羌笛吹《折杨柳》曲，不能不有‘春风不度玉门关’之怨词”（《唐人绝句精华》）。事实上，玉门关、凉州去黄河绝远，登临城楼，绝无望见黄河滔滔流水之可能，即使以想象来抒写，也不符合即景抒情之基本条件。

可见，弄清楚王之涣此诗所描写之地点，乃准确理解此诗之内涵、境界的关键。郭知运于开元二年（714）十二月为陇右节度使，九年（721）十月卒于军中，进贡《凉州》曲当在他任职陇右节度使期间。据研究者考证，王之涣“旗亭画壁”的故事，发生在开元十年左右。由此推论，此诗当作于开元十年前后，王之涣壮游西北边塞之际。唐人游历西北，大都翻越陇山，至秦州（今甘肃天水），经渭州、临州、兰州；再由兰州北渡黄河，出金城关，而西行至凉州。兰州为西北边塞重镇，诗人多有题咏。岑参《题金城临河驿楼》：“古戍依重险，高楼见五凉。山根盘驿道，河水浸城墙。庭树巢鹦鹉，园花隐麝香。忽如江浦上，忆作捕鱼郎。”描写兰州之奇险，黄河流经城北，驿道蜿蜒于北山之下，登临远望，河西之地似乎可尽收眼底；而兰州城内，树木丛茂，绿荫蔽日，鹦鹉麝香，徜徉其间，宛如江南之秀丽风景。而王之涣此诗，特别契合兰州的地理景象和陇右重要关隘的特征，当作于诗人游历金城（今兰州）时。诗人登临城北之临河驿楼抑或北面山峰（今白塔山）而眺望：滔滔黄河自西而东，流经城北，于山峦环抱之万山丛中，一片孤城耸峙，扼守要津，莫与争锋。

“黄河远上白云间”，从黄河的自然态势来说，自西向东，滔滔奔流。然而此句所写，乃诗人登临兰州城北之临河驿楼，或者北山（今白塔山）高处，自东向西，放眼眺望：奔流的黄河，蜿蜒而西，与天际之白云相接，在阳光照耀下，明灭变幻，宛如一缕美丽的飘带。既是写实，也是高度的艺术概括，描绘出一种辽阔壮美、令人神往的境界。李白说“黄河之水天上来”（《将进酒》），摹写黄河滔滔东流的动态美，乃由远而近的写法；“黄河远上白云间”，刻画黄河蜿蜒曲折、阳光下明灭变幻、上与白云相接的静态美，乃由近而远的写法。李白倾泻胸中的激烈情思，如黄河之奔流，呈现出一种冲决动荡的雄奇之美；王之涣则俯视苍茫，描摹黄河辽远壮阔、远伸天际、上与白云相接，彰显其源远流长、悠然闲远之壮阔而优美之境。

“一片孤城万仞山”，次句则从更为广阔辽远的苍茫境界，展现首句“黄河远上白云间”的壮阔与优美，同时也落实到了一个具体的空间范围上来。“一片孤城”，凸现的是一个立体而孤单渺小的城池，孤零零地矗立于西北广漠、荒凉、萧索的原野之上；“万仞山”，展示“一片孤城”所在的宏大背景——如万顷波涛，起伏不定的高山重峦，连绵不绝，两相对照，在“万仞山”的映衬之下，彰显“一片孤城”之险要和在军事上的重要地位。兰州之地理形势，“一峰崔巍，两翼拱护。地势蜿蜒，有长城之险。马衔（山）阻其东，榆谷抵其西，皋兰（山）峙其南，黄河经其北，为束带之形，要冲之地。皋兰雄镇峙乎前，九州之台障乎后。峦峤阜陵，环（峙）左右。按：州控河为险，隔阂戎羌，自汉以来，河西雄郡，金城为最。岂非以介戎夏之间，陇右安危，常系此地哉！晋元康而后，河陇多事，金城左右，岁无宁宇。隋唐盛时，驰逐河湟，未尝不以兰州为要害。及广德以后，州没吐蕃，而西凉不复为王土。大中间，虽尝收复，亦仅同羁縻矣。宋元丰四年，李宪败夏人，始复城兰州。”（《甘肃通志》卷四）兰州城在黄河之滨，南北两山夹峙，黄河蜿蜒，奔流河谷；而两山之外，皆为重峦叠嶂之险要山峰，连绵不断，一派混茫，正所谓“峦峤阜陵，环峙左右”，如屏如障。今日乘飞机，凌空俯视，兰州城夹黄河而建，东西狭长，黄河奔流其间；河谷之外，皆为重峦叠嶂，万山奔凑，似波涛汹涌，环拱孤城，真乃天造地设之奇景，扼处西北咽喉要塞，一城锁钥，实天下雄险之重镇。

“羌笛何须怨杨柳，春风不度玉门关。”塞外苦寒，春来迟迟，悠扬羌笛，不必吹奏那凄凉幽怨的《折杨柳》曲调，自古以来，春风从来吹不到荒寒边地的。此二句抒写戍边将士在“一片孤城万仞山”的荒寒、辽阔、壮美的环境中，为国戍边而又思乡念亲的复杂丰富的情感。古人有折柳赠别的习俗。《折杨柳》曲调幽怨凄凉，多抒写相思离别之情。怨杨柳，谓《折杨柳》曲调之凄凉哀怨。李白《春夜洛城闻笛》：“此夜曲中闻折柳，何人不起故园情。”折柳送别，思乡念远，而杨柳意象，显然又带来了春之温润、鲜艳，杨柳依依之春色。然而，西北边塞苦寒，尽管节令已是春天，却看不到柳丝青翠、随风摇曳、杂花生树、万紫千红之景象。李白《塞下曲》曰："五月天山雪，无花只有寒。笛中闻折柳，春色未曾看。"正是这一景象的生动写照。因而，"怨杨柳"，一方面抒写将士戍边的思乡念亲、守边卫国的复杂情感，一方面借此以展示西北边塞之荒寒。诗人用"何须"二字，作一提顿，既是委婉之说辞，自我宽解，也是肯定西北边塞之荒寒，坦然展露不惧荒寒艰苦、为国戍边的豪情。尾句"春风不度玉门关"，就是对上一句的回应：边地荒寒，本是其自然状态、严酷现实，因而春风不能吹度至边塞荒寒之地。

玉门关，汉武帝置。因西域输入玉石时取道于此而得名。汉时为通往西域各地的门户。故址在今甘肃敦煌西北小方盘城。汉武帝派贰师将军李广利出师西域，掠取良马，作战经年，死伤无数，上书朝廷，以为"道远乏食"，请求班师，"天子（汉武帝）闻之大怒，使使遮玉门关，曰：'军有敢入，斩之！'贰师恐，因留屯敦煌"（《汉书·李广利传》）。东汉定远侯班超镇守西域三十余年，年老思归故土，遂上书朝廷，曰："臣不敢望到酒泉郡，但愿生入玉门关。"章怀太子李贤注："玉门关，属敦煌郡，今沙州也，去长安三千六百里，关在敦煌县西北。酒泉，今肃州也，去长安二千八百五十里也。"（《后汉书·班超传》）骆宾王《在军中赠先还知己》："魂迷金阙路，望断玉门关。"可见，玉门关，乃边塞之代称，此处并不是指具体的地名。王之涣此诗并非作于玉门关、描写玉门关。

此诗抒写登临所见所思，以写景起兴，由景及情，融情于景。开篇从高远处落笔，由东而西，眺望黄河，在阳光照耀下，蜿蜒而上，直与天际之白云相交接，极其生动形象；又烘托以"一片孤城万仞山"之雄阔背景，依山扼险，而峰峦叠嶂，山形米聚，表现边地之空阔苍茫，彰显城池扼守要冲之雄伟险要。黄河、白云、万重山峦、一片孤城，相互辉映，气象壮观优美，富有诗情画意，形象鲜明地摹写边塞雄阔苍茫、险要荒凉，奠定了诗歌的慷慨悲壮的抒情基调。三四句转入抒情，以羌笛所奏悠扬婉转的《折杨柳》曲，抒写边塞生活的凄凉寂寞与荒寒冷落。"何须怨"三字，情意丰厚，表面上乃劝说戍边将士，实际上寄托着诗人对远戍征人深切的同情。“春风不度”，乃说边塞荒寒，虽已是春天，却仍是白茅黄苇的荒凉景象，不见一点绿色；另一方面暗寓边地僻远、皇恩难及之意。“此诗言恩泽不及边塞，所谓君门远于万里也。”（《绝句衍义笺注》卷一）三四句悠扬婉转，含蕴不尽，与前二句呼应，有一唱三叹之致，读来更有无限感慨。

此诗在当时就“传乎乐章，布在人口”，而且长期受到人们的称赞。清人沈德潜说：“李沧溟（李攀龙）推‘秦时明月’为压卷，王凤洲（王世贞）推王翰‘葡萄美酒’为压卷，本朝王阮亭（王士禛）则云：‘必求压卷，王维之《渭城》、李白之《白帝》（即《下江陵》）、王昌龄之“奉帚平月”、王之涣之“黄河远上”，其庶几乎？而终唐之世，亦无出四章之右者矣。’”（《说诗晬语》卷上）可见，王之涣此诗的艺术成就之高，艺术魅力之大。

杜秋娘

金缕衣

劝君莫惜金缕衣，劝君惜取少年时。花开堪折直须折，莫待无花空折枝！

《金缕衣》，又名《金缕曲》，曲调名，宋代郭茂倩《乐府诗集》卷八二收入《近代曲辞》，作者题为李锜。清代中叶沈德潜《唐诗别裁集》、蘅塘退士《唐诗三百首》皆以此诗属杜秋娘。晚唐杜牧有《杜秋娘诗》记其事，序云："杜秋，金陵女也。年十五为李锜妾。后锜叛灭，籍之入宫。"且诗中有"秋持玉斝醉，与唱金缕衣"之句，可见此诗原本是中唐时期的流行歌曲，李锜常命其妾杜秋于席间演唱。其作者已不可详考，《全唐诗》题为无名氏之作，是合理的。

这首诗在语言上通俗浅近，又含蓄蕴藉，主题是劝人们珍惜当下，寸金难买寸光阴，不负韶华。

前二句"劝君莫惜金缕衣，劝君惜取少年时"，乃是关于生命意义的追问，究竟什么才是生命中值得珍惜的事物？是家财万贯，还是青春年华？这两句有相同的句式，都以"劝君"开头，第一句是"劝君莫惜"——"金缕衣"，第二句是"劝君惜取"——"少年时"。金缕衣，乃贵重之物；少年时，乃青春美好光阴，大好年华。意谓，奉劝你啊不要太看重那身外之物的金缕衣，奉劝你啊要爱惜青春年华呀！一寸光阴一寸金，寸金难买寸光阴。李白《将进酒》说："天生我材必有用，千金散尽还复来。"就是看到了人生最可珍惜的是只有一次的青春年华，而不是外在的荣华富贵与万贯家财。奉劝人们在追求物欲满足的同时，不要忽略了青春年华才是个人与生俱来、最可珍惜的宝贵财富，也是最容易流逝而不复返的。

三四句“花开堪折直须折，莫待无花空折枝”，以“花枝”比喻少年时光，以“无花空折枝”告诫人们，奉劝人们，鲜花盛开之时，若要折下鲜花尽管趁早折下，不要等着鲜花凋落了，才徒然地折下空枝，而后悔、感叹。事实上是奉劝人们，既要活在当下，享受美好，又要爱惜光阴，乘少年时光努力前行，是前面“劝君惜取少年时”的具体化。春暖花开的美好时光要尽情享受，这样待花期已过、春光不再时，就不会留下怅惘失落。不负韶华，就要珍惜当下，珍惜像花一样最美好的时光。如果虚度年华，蹉跎岁月，将后悔莫及。李白《将进酒》所言“人生得意须尽欢，莫使金樽空对月”，就是一种关于生命的智慧和豁达。

短短二十八字当中，“劝”“君”“莫”“惜”“花”“折”等字，都两次出现，在音调上产生了回环往复的效果。前两句直抒胸臆，直接劝勉，先说劝君莫惜之事，再说劝君惜取之物，句式整齐，致意殷勤，又不流于单调。后面两句用了比兴手法，以“折花”象征把握时光，积极努力，享受当下，享受美好生活；以“空折枝”象征年华不再时的怅惘与失落。如口语一般，却唱出了关于宇宙人生的一个严肃话题，就是活在当下，珍惜时光，享受生活的美好，不要徒然虚度了美好年华，也不要花费巨大的精力追逐物欲的满足。此诗蕴含“少壮不努力，老大徒伤悲”的意旨，千载而下，依然具有巨大的艺术魅力和现实意义。

跋

中国是诗的国度，唐诗是诗国的高潮。唐诗，以其独具的魅力，辉映历史的星空，涵养华夏人文，经久不衰。三十多年前，初读《全唐诗》，惊于其浩博，煌煌五万首诗歌，作者上自帝王将相、公卿大夫、妃嫔宫娥、文人学子，下至市井细民、秦楼歌伎、乡村野老、贩夫走卒，摹写了极其广阔的社会情态、人生境况，展现出丰富生动的图景，无所不包，可称为唐代社会全景式的生动记录。嗣后重读，体认自有不同，加之又重点研读数十种唐人别集，更多了一些理解。承乏教职，一直承担着本科生和研究生的教学工作，讲授诗歌及诗学理论，有意识地将理论与诗歌创作相结合：既观照诗歌之辞理意兴，亦重视其意脉逻辑；既立足于诗歌文本，又着眼于诗人及其所处的时代社会，以严谨的学风和广阔的视野，期冀给予莘莘学子比较全面、系统的知识。

阅读欣赏唐诗，并且能够比较全面地予以了解，见微知著，则清人蘅塘退士孙洙与夫人徐兰英共同编选的《唐诗三百首》，不失为质量上乘的选本。蘅塘退士“专就唐诗中脍炙人口之作，择其尤要者，每体得数十首，共三百余首，录成一编，为家塾课本，俾童而习之，白首亦莫能废”。虽为家塾课本、普及读物，但颇有学术水准。该选本为儿童诵习诗歌的教材，旨在培养良好的艺术感悟，从而为科举试帖诗考试打下比较好的基础；同时也有涵养性情、开阔胸襟的积极意义。有鉴于此，《唐诗三百首》共选唐代七十七位诗人（其中有无名氏二家）的三百余首诗歌，按体裁分为五言古诗、七言古诗、五言律诗、七言律诗、五言绝句、七言绝句。在各诗体下，又基本上按诗人时代先后编次，而乐府诗则分别系于其后。该选本所选诗歌，既侧重李白、杜甫、王维、李商隐等一流诗人的代表作，也酌情收录声名不显的诗人之佳篇以及僧人、歌伎之诗，范围颇广，且脍炙人口，因而自清乾隆二十八年（1763）问世以来，刊印无数，流传极广，至今依然雅俗共赏，家弦户诵。

虽然蘅塘退士所选诗歌脍炙人口，雅俗共赏，但是要真正地读懂确也不易，需要有严谨的专业知识和良好的学术训练，取精用弘，如狮子搏兔，亦用全力；需要以比较契合现代人阅读习惯的方式、分析性的语言，深入浅出、通俗易懂地予以讲疏。本书正是基于这一立场而作。《讲疏》以中华书局排印出版的四藤吟社本《唐诗三百首》（蘅塘退士编次、陈婉俊补注）为底本，个别文字与通行的唐人别集和《全唐诗》不同，择善而从，以符合现代读者的阅读习惯。概言之，《讲疏》大致有以下几个特点。

一、诗歌是唐人的生活方式，是唐人的精神和心灵史的载体。钟嵘说："嘉会寄诗以亲，离群托诗以怨。至于楚臣去境，汉妾辞宫；或骨横朔野，魂逐飞蓬；或负戈外戍，杀气雄边；塞客衣单，孀闺泪尽。或士有解佩出朝，一去忘返；女有扬蛾入宠，再盼倾国。凡斯种种，感荡心灵，非陈诗可以展其义？非长歌何以骋其情？"（《诗品序》）因而，在讲疏诗歌时则须知人论世，联系诗人的生平、思想、情志及其所处的社会情态，也需要考查诗歌创作时比较具体的诗人状态、所处地域环境。唐诗多故事，因而《讲疏》尽可能将诗歌与故事相融会。诗歌本事、作家逸事，皆有文献来源，绝非向壁虚构，以故事还原诗歌之创作，以诗歌来读解唐代社会风情、历史烟云以及诗人情态、心路历程和强烈的生命体验，读解唐诗的鲜活生命力，理解唐诗的思想美、情性美、意境美、语言美，在潜移默化中获致读解诗歌的"金钥匙"，从而提高理解诗歌的能力。

二、诗有辞、理、意、兴。唐诗极具个性化，不同诗人的作品有着鲜明的特色。如李白、杜甫、王维、孟浩然的诗歌，绝不相同；高适、岑参、李颀、李益的边塞诗，风格迥异；元稹、白居易、韩愈、孟郊的诗歌审美风尚，各标异帜。清代诗论家赵翼说："韩、孟尚奇警，务言人所不敢言；元、白尚坦易，务言人所共欲言。试平心论之，诗本性情，当以性情为主。奇警者，犹第在词句间争难斗险，使人荡心骇目，不敢逼视，而意味或少焉。坦易者，多触景生情，因事起意，眼前景、口头语，自能沁人心脾，耐人咀嚼。此元、白较胜于韩、孟。世徒以轻俗訾之，此不知诗者也。”（《瓯北诗话》卷四）因而，《讲疏》既要讲清楚“人所不敢言”的“争难斗险”“荡心骇目”之处，也要阐发“人所共欲言”的“触景生情，因事起意”的“沁人心脾”之妙；既讲疏语言文辞之渊雅、情景交融之意境美，也观照诗歌的情感意脉、逻辑结构，从而引导读者品味唐诗之美，陶冶性灵，怡情悦性，激发灵明，涵养才情，美化生活，诗意地栖居，发现平凡生活之美，化庸常为神奇。

三、力求深入浅出，通俗易懂，得其正解，而意兴盎然。《讲疏》立足于诗歌文本，既注意于景物之摹写、情感之抒发，也观照诗歌深层的逻辑结构与情感意脉；既有对诗歌整体美的体悟，也有详细解读——逻辑、结构、立意、思想、情感、意境、语言，层层推导，在潜移默化中提高读解诗歌的水平，获得读解诗歌的能力。故而有时也不惮其烦，予以比较周详的讲疏。当然，通俗易懂并不意味着语言的浅易苍白，而是以渊雅的诗化语言，深入浅出地讲授，娓娓道来，使读者能够比较深切地感知诗化语言之美。缘此之故，在讲疏时也适当地引录了前贤一些精彩的评论，既与讲疏相映证，也有效地扩展了阅读的视野。

《讲疏》之撰述，旨在尽可能地展示唐诗之美，以一本书，引导读者读懂大唐社会，读懂唐代的世态风情、唐人的欢欣与悲苦，读懂杰特的唐诗艺术。《讲疏》以《唐诗三百首》为载体，讲授唐诗背后的生动故事、历史烟云，以及一个个鲜活的生命及其高超的诗歌艺术，尽可能呈现诗坛大家名家如李白、杜甫、王维、孟浩然、韩愈、元稹、李商隐，还有普通读者未必熟悉的众多唐代诗人——他们的家国情怀与个人抱负、欢欣与悲苦、得意与失望、奋进与沉沦、荣进与退隐、征戍与离别等，感动激发人意，千载而下，感同身受，恰如对面晤谈，交流情感与思想。赏读唐诗，回眸大唐，感受盛唐气象，以豪迈的文化自信，继往开来，走进新时代。

《讲疏》的撰写，有一重要因缘，有必要在此做一点交代。数年前，读者出版集团成立新语文融媒体中心，这是集团总编辑马永强博士推动数字化出版的一个创举，旨在寻求现代出版事业的新活力和强韧生命力。受永强博士支持的新语文融媒体中心之邀请，不佞遂承乏讲授《唐诗三百首》，录制音视频。孰料“新冠病毒”肆虐全球，受疫情管控工作的制约，录制音视频的工作时断时续，最终录制完成三百六十多集，而最后的文字稿则成为《唐诗三百首讲疏》这本书了。在录制音视频时，新语文融媒体中心的王廷鹏、张洋、张子清、陈映心、南云标诸小友皆付出了辛勤的工作，甘肃教育出版社承担此书的出版，副社长孙宝岩先生审读、校对，付出了宝贵的时间和大量的心血，我的老师、著名学者、复旦大学博士生导师蒋凡先生赐序，以光篇幅。一本小书，虽然是作者个人的撰述，却也离不开众多师友的关心与支持，高情厚义，铭感于心，唯当不懈努力，奋然前行，以回报于万一。

雷恩海

二〇二二年五一劳动节于无逸斋